当代四川散文作家书系

丁仕强　主编

洛水边的乡村中国

四川省作家协会重点扶持作品

德阳市主题文艺精品重点项目

胡玲梅　著

中国书籍出版社
China Book Press

图书在版编目（C I P）数据

洛水边的乡村中国 / 胡玲梅著 . -- 北京 : 中国书籍出版社 , 2024. 11. -- (当代四川散文作家书系).
ISBN 978-7-5241-0117-8

Ⅰ . I267

中国国家版本馆 CIP 数据核字第 2024JJ2022 号

洛水边的乡村中国

胡玲梅　著

责任编辑　王志刚
责任印制　孙马飞　马　芝
封面设计　杨　桃
出版发行　中国书籍出版社
地　　址　北京市丰台区三路居路 97 号（邮编：100073）
电　　话　（010）52257143（总编室）　（010）52257140（发行部）
电子邮箱　chinabp@vip.sina.com
经　　销　全国新华书店
印　　刷　四川科德彩色数码科技有限公司
开　　本　880 毫米 ×1230 毫米　1/32
字　　数　1760 千字
印　　张　65.75
版　　次　2024 年 11 月第 1 版　2024 年 11 月第 1 次印刷
书　　号　ISBN 978-7-5241-0117-8
定　　价　598.00 元（全 10 册）

总序

以散文之名　发时代之声

四川省散文学会会长　丁仕强

四川，自古便是文人墨客倾心描绘的天府之国。这片充满诗意与传奇的土地，激发着作家和诗人的情感与想象，孕育出一代又一代的文学巨匠。他们以笔为犁，耕耘着这片沃土，用文字记录时代的变迁，抒发个人的情感，展现社会的风貌。

进入现当代以来，随着社会的快速变迁和文化的多元融合，四川散文作家更是以其独到的视角和敏锐的洞察力，捕捉时代脉搏，反映社会现实，表达个体情感，创作出了一大批具有深刻思想内涵和艺术价值的优秀作品。散文，作为一种自由、细腻、深邃的文学形式，它以最直接的方式触碰人的心灵，以最朴素的语言揭示生活的真谛。四川的散文作家，根植于这片文化沃土，汲取着巴蜀文化的精髓，他们的作品既有大山大水的雄浑壮丽，又有田园牧歌的温情脉脉；既记录着时代的变迁，也倾诉着个体的情感。

四川省散文学会迄今为止已走过 34 年的历程。多年来，学会与时俱进，开展写作分享及文学讲座，召开“川渝散文家论坛”“中国西部散文论坛”，开展“四川散文奖”评选等活动，上千名会员出版散文专著，近百名会员荣获“鲁迅文学奖”“冰心散文奖”“四川文学奖”“朱自清散文奖”“五个一工程奖”等文学大奖，散文创作成绩斐然，可圈可点。

为深入践行习近平文化思想，坚定文化自信，坚持守正创新，引领新时代散文创作，推动散文家队伍建设，促进散文高质量发展，学会组织编辑《当代四川散文作家书系》（第一季），旨在全面展示当代四川散文作家的创作水平和艺术风貌。我们精心挑选了部分优秀散文作家，他们中有的已在文坛享有盛誉，有的则是初露锋芒的新星，涵盖了不同年龄层、不同风格流派的散文创作者。无论是对乡愁的抒发，还是对时代变迁的记录，抑或是对个人生活经历的思索，每一位作家都有其独特的视角和笔触，他们用文字描绘山川河流的痕迹，刻画时代的进步与变迁，抒发对生活的感悟与情感，以真挚的情感和独到的视角，展现了多层面的社会现实与精神追求。

本套《当代四川散文作家书系》，共 10 本散文集，分别是《梧桐树下》《千年一城》《火把》《在故乡的原野上奔跑》《洛水边的乡村中国》《飞鸿雪泥》《比草还长的日子》《川流不息》《岁月笔记》《且听风吟》。

《梧桐树下》一书，作者结合亲身经历，深刻探讨了人生哲理、人际关系的温暖以及个人成长过程中的反思；《千年一城》则借着收录的 23 篇文章，精心组构出千年古城巴州的来路与去向以及巴州城的数次华丽转身；《火把》一书通过几个不同时代、不同地域的人物和故事，展现了普通人在生命迁徙与经济变迁中的坚韧与努力；《在故乡的原野上奔跑》是作者的奋斗史、心灵史，“奔跑、扎根、奋斗”是本书的关键词，怀念和梦想是作者的情感表达；《洛水边的乡村中国》一书，作者以小见大，以洛水边的10个传统村落蝶变成特色新村，折射出了一个县、一个省乃至整个中国乡村的发展历程。其他几本散文集也各有千秋，特色鲜明，通过这些作品，我们可以感受到四川散文作家在继承传统的基础上，不断创新的艺术追求。他们以真挚的情感和深邃的思考，探讨人生哲理，挖掘人性光辉，传递社会正能量。他们的文字，既有对美好生活的向往和追求，也有对社会现实的深刻反思和批判。

这套书不仅是一种文学表达，更是历史与现实交汇、个体与民族共鸣的生动写照。这些作品，或清新脱俗，或深情厚重，或哲思深远，它们共同构成了一幅丰富多彩的文学画卷。希望通过这套丛书的公开出版，不仅能把握住散文这一文体在形式上的创新与探索，也能从深层的文化内涵上，理解四川乃至整个中国当代散文创作的发展趋势。

在这里，我要特别感谢各位作家的信任与支持，正是因为有了他们的辛勤耕耘和精彩创作，我们才得以将这些散发着文学芬芳的作品集结成册，奉献给广大读者。同时，也要感谢书点文化传播出版团队的细致工作和无私奉献，他们的专业与热情确保了本套书的顺利出版。

愿《当代四川散文作家书系》能成为你认识四川，感知时代，领略散文魅力的一扇窗口。希望这些真挚的文字能触动你的心弦，激发你对生活、对文学的深刻思考和无限遐想。

让我们携手共进，以散文之名，发时代之声，祝愿四川的山水更加美丽动人，祝愿各位散文作家创作大获丰收，祝愿四川散文创作和发展永远充满生机与活力！

2024 年 6 月 29 日

时代变迁的缩影与乡村振兴的启示

——序《洛水边的乡村中国》

黎正明

《洛水边的乡村中国》是2022年度四川省作家协会重点扶持作品。从申报材料上看，作者胡玲梅虽然出版了两本书，也加入了省作协，但摆在同时申报重点扶持作品的这批作家中，她就是一个年轻的无名小辈。当时我在主持评审工作，散文组评审专家由杨献平、凌仕江、李银昭等三位著名散文家组成，他们具备类型文学的专业能力和高度的责任心。评审相当严谨而公正，经过三轮票决，没想到这部书稿在众多申报作品中脱颖而出，三位评审专家给出的评审意见是“该作者对此选题有高度的认知，做了成书前的大量储备，将蝶变中的乡村特色寄与了个体的解构，呈现出一个值得期待的文本”。

当我翻开《洛水边的乡村中国》这部书稿时，仿佛被一股深沉而富有生命力的气息所吸引。作者巧妙地以洛水为背景，通过洛水边的十个村落和其中的十多个人物，展现了乡村中国劳动者的辛勤与坚韧，以及他们与洛水之间那种深厚的情感纽带。洛水，在这本书中，不仅是一条河流，更是一个伟大的叙述者、记录者和讲述者。它见证了乡村中国的变迁，承载了无数劳动者的汗水和希望。从早到晚，一年四季，洛水都在默默地流淌，就像那些辛勤劳作的劳动者一样，毫不停歇。它不仅仅是一条河流，更是一种精神的象征。它奔流不息，永不停歇，就像那些劳动者们一样，始终坚守在自己的岗位上，为了家庭、为了乡村、为了国家而努力奋斗。这种力量，让我感受到了乡村中国的勃勃生机和无限希望。

书中的每一个角色，都用自己的肢体语言，讲述着属于自己的故事。他们的动作、表情、语言，都充满了生活的气息，让人仿佛能够亲身感受到那种朴实而真挚的情感。这些劳动者们，在洛水的陪伴下，用他们的双手创造着属于自己的幸福生活。

作者用细腻的笔触，描绘了乡村中国的日常生活，展现了劳动者们的坚韧与乐观。在洛水的见证下，他们面对生活的艰辛，从不退缩，而是用自己的双手去创造美好的未来。它不仅仅是一条河流，更是一种精神的象征。它奔流不息，永不停歇，就像那些劳动者们一样，始终坚守在自己的岗位上，为了家庭、为了乡村、为了国家而努力奋斗。这种力量，让我感受到了乡村中国的勃勃生机和无限希望。

这是一部深刻反映中国乡村变革与发展的纪实散文作品。不仅记录了乡村的物质变化，如基础设施的改善、居住环境的升级，更深入地挖掘了乡村社会结构、文化传承以及村民精神面貌的转变。还通过真实场景和精彩故事的叙述，让读者能够感受到乡村发展的活力与挑战，以及在这一过程中所体现出的中国特色社会主义乡村振兴战略的深远意义。书中对特色新村的发展历程进行了细致的梳理，从跨度、宽度、广度多角度进行探析，展现了这些村落在乡村振兴中的创新实践和治理模式。

这本书的价值在于它不仅是对乡村振兴发展的总结，更为当前及未来的乡村振兴提供了宝贵的经验和启示。所描述的特色新村印象、实践、治理、精神和梦想，为推动乡村全面振兴提供了鲜活的范例，对于理解和把握中国乡村振兴的复杂性和多样性具有重要意义。此外，该书紧扣时代脉搏，展现了中国乡村在全面建设小康社会进程中的巨大变迁，为研究者、政策制定者以及对乡村发展感兴趣的读者提供了丰富的第一手资料和深刻的思考视角。通过阅读这本书，读者可以更全面地理解中国乡村的发展现状，以及在实现共同富裕目标过程中所面临的机遇与挑战。

作者通过对洛水边传统村落的细致描绘，展现了乡村在改革开放初期的面貌。那时的乡村，虽然拥有得天独厚的自然资源和丰富的文化底蕴，但由于种种原因，发展相对滞后，村民们的生活水平普遍较低。然而，随着改革开放的深入，乡村开始焕发出新的生机和活力。作者通过对比手法，生动地展现了乡村在改革开放前后的巨大变化，让读者深刻感受到改革开放给乡村带来的巨大影响。作者着重描述了“成德同城化”建设中，洛水边传统村落的蝶变过程。在这一过程中，乡村不仅实现了经济的快速发展，更在文化传承、生态保护等方面取得了显著成效。作者通过对乡村文化、生态、产业等方面的深入剖析，展示了乡村在“成德同城化”建设中的重要作用和地位。同时，作者也指出了乡村在发展过程中面临的一些问题和挑战，如资源枯竭、环境污染等，引发读者对乡村可持续发展的深入思考。

作者还通过对一个个蝶变的特色新村的描绘，展示了乡村在脱贫攻坚、乡村振兴及全面建设小康社会进程中的巨大变迁。这些新村不仅在经济上实现了跨越式发展，更在文化传承、社会治理等方面取得了显著成效。作者通过对这些新村的深入剖析，让读者深刻感受到乡村在全面建设小康社会进程中的重要作用和地位。

该书颇具几个特色，在艺术特色方面，该书采用了纪实散文的形式，将纪实性与文学性巧妙结合。不仅记录了乡村的物理变化，更深入挖掘了乡村文化和精神面貌的转变。书中的每一个村落都如同一幅精心绘制的画卷，展现了中国乡村在不同历史阶段的独特风貌。在语言特色方面，以其生动的语言特色，将读者带入了洛水边的乡村生活之中。作者运用了丰富的比喻和形象的描绘，使得村落的变迁和乡村振兴的进程跃然纸上。语言的质朴与真挚，反映了乡村人民的纯朴与坚韧，同时也传达了作者对中国乡村深厚的情感和对乡村振兴事业的深刻理解。其叙述特色就是采用了多角度、多层次的叙事结构。作者不仅仅局限于对单一村落的描述，而是将视野扩展到了整个成都平原，乃至整个中国的乡村发展。通过跨越时间的叙述，展现了从改革开放到灾后重建，再到脱贫攻坚和乡村振兴的宏大历史脉络。这种宏观与微观相结合的叙述方式，使得作品具有了更为广阔的视野和深刻的思考。

《洛水边的乡村中国》以其独特的语言艺术、深刻的社会洞察和丰富的文化内涵，成为了一部值得一读的佳作。它不仅是对什邡市乡村振兴实践的总结，更是对全中国乡村发展道路的探索和思考。通过阅读这本书，我们不仅能够感受到中国乡村的巨大变迁，更能够从中汲取到推动乡村振兴、实现共同富裕的智慧和力量。

序者黎正明，四川什邡人。国家一级作家，中国作家协会会员，四川省作家协会副秘书长兼创作研究室党支部书记。著有《永远的邓小平》《中国精神》《中国奇迹》等十余部作品。

目录

引　子　001

马　祖　003

箭　台　018

红　豆　030

城　东　046

口袋营　062

渔　江　076

下　院　096

天　桥　112

石　门　126

红峡谷　143

后　记　159

引　子

“洛水”一词，《汉语词典》解释为古水名。一指今河南洛河；二指今陕西北洛河；三指今四川沱江诸源之一石亭江；四指今安徽洛河。四地“洛水”均在中国境内，是中国的洛水。

本书指向地为四川沱江上游的石亭江（今四川省什邡市），即秦代蜀郡守李冰在完成都江堰水利工程后，来到什邡沱江水系的高景关“导洛通山”之洛水。

《洛水边的乡村中国》一书以洛水边十个传统村落蝶变成特色新村为切入点，塑造了一批个性鲜明，敢闯敢干，为乡村振兴建设付出了所有智慧与力量的“英雄”群像，他们是一群有血有肉的农村基层干部和不甘命运摆布的农民群众，他们在党的领导和组织下，结合自身资源优势，发挥聪明才智，建设成为小康家庭，走上了宜居宜业和美丽乡村可持续发展道路，反映中国乡村从改革开放到灾后重建，从脱贫攻坚到乡村振兴及全面建成小康社会进程的巨大变迁。

本书以洛水边一个个蝶变的特色新村折射一个县、一个省乃至整个中国乡村的发展历程，成为乡村中国的一个缩影。

马　祖

一

老书记，叫廖文芳，一个名字稍带女性色彩的男性。但他却是 1961 年读完中专令人尊敬的知识分子，正是这位令人尊敬的知识分子，告诉了我许多关于他的故事，关于马祖的故事。

1957 年的 9 月，在什邡城西北部的一个小村庄里，低矮的茅草房里一盏油灯只照得屋里一团小小的亮光，晃动的人影被小亮光拉长又拉短。

“呱”，又一声“呱”，一只很大的青蛙，在墙院外的水塘里发出粗哑的叫声。约莫第八声的时候，屋里传来了这样的一段对话。

“明天我到底去不去学校报到？”

父亲瞥了一眼窗外，“再叫把你逮出来打死。”这是一个穷困的父亲因为拿不出儿子的生活费，对一只青蛙的厉骂。

“你骂青蛙有啥意义，想办法给廖文芳找生活费。”

父亲依然迟钝地坐在长条板凳上，对于母亲的话充耳不闻。

这是一个穷苦的父亲，虽然在生活中奔波忙碌，但在此刻的贫困面前依旧无可奈何。

瘦小的母亲突然挺起身子。

她径直走向床铺，弯下腰身，现在可以断定她是要在床下寻找什么，父子两人四只眼珠一下子亮了。

母亲伸出左手，摸了一下没有摸到，她又侧过身子伸出右手，当头与床沿紧贴的时候，一只被细密灰尘裹着的竹编手提箱被拖了出来。

廖文芳在家里生活了二十年，从来没见过这个古董。

小的时候他和弟弟一起玩捉迷藏曾躲到过这张床下，里面黑乎乎的什么也没有。躲下去的那一刻，他能感受到床板下传来的木头特有的凉意和尘埃的细小颗粒，可唯独没有感受到母亲刚刚拖出来的那只竹编手提箱的存在。

母亲对着箱盖呼啦啦一吹，风飕飕地刮走一粒粒尘土。又昏又拙，吸进鼻腔里，感觉旧旧的、稠稠的能把人呛晕。

箱子里装着一张泛黄的绣着梅花图案的手帕，从裁剪和做工上可以断定这手帕的工艺是出自母亲自己，小时候兄弟俩的衣服和裤子但凡有个破洞，母亲都会用这样的图案来装饰，显然比直接打补丁要费事很多，并且时而还会引来村里人的玩笑。“女娃儿才在衣服上绣花嘛！”为此兄弟两人曾一度拒绝母亲用这个图案来遮丑，只要看见梅花图案补丁的衣物，绝不穿。在此后的十几年里这样的图案再也未曾在这个家里出现过。今天这块绣有梅花图案的手帕再次出现，廖文芳的眼角溢出晶莹的泪珠。

母亲一层一层地翻开手帕，里面是一张张 5 角钱的人民币，被折叠得整整齐齐。

“你哪来的这么多钱？”

“我怎么不知道家里有这么多钱？”

“你什么时候藏在这里的？”

父亲一个问题接着一个问题，穷追不舍。

那时候一斤大米大约要 5 分（包括购买粮票在内），5 元可以买 100 斤大米。100 斤大米就是一个孩子的上学梦。

今天的马祖，经过市委、市政府的深度考量并结合文化强市的战略目标，把禅宗文化、农禅文化融入皇菊产业中，走出了一条“文旅结合、农旅结合、产村相融、助农增收”的特色农业之路。

人均月增收已达 2200 余元。

“要是我生于今天的马祖，可能会与自己的孙女一样，成为一名硕士研究生。”廖文芳抬头看了看刚刚被人才引进回什邡工作的孙女廖皎。

对于父亲刚刚的问题母亲什么也没有回答，只是把钱递到了廖文芳的手里让他好好读书，节约着用。

接过钱的那一瞬间，他认真地看了母亲一眼，那是他自记事起第一次如此认真地看母亲，瘦小的母亲头上顶着凌乱的头发，眼神里闪烁着许多疲倦。

廖文芳接过母亲递过来的钱，他的心里像锐利的刀锋划过一般，掠过一道痛楚，随即透过鼻腔向喉管里深深地吸了一口气，这是平复自己心情的举措，对于这个胸腔里跳动着一颗自尊心的少年，不愿被人察觉到自己的软弱与悲伤，即便是在自己最亲近的父母面前。

他接过母亲递给他的钱，甚至连一句谢谢的话也难以言说。

他后来回忆，其实当时不是不愿说，是羞于表达，说不出口。

只因那个年代不仅是物资匮乏的年代，还是情感匮乏的年代，自信匮乏的年代。

他握着这钱，缓缓地走进自己的房间。没有洗脸没有洗脚，没有脱衣服换裤子，握着钱倒在了已经鼾声阵阵的弟弟身旁。

然后逐渐昏沉，慢慢睡去。

二

拂晓刚刚过，这个 20 岁的少年穿着一件前几天翻箱倒柜找出的最体面的衣裳。

一件白衬衫泛黄的衣领带着许多的褶皱，袖口边和衣角处还留有曾经在家里劳动时残留下来无法洗净的残渍。因为个头长高的原因，原本宽松的衣服，现在在他的身上已变得颇为紧身，他对着满是水渍的镜子，双手使劲地扯了一下衣襟，可衣襟的褶皱并未有丝毫的平整，但他依然露出了满意的笑容。

喝过母亲煮的有少许米粒清得能看见碗底的稀饭后，他带着自己简易的行囊，一个饭盒、一身换洗的衣裳、一床凉席，从破旧的茅草屋里走了出来，走上了前几天大雨冲刷后泥泞不平，留有许多脚印的村道。母亲和父亲跟在他的身后，说着一些鼓励他好好学习的话。

少年知道，自己是父母的荣耀、是家族的荣光、是整个马祖的骄傲，因为他要去的是本地的最高学府——农业中专。

事实证明他确实是出息的，在后来的几十年里由于他的精明能干从村会计，到村长，再到村支书，这个村的建设与发展确实有他必不可少的一份力量。

三

到达学校后廖文芳很快地收拾好简易的床铺，一张铁架床，几根床桓上有一张老旧的棕垫，从家里带来的凉席一眨眼已经被他娴熟地平铺好了。

吃过午饭后校长召集大家在操场集合，从排队的这一片高矮不一的学生的穿着来看，他们几乎都来自农村。当然也可以从他们黝黑的皮肤或者身上留存的劳动的痕迹去判定。

但也有极少数穿着还算体面的，在这个困难时期尽管每家都是缺吃少穿，但自己的孩子既然到最光荣的学府去学本领给家人长脸面，自家的父母就是从牙缝里挤，从裤腰里勒，也要给孩子挤出、勒出一身能穿出去见人的体面衣裳。

虽然穿着体面的人放眼望去屈指可数，但在一片粗衣黄布的“土疙瘩”中也特别惹人眼。

粗衣黄布也好，新衣花布也罢，这些孩子好像并不在意自己的穿着，依然说说笑笑，三五成群，围成一圈。

在校长没有来之前大家讨论最多的是关于这所学校。在当时的国家政策下读农业中专学费是全部减免的。现在我们可以判定这群孩子为何笑容是如此的绚烂。

廖文芳也与这里的孩子们一起高谈阔论起来，不知是哪个把话匣子扯到了生活费上，谈话的气氛一下子变得沉重起来。

在这个困难时期能吃饱饭就已经很不容易了，更别说家里能拿出多余的存款。

廖文芳的母亲给他的钱，在此刻极大地保护了他的自尊心。他不由自主地把手伸进了自己的裤兜，再一次摸了摸这张被他握了整整一夜的钱。

可是这钱，直到廖文芳中专毕业回家都始终未用，更为确切地说是他舍不得花，因为开学以后他凭借自己的吃苦精神很快地谋到了一份差事——拉煤车。

四

一代人有一代人的命运，而我们大多数人的命运，就是为自己普通的人生和具体的生活而战斗。

1961 年的夏天，廖文芳学成归来，回到了自己的家乡。他要把自己在农业中专的所学带回自己家里的那一亩三分地。

从某种角度来说，他在中专学校的这几年，并非我们今天的中等职业技术学校或者高等院校一样，学习诸多的理论知识。实践是他们入学后的大部分课程，在老师的组织下他们下到农村，播种、插秧、耕田、收麦是他们上半年的主要学习课程。采桑、除草、打谷是他们下半年的主要学习课程。这也为他后来成为庄稼地里的行家里手奠定了基础。

1961 年廖文芳中专毕业，回到了马祖。

三年大饥荒，这块贫瘠的土地更加贫瘠。

廖文芳的身体在成长，随即跟着一起成长的还有他的胃口。身体和胃口这两种身体本能传递给他的痛苦那就是寒冷和饥饿。

寒冷随着大地从昏沉中醒来焕发出年轻的光彩后便会随即消失，可是饥饿伴随他的就是形影不离的时时刻刻、分分秒秒。

至于用什么填充饥饿，“瓜菜代”（用瓜类和菜类代替米饭）是普遍的选择，至于肉和油能闻到一鼻子香味就已经是难能可贵的奢侈了。

在许多的夜里，廖文芳都觉得两眼昏花，天旋地转，连与弟弟交流都不敢说太密的话和发太大的声。

难以入睡的时候他想的大多是苦日子什么时候是个头啊？

五

“穷则变，变则通，通则久。”这句话蕴含着我国古人可贵的朴素辩证法思想。它道出了一个颠扑不破的真理，任何事物在其发展到衰落阶段时，就要寻求变化以谋出路。

马祖人要想吃饱，就要谋出路。

人的生活离不开粮食，粮食的丰收离不开水源。眼下整个村庄最紧缺的就是水源。夏秋季节闹干旱，每天村里的人都想方设法地在村里各个地方找地下水源，老祖宗传下来的方法是，久晒不热的地方，一定有水源。大家并没有经验，就依靠老一辈人流传的方法在摸索中前进。

廖文芳跟着村里的人就这样摸索，他们找遍了村里的每一块田地，可是并没有找到一块久晒不热的地方。

不知又是谁从书上看到，晴天的时候，在疑似有水的地方堆上容易生烟的柴火，点着后烟气直线上升，附近地下水就可能好。

全村人在自己认为疑似有水的地方都堆上了从自己家里抱来

的柴。大家拿出火柴，嚓！嚓！火柴划过火柴匣，一只火星飞了起来，两只火星飞了起来，三只火星也飞了起来……他们全部落在了点火的干绒草上。干绒草点燃了柴火，冒出了许多缕淡淡的青烟。一股风吹来，那许多缕青烟呼一声腾起一团又一团的小火苗。火苗火红火红地燃烧，烟气却在田里东倒西歪，四处飘窜。没有一处火苗是烟气直线上升。

最后实在找不到办法，廖文芳不得不提议，还是花钱去找专业的看水师傅。

没过两天，一个穿着黄泥胶鞋的看水大师来到村子里。师傅说找水的方法也得依着季节来，不同的季节自然要不同的方法，他们前面的两个方法一个适合夏季，另一个适合冬季晴天。显然现在应该用秋季的方法。

他在田里转悠了一圈后告知大伙儿：“今天下午是没法看了，明天一早只要有雾，我准能帮大伙儿找到水源。”

大家都不明白，找水与大雾又有什么关系。

晚上廖文芳安顿看水大师在自己家里住了下来，本想与大师讨教看水源的本领，可是人家绝口不提。想来也能理解，本领如若都被旁人学来，那他自己岂不是要失业，喝西北风去。

第二天一早，看水大师站在村子的最高处，他就那样静静地站着，像被施了定身法一样，一动不动。

“田地里只有一层薄雾，头天下午他说只要有雾就能找到水源。”

“难道他是在看雾？”

雾有什么好看的，真不知道他这个本事是怎么学来的。

……

被施了定身法的大师一下子从石头上跳了下来。

“我找到你们村的水源了，有两三处呢。”

听完他的话，村民们喜笑颜开。

“这么快就找到水源啦！当真有水哇？”

“是的，大家带上家伙去一挖便知。”

看水大师知道，自己说一万句也是枉费口舌，还不如说一句“一挖便知”。

事实证明看水大师是对的，至于他为什么要看雾，后来大家才知道秋季早晨雾气直升的地方，就有地下水。至于怎么看，这得有真本领的人才会。

六

千百年来，这片土地上的主角就一直是水稻。

但是近几十年几乎每年都要上演这样的场面。

“不给别人留一点儿活路了？水都是你家的？也不看看别人的田旱成什么样了。”

“我田里没水，你也别想有。”

再要好的邻里，一遇到这样的事必定吵得面红耳赤，像泼妇骂街。

像这样的矛盾廖文芳不知一年要调解多少回。

但对于农民来说，这是水吗？

这是活命。

没有水，稻田会干旱，秧苗会全死。

尽管抢水抢得乌烟瘴气，但稻子却并不争气，产量极低，亩产也只有两三百斤。

七

开工的时候，射进村子的阳光那么明亮，映射在这些青筋裸露的劳动者身上。

廖文芳带着村里一些强壮的青年走在队伍的最前面，他们赤裸着脚，带着最基本的劳动工具，锄头、铁锹、簸箕、独轮车。后面跟着他们其中一些人的父亲、孩子、母亲和妻子。

为了水源，那时候这个村子的所有人，都汇聚成了一个人，他们有同一颗心脏和同一个血肉之躯。

一开始施工时挖开的全是黄土，大家合理分工，青壮年刨土，妇女和老人把土装进独轮车，剩余的人负责最后的工序把土运往统一堆积地。这样的劳作每天要近 10 个钟头，即便是中午大家也绝不休息，饭碗一放就立刻拾起家伙动工。那时候每天开挖的速度也是惊人的，几乎每天都要挖下近一尺的深度。

后来有几平方米进入了岩石层，成为挖掘项目的拦路虎，舍不得买炸药的村民，就只能用钻子、锤子把这厚厚的岩石一小块一小块地打碎，他们的最佳姿势是坐在小板凳或草墩子上，两腿分开。

起初钻子打石头是男人们的活路，因为速度缓慢女人们也闲不住都参与其中，为了啃下这块硬骨头，最后男女老幼齐上阵。

为了水源，他们都有自己的力量源泉。

当真是妇女能顶半边天，这些女人干活丝毫不逊于男劳力。因为在精明的女人中，有一两个善于动脑筋地摸索创造出“一人掌两钎”“二人打悠锤”的高效方法，效率一点儿不比男劳力低。

收工时计算工作量时，男人们也不由得啧啧称赞。

苦虽苦，但确实也有甜。

那些劳动队伍中的人民。尽管他们的穿着打扮十分粗劣乃至寒酸，但他们身材粗壮、面色红润有精气神，他们推着小车，打锤劈石的画面一直很深刻，很温馨或者再直接一点儿说就是很美，很正能量。

芒种过后，绿油油的秧苗被栽种在稻田里，因为水源充沛，一入夏季，水稻长势异常猛烈扬花抽穗，秋后收获。虽然连年劳作苦累，但仍没有过上非常丰裕的日子。因为收获后，大部分要交给国家，看着大车小车的粮食走进粮站、走向城市，劳苦村民们也只有叹息，无可奈何。

八

“勤劳奋斗一切都会好起来的！”这是在村民大会上廖文芳撂下的一句掷地有声的话。

勤劳奋斗一切都会好起来的，这是我们从小学生的课本中就能明白的道理。当然在具体的生活中一切好起来的前提，是需要有正确的奋斗方向。

对于马祖，什邡市委、市政府通过对马祖历史文化的深度思考与研究，决定打造一个农禅文化的特色村落成为马祖村的最初定位。

就是政府的这样一个决定，成为马祖 1000 多名百姓美好生活的序章。

2005 年 8 月 25 日，马祖诞辰 1296 周年之际。此时的廖文芳已经卸任，他回忆这是他在马祖生活六十几年第一次目睹这样热闹的场面。

这天的天气和他当年考上农业中专一样，晴天，但不是最炽热的那种晴天。空中有风，云朵被天上的风拉成了几缕薄薄细细的长条，自北向南。挂满了整个天空。长条的遮挡使阳光格外温和。

村里人早早地就从自家房子里走出来，远远地看见在阳光下金光闪闪的马祖塑像前围站着许多高僧正在拜谒。

全国马祖文化的专家学者此刻也置身于马祖村。

一时间，关于马祖“中国四川什邡首届马祖文化节”的各种新闻报道横空出世。马祖一下子成为全什、全德乃至全川关注的焦点。

一个农禅文化的特色村落就此诞生。

马祖的名气逐渐外扩，外地的游客纷至沓来，马祖村每年仅凭停车场、鱼塘等场所租赁性收入就是大部分村民即便是一辈子不吃不喝也存不到的数字。村组集体账面的资产最高时曾达到过上百万。这样的惊人数字，让村里的一些老实巴交的村民眼角泛出了激动的泪花，这些几十年来眼里只心疼田地，侍弄田地的庄稼人，正是要清清楚楚、牢牢固固地记住马祖的今天。

九

村乡巨变，赢得了村民的点赞，赢来了众多游客的青睐。

穷了几十年，穷得叮当响的村子。在以前的夜晚，不仅是静得出奇，也黑得出奇。夜晚只有天上一些零零碎碎的星光成为这个村子寂静美丽的眼睛。现在的马祖，马路旁一排排路灯驱赶了黑夜，站在灯下看整个村子，看它眼睛发光、面孔发光、辫子发光，整个村子都光芒四射。

接踵而至的烦恼也随即而来，发展的集体经济如何分配给这个村子带来了具体的挑战。那段时间廖文芳也与大部分老百姓一样担忧着同样的事情。面对这么多集体资产，村里的干部担心资金有闪失，被无端指责。老百姓怀疑钱被挪用不放心。这些钱是分是留成为这个村子面临的一个巨大的问号。

村支部书记和镇长起了个大早，他们把情况如实地汇报给市委领导。市委领导也是从农村出来的，听完他们的汇报高度重视，让马祖抓住市上进行农村产权制度改革试点的有利机遇。这件事，可以看出我们政府一贯关注贫困问题，并随即安排学习能力强的干部外出考察。这次的外出考察成为点亮马祖前途的又一盏启明灯。

外出考察学习的干部带回来了一个新的概念：村民持股成股东。土生万物地生金，农民最重要的财富就是土地。农村土地经营权入股在试点区已经取得了不错的效果，国家也在鼓励这种模式的发展。

这也正是什邡此次农村产权制度改革的内容。

那是 2 月，马祖的农民已经不像以往一样只靠土地过日子。可以依靠一天好几十元的停车费，或者自家房屋改造的民宿作为收入来源。在这样的日子里，马祖村人认真从容地推选出了 32 名股东代表。

村委会的干部说，要改变观念。等集体经济发展起来，眼下的停车费和民宿的收入都算不了什么。只要《马祖村集体资产股份制改革方案》一出炉，每一个有股份的村民都是集体经济的股东和老板。

廖文芳也在会场，他远远地望见自己田地里的庄稼，想到刚刚村干部说的村民也能当老板，抿嘴一笑。他明白了股改给老百姓带来的切实利益，意思就是老百姓也可以参与村集体的管理和经营。

随即整个会场掌声雷动。

一项新的改革火焰，在马祖村已经点燃。

十

马祖村村民们有生以来日子从未过得如此滋润和香甜。

2018 年 9 月 2 日晚上在廖文芳家的这座院子里，正在庆贺着又走出了一位考上研究生的孩子，她就是廖文芳的孙女廖皎。

昔日廖文芳读书时窘迫的光景早已是一去不复返，如今合家团圆，举杯同欢。天依旧是那片天，地依然是这片地，但廖家起了翻天覆地的变化，整个马祖地也起了翻天覆地的变化。

五十七年那座曾经蛙声一片的茅屋房已经变成了一片青瓦白墙。五十七年前廖文芳上学走的那条泥泞道路已经是 6 米宽的平坦柏油路。五十七年前靠人力每天侍候的农田，已经是现代机器在高速运作。五十七年前为上学的生活费倾尽所有，现在已经是人均年收入达到 1.9 万余元。

这都是这座位居四川第一的“十大幸福美丽新村”的幸福。

生命不息，奋斗不止。马祖村伴随着股权与产业发展的结合还在继续向前奋进。

村干部这一次没有先召集大家开会，自行带头试种了数百种植物，通过精心比对，决定在全村推广种植大皇菊、万寿菊、黄秋葵等几个既具观赏功能，又能带来收益的植物品种。

在同样的地方，村委会的干部站在台上举着话筒，影子落在“十大幸福美丽新”“全国文明村镇”的荣誉牌之后，他的话筒里传来了这样的声音：要改变观念，等我们村的产权与产业发展结合发展起来，眼下的股权收入都算不了什么。我们要搞观光农业，把大皇菊、万寿菊、黄秋葵的种植连成片，既可以吸引游客，花季结束后还可以采摘卖钱。

让马祖人黯淡无光了几辈子的村子，因村委会干部的此番讲话让大家再次骄傲，为自己是马祖人而骄傲。

月光以它初升时的面貌，素素静静地洒下来，把整个会场填满，随即整个会场再次掌声雷动。

村干部组织村民开辟了“百草园”大面积种植大皇菊、万寿菊和黄秋葵，还成立了马祖药物原料专业合作社。而后又将合作社扩股并更名为现在的“什邡市马祖六合家园种植专业合作社”。

2021 年冬季，由于马祖在自觉挖掘历史文化资源运用于乡村管理和产业发展方面成绩卓著，获“四川省民俗文化之乡”荣誉称号。

廖文芳今年 81 岁，他对研究生毕业回什工作的孙女说：“今天的马祖和当年我们生活的马祖，发生了天翻地覆的变化，回过头看，共产党了不起，社会主义制度的优越性了不起，孙女你要好好工作……”

箭　台

一

三国时期刘备屯兵于此，修筑射箭台演练军武，箭台村因此得名。

一千七百多年后的今天，在这片肥沃的土地上，经过不断续写华章，如今箭台村已经成为成德近郊休闲旅游的热门目的地。更被中央农村工作领导小组办公室、中央宣传部、农业农村部、民政部、司法部、国家乡村振兴局表彰为“第二批全国乡村治理示范乡村”。

这荣誉的背后是一场变革。

箭台村的变革还得从2009年被确定为德阳、什邡两级“新村建设示范点”开始说起。

按照“村民集中居住、土地集中流转、产业集中培育、文化集中打造，农民持续增收”的“四集中一持续”创新发展思路，箭台村开启了新农村建设进程。

在2009年的那个傍晚，夕阳刚落山不久，西方的天空，还燃烧着一片橘红色的晚霞。我们还能回忆起村干部与村民们的这样一番对话。

“如果搞土地流转的老板都跑了，拿不到钱，我们把地也交出了，以后的日子我们怎么过呢？”穿着白衫的老汉伸着长长的脖子，话语顺着颈部的青筋从喉管里喷发而出。

“大家是觉得心里慌，没底儿是吧？”村干部接过老汉的话，“可以理解大家的心情，所以我们政府要做的就是把这个机制保障好！其他地方有的是年底付租金，但是我们村和他们不一样，我们提前给。耕种之前我们就把钱交到大家的手里，让你们没有后顾之忧。害怕企业跑的事，就不会发生。”

“政府给的补贴也太少了，如果多给点，这个地我们自己也可以种！”一语而出，打破了村干部原本讲话的思绪。

“田埂一平，以后分不清哪块田是谁家的，怎么办？”

“要是将来恢复时，我家田面积少了，怎么办？”

……

什么是广袤农村最重要、最基本、最广泛的生产要素？解决土地问题，永远是一个复杂浩繁但意义深远的工作。

心中的疑问被一个个抛出来后，村民的眼睛又直勾勾地看着村干部。

“我给大家打个比方，自己种地好比是开了一家餐饮店，什么事情都要亲力亲为自己管，损失也只有自己担着。我们现在号召专业的人做专业的事情，把流转的土地初步建成农业示范区、花卉苗木种植区及特色餐饮娱乐区等，这就好比开了一个连锁店铺，你们把自己的小店铺租出去，你可以收租金，你来店里打工还有工资，你还能收一笔。至于进货经营等问题你都不用管，旱涝保收，我们政府把这个风险给大家降到最低。”

“我知道大家还关心农业补贴的问题，你们看到的只是一小部分，看不到的才是大头，基础建设、道路、沟渠……这些钱都是要撒在这里面的。”

村干部又咧开嘴，微笑着说：“当然了，这些事情肯定是要政府自己来做。”

“那我不参加规划区内的土地流转呢？”

村干部又解释道：“不参加土地流转的农户，是得麻烦大家把地稍微换一换，这样方便土地连成片，做规模化发展。农业改革的原则就是不让一家一户吃亏，等几个规划区的土地平整之后肯定有多出来的地方，到时候哪家吃亏了再给他补上。现在农业改革大家都说是摸着石头过河，我们现在是村集体和两边对接，政府直接找企业谈，不会有问题。”

“那到底能赚到钱吗？”

村干部继续说道：“我们村两委给大家算过一笔账，平时我们村里的好多人都去附近的厂里打工，你一天不去这一天的收入就是零，但是大家回来，你可以去种植区里打工，不管一天是一百还是几十，都是日结，还是现金。等这里的基础设施建成后，你还可以开民宿、开咖啡馆、做农家乐……这一笔账大家算得清楚吧！”

“书记，我想说两句。”坐在第一排的陈叔今年七十多岁，他把手举得高高的。

“我从小就跟着我父亲下地干活，1952年的时候，是抽多补少，抽肥补瘦，农民按照比例交公粮。后来又过了几年到了人民公社，我们老一辈的人都经历过，那时候干活是大呼隆，吃饭是大食堂，那个日子每天都过得稀里糊涂的。到了 1982 年，土地包产到户，我们农民听到土地包产到户，高兴得不得了，觉得只要自己有力气就可以放心大胆地去种自己的地。农民可以承包土地 15 年，但是不能流转，政府不允许。1997 年是我孙子出生的那一年，我正抱着孙子在听村里的广播，广播里说，土地承包到期后再延长 30 年不变。再后来我们村里的人一个个都出去打工了，好多农田都荒废着，真是可惜！现在国家允许土地流转了，土地对我们农民来说，那就是天！我们这辈人对土地的感情，肯定比村干部你们要深得多。再说我们现在年纪也大了，大田里的活也干不了了，所以土地流转我不反对。我今天想问的就是土地流转政策会不会发生变化？”

村干部听完陈叔的一番话后，缓缓地站起了身子：“农业的改革和发展，乡村的改革与发展，一定是趋势，是可以看到希望的，是可以论证结果的，是可以长远走下去的一条路。我们台上坐着的人大部分是在箭台村长大的，我们对这片土地的感情和大家一样深。乡村怎么振兴？今天在座的每一位其实都是振兴乡村的一分子。陈叔，你刚刚问我土地流转政策会不会发生变化，我们要相信不管政策怎么变，他一定会越变越好！”

村干部的话音一落地，雪亮的灯光下，整齐的掌声在广场上空“墩墩”作响。

刚刚发言的村干部两鬓的几丝银发，仿似几缕导电的铜线，闪烁着亮堂堂的辉光。

二

土地流转后，蓝剑御景园、喜乐汇种植产业园、尚园等为代表的近20家业主入驻箭台村。

花坞·御景园乡村旅游项目是以“休闲观光、农事体验”为主要内容的民俗风情旅游。什邡市首个AAA景区，2012年花坞·御景园开始筹建，20岁出头有些傻里傻气的小伙子阳娃就一直在这里打工。

说起阳娃，这是一个自立自强的人。

阳娃本名不叫阳娃，是3岁那年一场高烧后他的爸爸给他取的小名。

村里年轻一辈人都喊他爸爸贵爷爷。

贵爷爷今年快70岁了，比同龄人的脸上多出了许多的褶皱，一说话就满脸开花。

贵爷爷说，给阳娃取这个小名，是想让他像太阳一样健康地成长，浑身充满温暖。村民们听完后都不由自主地给贵爷爷竖起大拇指。一个目不识丁的父亲却懂得文字的内涵。

那场高烧持续了两天，从脚到耳朵尖都滚烫无比。无知的父母先是给孩子捂块毛巾，见不起作用又在孩子的手指上放血，可孩子依旧高烧不退，躺在床上哼哼唧唧说着胡话，两口子才着急忙慌地去请村里的赤脚医生，医生用手翻孩子的瞳孔看了看。

“还是把他送进城里的医院吧，这孩子的病已经很严重了！”

夫妻二人一个在前面背着孩子跑，一个在后面追着撵，六七公里的路40多分钟就到了，可还是晚了。

医生说，来晚了！为什么不刚发烧就送过来？现在即使是把烧退下来，可能也会影响智力。

夫妻二人一个坐在病床前面对孩子捂着脑袋，一个背对孩子埋着头。

他们都在痛哭！

阳娃痊愈后落下了终身残疾，智力比平常人要低一些。论辈分阳娃的辈分很高，与他同龄的人都应该喊他一声“大爷”。可是村里的人似乎一句也未这样称呼过他，反倒是与村里其他的小朋友一起编起了一段属于阳娃的顺口溜：

阳娃洋得很，端枪打日本，日本投了降，阳娃得表扬，表扬得的多，阳娃笑呵呵。

这顺口溜，就像长了翅膀一样飞到了村子里的各个角落。往后的日子，村子里的男女老少，只要看见阳娃，一高兴就会拿这顺口溜来逗他。阳娃也从不计较，附和着大家一同哈哈大笑。

阳娃在家里是父母的一个好帮手，他们家的脏衣服全由他一人承包。

在洗衣板上把上衣和裤子分开堆放，然后娴熟地把洗衣粉倒在盛水的桶里，用他那双看似灵活的手不停地在水里搅拌。泡沫像被施了魔法活了一样，一个接着一个地飞奔出来，飘上了半空。阳娃用他那沾满泡沫的手去抓它们，被抓回来的泡沫，还能在他的手上跳舞……

2012 年国庆节，阳娃的二叔从成都回来，阳娃说什么也要跟着二叔去成都打工。一家人苦口婆心地劝说了好一阵，最后告诉他让他去花坞·御景园打工才让他打消了跟二叔去成都的这个念头。

阳娃到花坞·御景园后，一个村的工友们看他情况特殊对他十分照顾。从才进园时工钱 30 元一天，到 2018 年年初的 100 元一天。省吃俭用的一家人，万万没想到真有好事从天而降，在 2018 年春节前夕，村里的干部找到贵爷爷和阳娃，告诉他们景区设立了扶贫超市，只要他们愿意，就可以以极低的价格盘下超市自己经营，一家人开心极了，把在场的每一个村干部挨个感谢了一遍。

一个女干部打岔："念啥恩啊，要念就念国家政策好，念阳娃自立自强！"

超市开业的那一天是端午节。端午的太阳是火热火热的，而阳娃一家人脸上幸福的红晕赛过这大太阳。

三

在川西平原，人们把外出谋差事叫——出门打工。按照老一辈人的说法，出门也要挑个好日子，讲究"三六九往外走"，谢姐和丈夫第一次外出打工就定在了农历 2002 年九月初九。

初九一大早，老母亲起了个大早，烧水做饭忙个不停。不善言谈的父亲坐在八仙桌主座，抽着自己种的雪茄，抽完烟后搜肠刮肚总结了好几条出门的经验告诉女儿女婿，在车站不要围观看热闹，不要可怜所谓的穷人，上下车时不要慌，记清自己有几个口袋行李。

并顺手把腕子上的手表摘下递给女婿，嘱咐路上看个时间方便。手表是"上海牌"，夫妇二人接过表后有些细微的感动。

早上 7 点，夫妇两人从箭台村骑着自行车出发到汽车站，经过几个小时的跋涉，中午 11 时左右到达了送货的目的地——绵竹市土门镇。

药房的老板一米七左右的个头，身材匀称，穿着得体，古铜色皮肤，四方脸，小平头，两眼炯炯有神，说话不疾不徐。清点完货物后把货款交到了夫妇二人的手中，这是夫妇二人第一次尝到销售的甜头。

回到家时，远处的蓥华山，近处的田地，都被浓浓的夜色抹平了，地像一块巨大的黑布。

这样风里来雨里去的销售日子过了六七年，2009 年那场坝坝大会后，37 岁的谢姐心潮涌动，决心把自己家的房屋改造成中餐馆，期望改变生活和风里来雨里去的命运。

他跑到邻屋的姐姐家，期望得到姐姐的支持。

“我们姐妹俩想到一块去了，幸福是自己创造出来的！”姐姐的回答让谢姐更是信心百倍。

2009 年中秋节那天，“古邑茄园”的牌子挂在了谢姐家的房檐上。开业的那天有两桌客，一桌什邡城里的一桌德阳城里的，都是来看箭台村的。箭台村还在建设，他们的兴致倒是蛮高，一边喝着杯中的茶一边说：“不虚此行，不虚此行。一个农村能规划成这样，文化气息这样浓厚真是开了眼界。”

来的两桌客人都不看菜单，也不定标准，直接对着谢姐说：“把你们店里最有特色的菜给我们安排就是。”

姐姐在厨房里掌勺，不大一会，满盆满碗满桌。全是农家特色菜，吃好管饱，一点儿不亏待。

两桌客人吃得新鲜，吃得实惠，吃得不像花钱倒像是走亲戚。

其实，谢姐有她的账算，箭台村是政府花大力气规划建设的，他们家也是借梯上楼，借了政府的光挣钱，待客就得实惠点儿，千万不要把账算精了。

四

随着村里2000余亩土地全部参与集中流转，箭台村发展起乡村咖啡、乡村酒馆、新型农家乐、民宿等20余家小店。悠居民宿就是其中一家。

而创办这间民宿的老板陈叔，在外闯荡了40多年，带着对家的深深眷恋和情怀，回到了箭台村。

悠居民宿，位于芳菲苑。民宿的主人陈叔，是一位年过花甲的人，可做起活路来，雷厉风行，老两口把一个三层楼的房子收拾得干干净净，客房里各种器具摆放得整整齐齐。房门口盛开的桃花，艳艳的、软软的，挨挨挤挤的，远远望去像一个个粉色的绒球。

为响应政府兴办民宿的号召，助力乡村振兴，2020年陈叔回到村里，决定开办民宿。一家人开始风风火火的行动，陈叔负责跑营业执照，女儿和妻子开始布置装修，他们把家乡的恬静、小溪流水等要素融合在整个庭园装修中。还买回许多盆景花卉，栽植在二楼的阳台上，让整个房屋掩映在温馨与舒适中。

2021年10月在他们家建起了民宿，独立的客房、休息厅、卫生间、洗衣间，棋牌娱乐、雅间包厢一应俱全，设有大床房、双床房和三床房，可以容纳6家人同时居住。最为关键的是客人可以在 10 多个平方的厨房里自己做饭，做自己想吃的美味佳肴。民宿除接待广汉、绵竹、德阳的游客外还有来自成都的游客。

民宿自营业以来备受消费者青睐，游客在与陈叔交流时说，开窗可见新农村风光，低头可听潺潺流水，一幅安居乐业的场景。

五

盛夏的日子，湛蓝的天空没有一丝云彩，一阵阵舒心的凉风扑面而来。曾经，箭台村“以花为媒，以花为信”，使“花信箭台”在周边乡村旅游中小有名气。如今，箭台村因“和睦家园”的建设，让整个村落更加幸福、安定，并荣获全国文明村镇称号。

2017 年 1 月起，箭台村就启动了“和睦家园”建设，着眼于人、家庭、院落、乡村四个目标。将德治、法治、自治“三治合一”。已累计评选出和睦家庭 44 户，成为邻里乡亲学习的榜样。

对于赖叔一家来说千篇一律的日子是从老父亲去世后，母亲忍受不了打击重病在床开始的。

老父亲是突然没有的，一个好端端的人突发脑出血就去世了，连最后的一句话也没有留下。

“老头子。”老母亲看着眼前冷冰冰的人，哽咽着话都说不出来，“我们吵吵闹闹大半辈子，你临走都不给我留下一句话，好歹生场病也好，吃点儿好的也好，让我和儿女们侍候你几天。”

接下来老母亲除了哭，啥也说不出来。她的哭让儿女和亲戚们全都无法安慰。每一个人都知道这位老母亲的脾气，从年轻到现在整个家都是她说了算。与老母亲要好的邻居老阿姨实在看不下去才走过去一把扶起这位嗓子都哭哑了的老母亲。

老父亲的后事办完的那一天，这位老母亲突然觉得自己很累，一下子倒在了墓碑前，这一倒就是好几年。

老母亲刚卧病在床那一两个月，赖叔和妻子有时无奈，也着急得直流泪。日子久了就渐渐适应了照顾老母亲的日子。

往后的日子因为老人长时间卧床，身体循环机能减退，有时候连吐痰都完成不了。

照顾老人的赖叔就用手一点一点抠出满嘴的黏痰。有时候要用完一包卫生抽纸，才能完成。

有一次，邻居看见这一幕，恶心得到洗手间一顿狂吐。

后来邻居告诉赖叔："你太让我吃惊了，换作是我肯定受不了。"

赖叔一边洗一边说："一开始我也恶心，时间长了，就习惯了。"

后来村民们这样的话就时常传到赖叔一家人的耳朵里。

"我们太敬佩这两口了，真孝顺，一般人做不到。"

"真是太受累，太辛苦了……"

都说久病床前无孝子，赖叔和妻子却几年如一日地照顾母亲。诠释着什么是羊羔跪乳之恩和乌鸦反哺之义。正因如此，赖叔家庭也被村民推举为"孝老爱亲和睦家庭"。

尾

2020 年 11 月，箭台村获全国文明村镇称号。

2021 年 4 月，箭台村被四川省委城乡基层治理委员会评为“四川省首批乡村治理示范村镇”。

2021 年 7 月，箭台村入选四川省第二批省级乡村旅游重点村镇建议名单。

……

箭台村的成果告诉我们乡村振兴不是修了多少路，路上装了多少灯，而是村民物质的丰腴和精神的富足。

红　豆

一

潘伯伯，人称潘老四。

当了六十几年农民的他却过上了“城里人的生活”，用他自己的话说就是：“人都被埋到地里大半截了……现如今到了 80 岁的年纪，啥都要买来吃。”

80 岁的潘伯伯，瘦高身材，瓜子型脸庞，因为年轻时候长年的劳动让他脸上的皮肤显得格外粗糙。在烘烤的阳光下，他赤裸着上身，这是夏天以来在各个地方盛行不衰的“膀爷”统一状态。

搭晒大米的是两个竹簸箕，竹簸箕透气通风利于晒粮食。潘伯伯边晒边娴熟地勤翻动，捡出杂质。阳光下两堆竹簸箕上的大米像天上掉下的一块白云，清逸缥缈，银浪翻涌。

他的妻子，矮矮的个子，圆滚滚的躯干。虽已经是花甲之年，只要你近看她的两只眼睛，光亮亮的，好像藏着深邃的故事。

两夫妇居住的这座房子是一座精致的小四合院，一砖一瓦都散发出古朴浓厚的生活气息。房屋沿袭传统中式白墙灰瓦的基调，围墙同色搭配，风格一致。精致的窗花格栅、漏窗小景极富川西韵味。

屋内发亮地板嵌在每一个房间内，雪白的墙壁上壁灯闪光耀目。吊灯上的无数盏毛玻璃的圆灯大放光明。该有的现代家电一应俱全。

这就是 80 岁潘伯伯和他 65 岁老伴朱嬢嬢的家。

这对年龄夫妇，相差 15 岁，结发 52 年，跨越半个世纪。这样的婚龄我们称为——金婚，情如金坚。如果爱的生长能够永恒，这对 52 年的结发夫妇可能就是它的范本。

二

让我们把日历翻到 1970 年农历冬月初二的这一天。在红豆村的潘家，茅草篱笆的新房墙壁四周用泛黄的纸张裱得平平整整，新新崭崭的箱柜红通通，贴着醒目的大红囍字，整个房子都被装点得喜气洋洋。

吃过早饭，潘老四的迎亲队伍挑着聘礼，风风火火、热热闹闹地出发了。

新郎家里剩下一伙儿前来帮忙的人便启动了忙碌的按钮。房屋上浓烟滚动，院子里热火朝天。小朋友前前后后，三五一团，时不时地向远处悠悠张望，盼着新娘子的到来。

在那个年代，家里条件稍好的人家迎亲的车通常是自行车，车头上戴着大红花，新媳妇就穿着红艳艳的新衣裳坐在自行车后座上，双手紧捏着新郎的衣角。但也有大部分条件不允许的家庭，结婚那天新娘只有靠脚上新新崭崭的花布鞋，和轻一脚重一脚的新郎官一起走回家。潘老四媳妇自然是后者，她脚上的这双花布鞋是她奶奶翻箱倒柜找出的一件破旧花棉布衣服，花费了大半个月的时间一针一线做成的。每一针中、每一线里都藏满了老人家对将要出嫁的孙女绵绵不绝的祝福。

潘老四的新娘，这个 18 岁的姑娘，穿着双花布鞋走向了人生的另外一条路。

在家里的小孩儿们，探出脑袋，睁大眼睛等待着。仿佛过了一个世纪终于听见村口的鞭炮声噼里啪啦地响了起来。大的孩子直奔向前，小的孩子便由大人引领着去看新娘子。好几个七八岁换了牙还没长出新牙的孩子都争抢着围拢在新娘子跟前，让新娘子摸一摸还没长出牙齿的牙龈。新娘子不紧不慢，手肘微微弯曲，右手轻握手中四根手指，伸出食指，把这些张大嘴巴的小缺牙挨个摸个遍。被新娘摸过的小缺牙，笑意充满了整个脸颊，看上去比新郎还要开心满足一百倍，然后扭着屁股走开了。

为什么要让新娘摸没长出新牙的牙龈，据说只要让新娘子一摸牙龈就能长出新的牙齿。到底是真是假，恐怕只有去问问当年被潘老四媳妇摸过牙龈的那个孩子才能够证实。

三

还有一些没来得及到村口的人，在院子里着急地等待着。

新媳妇端庄，羞涩，惹人怜爱。

她进门的那一刻，所有人的眼睛都快钉在新娘子的身上了。

正午 12 点，喧闹人群簇拥着，见证着这对新人拜完了天地。

随后，院子里的酒席之上马上就有了咀嚼声与酒杯的碰撞声，男男女女，老老少少开始在各自的席位上咀嚼着嘴里的美食，吞咽着口中的美酒。

新郎和新娘拿着喜烟提着喜酒，从至亲父母长辈开始一桌一桌敬酒、递烟。

那些爱抿上几口的男人和女人便借着这辣烈烈的喜酒，烧红了红通通的脸颊。

小孩子忙不迭地从浅浅的碟里夹上自己喜欢的菜塞进自己的小嘴里，碗碟一会儿便见了底。下一步便是大菜上桌。通常是“三大碗”飘着香味，尤其是整齐摆在碗里的几块肥瘦相间的大肘子，更是撩人食欲。

酒足饭饱后，最令人期待和欣喜的是晚上的闹洞房。

娶媳妇闹洞房，是多少年传下来的老规矩。

农村里没有电视，看电影的次数更是寥寥无几。

日出而作，日落而息。日复一日，年复一年。

村里谁家娶了新媳妇，闹洞房就成为全村人的狂欢。因为在这个房间里，可以来一场情感的宣泄。

就连那些平日里难得开怀一笑老是摆着架子的长辈，也会借闹洞房不分大小的幌子，忍不住挤进房间，凑上前在新郎官和新媳妇的面前调侃几句，顺便捡个便宜占占。

新媳妇刚一进洞房，几个孩子一窝蜂似的涌进洞房，把新媳妇团团围住，拉扯拖拽，嚷嚷着要喜糖、要红包。新媳妇掏出口袋里的一大把糖果和几个红包，向空中一撒，随即引起一阵狂轰滥抢。而后一群年轻人又冲了过来，他们的力气更大，推推搡搡直到把新娘装喜糖和红包的口袋撕破。新娘在婆家嫂子们的竭力保护下，第一个闹哄哄的小高潮才算结束。

接着就是各种刁难新郎和新媳妇的游戏……稠人广众，即便新娘有千万个不愿做，也必须做且不能恼，因为恼也没用。真是半点不由人，万般皆无奈。

洞房被里三层外三层的人围得密不透风。站在村口，你都能听到一浪高过一浪的哄笑……

洞房之后，刺骨的寒风透过窗户的缝隙钻进了这间简陋贫瘠但还热气腾腾的房间。

海誓山盟、甜言蜜语由他们接下来要过的日子慢慢书写，由村里的红豆树娓娓道来。

四

劳动，成为他们婚后生活的主要内容。

可是在那个贫瘠的年代物资匮乏，土地贫瘠。分家后，他们得到了一间极其简陋的窝棚，木刻楞窝棚里抹着泥皮，墙上的一个木板放着一个秋天摘来的舍不得吃的葫芦瓜，两个枕头、一床被子，一张饭桌，还有三副碗筷。

潘老四两夫妇搬进家的第一件事情就是创造。他们凭借着两人的劳动创造出了一个猪圈、一把犁杖，还有许多播种的工具。

半夜里公鸡没叫两口子就爬起来，吃完饭扛起锄头就要到田里刨庄稼，割草、搒草。

老潘家一家四兄弟，老大、老二、老三都早年成婚，分家自然也有个先来后到。轮到潘老四就是最远，最差的几分田地。地里的草疯狂蔓延与它的主人针锋相对，潘老四许多时候用镰刀割草，即便使出浑身力气草也不见少，一天干下来，许多时候他连往回走的力气都没有，进了院子，连端碗的力气都没有了，吃饭后，有时累得像一条“死狗”。

几个星期后蔓延的草终于被潘老四连根拔除。

古语云，人就是干活，活动的人，人能闲死不能累死。正是这句话在鼓励着潘老四和他的媳妇。

五

他们先在猪圈里养了一些小鸡，可笑的是，那些鸡充满了野性，不是飞出圈外，就是飞到房顶上，把潘老四的家弄得鸡飞狗跳。

1975 年的秋天，他们的庄稼地里终于长出了粮食，他们把玉米放进了一个自制的木架，木架上有凹槽，玉米放进去，人手拿一个木棒，一下下地敲打，便可脱粒，精彩极了。

一粒粒的玉米，被潘老四的媳妇磨得细细的、软软的。再把它们和成团放进蒸锅里，那新鲜玉米做的馍，香香的、糯糯的，吃上一口甜滋滋的。

这就是他们分家后过的第一个收获节。

红豆树见证了他们的故事，一分钱计划着当两分钱花。日子虽然清贫，却也充实。

因为谦卑、努力和上进，1965 年在社员选举大会上 28 岁的潘老四当选为生产队队长。

潘老四回忆说，自己的队长当得普普通通，无功无过。所以在这未能挖掘出更多的故事。

20 世纪 80 年代初期的 1982 年，红豆村已经繁衍成一座有 100 多户的大村子。

1982 年迎来了这座村子的大革命——包干到户。意味着农民的致富完全是凭勤劳苦干，不是靠关系和资本。这是潘老四当 17 年队长即将要面临的整个生产队的头等大事。

怎么分是一门学问，分得不打架更是一门学问。

从镇上到村上再到生产队都统一安排后，将田地都按照上、中、下三等划分，然后再通过抓阄决定每家人分得的土地。

最后一块地分完是傍晚的时间，潘老四也早早地收工回家。然后，和媳妇再吆喝上在村里玩闹的两个女儿一起去了地里。那些田地还是那些田地，地里的庄稼因为养分不足，不够绿也不够葱茂。每片地的地头和地尾都插上了一块木牌，上边写着被分到田地的人名，人名旁埋着像界碑一样的石头。

“那地里的庄稼怎么收？”

“在两个界桩上拉上绳子，谁家的归谁。等这一季粮食收完后再打地埂。”

“这片地的麦子打完后都是我们的了吧？”

“交完公粮就都是我们的了。”

“那我们家得交多少？”

“这个你就不要操心了，反正剩下的总比交的多。”

两个孩子跟在父母的身后，似乎听不懂夫妻俩说的那些个名词。他们有限的认知里是不知道“包产到户”跟他们有什么关系。

六

在分完土地后一个星期，生产队的广播响起了。全村的男男女女、大大小小、老老少少都或蹲或站或坐地挤到了红豆树下的小坝里。

“潘富国家来了没？”

“来了！”

潘老四这位队长站在小坝的正前方开始点名。

一百来号人，很快就完成了。

“现在开始抓号！”

潘老四宣布完，就拿着一个大大的簸箕站在了坝子中间。

簸箕里是写有罗马数字的纸团。

村民们簇拥着潘老四，你推我搡场面几乎失控。

“别挤，别挤，都是大家伙儿同意分的东西，谁先谁后都看手气。”潘老四铆足了劲儿从喉咙里喊出了这句话。其他干部也都过来维护秩序，场面才得到控制。

十几分钟后，所有的号全部抓完，潘老四转过身，走到他刚刚点名的地方，又一次让这个簸箕履行了装运气的使命，和保管员开始抓了他们自己的阄。

接下来的场景依然热闹喧天，哭鼻子的人又多了几家，跳脚骂的人也有几家。

抓到阄的张二爷，看着自己抓的是一把锄头、一头猪。当场怨声载道起来，“龟儿子的，老子的地都分到手边了，连头犁地的牛都没有抓到哦，这地咋个种吗！”

村里的一些人用奇怪的眼光看着张二爷，直到松散的队伍四散而去，也没人去劝慰他。

有些人因为贪婪，想得到更多的东西，却把现在所有的也失掉了。

后来回到家后，潘老四才与妻子交流最后簸箕里只剩下两个阄时自己的心情，其实他的心情也很紧张但是当看见是把剪子和一只小猪时，脸上也表露出了欢喜，但这样的欢喜他不便于在这个场合过多地流露出来。

七

一头小猪，自从他家的猪圈搭成后的这几年里，潘老四的媳妇一直想能在猪圈里养猪，奈何经济不允许。

时间还不到中午哄闹的场景就逐渐平静。

村民们拽着羊，拉着牛，拖着猪，挑着家禽。刚刚在小坝里的怨声一下子变成了嬉笑声。

红豆树见证着这欣喜、抚慰人心的一幕。

这天午饭，整个村子的人破天荒地找出家里最丰富的食材，最丰盛的食物就是他们的仪式感，象征着今后可以吃饱饭，可以靠劳动致富，可以实现孩子上大学的梦想。

吃完午饭后，很久也没有听到曾经准时响起的钟声，那天下午全村的人都没有去出工。

自从“包产到户”后，潘老四这个生产队长一下子就清闲了下来。

在大集体的时候，大到安排生产、登记分工，小到社员请假、分粮分菜，可以说队里的大小事务，都是他一个人说了算。

在一个逢场天的日子里，潘老四去上街了，他心里盘算着要在街上吃完午饭后再回来。在酒桌上，潘老四和他的另外三个朋友尽情地释放情绪，才动筷子那会儿这四人还有一些谦恭和小声，慢慢地，随着酒劲上头，便张扬起来，也嘈杂起来。

在说不尽的“一点点、哥俩好、三星照、四喜财、五魁首、六六顺、七个巧、八匹马、快喝酒、对元宝”的划拳声中，酒劲一浪胜过一浪。这一天潘老四碰上了旗鼓相当的对手，酒话扯来又扯去，直接从中午吃到了接近掌灯时分。

潘老四面红耳赤，精神恍惚，身感发冷，才想起应该起身回家。回到家后，满脸通红，连头发茬都是红的，两眼发直且眼泪汪汪。

妻子看他醉了，劝他睡觉，他也不听。

开始发起了酒疯。

一会儿号啕大哭，一会儿又破口大骂。妻子明白，这是他在发泄他内心的情绪。

一个队长当了几十年，在这个保护壳里生活了几十年，如今，习惯的生活突然被打破，难免叫人因失落而滋生出些许悲伤。

一向连重话都不曾在孩子面前说过一句的潘老四今天一反常态，他的反常着实吓着了两个闺女。

他们蹲在灶前，正眼都不敢看自己的父亲一眼。

几个小时过去，潘老四闹够了自己上了床。

那场醉酒之后，潘老四生病了，很多天都不能下床劳动，妻子端着饭碗放在他的床头。潘老四想要说些什么，但是妻子马上抢过他的话，仔细地盯着潘老四。

“你多吃点，田里的庄稼还等着你呢。”

在往后的几十年里，潘老四回忆起自己醉酒后的那一次，都闪着泪花子。

他告诉我，一个好媳妇的标准不就是他媳妇这样吗？会体贴人，会持家过日子。

懂得珍惜的人才配拥有更好的幸福，这个道理潘老四用后半生一直都在践行，以至于以后很多年，潘老四再没醉过酒。

八

刚刚“包产到户”因为缺水整个村子的收成好坏全看老天爷的脸色。

会持家的潘老四媳妇，带头办起了村里养殖业务。

善于创造的两夫妇，把原来的茅草猪圈用石头砌成了墙，南面大敞着就是猪圈门，从风水学上来说这样的构造极好。猪圈的四周是用黄泥加麦秆做的土墙，房顶上的茅草能遮风挡雨。那只分到的成天哼哼唧唧等食物吃的小猪就住这通风的茅草屋里。猪圈正前方是用一块石头凿打的猪槽，经得起小猪的拱掀踩踏。

那时候，不光是潘老四的媳妇觉得猪圈是家里的宝，很多农户都觉得是。

他们可以不修厨房，在院子里随意支起一个棚子，棚子里用石头随意堆砌搭一个灶台架一口小铁锅就能把饭做熟，把菜炒好。

如果没有猪圈万万不行。养猪既可以杀猪吃肉，还可以卖猪变钱，最主要的是平时能够攒猪粪，变农肥。正如谚语所说——“庄稼一枝花，全靠粪当家”。

对于潘老四的媳妇而言，这头猪寄托着家里还债的希望。

猪崽待在圈里时而嗷嗷叫着、时而哼哼闹着，潘老四和媳妇听着，便觉得空敞的院子里有了希望，贫苦的日子有了盼头。

九

冬天对于人吃的粮食都不够的潘家，小猪崽儿主要的食物也只有野菜和刷锅水，虽稀汤寡水但小猪崽儿在它的石槽里也吃得食物飞溅，格外香甜。

让潘家感到无上光荣的是次年的秋天，秋收过后，一些玉米、土豆、黄豆相继都成熟了，不仅是人的好日子，更是猪的好时候。

潘老四的媳妇抓住了秋季养猪肥膘的好时机，此时的小猪崽儿早已经变成了大猪，它在圈里无忧无虑，除了吃就是睡，感觉幸福极了。

到了冬季，是潘老四家高兴的季节。养了一年的猪终于可以出栏了，拉出来一卖，就是全家这一年的大花费。

过年给两个女儿添置新衣裳、来年给两个女儿交学费还有人情来往随礼……全都指望这头出栏的猪。

“家里有粮，心里不慌，一头猪就是一个小银行。”

那天一大早，潘老四的媳妇煮的猪食明显好于往常任何时候，加入的玉米面、青菜也比从前多，稠稠的一大锅。这是一顿“送行饭”，但主要目的还在要让猪吃饱喝足以增加过秤的重量。

出栏的猪好像早有预感，只“哼哼”着并不认真吃，任凭一家人如何伺候。

当邻里的几个壮汉把猪捆绑起来的时候，周围的孩子早已跑得远远躲起来，不时伸着好奇的脑袋，孩子们见不得那种场面。猪在木架子车上尖叫着，哀嚎着，而壮汉们却无视着吞噬了这头猪仅存的求生欲。

两个女儿在房檐下瞪着双眼，算是给猪送行吧！

几个钟头后，当潘老四手提着糖果，怀揣着一沓崭新的票子回来时，这一家人似乎早已忘了刚刚残忍的场面。因为他们早已盘算，待过完年，这寂静的猪圈里，又会多一只或者两只小猪崽。

十

转眼间几千个美好的日子从潘老四一家人的手中溜走。

大女儿出嫁了。2010 年 9 月 22 日潘老四的二女儿也出嫁了。回忆起二女儿的婚礼，潘老四有说不完的话。

他告诉我，据当地《乡志》记载，诗人杜甫夜宿亭江寺（杜临观）时，亲手栽下了村里的这棵千年红豆树。这座位于成都平原北缘的什邡市红豆村，地处石亭江与鸭子河之间的江村，因这株有 1200 余年的红豆树而得名——红豆村。

红豆树高 50 米，树干需 4 人合抱，为中国西部红豆树之冠。每每来到这里的人都会绕树三圈，将“红豆生南国，春来发几枝。愿君多采撷，此物最相思”诵读一遍又一遍。

而后又会从嘴里发出啧啧的感叹：“多好的树啊，屈身在这低矮的房屋前真是可惜了，这个村的特色文化应该被挖掘……”

“5 · 12”地震后，什邡市委、市政府将红豆村按照“现代川西民居”风格进行了统一规划重建，以现有千年红豆树为依托，深入挖掘相思爱情文化，发展婚庆旅游产业，在境内打造了红豆广场，设有印心池、鸳鸯井、情人桥等景点，并将之产业化，打造独特的川西婚庆文化特色产业村，带动婚庆活动、仪式、纪念品制作销售、相思林种植认证、特色婚宴等产业链的形成。

这棵千年红豆树屹立在红豆广场的中央，见证着村里翻天覆地的变化。

潘老四家的房子变成了我们故事开头叙述的模样，猪圈伴着修建房屋的轰鸣声不见了，家门前的田地和菜园建成了一条红色的蜿蜒曲折的能散步、能骑车，还能开车的景观大道。

新建的红豆村得到了中央领导的高度评价和肯定，说明方向和路子是对的。

为了让红豆村在川西平原一炮打响，什邡市委、市政府请专业公司策划，2010 年 9 月 22 日，中秋节那一天在红豆广场上，在这棵千年红豆树下，99 对曾经参加过“5・12”抗震救灾和灾后重建的志愿者、军人、武警、援建人员的新婚夫妇，许下了相伴一生的誓言。

集体婚礼仪式上，99 对新人还收到了 108 个“罗汉娃”及金婚夫妇的祝福。他们共同传递月老线，种下红豆树，喝下同心水，挂上同心锁。

潘老四的二女儿和二女婿就是这 99 对新人中的一对。

那是一个灿烂的日子。

十一

红豆村一下子变成了网红打卡的地方，千年红豆树下，游客们拿出手机、相机与红豆树留影，定格下自己的笑容。

游客和车辆的增多，胀鼓了红豆村村民的腰包。潘老四利用门口右前方闲置的那块空地做了私用停车场，在门口处还搭建了一个小摊位卖烤肠、玉米、气球……正常情况下，每天收入百八十元已经是稳稳当当的事了，所以我们说他现在成为“城里人”不用种地，啥都买来吃。

无疑，像潘老四这样的红豆村村民是幸福的。

红豆村追寻幸福的脚步还未停歇，2019 年，以红豆村村委会、洛阳村村委会和四川众亿旅游资源开发有限公司合作成立的什邡市风情小镇建设发展有限公司为主体，打造“红豆幸福里”项目，再次成为红豆村 260 户，703 人以土地和资金入股人追寻幸福的足迹。

此次项目建设是农旅文旅融合的发展方式，使村内环境及像潘老四这样的村民生活品质、生活幸福感和归属感同步增强。村两委对“红豆幸福里”景区就业居民进行了有针对性的分类职业培训，潘老四的媳妇也在培训的行列，目前一家人收获着两份“工资”。

用潘伯伯的话说，这才叫幸福。

2021 年 3 月，什邡市师古镇红豆村入选第三批“四川最美古村落”名单。

如今潘伯伯的生活越来越好了，时隔几十年后，我们谈话的那个中午，潘伯伯端起酒杯又开始喝起了小酒。

但这一次的酒他感到无上的荣光和幸福。虽然话不多，但在喝酒间他的眼睛总是笑盈盈的，闪着耀眼的幸福。

尾

“红豆生南国，春来发几枝。”

红豆本名相思子，红豆豆荚呈鸡心形，豆既圆且红，晶莹明彻，几如宝石，每每结实中一荚内怀有两颗红豆，名为双红豆，实为世间稀有的宝物。

千年红豆今犹在，这样世间稀有的宝物在师古镇红豆村就有一棵。

城 东

一

不种地的日子已经过去六年了，表爷爷不变的还是保持几十年如一日6点起床的习惯。唯一改变的是把早上出门时手里的锄头变成茶杯。

表爷爷才住进小区的那几年我们时常能听见他和门卫这样的对话。

“表爷爷，你还要去种地？”

“不种地，我去看看他们承包了我那块干田地的草除干净了没。”

这一两年我们听到了他们之间这样的对话。

“表爷爷，散步去啦？”

“嘿嘿，早上走一走，活到九十九。”

表爷爷其实做梦也没有想到，自己的晚年能过上这貌似神仙的生活。不用种地，也能有饭吃。不用流汗，也能有钱花。

其实表爷爷就是城东村地地道道的农民，13岁那年他成为这个村的农民。

那年，表爷爷的父亲因为修村里通向外界的机耕道去世了。

为了拓宽村里的机耕道，大家必须铲平耸立在机耕道旁的一座小土丘，起初大家都以为土丘里堆积的全是泥土，那就只需要挖土的锄头和铁锹就能挖动。可是挖到三分之一时才发现里面包裹着一块巨大的石头，锄头和铁锹牙都快磕破了，那块巨石也才似被人挠痒痒似的掉了身上的一丁点儿皮。

“用炸药炸开。”表爷爷的父亲抛出了一个节省气力的建议。

他们在这块巨石上打洞，装进炸药，然后安上雷管和导火索，所有人都躲避到很远的地方。

表爷爷的父亲是这场爆破的总指挥，他的嘴里吹着口哨，挥动着手里的玉米秆提醒大家注意避让，导火索就在表爷爷父亲的脚下，他弯下腰划过一根火柴，点燃了脚下的导火索。不出意外只要这根导火索引起雷管轰然爆炸，一条新路，一条拓宽的叫作机耕道的路，就会顺着城东村一直延伸到德什公路。那一天，埋在巨石内的炸药没有爆炸。所有人等了近 40 分钟炸药还是没有爆炸。这场爆破的总指挥表爷爷的父亲，耐不住性子走向了巨石，他要去看看究竟，他刚走到石头前，还没来得及探出头，炸药就炸了。表爷爷的父亲和那块巨石就一起飞到了天上，然后又掉到了庄稼地里，那块庄稼正是表爷爷家的。

那时表爷爷只有 13 岁。

二

两个月后城东村的机耕道建成了，建成的那天，村民们拿上许多祭祀品，走到了表爷爷父亲落下的那块干田地里，机耕道开通了，可是表爷爷的父亲看不见。

13 岁的表爷爷成为家里的顶梁柱、总指挥，今天干什么，明天干什么分得很清楚。为了尽量减轻母亲和奶奶的劳累。他一定要先完成路程较远的活路，他们家有一块干田离家有一里多。那块干田就是父亲当年去世的地方。所有的收成靠劳力背回家，来回要花一个多小时。

表爷爷惜土如金，前几年，不用谁喊，不用谁催，总是麻溜儿地拾掇完，不吃早饭，扛着锄头，背着背篼光着脚，就走向庄稼地。

那个年代不论是耕种时，运送肥料时，还是收割时，运回粮草时，全靠肩挑背扛。扁担压弯了腰，田间地头一天来回好几趟。

2011 年村里迎来了一个好的政策，农民的土地要全部流转用来给外地招引的现代职业农民统一种植。

可是表爷爷家里的那一块位于以前的机耕道，现在的水泥路旁的干田他不愿意流转。

村里的干部前前后后来他家几趟，得到的都是同一个答案。

“其他的土地随便怎么流转都可以，甚至如果政府需要把我的房子征用都行，这块地我是绝对不同意流转的。”

原因表爷爷不愿意向村干部说，但是村里的人都知道，这块地里有他对父亲的念想。

人是靠念想活着的，念想怎么能随随便便地丢掉。

土地流转，土地流转，经常看新闻的表爷爷不是不知道土地流转的好处。

只要土地流转出去，原本在家种地的农民就可以放宽心去城里打工或者去干其他的工作，而且还不耽误自家的田地被人种植，并且自己每年每亩地还可以拿 1200 元的租金，可谓是一举多得。

可是表爷爷心中的结没有打开。

三

一生要强的表爷爷，30 岁那年成为村里第一个买拖拉机的农民。那个年头有太多的第一，第一个考上中专的学生，第一个生了双胞胎的妇女，第一个买了二八大杠上海永久牌自行车的农民。那些年头，城东村的历史就好像每天都在翻新页一样，有很多第一。拖拉机是前面的所有第一中最博人眼球的，因为他个体大，适用性强，对 20 世纪 80 年代的农民来说，他就是发家致富的能手，还是撑脸的场面。

村民们围站一团，站在庞大的机器面前。惊奇、赞叹，不停摇头。嘴里发出啧啧的赞叹声，不愧是强人老刘的儿子。哎，可惜了，这么体面的今天，可惜你的爸爸看不到了。

有人试图伸手摸一摸这个庞大的铁牛疙瘩，可是被表爷爷警告了。

“不要摸，不要摸，只许看，不许摸。”

这话后来就在村里传开了，大家见到表爷爷和他的媳妇就会大声嚷嚷。

“不要摸，不要摸，只许看，不许摸。”

观摩现场还有人替表爷爷担忧，这么好的机器，这么重的机器，遇上下雨天我看怎么从这路上爬得出去哦！

表爷爷抬头望望天，望望不远处的崟华山，山上的云彩银光闪闪，头上的天空一片湛蓝，离下雨还远着嘞。

四

自从表爷爷有了拖拉机，一到农忙时节，机耕道上就是一片金灿灿的景象。村民在机耕道上铺上晒席，大家都争先恐后地把打不均匀的粮食放到晒席让拖拉机给碾一下。粮食秆碾碎了，心灵手巧的农妇可以用被单装起来铺在床垫上冬天保暖。剩下的糠可以塞进枕芯当作枕头，而粮食迎风飞扬一下，留起来的粮食，几乎一点儿沙子也没有。

表爷爷不得不承认，当初自己买拖拉机回来时，村民善意的担忧是对的："这么好的机器，这么重的机器，遇上下雨天我看怎么从这路上爬得出去哦！"

自从有了拖拉机，表爷爷最害怕的就是下绵雨。

可是一年总是有那么几场绵雨，簌簌的风呼呼地吹着，阴沉沉、雾蒙蒙。昂首仰望蓥华山，一块儿厚厚的浓云笼罩在山巅。

"山上戴帽，长工睡觉。"有经验的城东村庄稼人此时准确地预报着天气。

午饭过后，连绵的秋雨大一阵小一阵，毫无停歇之意，像击缶似的淅淅沥沥地下了起来。对于居住在城市里的惬意的居民来说，下雨无非就是站在窗前听滴滴答答的水声，看小区里匆匆来去的花伞，看马路上飞溅而起的水花。看累了躺在大床上舒展开身躯，哼着曲然后打着鼾……

对于像表爷爷这样的田里正在收获稻谷的城东村庄稼人来说，这雨下得真不是时候，眼看熟透了的谷物在风雨的摧残下，一垄一垄全部倒下。

表爷爷心烦意乱，如坐针毡。

再看看自家屋檐底下被淋得湿漉漉的柴火，手忙脚乱的表爷爷生不着火，火柴擦了一根又一根，连一把引火的干草也被淋湿。他索性顺手从灶台上拖下一块有些霉渍的抹布，重复一次又一次去擦拭引火柴上面多余的水渍。然后划过火柴把火苗堆放于引火柴下，鼓着巨大的腮帮子，深吸一口气，把引火柴吹得一阵红一阵黑。

彼此七埋八怨，一肚子窝火无处倾泻。

索性骂起了该死的老天爷。

老天爷该死吗？老天爷并不因为这一句该死发出悲悯之心，簌簌的雨滴照样一刻也不停歇。

表爷爷端着饭坐在堂屋门的门槛上，看村里的土地和机耕道在秋雨中已经被浸泡得稀溜溜、软乎乎。

路上走过的不是人骑车和人坐车，而是车骑人和人推车。到处是泥潭，脚踩下去深陷其中，好不容易抽出脚来，鞋子已经安安稳稳地躺在泥水之中。且不说村里泥泞的土路，单是表爷爷从院子走到厕所，脚上就沾满了泥巴。

村里的行人彼此七埋八怨，一肚子窝火无处倾泻。

索性又骂起了该死的老天爷。

午饭过后，担心稻谷被水浸泡的表爷爷，披着蓑戴着笠，将裤脚挽到大腿根，扛着锄头，溜冰似的走在似鸡肠、似藤蔓、似鱼背的田埂上，幸亏小路两边凌乱的杂草拦住路表爷爷滑溜溜的双脚才幸免发生仰面朝天的一幕。

不然嘴里又要蹿出一句，该死的老天爷。

溜进田里，夹杂着杂物的水田和东倒西歪的谷叶像一把把潜水的刺刀一样撞着表爷爷的腿。尽管耕作了几十年土地，他依然在田里踉踉跄跄，他一步一挪，好不容易走到了田地的中央，奋力地挥动着双臂开始挖掘田里的淤泥，为这一年的收成开辟一条田间沟渠，让积水尽快流出去。

没多大一会儿，汗水与雨水交织在一起，当田间沟渠完成时，表爷爷早已浑身湿透，像从水里捞出来似的。当看见水哗哗地流向田外，他忧愁的脸上终于有了一丝笑意。

而后，扛着锄头，蓬头垢面，步履蹒跚地回家了。

五

表爷爷坐在拖拉机前，看着被雨水淋湿有些锈渍的拖拉机车箱，又想到了爸爸，自己能驾着拖拉机沿着这条道来回行驶，是爸爸的功劳。表爷爷的父亲被炸飞，掉落在他们家的庄稼地里后，村里人和妈妈还有奶奶在他们家的庄稼地里展开了地毯式的搜寻。一片直挺挺、绿油油的玉米地被大家着急的脚步踩踏得平平整整、奄奄一息。最终也没有找回个完整人样。

多年以后，妈妈还时常哀叹。

“唉，要是，他当时不那么心急，再等一下过去，哪怕就是几分钟过去看炮眼就好了。”

30 岁的表爷爷，回忆起 13 岁的往事。

人，总是很容易瞬间陷入悲伤。

他趁机抽了一支烟，有意转移一下自己的注意力。而后听到村里忙碌的声音，一些其他的村民也开始下田排水了。

几天过后的一个夜里，雨终于停了，表爷爷看到了天空中的满天繁星，空气清新，院子里的桂花树叶雨水点点，也如星光般耀眼，他告诉家人，明天准是一个大晴天。

天亮后，坑洼不平的土路上集了许多脚印，一半是人的、一半是车轮的，还有零零碎碎狗的、牛的、鸡的和鸭的……

一场秋雨后庄稼长势喜人，老天爷知道庄稼需要雨水，更需要阳光，只有在温暖而湿润的环境中庄稼才能加快生长的速度。

天气晴朗后大约第三天，就有村民请表爷爷用他的拖拉机帮忙拉从田里收割的谷子。

表爷爷的拖拉机装了半车粗粮在机耕道上加大了油门，他打算强行通过一段还残有水凼的路。

起初拖拉机就像喝了酒的醉汉一样，踉踉跄跄、泥浆四溅勉强通过了两三米。怎奈机耕道太滑，拖拉机负荷又重，经过最后一个泥水凼时，两个后轮一下子全部陷了进去。表爷爷加大了油门，车头的柴油机直冒黑烟大声喘着粗气，轮子在泥坑里转了几下，泥水飞溅得更快、更远、更高，可惜拖拉机依然纹丝不动。

田里正在收拾东西的庄稼人一起冲了上来，大伙儿嘴里喊着：“一二三，一二三……”一起使劲儿，拖拉机依然稳如泰山。凭借表爷爷驾驶拖拉机的经验，他突然说道：“我把车子发动起来，你们在下面推，一起用力，看行不行！”

然后不知是哪个头脑灵光的村民从田里拿了一些谷草垫在轮子下面。

他这样做的目的既可以增加轮子和地面的摩擦力，又可以减轻车子的负重。

拖拉机重新发动起来了，表爷爷加大油门，大家也憋足了劲儿推车。

这一招还真管用，轮子不再原地打滑，慢慢地爬出了水凼。

“什么时候我们的机耕道也能像外面的德什公路一样被水泥硬化？”

推完车以后一个村民嘴里嘀嘀咕咕地冒出了这样一句话。

六

那时的城东村很无助，因为他们几十年来始终用一条坑坑洼洼的土路与外界保持联系。修一条硬化的水泥路成为此时整个村庄梦寐以求的梦想。那时表爷爷四十五岁，那一年是 2000 年。

实现这个梦想是在 2010 年，那是一个秋天，在这条土路上突然出现一支正准备施工的队伍，开工仪式上，村里的书记带头铲了第一锹土。

自此，道路施工的轰鸣声不时传向村庄的每一个角落，挖掘机、滚筒机、切缝机在机耕道上正式动工。土路上被轧平整后浇上了滚烫黏稠的水泥，太阳一晒，风一吹，土路变成了硬路。

和土路一同变硬的还有这个村子所有庄稼人的腰杆。

水泥路修成后，村民们偷偷地用脚丈量路宽。

“真的足足有四米五！”他们惊叹道。

要是搁以前，能修成三米宽一辆拖拉机能经过就已经心满意足了，现在居然拓宽成了四米五……

如果说辽阔的沃土是这座村庄柔韧丰腴的肌肤，这条新建成的道路像疏通血管一样，打通了与外界的联系，给了表爷爷生活的这座村庄无限的生机和活力。

几个月后，小型汽车一辆又一辆的成为乡村常客，村里一些上进的年轻人，还主动去考卡车驾照。卡车比表爷爷的拖拉机更牛。

学会了开车，就握住发家致富的小尾巴了。

对于农村，经济要发展离不开道路的建设。

城东村的发展，正好再次应验了那句老话："要想富，先修路。"

一个乡村的变化与村干部和村民们的大智与大德密不可分。

自村里的道路通车以后，时常听到有人说："什么时候，我们老百姓不用种地也能有收入，那样的日子就更好了。"

农民不种地？农民惜土如命。

自古以来，农民和土地就有密不可分的关系，尤其是像表爷爷从出生开始就经历过20世纪50年代的"大跃进"运动和60年代的困难时期的这一代农民。默默经营土地，默默付出汗水换来默默生存，他们的一生都在为脚下的土地如何兴旺和发达做着种种努力和不停探索。

也许此刻给"农民"二字下一个简单的定义是极其不易的，因为我们无法用简单的文字描述对这片土地上最大的劳动群体做一个简单的概述。

作为表爷爷他们这一代的农民是极其不易的，我们暂且抛下作为农民本身的贫穷和艰难不谈，就是每天面朝黄土背朝天挥洒不尽的劳苦，对于他们来讲，就有些太沉重了。正是因为这样的艰辛困苦，大多数的农民都企图通过农民集体、承包农户和新型农业经营主体等形式摆脱传统的土地经营模式。

可是固执的表爷爷，却不愿流转自家的那块干田地。

七

土地流转的方案一出台，村里就像炸了锅一样。

自己种植了数十年的土地要让给别人？自己家地里才修建的大棚要拆掉？那我种菜怎么办？一时村民们接受不了这一事实，怨声载道，不理解、发牢骚。

村干部顶着群众的牢骚和埋怨，一家一家地做工作，讲道理。

以对村庄未来负责的高度责任感，通盘考虑。土地不流转，村民就要祖祖辈辈靠种地为生？俗话说靠山吃山，我们村有这么好的地理位置你们不充分利用，其他地方的农民想请土地承包商进去都求之不得。难不成大家要做一辈子的传统农民，让你们的子孙后代也做传统农民。你们的子孙后代自是不愿的，大家伙儿是等着你们侍弄了大半辈子的田地荒芜长草吗？

8 月，虽然正值酷暑，风雨多变。但是，村干部这一番言语，叫醒了怨声载道的村民们。

土地流转就在这热浪滚滚的 8 月尘埃落定。

表爷爷，是全村最后一个同意流转土地的村民，其原因我们知道。村干部起初不了解情况，在好几次劝说失败后也知道了其中的原因。

星光下月色灰蒙蒙的，村干部再次来到了表爷爷家，这一次的聊天内容和往常不一样。

“表爷爷，您是一个孝顺的儿子，我们才知道了您童年的经历，明白了您为什么不同意土地流转，要是我们早一点了解情况，我们是绝不会一而再再而三地来打扰您，今天来就是想和您拉拉家常，聊聊天。顺便向我们之前工作做得不到位，给您老人家请罪。”

“我说，两个小干部，你们要是真向我请罪，那就陪我喝两口。”

三个人坐了下来。

“再加两个菜，家里来客人了。”

厨房里的表奶奶忙活着。

几杯酒下肚，三人的话匣子都被彻底打开。

“表爷爷，大家都这样称呼您，我们两个晚生也跟着大家伙这样称呼您，我们先借您的酒敬您。”

“敬您的孝顺，我们听说当年你奶奶快要过世时想要去钟鼎寺祈福拜蓥华山老祖，由于你没有赶上蓥华镇到钟鼎寺的车，你背着奶奶靠两条腿走上了钟鼎寺。”

“这个脚劲儿都是父亲去世后，我年年都交送公粮到公社粮站都靠一双肩膀。一担七八十斤重，挑在肩上，一路上和其他村民你追我赶，汗水流到眼里，辣得眼睛睁不开，流到嘴里，又苦又涩。肩上的担子越挑越重，我的呼吸紧促，扁担在两个肩膀之间磨来磨去，肩膀皮磨得像紫色的茄子，背压得像一张弓，等把粮食挑到粮站时，人已累瘫，过秤记账后，人就赖在地上，若非是肚子饿得难受，我真他妈不想起来。”

“我们还要再敬表爷爷一杯！”

两个村干部像是打太极一样你一拳我一腿配合默契。

最后把话题还是巧妙地引到了土地流转的事情上来了。

“表爷爷，你家的那块干田其实你还是可以自己侍弄。”

“都承包给土地老板了，你们说的那个新型农民，他们都是机械化操作，用收割机收割粮食，用无人机施肥打药，还需要我侍弄？”表爷爷抛出了自己的疑问。

“因为你们家的那块干田临近村里的主道，我们经过村民代表和村委会研究讨论，决定把临近主道的200亩地全部租给四季东城农庄做观光农业。”

“观光农业，两个小伙子你可不要骗我，我活了近六十年可从来没有听说过什么观光农业。我们的田里无非就是种玉米、水稻还有不成气候的几块大棚，这普通得不能再普通的农作物，全什邡各个村子皆是如此，有什么好看的？有什么好观光的？”

“观光农业就是为人们提供观光、休闲、度假的生活性的现代农业，表爷爷肯定不是你说的种玉米和水稻，我们要种花，种草，种一年四季不同颜色不同品种的花，可以供小孩子在地上摸爬滚打的草坪，供结婚的新人在上面举行浪漫婚礼的草坪，还有可以在上面烧烤、野炊的草坪，我们还要种葡萄，种草莓供人们来这里采摘。”

“对，那个时候，我们要让我们的城东村，果香溢雍城，繁花照驿东。”

“表爷爷，我们村委会看过投资商的规划图纸，你们家的那块干田，投资商就是计划用来种花的，到时候你可以应聘到这块规划地上，养花，锄草，你想怎么侍弄就怎么侍弄，因为这还是你家的地。”

表爷爷听明白了，他终于想通了。当天晚上就同意了流转的事情。

八

从那天起，每天早上六点过，只要你路过这个村庄总能在进村主道旁的那片花海里看到一个勤劳的身影，这个身影就是表爷爷。

四十四年过去，表爷爷把自己对父亲的思念都寄托在当年父亲被炸飞跌落下来曾经的田地里，现在的这片花海里。

与土地流转的同一年，村里还发生了一件更大的事——腾退宅基地。

把村里散居的农户全部集中，修建像城里一样的小高层。白白净净的屋子，明明亮亮的窗户。

这个房子就像曾经城里亲戚的房子。从前到了城里的亲戚家，做什么都是蹑手蹑脚，怕碰到这，怕碰到那，或者踢坏了啥，弄脏了啥，谨谨慎慎、小心翼翼，跟屋里的亲戚客气又客气。

搬家那天表爷爷背出腿脚不便的老母，八十岁的老人含着对老屋眷恋的泪水锁上了每一间老屋的房门。表爷爷背着老母站在房前深深地吸了一口气，脸上不知是流淌着汗水还是泪水只有他们自己清楚。

搬迁场面让在场的搬迁工作组成员也流下了热泪。

城东村的人傻了！城东村的人疯了！

秋风中一辆辆装载着村民全部家当的卡车开往城东一期，辛辛苦苦建立起来的家园，说消失就消失了。村民心里都空荡荡的，即便是强硬的汉子也忍不住流下了热泪。

九

从前农村人想娶一个模样俊俏的媳妇，姑娘家首先看中的就是你家的房子。

表爷爷的家第一个儿媳妇就是这样。表爷爷的儿子在经开区的一个厂里认识了这个女孩，一来二去的接触中，两人逐渐萌发了对彼此的好感，经过表爷爷儿子的一番追求，两人也就正式交往了起来。

相处一年左右以后两人结婚的事情也被摆上了桌面。

对方直接说明结婚要在市区全款买一套房，表爷爷拿出压箱底的 55 万元准备全款买套二手房。轮到商量结婚的日子的时候了，亲家说非得 12 万元彩礼，这是他们那里的规矩，12 万元是基本的标准了。

55 万元加 12 万元，一共 67 万元，一个农村家庭即便借够了这 67 万元猴年马月才能还上啊！这不，最终还是谈崩了。

后来才知道亲家非要 12 万元的原因，是因为那边还等着闺女 12 万元彩礼好给他哥哥娶媳妇。

要是能有一套像城里一样的房子，表爷爷家也不至于被人家挑三拣四。

表爷爷说着，长叹一口气，饱经风霜的脸上满是绝望和愧疚，眼里闪着泪光。

其实在农村这种事情太普遍了，不是没钱买楼，就是拿不出彩礼。农村的年轻人结婚都要到城市去买楼，没有愿意在家出大力的了。全村几百户，大多只剩下五十岁以上的劳动力在干活，二十岁到三四十岁的几乎都在外边，没考上大学的也去城里打工。

所以这一次报名表爷爷是最积极的。大家只用出极少的钱就能住上和城里一样漂亮的房子，村民们的积极性都很高，2016 年初城东一期建成。表爷爷为此故意推迟儿子说的第二个媳妇的婚期，将为儿子准备的新房设在了新家里。

新家很美，这房子，这墙，这门，这天花板，多美，用表爷爷的原话就是：

“美上天了！”

这样的句子是他从来没有表达过的，但把心里话都表达得很明白。

尾

儿子的婚礼被安排在了表爷爷自己家的那块如今已经长满绿茸茸的小草的干田地上。这天阳光明媚，缕缕金光不经意地透过薄薄的云层，铺遍整个草坪。

大地、蓝天、阳光、绿草、鲜花，还有表爷爷曾经因修村里的机耕道在这块田地里消失不见的父亲，如果人去世后有灵魂的话，他的灵魂也一同为这对新人见证。

新娘穿着洁白的婚纱，美丽绽放在她的眼睛里，她的脸上，红红的脸宛如娇艳的花朵。她稳稳站着，虽无声却用微笑作答，传递出满面柔情，柔情中表示——这就叫作结婚！

表爷爷眼中溢出甜滋滋的泪水，饱含着为人父母的情感与责任，充满了对子女炽烈而深沉的爱与期望。

这些一切都美得太和谐了。

口袋营

一

第一次见到她时候，我敢保证我绝对不会喜欢她这样的女性。

她的外表没有一处不彰显着为这场文学盛会的精心准备而显得过度华丽的打扮，一头被染成了酒红色的头发随意地散落在双肩，让人不由得回想起“杀马特潮流”。她的脸因为涂上了与自己肤色不匹配的粉底液，使那一整张脸显得煞白，唯有两片微微向上突出的鲜红的嘴唇才让她的整张脸看上去多了一些血色与生气。她穿着一件很多流苏的酒红色的旗袍，旗袍的高领将她的脖子撑得直直的。我揣度她这样隆重的装扮一定是不甘心承认自己从中年的皱纹和微微发胖的斗争败下阵来，因而这样个性与张扬。

她就坐在我的前排，我们都是受邀参加第十届四川文学奖、第八届四川省少数民族文学创作优秀作品奖颁奖典礼。

透过座椅间的缝隙，我看见她时而与自己左边的人，时而与自己右边的人东拉西扯地聊着天。

“我是从乐山过来的。你呢？”坐在红衣姐右边的那位个子高高的有些胖胖的头秃得像一个大大的鹅蛋，只留下两只耳朵连同后脑勺还有一圈黑色鬈发的中年男人，与“红衣姐”（因为此刻我并不知道这位女士怎么称呼，就暂且称他为红衣姐吧）友善地搭着讪。

“我是从德阳过来的，德阳什邡。”

“什邡，我去过，我去过……”

什邡，什邡，我也是从什邡过来的。我在心里嘟囔着这句话，但是始终没有开口。

我该不该认识一下这位红衣姐呢？毕竟他是我的老乡啊。但是她那张扬的样子，我确实打心眼里有点不太喜欢靠近她，唉……

当我还在心里纠结来纠结去的时候，会场所有的灯光都聚焦在了舞台的中央，伴随着高亢、振奋、鼓舞人心的音乐节拍，两位主持人走向了舞台中央宣布颁奖典礼正式开始。

而后我也没有再纠结这件事了。

二

一个半小时后，晚会结束了。四下人潮涌动，在涌动的人潮中红衣姐似乎遇到了自己的故友笑脸盈盈地追了上去。

好吧，与她打招呼的想法这下彻底没有了。

我也收拾好座位上的东西，起身离开。我离开的时候打扫卫生的保洁阿姨不知道从哪个门缝里已经钻了进来。

因为感冒，我的鼻腔里吸溜着清鼻涕，在口罩的包裹下异常难受。走出会场，我摘下口罩，清理掉鼻腔里污浊的秽物，然后深吸了几口清甜的空气，那一瞬间，我能明显感觉到一颗心正在走向空旷、辽远。

“胡玲梅。”顺着声音的方向我斜过头去，是李老师。四年以前，我还是仅凭一腔热血，总是无病呻吟的文学爱好者。李老师对我总是热情而真诚，她的批评也很中肯，对像我这样的年轻人，她的劝导和引导力具有无可比拟的价值。

她挽着我的右胳膊：“走，我带你去认识我们德阳的几个新文友。”

我俩来到了一个烧烤店，老板的生意真好，座无虚席。我滴溜着眼睛打量着四周，在店门口的那张小方桌前，我看见了一个熟悉的身影，那分明就是刚刚坐在我前排的红衣姐。

她看见了我们，不，准确地说是看见了李老师，惊喜异常地叫喊了起来。

“李老师，这里，这里！”

我们随着她挥动的满是流苏的红衣袖走了过去，红衣姐站了起来，拉着李老师坐到了她的对面，我顺势坐到了李老师的身旁。

李老师把我介绍给了大家。

在这顿烧烤中，我才真正地认识了红衣姐。

在会场上，红衣姐摘下口罩的瞬间我瞄了她一眼，所以才有了最初的并不友好的第一印象。

或许是见到老朋友的缘故，也或许是因为月色和灯光的照映，她此刻容光焕发，哈哈笑个不停，脸上的每一根汗毛孔都洋溢着快乐。

现在她就坐在我对面，我静静地端详着她，审视着她，像在看一本我从未阅读过的画册，她一定有很多的故事。

她是一个极为健谈的女人，在推杯换盏间和我们讲述起了关于她们家的故事。

三

红衣姐的老家在什邡市南泉镇金桂村的口袋营。金桂村，我知道那是一个网红打卡的地方。春天一来，这里不同颜色的油菜花绘制成一幅极具艺术感的“油画”，这五彩的油菜花可以说是什邡市的一张名片。

关于口袋营，更是妇孺皆知。

相传明崇祯十三年（1640 年），张献忠率领的部队到什邡的途中经过什邡市南泉镇，看见这里紧邻龙门山，田野肥沃平坦，树木茂盛，翠竹苍绿。农院一家挨着一家一户连着一户，三弯九拐，其形状如一个口袋。陌生人易入难出，正是筹粮备战、进退自如的屯兵好地。于是，张献忠下令在此安营扎寨，修建仓库。为防外敌侵扰和水火隐患，故意打乱营房和仓库布局，摆成迷魂阵。

口袋营便由此而得名。

经过口袋营祖祖辈辈的努力，今天展现在我们面前的口袋营，有一条由四季泉水汇聚而成的小渠——新光渠，泉水潺潺，正静静地横贯整个小村，时而会溅起一朵朵小小的浪花。一座座极富川西特色的小庄院因材设计，天人合一，曲径通幽，花木掩映。远远地从村子的外观就能感受到它的婉约恬静。

露天广场上，一群大妈和大姐，老爷和叔叔，正伴着一首新潮俏皮的《中国范儿》扭动不算妙曼但却活力四射的身姿。一些坐在小渠旁的村民翻动着他们厚厚的嘴唇，聊着家长里短。微风从水面上轻轻地吹来，令人神清气爽。

一切，似陶醉，似潇洒。

山乡巨变，丰衣足食，安居乐业。

这就是金桂村的模样！新时代下中国乡村的模样！

四

美好的背后总是深藏着许多艰难的苦涩。

金桂村过去的样子和过去的故事经常被红衣姐的爷爷讲起。

那时候的金桂村穷困落后，三弯九拐的羊肠小道崎岖不平，一间间茅草屋在风中摇曳。

红衣姐的爷爷 1932 年出生在这个村子，而后在苦水里泡着长大。

爷爷从 12 岁起，便常年给当地的大地主家做长工，劳形苦心，没日没夜地干活，到了年底结算工钱，就是一箩筐干黄豆。

在地主家干了三年的劳力后，他已经被磨砺成干活的一把好手，年纪轻，力气足，干起活来一丝不苟。与他身体一同变化的还有他的胃，快满 16 岁的那一年，他的身体里似乎装了一个永远也吃不饱的胃，别人煮过面的面汤水，还剩半锅，他咕嘟咕嘟能一口气全喝掉。

村里熟悉他的人都说他力大无穷，那一年他 18 岁。推独轮车，车上放着一个装一两百斤的大竹筐，他独自推起独轮车就走，即使是上坡也不歇气。为地主家推奠基土，他推着独轮车好似有使不完的力气，一口气干到独轮车散了架，屋漏偏逢连夜雨，他的脚背骨偏被这散架的独轮车轧断了。疼得满头大汗，但地主看见自己散架的独轮车后，脸上立马显现出了冷漠的责难，他不得不独自强忍着疼痛一瘸一拐地向家的方向走去。

请来的赤脚医生因为医术有限，伤口仅用纱布进行了粗糙的包扎便离开了，又逢天气炎热，所以伤口一直未能痊愈。夜里熟睡后一只只苍蝇肆无忌惮地爬在伤口，贪婪地吸吮着，他知道伤口化了脓，母亲用胀满青筋的手把纱布一圈一圈地拆开，只见里面已经血流一片脓流一团。后来，一家人四处奔走找来了一个土方子，用一种草药熏洗。功夫不负有心人，连续熏洗一个星期后，伤口总算治愈了。但是双脚却落下了残疾，再也无法承重了。

那年是 1950 年，他才 18 岁。暮霭苍茫，大地黯淡。一家人无可奈何，仰天长叹，泪眼两茫茫！

五

天不得时，日月无光；地不得时，草木不生。

他 20 岁那年，在父母的操持下给他娶了亲。娶了一个没裹脚的大脚姑娘，就是这一双大脚，在后来扛起了全家人的希望。

这双大脚，因为性子刚烈，忍受不了裹脚的痛苦，始终不肯裹脚，不知被家人打过多少回，被旁人的白眼抡了多少回。

村里人都知道，红衣姐的爷爷娶了一个“大脚”媳妇。

才结婚的那段时间，见到红衣姐的爷爷就问。

“你那大脚媳妇的脚好看吗？”

这样的话还时常被奶奶听到。

红衣姐爷爷起初是脸青一阵红一阵，但是奶奶根本不在乎旁人的言论，仍旧我行我素，风风火火，干活麻利，做事利索。

她穿着一件红碎花图案的上衣和一条膝盖上补着两块补丁的黑裤子，一双黑布鞋，包裹着她的大脚。虽然裤子上补着补丁，人却一样的精神。她把头发前面用不太锋利的剪刀剪一排不太齐整的刘海，两个大麻花辫编织得非常结实。

春天耕地的时候，她拉起麻绳，身子弯成一张薄薄的满腹弹力的弓拼命地朝前走，红衣姐的爷爷跟在后面，歪歪倒倒地扶着犁。

秋季收割时，她用锋利的镰刀，哗啦啦，哗啦啦，一刀又一刀，一大抱一大抱的稻谷，一团一团全部放倒。

她身上的汗水浸染着浓浓的稻香，这是丰收的味道……这个味道赞扬着这个女人，一个勤劳的女人。

岁寒年底时，空气中弥漫着无助和绝望，因为交租的日子到了。为了给地主家送租，红衣姐爷爷和他媳妇推着从邻居家借来的拉车，一车足有两百斤重的粮食，压得拉车咯咯直响，这是苦难的吟唱。他俩走在这崎岖不平的口袋营的道路上，脚下似有千斤重，每走一步都发出沉重的叹息，声声叹息都在吐露同一句话，叫和尚的脑壳——没法。

一里多的路，他们推着板车足足走了半个多小时，当太阳挣出遮盖它的最后一块云层时，他俩终于到了，气喘吁吁，满头大汗。

地主站在高高的台阶上，望着络绎不绝的板车推来一车又一车的粮食，脸上闪着喜悦的光辉，心中涌起征服的成就感。

两人把粮食卸下来上过秤后，一粒一粒金黄的粮食就进了地主的粮仓。

两人在粮仓处驻足良久，明天还有希望吗？

这种艰难的日子，只有一天天熬着。

大概他们那时做梦也未曾想到，在就是在脚下的这片土地上，六十几年后，我们四川省人均粮食产量已经达到了 2518 公斤。

明天，还有希望。

六

1960 年，树叶快要变黄的时候，金桂阵阵飘香的季节，这一家发生了一件大喜事，红衣姐的父亲出生了。

金桂村的人们每天继续起早贪黑到大集体的田地里干农活，挥着沉重的锄头，夏天迎着毒辣的太阳，冬天袭来刺骨的寒风，面朝黄土背朝天，汗流浃背，四季如故，一成不变。

红衣姐的父亲，长到八岁的时候成为一名小学生。在周末的日子，每天天蒙蒙亮，就提着竹簸箕篓跑遍乡间田地捡狗屎。狗屎，这是贫瘠土地和庄稼很稀缺的肥料。上学的时候呢，他大清早拖着沉重的步伐和饥肠辘辘的身躯，到五六里以外的地方读书，一双鞋底有洞的烂鞋把红通通的小脚不合时宜地包裹着，大多数的时候他都觉得剧烈的寒冷自己的整个身体被切割成了两块，一块是小腿以上另一块是小腿以下。

每周总有那么一两天老师在上课前做同一件事情，就是夹着一个淡黄色外壳的小本，在教室里环顾一圈后，从胳肢窝里拖曳出那个小本，放在左手掌上，右手拇指和食指使劲挤压着抻出一页一页的纸张。最后从嘴里念出一个个这学期还差学费的同学。被念到名字的同学因为自尊心的驱使他们的脸红得发烫。不得不把头深深地埋起来，好似要变成一棵扎根泥土的树干。当然这张发烫的脸和这颗深埋的头也包括红衣姐的父亲。

上课时，伴随着教室里一阵又一阵清鼻涕滴溜滴溜的声响，他伸出冻得僵硬的手，握着冰冷的笔，歪歪扭扭地写着一个老师教的新词——希望。

“希望指的是愿望或者理想。”老师进一步解释。

关于希望，恩斯特·布洛赫在《希望的原理》中说到的那句话似乎更为精准，“希望就是尚未实现的存在。”

在 20 世纪 70 年代和 80 年代，我们这片土地上的农民希望自家的工分能挣很多；希望每一顿都能吃饱；希望每一户都能通电；希望从田间开辟一条公路；希望……

希望就是，尚未成为现实的东西，是所有行动的推动力，再小的事物也会成为希望的种子。

七

一晃 40 多年过去了，希望变成了现实。

改变也正在金桂村这片土地上发酵着。

2014 年，整个村子迎来了新的生机，南泉镇参加什邡市幸福美丽乡村 PK，金桂村脱颖而出。为口袋营争取到了 180 万元的传统院落民居改造资金。

180 万，这个美好的、可以望得见的前景的数字，鼓舞着金桂村，鼓舞着口袋营，他们的心中充满了欢乐。

经过村两委和村民商议，决定从六个方面改变村貌，道路改（扩）建，增加道路两侧绿化带，增设口袋营标志，院落内各户人家主要连接道采用青石板、鹅卵石、砾石、砖统一建材铺设，对新光渠及其他小水渠进行特色打造、增建景观绿植物，增建广场、路灯、停车场等基础设施。

掌声轰鸣，口袋营一个新的时代已经到来。

尽管，村民们在露天的寒风中脸被冻得有一些发紫，还有一些痒，可是这种寒冷早已被快乐的心情覆盖了。

2015年1月，村民出资出力，修路队伍拉成长龙，人人干劲十足。金桂村的村民以劳动成就他们的生活，成就他们的美好。

村道改（扩）建的那天正是南泉镇赶集的日子，过路的人、开车的人都停下来看热闹，本村的老人、放寒假的学生都站在周围看。

画面是无声的历史，整个口袋营让人振奋不已。

很快村两委发现光靠目前的180万元，要完成会议决定的六项改建，几乎不可能。缺口的资金需要村民自筹。

村两委随即开会商议，统一认识，决定先不召开村民大会，而是召集全村的20名党员，统一思想，同意村民自筹缺口资金。

所谓“村看村，户看户，群众看党员，党员看干部”。

村两委的干部和全村的20名党员都同意后，村干部和20名党员一一出动，上门给口袋营90多户群众做工作，大家遇到的情况大体相当，90%的群众都同意自筹资金，剩下的不同意的都是因为有最现实的困难——没钱。村干部轮流做工作，大家都明白，自筹资金，是为了将来有钱。想想确实是这个道理。几天后95%

同意了，两个星期后 100% 同意了。

乡村的革命，就是观念的革命，气可鼓不可泄。最后口袋营 113 户村民每户出资 2200 至 3200 元不等，弥补了建设资金不足的缺口。

八

“为把口袋营建设好，晒脱一层皮也值得。”这句话在此后的日子里已是耳熟能详。最早说这句话的名人就是红衣姐的父亲，他嘴里叼着一根烟，太阳穴上的毛细血管一鼓一胀，满脸堆着微笑。小时候的经历，让他在建设自己的家时特别卖力，在村里干活还不到四个月，他的皮肤已经被晒得黝黑发亮，我们可以感受到劳动在他的皮肤上走过的痕迹，真是巧妙。

有人问他为什么这么耐得烦、霸得蛮，红衣姐的父亲又说出那句同样的话：“为把口袋营建设好，晒脱一层皮也值得。”这句话在口袋营建设的所有主阵地上，已经成了所有村民的共识，村民们有力出力，清理杂物、修葺围墙、种花种草……

口袋营的状态，与村里的新光渠一般模样，川西民居小院，清新富丽。希望的阳光下，眨着水汪汪的眼睛，微笑地看着村里人笑眯眯的眼睛。

此刻，口袋营是一个全新的村。

经过改建提升后，口袋营已经成为旅游的新亮点，如何挖掘文化资源，丰富幸福美丽新村内涵。南泉镇一天也没有闲着，发展赋予他们工作的干劲拼劲和闯劲，当然也赋予他们敏锐的洞察力。同年，南泉镇以泉水为媒介，实施一三产业融合互动，以泉水农业公园为点睛之笔，打造了农业观光环线。

2016 年 3 月 18 日上午，什邡市首届“南泉梦 · 故乡情”泉语花香乡村文化旅游节开幕。同时，南泉镇农民创业园也正式挂牌。这也是什邡市成立的首个农民创业园。

对于南泉镇他们深感骄傲。

首届旅游节期间的活动主要分布在南泉镇甘泉凼、口袋营和鸭子河三个点。近千亩竞相开放的五彩油菜花田成了什邡市南泉镇甘泉凼 · 泉水农业公园内最引人注目的风景线。亮白的“樱花油菜”在雪亮的阳光下颤抖着它近乎透明的花瓣，清新、淡雅、南风一拂，金黄的波浪中泛起层层雪白，粉嘟嘟的“粉黛”，一如春天里娇羞了脸蛋的女子。红橙色的“十方红”其意与“什邡”同音，淡淡的香气，如同它的爱，在田间飘洒，吸引了八方游客纷至沓来。在鸭子河沿岸，主要体现人与自然和谐相处，包括环保生态活动、师生绘画展示等。

口袋营集中 8 天时间主要展现了川西民俗文化表演，古筝、茶艺、太极竞相亮相。

参观游客看见改扩建后的口袋营与环境相映成趣，乡土气息格外浓郁，无一不竖起大拇指。

2023 年 3 月 10 日，主题为“乐享春天 · 花漾南泉”的菜花节将在主会场口袋营举行盛大的开幕式。文艺演出、乡村广场舞大赛、民俗表演、坝坝宴等农旅项目，再一次引人羡慕！

九

2022年1月26日，南泉镇金桂村列入2021年度四川省乡村振兴示范村名单。

2022年10月4日，是一年一度的重阳节，在金桂村口袋营我有幸见到了红衣姐的爷爷和家人。

红衣姐家多了一个大院子，院里有个葡萄棚，还有个菜园子，当我踏进他们家里那一刻，红衣姐爸爸在看电视剧，吃着水果，妈妈提着一篮子蔬菜，嘴里嚼着糖，爷爷正扭动着身躯锻炼着身体，生活把他们三个都变成了年轻人。

已经90高龄的爷爷见到我后脸上绽放出的笑容让人温馨、舒适。

对于我的到来，他分外热情，我问他觉得现在的生活怎么样时，“很享福！”他的声音和眼神有一种东西令人开心，他竖起大拇指，接着说道：“现在老年人看慢性病都不用花钱，像我的糖尿病，这几年拿药一分钱都没出过。还有满了60岁，每个月政府都要给我们的卡上打钱，村上时常还要举行敬老尊老的活动，经常有大学的学生、志愿者参加，让我们老年人的生活有了更多的欢声笑语。”

我问他受伤的腿现在有没有影响，他看了一眼那只受伤的右脚，伴随着一声长长的叹息，嘴里缓缓地吐出一句：“别提了，都是七十几年前的事情了。”然后仰起了头，接着说道：“这个时代好！党和国家好！”我听得出简单的几句话，既是老人对这个时代的真情流露，更是发自肺腑的直言告白。

从解决温饱战胜贫困，到圆梦小康，推进乡村振兴，红衣姐爷爷经历的故事就是中国农村改革发展的一个缩影。

尾

如今的口袋营，田间地头水泥路成网，处处是精致的房屋、鲜花盛开的庭院。新光渠洁净如洗，穿村而流，溪水潺潺，翠竹环绕，菜花粉蝶，白墙黛瓦。欢乐的广场上飘荡着五彩的音乐，幽静的小路上摇曳着浪漫的街灯……点亮漫天彩霞，点亮一轮鲜艳的红日！

渔　江

一

2023 年 1 月 22 日，是农历正月初一，什邡广场一支 200 米长的龙灯最为引人注目。

“龙来了，龙来了，龙来了！”

这是时隔三年，民俗展演再度回归什邡百姓的生活，引来近万群众前往观看时市民嘴里发出的呼喊。

听什邡老一辈的人讲，“正月初一龙盖世，大年十五送龙归”。正月初一赛龙灯，是盛行于什邡民间的传统习俗。

以前每到大年初一，什邡的大户人家就会组织龙灯队，在鼓乐声的伴奏下，穿街走巷耍龙灯，向亲朋好友行拜年之礼，希望在新年讨个好彩头。

到了民国年间，各个帮会组织常以耍龙灯“比武”，争强斗胜，互不相让，往往挂红而退，场面十分惨烈。

为传承和发扬这项民间年俗活动，解放后，在每年的农历正月初一，政府都会组织乡镇龙灯队进城表演比赛。

在喧天的锣鼓声中，一条条“长龙”飞舞盘旋，不仅为春节增添了浓浓的年味，也表达了人们喜庆丰年的美好祝愿。

此刻，在什邡广场上舞龙的人卖力地挥舞，快速地奔跑，敏捷地穿梭。他们互相协调，相互配合，大金龙随着龙珠，做着各种动作。时而飞腾龙跃，时而龙盘玉柱，时而飞冲云端，时而入海破浪，呈现出一幅龙腾入云的壮美画卷。

在火红的阳光的映照下，龙灯后洋溢着一张张灿烂的笑脸。

而洛水镇一条由 80 人撑起的长 200 米的金龙最为引人入胜，耍龙灯的人年龄最长的 70 岁，而这支龙灯队伍的组织者就是被人们称为“钉耙书记”的渔江村党支部书记黄益成。

二

黄益成与“钉耙书记”的缘分是何时结下的，这话得从 1995 年说起。

以前渔江村十分缺水。

祖祖辈辈靠天吃饭，村民勾腰驼背勤苦耕种，至于田里的那点盼头，是歉收还是丰收，全由老天爷定夺，谁也做不了自己那一亩三分地的主。

庄稼缺水的烙印，烙写在渔江村沟沟坎坎每一寸黄瘦的土地上。

也烙写在周围村庄的土地上。

在这样缺水的环境下，修建了伟大的水利工程——人民渠。

栽秧时节单靠人民渠放水。

水贵。人要吃水，牲畜也要吃水，庄稼更要吸水，尤其是五月栽秧的时节。

那是一个仲夏时节，俗有“立夏小满插秧忙”，经历过食不果腹的日子，水稻栽种自然变成了一年中最重要的农事。

黄益成披着外衣，骑着他那辆摩托车从土路上铿铿锵锵地进了村委会，一轮新月已经闪亮在渔江村晴朗的天空。

他打开村委会广播的总开关。

“通知，通知，通知，请渔江村各生产队长马上到村委会开会！请渔江村各生产队长马上到村委会开会！”

“一根银线连天下，一根银针走万家。”一条长长的线不到10分钟的时间就传唤来了8个生产队的队长。

生产一队的队长叼着夹在指缝的旱烟棒，随着被烟熏黑的牙齿吐露出：“黄书记，有啥好事啊？”

“是好事！今天晚上人民渠要放水。”

8个队长脸上都露出了喜色。

“好得很，好得很！人民渠放水，可解决了我们生产队堰塘快干得见底的燃眉之急！”

“有了水，地里的蔬菜苗苗才有救嘞。”

生产队长一个接一个说道。

黄益成抿了一口茶杯里的凉茶，把脸转向各生产队队长：“接下来我说一下，今年干旱，各村都缺水，各生产队要安排好足够的劳力护水，24小时不间断护水，以保证这季秧苗顺利耕种。护水时要注意灵活动脑，以免误会发生。各生产队要马上落实再次检查确定容易垮塌的田缺沟坎是否已经加固。”

8个生产队长齐刷刷地点头，他拍着壮实的胸脯，从喉腔里吐露出让黄益成放心的话。

“晓得了，黄书记，您放心，我们这就回去安排。”

生产队长们离开后，黄益成锁上村委会的大门，在村委会的门背后拿出了一把崭新的钉耙，发动了摩托车引擎，朝人民渠的方向驶去。

三

五月的大地，一垄一垄的麦苗已经长成抽穗，直挺挺、鼓胀胀地站在明朗的月光里。月光，金子一样填塞在天空里、田坝中和麦粒上。

他沿着麦垄间窄窄的小道来到了人民渠前，这条渠自己还没有出生就开始修建，历经几辈人的心血，在漫长的岁月中，自己的父辈、自己的同辈，建水渠、修水渠，时刻不停地与缺水的命运抗争着，只为川西人能吃饱白米饭。

而此刻栽秧护水的场面，即将繁忙而紧迫地上演开来。一想到这里，他的脑袋“嗡”了一声。黄益成一吸气，一股浓浓的清香直入肺部。庄稼人敏锐的嗅觉告诉他，这是丰收的气息，这是生活的气息，这是生命的气息。

黄益成从裤包里拿出手电，手中握着钉耙，沿着人民渠水流经白渔村的角角落落都细细检查了一遍，直到确定容易垮塌的田缺沟坎，每一处都已无大碍才把心放进了肚子里。

晚饭过后，8 个生产队都派出了村里年轻力壮的青年来到人民渠的岸边。

渔江村这夜无眠，每家每户都安排出自己家里得力的劳力，顶着月色，扛着锄头出门。

他们各自守在自己的田埂地头，等待着，等待着渠中的水分流后，流入自己家的那一亩三分地里。

他们打着手电，踏着影子，用锄头在田里铲出一条又一条小沟，目的是让流淌的渠水汇集到田里，浸泡干枯已久的田地。

四

晚上 10 点左右，水来了。

滚滚滔滔，鲜活跳动。生的希望，活的希望。

黄益成，骑着摩托，驮着钉耙，又开始巡视村里的每一条沟沟渠渠。

哪个涵洞被树枝堵住，哪个出水口被杂草塞住，手中的钉耙一出动，杂物顷刻间就被勾上了岸。丰盈的水，急急匆匆的水，宽宽荡荡地汇入到各家田里。

白花花的水田，宽宽荡荡地围裹了整座村庄。

水田清新、白净、肥泽。水汽把田中的人们冲腾得亢奋起来。水田中一双双的脚板心热起来，活跃起来。健步如飞，飘如一只只蝴蝶，栖息在水田那荡漾的水面上。

“喝口水，歇歇脚，你拿着钉耙都忙活一夜了，黄书记。”

生产一队的社员，心疼地从篮子里拿出一个保温壶，递给黄益成，黄益成接过他手中的保温壶，把水倒进自己的水杯里，水杯凑到嘴边，轻轻抿了一小口。清水划过舌尖，甘甜中带着耕作的味道，好像一场及时雨落在五月的田野，他的喉咙划过一阵清凉。

自此以后，渔江村的村民便亲切地把黄益成喊作“钉耙书记”。

五

但在黄益成脑海中此刻正盘踞着另一桩重要的事情。

自己1995年到村委会，还是村主任时，年年都因农田灌溉缺水，年年都要发生因护水而推诿扯皮的纠纷，如果水能自然汇入各家田地，那纠纷是不是就能减少很多。

他把自己的想法蕴藏在内心，等待一个时机在村党支部会议上恰当吐露。

春耕、秋收循环往复。对于秋收，对于粮食，对于金黄的大地，渔江村的百姓总归是热爱的。

国庆节前后，迎来了渔江村的大丰收，披星戴月，早出晚归的渔江村村民不到两个星期，就已经把田野里的金黄卸了妆，裸露出了土本来的肤色。

这一季的最大的农事忙完过后，男女老少在村里的大坝场里唠着，黝黑的脸上笑开了花。

黄益成瞄准了时机，打铁需趁热，他要趁着百姓秋收后的这份高兴劲儿，把盘踞在自己脑海中的想法变成现实。

11月上旬的一个星期一，黄益成到办公室的时候，那时天刚蒙蒙亮，整个村庄氤氲着一层薄薄的雾气，这天是建沟修渠开工的日子。

8点一过，渔江村8个队的几百号人的劳动力就带上铁锹、锄头、铲子等劳动工具浩浩荡荡出工了，赶到了劳动现场参加义务劳动。

可哪知，正当4队组织实施修沟时，60多岁的张三叔却横在田埂中间，不许任何人动他脚下的一寸泥土。

只因他得知黄二娘家二女儿新分的那块田流水要经过他家的田埂，他当即就暴跳如雷。

黄二娘与张三叔的不解之怨，还得从1996年说起。

那时，张三叔的六弟到了说媳妇的年龄，媒人给他介绍了一个又一个的姑娘，不知是无缘还是六弟的正缘未到，就是一个也没成。

直到媒人把邻村的黄二娘说与六弟，两人一见钟情。但当黄张两家商量婚事时，姑娘家就是嫌张家有六兄弟，房子少，条件差死活不答应这门婚事。

百姓疼幺儿，从小自尊心极强的六弟，哪受得了这样的打击。趁着夜色离家而去，十多年过去依旧杳无音讯。

六弟离家出走半年后，张三叔的邻居张大家里风风火火地操办起了婚事，嫁给张大的不是别人正是半年前嫌弃自己家穷死活不答应婚事的黄姓姑娘。

冤家路窄，张三叔仰天痛哭，六弟生死未卜，黄姓姑娘转头就在自己的眼皮下另嫁他人，还要不要我们张家做人。

“黄大姑娘呀，黄大姑娘，你这个害人精，今生欠我们张家的这笔账，我们张家人给你记住了。”

六

黄二娘也是嫁过来才得知，丈夫患有先天性哮喘病。

地里的挑担吃力活，仅靠黄二娘一个女人家是不行的，丈夫只得常常坚持带病干活，而积劳成疾，两年前去世了。

一晃 10 年过去了，张三叔与黄二娘即使碰面，也绝不会互相打招呼。

今天因为修沟建渠的事情，这份积压在张三叔心中十几年的怨气一触即发。

邻里乡亲谁都劝不动。

张三叔直挺挺地站着，面红耳赤，像一只发怒的雄鸡。

“张三叔，来抽支烟。”语音未落，黄益成已经把一支香烟递到了张三叔的手上。

张三叔接过烟，甩头拒绝了黄益成的点火。

“今天就是天王老子来，我也不会同意这个害人精家的过水沟在我家的地里开一个小口。当初要不是因为她们家嫌弃我们家穷，我六弟也不会离家出走，我老母亲想儿子，活活把眼睛哭瞎，临终前最后一口气都还在念她六儿子的名字。这几年我那个盲人老母亲在梦里都还在嘱托我一定要找到六弟。”

张三叔说完这番话后，眼角已经泛着泪光。他自己点燃了手指中夹住的那支烟。作为男人，面子和自尊心迫使他必须在这众目睽睽下克制住自己的悲伤。

解铃还须系铃人。

黄益成听明白了，这个疙瘩还需要黄二娘自己去解开。

他把黄二娘喊到一旁。

“张三叔家人骂你十几年害人精，可是我们旁人知道当年不嫁，并非你的初衷，是因为你家人的阻挠。最后你听他们的话嫁了家庭条件好的张大，可是嫁过来后，其中的酸楚，恐怕只有你自己知道。”

黄二娘此刻看黄益成，他的一张脸模糊成两张脸。

黄二娘道：“书记，你说的这些，我以前是哑巴吃黄连有苦说不出啊！也行，今天我就豁出去这张老脸，也说出个心里憋屈的一二三来……”

黄二娘站在张三叔一丈以外：“三哥，这么多年，每次只要在村里碰见你，我就像给人揭了秃疮上的疤，和让人踩住了尾巴的老鼠，‘害人精’这三个字太扎心了。”

“端午节那天，我妈让我一个人上街去卖粽子，我当时心里就犯嘀咕，可我也没多想。等 11 点我卖完一大箩筐的粽子回来后，我妈却不在家，六哥也没来我们家，我还幻想该不是我妈去接六哥了……”

“我和我那瘫痪在床上的老爸，等啊等，盼啊盼，都快 1 点了，终于等回来，等来的却不是我盼望的人。我哥嫂和我妈还带回来了一个五雷轰顶的消息，就是，就是……”

“就是你妈和你哥、嫂，到我家数落我们家穷，房子少，要推了这门亲事。”张三叔皱着眉头，斜着目光从嘴角吐出，“让我六弟休要再踏进你们黄家半步，最后还冷冰冰地说上一句，这就是你黄大姑娘的意思，他们仨只是传话人。”

黄二娘叹了一口气，接着道：“我的意思，啥是我的意思，苍天有眼，当时我那入土了的妈，回来水都没顾得上喝一口，脸苦得像苦瓜，眉头皱得像晒干了的生姜，一把鼻涕一把泪地告诉我，孩儿啊，要怪就怪你命不好，妈生你的时候没看黄历，三哥他们一家人告诉我们，你与他六弟的生辰八字不合，你命硬，是克夫命，你们的婚事成不了。”

黄二娘心里一沉，眼前一黑，她的眼窝子里有很多黑蛾子，一群一群。

黄二娘急急切切地补充道：“几天之后另一个说媒的人来了，也赶巧了，正好就是三哥你们家的邻居。树活一张皮，人争一口气，三哥你们家不是嫌我命硬，我就要硬给你们看，在你们的眼皮底下硬，所以和张大的婚事，我立马就答应了下来。可是，我那挨千刀的哥，偏偏，偏偏在我成亲后回门的那天，把我拉到一旁，告诉我挑拨我和六哥婚事的是我妈，说我命硬，克夫，全是我妈无端编造的。”

黄二娘听完哥哥的话后，一句话也说不出来。

黄二娘带着哭腔道：“从娘家回来后，我听说六哥离家出走了，我难受，我躲在厕所哭，躲在草垛子下面哭，就是不敢让张大一家人看见，这就是命啊！”

“这么多年，我看见三哥你们一家人都是夹着尾巴，可我黄二娘也是受害者，我的日子过得也不舒坦，我那短命的男人离我而去，膝下的两个娃娃睁开眼睛就要吃，要穿，要读书，这就是老天爷对我的惩罚。”

黄二娘的话，就像一杯杯苦丁茶，她一杯杯地倒出来，终于泄了张三叔的心火。

人群里没有了叽叽喳喳的声音，接着黄益成开始说话了，在场的百姓也站出来说话了。

张三叔僵硬得像石头一样的双腿，在一大家你一言我一语的劝说下终于开始挪动。

同年腊月，六弟回来了，开着一辆黑色的轿车，车里坐着一个外省的媳妇，张家人先是抱头痛哭，然后是开怀大笑。

最终，在黄益成的撮合之下，这两家人也终于冰释前嫌。

七

水渠虽然修建好了，但这只是渔江村发展迈出的第一步。第二步怎么走，渔江村要打造乡村旅游。

为此，村里请来当时的市旅游局专业人员指导工作，给出的第一条建议就是——修路。

黄益成心中早已经有这个想法，这次专业人员的建议更加笃定了他的想法。

至于修路这个想法是什么时候有的，黄益成回忆说，大概是在自己多次听到别村给他们取“泥浆村”的时候。

因为“泥浆村”外号，甚至还影响到了一些青年小伙的婚姻。

胡姓小伙与邻村的夏姓姑娘，两人在什邡某饮品厂工作认识，两人互生好感最后确定恋爱关系，定于农历九月订婚。

胡家请来了村里最好的厨师，从订婚的头天晚上就开始张罗，鸡、鸭、鱼、虾……席面上该有的菜一应俱全。

第二天，灰沉沉的天空下起了蒙蒙细雨，湿漉漉的，渔江村没有一点光彩。

胡家人院子里却喜气洋洋，每个人的脸上都闪闪发光。

此刻夏家人一行，正搭着摩托车过来，摩托车的轮子摇晃在细软的泥浆里，车上的人身体也跟着轮胎一起摇摇晃晃，嘴里叫叫嚷嚷。

“泥浆村，泥浆村，还真是泥浆村。”

还没到胡家，车上人的两条腿已经沾满了泥浆子，鼻孔里都喘着拉风箱似的不满意的气息。

颠簸 20 多分钟的夏家人，最终决定打道回府，他们今天不去胡家，他们要取消这门婚事。

摩托车司机把这个消息带到了胡家。

夏家人看不上渔江村，看不上渔江村举步维艰的烂路。

胡家人的笑容凝固了，也同这阴沉沉的渔江村一般沉了下去。

这个寂静的下午，胡家小伙的心情像铅一样沉重，他无声地坐在酒桌前，凝视着大门，看着从门口出发的路曲折向前，一直延伸到黑沉沉的天边。

八

胡家被退婚的这个消息像风一样吹遍全村，也吹到了黄益成的耳朵里。黄益成站住脚，抬头朝胡家院子的方向望了望，修路的想法第一次在他的胸腔如此剧烈地跳动。

想了一夜后，一个又一个修路的方法浮出脑海，没钱的现实一次又一次把想法扼杀。

整整一夜翻来覆去，快天亮时，黄益成酝酿出了一个巨大的计划——“化缘修路”。

这个想法给渔江村那条泥泞不堪的村道，带来了希望。

黄益成召集来村委会的领导班子，商讨向谁化缘，经过近两个小时的讨论，会议大概明确向水泥厂等企业或者当地的社团拉赞助。

一群以黄益成为领头羊的村干部在秋日的阳光里疾步走去，他们走到水泥厂厂长的面前，走到当地的社团负责人面前，脸颊上已经渗出了汗水。当他们回来时，月光已经将他们的身影拖到了地上。

他们一并带回来的还有筹集资金和捐助的水泥砂石。

渔江村人的命运掌握在渔江村人自己的手中。10 多年前为摆脱食不果腹，步行十几个小时进省城的事已在附近的村庄家喻户晓，2008 年 4 月，村民们没出一分钱由广木公路到渔江村部的这条 1.5 公里的村道和村里主要道路的硬化改造，再次把不能变成了可能。

通路的那一天，村民们的眼里闪着光。

九

而正当渔江村体内积蓄勃勃生机，准备大步向前时，却突遇“5·12”大地震来袭。

50% 的房屋损毁，30% 的房屋完全倒塌，村民无家可归。

渔江村再次陷入困境。

社会上爱心志愿者一批一批地挺入四川，挺进什邡，走向渔江村。

半腿都是泥的黄益成，去镇政府参加灾后重建会，在会议室里一个说着标准普通话的人，递给了黄益成一张名片。名片上印着“北京市延庆区绿十字生态文化传播中心”。并告知黄益成在规划建设上如有需要可以拨打名片上的电话。

我们大部分人只知晓“红十字会”，“绿十字”完全超出我们的认知范畴，当然这也超出了黄益成的认知范畴。

他微笑着接过名片，顺手把它装进了裤兜。

一连几天，“绿十字”三个字像一颗发芽的种子耕植在黄益成的头脑里，只要一得空这三个字就会情不自禁地从嘴巴里冒出来。他想起了自己接名片时，那位老师说的话。如有需要可以打电话。

他现在就需要，渔江村目前被列入什邡市统征统转村，这张白纸，如何规划，如何续写渔江村百姓的幸福生活，需要专业设计团体的帮助。

他在办公室抽屉里找到了这张名片，这是他第一次认真地看到名片上印有“孙君”两个字。他抿了一口茶杯里的茶，从上衣的口袋里抽出手机，打通了名片上的电话。

“请问是孙君老师吗？打扰你了，我是什邡市渔江村党支部书记黄益成……”

接电话的是孙君的助理，他说孙老师暂时去了别处，等他回来的时候一定转达黄益成的请求。

三天过去，一个星期过去，每当自己的电话响起，他都期盼着是那位孙君老师的来电。可是，都不是。

第二个星期，黄益成再次拨通了电话，接电话的依然是孙君的助理。

“黄书记，孙老师这两天就回来，你们村的事我一定当面转达，您就放心吧……”

黄益成再次向助理说了一些感激的话，并告知助理，希望尽快答复，因为时间不允许再耽搁，那些房屋倒塌的村民不允许再耽搁，渔江村的灾后重建工作不允许再耽搁。

重建家园，最为要紧！

两天后，黄益成的电话终于响了，如他所愿，是孙君老师亲自打来的。

孙君表示惊讶，自“5·12”地震发生后，自己在四川走了上百个村子，发了几百张名片，黄益成是作为村支部书记给他打电话的第一人。

黄益成再次在电话里表明了自己的请求。孙君满口应允了下来，答应黄益成最近几天专门到村里实地考察。

黄益成放下电话，深深地吸了一口气，这是希望，是渔江村涅槃重生的希望。

十

几天后，孙君带着他的团队，走进了渔江村。他们来到在黄益成家院坝里用帐篷搭建的临时村委会。黄益成给他们讲起了关于渔江村《白鱼仙子》的故事。

> 西海白鱼仙子下凡在渔江村，而有一条银角恶龙年年都在石亭江沿岸兴风作浪，导致洛水一带水患不断。为了保卫家乡，白鱼仙子和众乡亲诱龙上岸，用装满硫黄、火药的竹筒烧龙身，逼其逃遁。之后，当地百姓每年正月十五都会敲

锣打鼓，燃放鞭炮，扎一条草龙用火焚烧，以此震慑恶龙。近年来，村上每年正月十五元宵节烧龙灯已成风俗，寓意着来年生活红红火火、丰收兴旺、吉祥如意。烧灯还准备了礼炮等道具来营造热闹的气氛。

黄益成讲完这个故事后，抛出了自己对于渔江村规划设计的想法。

“孙老师在你们来之前，我们村两委就开会研讨过，渔江村我们计划按照一条鱼的形状做规划，还请各位专家老师研判。”黄益成说完后，望着这几位专家的眼睛。

几位专家当场并没有给予肯定的答复，因为他们对村里的具体现状还一无所知。

黄益成带着孙君一行在渔江村测绘，走寻。几天后，孙君一行给出了关于渔江村规划的建议。

建议渔江村实施城乡一体化集中建设。

临走的晚上，黄益成在家里亲自下厨，对孙君一行表示感谢。晚饭后，孙君走进了黄益成家的书房，在黄益成的书桌上看见了一座用积木搭的两层楼房。

黄益成信心满满地告知孙君：“我们渔江村的老百姓以后就要住进这样舒适、宽敞的房子。”

孙君看着这具有吸引力的积木，他的眼眶变得湿乎乎的。

临别前黄益成将积木楼房送给了孙君留作纪念。回到北京后，孙君把这座积木楼房带到了壹基金的节目录制现场。

当节目播出后，热辣辣的情感像潮水一般涌向了渔江村。

2008 年 9 月，在孙君牵头和壹基金的帮助下，请到了南京东南大学的专业设计团队为渔江村、村民民居建设做了规划。

渔江村，一条鱼儿的雏形经历了 300 多个日子的描绘后在规划图上越来越轮廓分明。

2009 年 8 月，北京前援指挥部田琨生副总指挥到村里考察，黄益成向他讲起了那个美丽的传说和关于村里一直倾向挖掘千年传说故事打造白渔文化的想法。田琨生听完后，很认可黄益成关于渔江村建设的想法。

2009 年 12 月，一个巨大的好消息随跳动的阳光一起跃进了渔江村村民们的耳朵里，什邡市人民政府确定由北京前援指挥部统一规划，援修渔江村。

十一

渔江村的建设，如火如荼。

先是石头地基露出地面，接着是红砖一直到顶。集中工期几个月，加上外墙美化，10 个月后的 2010 年 9 月，500 多套新房全部竣工。一个崭新的渔江村如一条肥壮的鱼儿，在自己平展如毯的土地上欢快舒展，尽情跳动。

一栋栋灰瓦白墙的川西民居风格小楼整齐排开，宽阔整洁的水泥道路通往家家户户，一泓干净清澈的池塘位于聚居点中央，呈现出一幅村容整洁、环境优美的新乡村画卷。

2010 年 5 月 12 日，500 多套房子全部交付使用。这一天，鞭炮以强烈的喜庆，从大地的皮表传输至渔江村百姓的心里。

这是三年后这里的百姓对待生活真诚的热爱。

渔江村在三年前被大地撕裂的伤口中愈合，三年后新居拔地而起，骤然而至的惊喜，像是大地掀起的巨涛，整个村子处于铺天盖地的欢声笑语中。

黄益成站在村里的鱼眼广场前，看着一簇簇猩红的烟火，他的心里清楚，渔江村的发展依然道路漫漫。

十二

一天，黄益成在办公室电脑上看见一首诗歌。

仿佛只有它们，才配得上太阳
它们和阳光一样，固执
六月的阳光同向日葵，一起疯狂
此刻它们甲胄鲜亮，方阵凛然
那么多年轻的脸，那么自信的金黄
……

黄益成看着一行行诗句，脑海中立刻想到了自己村里村民的房前屋后也有这样自信的金黄——向日葵。

黄益成心中一个跳动的想法咚咚直响，远近的这一片土地，有桃花，有梨花，唯独还没有葵花。

种葵花，这个想法在渔江村像白渔河的水流一样奔腾起来。

二月料峭东风来，2010 年春，当硕大的桃花仿佛一团团粉色的火焰俏挂枝头的时候，渔江村 10 亩蓬蓬勃勃的向日葵已经耕种在闲置土地里了。

2010年和2011年连续两年的成功经验告诉渔江村，一点星火，将要随着创新之风燎原，葵花种植将要成为渔江村皇冠上的一颗璀璨明珠。

2012年春，渔江村肥沃的土地上孕育了500亩葵花的种子，对渔江村而言这是一次敢为人先的尝试。

敢为人先，正是一个“敢”字，正是因为全社会各领域都有一批批敢想、敢干的人，才使得我们这个伟大的时代能够凝聚起干在实处、走在前列的强大力量。

2012年端午节前夕，100亩向日葵盎然开放。一簇簇金黄花朵，包裹着饱满的花盘，用一张张灿若星河的笑脸迎接着八方来客。

2012年6月21日，在渔江村鱼眼广场上，锣鼓喧天，彩旗飘扬。一辆辆挂着川A、川B、川F……的车接踵而至。

“中国首届乡村欢乐健康游·葵花宝典之旅”开幕式在鱼眼广场盛大开幕。

舞台上表演者们载歌载舞。欢快的舞蹈跳出了百姓的心声，深情的歌声唱出了渔江村丰收的喜悦。台下的观众情趣高涨。

这次盛宴，由什邡市人民政府主办，晚上8点开始。是的，这是渔江村多年的渴望，这是中国乡村旅游的重大迈步。

这实在是一个值得铭记的日子，2012年6月21日。

这场以葵花为主题的欢乐游，从游览、餐饮、娱乐三个方面入手，让欢乐、健康、积极向上的人文魅力成为什邡乡村旅游的重要标准。

自6月21日葵花节正式启动以来，渔江村的百姓每一天脸上都舒展着丰收的笑容。一个月下来，渔江村共计接待省内外游客近40万人次，各种营业性收入达170余万元，渔江村的成果，大大推进了什邡市乡村旅游业的发展。

而后渔江村每届“葵花宝典”之旅都是在端午节期间进行，为期一个月，一年上一个台阶，越办越红火。

改变，岂止于此。

村里有一个大广场，它正是渔江村的“鱼眼”。有了这样一个大广场，村里的文化活动也变得丰富多彩。广场舞天天跳，春节联欢晚会年年办。因众多的文化活动，涌现了一个又一个文艺积极分子，渔江村这支文化队伍的名声也在什邡市逐渐声名鹊起。

耍龙灯、扭秧歌、打快板、跳舞蹈……这支队伍不仅受邀到其他村镇表演，还破壁出圈走出什邡到绵阳市、成都市等地表演。

尾

静静白渔河水流潺潺，虽千载不语，你却见证着渔江村美丽的故事，经历着渔江村变美丽的故事！

下　院

一

这个小时候被奶奶一手拉扯大的孩子，现在已经出息，成为湍氏镇新一批种植黄背木耳的新农人。

采访中，阿玲告诉我，自己的今天，与家人的教导有关，他们虽不识字，却更加晓得有文化的重要性。回忆起自己一路走来，阿玲觉得希望的那一盏灯火一直未曾熄灭，把阿玲这一路走来的记忆照得越来越亮。

阿玲坐在院子，思绪慢慢被打开。

“你吃快一些。”奶奶催促。

这天是腊月二十八，正逢湍氏镇的大集，这可是年前镇上场面最热闹、规模最大、动静最响的一个集。或许是因为还有两天就是年三十，辞旧迎新一年行将结束，奶奶心里闷了一年的那股想热闹热闹的劲头儿被激发出来，一直催促着我。

到了集镇后，我观察这一天集镇上无非就是两类人。

一类是方圆几十里范围内的那些老人，他们年年月月赶这个集赶惯了，年前不去集镇上走这一趟，觉得这一年就白过了。当然，他们一定得给自己这次盛大的赶集做一些准备。于是，有的老年人就背着或担着家里七七八八的东西，吃的公鸡和母鸡还有土鸡蛋，用的高粱扫帚、竹制洗碗刷……热热闹闹地往集镇上挤。

还有一类是像奶奶这样的人，穿着干净的衣服，背着背篓，或手持大大的菜篮子，对市集上那些吃的、用的只要想买的统统挨个讨价还价。对于我来说，跟着奶奶最大的目的就是吃一个 5 毛钱的葱油饼。一口咬下去，“咔嚓、咔嚓”唇齿间都弥漫着葱香味，越嚼越香，越嚼越想吃，一整天都让人回味无穷。

二

奶奶喜欢种地。

奶奶最喜欢种的一块地是村里那方保证全村牲口饮水、妇女洗衣的堰塘旁的半亩地。

薪火相传，25 年后，阿玲耕耘的这半亩土地已经能年产出黄背木耳 3 万斤。

奶奶在地里劳作，用锄头一寸一寸地翻出一片松土，她把种子撒下去，靠天吃饭的日子不求能有多好的收成，只求玉米能全部抽穗，抽穗的能全部结籽，就满足了。

我写完作业后，开始煮晚饭。个头还没有灶台高，站在小板凳上，一瓢一瓢往锅里掺水。奶奶每次都晚归，我既要保证煮熟的面不被奶奶养的小黄猫偷吃，又要保证不让面条变凉，只得把面碗放在灶锅里，让微弱的红色火苗一直舔着锅底。

奶奶回家后，第一件事情不是先忙着吃饭，她要把锄头上厚厚的泥清理干净，再把自己脚底上厚厚的泥清理干净，奶奶会让我找来一节树枝，自己一下一下把鞋底的泥全部揩掉。

晚饭时，屋里亮着一盏 5 瓦的白炽灯泡，光线微弱几乎照不亮桌上的两碗面，我们两颗挨在一起吃饭的一大一小的脑袋挡住了所有的光亮。

有时我会吃到猪油里的花椒，有时一口吞下的又是猪油里的生姜。

晚饭后奶奶负责洗碗，我站在小板凳上把手放进盆里负责清碗。那时候我觉得洗碗筷其实一点儿也不难。

晚上在有星光的夜空下，我们祖孙两人坐在院子里，奶奶为了节省电费，让我关掉了屋里所有的灯。小黄狗拽我的裙摆和我一起走进房门又走出房门。

奶奶伸出她的手，虽间隔着千丝万缕的头发，我依然能感觉到她那只手上有厚厚的老茧。

“好好读书，长大了不要像奶奶一样苦哈哈地当一个农民。”奶奶又开始重复她那句老生常谈的教导。

可是我觉得当农民挺好的。

语文课上，语文老师让我们写一篇题目为《我的梦想》的作文。

我是这样写的：

> 我的梦想是做像奶奶那样有用的人。
>
> 我的家住在农村，我的奶奶是一个农民，爸爸和妈妈不想当农民，于是去了成都打工。我们家的所有粮食和瓜果蔬菜都是奶奶用她手上的老茧种出来的。

她就像一个画家，她画的蔬菜成熟以后是绿油油的，她画的玉米长大以后是金灿灿的，她画的桃子采摘下来是脆嘣嘣的。

就连风走都会“哗哗”地为奶奶的杰作拍手，鸟儿飞过也会“叽叽喳喳”为奶奶的杰作喝彩。

奶奶说做人要做有用的人。

我一定好好学习，长大做我奶奶那样有用的人。

这篇作文被老师表扬了，让我当着全班同学的面大声地朗读。后来又作为三年级的示范作文，让我用画着格子的纸誊写了一遍张贴在学校的书报栏里。

那是我第一次觉得，劳动最光荣。

三

我初中的时候，爸爸和妈妈带着一个肉嘟嘟的小婴儿从成都回来了，他们告诉我这是弟弟。

我看着弟弟黑溜溜的眼珠，弟弟对着我“咯咯”地笑个不停，虽然我对这个小家伙毫无感情，可是我觉得他可爱至极。

过了几天妈妈让我抱着弟弟到院子里去。

奶奶、爸爸还有妈妈围坐在我平时和奶奶吃饭的桌前，爸爸的两根黑眉毛一直往上翻飞着，他们像是在商讨一件很重要的大事。

又过了几天，村里召集大人们开村民代表大会。

村里的书记，50多岁，瘦长身材，倒三角脸型，平时少于劳动的他脸上的皮肤看上去很干净。身上穿着一件白色的衬衫，看上去就是一副标准的干部形象。

他站在院坝中间，扯着嗓子告诉村民，四川省自然资源科学研究院要在湔氐镇下院村建立猕猴桃科研基地，现在种植技术已经非常成熟，村民们可以依托研究院的品种、技术、人才，在基地的科研人员带领下，加入猕猴桃种植的“方阵”，想种猕猴桃的村民可以到村里报名。

爸爸和妈妈去村里报了名。

但是任何华章都不是一蹴而就的，更何况是投资农业。周期长、不可控因素多，这些都是爸爸和妈妈种植猕猴桃要面临的巨大挑战。

猕猴桃大约三年才能结果：2009 年种植，要到 2012 年才第一次挂果。

研究院的专家们指导和培训着爸爸和另外几个村里的叔叔。

告诉他们，“果树不修不结果”，要让猕猴桃结果子首先是修剪。为了确保果子生长均衡，猕猴桃最佳的修剪时间是每年的 12 月中下旬到次年 1 月中下旬。修剪的技巧极为讲究，根据不同树龄和树势强弱情况进行修剪。比如，一年生的树主要是培养主干，所以修剪时要围绕培养主干进行冬季修剪；两年生的树主要是培养主蔓，修剪时要围绕培养主蔓进行修剪；三年生的树在继续培养主蔓的同时，要注意围绕培养四个侧枝进行修剪。

3 月春分前后，猕猴桃便开始复苏，进入花芽期，这时便开始施催芽肥，目的是促进新梢和根蔓的生长。新的芽叶形成茂盛的枝叶，花芽形成，开出白色小花。猕猴桃花通常是在凌晨 4 点钟到早上 8 点钟开放，正常情况下它们是招来蜜蜂和蝴蝶采花传粉。但是基地猕猴桃种植的基数庞大，所以传统的昆虫授粉已经不能满足，怎么办？只有人工授粉。人工授粉的工序异常复杂，首先必须先采集和贮藏大量花粉。花粉的采集方法是：早晨5点至上午10点前，在雄株上采集即将开放或刚刚开放的雄花，用镊子或硬毛刷采集花药，置于黑色塑料袋内，放在25℃左右的恒温箱中或电热毯上，然后用细箩筛筛出花粉，装入有色瓶内密封，低温保存。而后在大部分（60%~70%）的雌花开放后，便可于露水干后进行喷雾，按一定的方位和顺序迅速扫射、移动，不能在一处停留过久（因为形成水珠后，会使花粉滴落，降低授粉效果）。对大片的雌花可连续、反复喷射，不要遗漏，对少量或单个的雌花可采用点射，以节约花粉。每隔1~2天再喷一次，整个花期至少要喷施3次。

要想丰产、稳产、优质，还必须进行疏花和疏果。疏花就是把双蕾或三花蕾的侧花蕾、结果枝基部的花蕾、病虫害花蕾疏掉。在花谢后40天内猕猴桃的果实会逐渐膨大，猕猴桃挂果的时间占全年的70%~80%，因此疏果越早越好。疏果时先疏去小果、畸形果、病虫果和伤果。如果一个叶腋三个果实，应当留顶果，疏侧果，短果枝留1~2个果，中果枝留2~3个果，长果枝留3~5个果。

而后的施肥、浇水、打药、锄草……样样都得精心照料，直至9到11月猕猴桃完全成熟。

几天的理论知识培训，让爸爸的大脑“嗡嗡”作响。一连在家里闷了好几天。

“实在学不会就别去学了，我们还去成都打工。”妈妈泼凉水的话从爸爸的后脑勺一直淋到了他的心里。

“打工能有啥出息，回来搞农业才有大发展，你看不懂电视里的新闻？鼠目寸光。”

奶奶和我权当没有听见，我们也弄不明白爸爸的意思，只好逗逗弟弟，逗逗小黄狗。

四

那一两年，爸爸就像被钉了钉子一样，天天往猕猴桃地里钻。

但我觉得爸爸的猕猴桃一定能成功。

妈妈弯腰在地头朝猕猴桃的根部改水。

猕猴桃浇水，不像浇玉米那样一棵一棵地浇，那样浇不透，而且水分挥发得快。这个需要一畦一畦地浇，让水从地头流到地尾，把整块地都浸透。

虽说费力，但是这样果树才能长势喜人。

2012 年我在什邡最好的中学念高三。

7 月暑假回来，我看到家里爸爸、妈妈和奶奶全都愁眉苦脸。

“阿玲啊，我们地里的猕猴桃全完蛋了。”奶奶说话的声音像是闷在嗓子里，有气无力。

“我没有文化，这块地本就是咱们家最肥的一块地，我就想着不用施过多的有机肥，施多了怕根被烧坏……”

妈妈的话还没说完，爸爸一口接过去。

“鼠目寸光，因为你的鼠目寸光眼看马上就要挂果了，现在叶子一片一片地变黄，我们三年的心血啊，我的老天爷！我的老祖宗！”

一层又一层的蜻蜓积聚在我们家门前那方堰塘的水面，沉甸甸的黑。它们翻卷着、咆哮着、冲刺着。

一会儿天也变得黑乎乎的，雨水哗啦啦地从空中倾泻下来。

妈妈也在家里呜呜咽咽地哭了一整天，直到第二天爸爸把研究院的专家请来。妈妈的眼皮都已经肿胀了。

“褐斑病。”

“褐斑病又叫叶枯病，属于真菌性病害，是造成猕猴桃落叶和落果的主要原因。和我们昨天电话里沟通的一样，主要是由春季果园肥水管理不到位导致的。”

“猕猴桃褐斑病的防治方法一是要及时清除病枝、病叶，集中烧毁或深埋；二是要加强栽培管理，注意整形修剪，放风排湿，使猕猴桃园通风透光等。现在可以使用三唑类杀菌剂进行防治，隔 5 至 7 天喷 1 次，连喷 2 到 3 次，看看效果。”

专家用非常专业的话，十几分钟就解决了昨天我们一家人整整一天的苦闷。

那一天，我决定第二年的高考志愿填报“中国农业大学”。

五

2013 年我如愿以偿考上了中国农业大学。

对于我们家来说是极其振奋的一件事情。

同年二叔家的奶牛场也建成营业，对于我们家来说是另外一件极其振奋的事情。

二叔是与我们家一河之隔的绵竹市金花镇酿酒坊的老板。他的酒坊因秉承“诚信经营用心酿造”的宗旨，这几年逐渐声名鹊起。

每年国庆节，二叔就会开着小货车，穿过洛水河，到我们镇上的农户家收购玉米。

路上碰见个熟识的人，把轮胎刹得“刺刺”作响也要停下来招呼一句：“今年收成好！”

二叔到达收购玉米的村子里，发动机的轰鸣声引得村里的狗“汪汪”大叫，听见狗叫的人都出来打望，二叔一家一家地打完招呼后大吼几声：“收苞谷了！收苞谷了！”

对于村里的老人们来说，这是一个令他们开心的消息。

当老人们接过二叔递来的一张张新崭崭的人民币后，一道道皱纹中尽是舒展着踏实和满足。

虽然天气凉爽，可经过数次往返折腾后二叔的汗水从脸上顺着下颚流到身上，蓝色衬衫已经被汗水浸透，衣服与背紧紧贴在一起，他只好把袖子向上卷起，裤腿也向上卷起，露出小腿上的血管和筋脉，踩着脚上的那双胶鞋，在水泥地上飞快地变换着脚步。

六

二叔家生意的逐渐好转也让酒糟的剩余日复一日地日趋增加。

8月的天气，酷热还未离去，在我的升学宴那天，爸爸告诉二叔，可以养牛，牛可以消耗酒糟。二叔涨红着脸一拍大腿，告诉爸爸这件大事要回去和二婶商量后再做打算。

9月3日，我到学校报到的前一天夜里，二叔和二婶来家中与我送别，嘱咐我要好好学习。

他们也把自己要养牛的想法告诉了爸爸。

2013年秋天，他们开始修建肉牛养殖场，就在我们镇上，经过一个多月的建设，二叔的养殖场终于竣工，正式投入使用。

在购买小牛仔上，二叔优先考虑家境困难的人家。他听说本村五组的信本叔最近要卖小牛仔，就赶紧去找他。

信本叔自幼右眼残疾，早年间老伴去世，现在由儿子供养。

11 月初的一天，二叔骑着三轮车，顺着门口的公路，往信本叔家的方向驶去，一路上寒风不停地钻进他的领口里，冻得他一连打了好几个寒噤。

此时 70 多岁的信本叔，正坐在灶台前为一家人煮着早饭，两个年幼的孙子在儿子的带领下一起出山劳动了。厨房门口挂着一张要黄不黄、要白不白的布条在寒风的吹拂中胡乱地飘动着。

牛圈里的小牛仔在寒风声中吮吸着母牛的乳汁。

二叔走进牛房看过小牛仔后。

“信本叔，这牛 8000 元，你卖不卖？”

信本叔听完价格后有些吃惊，因为他的小牛仔以前从来没有卖到过 8000 元这样高的价格。他甚至怀疑自己的耳朵是不是听错了。

二叔又补充了一句：“信本叔，别人家的牛我最多能给到 7500 元，给你 8000 元是因为我晓得你家里的情况，儿子负担重，压力也大，8000 元你卖不卖？”

信本叔喜出望外地点着头：“谢谢你的好心哦，要卖，要卖。”

而后接过二叔递给他的一沓厚厚的钱，咧着嘴笑开了。

“予人玫瑰，手有余香。”二叔把小牛仔赶上车以后，心满意足地回了养殖场。

可是令人意想不到的是，这小牛仔到养殖场不到一个星期便开始生病。

毫无养殖经验的二叔和二婶，只得请来兽医检查小牛的身体。

兽医告诉二叔这个问题出在母牛身上。

二叔又骑摩托车到信本叔家中告诉老人，喂牛的食材要注意些什么，牛房要怎么设计，才适宜母牛生养。

经过二叔的指点，在往后的几年里，信本叔的每一头小牛仔都生长得极为壮实，每年的价格也在全村卖得最高。

七

2016 年，二叔和二婶的养牛场已经初具规模，由原来建牛场前的 5 头牛扩展到 20 头。这些年养牛场所产出的牛粪，均免费提供给村里需要耕作的农户，这些农户有了牛粪后一年下来能省下不少买化肥的钱。

以往到了夏收时节，村民家家焚烧秸秆，田间地头一片火海，烟雾肆意弥漫，遮云蔽日。为此政府部门和环保部门不知有多忧心，为了提醒村民保护环境，还悬挂了一条条标语在房前屋后："露天焚烧秸秆就是违法行为""严禁焚烧秸秆保护大气环境"……

只是，对于没有多少文化的村民来说，保护大气、爱护环境这样的话题太过遥远，哪有种庄稼活命来得现实。

好在，二叔和二婶的养牛场帮忙解决了这一顽固的历史问题。田里的秸秆可以当作饲料，养牛场的牛儿们会把秸秆消化掉。而每到收秸秆的时节，他们还会雇用村里一些家庭贫困的尚有劳动能力的老人，到牛场来打工，帮着囤积养牛场的饲料。

2016 年 10 月的一个夜晚，对于二叔来说是一个噩梦般的夜晚，一头牛在他们的眼皮下不翼而飞了。

晚上 9 点左右，二叔起来为牛加食时才发现，牛不见了！这可是下个月就要出栏的牛呀，已经有买家预定了。一家人这一年没日没夜的辛苦付出，就这样付诸东流了吗？

“大牛不见了！”二叔大声地叫喊了一声，这声音显得有点惊慌，有点手足无措。把正在看电视的二婶和他的老丈人也惊动了。三个人打着电筒在牛房的四周找了个遍，也没看到牛的半点影子，三人断定这牛肯定是被偷了，但是牛房四周的墙都完好无损，门也没有被破坏过的痕迹，难道牛长翅膀飞走了？三人又顺着农场后面的玉米地找去，只听见有脚步声朝他们这边逼近，三个人都站在原地。

没过一会儿，只见白天为他们干过活的郭老汉走过来了。郭老汉 60 多岁，中等身材，四方脸庞，长年的劳动让他脸上的皮肤显得很粗糙；肩上搭着一件米白色的褂子，整个脊背，又黑又亮，闪闪发光，好像涂上了一层油；下面的裤腿卷过膝盖，毛茸茸的小腿上，布满大大小小无数个青筋疙瘩，被一条条高高鼓起的血管串联着；腰上插着旱烟袋，烟荷包耷拉在屁股上，像钟摆似的两边摆动着。这样一位地地道道的庄稼人，正在玉米地里收拾着明天要卖的秸秆。没想到一头牛大模大样地朝他的秸秆走来，郭老汉一猜就知道：这肯定是二叔养牛场的牛。他马上放下手里的活，拉着这头牛朝他们的牛场走去，没想到在这里遇见了牛的主人。

“善有善报”，二叔和二婶的善良行为结下了善缘，收获了善果，这都得益于他们平时为人的原则：“莫以善小而不为，莫以恶小而为之。”

八

2018年初春，酒坊外院子里的小草青青葱葱，满地的绿意盎然，翩然起舞的蝴蝶炫耀着彩色的新衣，连房檐上的麻雀似乎也在为二叔和二婶高兴，因为他们修建了十几年的酒坊，在今天正式开始动工扩建。

扩建以后酒坊产量肯定会逐年增加，如何让产品走出去？如何把酒卖出德阳，走出四川，走向全国？这是二叔和二婶正在深思的问题。

在网络发达的今天，顺大潮者得生机，脑袋灵光的二叔知晓其中的秘诀，决定先申请营业执照，再注册酒品商标；有了酒品商标才能售卖到全国各地。

2018 年 4 月，为酒坊和养牛场申请营业执照的事开始紧锣密鼓地操办开了，二叔往来于市工商局、市自然资源局、市农业农村局和市地质勘测局等部门办理各种手续，虽然很烦琐但是他从不抱怨，兴头一次比一次足。

2018 年 10 月，营业执照终于下来了，这一天二叔和二婶拉着爸爸在家里喝了一瓶庆功酒。

2019 年年初，重新扩建的酒坊建成。酒坊现在已由原来的500 平方米延展到 1000 平方米左右。红底白字的酒坊招牌醒目地立在公路旁，宽敞的大门正对着公路，高大的作坊里，锅炉正冒着浓浓的白烟，行车、抓都，一应俱全。这些现代化的器械将会为他们以后的生产起到事半功倍的作用。大门右手边的酒品陈列室，透过橱窗玻璃就可以看到各式各样包装精致的酒品，吸引着无数顾客前来光顾。

自从扩建酒坊后，酒坊的日产量由原来的 200 斤增加到了现在的 380 斤左右。随着酒糟量的日益增长，农场里的 20 头牛也逐渐增加至现在的 30 头。

2020 年年初，二叔和二婶开动脑筋，又注册了酒的商标。“万事俱备，只差东风”，现在距离他们把酒卖出德阳，走出四川，走向全国，只差最后一步了。

九

2020 年春天，因为疫情，我从北京读完研究生回来，奶奶、爸爸和妈妈以为我只是短暂地回来休假。

我告诉他们：“我回来种地。”这句话让我们家除了弟弟以外的三个人依次对我进行了严峻的拷问。

“种什么地？去上山当山大王啊？”奶奶第一个投来嘲讽的目光。

“你是书读傻了，以你的文凭，考老师，考公务员，德阳、成都随便选。你的地都种了猕猴桃了，没有地可以种了，再说，你一个堂堂研究生回来种地，说出去丢不丢人。”妈妈说完竟然捂着脸哭了。

爸爸一般不轻易对我发怒，但是听完我的话后也瞪着眼睛对我说：“阿玲，我们一家三代为农，你爷爷 50 岁就累死在地里，我这几年靠政府培养的猕猴桃技术支撑起整个家，也不是一帆风顺。你二叔看上去风风火火，那心中的苦水又有谁知道？我和你妈妈盼星星，盼月亮，盼着你研究生毕业，找一个稳定的工作，不让我们再为你操心，你，你，你个不争气的东西……”

爸爸显然还有很多憋在肚子里的话没有说出来。但是他此刻已经气得攥着的拳头，拳头上青筋暴起。

我本来脑海里有千言万语，要与他们争论的，但是我知道此刻不是最佳时机。

最后我一句话也没有说，这晚一家人带着对我的不理解沉沉睡去。

整整一个春节，我爸都没有理过我。但是我不能放弃，在学校里我做过相关的种植研究，黄背木耳的种植技术已经非常成熟。

正月十五，我爸的生日那天，我当着二叔一家人的面，把我在学校里关于种植木耳农作物的研究成果和获得的奖项全部展示给了我爸爸看。我掷地有声地告诉爸爸：“种植黄背木耳的前景很辽阔，您给我三年的时间，如果我失败了，我就听您的话去找一份稳定的工作。”

爸爸或许是骑虎难下，或许是看见我的决心，最后答应了我的请求。

2020 年 3 月，因为疫情影响，我只能在家里奶奶最喜欢的半亩地里小规模地开启我的“春忙”模式。

我把好的菌包翻出来放到另外一边催芽育耳，把坏的翻出来扔掉，以免菌包互相感染，影响后续木耳的生长。

弟弟问我其中的缘由，我告诉他，翻包处理可以让木耳生长更快，增加木耳采摘批次。除此之外，通过翻包处理，还可以将木耳的上市时间提前，这样一来，错峰出售也能卖个好价钱。

可喜的是第一年我的净利润就是近 6 万元。

第二年利润近 7 万元，第三年 3 万斤，利润更是喜人。

2023 年除夕，奶奶兴冲冲地告诉我，这片土地不但能养好肥硕的庄稼，还能养育一个优秀的孙女。

我侧过脸问奶奶，还记得我三年级第一篇被老师表扬的作文吗？奶奶拖着腮帮子，想了很久也没有想起来，我在奶奶面前把那篇作文从笔记本里翻出来，又再次朗读了一遍。

> 我的梦想是做像奶奶那样有用的人。
>
> ……
>
> 我一定好好学习，长大做我奶奶那样有用的人。

尾

我和爸爸还有二叔，都做了奶奶那样有用的人……

天 桥

一

智者总是会有一双善于发现机遇的眼睛。

崟华镇天桥村坐落于崟华山山脚下，清澈的山溪潺潺流淌，岸边的树木轻灵写意，显得整个村子分外俊秀。

2016 年，当人们还只是把目光投向城里的机遇与发展时，崟华镇天桥村却反其道而行，带动村里的 26 户村民，走上了发展民宿的道路。

村里有这样得天独厚的自然禀赋，一个巨大的想法在村两委的办公室里酝酿着，他们请来了搞民宿开发的专家，得到的多方印证是——天桥村的自然禀赋、地理环境和交通条件完全符合办民宿。

怎么办民宿？关键是说服天桥村的老百姓。

二

九月的天空飘动着滚滚如浪的云层，在天桥村的村部现场人头攒动，热闹非凡。一场动员会在这里正如火如荼地展开。

“古话说得好，靠山吃山，我们村就有绿水青山这样得天独厚的优势，为什么我们不吃轻松饭呢？非得要面朝黄土背朝天，吃力气活的饭。”

当然这句话的本意并非有贬低劳动的任何意思，我们吃、穿、住、行啥不是劳动所得，劳动是农民内心对土地最深厚的情感的宣读。

这是村干部抛出的第一句话。

会场一下子变得鸦雀无声，村干部凭借敏锐的洞察力很快捕捉到了老百姓的心声，他们在意这件事情。

因为我们大多数人，一般只是对与自己息息相关的事情才会无不上心。

利益是光照人性的影子。

他紧接着不失时机地继续补充道。

“天桥村，距离城区四十分钟车程，距离成都一个半小时车程。以前，村内基础设施薄弱，通话不通路。因为贫穷，村里年轻人大多选择外出务工，甚至在外买房，举家外迁，到其他地方去发展。村里的土地荒芜、房屋闲置，偌大的村只剩下老人。”

“现在党和政府把我们的基础设施建好了，贫穷当然就不再是我们村的命了，我们村也不认这个命。经过党和政府的研究以及专家的考证认为我们村适合搞民宿。”

“民宿？”一些村民几十年来第一次听到这个新奇的词语，

眼睛里翻滚着一个巨大的、惊疑的问号。

这确实已经超出了他们的认知范围。他们是庄稼人，自然是劳动的一把好手，油菜怎么施肥收成最高，玉米如何培土长势喜人，他们知道得清清楚楚，明明白白。

隔行如隔山，“民宿”是个啥？他们一窍不通。

“民宿就是利用你们家闲置的房屋资源，自己参与接待，为到我们这里避暑游玩的游客提供体验我们当地自然、文化与生产生活方式的小型住宿设施。”驻村书记站在院坝中间神情激昂，眼神明亮，进一步解释道。

村民们瞬间炸开了锅，整个会场充斥着嘈杂的交谈声。

“怎么招引游客来？”

“我们也不懂服务啊。”

“城里人在城里过得好好的，他们怎么会稀罕我们这里。”

……

成千上万个问题，一下子全从这些平日里不善言辞的人口中喷薄而出。

他们交头接耳，每一个交头接耳的人都在极大地寻找一个与自己共鸣的人。

时间约莫过了好几分钟，驻村书记又开始清了清嗓子，然后比上两次的发言更加激动，更昂扬，更令人信服地说道：

“清王朝的落末，是因为自己闭关自守，我们抗战八年，是因为我们贫穷落后。同样的道理，今天如果我们还是一味地只知道端着自己手里的土饭碗，不知道变通，那我们这个村，我们这个村的子子孙孙、世世代代就只有端这个碗。一个村庄不会变通就留不住人，留不住人就越来越穷。留住了人，就有了人气；有了人气，才会有生机、有希望。你们刚刚讨论的问题，我们比大家想得更具体更周到。首先没有客人来，那我们就出去引。其次你们不会服务我们就开培训班再外请老师专门培训大家。最后只要我们的宣传到位，硬件条件到位和服务到位，游客自然就会络绎不绝。到高峰期的时候，我敢肯定这里还会游客爆棚。”

“游客爆棚是啥意思？”一个村民举着长长的臂膀，执意要明白这个新词的意思。

“爷爷，爆棚就是把房子挤爆吧？”生活处处有惊喜，这个孩子童稚的回答虽算不上惊喜，可也算是一桩笑料。顷刻间，大家面颊上的笑容犹如山间四月的桃花花瓣，溢出大家绯红的面颊，随后又纷纷扬扬地飘落下来，浸入心底。

“游客爆棚，是我们这里的受欢迎的程度超出预料，游客住满，以至容纳不下了。”

村干部的发言，犹如一段精彩的演讲，同时透露出某种神奇的力量，指引着村民去认真聆听，去用心感悟，去真挚追寻。

其实这就是——希望。

三

星光下，夜色灰蒙蒙的。整座村子在这一夜久久未眠，墙根的虫鸣声丝丝，屋内的商榷声阵阵。

翌日清晨，善于观察事物的孩子发现，松树上的露水变成了一颗又一颗明晃晃的小太阳。天上的大太阳，镶嵌上了彩虹色的光晕，它的脸变成了橘红。

在天桥村的村部，几十人围坐在一起，不时传出阵阵掌声和欢呼声。

“要干就要干出个样儿来！”

对于办民宿的这件事情，右德叔本来心上还有些不自在，可是听了旁人的喊话，也一脸坚定地重复了一句：“要干就要干出个样儿来！”

村干部们望着眼前的场景，他们的眼眶如一泉静静地流水，慢慢地湿润了。

有这样的结果真是来之不易，开会、研究、讨论、实地考察、再研究、再讨论……到前几天的说服、动员。前前后后，村干部们的嘴皮子磨薄了一层，腿跑细了一圈，脸皮也厚了一层。

真是千辛万苦！

小溪潺潺，流水哗哗……它见证着这一切。

四

房间改造和客房布置，二十六家几乎是同步进行。

村子里白天忙忙碌碌，时间一下子快了起来。

小孩们没有来由地在马路上“咯咯”地笑着，“啪啪”地跑着。汽鸣声、喇叭声不时从他们的身边掠过。他们总会毫无由来地发出一声顽皮的尖叫，和小狗一起向车子驶去的方向追赶一阵。

一辆满载着装修材料，另一辆车满载着新式的家具。

天桥村正装点着自己，自己年轻的模样。

两个月后，时间又慢了下来，因为所有的装修差不多已经接近尾声。

接下来的一个星期，村里专门请了市里专业的培训师，手把手的培训大家。

这可不是件容易的事。

培训的第一天就差点出了问题。如若劳动是在农村长大的妇女们要学习的第一项功课，自然做家务也是一项必修课。

洗衣、做饭、扫地……对于他们来说这些熟练的技能已经刻进了她们的骨髓，就是闭上眼睛怕是也能完成。

但是旅游保洁和接待讲究的是更高的技能。

房间无异味，地面干净，墙身有光泽，床头、座椅用纸巾擦拭，无明显灰尘。不锈钢表面光亮无污迹、洁具干净……除了基本的硬件条件外还要具备语言能力、交际能力、观察能力、记忆能力和应变能力。

几位年长的妇女一听，一脸狐疑，满脸嫌弃。一口类似“学不会”“不愿学”酸溜溜的话马上从牙缝里挤出。甚至还有人攒动想临阵退缩。

如何把这些像一盘散沙的人汇拢在一起，让他们自愿学习，自觉学习，好好学习，村干部们煞费心思，他们经过短暂的小会，作出两个决定。

一是做出榜样。

由村上的一位女干部带头，是一位四十出头已有两个孩子的母亲。她的皮肤很好，牙齿白而结实。两只黑色的大眼睛活泼有神，这是她五官中最好看的一部分。一副活泼、友好的神情，让大家都很喜欢她，很乐意亲近她。整堂课上她始终保持着一个非常好的学习习惯——做笔记。她的领悟能力也极为惊人。培训中讲的每一个细节，每一句重要的话，在她的笔记本上都清晰地再现。

渐渐地有的人把这位村干部当作标杆。一些好学的妇女也开始纷纷效仿，效果自然是良性的，结果也是喜人的。一天课程下来那些抱怨的声音不论是在课上，还是课下已经削减到零的状态。

二是精神激励。

村干部照顾妇女的差异性，想方设法激发她们的积极性，妇女们认真学习，会写字的人笔记详细，打扫卫生一丝不苟，随时都能得到夸奖。有时妇女们干劲十足，但是效果却不理想，他们也是当面给予鼓励。

这两招看似平常，可每一招都是对症下药，招招有效，几天下来培训的内容妇女们几乎全都学会。

村干部看在眼里，对这样的培训结果颇多赞誉。

五

日落前的余晖落在重庆朝天门的江水上，船只正在江面上聚集，躲避酷暑的人群此刻也纷纷出门，一团团、一群群聚集成群。

“这是我们家乡，德阳什邡。”一个身着时髦的女性，站在一块巨大的广告牌下，大声地嚷道。说完她莞尔一笑，笑得十分真情，脸上还有一丝羞红，她的真情是她此刻最着迷的地方。

“什邡，是2008年‘5·12’大地震极重灾区的那个什邡吗？”一个看上去近60岁，个子较高，体态丰满，因为有运动的气韵，所以看上去倒也不显肥胖的阿姨说道。

什邡，大家的记忆一下子被拉回了八年前的那个夏天的下午，对于那场灾难，未能忘却，也不能忘却。

潜伏在断裂带上的那只怪兽惊醒，蹿出地表，那一刻大地失控了，它上下蹿动，左右摇晃。

大地它控制不住自己的眼，江河流淌。

大地它控制不住自己的嘴，万物咆哮。

大地它控制不住自己的腿，山川巨变。

那时候泥土是灰色的，天空是灰色的，人的眼睛也是灰色的。

嶙峋的巨石，在山涧裸露的躯体，犹如世间刚刚诞生的婴儿。

那一切，都是悲伤。

任何困难都难不倒英雄的中国人民，国家制定了一个宏大的援建方案，北京第一时间挺进什邡，这样的举措当然振奋人心。山河无恙，重新出发。一切裸露的伤痕在爱的包扎下又自动慢慢愈合。

十多年过去，如今的什邡以“五新什邡”“全面小康”“精致宜居”“跑步进圈”“厚植担当”等新的举措，在新的赶考路上激活县域经济高质量发展和乡村振兴的一池春水。

风来了，广告牌微微动了几下。

大家扬起脸，望着广告牌，广告牌无言，广告牌是物件不会说话，但是天桥村有生命，有语言，有故事，天桥村会说话。

此刻的天桥村正张开绿的怀抱，欢迎着五湖四海的朋友。

六

7月初的这天早晨，太阳已经升起，村口的树枝上停满了鸟，它们像被施了定身法一样，一动不动。一个孩子走过来大吼一声，鸟惊飞了，他的小脸蛋上快活不已。

鸟飞走了，小家伙遥望村口，驶来了他不认识的两辆大巴车。

从车上走下来一些穿着艳丽的大人，他们一下车，深深地吸了一口清新的空气后嘴里就发出了“啧啧”的赞叹声。

小孩一溜烟地跑回了家。

这些艳丽的大人，其中有几个来到了他的家里，他们立在天井里四处看，看完后嘴里又发出了“啧啧”的赞叹声。

他们被小孩的妈妈领进客厅，然后被安置在新崭崭的房间里。

过后好几个月，来村里这样的车越来越多，小孩才知道这个字读“渝”，是重庆的别称。

7月直至10月，从外地来消夏避暑的游客纷至沓来，天桥村火了，天桥村的民宿更火了。

那位在重庆朝天门码头问话的阿姨，在8月初的时候也和她的好姐妹驾车来了。

一住进房间，他们就向老板表明了自己此行的行程安排，一是想寻访在网络平台很火的“子午莲池”，二是希望找一位当地对路线熟悉的村民带她们徒步“天鹅林场”。经过专业培训的老板当即欣然应允了，当天就为他们安排好了路线和行程。

第二天吃过早饭后，大家收拾好行装，这位女老板的儿子——陈洋，就带着几位阿姨向天鹅林场出发了。

天鹅林场，全称什邡林场的天鹅工区，位于什邡蓥华镇天宝村，沙坪（老地名）。

这里有什邡最大的楠竹林海。

从林场办公楼对面的步游道上山，铺着水泥梯步的小路蜿蜒向上，路旁的水黄连叶子碧翠，黄蕊白花瓣开成一片，馥馥郁郁。碗口粗的楠竹竹干挺直，节节向上，竹尖婆娑，风起时竹影摇曳生姿。

穿过楠竹林后是一片杉树与松树混搭的林海，冷杉王便生长在这海拔1400米的杉林深处，它就像这座山林的守护者，粗壮的树干两人合抱都不能围拢，蔓生的枝干像千手观音缠绕树身，棕褐色的树皮纵裂满是岁月的痕迹。从这里一直往上，那是整片整片的冷杉丛林，墨绿的树冠覆顶，它们高大挺拔、笔直昂扬。整片山林郁郁苍苍，层层叠叠，荫翳蔽日，走在这样的路上有一种幽静与古朴在林中蔓延。

蓥华山叠翠之美应该就是如此！

这样精美的句子是游览完天鹅林场后的游客向外界宣传的赞美的话语。

七

2022年11月20日，这是一个暖洋洋的日子，以前因为工作的原因也到访过很多次天桥村，这个村子似乎本身就具有某种与众不同的魅力，所以不论你何时造访她都永远妩媚年轻，与众不同。

地里的青菜在阳光下微风中射出淡绿色的光，平缓的柏油路在脚下起伏，远处的山脊上站着直挺挺的桉树，它们的枝干伸进空中，挤成一团。经过村委会时，院坝前高耸的旗杆上鲜艳的红旗在风中飘扬，特别耀眼，这是天桥村梦扬帆的地方。

13点50左右，我见到了此行的主人公——陈洋。看上去三十岁左右，中等个子，文静的面孔焕发着活力，与他的交谈使你感受到一种对待生活，对待家乡的积极乐观的态度，令人振奋。

见到他的民宿建设格局我开门见山地问道："建成这样得花多少钱呢？"

"一百多万。"而后陈洋又继续补充道，"我们父母一辈子省吃俭用，看着我把家里的钱全都砸在这里面了，起初是极其反对的。"

陈洋原本是广汉市效益极好的一家国企的职员，每月有较好的待遇。

因看到家乡发展的机遇，2017年他作出了一个大胆的决定——辞职。

当他把自己的决定告诉父亲的时候，这位年近花甲的老人，拍案而起对陈洋抛出两个字，"反对"！

父亲站起来后，正对着陈洋，用近乎哭腔的语气说道："我为了给家里挣工分，从几岁起就开始上山捡狗屎。没吃没穿，无论是冬天还是夏天，都拖着一双布鞋，布鞋上满是污垢，两个大脚趾头都露在布鞋外。衣服脏得油光发亮，衣服上的纽扣掉得没剩下几个了就用一根草绳系在腰上。后来国家政策好了分了地，可是才种地的那会儿一年到头又是人力，又是牛力，又是肥力，起早贪黑，还是没有存粮。直到现在，有吃不完的白米饭和穿不完的新衣裳，我很珍惜现在的生活。”

“可是你，新时代的人啦，多少人梦寐以求想要找一份体面的工作，你不要身在福中不知福……”

可是父亲的话并没有动摇陈洋的决心，2017年他辞职了。

于陈洋而言，“民宿”仿佛是固有的召唤，执意让人去注意它，投奔它。

他把这叫作——“追求”。

回到村里后的陈洋经营起了自己的“朋友家·畔山小筑”。

在回家创业的这五年时间里，他们家的民宿相比五年前，已发生了翻天覆地的变化。万丈高楼平地起，从房间数上说，已从最初的3间房，扩建成了现在的10间房，从楼层数上说已从起初的一层，搭建成了现在的三层。这里我有必要解释一下，我说的三层并非我们大众熟知的楼房三层，这个三层是每一层都以半山坡为地基，通过钢架，逐次搭建起来的三层。

“朋友家·畔山小筑”在2022年七八月的旺季累计接待游客近4000人次。

我们聊天快结束时，我见到了他善解人意的妻子。她看上去善良、和蔼，因为她丈夫的眼神里有许多温柔，我猜想她一定很爱自己的丈夫。我们谈话间一个3岁的小男孩跑上来。这孩子看上去干净、机灵和他的父亲如出一辙。我目睹了其乐融融的家庭，心头掠过了几许羡慕。

八

天桥村的民宿，在其他地方民宿的兴起和外界市场的冲击下，面临着危机。

2021 年 8 月 18 日，天桥村被四川省委农村工作领导小组办公室公布为乡村振兴重点帮扶村。

穷则变，变则通，通则久。

“朋友家 · 畔山小筑”的成功，是坚持的回报，更是创新的回报。

如何化解危机，陈洋和他的一些年轻朋友在努力，这是一群有想法的年轻人。

的确，不论是做民宿还是做旅游都需要有想法，大胆的想法，创新的想法。

“山丘藤筑”这个公司孕育而生，目的是为村里闲置的房屋通过统一设计改造布置，达到符合现在民宿的标准。一是不愿自己经营可通过土地流转方式，公司经营管理。二是房主经过专业培训，自己经营管理。形成“村委 + 公司 + 百姓 + 村集体经济”四位一体的经营模式。最终实现盘活山区资源，让闲置宅基地涅槃重生，让生态资源成为百姓的希望田。

尾

绿色的情怀，能够让我们的世界看起来这么美好。

而作为天桥村，绿色的情怀就是，村干部为了让百姓腰包鼓起来，磨破嘴，跑断腿的良方和返乡创业青年心怀家乡，为家乡出谋划策的想法。

而，我们每一个人都应该有情怀。

绿色的情怀是发展，红色的情怀是爱国，不论什么颜色，情怀来源于我们内心对于美好最深沉的追求。

石 门

一

这是 2022 年 8 月，是老何外出办事的第七天，按计划过了这一夜他就要回去，回到石门村。

老何站在城里的河边，河里的水浑浊不堪，还不如家乡那条潺潺的小溪，他又抬头望了望天上的月亮，这轮城里的月亮也并不好看，浑浑黄黄像贴在天上的剪纸，也不如家乡的那轮亮白得像银盘的月亮精致。每当月圆当空，整个村子都被淡淡的乳白色覆盖。熟睡的村民在梦里向月亮婆婆吐露真情，感谢党，您真好，给了我们想要的日子。

老何掏出了怀里的烟，挂在嘴角，家乡石门村，往事幕幕。

2021 年 4 月被四川省文明委授予“第五届四川省文明村镇称号”的蓥华镇石门村，位于什邡市北部蓥华山，山区层峦叠嶂、云雾缭绕，森林覆盖率 95.8%，海拔 1000 米至 2000 米，年平均气温 14.1℃左右。这里有一处 AAA 级旅游景区——神瀑沟，成为远近闻名的休闲旅游、避暑的首选之地。

然而，过去的石门村却是另一番模样，因四周群山环绕、交通不便、耕地稀少、年均降雨量大等因素，村民生活异常困难，致使许多村民纷纷外出谋生。老何，就是其中之一。

那是1983年的秋天，16岁的小何，第一次离开家外出谋生。当山川还是一片寂静的时候，小伙子已经醒来，悄没声地收拾简单的行装，他有一个母亲前两月亲手缝制的背包，母亲亲手往背包里塞了些好吃的，所谓的好吃的无非就是一些煮熟的洋芋还有10个鸡蛋。这10个鸡蛋，是家里的那两只老母鸡咯咯哒哒下了近一个月才攒起的，原本母亲是计划拿它们到镇上去换米，今天把它们煮给了儿子，这是第一次出门的孩子应得的奖赏，好让他安安稳稳地上路去打工。

母亲送他坐上村里去银厂沟的马车，母亲的脸色难过得像阴了的天，水盈盈、灰蒙蒙、黑沉沉的。赶车的大叔坐在车头，吧嗒吧嗒嘴里撮着一杆看不见烟火的烟杆。

“小何，上车。”大叔朝母子俩递过这一句热情的话后，小何背着沉沉的背包钻进了马车。这是他开心的时刻，第一次走出大山。尽管他早已经知道自己要去的是另一座大山——彭州银厂沟。但16岁的小伙子心里依然为人生的第一次的出行感到幸福。

从他记事起，就看见母亲和父亲每天像陀螺一样，从早到晚一刻也不停歇，自己到了能干活的年龄，五六岁时，跟着自己的六个哥哥姐姐也变成了家里的小陀螺。一家9口人，家里的钱粮总是短缺着。有气力的父亲先是带着3个哥哥上山砍树，伐竹，到小何十二三岁的时候，也加入了做苦力的队列。第一次上山劳动回来的那个夜晚，小何浑身上下疼得哼哼唧唧，翻来覆去一夜无眠。

他们家房屋东面有一棵核桃树，约莫九十月的时候，树上的小孩拳头大小的核桃果就开始脱落了下来，被暗绿色、裂开一条口子的外壳包裹着。一家人围着一棵核桃树，树上的人摇晃，树下的人敲打，“梆、梆、梆”落在地上发出了敲鼓一样的声音。

小何站树上，红红的太阳已落了山，它收起余晖，只剩下柔和、鲜艳，颜色金黄的晚霞。他朝山的那头望了望，小小的脑海中第一次萌发在山的那头是什么的想法。

“爸，山的那头是啥？”小何仰着头朝正在捡核桃的父亲问道。

“山的那头还是山。”父亲一边干活一边漫不经心地回答。

“我不信，第二天我要亲自走出去看看。”13 岁的小伙子，有了自己的想法。他转过脸看着地上比自己小很多的父母，心中一股刺刺的感觉。

二

今天，他将顺着这条崎岖的山路走出山门。

车上已经坐了好几个人，每一个人都仰着脸，见小何上车，却又热情地为他腾地。

驾车的大叔，把撮在嘴里的烟拿出来，烟杆翻过来对着车架的木头上“哐哐”几声，黑黢黢的烟卷从烟管里抖落在地上。他把烟杆往裤子的口袋里一插，鞭子抽得马儿叫唤着迈开腿，车轮动了。

小何把背包放在怀里抱着，鸡蛋热乎乎的，母亲在贴身的那面开了个暗兜，兜里装着赶车的车费。

马车走得极晃荡，坐在车上面的人随着车身前后左右地摇上一圈又一圈，小何旁晕车的人早已把眼睛闭上，就是不晕车的小何也被这样一路摇闭着眼睛对抗胃里翻涌蓄势待发的感觉。

旁边的男人伸出头，大喊着："能不能走好一点的路？"大叔不知啥时又点起了烟杆，说："村里的路比不上城里，坑坑洼洼是难免的，要舒服就去坐小汽车，就是这马车，以前也不是谁都能坐到的。"

在小何吃了三个土豆、两个鸡蛋后，马车停了下来。

"来，银厂沟到了。"烟杆大叔提着嗓子对着车篷喊了一声。

小何递给烟杆大叔车费后，下了车。

银厂沟，因古代于此办过银厂而得名。相传，这里是3000多年前蜀族先民由黄河流域的高原向南迁徙，进入四川盆地的必经之地。

小何觉得当年父亲没有骗他，山的那边就是山。

只是这里的山，和自己家乡石门村的山不太一样，这里的人也和自己家乡石门村的人不太一样，这里的路和自己家乡石门的路也不一样。

小何下了车已经是正午过后，一辆大巴车从他的身旁开过，他惊奇地望着远去的大巴车，这座山确实与众不同。

按着纸条上的人名，小何向两个上了年纪正在低着头说话的女人打听。

"有，有这么个人。前面直走，门口停小车的那家就是。"

这座房子上面是仿古青砖，下边是红色木墙，镶着几扇敞亮的窗户，透过窗户地上铺着红色的地毯，朴素中透着舒适。

院子前左面是一个椭圆形的花圃，一排红彤彤的三角梅，像瀑布倾泻而下，灿烂夺目。右面是一棵金桂，艳丽的色彩，怒放出幽幽的馨香。

穿着蓝色塑料拖鞋的女人从房子里走出来……把小何安置在后院的一间木板床上，那木板床上铺了新鲜的谷草，床单是新换的，洗衣粉的香气飘荡在狭小的房间里。

一间房子住两个人，小何和另外一个他目前还不认识的大哥。他的嘴唇干裂得像翻裂的土豆皮，看见小何进来他站在屋里一动不动。

男主人走进房间，用很快的语速告诉两个小伙子，让他们收拾一下，等会儿要带他们去看地。

这是一个没有风的下午，阳光普照大地，红色的土地闪着金光。天空湛蓝得像一面镜子，光滑、纯净。

男主人走在前面，用手一边比画一边从嘴角飞出。

“这洋芋是我们家的交给你们两个了。”

“这片玉米地是我们家的交给你们两个了。”

然后又扭过头对两个小伙子说：“收完，给你们每人 300 元工钱，你们觉得怎么样？”

在光芒中，小何第一次听见自己能挣 300 元，这使他始料未及，暗自欣喜。

三

那一夜，小何和自己的工友短暂地交流后得知，他来自蓥华山镇的竹溪村，老乡见老乡，彼此说了许多家长里短后，沉沉地睡去了。

一觉醒来，已是早晨5点，小何揉揉惺忪的睡眼，推开门，清新的空气中带着桂花的浓甜。

吃过简单的早饭一碗稀饭，四个土豆后，两人拿着工具，钻进了密不透风的玉米地，尽管不时用手巴拉着，玉米干枯的叶子依旧不时地划过他们的脸颊。

一个个玉米棒子高高地耷拉着，向两人投来蔑视的目光。

“都说种粮食没有盼头，你说咋这里的人还大片大片种粮食？我们蓥华山的景色和这里的景色也相差无几为啥就没有车往我们那里开呢？”同镇小伙子声如洪钟把问题抛给小何。

在石门村耕地稀少，传统的耕种方式，把人困在地里，天旱天涝都由老天爷说了算，活人一点儿办法也没有，这样的日子周而复始。

“我昨天观察了，这里是因为交通方便啊，路修得好啊。我们那里的路，坑坑洼洼，本村的人都不愿意走，更不要说外面的人和外面的车。所以你看，我和你，还有村上的其他人不都放弃了我们那里的山和地，都选择到外面挣钱了吗。”小何说完，两人的表情都凝固了。

地里“沙、沙、沙”，善于劳动的两人，一个上午就把三分之一的玉米秆全部放倒。

中午回家后，夫妇二人看见两人的收获成果对二人赞不绝口。

午饭后，太阳悬挂在空中，炙烤着大地。黄胶鞋踩着滚烫的路面，拿着劳动工具的两人朝庄稼地再次走去……

十天后当这家主人坐到白炽灯下手指拨弄着算盘，计算着一季土地和玉米的收成时，他们俩已经完成了地里的收割任务。

当各自拿到300元的工钱，这艰苦的劳作终得的酬谢时，他们的脸上都露出了满足的微笑。

四

小何在这里十天挣300元的消息很快传遍了全村，村里一帮比他年长的伯伯、叔叔都拍着胸脯表示，明年秋收请小何一定带上自己，自己绝对不会丢咱村的脸面。

1984年到1991年，小何带着十几个村里的汉子，从承包银厂沟的几户到十几户，逐渐发展成为整个银厂沟尽人皆知的小何包工队。

那是1991年的秋季，中午的收割地里，空寂无人。只有他们一群不怕吃苦的石门村人，头上顶着草帽，有的背上披着一条麻袋，有的背上背个背篓，在地里“咔嚓、咔嚓”。金灿灿的粮食堆满了雇主家的粮仓。

半个月后每人分到了500元工钱。同行的凡庆叔拿着这一沓厚厚的工钱，激动得一夜没有睡着，合着月色在院子里走了好几圈还哼哼唧唧地唱起了歌。

太阳懒洋洋地爬上了半空，掩映在几朵白云后面，惨白如玉。这小院外的丝瓜叶已落尽，只剩枯藤纠纠缠缠，像一条冻干的枯蛇。

小何和凡庆叔几个人休息的房门突然被撞钟似的敲响了，里面还鼾声阵阵，没人搭理，敲门声更大了。

外面嚷嚷：“快开门，一群手脚不干净的东西。”

小何拉开门闩，门一下子被推开了，女主人脸色沉沉地瞟着几个光着膀子的庄稼人。随着嘴角的唾沫一句：“作死吧你们，我好心好意地把你们留在我们家住，不曾想招来了一群小偷。”

六七个光着膀子的汉子听见“小偷”瞌睡一下子全无。

“凡庆老头，昨天晚上我看你在院子里转了好几圈，你自己说吧，把你从我那儿偷来的戒指藏哪儿了？”

平日里的凡庆叔，在大家的眼里有着垂柳般的谦卑和土地般的沉默寡言。听了这话，脸色惊吓得发青。

“主人家，我没有拿，你说的啥戒指啊！真是天大的冤枉。”

那枚戒指，他们昨天拿工钱的时候见她戴着，白金的戒指上托举一颗晶莹剔透的蓝色宝石。确实很漂亮，很耀眼。

“主人家，这么贵重的物件，你该不会是自己放失手了吧，你自己再仔细想想。”

“想什么，我找了一个早上，东西就放在我的梳妆桌上，保不齐它自己长腿飞走了，这房子里除了你们这两个房间里的外人拿它，谁都没有这个可能。要不凡庆老头昨天晚上能在院子里走来走去转悠个不停？”

凡庆叔扑通坐在地上，一把鼻涕一把泪，手拍得水泥地啪啪作响：“主人家，我在你这干活，你好心让我们住在你家，戒指我没拿啊……”

“那谁知道？人心隔肚皮。只要你有这个贼心，哪儿不能藏啊，再说一枚戒指又不用背挑肩扛。”

“您找，您找。”凡庆叔像急疯了一样，从地上站起来，把自己床上的两件汗衫一条皱巴的裤子使劲往地上扔。

女主人和男主人把凡庆叔扔在地上的衣物里里外外仔仔细细地摸了个遍也没有。接着夫妇二人又把两间屋子从床单到床单下的稻谷排雷似的检查了个遍，什么都没有。

大家心中的怒火早已经提到了嗓子眼儿：“主人家要不你打110报警，我们不背这样的黑锅。”

女人愤愤地一脚踹在地上的床单上：“戒指没有找到之前谁都别想走。”

就在这时，夫妇俩6岁的小女儿充满活力的双腿欢快地迈进了院子，手里拿着的正是女人丢失的那枚戒指……

一切水落石出，一场天大的误会也终于澄清。小何带着叔叔、伯伯们把扔在地上的衣物捡起，礼貌地向夫妇二人辞别后，踏上了回家的路。

五

农历五月，山间地头里已有翩翩起舞的蝴蝶、忙忙碌碌的蜜蜂，这个季节石门村的玉米已是一片深绿，村民们正紧张地进入锄草施肥阶段，所有的庄稼人都脱掉鞋袜，裸露着强健的脚掌，踩踏在松软的土地上，舒坦而又满足。

端午节，中国一个重要的传统节日之一。

这一天，吃粽子的习俗是必不可少的。无论平时生活好与坏，端午节弄一顿好酒好饭总是必不可少的，小何在前几天就准备好了糯米、红枣和粽叶。到了农历五月初四的下午，一家人放下地里的农活，老老少少都围坐在一起，高谈阔论地包起了三角形的粽子。

小何盼星星盼月亮，早就盼望着端午节的到来，因为在小何的心中，筹谋着一件事情，他准备包揽康定的一条柏油路，1 万元的启动资金需要一个贷款担保人，自己的舅子最符合这个担保人的条件。

粽子包好后，他嘱咐妻子马上上锅蒸熟，一会儿工夫，米和枣的甜香味便在院子里四处弥漫开来。

第二天一大早，按照农村的习俗，在过节之前一定要先出去摘一些艾叶回来，搁在门上，据说这是为了驱除蚊虫和灾病。小何摘了艾草回来后，匆忙地用冷水洗了把脸，和妻子两人一起，提着一包软软糯糯的粽子匆匆地走出了家门。

明晃晃的太阳光拍打在他的脸颊上，这个 24 岁的年轻人，此时看上去忧心忡忡，他要去求人，虽然这人是自己的亲舅子，但强大的自尊心使他现在的心情并不畅快。

午饭时，小何先是自己闷头吃喝了一阵，酒劲儿很快就上了头，这酒劲儿使他的每一根血管、每一缕毛发，都沸腾着、咆哮着、呐喊着，汗珠淌过他的脸颊，沿着下巴，径直流向他瘦弱的胸襟，他来不及揩一把，把脸转向了哥。

“哥，我有个事想找你帮个忙……”

舅子是个爽快人，也是个明事理的人，听完小何要拿着钱走出大山去外面干事业，自然是一万个支持。拍着桌子说：“这个担保人，我帮你了。”

酒过三巡，当正午薄薄的阳光透过屋顶的亮瓦片，洒在小何的头顶上时，小何的胸腔里正跳动着他热烈而激情的梦想。

六

小何拿着这 1 万元的贷款资金，在村里招兵买马，由于前几年在银厂沟包工时积累的信任，很快一支十五六人的施工队就组建而成。

离开村子的那天，许多人的父亲和母亲，妻子和孩子，都站在村口，各自说着一些体己的话。当汉子们乘着车缓缓前行，回头望向他们时，他们还站在村口向汉子们挥手。

他们的工程是在康定海拔 5 千米的位置修建一条道路。到达目的地后，一条全是黄泥的路，要修成沥青路，他们的任务是平整路基，路的起始段只有一个可以落脚的村子，施工队在这里租住了一个带三间房子的院子。斑斑驳驳的墙面，透露着些古旧的气息，浸渍在枯朽的门框上、斑驳的墙粉中和青石的缝隙里。

刚住下的那个晚上，启阳一个 16 岁的小伙子，就开始闹肚子疼，下不了地。村里的藏医翻开启阳的眼皮一看，“他这是水土不服，吃完我的药就好了。”听完医生的话所有在场人悬在半空的心也终于有了着落。

休息一夜后，施工队走出村子，一路向东，小何扛着工具打头，身后的施工队，有的扛着铁锹，有的扛着斧子、锄头，有的背着快马子锯。

总包工头给他们的任务是重挖路基，需要至少挖 30 厘米深，两车道宽，先支付 30% 的费用，这道工序验收合格后再支付剩余的 70%。

那时没有挖掘机，路基取土都得靠人工劳作，像蚂蚁啃骨头那样一点点蚕食。一群精明能干的庄稼人，锄头、铁锹就是他们的笔、墨、纸、砚，只是他们书写的不是艺术，而是生活。

一天又一天太阳从西方落下又从东方升起，四个月后的10月，当西沉的太阳把将尽的灿烂留在这条路上时，这条路基终于被他们啃完。

可是包工头何胖子却怎么也联系不上。

小何带着几个工友在康定县城找了个遍，可是连个鬼影都没有。

从康定回来的那个晚上，小何和队友们有捶胸顿足的，有唉声叹气的，有喘不过气的。

“他个何胖子，他个混账王八蛋！”

“不得好死的东西，老天有眼怎么不把他给收了……”

凡庆叔的嘴唇一直紧紧地咬在一起，牙齿在腮帮子里咯咯作响：“老天爷啊，还要不要人活……”他趔趄地站起来，“扑通”一声坐在了地上。

工友们一句一句的话，尖锐得像是摔碎的玻璃碴子，一下又一下地刺向小何的心脏。

小何的脸黑青着，大口大口地抽着烟，心里火烧火燎，一句话也说不出来。这天夜里他精神恍惚，跑到黑地里，朝着家乡的方向，哭了很久很久。

早上小何坐在院子的木椅上，清算着四个月出发前，贷款的1万元，除去这100多天的日常开销、劳动工具的钱和在当地请小工的工钱，还剩2000元。

小何把大伙叫到跟前，每人分了120元，分完后他站在院子里又抽了很久很久的烟。

七

2004年，村里要将一条连接各组的主干道扩宽加固。村里的领导打来电话询问他如何修路的问题。老何很热情地告诉了村领导。

一是要设计路线平纵横，坡度和转弯处曲线要合理；二是要回填，回填厚度在1米以内的用素土回填，回填厚度超过1米，采用间隔回填素土和石灰土；三是平地机整平及翻晒破碎；四是混合料完毕后，及时养护；五是对局部石灰量不均匀处进行处理，保证作业面上石灰撒布的均匀；六是水稳层碾压施工完成后，需要铺设塑料薄膜封闭养护。这些步骤老何也只讲了个七七八八，术业有专攻，老何强调还是要请教专业的人。

“磨刀不误砍柴工，何老表，你在外这20年确实没有白练。”村领导给了老何极佳的肯定。

但是老何心知肚明，这路不是那么容易建成的。

事实印证了老何当初对修这条路的看法。

从妻子打来的电话中老何听说，修路的第一步就遇到了瓶颈。为了找到专业的人员把老何说的六步逐一搞清楚怎么修，如何修。他们成天跑东跑西，拜托这个，请教那个。老何还特地回来过一次，带着村里的干部找过他熟悉的人。

一个月后妻子又打来电话告诉老何，村上开村民代表大会，让大家集思广益，讨论修路的钱哪里来。

“我们怎么想得出，这条路要上百万的资金。”妻子带着无可奈何的语气告诉老何。

“下次开会你可以提议一方面向政府申请，另一方面找有钱的企业援助，我们以前包揽的工程他们的资金来源就是这样来的。”老何向妻子递出了自己的“锦囊妙计”。

16 岁他去银厂沟打工时，就已经体会到什么叫山外有山。十多年过去，石门村依旧一成不变。这次修路于石门村而言是有百利而无一害的好事，他应该支持，每一个石门村的村民都应该支持。

村两委的干部们，按照这条“锦囊妙计”，发动了所有关系四处“化缘”，天天“请安”，最后争取到上级政策以及各单位的好心资助，村民也积极地出资出力终于将 5.5 公里长的主干道，从 3 米宽扩到了 7.5 米宽。

竣工的那天，老何专程开着车从成都回来，看着这条崭新的马路，像一条闪闪发光的绸带，在初冬的层林中蜿蜒地飘向前方。

老何长鸣一声喇叭，放下手刹，一脚油门就往家的方向驶去了。

路修通后，石门村夏天自带天然空调的优势也逐渐名声在外，七八月份一辆又一辆小车驶入了石门村。

老何凭借敏锐的直觉察觉到了石门村有发展旅游和发展农家乐的优势。他把自家的五间房腾出了两间，刷上了油亮亮的木色油漆，地上铺上了浅灰色的地毯，又进城购买了两张崭新的床和两个衣柜，还有一些床上用品。

一个星期后，他的农家乐正式开门营业。

开业的那天村里不少人前来祝贺，村两委的领导看见老何的农家乐后，决定请老何带动村民们改造自家房屋。

“书记，我们哪有钱？”

“万一我们改造好了没有游客住，这钱岂不是打水漂了。”

各种质疑的声音飘浮在空气里。

老何扫视了大家一眼：“1983 年，我到银厂沟打工的时候，那里的自然环境与我们这里差不多，可是那里的人就已经办起了农家乐，生活富裕得流油。”

“二十几年过去，看看我们，我们还在面朝黄土背朝天，地里是挖不出金钻的。”

“过两天就组织大家到周边去学习和参观，让大家亲眼看看别的地方是怎么通过搞农家乐发展起来的。”书记的话一锤定音。

参观回来后，打开了大家发展的思路，村里质疑的声音再也没有了。

农家乐也从老何家起初的 1 家，到 2 家，直到 2008 年的 40 多家。

石门村苦哈哈地穷了一代又一代村民的脸上，终于绽放出了如花的光彩。

八

“5·12”大地震突然降临，让老何家的农家乐严重受损，整个村子也再次面临着巨大的挑战。

灾后重建中，村两委紧紧围绕如何壮大旅游经济制定了新的发展目标，在稳定村民收入的同时壮大集体经济，发掘村内自然优势，在单一农家乐的基础上，提升旅游品质，发展高端民宿，做大旅游产业。

老何十分支持，群众也十分支持，2014 年老何通过招拍挂的形式在村上租下了一幢 300 平方米，10 多个房间的酒店。村里的村民也用自己新建的房屋相继改造了民宿 80 余家。

那时候，村民们已经逐渐意识到仅提供民宿不足以吸引更多的游客。但是银厂沟地震后的发展却让他们早有耳闻。

2015 年，经过实地考察后再次坚定了石门村人发展旅游的决心。

村里的五龙沟沟内瀑布依着山势犹如从天而降，落在水潭中，水花四溅，或气势磅礴，或逶迤温婉，正适合打造景区。

考察回来后，村两委和以老何为首的带头人，带动石门村 254 名村民通过众筹 2300 余万元和土地入股的形式，总投入 3500 余万元，成立了"什邡市石门洞胜景旅游开发有限公司"，将村里的"五龙沟"打造为夏避暑、冬赏雪的旅游景区并注册名称为"神瀑沟"。

一个由公司专业化运作的神瀑沟景区喷薄而出，声名鹊起。

通过六年时间的提质升级，2022 年 5 月，"神瀑沟"已升级为 AAA 景区。

村里的贫困户实行"带资入园、量化持股、保本分红"的原则，通过产业园贫困户每年按不低于 10% 的投入额作为保本分红，稳定贫困户的收益。通过运行，旅游区的经济效益良性发展，2017 年，营业的头一年，人均分红 2 万余元，让百户老百姓从中受益，贫困户从中更是直接获利。

从村民"众筹"引深山美景出"深闺"到用"村资公司"带"活"农村集体经济，近年来，石门村进一步拓宽集体经济发展思路，充分利用现有资源，发挥支部牵头作用和党员的带富致富先锋模范作用，因村制宜抓好村级集体经济发展工作，确定了神瀑沟风景区、竹笋产业园、猕猴桃产业园三大特色产业，实现渠道多样化、增收多元化，铺就了乡村振兴新路子。

目前，石门村正在按照什邡市的整体旅游规划进行建设。于2018年编制了《村庄规划和农房建设整治导则》，规划充分利用和结合村上资源、文化、区位优势和产业现状，定位乡村振兴目标是把石门村打造成为蓥华山风景名胜区外围度假服务基地，打造为集“森林康养”“休闲度假”于一体的景区式乡村，成为什邡市“康养休闲型度假乡村”的标杆。

尾

一声汽笛声，老何把回忆拉回了现实，作为神瀑沟的创建人之一的他，此刻最想念就是巍巍的蓥华山和神瀑沟潺潺的水流声。

红峡谷

1986年5月一个极其平常的日子，但在什邡市红峡谷镇5组，一个新的生命诞生了，对于老李家来说这无疑是一件天大的喜事。

从日头慢慢偏西开始，直至从村头的古槐树枝头完全消失，老李都一直蹲坐在家门口的磨盘上，口里吸着黝黑的旱烟，一圈圈的烟漫过头顶，心里急得像火烧一样。

听见孩子呱呱坠地的哭声，老李的心里就像一块巨大的石头，打着水漂在他的心里唤起难以平静的涟漪。

老李回想了与自己的媳妇初相识的那段时光。

一

20世纪80年代，老李所在的这个村是远近闻名的“富人村”，富是因为，靠山吃山，百姓不用出远门，不用背井离乡就能依靠很早就得到了开发的磷矿资源收入颇丰。

当其他村子还在愁自己的孩子找不到成亲对象的时候，这个村子的许多人家门槛都快被说媒的媒人给踏破了。

那时候的老李还是小李，他们家就是这样。

这半年，时常能见到一些媒婆在他们家出出进进。

这些来串门的媒人穿得干干净净，头发梳得光光溜溜，打眼一看就是精神十足，顶阔气和顶有范儿。

只要媒人一进村，后面就时常会跟着一群孩子跑着，追着，叫唤着："两边飞跑，劳苦功高，地上媒人，天上月老。"

跟着媒婆直奔说亲的房主家。一见到房主，媒人的脸上立马就显示出堆砌已久的灿烂模样。

一进门，媒人就滴溜着眼睛，板凳还没有坐热就张口说道。

"那姑娘一对酒窝，两只会说话的大眼，滴溜溜转动的眼珠，就像两颗大葡萄。本分得很，白净得很，孝顺得很，模样俊俏得很。"四个得很一出口，听得小李的眼珠子也跟着媒人滴溜滴溜地转动。

"大姐你说了这么多，这姑娘究竟是谁呢？"老李瞪大了眼珠子，直勾勾地看着眼前这位因为激动唾沫四溅的媒人。

"李大哥，这就是离我们只有一河之隔绵竹的王家的大姑娘啊。"

"你要是觉得合适，我再去这个姑娘家说和说和，我们再选一个日子，两家见上一面？"

"这主意好啊！"

下山，过河。第二天这媒人就来到了女方家。

"这男方家整齐漂亮，人长得老实，父母又慈眉善目，好说话，讲究人，女孩子嫁过去肯定享福。"

说得两家都中意了，没过几天，这两家人就找个合适的日子让两个孩子见个面，两个年轻人当面一表白，感觉上来了，感情有了，这婚事还真成了。

在这里说媒，是很吃香的，特别是今天说成一对，明天说成一对，人们口口相传，这红峡谷的名声在远近乡里也就家喻户晓了。

红白镇周围村庄密集，人烟阜盛，因为外出的人少，所以同一个年龄阶段尚未婚配的青年男女也多，也就有不少媒人奔走在这烟火里的乡村。红白镇条件好，说媒的成功率高，这个消息在媒人界不胫而走。媒人的热情，真诚为这个村的青年男女架起了通往恋爱和婚姻的桥梁。这些新娘有来自绵竹的、有来自三台的、有来自内江的……

人往高处走，水往低处流。在那个物资匮乏的年代能轻易地娶到媳妇，都是因为这里的条件好。

二

红白镇的发展如一轮巨轮轰轰向前。新中国成立初期，地质勘探队在龙门山脉地质普查中发现了丰富的磷矿资源，而紧依龙门山而建的蜀中古县什邡也因此再次获得新生。什邡，早在汉高祖六年就已置县，至今已有 2200 余年的历史，向来是蜀中农业经济发达的地方，因此也素有“川西明珠”之称。

1959 年四川省化工厅决定排除万难在什邡建金河磷矿，这一年正是三年自然灾害期间，雪上加霜的是苏联也正是在此时撤走了在中国援建的 156 个专家组。

刚刚获得新生的中国正在遭受苦难。

而金河磷矿的建立，正是建国后什邡市财富的起点。

1961 年金河磷矿正式成立，这是什邡建设的第一个磷矿，也是全国六大化学矿山之一。“巧妇难为无米之炊”，建设金河磷矿金初期因为资金不足成为建设的首要难题。

“道路千万条，发展第一条。为让磷矿建起来，矿上的职工，自己把山上的竹子砍了编成筐，筹集建设资金。”这在金河磷矿的矿史中有真实的记载。

三年后，自然灾害过去，金河磷矿也终于落成。金河磷矿的建成，为日后什邡市最主要的经济支柱化工业的发展，奠定了原料基础和发展思路。在什邡市的工业发展史中，金河磷矿是不可抹去的浓重一笔。依山而居的百姓和那些年轻的小伙也因金河磷矿的建成使自己原本贫困的生活变得蒸蒸日上。

1978 年，正是金河磷矿最辉煌的时候，年矿石产量达到了 138 万吨，在当时全国所有的磷矿山中排名第五。正因如此，奠定了金河磷矿位居全国五大磷矿的地位。

金河磷矿的矿石，销售到全国 200 多个县市，时至今日还有人记得，连焦裕禄的爱人都带着花生，来到厂上要磷矿石，生产磷肥。因此一句有口皆碑的话也在百姓口中口口相传——“中国磷化工业的基地在四川，四川磷化工业的基地在德阳，德阳有两大磷矿，其中之一是金河。”

磷矿的矿工，大多来自和它相距 20 里的红白镇。这个以出产豆腐干和红白茶而闻名的小镇，因金河磷矿而兴盛。

在金河磷矿建成之前，根本没有路通到红白镇，很多老人一辈子也没有出过蓥华山。为了方便磷矿的运输，凿开龙门山，依石亭江河道，修建了从市区通往金河磷矿的广青公路和广木铁路。

路通了，电来了，这里百姓的生活也改变了。

三

每隔三天，金河磷矿的职工就会放一次假，红白镇红峡谷村五组的老李，就是开篇我们提到的媒人说亲的那位小伙子，头脑灵光，因为自身厨艺精湛，把自己的农房，翻新成了农家乐。

一座精致的两层楼房，高门大窗，一楼房间的水泥地面干净平整，二楼的客房地面遍贴瓷砖，床铺更是雪白如洗，一尘不染。一座靠山而建的充满现代气息的院落，吸引着许多金河磷矿的职工前来吃饭、休闲。

生意最好的时候老李一天就能赚两三百元。

看到眼前的光景，老李倒也知足而乐，脸上时常都铺展着舒心的笑容，一如阳光下的蓥华雪景耀眼、夺目。

但童年食不果腹苦涩的经历，老李也会在闲暇之时反复咀嚼，摆谈给自己的儿子听，或者给在这里休闲的磷矿职工听。

一座大山就是自己童年生存的世界，山永远能够满足他们的好奇心。

见到果子就摘，见到野兔就追，见到野鸡就捕……口渴了就在山涧里捧水喝，跑累了就趴在树干上睡觉。

睡醒后“嘀嘀咕咕”的声音依然在肚子里呼呼作响。

“有一次我们和往常一样跑到山涧处饮水，但是一声又一声‘哇、哇、哇’的小孩哭喊声，吓坏了我们这群不知天高地厚的人。”

“我妈告诉我这山里有美国鬼子。这会不会就是美国鬼子在生孩子？”

“啊，有美国鬼子……”胆小的李柱甩下这句话就惊慌失措地不见了踪迹。

“剩下的几个胆大的我们，在地上捡起一根树棍，蹑手蹑脚地循着声音的方向去找寻。其实我们心里也没底，内心翻滚着许多胡乱的猜想，是美国鬼子？是杀人越货的黑卡？最后大家战胜不了内心的恐惧，也都一溜烟地往家的方向逃命去了。”

“爸，黑卡是什么？”

“老李，那哇哇的哭声，是不是就是娃娃鱼的叫声？”

“其实我们也不确定是不是娃娃鱼的叫声，因为恐惧我们再也没有到过那条山涧了。”

“关于黑卡，有这样的传说，黑卡并非平安路口，杀人越货的人会在这里干违法的勾当，得知凡从什邡入山的人都是带有银圆、枪弹作为交易资本，而从茂县和汶川返回者又都装载有上好烟土。”于是，天险黑卡便成了不法之徒安排陷阱谋财害命的地点。过去来往于黑卡者均要到蓥华顶顶骨殿烧买路钱纸，祈求平安。建国之初，入山普查矿产的人依然看见谷口处白骨累累……”

老李的这个故事听得小孩和大人都入了迷。

不忙的时候，老李也会带着老婆和孩子，花 7 块钱搭火车到什邡城里赶集，给老婆孩子买漂亮衣服，添置日常生活用品。

火车本来专门用来拉矿石，后来留出两节车厢，方便磷矿职工回家。

本地人也可以乘坐。

村里的另外一两户人家，看见老李家的生意做得风风火火，也开始效仿着先装修房屋，接着办起了农家乐。

长期以来，这里的百姓都老实地守着蓥华山的生命万物，依靠原始的农耕作为主要的经济来源，自从金河磷矿的建成，这里的经济和老百姓的生活便开始繁盛，发展渐渐发酵，百姓与金河磷矿渐渐染成一色，融为一体，成为好日子的原始胎盘。

因为金河磷矿，红白镇成为什邡所有山区乡镇中最富裕的一个。常住人口达 2 万人，一年的财政收入，能达到 1000 多万元。

四

老李的农家乐风风火火地转动到了 2008 年 5 月的那个夏天。

那一刻，老李以为自己产生了幻觉，他在院子里正在翻晒着受潮的棉絮，棉絮开始晃动，大地开始抖动，他本人也开始晃动得站不住脚。他眼前的高山喷吐出大股的尘烟，山体开始变得柔软，像脱离了母体的胎盘一样，一块一块地从山体上滑落，滚动，轰轰隆隆顺势而下。看见脚下的混凝土裂开、抖动，像一块皱皱巴巴的地毯，房屋的墙体开始变得柔软，墙体像发了疯一样扭动着变形的躯干。山体的尘烟，房屋的尘烟把老李的鼻腔、肺部一起填满，最后全部转化成眼泪从眼眶里迸发而出。

他十几年的家业，都在这地动山摇中变了模样。

老李终于站稳，挽住妻子和儿子，他们浑身上下都是尘土。山体停止了摇晃，岩石停止了滚落，路上冰凉地躺着许多灰色的岩石。

这些石头飘荡着刺眼的尘土。

有人越过巨大的岩石，头上流着鲜红的血液，从浓郁的尘烟中丢了魂魄一样地走来。有人在浓郁的尘烟中发出刺痛心扉的尖叫，这尖叫像一股悲伤的电流，在村民身体里互相传导，最后撕心裂肺，响成了一片。

哭声、喊声、呼天唤地。

苦难笼罩住了整个村庄，整座蓥华山。

人一辈子受的苦还不够吗？还要经历这样的困难。

那时候，老李明白了一个道理，人再强悍，也悍不过大自然的意志。

五

一方有难，八方支援。

干部来了，政府来了，党和国家领导人也来了。一遍一遍安抚和鼓励村民“有党组织在，生活啥时候都有保障”。整座蓥华山山顶的阴霾正在急急地散开，天空中出现了抚慰人心的绿色。

“直升机来了，解放军来了。”直升机的引擎发出巨大的轰鸣，惊醒了蓥华山正在悲怆的村民。村民和干部们挂着脸颊上的泪水，奔向从飞机上下来的解放军。

那场面真令人心潮澎湃。

一时间，红色、白色和蓝色让这里的村民们悲伤中夹杂着欣喜，惊喜中夹杂着悲伤。

解放军带来了食物、药品、消毒物品，还有最需要的医生和穿着防护服的防疫人员。

防疫人员背着消毒液把坍塌房屋处的每一个角落喷洒了一遍又一遍。

解放军和干部们马上在村里展开营救工作。

为了核查村里基础设施损失的真实情况，党员干部和解放军，翻山越岭走遍山区所有角落的村户，摸排岸坡塌方处，收集受损详细数据。

几天后志愿者们也源源不断地赶到，村民们也都搬进了蓝色的救灾帐篷中。

防疫人员背着消毒液又把百姓居住的帐篷喷洒了一遍又一遍。

傍晚时分，在帐篷里志愿者们从老李家搬来了电视机，那时候中央一台正在现场直播《爱的奉献 2008 宣传文化系统抗震救灾大型募捐活动》，歌者们衣角上贴着红色的爱心，唱着《我们众志成城》，在音乐声的催化下，这些平常不善言辞故作坚强的村民们也都流出了动情的眼泪。

很多村民和志愿者都哭了。

那一刻老李也哭了。

又过去几天后解放军抢通了通往山里的道路，一批批援建物资一车一车地拉进来。

5 月 18 日，在灾情最严重的蓥华镇救援现场，胡锦涛总书记用洪亮的声音坚定地喊道：“任何困难都难不倒英雄的中国人民！”

整个村，整个什邡市的灾后重建工作开始了。

在党和国家的大力支持下，灾区逐渐恢复了供电、通信，村里呈现出一派富有生机的重建景象。

逐渐一切都走上了正轨，朝着越来越好的方向发展。

7 月 21 日上午，随着一阵阵汽车马达的轰鸣，贴着大红标语的卡车缓缓地开过来，救灾的解放军要走了。

乡镇街头万头攒动，刚才还静静站在路旁的人群，刹那间似汹涌的洪水激荡澎湃起来，“向解放军学习，向解放军致敬”。老李的儿子举着一个醒目的牌子，“长大后我也要当空降兵”扯着嗓子的呼喊声回响在送别的场面里。

好多人都哭了，流着泪水，送别解放军，送别在灾区战斗了 68 天的空降官兵。

六

2011 年 5 月，首都北京已是骄阳似火。什邡市委、市政府带着浓浓的感恩之情，将一台主题为“京什携手 · 共建家园”的感恩文艺演出献给北京援建者。一幕幕鲜活的场景，感动着曾经并肩战斗三年的所有人。

伤痛和希望，酸楚和艰辛，将什邡的过去三年浸润得饱满、沉重、深情而沧桑。

三年后，一条条宽阔的大道，一片片整理复垦的灾毁农田，一座座美丽的村镇、一张张灿烂的笑脸、一组组难忘的数据，让人感受到震撼人心的力量。

941 个灾后重建项目，8.4 万户重建农房，67 所重建学校，39 个医院卫生院，51 个交通设施重建项目，38 个水利基础设施项目和 25 个能源、通信等重建项目……

品味这一组组数据与成果，令人备受鼓舞。

灾后重建中，对口援建什邡的北京，不仅重建了房屋、道路，更将打造旅游业放入了规划之中。而在此之前，红白镇是什邡有名的矿产小镇，在震前，镇里有5座煤矿、1座磷矿、1个水泥厂和花岗岩开采厂。

多数老百姓都在矿产地打工。

灾后重建时，红白镇的金河磷矿开采期只剩10年不到。在重建中，红白镇决定转型发展，关停了境内所有煤矿。

三年重建以来，什邡在恢复重建中坚持科学重建理念，围绕改善民生，突出未来发展，实现了城乡面貌、社会事业、发展环境以及组织建设的全面跨越。

2011年5月，正值什邡“项目建设管理年”各项工作密集推进的时刻，因地震而搁置的“冲刺全国百强县”征程已然开启，什邡站在新的历史方位，开始逐梦。

七

煤矿没了，村民们的收入从哪里来？

灾后重建中，通往青牛沱、通溪河景区和蓥华山高山景区的道路都建成了，这些藏在深山中的瑰宝，一下子被城里人所认知。蓥华之美，美在彩叶如花、层林尽染，美在高山悬崖、壁立参天，美在巨石嶙峋、瑰丽俊秀，美在水瀑飞溅、溪流蜿蜒。

这里有雄奇灵秀的山势地貌，这里有气势磅礴的日出云瀑，这里还有美妙动人的神话传说。

蓥华山一年四季皆是风光，钟鼎寺——红峡谷景区地处海拔1600米左右的山区，气候条件宜人，负氧离子丰富，是天然的避暑胜地和天然氧吧。

开车从什邡市区出发，沿着北京大道，40分钟就能到的红白镇，决定转型成为新特色的一座旅游小镇。

2013年德阳市旅游产业发展大会召开，红峡谷一条5公里长的步行栈道香气怡人，再加上红白镇上以红白豆腐为主的豆腐宴，让从事旅游行业的业主荷包丰满，镇上的农家乐一下子从开始的2家增加至18家。活动期间，前往钟鼎寺——红峡谷景区的游客突破100万人次，实现旅游销售收入5600余万元。

山区旅游是什邡的一张王牌。

蓥华山省级风景名胜区和龙门山国家地质公园是什邡自然生态旅游的重要品牌。

什邡以正在建设的钟鼎寺——红峡谷景区为核心，深度打造开发，推出消夏避暑旅游与风光、生态、民俗旅游相结合的线路，从而将该景区打造成为大成都范围内著名的生态休闲避暑度假区，带动整个蓥华山区旅游开发。

镇里一下子有了120多户农家乐，400多人从事旅游业，犹如雨后春笋般拔地而起。

八

红白镇红峡谷村五组的老李，2014年的夏天，他的农家乐重新开业了，由原来的两层扩建成现在的三层。一楼能承包15桌的宴席，二楼和三楼共计 70 个床位。还可提供同学聚会、露天烧烤、户外 K 歌等多项休闲服务。

头一年营业就有几万元的收入。

为了让旅游业可持续性发展，镇上每年都要举办多次培训课，让村民们在接待能力、安全意识上有所提升。

主讲老师站在镇政府会议室的过道里，拿着话筒开始讲道：“2013年12月，习近平总书记在《中央城镇化工作会议》上发出号召：‘让居民望得见山、看得见水、记得住乡愁。’有山有水有牵挂，习总书记为我们村的发展规划了一幅未来的蓝图。”

“我们人类是从自然中诞生的，我们的基因里还带着自然的烙印。所以，其实骨子里，人还是向往自然，需要保持和自然的互动与联系的。而乡村，无疑是比城市更加接近大自然的地方。所以，我们向往乡村，其实从某种意义上说，就是让我们的身体重新回归自然，这也是人类进化过程赋予生命的重要意义之一。”

“城里人喜欢到我们村来消夏避暑，不是简单地回归，更不是去吃苦，相反，是为了追求更好的生活方式。”

听课的人纷纷点头，既是表示对老师的赞同，更是对自己农家乐事业的憧憬与希望。

人生有了希望，便如同有了火的温暖，火的活力，火的气息。

老李拿出笔记本，在一页空白处，工工整整地记下了老师课堂上提到的这一句：“望得见山，看得见水，记得住乡愁。”

九

2019 年 12 月蓥华镇、冰川镇、红白镇整体合并设蓥华镇。自此，红白镇彻底退出历史舞台，更名为红白社区。

原隶属于红白镇的红峡谷村由原蓥华镇五桂坪村和峡马口村合并组建而成。

一个全新的从依靠采矿转型到发展生态旅游上来的新村，蓥华镇红峡谷村就此诞生。

2020 年蓥华镇政府和村两委把“改善农村人居环境，建设美丽宜居乡村”作为最大短板之一来抓，打出了以污水处理、村容村貌提升、旅游产业发展等为重点的环境整治的“合力拳”。

老李家的房屋外墙由原来的黑灰色墙体刷白了，并画上了彩绘。

画彩绘的那天村里来了许多成都电子科技大学什邡校区的大学生。他们用富有朝气的臂膀在黑灰色的墙体上挥洒，画笔一笔一笔地涂抹，墙体一点一点变艳。道路两旁白墙黛瓦、绿植成荫，村民在文化广场上散步休闲，民居民院错落有致，村道两旁的墙面上点缀着社会主义核心价值观宣传画，远远望去，呈现出一幅和谐动人的画面。

几天之后一个崭新的红峡谷村呈现在广青公路上。

墙体上跃然而生这样一排醒目的字体。

> 这里的红，是鲜血染就的革命红，是令人自豪的中国红。
>
> 这里的红，是五彩缤纷的自然红，是斑驳陆离的生态红。
>
> 这里的红，是美味可口的腐乳红，是传统工艺的星火红。

这里的红，是日月崇拜的太阳红，是幸福生活的火火红。

红峡谷村人居环境整治工作的有序推进，不仅唤醒了沉睡已久的山水，更激活了什邡市乡村振兴的一池春水。

2021 年，红峡谷村先后荣获“四川省第二批基层治理示范村”“德阳市乡村振兴示范村”“什邡市人居环境整治村（社区）洁美行动先进村”等荣誉。

十

“茶花一树早桃红，百朵彤云啸傲中。”2023 年 3 月，燕儿和雀儿正在兴奋地筑巢，茶香已经从枝头飞出。

红峡谷村，地处龙门山脉，平均海拔在 880 米，常年平均气温和坝区相比低 5 摄氏度左右。由于气候适宜，每年 5 月至 10 月均有山茶花盛开，其中以 3 月为山茶花最佳观赏期。

老李家深居山间的茶花也已悄然开放。

老李拿着手机，镜头对准各种各样热烈的、淡雅的、雍容的、温婉的……山茶花，逐一拍摄，又通过自己的短视频账号在网络上宣传。

宣传片在网上引起了巨大的反响，看过老李宣传片的网友，组着团，驾着车来到红峡谷成为体验茶叶种植、采摘、制作和品鉴的参与者，又成为优良品质的消费者和宣传者。

老李的媳妇和村里其他的妇女也忙碌了起来，提着采茶工具，采摘嫩绿茶尖，然后通过烘、炒、翻、磨等数十道工序后，精致的红白茶就做成了。

由于红白茶的经济效益高，红峡谷村村民几乎都参与了种植和生产红白茶的活动。

除了农家乐，红峡谷村的花茶系列、红白茶、山腊肉、深山野生猕猴桃、蜂蜜、红白豆腐乳，还有村民上山自行采摘的各种时令野菜等，都成为该村独特的旅游特色产品，越来越受到游客喜爱，也已经成为支撑村民钱袋子的支柱产业。

尾

蓥华山脚下一个看得见山、看得见水、留得住乡愁的宜居红峡谷村跃然而生，旅游产业也随之蓬勃向上。

蓥华山各个村庄逐渐成为人们向往的地方，正吸引着八方来客踏足观赏。

后 记

在《洛水边的乡村中国》这本书的尾声之际，我怀着无比真挚与感激的心情，为读者献上这篇《后记》，作为对这段文字之旅的回望与总结。

洛水潺潺，见证了无数岁月的沧桑巨变，也承载了这片土地上人们的悲欢离合与喜怒哀乐。在写这本书的过程中，我仿佛穿越了时空的隧道，与那些生活在洛水河畔的乡亲们并肩同行，共同感受了他们的欢笑与泪水，体会了那份源自乡土深处的深情厚谊与坚韧力量。

写这本书，是我对乡村中国的一次深情凝眸与深情礼赞。在洛水的滋养与哺育下，乡村展现出了它独有的韵味与生命力。我倾尽全力，试图通过文字这一载体，捕捉那些稍纵即逝的美好瞬间，记录下那些平凡而动人的故事。从晨曦初露的田野到夕阳西下的村头，从孩子们纯真的笑脸到老人们沧桑的皱纹，每一处细节都凝聚着我对乡村的无限热爱与深深敬畏。

在创作的过程中，我深切感受到了乡村中国的变迁与挑战。随着现代化进程的加速推进，乡村面临着前所未有的机遇与冲击。

传统的农耕文化与现代文明的碰撞与交融，既为乡村带来了繁荣与进步，也引发了一系列深刻的问题与思考。如何在保持乡村特色与传统的同时，实现现代化的转型与发展？如何在传承与创新之间找到完美的平衡点？这些问题不仅关乎乡村的未来走向，更关乎整个中华民族的命运与前途。

《洛水边的乡村中国》不仅是对乡村的一次深情记录，更是对乡村未来的一次美好展望与深切呼唤。我衷心希望通过这本书，能够唤起更多人对乡村的关注与思考，激发大家对乡村振兴的热情与信心。让我们携手并进、共同努力，为乡村的繁荣与进步贡献自己的智慧与力量。

此外，也是在创作的过程中，我始终秉持着追求真实、细腻与深刻的艺术理念，力求通过生动的文字描绘与真挚的情感表达，展现乡村的独特魅力与深厚底蕴。同时，我也希望这部作品能够达到一定的思想高度，引发读者对乡村文化、社会变迁与人生价值的深刻思考。

最后，我满怀感激之情，向那些在我创作之旅中伸出援手、给予我无私支持与深切关怀的机构与每一位个人致以最真挚的谢意。是你们，用温暖的鼓励与不离不弃的关心，为我点亮了前行的道路，让我在无数个日夜中感受到了无尽的力量与勇气。没有你们，仅凭我一人之力，这本书的诞生无疑是一座难以逾越的高山。是你们的关心与扶持，让这座高山变得可以攀登，最终得以问世。

这份感激，将永远镌刻在我心中，化作我前行的动力与源泉。

洛水长流，乡村不老。

2024 年 12 月 16 日于雍城

当代四川散文作家书系

丁仕强　主编

且听风吟

李劲峰　著

中国书籍出版社
China Book Press

图书在版编目（CIP）数据

且听风吟 / 李劲峰著 . -- 北京 : 中国书籍出版社 ,
2024. 11. -- (当代四川散文作家书系). -- ISBN 978
-7-5241-0117-8

Ⅰ . I267

中国国家版本馆 CIP 数据核字第 20245PN036 号

且听风吟

李劲峰　著

责任编辑　王志刚
责任印制　孙马飞　马　芝
封面设计　杨　桃
出版发行　中国书籍出版社
地　　址　北京市丰台区三路居路 97 号（邮编：100073）
电　　话　（010）52257143（总编室）　（010）52257140（发行部）
电子邮箱　chinabp@vip.sina.com
经　　销　全国新华书店
印　　刷　四川科德彩色数码科技有限公司
开　　本　880 毫米 ×1230 毫米　1/32
字　　数　1760 千字
印　　张　65.75
版　　次　2024 年 11 月第 1 版　2024 年 11 月第 1 次印刷
书　　号　ISBN 978-7-5241-0117-8
定　　价　598.00 元（全 10 册）

总序

以散文之名　发时代之声

四川省散文学会会长　丁仕强

四川，自古便是文人墨客倾心描绘的天府之国。这片充满诗意与传奇的土地，激发着作家和诗人的情感与想象，孕育出一代又一代的文学巨匠。他们以笔为犁，耕耘着这片沃土，用文字记录时代的变迁，抒发个人的情感，展现社会的风貌。

进入现当代以来，随着社会的快速变迁和文化的多元融合，四川散文作家更是以其独到的视角和敏锐的洞察力，捕捉时代脉搏，反映社会现实，表达个体情感，创作出了一大批具有深刻思想内涵和艺术价值的优秀作品。散文，作为一种自由、细腻、深邃的文学形式，它以最直接的方式触碰人的心灵，以最朴素的语言揭示生活的真谛。四川的散文作家，根植于这片文化沃土，汲取着巴蜀文化的精髓，他们的作品既有大山大水的雄浑壮丽，又有田园牧歌的温情脉脉；既记录着时代的变迁，也倾诉着个体的情感。

四川省散文学会迄今为止已走过34年的历程。多年来，学会与时俱进，开展写作分享及文学讲座，召开“川渝散文家论坛”“中国西部散文论坛”，开展“四川散文奖”评选等活动，上千名会员出版散文专著，近百名会员荣获“鲁迅文学奖”“冰心散文奖”“四川文学奖”“朱自清散文奖”“五个一工程奖”等文学大奖，散文创作成绩斐然，可圈可点。

为深入践行习近平文化思想，坚定文化自信，坚持守正创新，引领新时代散文创作，推动散文家队伍建设，促进散文高质量发展，学会组织编辑《当代四川散文作家书系》（第一季），旨在全面展示当代四川散文作家的创作水平和艺术风貌。我们精心挑选了部分优秀散文作家，他们中有的已在文坛享有盛誉，有的则是初露锋芒的新星，涵盖了不同年龄层、不同风格流派的散文创作者。无论是对乡愁的抒发，还是对时代变迁的记录，抑或是对个人生活经历的思索，每一位作家都有其独特的视角和笔触，他们用文字描绘山川河流的痕迹，刻画时代的进步与变迁，抒发对生活的感悟与情感，以真挚的情感和独到的视角，展现了多层面的社会现实与精神追求。

本套《当代四川散文作家书系》，共10本散文集，分别是《梧桐树下》《千年一城》《火把》《在故乡的原野上奔跑》《洛水边的乡村中国》《飞鸿雪泥》《比草还长的日子》《川流不息》《岁月笔记》《且听风吟》。

《梧桐树下》一书，作者结合亲身经历，深刻探讨了人生哲理、人际关系的温暖以及个人成长过程中的反思；《千年一城》则借着收录的23篇文章，精心组构出千年古城巴州的来路与去向以及巴州城的数次华丽转身；《火把》一书通过几个不同时代、

不同地域的人物和故事，展现了普通人在生命迁徙与经济变迁中的坚韧与努力；《在故乡的原野上奔跑》是作者的奋斗史、心灵史，“奔跑、扎根、奋斗”是本书的关键词，怀念和梦想是作者的情感表达；《洛水边的乡村中国》一书，作者以小见大，以洛水边的10个传统村落蝶变成特色新村，折射出了一个县、一个省乃至整个中国乡村的发展历程。其他几本散文集也各有千秋，特色鲜明，通过这些作品，我们可以感受到四川散文作家在继承传统的基础上，不断创新的艺术追求。他们以真挚的情感和深邃的思考，探讨人生哲理，挖掘人性光辉，传递社会正能量。他们的文字，既有对美好生活的向往和追求，也有对社会现实的深刻反思和批判。

这套书不仅是一种文学表达，更是历史与现实交汇、个体与民族共鸣的生动写照。这些作品，或清新脱俗，或深情厚重，或哲思深远，它们共同构成了一幅丰富多彩的文学画卷。希望通过这套丛书的公开出版，不仅能把握住散文这一文体在形式上的创新与探索，也能从深层的文化内涵上，理解四川乃至整个中国当代散文创作的发展趋势。

在这里，我要特别感谢各位作家的信任与支持，正是因为有了他们的辛勤耕耘和精彩创作，我们才得以将这些散发着文学芬芳的作品集结成册，奉献给广大读者。同时，也要感谢书点文化传播出版团队的细致工作和无私奉献，他们的专业与热情确保了本套书的顺利出版。

愿《当代四川散文作家书系》能成为你认识四川，感知时代，领略散文魅力的一扇窗口。希望这些真挚的文字能触动你的心弦，激发你对生活、对文学的深刻思考和无限遐想。

让我们携手共进，以散文之名，发时代之声，祝愿四川的山水更加美丽动人，祝愿各位散文作家创作大获丰收，祝愿四川散文创作和发展永远充满生机与活力！

2024 年 6 月 29 日

序　一

刘大如

劲峰让我为他的《且听风吟》写篇小文作为序。为人作序，这还是第一次，斟酌再三，不好推辞，还是提起了笔。

《且听风吟》汇聚了劲峰近年来业余写作的一些文章，选编为“援藏纪事”“生活随笔”“女儿成长记录”三个篇章集结出版，完成了从文学爱好者到作者的身份转换，这是一个大胆的转换，也是一次愉悦的突破。

援藏，仅仅只有两年时间，却成了他人生中最难忘的 700 多个日日夜夜，不然就不会将之列为首个篇章。与帮扶对象结对子成了很有特色的“认亲”，与藏族“亲戚”相亲相近。克服了高原反应，顶受住了刀割般的寒风，参与抗洪抢险，为牧区的亲戚送去帮扶的同时也送去了吉祥的祝福。见识了豪爽的康巴汉子，爱上了祝桑大草原，心中种下了美丽的格桑花，在雪域高原脚踏实地潇潇洒洒走了一回，扎西德勒!

第二篇章最为丰富和厚重，林林总总，气象万千。劲峰的散文就像是老朋友摆龙门阵娓娓道来，滔滔不绝，通畅流利，真情流露，毫不矫揉造作。他还遵古人之训，无论是工作、旅游还是采风，从不空手而归，总得写上一篇，自嘲为“交作业”，作业也越聚越多，聚沙成塔，聚文成书。难怪文友们羡慕地取笑他：我们县的风景都要被你写完啰!

看着一篇又一篇用文字堆砌而成的女儿成长档案，不由得感叹万分，一个戴着眼镜，斯文秀气、少言寡语、性格内向的已是知天命的大男人，竟有如此细腻的心思，真是：母爱诚伟大，父爱亦无疆。

人生，总得要留下点什么，劲峰率先在文友群做出了表率，希望有更多的文友站出来，让各种体裁、各种风格的硕果绽放在我们的文学园地。一路清风一路歌，一缕清风一段文，让我们且听风吟。

（刘大如：四川省作家协会会员，兴文县作家协会名誉主席）

序 二

邵晓黎

劲峰在家排行老四，我们都叫他李四。

有一回，我带外地朋友回兴文耍，我在电话里告诉李四我们到兴文的时间车次，李四来接。我的朋友说：丽莎，女同学吗？我说：是李四，不是丽莎，你听错了。我们为此笑了半天。但是看到李四后，我的朋友还是坚持要把李四叫成丽莎，觉得他活脱脱就是一个女同学的样子，很温柔啊。

这让我想起李四在建武中学上学时起过一个更温柔的笔名叫柔冰，现在想起来简直骇人听闻，这么娘的名字，亏他敢用，这是个啥子人哦。

从这本《且听风吟》散文集里李四对他女儿成长、援藏经历和家乡风情的细微记录可以看出来，他确实是一个温柔细腻的家伙，但是他可不只这一面，他老婆看着性格外向张扬不怕事，但他老婆说，李四，是个男人。

我在建武中学补习数学的时候，曾经搭过李四的摩托车在建武的山路上飞驰，那时候没有飙车的说法，大山威严，道路崎岖，摩托车在险峻的路上盘旋，我一直记得那个自由惬意的感觉。后来我在台湾电影《南国再见，南国》里又看到了这一幕，侯孝贤导演用漫长的镜头描绘饰演流氓的高捷和林强骑摩托车在台湾乡间穿行，乡间景色如人间幻象，一幕幕划过他们身后，但是台湾乡间的道路其实很好，远不如建武山区那般行路难，这样想起来高捷和林强的酷就打了折扣，我和李四虽然不是善于打架的流氓，但我们也有征服生活的崇山峻岭的气概，哈哈哈。

那是我第一次认识李四，后来我们关系就很好了，一直到现在，估计还会继续到以后，用我们这地方的独特的人际交往的方式。独特在哪里呢，就是从不走动，一见还是如故，仿佛岁月从没流逝过。

但岁月其实还是在悄然流逝，不过李四是个有心人，他一直在记录，没有盲目抒情，也不会刻意拔高。生活本身意味着一切，读李四的散文，可以感觉到文字背后的人。他热爱生活和亲友，就像你我一样，这是让人亲切的感觉。

嗯，让人亲切，这就是李四的为人和为文。

（邵晓黎：电影编剧、导演、监制，中国电影文学学会理事）

目录

第一辑 援藏纪事

我和藏区有个约定 003
初识雅江 005
祝桑草原认亲 008
走进康巴汉子村 010
援藏家书 014
梦回雅江 018
怀念雅江的风 021
格桑花开 024

第二辑 生活随笔

老　李 031
又见毓秀 035
想念笔友 039
阳光灿烂的叶子 041
我的本命年 043

喝酒那些事 046
钓鱼那些事 050
你那里下雪了吗 054
家乡的年味 057
九丝城之春 062
春的眼睛 066
迎春的春 068
又是一年清明时 071
栀子花开 074
还记得年少时的梦吗 077
横江古镇半日游 080
熟悉的地方有风景 083
打卡香水山 086
香山晨曲 090
你好，僰王山 092
你好，仙峰山 095
走进春天的大坝苗族乡 098
走进美丽的麒麟苗族乡 101
大河是个好地方 104
我在三道堰等你 107
相约兴文石海 110
莲花，莲花 114
打卡九洞天 118

千年古县富顺行 122
坐上高铁去赶场 126
遇见共乐 130
梦中的红军湖 132
且听风吟 135

第三辑

女儿成长记录

康乃馨的微笑 139
女儿学讲普通话 141
小大人 142
“三好”小宝宝 144
女儿上学记 146
女儿的艺术照 148
小小旅行家 150
女儿的土话 152
小老师 154
小小大学生 156
小小艺术家 158
女儿学英语 160
有爱就有希望 162
小小“留学生” 164

小小追星族 166
小小武侠迷 168
小小管家 170
小小“叛逆者” 172
小小运动员 174
女儿学电脑 176
亲亲我的宝贝 179

后　记 182

【第一辑】

援藏纪事

我和藏区有个约定

阿芳，刚才我已接到市里的正式通知，再过几天就要到甘孜雅江援藏去了。虽然之前我已积极报名并参加了体检，但在正式文件没有下发之前，我还是不敢相信自己真的能被组织选派到藏区工作，而且出发时间还定得那么仓促。此时此刻，我的心里既有远赴藏区生活的憧憬和希冀，更有离开家乡亲人的不舍和眷念，纠结的心情很久都不能平静下来。

阿芳，有一首歌叫《我和草原有个约定》，其实，我和藏区也有个约定呢！曾多次到藏区旅游，那湛蓝的天空、洁白的云朵、高高的雪山、茫茫的草原、成群的牛羊、飘动的经幡、虔诚的朝拜……如诗如画的藏区美景，丰富多彩的藏族文化，在我心中，那是一片美丽而又神奇的土地，也是一个魅力无限、令人神往的地方。

阿芳，我知道你最担心的就是我的身体健康和安全问题。是啊，援藏不是去旅游，要扎根雪域高原开展援藏工作不是一件容易的事，自然环境肯定很恶劣，生活条件肯定很坚苦，工作压力肯定会更大。但是我也知道，援藏是一份光荣而神圣的任务，组织上通过层层筛选和审核批准，最终确定我为全省第二批援藏人员之一，这是组织对我的信任和肯定。我相信，凭着我对藏区的热爱和对工作的敬业，我一定会圆满地完成各项援藏工作任务。

阿芳，我很清楚，选择了援藏，就会给个人和家庭带来一些也许永远都无法弥补的损失，援藏工作期间，家里的一切事情都要靠你来承担：儿子、女儿分别刚升上初中、高中，奶奶、外公、外婆的身体也不是很好……阿芳，我最担心的就是你的甲亢病还没有彻底康复，一定要记得按时吃药，一定要多多保重，身体好，心情好，家才好。

离别在际，情不能已，书不尽言，言不尽意！阿芳，我们都坚强一点勇敢一点好吗？不要太担心，两年时间很快就会过去，让我们共同期待吧：相信藏区的明天一定会越来越美好！相信我们一定能够携手相伴平安幸福到永远！

初识雅江

到雅江已经三个多月了，但从离别家乡到贴近雅江，一点一滴仍然历历在目。

7月16日，凌晨6点从兴文出发，到宜宾后领导送行，亲人话别。9时，全市80名援藏干部分乘两辆大巴，在市委组织部、统战部领导的陪同护送下，浩浩荡荡地向藏区进发。一路都是大雨，车队行进速度很慢。下午5点左右翻过二郎山，天气豁然开朗，晚8点才到甘孜州首府康定。虽是大部分时间都在雨中行进，但一路上见到不少风雨中骑着自行车、摩托车旅游的驴友，宛若川藏公路上一道亮丽的风景线。看来，许多人和我们一样，对美丽神秘的藏区多么向往。

7月17日，早上9点出发，一路要翻过折多山和高尔寺两座海拔4000多米的高山。没曾想，康定到雅江145公里，因修路堵车整整折腾了我们一天，次日凌晨1点才到雅江。当车穿过入城隧道后，早已疲惫不堪的我，突然来了精神，将头伸出窗外，贪婪地俯瞰着雅江县城：已是深夜，灯光点点，小城在静穆中显得格外祥和与温馨。透过雅砻江大桥上明亮的路灯，看到小城安静地躺在雅砻江边，依山傍水，错落有致，高低井然，宛如一颗璀璨的夜明珠镶嵌在雄壮的雅砻江大峡谷之间。我在心底里情不自禁地发出一声欢呼：雅江，我来了！

雅江，古名河口，藏语称亚曲喀，地处中国香格里拉文化旅游核心区的中心驿站，是出川进藏过往客人的温馨家园，自古以来就有“茶马古道第一渡”之称，享有“生态雅江，圣洁雅江”的美誉。近年来，雅江县依托丰富的民族文化资源优势，积极打造“康巴汉子、木雅文化、雅砻江走婚大峡谷”三大文化品牌。

每当清晨醒来，就会看到对面的山上云雾缭绕恍若仙境，山脚下绕城而过的雅砻江日夜奔流不息，哗哗的流水声，像一首古老的民谣不停地在我耳边浅吟低唱。

雅江县城只有 0.46 平方公里，足可称为袖珍县城。县城虽小，功能齐全，有党政机关各职能部门，有餐饮住宿，还有茶房发廊。一条主街贯通城区，清一色的藏式风格建筑，两边挤满藏族特色装饰的店铺，许多单位的牌子就见缝插针地悬挂在店铺之间。最宽敞的当数依江而建的木雅广场，白天，人们在这里休闲漫步；晚上，成群结队的人们拥到这里，围成一个大圈跳起了粗犷豪放的锅庄舞。

行走在雅江的大街小巷，处处都能领略到藏区独特的民俗风情。广场上，三三两两的康巴汉子、藏族美女谈笑风生。商铺里，银饰、佛珠及各种生活用品一应俱全。街道旁，慈眉善目的藏族老人们拿着“转经筒”坐在屋檐下，享受着蓝天白云的亲切抚摸，右手转着经筒，左手捻着佛珠，轻轻吟诵那千年不变的六字真言：唵嘛呢叭咪吽。

雅江的藏族女子也是美丽的。她们大多身材修长，容貌靓丽，皮肤白里透红，眼睛清澈明亮，特别是在色彩艳丽的藏裙衬托下，绝对是雅江街上不可或缺的一道亮丽风景线，即便是戴着近视眼镜的我，有时也忍不住扭头观望。

雅江被誉为康巴汉子的故乡，这里的藏族男子都拥有一头卷曲浓密的头发，黝黑光泽的皮肤，棱角分明的面容，魁伟健壮的体格，令他们看起来气宇轩昂、英气十足。在单位为我租住的江边居室，因早出晚归而不识近邻。一天我回宿舍，恰逢邻室的康巴汉子出来，他望了我一眼：“你是援藏干部？”“是。”他突地眼里放光：“你看，你都来这么久了，我还不知道邻居是谁，走，今天一定到我家里坐坐。”接着，连推带抱将我拖入他家。进门就高喊：“卓玛，弄点牦牛肉来，我要陪援藏兄弟喝酒。”接着，为我沏好茶，又拿出一瓶看似珍藏许久的茅台酒。见此情形，我赶紧打电话叫来一位援藏战友，生怕我一人招架不住如此的豪爽。当晚，我们三人，杯酒言欢，室内不断飘荡着笑声，藏汉一家的热流让我领略了康巴汉子的粗犷豪放、热情淳朴。

祝桑草原认亲

到雅江，是带着推进藏区“跨越发展、长治久安”的光荣使命的。在只有 22 名职工的雅江县地税局，我很快融入其中，一起工作、娱乐、吃饭、喝酒。无论官民，无论藏汉，既是同事，又如兄弟，皆亲密无间。

为推进藏区经济社会跨越式发展，宜宾援藏干部主动融入，积极参与雅江县“结对认亲、同心同向、爱心帮扶、宣传教育、共建共创、幸福工程”六项群众工作全覆盖活动。按县上安排，我与祝桑乡夺雅宗村四户农牧民结为“亲戚”。

8 月 13 日至 15 日，我去了距县城 80 公里海拔 4000 多米的祝桑大草原。早在县上时，就听说祝桑大草原是雅江县最美的草原，到了那里，我真的被迷住了。天，蓝得那么纯净，像画家用巨大的画笔在天穹抹上一片蔚蓝，没有一丝杂色，朵朵白云似乎随风飘动在蓝色的天幕上。草原一片碧绿一望无垠延伸到遥远的天际，一团团、一簇簇、一片片红色而娇艳的格桑花映衬在绿色的草原上，两楼一底、一楼一底的藏式碉楼如珍珠似贝壳撒落在茫茫草原。在这美丽神秘的仙境里，袅袅的炊烟、飞驰的骏马、康巴汉子震撼天籁的歌声，为仙境平添无限生机。雅江县，准备着力发展全域旅游，将祝桑大草原打造成当地的名片。

在如诗如画的祝桑大草原，我认识了甲央扎西、斯郎泽若、友珠、阿楚四家亲戚。他们都住在漂亮的藏式碉楼里，家里都有牦牛和藏羊，过着半农半牧的生活，闲时挖虫草、采摘松茸，生活得还不错。对我这个汉族亲戚，每家都热情接待，拿出他们最好的藏家食物和青稞美酒。我在想，认了亲，就要用心，怎样找准切入点，为几户“亲戚”出主意，想办法，实施有效帮扶。我还在想，“亲戚”们对我如此热情，按照我们的风俗，春节期间，可否也为“亲戚”家的孩子们封上一个红包？

因甘孜州委领导要来看望我们宜宾援藏干部，只好提前离开祝桑大草原。坐在车上，时走时停，与“亲戚”和农牧民们话别。时近中午，车上的人都高呼起来：彩虹！我一看，蓝色的天空果然挂着在我们内地十分罕见的彩虹，而且是从来没有见过的双彩虹！好漂亮！好运气！在党的十八大即将召开之际，真是一个好兆头！预示着藏汉更加团结和睦，藏区人民更加吉祥如意，我的“亲戚”们生活会更加美好。

走进康巴汉子村

早就在书本和网络上读到过一些藏区康巴汉子的传奇故事，于是便有了与康巴汉子零距离接触的冲动，这种冲动伴着我援藏进藏的日日夜夜而蔓延滋长。到了雅江，我最想去的地方就是当地最有名气的康巴汉子村。今年 4 月上旬，我终于来到了这个有着些许神秘色彩的地方。

康巴汉子村的康巴汉子，果然名不虚传！

康巴汉子村又名杰珠村，在藏语里，杰珠意为“汉族人的驿站”，古代的茶马古道曾从这里通过，因此这里被历史学家誉为“康巴第一茶马古道驿站”。西俄洛乡的康巴汉子村距雅江县城有 60 多公里，坐落于西俄洛乡政府所在地。村里的汉子体形剽悍、粗犷豪爽、轮廓分明、头饰独特，一个汉子的头饰可重 20 多斤，身高 1.85 米以上的汉子随处可见。2003 年，他们在川滇青藏共同举办的康巴艺术节上首次亮相，就引起国内外媒体的极大关注和轰动；2005 年，国家商标局正式批准该地注册商标为中国“康巴汉子村”。

周末早上 7 点，带着对神秘康巴文化的热切向往，我们援藏工作队一行四人坐着小帅哥桑洁的面包车，沿 318 国道往理塘方向前行。出了雅江没多久，便是高高的剪子湾山，桑洁一边驾着车在曲曲弯弯的盘山公路上艰难地往上爬行，一边为我们讲解当地的风土人情。

著名的剪子湾山，海拔 4659 米，是 318 国道经康巴地区的最高山口之一。停车下来拍照时，晴朗的天空居然纷纷扬扬下起了大雪，寒气也随之扑面而来。远处是巍峨的雪山，地上是耀眼的白雪，此情此景着实让我们几个援藏人员兴奋不已。看着如柳絮般飘忽而下的雪花，看着山坡上悠闲自在的牦牛，我们都感叹真是不虚此行。

桑洁驾车小心地翻过剪子湾山口，雪还在下，天幕也变得白茫茫的。不知拐了多少个弯，汽车从 318 国道一个岔道口左转，便向大山深谷疾驰而去。这是通往康巴汉子村的唯一路径。峰回路转，进入山谷，穿过粉妆玉琢的丛林溪水是一片平坦开阔的田园坝子，传说中的康巴汉子村真真实实地出现在我们面前。

车刚进村口，一个高大帅气的康巴汉子的侧影，霎时定格在我的视线里。只见他头发上盘着人称“英雄结”的红丝穗，宽宽的额头下，直挺的鼻梁刚毅端正，炯炯的双眼，紧闭的嘴唇，紫黑的脸膛闪着亮光，整个面颊如雕塑一般完美，普通的花格衬衣外面，斜套着一件半长的黑色藏袍，一支袖子散漫地垂在腰间，大步流星地朝村外走去。康巴汉子阳刚的身姿，旁若无人的神情，瞬间让我有点目瞪口呆，等我回过神来拿出相机，康巴汉子的身影早已消逝在茫茫的风雪中。

因为还在下着雪，桑洁先把我们带到他的表舅家。这是一幢高大的藏式民房，房子有三层，外面全用石块砌成，里面是实木结构，以藏传佛教故事为内容的壁画，将房间装饰得既生动又庄严，而以黄色、红色为主的色调则使房间显得富丽堂皇，再加上宽敞的客厅厨房里摆设的各色琳琅满目的漂亮器皿，一座普通民居小楼看上去感觉就像宫殿一样。桑洁的表舅为我们沏上暖暖的酥油茶，并请我们品尝了具有浓郁藏区特色的糌粑和风干牛肉。桑洁告诉我们，像他表舅家这样的藏式民居，在康巴汉子村比比皆是。桑洁的表舅得知我们的来意后，遗憾地说，康巴汉子们差不多都外出打工了，有的还在外国打工，要等到7月的“煨桑节”才回来，到时就会看到遍布全村令人震撼的康巴汉子，听到他们粗犷豪放的歌声，还有赛马、跳锅庄等节目，可热闹呢！

漫天雪花没有停的意思。临近中午，桑洁开车带我们来到距村口不远的郭沙寺。郭沙寺是雅江境内名气比较大的一座格鲁派寺院，据说已有600多年历史了，是当地藏民长久以来宗教信仰和心灵依托的中心。郭沙寺目前正在重建修缮，从已竣工的金碧辉煌的大殿就可以看出这个寺庙规模宏大，气势不凡。我们进去时，闹哄哄的殿堂里大小喇嘛们正在击掌辩经，双方唇枪舌剑，言辞激烈，表情丰富，我们虽然听不懂辩论的内容，但现场那热烈神秘的气氛却给我们留下了无比深刻的印象。

参观了郭沙寺后，我们来到西俄洛乡政府。值班的多吉副书记热情地接待了我们，并向我们详细地介绍了西俄洛乡的基本情况。估计我们还没吃午饭，多吉副书记还马上安排食堂师傅为我们现做了一桌热气腾腾的饭菜。

一边吃饭一边聊，外面雪花飘飘，室内热情融融。健谈的多吉告诉我们，乡政府对面的小山就是著名的郭岗莲花宝顶，因处于群山怀抱之中，酷似莲花花蕊，而且生长着漫山遍野的黄色、红色的郭岗花而得名，郭岗顶上有太阳湖（尼玛措）、月亮湖（达瓦措）、古寺遗址、千年古树、高原花卉、中国地图、原始森林等自然景观，但现在这个季节山上面的景色并不是很好看，要到了七八月郭岗花开的时候风景才是最漂亮的。

既来之则安之，我们决定冒雪上山。一个多小时后，我们登上了郭岗山顶。雪越发大了，玲珑剔透的雪花儿像无数玉蝴蝶从四面八方飞来，围着我们蹁跹起舞，给我们此行增添了不少诗意。山林犹如远古洪荒般沉寂，雪花落在树林中窸窣有声，我们脚踏的积雪也在吱吱作响，这久违了的山野踏雪之情趣，不禁撩拨起我无限思绪……再过几个月，这儿将会是怎样的山花烂漫啊！

真是不到藏区，不知道风光有多美；不到康巴，不知道世界有多神秘！站在郭岗山顶极目远眺，巍峨的郭沙寺、气派的藏民居、莽莽的桦树林，到处银装素裹、银雕玉琢，仿佛来到了玉砌银铺的童话世界。虽然气温非常低，空气很稀薄，但是，当目睹如诗如画的雪中美景时，谁不为大自然的鬼斧神工而由衷地感慨呢？

援藏家书

亲爱的阿芳：

家里的一切都好吗？这段时间藏区的天气温差特别大，早晚都很冷，兴文应该也降温了吧？阿芳，天冷了一定要记得多加件衣服哦！

阿芳，好久都没有给你写信了。下面，我就自援藏以来的工作、生活情况简要汇报如下，同时也希望阿芳多理解一下我们援藏干部，感受一下我们援藏干部的酸甜苦辣。

阿芳，到达雅江后，我就努力克服自己初到高原头晕、胸闷、气喘、失眠等各种困扰，积极调整状态，迅速转变角色，通过查阅雅江县政府、地税局相关文件资料，向单位领导和藏区同事虚心学习、真诚请教，认真深入搞好调查研究，全面熟悉了解新的工作环境和新的工作岗位相关情况，以饱满的工作热情和良好的精神状态，积极主动投入雅江县地税局各项工作。一是深入两河口电站和雅砻江酒店等重点税源企业走访调研，协助税务所做好税法宣传、税源分析、税收征管等项工作；二是在工作中与传帮带对象重点交流，互相学习，引进内地先进的工作理念、规范的管理方法和工作流程，协助综合股做好存量房交易纳税评估及个人所得税全员全额上线申报等工作；三是围绕全局工作中心，积极参与政务当好参谋助手，认真抓好事务，主动搞好服务，协助办公室做好局领导安排的每一项工作；四是搭建桥梁纽带，加强交流合作，通过积极沟通协调，分期分批选派雅江地税干部职工赴省委党校参加派援单位举办的更新知识培训学习，并深入宜宾市各区县地税局实地观摩，参观借鉴向家坝电站和内地税源专业化管理的征管经验，对雅江地税干部职工拓宽视野、提高素质起到了很好的促进作用；五是积极主动全力参加抗洪抢险、社会稳定、民生发展、群众工作全覆盖、宣讲党的十八大、放飞中国梦等项工作，践行党的群众路线，与祝桑乡拉雅宗村四户藏族农牧民结为“亲戚”，多次深入祝桑乡联系点开展走亲访亲、爱心帮扶等项工作，切实为加快藏区发展、维护社会稳定、促进民生改善、推动民族团结进步尽献自己的一份绵薄之力。

援藏，丰富了我的人生阅历，开阔了我的眼界胸襟。回首一年来忙碌而充实的援藏生活，忘不了雅江的梦幻美景和浓郁的民俗风情，忘不了祝桑大草原和农牧民结对认亲时的感人场面，忘不了援藏工作队集体聚餐时的欢声笑语，忘不了和雅江干部群众一起抗洪抢险时的紧迫奋战，忘不了藏区领导同事对我工作上的支持和生活上的关心，忘不了所有帮助过我的热情豪爽的藏区人民……一年来，我坚持撰写援藏日记，把自己的所做、所见、所闻和所想，真实地记录和描绘出来，目前，我已撰写援藏日记 200 多篇共计 4 万余字。同时，为了更好地宣传藏区奇丽的自然景观、独特的风土人情和藏区经济社会发展的美好前景，更好地宣传藏区人民扎根高原、甘于奉献的精神品质，更好地宣传援藏干部服务群众、发挥才能的工作业绩和精神风貌，我还通过发简讯、写散文、拍照片等方式积极向社会各界广泛宣传。一年来，我分别在《中国税务报》《精神文明报》《四川经济报》《甘孜日报》《宜宾日报》《宜宾晚报》、搜狐网、援藏网、中国税务网、四川新闻网、甘孜新闻网、宜宾新闻网等各级主流媒体，以及省地税局、甘孜州局、宜宾市局等内外网站、《天府地税》《康巴地税》等系统内刊，陆续发表了《我和藏区有个约定》《援藏家书》《援藏干部祝桑草原认亲戚》《援藏纪事》《初到雅江》《走进康巴汉子村》等各种援藏稿件共计 96 篇次。我的初衷就是希望通过对外宣传，扩大雅江知名度，让内地更多的人了解藏区，更多的人支持我们的援藏工作，更好地促进藏区与内地融合交流、共同发展。

援藏干部的梦，就是帮助藏区群众实现心中的梦，在今后的工作中，我将把自己的援藏梦融入中国梦，更加珍惜和把握援藏工作的宝贵机遇，用心融入、用情付出，当好藏区人，做好藏区事，充分发挥援藏干部的桥梁纽带作用，扎实开展援藏干部传帮带工作，继续谱写对口援藏服务新篇章，为实现伟大中国梦，建设美丽生态、和谐幸福新雅江做出自己应有的贡献。

阿芳，上面说的主要是我援藏工作上的一些事情，下面我再给你谈一谈我们在藏区生活中的一些情况吧！刚来时我们就见识了说变就变的藏区天气，明明刚才还是蓝天白云阳光灿烂，转眼之间就乌云翻滚暴风骤雨，好在这里绝大多数时间都是天气晴朗阳光明媚，虽然夜间很冷，而白天只要不刮风，太阳一出来就会感到很暖和。献哈达是藏区最普遍的一种礼节，每到一个地方，我们都会收到这样一份贵重的礼物，得到第一条洁白的哈达后，我把它细致地叠好收藏起来。还记得我们第一次去吃藏餐喝酥油茶时，看到那碗漂着油珠的酥油茶，闻着那特别的味道，我的第一感觉就是想吐，没想到我屏着呼吸把那碗咸咸的酥油茶喝下去之后，却感到醇香可口回味无穷，渐渐地我就习惯了喝酥油茶、吃糌粑，还吃奶饼子和风干牛肉。由于海拔高气压低，水的沸点只有 80 度左右，所以我们平时吃面、做饭都必须要用高压锅才行，还有就是藏区的蔬菜比较少而且贵，大家就开玩笑说这里是钱多的人吃菜，钱少的人才吃肉。前几天，拥忠泽仁大哥请我们援藏干部到他家里吃饭，为我们唱歌跳舞，敬青稞酒，献哈达，虽然听不懂他们唱些什么，但受到感染的我们也是情绪高涨，每个人都唱了好听且感人的歌曲，每个人都喝了味浓情更浓的美酒……呵呵，阿芳，援藏生活苦中作乐，还是挺有意思的吧！

好了，夜已深天太冷，我就不絮絮叨叨了，辛苦一天的阿芳也应该入睡了吧？没能天天陪在你的身边，老公心里怎一个“歉”字了得……最后，我还是要说那句一千次、一万次都不会烦的话，祝我最亲爱的阿芳和家里所有的亲人：身体健康，扎西德勒！

梦回雅江

“太阳融化冰雪的时候，明月照亮圣洁的雅江，高尔寺山蜿蜒的臂膀，迎接远方的朋友，扎西德勒！圣洁的雅江，扎西德勒！圣洁的雅江，我的故乡……”

春节休假回到宜宾已经好些天了，在雅江缺氧睡不着，回到内地醉氧却睡不醒。当我终于从醉氧的状态中缓过劲来，第一件事就是开车回乡下的老家去走一走看一看。把随身携带的 U 盘插进车里的 USB 接口后，车内便荡漾起了这首熟悉的雅江县歌，顿时情不自禁的我就旁若无人地跟着大声哼唱起来。随着优美的旋律，我在甘孜州雅江县援藏的工作和生活场景，就像放电影一样慢慢地从我脑海里一一浮现出来。

2012 年 7 月 17 日深夜，经过两天的旅途颠簸，我终于到达甘孜州雅江县，开始了我为期两年的援藏生活。初到藏区，我就出现了头晕头痛、胸闷失眠等高原反应，加之昼夜温差大、生活条件反差大、不适应藏区饮食，我还出现了轻微感冒、口唇干裂、腹胀腹泻、早上起床流鼻血等现象。

全新的环境，需要我迅速而艰难地调整适应。就在我身体还没有完全恢复正常时，雅江县城区突然遭遇洪灾，我没有半点犹豫，立即投入抗洪抢险，积极参与巡防河堤、宣传动员、转移群众等工作，与雅江的干部群众共同战斗在抗洪抢险第一线，直至洪峰顺利过境。就在那次通宵达旦的抢险行动中，我和雅江地税的同事们加深了解增进友谊，并在以后的工作生活中成为好朋友。

初到雅江，少了一些喧嚣，多了几分平淡。远离了家乡，远离了亲人和朋友，远离了熟悉的工作生活环境，需要面对的最大困难不是高原反应带来的身体不适，而是夜深人静时那份难以述说的孤独和寂寞。为避免家人担心，援藏干部们往往报喜不报忧，每次给家里打电话，都会说到藏区的蓝天白云，都会说到藏族人民的热情淳朴，都会说到队友们的融洽和谐，却绝口不提“艰苦”二字。

进藏前，我和其他援藏干部差不多，对藏区的认识很少，只觉得那是一个美丽而又神奇的地方。到了雅江以后，我才真切地感受到了这里高寒边远、交通不便、通信不畅、经常停水停电等诸多困难，和家乡的工作生活环境相比，这里确实条件艰苦、工作辛苦、生活清苦。援藏干部以苦为乐，我静下心来迅速转变角色后，就以最大的热情和最饱满的精神投入援藏工作，并经受住了各种考验，使我的意志得到了磨炼、品格得到了砥砺、人生得到了升华。

在雅江工作期间，我们深切感受到了雅江县委、县政府及州、县地税局领导和单位同事对援藏干部的关爱，帮助我们营造了宽阔的工作平台、便利的生活环境、和谐融洽的人际关系、尊重理解的社会氛围；帮助我们克服了远离亲人、远离家庭的孤独寂寞，使我们较快地进入角色、开展工作；帮助我们克服了自然气候条件和饮食生活习惯所带来的困难，使我们迅速地融入了雅江、适应了藏区生活。

援藏工作是我们丰富阅历、强壮筋骨、开阔胸襟、升华灵魂的难得机会，也是我们感受光荣与梦想、领悟人生激越与舒缓的宽阔舞台。对于我来说，在雅江经历的一切，无论是得与失、喜与忧，还是感与悟，都是收获。从出发前的揣测与憧憬、初到时的新奇与感慨、经历中的忙碌与泰然，到现在回到内地之后还时常想念，雅江早已成为我不能忘却的故乡。

虽然两年的援藏工作即将结束，但是雅江在我心中打下了深深烙印，永不磨灭；雅江对我灵魂的荡涤和锤炼，纵然千言万语也难以述说。此时此刻，浮现在我眼前的，是雅江各族干部群众在恶劣环境中迎难而上、自强拼搏所展现出来的激昂与乐观，是扎根高原团结奋斗的无畏和顽强！难忘雅江雄壮绮丽的山山水水，难忘雅江热情豪迈的父老乡亲。我深信，无论时空怎么转变、人生怎么起伏，雅江永远是我关心关注、魂牵梦萦的家。

我一定常回家看看！

怀念雅江的风

我是 7 月进入藏区的，其时兴文正是酷暑难当热得要命，对于藏区而言却是一年当中最美最好的季节。到达雅江时已是深夜，刚下车，一股清新冰凉的风就迎面吹了过来，浑身不由自主地打了一个寒战，心中的暑热也随之散尽，真的好惬意呢！我深深地吸了口气，从里到外都感觉到了一种久违的舒坦。

基本适应了高原反应以后，我常常到雅砻江边去散步。藏区的天空特别干净透明，蓝得让人心醉，洁白的云朵把这一片蓝天衬托得格外美丽。江边清凉的风扑面而来，对面神山上五彩的经幡迎风摇曳，经幡上的彩条就像翻书一样哗啦啦地响个不停。据单位的拥忠阿哥讲，把经文印在幡条上，风吹一次，就等于藏传佛教的信徒们念诵了一遍经文，风一直吹，经幡上的经文就会随风飘飞到广袤高原的每个角落。

祝桑大草原是我们单位群众工作的联系点，那儿海拔更高，风也更大。随单位下乡去结对认亲的途中，经常都会看到骑摩托车或者骑马的藏族老乡把脸捂得严严实实的，只有两只眼睛露在外面。起大风的时候路上甚至飞沙走石，似乎连我们的越野车都能给吹得摇摆起来。

从雅江县城到祝桑乡一路上要翻山越岭，道路狭窄，坡陡弯多，山势险峻，非常凶险。按藏区风俗，路过山口是要抛撒风马向神致意的，风马其实就是纸印的小经幡。刚到高尔寺垭口，开车的松哥就打开车窗，很神秘地把一叠叠五色小纸片发到我们每个人手里，然后领着大家一边念“哦啦嗦、哦啦嗦”，一边将手里的风马奋力抛向空中。狂风起处，蓝的、白的、红的、绿的、黄的……五彩经幡在风中飘扬，六字箴言在心中默念，吉祥的祝福也就随风而起漫天飞舞，那样神圣庄严的情景一直深深地印在我的心中。

冬春季节雅江除了气候寒冷之外，还有一个特点就是风特别大。2012 年 12 月我去祝桑乡走访农牧民亲戚时，下车后刚要张口给亲戚打招呼，忽然一阵刺骨的寒风向我袭来，吹在我的脸上就像刀割一样，还差点把我吹倒，我顿时脸青面黑，气都出不来嘴唇也变乌了，心脏好像瞬间停止了跳动，单位同事赶紧扶着我转到车背歇了好一会儿才缓过气来。这也是我到雅江以后，第一次领教了高原大风天气的强大威力。

后来我在雅江县城里也多次遇见这样的大风，尤其是在 2013 年 3 月，“大风起兮云飞扬”这样的震撼场面几乎每天都要重复上演。风来时没有任何的预兆，只听见全城所有的门窗都在同一时间乒乒乓乓地响个不停，狂风呼啸真的就如鬼哭狼嚎一样，一阵阵一波波呜呜呼呼，绝对地汹涌澎湃，绝对地动人心魄。迎风行走时呼吸困难气都喘不过来，躲进屋里面心头却又开始担心房子会不会被吹翻呢？

好在雅江极少下雨，每次大风吹过，依然是蓝天白云，依然是阳光灿烂，久而久之我也就熟悉和适应了雅江的风。回到兴文后，无风的夜晚，惆怅的时候，我常常站在阳台上不由自主地想起雅江，对藏区的思念就会情不自禁地如潮水般涌起。高原的风，美丽的梦！或许只有在我的梦中，才会有藏区那湛蓝通透的天空、洁白如洗的云朵、阳光下飘动的五彩经幡……还有雅砻江边永远吹拂着世间万物的高原风，还有康巴大地上虔诚淳朴而又热情豪迈的高原人。

格桑花开

清晨睡到自然醒，第一件事就是先把“学习强国”上的习题做完，起床洗漱的同时顺便给阳台上的花花草草浇水，收拾完后元气满满地走出家门，走路上班。

走过小区那条熟悉的林荫小道，树上的鸟儿叽叽喳喳叫个不停，路边的花草争奇斗艳芳香四溢。顾盼之间，意外地发现有些花儿似曾相识；驻足凝望，五颜六色的花草丛中，竟然真的有一簇簇迎风绽放的格桑花。

在忙忙碌碌、周而复始的工作生活中，我们忽略了身边多少不易察觉的美好和温情？就像小区里这些摇曳多姿的格桑花，我每天路过却熟视无睹，从未停下脚步用心感受。

好久没有仰望天空了，阳光甚好，就是有点刺眼。假装闭目遐思，任微风轻拂脸庞，不经意间却差点就忍不住泪流满面。蓦然回首，十年前到雅江援藏时的点点滴滴，全都涌上我的心头……

2012 年夏天，我们宜宾援藏工作队一行在万哥、武哥、建哥的带领下，沿着崎岖险峻的 318 国道川藏南线，一路翻山越岭、风雨兼程。当时正是雨季，道路坑坑洼洼、泥泞不堪，落石、塌方随处可见，有些地段我们还要下来冒雨推车才能勉强通过。经过两天的长途跋涉，我们从低海拔到高海拔不断攀升前进，夜深人静的时候，终于抵达甘孜藏族自治州雅江县——一个房子建在雅砻江畔悬崖之上的袖珍县城。

刚到雅江，由于高原缺氧，出现胸闷气短、头晕失眠是常态。但我没有继续躺平休息，天亮后就迫不及待跑去对口支援单位报到。在狭小拥挤的办公室，看起来有点像活佛一样的斌哥和我亲切握手、热情寒暄，另一个像康巴汉子的谢哥随即安排人手，帮助我们搬运行李、打扫房间。

还没到中午，罗兵帅哥就早早过来请我和利祥吃饭。在一个苍蝇馆子，菜都没上齐，罗兵哥就端来两杯泡酒，说我们远道而来、一路辛苦，现在还没正式上班，要按当地习惯先吃个饭喝杯酒接风洗尘，而且必须歇息一段时间，等高原反应完全适应后再安排工作。虽然这话听得我简直有点怀疑人生，但罗兵哥说得一本正经满脸真诚，我也就入乡随俗一饮而尽。

雅江县河口镇遭遇洪灾时，我走路都还有点昏昏然飘飘然，所以单位没有安排我们抗洪抢险。我和利祥主动申请，积极参与宣传动员、转移群众、巡防河堤等一线工作。在通宵达旦的值班值守中，我和拥哥、松哥、强哥、多吉、陆陆、勒布等哥们儿从陌生到熟悉，并在以后的工作生活中成了很好的朋友。“我叫拥忠泽仁，不是拥忠吃人哈，名字长了不好记，喊我拥哥就行了！”幽默风趣的拥哥当年自我介绍时那爽朗的笑声，至今还在我的耳边回响。

没过多久，放心不下的阿芳就带着孩子们来看我，没想到竟然还成了第一个走进雅江的援藏干部家属。正逢周末，单位的斯朗姐、高莉姐、小郭、大燕几家人约起去“耍坝子”，也热情邀请了我们一家人。蓝天白云，雪山草原，摇动的转经筒，神秘的玛尼堆，远处的藏寨炊烟袅袅，五彩的经幡迎风飘扬。我们席地而坐，看漫山遍野的格桑花，品热气腾腾的酥油茶，吃着糌粑、牦牛肉，一边喝酒一边唱歌，回归自然，尽情撒欢，大人小孩都耍得兴高采烈、忘乎所以。

雅江县专门设立援藏工作队食堂后，我们队员平时分散在不同的单位各自忙碌，吃饭时间大家就会聚在食堂，一起聊聊天、谈谈心、摆摆龙门阵。食堂苏大姐干净利落、和蔼可亲，做的家常菜味道巴适得很。本来，雅江的蔬菜品种、数量都比较少，但擅长烹饪的苏大姐充分利用有限的食材，每天换着花样给我们做可口的美食。偶尔单位有事迟点下班，苏大姐知道后一定会留在食堂，确保我们的队员都能吃上热菜热饭。时至今日，我的通讯录上还保存着苏大姐的电话，只是好久没有联系，不知道这个号码还能不能打通。

每个月底援藏队员过集体生日那天，就是我们食堂最热闹的时候。大家欢聚一堂，一般都会加上一两个“大菜硬菜”，还可以喝点家乡带来的“李庄白酒”。援友们相互送上问候和祝福，暖暖的情谊流淌心间，温馨的感觉终生难忘。

雅江县城很小，面积还不到半平方公里，只有一条狭窄的主街道，车辆掉头都有点困难。我们平时都不怎么逛街，晚饭后一般到县城后山转一圈，看一看呆萌的雪猪子觅食；或者到雅砻江边散散步，听一听江水拍打岸边的声音。周末或节假日，还邀约俊哥、刚哥、先河、家叙、琴妹、杭妹等兄弟姐妹，分期分批到稍远一点的格西沟、庆大沟、帕姆岭、高尔寺、康巴汉子村、祝桑大草原等地拓展活动。

援藏两年，雅江的山山水水、风土人情已在我心中留下了永不磨灭的烙印。援友见面，“哦呀、哦呀”的藏区口头禅总会不由自主地张口就来。雅江“倒话”也学了不少，比如“好好看书”，偏要说成“书好好看”；“不要操心”硬是要念作“操心的不要”。有一次，雅江同事老杨到成都培训，我到学校门口去接时，打电话问他具体位置，这个同事汉语不太利索，只听到电话里反复说：“人多多的不是，车多多的不是！”学校周边到处都是人多多、车多多，我找了半天才找到。

无论岁月如何变迁，时空如何转换，雅江永远是我关注关心、魂牵梦萦的第二故乡。近几年，雅江的变化可谓日新月异：“中国松茸之乡”声名远扬，总装机 300 万千瓦的两河口电站已全部投产发电，“高峡出平湖”之“天龙湖”景区横空出世，318 国道早已全程升级改造为柏油路面，规划修建中的川藏铁路、川藏高速也将过境雅江，“天堑变通途”……

前几天，援藏战友们 10 周年小聚。编制援雅项目规划的浩哥来了，享誉雅江的名老中医权哥来了，耿直豪爽大气的勇哥来了，巾帼不让须眉的平妹来了……“好久不见，甚是想念”原本只是一句客套话，此时此刻，此情此景，却成了援藏战友之间真情实意的精准表达。明明我们都已经变老，可在彼此的眼里，却还是 10 年前那个样子。在网上找到一篇若干年前我写的《梦回雅江》，马上就发个朋友圈分享自己的切身感受：“援藏 10 周年，弹指一挥间，抚今忆昔，感慨不已……”

“太阳融化冰雪的时候，明月照亮圣洁的雅江，高尔寺山蜿蜒的臂膀，迎接远方的朋友，扎西德勒，圣洁的雅江，扎西德勒，圣洁的雅江，我的故乡……”听着婉转悠扬让人倍感亲切的《雅江县歌》，想起尼玛兄弟和拥哥、松哥唱歌时，把手臂反转弯起放在背后，模仿“高尔寺山蜿蜒的臂膀”那个经典造型，我和援友们在雅江工作生活的场景就像电影回放一样慢慢浮现。

念兹在兹，无日或忘。感恩生命中所有的遇见，感谢雅江的父老乡亲，感谢家人的默默支持，感谢向哥、建哥、涛哥的关心鼓励。在那美丽的祝桑大草原，甲央扎西、斯郎泽若、友珠、阿楚，我曾结对帮扶的四家亲戚，你们现在还好吗？

【第二辑】

生活随笔

老　李

24年前，我刚好24岁。国地税分设后，我和老李同时调到新成立的沙坝乡地方税务所工作。

沙坝是个边远偏僻的苗族乡。乡政府、中心校和为数不多的几户居民房，凑在一块儿，就成了一条所谓的小街。整个地税所也就我和老李两人，我是负责人，老李是所里的税务专管员，我们临时借用了乡兽医站的一间土墙房子，算是我俩的办公室。

那个时候，老李都已年近半百了，而我正值青春年少，由于大家都姓李，所以我就喊他“伯伯”。老李却不以为然，摆了摆手说：“这怎么行啊！我们都在同一个单位上班就是同事，你就喊我的名字吧，或者叫我老李也行，好多人还都叫我李老者呢！”乡里的人很随便，称呼别人都是老张小王的，甚至干脆就用绰号或者小名来代替。很快，我也就“入乡随俗”了。

老李当过兵，在部队做了10多年的干部。转业后回到地方，又在税务系统工作了10多年，还担任过片区税务所的副所长。照理说，老李的工龄比我的年龄还要大，在税收战线上也算一名老同志了，在我这个从财政系统分流出来的小字辈面前，完全可以摆一摆老资格。但老李很谦虚，总说自己读的书少，文化水平低，要多向年轻人学习，才能跟得上社会前进的步伐。

由于老李的家属没有工作，一家大小的生活全靠他微薄的工资，日子过得紧巴巴的。他以前的战友们大多都解决了家属的工作，但老李从没去找上面的领导。他这样对我说过："现在大家都有困难，组织上能解决当然好，不能解决就自己克服吧！"

老李的家在几公里外的大坝镇，每天早上，他就骑着那辆老掉牙的嘉陵摩托车来上班。虽然车一歪一扭地跑得很慢，但由于老李每次提前半个小时出发，等我赶到办公室的时候，老李早已把办公室打扫干净，烧好开水把茶都泡起了。

看到老李那辆除了喇叭不响、全身都在摇晃的"老爷车"，我很担心，就叫老李去请人修车。老李知道所里没有经费，幽默地对我说："请人修要花钱啊，反正'久病成太医'嘛，这点小毛病我还是可以自己搞定的。"

于是，在税务所门口，中午休息时人们经常能看到这样一幅画面：年近半百的老李蹲在地上，双手满是油污，工具、零件摆了一地，汗珠映衬着他花白的头发，在太阳底下闪闪发光。多年以后，这情景还常常浮上我的脑海，挥之不去。

每次装订资料的时候，上面都有许多回形针需要取下来。我看到有的变形了，有的生锈了，就随手扔进了垃圾桶。老李连忙去捡了回来，对我说："这些回形针恢复形状还可以用嘛，扔掉了好可惜啊！"望着老李那双粗糙的大手小心翼翼地对变形的回形针进行矫正，我心里顿时就像打翻了五味瓶一样不是滋味。

当时地税系统正值创业阶段，条件非常艰苦。在我的印象中，我和老李从没有到街上的饭馆去"大吃大喝"过。记得有一次，我和老李晚上加班结束后，正准备请老李上街去喝几杯，老李却像变戏法一样地从口袋里掏出一个矿泉水瓶子来，诙谐地说了一句:“出去吃很花钱的,我知道今天加班,就从家里带了一瓶泡酒来,价廉物美哟！”我赶紧去小卖部买来两包花生，照老李的说法，这样就叫作“打平伙”。那天晚上的泡酒真的好喝，花生也真的很香，直到现在，我常常都在回味。

在我的记忆中，老李一年四季都穿着税务制服，连风纪扣也扣得很标准，就像部队的着装那样一丝不苟。那时的制服发得少，有时会有来不及换洗的情况，我就只好穿别的衣服去上班。老李却一直坚持着装上岗，回家再晚也要把制服洗好烘干，第二天又穿得像正规军人一样来上班了。老李的制服由于经常换洗，早已变得灰白灰白的，与他花白的头发是越来越贴切了。

那时候，征收农业税是税务所的一项主要工作，整个农业税征收期间，老李常常早出晚归。老李人缘很好，乡里的老百姓大都认识他。也不知他从哪里借来一些桌凳，摆放在办公室门口，烧好大缸的老山茶，前来缴税的群众坐在一块儿，喝茶、聊天，就像自家门前一样惬意。老李一会儿与这位大爷拉拉家常，一会儿又给那个小伙子讲讲税收政策，在人群中不停地穿梭着。忙碌而又和谐的场景，顿时让我联想到解放区那种浓浓的军民鱼水之情。

屠宰税取消之前，在当时也是一个重要的税收来源。过年家家户户要杀年猪，为了征收每头猪 4 元钱的屠宰税，老李不顾天气寒冷、道路崎岖，不顾自己多病的身体，坚持要和我一起走村串户。在老李的建议下，我们召集了全乡的屠工开会，对平素天不怕地不怕的个别“钉子户”进行了耐心细致的税法宣传教育。最后屠工们纷纷表态：不见税票绝不杀猪。那两年，只有 1700 户人的沙坝乡，每年仅年宰屠宰税一项，税收收入就达到了10000余元。当时生猪外运要收15元的屠宰税，有的猪贩子为了逃避税收，一般都在半夜三更偷偷外运，消息灵通的老李却总是能够及时掌握线索。有一次，我到县城办事去了，老李听说有人晚上要外运生猪，就在风雨之中守了大半夜。第二天我回到所里，看到老李粗糙的手中握着几张还有些湿润的钞票，我的鼻子一酸，眼泪差点就流了出来。

1996年年底，因工作调动，我离开了沙坝税务所，离开了朝夕相处了两年的老李同志。但短短两年，不论在工作上，还是生活中，我都从老李身上学到了很多的东西，让我终身受用。

弹指一挥间，24年过去了。就在新税务机构即将挂牌之际，早已退休回乡下老家的老李却因病去世了。回首激情燃烧的“税”月，老李工作生活中那感人的一幕幕场景还时常在我的脑海里浮现。

站在历史的交汇点上，抚今追昔，我们决不能忘记曾经走过的那段艰苦奋斗的创业路、风雨兼程的求索路、锐意进取的跨越路；展望未来，我们一定要充满信心，豪情满怀，全力以赴，主动作为，以攻坚克难、奋勇争先的改革精神，以细而又细、实而又实的工作作风，以精诚团结、昂扬向上的精神风貌，紧紧围绕经济发展大局，坚决确保改革圆满成功，在为国聚财、为民收税的征程中创造光辉新业绩，谱写更加精彩美妙的税收新篇章。

又见毓秀

“峰哥，今天我们来一场说走就走的旅行吧！”早上刚进办公室电话就响了，电话那头传来华哥爽朗的笑声。华哥是我的同事，又是我的老乡，而且还是小学时“亲亲”的同学（不是“堂”的哦）！这段时间我们单位的事特别多，华哥除了自身杂七杂八的行政事务，隔三岔五地还要到毓秀苗族乡去开展精准扶贫工作。

“好啊！你带着钱，我带着你，世界那么大，我们去看看。”我知道华哥爱开玩笑，他说的旅行肯定就是要带我一起去下乡。

毓秀苗族乡位于县城西南 73 公里处，辖区面积 86.88 平方公里，东邻仙峰苗族乡，南与九丝城镇接壤，西与珙县底洞镇相连，北靠周家镇。境内四面环山，地貌单一，大部分地区海拔高度都在 1000 米左右，山多田少，林多人少，是全县最边远、经济欠发达、苗族同胞聚居最多的高寒山区苗族乡。

我的老家就在毓秀。说来惭愧，小学毕业后我就一直在外求学、在外工作，特别是家人陆续搬进城里以后，我已经许多年没有回毓秀了。

坐在车上，华哥和我一直在聊儿时的种种往事。窗外山清水秀云淡风轻，车内你言我语气氛热烈。随着山路越来越陡，车子离毓秀越来越近，记忆的暗锁不知何时悄然打开，那些模糊的往事又渐渐清晰起来。

那时候，毓秀街上只有公社、供销社、卫生院、学校几个单位和十多户人家。尽管那个年代物质极度匮乏，但我们儿时的生活却过得非常快乐。记得最清楚的就是老家门口那条从溶洞地下河中流出来的小溪，冬暖夏凉，清莹洁净，小溪里有桃花、青波、红尾巴、钢鳅等河鱼，偶尔还能看到今天难得一见非常珍贵的“娃娃鱼”（大鲵）。

夏天最有趣的莫过于光着屁股泡在河里洗澡摸鱼，我那时还不太会游泳，只不过是在水中瞎扑腾罢了，经常呛水却仍然乐此不疲。运气好时每人都能捉到几条大小不一的鱼，我们就会用南瓜叶把鱼包好烤来吃，尽管没有调料，有时还半生不熟，但那毕竟是真正的野炊，无论味道如何，大家都兴奋不已。

毓秀街口的桥头还有一棵盘根错节的大黄桷树。春天黄桷树发出嫩芽，我们闲着没事就爬到树上去摘黄桷泡来吃，现在想起那个酸酸的味道都情不自禁地吞口水呢！夏天黄桷树洒落一地阴凉，大人在树下乘凉聊天，我们则坐在树上逍遥自在地看《三国演义》之类的连环画。

冬天冷的时候，我们就在学校坝子里玩斗鸡、跳马、滚铁环、掰手腕、攻城打仗等游戏取暖，不知不觉我们快乐的童年时光就这样在欢笑打闹中度过。

“你小时不是最想当兵的吗？”说到打仗游戏，华哥又提起了我们儿时的梦想。

是啊！当兵，确实是我孩提时最美丽的一个梦想，由于种种原因，这个梦想也许永远都不可能实现了，但是在我的内心深处，对于当兵，我却依然情有独钟。

记得小的时候，一年一度的征兵工作，在我看来简直就是我们乡场上最隆重的一件大事。特别是送兵那一天，一听到喧天的锣鼓声，震地的鞭炮声，热烈的唢呐声，我的心就像要跳出来一样，看到那些戴着大红花的哥哥们转眼之间就变成了威风凛凛的解放军叔叔，硬是让人羡慕得要死，我就在心里开始认认真真地计算，还要好多年才能长大当兵呢？

还记得那个时候我最喜欢戴的是一顶旧的军帽，帽子的内沿还用硬纸片衬起来，大热天也照戴不误，身穿一件醒目的海魂衫，再扎一根神气的帆布皮带，斜背着书包，雄赳赳气昂昂地跨过学校门前那条小河沟，我才不管同学们怎么说呢！当兵的梦想，确实把我给迷住了。

没想到，长大后我却因为这样那样的问题而失去了当兵的机会，虽然进不了部队，但是我想当兵的梦想却从未破灭。如今，我已参加工作 20 多年了，在财税战线上也算得上是一名老兵了，我想：我一定要继续保持年少时想当兵的那份认真、那份执着，不管在什么工作岗位上，我都要争取当一名好兵。

“到了！到老家了！”随着华哥一声欢呼，我也从无序的遐想中醒了过来。一片熟悉而又陌生的场景出现在我的眼前，以前弯曲的羊肠小道现在已变成了宽阔平整的水泥路，低矮破旧的房屋不见了，取而代之的是一幢幢具有现代气息的崭新建筑。更让我惊喜的是，水依然那么清，山依然那么绿，天依然那么蓝，云依然那么白！

回来，一切都很亲切。到迎春村一组下车后，我就迫不及待地去找我对口帮扶的贫困户“亲戚”。我的“亲戚”是一位寡居在家的老人，身体还算硬朗，房子也在政府的帮扶下翻修一新。在和老人家聊天时，说起毓秀的过去，她竟然还记得曾经到公社卫生院找我母亲看过病。

按照单位确定的“农户＋专合社＋基地＋市场”产业帮扶模式，我们为迎春村 24 户贫困家庭每户每年免费提供 4 头优质黑猪仔和 20 只本地乌骨鸡苗，依托“满山跑”林下散养专合社带动农户、连接市场，通过滚动发展壮大扶贫产业，增强贫困山区脱贫致富造血功能，为苗乡农民持续增收打开新天地。

真心希望通过这次精准扶贫大行动，能有更多的人来关注空巢老人、留守儿童、特困人员等弱势群体，并尽力帮助他们，让他们感受到党和政府的温暖与关怀，感受到社会大家庭的和谐与美好。

到乡政府座谈时，听乡领导介绍近年来，乡党委政府把农业增效、农民增收放在全乡扶贫开发工作的重要位置，因地制宜，创新机制，依托山区优势资源突出抓好产业扶贫和科技扶贫，全乡扶贫工作取得明显成效。下一步将加快建设幸福新农村的步伐，全力改善全乡基础设施条件，提高全乡群众幸福生活指数。随着毓秀二桥、居民保障房、污水处理厂和集镇通道建设陆续完工，再加上正在大力推进的页岩气开发项目，这个昔日边远偏僻的山区小乡镇，如今已发生了翻天覆地的变化。

一天的帮扶工作结束了，我坐在回城的车上思绪万千，虽然已经是晚上 9 点多，但我丝毫也没有感觉到疲惫。一阵山风吹来，清凉中夹杂着淡淡的香味，那是大自然包容万物的芳香。

衷心祝愿毓秀的明天越来越美好，苗乡人们的生活越来越温馨。

想念笔友

若干年前，我刚进单位的时候，因为工作比较清闲，又正好到了罗曼蒂克的年龄，所以我便做起了美丽的文学梦。那段时间，我写了许多充满激情的小诗。

我把这些小诗寄给国内一家大型期刊之后，等了很久都没有回音，慢慢地我也就把这件事给淡忘了。谁知有一天，我忽然收到一封莫名其妙的来信，一位素不相识的朋友竟然给我寄来一角钱，并慷慨许诺“尽管来拿”，把我吓了一大跳，真搞不懂这是怎么一回事。第二天正准备写信去问个究竟，没想到邮递员又给我送来了一大堆天南地北的来信，仔细阅读后，我终于知道了谜底。原来，这些远方的朋友都是在一本刊物上看到我的一首小诗，觉得深有同感，所以就写信来和我聊一聊。

我赶紧翻开那本姗姗来迟的期刊，按照朋友们信上的详细指点，终于在一个不起眼的角落里，找到了我那首印有通讯地址的小诗，诗的名字叫《情有独钟》，写的是深陷情海挣扎着想买返程船票却又无能为力的迷茫的感觉。

在接下来的那段时间里，我每天都要收到几十封这样的来信，也就是说，一下子我就拥有了许多全国各地的笔友。我很感动，于是赶紧大把大把地买信封买邮票，马不停蹄地与朋友们在信中侃文学谈理想，当然，也讨论了一些感情方面的问题。那段日子，忙忙碌碌的我，总算找到了一种当富翁的感觉。朋友们帮我想办法，我也帮朋友们出主意，虽然从来没有见过面，但是在彼此的心里，却留下了老熟人一般的印象。有的朋友说不经意的时候也许会出现在我的面前，也有的朋友请我到他们美丽的家乡去看风景。虽然，直到现在，朋友们都没有来，我也没有走出去，而且由于事业、家庭等诸多因素的影响，彼此间的联系也越来越少了，但是我依然相信，朋友始终是朋友，真正的朋友不会在乎这些表面的问候，不是说君子之交淡如水吗？也许“平平淡淡才是真”呢！

愿我所有的笔友一生平安，永远幸福。

阳光灿烂的叶子

那年夏天最热的那个晚上，难以入睡的我第一次溜进了 QQ 聊天室，在一大堆令人眼花缭乱的网友名单中，我很快找到了一个朋友，并破天荒地开始了我的网上聊天，这位名叫叶子的朋友，也就成为我上网以来的第一位网友。

叶子是一个阳光灿烂的广东女孩，我和素昧平生的她才聊了几句，就有一种很亲切的感觉洋溢在我的心头。本来，我只是一个刚学会上网的菜鸟，对网上聊天这种方式并不是很了解，再加上我打字的速度又比较慢，所以一开始我还略显拘谨，但叶子的热情让我很快就得心应手了，我们聊天的话题也逐渐变得漫无边际无所不谈了。

我曾经送给叶子一首小诗：

轻轻地飘来／一束灿烂的阳光／他们说／要用华丽的瓶子／把你好好地包装／可是流浪的我／早已丢失了所有的行囊／我只能用透明的胸腔／小心翼翼地收藏／你眼睛里的阳光

而叶子也曾在为我制作的卡片上，写下了这样几句：

今夜，灿烂的星光／令我怦然心动／非常非常地想你／虽然，不曾知道你的名字／也不知道，你在哪里／我漂泊的心，却不再孤寂／我深信，灿烂的星光下／一定有美丽的故事／正在灿烂地开始……

那段时间，我不再出去喝酒打牌了，每晚 9 点，我都会迫不及待地坐在电脑面前，静静地等待叶子的到来。有时叶子比我还早，我刚一开机，叶子那俏皮的问候就飘然而至。偶尔叶子有事耽搁了，我就只能眼巴巴地望着那只企鹅发呆——说不定那个图标会忽然跳动起来呢！

叶子和我一样，都有一个幸福的家庭和不错的事业，这些不但没有影响我和叶子之间纯纯的感情，反而增加了我们聊天时更多的讨论话题，比如工作中的成功与失败、生活中的酸甜与苦辣。我惊奇地发现，在对这些问题的认识上，我和叶子竟然有很多相同的观点。就这样，我和叶子每天在网上编织着美丽的诗篇，直到热情似火的夏天结束，直到落叶飘零的秋季到来。我那阳光灿烂的叶子，却像人间蒸发了一样忽然消失得无影无踪。我百思不得其解，就在叶子失联的前一个晚上，她还约我“明晚 9 点，不见不散”！

伫立在秋风中，痴望着漫天飞舞的落叶，哪一片才是我要找的叶子呢？天气一天天冷了起来，一个月的时间很快就过去了，疯狂地搜索还是毫无结果，种种的猜测也无法得到证实。我那阳光灿烂的叶子啊，你究竟躲藏在哪个不为人知的角落呢？你要什么时候才会再次出现在我的面前？我们美丽的网络故事，才刚刚开始呢！

我的本命年

在我的记忆当中，好像还从来都没有给自己的生日写过任何的心情文字。然而这次却不同，在我的 36 岁生日来临这一刻，感觉老是莫名其妙地发慌，面对自己人生当中的第三个“本命年”，我竟然一反常态地表现出了忐忑与犹疑，脑力透支，体力不济，心里似乎还有一些说不清楚的怅然若失。

是啊，12 年一个轮回，世人都把本命年当作生命中的一个重要标志。12 岁一个孩子初长成，24 岁一个人初入社会，36 岁则是一个人成熟的时候，48 岁应是功成名就的年龄，60 岁该是激流勇退的时候，72 岁则可以颐养天年。再往后，则是多活一年就多赚一年了。

36 岁这个本命年，大约已经是人生的一半。在这个年纪，大多数勤勤恳恳的中国人已经基本上尘埃落定，生活中所有的不安定因素都基本被剔除，剩下的只有安稳地活着，等着孩子长大，然后退休，老去。对大多数人而言，36 岁也许就是人生里程当中最重要的一个分水岭吧。

小时候，期盼过年、期盼生日的依稀往事好像就发生在昨天，今天的我却大为感慨时光怎么这样短暂。曾经听老人说过一句话，“一岁年龄一岁心”，当时不知道什么意思，也从没深想过，直到我也进入 36 岁，才明白年年岁岁花相似，岁岁年年人不同。

我在 12 岁时还不知道什么是本命年，到了 24 岁对本命年也没有什么感觉。以前听别人说“本命年诸事不顺，要万事小心，处处避灾……”之类的话时，自诩为唯物主义无神论者的我不但不屑一顾，而且经常为此和别人争论一番。因为，那时候我拥有的是大把的青春岁月和对未来的无限向往，信的不是邪而是自己的年龄。

可是现在呢？当有人提醒我本命年一定要穿红袜子、红内裤才能消灾解厄的时候，从不迷信的我居然也有点相信命运了。我想我可能是有点老了。当我看到自己同龄朋友脸上的沧桑时，我知道自己是真的老了……心，便开始发起慌来。

“本命年为凶年，是人的生命历程中的一道坎。本命年会有灾，会经历人生中的大风大浪，善有善报，恶有恶报，是老天找你算账的一年，相应地，如果没有灾，那就是福……”中国有句古话：信则有，不信则无。我虽然不是很相信，可也想自己在本命年里能平平安安的，所以我还是中规中矩地弄了一套红色内衣穿起来。

看到镜中那个“红色超人”一样打扮的我，忽然觉得有点可怜可叹可笑可悲，真有点怀疑镜子中的人究竟是不是我自己……以往的岁月里我得到了什么？又失去了什么？也许，每个人的内心深处都藏着些许无法弥补的遗憾吧？不知道从什么时候开始，我不再有年轻时不知天高地厚和雄心勃勃心态，有的只是无边的孤独及无奈，我好想回到从前，回到那个对任何事情都充满希望、充满幻想的岁月，可一直紧紧地缠着我的除了孤独还是孤独，除了无奈还是无奈……或许，这种感觉会继续缠着我到未知的未来吧？

“运交华盖欲何求，未敢翻身已碰头。破帽遮颜过闹市，漏船载酒泛中流。横眉冷对千夫指，俯首甘为孺子牛。躲进小楼成一统，管它冬夏与春秋……”真喜欢鲁迅先生的这首《自嘲》，或许现在的我和以后的我就是这个样子吧？仔细想来，本命年，也不过如此而已！

该来的总是要来，命中注定的事情是谁也躲不过的，既然无法躲避，那我只能硬着头皮迎接了，因为我必须承认一个无情的事实：我 36 岁的本命年不可抗拒地来到了。

“心中若无烦恼事，便是人生好时节。”我祝我自己——晨有情逸，暮有悠闲，梦随心动，心随梦求！

喝酒那些事

最近，有幸滥竽充数参加川黔作家醉仁怀文学交流活动。火红的五月，热情的主人，在渔水湾的酒桌上，在怀庄酒业的厂房里，在茅台古镇弥漫着酱香的空气中，我一次次与传说中的玉液琼浆有了更亲密的接触。不过，由于此行我还肩负开车的重任，未能开怀畅饮尽兴而归，心里还是多少有点小小的纠结。

茅台酒都博物馆里面一堵巨大的石墙上，龙飞凤舞地镌刻着李白的《将进酒》。“人生得意须尽欢，莫使金樽空对月……”遥想当年，李白痛快而饮、狂傲而歌的经典场面，我愈加相信李白不仅是一位旷达豪迈的大诗仙，更是一位洒脱不羁的老酒仙。

在充满传奇色彩的大唐盛世，仙风道骨的李白成天漫游名山大川，时不时与各路文人雅士酣畅淋漓地品茶饮酒，谈诗论文，推杯换盏觥筹交错之际，谱写了一曲曲“太白斗酒诗百篇”的美丽传说。

小时候，老爸常带我参加各种聚会。那是一个物质和精神双重匮乏的年代，大家都以聚在一起吆五喝六划拳估子以酒助兴为人生一大乐事。记得有一次，喝得不亦乐乎的老爸还用筷子沾了一点酒来逗我品尝，顿时就把正抱着连环画看得入迷的我辣得哇哇大叫起来。

长大后参加工作的第一站是在篾峡乡政府。在见识了乡干部们工作中大刀阔斧，生活中大口吃肉、大碗喝酒的豪情壮举后，我们几个初出茅庐从不敢在会场和食堂大声喧哗的所谓文化人，也想尽快适应区乡工作生活，真正融入乡政府这个大家庭。于是在一个月朗星稀的周末夜晚，我和黎哥、徐哥三人怀着莫名其妙的激动心情，偷偷摸摸去小卖部弄了两包花生和一瓶泸州产的青狮白酒，躲进乡政府木楼上的单身宿舍开始进行正式的喝酒体验。

起初，我们每人的杯子里面都只倒了很少的一点酒。剥两颗花生，聊几句人生，大家提议碰杯时也只是小心翼翼靠近嘴边象征性地抿一口。渐渐地，酒过三巡之后，酒精开始发挥作用，文质彬彬的书生变成了行走江湖的侠客，喝酒的氛围也随之热闹起来。大家热血沸腾无所顾忌地指点江山、评论时事、憧憬未来，共同话题越来越多，讲话的声音也越来越高亢。不知不觉中，小书桌上只剩下一堆花生壳，酒瓶已经空空如也一滴酒都倒不出来了。

第二天与两位哥子交流喝酒的心得体会，他们都说脑袋晕乎乎、身子轻飘飘，用现在的话来讲，就是有点“蓝瘦香菇（难受想哭）”的感觉。而我应该是遗传了老爸的喝酒基因，晚上美美地睡了一个好觉，早上起来神清气爽好像啥子事都没得。

经过那次酒的洗礼，我也算是从此与酒结缘。有时下乡回来得晚，食堂已经没有饭菜，几个哥们儿就从泡菜坛里捞一些泡海椒、泡生姜、泡豇豆来下酒。偶尔发现几个生茄子，也会喜出望外地握紧拳头捶打一番，再撕成条块拌点作料当作美味佳肴，一样可以痛痛快快地喝上两杯带着香味的正宗苞谷酒。

其实，我的酒量并不大。一般来说二两恰到好处，半斤基本到位，七八两就超出我的可控范围了。还有我喝酒时喜欢浅斟慢饮，喝得快则醉得快，喝得慢就不太容易出现酩酊大醉的窘况。

说到喝慢酒，我还在本地圈子里创造了一个慢得有点夸张，自己都觉得不好意思的喝酒纪录呢！我工作调动以后，与新单位的老陶、老王特别谈得来，业余时间常聚在一起摆龙门阵。有一次吃夜宵时大家对酒当歌谈兴大发，上下五千年天南与地北，古今多少事都付笑谈中，真的是口若悬河滔滔不绝。熟识的夜宵老板看到我们意犹未尽，干脆先行回家，让我们结束后再帮他关门。

不经意间，等我们准备解散酒局的时候，已是半夜三更了。不知是谁提议，说那么晚了回去不好喊人开门（主要是担心家人正在气头上）！于是大家继续围炉而坐，继续煮酒论英雄。天快亮时，外面传来晨练者的跑步声，我们赶紧走出夜宵店，直接就参加到晨跑的队伍中去了。

没几天，我们在夜宵店通宵战斗的辉煌事迹越传越离谱。有的说我们一人喝了一瓶白酒，有的更把我们当成公斤级的酒坛高手。实际上，那晚我们三人一共只喝了两瓶白酒，平摊下来每人也就六两多点。只是后来又煮了一壶啤酒来当茶喝，而且间隔时间那么长，完全可以抛在一边忽略不计。

仔细想想，这些年来，白干、泡酒、浓香、酱香，我确实喝了许多各式各样的酒。有朋有客，要摆酒洗尘；闲时相聚，要把酒言欢；喜事登门，要举杯相庆；情绪低落，要借酒消愁；工作劳累，要饮酒提神。虽然我一直喜欢小口小口地喝玄酒，但在一些特殊的喝酒场合，不经劝的我也曾干过“感情深、一口闷”的豪爽之举，轰轰烈烈地醉了好几次，有时甚至大脑还会局部“断片”，第二天醒来，怎么也想不起自己喝酒后究竟说了一些啥子令人尴尬的怪话。

青春年少时学习喝酒的一个理由，就是想效仿李白借酒抒情文如泉涌。但是现在看来，我们这些凡夫俗子既无李白的惊人海量，又无其旷世才情。枉自喝了这么多年的酒，除了在报纸、杂志上偶尔发表一些“豆腐块”之类的简单文字，我用尽洪荒之力都没能整出几篇像模像样的精品美文。

凭着文人墨客大都喜欢喝酒的牵强借口，我也一直执着地吃吃喝喝从未间断。值得庆幸的是，目前我的身体尚无大碍，援藏体检也能顺利过关。只是岁月不饶人，现在熬夜已经来不起了，豪饮的次数也越来越少。

“花要半开，酒饮微醺，此中大有乐趣。”我还是喜欢花前月下，小酌一杯，兴之所至，吟诗作文。我也知道，美酒好喝却不能贪杯，酒量以内是酒仙、酒圣，超过酒量就是酒徒、酒鬼。

生活不只眼前的苟且，还有诗和远方。人生在世，总有这样或那样的梦想与追求，不管成功与否，只要自己一直在努力，不忘初心继续前行，就不会给生活留下任何的遗憾。

时光荏苒，岁月如歌。或许我们穷其一生都无法登上心中那座高峰，要想以从容的步履走好人生之路，至关重要的就是始终保持一颗平常心，做平凡人，干平凡事，在平平淡淡的生活中领略人生无尽的乐趣。

钓鱼那些事

屈指一算，我已经好些日子没去河里钓鱼了。

记得小时候，乡下老家门口有一条清莹澄澈的小河沟。那时河里的鱼真多，除了桃花、青波、红尾巴、黄辣丁、钢鳅、鲳子等河鱼，还有一些非常可爱但至今都叫不出名字的小鱼儿。鱼多自然好钓，没有鱼竿就自己动手，随随便便砍一根纯天然的竹子稍加打磨，然后拴上家里的缝衣线，系上用大头针掰弯纯手工做的鱼钩和牙膏皮做的坠子，浮漂都不用，挂一条菜园里刚挖出的小蚯蚓，甩进河里仅凭手的感觉就能钓上好多鱼来。

曾经在网上看到一个报道，说巴东神农溪发现一种钓鱼不用钩的神奇钓鱼习俗。其实就是趁着雨后山洪暴发河水混浊时，钓鱼人把成串的蚯蚓直接绑在小棍子上伸进水里，当发现鱼儿咬住诱饵时迅速向上提起甩向岸边草丛或鱼桶里。当时我就笑了起来，原来这个所谓神奇的钓鱼方法，我们早在小时候就无师自通地尝试过了。还别说，在当时那个良好的生态环境下，无钩钓鱼的效果还真的蛮不错呢！

若干年前，我在雅砻江边还看到一个不用鱼竿的钓鱼方法。

周末当地朋友带我们去耍坝子，到达江边后，有的找柴生火烤串串，有的在小溪流中寻找钓鱼用的水虫。当时我还纳闷，没带鱼竿怎么钓鱼呀？只见强哥从包里掏出几个绕着鱼线的矿泉水瓶，把水虫穿上鱼钩拴上石块使劲抛向江中后就不管不顾，浅酌慢饮两杯青稞酒后再去拉线检查。没想到如此简陋的钓鱼工具居然也能钓上鱼来，着实让我们尽情领略了一番正宗雅江烤鱼的独特美味。

回到故乡后，由于工业污染和非法电鱼、毒鱼、炸鱼等种种让人深恶痛绝的原因，宋江河里基本已无鱼可钓。虽然偶尔也和朋友们去乡下鱼塘垂钓，但是即便连杆拉上大鱼，却真的没有去河里野钓感觉过瘾。随着工作的重负和生活的碾压，渐渐地我也失去了野外钓鱼那份闲情逸致。

时隔多年，在山清水秀的郫县三道堰休假时，看见沿河两岸都坐满了各式各样形形色色的钓鱼人，一时手痒，我又重新拿起了鱼竿。正式加入钓友队伍后，看见周围钓友精良的装备，本想一根鱼竿走天下的我就有点不淡定了。通过在网上淘和到渔具店逛，面对琳琅满目的渔具用品，按照经济实用货比三家的原则，陆陆续续添置了手竿、海竿、支架、抄网、鱼护、钓鱼伞、钓鱼椅等初级入门钓鱼装备。

“春钓浅滩夏钓潭、秋钓阴边冬钓阳；春钓雨雾夏钓早、秋钓黄昏冬钓草”……从这些钓友口口相传的民间钓鱼谚语里，我或多或少学到一点钓鱼基本理论知识。我也希望像姜太公一样潇洒地钓鱼，但现在的鱼儿似乎都不太愿意主动上钩。在接下来的钓鱼实战操作中，起早摸黑、餐风宿露、日晒雨淋、蚊虫叮咬都不说，还得挨冻受饿弄得身心俱疲。每次都是精心准备信心满满地奔向河边，但往往只钓到几条小鱼小虾甚至空手而归。为了避免别人的闲言碎语，有一次我还打肿脸充胖子到鱼塘买两条鲫鱼回去滥竽充数呢！

虽然钓鱼经常都当“空军”，甚至有时钓到连自己都开始怀疑人生了，但每次失望过后依旧痴心不改，这周还未结束就开始筹备下周的钓鱼计划。只要有闲暇时间，只要有风和日丽的好天气，总是迫不及待背上装备屁颠屁颠地早早出门。即便遇上不好的天气，闲在家里也要找点与钓鱼有关的事情来做，比如整理鱼竿、鱼线、鱼钩、浮漂、铅坠以及研究调整揉搓各种不同的钓鱼饵料。就算打开电视，只要看见画面里出现山川河流我就兴奋起来，立马装成内行认真分析那个地方究竟好不好钓鱼。

我曾“朝日敛红烟，垂竿向绿川”，“一人独钓一江秋”，也曾“入滩风急浪花飞，手把鱼竿傍钓矶”，“孤舟蓑笠翁，独钓寒江雪”，还曾“路上借问遥招手，怕得鱼惊不应人”，“青箬笠，绿蓑衣，斜风细雨不须归”。与天斗，其乐无穷；与地斗，其乐无穷；与鱼斗，斗智斗勇，不亦乐乎！

我能想到最浪漫的事，就是和爱人朋友携手走进阳光明媚、鸟语花香、四季如春的世外桃源，搭上一个茅草棚子，或站或坐或躺或卧，看岸边绿树红花，望空中鸟雀盘旋，观水中碧波荡漾。没有尘世的喧嚣，没有外界的骚扰，既可悠然自得挥竿垂钓，也可泡上一壶好茶，抽上一根香烟，喝上一口小酒，吃着火锅唱着歌，寄情山水间，放纵白云处，物我两忘，天人合一，岂不快哉？

绿水青山就是金山银山。近年来，各级政府高度重视环境保护工作，生态环境得到了较好的修复，水域环境也有了明显的改善。为了保护水生生物的正常生长和繁殖，保证鱼类资源得以不断恢复和发展，国家专门制定了禁止和限制捕捞活动的禁渔期保护制度。现在经常看到政府部门和民间环保组织为保护天然水域渔业资源，维护天然水域生态平衡，多次向江河湖泊投放各类鱼苗的好消息。相信在不久的将来，天更蓝，云更白，山更绿，水更清，我在桃花源里钓鱼那些事也一定会梦想成真。

你那里下雪了吗

岁末年终，天寒地冻。这几天朋友圈里讨论的大多是下雪的话题，翻看着一张张银装素裹的雪景照片，一个个欢天喜地的赏雪视频，真是让人羡慕嫉妒恨啊！仙峰下雪，九丝下雪，僰王山下雪，感觉除了我所在的这个川南小城以外，好像全世界都在下雪一样。

进城这么多年来，很少再看到漫天飞雪山舞银蛇的壮观场景。冬天最冷的时候，阳台上、院坝里偶尔也有雪花飘忽，但落地即化转眼不见了踪影。随着年岁的增长，冬天最大的感受不外乎就是干冷湿冷，羽绒服、保暖裤、毛皮鞋逐渐成了每个冬季的标配。忘穿秋裤，后果真的很严重！

想起小时候在乡下，冬天落雪是常有的事。一场鹅毛大雪后，几个衣着单薄打着补丁的小屁孩最喜欢的就是在冰天雪地里堆雪人、打雪仗，自由自在地奔跑追逐，无忧无虑地嬉戏玩耍，虽然摔得鼻青脸肿衣裤鞋袜全部打湿，冻得瑟瑟发抖鼻涕直流，依旧玩得忘乎所以不亦乐乎。

在那个千里冰封万里雪飘的年少时代，没有琳琅满目的游戏玩具，也没有网络没有电脑手机。漫长的冬夜外面风雪飘飘，屋内一家老小围炉而坐谈笑风生，老爸嗑着南瓜籽品着苞谷酒，老妈织着旧毛衣哼着黄梅戏，贪玩好吃的我们哥儿几个则蹲在火炉边烤红苕，冒着烫手的风险，硬是翻来覆去把红苕烤得外焦里嫩薯香扑鼻。

雪落故乡，千片万片无数片，飞入梅花总不见。那时没有污染，雪花真的很美，那时质朴纯真，快乐是真的快乐。冬至过后就开始期待过年，只要能得到一元两元压岁钱就很满足了，小心翼翼地收藏起来舍不得花掉，若是放到现在也许还真的成了古董呢！

午夜梦回，依稀见影。想起了天堂里睿智的父亲和慈祥的母亲，想起了远在外地调皮可爱的孩子们，想起了身边相依为命的亲密爱人，想起了自己跌跌撞撞一路走来的历历往事。从事财税工作 30 余年，从手工开票到智能办税，从对口援藏到精准扶贫，从满头青丝到两鬓斑白，个中滋味，甘苦自知，真的是发如雪我等待苍老了谁？白驹过隙，时光如梭，不知不觉已到知天命的年龄，起初心里难免会有些许惶惑，但随之而来的却是一种雪后初晴淡然释怀的愉悦心境。

生活不只眼前的苟且，还有诗和远方的田野。饱尝了人情冷暖，看淡了世态炎凉，收获了成长过程中的酸甜苦辣喜怒哀乐爱与哀愁，历经坎坷终于练得随遇而安顺其自然。世界那么灿烂，生活那么美好，还有那么多有趣的事等着我们去探索，还有那么多美丽的景等着我们去发现。早睡早起，锻炼身体，不忘初心，砥砺前行。多干一点力所能及的工作，多做一些自己喜欢的事情，或许过去所有的遗憾，都将成为未来惊喜的铺垫！

你那里下雪了吗？

晚来天欲雪，能饮一杯无？闲时邀约三朋四友推杯换盏开怀畅饮岂不快哉？

孤舟蓑笠翁，独钓寒江雪。偶尔远离喧嚣在大雪纷飞的荒野江湖独自钓鱼不亦快哉？

忽如一夜春风来，千树万树梨花开。感恩生命中所有的遇见，感恩新时代新景象生机勃勃春意盎然，幸甚至哉！

家乡的年味

我的家乡建武城，坐落在川南边陲大山深处，是一个历史悠久、民风淳朴的乡村古镇。

关于建武的前世今生，据说很久很久以前，唐、宋曾有记载，明、清曾为县城，是僰人最终消亡的地方，红军川南游击纵队也曾在这里浴血奋战。新中国成立后先设区公所，后来换作乡政府，后来的后来，建武城就变成现在的兴文县九丝城镇建武村。

小时候，我们家就在建武财神庙大水井旁边的下排街。街道是用大小宽厚差不多的条石铺成的，街两旁有几排低矮破旧立柴结构的老房子，中间夹杂着颇有年代感的青砖青瓦木门木窗，再加上建武明碑、禹王宫、棂星门、县衙门、老城墙等标志性建筑，完美勾勒出古镇老街独特的韵味。

那时大家都不富裕，对我们这些一年到头背着书包上学堂的小儿郎来说，最期待的就是过年。平时读书写字粗茶淡饭，春节既能尽情玩耍，又可以吃鸡嘎嘎、鱼摆摆大快朵颐一饱口福，那样惬意的日子简直是快乐逍遥赛神仙啊！

冬月初，家家户户就开始陆陆续续准备年货，最重要最有仪式感的头一件大事就是杀年猪、熏腊肉、灌香肠、吃刨猪汤，大人喜笑颜开忙着做事，我们小孩只负责胡吃海塞和看热闹，时不时还会为了抢占有利位置互相推搡甚至大打出手呢！

年关将至，年味渐浓。吃苦耐劳勤俭持家的母亲也比平时更为忙碌，忙完工作又操持家务，从早到晚忙里忙外都没怎么休息。天不亮就起来给我们蒸包子馒头做早餐，晚上为我们烧水烫脚，等我们上床睡觉后还要收拾东西打扫卫生。

建武人年前一直都有做糖果粑粑的习惯，如米花糖、芝麻糖、苕丝糖、黄粑、糍粑、油炸粑等各种各样品类繁多的特色美食。这些糖果粑粑做好后一般都会放在阁楼上防潮防腐的石灰坛子里面，有客人来时就会端上一盘当作茶余饭后的高级点心。偶尔，嘴馋的我们也会偷偷去拿点出来打打牙祭。

打糍粑也是一件好玩的事。母亲为了锻炼我们，备年货做活路时总要叫上我们兄妹几个去当所谓的小助手。糯米泡上一两天后，还要放到煮饭甑子里去蒸，蒸好后趁热倒进石头对窝，再用一根大的木棒从上到下反复捶打直至绵软粑和，揉搓成形后立马可吃，蘸点黄豆面或白糖红糖后口感更是又香又甜，令人回味无穷。

身形单薄的我们，帮忙干活纯粹就是表演作秀，由于力气太小身高不够，俩兄弟合力抬起打糍粑的木头棒棒都略显吃力，推磨摇磨也因为着力点和转动方向不好把握，导致磨出来的面粉粗细不一。只有磕对窝最娱乐，兄弟姐妹轮番上阵，用力踩在对窝平衡木尾端的踏板上，跟着节奏一踩一放，就像踩跷跷板一样，甚是有趣。

建武是逢农历的二、五、八赶场，平时逢场天人少比较冷清，过年前那几个场就大不一样了，整条街上熙熙攘攘人潮涌动，各种农副产品、生活用品琳琅满目应有尽有，叫卖吆喝声、讨价还价声此起彼伏，真的是热闹非凡盛况空前。

我们这群小屁孩就喜欢到地摊上看稀奇，啥子“跌打损伤、祖传秘方、风湿麻木、筋骨疼痛”“耗儿药耗儿药，耗儿吃了跑不脱”，南腔北调各不相同。还有那个“云南昭通曲，巴到嘴巴甜，抿甜——抿甜——咪咪甜”，特别是最后一句拖长声调加上夸张的嘴型，滑稽搞笑硬是安逸得板。

母亲有时会拿出一小包晒干的苞谷籽递给我们，不用说大家都知道又可以开心地吃爆米花了。赶紧跑到街边烤爆米花的摊位，排好队就目不转睛地盯着那个脸被炭灰熏得黢黑的老师傅，看他有条不紊的娴熟操作也是一种享受。先把苞谷倒进椭圆形的爆米花压力锅中，拧紧盖子架上火炉，然后一边拉风箱一边不停地转动压力锅，几分钟后把爆米花机器抬到旁边的麻袋中，撬棍用力一撬，只听“呯”的一声巨响，烟雾迷漫中香喷喷的爆米花就新鲜出炉了。麻袋没扎紧时一般都会溅出许多膨胀的爆米花，小伙伴们也不管地上干净与否，趁机一拥而上先抢几颗塞进嘴里再说。

除夕那天，父母一大早就起床杀鸡剖鱼准备晚上的年夜饭，我们兄妹几个也欢天喜地主动加入，帮助大人拔鸡毛、刮鱼鳞，加水添柴忙得不可开交，除尘除垢搞卫生大扫除也是不分老少全家总动员。贴上老爸亲自撰写的春联和秦叔宝、尉迟恭两位门神画像，收拾打扮后再请人在堂屋前面照一张全家福，最后还要放一串辞旧岁的鞭炮，才可以动筷子吃大餐。

年夜饭要慢慢地吃，一大家人有吃有喝有说有笑，一般要持续到深夜 12 点，再放一串鞭炮迎接新年。父母让昏昏欲睡的我们先去休息，说是还要熬夜守田坎，当时我还纳闷家里明明没有田土究竟守啥呢？后来才知道原来这是川南地区除夕守岁的民间习俗。

大年初一，小孩子们都会早早起床，牙没刷脸没洗，第一件事就是争先恐后地给父母磕头拜年，恭喜发财红包拿来。那时的红包是用写春联剩下的红纸手工制作而成，包里有时装着一元两元，有时是五元十元，再算上以后几天走人户收到的所有花炮钱，整个春节还是收获颇丰荷包满满。短暂地体验一把有钱人的感觉后，开学前我们都会恋恋不舍地把这些压岁钱全部上交给父母保管。

建武人过年还有一个传统习俗，就是一定要过了二月初二文昌会后才算过完年。文昌会那一天，建武街上人山人海摩肩接踵，白天大家挤在一起看牛灯花灯、舞龙舞狮目不暇接直呼过瘾，独具特色美轮美奂的重头戏高桩巡游，更是引得围观人群阵阵喝彩。晚上，人们穿着旧的帆布衣服围成几圈看泼铁花表演：“拿花来，拿花来哦！”滚烫的铁花漫天飞舞，欢蹦乱跳东躲西藏的人们，就像现在蹦迪一样疯狂，成串的鞭炮追着烧得只剩光架子的龙灯满场乱跑。火树银花惊险刺激尖叫呐喊的劲爆场面，直接把整个文昌会活动推向高潮完美收官。

离开建武在外工作生活已经很多年了，儿时的记忆还是那么清晰。家乡的山山水水一草一木，亲戚朋友的音容笑貌姿态神情，往事一幕幕就像电影回放一样，时常浮现在我脑海里挥之不去。岁月催人老，辛苦操劳一辈子的父母也相继离开了我们，但故土难忘乡情难舍，每年的春节和清明，我们兄弟姐妹都会回到老家祭拜父母寄托哀思。

岁月匆匆，时光荏苒。再次站在家乡的土地上，建武城已今非昔比旧貌换新颜。精准扶贫，乡村振兴，一条条宽阔的水泥路四通八达，一幢幢漂亮的楼房拔地而起，优质蚕桑基地建设初具规模，冰脆茵红李助农增收成效显著，中石油页岩气开采平台高高耸立，纵横交织成为建武城里一道道亮丽风景线。

随着红色文化旅游日渐火爆，家乡也正在着力打造建武红色旅游景点，深入挖掘兴文县第一个党组织“兴珙支部旧址”、红军长征过建武“红一军团司令部旧址”等红色文化资源，结合乡村游、古镇游，举办李花节、品果节，加快推动建武地方经济蓬勃发展繁荣兴盛。

共欢新故岁，迎送一宵中。相信在不久的将来，家乡的发展越来越好，家乡的年味越来越浓，父老乡亲的生活越来越幸福！

九丝城之春

因为杂事缠身，我已经很久没回九丝城乡下老家了。

周末睡到自然醒，依稀记得昨夜梦中出现的都是一些小时候在老家玩耍的情景。推开窗户一看，外面阳光正好，微风不躁，心念一动当即决定回一趟九丝城。

九丝城是古代西南僰人重要的生息之地，僰国首领哈大王曾经在此设立王城，是一个有历史有故事的地方。据说僰国王城方圆十里，上有九岗四水，因土地面积极广要用九两蚕丝方能缠绕一周，由此得名九丝城。

从兴文县城到九丝城镇要途经麒麟、石海两个乡镇，一路翻山越岭大约 70 公里需 90 分钟车程。前半段柏油路平缓好跑，后半程水泥路险峻陡峭崎岖难行。翻过铜锣坝蔡家坳就开始下一个七弯八拐的长坡进入九丝城地界，只见一幢幢错落有致的农家小院，一条条纵横交织的乡间小道，远山如黛林木葱茏，溪水蜿蜒美不胜收，花草的清香、泥土的气息扑鼻而来，沁人心脾。熟悉的味道，似曾相识的场景，感觉一切都是那么亲切。儿时往事历历在目，不禁感慨万千。

经过几次乡镇行政区划建制调整，现在九丝城镇管辖范围和兴文县原来的第二区基本一致，由建武、德胜、文印、簸峡、毓秀五个乡合并而成，我的老家建武乡就此成为九丝城镇建武村。说到老二区还有一个典故，因为二区的人们说话一直都有很重的卷舌音，所以外界就给我们贴上“二区人说二区话”这个独特的标签。“少小离家老大回，乡音无改鬓毛衰。”见到熟悉的二区人，听到熟悉的二区话，如沐春风，如饮甘霖，温暖惬意又舒服的感觉顿时油然而生。

从坪山穿簸峡，便下九丝向建武。接近建武古城，首先映入眼帘的是一座精美的石牌坊，上面原来题的是“僰王城”三个字，为更好地传承红色文化，打造红色教育基地，现已更名为“长征文化公园”。牌坊后面是高大巍峨的玉屏墩，红军长征时曾在这里浴血奋战并先后牺牲了 10 余名红军战士。远远望去，玉屏墩就像一幅巨大的屏风高高耸立，在蓝天白云的映衬下显得分外壮观。清风徐来，春暖花开，无声无息却又像在默默诉说着那一段充满硝烟的历史。

建武古城曾经热闹繁华，明朝万历年间僰人消亡后，城内仅朝廷驻军就达 17000 多人，南来北往出川入滇的客商都在这里聚集。1928 年兴文县第一个党组织“兴珙支部”在建武成立，从此开启了兴文红色革命征程，并在川滇黔边区不断发展壮大。长征时成千上万的红军队伍络绎不绝经过建武，红一军团还曾在这里设立临时指挥部。世事变迁，沧海桑田。九丝建武这个一度辉煌又一度被人们遗忘的边陲古城，在改革春风吹拂的新时代终于又焕发出勃勃生机。

建武明碑保护性设施建设工程正在有条不紊地开展，兴珙支部旧址正在进行风貌改造和修理整治，红一军团临时指挥部已经规划旧址重建，建武综合文化服务中心和城隍庙等文物保护修缮工作也正在如火如荼地进行。漫山遍野的李子树，白雪皑皑的李子花，我那年逾古稀爱好拉二胡的幺爸，最喜欢在李子园中演奏一曲悠扬婉转的《江南春色》。

现在，老家附近的城隍庙每天都会传出悠扬的钟声，小时候去挑水洗菜的大水井依然清澈见底，古街青石小巷处，仍能见到少许雕梁画栋的老房子，财神庙长长的石梯虽已残缺，但它留下了峥嵘岁月的痕迹。道路两旁安上了红色火炬样的太阳能路灯，天然气管道接入了家家户户，门前屋后整齐停放着各式各样的摩托车、小汽车。春意盎然的山乡村野，古老与现代完美交融，行走其间，令人不经意便放缓了脚步。

建武小学旁边的鱼塘，承载了多少我们童年的美好回忆？铁锁桥到元怀门的石板路，留下了多少我们求学途中的欢声笑语？还记得伙起（邀约）同学偷摘自家亲戚红泡柑时的胆战心惊，忘不了与小伙伴们扇烟盒比赛连赢几盘时的得意忘形。漫步走在花香鸟语的乡间小路，细细回味这些天真烂漫的童年趣事，自己都忍不住笑出声来。

“胜日寻芳泗水滨，无边光景一时新。等闲识得东风面，万紫千红总是春。”登高望远，极目远眺，左前方是巍峨屹立的九丝山，右前方是高耸入云的都都寨，山脚下毓秀、德胜、文印三条河流汇合在一起绕城而过。不远处几个页岩气开采平台人来人往，一片繁忙的景象。据说全国单日最高产气量的气井，就在我们兴文县九丝城。

“悠悠天宇旷，切切故乡情。”此次回乡，看到了家乡日新月异的变化，除了时光变迁的无限感慨，还有社会发展的由衷感叹。天回地转，万象更新，春天已经到来，疫情总会过去。希望勤劳朴实的家乡人民在党和政府的领导下，团结奋斗，同心筑梦，积极推进乡村振兴和地方经济高质量发展，早日把九丝老家打造为看得见山、望得见水、记得住乡愁的美丽乡村文旅强镇。

春的眼睛

冬眠醒来，伸伸懒腰，天地似乎感应到了，于是给你一点颜色看看；打个呵欠，山川也就遥相呼应，于是一股暖流涌上心头。

春回大地，万物复苏。春的眼睛就像照相机扫描仪，渐次扫过兴文石海的浪花、九丝古城的云霞、僰王山上的飞瀑，瞬间扫遍祖国的大江南北大好山河。

春色满园，生机勃勃。温润的春风吹过田野，花草树木的嫩芽就偷偷探出了头；绵柔的春雨飘飘洒洒，唐诗宋词的韵味就在心田荡漾开来。

“千里莺啼绿映红，水村山郭酒旗风。南朝四百八十寺，多少楼台烟雨中。”可远可近，若有若无，隐隐约约，朦朦胧胧。闭目冥想，竟然有一种莫名其妙的感动。

“去年今日此门中，人面桃花相映红。人面不知何处去，桃花依旧笑春风。”此情此景，黯然销魂，几多惆怅，几多感慨。睁开双眼，就会看到，所有的花好月圆，所有的悲欢离合，都曾从你的世界路过。

“诗家清景在新春，绿柳才黄半未匀。若待上林花似锦，出门俱是看花人。”桃红柳绿，莺歌燕舞，春的眼睛，宛如人之心灵。仿佛半开的花，又似微醺的酒，我中有你，你中有我。得失随缘，心无增减，只要眼里有光，只要心中有爱，目之所至皆是星辰大海，所盼所期皆有春暖花开。

迎春的春

烟花三月，万物复苏，草长莺飞，春意盎然。乡村田野一切都像刚苏醒的样子，路边不知名的花草散发着别样的清香，远处朦胧的山水间不时传来几声鸡叫和犬吠，不经意地打破了大山的寂静。

车到九丝城镇，从场口环线绕城而过，一溜烟就把官田坝、黑凼子甩在后面。蓝天白云下，绿水青山中，远远望见毓秀街边那棵盘根错节的大黄桷树，就像老朋友一样笑脸相迎。一路颠簸，一路风尘，时隔一年，我又一次走进九丝城镇迎春村。

迎春村是一个葱郁秀丽的苗族村落，以前属于毓秀苗族乡，2019 年乡镇行政区划调整，毓秀苗族乡撤销，其所属行政区域划归九丝城镇管辖。乡镇合并前后数年之间，我们税务局一直对口联系迎春村。不知道什么缘故，我对“迎春”这个美好的名字特别情有独钟。

鲵源洞口的小桥已经加宽，不远处毓秀大桥已经通车，河对面毓秀民族学校灾后恢复重建业已完成。以前弯弯曲曲的羊肠小道，现在已经变成了宽阔平整的水泥公路；以前低矮破旧的房屋不见了，取而代之的是一幢幢具有现代气息的漂亮民居。高高耸立的页岩气 H13 钻井平台，更是彩旗飘飘分外引人注目。

在焕然一新的村公所会议室里，两鬓斑白的老马向新来的同志介绍情况："迎春村曾是兴文县 57 个贫困村之一，属高寒、边远、少数民族聚居、经济相对落后的贫困山区，距县城 92 公里，全村面积 16 平方公里，辖 8 个村民小组 324 户 1229 人，其中苗族 218 户 838 人。2014 年根据精准识别，迎春村共有建档贫困户 65 户 279 人。通过六年的精准帮扶，脱贫攻坚战已经取得全面胜利，迎春村贫困人口已经全部达标脱贫。"笑呵呵的老马，说起迎春村近年来的发展，简直是滔滔不绝如数家珍。老马本名马敬，是一名税务干部，曾任迎春村第一书记，因年龄偏大和身体原因，主动辞去第一书记职务后，仍然留在村上继续开展乡村振兴工作。

几年来，老马和我们税务帮扶工作组根据迎春村实际情况，因地制宜，因户施策，深入开展帮扶工作。以迎春村良好的地理条件为依托，筹集资金率先建成方竹基地 500 余亩，随之陆续带动村民自愿栽种方竹已达 3000 余亩。2019 年开始产生经济效益，每亩纯收益不低于 2000 元，下一步还将引进企业就地进行精深加工。以毓秀苗乡林下散养黑猪专业合作社为龙头，发动村民大力养殖"满山跑"黑猪，专合社提出养殖需求并负责收购销售，现已取得了较好的经济效益，帮扶对象共获得销售收入 400 余万元。

沿着迎春村户户通水泥硬化路，老马带着我们一行边走边看。通过和村民院坝座谈、田边地头摆龙门阵聊天，我们欣喜地看到迎春村家家户户都不愁吃、不愁穿，都有安全饮用水和生活用电，安全住房、义务教育和基本医疗也都有了切实保障，老百姓的获得感、幸福感、安全感也都得到了切实增强。

走进迎春村二组何总的林下散养黑猪专业合作社时，已是傍晚时分。夕阳的余晖，照在上龙门高高的山顶，幽深的峡谷祥和而安静，偶尔微风拂过，树枝秀出优美的线条，恰似弹奏一曲动人的旋律。一声清脆的哨音划过山梁，峡谷里面顿时热闹起来，不知道从哪儿一下钻出来几百头黑猪，带着几分野性的嚎叫，哼哼哧哧地往谷口的一排圈舍奔去。“我们的黑猪肉质紧实、清香可口，产品走向市场以来深受消费者的喜爱。”“猪司令”何总吹完集结哨后兴高采烈地说道：“记得去年 9 月，我们专合社在收购农户出栏黑猪时出现资金短缺，感谢老马和税务帮扶工作组积极协调县农村商业银行贷款，顺利解决了专合社资金周转问题。”

老马和税务帮扶工作组还通过向上级部门和有关领导汇报，争取到省级财政资产收益扶贫项目资金 100 万元，以村民入股分红方式注入专合社，为大力发展苗乡黑猪优势产业打下了坚实的基础。“养黑猪给我们带来了新希望！”已经成功脱贫的村民老罗深有感触，连续几年拿到保底分红和二次分红，他真切感受到了自己是一名“股东”，是“有身份”的农民，对未来生活也有了更多的期待。

“脱贫摘帽不是终点，而是新生活、新奋斗的起点。”乡村振兴的号角已经吹响！我们坚信，有党中央、国务院的坚强领导，有各级党员干部的真帮实扶，有广大人民群众的自强不息，我们上下同心，砥砺前行，一定能够巩固拓展脱贫攻坚成果，全面推进乡村振兴，携手迎来更加美好灿烂的明天！

又是一年清明时

“小四哥，现在高铁出行更方便了，今年清明节我准备回一趟九丝老家。”早在 10 多天前，远在贵阳的舅舅就给我打电话。那时，我正心如春花烂漫，整日沉浸在春季温暖迷人的气息里，乐享春风拂面，笑看春色满园，优哉游哉胡乱拼凑一些关于春天关于家乡的随意文字。

提到清明，自然而然就会想起杜牧那句“清明时节雨纷纷，路上行人欲断魂”。放下电话，不知不觉中，莫名的伤感、丝丝缕缕的哀思早已涌上心头，难以言表无法诉说的悲戚心情，久久不能平静。

往年这个时候，城外山上早响起了人们上坟祭祖时此起彼伏的鞭炮声。现在政府积极倡导文明祭扫、绿色清明，野外祭祀一律不带纸钱香烛、烟花爆竹。想到远在天堂的父母生前都爱栽花养草，赶紧跑去花店订购了两盆素雅清新的鲜花蓝。

今年清明期间气候尚好，虽然不是特别阳光灿烂，但也没有传说中的凄风苦雨。扫墓人的心情，其实和天气阴晴没有多大的关系。早早地联系好本地的兄弟姐妹，早早地接上来自德阳、贵阳、重庆的舅舅和表姐一行，怀着对逝去亲人的无限怀念与追思，我们迫不及待提前几天就回到九丝城建武村。

父亲故去已经15年了。至今，我仍在深深地自责，为自己没能留住父亲的生命而感到无比悔恨。尽管跑了好几家大医院，请了好多位医生精心地诊治，但死神依然没有放过多才多艺的父亲，给他62岁的生命残忍地画上了一个悲怆的句号。

父亲病逝2年之后，母亲从九丝老家搬进城来和我们住在一起。我带母亲到泸州医学院做常规体检时，意外查出母亲得了直肠癌。本以为做了切除吻合手术就会没事，没想到术后第8年复查，却发现癌细胞已经转移扩散……后来，辛苦操劳一辈子的母亲也离开了我们。

树欲静而风不止，子欲养而亲不待。当今社会发展越来越好，衣食住行各方面条件越来越优越，要是父母亲能够活到现在该有多好啊！找点时间，找点空闲，带着父母到处游山玩水，陪着父母品尝各地美食，听听父母的唠唠叨叨，像哄宝宝一样哄哄两个老小孩，甚至和年迈的父母斗智斗勇，偶尔吵吵架拌拌嘴也是一件多么幸福的事情。

逝者长已矣，存者永怀悲。伫立在父母坟前，眼里心里都是父母的音容笑貌姿态神情。记得父亲握着我的小手一撇一捺教我写毛笔字的情景，记得母亲摸着我的额头哄我入睡时那些美妙的歌声，父亲送给我的连环画至今还珍藏在我的书柜里，母亲做的糖果味道直到现在还让我们唇齿留香记忆犹新。

默默地拔着坟头的乱草，默默地清除墓园的落叶，恭恭敬敬地摆好供品，恭恭敬敬地跪下磕头。二哥吹奏了一曲悠扬婉转的萨克斯，舅舅、表姐和五妹、六弟合唱了两首怀念父母的歌曲，空气中似乎弥漫着悲伤苦楚的气息，心也好像隐隐作痛无法呼吸。父母亲含辛茹苦把我们兄妹几个拉扯大，如今都过上了丰衣足食的小康生活。父母亲给予我们的太多，得到我们的回报又有多少呢？就连每年一到两次的回乡扫墓，我们都是匆匆而来又匆匆而去。

“十年生死两茫茫，不思量，自难忘。千里孤坟，无处话凄凉……”午夜梦回，潸然泪下。一种说不清道不明的感觉紧紧萦绕在我的身边，若有若无却又挥之不去。父亲母亲，今生再没有机会报答你们的养育之恩，如果有来世，我还愿意做你们的孩子。

父母在，人生尚有来处；父母去，人生只余归途。

愿我远在天国的亲人们，无灾无难！祥和安然！

愿天下所有的儿女们趁父母健在，多尽孝心！少留遗憾！

栀子花开

一朵、两朵、三朵……我家阳台上，一盆扔在角落平时没怎么打理的栀子花，今天空闲去浇水时，忽然发现竟已花开满枝头，花香四溢，沁人心脾。意外的惊喜，莫名的伤悲，真的总是在不经意间就已到来。

遥想刚参加工作时，我还是一个不谙世事的青涩男孩。第一次穿上单位发的新制服，下班后就迫不及待地骑着自行车，踏上长达 10 多公里的回乡之路。山路崎岖，夜色朦胧。过了铁锁桥爬坡拐弯处，疲惫不堪的我正准备歇息一会儿，一阵浓郁的花香扑鼻而来，顿时让我精神为之一振，心旷神怡的感觉油然而生。

借着手电筒的微光，我在路边坎上摘了一朵栀子花，别在上衣口袋后继续推车前行。当我满头大汗地打开家门，还在收拾家务的母亲喜出望外，赶紧拉我坐下，赶紧打水洗脸，赶紧热菜热饭。忙完手里的活路，母亲拿来板凳坐在我对面，一边看我吃饭一边和我聊天。

“四娃喜欢栀子花啊？”“嗯嗯，闻起来特别香！”我正要伸手把花取下来送给母亲时，忽然发觉新制服上的金属胸牌不见了，愉悦的心情一下就郁闷起来。想到已是深夜急也没用，就安慰母亲早点休息，上班后写个遗失说明再去申请领一个新的胸牌。

第二天早早起床，心想早点去单位上班，顺便在路上找一下那块丢失的胸牌。母亲看我急着要走，一边叮嘱我骑车慢些，一边变戏法似的拿出我那块红底金字的胸牌。原来，昨晚等我睡觉后，母亲和父亲就打着手电筒出门，一直走到我摘栀子花那个地方才找回那块金属胸牌。我强忍惭愧和感动的泪水告别父母，回到单位仔细回想，胸牌应该是我摘了栀子花从坎上跳下去时不小心碰掉的。从此以后，我在工作生活中逐渐养成了严谨细致的好习惯。

想起母亲刚从九丝老家搬进城来和我们住在一起时，我已是人到中年华发早生的年纪。我们住在没有电梯的七楼，平时上下班回家都觉得楼层太高走路有点累，闲不住的母亲每天上下楼七八趟却若无其事乐此不疲。我家楼顶上原来空无一物，母亲每次去香水山散步时都会提一袋泥土回来栽花养草。几个月过后，母亲已经在楼顶上整理出一个花红叶绿的小花园，其中就有几株我喜欢的栀子花。

想起母亲刚入院那段时间，每天只是打点针输点液，疼痛的时候吃点曲马多就能管好几个小时，精神状况好的时候还喜欢给病友聊天，说一些儿孙们的工作学习以及家里楼顶上那些葱花蒜苗、花花草草的事情。最后两个月，母亲的身体已被无情的病魔折腾得严重变形，先是手脚浮肿，后来又瘦得皮包骨头，打吗啡针也不管用了，而且老是出现幻觉，已经开始胡言乱语，喝水都要用吸管或者汤匙来喂……偶尔清醒过来，母亲总会叮嘱我要多吃菜、少喝酒、注意感冒、小心开车……

想起母亲生前不太喜欢我们兄弟喝酒过量，但偏偏每年都还是要用晒干的黄栀子泡上一坛酒。也不知道母亲用了什么秘方，泡的酒倒进杯子色泽泛黄，口感柔和略带清香，喝上一口回味悠长。可惜母亲远去天国之后，我们兄弟再也没有口福品尝那样特别那么好喝的黄栀子泡酒了。

走进热闹喧嚣的广场，想起了母亲学跳广场舞的情景；回到其乐融融的家里，想起了母亲哼唱经典老歌的样子；外出游玩时，总想把母亲带在身边，就像小时候母亲牵着我们蹒跚学步的样子；享用饕餮盛宴时，总想起母亲做的家乡菜味道，想起母亲总是等我们大快朵颐后才躲进厨房吃点剩菜剩饭的画面；想起我入党提干时母亲开心的微笑，就想把我那些微不足道的成绩全部给母亲汇报，县劳模、先进个人、优秀援藏干部……

栀子花开，睹物伤怀。对我而言，又一个没有母亲的母亲节即将到来。新时代新生活，现在社会发展越来越好，衣食住行变化巨大，幸福指数节节升高。勤劳一生的母亲放心吧！我们都会好好的！

香飘天地间，思亲泪涟涟。今年，就把这盆盛开的栀子花当作母亲节礼物，祝愿我的母亲在天国无病无痛、离苦得乐！祝愿天下所有的母亲平安健康、幸福吉祥！

还记得年少时的梦吗

周末闲来无事，本想外出钓鱼，偏偏天公不作美，又是刮风又是下雨，阿芳担心我着凉感冒，只好作罢。从卧室到客厅再到阳台，来回转了几圈，耳畔一直萦绕着电视里张艾嘉演唱的那首老歌：“还记得年少时的梦吗？像朵永远不凋零的花……”

说实话，小时候我们都有太多的梦想，教师、医生、警察、作家……随着年龄增长、皱纹增多，理想很丰满，现实很骨感，曾经的年少轻狂，如今的蹉跎岁月。年过半百历经沧桑的我，真的还记得清那些遥不可及的远大理想、那些被遗弃在漫漫时光中的豪言壮语吗？

忽然想起放在书柜底层的一个资料盒，跟随我搬了几次家都没舍得丢掉。塑料盒子的外面早已变色陈旧不堪，就那样静静地躺在柜子下面好多年。平时偶尔记起盒子里面还放着我若干年前写的一些小文章，好像在提醒我距离所谓的文艺青年已经渐行渐远。

打开资料盒，映入眼帘的是一张张泛黄的旧报纸。看着那些粗糙青涩的文字，回首一路走来的点点滴滴，真的是感慨万千百感交集。小时候某篇作文被老师当作范文时的沾沾自喜，中学时所谓的分行文字被学校文学社油印出来时的欢天喜地，工作后第一篇豆腐块文章终于变成报纸上铅字时的欣喜若狂，后来加入县、市作家协会时的踌躇满志……都一一在心底铺陈开来。

泛黄的旧报纸下面，整齐地摆放着一张同样发黄的信笺纸，上面龙飞凤舞的字体分别是两个人的笔迹，确切地说这是一封推荐信。当时我刚进宜宾干部函授学院参加培训学习，市委讲师团的王慎维老师看我喜欢写点小诗小文，随即就写了这张便笺，叫我拿到隔壁楼上《宜宾日报》社编辑部去找朱陶副总编。

王慎维老师是这样写的："朱老总好，函院年轻学员李劲峰平时喜爱文学写作，荐其后生前去拜见老总赐教，望你拔愚变智……"朱陶副总编看过推荐信后，因要急着出去开会，又在上面写了一句："请庄剑同志接洽一下！"于是我就出门转拐走进了庄老师的办公室。

那时庄老师还很年轻，阳光帅气平易近人。邀我落座喝水后，庄老师便拿起我带去的几篇习作认真看起来,反复看了两三遍后，最终决定留下一篇《青春风铃》。送我出门时，庄老师还鼓励我："多看多写，坚持到底！"那一刻，我的心情真的是激动得不要不要的。

在追逐文学梦想的路上，我遇到了很多的良师益友。感谢刘永言老师对我作文的表扬，感谢邵晓黎同学对我小诗的欣赏，感谢庄剑老师对我习作的鼓励，感谢刘大如老师对我稿件的认可，感谢胡大奎老师对我文章的推荐……感谢那些素不相识默默为他人作嫁衣的编辑老师，感谢那些一直以来关心、支持、包容我的文朋好友。

后来的后来，工作生活日渐忙碌，看书的时间越来越少，写作的水平越来越差。偶有空闲，不是游山玩水，就是打牌钓鱼，简直懒得去写所谓的文章了。不知不觉地，写作这个曾经无限热爱的业余爱好，竟然被我不经意间搁置一旁长达数年之久。

前段时间，我忽然心血来潮决定重拾我的文学梦。毕竟好久没写，文笔早已生疏，在电脑面前坐了半天都不知道到底要写些什么，写了又删、删了又写，绞尽脑汁总算拼凑出一篇千余字的稿子。兴冲冲地按照 QQ 上以前留下的报社邮箱投了过去，等了一周结果石沉大海杳无音信。

考虑到也许是我的稿子质量不高，于是重新认认真真写了一篇。准备又发报社邮箱时，正好办公室桌上有一张《宜宾晚报》，仔细核对了报纸上的投稿邮箱后，才发现原来上次是我把邮件发错地方了。

这一次很快就接到报社张新老师的电话，说报社要采用我那篇《九丝城之春》，但我的稿子上没按要求留下银行卡卡号。真的是好多年没有投稿了，所以才闹了一场投稿邮箱错误、个人信息不完整让我汗颜不已的笑话。

不忘初心，逐梦前行。虽然我们的梦想不一定都能实现，但心若在梦就在，不抛弃不放弃，且行且珍惜：“还记得年少时的梦吗？像朵永远不凋零的花，陪我经过那风吹雨打，看世事无常，看沧桑变化……”

横江古镇半日游

我想去的地方有很多，比如喜马拉雅山，比如撒哈拉沙漠，比如百慕大三角……没有理由没有原因，但就是莫名地想去走一走看一看。可惜很多时候，我都只能是在梦里梦外想想而已。

我去过的地方也很多，小时候到周边乡镇赶场，长大后到外地工作学习……每年的自驾游，也到过不少城市看过不少景区。有时走马观花浮光掠影，有时寄情山水魂牵梦萦。

兴文作协这次年会活动，跨区县在叙州区横江古镇举办。两地相距不算太远，正常情况也就两个小时左右的车程。平时喜欢东奔西跑到处游山玩水的我，之前咋个舍近求远就没有考虑过到此一游呢?

仔细回想，可能是缘于几年前曾看过“宜宾千年古镇横江遭遇水灾”的报道，看到横江水位上涨古镇几乎被淹的惊险画面，我还禁不住扼腕叹息唏嘘不已。当时我就在想，不去横江也罢，横江的“横”，说不定就是一个耍横的“横”。

说实话，这次横江之旅我还真的差点没能成行。本来周末和家人早有安排，所以我就一直没敢在微信群里报名。作协刘主席和平兄都打来电话：“谁敢横江整酒？唯我平兄峰兄！”于是我心一横，去就去，横江就横江！东风吹，战鼓擂，文朋诗友谁怕谁？

车过柏溪，叙州区人大的郑启友老师热情邀请我们先去参观向家坝电站。兜兜转转，到达横江古镇已是中午1点。在鸟语花香的碧桃苑生态农庄，我们与横江古镇的王老师、贵州毕节的雨秋老师一行推杯换盏把酒言欢，直到下午2点过，酒至微醺，大战方休。

顺着河边步游道，我们优哉游哉来到横江古码头。站在枝繁叶茂的黄桷树下，静静聆听年逾花甲的王老师讲述千年古镇那些传奇故事。原来横江古称朱提江，也叫关河，真的是一条名副其实的从南向北“横”着流的江。

据说新石器时代就有人类在横江活动，秦、汉、隋、唐“五尺道”“僰道”“石门道”均经此南下，是南方丝绸之路的必经之地。明、清到民国，横江更是商贾云集繁华至极。直到今天，横江依然完好保存了50多栋晚清、民国时期飞角重檐、错落有致的川南古民居。

信步走在横江老街的青石板路上，任思绪随风飘扬，让灵魂漫游远方。古朴典雅的陈家大院令人眼前一亮，斑驳老旧的炳昌祥商号让我浮想联翩……东张西望，品味流场巷的古风古韵；左顾右盼，感受流河巷的古色古香。

横江古镇著名的网红打卡地朱家大院，是一栋砖木结构带天井的、中西合璧式的花园洋楼公馆。大院门口有一个高高耸立的碉堡，据说是当年朱家主人为了抵御土匪骚扰专门修建。花园里面有两棵根深树大的黄桷兰，据说是当年朱家主人专程从法国带回来栽种的，至今已有近百年历史。

横江河边还有一个肖公馆值得一看，和朱家大院一样，肖公馆也是省级重点文物保护单位。由于时间关系，我们只得在临走时，从停车场远眺那栋高大结实、青砖青瓦的百年民居。

如果时间宽裕，我们真的应该留下来住上一天两天。好想去看看“状如覆斗、环列如城”的石城山，好想去听听“悲壮雄浑、慷慨激昂”的关河号子……好想去找一个惬意的民居小院看看书发发呆，或者就躺在河边茶馆的竹椅上面，品一品地道的盖碗茶，听听音乐吹吹风，摆一摆横江古镇历经沧桑的前世今生……

依依不舍地坐上客车，再一次回望这个让人流连忘返的地方。那座“古镇横江”的牌坊依然高高矗立，在夕阳的映照下气势恢宏熠熠生辉。迷迷糊糊中，忽然听到有人自言自语：“咋个忘了去品尝横江古镇传说中的眉毛酥呢？”我不禁莞尔一笑：“留有遗憾，下次再来才会更有期盼！”

自古人生何其乐，偷得浮生半日闲。这一次的横江之旅，虽然游览时间很短，往返路上舟车劳顿，但我还是玩得很开心。旅行也是一种修行，看的是风景，修的是心情。毕竟在我的旅游梦里，又多了一些关于古镇横江的点滴记忆。

青山不改，绿水长流。横江古镇，江湖再见！

熟悉的地方有风景

“到远方去，到远方去，熟悉的地方没有风景……”年少时，受汪国真诗歌的诱惑，我总是想着要去远方，总是想着要走出大山，去看看外面传说中那个精彩绝伦的大千世界。

长大后，我走过了许多的名山大川，看过了无数的美丽风景，从最初的新鲜好奇、莫名惊喜，到现在的安之若素、淡然处之。人生际遇，真的是百转千回。其实，只要放下执念，静下心来慢慢细品，就会发现生活不只有诗和远方，还有田园牧歌和我们根之所系、魂之所牵的家乡风情。

儿时，在九丝城乡下辗转多所学校读书学习。喜欢在文印老街两座古色古香的廊桥上跑来跑去，喜欢在毓秀河边那棵枝繁叶茂的大黄桷树下戏水纳凉，喜欢去看建武文庙棂星门前那些龙飞凤舞的碑文，喜欢去找九丝王城泥土下面那些散落一地的糊米……

建武明碑又称“建武明代纪事碑”“平蛮碑”，万历二年所立，大小共有六块，作为古代僰人最终消亡的见证，至今已有400多年历史。记得中央电视台曾经来拍过建武明碑的纪录片，那个时候明碑上的字迹已经有点模糊不清、难以辨认，好在后来政府拨了专款进行保护性修复，并为明碑穿上了厚实的玻璃罩外衣，最近还新建了飞檐翘角的仿古凉亭为明碑遮风挡雨。

“好个建武城，山高路不平，饮的古井水，养育思乡人……”这首童谣说的是老家曾经的样貌。这些年来，家乡早已发生了翻天覆地的变化，道路修通了，经济发展了，乡亲们的生活也越过越红火了。从兴文县城开车出发，沿着黑色沥青铺设的乡村旅游公路，一路美景如影随形，一个小时左右就轻松飙到九丝城建武古镇。

深秋时节，金桂飘香。踏上家乡的土地，熟悉的乡土味道和新时代新农村的清新气息扑面而来。更让人高兴的是，兴文县依托丰富的红色文化资源，积极发展红色旅游，助力乡村全面振兴。如今，位于建武的长征国家文化公园（兴文段）已初具雏形即将竣工。

巍峨的玉屏墩下，屹立着典雅厚重的“长征文化公园”石牌坊；大街小巷，中国工农红军的军旗高高飘扬；沿着精心打造的长征步道，体验当年红军战士走过的崎岖山路；驻足凝望栩栩如生的红军长征浮雕，追忆那段硝烟弥漫的峥嵘岁月；站在庄严肃穆的红军烈士纪念碑前，感悟今天的和平盛世和幸福生活来之不易。

1928 年 9 月，兴文县第一个党支部——中共兴珙支部在建武学田上一个普通的农家小院里成立。历经近百年风雨，这座典型的川南三合院民居还保留着原来的风貌。目前，兴珙支部旧址已经完成修缮并正式对外开放。陈列室结构紧凑，布展简朴庄重，通过珍贵的实物展示和翔实的文献资料，动静结合，图文并茂，生动展示了兴珙支部从成立到发展以及开展革命斗争的艰辛历程。

1935 年 2 月 5 日到 7 日，中央红军红一军团经过建武并在老县衙龚家大院宿营。这座雕梁画栋的深宅大院经过全面保护修缮后，又重新焕发出了风采。院坝里面当年聂荣臻、罗荣桓、左权等军团领导播下从江西带来的香樟种子，现在已经长成参天大树。红军首长硬塞一枚银毫给理发师傅的动人故事，至今仍在兴文这片红色热土上流传。

长征文化公园的入口纪念谷、红军广场、长征纪念馆等工程已颇具规模，收尾工作正如火如荼、有序推进。慕名而来的游人，三三两两漫步其间，或驻足观看，或低头沉思，或迫不及待地拿出相机手机拍照打卡。蓝天白云，江山如画，不远处有一幢漂亮的轻钢别墅，微风吹过，从那边隐约传来一阵悠扬的歌声："我和我的祖国，一刻也不能分割，无论我走到哪里，都流出一首赞歌……"

缅怀历史，展望未来，百感交集，心潮澎湃。现在的兴文生态宜居、经济繁荣，成为全国最大页岩气产气县，已有四家 4A 级旅游景区，入列天府旅游名县候选县和第二批国家全域旅游示范区创建单位，宜叙高速、成贵高铁建成通车，通用航空机场完成选址，新坝水库、芭茅沟水库竣工蓄水，获评中国天然氧吧、全国康养百强县……

传承红色基因，厚植家国情怀，深化文旅融合，助力乡村振兴，熟悉的家乡更有风景。站在新时代的起点上，我们更应该不忘初心，砥砺前行，牢固树立新发展理念，坚定不移推动转型跨越发展，为建设经济兴盛、城乡秀美、人民幸福的新苗乡贡献自己的一份力量，奋力谱写社会主义现代化新征程的壮美诗篇。

打卡香水山

开门见山，在我们兴文这个川南小县城，真的是一件稀松平常的事情。

我家住在老城区县政府旁边的景春寓小区。走出家门，前面是远古先民设坛祈雨的求雨山，左边是纪念红军长征革命先烈的白塔山，右边一路向西，是连接光明新城的望城坡和凸显兴文苗族风情文化的花山，我家的背后，就是本地颇负盛名的香水山。

若干年前，我刚到城里上班的时候，曾听单位同事调侃："兴文县本地游，除了新、马、太（新坝、马栏湾、太平桥）逛一圈，最好耍的就是香水山上吃豆花、喝白干！"言下之意，没去过香水山，根本就算不上正宗的兴文人。

记得那是一个春天的早晨，鸟语花香，春光明媚。我陪着父亲从又窄又小的箭道子出发，经过一座庄严肃穆的天主教堂，沿着兴文二中后门那条蜿蜒而上的羊肠小道，我们一路走走停停，一边观赏风景，一边谈古论今。走了足足半个小时，我们才优哉游哉漫步到香水山半山腰的荣娇亭。

那天是周末，上香水山游玩的人很多。有的似土豪一般悠然自得地坐着滑竿上来，有的像侠客一样大摇大摆地骑着马儿上来，纷纷呼朋唤友，频频拍照留影。我和父亲则安步当车，自在随意，摇扇打扇，闲庭信步。

荣娇亭是一位兴文籍台胞捐资修建的仿古凉亭，飞檐翘角，遮阳挡雨，上山下山的游人都会在此驻足停留，喝茶休憩，聊天闲谈。亭子通透宽敞，视野开阔，站在荣娇亭上，可以俯瞰大半个兴文县城。

拾级而上，继续前行。在荣娇亭的左上方有一棵巍然挺立的大黄桷树，树干上缠绕着数不清的红丝带和五颜六色的平安符。据说这棵黄桷树已有几百年的树龄，曾经一夜之间离奇枯死，三年之后又奇迹般复活，被当地很多善男信女奉为祈福许愿的“神树”。

荣娇亭的右前方有一座依山而建的寺庙，隐藏在清幽的山林之中，远远望去，山与寺相互辉映、浑然一体。寺庙规模不大，只有一个和尚住持，还有几个帮忙干活的义工。据了解，香水山这座寺庙始建于清代，“文革”期间被毁，1993 年重建。

鼓足一股劲，沿着七弯八拐的上山路，我们终于登上了香水山顶。山上层峦叠嶂云雾缭绕，空气中散发着清新的草木香味。环视一周，没有见到传说中的芙蓉古寺，只有几间破败的房屋和一个简陋的茶水摊子。

山不在高，有仙则名，但不高也无仙的香水山却因为朱德题诗出了名。1916 年，护国军第三支队长朱德率部抵古宋休整，其间曾游览香水山芙蓉寺并题诗一首：“已饥已溺是吾忧，急济新怀几度秋。铁柱幸胜家国任，铜驼仍作荆棘游。千年朽索常虞坠，一息承肩总未休。物色风尘谁作主？唯看砥柱正中流。”这也是迄今为止世人见到的朱德最早的一首诗。

翻过山坳口，距朱德诗碑不远处的山坡下，有一股清澈透明的山泉水。据兴文县志记载：“山腰有泉，取以烹茶菽，味极甘芳，故取名为香水山。”在千年芳泉的取水处，我们看到很多上山锻炼身体的人络绎不绝地前来接水。后来，母亲进城和我们住在一起时，每次爬香水山也要带起大大小小的塑料瓶，提水、挑水回去给我们泡茶、做饭。

再后来，家庭、工作两头忙，父亲、母亲相继去世，我也很少爬香水山了。偶有闲暇时间，不是在钓鱼，就是在钓鱼的路上。最近一次打卡香水山，是在今年的春节期间。严格遵守“非必要不外出”的疫情防控要求，没有呼朋唤友外出游山玩水；因为天寒地冻身体欠安，也没有去河边开竿钓鱼。在家宅了好几天，惊觉假期余额已不足，一时兴起，忽然就想去香水山走一走看一看。

曾经狭小的箭道子通道已拓展为宽度 18 米的沥青绿化大道，连接从临江小区过来的香水山二环路。兴文二中足球场后面新铺设了平整宽敞的登山健身步游道，同时还新增了多处休息平台。香水山寺庙改扩建工程初具规模，大殿门口悬挂着一口巨大的铜钟，晨钟响起时浑厚悠远，余音袅袅，远处山脚下城里的人都能听到。芙蓉古寺恢复重建工程也进展顺利，目前寺院主体结构已基本完成。香水山后山公路和盘山公路都已通到山顶，游客可以方便快捷地直接开车上山游玩。

站在香水山上极目远眺，蓝天白云下，宋江河玉带一般横亘在县城中间。城内高楼林立，车水马龙，一派热闹繁华的景象。复兴号高铁从香水山半山腰隧道内疾速驶出，就像一条条银色巨龙呼啸着穿城而过，恢宏壮观的震撼场面，让人叹为观止，感慨不已。

香水山，古时其实是一座用于公共墓地的官山，坡陡路窄，脏乱不堪。改革开放后，兴文县全面推进绿化行动，持续加大生态建设力度，香水山被批准为市级森林公园，兴文县也获评中国天然氧吧、中国绿色名县、全国康养百强县。现在的香水山树木茂盛，空气清新，景色宜人，每天上山观光休闲、走路锻炼、提山泉水的市民不计其数。

人至山水处，寄情山水间。兴文多美景，打卡香水山。

香山晨曲

手机闹铃还没响，人体生物钟已经提醒我早早起床。天未明，夜未央，记忆中乡下鸡鸣犬吠的天籁之声，渐渐演变成如今车水马龙、霓虹交错的城市交响曲。

匆匆洗漱完毕，赶紧提起喷壶给阳台上的花花草草浇水。推开窗户，扑面而来的新鲜空气中，弥漫着我最喜欢的栀子花香。情不自禁深吸一大口气，顿时就觉得神清气爽、心情舒畅。

轻松愉快地走出家门，挤进热热闹闹的电梯。两位穿着运动服准备出去锻炼身体的老年人精神矍铄，几个背着书包上学的孩子天真活泼，还有几位和我一样早起的上班族打着呵欠刷着手机。熟识的互相打个招呼，或者隔着口罩点头致意。

电梯下到底层，众人鱼贯而出。孩子们嬉笑着四散跑开，上班地点较远的几位老兄走路带风快速奔向各自的车位，两位老人却不徐不疾好似闲庭信步。我家距单位只有 2 公里左右，加之上班时间尚早，于是我干脆安步当车，绿色出行。

龙腾小区内绿草如茵，花团锦簇，晨光穿过薄雾，花草蓄满露珠。沿着为创建天府旅游名县特意打造的塑胶文旅绿道，依次经过百年鸿人餐厅、苗城印象蚩尤广场、兴文特色美食街、石在石海风情酒店、甘泉洞溶洞公园，在铜鼓芦笙转盘处右拐进入环城路，不多时便走到单位办公楼下。

登高望远，兴文老城区风貌尽收眼底。望城坡连接光明新城的通道上车来车往，横跨宋江河的高铁呼啸着穿城而过；近处的求雨山树木葱茏、生机勃勃，远方的香水山云雾缥缈，宛若仙境；大街上行道树笔直挺拔，整齐划一，街两旁干净整洁，鸟语花香。

石海广场上，跳健身操的、练太极剑的两拨音乐毫不违和、相互呼应，“豆浆、豆浆，石磨豆浆”“馒头、馒头，红糖馒头”的吆喝声此起彼伏，好不热闹。偶尔，还能隐约听到大街对面兴文二中激越昂扬的校园广播。

一路走来，感慨颇多。古人云：“一年之计在于春，一日之计在于晨。”现如今，美好的春天即将过去，珍贵的晨光稍纵即逝。整日忙碌穿梭在钢筋水泥的丛林里，早已过了见月伤怀、听风流泪的青葱岁月，磨平了棱角，麻木了梦想，不以物喜，不以己悲，任他风起云涌，我自波澜不惊，渐渐地对周围的一切习以为常。

天还是那片天，城还是那座城，我还是那个我。可是亲爱的，今时今日，此情此景，我却怎么会忽然有一种无法言喻的不一样的感觉……

准备上班，努力搬砖。收拾心情，砥砺前行。听香山晨曲，品百味人生。继续保持对生活的激情，眼里有光，心中有爱，随时给自己一个会心的微笑，有梦就有未来。

愿疫情早点过去，愿所有人平安健康、吉祥如意！

你好，僰王山

前两天，兴文县作家协会的平兄打来电话，热情邀我参加僰王山镇乡村振兴采风活动。但不巧的是，我办公室的小伙伴们正好都不在单位，有的外出培训，有的生病住院，只留下我一个半大老头坚守工作岗位。想去却又不能去，遗憾终究只能是遗憾了。

僰王山镇历史悠久，是远古僰人最重要的繁衍生息地之一，以前叫晏阳镇、城关镇，曾经是兴文的老县城。僰王山上的寿山湖、飞雾洞风景如画远近闻名，山脚下的小街子、老县衙古朴典雅沧桑厚重。现在的僰王山镇党委政府，仍旧在街边一幢古色古香的两层木楼里办公。

虽不能至，心向往之。一边翻看着微信群里谈小妹发的采风活动现场照片，一边遐想着僰王山镇风风雨雨的前世今生……其实，我和僰王山还挺有缘的。小时候曾在二郎庙附近的晏江河戏水，长大后曾在南门坡旁边的税务所上班，至于已成为兴文世界地质公园四大园区之一的僰王山景区，漫山遍野的青翠绿竹，千姿百态的溪流瀑布，更是我们闲暇时远离喧嚣、回归自然的首选康养胜地。

群里的文友们纷纷在镇政府门口那块“四川省文物保护单位”石碑前留影后，场景直接转到了水泸坝现代农业公园。就像现场直播一样，细心的谈小妹还在群里上传了一个水泸坝的视频，画面中，乡间小道纵横交错，田园风光尽收眼底，一大片绿地中间，花花草草拼成了一个圆形的五粮液品牌标志图案。

认真看了图片上的文字介绍，五粮液集团为助力兴文县乡村振兴工作，专门在僰王山建立了酿用酒专用粮基地。僰王山镇按照产业兴旺、生态宜居、乡风文明、治理有效、生活富裕的总要求，依托僰王山国家4A级旅游景区和良好的耕种条件，加快推进水泸坝现代农业公园建设，全力打造一个集农业产业、旅游服务业、新农村建设的田园综合体。

谈小妹发了一张在水泸坝富硒大米基地会议室座谈时的照片，不经意间一个熟悉的面孔出现在我的眼前——她就是我的老乡杭宗玉，僰王山生态绿色富硒产业的致富带头人，记得我和杭总还曾经一起登上过兴文县第二届劳动模范的领奖台。谈小妹一边发照片一边在群里惊叹不已：“哇，那么大一片土地都是杭总流转承包的啊！哇，大米加工厂占地5000平方米！哇，已整合投资7000万元……”

几年不见，照片上的杭宗玉还是那样朴实干练。杭总身后是一面巨大的荣誉墙，我粗略数了一下，有好几十个奖牌奖杯：僰王山镇爱心助残企业、兴文县先进新型农业经营主体、宜宾市优质品牌农产品、宜宾市三八红旗手、家庭农场省级示范场、四川省质量信誉双优单位、国家农民合作社示范社、全国粮食生产先进个人……

看到文友们站在白鹭观景台上极目远眺，我就自动脑补“阡陌连云稻新浪，黛绿烟缭鸟轻歌”的醉人美景；看到文友们走进飞雾谷景区大门后渐行渐远，我也情不自禁想象“飞流直下三千尺，疑是银河落九天”的壮观场面……睁眼闭眼，亦真亦幻，眼前即是诗意，美景就在身边。

庄子曰：“天地有大美而不言。”此时此刻，此情此景，我只想轻轻地说一声：“你好，僰王山！”

你好，仙峰山

三十功名尘与土，八千里路云和月。从事财税工作多年，历经多次征管改革，工作足迹遍布兴文的山山水水。仔细想来，去得最少的地方应该就是仙峰、共乐两个乡镇。

前段时间，有幸参与兴文税务原仙峰分局旧址艰苦创业基地建设项目，我终于有机会时隔多年后，再次走进兴文县海拔最高的仙峰苗族乡。

仙峰乡距兴文县城 50 公里，因境内有海拔 1795 米的仙峰山而得名。仙峰山自古即为名山，常年云雾缭绕宛若仙境，传说曾有仙人在此修行。出县城不久，小车就在坡陡弯急的盘山道上一路攀升，公路两边依次出现的植被也越来越茂密。一个多小时后，我们来到位于仙峰山半山腰的仙峰税务分局旧址。

仙峰分局办公楼是一座三层砖混结构的陈旧建筑，修建于 20 世纪 80 年代，虽然历经岁月风雨的洗礼，但至今仍然保持着老式建筑的风貌。刚下车，看到仙峰分局办公楼斑驳的墙壁，生锈的铁栅栏，还有墙上那些极富年代感的标语，90 后同事小李不由得惊呼起来：“真的好像电影《你好，李焕英》中的场景呀！”

因陋就简的办税服务厅，狭窄老旧的办公室，家徒四壁的单身宿舍，烟熏火燎的伙食团，带烟囱的烤火回风炉，用稻草手工编织的防滑“脚码子”……一幕幕一帧帧浮现眼前，仿佛让人置身于那段激情燃烧的“税”月。

轻轻翻阅尘封已久的历史档案，细细品味仙峰税务的前世今生。在仙峰税务工作的老前辈中，有的参加过抗美援朝上甘岭战斗，有的参与修建了成昆铁路、湘黔铁路；从仙峰税务走出去的优秀人才，有的上调到省局、市局担任领导职务，有的跨行成为上市公司、海关边检的职场精英……

风里雨里，仙峰的乡村路上，留下收税人深一脚浅一脚的一串串足迹；大雪封山，分局的办公楼里，一群无法回家的年轻人，围炉而坐神情专注地看书学习；逢年过节，大家一起做饭做菜，吃饱喝足唱歌跳舞热热闹闹欢声笑语；院坝后面，当年前辈们亲手栽下的小树苗，如今已葱葱茏茏蔚然成林……

仙峰分局办公楼下有两间陈列室，一间展示 1928 年成立的兴文县第一个党支部——中共兴珙支部革命先烈的奋斗历程，另一间展示如今税务青年赓续红色血脉、践行初心使命、助力经济发展的时代风貌。传承红色基因，厚植爱国情怀，希望通过仙峰税务这个艰苦创业基地，能让更多的人感受到红色江山来之不易，今天的幸福生活来之不易。

筹建“苗乡风情”展厅时，得到仙峰乡魏书记大力支持。“仙峰是个好地方！人间仙境，康养天堂。仙峰属亚热带湿润气候区，森林覆盖率达 80%，常年平均气温 17 度，先后获得四川特色气候小镇、四川森林康养基地、四川文明乡镇、国家卫生乡镇、中国方竹之乡等荣誉称号。”说起仙峰的美景美食，魏书记如数家珍，滔滔不绝。“绿水青山就是金山银山！仙峰文旅资源丰富，拥有仙峰山、苗王谷、起云峰、千年银杏、老林氧吧、群鱼木屋、芭茅沟水库等众多景点，全乡盛产方竹笋、猕猴桃、高山蔬菜等生态富硒有机农产品，其中方竹笋获评国家地理标志保护产品……”

“山高路又远，坡陡无良田；住的茅草屋，吃的红苕干……”昔日高寒边远的穷乡僻壤，在党的富民政策指引下，仙峰人民靠山吃山，着力打造10万亩方竹产业基地，大力发展乡村避暑休闲旅游。路修好了，环境美了，百姓富了，春有百花秋有月，夏有凉风冬有雪，乡村振兴展新颜，幸福生活入画卷。远眺高耸入云的仙峰山，走进满目青翠的方竹林，品尝香木熏制的老腊肉，喝着山泉酿造的仙峰老白干，躺在帐篷酒店里仰望星空感慨万千：“生逢盛世当不负盛世，生逢其时当奋斗其时！”

你好，仙峰山。

走进春天的大坝苗族乡

大坝苗族乡，是我早年参加税务工作时曾经战斗过的地方。

时隔多年，国家提出全面推进乡村振兴，我们单位恰好对口联系大坝苗族乡的四龙、建国、古佛台三个村。因为帮扶工作关系，我也就再次走进大坝这个望山亲水、推窗见景的秀美苗族乡。

大坝苗族乡位于四川省兴文县西南部，属苗族和汉族杂居地区，因核心区域有一大片平坦开阔的坝子而得名。大坝是一座藏在岁月里的古老乡镇，从唐朝设置晏州起，至今已有 1300 多年历史。大坝毗邻云南省威信县，站在两省交界的柏坳林山顶，即可一步跨两省，体验随心所欲跨省出游的独特乐趣。大坝境内著名的大鱼洞、小鱼洞地下水就来自云南威信，水质清澈，冬暖夏凉，盛产中华大鲵，又名鲵源。

以前在大坝苗族乡工作生活时，喜欢穿过铺着青石板的小巷，沿着蜿蜒曲折的河堤，走上古朴的石桥，坐在光影斑驳的凉亭，看鲵源河中悠悠漂荡的水草，听水车慢慢旋转发出吱呀吱呀的歌谣……夏日的傍晚，还可以邀约三两好友，切一盘又薄又长的“大坝裹脚肉”，拎几瓶啤酒放在小鱼洞冷水中，谈古论今，边喝边聊。

天然冰镇的啤酒，味道硬是安逸得很。

在那个空调、冰箱尚未普及的年代，夏天周末还可以去大坝中学后面的朝阳洞歇凉。朝阳洞是一个天然溶洞，洞中有洞，深不可测，洞内怪石嶙峋，姿态万千，洞前大厅可容纳数百人乘凉休息。躺在竹椅上，一杯茶，一本书，凉风徐来，神清气爽，不是神仙却似神仙。

大坝苗族乡的文化艺术氛围浓厚，古色古香的大街小巷，错落有致的农家小院，到处都有龙飞凤舞的书画作品，哪里都能看到勤学苦练书画的大人小孩。当时，大坝钟俊杰先生主编的《晏州文化报》很有地方人文特色，每次拿到手刻蜡纸印刷还散发着油墨清香的小报，我都会怀着一睹为快的激动心情迫不及待地细细品读起来。每年农历二月初二，这里还会举办一场集川剧与杂技于一体、雅俗共赏的“大坝高装”传统盛会。

春暖花开，草长莺飞。我们税务帮扶工作组一行大清早从兴文县城出发，沿宋江河溯流而上，依次经过新打造的红军长征驿站和川南游击纵队驿站，20 分钟后，从塘上岔路口分道靠左行驶就进入大坝苗乡地界。昔日崎岖的山路已被平坦舒适的柏油路所取代，以前破旧的泥瓦房如今变成了精致美观的农家小别墅，群山环抱，绿水环绕，河道两旁花红柳绿，屋舍俨然阡陌纵横。还是熟悉的山形地貌，却是不一样的乡村振兴美景。

“峰哥，到四龙村了！”坐在前排的锐哥一下子就把我从遐想中拉了回来。认真听了村委负责同志的村情介绍，对四龙村“水乡门户、洞酒之窗”的发展定位记忆深刻，对该村实现“万吨洞藏酒、万头生态猪、万亩竹基地、万人乡村游”的发展目标深信不疑。

建国村地处“十里平畴”的坝区中央，山环水绕秀美如画，人来车往煞是热闹。近年来，建国村大力发展肉牛养殖，通过专业合作社引领肉牛产业高质量发展，作为农业增效、农民增收、乡村振兴的重要途径。如今，大坝苗乡的肉牛养殖产业已呈现出良好的发展势头。

古佛台村山高路远，最高海拔与“川南第一峰”仙峰山不相上下，山势巍峨俊秀，植被郁郁葱葱。漫山遍野的罗汉竹林，清新自然的田园风光，不禁让人心旷神怡流连忘返。古佛台村立足生态资源和气候优势，积极引进优质茶叶项目，深入推进产业兴村富民。接下来，大坝苗乡还将精心打造古佛台风景点，擦亮乡村旅游名片，让绿水青山真正变成金山银山。

“民族要复兴，乡村必振兴！”大坝苗族乡党委书记何明强曾经做过教师，讲起话来抑扬顿挫掷地有声：“大坝是文旅古镇，水韵苗乡，山清水秀，人杰地灵。成功入选中国民间文化艺术之乡，大坝高装荣获国家级非物质文化遗产授牌……近年来，大坝苗乡持续强党建、富产业、育乡风、美环境，坚持以产业发展为抓手，因地制宜发展生态冷水鱼养殖、名贵中药材种植、水韵苗乡文化休闲旅游等特色产业，为推动乡村振兴注入新动能。”

春风和煦，阳光明媚。走进古老传统的大坝苗族乡，走在乡村振兴这片希望的田野上！

走进美丽的麒麟苗族乡

麒麟苗族乡是距兴文县城最近的一个苗族乡，当年我从大坝苗族乡调动到麒麟税务所工作，虽然没有一步到位调进城里，但上下班通勤时间直接少了一半多，当时的我还是像中了大奖一样高兴得很。

现在出城往温水溪方向的公交车终点站三角沱，就是县城与麒麟苗族乡的分界线。沿宋江河溯流而上，途经草鞋店、牛儿沱、象鼻子等地，10 多分钟车程即可抵达麒麟苗族乡乡政府驻地三官殿社区。

麒麟作为吉祥的象征，是古代神话中的一种瑞兽。麒麟苗族乡的名字，就是因其境内藏有酷似麒麟的天然石洞而得名。刚到麒麟苗族乡工作时，懒得写字的我，觉得麒麟两个字笔画太多，在一些非正式场合，我就干脆直接用“其 0”来代替。

麒麟苗族乡风景最美的地方，当数中华山和红军湖。中华山原名中和山，海拔 1080 米，是兴文苗族的三大神山之一，麒麟苗族乡每年的踩山节就在中华山上举办。站在中华山顶，可以观云海、看日出，甚至县城的景致也一览无余。红军湖就是新坝水库，沿线野花盛开、风景秀丽，有花湖之称，因红军长征途经此地，又被当地命名为红军湖。

其实，美丽的麒麟苗族乡步步皆风景、处处有故事。当年征收农业税的时候，我和同事们每天早出晚归的奔波在麒麟苗族乡的村落院坝、田间地头。看过四望山古朴厚重的白塔、海纳沟古色古香的李家大院，听过从崔家坡走出去的原卫生部副部长王斌同志在长征途中救治周总理、原中国工农红军川滇黔游击纵队司令刘复初同志在银矿坪发动苗汉群众开展武装斗争的动人故事……

2005年，为切实减轻农民负担，四川在全国率先取消农业税。随着工作重心转移，我在麒麟苗族乡工作后期就很少走村串户了。调回县城工作以后，无论是到大坝石林下乡，还是回九丝建武老家，麒麟苗族乡对于我来说，都只是路过而已。只有一次，开车经过时看到老麒麟饭店熟悉的招牌，忽然就想吃那里的干豇豆、干菌子、菜豆花、烧鳝段等特色菜，于是立马停车，忍不住跑进店里大快朵颐一饱口福。

时光飞逝，岁月如梭，蓦然回首，已是多年之后。收集整理税务老物件时，一张当年在麒麟税务所下乡开展税收宣传活动的老照片，勾起了我太多的回忆，过去的工作场景又浮现在眼前，仿佛就置身于那段激情燃烧的“税”月、那个美丽神奇纯净如初的麒麟苗族乡。

“在第45个植树节即将来临之际，麒麟苗族乡党委、政府诚挚邀请各兄弟单位、各社会团体组织干部职工到红军湖开展义务植树活动……”收到麒麟苗族乡植树节邀请函后，我们马上与麒麟苗族乡工作人员取得联系，沟通协调义务植树活动相关事宜。

春风含笑柳如烟，正是人间三月天。带着美美的心情出发，行走在麒麟苗族乡的山水间，感受清新脱俗的苗乡美景，品味浓郁醇厚的苗家风情，心无杂念，浅笑安然，目之所及，皆是美好。

在碧波荡漾、春意盎然的红军湖畔，在热火朝天的千亩油茶示范基地，偶遇我的一个援藏战友黄建同志。他现在是麒麟苗族乡的乡长，正在植树活动现场和同志们一起挥锹抡镐、挖坑放苗、填土浇水，忙得不亦乐乎。

中途休息时，我走过去和黄建同志闲聊了几句。谈及麒麟苗族乡的发展变化，略显疲惫的黄乡长顿时意气风发、神采飞扬："麒麟苗族乡，今非昔比。近年来，我们麒麟苗族乡立足石海会客厅、山水美麒麟的发展定位，牢固树立绿水青山就是金山银山的发展理念，坚持以生态振兴助力乡村振兴，高质量打造了红军湖、中华山、油茶基地、长征书院等特色生态文旅项目，海纳农业科技研发公司生产的茂撒泉优质天然饮用水，更是得到了广大消费者的青睐和好评。麒麟苗族乡先后获评市级旅游乡镇、省级卫生乡镇等荣誉称号，生态美、产业兴、百姓富的美丽乡村画卷正徐徐展开……"

桃红李白菜花黄，莺啼燕舞蝶儿忙。种下绿色梦，收获春光美。愿我们美丽的麒麟苗族乡山更绿、水更清、天更蓝，乡村振兴之路越走越宽阔，乡亲们的幸福生活越来越红火。

大河是个好地方

大河是兴文县面积最大、人口最多的一个苗族乡。乡政府驻地金鹅池社区，距兴文县城和叙永县城都在20公里左右。长期以来，“大河”“金鹅”两个名称经常交替使用，我们本地人都知道指的是同一个地方，可是很多外地人听后就有一点傻傻分不清楚了。

大河苗族乡好山好水、人杰地灵，是一个有美景有故事有情怀的好地方。民间传说中，金鹅池地名的来历就很有趣：“昔有金鹅，羽如黄金，朝游池内，至暮归去，因名金鹅池。”历史记载，红军长征进入兴文县后的第一个宿营地就是大河苗族乡金鹅池。时至今日，大河籍同盟会员杨维、赵铁桥和川滇黔边抗日先遣队司令员阮俊臣，从事革命活动的英勇事迹还在大河苗族乡广为流传。

走进始建于清末民初的金鹅老街，历史的气息扑面而来。历经百年风吹雨打，依稀可见曾经的风韵繁华和岁月的沧桑变化。2012 年，金鹅老街被宜宾市政府命名为“最美古街”，是一个值得去走一走、看一看、发一发呆的好地方。

大河苗族乡的峰岩村，属于典型的喀斯特地貌，在千姿百态的地表石缝中，见缝插针地种植了 2000 多亩李子树，因地制宜发展乡村特色产业。每年春暖花开的时候，漫山遍野的李花竞相绽放，洁白如雪的花海宛若仙境，众多游客纷至沓来赏花打卡，已经成为大河苗族乡乡村旅游环线上的一道亮丽风景线。

大河苗族乡有一个远近闻名的“庆灵山苗寨”，每年都会在海拔1000米的庆灵山上举办苗族花山节。庄重神圣的“祭花杆”、精彩纷呈的“芦笙舞”、独具苗族风情的百米长桌宴……花山节活动期间，庆灵山上人山人海，热情豪放的苗家儿女与四方宾朋载歌载舞欢聚一堂，通过绚丽多姿的非遗文化展示活动，积极推动农文旅产业融合发展，全面助力大河苗族乡乡村振兴。

九龙山，更是大河苗族乡一张亮丽抢眼的生态名片。九龙山茶旅融合现代农业园区内，独特的地理环境和气候条件特别适宜茶树生长，园区现拥有标准化茶园3000多亩，所产茶叶富含硒元素，品质在宜宾早茶中独树一帜，深受广大消费者青睐。2018年2月，第十一届“中国宜宾早茶节”就在九龙山生态早茶基地隆重举行。

为确保纳税人应享尽享税收优惠政策，兴文县税务局以“便民办税春风行动”为契机，组织税务干部深入九龙山茶园，就企业关心的税票开具、税率明细、办税服务等问题进行现场辅导，用实际行动帮助企业应享尽享税收红利。“疫情期间我们各项税收减免几十万元，大大缓解了我们企业的财务压力。今年市场回暖，每天生产的茶叶都销售一空，税务局又及时送上了减税降费大礼包，把税收优惠政策讲得明明白白，今年的业绩肯定没得问题。”九龙山茶园负责人黄开银笑着说。

前不久，大河苗族乡在春意盎然的九龙山茶园举办“茶韵苗乡、生态大河”主题文旅活动。大河苗族乡党委刘海书记在开幕式上致辞：“大河苗族乡历史悠久、文化厚重、矿产富集、经济活跃。

近年来，我们践行生态优先、绿色发展的理念，立足大河资源优势大力发展石材、茶叶、稻虾、苕粉、羊肚菌等特色产业，围绕绿色矿业基地、生态秀美苗乡的发展定位，坚定经济发展当先锋、生态建设作示范、苗乡党建树标杆的发展目标，奋力打造工业强乡、农业大乡、商贸重乡、宜居新乡、党建红乡，全力推进乡村振兴，为建设人民幸福的秀美苗乡贡献大河力量……”

客货两用的金鹅池火车站已经基本完工，开通运行后将改写大河不通火车的历史，不仅方便苗乡人民出行，也给大河的商贸物流带来崭新机遇。李子关、半边山、罗瓦沟、环旦山、三道河、玉奇洞、峰岩大洞……浮光掠影金鹅池，跑马观花看大河。一路走来，美丽的山水田园风光犹如画卷般徐徐展开。走在满目翠绿、茶香扑鼻的茶园，远观高低起伏、绵延不断的茶山，品茗荡涤心灵、浸润思绪的清茶，感慨欣欣向荣、蒸蒸日上的美好生活……

美丽乡村展新颜，绿水青山谱新篇。大河苗族乡，真的是一个相当不错的地方。

我在三道堰等你

前不久，我到南充参加“天府”平台6周年庆典活动后，专门抽出时间，去了一趟成都市郫都区的三道堰古镇。

我与三道堰的初次结缘，是在2008年10月。经历过“5·12”汶川大地震那场浩劫，我和阿芳更加敬畏生命的可贵，更加珍惜生活的美好。听闻距成都不远的三道堰古镇环境好、景色美、空气清新、气候宜人，特别适合旅居养老。上网查询古镇相关资料后，三道堰就成了我和阿芳心之向往的诗和远方。

三道堰是一座具有1000多年历史的西蜀古镇，素有“天府水乡”之美誉。都江堰的两大支流柏条河、徐堰河纵贯三道堰全境，是一个历史上有名的水陆码头和商贸之地，也是成都平原上唯一有两河并流的古镇水乡。据说远古先民曾在柏条河下游用竹篓截流，做成三道相距很近的堰头导水灌田，因而得名三道堰。

那段时间，我脑海中经常浮现出三道堰白墙青瓦、雕梁画栋、小桥流水、古朴宁静的唯美画面和端午节赛龙舟抢鸭子的盛大场景。心动不如行动，我和阿芳稍作商量，随即来了一场说走就走的旅行。带着无限美好的遐想与憧憬，我们从川南小城兴文出发，一路向西驱车4个小时，终于抵达心心念念的三道堰古镇。

穿过典雅厚重的三道堰古镇大牌坊，漫步在碧水蜿蜒、鸟语花香的柏条河畔，吹着清新凉爽、舒适怡人的缕缕河风，尽情欣赏古镇老街临水而筑、错落有致的川西民居，以及横跨两岸气势恢宏、别具一格的堰桥、鹊桥、永安桥、永定桥……渴了，就去河边茶馆喝一杯清香四溢的盖碗茶；饿了，就去惠里古街吃一锅麻辣鲜香的苗苗鱼；困了，就去临河民宿找一间清幽淡雅的小木屋。

听说三道堰是成都最大的自来水厂水源提供地，承担了成都市 80% 以上的供水，绝大多数的成都人都是吃三道堰的水长大的。早上起床后，我和阿芳又去水流湍急的柏条河边转了一圈，再次感受三道堰河水的清澈冰凉，我还特意用手捧了一点放在口中细细品味，感觉就像家乡甘冽的山泉一样，水质确实相当不错。

路过水乡风情文化广场时，正逢三道堰首个全产权小区“柏林河畔”开盘仪式。“成都后花园，上风上水三道堰……”听到铺天盖地、激情澎湃的售房广告宣传，我和阿芳立马就心动起来，也不管兜里有没有几个钱，赶紧排队取号刷信用卡，预订了一套两室一厅所谓的花园小洋房。办完所有的购房手续，我和阿芳慕名去吃三道堰特色菜品——凉拌戴大肉和水煮黄腊丁。想到我们未来的养老房终于有了着落，我和阿芳还举杯畅饮以示庆祝。

夜幕降临，华灯初上，水乡广场在五颜六色的霓虹灯映衬下显得更加绚丽多彩。广场上扎堆跳舞的人群数不胜数，十多个不同风格的组合跟着欢快的音乐节奏翩翩起舞，真的给古老的水乡增添了不少的乐趣。我和阿芳最喜欢看扎西、拉姆跳的藏族锅庄舞，男的动作豪迈奔放，女的舞姿优美柔和。在现场热烈氛围的感染下，我也情不自禁跟着左手左脚地欢蹦乱跳起来。

从那时起，我与三道堰就有了一个约定。每年休假，我和阿芳都要到三道堰住上几天。竣工收房前，每次来要住在外面小旅馆都觉得安逸；简单装修后，我和阿芳更是呼朋唤友乐此不疲。有几次，阳台飘窗、客厅沙发上都住满了亲友旅行团的大人小孩，硬是闹热得很。

旅居三道堰的每一天，我和阿芳都会沿着生态绿道走上一两个小时，边走边欣赏湿地公园沿途碧水蓝天、草绿花艳的绝美风景。有时也会到彩虹桥、香草湖喝茶赏花，或者到附近的团结镇、古城镇赶场买菜。偶尔，我们还会坐公交车到稍远一些的友爱镇农科村、唐昌镇战旗村参观游玩。每次给远道而来的亲友们当兼职土导游时，我都会隆重介绍三道堰这个水乡古镇：“近年来，三道堰先后获得全国乡村振兴示范基地、全国宜居小镇、全国特色小镇、全国环境优美乡镇、国家卫生乡镇、国家4A级全域旅游景区、中国十大最美乡村等诸多荣誉，目前三道堰正在倾力打造国际亲水文博度假小镇……”

近三年来，我一次都没有回过三道堰。“好久不见！”这次我和阿芳刚下车，就被柏林河畔小区门口超市老板惊喜地认出来，接下来就是江哥、容嫂各种热情款待。此番旧地重游，心里还是颇多感慨……10多年前我们买房时，三道堰所有小区都没有电梯。阿芳说以后老了爬楼吃力，干脆把我们五楼步梯房卖了再考虑换房的事。

酒足饭饱之后，我和阿芳坐在堰桥旁边的龙舟上看夜景。流水淙淙，凉风习习，不经意间正好看到岸边那块网红路牌——“想你的风还是吹到了这里！”若有所思，若有所悟，我忽然就没来头地对阿芳说了一句：“不管怎样，我退休后还是要到三道堰养老哦！”“哈哈，我都已经退休了，你还早着呢。现在还是回去好好上班吧！”阿芳以手掬水洒向流光溢彩的夜空，转身回眸微笑着说，“我在三道堰等你！”

相约兴文石海

多年前，我在兴文县石海税务所工作时，曾经看到景区意见簿上一位外地游客的留言：“兴文石海，天下奇观；生态旅游，安逸得板！”

当时，宜宾作为万里长江第一城，虽然是个内陆城市，但我们对外宣传推介都会提到宜宾有三个“海”——酒海、竹海和石海。酒海，指的是宜宾极具酒都特色的五粮液十里酒城；竹海，说的是位于长宁县的蜀南竹海，因电影《卧虎藏龙》竹林打斗戏在此取景而闻名于世；石海，就是我们小时候叫作“袁家洞”，后改名为“天泉洞”的兴文石海风景区。

还记得读小学时，第一次跟着大人们走进“天泉洞”的大致情形：买了五毛钱一张的门票后，我们一行人拿着几支手电筒，就像探险队员一样小心翼翼地走进溶洞。刚开发的游览小道坑坑洼洼崎岖不平，路边稀疏的路灯一闪一闪忽明忽暗。咬着牙坚持走了好久好久，年少懵懂的我，却只留下这个溶洞好深、空间好大的模糊印象。

1983 年，胡耀邦同志重走长征路来到兴文，视察了石海景区天泉洞、大漏斗、七女峰等主要景点，面对气势磅礴的地表石林、纵横交错的地下溶洞、世界级规模的巨大天坑等神奇独特的自然景观，胡耀邦赞不绝口，欣然挥笔为兴文石海留下了“天下奇观”的题词。

我在石海税务所工作期间，正值石海景区转型升级。我和同事们通过主动问需、上门走访、优化服务等方式，及时向景区企业宣传相关税收优惠政策，切实为景区企业解决各种涉税疑难问题，为促进景区企业高质量发展积极贡献税务力量。经过多次升级改造，兴文石海陆续获评四川省第一批省级风景名胜区、国家重点风景名胜区、国家4A级旅游区、全国科普教育基地、国土资源科普基地、国家地质公园、四川首家世界地质公园等荣誉称号，被联合国教科文组织称为“喀斯特地貌博物馆、教科书式地质景观”。

一别经年，往事如梦。调回县城工作后，我就很少到石海去了。偶尔陪外地朋友去景区参观，我也只是在外面的客栈茶房喝茶休息。直到上次远在贵阳的舅舅、舅娘回兴文，我才再一次走进久违的石海风景区。

从兴文县城出发，沿着美丽的兴石旅游公路一路前行，逐一观赏公路两旁民族风情浓郁的苗家民居，半个多小时车程就抵达石海景区。先带舅舅、舅娘去参观全木结构古朴厚重的石海苗寨，感受原汁原味的苗家迎宾歌舞，又在怪石林立、千姿百态的石海涌浪景点合影留念，再去石海地质博物馆聆听专业人员的科普讲解。稍作休息后，我们才乘坐景区的观光车游览层峦叠嶂、奇峰罗列的地表石林。

相依相偎的夫妻峰、栩栩如生的金龟戏狗熊、惟妙惟肖的猴子潭、神秘莫测的僰人悬棺、峰回路转的石海迷宫、山势奇绝的一线天……一路上，我这个在石海待了几年的土导游总算派上用场。从兴文僰人的消亡到兴文苗族的分布，从石海景区的开发建设到胡耀邦、张爱萍的题词……被迫营业的我，只好绞尽脑汁东拉西扯开始我的业余解说工作。

说话间，我们来到气势雄伟的石海天坑大漏斗。据说兴文这个大漏斗长径650米、短径490米、深208米，规模比美国阿里西波漏斗大了近三倍，所以被称为“天下第一大漏斗”。大漏斗旁边的崖壁上，右边刻的是胡耀邦题的“天下奇观”几个大字，左边刻的是张爱萍的“红军岩”“西江月”题词。

顺着垂直建造在大漏斗悬崖峭壁上的观光电梯，下降至大漏斗半山腰草坪上，转身就能看到一个巨大的山洞，那就是天泉洞的后洞入口。从这里步行到前洞口都是下坡路，对于老年游客来说，这条溶洞游览线路比“前进后出”更省时省力。胆子稍大一点的游客，还可以乘坐加长版的滑梯从后洞口直接下滑到“天泉明宫”大厅底部。

天泉洞已探测长度为10.05公里，上下四层，冬暖夏凉，其空间规模和游览里程均居世界洞穴之首。走进溶洞，里面奇形怪状的钟乳石和洞里暗河相映成趣，在科技与光影的加持下，就像误入了让人震撼的异域星球。“石林仙姿”璀璨夺目，仿若人间仙境；“泻玉流光”如梦如幻，令人啧啧称奇；“长廊水洞”碧波荡漾，叫人流连忘返……汪曾祺游石海时曾风趣地说过：“泉来天外，天在洞底；千奇百怪，岂有此理。”天人合一的感觉，真的是太美太美，我已经无法用更准确的语言来描述。

带着舅舅、舅娘在溶洞里面走马观花逛了一圈，参观了僰人炼硝的遗址，讲述了溶洞差点成为国民政府兵工厂的传奇故事，最后我们乘坐洞中游船来到前洞大厅“穹庐广厦”。高大宽敞的前洞大厅高 80 多米、宽 100 多米，可以容纳近万人观览休息。中央电视台“世界旅游小姐大赛”“共和国之声”“乡约”“西部民歌展演”等大型活动曾在这里举办，《黎园传奇》《风云 2》《藏地奇兵》等多部影视作品也曾在兴文石海取景。

“兴文石海世界地质公园总面积 156 平方公里，核心景区的地表石海东西绵延 20 余里，南北约 8 里。由于舅舅、舅娘身体原因和时间关系，还有很多景点都没有去看。飞拉达、热气球、高空溜索、丛林穿越等年轻人喜欢的户外运动项目，我们就不去凑热闹了。”返程车上，我还在滔滔不绝地继续解说，“关停石海周边两个硫黄厂后，景区的生态环境越来越好。成贵高铁的开通运行，更为石海的文旅产业带来了新的发展机遇。兴文现在正积极开展天府旅游名县、国家 5A 级旅游景区、国家全域旅游示范区创建工作，全力打造世界级旅游目的地。”

晚宴后到 KTV 唱歌，我率先点唱一首《美丽的石海》。“亿万年前你是一片海，波涛曾经汹涌曾经澎湃，亿万年后你依然是一片海，浪花变成凝固的绸带；夫妻峰演绎着人间真爱，乡音萦绕浪漫的情怀，铜鼓声声寻觅僰人踪影，芦笙悠扬舞出苗家的豪迈……”这首由我两个好朋友作词谱曲的本土原创歌曲，现在已经成为我们兴文人迎宾待客的必唱曲目之一。

“三绝共生铸就今日奇迹，岁月沧桑成就绝世风采，山里山外又见一片海，晚风摇曳醉人色彩。啊！石海，美丽的石海，你是我心中的最爱……”

亲，约吗？

莲花，莲花

兴文县城向东 15 公里，有一个叫作“莲花”的川南风情小镇。它位于兴文、叙永两县交界之处，素有“兴文东大门”之称。兴文未通高速、高铁的时候，我们出门远行，一般都是经过莲花，再到叙永县的江门镇上纳黔高速。

曾经好奇莲花镇地名的由来，以为莲花镇遍地莲花、荷香四溢，后来才知道那个地方原有一个“观音庵”，又名“莲花庵”，因而得名莲花镇。也曾听说莲花老街上的牌坊古朴厚重、气势恢宏，但我每次路过莲花都是匆匆忙忙，从未停下来好好地走一走、看一看。

直到遇见了阿芳，我对莲花才有了更多的了解和喜欢。听阿芳讲，她的祖上自湖广入川后，就一直生活在莲花这个山清水秀的鱼米之乡。历史上莲花镇多次更改名称，先后大约有镇溪堡、席帽溪堡、镇北乡、胜利乡几个名字，而且在不同时期还曾分别属于江安县和纳溪县管辖。兴文县“民国四博士”之一的刘大悲先生就是土生土长的莲花人，留学法国获巴黎大学理科博士学位，1933 年回国后曾主持起草《中华民国森林法》。

到了莲花老街，首先要看的就是建于清代的双垂节孝坊。牌坊宽 7 米多，高约 10 米，这样高大气派的石牌坊，在兴文这个边远偏僻的小县城实属少见。清嘉庆十六年（1811 年），为了表彰莲花何氏妯娌孝老爱亲、自强不息的感人事迹，朝廷特批修建这座双垂节孝坊。历经 200 多年岁月的洗礼，这座古老的石牌坊虽然也有少许风化，但总体保存尚好，依旧巍然耸立，是对莲花文明乡风、良好家风、淳朴民风的最好见证。

“莲花庵”早已不复存在，只有莲花小学校园内残留的少许台阶、石刻，依稀还可以看出莲花镇悠久的历史痕迹。阡陌交通，屋舍俨然，微风拂过，暗香盈袖。莲花街道两旁的住户门前、商铺招牌上，都有一个清新自然、辨识度极高的莲花图案，仿佛在提醒我们心中的诗和远方，或许就是老家门口风景如画的山水田园。

莲花镇依托丰富的历史人文和自然资源，在高义村集中成片种植了几百亩莲藕。“接天莲叶无穷碧，映日荷花别样红。”每年 6 月至 9 月，满池荷花争奇夺艳、美不胜收，吸引周边游客纷至沓来赏玩打卡。2017 年 6 月，兴文县首届莲花文化旅游节就在高义村举办。

近年来，莲花镇大力推动乡村产业特色化发展，充分挖掘林竹产业、藤椒藤茶、稻鱼稻虾、蚕桑养殖、蓝莓种植等特色农业优势，不断推动传统农业转型升级。莲花镇的“乡土专家”朱长华，培育出全国唯一的杂交竹良种巨黄竹，成活率高，经济效益好，兴文也因此被誉为“中国巨黄竹之乡”。作为助力乡村振兴的富民产业，莲花巨黄竹已在全国 16 个省 300 多个县推广种植，面积达 300 多万亩。

莲花镇的藤椒种植，也是助力乡村振兴的一个特色产业。走进高义村 2000 亩藤椒产业基地，连片的藤椒林郁郁葱葱，空气中弥漫着淡淡的麻味和诱人的清香。这个藤椒基地由高义村何小超、张小红等四名成功人士返乡创业联手打造，采取“公司 + 合作社 + 基地 + 农户”的产业发展模式，带动当地群众增收致富。

偶尔到莲花乡下走一走，才发现莲花有很多的美景值得一游，碧波荡漾、鱼鸟成群的东风水库、三洞桥水库，风光旖旎、景色迷人的普陀岩、桃花岛……莲花也有很多的美食值得品尝，回味悠长的水栏白酒、清爽可口的荷花宴、麻辣鲜香的藤椒鸡和藤椒鱼……

城乡居民医保费划转税务部门征收后，兴文县税务局成立工作专班，建立包保联系机制，分片分组深入乡镇社区宣传辅导，确保征缴工作有力有序、规范安全。钟哥具体负责莲花镇辖区，那段时间常带着我一起到莲花开展医保征缴工作。通过干部群众通力协作，莲花镇当年的医保缴纳进度获得全县第一名的好成绩。

这次到莲花下乡，偶遇莲花镇党委书记王太平。记得阿芳多年前在县城东大街开门市的时候，王太平还在斜对面的交通局上班。闲聊中提起莲花镇的发展变化，王书记神采飞扬、意气风发：“莲花镇文旅资源丰富，交通区位优势明显。距成贵高铁兴文站 10 公里，到纳黔高速江门站 4 公里，正在建设的石海通用航空机场就在莲花镇境内。近年来，莲花镇围绕农商融合、幸福莲花发展定位，以产业发展、城镇建设、乡村振兴、项目争取为主攻点，积极构建农业 + 生态 + 旅游格局，助力美丽乡村高质量发展。目前已成功创建国家级卫生乡镇、四川省生态乡镇、四川省城乡环境综合治理优美示范镇、四川省卫生乡镇、宜宾市示范性小城镇、宜宾市安全社区等闪亮的名片。”

兴文本土歌手魏小林，曾在莲花文化旅游节上演唱原创歌曲《莲花赞》。此时此刻，那优美的旋律仿佛又在我耳边轻轻响起：“月下池塘，青莲繁星闪；山水含烟，岸柳咏新蝉。十里荷香碧连天，五彩莲花谱新篇……莲花，莲花，我们的绿色港湾！莲花，莲花，我们的美丽家园！”

打卡九洞天

很久很久以前，我就听说贵州省毕节市大方、纳雍两县交界处，有一个神奇莫测的九洞天风景区。一直都想去看看，却一直都没找到合适的时间。正好这次九洞天文旅公司邀请川黔文友参加采风活动，查导航从兴文开车过去只要两个多小时，且采风活动安排在周末不影响上班。打卡九洞天，就这么愉快地决定了。

采风活动报到时间定在星期六下午，我们原计划中午饭后出发。毕节作协的雨秋兄说上面凉快，要我们早点上去玩。实在拗不过雨秋兄的热情，我们临时决定改为上午出门。早上 8 点半，带着对九洞天美景的无限遐想，我们从宜叙高速公路转到纳黔高速公路，一路翻山越岭，一路欣赏沿途云贵高原的绮丽风光，不知不觉就到了地处川、滇、黔三省接合部的毕节市。

云贵高原火辣辣的阳光亮得晃眼，好在太阳照射不到的地方还是比较凉爽。我们在雨秋兄家里喝茶聊天，参观了客厅的奇石和楼顶的多肉，等古蔺文友赶到后，再一起去品尝毕节颇有名气的羊肉米线。下午去九洞天途中，我们还在路边小店体验了一盘烤鸡蛋蘸辣椒面的独特风味。

九洞天景区距毕节市约50公里，海拔高度1200米左右，为典型的岩溶峰丛峡谷地貌。乌江干流六冲河流经此处潜入地下，因在长约7公里的河段上共有九个天窗洞口，亦洞亦水，九隐九现，所以得名“九洞天”。我们先到云洞天开游客中心签字报到、合影留念，再到猫场镇入住金都宾馆。稍作休息后，集体前往九洞天龙井服务区就餐。

也许是觉得晚餐大家都很拘谨，气氛不够热烈，刚回到宾馆楼下，雨秋兄和春晓兄又忙着去张罗夜宵。在一个偏街小巷，随意找了一家烙锅店，吃什么都不重要了，重要的是文友相聚的氛围要搞起来。在酱香美酒的催化下，来自不同地方的文友们加微信、留电话，推杯换盏、畅所欲言。我也因此认识了大方作协和纳雍“酒与诗”文学协会的阿鲁、小彭、姜老师等文朋诗友，更巧的是我左右两人都姓李，三个家门不约而同坐在一块儿，感觉还真是挺有缘的。

第二天早上，我心心念念期待已久的时刻终于到来。在导游小妹的带领下，我随着文友们迫不及待地走进九洞天景区。原本以为，九洞天和我家乡的兴文石海大同小异，可能就是溶洞里面多了几个天窗而已，没想到这两个喀斯特地质景观各有千秋。九洞天的天窗之大，有的甚至达到5000多平方米，而且有的天窗之间还需要洞里洞外爬坡上坎方能抵达。

听导游小妹讲，九洞天景区由龙井天、雷霆天、金光天、玉宇天、葫芦天、象王天、云霄天、宝藏天、大观天九个通天大洞和几个暗湖、天桥、峰丛幽谷、水旱溶洞组成，是集古、奇、秀、险、幽于一体的自然岩溶景观。“洞上桥，桥上洞，洞洞桥桥，别有洞桥天；山中水，水中山，山山水水，独占山水魂。”细细品读这副描写九洞天景区的对联，真的是非常贴切，堪称经典。

九洞天溶洞内的石笋、石柱、石钟乳千姿百态，妙趣横生，这一点与兴文石海不相上下。随着导游小妹的讲解，滴水观音、百兽听经、金牛脚印、十字耶稣、宫廷帘帐、犀牛争霸、狼啸苍穹、猴子捞月、玉竹林、水帘洞、女娲、卧佛这些形态逼真、惟妙惟肖的绝美景观一一浮现在我的眼前。

九洞天有多座天生石桥，其中第八洞外面的天生桥最为壮观。桥的长度 758 米，高度 214 米，桥孔宽 85 米，桥面可容千人，据说是国内迄今为止发现的第二大岩溶天生桥。九洞天的溶洞电站无厂房，配电系统全部摆在洞内，发电的水从天然隧洞内引出，装机容量为 2280 千瓦，堪称亚洲第一天然溶洞水电站。以前只是听说有溶洞发电这回事，现在亲眼所见，真的让人震撼不已。

九洞天景区通过声光电技术的巧妙运用，打造出虚实结合的梦幻景观。投影画面中，彝族的“火把节”、苗族的“跳花节”、穿青人的“傩戏”等生活场景扑面而来。导游小妹讲解和投影播放的景区人文故事中，我最感动的还是“石头开花”这个凄婉动人的传说：“古代一对青年男女，为反抗苗汉互不通婚的旧制而以身殉情，化作万只彩蝶聚集在九洞天石头上，宛若鲜花盛开……”

在九洞天岸边蜿蜒曲折的栈道上，我们步行了 2 个多小时，又坐船在洞河中继续游览了 20 多分钟，最后还走了一座横跨大方、纳雍两县的玻璃桥才返回洞口。一路上，一直有一首婉转悠扬、如泣如诉的歌曲在我耳边飘来飘去。问导游小妹才知道，原来是彝族歌手奥杰阿格专为九洞天创作的《彼岸花》。“一个古老的传说，一段凄美的故事，她和他像两只翩翩坠落的蝴蝶。天生桥的石头上，还刻着他俩的名字，只为一个誓言穷尽一生一世，永远不分离。彼岸花开回忆悲伤，你知道我在这里等你……”

“山中水的水中山，山水魂魄隐其间；洞上桥的桥上洞，洞桥别有洞桥天……”听着导游小妹娓娓讲述九洞天的前世今生，文友们纷纷感叹大自然的鬼斧神工、不可思议。“当年红军长征过毕节，罗炳辉率领的红九军团曾在猫场与国民党军队浴血奋战。早些年，九洞天附近土地受硫黄污染寸草不生，如今生态修复、乡村振兴取得显著成效，万亩樱桃园覆盖了整个九洞天景区。2020 年，九洞天被评为国家 4A 级风景区……”

山水有相逢，来日皆可期。九洞天，就此别过，江湖再见。

千年古县富顺行

秋高气爽，云淡风轻，正是出游的好时节。10 月 14 日至 15 日，我受邀参加富顺县作协组织的川渝五市（区、县）作协文学联谊活动，有幸和重庆、宜宾、泸州、内江、自贡的文友们一起走进富顺，感受这座“千年古县、才子之乡、豆花之城”的独特魅力。

富顺历史悠久，古代属江阳县治域，北周天和二年（567 年）因盐设县。初名富世，后来为避唐太宗李世民之讳改称富义，再后来又避宋太宗赵光义之讳改为富顺。富顺人才辈出，近代著名的就有戊戌六君子之一的刘光第、秋收起义卢德铭、红军将领邓萍、革命烈士江姐……

我最早知道富顺这个地方，竟然是因为“富顺豆花”这道江湖传说中好吃得板的特色美食。不过，在其他地方吃了几次所谓的“富顺豆花”后，感觉却没有想象中那么安逸。成自泸高速公路通车后，我也曾在富顺服务区品尝过正宗的“富顺豆花”，味道确实比以前那几家“歪货”要好吃得多。

14 日上午，我们跟着导航到富顺县富丽大酒店报到后，一众文友就被热情的主人径直带到“黄六豆花形象店”吃午餐。据说这家豆花店是富顺最有名的老字号，店面高端大气上档次，店内干净整洁古色古香。同桌文友刘哥侃侃而谈："富顺豆花雪白如玉，细嫩但不至于筷子夹不起来，既有韧性又无木质感，滚热而不烫嘴，佐以麻、辣、鲜、香的糍粑海椒蘸水，那种入口即化、香喷喷、辣乎乎的味道简直不摆了。"

中午稍作休息，下午游览富顺文庙、西湖景区。据说目前全国共有 36 个西湖，其中就包括这个从宋代开始人工疏浚自然形成的富顺西湖。当年"湖阔六七里"，曾有"富顺西湖甲四川"之美誉。富顺文庙始建于北宋庆历四年（1044 年），以其建筑规模、保存完好以及独特的建筑、雕刻艺术在四川省独树一帜，更是中国八个著名的孔庙之一。作为富顺唯一的全国重点文物保护单位，富顺文庙与富顺西湖相映成趣，现已成为国家 4A 级旅游景区。

车停富顺老城滨江景观大道，欣赏碧波荡漾水天一色的沱江美景。在文庙广场集体合影后，经过雄伟高大的"数仞宫墙"，从旁边的小门转进红墙环抱、庄严肃穆的文庙。富顺文庙占地 6000 平方米，气势恢宏，精美绝伦。巍峨壮观的棂星门高 12.8 米，超过了曲阜孔庙，据说是全国最高的棂星门。形态逼真的孔子石刻像，各具特色的众多雕龙，崇圣祠房顶神秘的"裸体童男"，大成殿精雕细刻的龙凤麟狮、花鸟虫鱼……虽然之前在网上对富顺文庙有所了解，但这次亲眼所见，还真的让我震撼不已。

听随行的讲解员介绍，宋代太常博士周延俊到富顺任知监后，兴教化，办学校，文庙建成，文风日盛，入学中举者逐年增多，从宋朝到清朝中进士者达 238 人。在神龟山古县衙内，看到一群小孩正在用画笔描绘高耸入云的钟鼓楼、精致典雅的段注楼，眼前的美景在孩子们的巧手下惟妙惟肖、栩栩如生。文友们纷纷感叹：

“富顺历史悠久，文化底蕴深厚。千年才子之乡，果然名不虚传！”

“十里荷香二倾湖，水禽翻浪浴菰蒲。扁舟荡桨弄明月，疑是坡仙载酒图。”这是明代成化年间四川按察副使颜正咏富顺西湖的诗句，描述了当时荷花盛开泛舟西湖的绝美场景。由于正值周末，加上天气不错，西湖里面摆摊的、喝茶的、打牌的、跳坝坝舞的人特别多。我们绕湖逛了一圈，感觉富顺西湖虽然比想象中稍小一些，但升级改造后的湖光山色和烟火气息，似乎比过去更胜一筹。

15 日上午，游览位于沱江东岸的狮市古镇。途中，我们先去参观自贡千天百味贡醋产业园。位于狮市镇马安村的贡醋产业园占地 320 亩，拥有全国最大的天然晒场。我们刚下车，就看到山坡上到处都是排列整齐的大醋缸，还没有走进园区，一股晒醋发酵的麦香味就扑鼻而来。讲解员边走边说：“富顺本地著名企业家刘家臻，积极响应万企帮万村行动，将投资一个亿的百年晒醋项目落地马安村，在保护和传承非遗文化的同时，助力乡村振兴。‘千天’是指晒醋要日晒夜露三年，‘百味’是指晒醋釉药要融入近百种中药材。千天百味贡醋，已荣获国际发酵食品产业发展大会金奖，马安村先后入选四川省卫生村、四川省乡村振兴示范村、四川省乡村旅游重点村镇……”

狮市古镇距富顺 18 公里，是富顺 2000 年盐运北上的第一个古驿站和水码头。沿着江边生态步道拾级而上，我们走进依山傍水、古朴沧桑的狮市老街。老街很小，长度不到 1 公里，最窄处只有 3 尺。老街很旧，袁家大院、胡家祠堂、天后宫、川主庙都有不同程度的毁损。时光匆匆，岁月无声，我们只能从那些残存的历史遗迹中，遥想古镇码头当年船来船往、人声鼎沸的繁忙景象。

在狮市古镇游客中心召开的座谈会上，狮市镇领导作了热情洋溢的发言：“狮市古镇是电视连续剧《许茂和他的女儿们》主要取景地，荣获四川历史文化名镇称号，入选第三批中国传统村落名录。近年来，狮市古镇以农文旅融合发展为总思路，主动融入成渝地区双城经济圈和川南一体化发展新格局，扎实推进乡村振兴，加快古镇基础设施建设，将狮市古镇打造成川渝两地休闲、观光、旅游的后花园。”

神龟山下的西湖、文庙，蜿蜒幽折的石板街巷，错落有致的木柱粉墙，密密麻麻的大醋缸，清澈平缓的沱江水，百年茶馆里的喝茶老人……富顺之行，这些唯美梦幻的画面，至今还在我脑海里交织叠加，久久挥之不去。

总有人间一两风，填我十万八千梦。走进富顺，不虚此行。

坐上高铁去赶场

2019 年 12 月 16 日，成贵高铁全线正式通车。当飞驰而来的和谐号动车，稳稳当当驶入兴文高铁站那一瞬间，站前广场、同心湖畔那场面，就像宋丹丹在小品中说的一模一样：“锣鼓喧天、鞭炮齐鸣、红旗招展、人山人海……”兴文县，当年红军长征走过的地方，曾经边远偏僻、交通不便的川南小城，从此一步迈入高铁时代。那年那月，那时那刻，那激动人心的现场氛围，整得腼腆的我，也情不自禁地跟着载歌载舞的苗家儿女嗨了起来！

小时候，九丝城乡下。在那个“通信靠吼、交通靠走”的年代，“楼上楼下、电灯电话”就是我们对未来美好生活的最大愿望。所谓的出远门，一般都是跟在父母后面去周边几个乡镇赶场看热闹。为了尝一口各个地方独具特色的叶儿粑、油炸粑那些让人垂涎三尺的人间美味，我们虽然只标配“烧板油的 11 号自行车”，但还是常常忍不住迈开双腿，咬着牙走完长达一二十公里的崎岖山路，或许这就是现在最时髦的活法——“累并快乐着！”

上初中之前，我去过最远的地方就是我们家乡的小县城。放暑假时，母亲偶尔会带我进一趟城，去看望在县上工作的大舅一家。

临行前几天，我就兴奋得不得了，早早收拾好换洗衣服，眼巴巴地盼着那辆时停时开的大客车早点到来。挤来挤去好不容易挤上了车，没有座位一直踮起脚尖站着都高兴得很。破旧的客车喘着粗气，在坑坑洼洼的山路上一路颠簸、走走停停，等我们几个晕头转向的“陈奂生”走进县城，一般都是华灯初上的傍晚时分。

后来，父亲决定带我们到成都去见大世面，终于让我第一次坐上了传说中的绿皮火车。记得我们是提前一天，从兴文坐客车到达珙县巡场的金沙湾车站，晚上就睡在车站附近一间旅馆过道临时增加的板床上。天刚麻麻亮，我们就跟随扛着大包小包的人群挤进车站挤上火车。站累了就蹲坐在车厢的地板上，后来干脆钻进座位下面直接“躺平”，偶尔靠窗那位老兄上厕所去了，于是赶紧把头凑到窗前呼吸几口新鲜空气。汽笛声震耳欲聋，“咣当咣当”昏昏欲睡，逢站必停的火车慢慢悠悠、缓缓行驶……“咣当”了大半天，我们到达成都火车北站下车后，才发现大家都成了灰头土脸、风尘满面的“难民”。

再后来，家里有了小汽车。我们第一次开车带着父母跨省自驾游，就是到贵阳去看望五舅和五舅娘。沿着弯弯绕绕、九曲回肠的乌蒙山盘山老公路，我们一路品尝路边的烤洋芋、烤红苕、烤苞谷、烤豆腐，一路欣赏沿途连绵起伏的群山、幽深险峻的峡谷、别具特色的民族村寨……紧走慢赶，当天晚上，我们还是坚持跑拢贵阳二戈寨吃了消夜唱了歌。

成贵高铁通车后的第一个周末，睡到自然醒才起床。为了体验一盘风驰电掣般的高铁速度，我们忽然就想没事找事地来一场说走就走的旅行，美其名曰“坐高铁到宜宾赶场”。走进宽敞的车厢，躺在舒适的座位上，东瞅瞅西望望，听听音乐喝喝茶，窗外的风景一闪而过，桌上的水杯纹丝不动……平时从兴文开车跑高速到宜宾都要 2 个小时，现在坐高铁只用了二十几分钟就飙到宜宾西站。还没好好地享受呢，真的是太快了太舒服了，硬是安逸得板！

既然是赶场，逛街那就是必需的。大观楼、水东门转一圈，滨江路、冠英街走一遍，随心所欲，漫无目的。累了，就坐在路边长椅上休息一会儿；饿了，就走进街头巷尾“苍蝇馆子”吃一碗正宗的“宜宾燃面”。难得清闲的我们，甚至还叫来一碟花生米，再切一盘凉拌猪耳朵，边喝“歪嘴”小酒边谈天说地摆点玄龙门阵。酒足饭饱之后，当然要去逛一逛冬暖夏凉、琳琅满目的大商场。其实我们进商场只是随便瞎逛，看得眼花缭乱就是无从下手。好在热情周到的导购小姐姐还算善解人意：“走过路过不要错过，买不买没关系，进来看看也欢迎！”

想回家也很方便，晚上八九点都还有高铁回兴文。自从坐高铁赶场上了瘾，后来就一发不可收拾。节假日可以坐高铁到成都、西安、贵阳、桂林甚至更远的地方去赶场玩耍，周末也可以坐高铁到周边的威信、镇雄、毕节去买点纯天然的瓜果蔬菜，高铁车程都在一个小时以内，当天就能实现自由往返。须臾之间，既可以品尝彩云之南的特色美食，又可以感受多彩贵州的人文风情。坐上高铁跨省赶场，那种感觉大不一样！

唐代“诗仙”李白曾经感叹：“蜀道之难，难于上青天！”如今的四川早已天堑变通途，李白“千里江陵一日还”的心愿也得以圆满实现。现在，每天停靠在兴文站的动车已经增加到22趟次，我们平时外出游山玩水、走亲访友，都是乘坐方便快捷的高铁出行，附近的叙永、古蔺两个县也有很多人到兴文来坐高铁。家里的小车，除了回乡下老家和野外钓鱼偶尔开一下，多数时间都是停在车位几乎成了摆设。作为改革开放的亲历者、参与者和受益者，我们有幸见证了老百姓衣食住行方方面面日新月异的巨大变化。唯一遗憾的是，父母辛苦操劳一辈子，到了本该享清福的时候却离我们而去。

期待我们随时都可以再来几场说走就走的旅行，畅游祖国大好河山，乐享新时代人民更加幸福美好的新生活！

遇见共乐

在兴文县城西北10公里处，有一个宽阔平坦的大坝子，据说唐、宋时期曾驻有军队，史称“共乐城”。1992年撤区并乡，改为共乐镇。共乐坝子土地肥沃，物产丰富，是兴文县著名的鱼米之乡。

刚参加工作时，同事说周末带我去“东洋”钓鱼，当即我就蒙圈了。后来才知道应该叫“东阳湖”，就是位于共乐镇鹤盘村的东风水库。东阳湖区拥有五个半岛和一个独岛，山环水绕，一碧万顷，空气清新，景色宜人，确实是一个休闲放松的好地方。

多年前，共乐镇的毛村边远偏僻，是兴文县57个贫困村之一。规划打造凉水湾景区时，曾邀请我们作协会员前去出谋划策。如今的毛村旧貌换新颜，获评省级乡村振兴示范村。凉水湾景区以家风传承、民风民俗和田园生态为主要特色，是川南最大的家风文化主题景区，已成功创建为国家4A级旅游景点。

2018年国税地税合并，我和同事多次前往共乐镇，为共乐税务分局寻找合适的办公场所。经过多方比对，最终选定在共乐镇冷水垭月亮湖新农村建设示范点。这里交通便捷，环境优美，可以为辖区的纳税人、缴费人提供更快更好的办税服务。

今年春节，听说共乐镇举办“龙腾狮跃·焰耀共乐”闹元宵活动。本来准备去现场打卡体验，但因临时有事终未成行，只好刷一刷朋友圈，隔空欣赏舞狮、龙灯、连枪、腰鼓、变脸、焰火等各式各样精彩纷呈的民俗表演。

春回大地风光好，远足踏青正当时。这次工会安排的春游活动恰好是到共乐镇，也算满足了我早想去共乐故地重游的小小心愿。从县城出发，很快就来到共乐地界，入口处有一个体型硕大、形态逼真的龙虾雕塑，右转后不远处就是共乐农耕文化广场。

在一家名叫“遇见共乐之乡”的农家乐停车，随后参观以农耕文化和稻虾文化为主要元素的共乐农旅公园。精心绘制的稻虾艺术墙，别具特色的农耕共乐馆、荷塘月色风情园、瞭望观光塔、小龙虾体验馆等田园景观美不胜收。漫步其中，踏春赏花，感受农耕文化，品味特色小吃，享受田园乐趣，闲庭信步，心旷神怡，优哉游哉，不亦乐乎？

与井锐佳镇长联系后，我对共乐近几年的发展变化有了更深入的了解。“共乐地处兴文县粮油现代化农业园区核心区域，是宜宾市确定的现代农业型中心镇、稻虾循环种养示范基地、乡村振兴示范基地、基本农田保护示范基地，主导产业为优质稻、淡水虾，稻虾平田种养16000亩，综合产值3.3亿元，今年兴文被评为四川省五星级现代农业园区。共乐将继续统筹抓好粮食安全和乡村振兴，为四川打造更高水平的天府粮仓做出更大贡献。”

“土地平旷，屋舍俨然。有良田美池桑竹之属，阡陌交通，鸡犬相闻……”清风拂面，送来缕缕油菜花香，田间地头，一派生机勃勃的繁忙景象。共乐，共乐，真的镇如其名，共享发展，共享幸福和快乐。

站在绿野平畴的中央，眼前美景与陶渊明描绘的桃源景色在我脑海里不断交织，最终汇聚成一幅宜居宜业和美乡村的崭新画卷。

梦中的红军湖

前段时间，有幸参加兴文县人大常委会主办的一个采风活动，再次走进美丽的麒麟、大坝两个苗族乡，再次踏上这片红军长征精神浸润的红色土地。

炎炎夏日，骄阳似火。在30多度的高温天气中，我和一群文朋诗友放弃周末休息，走出凉爽舒适的空调房间，开启为期一天“热辣滚烫”的采风之旅。

这次采风以“纪念人民代表大会制度建立70周年”为主题，重点考察了光明新城内涝治理和大坝苗族乡河堤治理项目、麒麟苗族乡三官殿老街和新民村道路黑化项目，参观了大坝苗族乡代表之家和麒麟苗族乡红军湖。

“夏季到兴文来看海”——曾几何时，每年的雨季，我在朋友圈都会看到“光明新城开启看海模式”的调侃段子。为彻底解决光明新城内涝问题，兴文县人大常委会深入践行全过程人民民主，多次组织人大代表和相关部门到光明新城走访调研，召开光明新城内涝治理情况专题询问会和旁听公民座谈会。光明新城排水主管改建项目被列为2023年民生实事人大代表票决制项目之首和年度监督议题后，县人大的同志们多次进行现场督办，确保内涝治理工程顺利完工。历经多次强降雨天气检验，光明新城排水能力有了较大提高。作为内涝重点区域龙腾小区的原住民，我和光明新城广大的人民群众一样，都对这个内涝治理工程赞叹不已。

麒麟苗族乡三官殿老街和新民村道路黑化项目，都是人大代表建议意见办理项目。路面黑化以后，街道更加平整美观，方便了大家出行，提升了麒麟场镇和新坝水库移民集中安置点的颜值和品位，赢得了老百姓的广泛赞誉。在热火朝天的大坝苗族乡河堤治理施工现场，我们观赏了鲵源河上新建的几座廊桥。站在造型优美、古朴简约的廊桥上，凭栏可观水韵苗乡迷人的田园美景。相信千米特色风情水街升级打造完工后，一定会成为大坝文旅古镇一个新的网红打卡点。

中午在红军湖乡村食堂吃午餐。红军湖就是 2013 年动工修建的新坝水库，投资 12 亿元，历时 7 年，于 2020 年竣工蓄水，库容 3393 万立方米，可解决 15 万亩农田灌溉和 20 多万人吃水问题，是宜宾市最大的中型水库。环湖沿线野花盛开、风景秀丽，素有花湖之称，因当年红军长征途经此地，又被命名为红军湖。

当年我在麒麟税务所工作时，还没有修建新坝水库。因涉及两个小型水电站的税收征管，我曾多次来到现在的红军湖附近。真的没想到当初那两条毫不起眼的山间小溪，如今居然汇聚成碧波荡漾的红军湖。

去年我参加兴文县第五届全民健身运动会，健身健步走比赛就在红军湖举办。绕湖一周大约 9 公里，我紧赶慢赶刚好一个小时完成环湖比赛。这次采风座谈会间隙，我又特意走上宽阔平整的堤坝，一览红军湖秀美绮丽的自然风光。湖面波光粼粼，在太阳的照射下金光闪闪，湖边花草树木郁郁葱葱，湖光山色交相辉映，给人一种置身仙境的感受。

前不久在俄罗斯获得“金剑奖”的电影《孤军》，讲述了川南游击纵队浴血奋战的悲壮历史，拍摄地点就在兴文县红军长征途经地和川南游击纵队主要活动地。此时此刻，这首《孤军》主题曲仿佛还在红军湖回荡：“又一次听到泥土的深处，忠诚的心跳穿越苍茫，鲜红的血迹浸透了白雪，宣誓埋下了青春和枪。烟消了，云散了，风儿送来遍野芬芳。那些信仰长出的花儿，在你们倒下的地方绽放……”

座谈会上，县人大的同志介绍了近几年的创新特色亮点工作，并对人民代表大会制度做了详细的解读。说实话，虽然之前对人大代表深入基层解民忧、办实事的工作情况也有所了解，通过这次采风活动，我对人大代表依法履职尽责为全县经济社会高质量发展做出的积极贡献，又多了一些更清晰的认知和更深刻的感悟。

忙碌了一天，回家洗漱完倒头就睡。早上醒来，依稀记得做了一个跨越时空的梦：“红军湖畔，柏杨坡前。一会儿是风雨中疲惫而坚定的红军战士，在崎岖山路上勇毅前行的场景；一会儿又是阳光下努力奔跑的追梦人，在新时代广阔天地奋斗拼搏的身影……烟消了，云散了，风儿送来遍野芬芳。那些信仰长出的花儿，在你们倒下的地方绽放……”

且听风吟

或许是因我的名字中有一个“峰”字，当初我在考虑QQ、微信名称时，自我感觉风轻云淡的“风”，似乎要比峰峦叠嶂的“峰”更有诗意。于是乎，读音相同的“风”，从此就成为我网上的专属昵称。

“春风又绿江南岸”——春天的风是可爱的小孩。春回大地，万物复苏。春风扑面而来的时候，人与自然都满心欢喜。世界欣欣向荣，充满无限生机与活力。说不定，古宋河畔婀娜多姿的千年杨柳，也曾被我任性地裁剪过。

“大风起兮云飞扬”——夏天的风是豪爽的汉子。夏日炎炎，骄阳似火。辛勤劳作的人们挥汗如雨，随心所欲的夏风边走边唱。对于我来说，拼过、爱过、笑过、哭过都是经过。夏天，我偏爱吃麻辣鲜香的火锅，细细品味热气腾腾的人间烟火。

“昨夜西风凋碧树”——秋天的风是感性的女生。秋风起，叶落地。时而浪漫，时而伤感，既有望穿秋水的等待，也有意想不到的收获。古人说，做学问的第三种境界是“蓦然回首，豁然开朗”。但愿，我也能活得如此通透达观。

“夜阑卧听风吹雨”——冬天的风是淡泊的老人。北风萧萧，雪花飘飘。有人感到恐惧，有人越发清醒。该来的终将会来，过去的就让它过去。四季轮回，生生不息。改变世界，不如改变自己。

虽然我不会粤语，但我却特别喜欢听张国荣的《风再起时》。每当熟悉的旋律响起，我都会沉醉其中，唏嘘不已。“风再起时，默默地这心，不再计较与奔驰。我纵要依依带泪，归去也愿意。珍贵岁月里，寻觅我，心中的诗……”

“人生如逆旅，我亦是行人。”既然如此，那就这样吧！且看风起，且听风吟。

【第三辑】

女儿成长记录

康乃馨的微笑

吾家有女，芳龄半岁。因她白嫩柔滑的皮肤，均匀细致的五官，轻轻蠕动的身体，很容易让人联想起一朵迎风摇曳的生命之花，再加上小宝宝的妈妈姓康，所以我就给女儿取名为康乃馨。

康乃馨很懂事，出世的第一个晚上就睡得很安稳，大概是怕我这个弱不禁风的爸爸太累了吧。即便后来小宝宝顽皮好动的本性逐渐地显露，使我疲惫不堪以后，她也会记得回报给爸爸一个安慰奖，那就是“睡梦中露出甜蜜的微笑”。没做父亲以前，只是觉得那种微笑挺有趣的，当了爸爸以后，那种微笑却能令我心醉不已。

真的，小康乃馨的笑容很灿烂，除了偶尔哭一两声以外，其他时候都是在笑，而且这个笑的内容还挺丰富的，既有忽然看到爸爸妈妈以后欢呼雀跃地开心的笑，也有吃得饱饱的那种心满意足的笑，还有赖皮骗到玩具后那种机灵的笑，有时，也会露出我这个当爸爸的都捉摸不透的笑，连照相馆的师傅都说：“小宝宝真乖，不用逗，每张照片都是笑眯眯的。”

小宝宝开始牙牙学语了，她的妈妈立即利用其有利地位，一遍一遍地向小宝宝灌输“妈妈”这个概念，我也不甘示弱，每天下班后就抱起小宝宝，不厌其烦地教她喊“爸爸”。终于就在前几天，小宝宝清清楚楚地发出了一个“粑”的声音，顿时就令我产生了一种受宠若惊的感觉。听别人说，孩子先喊谁，谁就要多吃点苦，我才不在乎呢！就算我这个当爸爸的苦点累点，只要随时都能看到小康乃馨那醉人的微笑，我也就心满意足了。

女儿学讲普通话

小女康乃馨，刚满一周岁，正是学说话的时候，我们决定，让女儿从小就学讲普通话。

于是，我们结结巴巴脸红筋胀说出的“川味椒盐普通话”，通过顽皮的女儿漫不经心摇头晃脑地随意发挥之后，普通话也就很不普通了。

比如，见到爸爸，女儿就会甜甜地“爸粑、爸粑”叫个不停，见到妈妈，女儿则会软软地喊一声“妈——麻”，与奶奶打招呼，女儿往往会一边招手，一边喊“来、来”，与爷爷打招呼，女儿常常是一脸的惊奇：“噫！噫！”就像发现了什么新大陆。我们越是捧腹大笑，女儿越是得意扬扬，不管有无阿姨在场，都会情不自禁地喊出她最拿手的、称呼阿姨的“普通”话——“孃娘”。

女儿稚嫩而又有趣的普通话，给我们平淡的家庭生活增添了许多的欢乐，同时也给我们提出了一个崭新的课题，要让女儿学好真正的普通话，我们当家长的就绝不能含糊，必须放下架子，多翻翻字典，多听听播音员的正确发音，与女儿一起，一步一个脚印地，向普通话王国——“浅进”（前进）。

小大人

女儿长得快，虽然才一岁半，但看上去却像一个2岁多的小孩。女儿挺神气，常常会把个头比她小的伙伴们称为“弟弟”“妹妹”，其实，大多数小朋友的年龄要比女儿大一点，难怪别人总是要问：“你的女儿该上幼儿园了吧？”

女儿懂事得早，记得有一次，我和她妈妈为了一件小事刚吵了几句，就听到睡在童车里的女儿哭了起来，可怜兮兮地望着我们，带着哭泣声不停地喊：“爸爸、妈妈。”战斗自然立即停止，我们的心顿时就变得温柔起来，要知道，一向欢蹦乱跳的女儿即使跌倒在地上，也是很不容易哭一回。我们赶紧抱起女儿，小家伙马上就破涕为笑，而且还用一种酸酸甜甜的童音向我们撒娇呢！

每天早上，女儿总是比我们先醒，看到我们还在睡懒觉，女儿就会一边喊“爸爸、妈妈”，一边从她睡的小床爬到我们的大床上来，如果我们故意装着没听见，女儿就会用她胖乎乎的小手在我们的脸上轻轻拍打，甚至还会拧着我们的耳朵，直到我们睁开眼睛举手投降，女儿才会开心地去做她最乐意的一件大事，那就是爬到床头柜上，给爸爸拿来眼镜戴上，并把发夹交到她妈妈的手里。而这一切，我们从来都没有教她做过啊！所以，每天早晨我们都会很感动地亲亲女儿那可爱的小脸蛋。

女儿很勤快，最喜欢拿起抹布在茶几上擦来擦去，或者用拖把在地上表演她的涂鸦之作，甚至看到垃圾篓就要提起来往外跑。虽然总是手忙脚乱，险象环生，但我们却从不阻止，就让女儿在劳动中去寻找生活的乐趣吧！

“三好”小宝宝

女儿康乃馨，还不到 2 周岁，连幼儿园小小班都不能进，自然得不到老师那些小红花、乖娃娃之类的奖励。可我觉得女儿也算得上一个“三好”小宝宝，虽然这个“好”不是优秀的意思，而是爱好的“好”。

女儿的一“好”是好吃。除了一日三餐的饮食量与我们大人差不多以外，还有多得惊人的杂七杂八的零食，管他酸甜苦辣，只要是咬得动的，女儿都要吃，以至于开药铺的奶奶都怕她，一进药房，女儿就直嚷嚷要吃那些瓶子里的“药药”。

女儿的二“好”是好玩。从早到晚，女儿总是闹着上街街，去坐车车，逗狗狗，抓咯咯（鸡），藏猫猫，哪里好玩就到哪里去，只要好玩，觉也可以不睡，饭也可以迟点吃。在外面疯够了都不说，回到家里又要去折腾那些可怜的组装玩具，偶尔电视里唱起歌来，女儿马上就会一摇三摆地又扭又跳，一点都不嫌累。最可恨的是，到了夜深人静时，女儿却还在床上起劲地表演“翻跟头”之类的拿手好戏，甚至还会坐到昏昏欲睡的爸爸身上，扬扬得意地骑她的“马马”。

女儿的三“好”就是好睡。因为晚上睡得迟，女儿早上就要多睡一会儿，有时快到上班时间了，女儿却睡得正香，我们虽然很着急，却又不忍心把她弄醒，只好耐着性子等她醒来，女儿一睁开眼睛，马上就会奶声奶气地喊一声“爸爸”“妈妈”，顿时弄得我们眉开眼笑，怎么也板不起脸来教训女儿了。

“三好”小宝宝虽然好吃、好玩又爱睡懒觉，但是对于正在长身体的女儿来说，却是一件很正常的事情，希望小宝宝长大以后，能够真正成为一个学习好、思想好、身体好的乖孩子。

女儿上学记

春节过后，我们就把女儿送到幼儿园去，虽然女儿只有 2 岁，但是女儿却凭着她的大模大样，很顺利地就当了一名小小班的“插班生”。

记得报名那天，女儿的兴致挺高的，不是大呼小叫地坐几趟“滩滩板”，就是又唱又跳地爬几回“小城堡”，看到女儿在幼儿园里如鱼得水般自由嬉戏，我们都感到开心极了。

谁知第二天我送女儿去上学时，刚走到教室门口，女儿却坚决不肯进去，一句“再见”都没有说完，女儿的嘴一撇，竟然号啕大哭起来，在老师的多次催促下，我只好扔下女儿转身就走。

去接女儿放学的时候，老师告诉我们，女儿一哭，全班的小朋友就都跟着哭了起来，毕竟这是开学的第一天。老师还说，我们的女儿是哭得最乖的一个，一边嘤嘤地哭，一边还用小手帕来擦眼泪和鼻涕。

再送女儿上幼儿园去的时候，这个小家伙先是撒娇，实在不行了，就假装睡觉，我抱着女儿正准备回家，却忽然发现小家伙悄悄地睁开了眼睛来观察情况。女儿看见诡计被揭穿，就又开始要赖，明明刚吃过早点，女儿却嚷着“肚子饿了”，当然，女儿最后还是被我又哄又吓地送进了教室。

一晃女儿就快 2 岁半了，幼儿园也快要放假了，现在的问题是，女儿上学上了瘾，成天都背着一个小书包晃来晃去的，据说要到幼儿园去背好多好多的小红花。看来，我们的女儿不仅好学，而且还有很强的荣誉感，但愿女儿长大后也一样，好好学习，天天向上。

女儿的艺术照

女儿有很多的照片，自从这个小天使降临到我家之后，我就专门购置了一台“傻瓜”相机，几乎以平均每天一张的拍摄速度，把女儿成长过程中的点点滴滴都详细地记录下来。到现在为止，女儿3周岁了，而她各式各样的照片，也装满了大大小小的十多本影集，算起来已经有1000多张了。

女儿1岁以前的照片，大多不会扭捏作态，或动或静，表情都是那样自然，那时候女儿胖嘟嘟的，可爱极了，于是我总想情不自禁地多给她拍几张所谓的“艺术照片”。

慢慢地，经常拍照的女儿看到照片冲印出来的特殊效果之后，竟然也无师自通地琢磨出了一些所谓的拍照经验，知道了拍照的时候要换上漂亮的服装，要摆出优美的造型，要像电视里的模特儿一样“耍酷”。看到女儿有时一本正经的神态，或者是过于夸张的笑容，我都会骂她一句“臭美”，女儿却不以为然，还晓得为自己辩解，说什么“康乃馨照相好乖哟”！真是让人啼笑皆非。

现在，我已经把女儿的照片录制成VCD光盘了，配上动听的音乐和详细的解说之后，多少也就有了一点艺术的效果。只要有客人来访，得意扬扬的女儿就会跑到影碟机旁边，热情地向大家推销："快来看我的艺术照，真的很好看啊！"

小小旅行家

女儿喜欢游山玩水，小小年纪就已经游览了许多的风景名胜。想当年我在三四岁的时候，坐一趟拖拉机进城都很不容易，现在却不同了，女儿出门就是乘飞机、坐轮船，天南地北到处去转悠，与我孤陋寡闻的童年比起来，女儿真的算得上是一个“小小旅行家”。

记得女儿刚满月的时候，我们要到宜宾去参加函授学习，因女儿放在家里不方便喂奶，于是我们就决定把女儿也一起带上。临出门时，妻子还很犹豫，女儿这么小，坐长途车能受得了吗？谁知上车以后，女儿的表现却是出奇的好，不哭也不闹，只睁着一双好奇的大眼睛到处张望，看累了就睡，睡醒了又看，好像很惬意的样子。到了宜宾，已是黄昏时分，女儿一看到鳞次栉比的高楼，五颜六色的街灯，竟然忘记了旅途的疲劳，手舞足蹈地兴奋起来，到了半夜三更仍然不肯入睡。唉！真拿这个贪玩的女儿没办法。

现在女儿已经有了“旅游瘾”，才去了一趟三峡，又想去看长城，成天就盼着幼儿园早点放假，好出去风光一番。我想：把女儿带到外面去走一走，看一看，见识一下祖国的名山大川，领略一下各地的风土人情，对于女儿的成长也是一件很好的事，所以我们爽快答应了女儿的要求，只要女儿好好学习，天天向上，多出去跑一跑又未尝不可呢！

女儿的土话

康乃馨是我的女儿，今年快满4岁了，自从上了幼儿园中班以后，女儿的地方语言就越来越丰富多彩，和我讲话的态度也越来越不客气，动不动就要拿她的家乡土话来开涮老爸，真的令人又好气又好笑。

吃过晚饭，我心血来潮地拿起话筒，本想为亲爱的女儿来上一段劲歌热舞，我以为我卖力的表演一定会博得女儿的热烈喝彩，谁知女儿却把眉头一皱，表情严肃地大声抗议：“难得听，难得看，爸爸——颇烦！”

洗过澡后，我换上了一件新买的睡衣，正站在镜子面前自我欣赏时，女儿笑容可掬地走了过来：“爸爸好帅哟！”一句话就把我说得顿时心花怒放，没想到调皮的女儿又在后面加上了一句：“爸爸——宝器！”

晚上女儿要我哄她睡觉，条件就是讲五个故事，我说太多了不行，赖皮的女儿就一直缠着我，五个不行就四个，四个不行三个也可以，我还是摇头，只答应给女儿讲一个故事，最后女儿生气了：“妈妈都要给我讲两个故事，你才只讲一个，爸爸——操得撇！”

女儿诸如此类的“土话”还有很多很多，比如女儿嫌我做事笨手笨脚，干脆就把我命名为“憨包爸爸”，还说“憨包爸爸”没得“乖幺儿”精灵。当然，长江后浪推前浪，一代更比一代强，我相信：女儿长大以后，一定会比我们这一辈更有出息。

小老师

不知不觉中，女儿就要满 5 岁了，在幼儿园念了两年多的书，女儿还真的学到了不少的东西，在家里和我们说话，女儿动不动就要摆出一副小老师的派头，开口闭口就是“老师说的咋个咋个……”

女儿过完 4 岁生日后不久，外公故意逗她，说女儿已经在吃 5 岁的饭了，女儿很想不通，就大声地提出抗议：“老师都说我才满 4 岁，咋个就吃 5 岁的饭嘛！”女儿的意思，是要等到吃过 5 岁的生日蛋糕以后，才可以吃 5 岁的饭。

我们在吃饭的时候，都爱摆一摆龙门阵，以前女儿也喜欢来瞎掺和，却被我们以“大人讲话，小孩不能多嘴”为由教训过几回，没想到有一次我们聊得正起劲时，女儿忽然一本正经地站了起来，把手中的筷子当作教鞭，神气十足地指着我们：“吃饭的时候不准讲话！老师说的，听到没有？”

我在家里看书看电视的时候，腰杆总是挺不直，女儿就经常批评我：“爸爸，咋个又把背弓起哟？老师说二天要成驼背哦！”老师的话就是圣旨，我当然不敢违抗，只好时时刻刻提醒自己，尽量把腰杆挺直，免得又惹小老师生气。

女儿这些可笑又可爱的趣事还有很多很多，但愿好为人师的女儿能够把老师的话真正放在心上，在老师的带领下好好学习，长大以后女儿就会知道，要想为人师表，真的不是一件容易的事，一定要多多努力才行。

小小大学生

新的学期开始了，女儿从幼儿园的中一班升到了大一班，教室也从原来校门口的二楼搬到了新教学楼的三楼，女儿很兴奋，放学后就在我们面前炫耀：“我都满 5 岁了！我读大一班了！”女儿骄傲的样子，就像考上了什么名牌大学。

读了大一班的女儿还是赖皮得很，虽然一连串地宣布了从今以后就要自己做作业、自己洗脸洗脚、自己上床睡觉等重大决定，但实际执行情况却总是令人啼笑皆非。

首先是做作业的问题。女儿放学后会马上把作业本拿出来，然后再打开文具盒，把所有的笔都摆在自己面前，一支一支地比过来又比过去，如果有哪支笔的笔尖不太好，女儿还会拿出削笔刀来慢慢地打磨，结果往往到了开饭时间，女儿的作业八字都还没有一撇呢！

其次是洗脸洗脚的问题。女儿在我们的严格监督下，虽然总是慢条斯理地，但也还算说得过去，没想到我们对这个问题刚一放松，麻烦也出来了。近段时间，女儿总是爱流鼻涕，经过调查，才发现女儿喜欢待在卫生间的原因，就是为了自得其乐地去玩她所谓的戏水游戏。

最后，我们对女儿自己上床睡觉的承诺也就不抱太大的希望了，但这个小小大学生却不情愿轻易地就丢了面子，自己上床这一点倒是勉强坚持了，可就是半天都不睡，一会儿叫“爸爸”，一会儿又喊“妈妈”，也不说有什么事，就像演员在练嗓子一样，我们拿她没办法，只好举手投降，还是乖乖地去哄女儿睡觉。

我想女儿长大以后，真的成为一名大学生的时候，一定不会再像现在这样，让我们当家长的天天操心，但愿如此。

小小艺术家

康乃馨是我的宝贝女儿，别看她还没有满6岁，却已经在幼儿园里优哉游哉地混了差不多四年时间，从小小班一直读到学前班，现在这个小小的“本科生”马上就要从幼儿园毕业了。

女儿在幼儿园里严重偏科，写起字来随心所欲，高矮胖瘦简直各有千秋，尤其是在写自己的名字时，前三个字都写得很小，最后那个“馨”字却写得奇大无比，有时甚至要占去一大半张纸，女儿常常在我们面前抱怨：“爸爸取的名字，笔画太多，写都不好写。”女儿在做算数时也很特别，要把爸爸妈妈的手指都加在一起算，实在不行的话，就点兵点将似的盘点屋内的东西，虽然手忙脚乱，口中却还念念有词，那副装模作样的怪样子，看了往往令人忍俊不禁。

还好女儿对唱歌、跳舞、画画这些艺术领域的东西比较感兴趣，女儿一唱起歌来就会一首接着一首地唱个不停，就像一台自动播放的录音机，唱完了幼儿园里教的儿歌，就唱一些从电视里学来的新歌，什么“陪你去看流星雨”呀、“情深深雨蒙蒙”呀，乱七八糟的，真是令人又好气又好笑。女儿的舞蹈还算不错，一招一式都还有板有眼的，她们的节目曾经在县里组织的文艺晚会上表演过，为此女儿很得意，经常在我们的面前耍宝，比如走在大街上，女儿会忽然跑到前面去来上几个拿手的动作，甚至有时坐在摩托车上，女儿也要手舞足蹈地来一段即兴发挥，我只好双手随时抓紧车龙头，一刻也不敢松懈。女儿画的画也让我这个当老爸的大开眼界，不是说女儿的绘画水平有多高，而是因为女儿稀奇古怪的作品总能给我带来一种新鲜的感觉。说老实话，在绘画问题上我的确要比女儿差那么一点点，前不久女儿在老师的指导下完成的那幅染纸画，真的很漂亮，要是换成我来做的话，肯定比女儿这个“小小艺术家”差多了。

因为我小时候没有进过幼儿园，所以女儿在我面前就很有一种优越感，胡说什么“爸爸连幼儿园都没有读过”，望着这个充满自信的小家伙，我决定有意激她一下：“爸爸最大的遗憾就是没有读过真正的大学……”摇头晃脑满不在乎的女儿马上打断我：“爸爸不行，我行呀！长大后我要读最大最大的大学，读可以唱歌、跳舞、画画的大学。”希望女儿通过不懈的努力，能够实现自己所有的梦想。

女儿学英语

新学期开学的时候，女儿还差四个多月才满 6 岁，本来我们考虑女儿还小，准备把女儿送去再读一期学前班，但是当女儿看到友信双语学校漂漂亮亮的招生广告以后，就对待了几年的幼儿园不屑一顾了，嚷着要去读新学校，要去读那个学外语的学校，说是新学校里电脑呀、钢琴呀什么都有，好玩得很呢！就这样，我们只好改变了主意，女儿也终于如愿以偿地坐到了双语学校一年级一班的教室里。

双语学校果然与众不同，女儿才学了几天英语就放出话来，说是只要看到老外，就可以用英语和老外对话了，正好国庆节我们在九寨沟遇到几个老外。只见女儿飞快地跑到老外面前，先是大喊一声“老外”，把几个老外弄得一愣一愣的，之后，女儿才慢条斯理地向老外打了一个招呼：“哈啰！ hello！”然后就是“估得拜 good-bye”，再然后女儿的对话也就结束了，几个老外都被女儿天真无邪的举动给逗乐了，纷纷举起手来：“哈啰 hello、估得拜 good-bye”地挥个不停。

女儿在家里也爱卖弄她的外语，每当我们问女儿在学校每顿要吃几碗饭时，女儿往往不是直接用“1、2、3、4”来回答，而是一边掰着手指一边“one、two、three、four”口中念念有词，最后女儿一般都是会说吃了“two（二）”碗饭。更为好笑的是，女儿问她妈妈的排行是多少，我就给她说妈妈排行老四，女儿竟然高兴地跳了起来，恍然大悟似的大声嚷道：“我知道了！我知道了！妈妈原来是老four（四）。”

女儿学英语还有很多诸如此类的发明，比如回家开door（门）呀、吃apple（苹果）呀、穿red（红色）的clothes（衣服）呀，总之乱七八糟、稀奇古怪的啥子都有。在女儿的直接影响下，我也开始叽里呱啦地和女儿对话了，经常说的就是要女儿把book（书本）和pencil（铅笔）收拾好，检查一下bag（书包）等，虽然我的英语说得比女儿还要差劲，但我这个daddy（老爸）却正好可以利用这种方式，来培养女儿对学习英语的浓厚兴趣，但愿聪明可爱的女儿能够一点就通、一学就会，最终能够学有所成！

有爱就有希望

时间过得真快呀！不知不觉女儿康乃馨在双语学校第一学年的学习马上就要结束了。每当看到女儿穿着整洁的校服，背着漂亮的书包，蹦蹦跳跳、快快乐乐地去上学时，作为一名学生家长，我还是挺有感触的。

一年前的这个时候，新开办的友信双语学校刚刚开始招生，面对不太便宜的学费，以及对私立学校的些许担心，我们着实犹豫了一阵，最终双语学校“友爱、诚信”的办学理念打动了我。为了让女儿拥有一个丰富多彩的快乐童年，最后我们还是毅然决定为女儿报名。

一年过去了，在老师们的辛勤培育下，女儿的语文、数学成绩有了明显的进步，英语、电脑、美术、音乐方面的知识也有了进一步的提高。对于教育，我是一个门外汉，在如何培养孩子学习这个问题上，我是怎么也说不出一个所以然的。愚钝的我只知道一点：在人的一生接受的所有教育当中，最重要的教育也许就是爱的教育。

目前的双语学校还在不断建设当中，出现一些这样或那样的不足也就在所难免。我希望在不久的将来，我们能够看到双语学校新修建的实验大楼、学生公寓等配套设施；在为学生提供更为舒适的学习环境的同时，我更希望看到友信双语学校的师生们能够真真正正、实实在在地把“友爱、诚信”融入具体的教与学的实践过程。

“只要人人都献出一点爱，世界将变成美好的明天”，我相信，在“友爱、诚信”的人文环境下，女儿的明天将会变得更加美好，友信双语学校的明天将会变得更加辉煌。

因为，有爱就有希望。

小小“留学生”

女儿康乃馨还没有满7岁，却已经读小学二年级了，从幼儿园到友信双语，再到目前的中城一校，城区内的几所学校，差不多都留下了女儿辗转求学的稚嫩的脚印，小小年纪的女儿，应该算得上是一个小小的“留学生”了。

女儿既然是“留学生”，或多或少也算见过一些世面，从女儿的身上，很容易就可以看出一些所谓“留学生”的特点。比如在挣钱方面，许多留学生在课余时间都要靠打工来赚钱，女儿也不例外，居然在家里也开始想方设法地挣起钱来。女儿先是虔诚地许愿，说是要存钱来给爸爸买一辆红色的小汽车，说得我心花怒放，赶紧购置了一个漂亮的存钱罐来送给女儿，为了这个遥远的美丽的童话，我们又开始陆续地投资，每天都把包里的零钞、硬币交给女儿，作为她参与家务劳动的物质奖励，随着存钱罐里的硬币数量日益增多，女儿已经不无担心地问了我好几次：“爸爸啥时候买车？不要把我的钱都用完了哈！我还要留一点来买糖呢！”

女儿在购物方式上也与外面的留学生大同小异，以前女儿要买东西，总是希望在附近的小商店里，花上三五角钱就可以办到，现在女儿对路边的小摊贩简直不屑一顾了，购物不管钱多钱少，都非要跑到超市，说是里面的东西很便宜，要是有什么会员卡的话，还有许许多多的优惠呢！女儿有了超市货多价廉这个理由，每次买东西就放开了手脚，大包小包往购物车里扔，恨不得把整个超市都搬回家去，想吃啥就有啥，那才安逸呢！

女儿到处“留学”，同窗好友当然很多，走在大街上，女儿不是与这个幼儿园的同学“嗨”来“嗨”去，就是和那个一年级的“死党”说什么“哈啰”，一会儿指着前面说那个同学叫什么名字，一会儿又望着后面说这个同学和她坐过一排，弄得我就像陈奂生进城似的，上看下看、左看右看，看得我头昏眼花的，简直分不清谁是谁了。

下一步，等我们的工作和生活环境相对稳定以后，女儿也将结束这种所谓的“留学生”生活。希望女儿努力学习，奋发向上，长大后也出国去“研究研究”，真正成为一个对社会有用的人才。

小小追星族

自从电视剧《风云 2》摄制组来到兴文石海洞乡以后，我的女儿康乃馨——一个才满 7 岁的小女孩，转眼之间就变成了一个不折不扣的“小小追星族”。

当《风云 2》的女主角黄奕出现在兴文的大街上时，女儿顿时就激动得语无伦次、手足无措，一边跳一边喊：“我要签名，我要去看小燕子。”然后就迫不及待地跟在一群大哥哥大姐姐的屁股后面，一路小跑去追那个也在小跑着的小燕子，可怜的女儿，怎么跑得过哪些已经上了初中、高中的大哥哥、大姐姐呢！很快女儿就落在了队伍的后面，与小燕子的距离是越来越远了，我们这个小小追星族却毫不气馁，还在起劲地跟着喊口号：“小燕子，我爱你，就像老鼠爱大米。”

我以为女儿签名无望了，回来时一定会很伤心，我正准备安慰一下这个可怜的小小追星族，谁知调皮的女儿却像变魔术一样从背后拿出一张白纸条来，异常兴奋地在我面前炫耀：“老爸，我得到小燕子的签名了。”我拿过来一看，上面果真有黄奕龙飞凤舞的签字，再仔细一看，顿时就把我给逗乐了，她妈妈看了之后，也是笑得腰都直不起来。原来，女儿的一个大姐姐得到黄奕的亲笔签名后，看到女儿这个小小追星族追星心切，就好心地去复印了一张签名来送给女儿。

女儿的大舅逗她，说我们明天要去看小燕子拍戏，如果女儿也想去看的话，就要到学校去找老师请假。女儿高兴坏了，马上就拿出纸笔，歪歪斜斜地写了一张请假条，看到可怜又可爱的女儿如此好哄，我赶紧过去圆场，说小燕子要在兴文拍半个多月的戏，只要女儿好好学习，天天向上，在圆满完成各科作业的前提下，周末我一定带女儿到剧组去看小燕子。

仔细想来，女儿追星并不一定就是一件坏事，女儿在现场也看到了黄奕等众多明星拍戏时的那份认真、那份执着，他们那种敬业的精神也或多或少地影响了女儿。我希望女儿能够学习这些明星不辞辛苦、不怕付出、精益求精、积极进取的工作态度，将追星的热情转化为努力学习的动力，也许现在这个小小的追星族，今后还会成为一颗耀眼的明星呢！

小小武侠迷

女儿放暑假后，整日无所事事，每天做完作业就看电视，我想女儿毕竟才7岁半，看点动画片之类的少儿节目也无可厚非，于是就把女儿留在家里，让她自己来安排个人的暑假生活。

没想到女儿已经对动画片不感兴趣了，说那是幼儿园的小朋友看的，现在的女儿对武侠片倒是情有独钟，每次去叫女儿吃饭，都会看到手舞足蹈的女儿沉浸在《侠客行》《笑傲江湖》《风云争霸》《倚天屠龙记》这些武侠片的剧情里，就连夹菜的动作，女儿也要来个什么招什么式……

女儿的妈妈不许她成天提枪舞棍的，说女孩子家应该去学画画啊舞蹈啊，机灵的女儿赶紧就把我这个挡箭牌推出来，说是爸爸要求她天天锻炼身体的。

既然女儿喜欢武术，我就准备把她送到武术班去进行系统的训练，谁知由于今年天气太热，城里一个武术班的招生广告都没有看到，我就只好滥竽充数地当起了女儿的家庭武术指导。

每天下班回家，女儿就会跑来找我的“麻烦”，我这个“靶子”走到哪儿，女儿的花拳绣腿就会如影随形地跟到哪儿。通过一段时间的勤学苦练，女儿的功夫也有几分像模像样了，站在沙发靠背上，可以“呼”的一声就飞到地下，双手撑着门框，可以三下两下就爬到门框顶部，而且还只用双脚支撑，腾出双手来摆出一个很酷的造型。

天有不测风云，女儿练武也有“马失前蹄”的时候，女儿在日记中是这样写的：今天我到外婆家去玩，我把椅子一个一个地排好之后，就在椅子上面跳来跳去的，忽然“啪”的一声，我就摔到地上去了，痛得我哭都哭不出来，妈妈带我到医院去照片，医生说我的左手有轻微骨折，今后我一定小心，注意安全……

江山易改，本性难移，顽皮的女儿伤还没好就已经忘记了痛，一只手还用绷带来挂在脖子上，另一只手却已在跃跃欲试，只要我稍不注意，女儿那有力的小拳头就会准确地放到我来不及练“气功”的身上。

毛主席教导我们：“发展体育运动，增强人民体质”，现在女儿已经自觉地加入体育锻炼这一行列，我也不能天天坐在沙发上等待“发福”，我想等女儿完全康复以后，我一定要和这个小小“武侠迷”一起训练，共同提高。

小小管家

已经在小学三年级读了一期的女儿快满 8 岁了，随着年龄的逐渐增长和书本知识的不断增加，聪明乖巧的女儿越来越懂事了。自从在脖子上挂了一把家里的大门钥匙以后，女儿就开始积极主动地加入家务事的管理中来，完全成了我们家的一个小小管家。

以前女儿上学都要我们接送，现在有了家里的钥匙以后，女儿一下子就自由了许多，要知道他们班的同学大多数还是由家长接送呢。为了证明这一点，女儿还特意邀请了几个同学到我们家来玩，我估计，女儿在同学面前亲手打开自己家门的那一刹那，心中一定是充满了何等的骄傲和自豪啊！

这个小管家工作起来还蛮认真负责的呢，家里的大事小事都要亲自过问，说了我们以前对她呼来唤去的种种不好，还说从现在起要和我们平起平坐才算公平。懒得和女儿“打官司”，就叫她先拿一个家庭管理办法出来再说，兴冲冲的女儿第二天就模仿他们的班级管理制度，真的给我们制定了一个所谓的“家庭公约”。

第一条好像就是要我少抽烟，早上、上午、中午、下午、晚上各一支，一天只抽五支烟就够了。第二条好像是洗碗问题，女儿说妈妈洗碗我开钱，我洗碗妈妈开钱，她洗碗爸爸妈妈同时开钱。还有几条都是些看电视如何选择频道，打电脑怎样安排时间，好久睡觉、好久起床之类的鸡毛蒜皮的事，这里没有必要一一列出。

女儿这个对人严对己宽的“家庭公约”真让人哭笑不得，我知道女儿一是“管理”心切，二是也想利用手中职权来“报复”我们呢。为了不打击这个小管家的积极性，我们只对“家庭公约”略作修改就正式施行。开头几天，我就发觉我放在家里的打火机总是找不到，后来才知道是女儿为了保证条约的实施效果，把我的打火机给藏起来了，看来这个小管家还真的动了点脑筋呢！

在女儿井井有条的“管理”下，家里的“脏、乱、差”现象有了明显的好转，民主生活的氛围得到了进一步的改善，更令人惊喜的是锻炼了我们这个小管家的独立生活能力，女儿的动手能力更强了。有一次我们回家晚了，准备带女儿出去吃饭时，才发现女儿居然独自一个人把饭都做好了，虽然只是简单的蛋炒饭，吃起来的味道却比我们亲手做的要香得多。

愿我们的小管家快乐健康地茁壮成长！早日成为一名优秀的社会主义事业接班人。

小小“叛逆者”

再过几天女儿就 8 岁半了，本来近段时间由于杂事缠身，我正准备偷工减料地把女儿以前半年一次的成长记录调整为一年一次。没想到顽皮的女儿却不依不饶，时不时地在家里给我们来一个“反抗”。

女儿对写作文一直提不起多大的兴趣，我们就让女儿报名参加了北大附小的简快作文远程培训，但是贪玩的女儿总是不愿动笔，每次写作文都是寥寥数语敷衍了事，我实在看不下去了就开始教训女儿，没想到我的话还没说完，女儿就振振有词地跳了起来：“我的作文虽然写得不好，但我也是天天在练习嘛，老爸才懒哦，好久都没有看到你写文章呢！”是可忍孰不可忍，仔细想想又确实是这样一回事，理屈词穷的我只好极不情愿地坐下来给女儿写这篇成长记录。

上次叫女儿打电话的事我一直耿耿于怀，那天我们在家吃晚饭时忽然想起要给我的老爸打个电话，手机没电了，我懒得走到客厅就叫女儿去用座机打，没想到女儿更懒，小嘴巴一撇：“我在吃菜呢，老爸怎么不去打？”我对女儿说：“电话是打给你爷爷的，你是我女儿嘛，做这点事也是应该的啊！”女儿马上理直气壮地反驳我：“你还是我爷爷的儿子呢！这个电话更应该由你来打哈！”女儿的一句话差点就让我把嘴里的饭喷了出来，唉！真拿这个女儿没办法。

女儿在外公家里更是肆无忌惮，一进门就跑去霸占电脑玩什么“泡泡堂”，无事可做的外公就只好在旁边转来转去地等着，最后外公实在等不及了，就对女儿说要用电脑来查英语资料，好说歹说女儿才同意。女儿在外面玩了一会儿跑去检查时，发现外公已在电脑上打麻将了，女儿很生气：“哼！外公还说懂英语呢，如果您说不出麻将的英语就要让给我哈！”当年也是大学毕业的外公愣了半天都想不出一个所以然，又不好意思随便说一句来骗女儿，只好乖乖地把电脑座位让了出来。

女儿和小朋友们在外公家玩耍时，疯疯癫癫地一发不可收拾，外公实在看不下去了，就告诫女儿，说她在家里应该摆出一个小主人的姿态才对。没想到正玩得高兴的女儿头也不回就蹦出一句话来，弄得外公哭笑不得：“我也是小客人呢！我和我老爸都姓李，不是跟您同一个姓哦！”

“有一个姑娘，她有一些任性，她还有一些嚣张。有一个姑娘，她有一些叛逆，她还有一些疯狂……”作为小燕子的忠实“饭丝”，女儿在生活中硬是把小燕子的那种“叛逆”精神发挥得淋漓尽致，她那些诸如此类大大小小的“叛逆”事件简直多得数不胜数，我在这里就不一一举例说明了。（嘿嘿，其实在这方面我和女儿也是一样的呢，懒得写了就随便找个理由呗）但是说真的，我家女儿除了这点“小毛病”以外，其他的方面都还蛮不错的，每天都要睡好、吃好、玩好，至少也算一个“三好”乖女儿吧！

小小运动员

“老爸，我已经成为一名体操运动员了……”前几天9岁半的女儿兴高采烈地跑来向我报告了这个喜讯，正在忙事的我赶紧放下手中的工作，仔细打量了一下昂首挺胸站在面前的女儿，心里不由得嘀咕着：“不就是参加了学校的广播体操表演队吗？距离真正的体操运动员还差得远呢……”但是听女儿那斩钉截铁的语气和看她那副不容置疑的神情，我也只好学老外的样子耸耸肩膀：“我服了你啦！”然后一把抱起女儿象征性地往空中抛了起来。

自从女儿有了这个所谓的运动员身份以后，最大的变化就是越来越会在我的面前摆谱了，首先女儿当然要购置一套用于表演的行头，这个是学校的规定无可非议的，接下来运动员的营养自然也得跟上啊。于是女儿每天就要求增加拨款好去多买一些电视广告上据说效果很好的饮料，走路去上学也是不行的，走累了怎么去练广播体操呢，所以上学放学都应该专车接送啊，这个级别的运动员至少都应该坐一辆三轮车吧，要不是老爸我有公务在身，恐怕早就被女儿拉去当“跟班”啦。

作为这个小小运动员的老爸，我当然希望能在家里亲自观摩一场女儿的广播体操表演，谁知女儿小嘴巴一撇根本不买我的账，说是要留点力气到学校去表演给老师看，最后在我的强烈抗议再三交涉之下，女儿才极不情愿地简单比画了几个动作。看到老爸转怒为喜笑逐颜开以后，女儿赶紧停了下来，直嚷腰酸背疼脚杆软，马上就要我当什么保健校医给她好好地按摩一下，唉……真是狂晕！

不过说真的，从女儿敷衍我的几个简单的招式中，我觉得这套广播体操就像舞蹈一样好看呢，女儿很得意，知道我想完完整整地看一遍，就故意吊我的胃口，说是只要表演那天我能到现场去就可以全部看完了。我脑袋一热，当即表态届时一定要去给女儿捧场……谁知到了那天我却因为临时要开会而没能如愿以偿，真的好遗憾啊！

后来，听说表演那天女儿她们的广播体操队临场状态不佳，没有取得好的名次，女儿回来后也进行了认真的反思，说是由于同学们平时缺乏锻炼，每个动作的力度都不够。痛定思痛，女儿马上制订了每天早晨起来锻炼身体的长远计划，我作为当然的陪练看来以后也别想睡懒觉啦，好在这几天我还有身体欠安的正当理由，所以直到现在这个锻炼的计划都还没有真正开始实施。等我身体完全康复了以后，一定要早点起床，积极响应毛主席“发展体育运动，增强人民体质”的号召，在认真做好这个小小运动员陪练工作的同时，顺便也把自己的身体锻炼一下，奥运精神重在参与嘛，我一定要尽量和女儿一起进步、共同提高，朝着“更快、更高、更强”的目标前进前进再前进。

女儿学电脑

“女儿学电脑”，写下这个文章标题，我才发觉似乎有点不妥，本来我是想记录女儿近来在使用电脑过程中的一些逸闻趣事，但是又忽然觉得，好像从来都没有看到过女儿究竟是怎样一步一步地去学会操作电脑的呢！面对正在电脑桌前眉飞色舞、手舞足蹈的女儿，我不禁有点迷惑了，电脑对于我这个古灵精怪的女儿来说，还用得着去学吗？时髦一点的话应该说是女儿玩电脑才对吧？说真的，别看女儿还没满9岁，就凭她在电脑面前挥洒自如的那些稀奇古怪的一招一式，早就令我这个“笨蛋老爸”相形见绌自愧不如汗颜不已呢！

女儿打字用的是拼音输入法，读小学四年级的女儿对拼音的掌握早就相当熟悉了，只见她双手并用十指如飞像快速弹琴一样就在电脑上打出一串串的文字来，虽然偶尔也有几个错别字，但漫不经心的女儿却总是懒得去改正，每次都振振有词地说她的同学们都是这样的，只要大家都看得懂大概意思就行了！甚至还时不时地讥笑我打字那些“一指禅”“二指禅”的功夫早就落伍了，说我这样的打字水平居然还好意思上QQ去聊天，半天才弄出几个字来谁还有耐心等待啊？

我估计现在的小孩子对电脑游戏都是天才，每个游戏我看了几遍说明都还不得要领，女儿却总是无师自通地很快就能得心应手了。每次上电脑，女儿从来不管打游戏的输赢，总是一边听音乐一边玩游戏，就像蹦迪一样摇头晃脑左右摇摆，时而拍手欢呼，时而叹气跺脚，忘乎所以旁若无人。不怕你们笑话，我坐在女儿旁边就像一个傻瓜呢，酸溜溜的心里竟然充满了对女儿的羡慕甚至崇拜之情，看到女儿那种全然放松的精神状态，真的让我感慨万千，要是我们大家在生活中都像女儿一样简单纯真，那么无论在什么时候我们都会像女儿一样开心快乐啊！

一次我打开 QQ 时，忽然跳出一个群来，里面尽是一些八九岁的小孩子，正在叽叽喳喳地闹个不停，仔细一看群的管理员居然就是我的宝贝女儿。后来才知道女儿已经是会员了，可以自己创建群的组织，这个群里就我一个大人，其他的都是女儿的同学，我的 QQ 名字还被调皮的女儿更改为“老爸”……得意扬扬的女儿告诉我这个会员号码是用手机来申请的，还特别强调了不是用我们家里的手机呢，天啊！不知道哪个叔叔阿姨的手机费每个月又要上涨 10 元钱啦。这个问题还没解决，不知道什么时候女儿又在我的手机上帮我开通了移动 QQ，说是要让老爸随时随地都能上线聊天，我赶紧去注销了，但还是因此又损失了好几元钱的月租费呢！

虽然女儿的学习成绩还不错，每次玩电脑之前都是先把作业做完了的，但我对她越来越肆无忌惮变本加厉的行为还是大为恼火。因为我平时业余时间都在网上帮别人编辑文章，女儿在旁边看了几次之后就开始评头论足跃跃欲试了，不屑一顾地撇着小嘴一会儿说我这篇文章编辑得太臭，那篇文章也编辑得差劲，说得我自己都没有什么信心了。一次，我去忙别的事情，女儿趁机跳到电脑面前，三下五除二就在我的管理里面飞快地编辑了一篇文章，等我回来时，女儿正准备提交呢……前几天这个不知天高地厚的小丫头居然还异想天开大言不惭地说自己想一个人开网站，真的是叫人啼笑皆非哭笑不得啊！

过去我一直希望女儿能够自由自在地尽情享受属于她的快乐童年，但任何事情都有个度。现在女儿已经是小学高年级的学生了，趁她还没有完全成为一个纯粹的小小“电脑迷”之前，我不得不采取一些措施来对她进行限制。在对女儿做了大量的认真细致的思想工作以后，我把电脑层层加密，答应了女儿每个周末把所有的作业做完在大人的陪同下可以玩一会儿电脑的正当要求，至于建什么网站之类的事情就等女儿长大后再说吧！但愿聪明乖巧的女儿能够明白老爸的良苦用心，真正地做到学习时认认真真，玩耍时开开心心，最终成为一名学习好、身体好、思想好的合格的社会主义事业接班人。

亲亲我的宝贝

“老爸，我要结婚了！”当我收到宝贝女儿结婚喜讯那一刻，感慨万千，不知所措。难以言表的激动心情如潮水般涌来，久久不能平静。

慢慢翻看女儿的一张张照片，从呱呱坠地到牙牙学语，从天真幼稚到如今的青春靓丽。转眼之间，我的宝贝女儿已经长大成人。

女儿从小很懂事，出生的第一个晚上就睡得很安稳。即便后来顽皮好动的本性逐渐显露，让我疲惫不堪以后，也会记得回报给老爸一个安慰奖，那就是“睡梦中露出甜蜜的微笑”。没做父亲以前，只是觉得那种微笑挺有趣的，当了爸爸以后，那种微笑却能令我心醉不已。

女儿小时候特别喜欢吃零食，管他酸甜苦辣，只要咬得动的，女儿都要吃，以至于开诊所的奶奶都怕她。一进药房，女儿就直嚷嚷要吃那些瓶子里的“药药”；稍大一点去超市买东西，每次都是大包小包往购物车里扔，恨不得把整个超市都搬回家才安逸。

女儿出生以后，我抱的时间比任何人都多，喂牛奶、洗尿布比任何人动作都要娴熟，一起看电视、一起听故事、一起喂金鱼、一起玩游戏、一起逛公园商场坐碰碰车跳跳床，上山溜达下河游泳，一起天南地北到处乱跑、去吃麦当劳肯德基、去看名山大川风景名胜……想当年，我最喜欢把女儿裹在身上骄傲地招摇过市。在我们这个小县城，好像只有我用的还是农村那种老式的花布背带。

女儿小时候爱好广泛，对什么都感兴趣。喜爱唱歌、跳舞、画画，学过钢琴、古筝、跆拳道……虽然女儿报的兴趣班多数都是随心所欲半途而废，但这些爱好也让女儿变得更加乐观、开朗、豁达、积极向上。从幼儿园到大学，友信双语、古宋一校、泸州天立、宜宾一中、成都理工都留下了女儿辗转求学的痕迹。女儿生活自理能力比较强，同学关系非常融洽，学习成绩一向都不错，没让大人操心就顺利完成学业，并在重庆找到了适合自己的工作，女儿的成长历程和出色表现总是让我感到无比欣慰。

那个年代，我专门买了一部相机来拍摄女儿的童年生活，几年时间就拍了数千张照片。与此同时，我还每隔几个月给女儿写一篇成长记录系列文章，其中有 20 多篇还在当地报刊上公开发表。担心照片放久了不好保存，我又请人录制了好多光盘，配上文字和音乐后效果简直不摆了，隔三岔五就会拿出来放在电视上慢慢欣赏。

一边整理女儿的成长记录，一边回想女儿小时候生活学习的点点滴滴。“亲亲我的宝贝，亲亲我的宝贝，我要越过高山……”周华健深情的歌声一直萦绕在我的耳边。此时此刻，此情此景，真的让我百感交集，思绪纷飞。纵有万语千言，也难以表达我对女儿最深的祝福。

“女儿结婚，看把你激动得血压都升高了！”阿芳笑着打趣我，“啥子作家哦？整几句祝福的话都要打半天草稿。”好吧，不想太多，就把我埋藏在心底的千言万语，化作一句历久弥新唯美经典的新婚致辞：“珠帘绣幕蔼祥烟，合卺嘉盟缔百年。”

宝贝女儿，你听到了吗？

后　记

出书，对于我这个普通的文学爱好者来说，曾是一个遥不可及的梦想。偶尔在报刊上发表一两篇豆腐块文章，我都会沾沾自喜好几天。

之前断断续续写了一些小散文，近几年又兴之所至整了一些随笔和游记。看到身边文友公开出书后，我虽然也动过把这些文章结集出版的念头，但总觉得目前自己还不够格。兴文作协的两位主席都鼓励我早日推出散文集，我总以作品数量少，质量也不高为由婉言谢绝。

收到《当代四川散文作家书系》第一期征稿通知，作为四川散文学会会员，抱着重在参与的心态，我还是积极响应寄出书稿。散文学会那么多会员，第一期征稿只有 10 部作品入选，所以我对初评通过不以为然，认为自己的文稿只是符合评选的基本条件而已。

没想到，最终入选作品公示名单上居然有我的《且听风吟》，顿时让毫无思想准备的我不知所措。原本还想再等几年多写点文章，退休之后才考虑出书的问题。既然事已至此，那就顺其自然吧！

只是有些以前的文稿，却怎么都找不到了。

一路走来，感恩有你。感谢鼓励我的文朋诗友！感谢关心我的领导同事！感谢支持我的至亲至爱的家人们！

当代四川散文作家书系

丁仕强　主编

岁月笔记

胡跃宁　著

中国书籍出版社
China Book Press

图书在版编目（CIP）数据

岁月笔记 / 胡跃宁著 . -- 北京 : 中国书籍出版社 ,
2024. 11. -- (当代四川散文作家书系). -- ISBN 978
-7-5241-0117-8

Ⅰ . I267

中国国家版本馆 CIP 数据核字第 20247NP542 号

岁月笔记

胡跃宁　著

责任编辑　王志刚
责任印制　孙马飞　马　芝
封面设计　杨　桃
出版发行　中国书籍出版社
地　　址　北京市丰台区三路居路 97 号（邮编：100073）
电　　话　（010）52257143（总编室）　（010）52257140（发行部）
电子邮箱　chinabp@vip.sina.com
经　　销　全国新华书店
印　　刷　四川科德彩色数码科技有限公司
开　　本　880 毫米 × 1230 毫米　1/32
字　　数　1760 千字
印　　张　65.75
版　　次　2024 年 11 月第 1 版　2024 年 11 月第 1 次印刷
书　　号　ISBN 978-7-5241-0117-8
定　　价　598.00 元（全 10 册）

总序

以散文之名　发时代之声

四川省散文学会会长　丁仕强

四川，自古便是文人墨客倾心描绘的天府之国。这片充满诗意与传奇的土地，激发着作家和诗人的情感与想象，孕育出一代又一代的文学巨匠。他们以笔为犁，耕耘着这片沃土，用文字记录时代的变迁，抒发个人的情感，展现社会的风貌。

进入现当代以来，随着社会的快速变迁和文化的多元融合，四川散文作家更是以其独到的视角和敏锐的洞察力，捕捉时代脉搏，反映社会现实，表达个体情感，创作出了一大批具有深刻思想内涵和艺术价值的优秀作品。散文，作为一种自由、细腻、深邃的文学形式，它以最直接的方式触碰人的心灵，以最朴素的语言揭示生活的真谛。四川的散文作家，根植于这片文化沃土，汲取着巴蜀文化的精髓，他们的作品既有大山大水的雄浑壮丽，又有田园牧歌的温情脉脉；既记录着时代的变迁，也倾诉着个体的情感。

四川省散文学会迄今为止已走过34年的历程。多年来，学会与时俱进，开展写作分享及文学讲座，召开“川渝散文家论坛”“中国西部散文论坛”，开展“四川散文奖”评选等活动，上千名会员出版散文专著，近百名会员荣获“鲁迅文学奖”“冰心散文奖”“四川文学奖”“朱自清散文奖”“五个一工程奖”等文学大奖，散文创作成绩斐然，可圈可点。

为深入践行习近平文化思想，坚定文化自信，坚持守正创新，引领新时代散文创作，推动散文家队伍建设，促进散文高质量发展，学会组织编辑《当代四川散文作家书系》（第一季），旨在全面展示当代四川散文作家的创作水平和艺术风貌。我们精心挑选了部分优秀散文作家，他们中有的已在文坛享有盛誉，有的则是初露锋芒的新星，涵盖了不同年龄层、不同风格流派的散文创作者。无论是对乡愁的抒发，还是对时代变迁的记录，抑或是对个人生活经历的思索，每一位作家都有其独特的视角和笔触，他们用文字描绘山川河流的痕迹，刻画时代的进步与变迁，抒发对生活的感悟与情感，以真挚的情感和独到的视角，展现了多层面的社会现实与精神追求。

本套《当代四川散文作家书系》，共10本散文集，分别是《梧桐树下》《千年一城》《火把》《在故乡的原野上奔跑》《洛水边的乡村中国》《飞鸿雪泥》《比草还长的日子》《川流不息》《岁月笔记》《且听风吟》。

《梧桐树下》一书，作者结合亲身经历，深刻探讨了人生哲理、人际关系的温暖以及个人成长过程中的反思；《千年一城》则借着收录的23篇文章，精心组构出千年古城巴州的来路与去向以及巴州城的数次华丽转身；《火把》一书通过几个不同时代、

不同地域的人物和故事，展现了普通人在生命迁徙与经济变迁中的坚韧与努力；《在故乡的原野上奔跑》是作者的奋斗史、心灵史，“奔跑、扎根、奋斗”是本书的关键词，怀念和梦想是作者的情感表达；《洛水边的乡村中国》一书，作者以小见大，以洛水边的10个传统村落蝶变成特色新村，折射出了一个县、一个省乃至整个中国乡村的发展历程。其他几本散文集也各有千秋，特色鲜明，通过这些作品，我们可以感受到四川散文作家在继承传统的基础上，不断创新的艺术追求。他们以真挚的情感和深邃的思考，探讨人生哲理，挖掘人性光辉，传递社会正能量。他们的文字，既有对美好生活的向往和追求，也有对社会现实的深刻反思和批判。

这套书不仅是一种文学表达，更是历史与现实交汇、个体与民族共鸣的生动写照。这些作品，或清新脱俗，或深情厚重，或哲思深远，它们共同构成了一幅丰富多彩的文学画卷。希望通过这套丛书的公开出版，不仅能把握住散文这一文体在形式上的创新与探索，也能从深层的文化内涵上，理解四川乃至整个中国当代散文创作的发展趋势。

在这里，我要特别感谢各位作家的信任与支持，正是因为有了他们的辛勤耕耘和精彩创作，我们才得以将这些散发着文学芬芳的作品集结成册，奉献给广大读者。同时，也要感谢书点文化传播出版团队的细致工作和无私奉献，他们的专业与热情确保了本套书的顺利出版。

愿《当代四川散文作家书系》能成为你认识四川，感知时代，领略散文魅力的一扇窗口。希望这些真挚的文字能触动你的心弦，激发你对生活、对文学的深刻思考和无限遐想。

让我们携手共进，以散文之名，发时代之声，祝愿四川的山水更加美丽动人，祝愿各位散文作家创作大获丰收，祝愿四川散文创作和发展永远充满生机与活力！

2024 年 6 月 29 日

目录

滴水山崖汇入海	001
心　语	005
骄傲与自傲	008
听　雨	013
人活自己	019
春来正是读书天	025
追逐太阳去解惑	028
秋　忆	032
日升日落都鲜红	035
天　眼	043
明月思乡寄千里	045
天籁之音　大美中国	050
山崖红叶映我眼	055
惜别 2016 年	060
在苍茫的大海上	065
我从哪儿来，我到哪儿去	068
晨曲鸣唱	074
种子（外一章）	077
享生活　这样过	082

因为远方有个你 087
划根火柴把心点亮 092
杨老师 098
无论如果怎样 104
走出大山是为了走回大山 109
让每一朵花在阳光下绽放 117
人生只做一件事 125
百媚千娇舞青春 129
梦回草原 133
每个人都是天使 139
人活百岁 145
底　色 150
朵朵葵花向阳开 155
秋景秋语 164
优雅读书 169
我向大海借胸怀 176
我向高山借自信 179
我向草原借情愫 183
为了母亲的骄傲 187
阅读与财富 194
再见是为了再见 201
文作伴　苦为乐 205
梦·想 209
从精神到精神 215

滴水山崖汇入海

日，因海水而喷薄而出，而获光辉；月，因海水而明耀河山，而获辉煌。

大地，因水而景象万千；万物，因水而赋生命，而勃勃生机。

一滴水，透明无色；一杯水，透明无色；一缸水，透明无色；一股山泉，清澈清凉；一段小溪，绿油碧清；一条河流，翠绿涌流。

一滴水，一股山泉，一段小溪，一条江河汇入大海，那一滴无色透明的水就那样涅槃演绎而蜕变成蔚蓝蔚蓝的海洋。

这就是水的品质，水的品格，水的品性。

那蔚蓝蔚蓝、碧波万顷、浩瀚无际的海洋啊，竟成了日、月每日获得新生的起源线。

无数次地幻想过大海的波澜壮阔，无数次地聆听颂扬大海的歌。是的，浩瀚无际的大海纵然能唤起我们心灵的震撼，而激起忘情地高声疾呼，或欣然落泪，这就是大海的魅力，这就是大海的力量。

一切的心绪因激动、感慨、兴奋哪怕是伤痛、伤感、苦恼、烦闷都可向大海倾诉，然后畅快淋漓地泪滴。接纳百川的大海，或是以平静的波涛予以慰藉，或是以怒吼的狂澜一同宣泄。所以，我们敬畏大海宽阔的胸襟，敬慕大海非凡的气概。

看见眼前宽阔无际的大海，谁又会去联想远在山崖间那慢慢渗沁的一滴水？

一滴从山崖石缝间渗出的清凉的水——叮——咚——叮——咚——滴入水潭，日复一日，年复一年。来到潭边饮水的小鹿仰头问道：你孤独吗？泉水不语——叮——咚——叮——咚——

幽静的山岭，因叮咚的滴水声，而赋予大山生命，小鹿欢快地向太阳跑去。

一滴从山崖石缝间渗出的清亮的水——叮——咚——叮——咚——滴入深潭，日复一日，年复一年。一只飞来的喜鹊边梳洗光泽亮丽的羽毛边问道：你寂寞吗？泉水不言——叮——咚——叮——咚——

宁静的山谷，因叮咚的滴水声，而获得生机，鸟儿飞向快活的林间。

水，万物生命之源。

我以为，这滴远在峭壁山崖间的水，永远都听不到大海汹涌的波涛声，只能默默无闻地滴下，滴下，所发出的叮咚声单调也好，动听也罢，大海所发生的一切都与它无关，它也无从知晓。

然而，我错了。

其实，大海的平静，大海的惊涛，一滴水早就所知，这是太阳告诉它的，所以它才那样默默地滴下；其实，大海的宁静，大海的怒吼，一滴水早有听闻，这是明月亮告诉它的，所以它才那样执着地渗滴；其实，大海的碧波，大海的湛蓝，一滴水全都详知，天上飘过的云，山间吹拂的风，林间忽降的雨都告诉了它。这样，那滴叮咚的水才持之以恒，慢慢渗出，一滴一滴地滴下，才将一种孤独变成了一种欢乐，才将一种寂寞当成一首欢歌：叮咚，叮咚——叮——咚——

太阳落山月亮升起，风儿走了云儿来，哗啦啦的松涛声，是青松为滴水鼓的最为真挚的掌声；划过夜空的闪电，是雷鸣为滴水划出的最为耀眼的光芒；疾风暴雨是天空赋予滴水最为鲜活的生命。当一滴水把寂寞当快乐独饮的时候，有什么能阻止它那颗愉悦的心呢？当一滴水将孤独当幸福来享受的时候，有什么能割断它快乐的源泉呢？

一滴水，它不可能不知道是怎样从草地流向山泉，聚成小溪，冲崇山峻岭，绕山峦叠嶂，汇入江河，拥入接纳了百川的大海的。然而，这滴勇敢坚强的水，在大江里得到了生命的新生而变成永生；这滴充满生命活力的水，在大海中得到生命的力量而变成永恒。

是地球的引力？是自然属性？是水的归属？滴水归海，水是这样认知的；幸福的源泉是从点滴开始的，水是这样坚信的。所以，一滴晶莹剔透的水，不仅能折射出太阳的光辉，还能折射出大海的宽阔。

生命中，我们每一个人都如同一滴水。

有人怕做一滴水，是怕遇见太阳就挥发消失了；有人怕做一滴水，是怕遇见风就烘干枯竭了。可生命除了需要阳光、空气，还有不可缺失的生命——水。

既然是一滴水，我以为，不要急于流入江河，涌入大海。

滴水穿石，是因为水能持之以恒。

青松因一滴水才挺拔俊秀，山野因一滴水才山花烂漫，沙漠因一滴水而成了绿洲，钢铁因一滴点水而铸就坚硬，大海因一滴水而浩瀚无际。我们为什么不为做一滴水而折射出人性的光辉。

不要等到天崩地裂、风尘沙暴、大热酷暑、烈日灼眼，我们才绝望地问苍天。其实，要拷问的是我们的心：我们是不是无视了一滴水的存在？我们是不是践踏了每一滴水？我们是不是要等到当一滴水成了我们最后一滴眼泪的时候，才知道水的可贵？

如果到那时，一切都晚了，那不是一滴水的问题，那将是生命的终结。

惜水！惜命！

一滴水净化了我们的灵魂，陶冶了我们的情操，彰显一个人的品格。

由此可见，水，不属于哪一个人，那是我们自己生存的要素。有了这样的意识，才有了我对一滴水的敬重与敬畏！

一滴水打湿了我的脑，一滴水润湿了我的心。听到水声，表明我的思想还活着。

一滴水如同大海，心怀博大，它不仅赋予我们生命，养育、滋润着我们，还带给我们无穷的欢乐。一滴柔柔的水渗入女人的肌肤，滋养着她们的倩丽，所以我们说女人是水做的。同样一滴水注入男性的肌体，铸就了他们雄健的体魄，所以我们说每个男人都似铁如钢。

一滴水落下，可能变成一朵美丽的花朵，也可能变成无数粒玉般晶莹的珍珠，这就是一滴水的魅力所在。

从太空看地球，城市不在了，草原不在了，山峰不在了，除了绿色的大陆，就是湛蓝湛蓝的海水。地球如出水一般，同样湛蓝，地球就成了一滴水。

我深知，对一滴水的读解其实是多余的，因为那滴远在山崖的水不需要什么炫耀与渲染，它就那样默默地渗出，滴下，滴下。

叮咚，叮咚，叮——咚——

2015 年 5 月 23 日

心 语

密码，是在约定的人中间使用的特别编定的秘密电码或号码。无须质疑，无论是设置密码的人还是解码者，都要经过一定特别的训练。

生活中，有一种形同于密码一样的“密码”。置这种“密码”不需要做什么特别的电码或号码处理，破译这种 “密码”的密钥也不需要做特别的训练。

用心地去读，用心地去悟，则心相通。

当心与心碰撞、交流，碰撞所擦出的火花，交流所致的契合点，你自己都不能自己的时候，密钥在手，“密码”方被获取；当获取这种“密码”后，你对事物的认识有了新的见解，认知的世界得以改观，人生观得以升华，生活历程将发生新的轨迹。

我以为，这种“置码”与“解码”的关系可解释为心灵的感应与感悟——心语。

读一本铭刻励志的书，吟一首热血沸腾的诗，听一曲高亢激扬的音乐，观一幅宏伟壮观的画卷，于脑、于心不仅是一种精神上的享受，更是一种情操的陶冶、一种灵魂的洗礼。这就是“置码”与“解码”的心语相通。如果你只是一个看“热闹”的看客，一个“凑”

热闹的围观者，任何作品的创意与用意都与你无关。

谁是置码的高手？作家？音乐家？舞蹈家？雕塑家？凡将语言融入作品表述的始作者。谁是解码的高手？凡是能读懂、理解大师作品的意图，吸取其精髓，并为己所用者皆为高手。

每一件作品都有其自身的价值，每一位作者都在他的作品里或多或少地置入“密码”，密码的内涵蕴藏着始作者的思想理念。不用心去思、去悟，就难与始作者达到心灵相通，也就无法品味到一件作品存在的价值美。我们只是走马观花地看热闹，那也只是看了一场热闹而已，作者的思想、用意、意图不过滤、不思考、不深究，也就称其为过目而已。所以，我们不要枉然地下断言：我又读懂了某一作品。

每一个大师都是语言的高手，他们总能将自己所观察、感受、体会到的世界、生活酝酿于心，不为自己所感动，绝不会轻易提笔的，最终化成了自己独特、独到、独立的思想见解，化作特有的艺术语言融入流畅优美的字里行间、不朽的雕塑里、多彩的图画里、流动的音符里、五彩的光与影里。

一尊雕塑，一幅画卷，一首音乐，一篇文章，与其说是艺术家留下的墨宝，倒不如说是艺术家留给我们的精神财富。其作品中的精粹、精髓融入了艺术家怎样的密码，是常人所不知的。当你为某一件作品而欢呼、鼓掌、流泪的时候，那也许不叫读解，那或许只叫感染，或许就是一时的冲动吧。当我们的心与大师们的心调到一个共振频率，碰撞出神奇火花的时候，也就是看一幅画，眼中自有万马蹄如骤雨来的震撼场景；听一段乐曲，可闻萧萧马鸣，悠悠旆旌古战场狮吼声；读一段文字能读出“稻花香里说丰年，听取蛙声一片片”的画境，如干渴遇雨露，荒漠见绿洲，方可领悟一种什么样的精神享受，体会一种怎样的思想境界。

高雅，唯思想者才能分享！

每一部杰作都凝结着大师们的智慧与心血，所以他们才那样全身心地投入，视每部作品为孩子，付出心血、精力乃至生命。所以，观一尊威严的雕塑我们可以解读一段不曾知晓的故事；赏一幅画可以激发一种心灵的震撼；听一首曲可以触景生情欢歌落泪觅知音；吟一首诗可赞叹，触及灵魂共振；读一段文字方可升华我们的人生。那魂一般的雕塑，艳丽的色彩，流动的音符，落泪的诗，优美的词，感动的不仅是我们的眼泪，拨动的不仅仅是我们的心弦，震撼的不仅仅是我们的心声。

每一个字，每一笔色彩，每一个音符，与其说是始作者情感的表达，倒不如说每一部作品里都滚动着一颗炽热的心，一颗可以燃烧自己的心。那崇高的思想境界与艺术价值，铸就的是艺术魂，魂中就注入了艺术家的密码——心语。

触动心点的作品，谁读懂了，深知作者意图、用意、内涵，谁的心与作者的心就达到一个共同点。读书读到精神、境界、心灵的享受，你不是解码者，谁是！

开卷有益。当一件作品展现在你的眼前时，不要急切地打开，我们先要问一问自己：这件艺术品我要读到什么？读懂什么？获得什么？

是的，当我们读懂了春的一嫩绿的幼芽；夏的一丝凉意的风；秋的一片剔透的红叶；冬的一片凌空的雪花，生活就五彩缤纷了，情感世界还怕不富有吗？

知识陶冶情操，知识改变命运。

书，是这样说的；书，是这样告诉我的。

2015 年 6 月 28 日

骄傲与自傲

一名著名导演面对一群青春、激情、阳光、活力的当代大学生演讲时，说了一段寓意深刻的话：我们为什么不能骄傲？我们为什么不可以骄傲？骄傲给人以信心，骄傲给人以自信，骄傲给人以勇气。

接着他讲道：我如果没有众多的前辈对我的扶持和帮助，所谓第五代导演，没办法开启一个新的艺术运动，我们既要顺应，又要疑问，所有的进步都是从疑问开始的。我是这样的一个人，我希望我每一部电影都当成第一部来拍，谦虚谨慎，向年轻人学习，向观众学习。同时，内心又要骄傲。骄傲不是自傲，骄傲的含义是，骄傲可以推动自己，向较为理想的方向推动，骄傲是可以对自己有要求，骄傲可以看轻自己。

在结束本场演讲时他是这样讲的：鲁迅说得好，他说一国有骄傲的国民，真是一国的幸福。我拿这句话和在座所有年轻朋友共勉，做一个骄傲的人，做骄傲的事。

人，不可以骄傲。

是的，我们都是在这样的训诫下成长的。父母教导我们，谦虚做人，踏实做事；老师教育我们，谦虚使人进步，骄傲使人落后；

长辈们告诫我们，不要骄傲，不要清高，要夹着尾巴做人。因此，我们牢记的第一句话是：活到老，学到老。第二句话是：不要自鸣得意，放下面子，谦虚、踏实做人。

一轮红日冉冉升起，那喷薄而出的红光照着一扇窗户。窗内，一名女子正经受着人生最刻骨的阵痛。她要使出最后一丝力气来完成一个年轻女子向一个年轻母亲的华丽转身。

这震撼、涅槃、美丽的一刻，是对生命的礼赞。

随着一声洪亮的哭啼，一个新生命诞生。天使托起的犹如那轮泛着红光的红日，赤条条地，我们来到了人世间。

哭啼，是对给生命的母亲的感恩，亦是对父亲的感恩；哭啼，是对接生医生崇高的致敬，亦是对护士崇高的致礼；哭啼，是向世人的宣告，亦是对生命的呐喊：这世界，我来了！

人生一世，竟是从哭啼开始的。

人世间，第一声哭啼是父母给的；生命成长，第一滴奶水是母亲给的；睁眼看世界，第一缕阳光是太阳给的；立足大地，人生第一步是父亲帮我们迈出的；人字大写，一撇一捺是老师手把手教我们写的；社会阅历，是朋友相伴而随阅读的。

做人、做事、学习，就成了我们人生没有终点的旅程。

漫漫人生路，艰辛曲折的旅程，我们不可以骄傲，是怕被人视为清高；不能骄傲，是怕别人冷眼相待；不敢骄傲，是我们活在可畏的人言中。我们永远在仰视名人，我们永远在追赶我们心目中的偶像，我们从不曾表扬过自己，也不曾赞美过自己，更不曾欣赏过自己，我们总是很谦虚、很谦卑地做着自己，永远在学习的路上。一旦受挫，就开始怀疑自己，责备自己，没了兴趣，没了动力，甚至丧失了自信心。

我们总被时代的火车追赶着，压得连喘气的机会都没有，因为在目标的尽头，永远都有一个榜样在等待我们去超越。我们犹如一名火车司机，永远不停歇地奔跑，奔跑。龟兔赛跑式的学习，你追我赶地发奋，直到哪一天，我们终于身心疲惫地对天发出一声由衷的叹息：我好累！

我们为什么不看一眼那滴辛勤汗水里所折射出七彩阳光的炫彩呢？我们为什么不停下急促的脚步，去看看人生旅途那些本属于自己的风景呢？一株嫩绿生机的幼芽，一朵赏心悦目的鲜花，一座巍峨挺拔的山峰，一片洁白漂移的云朵，一朵翻滚追赶的浪花。

我们可以换种方式放松一下自己，暂不做“火车司机”，去做一名普通的乘客。看看车厢窗外我们平日不曾留意的沿途风景。

前行的列车，一路欢歌，一路奔跑。做一名乘客，你才可以发现，原来我们穿越了那么多的隧洞、跨越了那么多的桥梁，停靠了那么多的无名小站，安全地运送了那么多的旅客。没有因电闪雷鸣而停过一次车，没有因天寒地冻而误停一个小站，一束光亮划破黑夜风驰电掣向前冲，一声鸣笛温馨着一列车旅客人的心，小站有小站感动，终点却是欢乐的笑脸。原来，做一名“火车司机”的我们真的很棒！我们为什么不可以为自己骄傲呢？我们为什么不可以对自己竖大拇指呢？

自信心来源于别人的认同，也来源于自我的鼓励。

当我们将一种自信转换为一种动力的时候，我们才可以自信满满地回到司机的岗位，做一名更好的司机。所以，做一名好司机，在为别人鼓掌竖大拇指的同时，不要忘了也为自己鼓鼓掌，竖竖大拇指。

尽管人生的道路我们会遇到那么多的不如意、不公平，遭人冷眼相待，甚至挖苦打击，但强者无所畏惧，我们不畏闲言碎语，不打退堂鼓，在逆境中磨炼自己，在风口浪尖上大声疾呼：让暴风雨来得更猛烈些吧！

让所有的艰难、险阻、逆境都成为一笔不可多得的人生财富。因此，自我的骄傲是对自我的肯定和勉励。

回首往事，冷静思考我们所经历的生活，我们所走过的路，我们终将发出由衷的感叹：是生活磨砺了我们，是人生历练了我们，此生虽不曾出彩扬名，但终未成一名闲人、庸人而庆幸。

为什么不可以为自己骄傲？为什么不可以为自己鼓掌？

与骄傲相反，自命清高、目中无人、夜郎自大者当属自傲，或称轻浮，或叫没有自信心。

自傲——自以为有本事而骄傲。

自傲有点像爱啼鸣的公鸡。公鸡怎样？公鸡只要捉到一条青虫，先是一阵自鸣，引来母鸡或小鸡，等别人一动嘴，它就会红着脸，仰起脖子咯咯哒、咯咯哒地报鸣，满院子的人都能听见，都可知道。

自傲有点儿像墙头上的芦苇，虽然青绿，稍有微风吹起，它就自鸣得意地摇头又晃脑。若遇狂风大作，闪电雷鸣，倾盆大雨，那棵头重脚轻根底浅的芦苇就不只是摇晃不定，有可能就体力不支，性命难保，甚至夭折。

所以，我们不要做自命清高、头重脚轻的墙头芦苇。

自傲的人骨子里像是缺少了点儿什么，所以他们总像在掩饰什么，弥补什么而让人避而远之。

大凡博古通今、有见识的人，有涵养的人都很谦卑，他们的穿着是那样得体，举止是那样优雅，交谈是那样谦和，从不傲视，从不清高，与这样的人相聚，聆听也就成了一种享受。

人不可自傲。自傲如一叶障目让我们昏昏然而不思进取。

人的一生，对这个博大世界的“贡献”，所创造的“价值”是微乎其微的。因此，我们没有什么可值得自傲的。

我们只有感恩，感恩生养我们的父母，感恩厚爱我们的世界，感恩这个多元化的社会，感恩五彩缤纷的生活。

人生旅途，我们要经过多少站点，到达多少风景点。前方的道路从来不是宽阔的坦途，而是布满艰辛、曲折，充满荆棘、坎坷。所以在不断奋进的同时，常回头看看，稍微留意自己的脚印。

骄傲如黑夜里一束闪动的火苗，闪耀在我们的心间；骄傲如冬天里耀眼的红点，温暖着我们的心房；骄傲如一缕灿烂的阳光，照亮了我们的心间；骄傲如一丝温暖的春风，给我们兴奋向上的力量。

骄傲吧，给自己一个骄傲的理由，让理想的风帆扬得更高，旅行的航程更远些；骄傲吧，给自己一个骄傲的理由，让自信心更加豪迈，勇往直前步伐更坚定；骄傲吧，给自己一个骄傲的理由，让高飞的翅膀更坚实飞得更高；骄傲吧，给自己一个骄傲的理由，让生命更加灿烂，生活更加炫彩。

2015 年 7 月 23 日

听 雨

听雨，是在心静时；听雨，是因雨的率真；听雨，是因雨滴声成了我生活富有情趣的组成部分。

雨，从不矫揉造作，也不投其所好；雨，绝对有自己独特的性格，不因人的谩骂倾盆而下，也不因人的喜爱而媚俗缠绵；雨，刚烈如松，显男人之阳刚，柔情似水，似少女之羞赧。

一

孝敬父母，尊敬老人，积德行善，诚实做人当是每个家庭养儿育女之初。

那天，天空下着蒙蒙细雨。“宁弟，走，偷白糖去。”

此话一出口，正端着一盆清水的母亲差点将水倾洒一身，一脸惊讶地看着我的两个哥哥，口如玫瑰花开，目不交睫，颤音即出：“你，你、你俩叫弟弟去做什么？……”

可两个哥哥全然不顾母亲的表情，也不等母亲再开口，我们仨就进了蒙蒙的细雨中。

因是细雨，听不到四周哗哗的雨声，但可听见细雨洒在红油纸伞上清晰的“沙沙沙”声。兴奋的我看着两个撑伞的哥哥，不停地问：“哥哥，你们这是带我去哪儿呀？”

“不远，就在小屋前那棵梧桐树下。”

在回家的路上，两个早有“预谋”的哥哥将伞分开，像未开的花蕾，我的头顶很快就被晶莹剔透的雨滴洒满，随即两把雨伞合拢。

再次出现在母亲视线里时，两个哥哥指着我的头顶对母亲说：“妈，您看，弟弟偷了好多的‘白糖’。”可不是吗，那细细的雨滴，恰似一粒粒晶亮的白糖。

白糖！当母亲会意到“白糖”的含义时，竟也开怀大笑起来，指着哥哥说：“你们这三个‘鬼’娃儿啊。”爽朗的笑声足见母亲是多么开怀。笑过之后，母亲撩起腰间的围裙，将我头上的雨滴拭去，我顺势倒入母亲怀中。我笑，哥哥也笑。

原来，快乐竟是如此的简单。

二

幼小的我，对那雨滴打在红油纸伞上的声音不是听，是喜，看得见雨滴，却打不湿我身，那柔柔细雨中蕴藏着那么多温馨，让我高兴却无法去体会一场雨的意义。

如果不是那个夜晚，喧哗的窗外以蛐蛐鸣叫而显城市的宁静，本以为这样的夜，倒床便可酣然入梦的我，不曾想到的是大脑却莫名地亢奋着，毫无睡意，就那样无所事事，心猿意马，天马行空地胡思乱想一气。不敢想时间，不敢看时间，静听窗外蛐蛐声，谁知蛐蛐在“蛐——蛐——蛐——”的鸣声中都将自己催眠入睡了，我还睁着眼看窗外的星星。

星星对我眨着俏皮的眼，谁知时间一长，眨着眨着它也有了倦意，扯了一片薄薄的云层遮住了疲惫的眼睛，丢下我进入它的梦乡。静谧的四周唯有枕下手表“嘀嗒嘀嗒嘀嗒”陪伴我，闭目数数，从一数到六十，乱了，再数……就这样，越是想“清空”大脑，越是无法安神，这个夜完了，慢慢等待东方发白吧。

闭目佯装入睡，忽闻窗外“滴答滴答滴答”的雨滴声，随即是雨打树叶噼噼啪啪的跳动声，随后是风雨哗啦啦地敲击窗户声。呜——呜——呜——一阵一阵的风起，哗——哗——哗——一波一波的雨浪，那如珍珠落银盘的雨滴声让我好生释怀，这是多么奇妙的一场雨啊，“浇”透了我的大脑，那杂念洪水般一泻千里，一种莫名的轻松。心安理得地闭目听闻，雨滴还在不断敲打树叶，撞击窗户，呜——呜——呜——哗——哗——哗，一阵接一阵，一波接一波。

谁会拒绝一场雨带来的欣喜与欢畅呢？晨间的小鸟在喜叫，出山的太阳在嬉笑，哦，我是在阳光和鸟儿鸣叫声中醒来的，雨呢？

那夜，我与雨结下了一份独有的情缘，逢雨必听。

其实，听雨不一定是在夜间，只要用心，一年中有那么多的雨可听，谁会为一场雨而陌生呢？谁又会在意一场雨带给我们的乐趣与愉悦呢？谁有心思为一场雨去感怀与释怀呢？

雨滴，不仅冲洗着混浊的天空，同时也净化着我们的灵魂，沉淀的不仅是尘埃，也沉淀着我们那颗浮躁的心；雨滴，不仅让雨伞美丽着城市，还让我们看到了雨后一道七彩的虹；雨滴，不仅让我们感受到了生命的存在，还让我们感受到了生命的意义，所以，我们敬畏的不仅是雨的圣洁，还因为雨滴滋润着万物的生长。

阳光雨露，雨是生命之源。

不同于阳光、空气、风，雨，我们不仅可以感受到它的存在，我们还可以触摸、亲近、拥抱雨。

三

虽说年年每季我们都与雨相遇相遇，如不上心，我们怎能体会到一场雨如一曲热情豪放的钢琴协奏曲，一首悠扬悦耳的小提琴，一段倾诉衷肠的思乡曲，一个生命的音符呢?

雨滴好似结交的陌路人，由相识到相知，由相知成莫逆之交，听雨滴就会变成一种享受，由期盼变成渴望，融入生活，融入生命，不仅听出一种生活情趣，它还会变成生活的一种方式，一种所得，一种必然。

好雨知时节，一场雨水一番景。

春雨贵如油。

一年之计，我们有什么样的心境会像春天到来那样让人爽怀呢?

办年货，贴春联，吃汤圆，放鞭炮，猜谜语，观花灯，万物苏醒让我们在阅尽人间春色的同时，心也像春回的大地，发出幼嫩的春芽，长出绿绿的嫩叶，开出灿烂的花朵。春季，不仅要抒发心中的情怀，还要立志。

一声惊雷，立的志就像种下的一颗豆，在雨滴下发芽，在心中成长，和着微风，和着阳光，朝着光明希冀的目标蓬勃向上。心里的那份自得，非热爱生活的人是意识不到的。

你听，那噼噼啪啪的雨滴声就是激情跳动的音符，有畅想，有欢歌。

夏雨如甘露。

酷热的夏天，干渴的季节，那个炽热的火球所释放的热能，让我们经历火焰山一般，炽热的阳光不仅灼伤我们的肌肤，热浪一波一波地袭来，心也如毙命一般，大地划一根火柴就能将整个世界燃烧。

骤然间，浓云密布的天空，狂风大作，天像吞噬大地一般。狂风暴雨来袭，拯救的不仅是干渴的大地，更如甘露湿润着每个人那干枯的心。

你听，雨滴如万马奔腾的马蹄声，声声点点敲击在我们的心坎，那样的热烈，那样的奔放，酣畅淋漓，这场赋予生命力的雨，自然也就成了我们生命的新命题。

秋雨如多情。

毫无疑问，秋雨是为浪漫、有生活情调的人准备的。浪漫的人有雨具也不用，就要在雨中漫步；有生活情调的人就要在雨中挥毫泼墨，留下秋雨的色彩；有生活情趣的人，就要在雨中抒情对天放歌，对雨赋诗。

一场秋雨成就了多少对恋人，除了雨滴，只有脚下的红地毯知道。所以，秋雨也是童话的制造者。

你听，浪漫雨线，听雨听心。沥沥淅淅，总是让我们想起谁，除了惦念，还有牵挂，揉碎了我们的心，心如海决堤，那个多情的雨滴，总让人想起那个曾经多情的你。

冬雨如精灵。

冬雨往往夹着雪，那雨滴中的雪花，恰似一个古怪的精灵，自然是雨滴幻化而成。

那场雨雪后银装素裹的世界，正好映照在我们的心上，净化、陶冶我们的情操，拷问我们的良知。这样，我们才可以以一颗明净的心做追赶春的准备。

你听，此时无声胜有声，我们要将所有的不快、烦恼、苦闷都封存雪葬，换一颗圣洁般的心灵，等到春天去发芽。

四

知心的雨是与人心相通的，灵性的雨随心而应，雨之所以能入人的心境，是因为雨成了你的朋友。

当你的心情愉悦的时候，雨就像奋蹄千里的骏马，万马奔腾踏在你心坎上，催人奋进而使你斗志昂扬，精神振奋地笑看人生，笑看生活；当你为一个人牵挂惦念的时候，雨滴能牵出你的愁肠，将忧愁的伤感变成长长的思念，令你回念；当你苦闷烦恼的时候，雨就成了你的倾诉者，点点滴滴释放心中的忧伤；当你痛苦万分、肝胆欲裂的时候，雨会伴着你的泪水，如大山轰然倒塌，任凭泪流成河，带走你无限的悲伤。

有时候我们听不到雨滴那轻柔的脚步声，可我们能感觉得到雨的来临，犹如我们那些不曾陪伴于身边的朋友，或是被忽略，或被遗忘，可一旦电闪雷鸣，我们的眼中就会出现某个朋友的影子，就会想起某个朋友的名字，眼前就会浮现朋友的笑脸，那些远去的故事、远去的故友，你曾经误解过的朋友都会回到你的脑际，如荧屏闪现，点点回味，珍惜的就是当下的朋友。

这就是雨的魅力，生命存在的真谛。

2015 年 10 月 7 日

人活自己

活着！人活着！

人活着，我还活着吗？我为什么活着？我为谁而活着？为你？为他？为自己？

读着所能读到的文字，打开所能翻开的著作，访到所能见到的学者，拜谒所能崇拜的名人，没有一个人给“人为什么活着”一个明确的定义，也未给出“人活着为什么”一个明确的答案。所谓的“经验之谈”或“个人见解”都是因个人的思想而论。也就是有什么样的思想，就获什么样的果实。

不管怎样写，不管怎样说，不管怎样谈，对于人为什么活着都离不开“真实、真诚、坦诚、坦率、率真、真切、人格、人品”这些字眼。

茅塞顿开，做事先做人。

是的，一个人有什么样的思想，就有什么样的思维；有什么样的思维，就有什么样的行动；有什么样的行动，就行什么样的事，就获什么样的果。

人不怕活着，就怕不知怎样活着。

活着，是每一个人生存最为基本的权利，是不被任何人所剥夺的。可有的人，天生就是为事业而活着的。当别人都在为生计而盲目茫然地奔波寻觅的时候，他已在自己心中定下一个奋斗的目标为此锲而不舍、坚持不懈努力地奋斗着；有的人，看到别人的荣耀光环也曾发誓过，行动过，但终因退缩而遗憾终生；有的人，活了一辈子都没弄清楚人活着到底是为了什么，他不是以平和的心态看待世界，却总在抱怨、忧愁中度日，视阳光而不见，总觉得阳光都照着别人，而自己都在阳光的阴影中；有的人，总觉得富有生活是为富人准备的，受穷的只是自己，世人都在欺骗他，别人都在亏欠他。再好的生活也不知足，再好的日子也食不甘味；有的人，好像知道人为什么活着却弄不清人活着的意义，也不想弄清这些意义，有一杯酒、一碟花生米，就是幸福的一天，快乐的一天，这样的人倒也活得潇洒与洒脱。

其实，不必埋怨什么，更不要抱怨什么，当我们在怨天怨地泄愤发泄的时候，欺骗的是自己，伤害的还是自己。

荣誉下的艰辛你可知道？当我们欢天喜地，灯红酒绿下举杯相聚的时候，有的人却在寒窗下馒头夹着咸菜，冷水泡饭地苦读；当我们还安享于席梦思柔软的时候，有的人却躺在昏暗潮湿的地下室的床板上忍受着饥肠辘辘；当我们在酒店里举杯欢颜，歌厅里高歌的时候，有的人却在风中艰苦跋涉，在雨里摔倒；当我们快乐无忧品茶谈古论今的时候，有的人可能献出了一只手或一条腿或许是生命。

光环下的付出你知道吗？当你情意绵绵牵着你恋人的手在柠檬月色下漫步的时候，有人在圆月的照耀下孤独寂寞地疾步于跑道上，有人不知疲倦地挥汗于体操房，有人汗流浃背地奔跑于绿茵场上；当你在为理想、事业、前途夸夸其谈，挥臂发誓的时候，有人在默默无声中奋笔演算、论证、爬格子；当你在熙来攘往、繁花似锦的大街上春风得意的时候，有人徒步在艰难险要的山野山梁；当你如梦初醒，发奋拼搏的时候，有人收获金色的果实。

是的，当我们将掌声与鲜花献给那些人民功臣、劳动模范、人民卫士、人民教师以及那些为了人民的利益而献出宝贵生命的烈士们的时候，我们才可以无以慰藉地告诉自己，荣誉当属于他们；当我们将荣誉和掌声送给科学家、艺术家、文学家、歌唱家的时候，我们才自豪无比地告诉自己，光环下的生活因他们而精彩。

与其埋怨，不如改变。

其实，英雄在成为英雄之前，他自己都不知道自己将成为英雄，因为英雄昨晚还与我们摸爬滚打，昨夜还睡在我的上铺。今天，英雄又出现在我们出操的队列，又生活在我们身边；名人在出名的时候才是名人，未成名人之前还被人称为“傻子、疯子”，获得荣誉之后，名人又回到“傻子、疯子”的状态，该文者文，该武者武，我们又有多少人愿意做这样的傻子加疯子呢？这就是从生活中来又回到生活中去的真实生活吧。

其实，英雄也好，名人也罢，他们都是普通人，他们所获得的荣耀都是用行动获得的。有人只看到名人的光环，而荣耀、光环下的艰辛与失败是我们所不知的。

其实，我们应该看到有更多的人付出了我们常人所不知的艰辛与辛酸，摔打与磨炼，夏练三伏，冬练寒九，伤筋动骨，最终也没成为名人。对这样的人，难道我们就不起敬佩之心？他们同样值得敬服。

人言可畏！有的人，不是活在自己的生活里，却总活在别人的眼光里、议论中。在乎别人的戳戳点点，自己不相信自己；在乎别人的评头论足，自己不信任自己，其结果是将自己弄得身心疲惫，伤痕累累，意识不在自己，支配却由别人，最后将自己弄没了，自己都不认识自己了。

人言可畏！凡事努力去做，凡事认真去办，凡事问心无愧，不留遗憾，这样做了，我们为什么不可以开心呢？为什么不可以对自己竖大拇指呢？为什么不可以自己给自己点赞，说一声“我也很棒”呢？

当然，生活中也有这样的人，他们不付出，却总想获得，一旦没有达到自己所愿，就埋怨命运不公，生活捉弄或用“宿命论”为自己解脱。

头长在自己的肩膀上，我们为什么要按别人的思维意图行事呢？人要学习，要不断地学习，向书本学习，向社会学习，向生活学习，向一切有助于自己进步的人学习，在学习中去领悟人生真谛，提高自我修养，做一个脱离低级趣味的人。

人活自己，是在不失尊严的前提下，包容对方的无知，容忍对方的小节；人活自己，是在不失人格的前提下，放下架子，谦卑做人，忠实于人；人活自己，是种下一颗快乐的种子，凡事简单一点，与人友善一点，快乐分享一点，烦恼倾诉一点；人活自己，不是事不关己，麻木不仁，目中无人，我行我素，夜郎自大；不是浑浑噩噩，行尸走肉；人活自己，遇事要有主见，不用看人脸色，不必战战兢兢，不要左顾右盼，心想一事就用行动付出；人活自己，是做好每一件被人忽视或被不起眼的小事，这样你才可心安，对每一个普通人都不另眼相待，这样你才可舒心。

生活中，有的人好像天生就是评论家、指挥者、大裁判，自己无所事事，却爱对别人评头论足，无论别人怎样做，做得有多好，他都有评说或横加指责。可有的人就“心甘情愿”地听人评说。因为他太在乎别人的一个举动，一句说辞，一个脸色，一种表情，于是自己不开心，给自己添堵，最终伤害的不仅是自己，还有家人、亲人及友人、朋友。

对一个人品本就不敢恭维，且到处散布消极信息的人，他的话又有什么实质性的意义呢？他的话本就是要打问号、打折扣的，我们又何必在乎这样的言辞？为什么要在意一个无原则，无人品的人的一句话呢？而对一个德高望重，有道德修养，有知识思想，一个能提高我们的修养素质，使我们前行进步的人，他的所言，我们为什么不可听、不能听呢？我们当然得虚心地倾听，虚心地接受。

人活一生，你可以不为一个目标去奋斗，去拼搏。平平淡淡，坦坦然然地过一生也不失为一种活法。有的人活着就是为了自己心中那个目标而奋斗；有的人活着心中没有目标，可他生活得很开心，太阳升起的那一刻就是他新的一天，成功与否他全然不知，成功与否他全然不顾，冷嘲热讽他充耳不闻，但有一点，他乐于助人，凡事讲良心，凡事图个心安。一个十足的知足者，不求回报，不图回报，可他每天就这样开心地过、愉快地活，这也是一种生活状态。

我们需要宣泄，宣泄不是以嫉妒为目的。荣誉不同情嫉恨者，名义不会垂青可怜虫。

东方还没发白，太阳还未升起，闻鸡起舞的影子代替了隐退于晨的星辰；月亮才露出树梢，星星还在眨眼，亮剑棍棒就舞动在银色的月光下；星星还未回家，薄云还未飘来，那人才拉下熄灯的按钮，做着红日初升的梦。

人活自己，看的不是别人的荣誉，看的不是别人的光环，看的是自己行动的付出。

人活自己，就是将那些英雄、名人当作人生美丽的风景，即使自己成不了那道风景，只要我们朝那风景敬仰过，奋进过，就是成不了那道风景也不遗憾。

人活自己，一定是活在清醒的意识中。

2015 年 10 月 30 日

春来正是读书天

期盼着，热烈地期待着，一直以为春天的足迹都是悄无声息的。

等待着，急切地等待着，一直以为黎明前的早晨都是静悄悄的。

然而，我错了，所有的新生命都是在开春前孕育着的。

然而，我错了，所有的黎明都是幼芽成长的最佳时期。

然而，我更错了，因为这个阳光康养、鲜花四季的攀枝花城本就无雪花飞舞、寒风凛冽的冬日，一切的生命犹如那轮鲜红的太阳，每天都以蓬勃旺盛的精力向天升腾。

谁解读了春的“密码”，谁就获得生命的活力。

于是，渡口桥那棵攀枝花树在嗅到春的信息的那一刻，枝站花蕾，等不及阳春三月的到来，一月就把着春的脉搏，舞动一树的火红，怒放于蔚蓝的天空下，将春的信息释放，而一座城的人都因看到与春相约的攀枝花盛开而倍感温暖无比。

于是，竹湖园里翠绿的青竹抽出幼嫩的头和着那枝枝条条柳芽在晨曦中轻歌曼舞。

于是，花舞人间争奇斗艳的百花，引来勤劳的蜜蜂辛勤而愉悦地忙碌着。

于是，那迎风盛开的刺桐花，那爬满墙体的炮仗花，那还来不及凋谢的三角梅，那迎向蓝天的一品红……又引领了新一轮春的生机，引来了那么多的追春人、追花人、恋花人手握相机，眼看镜头，对准赏心悦目的花不停地看啊拍啊，快门声伴着春的脚步，走进赏花人的心房，妩媚、展姿、争艳，恨不能将自己融入花丛中，或成为花仙子。

开春了，就连那静静流淌的金沙江水，也耐不住春的寂寞，春涌激情，一路歌来，冲击礁石，亲吻鹅卵石，拍打沙滩，走一路，唱一江，豪迈东去，它是要将一座城春的气息告诉下游的城与人。

树吐花蕾，花开向阳，喜迎春的鸟鸣更加悦耳动听，无怪树下的小姑娘对着春天也发出歌声与笑声。

春来了，笑声中更有人打开书卷，春来正是读书天！

开卷有益，打开书页，就意味着开启了智慧的大门。知识支撑着人的精、气、神；知识是滴水汇泉，泉流江河，河归海洋。

于是，我们就拥有了一个海洋的世界。

多读书，读好书，深读书，博览群书，我们却常因工作、生活、忙碌而找了个“时间”的理由：读书，我哪有那么多的时间去读书？

然而，习惯的养成，非一日之寒，无须冬练九寒，夏练三伏，每天十分钟、半小时、一小时、两小时，当然，谁也不会强迫谁去读书，有一句话叫“钉子”精神，还有一句话叫像海绵一样地去“挤”。

每一个文字，犹如有生命的“精灵”钻入我们的大脑；每一段话语犹如精神的“粮食”富足我们的生活；每一篇文章犹如一桌丰盛的“大餐”让我们愉悦着、精神着、享受着。

书，让我们去认知世界；书，启迪着我们的心灵；书，犹如春天旺盛的生命力，让我们的肌体更加健全、精力更加充沛，斗志昂扬地去追那一轮红日东升的火球，吐故纳新，蓬勃生机地去享受属于自己的阳光。

阅读让我们尝到甜美般的甘露，滋润着多彩生活的同时，还让我们观到七彩阳光，感受水之生灵，领悟树之生命，闻花落之声，世界不仅有声有色，还充满神奇与奥妙，让我们去探索，去深思，去奋斗。

春天读书，打开春的画卷，打开沁润我们心扉透着油墨芳香的书籍，读字里行间美妙的字句，看抒情的篇章，让我们与作家们一道去领略巍峨挺拔大山的山魂；去看幅员辽阔，朵朵白云飘，风吹草地见牛羊的草原；去体验无疆无域，汹涌澎湃，却也平静如母亲怀抱的大海，我们心胸会豁然开朗，精神更加富足，这就是阅读所带给我们无穷的魅力吧！

来吧，朋友，花为春而开，鸟为春而鸣，人为春而歌，让我们相约在春天的日子里，享受在绚丽阳光下，读春天的字、春天的画、春天的诗。

是的，春来正是读书天，春来读书，我与春有约。

2016 年 1 月 31 日

追逐太阳去解惑

一个疑问，在我脑中疑存了40多年，终不得其解。

那是一组关于农业的画，取名为“户县农民画”。画，也就是一组极其普通的画，组画中却有一幅让我眼睛一亮，令我至今回想起来都还记忆犹新。

画中一位上了年纪的老农，满面红光，一脸的幸福感和满足感。他微笑着头向天仰，手握烟杆，口含烟嘴烟斗正对着太阳，好像是借太阳的热能点燃了一袋烟。而画的命题就是——对着太阳吸袋烟。

一位普通的农民画家，一幅普通的农民画，就看了那么一眼，就给少年的我留下一个深深的疑问：吸烟，一袋烟，怎么可能对着太阳去点燃呢?

一幅画，对我有如此的震撼力，是因作者大胆的想象力，还是为作者大胆的创作力？挥之不去，就是几十年后的今天，40多年前的那幅对太阳“点烟”画，依然清晰地印于我脑里，疑存不解。

一段久远的历史，一幅远去的农民画，怎么可能在我人生旅途中不经意间就化解了呢?

车，行进在座座碧绿的青山间；行进于垄垄相连的油绿的油菜花旁；行进在山水如画的田园中；行进在夕阳西下的余晖里。清新的空气，满眼的翠绿，弯曲的田埂，有人在田间耕耘，鸭在小河中觅食，鸡在打鸣追逐，狗在摇尾狂叫。看着这般美的风景，这是怎样一幅城里人向往却也不可及的田园生活图啊！居住在这里的人们，让我们好生羡慕。

这不是任何一个艺术大师可以想象和涂染出的田园风光图。这是一幅具有生命活力，具有生命气息，立体的，可呼吸、可感受、可融入的现实生命之图。行进于这般山美、地美、水美、人美的悠然雅致，幽美幽雅的田园风光中，方可感悟祖国山河之秀美，收拾河山勤劳的人民实在是令人可歌可赞！

山山、水水、田园、村庄、云朵、花朵一幕幕从眼前掠过，不知道该在哪里停歇，不知哪里风景最佳。其实，身在这样的风景里，你的眼睛无论看向何方，你的镜头无论对准何处，相机的快门无论摁于何时，那都是一幅不可多得的佳景，都是一幅让人赞叹的美图。怪只怪自己眼睛不够用，怪只怪自己准备不及时，怪只怪自己的动作太慢，佳景稍纵即逝，回头望，那是另一番景象，补拍，不断补拍，可新的佳景又入眼，入镜。真是瞻前顾不了后，让人激动，让人亢奋，让人惊喜，让人叹息……

是这里地理条件使然，还是老天调皮的炫耀？刚才还是蔚蓝的天空，竟然有云彩飘过，那轮红日忽而躲进云层，忽而露出笑脸。太阳照射的大地，太阳的光辉将山、河、树、房涂画出一幅幅多彩炫灿的水彩油墨画图，有云层遮挡的太阳，太阳的余光就将大地涂染成剪影一般呈现于我们眼前。这奇妙的景观哪儿见过，我只是忘情地拍啊拍。

停车！向左方向看！此刻，因发现，因激动而快要跳嗓子眼的我差点惊呼大叫起来。

眼睛齐盯车窗外，大家都惊呆了，那轮本该耀眼，光芒万丈的红日，此刻躲在薄薄云层后，似晶莹剔透的玉石，似发光发亮的珍珠，就那样强烈地吸引着我们的眼球。

旋即打开车门，脚踏大地，一小土山坡处，成了最佳选择点，脚踏坡顶，手伸天际，迎向那轮如夕阳下山的红日。我的天呀，红日犹如伸手可触摸，伸手可"摘"一般。血液因红日的照射而热血沸腾，脸因红日的照耀而红光满面。我与红日在一点，我抱红日心透明。是的，此刻的我，已融进红日中。

为了光明，我们都是太阳的儿女。

原来，在适当的时间，适当的地点，适当的高度，适当的角度，"触摸"太阳的愿望是可以实现的，那是一种怎样的新奇与欣慰，一种怎样的兴奋与享受啊！

就在此刻，脑中突然想起我曾读过的一段文字：为追求光辉的日影，它将身体扑向了灯火，在生命的最后一瞬间，它得到了光和热。

这是对飞蛾短暂生命的赞美。

一直以为飞蛾对生命的付出是不可理喻的，明知扑灯即死，却也不顾一切，毫无畏惧地扑向灯火。

人的生命也就是七八十年，最多也就是九十甚至一百年吧。面对浩瀚无垠的宇宙，在人生长河里，就100年而言，那也是极其短暂的一瞬，远不及一颗流星划出那耀眼的瞬间，可能还远不及一只飞蛾那样短暂的生命，却未必能像飞蛾那样在生命最后那一瞬去获得耀眼且辉煌的光和热。

对光明的向往，对光明的追求，是人一生的奋斗；对生命的热爱，对生命的尊重，是永远都值得敬畏与赞颂的！

当我们面对红日出生的时候，我们的一生都在为光明而奋斗，为理想，为事业，我们奋进在金色的跑道上，太阳的光辉引领着我们前行。

生命的意义，是为了追求光明的一生！

面对扑灯的飞蛾，有时候我们都不及它勇敢，有时也让我们自觉汗颜。

原来，画画的农民画家，懂得了太阳的光明；原来，光明的太阳给予农民画家一颗光明的心。

事实再次告诫我，世间没有做不到的，只有想不到的。40 多年前，那位农民画家就敢将老农的一袋烟用太阳去“点燃”，那是什么样的想象力与创作力？时至今日，我还要为那不曾记住名字的农民画家点赞！

生，我们与太阳同跳出海平面，死，我们也要融进太阳的光辉中。

2016 年 4 月 10 日

秋 忆

日复一日，年复一年，多事之秋如约而至。

秋凉心爽。那暴烈烦躁的夏日渐行渐远，心生凉意，不再那么狂躁，却也不安分起来。一丝凉风，一场秋雨，一片金叶，一片秋草所牵出的情感，就那样思绪翻飞。诚然，秋景入目，多了一种浪漫，一种风情，一种情调，一种释怀，牵连出亢奋、爽心、愉悦，又略带感伤、感怀、感念。

秋季，注定是一个扰人心扉的秋梦季节！

如果将冬与夏喻为一冷一热两个不同性格兄弟的话，那么，一倩一丽的春与秋自然就是密不可分的姐妹，有一种呼应、一种相通、一种默契。春天因寒冬冰雪的融化而复苏，而春意盎然，秋天因酷热的消退而妖娆，而秋高气爽；春天因花而媚，秋天因果而丰；春天忙碌地播种，秋天辛劳地收获。

秋 风

恼人的秋风让情感在患得患失间沮丧，那被凝固的思维一旦被秋风吹得活泛，流出相思的泪自被秋风舔舐。阴霾散去，心也高飞，总想随雁南归。

秋　雨

那颗被夏日烘干的心，又被思绪万千的秋雨润湿，犹如春天播撒的种子，脑中长出那么些愁绪、让思绪连连，愁肠百结，跟着雨滴泪下，绵绵雨滴声中去回念些什么？一场秋雨，在听雨中去撕裂着伤痛，却让自己去舔舐，去疗伤。那百结故事中有你，有他，有乡愁，有乡情，有人刚认识却又别离的朋友，有故去的友人。

秋　月

凉风习习，银色月下，那柠檬的月光给人以太多的迷惑，太多的诱惑，太多的风情，那张银灰色的情网，骗取了多少有情人的情感，俘获了多少有情人的唇与心。

好一个多事之秋的月色夜啊，情话说不完，情诗写不尽，情歌唱不断；好一个多情之秋的月光情啊，弦为情断，人为情瘦，心为情悴；好一个多梦之秋的月晚风啊，入梦情难眠，做梦情惊醒，醒梦情缠绵。

所以，多愁善感的人，儿女情长的人不要去赏那轮秋月。

秋　梦

秋梦像儿时手拿一张“玻璃”糖纸，仰头望天，寻着月亮，看一个五彩斑斓的夜空，然后天马行空地幻想，思绪万千地遐想。

秋梦不像冬梦那样寒冷却也不像春梦那般柔情，在熨帖一个心灵伤痛的同时，怎能了却一段心痛的心结？所有的梦中相牵，所有的藕断丝连，皆因秋梦而起。

梦中佳人，情在何处？

秋 忆

秋忆！面对丰硕的果实，秋忆就是对春的回放。总让我们联想到在春季里的那个播种人，他那挥汗播撒的姿势，他那爽如春风的笑脸，他那自信洒脱的身影，还有他对秋的祈祷。就是这么一个让人感恩的人，怎么到了金秋时节时却不见他的踪影？那一夜秋风，他如落叶随风飘去，带给我们的是伤感与心碎，秋忆成了追思。

随着秋风、秋雨、秋月、秋梦，我们记忆了些什么？我们又在记忆着什么？

秋风拂面，思绪翻飞，任思绪随秋而忆吧。

2016 年 7 月 17 日

日升日落都鲜红

人的生命力是坚强与伟大的，而坚强与伟大的力量来源于光辉的太阳。

太阳是宇宙间最具生命活力的。因此，世间万事万物皆因太阳的照耀而出生，皆因太阳而成长，皆因太阳而活着。

太阳深知，升起的那一刻就有落下的那一时。所以，每日跳出海平面，冉冉升起的太阳才会那样光芒万丈；所以，每日红彤彤的红日啊，才会在天空划出那道明亮耀眼的轨迹，毫无余力地将它的光辉洒向地球；所以，每日夕阳西沉的太阳同样绚丽鲜红，同样令人震撼耀眼。

人生何曾不是这样，人生一世，只要生活充实了，思想富足了，精神富有了，其生命轨迹无论长与短，都会在人世间留下一个清晰的足迹。人与太阳所不同的就在于，太阳的生命力是永恒的，而人的生命力则在一瞬间，短暂得犹如一根划燃的火柴。

有的人将自己的生命融进了光辉的太阳，在他的生命陨灭时，化作一颗闪亮的星星闪耀夜空；而有的人的生命如流星一般，留下一道耀眼的划痕随即消失；更有的人连一道划痕都不曾划出就湮灭了，如烟似灰般散去。

不要叹息人生的短暂，只要我们的生命与太阳同升，享受到太阳的光照，享受到太阳的明媚，享受到太阳的温暖，最后的回归就不会留有遗憾。

一天，久未谋面的同学相见，一阵亲热叙旧后，同学无不忧伤地感言：鬓角添白发，我们都老啰。

一个话题，人将老去！一个既沉重却也迈不过去、躲不开的话题。

人将老去，不是昨天、今天、明天、后天；人将老去，是在我们降生来到人世间的那一刻，就一分一秒地向年老迈进；人将老去，这是一个无法抗拒、抗争的必然规律，也是不可愿违却也必须遵循、正视、面对的自然法则。

人上岁数，爱看夕阳。人看夕阳易伤感，日复一日，西沉的太阳总让我们带有失落，哀伤的思想、忧绪由此而生。

其实，对于生命，上苍是很公平、公正的。不在于人和物，不在于男与女，生存于这个星球上的生命，都会享受阳光的温暖。光阴万年，人生一瞬，此身经历了，度过了，面对老去，我们又何必惊恐与哀伤。

有人说，人只要进入回想、回忆、回念往事的阶段，就意味着衰老的开始。

一直以为，只有上了岁数，上了年纪的人才开始进入回忆的状态。不可否认，现在的我，或多或少地会去想，回忆一些过去的往事，我是不是开始衰老了呢？我以为我现在精力还很充沛、旺盛，我也曾极力地否认我在衰老，但现实确实如此。

我真的衰老了吗？我怎么就开始衰老了呢？不是昨天才出生吗？

母亲的蒙难日便是我的出生日。阵痛中的一声哭啼，是对母亲给予我生命的回报。

是的，我们都把婴儿降世的第一声读解为“哭啼”。我却固执地认为那是对母亲的第一声大笑，随后的一声是我今生今世喊出的第一声母语：妈妈！

有谁能解读一个婴儿的语音呢？母亲，只有母亲。

是的，母语，只有母亲才可听懂我的母语。看着一张黄皮的脸庞，握着小拳头的我，闭着眼找着什么，听懂我笑声和呼喊声音的母亲，尽管欣慰与辛酸涌上心头，她还是将那没有如泉喷涌的乳头塞进我的口中；尽管我如饥似渴地吸着那没有充盈乳汁的乳头，还是在大笑中呼喊着妈妈。是那轮红日照耀着生产后的母亲，母亲将襁褓中的我抱得更紧，她是将那红日的温暖传递于我，闭着双眼，安静的我听到母亲的心音，对着吻我的母亲露出了人生的第一个笑靥。

童年真的快乐无忧，饱了笑，饿了叫。家里的困难和艰辛我们既不理会也不可分担。为了一本小人书，同玩伴们头对着头在太阳底下聚精会神地翻看；为了“赢”糖纸、烟盒，我们趴在地下猛吹猛拍，哪怕是灰土喷鼻我们也坚持不懈；为了“打”玻璃球，抓蜻蜓，你追我打，汗流浃背；为了我们喜爱的金鱼，顶着午间的烈日一同去捞沙虫（鱼食），回家水不喝一口，又风燎火急地冲向教室。

一个女声领读：锄禾日当午，汗滴禾下土……全班同学跟着朗读：谁知盘中餐，粒粒皆辛苦。目不转睛地盯着书本“读”，心在何处？鬼才知道。

大院的伙伴们，白天一道玩耍，时有“擦枪走火”的时候，就为一张糖纸、一张烟盒、一个玻璃球，或为了一本书、一句话，一下就翻脸了，你骂我，我骂你，甚至动手脚拳头。本在兴高采烈地一起玩耍，一下就成了“仇人”。

家长们劝导，“小孩子家”哪有什么仇不仇的，小孩子不准记仇的哈，一会儿过去就算了。大人们的话是对的，白天还生气记“仇”的朋友，一到天黑，为了“打游击”又聚到一起了。你当解放军叔叔，他当民兵连长；你当侦察兵，他当特务；你当叛徒，他当汉奸；你当伤兵，他当医生；你当护士，他当炊事员……

游戏开始，先侦查一下，摸摸敌情，然后冲啊——杀啊——嘟嘟嘟——哒哒哒——砰——砰——砰——啪——啪——啪——战斗开始，追追杀杀，打打闹闹。快投降吧！缴枪不杀，解放军优待俘虏。于是打撒战场，扶伤病员，给伤员“打针，吃药”，就是“头破血流”也不哼一声，一切有模有样，一切像模像样，不到爹喊妈叫，不到“深更半夜”绝不收兵。

第二天，又为猫猫狗狗、鸡呀鸭呀狗的一会儿就吵吵嚷嚷，哭哭闹闹闹得不可开交，相互向对方的家长“告状”。可正在兴头谈论张家长、李家短的妈妈们不乐意了：刚才还在叽叽喳喳，有说有笑的怎么又闹架了？你们这群鬼猴儿，什么时候才能长大哟？

什么时候才能长得大？回家问母亲，母亲说，什么时候长大？就是你长大工作了，成家了，当爸爸了，哪怕你80岁，只要我活着，在我眼中，你都还是个孩子。

照母亲的解释，好像我一辈子就长不大似的。

那时的我们，还不知世上还有“老”这一说法。无忧无虑过一天，疯玩疯闹又一天，那是我们的天性，什么叫老啊？不懂。

本是一道玩耍，放学一同回家的男女伙伴，就是在学校下课间，也是追追打打，疯疯癫癫，一会儿你“偷”了我的铅笔，一会儿我绊你一跤，都被老师叫进了办公室，老师批评完这一个，又批评另一个，哭的笑了，笑的哭了，老师说，你们这群“鬼”学生，不知什么时候能长大懂事。

因为不懂事，男、女同学不知怎么一下就“反目为仇”了。就是同桌，不仅不说话，还在课桌面划（刻）出“三八线”界河，一旦越界，非打即骂。不再借铅笔，不再借橡皮檫，放学也不再邀约回家，不再你追我打，一副你眼无我、我目无你的样子。稍有不慎，就会遭到来自同学的白眼或遭一句“臭流氓”的恨骂，于是彼此路遇不打招呼，视同陌路人。

晨起，大树下，操场边，我们高声地背着高尔基的《海燕》，背着数学公式、化学元素周期表，背完物理定律，还要背英语单词，背着背着身边出现了异性人影，回头一看，就像遇见鬼一般，逃也似的溜掉。

那时，我们都从书里读到“老”字，一切懵懂，还未醒事，“老”字与我们无关。

同样是读书，但是眼已经不像以前那样老实了。在默读课文的同时，却在“瞟”另一个人的背影，老师说那叫“心不在焉”。可那是一种心跳、一种狂野，还有一股莫名的冲劲，变成一种无形的推动力，知道该认真上进了。打开文具盒，打开书本，打开书包，眼前会跳出一张纸条。纸条上的文字我们似懂非懂，那些让人脸红、害羞的文字，却让人心狂跳。那是一颗活泼、懵懂、含羞的心，一颗情窦初开的心，那样纯真，那样善真，却也那样幼稚与天真。不要笑啊，那时我们刚好十六七岁，那是我们最为纯真、启蒙的岁月。

我们隐隐约约地懂得了点什么，我们又懵懵懂懂地渴望着什么。那年月，我们听的是“英雄”的故事，看的是“英雄”的书籍；唱的是《智取威虎山》《红灯记》《沙家浜》片段，到晚上还是看《沙家浜》《红灯记》《智取威虎山》，谁要是“偷”看《青春之歌》《第二次握手》谁的思想就不单纯，就要受鄙视的，是要遭白眼的，就会被老师叫去办公室或找家长去谈话，进行批评教育。

对于恋爱、婚姻，我们的父母更是不会主动与我们交流指点的。就是他们看中、喜欢某一人，绝不会直接与我们指明的。他们会将一个男孩子或女孩子往你怀里一塞：我有事，帮我抱一抱。真的是帮忙抱一抱孩子吗？傻子才会那样想。其实那是一种暗示，该谈婚论嫁了……然而，不开窍、不醒事的我们，照样我行我素，毫不理会父母的良苦与用心。既是恋爱了，别说一个“爱”字，就是相互间碰一下手指，都会脸红心跳。再敢越雷池一步那就意味着品性不端，思想不纯洁，道德败坏，分手就是必然的了。

那时，我们的大脑都很单纯，谁敢写下“亲爱的，我爱你”的字样，更不会想到“地老天荒”，因为我的心里还无“老”字可言。

有段时间我们特别想“老”，嘴留胡须，说话轻言细语，办事老成持重，行走稳健坚定，为的是不被人看成“嘴上无毛，办事不牢”的毛脚青年，那时想自己变得成熟些、老成些、稳重些而得到别人的赏识。那是一种何种的“老”啊！因为我们知道老有资本，老被尊重，老受尊敬。在我们的脑中，已开始写下对社会的担当，对人和事的负责，树立自己的人格魅力。

青春的路上，我们意气风发，斗志昂扬，工作不计报酬，创事业，创家业，开始恋爱，有了家庭，为人父，为人母，那股豪情，那股闯劲使我们也曾自豪过，辉煌过。在人生巅峰，我们豪气冲天，为了心中的事业和理想而拼搏。诚然，有的青年志士都辉煌耀眼，但更多的热血青年最终少有建树，只是将自己的热忱、青春都贡献给了伟大而平凡的事业，走着一条默默前行、无私奉献的道路，却也留下了青春无悔的足迹。

老，离我们很远，我们如猛虎下山，我们正当年，雄心壮志闯事业，我们不在乎，也不在意老，那时的我们还很青春，很活力，除了朝气，还有激情。

随着光阴的逝去，时间的流逝，日升日落，年龄不断增长，有一天，我们对有些事、有些行为规范开始“看不惯”的时候，我们自认为很认真、很负责，开始喋喋不休、唠唠叨叨地“教育”人；自以为是将人生经历，社会阅历，生活经验以“极其认真，毫无保留”传授、指导于人的时候，有人说我们老了，开始“啰唆”了，听罢此言，有种失落，有点儿伤感，是不是我们“老不中用”了？于是开始自卑，开始烦躁，甚至自责。

其实，我们应清醒地认识到这是人生的一种自然规律。诚然，为了新一代人的成长、进步，我们将我们的人生所积累的宝贵经验与教训告诉他们，为的是让他们少走弯路，早日出成果。我们又无私地奉献出我们的关爱与厚爱，那是我们美德的发扬与传承，是我们的责任与担当，犹如落日的夕阳，除了余热，还有余光，同样鲜红与震撼！

我们必须正视我们正在老去。

回顾我们的人生历程，我们平淡无奇，真真实实地活着，做着我们一辈子都问心无愧的事和人。人生平平淡淡无伟大的创举和惊天动地的伟业，但我们平凡地彰显着我们的人格魅力，即使在家庭里我们只是一个普普通通的父亲、母亲，可我们的后人还是敬重我们。

我们真的开始老去。意识到这点，就有了爱看夕阳落山的习惯。

看夕阳下山，有的人盛赞夕阳无限好，同样震撼感人，同样热血沸腾。可有的人则叹息连连，如同末日来临一般恐惧、失落。

如我们有一个好的心境，夕阳可当朝阳赏。人生犹如那轮火红的太阳，升也鲜红，落也鲜红！

在时间面前，我不计较我将老去，我只在乎明日醒来的我，是否能看到那轮鲜红升起的红日！

我不感伤，我知道那轮鲜红的太阳今日落下，预示着明朝新一轮鲜红的升起。

东升的红日每天都在等待着你，人可老去，心可年轻，调整好心态，明早，我们相约去迎接新一轮红日的升起！

2016 年 8 月 3 日

天　眼

人活着，就是活个明白，什么是明白？就是心安！这是谁告诉我的？人活一世，就是为了活一口气，活个清白。这是谁告诫我的？

看来，人活一世，万事图心安啊！

万事不求人，这是一句常听的语。说这话的人，听这话的人，心里都明白，那是万万行不通的。既然如此，生活在现实中的人，就没有不求人的事。既然涉及人，就不可避免与人交流、沟通、相处。

人生百态万象，好也罢，歹也罢，由不得我说、你说、他说，老天自有评说、定论。人生一世，为名誉？为地位？为金钱？为生存？归结起来，也就是为了生活。为人活一世，一生的好与歹任别人说去吧，做一个真实的自我，心自然安。

人在世间，有的人什么也不为，什么也不图，与世无争，做一个善真的自我，他关爱人，关心人，帮助人，到头来，他获得了不曾想要过的荣誉与尊重；有的人心中一直就有一个奋斗的目标，为了这个目标，他可以不惜一切，用毁誉他人来抬高自己，唯恐别人超越自己，甚至处处设防，打压、打击别人，最终，他获得的是自己名声的扫地，或留下骂名。

人与人是平等的，与人相交，本就应该豁达点、宽容点、谦让点，为什么有人心胸狭窄容不下别人的进步与荣誉呢？不以一个坦然、坦诚的心态给人一个微笑，一束鲜花，一次掌声，却总希望别人事事都不如自己，万事都不成，甚至算计于人？

其实，天管不了谁，天管的都是些星球月球、日升日落、月圆月阴、雷鸣闪电、狂风暴雨、山川河流等天大的事，天怎么可能去管人间凡事呢？除非你犯有大事，犯有天大的事，惹怒了天，最终天打雷劈，到了天地都不可容忍的地步，也可能就是人们常说的遭到老天的报应吧。

常言道，人在做，天在看。

为什么有的人总是实现不了自己的愿望，或者说总是事与愿违呢？是因为他总是自觉很“聪明”，所做的事都无人知晓，天衣无缝，件件事都做得隐秘，只有天知、地知，可以瞒天过海。然而，他忘记了“纸包不住火”。

有句俗话，要想人不知，除非己莫为。你所做的一切，可以人不知，鬼不觉，可以瞒天瞒地，瞒我瞒他，但一定瞒不过自己的心，瞒不过天的眼。

天眼难逃！

人怎可昧心呢？昧心心难安。

有人坦言：我就是心大，大到天都管不住自己，眼中一切皆无，唯有自己，比天都大。须知，再大的天，也大不过人的心，管住了心，就管住了天！

如此而言，违事，违愿，不可违天，为天不可违心。

违心则人不安。心安，人则安。

万事祈求心安！

2016 年 8 月 28 日

明月思乡寄千里

八月十五升明月，亘古不变；

皓月当空催人泪，心向故乡。

为了这轮明月，家乡的路又将留下多少游子的脚印，牵动着思乡人的梦；又有多少游子挥泪在回乡的路途或泪洒异土他乡；还有多少同我一样回不了家乡的游子，将思乡的泪流在琼浆玉液的酒杯饮入肚中，面朝家乡，向后辈讲述着一段又一段，讲也讲不完的故乡故事。

少小离乡，远不像一次外出玩耍，也不像一次长途的旅游。万没想到，离去——重庆就成了永远的故乡；离去——重庆就成了我梦中的情怀；离去——重庆就成了八月十五夜我与月亮的对话。

思念重庆，不只是中秋夜。

一年中，只要看到汤圆、年糕、叶儿粑、粽子、咸鸭蛋，耳闻长长的汽笛声，哪怕是看见天边的火烧云，脑中不由自主地就会出现外婆那和蔼的笑容，父母呼我乳名的声音，全家人围坐在老屋前那翠青石条垒成小坝子的石凳上，看父亲摆放在木桌上那如朵朵梅花般的月饼；还有那笼在月色下泛着油光的竹林，那棵迎风不动、枝繁叶茂的梧桐树，那散发出淡淡清香的栀子花；还有老屋后那棵结满硕果的橘子树，伴我入眠的蛐蛐声。当然，如听见“吱——嘎——吱——嘎——”的声音，眼中就会出现那推、拉人力车（俗称：鸡公车）运橡胶老人的画面；听见“嘿——哟——嘿——哟——”的吆喝声，眼中、耳旁就会出现、回响长江边上、嘉陵江上那拖着长绳的纤夫的身影和他们那雄浑的号子声。似剪影，似胶片，似放映机，一幕一幕地在我眼前闪过。

那是历史烙于心的印痕，抹不去的儿时印记，离乡远去的回想，情牵重庆的乡愁。

初到攀枝花，与来自全国各地、五湖四海的同学同坐一教室，自然学了一口的“北京普通话”“天津普通话”“云南普通话”“湖北普通话”“东北普通话”。那年，同母亲回重庆，一张嘴，来看我的相亲相邻们听不懂我的“四川普通话”了，笑惨了，笑翻了，笑岔气了，直问我，你说的是什么地方的“普通话”哟。一时无言以答。自觉如邯郸学步，羞人答答。下定决心，还是说我的重庆话，口音又回到了重庆腔。再一张口，不仅是重庆人，就是异地朋友一听，都会满脸笑容，直竖大拇指，巴适——重庆崽儿——耿直、地道、豪爽。

小时候想重庆叫想念，因重庆有宠我爱我的亲人，有我熟悉的环境，怕别人笑话，也只能偷偷抹泪。长大成人，随着年龄的增长、岁数的增加，想念就变成了思念。

思念在心，愁肠百结，一江春水向东流的金沙江，一丝拂面而过约感凉意的风，一朵天际飘来的云，一片金黄金灿的秋叶，都能牵起对家乡的情感，如那坛酿造陈年的老酒，念乡情结，年限越长，香味越浓烈。

尽管身在地貌与重庆相似的攀枝花；尽管能用到重庆生产的

生活日用品；尽管同样能坐到重庆生产美观新颖、宽敞舒适的大客车；尽管能吃到来自重庆的火锅，酒醉过后，回家的路上，还是有酒醉心明白的重庆乡愁，哎——重庆——情感难舍啊——

开开开——来来来——喝喝喝——醉醉醉——原来，家乡——重庆，你是一杯倒也倒不完，续也续不尽，饮也饮不够，喝也喝不醉，一杯酒香浓烈的、纯纯的、香香的、回味的、醉心的酒，哎——重庆——乡愁难解啊——

打开电视，CQTV 的重庆风貌、山城景象、大事小事全知晓；虽远隔千山万水，按键一摁 QQ 空间、微信朋友圈，家乡人那亲切的乡音，家乡人那豪爽的笑声，家乡人那温热的问候话语，就如热流一般传遍我身，温暖于心，湿润着我的眼，乡音萦绕于耳，哎——重庆——乡音亲切啊——

站在渡口大桥上，看着波涛汹涌，激情澎湃，一泻千里的金沙江水，一直以为只有我在心里吟唱《那就是我》。可当我的耳旁响起第二个人、第三个人、第十个人都在看着金沙江水吟唱的时候，我才知道，金沙江，有多少重庆援建攀枝花建设的山城儿女托你带去了对家乡的思念；金沙江，有多少重庆儿女泪洒江水，怀有无限的念乡之情；金沙江，你承载着多少重庆儿女的思乡之情：

我思念故乡的小河
还有河边吱吱唱歌的水磨
噢，妈妈
如果有一朵浪花向你微笑
那就是我，那就是我
……

我思念故乡的明月
还有青山映在水中的倒影
噢，妈妈
如果你听到远方飘来的山歌
那就是我，那就是我

流淌不息的金沙江水哟，你将我们的心都“流”向重庆了。

重庆的父老乡亲们，当你们饮着那碧绿清甜的长江水时，你可曾想过远在长江上游，一座阳光、康养的城——攀枝花市，有多少远离家乡的老重庆人以及重庆人的后代通过金沙江带去对你们美好生活的祝福！为重庆山城美丽未来的祝福！

记忆中的“头塘街”不见了，“第十四中学”不见了，大、小凉亭被拆了，就连我人生第一课学堂的“头塘小学”也不见了踪影，五里店被繁华的交通、鳞次栉比的高楼大厦所取代。我知道，在江北，有座连接世界的重庆江北国际机场；在江北，有座新颖美观时尚的重庆火车北站；在江北，有座集歌剧、喜剧、音乐会演出等于一体，亮丽典雅的重庆大剧院。所有这些，都是重庆新江北新的面貌，新的名片。然而，我心里更加明白，所有的新容新貌，换来的只是我的新奇与欣喜，却挥不去我对老屋的记忆。印刻于我心的印痕是拆不掉的，烙印于我生命的符号是搬不掉的，置身于我生命的根是永恒的。

日有所思，夜有所梦。

今晚，八月十五，皓月当空。当耳闻那长长火车的汽笛声，我定会误以为是金沙江上驶来了来自重庆朝天门码头的大轮船，拉响那长长悠扬的汽笛，回荡于两岸，定是家乡人对我们的问候。睡在床上的我，好似睡在波涛荡漾的船铺上，眼中又看到了久违的嘉陵江，看到了朝思暮想的解放碑、阔别的江北区、老屋前那座催我入梦的山——塔子山。

愁肠百结，乡愁挂心，故乡——你何时圆我回乡梦！

2016 年 9 月 21 日

天籁之音　大美中国

因为美妙，所以动听。

因为美妙动听，我们才将自然界中的风声、鸟鸣声以及高山的流水声用了一个极富内涵的名词作解——天籁！

歌声唱出美好的生活，音乐点燃生活的激情。正因如此，才有那么多的词曲者、音乐人深入深山，脚踏草原，进入戈壁，来到大海，哪怕是荒漠，哪怕是凄凉，他们都要去觅那最为纯真、最为纯朴、最为厚实的人间“天籁之音”。于是，才有朗朗上口，享受不尽，美妙神奇动听的歌曲与音乐。

人间天堂的“天籁之音”在哪里？云南大理的蝴蝶泉？广西桂林的漓江春水？四川大凉山的邛海？青藏高原的雅鲁藏布江？新疆天山脚下的戈壁滩？在中国，哪里有少数民族的居住地，哪里就有辛勤的劳作者，就有丰收的喜悦；哪里有劳动的歌声，哪里就有悦耳或粗狂的歌喉，就有神圣的篝火；哪里就有纯朴的音乐，哪里就有激情的旋律、优美的舞姿，就有圣洁的清水。有这样的歌声旋律，就成了迷人的地方，就成了心醉的方向。

歌曲唱出的是一种心声，歌词表达的是一种心曲，音乐则倾述一种心弦。纯朴的歌词，奇妙的五音六弦就组合成我们神奇的生活，人们纵情歌唱，放歌原野，新生活那样热烈地向往着，热恋着，享受着，珍惜着。

这样的生活，也就成为人间另一种“天籁之音”，同样美妙、同样“动听”。

不看江河湖泊，你就不知道什么叫山川河流；不访高山峡谷，你就不知道什么叫奇峰异景；不寻山问海，你就不懂什么叫气吞山河；不放眼辽阔无疆的草原沙漠，你就不知道什么叫一望无际；不领略巍峨的河山，你就不知道什么叫江山多娇，不领略祖国山山水水的地理地貌，怎知我中国的大美！

如果说“天籁”只是指自然界的风声、鸟声、流水声，或谓歌声、琴声的话，那只是一种“狭义”的理解。我以为，广义的“天籁”还蕴含着阳光、色彩、水分，抑或者理解为“天籁”无需用文字、声音来表达。由于众多元素的组成、组合，我们方可领会到有声、有色，有力量、有精神的人间的，带有“立体”效应的，震撼于心，发聩于耳的“天籁之音”的内涵。

天籁，永远密不可解；天籁，远在寻美的路上。

云南东川，这块被誉为“天上神仙不小心打翻调色盘，遗失人间成绝版”的红土地，荟萃了红土高原耀眼于心的红土，从而成为红土世界最为杰出的大地艺术和瑰宝，这不能不说是上帝的一种恩赐；辽宁盘锦，那具有“中国红”之称的海滩——红海滩，因海的涤荡与滩的积沉，不要人撒种，无需人耕耘，一簇簇，一蓬蓬，年复一年地生生死死，死死生生，于光阴荏苒中，酿造出一片片火红的生命邑泽，这是大自然怎样的一种造化啊；新疆阿勒泰的五彩滩，因其土壤矿物质成分不同，从而演变出梦幻般的色彩差异，造成独特的视觉效果，它的每一种颜色就像一份地质说明书。

日照下凝固的红土地，将人心都映红的红海滩，梦幻的土壤矿物质，演绎出的线条与光影，画出让人心醉的色彩，集斑斓流动之美、蓬勃大气之景、线条曲流之韵、天象万千之势为一体，演绎出的惊艳世人的“天籁之音”。

寒风凛冽的群峰之顶，云海翻腾的山峰之巅，我们的灵魂得以净空，我们的心灵得以洗礼。我们期待着什么？期盼着什么？祈祷着什么？祝福着什么？当那红红的太阳跳出云层，跳出云端的那一刻，在秀美的黄山、华山顶峰，在俊秀的峨眉山、泰山之巅，那些登山观日出的人们，在领略到第一缕阳光的一刹那，响彻山顶的欢呼，表达的是怎样一种心情？那既是人们面对着红火太阳欣喜纵情地释放，也是人们热爱大山的豪情放歌。

水灵动、灵秀、静美，成了人们心目中的精灵。无论是水的动与静，无论是因水而形成的景与象，一幅幅因水而映衬的天然画景如仙境。

终年白雪皑皑，雪峰林立，林地那厚厚的苔藓，散落着鸟兽的羽毛，原始森林的风貌，绿得透彻，美得惊艳，这就是神奇梦幻的人间天堂——九寨沟的意境；连绵起伏的山川，波光粼粼的湖面，时而深蓝，时而金黄，时而青绿，那束投射湖里的日光，幻化成云与湖、雪与山，光与影无与伦比的佳景。念青唐古拉山旁最璀璨的蓝宝石，离天最近，那就是人间圣湖——纳木错的神秘与魅力；从天而来，顺天而下，纵然断崖也飞淌而涌，那水石相击所发出震耳欲聋震天的巨响，给人以振奋，同样有“飞流直下三千尺”之气概、之壮观。一阵寒风袭来，风中裹挟着丝丝雨水，雾气若有若无。因水因阳光而幻化出道道七彩的虹，恍若仙境虚幻出一种神秘的胜境——黄果树。美景，妙不可言。

一股清流发源于青藏高原唐古拉山脉格拉丹东雪峰，蜿蜒曲折，流经草地，流经高山，流淌峡谷，流淌山谷，串联起 11 条江河流域，流经11个省市，最后注入东海；一股清流发源于青藏高原的巴颜喀拉山脉北麓，清清流淌，呈“几”字形，流经9个省市，最后注入渤海。从长江与嘉陵江交汇处的重庆朝天门码头，登上一艘豪华的游轮，清波碧浪载着一船欢声笑语的游客顺江而下，那一景一色的景致——巍峨的山体，坚硬的石壁，映红脸颊的红叶；经瞿塘峡观夔门，过巫山赏神女峰，不经意间，船就在“两岸猿声啼不住，轻舟已过万重山”中豁然开阔，那是举世瞩目的三峡大坝；一河惊涛是你的气概，慷慨激昂，桀骜不驯的血性，展示的却是中华民族的英雄气概，磅礴的气势，彰显的是我中华民族的气节。这条叫长江的江啊，这条叫黄河的河，都是中华民族的母亲河，都是中华文明的发源地，都是中华民族精神力量，都是中华民族坚强的脊梁。长江、黄河的壮丽画卷，恢宏气概史诗所谱写的“天籁之音”是表述不完的，所以才有人为之付出一生的精力，谱写出一首首、一曲曲，气贯长虹，撼天动地，震撼心灵的动人诗歌。

歌声中，那雄伟的山势，坚实的山体，无不透露出我中华民族泰山般的气概和气魄，而给予我们无穷的力量。

一条“天路”在雪域高原画出人间多少奇彩的彩虹；一条“蛟龙号”深潜海底7062米，探索深海多少秘密；一条跨海大桥将内地、香港、澳门相连划出的是海上奇彩，展现了中国人的聪明智慧；2016年9月15日天空二号空间实验室发射成功，10月17日“神舟十一号”载入飞船顺利升空，10月19日凌晨，神舟十一号飞船与天空二号在浩瀚的太空实现自动交会对接成功，实现了中国人的航天梦。

梦飞天宇，天籁之音，何止在人间；天籁之音，还来自浩瀚的太空。

北国的边陲哨所，寒风凛冽中挺立着刚强的战士；火车头急驶在偏僻、孤寂的山村小站，手执信号灯迎送南来北往的铁道卫士；城市的十字路口，炎炎烈日下，寒风凛凛中，狂风暴雨里，总有一棵如松一般挺立的身影，做着一个个标准的动作；在橘黄的路灯下，那橘红的身影在“唰——唰——唰——”的扫帚声中梳理着城市美丽面孔的城市美容师，还有那为乘客们打开车门，露出清晨第一张笑脸的公交驾驶员。“天籁之音”发出的是知心曲，只有意会者、感动者方可“读懂”。

天籁之音是无字的词，无音的弦，原生态的曲，却有庄严、神圣、勤劳、微笑、色彩，组合出多彩的画、无韵的诗。

上下五千年，灿烂的历史，文明的国度，幅员辽阔的大地，物产资源富有，江山如此多娇，人民勤劳聪慧。中国，你是多么伟大！多么秀美！

我们所热爱的这片热土地，我们所热爱的家园，我们所热爱的祖国，每天都在发生着日新月异的变化，每天都有看也看不够、读也读不完的“天籁之音”，而所有的“天籁”汇集成了一股无形的力量感染着我们，激励着我们，感化着我们，让我们激情澎湃、昂扬向上。

如果说第一次远行，面对新奇的山，新奇的水，新奇的雪，新奇的景所发出狂呼狂喊狂欢狂号的话；那么第二次远行的亲山近水，那份激情将转化成一种欣赏、享受，去闻，去嗅，去触摸；第三次就更加从容、淡定，将赞美、抒情、释怀变成了一支歌、一首曲，唱一个爱字，爱江山，爱河流，爱自然，爱我祖国山河秀美，爱我中华美丽如画。

原来，那集美、秀、丽、醉于一体的“天籁”，远在天涯，近在心中。

2016 年 10 月 22 日

山崖红叶映我眼

此文止笔，算是为我的第一百篇散文画上了一个如愿的句号。

从 2008 年第 1 篇散文《门前的老头》到第 99 篇散文《天籁之音　大美中国》，我居然斗胆地拿笔写起文章来，不仅是你，就连我自己也时常诘问：我写什么文章？我能写文章？我会写文章吗？

八年间，我都写了些什么呀？静思细想，所写的“散文”都表述清楚了吗？文笔流畅吗？读起来是不是很佶屈聱牙？不问则罢，一问则惶惶不安、忐忑忧心。

一个连一封信都写不通畅的人，居然敢提笔作文，也不怕贻笑大方。然而，正因如此，我才懵懵懂懂、莽莽撞撞地走到了今天。如瞻前顾后，顾虑重重，就不是我了，看来，人“脸皮厚”，冒傻气未必有什么不好。

谁叫自己长了一颗不“死”的心，不撞南墙不回头，不到黄河心不死呢。如果解释为“倔”或“犟”的话，其实，那也是一个人的坚持与执着，也是一种信念。既然选择了，绝不轻言放弃，那也是人生的一个追求与梦想。

同所有初学者一样，一时冲动，一时兴起，提笔洋洋洒洒，下笔千言万语，却也提笔千里，离笔万里，自己写了些什么，心中都无数，有时自己都读不通，竟敢“胆大妄为”地、“偷偷摸摸”地将“大作”投进那绿色的邮箱，然后就美丽而甜美、焦急而不安地等待与期盼。不是在彷徨中煎熬，就是在忧伤中“死”去。遥遥的期盼中等来的是退稿，或泥牛入海。那是初学者热情而热烈的初衷啊，却也演绎出极其惨烈及悲壮的一段人生路。叹息、沮丧、痛苦、彷徨、消沉、忧虑、徘徊、怀疑、自弃……一个个巨大的问号即刻显于脑中，浮于眼中、问于心中——你是这块料吗！？

思量久久，拷问久久，对于文学，对于写作……

那天，车在翻山越岭，从一条狭窄的黄土路由下往上而行。背阴山道，巨大的山体和岩石的遮挡，暗如夕阳西下，幽静幽凉，左边是深沟悬崖，如有闪失，其后果我不敢往下想。车一路风驰电掣向山顶冲行，闭目养神的我，被一束亮光刺开双眼，极目远眺，山高天高，碧空如洗。将行至山顶，在高山与蓝天，在碧绿与蔚蓝形成的夹角处，或叫山坡，或叫山间，或叫山腰，我的天啊，那一刹，是什么让我精神一振，大呼停车的同时，打开车门旋即跳下向前跑去。

前方，不是高山断崖，也不是岩石坠落，更不是路断车险，所有的一切都与安全无关。仰头看向碧青山野，蔚蓝天际——灿烂的阳光下，一树火红映入眼。

一棵树，一棵叫不出名的树，在万丈光芒下，如一束鲜红的火苗，通体燃烧，透明火红，热烈激情地燃烧着。一个无人知晓的地方，一座叫不出名的大山，一棵火红的山树正激情昂扬地与红日，与阳光，与蓝天，与大山，与清风对着心灵的歌。

感动源于燃烧，感动源于自我，不知名的山树，正以自己的方式感化着我的心。眼噙热泪，看着都让人心碎，那是怎样的生命力啊。

勃勃生机、激情释放的山树，就那样挺立于山崖，所有的寂静、所有的孤独都与它无关。风来云去，雨过云散，它就那样傲然崖间，迎向蔚蓝的天空，迎向那轮鲜红的红日。微风拂面轻摇曳，淡定从容看过客，那是怎样的一种快乐与洒脱。

上无泉水溪流，下无滴水润土，山树却有如此旺盛的生命力，有着乐观向上的生命活力，它的精神从哪里来？山高水高，树的根盘于山崖，置于深土，大地下的水源便是山树生命之源泉，迎向阳光，乐观昂扬，勃勃生机，释放一树火红还需要理由吗？

那一瞬，那棵耐得住山间寂寞，通体火红的山树，与其说是挺立于山崖，倒不如说已入我眼，置于我心。

一次偶然的奇遇，却奠定我一个意志的根基。

冥冥中，一股强力在我身上游动，推动着我，让我振奋起来，我又拾起几乎被我遗忘的笔。

那年那月的那一天，当一个个文字，一句句话语，一段段黑色蝇头字体变成深黑铅体字出现在我眼前的时候，那种欣喜是无以言表的；当铅字变成一个个快乐的精灵出现在报刊上的时候，那份孤独立刻被愉悦所取代；当一篇篇的文章汇集成册变成一本可以阅读的书的时候，我才感悟，坚持——是一个不曾泯灭于心人的人生信念。

一直以为，写作是一个人且是苦行者的事，除了孤独伴随寂寞，就是快乐并痛苦，如一杯苦咖啡，一杯自酿的酒，独自苦饮。然而，当一个字、一句话、一篇篇文章由我的电脑、手机屏幕出现在你的电脑、手机屏幕上的时候；当看见别人的点评，指出文中错字、别字，删除，删减指正字、词、句的时候，幡然醒悟，付出的背后竟有那么多关注的眼、关心的人，付出的只是一种行为，关注的却有他人的心血，写作连着他人心。我不再妄下笔，慎之以待，唯有错字、别字跃然于别人眼中而愧疚、自责。那既是对文字的尊重亦是对良心的拷问。

最让我没想到的是，文字不仅可以填补我精神的空虚，还可以给予我心灵无可比拟的精神享受。更为重要的，也是万万没想到的是，文可交友，文能会友，一句句、一段段的文字表述的是我的心声，却能神奇地走进另一陌生人的心，以此相识，以此相知，从而让我收获的不仅是一个个的新朋友，且由新朋友变成一个好朋友，而成知心、知己朋友。精神得以改观，思想得以富足，是文字让我在人生道路上收获一笔笔不可多得的精神财富。

一个好的朋友，就是一个好的益友，一个好的老师，他那渊博的知识，高深的思想内涵，儒雅的道德修养无不影响着我，修正着我，塑造着我，使我思想不断升华，人生观不断得到改观，生活更加充实富足。一路走来，有那么多的朋友指点着我，扶助着我，陶冶着我，让我心清亮起来，从而更有信心。

八年的写作历程，今日回眸，我必须为自己点赞。

我认为自我赞赏、自我欣赏不是一种自得、自满、自傲的表现，而是给自己树立信心，增加激情。其能使自己的生活更加充实、丰富，精神更加振奋。

写下散文百篇，没有什么可炫耀的。但作为人生里程的一段经历，总结一下还是可以的。回看自己留下的足迹，有直有弯，有深有浅，总结是给自己心灵一个交代，也是给自己以鼓励；总结是给自己信心、力量；总结是为了更加地完善自己，总结自我，让我不要那么浮躁，不胡思乱想，集中精力致力于写作，从而创作出更好的作品。

文到百篇，也可称作我人生的一个驿站点，因此，不是乐于自满，而是像运动员一样，从此清零，而今迈步从头越。

江山如此多娇，山河如此壮美，抒写大美，抒写最爱，抒写生活，抒发心中的激情，抒发人生的美好景象，写作是不可停步的。我要将我所看到的、听到的、想到的、感知到的，通过我手中的笔记录下来，用心写出来，犹如用手赠予别人玫瑰，快乐共分享。

写作不是我生活的唯一，但一定是我生活不可缺失的部分。做不了一棵参天大树，做不了一棵挺拔的松，哪怕是一棵小草，只要活着，只要懂得活着的意义，大脑还在思维，手指还能敲击键盘，写作就得继续，做永久的追梦人。

法国现代艺术大师马塞尔·杜尚说：我这一生过得非常非常幸福，我是生而无憾的！

做不了这样的大师，也无大师的情怀和胸襟，更达不到大师那样高深的境界，但作为平凡人、平常人的我，愿将此话作为自勉，一步一步踏踏实实地走自己的路。

一棵无名的山树，可以不被人发现，也可以不被人认识，甚至可以被人忽略。然而，只要有太阳升起，只要有炫彩的阳光，只要有足够的空气，只要有风和雨作伴，它就会迎向蓝天，向着山野歌唱，迎着风雨摇曳。这是一棵蓬勃生机、快乐无忧的树，在燃烧中将自己耀红。

冬日阳光照耀，春来微风抽芽，夏日酷暑历练，秋来耀眼火红。如果说绿叶是对大地、对根的倾诉，那么，红叶则是对阳光，对生命的回馈！

山崖红叶映入眼，入眼即入心。

那树红叶红似火，是火，就让它燃烧。做山崖间一棵无名山树，不沉浸于火红，却让红叶似火苗将自己的生命点亮——燃烧！

2016 年 11 月 12 日

惜别 2016 年

有一种心情叫难舍！

不经意间，我们就要挥手向 2016 年道别了。有那么多的不舍，有那么多的心绪，那么多的情愫，有那么多的回念。

又到年末岁尾时，那是时间的轮回，风的轮回，水的轮回，亦是阳光的轮回。

轮回，是为了积蓄更大的能量向前冲行，因为 2017 年即刻出现在我们的眼前。

惜别 2016 年，犹如人生惜别一段炫灿的青春时光；惜别一次人生铭记的初恋；惜别一趟奔驰而去的列车；惜别一道风景梦幻的季节；惜别一抹落日西冲的晚霞。

既然惜别，总有那么点沮丧、失落、惆怅、酸楚、伤感。

是的，2016 年，就像我一位刚倾情爱慕却也绝情别去的恋人、一汪从心灵流淌而过的春水、一片采摘手中却又飘零落去的红叶、一把紧抓手心竟从指间流下的沙砾。越想挽留，越是离别，看见的却是无奈，万般的无奈。那就举起手臂作别吧，依依不舍，依依作别。

惜别昨日，同样是在向时间惜别。

时间是值得敬重与敬畏的。我们的生命因有时间的存在才变得有意义，因有时间的记录才成长，因有时间的流逝才有了记忆。是时间给了我们多姿多彩的生活，所以我们才那样敬重地将时间敬称为“时间老人”。谁尊重了时间，谁就得到了时间的回馈，谁的生命就将得以延长而过得更有意义、更加充实、更有激情。

时间不因你辛劳耕耘在收获时而恩惠你一分一秒；不因你忙忙碌碌虚度光阴而等待你一分一秒；不因你大喜大欢而停歇一分一秒；不因伤痛欲绝而滞留等候你一分一秒。

这就是时间造就的历史，这就是历史留下的印痕，这就是印痕留于心中的记忆。笑也罢，哭也罢，叹也罢，悲也罢，它都不会停下脚步。可笑声总在继续，歌声总在传唱，伤痛疗伤，痛楚自治。我们要学会自疗，因为那束明媚的阳光总会照耀心间的，只有光明，方可明目，才可找回那片属于自己未来的天空。

时间的公证，那是对一个人心的考验。

在2016年里，有多少新的生命被初为人母的年轻妈妈孕育着；多少男婴女婴呱呱坠地；多少青春男、女牵手走上婚姻的红地毯；多少人在蜡烛前唱起生日祝福的歌；又有多少人因情感分手而伤了心；又有多少人与亲人阴阳相隔。

在2016年里，有多少想看的花还未看够，还有那么多想看的风景未欣赏；刚认识的朋友还未促膝谈心又急促转身道别说再见；白云从眼中飘过，江水从心间流淌，心在放飞，脚步疾驰，一切都寄予2017年。

2016年，渗染着我的白发，印刻着我的皱纹。

坐过飞机，都是平安起飞，平安着陆，从未想过乘飞机所带来的危险与恐惧。

记得那一次乘坐从广西桂林飞往成都双流的航班。飞机在跑道上滑行，拉杆离地，向上腾升的时候，遭遇空中气流，飞机不停颠簸的同时，发出脆响“嘎——嘎——”金属般的“断裂”声，实在是令人心惊胆战，不寒而栗。不安与恐惧顿时笼罩于心。

身旁同事小张惊恐且小声地对我说：胡哥，怎么办？

对于从未经历过此险情的我，惊恐心同样存在，只是作为男士的我，必须表现出应有的镇静与风度。“嘘——”看到没有一个乘客有惊慌与不安的举动，为了稳住她的情绪，也给我一个镇静的心情，只能这样回答。

颠簸还在继续，巨大的引擎声根本就听不清小张在说着什么。能怎么样！万般无奈，我将食指再次压住嘴唇，示意她不要说话和保持安静。只有用我的沉着才能驱走她的不安。

其实，此刻的我心中同样在做着复杂且妄想的假设。再这样颠簸下去，真可能出现机身折断，机毁人亡，几十号人的生命瞬间就消失得无影无踪，我的家人，我的孩子再也见不到我了，难道今生就在此作人生的诀别吗？

小张不停地观察其他人的动静时，也在揣摩着我的心思。于是，不由自主我俩眼神再次相遇，心照不宣，心知肚明。因为此刻我俩由心到嘴都怕说出那个最为忌讳的字。为了消除她的恐惧心，我用略带调侃的口吻对小张道：没事，只要空姐没有拿笔和纸叫我们写下“遗书，遗言”，说明飞机就是安全的，就是没事的哈。这样的经验听说过，也在荧屏上看见过。呵呵！

再看舱内的其他乘客，有的人正拿着报纸聚精会神地浏览报上的内容；有的人正欢天喜地地看着眼前屏幕播放的娱乐片；有的人正戴着耳麦津津乐道地听着自己喜欢的歌曲或音乐；也有的人正闭目自得地养神。我们为什么就不能镇定自若地安享飞机带给我们的舒适呢？

是我们的经验不足，还是我们无知，最让人羞愧的是，就在我们不远处，视线的正前方，一位最让人静心的空姐，面带微笑，端庄、优美地坐在大家的对面，如一尊美丽、玉洁冰清的女神。她的镇静就是最大的安全。

飞机继续腾升，穿过气流，冲过云层，安全、平稳地飞翔在无边无际的天空。

金灿的红日，金灿的光芒，晴朗的天空，洁白的云层驱散心中的阴霾，蓝天是那样宽阔，心也就随之明朗。每个人的脸庞都被阳光照耀着，每个人的脸上都露出了开心的笑颜，心旷神怡地欣赏着云层端下的山峰、河流。油绿的山川、泛着银光的江河，在万丈光芒的照耀下被点染得那样的美丽。

想到回家，想到即将见到的亲人，我们的心也随着飞机安全、平稳地着陆于停机坪。

2016 年，我刚认识却要惜别的朋友，你给了我那么多的快乐与智慧。对于你的离去，我实在是不舍。但我也深知，再万般的无奈，有些情感总要放下。我要将你带给我的那快乐、乐观、自信、荣誉继续下去……

等待吧，等待那首《难忘今宵》的歌曲唱起；等待吧，等待 9、8、7、6、5、4、3、2、1 的报数声响起；等待吧，等待那悦耳、悠扬、萦绕的新年钟声敲响。

钟声总是要敲响的，那是对 2016 年的道别，那是对新年美好的希冀；那是对新的 2017 年的祈祷！

该流的泪就让它流吧，伤感总让人铭刻；该流的泪不要拭去，为曾经与我们紧握过手远行的朋友，为我们故去的亲人。

流完泪，我将以一种更新的姿态，更加亢奋、自信的心态步入 2017 年、2018 年、2019 年、2020 年……

虽有不舍，虽有忧伤，但我还是要深情地道一声：

2016 年！再见——

2016 年 12 月 25 日

在苍茫的大海上

在苍茫的大海上，狂风卷集着乌云。在乌云和大海之间，海燕像黑色的闪电，在高傲地飞翔。

一会儿翅膀碰着波浪，一会儿箭一般地直冲向乌云，它叫喊着，——就在这鸟儿勇敢的叫喊声里，乌云听出了欢乐。

在这叫喊声里——充满着对暴风雨的渴望！在这叫喊声里，乌云听出了愤怒的力量、热情的火焰和胜利的信心。

……

这是勇敢的海燕，在怒吼的大海上，在闪电中间，高傲地飞翔；这是胜利的预言家在叫喊：

——让暴风雨来得更猛烈些吧！

592个字，激起了多少豪情满怀的热血青年去朗读，去背诵；592个字，鼓舞、激励了多少有志男儿，为青春、事业去努力发奋，去奋力拼搏；592个字，影响、改变了多少人的命运与前途，我不知道。但我敢肯定的是，20世纪五六十年代，有那么多胸怀大志，怀揣美好人生梦想的青年挺胸阔步奔赴军营，走向车间，迈步田野。用青春，用誓言，用行动，用一颗颗炽热且火红的心，在各自的岗位上，抒写出人生一篇篇最为美丽的诗篇，谱写出人生一曲曲撼天动地的乐章，实践着自己人生一句句最为生动的豪言壮语。

592 个字，不仅让我们记住了一篇优美的散文——《海燕》，还让我们记住了一个令人敬重的苏联著名作家、诗人、评论家、政治家——马克西姆·高尔基。

是啊！因为宽阔大海的接纳，因为大海的浪花、风浪、波涛、闪电、狂风、暴雨的磨砺，大海不仅练就了海燕一双坚强与矫捷的翅膀，还回报了海燕勇敢与无畏的勇气。

这个黑色的精灵——海燕，因有大海的磨砺，它才可以在怒吼的大海上，在闪电的中间，那样高傲地飞翔，勇敢地叫喊。乌云在听到海燕快乐欢叫的同时，更看到了一个胜利者的信心。

因为读到这么一篇励志的散文，因为海燕，那时的我，做梦都想着大海。几多回，几多次，在梦里，岂止是看到海燕，好似我也变成了一只矫捷的海燕，随那灵巧的精灵，在浩瀚的大海上，在蔚蓝的天空下，展翅翱翔。

不曾看到真实的大海，没有翅膀的我，投入的却是我人生的海洋。那样豪情壮志，那样斗志昂扬，那样雄心勃勃，那样激情满怀。扎进去，扎进我人生理想的火热的生活。

人生路上，有多少人立志报国，血染疆场，变成了一颗颗闪亮的星星，闪烁于浩瀚的银河，那么明亮，那样晶莹；人生路上，又有多少人变成钢铁巨人，成为时代的楷模、时代的先锋，散发出人性的光芒，激励着后人去续写新的篇章。

人如海燕，偌大的海洋，偌小的身躯，面对闪电雷鸣的恐吓，面对惊涛骇浪的锤炼，凭着自己的意志，凭着坚强的信念，同样敢在暴风雨中“展翅”，在海浪浪花中欢歌。所以，每一个乐观者，在人生的海洋中都拥有战胜任何疾风暴雨的勇气和信心，都会昂扬快乐地对着大海和太阳歌唱。

面对海燕这样的一个精灵，悲观者感到羞愧。小小的身躯，居然敢在宽阔的大海上展翅翱翔。可有些人，因怕呛水，怕风浪，就不敢前进，退缩，甚至是逃避，只好望“海”兴叹。

人生，不是读一篇激情高昂、热血亢奋的散文就能到达美好的境地；人生，不是高声吟诵一首豪情满怀的诗就前程一片；人生，不是唱一支奋勇斗志的赞歌，就可登上理想的高峰。

人生的意义在于付出与实践。

海燕凌空展翅的身影，给了我们什么样的启示？海燕不畏狂风恶浪的胆魄，给了我们什么样的启迪？海燕乐观奋飞的精神，给了我们什么样的启发？

在人生的海洋里，要想飞得更高，就得像海燕一样，展开我们的翅膀，向着自己理想的那一座山勇敢地飞翔。

在海与天空间优美翱翔，在风浪暴雨中刻苦锤炼，在雷鸣闪电间舒展坚实的翅膀，人是最坚强的。因为，我们每一个人都有一双隐形的翅膀，什么时候展翅，什么时候飞翔，看的就是我们的勇气与胆魄！

一个人，一个大写的人，“展翅”还需等待吗！

四十年后，于今天，再读高尔基的《海燕》，写下人生点滴感悟吧。

2017 年 2 月 26 日

我从哪儿来，我到哪儿去

世间万物皆不属于我！

思想、灵魂、身体，包括我的名字，通通都是这个世界所赋予我的，属身外之物。

我从哪儿来

我，属父母恩爱的结合体，也可称为父母爱情的结晶。我以为，我的起源，果真如上帝所称，是赐予我父母的福音；我的降生，是老天传给父母的尤物。

无知且愚昧的我，怎能体谅孕期母亲因生理反应所造成的厌食、恶心、呕吐的感受。生活贫困，缺乏营养和睡眠却还要坚持工作，操持家务。别说是一只鸡、一个蛋，哪怕是一颗可解馋的炒胡豆、豌豆，一颗糖果，一个水果，一根红薯干都没有。为保全自己的生存与生命，我犹如吸血鬼般吸取着母亲肌体的营养。我的降生，非但没有给受磨难的母亲带来丝毫的精神安慰，却张着乌红的小嘴吮吸母亲枯竭的乳汁。一张小嘴，要吃要喝，本就不富裕的家庭，父亲肩上的担子有多重，怎能体会。哭闹是我的本能，纠结的却是父母的心。如果说，他人的母亲因儿子的降生而欣慰微笑的话，我的母亲却只能伤心落泪；如果说，他人父亲拥抱的是一个红如太阳、声如洪钟的“勇士”的话，我父亲拥抱的却是个体质柔弱的躯体。我给我父亲、母亲造成的只能是心灵上的心酸与疼爱。

从生命的起源到降临人世间，我注定就不是父亲母亲的福音，而是上天派来“折磨”父母亲的小鬼。

一场“软骨病”是要给这个家庭雪上加霜吗？外婆以为老天要收我的命。父母却对苍天说不。大夫给了我生命的延续，父母让我获得生命的第二次新生。每一口饭是从父母口中省下的，每一粒糖果是从父母脚下省出的。

世界是公平的，虽体质弱小，却同样享受着大自然赋予我的阳光、空气，还有风，还有雨。因了父母含辛茹苦的拉扯、关爱与疼爱，我终有安身立命之处。

一日三餐，衣食无忧。渐渐成长的我，虽不懂得家庭经济现状，却在哥哥的带领影响下，懵懂地明白一些浅显的道理，一切要靠劳动吃饭。于是用镰刀割草晒干，汗流浃背送到奶牛场，换回几角钱交到外婆手中。不可以像哥哥那样去锤石子，做土坯砖，打临工，买废报纸，用微薄的收入补贴家境，常跟在哥哥身后看着、学着。辛苦，却也收获了一些意想不到的快乐。

为证明自己不是一个“废人”且不做一个“四体不勤，五谷不分”的孩子，在乡下生活的日子里，我努力地去识别农作物，不将麦子认作韭菜，不将黄瓜认作丝瓜。分清白菜与青菜，红萝卜和青海椒。搓玉米棒子，摘南瓜、冬瓜，收莲花白，拾地里遗留的麦穗……

粮食、蔬菜，包括水果是农民伯伯辛辛苦苦种出来的，新衣、新裤，文具用品是工人叔叔制造的。从小父亲就是这样教的，母亲就是这样告诫我的。

那爸爸、妈妈是干什么的呢？仰望左手牵我、右手牵我的父母，我问道。

爸爸妈妈是上天派来还债的，还儿女债的，一辈一辈又一辈。此话领悟不了。二十几年后，当我为人父的时候，才感悟到父母那再浅显不过的阐述了。

还儿女的“债”，那是一种生命的延续，责任的担当。

长大成人立志，到了真正可以为家庭、社会做点什么，展示人生自我，施展人生才华，实现宏伟计划的时候。做父母教诲的那种有用、有益于社会的人，不这样，觉得有愧于父母的养育之恩。

日升日落，星移斗转。于我而言，这人世间，哪有什么惊天动地的大事在我身边发生，哪有什么宏图大志待我去施展。所从事的工作周而复始，学习年复一年，生活日复一日，如歌所唱：平平常常，平平淡淡。

既然上苍没赐予我聪慧的头脑，创造不了人间奇迹，也做不了撼天动地的大事，更不可以去发明创造，那就将我所从事的工作当成一种乐事去干吧，每一件事做不到极致，但我可以当成一件“艺术品”来完成，不一定要完美无缺，但要像欣赏一朵花一样来享受。其实，那也是对我心的一个交代。

我要将在工作中所学的知识告知我的同事，将在生活中所悟的人生感悟告知我的友人，将我所看到听到想到的人世间美的人和事用不太娴熟的笔端表述出来，与人分享。之所以这样做，是我深知，所有的这些都不属于我，我要毫不保留地归还于人世。有了这样的心境，方可用微笑去面对生活，哪怕不如意，也不抱怨，因为我还常想起父母告诫我的话：用一个平和的心态去面对所处的世界，用一颗感恩的心去回报恩惠于你的这个世界。

当有人还在为前途发愁的时候，我却有了一份安定的工作；

当有人在为生活抱怨的时候，我却在生活中去寻到那份属于自己的快乐；当有人为高物质、高享受失衡而苦恼的时候，我却快乐地吹着口哨看天空的云朵；当有人为今后的日子难以打发的时候，我却坐在电脑前，在键盘上噼噼啪啪地敲打着属于我快乐的字句。

这也是一个胸无大志、无远大理想的人的一点癖好吧，以及快乐的源泉——文字。

以文会友，以字识君。

我们曾是素不相识的陌路人，文字让我们变成朋友、知己；我与你天南、地北，远隔万水千山，因为文字而相识。文字，是开启我们相识的钥匙，架起友好的桥梁，连接情感的纽带，交流着心声的语言，愉悦我们的心灵，引起精神的共鸣。而那种快感又是无法用文字言表意尽的。

我的精神为什么总是那样愉悦与亢奋？我对生活为什么总是那样充满激情与憧憬？我对人生为什么总是那样乐观与向上？我为什么总是对花红树绿，山川河流赋有情感？我为什么对人间真爱真情总是怀有感恩之念？所有的一切皆因文字，是文字帮我找回了自我与自信。

无论是我读到的文字，还是我写出的文字。是文字赋予我新的生命、生活、活力，弥补了我精神的空虚，填充了我凄荒的思想，唤回往事的好时光，唤起对亲人故人的回忆。我才明白，人间自有真情，世间自有大爱，生活自有色彩。于是我才去看天有多蓝，山有多绿，水有多清；才去听花开，落雪的声音，观叶绿叶黄的景象；去亲近高山峡谷，草原河流，湖泊大海。唯有这样，我才可感知山川的秀美，景色的怡人，才觉得海宽心悦，所以，看人都变得那样可亲可近。

这，就是文字的魅力！

生活竟是如此美好，缺的只是我们发现的眼，触摸的心，用手用脑去挖掘，去描绘，去书写，去回报，去感恩。这是对养育我的父亲、母亲的报答，亦是对自己良知的交代。

如流星划过的人世间，我有多少时间可以去耽误？我终不能因匆匆忙忙地忙碌而到了生命的尽头，才去感慨我的人生。

多写一个字，多记录一段话，都是对生活、对人生的一段美好的记忆。

我到哪儿去

花开一季，草活一秋，人活一世。

世无长寿果，更无长生不老仙丹，所谓“留住”时间，唯有我心！

死不可怕，人活着，心却老去，才是一件可怕且可悲的事啊。

人是高级动物，有思想，有感情。人是群体，任何人离开，逃离或逃避这个群体，得到的一定是孤独、孤单、衰老，甚至很快就会结束自身的生命。游离地活着，行尸走肉的生活，还有意义吗？

然而，无论你有多么强健的身体，多么灵活的手脚，多么敏捷的思维，终有老去的那一天。

曾经，肩扛五十斤大米从一楼到八楼，气都不喘一口。如今，提五斤大米都要气喘吁吁；曾经，用拳头可以砸开一个“铁疙瘩”似的西瓜。如今，却掰不开一个柚子；曾经，举起的镐头，落地也要掘进地皮五公分。如今，举起的锤子却敲不开一个核桃；曾经，迈步矫健的脚，大步流星地行走。如今，拄着拐杖，步履维艰，背有点儿驼，耳有点儿聋；曾经，看书翻得哗哗响，键盘敲得脆声声。如今，眼已老花混浊，看不清满页的字，看电脑显示屏都是一片白光。

我知道，我真的是衰老了，走到了生命的尽头，所有的一切都将归还于生我，养我一生一世的这个世界。

曾经那样害怕、恐惧、逃避过死亡，也历经了亲人的生死离别，看到好朋友的离去，生活既让我们热爱也让我们痛苦，既让我们无奈，又让我们留恋。我们不得不冷静地思考死亡的含义。

忆起往事，这就是一个历经时间岁月的我。

我将老去，我将死去。赤条条地来，赤条条地去。既没带来什么，也带不走什么。

保尔·柯察金有一段关于生命的名言：人最宝贵的是生命，生命每个人只有一次，人的一生应当这样度过：当他回忆往事的时候，他不会因为虚度年华而悔恨；也不会因为碌碌无为而羞愧……

我是一个人，一个有血有肉的人，当我老去，百年后，我走了，就犹如我轻轻地来，转身又轻轻地走。生我养我的世界，生活尽管让我有那么多的不舍，亲朋好友让我不肯撒手，时间却是无情的。离去的那一刻、那一秒，带不走一缕阳光，一口空气，一滴清亮的水。

轻轻地，轻轻地我走了，化成一朵云，一丝雨滴；或一棵树，一朵花；或一只鹰，一条鱼。

2017 年 3 月 12 日

晨曲鸣唱

闲暇时间，放松的周末。

娱乐节目寻个遍，不到 24 点整，决不罢休，那叫一个放松。

上床后，拧开台灯，柔和的灯光下，头靠抱枕，慢慢打开手中那本书，嗅着淡淡油墨清香，哗——哗——哗——一页一页悠然翻去。一句一句细细品读，一字一字点点品味。如嚼一粒一粒满口留香的茴香豆，如嘬一口一口清醇满口的琼浆，如呷一口一口醉人于心的清茶。那叫一个静心、修身、养性。

哎——不摆了。

明日周六，睡觉睡到自然醒。有人说，这叫“我的时间我做主”。

真的可以睡到自然醒吗？梦去吧，那是一个臆想，一个奢望。因为那春暖回归的客人，不让你睡啊……

东方，还未露鱼肚白，仅有一丝的微亮，那棵棵才穿上绿装的蓝花楹树枝上，因鸟儿的存在，就开始了一天的晨曲。激情高昂，欢天喜地，谈情说爱，呢喃细语，充满活力，叽叽喳喳，甚是欢畅。一阵欢歌后，飞到各家窗户，继续高歌鸣唱，一曲一曲又一曲。

负责将我唤醒的家伙是只咖啡色的鸟儿。叽喳——叽喳——叽喳——喳叽——喳叽——喳叽——咻——咻——咻——无论我要赖“赖床”还是掩耳“不听”都无济于事。直到我起床拉开窗帘，回话，打招呼，“嗨”——它看我一眼，方肯罢休。咻——的一下，飞到另一扇窗户，叫另一个“懒虫”。

我知道，如不搭理它，它就会一直唱到彩霞满天，唱到一片红光，树影映满窗。

鸟儿的执着、敬业、尽职可见一斑。

每年的开春，每天的早餐，无论是上班还是周末，准时准点，它就站在窗外那棵蓝花楹的树枝上，唱得满树绿荫，唱得花开满树。

对于一只早起，打扰我睡懒觉的小鸟，起初，我是非常不适应。虽然你声亮清脆，但毕竟干预了我晨睡，我气恼不已，你凭什么吵醒我？凭什么打扰我的晨梦？

凭什么？凭鸟儿对生活的态度，凭鸟儿对阳光的向往，凭鸟儿对朝霞的歌唱。久而久之，那只咖啡色鸟儿与我有了一种默契与互动，变得乖巧可爱起来。看它一眼，它就飞去，我想听歌，就不开窗，它就在树枝间跳上跳下，叽喳叽喳唱个不休，让我的思想也跳跃、升腾。

欢畅、明快、悦耳的曲调，由谁谱写？欢言，清脆、动听的词，由谁填写？

哦，用不着谁谱曲填词，鸟儿天生就是作曲、作词的高手，天生的嗓门就是为春天而歌的。

花为春润色，鸟为春润声。人呢？赏花听曲乐享人间满园春。

谁能读解鸟儿的乐谱，谁就是鸟儿的知音；谁破译了鸟儿的词义，谁就是鸟儿的知己。

风，领会了“鸟曲”的含义，风才会将一个一个的蓝天留给鸟儿，才将一片一片的云朵吹来与鸟儿作伴，鸟儿才可尽情欢快地飞跃，欢情轻盈地喜跳。

树，聆听了“鸟语”的内涵，树才将一树一树的绿荫，一树一树的花朵，一树一树的硕果回馈给勤劳的鸟儿。鸟儿才自信地向阳当歌，从春唱到秋。

哦，鸟儿的快乐源于简单，早起的鸟儿有食吃。正因鸟儿的早起、勤劳，吃饱肚子的鸟儿自然会鼓足了劲，尽情地高歌鸣唱，嬉闹跳跃。

从春季到秋季。

当习惯于一种声音，久而久之就会变成一种依赖。若哪天早晨，闻不到咖啡色鸟儿那熟悉的鸣叫欢歌声，我就会“伸”着耳朵不自觉地去寻，寻不到，听不见，我会不安、失眠，甚至有一丝失落感。

失落伴着沮丧，我知道，要听咖啡鸟儿的鸣唱，又要等到来年的春天了。

鸟儿尚知一年之计在于春，一天之计在于晨，我却赖于床上，羞愧于你——那只咖啡色的鸟儿！

2017 年 4 月 9 日

种子（外一章）

一粒种子，就是一个希望的升起亦是希望的寄托。

千百万粒种子的生根、发芽、花开、结果就构成了我们多彩、有趣的生活。

固然，一粒种子是在合适的土壤、环境、气候方才生根、发芽、生长的。

手捧一粒种子，我们首先想到的一定是土壤。将这粒种子种下，浇以适当的水；急切地等待着由种子抽出的嫩芽，破土向上；于是松土，施肥，耐心地等待幼苗长成小树；于是打叶，剪枝，阳光雨露后，就热切地盼望着开花、挂蕾、结果。

我们之所以崇尚自然，是因那些原始的，没有经过雕琢、开发、修饰的景象令人惊讶、赞叹与向往乃至回味。每每看到苗圃、花园里那一朵朵，一枝枝，一簇簇，盛开着五颜六色、姹紫嫣红的鲜花时，固然华艳养眼，但总觉得有人工雕琢、修剪的痕迹，有种失真的美。

一个疑问也旋即生出，这些娇艳、娇惯的花木具有顽强的生命力吗？若是一阵狂风卷起，暴雨袭来，冰雹、雪降后，还会有如此雍容华贵、富丽典雅的尊荣吗？不是我，就你也可以想象，那将是一幅怎样的画景。

是的，在赞美眼前这朵朵、片片盛开鲜花的同时，我眼中同时也出现枝繁叶茂的参天古树；高耸云端却四季常青的松柏松林；挺立山崖却风景无限的无名树；开满山野却叫不出名的无名花朵。

高海拔，空气稀薄，甚至没有土壤，没有水源，有的是肆虐的风，炽热的日。它们就那样蓬勃、精神、昂扬地屹立着，那是一种怎样顽强的意志与坚毅的生命力。

它们的生命谁赋予的呢？它们的生命又从何而来？

是鸟儿口衔遗留于山崖？是风的吹拂撒落于山野？不择山的陡峭险要，不择土地的肥沃瘦瘠。种子总能找到适合自己生存的环境与空间，生命就那样顽强地生根、发芽、生长。

这是不是我的一种“理论”解释呢？

解惑答疑的总是那“取笑”于我，且让小树笑弯腰的风；连绵不绝却摇曳点头的小草；微笑调皮，繁星点点，簇簇片片的花朵；飘过松林头顶的云朵，泻满林间五彩斑斓的阳光。或是防备不及的疾风暴雨，或是那横跨着两座山的虹。哦，还有那只升腾滑翔的鹰。

夏日难耐的酷暑，秋天肆虐的山风，寒冬飘零的白雪，那绝不向命运屈服的生命，总是那棵峭立于险峻绝壁、崖尖、山巅却舒展、傲立，风光无限的树；总是那怒放生命，开得山间峡谷绚丽多彩，山岗山峦红云片片的山花。因它们的装点，辽阔富饶的大地山川才会那般妖娆与秀美。

因为没有人为的娇惯、溺爱，山崖、原野的树、花就没有脆弱的躯体，更没有扭捏的做派。正是它们自然、顽强的生存力，大山、土地才会以宽旷的胸襟接纳它们，它们才会生根、发芽、开花乃至结果。

所有由种子生长形成的风景，无论你看与不看，赞扬与不赞扬，它们都会洒脱、昂扬、风情地快乐着，它们不因你的忽视而忘记了自己活着的意义。

每每看到这树，这花，这般绮丽的梦境，这般称奇的风景，我的心总会涌起感动之情，投以崇敬的注目。

这就是种子的可贵之处，可赞之处，可敬之处。

种子对生命的尊重，就是对生命的礼赞！那也是我们对种子的敬畏！

每个人都是一粒种子

写下《种子》，我也联想到了人。

人是什么？是沧海水一滴？是大山里草一根？是松林间树一棵？是千万朵花里的那一朵？是，也不是。

人是生灵，也是一粒“种子”。

既为种子，就要落地，落地的种子，总会蓬勃、生机、自然地生长。

然而，生活中有的人总视“种子”为“奇”种、“异”种，不是种在阳光雨露下，成长于风中雨中，经苦难、挫折的历练，而是将“种子”置于室内，种于“花盆”中，倍加呵护，倍加溺爱，不是水浇多了，就是肥施重了。温室、花盆里的“种子”永远也长不成一棵树，就更谈不上参天了。

我们都深知一切物种都需尊重其自有的生长法则，遵循自然的光、雨露等条件与规律，成长也就向上。生活中有些人总是一厢情愿地“助”苗成长。

看来，种子不在于撒在何处，而在于在什么样的环境下生存、生长。

一个孩子，就是父母种下的一粒“种子”，降临人世间，就成一棵苗，有天然的空气条件，和煦的阳光，充沛的水分。父母只要加以引导，“打叶、修枝”，小苗都会成长为参天大树。

然而，我们有的父母喜好“揠苗助长”，臆想地给“种子”编织了一个“完美无缺”的梦境。于是恨不能帮“种子”穿衣穿鞋，恨不能帮“种子”身背代步，恨不能帮“种子”吃饭做作业，还要额外多浇一点“水”，多施一点“肥”，上各类补习、培训班，找名师指导，指点。

一边唉声叹气叫心累，一边又多方打探信息；一边想释放心中烦恼，一边又在添堵加乱。为的都是怕“种子”输在起跑线上，天天加码，日日施压，到头来事与愿违，母子结怨，“种子”受伤害，父母也受伤害。

看看“种子”沉甸甸的书包；看看“种子”堆积如山的书籍作业本；看看“种子”周末那张“业余”课程表；看看“种子”架起的眼镜。“种子”该怎样成长？没有自由、快乐的空间，没有天真浪漫的童年，自己都迷茫、困惑的“种子”，怎能成材，开花。这样的“种子”结出了自私、任性、胆小、狭隘的果。

每一个成为“参天大树，鲜花盛开”的“种子”，一定都有和煦阳光的照耀，快乐的时光，开心的童年。他们的快乐或源于篮板下，或绿荫场；或一首快乐的歌，或一次难忘的旅行。

离开父母身边的“种子”怎么一下就长大了呢；远飞的“种子”怎么一下就成熟了呢；离别父母的“种子”怎么一下就懂事了呢？当我们感知、意识、醒悟到这些的时候，说明可爱的“种子”找到了适合自己生长、发芽、成长的土壤，找到让自己快乐的环境，心胸开朗了，海阔天空，风里雨里，树苗能不成长成材吗？

明白了这些，意味着我们学会了放手。

学会放手，就学会懂得真正呵护“种子”长成的树，自然就会收获一颗快乐的心！

2017 年 5 月 7 日

享生活　这样过

生活怎么过?

会过日子的人，即便再简单、清贫的生活，都能过得有滋有味，甘之如饴；不会过日子的人，即使再甜蜜、幸福的生活，也过得如嚼蜡一般，食之无味。

我以为，生活的好与坏，取决于我们的价值取向。

这是第几缸鱼儿了？无法想起，更无记忆。

金鱼、锦鲤、热带鱼、地图鱼、虎皮鱼、红箭鱼、蓝箭鱼、接吻鱼、灯笼鱼……名目繁多，听说什么样的鱼好养，就买什么样的鱼。有些鱼儿去，有些新的鱼儿来。鱼儿优哉游哉游啊游，无声无息，却始终也游不出鱼缸。

一缸鱼，清澈清亮的水中，那绿油郁郁葱葱的水草，鱼儿吐出的水泡，亦真亦幻的假山，就是一个溪湖景物，大自然的再现与缩影。绚丽多彩、引人入胜的水下世界给观鱼者以舒缓、怡悦的心境，同时养眼又润目，既陶冶情操又修身养性。

我没有那么高深的思想境界，我的养鱼观就是好看，开心。

固然，观一缸优哉游哉，游来往去的鱼儿，除了能舒缓一下我的心绪，时而由鱼儿将我“游”回时间某一时段的某一节点也是常有的事。

那天，鱼儿将我“游”回儿时的大杂院。

凡居住过大杂院的人都有这样的记忆吧，那时的孩子都是吃百家饭长大的。所谓百家饭，就是每到吃饭时间，孩儿们就没有规规矩矩、老老实实地在饭桌上吃过。端着一碗饭，几个伙伴蹲在院坝地上溜嘴皮，磨牙齿，再就是端着一碗饭走东家，串西家，张家夹一筷菜，李家喝一口汤。一碗“冷”饭吃下肚，再回到家里，只剩下桌子板凳。

大杂院，一本前无封面、后无封底的小人书，都被翻烂成“油渣”，可伙伴们还在抢着、争着，头挤着头看；一部电影，看了几十场，上百场，台词几乎都能背下来了，但只要银幕一挂，一束光亮射出，个个照样看得嘻嘻哈哈，喜笑颜开；一个故事，刚讲上句，就知道下句甚至说出结尾，但还是要听，每晚照样聚在张伯膝下，百听不厌。

大杂院，吃了饭就丢手绢，丢完手绢变成“老鹰”；“老鹰”抓“小鸡”；抓完小鸡抓“特务”，抓完特务就扛着锄头下地“干农活”去了。

家家户户都开荒，家家户户都有自留地，不同的季节结出不同的瓜与果。

什么冬瓜、南瓜、丝瓜、茄子；什么胡豆、豌豆、土豆、红苕；什么莴苣、白菜、空心菜、葱、姜、蒜，就是那节节甜的甘蔗，节节高的芝麻都种。所以，我们是四体都勤、五谷都分的新一代。

自己种，自己吃。吃不完的分享给邻居，还可带到学校去赠与同学。你赠我青辣椒，我赠你西红柿，你赠予我付子瓜，我赠予你三月瓜，老师说这叫互享劳动果实的同时，增加的却是同学间的友谊。

那时也养鱼，好玩，非常好玩。

开始，我也不以为然，养了几尾同学给的热带鱼。养着养着，看着大鱼产下小鱼，兴奋至极，情绪高涨。不午休，冒着炎炎的酷暑，顶着烈日，跑到几里路外的污水沟边，捞鱼儿喜吃的沙虫。汗流浃背回到家，接着马不停蹄地奔向教室。

那时的我，怎么就有那么旺盛的精力？怎么就不知疲惫与疲倦呢？

当然啰，除了种菜、养鱼，最为喜欢的就是养动物。

除了狮、虎、熊这些彪悍凶猛的动物，什么鸡、鸭、鹅、狗、猫、兔、鸽通通都养，呵呵，家里简直就是“动物园”。最为开心的事莫过于早晨将鸭放出圈后，就急不可待地去捡那还带着热温的鸭蛋；听见母鸡咯咯哒、咯咯哒的叫声，就到鸡窝捡起热乎乎的鸡蛋，听见曲颈向天歌的鹅叫声，就去捡如“恐龙蛋”般的鹅蛋，这样我们就能吃到香喷喷的椿芽炒鸡蛋和盐泡鸭蛋了。

除了市场买回的鸡、鸭、兔，我们都不吃自己亲手养的动物，就是死去的小动物都不会轻易丢掉，一定要挖个坑埋掉，才依依不舍地离开。

人的爱心、纯真、善良，应该是从小就与这些动物相处，建立起来的吧。

后来，平房推倒了，四合院拆掉了；我们的鸡、鸭、鹅、兔“自留地”也就消失了；儿时伙伴们的笑声、闹声、哭声都成为过去，大家各奔东西，天南地北。而所经历的这些生活犹如一张硬盘都刻进了我们的脑海里。每当我在孤独或是与你们相见时，那属于我们的美好时光，都会在我们的脑中回放。

时光一去永不回，儿时相伴的你与我，如今相见，你已添白发，我已添新岁，但那些记忆的往事终在我们的梦中。

现居钢筋水泥，全封闭阳台、窗户，如囚笼中的我们，所看视线都不能用“眺望、举目”这样的词，只能叫睁眼看，周围都是“鸟笼”样的阳台、窗户。

向往、渴望、享受大自然就成人们的时尚、追求的新生活。周末，节假日就成了人们的期盼与期待。无法融进大自然的人们，则将希望寄托于花花草草，鸟儿、鱼儿。

阳台、窗台上总有绿色的植物，总有芬芳的花朵花香。

文竹、龟背竹、一叶兰，君子兰、吊兰、散尾葵；茉莉花、米兰、栀子花、玫瑰花、三角梅，一年四季都见绿叶，春夏秋冬四季都见开花。

有人说，鱼与花，不是养死的，是“爱”死的。

现实也如此。痛定思痛，静心反思，不断总结，但我们还是会犯多给鱼儿撒食、多给花浇水的错误。适得其反，事与愿违，养于鱼缸里的鱼儿，种于盆中的植物花木，终因食多、水多、肥多，终因缺乏天然的阳光雨露，接不了地气，还是随风而去，回归属于它们的大自然。

心爱的鱼儿、花儿总让我们沮丧，泄气，换了一缸又一缸，换了一盆又一盆，可总也挡不了我们热爱生活的激情，养鱼，养花在继续，那是生活的寄托、憧憬，也是生活的继续。只是现在的我们，不再像以前那样急切地盼鱼产子，平静地看鲜花盛开，所有的情趣情调转化为一种心绪、乐趣，慰藉的却是我们的精神与心灵，陶冶着我们的情操。

这就是生活的一种过程与享受。生活，不在于多么忙碌，而在于多么充实。

关掉家中的吊灯、壁灯、台灯，打开音响，躺在沙发里，闭目听一段 CD，舒缓紧绷的神经，是一种释放；橘黄柔和的台灯下，一页一页地翻书读字，放松一下疲惫的身心，是一种惬意；对着漆黑的夜晚，看银河系那闪亮晶莹的星星，可达到一种境界；到湖边听草林中蛐蛐鸣叫，听堤坝蛙欢歌，一切烦恼烦心事皆可抛九霄云外。

忙碌了一天，回到家中，关掉电视、电脑、手机，漆黑的客厅，坐于小凳，打开鱼缸照明灯。银光灯下，蓝色的背景，绿油的水草，精巧的假山，观鱼儿欢游，那悠然、优雅的姿态，那摆尾、追逐、嬉戏的身姿，都是动与静的享受，灵性的游动同样惬意，思想同样可以达到一种“凌空”的境界。

我们所生活的城就是一个大鱼缸，城中的每一个人就是一条鱼。每个人每天都如鱼一样地在游历着。

一个人，心比天高，好高骛远，带着一颗浮躁的心，无论你“游”有多远，在人生的大海里，非但练就不了人一颗胆略胆魄的心，还可能会被海水淹没吞噬；一个人“游”不出一座城，只要能将你的婚姻、恋爱、家庭、事业“游”得优雅、优美也未必不是美好的生活。

于鱼、于花而言，爱好与收获无关，付出不一定要有回报。既然不图付出了什么，也就无所谓什么结果。

日子过到今天，我才醒悟，原来，生活享受的只是一个过程；原来，生活也可以这样过！

2017 年 5 月 30 日

因为远方有个你

“给我一个支点，我可以撬起整个地球。”

古希腊哲学家、百科全书式科学家、数学家、物理学家、力学家，静态力学和流体静力学的奠基人，享有“力学之父”美称，且与高斯、牛顿并列为世界三大数学家的阿基米德是在两千年前说出这句令世人皆知的话的。

斗转星移，时间来到两千年后的今天，老科学家所不知，也不曾预料到的是，“撬起整个地球”不需找一个什么样的支点，而今时下，手持一手机，只要有 Wi-Fi 信号，岂止是撬起整个地球，就是整个地球都握在了我们手中。

不论场所地域，不论时间长短，只要醒来，手就会伸向枕边的手机，然后睁眼看屏幕，新的一天就开始了。于是就有了这么几组镜头。餐桌上、行走的路上、等车的站台上、拥挤的车厢里、办公室里、厕所里，低头族们都在全身心地，废寝忘食，如饥似渴地看着手机屏幕。国际国内，天文地理，天下大小事，身边所发生的一切事情“一网”尽知；另一组镜头是婚庆酒宴，同学朋友聚会，旅游景点，筷子可以不动，友情暂不叙旧，风景可以不看，来一组镜头，“事实新闻”发出去，就拥有了快乐的一天；还有一组特别的镜头，在车轮高速飞驰的驾车途中，在酣战激烈的麻将桌上，哪怕是刚从手术台上下来，只要手机信息提示声一响，都会为之一振，都会心里痒痒。

对手机神态林林总总的画像，表明和展示了一个问题——我们所生活的这个时代，人人离不开手机，人人依赖于手机。

有这么一则有趣的测试。

人血压发作升高的一瞬，不是听到噩耗的信息，不是贵重物品的遗失，不是惊吓恐慌，也不是喜从天降的那一刻。手机——你的手机，就在即将落地，你一伸手，一抬脚的那一瞬，反应之神速，思维之敏捷，随之升高的自然就是血压，是正常血压的2—3倍。

电话，我从是小人书、银幕上看到的，第一次触摸，听音听声是在父亲的办公室。我就那样傻傻地笑着，心却在想，这个东西怎么就会响（铃声）呢？怎么就可以听到对方的说话声呢？

期盼家中有一部电话，那是怎样的一种迫切又期待的心境。

当家里第一声电话铃声响起，第一次面对话筒心跳的我，断断续续地“喂，喂，喂……嗯，嗯，嗯……”根本就没有说出一句完整的句子。放下电话，转身看去，那人耳旁贴着一个“大哥大”，哇啦哇啦胡吼乱叫，我人才发现，原来，电话还可以这样打。

在感慨、羡慕别人持“大哥大”的同时，我的手里有了一个“小哥小”——小灵通。

一个“小灵通”，接听、回复电话都要“满世界”地找信号。尽管如此，总算有了人生的第一部手机。

你用诺基亚、摩托罗拉、西门子都与我无关。但是，你的手机显示频是彩色的，除了收、发短信的功能，还可以玩游戏，拍照片，后来又弄出什么QQ群、微信圈，我就觉得不能落伍了。

换一部手机，就换了一个活法。阿基米德的支点，换成了

Wi-Fi 信号。只要有 Wi-Fi 信号，世界就在我手中，手指一摁，家事国事天下事尽知。

无限的网络，不见面的群友，就那样东南西北、天南地北地交织着。

等红绿灯时看短信，横过马路时刷微博，在公交车上玩游戏，闲下来时摸手机。坦诚地说，我不是一名手机控，也不属低头族，但手机确实成了我生活不可分割的一部分。如果说出门左手摸左兜是钥匙的话，右手摸右兜一定是摸手机。这是条件的反射亦是给自己离不开手机，再合适不过的理由了。于我而言，手机无需有多么强大的功能，只要能正常地接、打电话，简单地拍照、发照片就满足了。

那天，怀着一颗忐忑、战战兢兢的心将一篇拙作通过 QQ 邮箱发出去的时候，如同当年投向报纸、杂志的心态一样，视同大海沉石，泥牛入海，发与不发我都“无所谓”了。

真的是无所谓吗？当主编的一则发文信息出现于手机屏幕，心跳不亚于手机掉地的那一瞬。那些都是我不认识的主编与编委，他们应是高高在上，“不食人间烟火”，所发之文都是些著名，有名的大作家的作品。我可是无名之辈，一篇平庸的拙作啊！真的就发表了？

是发现新人也好，是扶持新人也罢，岂止是发了我的一篇文章，那是给我的信心与勇气，是将我的生活推向了一个新的转折点，人生出现的一个新轨迹。

一个按键，一下将我的生活犹如黑白的老照片翻新变成了富有情趣、色彩鲜艳的新彩照，且有生动的动漫、视觉立体的视频。

让我更加不自知和感动的是，一段文字、一组照片，竟有人点赞、献花、点评。

点赞，是一种分享；献花，是一种鼓励；点评，是对我诚恳的鼓舞与指正。一个标点符号，一个错字别字，语句里是中肯，让我的写作更加严谨，用字更加准确。

不为写作而写作，既要动笔，就有一种职责，一颗道德心，一个正能量。那也是一个做人的准则，更是一个人的人品、人格的展示。

如果说，果实的收获一定是金秋时节的话，那么，一个朋友的“获取”就在每时每刻。最让我享受与愉悦的是我 QQ 群的联系人，微信圈通信录的“红灯”亮起。

每一盏“红灯”的亮起，就意味着有一个新朋友走进我的心。无论男与女、市内域外、老年青年，你们的融入，将我的生活变得更加丰富有意义，让我每天都那样的激情、亢奋、充实。这就是 QQ 群、微信圈带给我的魔力与魅力吧。

一直以为，远方仅指我的故乡、故乡的亲人、故乡的山山水水。

自从生活中有了你，我对远方有了新的理解。远方的你，不分男与女，无须告诉你在哪一城、所从事的职业，也无需告诉你的家庭状况和年龄。一个问候、一句话语、一段文字就可以拉近你与我的距离。

是的，当手机有了生命活力的时候，我才知道，你就是在草原上看到的那朵美丽的花；山中那棵翠绿、挺拔的松；河流那清澈清亮的水。繁花朵朵，绿荫常青，清水从我心中流淌，滋润着我的生活，点亮了我的人生。

最让我新奇欣慰的是，每每看到通信录亮起一次又一次的红点，就像点亮的一盏一盏的红灯，就像一团一团的红火苗在我心中燃烧。所以，我的人生旅程都是由朋友点亮的。

我以为，是你在读我的文字，谁曾想到，关注你远远大于我的写作。无论你发表的诗、词、赋还是散文、小说，阅读后都让我羞愧难言，余下的就是学习，再学习。

一个新的朋友，就是我的一个新世界，读到的是文字，丰富的却是我的思想；读你们的思想，丰富的却是我的世界。

读文如读人。文字中，我读到了男人的儒雅与气质、豪爽与率真、阳刚与坚毅，同时也读到了男人的脆弱与柔情；文字中，我读到了女人的柔情与多情，浪漫与温馨，优雅与妩媚，同时也读到了女人那颗如水做的心，花般的娇柔。

每读一首诗，每读一篇佳文，就像触摸到你的心灵。一句优美的诗词，是对生活的凝练；一句哲理的话语，是人生的阅历。我读的不仅仅是一篇动情的文章，那是一个人的思想，它让我走进了你的世界。

原来，你们的笑脸、眼泪、人生、阅历，甚至你们爽朗的笑声，甜美的歌喉，优雅的举止都是我生命的源泉，精神的粮食，开启的则是我心灵一扇扇的窗户，不仅点亮了我的心，还开启了我智慧的大门。

远方的你，如哪天你不在群里出现，就成了我的一种牵挂与思念；如哪天你不在群里出现，我会失落、彷徨、沮丧。

教会我感动、感激、感恩——是远方的你！

2017 年 6 月 11 日

划根火柴把心点亮

有一个少年，13 岁时失去了母亲。

家里来了一个新人。此人面带凶相，脾气暴躁，经常打骂、刁难他。这就是上帝派来折磨他的继母。这个生性刁蛮、古怪的妇人，无论少年怎样辛勤地做家务事，百般地讨好她，都得不到妇人的一个笑脸。

年幼的他，对继母蛮横无理的行为只能逆来顺受。

换作我有这样的一个继母，生在这样的一个冷漠无爱的家庭，估计不是疯掉都会被活活地气死，说不定还能做出过激、出格的事来，以泄心中的愤恨与不满。

少年不是这样想的。穿着单薄，饥肠辘辘，睡在潮湿床上的他在想：继母每天都这样对待我，骂出那么多尖酸刻薄，且从不重复，却很有特点的话，说明她有多么“渊博”的知识啊，与其被她这样活活地“骂”死，我为什么不用笔将这些话记录下来呢?

这样一想，就像安徒生童话故事《卖火柴的小女孩》划燃的一根火柴，他心里一下亮堂了：对啊，我要用笔将继母说出的话记录下来。不仅这样想，还付诸行动。他不再厌恶这个刁蛮的继母了。他把继母口中所吐的粗话、恶语都当成了一种快乐来“享受”。为了激发继母的“智慧”，他还有意做错事、傻事。这样，继母就会更加喋喋不休、絮絮叨叨地冒出新的词和句子，给少年的大脑灌输了源源不断的精神“营养”。继母不断地骂啊骂，少年不停地记啊记，日积月累，他竟然记下了厚厚的一大本。后来，他就把这堆骂人的词语按字母顺序编成一部小词典，命名为“后娘的词汇”。

生活的磨砺，让执着、勤奋的他走上了文学的道路。在文学的创作中，他有意识把这些“后娘的词汇”用到作品中去，使他笔下的人物语言妙趣横生，动作也千姿百态，我们读着是那样精彩、生动。

这个少年，就是俄国著名的犹太作家——肖洛姆·阿莱汉姆。

肖洛姆·阿莱汉姆的书信体长篇小说《美纳汉·孟德尔》曾经受到高尔基的称赞：这是“一本绝妙的好书”。

有一个人，他的童年也很不幸。

他的父亲以粗暴的态度逼迫他学习音乐，且常常遭到父亲的打骂。羽管键琴、提琴成了他父亲压迫他的枷锁。如果他以抵抗、出逃来对付父亲的话，不能想象他的生活将变成什么样。

庆幸的是，他改变了自己，那颗好学的心，竟然没有被压灭，在父亲的严格训练下，显露出了音乐的才华。

由于父亲的严厉培训，还有对音乐的天赋，加之他的创作构思宽广、形象宏伟、感情深邃、对比鲜明，他的作品以富有英雄性、戏剧性和思想性而闻名，他的作品对世界音乐的发展有着非常深远的影响。荣誉的获得，是世人的公认，更是他人生最为辉煌的时刻。

然而，上苍嫉妒，有意地捉弄，不幸再次降临。正当他在音乐世界里陶醉的时候，他的身体被伤风、肺病、关节炎、黄热病摧残折磨着。更为残忍的是，因病而导致他双耳失聪。

耳朵，对于一个音乐家来说，是何等重要啊！对于一个热爱音乐、视音乐为生命的人，失聪意味着什么？那是人生最为残酷的一击。

失聪，无疑是将音乐家推向死亡的边缘。他在给朋友的一封信中说道：“我过着一种悲惨的生活。两年以来我躲避了一切交际，因为我不可能与人说我聋了。要是我干着别的职业，也许还可以，但我的行当里这是可怕的遭遇啊！”不仅如此，他所热恋的情人也因门第离他而去，成为别人的夫人。

这是一个音乐巨匠的不幸人生！

情人可以离去，生活可以不幸，上苍也可以夺取他的听觉，但上苍夺不去一个人对生活、艺术的追求与热爱。耳朵失聪了，还有一双观察的眼、智慧的脑，没有什么能够阻拦一个思想者。正是这种对音乐的执着战胜了他个人的痛苦和绝望，苦难变成了他创作的源泉。

在生活的逆境中，这个顽强的人用一生与命运搏斗的思想“我要扼住命运的喉咙，它不能使我完全屈服”，这是一个英雄意志战胜宿命论，光明战胜黑暗悲壮而壮丽的凯歌，这也呈现出作曲家最外向的性格，他拒绝任何妥协。

对于他的作品，恩格斯说：“要是没有听过这部壮丽的作品的话，那么你这一生可以说是什么作品也没有听过。”

这个人，就是c小调第五交响曲《命运》的作者，被称为“乐圣”和“交响乐之王”的音乐家——贝多芬。

我的人生经历、人生道路，没有文学大师、音乐家那么坎坷、曲折，也没有那么多的不幸与辛酸。

正因如此，一次工作的不顺，差点导致我郁闷、痛苦甚至几近疯掉。那段时间可谓是我人生的最低谷。

那时年轻气盛、青春满怀的我，将所有的激情都投于我所从事、热爱的工作。

谁知工作中遇小人，不是一个，还是两个，是所谓“管理者”。为了达到各自的野心和目的，于我正常的工作而不顾，横加干涉，无理指责，无论我怎样认真对待工作，他与他都可以找出“毛病”，从而导致我正常工作无法开展。

“为了这样的人生气、伤身不值得，工作只要过得去，睁只眼、闭只眼就过去了，你的工作大伙自有评说，你又何必活得那样累呢？”好心的同事这样安慰、劝导我。但是，对于一个有着良好家庭，受到父母对工作严谨，办事一丝不苟影响的我，不允许自己这样去做，去应付我的工作。

现实是，我工作越是认真，他俩越以为我软弱与屈服。更加肆无忌惮地横加干涉，还无中生有、夸大其词地捏造员工工作差错。

沮丧、迷茫、困惑、彷徨、痛苦折磨着我，夜不能寐，睁眼到天明。第二天，我还必须强打起精神，面对我的同事、客户，完成必须完成的本职工作。尽管没有经历千锤百炼的磨砺，也未经过大风大浪，但我决不能向困难轻易妥协、屈服。面对人为的干扰与阻碍，大脑一直在敲打、告诫于我，工作中绝不能有一丁点的闪失和失误，只有认真对待，唯有这样，方可心安。

由于精神的折磨，身心的疲惫，精神面貌不佳，那时的我，表面看着“精神”，但内心几乎快要崩溃，快要疯掉了。所有的付出，换来的是透心凉，那是一种什么样的心境啊。

萎靡不振的我，上班“精神抖擞”，下班气若游丝，上班行走如风，下班举步维艰，就是乘坐十几分钟车的我都可“昏睡”

五六分钟。心灰意冷的我，感觉到所有的人都在“嘲笑”我，所有的人都是笑容满面，都如春风拂面，唯有我受着老天不公的“惩罚”。

没有人会关注我，更不会有人来关心我。除了冷眼，就是嘲笑，天上的太阳照在我身上，都感觉是冷光而没有温度，因为我的心是“寒”的。

突然，有一只手拍我的肩膀。

那是一只有力且有分量的手。那是一只有着军人般力量的手；那是一只成功人士的手——一个举止优雅、谈吐儒雅，令人敬佩的企业家的手。

我以为他有很多关爱的话要对我讲，要将他经风雨、见世面的人生阅历告知我。并排而行，他再次伸出手拍了拍我的肩膀说：抬起头，向前看！

旋即如风一般，大步流星迈去，那样稳健、高大！

抬起头，向前看！

那远去的背影，如黑夜划亮的一根火柴，我豁然开朗，茅塞顿开，“火”将我心中阴霾的沮丧、迷茫、困惑、彷徨、痛苦通通烧尽。

我为什么不可以精神点？我怎么就不可以精神点？

抬起头，向前看，生命的激情再次被点燃。

找回自我，重塑自己的我，不仅是对待工作，就是生活也发生了变化。五音不全的我也开始哼曲唱小调了，还拿起笔抒发心中的情感！

让我意想不到的是，抬起头的我，看到的是每一个人都拥有一张微笑的脸庞；抬起头的我，那些个子比我高，带着鄙视的眼，说着狂妄的话，做着无知的事的人，在我眼中都是那样的“矮小”；

抬起头的我，春风可拂我的面，花开有意，落花有声，大山伟岸，江河有情，秋风不再恼人，雪花悠扬圣洁。

向前看，不要轻易地怀疑自己，不要过早地关闭理想的门，划燃一根火柴，把心点亮，向前看，打开一扇窗，阳光照耀着你，美好世界都在你的眼里。

2017 年 6 月 25 日

杨老师

又是一年高考时，我实在是羡慕当下的考生。

高考已提到国家层面了，除了静止一切影响高考的施工作业，高考那天还专为考生开辟了绿色通道，爱心人士车辆接送，还有警察开道护卫。

所有这些为的是给考生们营造一个安静的高考环境，为的是让每一个考生发挥最佳状态，为的是让每一个考生考出自己最佳成绩。

是啊，高考牵动了多少家庭、多少人的心。家有考生，一切的一切都以考生为重，考生的起居、生活、环境、营养都需要特别关心。甚至说话都得看考生的心情，吃饭看考生的表情。考生卧室的门永远紧闭着，一觉醒来，考生的那盏台灯还亮着，除了叹息声，更多的是无奈。每个考生家长的神经绷得比考生还要紧，说话办事都是小心翼翼的，不开电视，吃饭不语，就是走路都将脚“搭”在肩膀上不发出声，深怕“坏”了考生的心境。

与其说是高考，倒不如说是在考每一个人的心理承受能力，考的是我们的思想意志。

我既亲切又陌生而久远的——高考！

1977 年，国家恢复停了 10 年的全国高等院校招生考试。

1977 年，17 岁的我，正是朝气蓬勃、生龙活虎的青年。“高考”一词对我来讲既没有像工人农民、上山下乡知识青年那样有着热烈的反响，也没有像复原军人、干部和应届高考毕业生那样激烈与渴望。

尽管有的家长以“成龙上天，成虫钻地”的思想来看待自己的孩子，但家有考生的父母总还是对自己孩子抱有考上大学的一线希望。一纸改变命运，一纸决定前途，让自己的孩子考上大学，走向社会，最后成为科学家、教授、大夫、作家、画家、音乐家、人民教师……愿望是美好的，前途是光明的，决定自己命运的就是高考那三天。

客观地讲，我的父母对我考什么名牌大学没有过多的想法，也没对报考普通大学抱有任何的幻想。自己家孩子的状况自己清楚，因此，该鼓励的话照样讲，该支持的事尽量做，为减轻精神负担及时与我交流、沟通，让我认真思考，坦然面对。因此，父母正常去上班，从不为高考而影响他们的工作。下班回家也不忘叮咛几句，就是想帮父母做点事也被“去，去，去，看你的书去”给挡了，谁不希望自己的孩子成龙上天呢？

高考落榜，父母不会给我们脸色看，我同样丝毫不会怪罪于自己的父母。父母该做的事都做了，怪就怪自己不努力。

其实，我已努力了，没考上，并非我的智商比别人低下；没考上，并不代表我不上进；没考上，只能说明我学习的水平有限。毕竟我也努力了，上进了，付出了，尽心了。没考好，绝不怨天尤人，面对现实，调整好自己的心态，走另一条路。

落榜——高考就这样回馈于我，大学的校门就这样与我失之交臂，有失落，有伤感，也有泄气。

如今回望高考的过程，有苦，也有甜。

学校没有设立高考倒计时牌，也没有挂出激励高考的口号与标语。

尽管老师也以“大浪淘沙，不进则退”的话来告诫、激励、敦促我们，但同学们该打球的时候照样活跃在篮球场上，爱好足球的同样踢得天翻地覆。

夜幕降临，没有电扇，汗流浃背，蚊虫叮咬，我照样端坐在那盏 15 瓦的白炽灯下。清晨醒来，那笼油绿的竹林照样有我默读古文、背诵英语单词的声音，那鸟鸣鸟唱、高大挺拔的攀枝花树下同样留下我背诵数学、物理、化学公式、定理、定律的足迹。

那是一节物理课。

杨老师正全神贯注地讲解着一道物理题。

矮小却很精干的杨老师，以其丰富的教学经验和博学的知识令同学们折服，备受同学们的尊重。

本节课的一题难点牵涉到高考题，因此，杨老师讲得格外认真、细致，恨不能将所有的疑点、难点和解题思路都灌进每个同学的大脑。

然而，安静的课室不知怎么就有了微微骚动，还有偷偷的窃笑声。

就在此时，杨老师的课堂提问开始了。

站立回答问题的三个同学，或支支吾吾，或一知半解，或一问三不知，一个也没将答案说出来。接着杨老师又点了一个女同学的名字。

文静、脸红的女生站了起来，清晰、明朗地作了解答。杨老师又叫了一名男同学上讲台。清瘦、架眼镜的男生在黑板上三下五除二，口齿伶俐地也将问题解答清楚。得到了满意的答案，杨老师对两个同学都露出了欣慰的笑脸，左手示意男生回位，右手示意女生坐下。

到此，同学们都以为杨教师会接着往下讲了。

啪——宁静的教室里响起一声清脆的声响，所有的同学为之一振。

不是杨老师说话有点口吃，而是杨老师的家乡口音太浓了，导致他平常讲课时有些话我们听不清或听不懂。杨老师是重庆人、四川人、云南人、湖北人、上海人、东北人，谁也未打听过。一个来自五湖四海、天南地北学生的教室，一个老师说点“椒盐”的普通话有谁会去考证或在意他是哪儿的人呢。

最让同学们诧异的是，平时上课讲话风趣、幽默的杨教师，在讲深奥的物理课时，尽管我们有“坐土飞机”的感觉，但杨老师动作优雅，深入浅出生动的授课，让我们倍感轻松的同时两耳不闻窗外事。今天的杨老师怎么会摔起教科书来了呢？

临近高考，不仅每个学生，我们的每位老师都心急如焚呀。老师和同学一样，都像热锅上的蚂蚁，恨不能没有黑夜，没有星期日，老师天天讲课，学生天天做复习、高考模拟题。课余带着疑问找老师解答的学生排起了长队。

今天课堂上发生了这样的状况，杨老师会怎样？只听杨老师将声音抬高了好几个八度，几乎吼着说：“看看，你几个看看，人家是怎样学的，这才是你们要学习的榜样。”

我知道，我们班上确实有成绩好“上天”的，也有像我这样学习“不咋地”的，还有几个“熊样”的，更有几个自视清高，这个瞧不起，那个不放在眼里，全世界就自己最聪明，上知天文，下知地理，就是树上鸟儿讲的鸟语他都听得懂。因此，上课时有小话，小动作，弄得个个老师都喊头痛。

再看杨老师，只见他将一截粉笔向上一扬——落下的粉笔正好打着一个同学的鼻尖。

这一举动大伙先是一愣，随后是哄堂大笑。

杨老师双手撑着讲桌说：“不要以为是我在‘打’你，这是抛物线，地球引力的作用。”

同学们更加乐了，有的人还击桌拍掌。

杨老师用“椒盐”普通话继续说道：“我还听同学讲，你们几个人当中有的玻璃球打得很好，而且还赢了很多。那能当饭吃吗？嗯——”右手不停地敲着讲桌：“我说同学，你赢那么多的玻璃球干什么？再说了，你把打玻璃球的那点精力用到复习功课上，成绩也不至于像现在这样。还有呢，你打玻璃球的技术再高、再好，国家也不举行这个项目比赛呀，你也成不了国家冠军啊！你们说是不是？”说激动了，左手不断上下滑动：“再说呢，这玻璃球应该是小孩子玩的，你说你一个高中应届毕业生，成天趴在地上跑来跑去的，干什么嘛——我都替你们害臊。”

教室里又响起一阵笑声。

杨教师将带有粉笔灰的手放在嘴唇上，嘘——随后从口中冒出：“这叫不务正业，该学不学，不学的哈起学，这叫，这叫‘样样懂，门门瘟’。”

那几个“自命清高”的同学，还以为是杨老师太幽默了，一脸不在乎地跟着笑。谁知杨老师话锋一转，严肃又加重语气说：“笑，亏你们还笑得出来。临近高考，没有一点紧迫感，成天稀里糊涂，自以为是。告诉你们，有多少学生家长到学校求情要我们加课、补课，你们语文课蒋老师的小孩生病，她都未请假去照顾；数学陈老师的父亲在医院抢救，他只去看了一眼，向医生询问了病情，就回办公室备课了；二班的吴老师在医务室打完点滴就站在了讲台上。”

转过身的杨老师迅疾将刚才的试题擦去，用红色粉笔在黑板上写下苍劲有力的三个大字——“为什么”，再画了一个大大的问号，恨恨地将粉笔丢在地上。

恨铁不成钢的杨老师再次加重语气："自己去好好想想——"停顿片刻："我看你几个真的是'样样懂，门门瘟'，假聪明。这样的题怎么答不上来了，不是很'牛'、很得意的吗？嗯——"

不是"愤恨"到了极点，而是掏心地告诫："就这样的态度，这个水平，高考——我看你们几个是烤火哟。"

"样样懂，门门瘟"出自何处，我不知，我敢说杨老师的教诲让我们每个同学都扪心自问地问过"为什么"。因为接下来的半节课乃至以后语文课、数学课、英语课的课堂上，班里都是鸦雀无声，积极、主动举手发言的人多了。

几十年过去，也不知杨老师今在何方，但杨老师上的那堂有着极其重要意义的物理课还历历在目，恍如昨日。

"样样懂，门门瘟。"虽不是什么名言警句，却也包含着一定的哲理性。

如果我们都像杨老师要求的那样去学习，如果我们每一个同学都能早点醒悟，如果我们都踏踏实实地对待每一道题，现在我们的人生都会发生新的轨迹，生活都会发生新的变化，世界观都是新的思想。然而，世界好像什么都有，唯独没有"如果"。

我真希望世界上有"如果"。

"如果"时光能倒回；"如果"我们班的同学还能回到曾经的教室；"如果"杨老师又站在讲台，出现在我的眼前，我要起立恭恭敬敬地向杨老师三鞠躬，以谢恩师当年的谆谆教诲，再真情地、尊敬地、由衷地道一声：

杨老师——您好！

2017 年 7 月 2 日

无论如果怎样

无论如果怎样，这是怎样的一个命题呢?

就像是日升日落，风起云涌，雷鸣闪电一样，我们只能面对而没有任何的选择。

现实中，不仅是你，就我而言，也为给自己找了那么多的“如果”而气恼、后悔、叹息过。

上初中，那次运动会，我正向百米冲刺。突然，意想不到的事情发生了，不是有人撞了我，也不是我的脚崴了。鞋带，是的，就是该死的鞋带，就在我向终点冲刺的那一刻，鞋带松了。蹲下系鞋带的那一瞬，身后所有的队员风一般从我身旁飘过，结果，本属于我的奖章挂在了别人的胸前，全校师生为他鼓掌。如果，我不那么粗心，在热身的时候，也将鞋带检查一下，金牌不就挂在我的胸前，那掌声不就为我喝彩了吗。唉!

高考那年，自己也闻鸡起舞，寒窗苦读过，明知考不上清华、北大，但考上普通大学，也不枉自己曾经为圆大学梦而奋斗过，还是愿“掉”三斤肉的。然而，张出的高考榜显示，我终因三分之差而名落孙山。三分啊，怎么就只差三分呢?哎呀，如果我在考场上稍微静心点、耐心点、仔细点再从头至尾地检查一下，不那么急躁、冒失地交卷，我的人生轨迹不就发生彻底的改变吗？就三分之差呀，唉！

就像全民炒股一样，那一阵刮起了一股彩票风，人人都在买彩票。我是凡人，凡人都有发财梦，我也脱不了这个俗。

我填好了经过我深思熟虑，总结、研究、排列、组合上几十次数字中的一组数字。

我清楚地记得，在研究后，这组数字该出彩了。这组数的最后一个阿拉伯数字是 4。这个数字好啊，“4”寓意着事事顺心、事事如意、四季发财，这是一组多么理想而又奇妙的数字。嘿嘿，等明天……就在我这样幻想、梦想的时候，一个声音在我耳边响起：“喂，你这组数字太完美、太神奇了，我也研究了一下，你这组数字很可能出现。就是将这个数字改一下。如今做炒股也罢，做生意也罢，就是买彩票，最忌讳的就是 4。”

我抬头瞄了他一眼。噢，我虽然不认识他，但知道他是个老彩民，他是期期必买，期期不落，深研究，常总结，因此也时常中奖。他也期待大奖幸运降临于他，听他的没错。

他很友善地，带着商讨的口吻接着说道：“4 是‘死’的谐音，不吉利。改 8，即‘发’的意思。这一改，就是绝配、绝版，不摆了。哈哈，你就等着化妆，戴着面具去领奖吧。”

听他这么一讲，我还真有点飘起来，真有获大奖的感觉。常言道，听人劝，得一半。就这样定了，4 改 8。

然而，看到公布的中奖号，我那个悔哟，肠子都悔青了，我与百万大奖擦肩而过。我的天耶，如果我不是听那个“军师”参言，我不就成百万富翁了吗？要是那家伙在我身旁，我真的会一闷棒敲开他的脑袋。

悔啊悔！那不是五角、五元、五十、五百、五千、五万元钱，那是五百万呀，我的天，这是老天注定不让我发财吗？

我为什么不坚持自己的主见，就那样轻易地动摇了呢？唉！如果，那时他不出现在我身边；如果，我再果敢一点；如果，我不轻信他的谗言，我的人生就不会是今天这个状况了。

请注意了，我人生的三段历程，三个经历，皆因鞋带、冒失、谗言，这样的“如果”从而导致我未圆“冠军”梦，未能跨进大学的校门，与百万富翁擦肩而过。

残酷的现实总在告诫我，所发生的事都是不可预料的，却又不可避免地要去面对，最终导致的只有一个无比后悔的结果。

现实生活中的我们，往往都爱用“如果”来做假设。而所有的“如果”是不是我们林林总总的借口与托词呢？

都因如果，受伤害的不只是眼前，还造成终生的痛苦与懊悔。

所有的结果都是由“如果”起因，可事实又都不因我们假设的“如果”而不无情地摆在了我们的面前。由此看来，我们是不是在因为一个“如果”而在给自己找一种合理的借口而逃避、推辞、开脱呢？

老天不会同情给自己找借口的人。残酷的现实是只有去接受，去舔舐因“如果”而留下的伤痛，所有的如果都是幻想与假设，而幻想、假设的结果都是虚无的果。

每一次不如意且后悔的“如果”发生，我都会懊悔、苦恼很久，直到有一天我读到了中国青年出版社出版的一本叫《没有任何借口》一书，我有了一点儿醒悟。

“没有任何借口”是一种自我负责的精神，只有自我负责的人才能对工作、家庭、社会负责。

该书的作者把“没有任何借口”的理想细化为自我责任、目标、服从、真正、宽容、自尊等品质，每一种品质都是迈向成功和幸福的一级阶梯。

停止寻找借口，伟大的事情将会发生！

这样的一种理念是不是也在告诫我们，世上没有什么“如果”呢？不要给自己的“如果”找任何理由了。

当我们的脑中出现了“如果”念头的时候，是不是多多少少都有那么一点胆怯而给自己找了一个合理开脱的理由呢？是不是在推卸一种责任与担当呢？请将“如果”的念想打消掉，对侥幸心不要报以任何借口。

那么，我们来做这样的尝试，能不能将“如果”换成“无论”呢？

无论做什么事，在做之前我们都不那么莽撞，慎思密想，三思而行。

只有这样，当我们无论面对什么样的事，都不会那么惊恐、慌张，才不会去逃避与回避，才不会给自己找任何的借口，也才可能去应对，去解决。

竞技场上，总是听到：“预备，一——二——三——砰。”枪声一响，运动员们就像离弓的箭，向终点发起冲锋。但是问题来了，因为人的惯性思维是，一、二、三后连着四、五、六。专家们发现了问题，为了斩断个别运动员的思维连续性念头，将赛场上原“一、二、三”改成为现在的“三、二、一”。这样就没有往下想的余地了，只要令发必向前冲。

我们现实生活是不是也应该是这样的呢？无论发生了怎样的事，我们是无法回避与逃避的，只有去面对，去正视。

世无如果、但是，也无可能、也许；没有好像、假设，更没有万一、后悔。用军人的思维就是没有任何借口。不存侥幸心，所有的因素都是不可知，不可抗拒的。

无论如何都不要给自己找任何借口，无论如何都不要轻言放弃，无论如何都不要怀疑自己。

无论“如果”怎样的事件发生，都不要逃避。学会理智冷静地去面对，学会沉着地应对，学会灵活地改变。只有这样，我们方可得到安身，才可得到自己想要的生活。

相信自己，就赢得了世界！

2017 年 7 月 22 日

走出大山是为了走回大山

一夜北风吹，一夜银花开，白雪皑皑，银装素裹，五彩的世界一夜变得那样高雅素洁。

暴雪、寒潮、冰冻，气温降至 –42℃，河流结冰，就连海面都被封冻了，飞机不能展翼，动车被“冻”，这是北方的天。2018年 1 月的天气，这是怎么啦？

大雪纷飞，极寒天气，高速公路变成溜冰道，高压线上挂冰凌，连续遭受冻雨的袭击、纠缠，同样寒冷的还有南方的天。2018 年 1 月的天气，这是怎么啦？

2018 年 1 月 29 日晨，在四川最南边的攀枝花市，尽管也进入隆冬时节，市气象局给出的天气数据是最低温度 6℃，最高温度 23℃。

就是这样的天，这样的气温，有一种“温度”，远比今天的气温还要高，却也是无法预测。那就是攀枝花市 42 名志愿爱心人士的心。

暖冬行，爱传递——这就是今天的爱心主题。

天边还未露出鱼肚白，载着志愿者的大巴车在除了路灯，四周还是黑洞洞的早晨启动了，前行的目的地是距市区 125 公里的攀枝花市盐边县西北部的温泉彝族乡。

连绵的山道，弯曲的山路或呈 S 形，或呈 Z 字状。蜿蜒的山道，随着那轮冉冉升起的太阳，将灿烂的朝霞透过车窗倾泻进车厢，志愿者们脸上个个写满笑意，就那样精神、昂扬着。窗外那因秋色浸染而变得犹如一座座金山的山野，壮实的肥牛在优哉迈步；绿油的树林行间，有肥硕的羊群在奔跑。

青绿的豌豆、胡豆苗，油绿的麦苗出现在大家的眼前时有人感到惊喜，可更加惊喜的还有开在山间、河谷那一垄垄、一层层，层叠相交，春意盎然，生机勃勃，呈蛋黄色的油菜花。当车窗外出现农屋民居，约 4 个半小时的里程，终于到达目的地——温泉乡中心学校。

现有 552 名学生的温泉乡中心小学校，坐落于山谷间。因山势地貌条件所决定，这里个别学生的家由于山高坡长，需徒步七八个小时才能到校。偏远的山区，贫寒的家境，孩子们读书的艰难可想而知。

今天，在 GOGO 攀枝花的组织，由爱心企业、各界人士及热心网友们组成的 42 名爱心志愿者，要将图书、学习用具、体育用品、大米、食用油、牛奶、衣物、棉袜及现金，捐赠给受助的 126 名特困学生。灿烂的阳光下，同学们早早地坐在座椅，脚下是树胶铺成的操场，静静地等候着志愿者们的到来。

如果说一支志愿者团队就是一团火热的火球的话，那么每一名志愿者就是一束零星的火花，走到哪儿，就燃烧到哪儿，爱的热能释放到哪儿，敬老院、孤儿院、贫穷的山区……哪里有贫困，哪里就有志愿者的身影，哪里就有温暖、温馨的火种、火苗、火花。

再高的山，总有阳光照耀；再远的山区，总有暖风吹进来。

在整个捐赠、互动活动中，有一个倩丽的身影吸引了我的眼球，只见她一会儿同志愿者交谈，一会儿又跑向在座的学生中；忽而帮自愿者搬运发放物资，忽而随志愿者将物品发至学生手中，如同山间一只快乐的小黄鸟。

当我问及身旁的马校长时，马校长兴奋与自豪地告诉我：她就是我们年轻有为的王老师。你看她的穿着打扮新潮、时尚，一点也不比你们城里姑娘逊色吧。马校长接着说：他们年轻人思想活跃，性格开朗又充满朝气，在我们学校的发展、教学中，就靠他们这些后生来挑大梁了。

染着紫色的头发，身着桃红色的毛衣，外套一件鸭黄色的背心，一条齐膝的褐色暗花裙，一条黑色的棉裤，一双咖啡色的皮靴，这样的打扮穿着，放在城里，也是够时尚惹人眼球的了，何况是在偏远的山区，她能不成为一个亮点映入我眼中吗？

如果将眼前在座的126名学生，比喻成我所看到的那一垄垄、一层层植根于大地那淡黄、鲜亮的油菜花，无疑，那身着鸭黄色背心的女孩就是一只辛勤飞舞的蜜蜂。

一瞬间，我有想与她交流的想法。正在思忖如何接近这位漂亮、时尚、新潮的女老师时，一个洪亮的声音在我耳旁响起：小王老师你过来，同这位老师聊聊！

怎么？马校长能看透我的心吗？

如一团醒目的火苗、一朵洁白的云彩、一只翩翩起舞的彩蝶，小王老师很快就“飞”到我的眼前。我以为，了解一个人需要一定时间，不料，几分钟的交谈，我们就像老熟人，哪有什么陌生、距离感。简短的交流，无论是思想、思维还是举止、谈吐，这个小王老师都令我刮目相看。这样，在参加这个爱心活动中，她成了我今天采集到的来自山区，点亮儿童心灵的另一束火花。

她，温泉乡中心学校一名普通的90后人民教师——王泽凤。

王泽凤的家在盐边县箐河傈僳族乡。傈僳族乡与温泉乡相邻，所以王老师说自己也算半个温泉乡人。

王泽凤老师的家境也不富足，她是通过自身的努力，靠志愿者爱心人士的资助，才走出大山，考上了大学。毕业的她，本可留校，本可在城市找一个体面又舒适的工作。然而，90后的她没有图安逸享受，她的心中有家乡，有大山，有那些如她童年一般的孩子。她想让那些期盼走出大山的孩子像山鹰一样早日飞出大山，实现心中的愿望，看山外的世界，寻一片属于自己的天空。

很快，王老师的讲述将我带入了温泉乡中学的过去与当下。

二十几年前，这个建在山间的学校是土墙的校舍。彝族同胞们的孩子，坐在摇摇欲坠、四面透风的教室里，冬季，有的学生穿着单薄的衣服，甚至有的学生穿着凉鞋或赤脚来上课，脸庞、手、脚被冻伤，感冒上不了学是常有的事。孩子的一日三餐是从自己家中背来的米、土豆、酸菜。家长们也期盼着自己的孩子能读书识字。很多孩子读不起书，看着同村个别同学读书，或是读几天，就不得不辍学，与牛、羊一样放养深山。

偏远的山区，同样可以享受阳光的温暖。随着国家对教育事业的重视和投入，山区儿童一个不少地回到了教室，得到了政府的肉食补贴，享受着学校提供的营养餐。关爱山区，关爱山区儿童的教育与学习，一个个爱心企业，一批又一批爱心志愿者队伍到山区，爱心接力棒一个一个地传递。来了多少爱心人士，我们已记不清了。爱的关怀使学校大为改观，有了漂亮的校舍、宽敞的教室、舒适的座椅。那些冬日单薄的穿着被一件件温暖的羽绒服取代，那寒冬还穿着凉鞋或是赤脚的脚被一双双棉袜、新鞋温暖着。温暖的不仅是每一个个人，还点亮了他们的心。孩子在看到外来人，都会主动地说声谢谢，这也是感恩的回馈。

四年的教师生涯对一个从事教育工作者来讲，那只是人生起步的开始，可对一个山区教师来讲，王泽凤有太多的感慨和感动。

“孩子太纯洁了，纯洁得就像头顶上那片蔚蓝的天空。他们幼小的心灵装着的都是感恩与感动。”说这段话的王老师满怀深情，双眼噙着眼泪。

感恩，是你帮学生做了一点好事，他们及他们的家长都会记住你；感恩，是在自己生病的时候，同学们会流着泪来到你床前，拿出一个红心果、一个柿子、一个西红柿；感恩，是在每年的三八妇女节、教师节，同学们用稚嫩的小手写下由衷的、充满爱与关心的问候话语。

感动，还来自当你生病后回到讲台听到同学们的问候声，看到开心的笑脸；感动，是你走进教室，就看到讲台上同学们从晨雾中采摘的朵朵野花；感动，是同学们在秋天采集红色的秋叶给你做的书签；感动，是同学们用心涂鸦的大山、野花、蓝天、校园贴在了教室墙上。

孩子们的童真、童心是这世界最为纯净的天空，所有的美好都显得那样弥足珍贵，王老师就那样爱着、喜欢着她的学生们，享受着与同学们亲密无间的感觉。每当下课，她就不是孩子心目中的“老师”了，而是他们的“山大王、娃娃头”，还是一道做游戏，还是在批改作业、备课，同学们都会围着她有说有笑，还争着分发批改好的作业本。

那天，几个学生围着她，听她讲解一道题的时候，一缕头发垂于桌面，不料一个女孩悄悄地拿起她那乌黑透亮的秀发放在鼻下闻，又轻轻放下，随即带着羡慕的口吻对她说：王老师，你的头发好香哟。

一股暖流涌上心，她紧紧地将小女孩拉入怀中，柔情地告诉她，好好读书，走出山区，等你学到了知识，就会变得同老师一样漂亮、美丽的。这就是90后的王老师，她想通过自己的穿着、打扮，用新思想、新思维来启发、激励孩子们学习，让他们从小就懂得别人的关爱、关怀，不只是物质上的，还有精神的动力。

每次上课，有的学生会跑到操场上去接她，下课后，有的学生又会帮她拿教具，送回寝室，晚上晚自习后学生们与她道晚安。要是她外出培训、学习，有的学生就会感到很失落，上课会走神，开小差。一旦王老师的身影出现在校门、在操场，同学们就会一下子从教室跑出来把她围住，叽叽喳喳问长问短，相互的思念将彼此的心连在一起，纯真的情感换来的是精神与心灵的最大快乐与享受。

最为感动的是，每个周五的下午，那些远在大山里的孩子都要回家帮父母做些力所能及的家务事。离开学校，离开王老师，他们都会排着队，挥手——笑着对她说："王老师，再见！"

看着那张张可爱的笑脸，和充满深情的眼神，王老师的心像是被挖空了似的，她恨不得没有周末，与她的学生们厮守着、相望着。

今年，有一个同学生病住院，需要做心脏手术。这个学生在班里成绩好又是个很有孝心的孩子，通过资金的筹集和很多来自关爱人士的帮助，孩子顺利地完成手术。在住院期间，通过王老师的手机，同学们争先恐后与他视频，鼓励他，有的同学还写了慰问信，让老师带慰问品，带去同学们的问候。

看到今天每个受助学生脸上都露出笑脸，王老师很是欣慰。正说着，不远处一个小男孩向我们走来，旁边有几个同学帮他拿着今天受助的米、油、牛奶及学习用品。王老师说，就是他，上周才回学校读书。

这就是大山的情怀啊，这就是大山的恩情!

讲到这里，王老师又意味深长地给我讲起了另一个感人的故事。

“我们班有两个走读的男孩子，他们中午是在学校吃营养餐。家离学校也不远，下午回家吃过饭，还要走山路赶回学校上晚自习。

“有一天是我上晚自习课，其他的学生告诉我这两个下午回家的孩子，因父母忙农活，没做饭，只好饿着肚子来上晚自习。中午 12 点吃的午饭，现在已经下午 6 点过，这正是孩子们生长、发育期，肯定饿坏了。但是我要上别的班晚自习课，我就把寝室的钥匙给这两个孩子，叫他们自己去我寝室拿牛奶喝。

“两个腼腆又懂事的孩子都不去，还说不饿。我说了好半天他们才去，同时我告诉他们，把牛奶拿到寝室楼下的凳子上坐着吃，要让我看到才行。这两个孩子才去了我的寝室。

“晚上，我回到寝室，打开灯，在写字台上工工整整地放着一张小纸条，纸条下压着皱褶的一张五元和一张一元的人民币。

“纸条上留着有些歪歪斜斜，稚嫩且语句也不够通顺的字迹：沙发才与杨超的信：亲爱的王老师感谢你这样对我们，我们总会好恩有好报。谢谢了。”

这可能是王老师人生中收到的最为短暂的“信”了。可这简短的 34 个字，应该是最为朴实、最为淳朴的人性闪光点。

“感动，让我热泪盈眶。第二天，当我把钱还给他俩，这两个孩子还不承认，说不是他们。哎呀，真的把我感动惨了，我还拍了照片给老师和同学们看。”

……

在一栋教学楼的楼顶，竖立着 12 个励志的大字：努力吧——我们一定能走出大山!

看到这样的字，我的精神为之一振，便对王老师说：这可能就是你最大的心愿吧？

“不——”王老师不假思索地回答道。

“你——”我心生诧异，“那，你的心愿是什么？”

“让所有的孩子们都能走出大山，开眼界，学知识，再回到大山，用他们的聪明才智改变贫穷的山区，建设美好的家园，让贫穷不再，让欢笑写在每一个偏远山区儿童的脸上。”

这样的话听着好熟悉，如果换作另一个人，我可能会认为是在讲大话、套话。可这样的话出自王老师的口，听着却是那样淳朴、实在。我想，这不仅是王老师，亦是每一个山区教师的共同心声吧。

王泽凤老师，还有同你一样回到大山里的老师们做到了，你们正在践行着人生的誓言，这就是走出大山的初心吧。

走出大山，我们还等多日；走回大山，我们还待何时！

2018 年 2 月 4 日

让每一朵花在阳光下绽放

对于每一位新来到这所特殊教育学校的老师来讲，最难以跨越的障碍不是校舍环境，不是教学任务，不是新生学员，不是薪酬待遇，而是每一名教师思想理落差与痛苦挣扎的心。

这里很静，静得一根针掉在地上也没有人能“听”得到，整堂课的教室里，老师不停地“讲”了40分钟，却未发出一点声音；这里很“闹”，老师在讲课的同时还在不停地比画，学生却不能对课本上的文字进行完整的“朗读”；这里很奇特，教室里老师在认真地授课，坐在座位上的学生却在不停地摇晃，有时还需要老师跑到教室后面，将地板上的玩具放到某个学生的手中，叫他安静地玩；这里操场上的体育课很热闹，同学们即使投不进一个篮球，接不到一个羽毛球，他们依旧会发出开心的笑声；这里很有趣味性，课程内容不仅有烹饪、食品雕花、理发、按摩，还有丝网花、串珠、砚台雕刻。

这是一所什么样的学校呢？没错，你没读错、看错。这是一所特殊教育学校里的一群特殊学生。

攀枝花市西区河石坝春风巷2号就有这么一所特别的学校——攀枝花市特殊教育学校。

作为一群特别的“特殊”教师，我以为仅用“蜡烛”来比喻他们是难表敬意之情的。我想借用“太阳”来比喻他们，因为他们不仅要用自己的知识光芒照亮每一个来这里受教学生前程路，还要“点亮”、温暖每一个学生的心。

既为特殊学校，学期末考核形式一定会有特别之处。普通学校期末考试检验学生的标准是分数，而特殊学校的标准则是进步。

这进步，是一个学生能拿着勺子往嘴里喂饭；是一个无法发音说话的学生，学会了一句完整的话；也是一个学生看到前来接自己回家的爷爷、奶奶，或爸爸、妈妈会笑，会哭了。

特殊教育学校里的每一位教师，犹如太阳底下辛勤播种的农民，学生们除了享受阳光雨露的照耀和滋润，也会经历“风吹日晒”的锻炼。面对一群特殊的学生，他们每取得点滴的进步，老师就得付出 10 倍、100 倍的汗水与努力。只有这样，才会在金秋时节收获丰硕的果实。与普通学校老师收获学生好看而又惊喜的 90 分甚至 100 分的硕果的不同，这里的老师收获的是学生们一整段完整的话语，一首表达“不清”的歌曲，几盘色、香、味俱佳的菜肴，一幅美丽的图画，一张惊艳的剪纸。

收获，有满满的喜悦、幸福、享受感。

是啊，让人感叹的是，作为特殊学校的一名职业教师，仅凭一时冲动、一腔热血是不够的，做一名好的、合格的教师，必须具备强烈的爱心，高度的责任心及崇高的职业感。

身为特殊学校里的教师，他们同样是有血有肉有情的人，除了有自己的事业、家庭、婚姻，也有爱情、情感、家庭、家务、孩子。因此，踏进这所具有特殊性质校园的老师，最初都怀有一颗好奇心。当他们面对自己学生的时候，已不再是“好奇”、惊讶的心了，而是一颗心疼、心痛，沉甸甸的心。也就是在这一刻，由心底升起了一个字——爱！

在一个具有特殊性质的学校里教学，作为一名教师，绝不可以以眼泪来改变什么，这里没有同情，没有怜悯，没有口号，有的只是付诸实际的行动，有的只是千千万万次的努力，不放弃每一个孩子，常常竖起大拇指，说出，比画出鼓励性的话语：你真棒！你能行！

这里的教师，他们有可能对自己的孩子都没有极其、极好的耐心，可对自己的学生则有百分之百的耐心和怜爱之心。这份百分之百的怜爱心从不打折，否则，就会自己输给自己，自己打败自己，从而打退堂鼓，而遗憾终生。

因为特殊，这个学校的学生不像普通学校那样是春、夏两季招收进来的。这里的学生有的是招收进来的，有的是家长主动送来的，有的是经打听找上门来的，有的是老师上门去“求”来的，还有的是在路上“偶遇”来的。

对于新生，也不是像普通学校那样根据性别、年龄分班，来到这里的学生，老师先要对其进行接触、观察、分析才可因人施教。最大的特点不是老师随意教学生，而是让学生慢慢适应、接受老师后，才可进行一对一的施教。

教学，首先进行的是学生的行为规范教育。所以，每个老师都要具备语言、比画、表演能力，没有一定的心理承受能力是胜任不了这个教学任务的。

让我们来认识一位端庄、漂亮，也是一位为人母的年轻教师——姜小梅。

11 年前，她来到攀枝花市特殊教育学校，开启了她的特教人生之路。面对这样一群“特殊”学生群体，因为年轻，在起初平平淡淡的教学中，孩子们的调皮、任性、怪癖、怪异让她也矛盾过、痛苦过、抉择过。是孩子们那一张张别样如花朵一般的脸；是学生家长那一个个期盼、祈求的眼神；是那一张张脸庞流下的痛苦眼泪及伤心的哭声，让这位新来的姜老师做出了最为果敢、坚决、坚定的人生抉择，留下来，做一名普普通通教师，为痛苦家庭唤回一点欢乐与欢笑声，让家长破碎的心得到一点快乐的慰藉。

坚持就意味着付出，那不是一时的冲动，那是一种信念，一种追求，那也是自己奋斗的生涯。

新班来了一名这样的孩子。小海，男，8 岁，全聋，低视，轻度智力障碍三重残疾。面对这样的一个学生，是同情、可怜，还是抱着他痛哭一场，以此给予他心灵的安慰。不，一切都无助于事，只有唤回他的感知，给他思想，方能唤起他对生活的勇气和信心。

这样的孩子最大的特点就是性格内向、孤僻、暴躁，先天惧怕陌生人，或是心理本身就抗拒陌生人。这令姜小梅老师陷入深深的思考，该用什么样的方式教他，手语、盲文，还是口语？与小海在短促的接触中，她用手抚摸着小海的头，拍他的肩，摸他的手与他亲密接触，竖大拇指，赞扬与激励他。一段时间的相处后，小海懂得了一点情感，对姜老师有了一定的认识，慢慢地接纳这个“陌生”的姜老师了。于是，姜老师尝试着教他认识自己的名字。

一天，姜老师让小海摸着自己的手，放在小海低视的眼前看手型，然后跟着她的动作打出手语的一个名字——海。是的，在小海的脑中，他根本就不懂，不知道这个手势的意思及含义。迈出这一步，慢慢地，每次上课，姜老师再握小海手的时候，他不像以前那样僵硬了，他特别愿意做“海”的动作，可能是因为这个字的手语优美有意思而感化了小海，上课的小海，不再左顾右盼、出神发愣精力不集中。

一滴欣慰的泪溢出姜老师的眼角。看到小海脸上的笑容，姜老师领悟到，来这里的孩子，或许就是另一种天使。

海伦·凯勒说：“只要有阳光，便不会看见阴影。”

小翼，聋哑脑瘫儿童，父母离异后由母亲抚养。

因为小翼的人生不幸，父母的疼爱可想而知，从小对他就百依百顺，除了天上的星星，只要是力所能及的事和要求，都会满足他。要求，哪怕是一个很小的要求，要是没答应或未满足，小翼就会咬爸爸的肩膀或者是妈妈的手，像这样无礼的举动，父母非但没有及时加以制止，却用心痛、可怜及忍让、泪水纵容他。久而久之，过分地溺爱自然也就娇惯出小翼一些坏毛病和坏脾气。

那天，姜老师正在上课，小翼的母亲跑到学校找到姜老师哭诉，因为一件小事同小翼闹起了矛盾，他又吵又闹，还对母亲大打出手，甚至还想咬人。母亲使劲地推开小翼，他却死死抱着不放。结果，母亲的手臂和腿上是紫一块、青一块的牙印。伤心，伤痛、失望的母亲号啕大哭道：“肉都快被他咬掉了，这可怎么办哟？往后的日怎么过啊？”

面对这样一个不能自理却又脾气暴躁的学生，就是面对一道新的课题。经过深思，在与小翼一段时间的接触与观察后，姜老师对小翼的行为和思想有了进一步的认识。于是，她试图通过简单的手语、图片、动作演示等方法和小翼沟通，发现小翼是一个特别喜欢得到表扬的学生。这样，课堂上，尽量挖掘他身上的闪光点，在给予表扬的同时也要“打击”他。并告诉小翼说，我们是一个班级，是一个集体，除了老师，同学之间要相互帮助、关心。开展一系列的心理活动来引导他，慢慢地，姜老师的话在小翼心中起了作用，他特别愿意听老师的话了。

那日，小翼的妈妈见到姜老师又是一阵大哭，与上次不同的是，这次是一种感激，一种深谢，一种欣慰的哭。她哽咽着慢慢叙述道："自从小翼进了特殊学校后，通过姜老师的教育，现在的小翼，每天总是先写完作业再看电视，如为某一件事要发火时，我就学着你教会的手语提醒他——姜老师。这样，他就会安静许多。"尽管小翼还会有倔强的时候与妈妈闹脾气，但再也没有和妈妈打架了。学会对妈妈微笑，还要帮妈妈做一些简单的家务事。

成绩的取得也鼓舞着姜老师，她开始从事、研究培智教育。在观察到孩子们的各种不幸和家长们的各种无奈中，为不辜负家长对特殊老师的期盼和希冀，她将自己探索的教学经验用于实践中，从而化作一种教学动力。这不是靠一时的激情和付出一点爱就能做到、做好的，需要用自己的专业技能和业务水准来验证，化解孩子们所表现出来的各种矛盾问题。

遥遥，女，7岁，名字多好听，如果不是病魔的摧残，她将是一朵多么美丽的小花朵。然而，现实是，出生50多天的她被确诊为患有脑瘫，成长路上的她不会抬头、不会翻身、不会走路、不会说话。面对本应是天使般的孩子，父母在感叹命运不公的同时，开始了漫长的求医之路。除了攀枝花市的各大医院，还远赴云南、重庆、河南等地就医。遥远的路途，疲劳地奔波，耗去的不仅是金钱，还有父母那颗破碎的心。

看到遥遥一天天长大，看见小区里那玩得一个个笑声朗朗、开心无比的孩子，遥遥的母亲好生羡慕，她多想将他们抱起来亲吻一下，也曾幻想遥遥能像他们那样该有多好啊。然而，残酷的现实将她拉回到痛苦之中。一天，她试图将遥遥抱去同小朋友们一道玩耍，可不懂事的孩子们总是将遥遥推开，说遥遥不会说话，不会走路，不愿与遥遥为伍。这样，入学前的7年里，除了家人，遥遥就没有一个小玩伴。

2017年9月，遥遥的父母，抱着试一试的心态，将遥遥送到了特殊学校。在学校，遥遥看到了许多与她一样特殊的小朋友。在班里，遥遥每次上课心里特别激动，但奈何手没有力气，连握笔都十分困难，无法像聋哑同学那样用手语与老师交流，她只能开口“ɑ——ɑ——ɑ——”的发音想说话。没有一个人知道她想表达什么，更没有人能听懂她的话语。痛苦且伤心的遥遥，只能在上课的时候恼怒地将铅笔、文具盒、课本往地上扔，有时还哇哇大哭。看到遥遥无助的举动和绝望、沮丧的眼神和表情，姜老师的内心万分纠结与无奈。

遥遥，姜老师该怎样帮助和教你呢?

没有气馁，不言放弃。姜老师会同其他有经验的老师，针对遥遥的特殊情况进行了全面、细致、完整的评估。遥遥不会说话交流，不能用手语、手势沟通，有老师提出，可不可以用图片让她和老师进行沟通。通过研讨，老师们设计了一套适合遥遥使用的教学图片，尝试与她交流。

姜老师决定将老师们汇集及自己探索的培智教学方案试用于遥遥。她将一幅幅图片放到遥遥的课桌上，奇迹出现了，只见遥遥的脸一下兴奋起来，露出一丝亢奋的神情，眼里也发出光亮，手不由自主地比画起来。那一刻，激动的姜老师好想将遥遥抱起，热烈地吻一吻。但她没有，她努力地抑制着激动的内心，看着图片，引导着遥遥那小心翼翼，颤抖的，如玉一样娇嫩的手，尽量让遥遥听到老师的声音，从图片上找出正确词语递给她。遥遥最初心里有点害怕，看到送到老师手中的图片，再看老师脸上露出的笑脸和温馨的比画动作，奖励给了她喜欢的物品。遥遥脸上终于也露出了开心的笑，开始大胆地拿起第二幅、第三幅送到姜老师的手中。

姜老师终于感受到付出与回馈的喜悦，体会到了快乐融进一个特殊学生的心灵，那才是一种真正的快乐。

回到办公室的姜老师哭了，那是学生进步带来的泪水，那是一种快乐的享受。在讲述、分享遥遥进步的同时，别的老师也同姜老师一道流下了激动而欣慰的热泪。那也是他们共同努力付出的艰辛所获得的果实。

流泪，是一种幸福的获得感！

渐渐地，遥遥扔学习用品的次数少了，笑脸越来越多，就是生病输完液体也要拉着奶奶的手到学校上课。学校里有遥遥心中惦记着的老师、同班的同学，还有属于她的快乐天地。

……

姜小梅——姜老师，是我采摘到的一朵小小的无名花，在这所特殊学校的“花园”里，还开放着多姿多彩的奇异之花。娇艳妩媚的玫瑰，芳香艳丽的玉兰，默默吐露淡淡清香的桂花，高洁、典雅的兰花……

从事特殊教育的老师们都有着这样的教学理念：左手是爱，右手是专业。他们都在用自己的双手为一群特殊的孩子搭建健康成长的天梯，让每一个孩子都能充分地享受灿烂阳光下的快乐，如那高大、挺拔的攀枝花树，让每一个站立于枝头的花蕾，都能在蓝天下绽放出属于自己鲜红的花朵！

2018 年 3 月 25 日

人生只做一件事

人生一世，我要做多少事？这些事中，哪些是大事、哪些是小事？

小时候，父母常教导我，做事如吃饭。饭，要一口一口地吃；事，要一件一件地做。不要这山望那山高。

其义易懂，行动则难。

总是看到别人的成绩，总是看到别人的荣誉。人有自尊，总爱深思，总想比较，却也深知，只有努力，方可超越。这样，做着手中事，却在分心想另一件事。

想当作家、画家、书法家，便立志，即行动。

于是读书、画画、练字。谁想到，书翻几页，字练几篇，画画几笔，便兴趣全无。哥哥说，这叫眉毛胡子一把抓，虎头蛇尾，既成不了气候，也办不成大事。

叹息、沮丧、失落。

绚丽、灿烂的人生路，开着鲜花的同时，也伴着曲折、坎坷、荆棘。踏入社会，方知这美丽生活如一团乱麻，面临工作、学习、应酬、升迁、恋爱、婚姻、家庭以及各种矛盾，千头万绪，每一件事都要去经历，去践行，去完成。我不知该抽哪一个头，选哪一件事，作为我一天的开始。

荣耀在召唤，光环在发光。

我也曾豪情满怀、曾热血沸腾、曾奋力拼搏。一件事接着一件事地干，或者几件事一起干，可到头来，荣耀属于别人，光环在别人头上闪耀。我还是我，还在原地。

那日，我将我所有的勤奋、努力、付出、苦闷、烦恼等一系列想法向一个颇有建树的学者和盘托出，他看了我一眼，不言、不语、不笑、不气、不恼。

这是一位令人尊敬的学者，不仅著书立说，还教书育人。他知识渊博，举手投足皆学问，与他交谈，妙语连珠巧妙风趣。常见他或晨间朗读，或晨起舞剑，那给人智慧的书房，除常流泻出橘黄色的光亮，还会流出委婉柔肠、悦耳柔情的琴弦声。不知他哪来那么多精力和时间。

听他一席话，自然胜读十年书。看我表情，他莞尔而笑，曰：我只做一件事。

好生诧异，满以为他会给迷茫的我指点迷津，给一大堆说辞，他却只道出六个字。

不甘心，唐突再问：那您现在要做的事是什么？学者：和你说话。

是学术严谨，还是惜字如金。

与人谈话，也是一件事吗？深省！本想张口再问，却见一个高大的背影。

当我将学者的事与对话告诉挚友，他不以为然地说：凡学者，做学问，人生只做一件事。

一个学者，一个获得了荣耀并为自己事业奋斗一生的人，一生只做一件事，笑话，天大的笑话。友人一定是弄错了。

人生只做一件事。

这个疑惑，在我脑中一直成为一个久而不解的问号。

工作的压力，让我几度焦虑，几度失眠，甚至开始怀疑自己的智商，丧失自信心。

晨曦，小鸟就在窗外的树上欢快地鸣唱闹腾起来了。小鸟之所以快乐，除了早起有食吃，它知道它不是信鸽；信鸽知道自己的翅膀不及大雁，所以，它在黎明吹响鸽哨，直到太阳红着脸将一片红光射向天际；大雁展翅，是靠坚实的臂力一程一程飞向心中北方的家乡。

人，不可好高骛远，做事不可急于求成。万事从一件做起，做好当下，手中的一事。

人生只做一件事。哦，我忽然领悟一件事的隐喻。

是的，那只丑小鸭是怎样嬗变的，除了一次一次地展翅，它别无选择。每天都练习伸臂，不一定飞好远、好高，但它每天都坚持展翅，很认真，很投入，哪怕只飞一段。

是的，哪怕是一段，只要展翅。丑小鸭怎么也不会想到那蔚蓝的天空会留下它飞越的身影。

不急躁，不懈怠，不应付，做好一件事，做好手里的事，我是不是该这样思维与对待呢？

别指望明天，明天是明天的时间，你消耗不起。

小时候，父母交办的事，只要是自己感兴趣的，便会高兴、立刻、马上去完成。可对于自己不感兴趣的事，就推说等一会儿，或明天。

习惯的养成使同班同学获得了“三好学生”的名誉，奖状上了墙，而自己同样很努力，很刻苦地付出，却总与荣誉无缘。

唉声叹气的我，听到了母亲的一句话：有志者，立长志；无志者，长立志！

话倒是听进耳了，可行动呢?

于一个长立志者来说，万事在手，不知该从何做起；而对于立长志者而言，所有的事就一件，即当下的事，手中的事。

立志是一件事，行动同样是一件事。

我总想到达理想的彼岸，却总在路上，一定是我想得太多，而付出太少的缘故所致。

美丽人生，生活是调色板。

一笔一笔地画，一字一字地写，一个音符一个音符地捕捉，一个声音一个声音地唱，亮丽的人生，多彩的生活，该是这样炫彩的吧。

不等明日。

明日复明日，明日何其多，我生待明日，万事成蹉跎。

不做太多的选择，人生只做一件事，手中事!

2018 年 4 月 29 日

百媚千娇舞青春

又到一年太阳的光芒将天与地，山与水调为红一色的月份。

那是怎样的一个红啊！

五月，红五月，是一个散发青春气息，拨动青春旋律，跳动青春音符，燃烧青春激情；一个用风貌、风情书写华丽篇章，书写人生大美的好时光。

20世纪80年代初的一个五月天，我与你邂逅。尽管你百媚千娇，靓丽惊艳，让年轻的我也心动一时，却因青涩、懵懂，一个“爱”字也羞于启齿，更不敢将春心表露于脸。终碍于面子，装出一副无所谓、神色冷峻的姿态。那暗恋之情只好采用最为原始的方式，封存于我心底，就是在梦中笑醒，那也是我的一种精神意向。

是一种愚笨，还是一种纯真？是一种迟钝，还是一种单纯？在青春的岁月里，却没释放出青春的激情，错失对你爱的表白是我的错。

其实，大凡是男人，都善于伪装，而伪装者总是一副严肃、冷漠的表情，其内心那一池春水所引起的涟漪，还是在叹惋声中予以默认——我是爱你的。

哪有男人不近色！

星移斗转三十载，我以为，一切的春光、春心在我大脑里将淡化消失。

谁曾想到，生活到现在的我，居然与你再次擦出一段爱的火花，爱再次触动我的大脑，春心躁动，激发出的激情，让我怀疑人生怎可再度上演一段浪漫的恋情，时光真的可以倒回？

这一次，我不再含蓄、羞怯，定要大大方方、潇潇洒洒，去接受一场轰轰烈烈的浪漫情恋。

当你多情地出现于我眼中，当我面对你的时候，不再回避，就那样定定地、痴痴地、深情地注视着你，欣赏着你，情到深处时，便端起相机，摁动快门，对你拍！拍！！拍！！！上拍、下拍；左拍、右拍；远拍、近拍。多么投入，多么忘我，都源于你的风姿、妩媚。

你燃烧的青春火苗，红透了这个世界，映红了我的心房。

你是我青春的补偿，还是我对青春的忏悔？重燃的恋情，让我们专注地对视，相互的倾心，情与怀的共鸣，还有我精神的慰藉；是生活唤醒了我对美好日子的向往，还是美好日子唤醒了我对生活的憧憬？当爱再次被点燃，我不会再次错过，我将所有的激情投入，让我在你的生命中激情燃烧。

你成了我生活的调色板，我懂得了生活多彩的意义；你成了我生活的主导，让游离的心不再错过，我不再放手，在激情中找寻我失去的时光，找回生命的感知，把它再次点燃，写进我的人生历程。

五月，注定是一场与青春的约会，一场浪漫的邂逅，那是一年中最火烈的恋情。我不能再沉醉于我的睡梦中，那一定有我最真挚、最真情的告白。

啊！凤凰花啊，凤凰花——

是你发出的青春邀请，让我的生命在这红五月里燃情，感知一场火红的色彩，我的心释放出青春的激情，领略这火红的风情。

曾体会了一次人为花瘦的滋味，你发出的青春邀请让我不再迟疑，不再禁锢我的思想，这一次，我不再掩饰心中的那份爱，我要在激情中灿烂，在灿烂中燃烧。

凤凰树啊凤凰花，你每一片绿叶都透着青春的气息，每一朵红花都印刻着青春的痕迹，每一个花蕊都镌刻着青春的符号。我以为，这就是你给予我的生活的热情、信心、勇气。

红五月的红凤凰，所有的激情被你点燃，所有的青春在这里绽放，所有的生命在这里燃烧。是你，把春天引向了极致，也是对春的最高回馈。

太阳越是暴烈，你开放得越火红；太阳越是火辣，你绽放得越娇艳。这就是凤凰花精神，不畏烈日炎炎，昂扬怒放。

看花、观花、赏花，不仅仅是观花的芳容，嗅花的芳香，那是心与花的对话，心与花交谈，你告知我花开有声，花落有义，花谢有情。

每一片花瓣，都是花的泪滴；每一片花瓣，都是生命的凋零。所以你告诫我：生命在灿烂中燃烧，人生在燃烧中锤炼。于是，我不再拭去眼角的泪滴，那是我与你相伴的青春年华，走向人生的心里历程。

我好惊讶，我的心曲可以向一朵花倾述，一朵花可以理解我心绪。

牵不到你的手，留不住你的情，在我梦里，你的妩媚、柔情总是我无尽的回念与梦幻；总给我希冀让我笑醒在翌日的黎明。

你改变了我的生活，生活改变了我对你的认知，你成了我的一种依恋，一种期盼。

在你离去的岁月里，等待明年红五月的到来，我再不会将失落装进我的梦里。

所有的呢喃细语写在幻红的天际，所有的温情寄予揉进花蕊，那是我与你的对话，那是我与你情怀倾诉。

我想做你的一枝树干，承载起的花和叶，让火红的凤凰花朵开在我的身边，让欢快的小鸟筑巢身旁，那是一种多情的愿景，那是一种臆想的画景。

当太阳的余晖将天空与大地调为一色的时候，红色注定成了我的生命，让我陶醉，让我痴情，让我疯狂。

我在陶醉中慢慢离去……

我在痴情中期待明年……

今夜有梦，梦中有我找回的青春；今夜有梦，梦中是那天地一色的凤凰花。

2018 年 5 月 12 日

梦回草原

每年这个季节的这个月份，总有什么在向我召唤，总有一种声音在耳旁萦绕。尤其是在夜深人静的时候，声音是那样清晰；尤其是清晨的时候，声音将梦中的我唤醒，给予我一种催人奋进的力量。

那声音，不是来自遥远家乡魂牵梦萦的轮船的汽笛声，不是早晨响彻军营为之一振的军号声。可那声音，同样地催促着我的心奋力向前。

……

七八月，那富饶辽阔的疆域正是生机盎然的景象，所有的生命都勃勃生机昂扬向上，所有的生命都在激情绽放，所有的生命都在尽情燃烧，所有的云朵漂浮在蔚蓝的天际，所有的风吹拂着张张笑脸，所有的绿草都开到了天涯，所有的花朵盛满大地，所有的清泉在欢愉流淌，所有的牛羊都在欢畅饮泉，所有的马都在奋蹄奔驰，所有热爱生活的人们都在对天高歌，所有……

所有的所有都令我无以言尽我要表达的情愫，因为词穷了。

草原啊！这就是草原，这就是令我神往、向往、梦想的草原。

有什么地方可以让我魂牵梦萦，除了故乡，可能就是草原了。

小时候，我为什么喜欢看电影，特别是宽银幕电影？那是因为银幕又长又宽，视线满眼。每每看到草原，那天宽地阔的画面，那飘着的朵朵白云，那奔跑的牛羊马群，那是什么概念，那是天际，无边无际的天涯，那是怎样一个广阔的天地。

在我的梦境里，草原出现过多少次？没有去过、看过，梦中草原的山、水、花、草、云、马，都是靠银幕上的画面来实现的，因为宽银幕的电影是黑白的，因此，我梦中的草原景象也都是黑白的。

可以梦见草原，同样也可以歌唱草原。每每听到、想到草原，我就会情不自禁地由衷歌唱出口，那样深情与投入，从小唱到大，发自内心。直到一天有人对我说，唱草原的歌，首先你要想到草原。心有草原，你的眼中一定要有草原鲜活的花朵，草原清流的河水，草原肥壮的牛羊，草原奔跑的马群，你才会赋有情感，才会自然打开拥抱草原的手臂，情感就会自然流露，那样才能舒展你的情怀，释放出对草原的爱。再看你的表情与手势，你那不是唱歌，是号，干号，鬼哭狼嚎，对草原没有融入丝毫的情爱，如嚼蜡一般，听你的歌别说去的想法，就是去了连看草原的心境都没有了，闭嘴吧——

自尊心就那样受挫，受创伤，是我想象力不够丰富，还是我脑际空洞？所有的情感表达都显得那样苍白，我再也没有歌唱草原的信心与勇气了，而且还有自卑感，那是由打击带来的伤害所致。

也可能是这个缘故吧，我去草原的愿望由来已久，欲望是那样急迫，心境是那样强烈，所有这些，皆因幼小的心灵“种”下一个草原梦，皆因想用美丽的草原疗以心灵的伤痛。

我怎么可以看到草原？我怎么可以遇见草原？我怎么可以走近草原？我不敢相信，可草原就那样郁郁葱葱，无边无际，天宽地阔地出现在我的眼中，除了一颗狂跳的心，还有喜泣而涌的泪。泪，没有迅疾地拭去，那是因激动而涌的泪，我要用草原的风拂去，除了感受，还要证明我确实是看到，来到了日思夜想的草原。

2013 年 7 月，草原，我来了；2014 年 8 月，草原，我来了。

立足草原的那刻，草原洒满温情的阳光，轻柔和煦的风，满目的青绿，遍地的花朵一直飘到天涯，清澈明净的天与地，携圣水之精气，纳百花之秀美，聚天地之灵气。

这就是我向往、渴望、期盼的草原。

放下的脚，不知道该不该使劲地走动，我怕踩着每一棵小草；放下的脚，不知道该不该迈步，我怕踏着每一朵小花。然而，小花小草没有那么娇气，是它们拥我入草原的怀抱。当然，最为热情的当属草原的风，带着我奔跑、狂野，草中、花中、水边，无处没有风的相伴、相随。风，释放着我心中多年的情怀，随即大声、开怀放笑。

如果说，第一次到草原，实现的只是一个愿望，如孩子般的懵懂，只是傻傻地笑，傻傻地叫，傻傻地跑，傻傻地拍照，傻傻地发照片于朋友圈。第二次来到草原，我学会了矜持、静思、享受。我要将草原上的一切都录入眼中，记于脑中，放于心中。

一群羊在头羊的带领下，不知要往哪儿去，羊群中的羊羔紧跟其后。妻看着看着竟然蹲了下来，不曾想竟有三只小羊羔不怕生人向妻走来，那一刻，妻成了它们“眼中”的新奇世界，发出“咩咩……”幼嫩的叫声。而妻也好想将它们抱入怀中，可爱的小生灵，你是对远方客人的问候，还是代表草原在欢歌？我不知道小羊羔对妻呢喃了些什么，使得她那样开心又开怀，手舞足蹈不停地念叨：太可爱了，哈哈，太可爱了。傻傻地、开心地将一串笑声洒向草原，那是回到18岁少女时代的妻吗？

莺飞草长，彩蝶纷飞，一匹匹骏马撒开四蹄，在草原上自由自在地奔跑，尽情享用鲜嫩多汁的牧草，这也是它们一年中最快乐的时候。

一匹高大、威猛、健壮、匀称的枣红马，毛色闪闪发光，头抬得很高，有神的两眼闪着光芒，最为明显的特征是颈上披散着长长的鬃，流泻着力与威严，金红的鬃毛像燃烧着的火焰，一条尾巴翘得很高，似乎在夸耀自己。它今天被主人打扮得特别漂亮，主要是参加马赛，为主人争夺名次，获得荣誉。

无疑，这马是主人的骄傲与荣耀，同时也给我信心、力量与精神。

我想伸手去抚摸它，那高大健硕的体型却令我望而生畏，看出我心事的马的主人露出和善、友好的表情，对我笑说：不用害怕，马很通人性，也是人类的好朋友，只要没有恶意的举动，它是不会主动伤人的。

藏族同胞那微笑的脸庞，温和的话语一下就打消了我所有的顾虑。

马，一匹枣红马，我不敢妄为地将它称为“汗血宝马”，一双温厚的眼睛看着我，待我伸手抚摸它的时候，它上下点头，鼻子打着响哼，随即前双腿蜷曲，身躯直立，仰头对天发出响亮的长嘶。这声马啸，着实将我吓坏了，惊慌地看着马的主人。

你是好人，马对你都起身欢叫了，说明你这人心地善良，它也高兴。是巧合还是马主人的幽默？当马安静地站立后，在感化的同时，我毫不犹豫地将脸贴近马脸，拥抱着它的头。它再次上下点头，似乎是与我亲热，又像是在向我传递着什么。

马主人一个优美的动作旋即跃上马背，那一刻，枣红马再次蜷曲前蹄，对天长嘶，只听马主人发出“驾——”的洪声，那枣红马跑起来四蹄腾空，蹄子像不沾地似的，雄姿勃勃，箭一般向跑道驰去。

与草原的际遇，与一匹马亲近，这是我始料不及的，却给我莫大的力量和信心。

草原渐渐从我视线里退去，我满怀深情，双眼看着消失的草原。是配合我的心境，还是我们共同的心境调到了一致，车厢音响竟响起了《美丽的草原我的家》，一种寄托，一种伤感，一种回念。有我不舍的泪滴，有对草原的情和义。

草原，将我的双眼浸染得那样青绿；将我的脑净化得那样空，将我的心弄得那样花。我一直那样幻想着，我要是一朵白云，我愿常驻草原，化作羊群生活在人间；我要是风儿，我愿长留草原，吹开每一个牧民那一张幸福的笑容；我要是一匹马，就狂奔在辽阔的草原，享受草原的宽阔；我要是一棵草，就扎根草原，做绿色的使者，让牛羊壮硕；我要是一朵花，就开在草原，山花烂漫，一直到天涯。

草原有宽阔的疆域，有富饶美丽的天地，有勤劳的人们，有云朵般的羊群……

我又开口唱歌了，唱草原的歌，那是草原给我的力量，那是枣红马给我的勇气。

我又开始做梦了，做草原的梦，白的云，绿的草，红的花，清流的水，云朵般的羊，马——长长的嘶鸣声，马——振奋的啸啸声，马——狂奔的马蹄声，嘚嘚嘚，嘚嘚嘚……这是召唤，是下一次相约的邀请，嘚嘚嘚，嘚嘚嘚……

对对对，是是是，就是这声音，骏马嘶嘶，催我奋进；骏马啸啸，给我力量。

2018 年 6 月 30 日

每个人都是天使

一直以来，我都认为母亲对我撒了一个弥天大谎而使我深信不疑。

我好生纳闷，母亲怎么可以对我撒这么样的一个谎呢?

后来，在与玩伴、同学及朋友们的交谈中，我才得知，不!不只是我的母亲，同天下所有的母亲一样，每个母亲都对自己的孩子“撒”了一个美丽而可信的谎言。

一个带有传奇色彩的童话故事。

一个美丽的小姑娘，身穿洁白的连衣裙，她有一双隐形的翅膀，每天飞于天空中，谁要是得到她的帮助和看到她的身影，都会感到快乐、幸福、开心……

因为是母亲亲口对我讲的，母亲绝不会对自己的孩子撒谎，这样，我便深信不疑地相信真有这么一个真实而动听的童话故事，也坚信人间真的有这么一个美丽而善良的天使。于是，我便瞪大双眼，在人群中寻找那个有着隐形翅膀的小姑娘——天使。

天使啊天使，我就那样一直坚信、坚定、执着地寻找着，等待着。我寻啊寻，找啊找，哪怕是在我的梦境里也从未出现过一个长着翅膀，能飞的天使的形象和影子。

寻不着天使，却在寻找中拾回那些失去的童年梦……

记得那年的一天，父亲带我去了他的办公室。那个年轻的渝叔叔对我很是亲热，不仅抱着我直“挠痒痒”，还用胡须对着我的小脸蛋一阵猛扎乱扎，扎得我“哈哈哈……”大笑喘不过气来直往地下滑。最为神奇的是在我笑得筋疲力尽，大口喘气后不久，一顶用报纸折的“帽子”扣在了我的头上，我就成了一名小小的游击队员。不经意间，一个个同样用报纸折的“小人、船、鸽子、长颈鹿、星星”像变魔术一般地出现在我眼前，我惊叹的同时便举起双手狂跳狂叫。最刺激且兴奋不已的，当属那把 54 式“手枪”了。“枪”别在腰间，那个神气劲如一个勇敢的“解放军叔叔”。在渝叔叔的口令声中，像模像样地立正稍息，敬军礼，喊报告。拿着“枪”的嘴不停地发出“叭——叭——叭——”的声音，对着墙上的钟，桌上的台灯，窗外的树不停地射击。一个人也是一场“战争”，冲啊——杀啊——对着小鬼子就是一枪。玩得我是不亦乐乎，酣畅淋漓的同时也汗流浃背，随后就是不停的咳嗽声。这时耳旁便响起父亲不停让我多喝水的嘱托声。

无疑，那是一个令我多么高兴又愉快的上午。

真正拥有一把爱不释手的“枪”，实现心中当“解放军叔叔”愿望的事，是在 1970 年四月的某一天。

那是在父亲带领我们一家人前往攀枝花的时候。母亲一位姓王的同事，可能是我幼小嘴甜讨她喜欢的缘故吧，作为纪念，王阿姨赠送给我一把木制“气枪”。一把能拉枪栓“上膛”，一个用细塑料绳套住一个塑料盖的“子弹”，上膛后扣动扳机，靠气压能发出“砰——”的一声声响的气枪。

这把枪，远胜过送我一把糖、一件新衣。喜得我是合不拢嘴，一个劲地行礼谢谢王阿姨。随后，枪成了我的命根子，喜欢的程度不言而喻，白天背着玩，晚上睡觉也是放在枕头边。好多小朋友要我给他们玩，还打起主意用糖果、饼干、米花糖等零食与我交换，我都没有答应，把他们羡慕得，把我神气得；给他们气得，给我笑得……哎——不摆了。

那把枪陪伴了我多少年、给了我多少快乐，又是在什么时候、什么地方玩烂或丢失的，只有在我记忆的睡梦去寻找才知道。

那天，我跟随大哥到他的同学家去玩。那个张哥哥为了安慰我，就给我几期《人民画报》及两本小人书——《草原英雄小姐妹》《智取威虎山》给我看。再次到张哥哥的家，我又看到了连环画的小人书——保尔·柯察金的《钢铁是怎样炼成的》及高尔基的《童年》《在人间》《我的大学》。再后来，我在我的同学家中，读到了《西游记》《红楼梦》《水浒》《三国演义》。不仅知道了中国有鲁迅、巴金、矛盾、老舍这样的文学家，还知道了外国的著名作家大仲马、雨果、列夫·托尔斯泰、马克·吐温，读到了《鲁宾孙漂流记》《三个火枪手》《基督山伯爵》《飘》《红与黑》。那时青涩的我，虽然不懂得什么是知识的“宝库”、知识的“宫殿”这些名词，却也赏识到了读书带来的乐趣与“甜头”。

当我踏入社会，走上自己的工作岗位，品尝人生的酸甜苦辣时；每当我迷茫、困惑、苦恼的时候，总有一个人在关心着我，总有一种声音在鼓励着我，总有一种力量在推动着我。就这样，烈日当头，汗流浃背的我，一边抹着汗水，就是咬牙也要坚挺地前行；哪怕是雷鸣闪电，泥泞烂路，我也不屈奋进。有一首歌告诉我：彩虹总在风雨后！

历经人生坎坷，风一阵，雨一阵，无论结识了多少人，认识了多少朋友，有了多少知己，都未曾看见一个长着“翅膀”的天使。

人生路上，总有一双无形的手在推着我们；总有一双温暖的手在拽着我们；总有一双眼在鼓励着我们；总有一张笑脸在看着我们，给我们以无穷的力量，给我们以坚定的信念。这无形的力量来自哪里？我们常解释为上天的安排或保佑。其实，这就是天使。

就是天使，就是我们看不见的天使。

天使——

当我来到偏远的山区，来到特殊教育学校，看到那些贫穷、智障的儿童时，那一双双渴望知识，期盼正常生活的眼神，心在流泪。我送出的不只是物质上的，更要在精神上给予他们安慰和鼓励。在我困惑、迷茫的时候，总能得到他人的安慰与心灵的慰藉。他们同样如此，我要送出温馨的话语，励志的语言。而他们的一个点头、一个笑脸，则是对生活新的希望与信念的承诺，那也是对未来飞翔的展翅。

一个朋友写下一段文字，万没想到的是这段文字竟变成了铅字出现在报纸上。她拿着报纸以无比惊奇、怀疑、兴奋的心情来问我：我这段文字，怎么可能出现在报纸上呢？你说是怎么回事？

她的问话，让我联想到当初“牛刀小试”的我，若不是编辑老师们的肯定与鼓励，就不会有我进步的今天。于是，我淡定而坚定地告诉她：可能是天使帮你完成的吧。

说完这句话，我自己都感到吃惊。

诚然，我对别人给予一些力所能及的关爱与帮助，有人回报我一个真挚的微笑，含着眼泪对我道谢的时候，那一脸的笑容融进了我的心，给予我的是莫大的鼓励与自信。我才领悟到母亲给我讲的“天使”的故事，方才理会母亲的童话故事是多么美丽动人。幡然醒悟，天使是什么？原来，生活中，只要付出，不仅天使能帮助我们，我们每一个人都可以做一名天使。

天使！天使每天就在你我的身边，她会带着慈爱和真情在朋友、家庭或陌生人中间经常出现，使你笑口常开，自信满满，精神百倍。

天使或许没有美丽的翅膀，也不一定穿着一身洁白的纱裙，她肯定不如我们想象的那么美好，但她一定是一个有恩于你的人，她就是我们学生时代尊敬的老师；人生路上一个给予我们鼓励与勇气的学者；一个给予我们帮助与关爱不曾留下姓名高大魁梧军人的身影；是医院医生、护士美丽的笑脸；一个快递小哥转身的背影；一个环卫工人挥汗的倩影……

我更坚信我身边真的有天使了。

我的天使就是从小教我不要撒谎，给我讲“狼来了”故事的外婆；教我唱《小燕子》歌曲的母亲；给予我“无志者，长立志；有志者，立长志”人生教诲的父亲及不断提炼、修炼、锤炼我成长的哥哥；是给我儿时欢笑声的渝叔叔；给我快乐记忆的王阿姨；打开我知识大门的张哥哥；还有一道玩耍开心的小伙伴；一个久未联系却也常想起惦念的同学；与我共事并给我帮助且友好相处的同事；还有曾经关心、关爱、帮助、鼓励，给我人生信念和力量的那些认识和不曾认识的陌生人……

是的，每一个给他人送去欢乐和笑脸，带去歌声与笑声的人都是天使。

正因为有这样的天使的存在，至此，我更加深信我的母亲从来就没有对我撒过谎，母亲的话是绝对可信的。

每一个给予我知识、智慧；净化我心灵，陶冶我情操；升华我思想的人都是天使。而所有的天使让我也变成一个天使，去关心他人，关爱他人，帮助他人，鼓励他人，将更多的快乐、幸福、微笑、欢笑带给他人。

2018 年 9 月 16 日

人活百岁

今天，是一位老人家的百岁生日。

后辈们为老人家穿上了大红色的盛装，摆百岁生日寿宴。老人已繁衍到第五代，膝下儿孙、重孙达 68 人。老人的儿孙、重孙们从成都、重庆、上海、深圳、北京，更远的从东北的鞍山、大连、长春回来，众人齐聚老人膝下，集体磕头。

这么多人集体磕头，那场面相当热闹、喜庆外，还很壮观、感人。包括远道而来的亲朋好友，乡里乡亲，共同恭祝百岁老人“福如东海、寿比南山”。当然，今天所有前来参加寿宴的客人们都得到了百岁老人的“百岁寿碗”，分享百岁老人生日快乐的同时，也希望自己长命百岁。

今天，是一位老人家的百岁生日。

昨晚的 11 点 59 分 59 秒，老人家却安详地离开人世。百岁老人仙逝，属喜丧。“山中常逢千年树，世上难遇百岁人”，按我们中国人的习俗，百岁老人仙逝，要用中国红（红色）送终。死者德高望重，福寿双全，家族兴旺，其葬礼称喜丧。

打记事起，说人长寿听得最多的一句话便是：人生七十古来稀！

所以，常听到、见到的是为老人家祝 70 大寿、80 大寿。如果说为老人家举行 90 岁、100 岁寿宴，那种惊讶、羡慕的表情，就不言而喻了。

人活 100 岁，你会怎么想？

如果你活到 100 岁，看到膝下的儿孙、重孙，你是不是还想活到 101 岁呢？如果你活到 104 岁，身体健康，思维清醒，你是不是还想活到 105 岁呢？这不仅只是一个人活着的愿望，也应是一个人长寿的欲望，便可理解为人之常情。

于鄙人而言，当我活到 100 岁的时候，至少，我还想活到 101 岁；当我活到 105 岁的时候，我一定还想到活到 106 岁。因为，只要我的身体还健康，我的思想不错乱、不糊涂，思维还正常，我就要拿起我手中的笔，不停地写我想写的文字。

直到我从《西南作家》杂志 2018 年第 3 期上读到一位中国籍，世纪末生，就读于美国加州大学圣塔巴巴拉分校，一个叫“黄川一韵”的人写的一篇文章——《随想》，我的思想发生了变化。

作者在文中写道，澳大利亚一位 104 岁的教授要飞去瑞士安乐死，他没有像一般寻求安乐死的人一样因为身患重疾痛苦不已。104 岁了还在做研究，一生在 8 所高等学府进行研究，现在也头脑清醒。他说：我活到这个岁数实在太让人遗憾了，生活质量下降，没必要继续活下去了。

一个思维正常、头脑清醒，还在做研究的 104 岁的老人，因意识到“生活质量下降”就“没有必要继续活下去了”，而要求去做安乐死。这好像是一个令常人不可思议的想法。

常话说得好：好死不如赖活！

再怎么绝望的境地，只要活着就存在着希望，而不管你用何种方式死去，一切皆空。

活着总比死了好，因为不管死得如何痛快，代表的就是一切现实的结束，包括“希望”！这应该是我们活着的理由吧。

那么，那位还在正常生活，搞科研的104岁老人因意识到“生活质量下降”而要求去安乐死亡，我以为这就是一个人的理智与豁达，也就是一个人思想的最高境界。

我曾自己给自己讲了一个故事。

一个生活在深山老林中的百岁老人，150岁高龄了，身体健朗，能劳作，能吃，能睡。人世间的风风雨雨、沟沟坎坎、曲曲折折他都经历了，人间的一切他都无所谓，人生百态早已淡薄，于他而言，活着就行。他就那样健康地活着。老人终生未娶，独居。最后，他在深山老林里静静地离世，无声无息；而另一个老人，生活在人声吵杂，热闹非凡，烦心厌世的现实生活中。他不一定是个富有者，豪宅、豪车的门怎么开，他不知道；金钱、权势他不懂。他好像永远都不知，没有烦恼，但他一定是一个乐观，容易满足的现实主义者，哪怕是拾荒卖得的几元钱，交到糟糠之妻的手中，听到嘻嘻的笑声便端起桌上那杯几元一斤的散装白酒，乐滋滋地咂嘴，嚼一粒粒酥香的花生米，或是一根凉拌黄瓜，或是一碟油辣子拌的泡菜，都能获得欢心的笑脸；一双儿女，考取的虽不是什么名牌大学，却能按月收到儿女工作后的汇款；以前求人读儿女写来的信件，现在按下手机的一个按键就能听到儿女的声音了；以前想孙儿孙女想得心发慌，而今，一个视频，孙儿、孙女的欢笑声无论多远都能立刻出现在眼前、耳中。于他而言，只要第二天睁眼，看见太阳，他还活着，就过好今天，何乐而不为呢？有老伴、儿女、孙子，只要快乐、开心，他还图什么呢？眼看重孙已长大成人，也可以给他买回终生都好的那一口酒。然而，就在昨晚喝了那一杯酒后，他在睡梦中安然离世。他活了101岁。

两位老人，两种生活环境，一个活了150岁，一个活了101岁，你怎样看？你愿做哪位老人？

你怎么想，怎么选择，不必告诉我，但我要告诉你的是，我只想活到100岁。

一个人，无论多么富有，多么高寿，吃遍了人间的所有山珍海味、稀奇物种，可世人不知，朋友不晓，这样的快乐其意义何在？

其实，一个人活着，一定是有生活质量为支撑，以被人分享感到快乐，活着才会觉得有滋有味，才会发出有意义的感叹：不冤活人生一世。

当今时下，谁还在乎一顿饭呢？讲的一定是菜品与质量。即便是玩，不再满足于一个公园、一条小溪、一段河流，那一定是到远方的名屋古镇、山川河流、草原海洋，更是要出国门，到遥远的国度，周游世界。

山的巍峨险峻，海的碧波荡漾，一朵奇异鲜艳的花朵，一个稀有的动物，哪怕是一句优美的文字，一行浪漫的诗句，一句励志的人生格言。不仅是这些，为了分享，有人面对一桌丰盛的菜品佳肴，一只烤得色香味俱佳的烤羊，一碗“伤心凉粉”，不再是像以前那样默默地独自享用，而今，一阵嬉笑惊叹之后，忙什么？忙拍照，拍视频，第一时间想到的一定是分享，分享给你不在场的亲人、好友，分享到你的朋友圈，这就是一种快乐。

快乐的意义不是你索取、独享了多少，而是你告知、分享了多少。

精彩的世界，这般生活，谁会想到过死，谁又会肯轻言离世，谢幕人生？

前几天在朋友圈里看到一条不太详实的链接，说联合国公布划分年龄段的新标准。

联合国经过对全球人体素质和平均寿命进行测定，对年龄划分标准做出了新的规定，将人的一生分为五个年龄段：0 至 17 岁为未成年人；18 岁至 65 岁为年轻人；66 岁至 79 岁为中年人；80 岁至 99 岁为老年人；100 岁及以上为长寿老人。

越看越高兴，越看越欢心，着实令人惊喜与兴奋。活到这个年龄段了，我居然还属于年轻人之列。

良好的饮食习惯，良好的作息时间，健康的身心，好日子尽享。

读书读到了这样的一句话：“人老了，真的很好！人老就是一杯陈酒，冽而绵；一壶浓茶，爽而甘；一瓣老姜，辣而烈；一瓶老抽，醇而香；一棵苍松，郁而翠。”

健康地活着，有意义地活着，100 岁，离我、离你，还很久远吗？

2019 年 3 月 3 日

底　色

底色：底子的颜色。

《现代汉语词典》是这样解释的。问“度娘”，回答说：打底的颜色。基色，大色。决定整幅画的色调的颜色。

因为不懂，我一直都误以为底色和颜色一样，是画家的事情。一张白纸上，涂什么颜色、颜料，就决定着一张纸的色调。或红或黄或蓝或绿或黑，五颜六色、五彩缤纷。

直到有一天，有人说，颜色不是涂在纸上的，它藏在人的大脑里；一个人告诉另一个人，幸福指数就是你追求的底色；书上是这么写的，生活就是你的底色。

看来，底色与行为能力有关，思维决定着思路，思想则反映着深度。

毫无疑问，底色就是一个人的思维能力、人生阅历，生活方式、思想境界高度的体现，也与一个人的修养、内涵、人格有着密不可分的关系。

既然底色与我们的生活相关，那么，在我的人生岁月里，有没有一张生活照来作为值得我留念的“照片”呢？

闲暇时，我开启了记忆程序，梳理出一张张有些发黄、模糊的“老照片”。那些刻录我成长年轮时光，那些曾经经历回味印痕，都缩影在一本值得珍藏、珍惜的人生“影集”里。

我该选哪一张老照片作为我人生过往的“底色”呢？

是10岁的我，当一辆汽车从我身前跑过，留于我眼中那弥漫天空的灰土尘埃，还是那直冲云霄，从烟道冒出股股黑色、黄色、青色、白色的浓烟；是白天与一群屁大的童男童女，办家家，冲冲杀杀打游击，一会儿活捉汉奸，一会儿打死小日本，一会儿是游击队员，一会儿当解放军叔叔的游戏，还是是夜，带着一张小板凳，坐在银幕底下，仰头看着银幕上的游击队、新四军、八路军将日本鬼子打得人仰马翻、鬼哭狼嚎；是同几个“捣蛋鬼、调皮猴”一道爬上一棵树高“千尺”的酸角树，摘下一串串青色的酸角，放在口中大口大口地嚼，那个酸劲儿，眼都不眨一下，还是穿条短裤、背心，邀约几个“和尚”，跑到河边，下河摸鱼捞虾。将一条条鱼儿用狗尾巴草穿着，拿回家炫耀。渴了，将河沙推开，一会儿功夫就盛满“一碗”透澈清凉的水，撅起屁股趴下一口气喝个够，喝个饱，甜甜的；饿了，跑进河岸农田地间，不是“光顾”莴苣，就是西红柿、黄瓜，哪怕是青胡豆，嫩豌豆也行。吃饭时间肚子不饿，就对父母谎称中午吃饱了，不想吃。其实，那点“鬼”把戏，早被父母识破，只是没有揭穿罢了；还是大头挤着小头在叔叔家，目不转睛地盯着那台9英寸的黑白电视机，看大长咱们中国人志气的武侠功夫片——《霍元甲》《少林寺》。

是20岁的我，晨起拿着一本英语书，大声地朗读背诵“英格里希”（英语单词），还是每天挤那趟“沙丁鱼”罐头般的公共汽车去上班。下班回家拨几口饭后，就去“抢”“夜大、电大”教室的座位，然后再随人满为患的人流去吊公共汽车车门或越“人墙”，爬车窗，挤进车厢，出一身臭汗，精疲力竭回到家中，倒床就睡；是看到楼前各家各户拉起如电网般的铁丝和那伸出的晾衣杆上晒出那一件件，一条条灰色、黑色、青蓝色的衣裤，还是“跨”走廊边那一箱箱装满黑色煤球、蜂窝煤的煤箱，“越”那一个个坐着或水壶、炖锅的炉子，看灶膛冒着红红火苗，锅里炒着莲花白的灶台；是听肖家、张家为鸡、鸭争食的事，不依不饶，满嘴脏话地“破口”大吵一场架，还是观一场“现实版”的齐家小子与赵家小子为两只雄公鸡而发生的“角斗士”之战，怒火冲天，大打出手；是你追我赶看谁劈的柴火多，堆得高，堆得大，还是背着背篓去捡“钢碳”（焦炭），搞比赛，看谁背得多，走得快；是看那个家伙戴着一副遮挡半张脸的蛤蟆镜，烫一头披肩的大卷浪头发，穿一件花格子衬衫，提着一架单卡，放着超大声音的录音机，招摇过市，还是看那背着一把吉他与摇滚乐队一同高吼“一无所有”，或情意绵绵地唱着“月亮代表我的心”，还有那置父母的劝告而不顾，拼死拼活，甚至于“出家、寻死”都要去追心目中的大“歌星、影星”的美少女。

还是30岁的我，开始尽一个父亲的责任，陪着儿子看四年一次的世界杯足球赛。开始关心油盐酱醋，走向吵吵闹闹的农贸市场与商贩为一棵白菜、一根葱，一分一厘地讨价还价，还是与同事一道关注每年涨工资的消息，期盼每月、每季、半年的金奖分配；是看一个烫着“爆炸”式头型的人持“砖头”般“大哥大”哇啦地大叫着“鸟语”，盛气凌人地从你眼前飘过，还是看到一小兄弟将衣服一撩，亮出腰间的一个黑皮夹，故弄玄虚地吼一声，我“回传呼”去了，然后消失在大家的眼中。还是看到一姑娘拿着一部“小灵通”喂！喂！喂！360° 旋转着找信号，随后嗲声嗲气地叫道：哎哟，该死的，亲爱的是你啊，哈哈哈……

……

一张张，一幕幕，一幅幅，你说，哪一张可以作为我曾经历的生活底色照片呢？

诚然，这些都是我从童年走向成人时光的记忆，是无悔青春年华的写照，是留恋人生芳华的记录，鲜活地深深印刻于我的脑中，抹不掉、挥之不去的回忆。而所有的这些，更像是那架装着黑白胶卷的“海鸥”牌老相机，按下快门，冲洗胶片，印出黑白的照片。

底色、底色黑白相加，已泛黄，褪色……

当有一天，手举一部照相机，从镜头里看到那绿葱葱的大黑山，峡谷间那条流淌着清澈碧绿的金沙江水，那盛开于蓝天下一朵朵的攀枝花、三角梅、凤凰花、蓝花楹、泡桐花、朱缨花……咔嚓，咔嚓，尽情地，忘情地，一处一景地按下快门，被我定格、记录的时候，心中一下就亮堂起来，出现一道如雨后七彩的虹——多彩多色。

当有一天，拿起一支笔，在一张纸上写下天、地、山、河、江、水、花、草、树、木这样字迹的时候，自己都不相信，那蝇头文字可以组合出色彩斑斓、富有情趣的图案；一张白纸上的字、句居然有了生命，有了色彩。

这不就是我一直想要，苦苦追求，深藏于脑的生活底色吗？涂抹什么颜料，收获什么图画。

心有底色，心眼也随之活泛起来，花开的声音，落叶的声音，飘雪的声音都能听得到。

底色里是时间、地点、人物、生命、故事；底色中是欢笑、泪水、关心、关爱；底色反映着倾听、感动、感激、感怀；底色蕴藏着微笑、感恩、回报。

底色就是雨滴，是山间林中的寂静，鸟的脆鸣，山崖滴水的悦耳，欢快跳跃的溪水。

底色，是一次远行的旅行，看崇山峻岭的连绵巍峨，峻峭与俊美；看花开大地，羊如白云，骏马纵横驰骋辽阔的草原；看水天相连，似野马狂啸不止，又似绵羊般温驯的碧波荡漾的大海；看阳光泼洒大地，幅幅如多彩多色纵横交错的河流干渠，还有掩藏在迷雾中的农庄，一片片金黄灿烂的油菜花，洁白如雪的棉花；远远近近田间地里劳作的身影，花花草草，春的盎然，夏的骄阳，秋的金黄，冬的银装。

所有生物，所有生灵，所有生命都是以阳光为生命的，阳光就是万物的底色。

阳光照亮大脑，就是生活的底色，去寻觅、放飞。

底色，就是思想、颜色、画笔，怎样涂抹，就收获什么样的图画。

2019 年 6 月 2 日

朵朵葵花向阳开

西下的落日，预示着明早太阳的冉冉升起。那时，旭日东升的红日，将满天的霞光普照山峦大地。那两朵向日葵在火红太阳的照耀下又开始了新一天快乐的成长。

——题记

向日葵生命的意义在于，无论生长于广袤的平原大地、丘陵地带，还是大山深处，只要有阳光，它都会蓬勃向上，露出一脸的笑容追逐太阳的光辉。

大山深处盛开着两朵娇小、娇嫩的向日葵。虽不像成片的向日葵那样惹人眼球，却也有着自己旺盛的生命力，那样努力、奋进地生长着，向着太阳微笑着。

今天是送三个农村娃回家的日子。

作为“特困家庭”，他们被接到城里来进行了为期两周的免费学习。为给他们留下对城市的美好记忆，除了参观海洋馆、图书馆，还带他们看了电影、游公园。这样的安排，不仅是要让他们增加对城市的了解，还是为了让他们感知、认知山外的世界，触动幼小的灵魂，从而激励、激发他们发奋努力，勤奋读书，用知识改变自己。

同时为了使一个城里娃感受农村，体验一下乡村生活，我们安排他一同去乡。

四个00后，两个山里双胞胎姐妹及一个小弟弟，一个城里大哥哥。大哥哥生活在一个幸福、美满的家庭，两姐妹及小弟弟都是“问题”家庭的孩子。三个孩子都遭遇了什么？家庭情况怎样不属本文议论之列，恕不作赘述。

有别于平原、山丘、盆地，进入八月，火轮高吐、火如云烧，正是酷暑、酷热、难忍、难熬如入进“火炉”，入蒸“桑拿”的时候，而攀枝花的天是夜间倾盆大雨或暴雨，白天照样是蔚蓝如洗，艳阳高照，早晚渐清凉。

今晨，倾盆大雨刚停，我们的车就行驶于蜿蜒的盘山道上。

出城区，映入眼帘的不是葱葱郁郁的松柏松林，不是连绵不绝的竹海竹林。那绿润、沁绿、翠绿间，开花的开花，结果的结果，要么是垂挂的一个又一个金黄金灿的芒果；要么是挂满枝头树尖张嘴开笑的石榴；要么是一串又一串玫瑰红的葡萄；要么是一树火红的苹果，一树青绿的梨。

这是八月的天，展示的却是秋收的景。看来，一颗良好的种子，只要有肥沃的土壤，富足的阳光，充沛的雨水，都能长大成树而结出一树累累的硕果。

下高等级公路，车便驶入硬化了的乡村水泥路上，远远近近山水间，到处呈现出绿色景象。雨后山间的空气格外清新，吸入鼻中都有“绿”的味道，猛吸一口，大有“醉氧”之感，由清馨唤起大脑的兴奋，亢奋于农村的大自然中。

之前，曾多次下过乡，深知现今农村，都是将公路修到农家门口，这是国家实行的一个“村村通”系统工程，包含公路、电力、生活和饮用水。因此，如今下乡不用再考虑那么多，该穿西装穿西装，该打领带打领带，该穿皮鞋穿皮鞋，如不是碰到下雨下田，你是怎么去，就怎么回，锃亮的皮鞋可以一尘不染。

按照事先的约定，我们直奔双胞胎姐妹的家，吃她俩亲自为我们做的饭。这是她俩的承诺，亦是一种信任和满足感。这样，一路还鼓动小弟弟和大哥哥的参与。

乡村公路虽很窄，经早晨的暴雨冲洗却也干净顺畅。蜿蜒下山，半山腰，俩姐妹指着一笼竹林欣喜大声地说道：看，那儿就是我们的家。大哥哥急切地问道：哪儿？哪儿？俩姐妹争着回答道：鱼塘边，竹林旁。

与我们一路看见，出现于眼中那些独户独院的二层小楼、三层楼形成巨大反差的是，眼前两户相邻的小二楼掩映在竹林、香蕉树、石榴树、芒果树中，旁边还有一池碧绿的鱼塘。

本是村村通的公路到此“断”了。剩下不是“最后一公里”，而是几百米的路段全是泥巴土路。由于今早大雨滂沱，只能将车停下，如硬开车进去，车必将陷入泥泞之中动弹不得。无奈，我们每人只能各自提着两个沉重的塑料袋向她们家走去。塑料袋中是教科书、作业本、图书、面包以及在市场采购的蔬菜。

这样的泥泞道路，我是经历过的。那是儿时的我，随父母到农村乡下舅妈家，走的就是这样的泥巴田埂，左右摇晃，父亲想搀扶一把，我自称长大了，不用扶。结果，一路跌跌撞撞，到了舅妈家，我已变成“泥人”一个。

脚踏泥泞道路，有种久违的感觉。苦了那个从未走过乡间土路的城里娃。那双胞胎姐妹及小弟弟走在这样的土路上，脚如钢琴师的手在弹奏琴键一般，行云流水，跳过水坑，跳过草堆，踏上小石，轻如燕飞。再回头看那个城里娃，背着挎包，左右手提着沉甸甸的书，这样的路，可不像开卡丁车的赛道，也不像足下两轮的溜冰场那样滑行自如。他睁着一双大眼睛寻路，双脚厚重的泥，让他左晃晃，右晃晃，一会儿身向前倾斜，一会儿身向后仰，两个妹妹不停地指点路：哥哥，这里！哥哥，别踩那堆草，里面全是水，看这块石头！哥哥，来，我接你……大哥哥直呼：不用，不用，我自己走。

短短泥泞路，成了漫漫“人生”路，万分庆幸的是，城里娃居然没有跌倒在泥泞路上，虽是那样“艰辛”，却也亲身体验、感受，这也算作今天“教学”的第一课吧。

一个老人，穿着雨衣，叼着烟斗，对着一群羊在吆喝，身上斜挎着一个播放器，放着凤凰传奇的《最炫民族风》。

爷爷，爷——爷——来客人了。妹妹大声对爷爷喊道。

哦，快——喊到家里客（去）坐。话音未落，转身捡起一块小石头，投向羊群，嘴又不停地吆喝起来，向山上走去。

一扇铁门，两旁是红砖及泥土夯实的土屋。土屋里是猪、鸡、鸭、鹅圈及一个简易厕所。一个小院坝，一幢外贴瓷砖的小二层楼房，这便是姐妹俩的家。如今的农村与城市几乎同步，冰箱、彩电、空调、手机，样样不差。

别说那个城里娃，就我来讲，真的有点不敢相信。这个家，这个双胞胎姐妹的家，没有像样的床和板凳，别说床头柜，就是一张可以做作业的写字台都没有；杂货般的“卧室”，零乱地堆放着爱心人士赠送的书包（五六个）以及衣物、书籍，零乱的程度用无从下脚来形容也不为过；“客厅”那台大背头的电视机虽是彩色的，可那是什么样的色彩啊，犹如一张张褪了色的彩色相片，显示屏虽未出现“马赛克”，却是道道横杠，不停地上下波动翻滚的画面。一张“皮沙发”已坐出了深陷的“屁股”印，四周的皮质如同锈迹斑斑的“铁锈”。与“卧室”相似的是堆放着不一样的杂物，玉米、南瓜以及一些农具；那几张所谓的“小板凳”还是我印象中那种用一块木板，几颗钉子钉成的木凳。

“厨房”四壁涂有白色涂料，房檐下已结蜘蛛网，零乱的电线如同蜘蛛网线，一个贴有瓷砖的老式灶，灶台及简易无门的橱柜零散地放着锅碗瓢盆，案板上毫无规则地摆放着菜油、酱油、醋及豆瓣、老干妈等瓶瓶罐罐，那灰尘足以印下老鼠上灯台偷油吃后留下的足迹。

一只壁虎被锅里不知放了多久的洗锅水淹死了，里面已经有很多肉眼可见的沙虫；一个碗里，剩下的清油将一只偷嘴的蟑螂淹死在碗中；那把电热水壶如从“灰”中捡来，手把油腻黏手；一张木桌及四张板凳上的灰尘你也可以想象得到。孩子则用黑乎乎的抹布以清水洗餐具，以为眼见“洁净”就可以了事了。

这样的环境完全不应该由两个11岁的女孩子承担打扫的，可她俩就偏偏生活在这样的环境里，自己动手打扫，自己保持。但她们毕竟还是孩子啊，能打扫干净吗？

一看便知，这是一个没有女主人的农家。

心生一股“寒气”，倒吸一口凉气。你们不是说周边有那么多的亲戚吗？他们为什么不来帮你们？两孩子也搞不清楚，更是回答不上来。我瞬间眼神黯淡。

这样的家境，00后的城里娃看呆！他想到些什么呢？这是今天“教学”的第二课吧！

问：爸爸呢？答：出去打工去了！

问：什么时候回来？答：不知道，就是回来也只是给我们一些钱，转身又走了。

问：爷爷呢？答：只有晚上过来陪伴我们。

心有些沉重，心有些寒。城里娃，听清了吗？你有何感触与感想？

笑盈盈的两张脸，将两个熟透的芒果，送到我手中。不吃，会伤孩子的自尊；吃，甜甜的果实，口觉“索然无味”。孩子，你们的生活什么时候才能像芒果一样甜啊？

城里娃开始打理他那双阿迪达斯的鞋子。鞋底全是厚厚的泥土，边削泥，嘴里还不停地念叨：这么厚的泥，怪不得说脚都不是自己的脚了。完了！完了！这鞋是给“毁”啰。那个三下五除二就将脚上泥土刮干净的小弟弟，很懂事地来帮这个大哥哥的忙。

他俩在忙乎，这边也没闲着。我们用了近两小时的时间用锅烧水，煮碗筷进行消毒，再将菜板、油瓶、醋瓶用洗洁净一一洗去污垢，同时教她俩该如何摆放、如何规整。

我们再次忍不住地问道：一路上，你们一会儿说这家是你们的大爷、三婆婆家，一会儿那家是你们的什么四叔、五嬢（阿姨）家，还有这个哥哥、那个姐姐的，怎么，他们都不喜欢你们吗？都不来帮助你们呢？

两个11岁的姑娘，再次低着头，不言不语，低头做事。我们也不好再深问了。

俩姐妹，双胞胎，好似冬天高山开在崖边的两朵并蒂莲，有点孤傲绽放却也令人揪心；好似开在荒草中两朵惹人喜爱的小花，鲜艳娇嫩，却也无人管理令人心痛。

她们俩在学校是一对勤奋好学上进的好学生，特别是妹妹，墙上的奖状可以证明她们的学习与进步。她们都深受老师的呵护、关心，也受到来自社会爱心人士的关注、关怀。屋里那些捐赠的书包、衣物、书籍都可以证明。然而，就她们自己家庭而言，常年不见母亲的影子，自然缺失母爱；一个父亲，除了务农，还得外出打工，就是回家也只是打个照面，缺少沟通。仅用极其微薄的收入应付着两个孩子的学习及生活开支；爷爷，也只能叫声爷爷，除了自己照料自己，晚间的陪伴，实际上是帮不了什么忙的。

一个严重缺失父爱、母爱的家庭，缺乏亲情关爱的双胞胎。

对她俩说话，我用的是“喜欢与不喜欢”而不是“爱”字，于她俩，这个“爱”字太沉重了，怕听不懂而刺伤的不仅是她俩的心，还有我们的心。“喜欢”二字将其淡化，不想让她们幼小的心灵受到太深的伤害。

心寒，本是八月还带夏天炎热的天，我的心却有二月的寒冷，好生心酸。

周末回家，料理家务，弄饭弄菜，洗衣，喂鸡、鸭、鹅……这边有社会爱心人士的关爱关注，那边有老师的关心呵护，为什么回到家中就成了这个情形了呢？倘若俩姐妹是俩兄弟，会不会有很多的“亲戚”来帮助、关心、照顾他们的生活起居呢？在当下的农村，在他们的亲人中，是不是还有“重男轻女”的思想在作祟？

太阳每天都从东方冉冉升起，向日葵永远渴望灿烂的朝阳。

……

来，孩子们，中午饭弄起来！终于可以弄午饭了，打开米坛，才发现没有米。没事，我到隔壁二孃家去要米。话音刚落，大双如燕般飞出了厨房。

小弟弟将黄瓜洗净，切成了一条尾首相连的黄瓜，将从地里采摘的新鲜辣椒、葱剁碎，切花，再浇上酱油、醋，一盘“凉拌黄瓜”就做好了；小双凉拌了一碗莲花白，烧了一盆人工菌汤，还做了一碗自制“油辣碟”；大双炒了一碗清香的蒜苗。下面一道菜是城里大哥哥自报的——炸土豆条。

只见城里娃将土豆皮削去，又一刀一刀地切条。那动作有点笨拙，有点缓慢，却也沉着应对。旁边是烧热的油锅。这样的情形，如果是父母在场，那可是万万办不到的事。你能将土豆洗干净？还会削皮？在削皮的过程中，万一将手指划破了皮怎么办？再说了，你切条，一分心，一走神，将手指切破，流血怎么办？不消毒、包扎、感染又该怎么办？

城里的爸爸、妈妈们，你们不知，孩子不在你们身旁的日子里，他们的表现是多么优秀。你们所有的担心、包办与溺爱都成了阻碍孩子成长无形的网，犹如温室里永远长不成参天大树一样，溺爱——不是孩子们成长所需的理由。

面对弄好的菜，为激发孩子们的积极性，我建议他们将自己做的菜都取上菜名。我带头给小弟弟的凉拌黄瓜取名为“神龙潜水”，并解释其义。接着，小双给自己的凉拌莲花白取名为“莲白花开”。姐姐说：我取不来菜名，我说一句话好吗？当然可以，我说今天是四娃做菜，各显神通。小弟弟看着油炸土豆条，冒出一句：这叫土豆炸丝。大哥哥说是金黄土豆条。两姐妹叽叽喳喳地闹了起来，不行，不行，都不像。重新想，重新取。小弟弟、大哥哥两人抱头，在耳旁叽里咕噜片刻，新名词出来了——油炸金箍棒！

好哟！一致鼓掌通过，开——饭——

今日的餐桌上，没有一丝肉荤，全是在座四个00后“大厨”的杰作。大伙吃得那样开心、尽兴，话语不断，笑声朗朗。

看到他们的欢笑笑脸，特别是两个00后的农村姐妹俩，尽管家庭是那样简陋，生活是那么艰辛，难能可贵的是她俩还有那么开朗、乐观的生活态度而不孤僻、古怪；还有那么积极向上的学习热情而不自卑；还有一种走出大山的渴望、欲望，用知识改变

自己人生的命运的能动性

昨天、今天，乡里娃、城里娃都有感触，都深受教育，我也悟出了浅显的道理，孩子都在成长，凡事不要操之过急，揠苗助长不可取，循序渐进，他们毕竟是孩子，进步、成长当有过程。

我们要启程回城了，俩姐妹有多么不舍、多么依恋，再三地叫我们再来！再三对我们说再见！再三对远去的汽车挥手！

太阳的光芒总给人以坚强与自信；总给人以力量与勇气；总给人以欢笑与欢乐。哪怕面对长长的黑夜，哪怕是苦难的逆境中，生命就像向日葵，蓬勃向阳，追逐着灿烂的红日。

毕竟，每日升起的太阳都是那样鲜红！

此刻，太阳偏西，映红满天的红云将被来袭的黑夜收去。我们回城了，那里灯火通明，可大山四周将被孤独、寂静侵袭，留在山沟里的双胞胎姐妹该会想些什么呢？

好在，橘黄色的灯下，有两本被翻开的书。

读书可以驱赶孤独，读书可以驱散黑夜。知识点亮人的心灯，不是吗？！

2019 年 8 月 18 日

秋景秋语

如果说“心情”可以分配的话，我不会特意地将我的心情分配于哪个季节。但是，我可以肯定地告知你，我心情会偏重于秋季。

秋天的到来，无论是随之而来凉爽的天气，还是那一叶知秋的秋景；无论是天高气爽的蓝天，还是朝霞映红的天际；无论是恼人的秋风，还是缠绵的秋雨，让我的心比任何一个季节都要活泛一些。再说，一年四季中，毕竟是春花秋月嘛，没有哪个季节会像秋季那样有着双重性，乐也秋，愁也秋；欢也秋，忧也秋；恼也秋，爽也秋。

你以为冬季是让心情“休眠”的吗？其实不然，那是锤炼一个人心情的最佳时节。

桀骜不驯的心，犹如那匹驰驱疆场、奋蹄扬鞭的马，总有疲惫、停歇的时候。心累人就会跟着累，寒冷的冬季，冰封凛冽的隆冬，白雪皑皑的世界，正是在洁白纷飞飘雪中坦露你的心，让冰凌净化心灵，使其更加晶莹剔透，不再脆弱。这不是残忍，而是一种磨砺、锤炼，任凭寒风吹，哪怕冰冻三尺，心都会像松柏那样傲立、坚韧、挺拔。

大地微微吹起暖风，万物苏醒，万象更新，春光融融天，一年的劳作便从春季开始。那颗复苏的心，随着忙碌的身影，去开垦、耕耘，纵是春风拂面，万木竞秀也无暇顾及。一年之计忙于春，每一次动作，辛劳播撒的是一粒种子，亦如画家泼洒的画笔，怎知那是你智慧的谋篇，那一笔的绘画，那一笔的图染，都是为秋景描出的一幅壮美画卷。

春酝夏成。当骄阳似火、火轮高吐的夏季到来之际，检验的不仅是我们流了多少汗，弯了多少次腰，还验证着我们的心有多么坚强，能否顶住天空那骄阳的炙烤，能否承受海天云蒸的煎熬。就像那匹脱缰的马，不停地奔跑，拼的是一个人的意志及耐力。这个时候，才发现我们的心有多么的累。

天边升起一片云，那是一丝“凉意”的信息，还是心对秋的祈祷?

没有狂风大作，没有惊雷响起，雨就那样淅淅沥沥地降下，干渴的大地，枯竭的河流得到充沛的雨水，久旱的庄稼得到雨露，看到这样的景象，心不再“干枯”，心活了，思维不再僵化，心情随之而活泛起来。

有道是，一场秋雨一场凉，风吹梧桐叶断肠。

伫立于窗前期待着这场秋雨的邂逅，心如被打湿一般，凉凉的秋雨如煽情的泪，将我的衣衫湿透，只能望雨独思离愁。

秋日那蔚蓝天空漂浮着朵朵洁白如棉的云，幻化出赋有梦境般的动感，夕阳西下那片火烧云，将天空渲染得那般绚烂多彩，心也随之而迷醉，所有的喜怒哀愁泛起，变成喜悦，变成伤感。

一个释放心情的季节，它的到来，让人欣喜并惆怅。

我们相识在秋季吧！那年，那颗年轻且健旺的心，那颗曾被太阳烤得木讷、呆滞的心，经秋风的吹拂，经秋雨的洗礼，就那样鲜活地敏捷起来，我怎么就可以变成了一只勤劳的蜜蜂呢？万花丛中采蜜忙，不是所有的鲜花都去嗅，我只钟情于一朵心仪的花。这朵花蜜所分泌出的物质含量颇丰。蜜蜂深知，它既是在酿蜜，又是在酿造自己的幸福生活。

眼前，一个张着小嘴，呈椭圆形，颜色黄褐还夹带粉红色的石榴。

石榴子，一粒一粒粉红水晶果实，释放着秋的光芒，就像我们经历风风雨雨积淀爱的见证。一粒石榴子，一丝甜蜜汁，沁人心脾。如今吃石榴，不再像当年那般，一个一个地吃，也不会剥入碗中一勺一口地吃。那晶莹剔透，恍如宝石般晶亮的石榴，我们是一粒一粒地吃。嚼时光，嚼风雨，嚼岁月，那就是——嚼秋！

石榴籽不能吞入肚里，否则，会从头顶长出一棵石榴树……还记得这个古老的故事吗？哈哈，我们的奶奶、外婆都是“撒谎、骗人”的高手。你说，小孩不“骗”长不大。我会意而笑，随即撩起你一缕垂下的银发。你脸一红，露出当年那羞涩的一笑。顺手触摸我前额的皱纹。我说，骗来骗去，将我们自己骗老了。你说，这样的故事还能骗到当今的孩子吗？我说，骗与不骗都无所谓了，我只想哼一段歌词：我能想到最浪漫的事，就是和你一起慢慢变老……

不是一粒沙掉进了眼里，那滴泪确实是被秋风吹出的。夏去秋来，秋风拂面，却也唤起一种思绪，让我想起了你，悲由心升，那是为一片树叶的飘落而动了情。

天下没有两片相同的树叶！

我俩本是一棵树上的两片叶。隆冬时节，凛冽寒风，你说这是磨砺一个人意志的最佳时期，让我们变得刚毅、坚强。早起，迎着寒风健步；春暖花开，共振的心，犹如上紧发条的钟，迎着春光频频跳动；夏日酷暑，烈日炎炎，我们健步于那条健康跑道上，挥汗的身影是那样潇洒。你说，再坚持一下，我们便可以看到秋天那片映红天的红叶了。

可是，当秋天那片映满山岗的红叶出现于我眼中的时候，你——那片本是青绿，有着极其旺盛生命力的绿叶，那片从不惧怕夏日蒸、烤，精力充沛，从不消沉，也想将自己变成秋天的一片红叶的你，怎么就在昨夜，悄然无声地飘零离去了呢？是怕惊扰我的秋梦，还是不想给我留下一颗破碎的心？然而，你可知道，看秋景，那是你的约定。由于你的失言、缺位，那就是一种失信，留下我独自一人看秋景，那还成景吗？

秋高气爽，皓月当空，今夜，是全家人团聚的夜，也是一个诗与远方思念、思乡夜。

凝视那轮圆月，我也曾那样出神，一是倾听父亲讲金兔和嫦娥的故事，一是思念远在千里的母亲；而后，八月十五月圆夜，千里外的母亲就在我身旁，父亲摆放的月饼，却让我思念起千里之外的外婆；再后来，中秋夜，静心赏月，却发现无论月亮怎样亮、怎样圆，在我的心中总是一种缺失，月亮月圆难圆我的心。

圆月，你要带来多少家庭的欢乐？你要带去多少人的忧愁？你又要寄去多少人的深情与思念？

无论秋风、秋雨、秋月给我们带来多少的忧愁，带来多少的喜悦，带来多少的眼泪，我们总是要拭去的，毕竟，秋天也是一个收获的季节。

满山的红叶，满目的金黄，大地的金灿、硕果，都是秋天回报给我们的辛劳。秋天来临，我们想放开歌喉对天高歌；秋天来临，迷醉的心要释放；秋天来临，蔚蓝的天，五彩的地，我们想大谈特谈属于我们自己的恋爱。

看万山红遍，层林尽染。

种什么样的豆，收什么样的果，秋天，不是我们编造的故事，不是我们编制的童话，那是付出与汗水凝结出的景。

秋天，是用来欢笑的，落泪的；思念的，思乡的；烦恼的，忧愁的；回念的，伤感的；享受的，分享的。

2019 年 9 月 8 日

优雅读书

故事是口口相传，传下来的；故事是写作者一个字一句话，记录下来的；故事是演绎传承，延续下来的。

有道是，有酿酒的，就有饮酒的；有开茶坊的，就有品茶的；有制糖的，就有吃糖的。

诚然，有写书的，就有读书的。

爱情、婚姻、家庭、生活、人生是人间永远也饮不尽的酒，品不完的茶，流不尽的江河。没有哪位写作能手高人，能在一本书中将天下所有的人间故事、真情、喜剧、悲剧、闹剧写完写尽写绝，写到后人无法再写，写到无故事可讲。没有，前人没有，当下没有，后人也绝对没有。

正因如此，才有那么多的写作者乐此不疲、专心致志地写作；才有那么多的读者废寝忘食、孜孜不倦地甘当“书虫”。

博览群书，我们该怎样阅读？于是，在我脑中闪现了这样的一个理念——优雅读书！

优雅读书？

读书！读书难道是为了炫酷？作秀？不就是读一本书嘛，何须讲究姿势、姿态？

是的，对于读书，没有任何人做过任何的规定，也没有任何人做出什么样的硬性要求。既然如此，读书，全当一种休闲、放松、娱乐、消遣之事，不必在意，更不必讲究。

读书，可以坐着，站着，蹲着，睡着，趴着读；可以在汽车上，火车上，轮船上，飞机上读；走路，等候，小憩，哪怕是如厕，都可以读书。不拘一格，不举形式。

萝卜白菜，各有所爱。不能强迫什么，也不能要求什么。你种菜，我吃菜；你杀猪，我吃肉；你做饭，我吃饭。你可以熬更守夜地写作，我就敢忘餐废寝地阅读。

都是为了什么？于写作者是要将所思、所学用文字的方式表达、表露出来；于阅读者是在文字中得到一种精神的慰藉，精神的享受。

所以说，读书如同喝茶喝咖啡一般，是为了度过一段安逸、惬意的时光，是为了给自己营造一个好心境，让灵魂得到一次洗礼。

一说“书中自有颜如玉”，一说“书中自有黄金屋”。然而，我更加地相信另一句话“台上的演员是疯子，台下的观众是傻子”。如用“移花接木”的技巧可演绎为，写书的人是“疯子”，读书的人是“傻子”。

有道是，有故事，有情感，你一个人明白、知晓也就罢了，干嘛要用笔写出来，让那么多的人跟你或爱或恨，或欢或悲，或喜或怒，或悦或伤，更有甚者，寒窗苦读，沉迷痴情。

书，竟有如此的吸引力和魔力？只有阅读者自己去问，去悟，去答。

对一本书，就是小葱拌豆腐的喜好，就是一锅红红火火的重庆火锅，一碗地地道道的成都麻婆豆腐、陕西的羊肉泡馍、新疆的烤羊肉串、北方的猪肉炖粉条，各有特色味道，各有千秋内涵，各有地域文化。

一个故事就像一块不成玉的石头。

玉不琢，不成器。人不学，不思进。

玉，不雕琢，也许就是一块永远被废弃遗弃的废石；人不戴玉，玉就没有“生命”，正因为有人戴玉，玉才有了生机，有了“灵性”。所以有人说，玉要靠人戴、人养。

一个人，一个有修养、内涵、气质的人，犹如精雕细琢的玉，那是一敲一打、一锤一凿雕琢和打磨出来的，是一字一句提炼摄取来的。

读书亦如玉，再多的书，不翻不读不看，书就是一堆废纸。一本书，只要打开，方可闻到散发的油墨香。打开书，就打开了你的思想、眼界，开启的是你的大脑、智慧。

开卷有益，一篇好文，养出一个人的好心情，好情趣，好兴致。

年轻时的我，坐在飞驰的公共汽车上，我从挎包里取出一本书读了起来。书中那一行行、一排排、一篇篇的字，一个个故事，一段段情节深深地吸引着我的眼和脑。就在我为书中主人翁的命运交错、情感纠结，深感忧虑、感慨的时候，便对着车外的街景长长地吁了一口气。这时，我非常清晰地听到一个人与另一个人的对话。

一个人说：“你看那小伙子，好爱读书，居然能在车上这么闹的地方都能安静地看书，不简单。”另一个人回应着说：“是啊，在这个浮躁的年代，能静下心来看书，这样的小伙子少见，难得，不错。”

尽管他们的对话于我听而不闻，但还是被我“偷听”到了。

现在回想起来，那个在公共汽车上读书的我，读的是一本什么样的书，早已忘却。但是，那个读书的我的“姿势”一定很优雅。

否则，不会吸引两个人的眼球，从而引起一番小议。

如今，网络已进入 5G 时代。

坐在汽车、高铁、飞机上，你都可以很流畅地刷朋友圈，浏览新闻，看你所想看的电影、电视剧、微电影、小说。

那天的车上，大伙低头各自忙碌地刷着手机、看窗外风景。我从挎包里取出一本书，神情专注地看起来。“天呀，这都什么年代了，居然还有人拿着一本纸质书津津乐道地读了起来。”

一个人说：“你看那小伙子，是从另一个星球来的吗？居然可以在这个时候看书，也太另类了点吧。”另一个人回应着说：“是啊，都进入 5G 时代了，还有人拿着一本书看，这是不是有点太奇葩，太‘奥特曼（OUT MAN）了’？”

此刻，没有一个人说这样的话，这只是我大脑主观的一种臆想。

其实，那天我真的在公共汽车上拿一本书，同样神情专注地看了起来。前后左右的乘客没有一个注意到我这一举动，或者有人看见了也不会引出以上那段话。

车上读书，其实不然，我要为自己点赞。我仍旧坚决坚定地坚信，我那种读书的状态和姿势依旧优雅。

是愚笨，还是固执？我从不在手机上看“小说”。我以为，手机里的故事、小说都是冷冰冰的，无温度的，手机看那些，只是一种消遣、一种娱乐。

真正的读书享受，一定是要讲心境与环境的。一个平和、舒坦的心态，一个很安静、优美的环境。

可以在皓月当空的银光下，也可以在夜晚床头柜那盏柔和橘黄色的灯下；可以是清风、幽静的茶坊，也可以是溪水细流，鱼儿尾尾的小河边。手捧一本散发着油墨清香的书，那样惬意、悠然、自得一字一字地读，一段一段地看，一篇一篇地翻。

闲情逸致啊，像品着一口一口的清茶，口留余香，提神又养心。

手捧一本有温度、有情感、有知性、有生命力纸质书读的时候，那就是与作者对话与交流。当我们意识到将读书的爱好转变成了一种习惯，而由一种习惯变成一种享受的时候，读书给我们带来的那种精神层面的享受，只有读书的你才可以体会与感受。

书籍，不仅是人类进步的阶梯，读书是与一个令你仰慕智者的对话。

我们尊重、敬重、敬仰一个人，其实就是尊重、敬重、敬仰这个人的知识、文化、修养、涵养、品德。而一个人所具备、兼有的这些品质及品性，不是一时“锻造”出来，也不是化学元素“催生”，更不是上什么学习班“速成”而就。

冰冻三尺非一日之寒，滴水穿石不是一时的兴趣，也不是装模作样地作秀。一个人，一个具有修养、思想、气质的人，一定是经生活的磨砺“淬炼”，不断地从书本的知识中、海洋里去获取、提炼，沉淀了，从而练就出自身的气节。

书籍就是大脑进步的一种“添加剂”和“助推器”。正因如此，书才塑造了一个人的思想、品德、灵魂、人格，铸就出一个人的精气神。

修身养性，阅读可使一个人的身心达到一个完美的境界。

打开一本书，与其说面对的是一个一个的文字，一段一段的话语，一个一个的故事，倒不如说是面对的一个有思想思维，有情感激情，有血有肉的人——写作者。当我们读书读到废寝忘食，难以自拔的时候，我们的思想、思维就同写作者达到了一个频率、一个境界。

优雅读书，不在乎名著、名家。一个写作者就是一个高明的写作高手。

一个写作者，是一名聪慧的绘画大师，他总是采集最为感人的素材，调出最为鲜艳的色彩，画出最为亮丽的图画；一个写作者同样是一名优秀的摄影师，他用最为敏锐的视觉眼光，捕捉生活中最美的那一瞬，令人震撼、感叹；一个写作者同样是一名智者的书法大师，他用笔写下不仅只是文字的符号，那是在用大脑、智慧构思出一篇篇文章，冲击着读者的心灵，改变其人生观，富足其生活；一个写作者同样是一名高明的大厨，他将每一个传奇、温情、感人、震撼的故事像菜品一样，汇制出一道道色香味俱佳的佳肴，堪称绝佳的厨艺，慰藉的不仅是我们的肠胃，还丰富着我们的生活。

书，就是一本无言的诗，无行的舞，无图的画，无声的乐；书，就是思想、灵魂，使我们每天都在进步、升华。

一个人，一辈子可以默默无闻地度过；一个人，一辈子平平淡淡，可以不为名利地活着；一个人，一辈子也可以不追求荣华富贵，高官厚禄。但，一个人的大脑最不可以缺失的就是知识、智慧。而获取知识、智慧的渠道一定是从书中来的。

又回到“优雅读书”这一话题上来了。

优雅读书，可以默默地读，也可以大声地朗读，无论哪一种，都是心灵的洗礼，灵魂的升华。

优雅读书，不只是在一张书桌前，背着一双手，端庄正坐，一个一个字地读，可以站讲台上，对着全班的同学大声地朗读；可以站在舞台上，面对热情的观众大声地朗读；可以对着麦克风，对着你的听众大声地朗读；可以在蓝天下，对着白云大声地朗读；可以面对浩瀚的大海，对着欢腾的浪花大声地朗读；可以站在无疆的草原上，对着肥硕的羊群大声地朗读；可以站在高山上，对绿油的森林大声地朗读；可以站在小桥上，对着欢腾的小溪大声地朗读；可以立在荷塘边，对着出泥的荷花朗读。

书中有我们回不去的年代，有我们儿时的记忆，有回不去的欢乐光阴，有唤不回的蹉跎岁月。而这些为我们所遗忘、遗失的时光记忆，都被写作者们一个字一个字地捡回，拾起，重新组合，连句，成篇成章，完成一个个有血有肉、情感丰富、活灵活现完整的故事，入我们的目，入我们的心，入我们的脑。

所以，我们读书，不只是一般意义的“读书”，不是作秀，不是耍酷，那是作者与读者心与心的对话、思想的交流、灵魂的升腾。

书籍带着我们走进生活，贴近人生，感受世界，读书是读者对写作者辛勤付出的尊重与回馈。

读书，是一种别样的优雅；读书，是灵魂优雅地行走。

读书，唯有坚持，方能优雅。

2019 年 12 月 23 日

我向大海借胸怀

俯瞰前方，辽阔无疆，屏气等待，那是心跳的时刻，新一天的开始，希望的腾升。

冉冉升起，跳出海平面，那轮红日，霞光万道，碧波红波。红日的腾升，就是心的腾升。咚！咚咚！！咚咚咚！！！心有如跳出心房一般。这就是大海，这就是令人震撼的大海，这就是大海的魅力，因激动眼里噙满热泪，想表达什么而又语塞，于是，我听到有人在感叹地抒情：我爱这蓝色的海洋；有人在深情地放歌：大海啊，故乡……

突然，一道耀眼的“白光”从海平面划来，从我眼前划过，什么“光”？那么轻盈？那样敏捷？它快乐地高叫着，高唱着，箭一般冲向蓝天，飞翔，滑翔。是它，是它！它就是高尔基笔下那只娇小玲珑的精灵。就是它，每天都在欢乐地丈量着天的高度、海的宽度。

一直以来，我都有那么一点高慢、自傲。膨胀的我有点自命清高，大有目无一切、夜郎自大的狂妄。此刻，面对大海，面对海燕，自惭形秽。一只娇小的海燕，可以矫健优雅地搏击长空，怡悦乐享海的风浪。而我，没有坚实的翅膀，就翱翔不了苍穹的天际，亲近不了浩瀚波涛激起的浪花，拿什么同海燕相比？凭什么要自满？

是的，看到大海的那一刻，出于情感，我想将人生旅程所遇的嘲讽、打击、委屈、沮丧化作一滴眼泪，掉进海里。当面对波澜壮阔的大海，面对矫健的海燕，我怎能流下那么一滴脆弱的泪滴。隐忍吧，隐忍一滴泪，可铸就一次坚强、一次勇气。

海的宽阔，海的胸襟，是因海纳百川有容乃大。大海不会舍弃一条江河，一股小溪，哪怕是山中悬崖滴下的一滴水。

一滴水，能穿石，能折射太阳的光辉；一滴水，孕育万物的生命；一滴水，流到荒漠，可变一片绿洲，流到草原，就是一片花海；一滴水，汇入江河，就有了生命力；融入大海，就是永生。

水变成雨滴，孕育着我们的生命。对于雨，我一直以为那是云层集聚而洒向大地的甘露，怎知，那是大海洒向山林、荒漠、草原的情怀，意在收集每一滴水珠雨露，回到她——大海母亲的怀抱，这就是大海的情怀与胸怀。而那滴水，为回到大海的怀抱，穿越丛林，汇集小溪，默默流淌，从不寂寞，毫不孤独，勇闯山崖，勇跳断壁，一往无前，执着前行，汇入江河，回归便获得新的生命。

透过一滴水可以看到大海。我们的生命因为一滴水，而生存、而活力、而昂扬、而向上。正因如此，才使我能成为生活中的“一滴水”，但我有水的胆略与无畏吗？

是的，漫漫人生路，我也曾豪气过，自信过，奔放过。然而，因一次挫折，一次失利，一次打击，非但没有水的胆略和气概，就开始怀疑、徘徊、彷徨，甚至丧失勇气，绝望、丧气，无视自己存在的价值。

孤独、沮丧伴着我，伤感、气恼困扰着我，我心好累。我要怎样才会找回自我、找回自信，找回自我存在的价值。

开一窗，寻一束光。

书籍，打开我的心扉；文字，让我走向远方；激情，给我插上一双隐形的翅膀，啊——我要飞翔。我以为，我可以展翅高飞，去遨游蔚蓝的天空，去俯瞰辽阔的草原，去征服巍峨的群山。然而，海燕告诉我，所有坚硬的翅膀，是在闪电雷鸣中练就的，在狂风暴雨里锤炼的，在惊涛骇浪中摔打的。

不畏缩，不胆怯，寻那遥远的路途，这是水给我的启示，这是水给我的力量；不惧怕，不恐惧，看大海与礁石的厮打，这是海燕给我的勇气，这是海燕给我的信心。

一个人，一旦有了自信，便唤醒自己的思想，唤起心声，焕发精神。人有了精神，他就可以毫无畏惧，一往无前，追逐未实现的目标。然而，没有一滴水的长度，就不要自命清高，没有海燕的翅膀，就不要轻易展翅，不然，面对一望无际的大海，你会羞愧与汗颜的。

一滴水回到了大海的怀抱；一只海燕在海平面滑翔，大海的胸襟竟是如此宽广。

思者无域，行者无疆，不要浮躁，心亮则心宽，心宽则路宽，这是大海告诉我的。

2020 年 10 月 23 日

我向高山借自信

山高人为峰，一览众山小！

山总给予我们力量、勇气、自信。世界上有多少座高山等待着我们去攀登？又有多少座山峰等待着我们去征服？对于攀登的勇士们来讲，世上没有攀不上的高山，征服不了的顶峰，每一座高山都在胜利者的脚下。但是，所有的高山，从来就没有一个人是做梦就能登上去的，更没有一座高山是靠人的臆想到达巅峰的。

无限风光，不去攀登，你怎能体会得到爬山的艰辛与乐趣；风光无限，不去登高，永远也看不到你心中的景。无论大与小，每一座山，都像是人的脊梁，总让你挺起胸膛，昂起头，信心满满，昂扬斗志为着心中的目标去奋斗、拼搏。

生活中，我们每个人都是攀登者、征服者。我们每天都在翻越一座又一座无形的山，这些山，可能是你的生活、学习、工作；也可能是你的恋爱、婚姻、家庭；也可能是一次改革、一项技改、一道攻关。

与精神饱满、意气风发、雄心壮志形成鲜明对比的是，奋斗中，我总能感到萎靡不振、垂头丧气、精神不佳，抑或出现沮丧、懊恼、失落等现象，为什么会这样？从生理现象可解释为缺乏营养、睡眠、锻炼而造成的力不从心、体力不支所致。但从精神层面解释，那是因我缺乏顽强、意志和坚韧。

人生的道路艰辛且遥远，学习如爬山，工作亦如爬山，生活亦如爬山，我好累！我以为，这样的我，最需要的是力量、坚毅、信念。

有时候，我感觉到有一种无形的力量在推动着我前行，让我莫名地兴奋、亢奋。我敏感地意识到，这种无形的力量来自山的召唤。

迈步，向脚下的道路迈步，向山间的路径迈步，向一座山迈步。一步一景，一层一个境界，如果我们攀登的是一座海拔很高的山，不仅空气稀薄，还有严重高反，那就不只是登一座高山了，那是对身体素质、勇气、胆略的考验。

然而，不迈步，你就看不到山中那棵棵青松如钢铁战士般傲立；就不可能听到由那棵棵青松组成的林海而发出那宏壮、雄浑、豪迈的松涛声；就不能想象出青松在大雪压顶下那种挺且直的雄姿与刚毅。

不惧夏日的酷暑，不畏冬日的严寒，高山青松，棵棵挺拔傲立。我，怎么会因一个讥讽、一个嘲弄、一个打击而气馁，而沮丧，而自卑呢？

一个人不可没有骨气，人需要一种自我顽强的精神。

攀登解开了久存于我脑中的疑惑，怎么可以山高水高？然而，在高高的大山上，我亲眼目睹了高山的清泉。那是流淌于山中的山泉，其不仅是山的灵魂、灵气、命脉，还给了山翠绿，滋润苍翠林间的动物、小鸟、绿草、鲜花。随后，山泉又像条白龙一样，勇闯山涧，勇跳断崖绝壁，毅然决然地涌向江河，汇入大海。

一滴水，出自山崖，只要有生命，有活力，就能汇入山泉，涌向江河，融入大海，这就是山给予的启示，水给予的动力。

当立足于山巅，举目远眺，才能感叹山的雄姿与巍峨，不知山外有山是目光短浅，而一览众山小则获得勇气与力量。不畏惧，不惧怕，这是山给予我的坚强的信念；不屈服，不胆怯，这是山给予我的勇气与信心。原来，登高不只是为看一段风景，放松一时的心情，那是脚力的增加，体质的增强。登山的意义还在于开拓我们的视野，提高我们的思想境界。

没有攀上高山的我，总在问：山的背后是什么？站立于大山之巅，一览众山小，方知我阅历短浅。

登极山巅，我才知道山有多高，天有多近。我可以随意地撕下一片祥云，与雄鹰一同俯瞰山川、河流，那时的我，是多么昂扬与自豪。

山，可以重塑一个人的自信与斗志。

有了力量，有了自信，面对巍峨群山，我深情地呼唤着，群山回荡，这时，我才深知，大山就是一个巨大的磁场，它不仅储存了我婴儿时的哭啼声，储存了我母语发音的“ma——ma——ba——ba——”以及迈出人生第一步的银铃般的笑声；储存了我年轻气盛那颗跳动的心，士气高昂的豪言壮语，还有激情满满的青春誓言；大山像是一架录像机，它不仅回放出我年轻时的身影，青春活泼的笑脸，还回放出我奋斗于职场的活力与生机。

攀登，是一种自我挑战，也是一种自信精神的获取。面对青松、山泉、高山，自感汗颜与渺小的同时，方可醒悟，人世间，什么都可以舍弃，自尊、尊严、人格不能丢弃，不能辱没。

对一座山的敬畏，就是对自己心灵、勇敢、坚强的敬畏。

2020 年 10 月 23 日

我向草原借情愫

草原应该是每一个人梦幻、梦想、向往的诗与远方。

草原同样是我日思夜想，心心念念的远方。关于草原，无论是听人讲的，书上读的，歌中唱的，都是那样令人神往。接近草原，不由自主，由心而起，哼一曲草原小调，哼着哼着，不仅心跳加速，眼角都跟着湿润。太想且是第一次来到，看到草原，心——怎能淡定？

脚踏草原，按捺不住一时的激情，却也忘形地手舞足蹈，随舞而歌：美丽的草原我的家，风吹草低见牛羊……舞着唱着，竟舞动出了泪花。热泪，与天高地广的草原无关，与埋头奔跑、远远近近的牛羊群无关，与焦急踏蹄、抖着鬣鬃昂头嘶啸的马无关，那是心的表达，情的流露。

错过一季，没有看见大地、山峦碧绿的青草；看到想象中那灿如红霞，朵朵向阳而生的鲜花。与冬季白雪皑皑，洁白如毯，覆盖草原形成鲜明对比的是，满目都是闪耀的金光，草也金黄，山也金黄，就是那余晖下的蒙古包都是金黄的。整个草原都被涂染得散发着耀眼的光芒，令人赞叹的同时，金黄的草原留在了摄影师的镜头里、画家画笔的油彩中、作曲家的旋律里，这就是我们美丽而富饶的草原。

心太急了，初识草原的我，就那样火急火燎地将草原风情风貌一股脑地“吃”进脑海，没有细看、领略，这样粗狂，骑马观花式地看草原，导致草原离我仍然还是那样遥远，记忆还是那样模糊，翻来覆去地回想、品味，只嚼出了四个字：囫囵吞枣！

好在，草原泛着那金黄的山脉，那铺满天涯的“金黄地毯”一直闪耀在我脑间，那是一种召唤，是对下一次的约定。

再次看到草原，不再那么盲从与轻浮，我要保持一种优雅的举止，持重的含蓄。

柔柔微风拂面于我，嫩绿的青草、草甸牵绊着我，繁花铺满的草原簇拥着我，原来，草原亦如一个羞涩、多情的少女，竟也那般腼腆、缠绵。

放目远眺，所及之处在灿烂阳光照耀下，整个草原恍若泛着一道油绿油亮的绿色光芒，令人肺叶大开，神清气爽，思维也跟着天空那只雄鹰飞翔；繁花似锦的大地，那沁人心扉的花香，能净空你的大脑；手捧一把清澈、清凉的小溪水，好似捧着一颗圣洁的心，那是草原的命脉、生机与灵魂；头枕大地，不是看蓝天飘过的云朵，夕阳下的蒙古包，夜空晶亮的星星，那是贴在大地的胸怀，听到的与其说是涓涓溪流声，振人心怀的马蹄声，还不如说是听到了草原母亲的心跳声。

那个寂静而又寂然的夜啊，我睡得那样香、那样沉。我终于明白、领悟，人们为什么会喜欢、爱上、歌唱草原了。

如诗如画，如梦似幻，当我第三次来到草原的时候，不是喜欢、喜爱所能言表的，更是将我的身心、思想、灵魂都融于草原了。

风在草原，来去无踪影，但风是快乐的。一年四季，春夏秋冬，风将所有的信息告知草原，才使得草原那般五颜六色、色彩斑斓。草原因熟知风的秉性，才温顺、依赖于风；云在草原的天际随意飘飞，云卷云舒，变幻出的奇异图案，留下任人想象的空间，无以比拟；羊在草原，从不自卑比它高大、壮硕的骏马，从不管富饶的丰草，低着头，默默地啃食着身边、眼前的绿草。它深知，只有自己肥壮，才能产出优质的奶汁，主人才会开心制作最好的奶酪；草原上的马，从不计较蹄下的宽度与长度，即便是主人扬鞭，它也只是仰天长啸，享受的是草原的宽广，成为快乐的“王子”；草原上的鹰，是草原的精灵，敏锐的双眼俯瞰辽阔无边的疆域，凭着那坚强的翅膀，飞翔，滑翔。

这就是草原啊，这就是接纳一切、包容一切的草原。

正因为草原有如此博大的情怀与胸襟，它就成了一幅完美、绝佳、壮丽的画卷，才使得草原富有诗意，富有生命。来到草原，看到草原，你总能找到无论是视觉、思想、心灵上，还是精神上的慰藉。

原来，草原还是我人生成长经历的收藏家。

来到草原，我看到我一步一步成长的脚印。脚印中，有的直，有的弯；有的深，有的浅；有的模糊，有的清晰；看到我那张一笑一哭的脸。笑是我人生的阳光，愉悦的开心，付出的回报，汗水中的收获；哭是我亲人仙逝，友人故去；看到我那快乐与痛苦的表情。快乐是我为之奋斗的生活、事业而拼搏、打拼凝结出的那回眸一笑；痛苦是因工作不顺心、不如意而焦虑、着急。

当着草原的面，你不必为难、害羞，你可将心中的压抑、苦恼、沮丧，或是遭到的人生挫折、误解、委屈的情感泪水，尽情地洒下，草原的河流会将你的泪滴带走，流出一道欢乐的小溪；草原的风能拂去你的泪痕，化作一朵云彩，飞向辽阔的天际；草原的雄鹰会带着你的郁闷、沮丧在蓝天划出一道优美的弧线，再翱翔，滑翔；

草原的每一棵小草都会牵出心中的愁肠；每一朵花儿都为你摇曳出一张笑脸。

忧愁随风去，快乐伴花开。草原的情怀感动着我，让我找回自信，今后的路，我将走得更加从容、稳健。

我向草原借情愫，我愿化作天上的一朵云，任我在辽阔的天际卷舒开合；我愿成为草原上的一只雄鹰，展翅，翱翔于蔚蓝天空的同时，还可俯瞰辽阔富饶的大地；我愿做一匹疾驰狂野的骏马，在辽阔无疆的草原上，以草作伴，在花的簇拥下，尽显我的洒脱、奋蹄。

所有的开心、愉悦、快乐、笑脸，你都可以向草原借，这就是草原，这就是我一生向往、钟爱，给我柔情、给我情愫的草原。

2020 年 10 月 23 日

为了母亲的骄傲

读史铁生散文《我与地坛》，当读到有一次他与一名作家朋友聊天时，他问作家学写作的最初动机是什么，作家想都没想，一口回答说：“我为母亲，为了让她骄傲。”

“我为母亲，为了让她骄傲！”

这十个字，像十只拳头猛击我的心脏，深深地刺痛我，我的心在流泪；不！十个字，似十发子弹，颗颗穿我心，岂止隐痛，那就是滴血、心碎。无论是流泪，还是滴血，洒在纸上，就像画家笔下，一树怒放盛开的朵朵梅花，那就是热血的涌动，怎不牵起对母亲的思恋，那是生我养我而深深挚爱的母亲啊。

不置可否，每一个人或多或少都有点虚荣心。在我们都以为虚荣心只是一个人的自我表现而略显浮躁的背后，却怎么都未想到虚荣心实则蕴藏着一颗对母亲的爱与尊重的心呢？

自从坐进学校教室的那一刻起，每当听到老师的一句口头表扬，一次考卷上的100分，胸前佩戴一条鲜红的红领巾，手拿一张大红的奖状，都会迫不及待地跑回家，人未到，声音先到：妈妈——

看似张扬，其实就是兴高采烈地向母亲报喜。那时纯真无邪、心地单纯的我，哪懂什么“炫耀与骄傲”，一心想的只是快快跑回家，将喜讯尽快告诉母亲，然后看到母亲脸庞绽开花朵般的笑容，听到母亲一声口头夸奖，仅此而已。

是的，如在老师、同学面前，受到他们的表扬，我或许还要脸红一下，谦虚一番，可是在自己母亲面前，我有什么可以隐藏于心的秘密呢？对于母亲，我是又蹦又跳，唯恐母亲听不清，看不见，不仅大呼大叫，简直就是高声呼叫，不停地晃动，晃得母亲眼中泪花闪闪，连连点头。

没有什么能替代和母亲的分享及母亲的欣慰给我带来喜悦的这一刻，而让我最为高兴的就是得到母亲一个热烈的吻，口中说出一个字：乖！

一个“乖”字，让我受用一生，一辈子都在读，读也读不透，读也读不尽。

事实是，自从我第一天背着书本进学堂的时候，我的母亲就不在我的身旁，她远离我去了一个三线建设的渡口市（现攀枝花市）；当我来到渡口市与母亲一同生活的时候，她却因忙碌的工作，每天只早、晚与我打个“照面”，哪有时间来过问、辅导我的学习。更别说是开家长会，连我所就读过的小学、初中、高中学校的方位，校门的方向，班级、年级在几层几楼，母亲都不清楚。作为母亲的“乖儿子”，并没因成绩特别优秀或表现特别突出；或是特别调皮“捣蛋”参与群体的打架斗殴事件，被“请”到学校老师的办公室开过一次的家长会。于母亲而言，没有人上门状告我品行不端、举止不检点已是对她最大的安慰与最大奖励。

母亲哪敢奢望我有什么宏图大志与远大前程。

但让我百思不得其解的是，有一天老师竟然拍了一下我的肩膀，对我说出一句令我意犹未尽的话：“看到你，我就知道你有一个什么样的母亲。”

此话让我猜想久久，回味久久，感悟久久……难道老师留下了一道，让我用一生的精力，去思想、解读心中母亲永远的命题吗？

作为母亲，最大的愿望莫过于儿子将挣得的“第一桶金”交到她的手中，不为钱，证明的只是儿子的成长，人生的开启，事业的起步，理想的放飞。是的，当我将所得的第一笔薪水交到母亲手中的时候，她也只是一个宽慰的笑脸，再没别的表情了。然而，就从母亲那一瞬的表情，我读懂了一点什么。一年后，当我将一张鲜红的“先进工作者”奖状呈现在她眼前，向她报喜时，我没想到的是，母亲的脸庞竟然像年轻姑娘的脸一下就泛起一朵红晕，喜笑颜开的她满怀欣喜地对父亲说：“今晚喝酒的时候，记得给跃宁多倒一杯。”

就我当时的心态或是虚荣心来讲，我是多么渴望母亲当着我的面，竖起大拇指，表扬我一句：儿子——好样的，你——真行！你——真棒！

那时的母亲，不像当下的母亲们那样开明，当着儿子的面，做出这样的手势，说出这样的话是不可能的。我也深知，我的母亲从不会当面夸奖、表扬我。也正因如此，好像那句从未说出口的激励话，就那样变成一种永远的动力，无形地推动着我迈步、前行。再后来，我再没有轰轰烈烈地干出一件惊天动地的大事，也没有因忙忙碌碌、浑浑噩噩而虚度年华，一切都在平淡无奇中度过，就像一条安静流淌的小溪，总也泛不起一朵洁白轻盈的浪花。

普普通通、平平常常的我，当有一天醒悟笔端可以消磨时间，打发光阴，驱赶寂寞的时候，是抱着一种好奇、好玩的心态，或是为图一时的兴趣、新鲜，或是为满足一点虚荣心，但也不排除为母亲争光，让她在同事面前多少也有一点“面子”，进而拿起笔胡乱地记录点什么，坦诚地讲，这些对文字的爱好与初衷也是没有问题的。由于阅历肤浅，学识浅薄，笔力浅显，写下所谓的“文”，心中就升起一个从未有过的冲动，做出一个从未有过的举动，斗胆地将笔端下的“心”与“火”投入那个绿色的邮通，留下长久的等待，热情的盼望，焦急的期许，那就是漫长痛苦并幸福着的享受。

不是编辑老师们不给我面子，实则是我的“大作”不敢恭维，用通俗的一句话讲：狗肉上不了席。因而篇篇习作秤锤落井，石沉大海就是再正常不过的事了。庆幸的是，我没有就此消极、沮丧、退缩，而是在傻傻的、苦苦的、痴痴的等待中，执着前行。如果说投出的文，似泥牛入海杳无音信，或是无数次的退稿带给我的是次次打击，倒不如说那是编辑老师们对我次次的锤炼，锻造的则是我的韧性与坚韧。

万没想到，初涉文字的我，就是以后都将自己吓一跳的是，此生竟敢拿起笔玩起什么深沉的文字游戏来了，如果写下的片段只是玩玩而已，权当痛快地玩了一把游戏倒也罢了。怎知，这一玩，竟一发不可收拾，与文字玩出了火花，玩出了情感，玩出了一种全新的生活。笔下的字字句句，就像父亲手中那瓶开启倒入杯中的酒，倒也倒不尽，倒也倒不满。一杯下肚，满口醇香，就那样上瘾了，不再是一口一口地呡，一杯一杯地品，而是一瓶一瓶地喝，那瓶酒终也开不完，饮也饮不尽，淋漓尽致，喝出了一种人性的豪迈，饮出了一种人生的壮志。

原以为文字只是填充一下我空虚的头脑，没想到，多年后的某一日，当编辑老师们给我“面子”，终将我的“处女作”变成铅字出现在报端的时候，不仅让所有对我热嘲冷讽的风言风语变成一种鼓励与激情，更是点燃我全新生活的信心。后来，当更多的文字不断地出现在报纸、杂志上的时候，就扬起了远航的帆；再后来当那零散的篇章集册成书出版的时候，我的母亲却没能看到我所写下的一个字。痛心疾首、痛彻心扉，牵起的是绵延不绝的思念和一种心中的懊丧，我只能仰天哀号：妈妈！儿子，懂事太晚了！

悲——

笔端不仅可以表达心绪，吐露心声，还能回到过去，找回童年；笔端不仅可以唤起记忆，找回亲情，还能拨动心弦，触动灵魂，从而让你不能自拔地沉浸在自我的思想境界里，那样热血沸腾、浮想联翩……

堆砌的文字越来越多，个个字体就像鲜活的生命，充满活力生机，让我神情激昂地奋笔疾书；堆砌的文字越来越厚，篇篇习作，犹如一段又一段旖旎风景，让我陶醉地徜徉在属于我自己的文字世界里；堆砌的文字越来越高，那是心灵的慰藉与陶冶，我人生境界与灵魂的升华，是由衷的对文字的敬重与敬畏。

当有一天，我在堆砌的文字中，读到笔端下，字里行间，流露出那么多对母亲感恩的文字时，心一热，泪如泉涌，啊！母亲呼唤我乳名的声音；母亲看我稚嫩脸庞深情的双眸；母亲那和蔼可亲的笑容；母亲给我整理衣领的动作；母亲教我做人的教诲，一幕又一幕，一段又一段，历历在目。

尽管这样，我从未将心目中的母亲与骄傲相关联，我是多么愚钝啊。

其实，我真的好想，就像儿时的我一样，母亲伏在我耳旁，轻轻呢喃：儿子——乖！

就这么三个字，足矣！我都会泪涌顿作倾盆雨，亦如溃堤的坝，泻下的不仅是泪，那是江水，是河水，如潮涌动的热泪中，有儿对母亲无尽的缅怀与思念。

小时候，父亲曾给我讲过吴刚与嫦娥的故事。我知道吴刚与嫦娥就住在天上的月宫里。

举头望那明亮而皎洁的月亮，心生疑问，我的父亲、母亲是不是也住在月宫里呢？如是，那么，妈妈，就让月亮将我写下的字、出版的书，带给您看吧，因为我每天坐在电脑前，写下的每一个字，敲出的每一段文，月亮都知道。

泪湿枕巾无人知。那夜，圆月捎来母亲的话儿：你每天写下的文字，母亲是看得见的，她一直都在为儿子的执着而鼓掌，而骄傲。

心有释怀，月亮的话证明了一个我所不知的事实。一直以为离我而去二十年、三十年的母亲将在我的记忆中慢慢地模糊，没想到，文字写得越多，母亲的音容笑貌就越鲜活、清晰地出现在我脑中。我常自问，我为什么要喜欢并执着地热爱文字，现在我终得到答案，文字不仅可以抒发我的情感，愉悦我的身心，还可以修身养性，陶冶情操，更为重要的是，文字能让我母亲永远地骄傲。

那些发自内心滚烫的文字中，总能唤起曾经的往事。脸颊总能感受到母亲为幼小的我拭去热泪且有温度的手；耳旁总能回响起母亲为少年的我励志的话语；眼中总能浮现母亲对青年时期的我殷切希望的眼神；还有对恋爱诚心相待的嘱托，对家庭责任的担当。猛然醒悟，原来看似不曾过问过、关心过我的母亲，却教会我那么多在书本上学不到的知识与做人的道理；原来，母亲的话一直地敲打着我的心；原来，我的母亲从来就没有离开我，终生地伴随我，用一双我看不见，却能感受得到的眼鼓励、鞭策着我。而所有的这些，都是文字回馈、告诉我的。我永远都为有这么一个伟大又自豪的母亲而由衷地骄傲。

是母亲的骄傲，亦是我的骄傲。骄傲可以让我淡定与自信，更可以给我鼓励与奋进。骄傲不是自傲，一个人一旦开始自傲，就意味着走向绝境、走向自灭。

文字不仅是情感的流露，它带给人的不仅是思想的愉悦，更是一种思想的升华，我将视文字为无尚崇高而伟大的事业，让我心生对文字由衷的敬重与敬畏的同时，不会因自己的心情而玷污一点文字的圣洁与神圣。

因为写字可以让母亲骄傲，可以看到母亲的眼睛，可以看到母亲的笑容，为了母亲，我将快乐地写作，并将文字工作进行到底。

我与文字、文学的结缘，由当初情窦初开发展到后来一往情深的“恋人”，由情意绵绵的恋人发展到柔情蜜意的“爱妻”；由牵手相伴的“爱妻”到陪伴终生的“伴侣”。其实，这一切的一切都证明着我的心：我为母亲，为了让她骄傲！

2021 年 1 月 16 日

阅读与财富

阅读，是运用语言文字来获取信息、认识世界、发展思维，并获得审美体验与知识的活动；财富，是对人具有价值的东西。

临近高考，受大环境影响，方知通过读书、高考，可以改变人一生的命运。迫于压力便着手拟定了一个学习计划，埋头发奋“读”起书来，大有“头悬梁锥刺股”，不攻下几个“堡垒”誓不罢休之豪气之气概。愚以为，不就是少睡一点觉，多掉几斤肉的事吗？别人做得到，我又有何畏惧？如此“刻苦、勤奋”一番，背了几篇古文、一些公式定理、几句English，攻了几道“难题刁题”，对付几道高考题，应该不在话下。结果，名落孙山的我，像有一把重锤，敲在头上，醒悟且沮丧的同时，更令我深刻地意识到临时抱佛脚会造成什么样的恶果。同桌，前排后排的同学都喜气洋洋地打起背包与父母挥手告别，奔赴心中名校的时候，我却躲在自家里暗自疗伤、叹气。

那时的读书不叫读书，只是火烧眉毛的应付。

有一道风景，是励志青年在我眼前的展现。河边树旁，花前月下，走路候车，哪怕是在吃饭的饭桌上，都抱着一部（本）“砖头”如饥似渴，手不释卷地“啃”。这样的景象实在令我是脸红、羞愧、害臊。只为那么一点卑微的尊严与自尊，我也手捧一本书，装模作样地“读”了起书来。其实，那只是一种“面子工程”罢了，上升不到“阅读”这么高雅的层面，岂能体会阅读带给人的乐趣与享受。

踏入社会，在人生大浪淘沙的历练中，免不了要像初学游泳者一样，被“呛”几口水，还要经受风里浪里的摔打，经受社会上形形色色的考验与诱惑。都说社会是一个大染缸，“染”成什么样的人，全在你自己。是的，记得有一次，不，应该是第三次，或是N次猜拳、酗酒、狂醉后蹲在路边狂吐。吐出了绿色的胆汁，心里特别难受的我，抬头与一位步伐稳健，衣着考究，炯炯有神的有识之士眼相对视，他投出的那鄙视、唾弃的一瞥，像寒光利剑。我的自尊心瞬间受到莫大伤害，一切的丑陋、难堪都是咎由自取。还好，我还有一颗未全麻木的心，还有一丝知羞感，心忽生“精神空虚”这样的一个念头，便开始自责、鄙弃、厌恶自己。一觉醒来，发奋读书的思想又占领头脑。读书不仅能拯救一个人的灵魂，能找回一个人的自信，“书是人类进步的阶梯”，我干嘛不读书？于是，坚决而果断地给自己列出了一张长长的读书清单，并计划在多少天内完成。

树一个信心，立一个誓言，表一个决心，那就是一个举手的动作，也可认为是立志的冲动与盲从。即刻的热情，瞬间的燃烧，像是暴雨后的山洪，快速地涌来，迅速地退去。现实是，年轻气盛的我，要面对工作学习、恋爱婚姻、生子养子；会老友，结新朋；聚会应酬，交心喝酒等这些必须必要的社交活动。身于红尘，怎能没有酒肉穿肠过，要不然，脸见何人？怎能化解人情世故？读书嘛，可以放一放，等明天有时间再读也不迟。

列出的“宏伟”计划，立下的誓言，再次化成泡影而破灭，我如同行尸走肉般混迹人间。事实再一次证明，动摇、摧毁坚持读书的决心和意志的不是别人，而是我——自己！

直到有一天，我认识了一对中年夫妇。

正如托尔斯泰在《安娜·卡列尼娜》开篇那句令人震撼的至理名言：“幸福的家庭都是相似的，不幸福的家庭各有各的不幸。”这对夫妻给我的第一印象便是脸上散发着一种光，一种真挚、友善、坦然的光；与他俩交谈，你会感到有一种磁场，好似将你的心里话“吸”出来倾述，毫无顾忌而不失尊严，那是一种心与心的交流；他俩举手投足尽显得体且优雅的风范，没有丝毫的矫作与自傲。其眼中放出的光芒，总是给人以激励、鼓励、赞赏，让你获得满满的开心与舒心。

那是一种灿烂、吉祥、欣喜的光芒。

这位丈夫，白皙的皮肤，一双炯炯有神的眼，透过眼镜，给人一种温文尔雅、书生气的儒雅姿态，一看便知是个腹有诗书气自华之人。

喜好读书的人自然知识渊博、学富五车、见多识广，历来多受人尊重与敬仰。因为读书的积累，知识的沉淀，让书养润出宽宏的胸襟与博大的襟怀，从而铸就成其特有的气质。这种由内向外散发的气质是无法做假的，也不是喊一两声口号就可以得来的。气质好似气场，总是在影响、感染着他人，因此，要改变自己，做一个有修养，有内涵的人，唯有读书。

每每与他聊天，岂止是长知识、增见识，那就是一种精神的享受与身心的愉悦。

他读了多少书？白天读？晚上读？读书的时间从何而来？是海绵挤水，还是钉子精神？满腹的疑问于胸。我将当年为读书曾经立下的誓言，草拟的计划都向他和盘托出，怕遭耻笑，我也做了一些“客观”的铺垫。然而，令我吃惊的是，非但没遭他一点羞辱，却笑谈我道：你好似我从前的翻版。于是，他给我讲了一个与读书“无关”，而有关他的家庭理财之事。

于一个新组建的家庭来讲，一般新婚夫妻俩都要做一个“五年”或“三年”计划与安排，算作对一个家庭未来、愿景的考量。因此，经济收入及支出，就像一张晴雨表，反映出夫妇俩的理财理念，聪慧才智，那也是家庭稳定的根基与基石。

20世纪七八十年代结婚的新婚夫妇，都要打一套全新的家具，且大衣柜、床头柜、五斗橱，哪怕是书桌都要上锁。

奇怪的是，这对夫妻在打制家具的时候，只字不提打锁眼的事，令费解的木匠师傅不得不提醒道：你们的家具都不打锁眼吗？妻子微微点头并以微笑算作回答，丈夫捞捞头发并微笑算作答复。木匠师傅发出会意的笑声并不断地点头，算作心领神会。

没有上锁的家庭，就像一个透明的玻璃屋，没有遮遮掩掩，没有疑心猜忌。丈夫不必按时“上缴”薪水，妻子不必“汇报”每天的支出。是默契，还是一个没有宣明的共识，夫妻俩绝不会乱用，多花一分钱，但也绝不过分地鄙吝、吝啬一分钱。每天该用的开销毫无顾忌，不该用的绝不乱花，余下的哪怕是一分钱都归集在那进门的鞋柜上，那就成了积蓄。自然夫妇间也就没有“私房钱”“小金库”了。

夫妻俩根据自身的经济状况，生活质量不打折，生活水准既不超前奢侈地安乐享受，也不寒酸贫窘地凑合过。该穿的新衣照买，该打扮的照打扮，家用电器，该换就换，哪怕是用的手机，不是最贵的，但绝不是最便宜的那款。说到这里，他拍了我一下肩膀：这叫过日子。

冷静沉思，细细品味，真还悟到了点什么。于一个靠工资生活的工薪族家庭来讲，能拥有同别人一样的房子、汽车，享受别人同等的生活，我以为，除了夫妻间的彼此信任，还应有乐观、良好的心态。

我还是略有迷惑地问道：你给我讲的这些与我问你读书有关吗？

你以为，我们家现在所拥有的一切，都是天上掉下的“馅饼”吗？那可是勤俭持家，一分一厘积攒出来的，同样地，读书也是如此。看到我一脸的疑惑不解，他又说道。其实，我与你一样，也渴望读书，每天同样很忙，忙工作、忙事业；忙交友、忙应酬，还得忙成人自考，技术考评，职称评定，那些专业书籍就像一波一波的波浪向我袭来，到一定高峰后，又一阵一阵地退去。除去这些，我还有三朋四友，要花大量的时间应酬，忙得天翻地覆，忙得一塌糊涂。别说读书，就是连锻炼身体的时间都没有，即便是人在床上，进入梦境，大脑却在天马行空地云游，哪里停得下来。

人累，心更累。我才感到人生有颇多的无奈与无聊。

我逼着自己改变，我又捡起了业余读书的习惯，在保持原有生活状态的情况下，抽时间，挤空隙，“忙”一下读书，不用消耗太多的精力，不用耽搁宝贵的睡眠时间，一个小时，半小时，十分钟。

十分钟能读什么样的书？

哦，这个嘛，不瞒你说，就好像我们家当年安装电话机，买电视机、空调、电脑一样，都是望尘莫及的事，再说，一下子我哪拿得出那么多的钱？请记住，积蓄总是回馈、眷顾那些善于勤俭持家的家庭与人。谁会想到，通过积蓄，我们现在居然还拥有了私家车。我是从家庭理财中悟出了“积蓄时间”理念的。

金钱是一分一厘积累起来的；时间一分一秒累积起来的；书

籍是一页一篇积攒起来的。也就是说，资金靠积蓄，时间靠挤压，智慧靠积累。

有书的相伴，大脑一下就充实起来了，人的思想一旦回到正常思维，精神面貌都变了，太阳鲜红，花朵鲜艳，每天都有呼吸不完的新鲜空气。

我还告诉你，看书的习惯不是强迫出来的，是慢慢养成的。每天确实很忙，时间也很紧，不够用，是吧？那好，以个人己见，我们不只是为读书而读书，每天看一章不行，那就看一节；一节不行，看一段；一段不行，哪怕是一页，总该可以了吧。

看来，这就是读书与财富的结合，亦是阅读与财富的积累。

我沉浸在思考中，他又道：哦，以我个人的习惯，我只看纸质书，手捧一本书，好像写作者就在我眼前、身边，有一种特别的亲近感。书有情感，还很有温度，你就像是置身于书的情景中，呵呵，那真是一种妙不可言的快感。即便不读，我就是听听一页一页翻书的声音，那都是奇妙、不可言语的享受。

每句话就像是从小提琴弦中流出的音符，听着都悦耳。听着听着，我都沉浸在书中了。

我对他说，读了这么多的书，又有自己的思想境界，你可以去著书立说，不要辜负了一肚子学问，那该多么可惜啊。

他看我一眼，既没接我的话，也没进行反驳，倒像是自言自语：人要学会定位，我只是读书的人，不是著书立说的料，阅读只是我的一种爱好罢了，没有天赋，何须凑那个热闹。随即用一种有趣的口吻道：专业的事，就交给专业的人去做。他们辛勤地付出，我就认真地阅读，这应是对写作者一种由衷的尊重与敬重。

作者，读者；读者，作者！

这就是写作者与阅读者不见面的交流，一个用心地写，一个专心地读，更是最为默契的心灵沟通与碰撞。其实，我们每天的阅读并不在乎书的厚与薄，读了多少的字，而在于你读完一本书后，是否记住了书名？作者是谁？记住了书中多少的内容？作者的创作构思、意图、技巧以及他所采用的描写手法，或一段精彩的描写；或一句精辟的论段、论据、论点；或简练的文字，优美的句子。那些都是心灵的“鸡汤”，营养的原汁。

阅读是一个人的主观愿望，是由阅读者根据不同的目的加以调节控制的。

资金的积累，是为了获取更多的财富，从而改变我们的生活，提高的是生活质量；阅读的积累，是为了获得更多的知识，从而改变我们的思想，塑造的是一个人的修养、内涵与气质。

人，有知识、有内涵、有气质，做一个精神财富的富有者，他还缺什么？

2021 年 5 月 8 日

再见是为了再见

“再见”是一个没有时间的约定语，但也可视为下一次相见的约定。

再见，亦是永不相见；亦是后会有期。一声“再见”，含有两层意思，其一：再见，我们永不相见。这声“再见”，多有保重的意思；其二：再见，就在下一次。这声“再见”，抱有一种期许。

下一次，或许就在下一刻，或许就在明天，明年，十年后，二十年后……“再见”，这是一个多么温馨且富有期盼的词语。

此刻说出的再见就是为了更好地再见。

“再见”一词不分国籍、不分种族、不分肤色，哪怕是住在了月球上，当分手时，说出口的那两个字，一定还是——再见！

儿时，逢年过节，父母都要带我们哥仨去串门，拜访长辈。每次进门的首要事情便是问好。问好虽不像古时晚辈见长辈那样毕恭毕敬地鞠躬，敬拱手礼，但问好是必不可少的。这充分体现出一个家庭的家规礼教。之后的半天或一天，只要不违道德品性之事，至于怎么玩、怎么吃都无关紧要。但是，在告别回家的时候，必须向长辈们一一道谢、致谢。说——再见！如不说这声“再见”，父亲是不会高兴的，不会带我们告别回家的。

如那天玩得高兴、尽兴，我们会认真而有礼貌大声地说声：婆婆、爷爷、伯伯、伯母、叔叔、孃孃再见！如玩得不尽兴，被父亲“扫兴”地叫回家，不仅不爱说那声“再见”，反而会很不情愿地咕哝一句“真麻烦”，或是应付式地道声再见，或就根本不说。随后就会看见和听到父亲陪着笑脸向长辈们解释：孩子不懂事，见笑了，见笑了！一路上都会遭到父亲严厉的“不懂事，没礼貌”的训斥。

那时的我，哪里知道、懂得什么家教、家规、礼仪、礼貌呢？说与不说一声“再见”，全凭自己的性子来。

“再见”二字是再频繁不过而又最为容易脱口说出的两个字。出口的当儿，都会忽略或没有意识、考虑过这两个字的分量。谁又会去想这两个字或就成了真正的再见，或就成了人生的诀别。

那天，是一个极其平凡的一天。一切都没有什么不祥的征兆，怎么就在我回家的时候，父亲居然与我阴阳之隔了呢？不应该的，父亲是深爱着我这个儿子的啊。不要说是打，就是有损人格、尊严的话语都没有出口伤害过我，父亲怎么可能离开我们呢？早知如此，那天早晨离开父母去单位的时候，我怎么也要郑重其事地对父亲道声——再见！然而，当一声“再见”成为我对父亲内心的一种伤痛而留下终生遗憾的时候，追悔莫及的自责又能减轻多少彻骨的痛呢？

在火车站的站台，飞机场候机厅，院坝的大门口，离别的那一刻，有时也没有说出那两个字。那哽咽的表情，湿润的眼角，那只高高举起，挥动不已的手，已胜过了千言万语“再见”的道别与保重。

再见，有注视、嘱托，有更多的期盼。读懂了，就是两行热泪；

读懂了，就是下次相见的约定；读懂了，就是一首祝福的歌。

无须伤感，不要将“再见”二字看得那么沉重。一声“再见”，就是美好的祝愿，是对远方的思念，是对家乡的乡愁；是无字的文，无声的歌；是诗与远方的思念，是彼此间无限的牵挂！

其实，再见就是一道亮丽的风景，敞开的是你的心扉，赢得的是我的回眸。

老年人为什么不愿说一声再见？那是因一种难舍的情和爱，那是因时间的流逝，岁月的沧桑，年龄老去而留下了难舍难分的情愫，他们真的害怕说出再见就会成为永久的“再见”。拥抱是我们化作心灵安慰的最好方式。都说“相见时难，别亦难”。离别，意味着下一次的再见。哪怕是短暂的离别，当我们与父母分别的时候，那一个拥抱的动作，可胜过千百次的“再见”，那有力的一拥，那对视的眼神，包含了多少的祝福与期盼。我们注重的是眼前的一种分别形式，却更期盼下一次的相逢，拭去母亲眼角的泪，告诉她——妈！明年这个时候，我们再见。

再见就意味着分别，分别就有牵挂，牵挂就有思念，有了思念就有了诗与远方，有了歌声，有了心曲。

忙与不忙，都是为了一个归期，一次又一次的相逢、再见面。每每想到你的归期、归程，想到回家通往家门口的那条路，那棵黄葛树、老井、老房，还有母亲那双盼望已久，深情的双眼和准备了一年唠叨的话，父亲那开始发白的鬓角，刻于额头如沟壑般的皱纹，开启手中的那瓶老酒……那就是急切地等待与盼望，将心都提到嗓子眼了，快乐得走路都想小跑，都要哼曲小调。

每当你出现在父母眼前的那一刻，他们那种无以抑制的兴奋和发自内心的大笑、欣喜，都展示着的再见的喜悦心。你为母亲拭去的，母亲为你擦去的都是无尽思念的泪，都是相见而喜泣的泪。

有一首歌的歌名我记不住了，歌词大意是这样的：

只有离别的时候，才知时光短暂，纵有万语千言，难诉心中留念，今宵我的歌声，永远把你陪伴，明朝对你是思念也会把我挂牵，再见！再见！等到明年的这一天。

有时候，我们刚刚分手，可一会儿在某个地方、某个场合，我们又见面了，于是，我们都不约而同地说道“又见面了”。

又见面了，这是一个多么愉悦而又愉快的事情啊！

这里，我还是要借用一首《祝福》里的一段歌词，作此文的结束语：……伤离别，离别虽然在眼前；说再见，再见不会太遥远。若有缘，有缘就能期待明天，你和我重逢在灿烂的季节。

2021 年 5 月 22 日

文作伴　苦为乐

欲将自己的思想、思维用一段文字叙述出来的时候，是心在触动着我的大脑，还是大脑在牵动着我的心？

心静则脑安，脑静而心安。其实不然，处于“深度”睡眠的我，怎么会猛然跃身，拉亮那盏孤独的台灯，让橘黄的光芒将我的身躯斜拉成一条长长的剪影，映在了洁白的墙体上。

是什么将我羝羊触藩，欲罢不能，而不吐不快，一吐为快呢？呵呵，竟是因那区区的蝇头小字变成了神奇小虫，悄然“占进”脑中，得以瞬间亢奋、激昂，催我起床，奋笔。

蝇头小字，居然具有如此的魔力！

对于文字，因为书写字体丑陋，曾遭到耻笑；因为朗读普通话不标准，曾被人嘲笑过；因为习作笔力的笨拙，曾让人羞辱过。本是高雅圣洁的，于我而言，好像生来就是让我蒙羞，给我难堪，令我沮丧的。颓废我的思想，一度精神不振，意志消沉。不敢再“问及与碰触”文字，唯有远离、逃避，方可心闲、心安。

然而，人生在世，怎么可能逃匿、躲避得了文字呢？

文字如同阳光、氧气、雨露一般，是人类生活中不可缺失的一部分，我们每天交流、倾听或书写，都是通过文字来完成的。

文字是一种奇怪、奇特且神奇的符号，不仅可以用来记载厚重的古文化史，记录传奇故事、风云人物，讲述人类文明的发展史，同样是现代交流传播的工具，陪伴我们生活的每一天。通过文字，我们还可以隔着时空读懂一个人的心，可以穿越千山万水来牵起你的思念、思绪和泪滴。

鸿雁传书！曾记得，开蒙记事的我，每每听到远在千里之外母亲的来信，不仅读信的大哥哽咽，就是二哥接着读也读不下去。泪眼婆娑的哥俩，只有将信交给父亲。靠在父亲怀中的我，听得母亲信上的字字句句也是泪水涟涟。随后，父亲手把手地教我给母亲写回信，即便是写下“亲爱的妈妈：您好！我想您！”泪水已洒于纸上。之后，尽管信中写下的字句不连贯，且有错别字，但那出自一个幼小稚嫩儿子的笔迹，那一串热泪，表达的却是一颗纯朴的心，母亲读得懂。笨拙的字体，唤起的是母亲与我们更多的书信，无尽的思念。文字传递的是母与子的情感，是串起母与子心灵的慰藉纽带。

因为读书识字，因为成长，每天都在阅读、书写，却从未意识到文字竟可以启迪一个人的大脑，开发一个人的智慧。

读到优美的诗句，看到华丽的词汇，听到优雅的篇章，我欲将自己的思想用文字讲述出来，却因提笔的那一刻，本是深思熟虑的字句，一旦落笔于纸，才知道笔力功底与学识的浅浮，让我下笔极难，羞愧于心，羞红了脸。

罢，罢，罢！此后不再提笔。

然而一则文学征文广告，让我头脑发热，一次意外的获奖，让我备受鼓舞，自信心大增。文字，从此便与我结下不解之缘，而一发不可收拾。

起初，我只是图一时的新鲜，谁知，文字就是一个古怪精灵，貌似倩丽多情且甜蜜的女子，你一旦动情投入，她便缠你，你倾情，她黏你，你深爱，她依附，你越执着，她越狂野；你越痴迷，她越痴情。让你不能自拔，却心甘情愿，付出毕生精力与情感。

是的，但凡玩文字者，大都给人以“疯癫”的印象，他们倾情投入，或笑或哭，或喜或悲，或乐或哀。驾驭的岂止是自己的情感，那就是一个天高地厚、宽阔无疆、辽阔无垠的世界，那更是他们喜怒哀愁乐的感情色彩的思想境地，智慧的谋篇展示才能，那也是他们全部的精神世界。看似码下一个个、一句句的文与字，却是他们智慧的开启，心程的历练，陶冶着他们的情操，磨砺、塑造的则是他们的人品与人格。

当我读懂这些，知道凡做一件事，除了努力与付出，更让我懂得的另一个词汇——坚持！还有一个词语——执着！

当我开始“啃”文字的时候，方知文字似铁，能塑造，炼就一个人的坚强意志与毅力，可以像高山一样豪迈与俊秀，威严与挺拔；文字似水，可吸纳山崖泉边每一滴，小溪细小的溪水以及小河汇聚而来的涛涛江河，滚滚江水；文字可以变成父亲有力的手臂，托起你人生梦想，指引你前行的方向；文字同样是母亲的手，抚慰着你心灵的创伤，愉悦着你的身心，让你信心满满，阔步前进。

也有人说，文字就是一架桀骜不驯的马车，驾驭着你的思想，不分白天黑夜、天南地北、春夏秋冬，狂烈而猛烈地奔跑，该有多么累。但于一个写作者来讲，前行的路途固然坎坷，但沿途的风景，哪怕是电闪雷鸣，惊涛骇浪，山摇地动，经历了，才知个中的酸甜苦辣，当那道七彩的虹出现于眼中时，他们陶醉地沉浸其中。

有些文字可以揉碎我们的心，有些伤感可以唤起伤痛；情感的纠葛可以化解，悲伤的离别可以聚会；眼泪可以代替哀愁、悲愁带来欢笑。文字不仅可以记录生活，也不断地书写着我们的人生，文字如一面镜子，照着一个人的衣冠，也照着一个人的思想情怀，情感世界，道德修养，人格魅力，所以我们又说，读文如读其人。

透过文字，可看到一个人的灵魂。

我赞美文字，文字是我的情愫表白。文字——可以放飞我的心情，飞到高山，就是一处独立的风景；飞到大海，就是一朵美丽的浪花；飞到草原，就是一片绿色的生命。文字，好像一粒花的种子，种在春天，开出百花一地让我心醉；种在夏天，开满山野一片绚灿令我陶醉；种在秋天，开出一季的金黄金灿让我遐想；开在冬日，就像蜡梅一般傲立令我沉思。

每一个文字都具有自己的生命力，犹如山崖那晶亮的水滴，清澈透明；犹如高山圣洁的雪莲花，冰清玉洁；犹如出泥不染的莲，洁身自爱。正因如此，我们才由衷地敬畏着每一个文字！

同时，文字也让我精神愉悦地生活，教我静下心来，静心读书。寂静的夜，皎洁的月，橘黄色的灯光下，在电脑键盘嘀嘀嗒嗒的按键声中，我如一匹欢快的马驹，迎着太阳升起的地方，不知疲倦、乐此不彼地奔跑，书写一些有用的文字，丰富自己的头脑。

文字，像雨像雾又像风，似花似景又似画，我苦在其中，乐在其中；累在其中，享在其中。文字，是我的精神，我的世界，我生命的全部。我敬重每一篇文，崇敬每一段话，敬畏每一个字。

玩字者，明事理，净人心。

2021 年 7 月 30 日

梦·想

人生梦，不怕多与少、大与小，就怕没梦，就怕老来没有回忆。

梦，可以是一个人的所思、所想。往更大、更高、更雅层面说，梦就是一个人精神向往的追求，更能成为精神的支柱、理想境界。对于梦的神往，哪怕是最终无果，但只要你努力、奋斗过，即便是没有实现，也会让你终生无憾，更是一笔不可多得的精神财富。当你老去的时候，那些让你曾经做过，实现与没有实现的梦，都会让你感动、温暖、幸福一生。

人生无梦，拿什么来回忆？没有回忆，我们的大脑会变得空灵而可怕。

“梦”的替换字，应该是“想”。当我们降临人世间，有了自己独立思维的时候，想的就是让父亲母亲多亲亲多抱抱；稍大点儿想的就是下班回家的父母带回甜甜蜜蜜好吃的糖果，香嘴的零食，过年时穿的新衣，年夜饭桌上的肉，上学的新书包；再大点儿，想的就是怎样将伙伴的烟盒、糖纸“赢”到自己的兜里来，不是为了炫耀，是要做一个精神上的富有者。至于远大理想、远大前程都是父母“强加”于我们的。

我人生的第一个梦，远不像别的小朋友做作家、画家、科学家这般高大上的梦想，那只是一个毫无远见，目光短浅，甚至可称为幼稚可笑，没有出息的现实“梦”想——一把钥匙。

一把钥匙，仅此而已，简单又直白。然而，你不懂少儿的心，一把钥匙，挂在胸前，太扎眼，太炫酷，并非回家可以自由地进出门那样简单，那是父母对我长大“成人”的认可，那把用透明红色塑料绳串起，挂在脖子上，掉在胸前银白色的钥匙，亦是父母对我懂事所发的人生第一枚“勋章”。在我身边，凡是将钥匙挂在胸前的小伙伴，哪个不是牛B牛掰，以示炫耀炫酷。你若没看见，他还会双手叉腰，腆着肚皮有意识地“撞”你一下：“看，我妈给我钥匙了，哼！怎么样？”与其说是显摆，倒不如说是梦想的实现所带给一个人精神满足与身心的愉悦。

再大一点的我，看到银幕上一个人手拿一瓶啤酒，对着开启的一听肉罐头，大口大口地嚼着。是夸张的演技，还是罐头真的很好吃（有点废话），作为观众的我，此时因肚里没有油水，还真的有点饿了，看得我口水直往肚里咽。生出的念头就是，长大后工作的我，发誓用第一笔薪水买一听，不，三听红烧肉或午餐肉罐头，躲在一个没人打扰的地方，尽情地享用，吃个够，吃个饱。抑或是下馆子，点一桌的菜，不，那样太多吃不完，那就点蒜苗炒回锅肉、木耳炒肉片，哦，还有鸡蛋番茄汤，这些都是平常想吃而吃不到的，诱惑我的胃，想着都流（吞）清口水的肉啊。肉，实在是太想吃了。这是不是一个可笑，滑稽的“梦”？这应是我和伙伴们共同的“梦想”。

那日，不知道大哥同二哥从何处何人手中各自弄回一套军服。哥俩“鬼头鬼脑”地将门关闭，一阵“折腾”后，出现在我眼前的那一刻，着实地令我惊愕，呆呆地没有挪步。大哥以一名“首长”的姿态和口吻对我说道：“小鬼——”瞬间走神缓过劲的我，用一双羡慕得“喷火”的眼，问道：“哥——你们这是从哪儿弄来的，有我的吗？”二哥同样穿着军装接话道：“如果你愿当我的警卫员，就有你的。”我知道这是一个无望的果，绝望加失望地望着他俩，很知趣地安慰自己道：“没有我的份，就不要给自己添堵找气生了。”可是，就在我即将转身的那一刻，二哥一把手将我拽住……

亲哥哥就是亲哥哥啊，他们在满足自己的愿望的同时，也没有忘记我这个想穿军装，过过军人瘾的弟弟。当一身绿色军装穿在我身上的时候，虽说同样是“冒牌货”，但那红五星、红领章同样将我“武装”衬托得那般英俊与俊俏、精神与精干。我不由自主地对着镜子点头、傻笑，还行军礼。第二天一睁眼，想的就是找有照相机家的同学给我留一张“军人”的照片。当同学看着一身绿军装的我，惊讶、羡慕的同时，那眼中喷出的“火”不亚于我昨日的表情。灵机一动的他，随口说出一句话：“想要照相吧，可以的，不过，我有一个条件。”此刻脑瓜反映过来的我认为这样的要求不过分，立刻应道：“快乐嘛，本来就是大家分享了才叫快乐。”满口答应同学的要求，他迅速地按下相机快门，留下一个风华正茂、朝气蓬勃的我。

因未曾参军而懊悔、沮丧过，是两个哥哥让我实现了身穿绿色军装，过了一把“军人”瘾的梦。现在回想、回看这张着军装的照片，不曾想到的是，当年我也曾经阳刚帅气过，那也是一生终不后悔的荣耀。

其实，更神奇的是，当我脱下那身军服“退役”后，“奇迹”发生了，用母亲的话讲，平时反复告诫、敲打、纠正的“坐要有坐相，站要有站相”，说破了嘴都听不进耳朵里的话，一身军服，竟让我跟换了一个人似的。难道军装真的有什么魔力吗？是的，我很信服母亲的话，不过，那绝不是什么样的“魔力”，但一定是一种魅力，一种塑造人格的特别魅力，以至于我从青年走进中年步入老年，走路行步都是精神饱满，昂首挺胸，有人说我腰杆挺得“杠杠”的“绷直绷直”，走路还“带风”，便好奇地问我年轻时是否参过军。呵！这是一种肯定，也是一种鼓舞。于是，我欣慰却又打趣地回答说，确实是当过兵，不过是打过几发子弹，放过几梭子高射炮炮弹的中国标准式的“基干民兵”，哈哈哈……

梦，总是令人憧憬。不曾想到的是，向往“军人梦”的我，竟让绿色军装改变了我的精神面貌，塑造出一种不可言明的气质。

当我步入社会，经历人生波折后，那个豪情满怀、有棱有角的我，被现实打磨得无棱无角，丧失了志向，丧失了激情，无所事事，虚度光阴，百无聊赖，不再憧憬、遐想。

一切事物有它的偶然性，也就有它的必然性！

一则“纪念改革开放三十周年”的征文入眼帘，那不仅是一个冲锋的号角，那是埋藏于我脑中的一个“炸点”，好似一声惊雷，炸醒了浑噩中的我；那更似一缕春风，吹拂、复苏了一颗冷漠且荒废的心；那更像是原野上的一点火星，爆发出的光和热，足以点亮一颗黯淡、失色的心，从而开始燃烧自己。

原来，我的大脑思维并未死掉，只是在休眠，沉睡，在心灵深处，一直蕴藏着曾经做过却未实现的梦想——作家！

如果一个人的理想仅仅靠做梦就能实现的话，那我们什么都不用做了，上帝所赐予我们的头、脑、手、脚仅是一种摆设罢了。梦想不只是一个人的精神支柱，必须转换成一种压力兼动力，生活才会成五颜六色的调色板，笔就是我心声与情感的表露与表达。

因为我不是作家，我也深知选择了一条什么样的路。这个“作家梦”执着而坚定地陪伴我，我乐此不疲，孜孜不倦，孤独而享受地写！写写！！写写写！！！

不曾动笔写作的我，一直以为生活无非就是油盐酱醋鸡毛蒜皮的“小事”，哪知酸甜苦辣咸喜怒哀乐才是我们人生必须经历的五味杂陈；当动笔写作的时候，方知日升日落风雨雷电后才会出现赤橙黄绿青蓝紫的奇妙景象；写春夏秋冬花开花谢才能读解万紫千红五彩缤纷的烂漫与情怀；写儿女情长悲欢离合，才悟出人世间美好的真爱与真谛；写父母亲人同学朋友，才领悟到知恩感恩报恩，在怀念追忆的同时还有一种伤痛切骨的爱与痛；写高山草原大海江河溪流，不仅听到了吹响螺号的松涛声、怒吼狂啸的海浪声、嘚嘚的马蹄声，还可沉浸于风吹草地见牛羊，金灿大地油菜花，麦浪滚滚翻金波，所有的这些都是我的生活命题，似春的欢歌，鸟儿的鸣唱，更是我人生旅程无尽的享受，你写得尽吗？写得完吗？

生活是值得赞美与热爱的，一个有梦想的人，他的内心一定很亮堂、乐观、向上！梦，绝不是子虚乌有，不切实际，或异想天开的。那样的梦，不仅不能实现，带给你的一定是沮丧、打击，从而让你丧失信心。

梦想，就是一个人的思想，一种动力，是在梦中都在想的事。不怕多梦，就怕没梦可做。如果那样，我的大脑将感到空虚而会很快地颓废掉，像一幢久未维修的老房，说不定哪天就会轰然倒塌。在追梦路上，即便是对自己的梦有所怀疑甚至徘徊、怅惘，但我一定要清醒而冷静地意识到，天上永远都不会平白无故地掉馅饼的，唯有辛勤的耕耘，方有喜悦的收获。令我倍感欣慰与荣幸的是，文学路上，总有那令我敬慕敬仰的文人雅士们，用他们那渊博的知识，敏捷思维的大脑，端庄儒雅的举止，诙谐幽默谈吐，字字句句话语像点点滴滴甘露，渗透于一颗饥渴且凄荒的心，润泽那曾激情豪迈的心灵。慢慢地，我走出荒原，看见绿洲、高山、平原、大海，看到展翅长空的雄鹰，搏击惊涛骇浪的海燕，驰骋无边无际的骏马，原来，美好人间就是我心中的字，心中的话语，而所有的字里行间都由那个蕴藏的梦在润色。

梦想，不是万花筒，不是虚无缥缈的空想，不是空洞无物的口号。只要你为之付出，时间会记录，岁月会留痕，微风会献花，鸟儿会鸣唱。

一个有梦的人，不怕老来没有回忆。

2022 年 1 月 18 日

从精神到精神

一个人，精神与否，你说了不算，我说了不算，他说了也不算；一个人，精神与否究竟是谁说了算？你知道，我知道，他也知道。听到这样的话，是不是感觉有点绕，也使人感到有些费解。一个人“精神与否”都说了不算，又都知道，这不是王大娘补缸——废话连篇吗？

在倾听一个未婚青年朋友吐槽家庭、生活、人生和与另一个已婚青年朋友笑谈人生、生活、家庭的时候，都谈及一个共同的话题——精神。前者备受“精神”所带来的折磨而深感身心疲惫，后者倍享“精神”所带来的快乐而身心愉悦。

精神是描述有智动物，特别是人类的内在现象、意识、思维活动和一般心理状态。这应是一个宽泛且很深奥的话题，既无尺度标准去衡量一个人精神的行为规范，又无道德准则对一个人的精神思想进行约束与桎梏。精神，是一个人的思维能力与心理活动的表现。我们所感知的精神，应存在着“内在性与外在性”。

茶馆！既为茶馆，又不是正规的会议室，就免去了那种开会时的正规形式和套话；既为茶馆，必有三朋四友相聚；既为茶馆，说话聊天调侃就不必拘谨，畅所欲言。人以类聚，聚在一起，就看谁的新闻知道得早、快、多，谁就有“优先”的发言权。因为不拘于形式，发言不必举手示意，随意接茬，打断别人说话也不必在意，无须抱歉道歉。于是演说者慷慨陈词，侃侃而谈，倾听者或闭目聆听，颔首赞许。若为对味、合心的话题，便摇头晃脑地对着茶杯吹一口气，深吸一口茶水，发出长长的“嗨——嗨——”的舒畅声，一般话题也会发出“嗯、啊、哈、哦、对头、就是嘛”的迎合声。若是听到的与己思想、观念不同，观点不一致，要么沉默缄口不言，要么立马睁眼，起身据理力争，舌战群儒。

至此，坐茶馆的人终于坐出“大片”达到了剧情高潮的感觉。“大剧”即刻上演，争吵者更像坝子上两只红着鸡冠，瞪红双眼，伸长脖子，张开翅膀，相互格斗的一只大红公鸡和一只大花公鸡。你一言，我一语地斗嘴。各抒己见，各执一词，一个比一个声大，一个比一个声高。旁观者还不能劝，越劝越来劲，那样会更加争得耳红面赤、唾沫横飞。这样的场景，不亚于一部年关岁末“枪战”贺岁大片，够刺激、心跳、劲爆、过瘾。因各持各的观念与论点，喋喋不休地争论。争吵后被认为都是些“鸡毛蒜皮”之事，还较真叫板较劲，又何必呢，肯定是争而无果。最终，沮丧、怄气。于是有的人气得脸红脖子粗地抽身而起，拂袖而去。

茶馆啊茶馆，天天聚，天天散；昨天去，今天回；气着走，笑着来。这就是茶馆，这就是人生百态的茶馆与生活。各有各的观点、高见，又各持己见，不争不吵不闹才叫怪呢。这不，今天为一个“精神”就打起“嘴仗”交火了，又开始斗嘴，抬杠，闹腾得红眼睛绿眉毛——认不得人。用重庆话说这是胀饱了“干饭”，干扳牙巴劲——没得事做。

一个人，怎样才叫精神？肯定没有统一的答案与定论。生龙活虎、精力充沛的人，叫不叫精神？能吃能睡能动，活蹦乱跳的人，叫不叫精神？身材魁梧，英俊俊朗的人，叫不叫精神？精明聪慧，果断干练的人，叫不叫精神？举止端庄，谈笑风生的人，叫不叫精神？个子矮小，机灵睿智的人，叫不叫精神？身残志坚，不屈命运的人，叫不叫精神？拾荒度日，笑对生活的人，叫不叫精神？有人评说，凡向往、热爱生活的人，珍惜、敬畏生命的人，都属有精神的人。

今天之所以为“精神”而争执不休，焦点便是一个人怎样由一般“精神”变成为一个“有点精神”的人。所谓“有点精神”，其内涵是指一个人的道德修养，思想素质。

精神与思想一样，应存在于每一个人的头脑。但要将其进行“转换”，则是另外一回事了，这是不可勉强、强求的事。正如有人所讲，我吃得、睡得、动得、跳得，怎么就不精神啦？非要咿咿呀呀吼上一嗓子才叫精神吗？非要吹拉弹唱才叫精神吗？非要琴棋书画才叫精神吗？非要阅读朗诵才叫精神吗？其实，生活中没有那么多的“非要”，只要个人的身体体质棒棒的都精神。那些理据“有点精神”的人，无非是指一个知识渊博，有思想境界且谈吐举止优雅的人；一个为人师表，令人尊重且具有高雅气质和人格魅力的人。精神不是一个具体的物件，既不可以显摆，也不可以炫耀，但绝对可以感知。精神应是文明、修养、道德、气质、气度、自信，可以表现、展示的结合体。

我们为什么敬仰、敬慕军人，除了那一身橄榄绿，便是军人那昂首挺胸、坚韧不拔的英勇气概；威风凛凛、意气风发的坚毅气魄；英姿勃勃、身强力壮的体魄。具有这些才可以铸就一个军队的魂，一个不可摧毁、压倒一切的威武之师。这就是军人的阳刚之躯，这就是令人爱戴的军人精神。

英雄们的身躯可以离开人世，但离开人世的英雄们却永远地活在人们的心中。为什么我们会永远地记住、怀念那些为国捐躯的英雄们？就是因为他们有敢于面对敌人宁死不屈的无所畏惧，有视死如归大无畏的牺牲精神。英雄精神可以撼天动地，可以永存流传。

同样地，我们欣赏、赞扬一个人，不一定是这个人的财富、权势、外貌，但一定是这个人内在的精神表现。一个向阳而生，阳光青春的人；一个心存愿景，追求人生的人；一个虚怀若谷，乐观豁达的人；一个抗争命运，奋力拼搏的人，理当受到人们的尊重与崇敬。我们不会为一个成天精神不振、不修边幅，或好逸恶劳、懒惰成性的人喝彩，也绝不会为一个风流倜傥、不拘礼法的人而鼓掌，也不会为一个口若悬河、华而不实地卖弄学识的人而献花。相反，这些人还会遭到别人的唾弃和鄙视。

穿什么衣，吃什么饭，别人管不着，但开什么腔，说什么话，别人都在听。是做一个知书达理、精力充沛、受人尊重的人，还是做一个穷极无聊，只为生命呼吸，只为喘一口气的酒囊饭袋的人？这有本质的区别。相貌不佳德可补，身残志坚德为先。所以我们说，一个人精神与否，与一个人的精神面貌有关，与一个人的外貌权势无关，与一个人的家境、贫穷无关。

内在的精神，其实就是一种情怀、境界、超越，有种不甘平庸、不甘屈从，不甘得过且过的血性和志气。所以，有人说，人无精神不立。一个人最重要的精神表现就是自立、自强、自信。

“人是要有一点精神的。”这是伟人毛泽东说的。精神对于人来说是最为宝贵的，它是一种思想信仰，品德修养，道德理念；它是一种人生态度，气概情怀，文化传承。一个人的精神承载着思想内涵，同时也成就着一个成功人士的辉煌业绩。

一个人，不是别人要你有点怎样的精神，也不是为了别人而要有点精神，应该是个人的人格魅力的体现与展示。只有弄清楚这些，你才会知道人活着的意义与自身的价值。

精神不是万能的，有了精神也不可以不吃不睡不喝。精神也绝不是虚无缥缈的空想与幻想。但是，一个人没有精神是万万不能的。一个没有精神向往与支撑的人，从肉体到灵魂都会倒下、垮掉。因此，精神是一个人的内在动力，不会畏惧任何困难而勇往直前，它可带你到达所思所想的彼岸。

一根烟混一天，一杯茶喝一天，一张报纸看一天；喜悦欢笑是一天，哀愁叹息是一天；赏景观花是一天，亲山近水是一天；静心阅读是一天；写字画画是一天。怎样做，自己说了算。一个人的一天，不但要吃好、睡好，身体好，还要有精神才好。

一个人，难能可贵的是有精神。

2022 年 5 月 3 日

当代四川散文作家书系

丁仕强 主编

在故乡的原野上奔跑

荀刚 著

中国书籍出版社
China Book Press

图书在版编目（CIP）数据

在故乡的原野上奔跑 / 苟刚著 . -- 北京 : 中国书籍出版社 , 2024. 11. -- (当代四川散文作家书系).
ISBN 978-7-5241-0117-8

Ⅰ . I267

中国国家版本馆 CIP 数据核字第 20244U6Z05 号

在故乡的原野上奔跑

苟 刚 著

责任编辑 王志刚
责任印制 孙马飞 马 芝
封面设计 杨 桃
出版发行 中国书籍出版社
地 址 北京市丰台区三路居路 97 号（邮编：100073）
电 话 （010）52257143（总编室） （010）52257140（发行部）
电子邮箱 chinabp@vip.sina.com
经 销 全国新华书店
印 刷 四川科德彩色数码科技有限公司
开 本 880 毫米 ×1230 毫米 1/32
字 数 1760 千字
印 张 65.75
版 次 2024 年 11 月第 1 版 2024 年 11 月第 1 次印刷
书 号 ISBN 978-7-5241-0117-8
定 价 598.00 元（全 10 册）

总序

以散文之名　发时代之声

四川省散文学会会长　丁仕强

四川，自古便是文人墨客倾心描绘的天府之国。这片充满诗意与传奇的土地，激发着作家和诗人的情感与想象，孕育出一代又一代的文学巨匠。他们以笔为犁，耕耘着这片沃土，用文字记录时代的变迁，抒发个人的情感，展现社会的风貌。

进入现当代以来，随着社会的快速变迁和文化的多元融合，四川散文作家更是以其独到的视角和敏锐的洞察力，捕捉时代脉搏，反映社会现实，表达个体情感，创作出了一大批具有深刻思想内涵和艺术价值的优秀作品。散文，作为一种自由、细腻、深邃的文学形式，它以最直接的方式触碰人的心灵，以最朴素的语言揭示生活的真谛。四川的散文作家，根植于这片文化沃土，汲取着巴蜀文化的精髓，他们的作品既有大山大水的雄浑壮丽，又有田园牧歌的温情脉脉；既记录着时代的变迁，也倾诉着个体的情感。

四川省散文学会迄今为止已走过34年的历程。多年来，学会与时俱进，开展写作分享及文学讲座，召开“川渝散文家论坛”“中国西部散文论坛”，开展“四川散文奖”评选等活动，上千名会员出版散文专著，近百名会员荣获“鲁迅文学奖”“冰心散文奖”“四川文学奖”“朱自清散文奖”“五个一工程奖”等文学大奖，散文创作成绩斐然，可圈可点。

为深入践行习近平文化思想，坚定文化自信，坚持守正创新，引领新时代散文创作，推动散文家队伍建设，促进散文高质量发展，学会组织编辑《当代四川散文作家书系》（第一季），旨在全面展示当代四川散文作家的创作水平和艺术风貌。我们精心挑选了部分优秀散文作家，他们中有的已在文坛享有盛誉，有的则是初露锋芒的新星，涵盖了不同年龄层、不同风格流派的散文创作者。无论是对乡愁的抒发，还是对时代变迁的记录，抑或是对个人生活经历的思索，每一位作家都有其独特的视角和笔触，他们用文字描绘山川河流的痕迹，刻画时代的进步与变迁，抒发对生活的感悟与情感，以真挚的情感和独到的视角，展现了多层面的社会现实与精神追求。

本套《当代四川散文作家书系》，共10本散文集，分别是《梧桐树下》《千年一城》《火把》《在故乡的原野上奔跑》《洛水边的乡村中国》《飞鸿雪泥》《比草还长的日子》《川流不息》《岁月笔记》《且听风吟》。

《梧桐树下》一书，作者结合亲身经历，深刻探讨了人生哲理、人际关系的温暖以及个人成长过程中的反思；《千年一城》则借着收录的23篇文章，精心组构出千年古城巴州的来路与去向以及巴州城的数次华丽转身；《火把》一书通过几个不同时代、

不同地域的人物和故事，展现了普通人在生命迁徙与经济变迁中的坚韧与努力；《在故乡的原野上奔跑》是作者的奋斗史、心灵史，“奔跑、扎根、奋斗”是本书的关键词，怀念和梦想是作者的情感表达；《洛水边的乡村中国》一书，作者以小见大，以洛水边的 10 个传统村落蝶变成特色新村，折射出了一个县、一个省乃至整个中国乡村的发展历程。其他几本散文集也各有千秋，特色鲜明，通过这些作品，我们可以感受到四川散文作家在继承传统的基础上，不断创新的艺术追求。他们以真挚的情感和深邃的思考，探讨人生哲理，挖掘人性光辉，传递社会正能量。他们的文字，既有对美好生活的向往和追求，也有对社会现实的深刻反思和批判。

这套书不仅是一种文学表达，更是历史与现实交汇、个体与民族共鸣的生动写照。这些作品，或清新脱俗，或深情厚重，或哲思深远，它们共同构成了一幅丰富多彩的文学画卷。希望通过这套丛书的公开出版，不仅能把握住散文这一文体在形式上的创新与探索，也能从深层的文化内涵上，理解四川乃至整个中国当代散文创作的发展趋势。

在这里，我要特别感谢各位作家的信任与支持，正是因为有了他们的辛勤耕耘和精彩创作，我们才得以将这些散发着文学芬芳的作品集结成册，奉献给广大读者。同时，也要感谢书点文化传播出版团队的细致工作和无私奉献，他们的专业与热情确保了本套书的顺利出版。

愿《当代四川散文作家书系》能成为你认识四川，感知时代，领略散文魅力的一扇窗口。希望这些真挚的文字能触动你的心弦，激发你对生活、对文学的深刻思考和无限遐想。

让我们携手共进，以散文之名，发时代之声，祝愿四川的山水更加美丽动人，祝愿各位散文作家创作大获丰收，祝愿四川散文创作和发展永远充满生机与活力！

2024 年 6 月 29 日

序一

奔跑中的人生收获

——苟刚散文集《在故乡的原野上奔跑》

蒋登科

来自家乡的苟刚老师发来他的散文集《在故乡的原野上奔跑》的书稿，希望我谈一谈读后的感想。这些来自大山深处的信息，激起了我浓厚的阅读兴趣，也勾起了我的温暖记忆。

苟刚是一位扎根基层的中学老师，曾经在家乡的多所学校任教，从乡镇中学到城市学校，从初中教师到高中教师，从普通教师到中学校长，他一直没有离开过教育工作，也没有离开过我熟悉的家乡。作为一个从山里走出来的农民后代，我太了解教育对于家乡的发展所具有的作用。我读书时的老师们已经逐渐老去，有的甚至离开了我们，我的同龄人也逐渐退出历史舞台，但令人欣喜的是，新的一代教育人逐渐成长起来，成为家乡教育发展的中坚。细想起来，苟刚现在的年龄大致就是我读中学的时候大多数老师的年龄，正是年富力强的人生岁月。

我和苟刚认识已经八年多了。2015 年 4 月中旬，苟刚、卢海陪同时任恩阳中学校长的杜召义先生和学校的老校长、我的老师冯英德先生一行到北碚，与西南大学附属中学的领导交流校庆相关事宜，我们几个毕业于恩阳中学的老学生和他们一起小聚，谈到当年读书时的情景，谈到母校的190周年校庆，非常愉快。几年时间转瞬过去，我们平常联系并不多，但我一直关注着家乡和母校的发展，苟刚、卢海都已经成长为家乡教育系统年轻有为的领头人。

有人说，要给学生一杯水，自己要有一桶水，更要成为长流水。扩大一点说，要教育好学生，老师必须有丰富的知识、良好的心态、高超的技巧、温暖的情怀。其实，很多在基层从事教育工作的老师都有这样的心态和精神，只不过我们没有切身去体验，难以真切地感受到。苟刚不一样，他自小就喜欢写作，记下自己的经历和心路历程，使我们可以通过他的文字了解一个教师丰富的内心世界以及扎根教育工作的奉献精神。从另一个角度看，他也是无数山区教师的代表，通过自己的经历和思考说出了基层教师的心声。

这本散文集包括三个部分，我几乎是一口气读完的。

“陌上花开”写的是苟刚的生活经历，他讲的故事、玩的游戏，他心目中的祖父、祖母、外爷、父母、兄弟姐妹、妻子儿女，在很多家乡人那里都有深刻的记忆，有些游戏也是我小时候玩过的，因此读起来非常亲切，仿佛带着我回到了几十年前的童年岁月和青少年时代。那个时候的生活很艰难，但我们并不孤独、寂寞，我们通过身边的各种游戏和随时随处都可以见到的山川树木、鸟兽虫鱼、高天流云、风霜雨雪寻找着乐趣，通过长辈和伙伴们吟唱的童谣体验人生的丰富，并从中学到了尊重长辈、敬畏自然的品性。而且，艰难环境中成长起来的人，往往都有吃苦耐劳的品质、不断奋进的勇气和追求超越的梦想，一般不会有什么心理上的毛病。我想，苟刚回忆这些经历，其实也是在回望自己的心路历程，回望自己的成长之路，回望自己在“原野上奔跑”的付出与收获。

“黉门晨钟”主要写苟刚受教和从教的经历。在我的印象中，比我年轻不少的苟刚在接受教育的过程中应该是一路顺畅的。但读完他的这些文字，我才发现，他居然读过中师。在我小时候，我们对外面的世界了解不多，被人们昵称为“巴师校”的巴中师范学校是距离我们最近的殿堂，也是我们向往的地方，毕业之后可以脱离农村，避开日晒雨淋，每个月有工资，过上令人羡慕的生活。我的一些老师就是“巴师校”毕业的，教学水平很高。不过，随着教育事业的发展，师范学校逐渐退出了历史舞台，并将成为人们的记忆。在我读书的时候，好像只有成绩最优秀的那一部分初中毕业生才有机会报考中师。苟刚读书的时候，大学还没有扩招，很多农村学生的选择估计也差不多。他的成绩应该很优秀，才在初中毕业就进入了中师。读了苟刚的文字，我才知道他和我一样，小学是在乡村学校读的，不过，他比我好，读初中没有像我那样跑到很远的邻村甚至公社小学。或许正是因为拥有这样的条件，他才更早地跳出了“农门”。在他的受教、从教经历中，我读到了他在学习上的用心，读到了他对老师的尊敬和感恩，读到了他追求自我提升的努力，读到了他对学生的关心、爱护，我似乎通过他看到了我读书时的乡村教师、乡镇教师那种令人感动的奉献精神。没有他们的辛劳和奉献，大概也就没有我们的今天。

“萤窗夜话”可以看成是苟刚从教生涯的精神收获，也是他的人生感悟。他通过解读一些经典的诗文，发掘古人留给我们的人生哲学。我猜测，有些文章是他为教学需要而撰写的。但是，和我们从一般的教辅读物中读到的解读不一样，作者在解读中融入了很多自己的思考，甚至和自己的人生、梦想结合起来，既可以为学生的理解提供方便，也包含着一个教师对学生的期待。学生从这些解读中学到的不只是知识，还包括做人的道理以及不断奋进的精神。和他的其他散文一样，这些感想写出了他的人生思考、人生态度、自我提醒；他还把这些感悟以书信等方式传递给自己的学生，试图将优秀的文化、美好的品质一代一代地延续下去。

苛刻一点说，苟刚的这些文字在艺术上并没有多少突出之处，他只是对自己的人生经历、成长感悟进行了平铺直叙的记录，但它们质朴、真实、动人，尤其是像我这种从大山里走出来的人，读起来觉得非常亲切，有如重新回了一次故乡，重新走了一遍年轻时走过的山路，重新见到了那些影响过我的亲人、老师和同伴。我在文字中感受到了作为教师的苟刚的柔软内心，充满感恩、关爱，我更读到了他的坚强、奋斗、奉献和梦想，我甚至在他的身上感受到了不断变化、充满希望的家乡的美好图景。我相信，他的老师、家人、朋友、同事、学生读到之后，也一定会有我这样的感受。

《在故乡的原野上奔跑》是苟刚的自叙传，也是一个教师的奋斗史、心灵史。“奔跑”是这部散文集的关键词，扎根是这部散文集的立足点，奋斗是这部散文集的精神内核，怀念与梦想的叠加建构了这部散文集浓郁的人生芬芳。

谢谢扎根家乡教育事业的苟刚老师，感谢苟刚老师用心呵护家乡孩子们的健康成长，祝福苟刚老师写出更多关注家乡的优秀作品！

2023 年 6 月 20 日重庆之北

蒋登科，四川巴中恩阳人，文学博士，中国作家协会会员，西南大学中国新诗研究所教授、博士生导师，兼任重庆市作家协会副主席、中国诗歌学会常务理事等。

序二

低于尘埃的写作

——苟刚散文集《在故乡的原野上奔跑》

张中信

关于文学创作，是一个老生常谈的话题。一般来说，任何人都是可以写作的。只不过写作的层次和作品的质量不大一样。从这个意义上讲，写作还是要讲天赋的。

一些人年少出名，却往往一篇定终身，随后就销声匿迹了，最终成为方仲永式的人物；有些人暗中发力，笔耕不辍，大器晚成，最终出手不凡。苟刚似乎属于后者。

与苟刚的重逢，是在2021年仲夏，在奔跑的恩阳。我参加巴中市恩阳区的红色文化研讨会，并在会上作激情演讲。会议结束后，一个微胖身材的男子躬身来到我的面前，热情地伸出手："张老师，10多年不见，您还是那样激情不减。""你是？"我一时懵了，想不起在恩阳还有认识的故人。"我是苟刚，你的学生。""苟刚？——喔，想起来了，你参加过巴中市首届导游证的资格考试。"

这一次重逢，激活了我大脑中储存的许多往事。10多年前，我在巴中市旅游局当副局长，主管市场营销和旅行社业务，曾连续两年主持“导游资格证考试”，苟刚以一个教师的身份第一次参考，居然一次就过了。那个时期，考导游证比当今考985大学难度大得多。就那样，我和苟刚成了兄弟兼朋友，他也一直尊称我为“老师”。

随着我们之间友谊的继续，彼此的了解与日俱增。一个偶然的机会，喝过几杯酒的苟刚对我说：“老师，我也想出一本书。”“你发表过好多文章呢？”我忍不住问道。“近年来，我在省、市级报刊已经公开发表了20多篇散文。”随即他捧出精心准备的一个剪贴本。

这种剪贴本是我们从事写作的人多年来喜欢做的一件事情。我的书房里，这种本子有十几本。随着信息时代的来临，我已经多年不做这种手工活儿了。苟刚却还在认认真真地“传承”这门手艺，真是难能可贵。打开剪贴本，苟刚发表在《精神文明报》《四川农村日报》《四川科技报》《巴中日报》《散文百家》等报刊上的作品，琳琅满目，让人大开眼界。

我见状十分高兴，便积极鼓励他，既然已经有了这么多成就，那就再写一些，争取两三年内结出硕果。

随后的两年，便迎来了苟刚创作发表的高峰期，他接连创作了20多篇乡情散文，近10万字，在各大报刊平台陆续发表。2022年，他还在四川省散文学会主办的第四届“四川散文奖”评选中斩获大奖。真的让人刮目相看了。

日前，苟刚把整理好的一沓文稿交给我，说马上就要公开出版了，希望我写上几句话。我说，蒋登科老师是名家，又是恩阳人，他写序就很权威了，孙梓文、张万林、崔加荣等老师，都是评论界的大咖，有他们加持更不错了，我真怕写不出更好的东西来。苟刚执意不肯，非要我说上几句。用他的话说，“几十年的交往，我们虽为师徒，但情同兄弟，你是懂我的人，请你一定写上几句话，哪怕满篇都是批评的语句，我也会认真笑纳”。

于是，我开始阅读这本作品集。10 来万字，40 来篇文章，一天一夜的时间，一口气读完。我觉得苟刚的坚持还是有一些道理，我的确应该为这本著作说点什么。

考虑到很多老师对苟刚这本书的写作手法、文字技巧、艺术特色已经作过正面的评论，为避免重复和累赘，我只好剑走偏锋，谈谈苟刚这本散文集与众不同的几个特点：

第一，这是一本有着深刻寓意的真情书写。书名叫作《在故乡的原野上奔跑》，既有立体感也有动态感，更有很强的指向性。书中绝大部分是书写故乡亲人、乡村农事及故园情感方面的文章，如《我的外爷是盖匠》《母亲的顶针》以及《打着火把看电影》《乡村瓦事》等。面宽量大，不一而足。

只要读下去，扑面而来的都是浓浓的乡情、纯纯的乡风，仿佛让人一下子回到了童年时代。那文章中的乡村故事，那朗朗上口的村俚民谣，那原汁原味的人物对话，让人身临其境，回味无穷。我的家乡在通江，苟刚的家乡在恩阳。大概因为我们都是大巴山人，大巴山人读大巴山作家写大巴山的文章，格外让人陶醉。

第二，这是一本记录成长轨迹的个人日记。全书分为三个部分，第一部分“陌上花开”，第二部分“黉门晨钟”，第三部分“萤窗夜话”。三个部分各有侧重，如果把它们连缀起来，实际上就是苟刚成长轨迹的一本个人日记。

18 岁中师毕业后，苟刚先是在乡村教书，后来通过自学考试取得了大学专科、大学本科学历，调进高级中学教高中语文，后来被提拔为中学的中层干部，再后来辗转在几个中学担任领导班子副职，直到主持一所学校的全面工作。他的工作能力、工作激情、工作实绩，有目共睹，有口皆碑。作为一个老师，他让学生尊敬、让家长放心。作为一个校长，他让社会满意、领导放心、同仁钦佩、家长喜欢、学生尊重，这已经很不错了。

这些经历，这些故事，都不经意地反映在他的那些看似散漫的文章中。从这个意义上讲，苟刚无疑是一个文学和事业兼具的成功者，更是一个文学创作的有心人。不仅文章写得成功，做人做得成功，在事业上无疑也是成功的。

第三，这是一种低于尘埃的写作范式。关于这本书的写作范式，我一直在纠结，给它下一个什么样的定义？随笔式的写作？自传体的记叙？我感到有些棘手。就在这篇文章即将杀青的时候，我的脑海里忽然蹦出一句话："低于尘埃的写作。"于是，我认为这似乎就是苟刚这本书写作的基本格调。同时，也决定把它当作这篇序言的标题。

20 多年来，苟刚一直生活在基层，穿行在民间，与最普通的劳动者打交道，与家长和学生打交道。说他桃李遍天下也不为过。在这样的生活节奏中，他的两眼始终向下，俯瞰芸芸众生，书写底层生活，让他的写作深接地气，匍匐于尘埃之中。这些直抒胸臆的文章，这些呕心沥血的诉说，不仅仅是对既往生活的怀想、对逝去亲人的纪念，更是对人生轨迹的回望。

苟刚已过不惑之年，事业也正风生水起。他没有沉醉于灯红酒绿的世界，也没有停下奔跑的脚步，而是不忘初心，用手中的笔，为自己精彩的人生立言，为这个伟大的时代放歌。当然，在今后的创作中，如果苟刚能够更加注重锤炼语言，更加注重细节的捕捉和渲染，更加注重文章的价值取向，我相信离真正成功，只有一步之遥。

祝愿苟刚在故乡的原野上，在奔跑的恩阳大地上，书写出更多色彩斑斓的文字！奔跑出更加灿烂辉煌的人生！

2023 年 7 月 25 日成都

张中信，字峰源，四川通江人，经济学研究生，现居成都。中国作家协会会员。发表作品数百万字，出版作品集 20 余部。“四川文学奖”“冰心散文奖”等多种文学奖得主。

目录

第一辑

陌上花开

童年趣事 003
记忆里的童谣 018
打着火把看电影 026
难忘老家那口井 031
爷爷的拐杖 035
我的婆婆 038
我的外爷是盖匠 042
父亲的扁担 047
母亲的顶针 050
乡村瓦事 054
我的母亲 061
父亲的河流 065
老家花事 070
父亲的春耕 073

油桐花开 076
在故乡的原野上奔跑 081
家园日出 085
陪母亲插秧 088
一口夏笋蕴乡愁 091

第二辑

黉门晨钟

校园里的钟声 099
我的老师 103
我的教育历程 115
生命之轻 126
生命之重 129
开在纸盒的桂花 132
读书日里忆普叔 135

第三辑

萤窗夜话

青春无价：天真烂漫的幽会 141
谈“行到水穷处” 144
有多少爱可以重来？ 147
当时只道是寻常 152
逼 155
“仙”与“俗” 157
福 160
小心“投其所好” 162
秋日絮语 166
我看委屈 168
也谈“执子之手，与子偕老” 170
吃咸些　看淡些 173
“拿得起放得下”之我见 176
苦乐人生 179
给心灵一个假期 180
快乐人生 182
让自己成为一个真正富有的人 184
写给恩阳二中高 2021 届学生的一封信 186
击掌立约　山高水长 189

附录

奔跑：最美的姿势
——读苟刚散文集《在故乡的原野上奔跑》/ 孙梓文 193
人生中的激情回荡
——读苟刚散文集《在故乡的原野上奔跑》/ 张万林 199
朴素的记言和叙事
——读苟刚《在故乡的原野上奔跑》/ 崔加荣 203

后记

蓦然回首：热爱是唯一的理由 208

【第一辑】

陌上花开

李心观　画

童年趣事

我出生在巴中市恩阳区关公镇谭家坝。在我小时候，官方的地名叫巴中县天官乡永定村。当时的天官乡很小，仅 8 个大队，人口不到 1 万人。乡政府所在地位于一大队柏林村，中心小学却建在我们五大队永定村小寨山的下面。那时候每个村都有村校，我们村因为离中心校近，村校只有一二年级。在我启蒙读书的时候，中心校的三年级也放在了我们村校。因此，较其他村校，我们当时班级的规模是很大的。规模大，学生也就多了，学生们玩的游戏也就格外丰富。我曾粗略统计过，儿时玩过的游戏高达 28 种。当然记忆中的游戏大多廉价又简单：挤油、斗鸡、滚铁环、抽陀螺、扇烟盒……

挤　油

儿时的记忆里，冬天寒冷异常，挤油便是最原始但最有效的取暖方式。

不同于北方供暖或者烧炕，在我们川东北农村，冬天最冷的时候，大家会围坐烤火。条件好的，在阶沿中间用自家烧制的木炭发好煤炉，燃起无烟煤。大多数人家都是爨一盆疙篼火，左邻右舍围火盆而坐，女人们忙着纳鞋底，男人们则闲坐聊着天南地北。可不论天气多么寒冷，也不论火盆里的火烧得多旺，都留不住好动的小孩儿。因为我们总是有自己的取暖方式，比如打仗，比如堆雪人，比如挤油。

“挤油了——”无论谁吆喝上一嗓子，都会云集响应。那时候，小伙伴穿着自家母亲缝制的棉袄棉裤棉花鞋，一个个裹得像棉花包似的，在墙角处自觉排成排，用力往墙角挤，用不了多久，便挤得满头大汗。

同所有游戏一样，挤油也是有技巧的：憋气、猫腰、弓腿……挤油不限人数，也不限男女，不过基本是年纪相仿的孩子。两个人也能挤得不亦乐乎，或是背靠墙对着挤，又或者挤在墙角，看谁能把谁挤出来，看谁能一直守着墙角的位置。最开心的莫过于一大帮人挤油，既热闹又暖和。

到了上学的年龄后，挤油就成了冬日课间的必玩游戏了。而且，因为这项游戏能让小孩子身子迅速地暖和起来，老师也鼓励大家课间玩。

下课铃声一响，我们就争先恐后地跑到院子西边大队办公用房的山墙下，那里出太阳时正好可以晒到太阳。于是，我们不分男女，一个个对着太阳靠墙站好。大家憋足了劲儿一齐向中间狠挤，左边的同学使劲往右边挤，右边的拼命阻挡左边的进攻，队形忽左忽右地摇摆着，大家嘴里一边哈着白气，一边不停地叫喊。

同拔河一样，挤油时往往人越多越有意思。相邻两个班男生的对抗赛最受欢迎，也最有看头。一个班男生靠着墙根站成左队，另一个班男生站成右队。老师是裁判，女生则是啦啦队。老师一声号令“开始”，比赛立即进入白热化。只见左队的人开始用力往中间挤，最前面的是个头高大的男生，他正和另一班的大块头用肩膀和倒拐子（手肘）互不相让，双方贴身肉搏，相互撞击，后面的队员一边喊着口号：“嗨呀着，嗨呀着……”一边拼尽全力往中间推进。中间两名“前锋”为了不被对方的联合力量挤出去，双臂尽可能地贴在墙上，双腿稍微弯曲，尽最大的力量不让自己身体前倾，以免被挤出队伍。女生们大声地喊着“加油”为本班男生助威。在此起彼伏的挤拼下，在来来回回的拉锯战中，大家的身子迅速暖和起来，个别同学汗都要冒出来了，女生们因为大声地呐喊，脸上也是红扑扑的。

除了实力差别很大，这种大规模参与的队伍一般是分不出胜负的。那时我们小小的年纪，虽有好胜争勇之心，却不将输赢放在心上。如果“先锋”不小心被挤出来了，就迅速补充到队伍末尾，后面的“替补”立刻成为下个“先锋”，带领队员们撑起局面。大家后背紧贴墙面，用肩膀往前挤，嘴里不停地呐喊……热火朝天的场面，往往因为“当当”的上课铃声才结束，最后变成一场没有胜负的比赛。

关于挤油，我曾有一件糗事。大概是读二年级那年冬天，有一次挤油时，我用力过猛，“嘶”的一声，裤裆应声而破。爱面子的我抓着裤子就往家飞奔，离屋还有一段距离就大叫着让母亲找裤子换。

时光飞逝，岁月蹁跹。而今坐在空调教室里的孩子们恐怕都没有听说过挤油这种土味游戏了，但于我和小伙伴而言，挤油的那种热乎劲儿，至今仍感到十分温暖。

斗 鸡

斗鸡是男孩子在冬季最喜欢玩的游戏之一。我读书发蒙较早，读一年级时刚满 5 岁，个子较小。按说，对这种对抗性强的游戏我是不会太喜欢的。但斗鸡却是我童年时最爱玩的游戏，乐此不疲。

我们村子里的人户比较密，人口不少，同龄的孩子也多。当时的学校位于大队队部所在地，是一个巨大的三合院，除了公家的办公用房以外，记忆中至少还住了四户人。三合院的中间是一个巨大的晒坝，由青石板砌成。我们当时一共有四个班，三年级有两个班、一二年级各一个班。四间教室位于堂屋两边，东边一间厢房是老师的办公室，北边三间厢房则是大队的办公场所。

斗鸡游戏一年四季都可玩，但冬天时候最多。大概是因为冬天天气比较冷，玩这种游戏运动量大可以驱寒。同时冬天穿的棉衣较厚，撞击一下也有缓冲的作用。斗鸡时一般会蜷曲一只脚，一手抱膝，一手抱脚，将脚踝的一侧放在右腿大腿上，做金鸡独立状，蜷曲的左腿形成一个突起的三角，用以撞击或压盖对方，直至把对方撞倒或双脚着地为赢。斗鸡游戏的基本规则是不得用手推搡，进攻方法则多种多样：可挑、可压、可顶、可砸……与挤油难分胜负相反，斗鸡通常都会分出胜负，甚至有时胜负立见。但败者并不气馁，总是在失败后的第一时间又重新投入战斗。

斗鸡游戏一般二人对玩。参加者大多会找一个和自己块头相当、体重相近的对手进行对抗。条件相当，有进有退，你来我往，胜负难定。如果碰到高个子，居高临下，一腿“砸”下来，小个子往往会跌得老远；碰到大胖子，一摆架势，小个子再怎么用力撞，对手都会岿然不动。难得的是，强力的对手虽然看上去又勇又狠，但比斗又似乎极有分寸，不至于让处于弱势的一方受伤。因而弱者仿佛不知畏惧，总是想着法子挑衅对手，强者并不着恼，但很享受一次次碾压对手的快感。

人多时，则分成两组进行对抗。对决常常在空晒坝上进行，双方展开激烈攻守，摆开战阵捉对厮杀。双方各自派出相等数量的“战将”，同时从“战营”出发，一路呐喊着，以单腿跳跃着一直向前。在双方一阵“惨烈”的鏖战之后，第一回合结束。清点战场，失败者退出队伍充当啦啦队员助威，不能再次上场。第二回合同样派出相等人数出阵。如此往复，直到某一方“将士”全部“阵亡”，宣告战斗结束。

我自幼爱琢磨，在一众酷爱斗鸡游戏的小伙伴中，我属于技术型选手，大多数时候能战斗到最后。我曾无师自通地总结出闪、拨、挑等技法：闪，是当对方猛力撞过来时假装对碰而瞬间闪开而使其撞空失重；拨，是当对方正面撞来时，侧身避开并顺势用拨的横力破掉对方的直击；挑，是从对方悬空的膝盖下方往上顶。

记不清谁曾说过：在绝对的实力面前，任何技巧和花式都不堪一击。这句话同样适用于斗鸡游戏。我们邻村的唐姓同学就属于斗鸡选手中的“战斗鸡”。他个子瘦高，力气不小。单就斗鸡而言，在我们同年级的小伙伴中他是没有对手的。记忆中除了他故意让我赢过一次以外，每次战斗他都笑到了最后。或许是胜得太多，他开始带着我和我班另外几个技术较好的同学与比我们高一个年级的几个孩子挑战、决斗。我们独腿跳跃着勇猛冲锋，用手扯着棉裤的裤脚“驰骋”，与对手进行着艰苦卓绝、不屈不挠的战斗。几个回合缠斗下来，往往都是我们几个率先败下阵来，决定胜负之战落在他和比他差不多高一头的大个子冯姓男生之间展开。冯姓男生技术凶狠，居高临下一次次用“拐”狠狠地砸下来，唐姓同学则牙关紧咬奋力迎敌，有时被砸得腿打趔趄，眼看着快要支撑不住了，但他硬是凭着顽强的意志坚持着，依靠自己的智慧和技巧最终取胜。时光荏苒，差不多40年过去了，唐姓同学倔强的眼神依然历历在目。

后来，中等师范毕业的我在一所初级中学任教，偶尔在课间看见学生玩斗鸡游戏，一下子激起了我一探究竟的欲望。那是20世纪末，我们巴中没有互联网，当然也没有智能手机。我利用一次回母校的机会，在巴中师范图书室查到了相关的资料。开始懂得，巴中小孩玩的斗鸡游戏曾经风靡大江南北，但在北方名字叫撞拐。同杂技、武术一样，斗鸡（撞拐）游戏最早可追溯到秦汉时期的“蚩尤戏”。蚩尤戏是一种角力竞技的游戏，最初流行于我国古代北方农村，带有纪念与黄帝逐鹿中原的蚩尤氏的意义。古文献《述异记》记载：“秦汉间，蚩尤氏耳鬓如剑戟，头有角。与轩辕斗，以角抵人，人不能向。今冀州有乐，名‘蚩尤戏’，其民两两三三，头戴牛角而相抵。”因为“蚩尤戏”模仿蚩尤头上有角的形象，即模仿者头上装有带牛角的头套，主要动作是以角抵人，所以又称为“角抵戏”。秦始皇统一中国后，禁止民间私藏兵器，作为徒手相搏的角抵因此兴盛起来。《史记·李斯列传》记载秦二世在甘泉宫“方作角抵徘优之观”，说明那时的角抵是包括各种技艺的综合性竞技表演。到了汉代，民间出现了一种由“蚩尤戏”发展而成的由两个人在公开场合表演的竞技活动。这种游戏何时传到南方，又传到巴蜀大地，已经不可考。但源于“蚩尤戏”的斗鸡在巴中民间以儿童游戏的方式流传开来，给了不同时代儿童相同的快乐。

变更的是名字，不变的是情怀。据央视播出的《国家相册》第 29 期《儿时的游戏》介绍，斗鸡（撞拐）已成为国际体育比赛项目，只不过被更名为“脚斗士”。据说这是中国第一个拥有自主知识产权的体育赛事。创立者吴彦达有一个愿景：让民族体育进入奥运会！

我期待着……

滚铁环

孩童时代，男孩子拥有铁环的愿望近乎执拗，有一个好铁环足以让小伙伴艳羡，滚铁环也是大大小小孩子钟爱的一项活动。

在乡村，大多数小伙伴滚的都是自制的简易铁环，用两根铁丝缠绕，弯成圈，收拾熨帖，做成环，再用一根短铁线弯成钩，固定在木条或竹条上，做成滚钩，一副铁环就成了。简易铁环大多不太规则，在高低不平的道路上，颠簸起伏，不易控制，高明的小伙伴却能玩得顺顺当当，讲究的是眼疾手快。好的铁环则是实心铁圈精细制作的，滚钩光滑，滚起来十分瓷实，声音也格外清脆悦耳。偶有小伙伴带来好铁环，伙伴们羡慕之余，更是争相借着玩，玩过的小伙伴仿佛得到幸运之神的眷顾，都是喜不自禁。

滚铁环操作简单，一学便会，只要用铁钩推动铁环前进，不倒地就可以。孩子们右手持着长柄，将其搭上铁环，手上的力量通过长柄的钩子传递到铁环上，促使铁环快速地滚动。孩子手上的长柄就像方向盘一样控制着铁环的方向。通过手上力量，控制铁环的速度。而要滚好铁环则必须掌握好平衡。铁环滚得好的高手，即使在崎岖的山路或凹凸不平的村巷，也能如臂使指，行走自如。

个别别出心裁的孩子还能倒退着滚动，毫无阻滞。

在我们王家湾，最初是没有人玩滚铁环游戏的。那时候，小伙伴们玩也是分圈子的。在我们生产队，王家湾的小孩一般是不会与刘家湾、大房子湾、山傍岩大院子的小孩玩的。1984年的暑假，我随父亲在大队的院子里开会。那天，大房子湾里一个读六年级的半大孩子国平子在大队的院坝里滚铁环。我一下子就被吸引住了。国平子是我姨父的堂侄儿，我们过年时在姨父家是一起吃过饭的。看着我羡慕的眼神，他便手把手地教我玩。没滚几转就学会了，还掌握了一些诀窍。比如，遇到小坡坎，就得把铁环把把抬高一下。若是遇到上坡，除了抬高铁环把把，还得往前仰一点。

小孩子玩什么东西都容易上瘾。滚铁环玩得熟了，我就想拥有一个铁环。好在我有一个有利条件，当时我爸爸同母异父的两个兄弟先后在玉山区一个邓姓砖工师傅处学手艺。继祖父与我的外公是亲兄弟，我按老家习俗将他们叫作大幺、小幺。两个长辈都很宠溺我，听说我的诉求后一起给我做了一副漂亮的铁环带了回来。铁环是钢筋捶打而成的，大约筷头子那么粗，连接处还点了电焊。而且心细的小幺还特意用小号钢筋做了一根手柄，U字形，握手处安上了一截10厘米左右的杂木棍。这可了不得，在当时玩铁环的小伙伴中，一下子就处于高起点了，有点类似于今天普通人家买了奔驰宝马。

我有了铁环，湾里别的小孩就会来向我借。不过，一般我都不会借的。但那个时候，情商不错的农村小孩也会采取朴素的讨好行动，有的从自家碗柜里偷包出一两片腊瘦肉、烘豆干，有的割草的时候帮我割几把草。吃人家的嘴软，拿人家的手短。一来二去，他们差不多都借我的铁环滚过几回。

小孩之间是会憋劲较量的。先是家里条件较好的伟娃子托城里的亲戚弄回一副铁环，接着华包子、大平娃子、勇娃子等都先后拥有了自己的铁环。最后，湾里的男孩子中好像只有波娃子没有。手巧的波娃子索性用篾条编织成一个篾圈圈当铁环。与铁环比，篾圈圈滚动时没有清脆的声音，而且不好控制平衡，很难把控推进中的方向。

在当时的乡村，我们滚铁环是不挑场地的。放学路上、自家院里、河滩上、堤坝上，还有乡间那开满野花的田埂都是小伙伴滚铁环的“舞台”。当然最好的场地还是平坦的路面或者坡度不大的草坡。玩法主要分单独玩和集体玩两种。单独滚铁环的乐趣犹如独自开车，一群人来比赛滚铁环则好比赛车。孩子们先定下一个目的地，然后一齐出发，看谁最快到达终点。场地上，尘土四起，铁环在快速滚动，孩子们大呼小叫，奔走如飞，场面煞是热闹。有时，孩子们手上的铁环还要互相碰撞，若谁的铁环跌倒在地，或停滞不前，则马上被淘汰出局。

记忆中读小学的时候，中心校每年都要举行一次传统运动会，运动项目包括跳绳、爬竿、踢毽子、抽陀螺、滚铁环等。或许是会玩的孩子多，滚铁环比赛是每年都有的保留项目，也是小学生最喜欢的比赛。当时学校教体育的黎老师为了加大滚铁环的难度，增加刺激性，还特意在用石灰画出的赛道上摆放一些石头、砖块等作为障碍物。参赛的选手大多是各班公认的高手，技术水平相差不大。但因为是正式比赛，除了技术以外，心理素质和临场发挥显得格外重要。参加比赛的小伙伴，个个神情专注、如临大敌，手里紧紧地握着铁环和钩子，当裁判一声令下，迅速开启铁环，霎时，呐喊声、助威声响彻操场，既紧张又刺激。可能是过于在乎输赢的缘故，在学校举行的比赛中，技术很好的我一次都没有得到过第一名。倒是前文提及的最初自制竹环的波娃子得过几次冠军。仔细想来，这与他心理素质好（忍得住我们的嘲笑）和苦练技术是分不开的。

如今，在我们恩阳这个“四好农村路”全国示范县里，同绝大多数村庄一样，当年上学的小路早已改造成了标准的水泥路。公路两旁，少了许多顽强生长的小草，多了标准化栽种的行道树，但遗憾的是路面上再也看不见孩子们滚铁环的身影……

抽陀螺

小时候，我们把抽陀螺这种游戏叫作“掸地牯牛”。“掸地牯牛”有些小众，一来制作不易，二来需要一定的技巧，往往玩的人少，围观的人多，倒也少不了一番热闹。

我读小学三年级时第一次接触了陀螺。一次星期天放假，大姑妈家的表哥带了一副陀螺到我家玩。刚开始，表哥没有教我，我模仿着他的动作，先把木棍上的绳子一圈一圈地绕到陀螺上，直到把绳子全绕完，然后用力把棍子一抽，陀螺就转起来了，再用绳子使劲地抽，结果绳子没抽打着陀螺，倒是棍子打着了陀螺，陀螺没转几下就歪倒了，引得围观的伙伴们哄堂大笑。在表哥的指点下，我迅速学会了抽打的技巧。再次打陀螺时，由于方法得当，陀螺转得像风一样快。越抽打，陀螺转得越快；要是不抽打，它就越转越慢，直到停下来。

我特别想拥有表哥的这副陀螺。在吃午饭时，我特意在大姑妈面前流露出我的喜欢。但也许是表哥花了很多心思自己做的缘故吧，一向让着我的表哥一直不松口。“巧取豪夺”的心思落空了，我便寻思自己做一副。不同于今天的小孩子，我们童年游戏的玩具大多需要自己动手制作，而且当时的天官乡场，也没有人卖这种玩具。

要做一副自己满意的陀螺，选材很关键。木质疏松的泡桐树之类，虽便于加工，但做成的陀螺在旋转时稳定性差，容易“打飘”。木质紧密些的松树，勉强可用。梨子树、青杠树这类的瓷实木质，是做陀螺的上等材料，缺点是难于加工。我好不容易找到一截父亲做锄把锯剩下的青杠树。选好原材料后，用刀削去树皮，锯下一段三四寸长的圆木。在二分之一处用毛铁（斧头）砍出圆锥体轮廓，然后用弯刀慢慢加以整理修饰，最后用偷藏的砂纸抛光以求达到光滑美观。坦率地说，我动手的能力不是很强，做出的陀螺远没有表哥那副好，玩起来总有些别扭。一时间，拥有表哥那样的陀螺就挂在了口头、心上。

好在一个月后，我迎来了一个圆梦的机会。母亲娘家的一个堂侄是我们坝里远近有名的木匠，父亲利用农闲请他给我家做立柜。许是看出了我的小心思，在木匠表哥到来的第二天，父亲破天荒地让他替我车了一副陀螺，这比我原计划等立柜做好后央求母亲出面求情做早了好几天。而且，木匠表哥还特意在尖端加装了一颗小钢珠。好马配好鞍。有了好陀螺，原来的桑树鞭绳当然需要更换。我早早地物色好了一根一尺多长、拇指粗的木棍，将从街道上一个同学处换来的橡胶绳牢牢地系在木棍一端便大功告成了。

拥有一副好陀螺的我如虎添翼，很快在我们湾里抽陀螺就没有了对手。有点小虚荣的我开始带着我的陀螺出征学校了。那时候，为了增加抽陀螺的对抗性与趣味性，小朋友之间常常进行比赛。主要有三种：第一种是只发陀螺，不准用鞭子抽打，先停下者输；第二种是看谁的陀螺在抽打中旋转的时间最长；第三种则是陀螺撞击法。这也是我们当时的主流玩法。找个地势平坦的地方摆好架势，两人同时喊“一、二、三，放！”出声的同时，陀螺也瞬间被甩出，两个陀螺便在地上旋转着，旋转着，你追我赶，但互不干扰。开头旋转的速度几乎一样，渐渐地，速度变慢。两个陀螺在平地上转动，双方在旁边用手中的鞭子抽打各自的陀螺。打陀螺的人必须不断地舞动鞭子，陀螺才可以连续转动。最后，用鞭子指挥自己的陀螺奋不顾身地朝对方撞去。有时候会撞偏，双方要尽量将陀螺抽打到一块儿。两个陀螺碰撞在一起，陀螺将对手撞倒在地，倒地的一方自然成为失败者。胜利者喜不待言，失败者则一脸沮丧。

现在想来，陀螺的价值和美寓于旋转之中。而它不停旋转的动力来自鞭子看似无情的抽打。鞭子停止抽打，动力尽失，它就会仆然倒地，它生命的色彩就会凋零！滚滚红尘，芸芸众生，每个人又何尝不是一只独特有生命的陀螺呢？困难、挫折、失败就是抽打我们的鞭子，也是我们前行的动力。拒绝抽打，就是拒绝成功；选择安逸，就是选择躺平。

朋友，做一只快乐的陀螺吧！你的生命将会因为抽打而更加精彩！

扇烟盒

孩提时代，扇烟盒是我们男孩子间十分普及的游戏，很方便，桌子上、地上，饭后、课间都可进行。扇烟盒也不分对象，高年级的和低年级的，力气大的和力气小的，都能玩在一起，只要有烟盒、输得起就行。

那时候，不管在田边、地头，还是在院坝、街道，常常会看见三五成群的小孩聚在一起苦斗。赢了拍打巴掌，喜气洋洋；输了则面红脖子粗，垂头丧气。即使在上学或放学的路上往往也会忙里偷闲，匆匆过上一把瘾，成为一道动人的风景。

扇烟盒，首先要学会收集烟盒。收集的渠道一般有三个：一是向吸烟的家长、亲戚或长辈等索要；二是在街道、路旁或其他公共场所捡吸烟者丢弃的烟盒；三是小孩之间互相交换。那个时候，农村的经济水平不高，许多人都是抽自家产的叶子烟，抽纸烟则是比较奢侈的行为。当然，抽什么价位、什么牌子的烟则主要由家里的经济水平决定。一般自己抽时买的是便宜的“经济”“彩莲”“茶花”什么的，修房造屋或办红白喜事时才会买相对贵一点的“攀枝花”“长缨”“红牡丹”等。至于“翡翠”“红梅”“大重九”等则是纸烟中的高档品，偶尔被别人敬一支时会别在耳朵上好久舍不得抽，即使抽都是舍不得一次抽完的。

烟盒的价值与烟的价格是成正比的，集齐名贵烟盒在当时是小伙伴十分傲骄的事，但很少有人做到。质优价高的卷烟，一般图案漂亮，包装精美，烟盒兑换的比例也最大。记忆中当时贵点的“大重九”烟，1 个烟盒要换 2 个“翡翠”、3 个“攀枝花”、5 个“大前门”、10 个“彩莲”。当时我家的条件在我们湾里算不错的，父亲虽然抽烟但一向节俭，因此我早期收集的烟盒品种单一、价值不高。后来，我爸爸同母异父的两个兄弟砖工手艺学成后，经常在玉山场镇给人家做活，我烟盒的质量、数量都上升到一个新的高度。而且，我的学习成绩在班上位居前列，有两个在场镇的同学经常抄我的作业，他们有好的、贵的烟盒也会送给我。

烟盒找到了，小心翼翼地把结缝处撕开、展平，折叠成底边长、两腰短的等腰三角形，然后将平面挤弯，使其一面凸一面凹，用手扇就能翻转。一般是两个人玩，也可以多人玩。扇烟盒的规则比较简单：先议定每人出几个烟盒，然后把自己的一叠烟盒藏在背后，不让对方看见，悄悄侧身找出合适的烟盒，捏在手上，准备好后，两人同时地喊一声“亮牌”。谁的烟盒贵，谁就先扇。如果价值相当就通过“石头剪刀布”决定先后顺序。第一个扇烟盒者出面把烟盒收拢，将少数仰放在地上，其他的拦腰扑在上面；每人依秩序扇，风水轮流转。在每一次扇的过程中，谁将烟盒从这一堆中扇起来趴起，这烟盒就归谁。但捡“胜利品”时，手指不能碰到其他烟盒，否则赢了也白搭。

因为先出手者赢的可能性最大，所以我们后来就改变了规则：以某一种烟盒为参照，议定好个数，每人出价值相当的烟盒，多人玩时先“手心手背”后“石头剪刀布”决出扇的顺序。这时候，“贵族烟盒”一般就不会拿出来了，因为输了不划算。那个时候，虽然我们也议定玩几场，但输家往往会央求“加试”，很多时候都是某一方身上所带烟盒输光才会停止。有的小伙伴赢得多了，也十分慷慨，会赠送两三个烟盒给输光了的人翻本。输光了的人也可以借，运气好的话，翻本后就可以还上，运气背的话要还上就遥遥无期了。有的小伙伴一直背运，总是输多赢少，往往欠得多了，债主一笔勾销，当然少不得数落几句，又会借几个出去，所以无论输赢，这个游戏可以一直玩下去。

每一项童年游戏都是需要技巧的，扇烟盒也不例外。我自幼爱琢磨事，属于鬼精灵那一类人。我曾总结出一些扇烟盒的技巧：

烟盒多，扇时速度加快，手臂的幅度加大，指尖微微着地，风力最大；烟盒少，则将五指并拢，掌心留空，用手掌猛力拍地，烟盒最易翻；若掌握不好力度，烟盒即使在地上打几个滚也不趴起，费力不讨好。有时扇之前将头贴在地面，判断烟盒重叠有多大缝隙，从而确定风力大小。当然，扇烟盒也要选择风向，顺风易翻。有了这些经验，鏖战时就能稳操胜券。性格要强的我曾独自苦练技术，将右手的几个指头都磨破了，为此也被母亲责骂。功夫不负有心人，我很快成为同学中的“烟盒小王子”。

在我们老家有一句俗话：三岁看大，七岁看老。普通的扇烟盒游戏，也能看出人的性格和将来的走向。聪明的、精灵的孩子把自己的烟盒总是收拾得干干净净、整整齐齐、不折不皱，也总能弄到别人没有的烟盒，能攒很多很多，有的能攒一大盒子。而邋遢的、粗心的孩子总是那么三五张，又脏又皱巴。时过境迁，当年不计算、不经营、不会积累的孩子后来的发展大多比不过干净整洁、有秩序、会积累的孩子。这大概就是对俗语内涵的另一种诠释吧！

2023 年 4 月 18 日一默斋

记忆里的童谣

孩提时，我们川东北农村常年弥漫着各种儿歌、山歌和工匠劳作歌谣。如果说民歌是大人们抒发情怀的载体，那么童谣就是伴随儿童成长的摇篮。这些童谣内容丰富，有关于天文地理、草木虫鱼的，也有教导孩子懂事明理、认知生活的。加之曲调诙谐、音节和谐、形式简短、朗朗上口，深受我们的喜爱。

20世纪70年代末期，我正读小学。学校几乎不布置家庭作业。回到家里又没有更好的消遣休闲方式，湾里的同龄小孩很多，大家便三五成群玩起斗鸡、滚铁环、扇烟牌、藏猫猫、抓子儿、下狗卵坨棋等游戏，累了就躺在草坪上唱童谣，跳房子时，也可以一边玩游戏一边唱童谣。

我们那代人，第一次接触到的童谣大概就是神曲《闷娘娘》了。在我们巴中，把婴儿要睡觉时的啼哭称为“遭”瞌睡。婴儿遭瞌睡时，大人便抱着孩子或者摇着摇篮给孩子哼唱催眠曲。催眠曲在巴中各地有大同小异的版本。我老家是这样唱的——

哦喂喂，闷娘娘，早早来，给（某）娃送个瞌睡来；瞌睡送到哪里来，送到（某）娃（的）眼睛来。瞌睡来了好做鞋，

> 做双大花鞋。雨坝里穿起去，雪坝里穿起来。哦喂喂，闷娘娘，早早来，给（某）娃送个瞌睡来。瞌睡来得早，睡着了好割草；瞌睡来得快，睡着了好切菜；瞌睡来得忙，睡着了好赶场，哦喂喂，闷娘娘，早早来……

在我们老家有把睡觉说成“闷瞌睡”的说法，因此“闷娘娘”可能是百姓心目中专司婴儿睡觉的民间神祇。说来奇怪，这首《闷娘娘》仿佛有着莫名的魔力，一般唱不了几遍婴儿就会入睡，堪称哄婴儿睡觉的神曲。据说，别人诓我睡觉我是不接受的，只有母亲的哼唱才能让我入眠。当然这些歌词我当年是不知道的。

在孩子一两岁咿呀学语时，大人们大多会教孩子唱《斗虫虫》。爹妈抱着孩子，大手拉着小手，用小孩儿的两手食指相对，有节奏地碰撞唱着：

> 斗虫虫，咬手手，观音（请）娃娃喝酒酒。酒酒醉，窜（音 cuān）瞌睡；瞌睡醒，满地滚；滚到婆婆（的）菜园里，打死婆婆一背菜；今天卖，明天卖，卖不完就晒干做盐菜。雀儿飞了——

轻快押韵的节奏和动作搭配，孩子乐不可支，亲子互动趣味盎然。

童谣像一泓清澈的山溪水，伴随着我们快乐地成长。听过的、学过的、会唱的童谣越来越多。于是乡村童谣演唱会就随之出现了，这是原生态的童谣演唱专场，一般是在夏夜。那个时候，我们整个王家湾，连黑白电视都没有一台。夏天的夜晚，凉风习习，流萤飞舞，蛙叫虫鸣，星星点灯。我们围坐在公共晒坝旁的老槐树下，一起“抹”（音 má）包谷。那时候没有蚊香，偶有蚊子肆虐，一巴掌打去，手心就有红彤彤的血印。小伙伴们头挨着头，你一言我一语地说唱着童谣，比赛谁说唱得多谁就是孩子头。

前不久，萌生研究兴趣的我致电多位童年伙伴，大家共同回忆、补充，还原了一些记忆深处的童谣。现整理部分，以飨各位——

乞雨歌谣：听大人说，逗狗、戏狗是对老天爷的不敬，老天爷一生气就会大发雷霆下雨。只要久晴无雨，我们一帮小孩便会抬着、骑着自己家里养的狗，唱童谣：

天老爷，龙王爷，快快下个及时雨，保佑我们吃光米。天老爷，风老爷，快快吹来一阵风，给你炖个大鸡公。太阳快过去，阴凉快过来。又出太阳又下雨，皇帝娘娘嫁幺女……

反正是闹着玩儿，大多不把此事当真。偶尔耍狗后，碰巧会下雨，我们便会沾沾自喜，认为是我们的功劳。

教小孩勤劳的《大月亮，二月亮》：

大月亮，二月亮，哥哥起来学木匠，妹妹起来舂糯米，嫂嫂起来缝鞋底。舂的舂，簸的簸，传唤鸡娃等你鼓。猫翻跷，狗爨火，老鼠子开门笑死我。

模仿解放军的童谣：

解放军叔叔左右左，把你的帽儿左（换）给我，你吃烟，我点火，把你的鼻子烧了莫怪我。

戏说拖拉机的童谣：

拖拉机，四只脚，爸爸妈妈在工作，星期天，来接我，接我回去吃苹果。苹果香，苹果甜，我到银行去取钱，银行在开会，开的什么会？毛主席万万岁！

小孩盼望过年的童谣：

红萝卜，咪咪甜，看到看到就过年。过年又好耍，瓢羹舀汤汤，筷子夹嘎嘎！

摇竹竿盼长高的童谣：大年初一，小孩子一早就跑到竹林去摇竹子，唱着：

竹子爹，竹子娘，我跟竹子长样长。

请火姑娘的童谣：正月十一、十二晚上，孩子们在一个提篮上扎一个稻草人，穿上一件小姑娘的衣服，围在火笼旁请火姑娘，并唱道：

大月亮、二月亮，杀大猪、宰大羊，不请爹，不请娘，只请天上的火姑娘。

大月亮、二月亮，哥哥起来学木匠，嫂嫂起来推糯米。娃儿闻到糯米香，打起锣鼓接姑娘。姑娘高，耍弯刀。姑娘矮，学螃蟹。螃蟹到了屋，姑娘还在河里哭。

烧蛇蚤的童谣：儿时正月十四，我们有烧蛇蚤的习俗。这天叫过小年，家家都要搞大扫除，打扫的垃圾倒在一起，用火点燃。一股烟子冒起来，小孩们马上用扫帚把烟子往外面扇，边扇边唱：

蛇蚤公、蛇蚤母，河对岸请你过十五，酒也有，肉也有，爬到胯胯上就莫走。

叫穷童谣：

青杠叶儿背背黄，背起书包上学堂，书包放在桌子上，抱着书包哭一场，老师问我哭啥子？我说没钱买罩子，不能打发幺女子。

骂排行老二的童谣：

二娃二娃，狗舔（又作“尖尖”）下巴，不吃稀饭，要吃粑粑；粑粑滂臭，要吃腊肉；腊肉喷（peng）香，要吃生姜，生姜辣人，哭个不停……

点将童谣：孩子多的话，常玩一些组建成两支队伍比赛的游戏。如何分配人选呢？则由大家推出两名“元帅”，然后其他人站在一排，由两名“元帅”分别点将，被哪个“元帅”选上就归到哪个队伍去。当然点将也有点将的办法。由“元帅”从第一个人开始数，口里喊着：

点兵点将，点上我的好兵好将。

每说一个字，则用手指问一个人当说最后一个“将”字手所指的那个人就是“元帅”点中的大将。

还有一首流传得非常广的《张打铁，李打铁》童谣：

张打铁，李打铁，打把剪子送姐姐。姐姐留我歇，我不歇，我在桥脚歇。桥脚有根花花蛇，把我耳朵咬个缺。

这首童谣还有其他几种版本：

张打铁，李打铁，打把剪子送姐姐，姐姐留我半个月，我要回家卖茶叶。茶也香酒也香，十个盅子摆过江。大姐骑白马，二姐骑海獭。海獭过沟，踩到泥鳅。泥鳅告状，告到阎王。阎王挑水，碰到小鬼。小鬼抽烟，把（某某）头发烧半边。

张打铁，李打铁，打个刀儿送姐姐。姐姐留我歇，我不歇，我要回去学打铁。打铁难扯炉，我要回去学开屠。开屠难杀猪，我要回去学读书。读书又怕先生打，我要回去吹唢呐。唢呐难换气，我要回去学演戏。演戏难帮腔，我要回去学卖姜。卖姜难认秤，我要回去学捡粪，捡粪怕狗咬……

关于这首《张打铁，李打铁》的童谣，我还差点为此挨揍。当时我们队上的春叔在乡场的黄果树坝坝旁摆了一个铁匠铺。因为他姓李，天性顽皮的我带着我们王家湾的几个淘气孩子围着他的铁货加工坊铆起劲唱这首儿歌，还无师自通地搞起了独唱、轮唱、合唱，气得生性和善的春叔拿起一根桤木树条子就追赶我们。我们慌不择路地逃跑，得知消息的大人让几个小孩都吃了一顿“笋子炒肉片”。时光荏苒，去年秋天春叔送他家的大孙子到我工作的学校读高中，当我主动提起这件事时，年过古稀的春叔却怎么也回想不起来，让我唏嘘不已。

另外，在我们巴人故地川东北还特有一种与月亮有关的颠倒歌《三十晚上大月亮》：

三十晚上大月亮，贼娃子起来偷水缸，聋子听见脚步响，瞎子看见翻院墙，哑巴急着喊出房，拐子跟着撵一趟，断爪赶紧来帮忙，贼娃子吓得跑得慌，一抓抓到头发上，原来是个光和尚。

三十晚上大月亮，贼娃子进屋偷水缸，聋子听见脚步响，瞎子看见影子晃，瘫子起床摸电棒，哑巴一路吼出房，跛子赶忙追出去，断爪赶紧来帮忙，贼娃子吓得跑得慌，阴沟掉到鞋子头，出得门来人咬狗，捡个狗来砸石头。

这首童谣唱的全是反话。首先是美丽的月亮颠倒出场了，强盗也在月光明亮的圆月夜晚来行窃，选择的目标却是既不值钱又不方便携带的水缸。在这首童谣构造的世界里，聋子比其他人都先听见窃贼的动静，瞎子也先于其他人看见窃贼，跛子更是超过常人追了窃贼一趟。

大多数人只会这一首，但我从舅舅家的两个表姐处却听到了异曲同工的另外两首“颠倒歌”：

太阳落土又落坡，听我唱个扯谎歌。两个和尚来打架，头发扯成乱鸡窝。乌龟团鱼天上飞，鸡蛋打烂石碓窝。先生我，后生哥，姐的年龄比爹大得多。爹妈结婚我打锣，先生读书我教学。冬水田里牛牵人，大路边上人咬狗。捡个狗儿打石头，又怕石头咬了手。

说日白，就日白，日个白来了不得。三四月，种小麦，七八月，下大雪。蚊子滚在牛背上，压得气都出不得。夜壶炖腊肉，香得了不得。扁担上睡瞌睡，宽得过不得。大刀杀虮虱，流了八桶血。灯草做牛绳，一天拉到黑。

说到这绝大多数人都没听过的两首“颠倒歌”，教会两个表姐的就是我的外公。外公是一个精通多种手艺的匠人，农村需要的木匠、石匠、篾匠、盖瓦匠活他几乎都会。新中国成立前长期在大竹、渠县、仪陇、南部、营山、蓬安等地做活。而且传说他还读过鲁班书,会使一些法术。可惜我出生的时候外公已经70多岁,除了给我讲了许多当地人没讲过的鬼故事,我心心念念的法术他一次都没在我面前表演过。

当年教我们唱儿歌的长辈大多文化水平不高,不少祖辈还是文盲。他们没读过《诗经》,不知道《楚辞》《离骚》,更不懂得“浪漫主义”与“现实主义”的差别。但现在想来,这些传自他们的童谣,“赋比兴”张口就是,比喻拟人、顶针回环、双关反语信手拈来。这大概就是“艺术来源于生活”的另一种诠释吧!

如今,大量的人外出务工,多数人家的门都锁上了,村庄的夜晚格外冷清。而且随着城镇化步伐的加快,除极少数条件不太好的家庭,绝大多数小孩要么在父母打工地借读,要么转学到了城区的学校。仅有的一些小孩,课余抱着的也大多是功能先进的智能手机。旧时村庄里的童谣传唱已成为遥远的过去,渐渐消失。

今夜,我独坐古镇书斋,窗外月华如水。童谣小舟再一次穿梭在记忆之河:

> 月亮走,我也走,我跟月亮打烧酒。烧酒辣,卖黄蜡。黄蜡苦,卖豆腐。豆腐薄,卖菱角。菱角尖,尖上天。天又高,好耍刀。刀又快,好切菜。菜又青,好点灯。灯又亮,好算账。一算算到大天亮……

2023年4月20日谭家坝

打着火把看电影

火把是乡村夜幕下的“金眼睛”。

故乡的火把，小巧灵活，品种繁多。谷草火把、竹篾火把、柏皮火把和竹筒火把，在20世纪七八十年代，随处可见。

谷草火把是那个年代最常用的火把。这种火把，取材方便、容易燃烧。一般是在很短的路程上用，夜行者自己怀里抱几把草备用，一个用完了，马上接上第二个，以此类推。谷草火把燃得很快，眨眼工夫就燃掉一个。

竹篾火把使用也较多。在乡里，家家户户房前屋后都栽有竹子。在竹林选择长了厚厚黄斑的老慈竹砍掉，剔去节骨上的枝叶，放在院子里让它日晒夜露，待竹子干后锯成1米左右的竹节，用斧头将竹节砸碎。使用时，干竹子见火即燃，夜行照明非常方便。

柏皮火把则易燃耐烧，抗风能力极强，不过需要平时准备。乡民们一般是在修房造屋或者做家具时，砍回柏树起皮备用，将柏皮用篾条单独捆扎一道圈，然后紧紧地打一个死结。后退三指宽距，又绕一道圈打结，周而复始，一个二尺左右的柏皮火把至少要捆十几道扎圈。成形后的柏皮火把放置在通风干燥的地方备用。柏皮火把点燃后不易熄灭，夜行者拿在手里，火苗朝下，像钟表摇摆，只要左右轻轻地晃动一下，火苗遇风就会燃烧起来。火把摇摆的速度越快，火焰越旺盛越明亮。二尺长的火把，往往能照几里的路程。

竹筒火把，在凭借油票购买煤油的年代里是最先进、最洋气的火把。竹筒火把就是将煤油倒进竹筒里，在竹筒封口端塞进布条或棉团后形成的火把。它就像奥运火炬一样，在美丽的乡间小路上散发着无限光芒和能量。

故乡的火把，看似简陋土气，然而与防风的马灯和装干电池的手电筒相比，除了火苗大、照得远，还具有提神壮胆的作用。听父亲说，火把用途广泛，意义非凡。打着火把卖公粮、交肥猪，是乡亲们的传统。但于我们小孩而言，有关火把最深的记忆就是看电影了。

80 年代的山村，物质文明和精神文明都相当匮乏，看一场电影是难得的精神享受。每个村的大队部院子和中心校操场等比较宽阔的地方，是人们看坝坝电影的风水宝地。乡电影院会安排送电影下村活动，但一年的次数少得可怜。讲究的人家，嫁女娶媳、老人做寿，会请乡电影播放员到场播放一部电影，增添喜庆。每逢有村里或人家放电影，消息会提前传播，本村邻村的乡亲扶老携幼早早就会到场等候。有狂热爱看电影的人，十里八乡转场看电影，一点也不嫌路远。电影结束，已是深夜，散场时，一束束火把次第点亮，伴着人群化作一条条长龙，及至人群逐渐散开，漫山遍野都是移动的火把，狗吠声此起彼伏。

那时候，我们小孩子对电影的热爱，堪称“疯狂”。不管下午放学后在家帮助干农活有多累，只要一听说哪个地方要放电影，就像中了大奖一样，兴奋不已。而且，最夸张的是，往往同样一场电影，我们会跟着放映队跑几个大队连看几场。记忆中，《南征北战》和《地道战》两部电影，除了我们五大队、一大队、二大队和六大队的村部我都去看过。

我读三年级时暑假的一天傍晚，我的鲜姓同桌特意从老家赶到我家，告诉我他们村当天晚上要放电影。我立即约上湾里的几个同龄小伙伴，托一个大人给还未回家的父母带话说我们去一大队看电影了。匆忙间，只顾拿起门后父亲常用的火把，却忘记往竹筒火把里加煤油。

那天在一大队村校放映的是《英雄儿女》。我们连走带跑地赶到目的地时，天差不多黑透，影片已经放了一小会儿，但丝毫不影响我们观赏。我们沉浸在王成和王芳的故事中。我的大姑家就在一大队学校附近，本来计划到她家给竹筒火把加点煤油。结果结束时，小伙伴们叽叽喳喳地议论故事情节，把这事给忘了。一大队学校在骡动山梁上，我们谭家坝则在河下。上山容易下山难，大家在火把的照耀下，连走带滑地飞奔。说也奇怪，一路上除偶尔有人轻微摔一下，大伙儿基本无事。等走到四根箭山梁下的穿洞子时，火把不出意料地熄灭了。那个时候，我们当地小孩子之间谣传“穿洞子处有坏人专门取小孩苦胆”，平素我们一个人是不敢走这里的，何况是月黑风高的夜晚。没办法，身为“社火头儿”的我只好硬着头皮提议，我们人多手牵着手走，有事就大叫。好在这个穿洞子连接一大队和五大队，洞外是大路，几个小孩牵手同行完全没有问题。终于，在大路上摸索的我们依稀看见了生猪经营站外面的路灯，领头的我才松了一口气。

竹筒熄灭后经过下竖后，又可以点燃几分钟，只不过不怎么亮。

好在我们对经营站到供销社到黄果树坝坝到学校的路都很熟，大家以短跑冲刺的速度飞奔。刚过中心校的厕所不远，弹尽粮绝的火把再次熄灭。我的心咯噔一下。因为，从我们中心校到我们湾里必须路过一处叫作麻爪石包的坟园，这里上上下下有很多座坟。听着鬼故事长大的我们一向觉得这里晚上格外吓人，摸黑从这里通过我们是没有勇气的。小伙伴们六神无主地看着我，突然我想起了学校旁边的另一条路通往大房子湾，不远处好像还有半树谷草。谷草的女主人在我们队很泼辣，以小气和骂人著称。但慌忙间管不了那么多，我和另一个比我高一年级的小伙伴摸到田边，一看，树上果然还有没扯完的谷草。我们慌忙间扯了几把谷草夹在怀里，害怕她家的狗叫惊动主人，我们没敢多扯。回到大路上，用火柴点燃谷草，火壮人胆，大家似乎一下子不再害怕。通过坟园不久，我便学了几声狗叫，于是大路两边几户人家养的狗便次第叫起来。我家最远，还没走到屋，母亲已经打着竹筒火把在塝上接我来了。回到家后，我一边狼吞虎咽地吃着母亲做的稀饭盐胡豆，一边喋喋不休地向母亲炫耀电影情节，丝毫不顾母亲已经哈欠连天。

就这样，《南征北战》《地道战》《侦察兵》《上甘岭》《智取威虎山》《血战台儿庄》和《画皮》等经典影片，在一条条火把的温馨陪伴下，我们都如愿以偿。

20 世纪 90 年代初，乡村里放坝坝电影已经很少了。我的一个率先富起来的远房亲戚看到了商机，购买了一台大彩电在场镇上放映录像。谁家有红白喜事，也开始在自家院子包场放映录像。不过，与小时候打着火把不同，我们看完录像的归途都普遍使用手电筒照明。

如今，乡村里道路宽阔四通八达，差不多户户有彩电、家家有轿车，互联网也早已走入寻常百姓家。飞速的发展丰富了人们的文化生活和精神世界，也改变了乡村里的一切！

时过境迁，十里八乡转场看电影的热闹场景难以再现，一束束火把照亮归途的壮观景象一去不返。但荧屏闪耀着儿时梦想，火把照亮了整个童年。

2023 年 4 月 29 日恩阳青堡寨

难忘老家那口井

井是乡村的眼。井水提上来，如倾情的目光，令人心里都是润的。洗衣裳的姑娘挽着裤脚，撩着哗啦啦的水流，男人瞩目，姑娘回眸，顷刻间，村庄便鲜活起来。

在我的老家，自古以来就依山开田，傍井造宅，水井自然有着重要的地位。

人与自然是相互依存，相互改造的。生存生活条件好的地方，往往成为人口聚集的村庄。优越的地理位置，把我们队的人分成了五个聚落：大房子湾、刘家湾、王家湾、李家碥、山傍崖大院子。

人们聚居生活，同甘共苦，一起开田地，造房屋，每个聚落还打上一口水井。有的水井是祖上传下来的，有的则是后辈人打的新井。

大房子湾和李家碥的水井古老，都建于清朝湖广填四川时期。我们王家湾的水井历史稍短，是20世纪60年代初继祖父亲手打的。水井不大，用青石砌成。虽井壁凸凹不平，但井里的天然泉水常年流淌，水质优良，甘之如饴。

除了日常饮用，优质的泉水还被爷爷用来制作豆腐，水好，豆腐味道特别，拉到乡场售卖，常常被抢购一空。

水井位于临河边的一个大田下边，一棵高大的油桐树，为水井撑起了一片绿荫。水井旁有一片窄地，约一分面积。因为水井，我们叫它“水井地”。

近井，水源足，种啥东西长势都好。很长一段时间，这块地被母亲用来种植苎麻。夏天，我们在水井边淘菜、洗衣服。口渴了，就用桐布叶折叠舀水喝，甘甜的井水凉透心底，无法言说的惬意令人欲罢不能。

最初，家家户户挑水都使用木桶，桶本身重，容量又小，后来就被铁桶取代了。我年幼的时候，挑水的重担主要落在母亲身上。天刚微亮，母亲就起床，将水缸挑满。有时晚上父亲从地里回得早，也会在天黑透前将水缸挑满。后来，我逐渐长大了，开始和湾里的孩子一样学着挑水。先是半桶，接着大半桶，然后满桶。最初的时候，因为没有经验，即使半桶水都经常往外面溅。我将桑叶或者油桐叶放在水桶里，轻易就解决了问题，还引来小伙伴们纷纷效仿。从水井到我家，有五分钟左右的路程，挑着六七十斤的水桶，扁担压在肩上，生疼生疼的。直到初中毕业时，我才学会像大人那样轮流换肩。体验了挑水的不易，才明白父母的艰辛。

关于水井的记忆，最愉快的莫过于“抢银水”。在我们老家，有初一早上“抢银水”的传统。除夕夜，父亲就会跟我说，正月初一他要早起挑银水，我要给他打亮，否则就没有压岁钱。

初一早上，天还未亮，在雄鸡的喔喔声里，父亲把我摇醒。我睡得正香，极不情愿地睁开眼，嘴里嘟囔着不想起床。可为了压岁钱，只好穿衣起床。

虽说是早上，其实还是夜里，外面漆黑一片，寒气刺骨。刚打开门时，我冷得寒颤连连，上下牙打架，“咯咯”作响。浓雾弥漫之下，手电筒的光照不了多远，更不能逼退和夜色一样浓重的寒气。人走到哪里，寒气的刀子就追到哪里，刮着裸露在外的手、脸和耳朵。不过，这段走了无数遍的路，父亲和我闭着眼都能走几个来回。挑银水必须装满，父亲挑了五担水，才把我家的石头缸装满。挑银水习俗有什么内涵，父亲也说不出个子丑寅卯，只是告诉我，从他记事起，每年正月初一一大早，继祖父都要挑银水，他都会给继祖父打亮，当然那时打的是火把。父亲还说，我长大了也要挑银水，让我的儿子打电筒。后来我们湾里的人户越来越多，父亲便做了改变，最多只挑两担水。他平和地对我说有个意思就行了，别人家也要挑。

湾里的人越来越多，大家便约定做饭用这口井的水，洗衣、喂猪、喂牛等都用水塘里的水。

大概每年在我们春学期放农忙假时，这口井的出水量最少。此时，小孩们往往会挑着水桶在水井边的树荫下等水。待井水渗出，便沿着井壁爬下去，一瓢一瓢地舀水。大伙的眼睛雪亮，谁多舀一瓢，都会遭到别人反对。我自幼机灵，常常在吃午饭的时候去，一般都会舀上大半挑。后来妹妹出生了，守水的任务便交给了她。“哥哥，有水了，快来——”许多年过去了，妹妹怯生生的童音好像就在昨天。

随着用水的人越来越多，一口井的水便有些捉襟见肘。我初中毕业那一年，父亲在我家屋后的大路边上新挖了一口水井，用塑料管子接水吃。新井的水质没有老井的好，只要有空，我总是喜欢去老井挑几担水回家。

再后来，村里开始流行打机井。条件好的几户人先后在房前屋后打了机压井，用手轻轻一压，清亮亮的水就从地下欢快地流出来。还有个别人家安装了电动机，直接把水抽到缸里，吃水变得十分方便。

2016年，跟我一起在小县城生活十多年的父母重回老家生活。勤劳的父亲做的第一件事便是重淘了水井。

许多邻居已经迁出王家湾，同院的二爹家也使用机压井多年，湾里很少人用老井的水了。在我的建议下，父亲为这口60多年的老井加了一个石板井盖，将电线拉到井旁，安装了电动抽水机，直接将井水抽到水缸里。我曾半认真地和妻子说，与自来水做的饭相比，老家井水熬出的稀饭更香、更醇，保留了童年的味道。

对于大自然，对于人类，水是生命之本。用水的保障，向来是生活的重中之重。而在相当长的时期内，水井成为人们休养生息的依托。在历史的车轮中，故乡的老井完成了它的使命，渐渐退出了历史舞台，成为往昔岁月的记忆。老井用甘甜的琼浆，供养了父母，供养了我，陪伴我度过了难忘的岁月。在我心中，它不仅是一口井，它积蓄了太多的快乐、亲情、乡愁，成为我生命中永远无法磨灭的生活和情感烙印。

2023年4月29日谭家坝

爷爷的拐杖

记忆中爷爷是与拐杖长年相伴的。

在我们谭家坝的集体生产时期，爷爷个子高、力气大，是出了名的。奈何家里一贫如洗，兄弟姊妹多，自己又性格木讷，成年后只得寄居在生产队的公棚里，直到婆婆由同乐场春光村改嫁过来，爷爷才在王家湾安顿下来。

我记事时，爷爷已经年过花甲。他那把常伴左右的拐杖不是古董，也不是文物，就是一根直径约为 3 厘米、长约 1.5 米的杂木棒，在拄地的一头箍了几圈铁丝，握手处略略弯曲，油光锃亮。挑水挑粪的时候，爷爷总是习惯性地用右手拄着它。偶尔挑不太重的撮箕时，还把它放在肩上，形成一个三角形。

20 世纪 80 年代初，土地已经分下户，村民的生产积极性被释放出来。但我们王家湾人多地少，爷爷只会泥墙的手艺，要养活一大家人很不容易。迫于生计，爷爷便利用离场镇很近的优势，在乡场上摆了一个卖铁货的小铺子，同时兼营草纸、火炮之类。记忆中一年总有那么几次，爷爷带着他的三个儿子天没亮就出发，步行五个钟头到恩阳古镇老街批发铁货。如果运气好，返程会搭上恩阳到兴隆的农用车。那时候天官到兴隆没有通公路，在兴隆场街头下车后，爷爷的拐杖便派上了用场。父子四人挑着担子走几十里山路回到家时，天都已经黑透了。乡场上的集市一般只是上午。为了多销售点货物，每逢当场的日子，爷爷便担着挑子、拄着拐杖，早早地来到摊位。我读书的中心校，距离爷爷的摊位大概 400 米。很多时候我放学不是先回家，而是飞奔向父亲卖菜的地方或者爷爷的铁货铺前。父亲一向节俭，因此我在父亲那里一般是不会有收获的。但只要我在爷爷那里待上几分钟，慈祥的他便会给我一张角票或者几张分票。那时买几颗水果糖或者一个干饼子，是绝对够的。有时还会积攒点零花钱。我很早就知道，父亲是婆婆改嫁带到爷爷家的，父亲虽非爷爷亲生，但爷爷待父亲、待我们一家十分宽厚，小时候我与爷爷也格外亲近。

如水的日子一天天逝去。我长大了，很快便离开老家进县城读书。1997 年 10 月，我领到了我工作以来的第一个月工资，我迫不及待地给爷爷买了一把床头使用的微风电扇。那时候，街上已经开了很多店铺，因此爷爷的生意大不如以前。在儿女们的劝阻下，年过古稀的爷爷不再经营笨重的铁货生意，依然做着草纸、香蜡之类的生意。好在学砖工的二爹、幺爹先后成家立业，一大家人的光景好了起来。爷爷的小铺子也由早年的贴补家用，变成了晚年的打发时间。

2004 年，我送走了我的第一届高中毕业生。暑假期间，单位组织我们到峨眉山旅游。在纪念品商店，我一眼相中了一把漂亮的龙头拐杖。听店主介绍，那是一把由峨眉山非遗传承人陈老师亲手雕刻的单龙拐杖。拐杖的价格很贵，同行的同事都劝我不要买。回到老家，我将拐杖送给了爷爷。当然，我没有告诉老人拐杖的真实价格。但做了大半辈子小生意的老人肯定会猜到它价格不菲。因此只有在上街、过节或者农村走人户的时候，爷爷才会精神抖擞地拄上它。平时他还是拄着他那根自己做的杂木拐杖。龙头拐杖陪伴着爷爷的晚年，直到他在十年前无疾而终。遗憾的是，当时沉浸在悲痛中的我和几个堂弟都没有留意，最终这根拐杖不知被谁偷拿走了，我唏嘘不已。

拄着拐杖的爷爷总是辛苦地操持着一家的生计，从未停歇，虽然木讷，似乎从来没给后辈讲过什么大道理，但他以勤劳俭朴、仁厚善良的身教，潜移默化地影响着我们，化作家风，如一泓清泉，蜿蜒流淌在后辈心间……

2023 年 4 月 22 日一默斋

我的婆婆

游子是故乡放飞的风筝。走出乡村多年的我一直走不出故乡的牵绊……

打我记事起，我和婆婆就亲近不起来。

新中国成立前夕，在同乐场春光村，我的高祖父凭着精明能干从孙姓大地主家购买了很多田地，摆脱了几代的长工身份。正因如此，在新中国成立后的土改运动划分阶级成分时，高祖父变成了地主，在惶惑不安与无尽悔恨中，高祖父和年轻的祖父先后辞世，留下了同样是地主女儿出身的婆婆和大姑、父亲相依为命。在媒人的撮合下，婆婆带着一双儿女改嫁到了天官场谭家坝。

按常理，婆婆应该对自己带过来的儿子很好。但生性刻薄的她硬是一天学都没有让父亲上，也坚决不让成年后的父亲学手艺。直到 28 岁，婆婆都没给父亲张罗过亲事。好在我外公和爷爷是亲兄弟，看着父亲长大的外公将他的小女儿许配给了父亲。

婆婆个子不高，泼辣、刻薄，会骂架、不会做针线活。在我们湾里，无论小孩还是大人，基本上都不怎么喜欢她。印象中，几乎每一天婆婆都在骂人，不是骂两个没成家的儿子，就是骂老实的爷爷，实在没什么骂的就骂鸡、骂牛不听话。至于指桑骂槐地骂我的父母亲那更是家常便饭。爱嚼舌根的婆婆有时真的蛮横不讲理。

我是长孙，虽然婆婆对我比较疼爱，但或许是基于上面的原因，我就是不喜欢她。有时父母一起到玉山场镇去卖菜，交代好了中午放学后在婆婆家吃饭，可口头答应的我不是到隔壁生产队的舅舅家，就是到附近关系好的同学家。好在木讷的爷爷对我很好。那时，爷爷在乡场上摆了一个铁货摊。逢场的日子，我几乎是必到街上找爷爷的。如果哪天有事没有去，爷爷一定会为我准备几颗水果糖，待我下午放学回家后拿给我。

后来，婆婆和爷爷生的两个儿子先后娶妻，一大家子生活在同一个院子。坦率地说，因为婆婆的原因，大家相处得不是很和谐。幼年的我就立志要读书走出去，与我渴望逃离这个院子的想法分不开。在磕磕绊绊中，我读了初中，然后考进县城读中等师范。这时，我才发现，婆婆对我潜移默化的影响早已浸入我的骨子里。我性格矛盾：看似豁达实则狭隘，表面自信实则自卑，表面上仗义但骨子里小气，与同学相处往往“有理不让人，没理扯三分”。好在我遇到了教授我心理学的魏老师。魏老师当时刚从大学毕业，和我亦师亦友。他了解我的原生家庭情况后，鼓励我多读书，多交友，多写反思日记。

1997 年 10 月，我领到了人生的第一笔工资。周末回家，我特意用工资给爷爷买了一把微风电扇，却什么东西都没有给婆婆买。给爷爷礼物时，婆婆明显有些失落。然而 18 岁的我是不怎么懂得人情世故的，父亲提醒我时，我还强词夺理地说：“婆婆又不怕热，况且还可以一起扇。”这个时候，婆婆早已不耕种庄稼了。因为父亲他们三兄弟常年在外务工，所有土地上的农活全压在母亲和二妈、幺妈身上。农忙时节，不管有多忙，身体还很好的婆婆都是不会为谁家搭一把手，她大多是在写有毛主席语录的那面山墙下的木圈椅上闲坐。这让年轻的我很不理解。一次，婆婆最疼爱的幺儿媳妇、我的幺妈在我面前无意嘀咕了一句“那是一辈子好吃懒做惯了”。

说者无心，听者有意。“好吃懒做”——我一直不曾说出口的这四个字好像一下子点中了我的软穴。我开始为这四个平常的汉字纠结、矛盾，久久不能平静。我知道，在我们老家，“为长者讳”是朴素的、基本的道德准则。在三个媳妇中，婆婆素来偏爱幺儿媳妇。能让她说出这句话真可能是不吐不快的缘故。

我参加工作成了“公家人”，有了一些社会地位。而我骨子里同婆婆一样，爱管闲事，又爱发表个人意见，在大家庭里的地位也提高了不少。几年间，随着我年龄的增加、阅历的丰富，我开始一视同仁地对待婆婆和爷爷，只给爷爷买礼物的事再也没有发生过。我与婆婆的关系也平和、融洽了许多。

2013 年，年过 80 的爷爷无疾而终。安葬好爷爷后，婆婆的赡养问题摆上了桌面。当时在我们村里，儿子多的老人，大多是随某一个儿子生活，其余的出点赡养费。但素来喜欢“弯酸人”的婆婆对此坚决不同意。即使一个儿子家赡养半年，婆婆都不同意。她固执地要求一个儿子家住半个月。可当时我们家和二妈家都因为有小孩出生需要照顾，实在无能为力。好说歹说，最后确定一个儿子家生活一个月。于是，我特意购买了一辆架子摩托，只为了专程接送晕车的母亲往返老家赡养婆婆。

因为婆婆的缘故，我的父亲、二爹都特别喜欢也特别擅长骂人。

我的几个堂弟是否擅长骂人我不知道，但我绝对是深得婆婆骂人精髓的。只不过因为有点文化，我将出口“带把子”换成了张口“赋比兴”。别人开玩笑说我们王家湾的屋基有问题，一个二个尽爱骂人。其实当老师的我知道，哪是什么屋基问题，这就是原生家庭的影响。

如今，婆婆已经离开我们7个年头了。因为二妈、幺妈家相继迁出另建房屋，父亲在老屋基上新建了砖屋。当年婆婆为何对待父亲那样苛刻，原因不得而知。每次回到老家，我总喜欢坐在当年婆婆坐的位置，摩挲婆婆留下的树疙篼板凳，睹物思人，有时莞尔一笑：婆婆身上到底有没有优点呢?

细细思量，其实婆婆一生对生活充满了热望，对很多事物有着长久的热情，譬如她年届90时拄根拐杖逢场必赶；她精力充沛、记忆力特好，无论早年还是晚年，不论谁聊到一个什么新鲜话题，她总是侧耳倾听，即使别人忘记了她也能记得清清楚楚；她神经大条，从不记隔夜仇，无论头天吵得如何不可开交，一觉睡醒她就跟没事人一样。而这几点，都被我完美继承。哎，静夜思之，实在让我唏嘘不已。好在，因为听从读中师时老师所开的“阅读”“交友”“反思”三个处方，常年坚持的我基本克服了刻薄、嘴臭的缺点。而热爱生活、精力充沛、神经大条、记忆力好这几点对我的工作、我的业余写作都益处多多。这大概算是婆婆留给我的精神财富吧!

2023年4月24日恩阳二中

我的外爷是盖匠

在我们老家，外爷是一个有着传奇色彩的人。他会的手艺多，精通旧时打石匠、大木匠、篾匠、刀儿匠（杀猪匠）、解匠、盖匠等工匠活儿；他走南闯北，解放前常年在仪陇、营山、南部、通江、万源、达县、渠县等地做工匠活，据说他父母去世他都没能在身边；他被戏称为“壳子客”，一肚子的龙门阵和鬼故事；他读过《鲁班经》，会一些法术，而且因为坚信“读了鲁班书，必定会成为鳏、寡、孤、独、残中的一种”而不敢结婚，中年后成为“上门汉”，而在我母亲未满 1 岁时外婆去世，最终孤独终老。

我是我外爷逢的生。我们当地，谁家媳妇生了孩子，在不知情的情况下，第一个出现在这家的人，就是这个孩子的“逢生人”。当时大大咧咧的外爷不知道他的女儿快要生小孩，到我家来问一句话，刚走到我家门口，就迎来了我的第一声啼哭。在我们当地有句俗话：“人看逢生人，狗看捉的人。”说来也怪，我长大后言谈举止很像我的外爷。因为打小就爱冲壳子（聊天），我多次被父亲说是外爷脱的壳。

因为种种原因，我的父亲年近 30 都没有成家。外爷和爷爷是同胞兄弟，因为知道父亲勤劳老实，外爷将他的小女儿许配给了父亲，据说彩礼都没有要，当然当时爷爷的家境也拿不出多少彩礼。基于此，我的父亲对外爷怀有感恩之心。因为相隔不远，外爷又一个人生活，我们家只要煮一口好吃的父亲都会把外爷接过来。

我是在外爷的童谣和故事中长大的。外爷到我家后，母亲因为忙家务，很多时候都让外爷管我。但我小时候特皮，性子又急。有次母亲有事上街，1 岁多的我在娃儿背篼里耍横，外公手足无措，结果我的鼻子被背篼边磨出了血，后来被农村的算命先生说，就因鼻子早早破了相而躲过了命中的一劫。

外爷的烟瘾很大。因为这，我的母亲时常埋怨他。大概在我读小学三年级时的一个星期天，父母到几十里外的邻县去卖蚕茧，外爷在我家照看我。看着外爷抽叶子烟，我也哭闹着要抽，素来溺爱我的外爷居然真的给我装了一锅烟。抽烟的场景已经记不清楚，但我在接连抽完两锅叶子烟后却被闷住了，憨口水流了一地。母亲回家后把我送到场镇的医生处，医生说这叫“醉烟”，没有药，等几天自己就会好。因为这件事，我被母亲用金竹条狠狠地抽打了一顿，外爷也被母亲大骂了一阵子。很长一段时间，外爷都不好意思来我家。

因为听说外爷读过《鲁班书》，会施法术，我曾多次央求外爷露一手。一向迁就我的外公却一次都没有在我面前显露过。我长大后才知道，外爷认为自己读过《鲁班书》，克死了外婆，自己成了鳏夫，代价太大，就一直讳莫如深。

外爷常说：天干饿不死手艺人。我们坝里人多地少，7 个兄妹的大家庭吃喝都是问题，家里是没有钱送外爷去学手艺的。好在外爷心灵手巧，他会的多门手艺大多是自己摸索外加偷师学艺而成的，但盖匠例外。外爷说盖房子这门手艺他是正儿八经提着大红公鸡叩拜过师傅的。跟着南部那边一位小有名气的师傅学满三年手艺后，他才出去单飞闯荡。但外爷知道我们老家的俗话“艺多不养家”，因此待几个儿女成家后，他基本就只做盖匠活和篾匠活了，当然这也有年龄大和体力差的因素。譬如杀猪，外爷在教会他的养子我的二舅之后就终生未动过刀，而石匠活在早年带了几个徒弟以后就基本封山了，因此就连我母亲都差不多忘记了外爷会做石匠活。

听外爷讲，弯刀、墙锤、锯子、梳板是盖匠的工具，而盖匠的功夫全在手上，基本功就是划篾条。将一筒青竹劈开，一剖为二，二剖为四，剖出来的篾片，要粗细均匀、青白分明。不同的部位可以做成不同的篾，将竹皮竹心剖开，分成青竹片和黄竹片。茅屋用篾讲究“一青三黄”，一条青篾条配三条黄篾条，这样才有韧性，剩下的篾条被称作“死篾”，不能使用。粗篾条纵横交织，盖在茅屋骨架上方，细篾条将茅草与竹竿骨架牢牢绑住。铺草是最难的，将茅草用铡刀切齐，捆绑固定后扔到房上，从檐檩循序往房顶上铺草，层层铺开，再用梳板依次向下排打，让茅草铺盖均匀、有序。修得好的茅屋，层次分明，斜面光滑，边沿整整齐齐。

我小的时候，农村条件不是很好，很多人家住的都是土坯墙盖谷草的房子。后来条件好了，修建了瓦房，但猪牛圈和柴棚什么的大多是茅草屋。那时几乎家家房前屋后都栽有竹子，竹子成林后遮挡草屋，因为不怎么晒得到太阳，谷草房的寿命很短，差不多两年就要翻新，一般是在冬月或开春雨水来临之前。因此，手艺很好的外爷是不愁没人请的。

因为绝大多数人都请他做过活，外爷在老家格外受人尊重。

偶尔闲着没事时到乡场的老茶馆喝茶，往往人还没坐定，就有人抢着给他出茶钱，自然也有人端着茶盅主动过来陪他摆龙门阵。摆谈中就会说起：“王掌墨师，你哪天有空哦？我家那草房下雨漏起凶得狠，又该翻草啰，抽时间帮忙整一下嘛。”外爷当然一口答应。

我读小学时，我们湾里绝大多数人家都修建了明亮的青瓦房。新房盖茅草只有一户。也正因如此，我得以见识外爷的手艺。大概土墙筑到差不多垛子高时，外爷进场了。他先是划竹片、篾条，用钉耙梳草扎成一捆一捆的，待木匠上完梁后，盖匠外爷就开始登场“表演”了。他带着帮忙的人从墙梗往两边铺排竹竿，竹片则用篾条扎牢，打下手的助手往上递草。从檐檩循序往房顶上铺草并用梳板排打，再按照房主人的要求，在适当位置放几块采光用的玻璃亮瓦。外爷盖的茅屋，层次分明，斜面光滑，边沿整整齐齐，让房主很是满意。

物质匮乏的年代，农户请人盖房，伙食是不可能天天见肉的，但蔬菜里加点油渣、炒点回锅肉端上桌子还是有的。房子盖好后，手头拮据的人家往往只会给外爷一些粮食充当工钱。而遇到家里特别困难的，生性善良的外爷往往什么都不要，白白帮忙。我读书的时候，农村的条件已经好了很多，一般请外爷盖房后会多少拿点工钱的。而外爷不爱把钱存在信用社，他一般都将钱压在卧室的席子下面。因此，每次到大舅家我都会在外爷那里翻找零票。

后来，农村的茅屋越来越少，加之年过古稀的外爷身体也不再硬朗，做了一辈子盖匠活的外爷终于不再为人盖草房。但闲不下来的他重拾年轻时的篾匠活，烘笼、撮箕、簸箕、竹席，外爷做得格外用心，往往拿到乡场就被一抢而空，当然也有到家预约定做的。

1995年冬，年近80的外爷无疾而终。遗憾的是，因为通信不发达，家人没有通知当时正在县城里读中师的我。为人厚道的外爷已经离开我近30年了，我常常想起和外爷生活的点点滴滴，他丰盈了我的童年，教会了我很多朴素的道理。

愿外爷在天国安息！

2023年4月27日一默斋

父亲的扁担

我时常想起父亲，想起父亲那根相伴大半辈子的扁担！

我们老家，扁担一般叫作“扁挑”。而且分工明确，挑水是挑水的，叫“水扁挑”，两头一般用绳子系一副铁挂钩；挑粪什么的用的是粪扁挑，这种扁挑光秃秃的，中间略宽、厚，两头略窄、薄，只是在两端用老竹节做两个防止桶滑走的扣，让竹片熏制的粪桶刮刮刚好卡在其中。

与大多数地方使用楠竹扁担不一样，老家的扁担大多是木制的。做扁担的树一般选的是水冬瓜树。水冬瓜，又名鸡仔木、风箱树，是茜草科、鸡仔木属半常绿或落叶乔木，广泛分布于云贵川和湖南、广西、安徽等地；树皮灰色，粗糙；小枝无毛，多生长于海拔 300~1000 米处的林中或水边。当然，这些知识，识字不多的父亲是不知道的。在我们老家，“青杠树做锄把，（水）冬瓜树做扁挑”是祖辈传下来的，天经地义，习以为常。

记忆中我们家至少有三根扁担，一根专门挑水，一根用来挑粪，父亲专用，一根略短一些，也是用来挑粪，是母亲专用。地里的农活主要靠父亲，因此父亲黝黑的肩上常常晃着一根光溜溜的扁担。

父亲对这根扁担也情有独钟。每每劳作间歇，总是用怜爱的眼神打量他这根被视如珍宝的木扁担。儿时的我，不懂得交通闭塞的乡村生活的艰辛，也不理解父亲和扁担的情感。一天傍晚，我拿着父亲的扁担在院子里和伙伴们玩“骑马”的游戏，结果被很少打骂我的父亲厉声喝止。说实话，当时的我满是疑惑：一向疼爱我的父亲为什么会这样？一根稍加砍削的木头对他就那么重要吗？

时光不急不缓不回头。日子在我对父亲不解的疑惑中悄然流逝，渐渐长大的我逐渐明白了扁担对于父亲的重要意义：家中做农活时挑重物、交公粮统购时挑粮食、替开铁货摊的爷爷进货物，都是父亲这根扁担的“光荣任务”。而且，为了改善一家人的生计，父母在我们湾里早早地搞起了多种经营，种蘑菇、喂母猪、育菜秧，似乎所有的活计都离不开扁担。扁担早已与父亲血肉相连，容不得有半点闪失，也容不得丝毫亵渎。

我读小学三年级的时候，我们中心校用青砖修建了一座标准的厕所，老百姓戏称“中心校最好的建筑是厕所”。学校位于我们生产队，队上的农户就经常到学校的厕所挑粪，人多的时候还要排队。我们家因为种菜卖的缘故，对粪便的需求就更大。有一次，我的同桌兴冲冲地跑来告诉我，说看见了我父亲在挑粪。幼小的我认为父亲来学校挑粪是一件很没有面子的事，中午放学回家，我满脸不高兴，父亲叫我时还赌气地不应答。得知原委的父亲一句话也没有说，但为了照顾我所谓的面子，自那以后，父亲就将挑粪的时间换成了一早一晚，因为这两个时候学生很少。

由于长年累月的劳动，父亲的背没有像他那根两端微微翘起的扁担那样直，而是逐渐变成书本中所学的弧线。随着我和妹妹年龄的增长，扁担被父亲的汗水浸润得越发光滑，挑重物时单调的“咯吱”声似乎变得越来越沉闷。

改革开放的春风吹到了坝里，做砖工的二爹、幺爹先后到广东、江苏打工。年终一对比，土里刨金始终是赶不上外出务工的。1994 年秋，我跨入中等师范校门不久，在老家多年辛苦劳作的父亲选择到常州打工。最初，没有手艺的父亲在工地上干的是工作苦、薪资低的小工，陪伴他的是工头统一配备的楠竹扁担。后来，手巧的父亲学会了支模，才逐渐告别扁担，收入也才好一点。

生活悄然变化，村子里的喜事越来越多：村里修通了公路，张家在公路旁盖了小洋楼，李家添置了大彩电，王家买了小轿车……我家的生活也如芝麻开花，一步步丰实起来。因为已很少使用，父亲最终将扁担放回老屋灶房的门后。每年春节前后，务工归来的父亲总会取出蒙着薄灰的扁担，用废旧的衣物轻轻地擦拭，一遍又一遍，眼里饱含深情，就像赛车手打理自己心爱的坐骑。擦拭完后，父亲总会拿起它担上一两回东西，不至于让它闲得太“寂寞”。

现在的我，工作于一个小城的高中学校，每天奔走于家与单位之间。每当在大桥上看见菜农挑着扁担，我就会想起故乡，想起父亲，想起父亲的那根扁担。成年的我早已明白：父亲的扁担，挑起的绝不单单是重物，而是整个家和对未来生活的美好向往……

2023 年 4 月 30 日一默斋

母亲的顶针

老家的瓦房终于还是要拆除了。得到消息的我匆匆赶回去，收拾整理旧物。在立柜的角落里，一枚锈迹斑斑的顶针映入眼帘。顶针布满锈迹，显示主人许久未曾动用。但我知道，这枚生锈的顶针是母亲使用多年格外珍视的老物件。

说起顶针，今天的年轻人比较陌生。因为它不像戒指那样受人青睐，它是缝补衣服时用来辅助穿针或防止扎手而必备的针线工具。大多是铁质的，内圈光滑，外圈上密布着凹进去的小针眼，用来顶住缝衣针的后端，以便穿过厚厚的衣物，最常用于纳鞋底。

母亲虽然没上过几天学，但做姑娘时就以心灵手巧著称。嫁给父亲不久，母亲鞋做得好就在我们生产队传开了。街坊的大姑娘、小媳妇儿，经常拿着鞋样儿、花布面儿来到我家找母亲。她们问鞋底制作的技巧，问穿针引线的松密，问衣服的式样大小。谁家媳妇添了小宝宝，年轻的妈妈便会一手抱着小宝宝，一手拿着针线笸，向我母亲讨教做鞋做帽的方法，选择衣服的样式。无论谁来，母亲总是面带微笑，热情相待。哪怕家务再忙，她都会抽出时间，手把手地教她们裁布剪料、穿针走线。如果不太忙，母亲还会亲自动手，帮她们在鞋底上纳上几行。

婆婆是地主的女儿，不会女工。在大姑出嫁后，一大家人的缝缝补补就成了问题。我的母亲嫁过来后，情况才得以改善。虽然早早地分了家，但爷爷婆婆、爸爸的两个弟弟、我们家四口人，需要缝缝补补的东西实在太多了。在那艰苦的日子里，一家八口人的衣服、鞋子、被褥都是母亲一人完成的。除了干农活，母亲大多时候是把顶针带在手上的。因为使用的频率高，铁质的顶针在手指的摩擦下，光滑锃亮，戴顶针的手指磨出厚厚的老茧。

平日里，母亲总是把做衣服剩下的零碎布头和拆卸的破衣裤积攒起来，装在一个竹箱里。积攒多了，便挑个晴朗的日子开始粘铺底布，俗称“打布壳子”。先用热水将面粉调成薄薄的面浆，再找来一块木板，将涂了面浆的碎布片拼贴在木板上，拼得跟木板一般大；然后再粘第二层、第三层，粘了四五层后，便拿到太阳底下去曝晒。晒干后，撕下来，就成了一块纳底用的铺底布了。下雨天时，母亲从针线箩里取出鞋样，合在铺底布上，依着鞋样剪下一块块鞋底布，再一层层地叠起来，叠至一定的厚度后，又在底下蒙上一片比鞋底稍大的白布，将布边嵌入鞋底布之间，鞋底就做好了。这样用一层层的铺底布纳成的鞋底，俗称千层底。母亲一般会把全家人一年用的鞋底一次性做好。做好鞋底后，母亲一般会先搓好纳鞋底用的麻绳，一扣一扣地挂在罩钩上。

接下来，就是浩繁的纳鞋底工程了。母亲用她粗壮的手指，戴着顶针，百针千针地在厚厚的布底上来回地纳。多少年过去了，我的心里一直印着母亲纳鞋底时的情景。就着昏黄的灯光，母亲习惯将针在头发上擦一下后扎在鞋底上，用指上戴着的顶针使劲地顶住针鼻，针便一点点穿过鞋底，在另一面露出针尖，直到露出大半个针身，母亲用力夹住针一拔，针、麻绳便离开鞋底，然后用手把麻绳狠狠地勒紧，再重复这样的动作。有时实在顶不动了，母亲会用牙咬或者用钳子往外拔。母亲纳鞋底的技术很好，纳的时候动作柔和优雅，纳的针脚绵密，犹如艺术品。纳好鞋底后就做鞋帮，做完鞋帮再用麻绳将鞋帮和鞋底缝在一起，一双鞋才算完工。

做被褥则相对轻松一些。因为被褥厚实，使用的针较长，更需要顶针了，不过力气不用太大。母亲左手在上压住被褥，戴着顶针的右手在下面顶住长长的缝衣针，很轻松地做完了一床又一床的被褥。那时候，农村的条件不好，衣服破旧了是需要缝补的。小孩子顽皮，膝盖、屁股处磨个洞是常有的事。一般的人缝补大多是在破烂处垫上布块，用针缝上。母亲则不一样，她会把破烂处裁剪成圆形，针脚也非常细密，几乎看不出来。裤子上的圆疤让我在小伙伴面前，赚足了面子。小伙伴羡慕的眼神，至今想来，仍历历在目。

“慈母手中线，游子身上衣。”在母亲密密匝匝的一针一线里，我长大了。考上中等师范的我，开始离开老家进县城读书。当时，我的行囊里放着母亲做的两双布鞋。但惭愧的是，青春年少的我入学不久就在室友的撺掇下买了一双皮鞋，母亲精心做的布鞋也就放在了箱底了。后来，异地工作的我先后生育了长子、幺女，母亲离开老家帮我们带孩子。闲不下来的母亲给我们一家和我的朋友做了许多鞋垫。

如今，重回老家生活的母亲依然耳清目明，小针穿线都不在话下。只是生活条件好了，儿孙辈也不忍心让她一针一线为我们付出了。她就偶尔做点手机套、收纳盒这样的小手工。自然，顶针也就再无用武之地了。

凝视着这枚结百衣纳千鞋的顶针，我鼻子一酸：不知母亲一生用断了多少钢针、用坏了多少顶针，但我知道针线攥在母亲的手头，始终连在我的心头……

2023 年 3 月 24 日谭家坝

乡村瓦事

瓦是童年的底片，能冲洗出乡村旧事。

在我的家乡，旧时的乡村民居，大多是瓦房。瓦房，就是以瓦覆顶的房子。在水泥板房出现之前，乡下平房极少，随便哪个村庄，除极少数特别穷困的住茅（谷）草屋，绝大多数人家的房顶，鱼鳞般密密覆盖着一绺一绺黑灰色的瓦片。

瓦是土木建筑中屋顶的建筑材料，起源几乎和中华文明一样悠久。我没有考证过瓦起源于何时，但我知道中国的制陶业极为久远。乡下的瓦是用泥坯烧制的，弧形，蓝灰色，俗称小青瓦。它不像皇宫或寺院里的琉璃瓦那样金碧辉煌，犹如瓦中的平民，时间长了，就会变成黑灰色。

对于乡村人家来说，做瓦是大事，不仅修房起屋需要烧制大量的瓦，而且屋顶直面风雨，难免有所毁损，也需要储存一定的瓦修补或翻盖屋顶，所以每隔几年就会烧制一窑瓦。

爸妈结婚分家时，爷爷只分给了两间厢房。爸妈是近乎文盲的农民，他们说不出“耕者有其田，居者有其屋”这样的话，但建新房是父母朴素的愿望，是他们人生中的一件大事！他们含辛茹苦，勤劳奋斗，为的就是有属于自己和孩子的一座新房子！因为我们住的王家湾已经有人新修了大瓦房，1984 年秋天，爸妈决定来年开春后修建新房。

在城市，买房是需要汇聚一家财力的大事；在农村，修房造屋不仅需要汇聚财力，还需要汇聚人力，更是大事，需要几年的准备。父亲先是提前到亲戚、邻居家帮忙，准备修房子时换工。秋收后，父亲便开始着手做新瓦。做新瓦是一项比较复杂的工艺，需要请专门的泥瓦匠人。好在我的姨父就是远近闻名的瓦匠。

做瓦的工序主要有三道：一是踩瓦泥，二是做瓦坯，三是烧瓦窑。做瓦的人家先要自己踩好瓦泥。首先要有符合做瓦的黏土，这种土见水以后有很强的黏性，而且里面没有石子和其他杂质，结构紧密，比重较大，颜色呈暗红色。我们王家塆的土质是适合做瓦的。父亲先是去掉表土，露出黏土，用锄头把土挖下来，用撮箕挑到平整好的土场，倒成像红薯埂一样的长条，日晒雨淋，隔几天翻一翻。土晒好以后，收拢到一处，铺成大约一尺厚的一大盘，一般直径都在 10 米左右。挑水泼透，然后牵来家里养的水牛转圈踩泥。转的过程中，父亲不停地用铁铲铲泥。花了差不多一天的时间，一盘泥就踩好了。踩好的熟泥用手抓起来捏不变形，就像过年的时候打好的糍粑一样。

泥巴踩好以后，我的姨父就出场了。他先是用钢丝弓的一头扎进泥巴里面，扎到底，用一只手按住这一头为轴，另一只手握住另外一头沿地面旋转大约 90 度再提起来，一坨泥坯就割好了。父亲将一坨坨泥坯运到做瓦的晒坝后，姨父左手拍在泥堆上，右手用钢丝弓削泥片。然后放下钢丝弓，两只手捧着削下的泥片拍在地上，一片一片地叠起来，然后再用钢丝弓将四面削齐，这样泥墙就做好了。泥墙的长度大概有四片瓦那么长，宽度与瓦的高度基本一样，泥墙的高度在 1 米左右。

接下来，晒坝的舞台就交给姨父了。或许是熟能生巧吧，辛苦的做泥坯过程被姨父诠释得就像一场艺术表演。他先是把套好瓦衣的瓦桶放在转盘上，用割泥刀割出泥带，用双手平端着泥带竖着围放在瓦桶上，用弧形的瓦抹子把泥带的一头沾水拍压成约 45 度的坡口，用抹子压着泥带转一圈，让泥带紧贴瓦桶；接着用抹子把泥带的两头合在一起，压实压平，左手扶住瓦桶慢慢转着，右手用抹子把泥带沾水从瓦桶下部用力往上一道一道挤压抹光，抹光以后用抹子轻轻压在瓦筒子外面转一圈把抹光的时候留下的道印抹平，用划针紧贴着瓦桶转一圈，取掉划下来的泥巴，丢到泥堆上，最后将做好瓦坯的瓦桶放在场地上，稍微用力拆开瓦桶向里面卷小，从瓦坯里面轻轻抽出瓦桶，最后再用两个手指头从瓦坯里面捏住瓦衣的下圈口轻轻取出瓦衣。姨父个子不高，手脚麻利，做瓦效率非常高。

晒瓦坯也是一件辛苦的差事，天气顺利的话，一般要晒二十几个太阳才能晒干、晒透，如果遇上阴雨天，晾晒的时间更久。白天搬到晒场，晚上又要搬到屋檐下做好防止淋雨的措施。晒瓦时，要随时留意天气变化，有下雨的征兆时，一家大小齐上阵，也免不了邻居的帮忙。搬瓦坯是一个细致活，既要抢时间，又要避免毁损。我每次搬完后，如释重负，也倍感充实，仿佛很快就会住上明亮宽敞的新瓦房。

瓦坯晒干以后，用两个手掌在外面轻轻向里一拍，瓦坯从有筋的地方断开，4 片瓦坯就做成了。瓦坯做好后便烧瓦窑。我们王家湾在集体生产时期就有一口修好的砖砌瓦窑，这就节省了很多工夫。那口老窑位于晒坝边，内径大约 5 米，深大约 6 米，在离窑底大约 2 米高的地方有一个圆弧的穹顶，穹顶的圆周每隔一尺向窑壁伸出一条腿支撑穹顶，腿的宽度就是瓦的宽度。穹顶是圆形的，中间留有平均分布的直径五六寸的火眼。窑壁和穹顶都是用耐火砖做的。穹顶的下部是火堂，上部是装瓦的窑。火堂向南边开有一个大约 1 米宽、1.5 米高的火门。

烧瓦窑在童年的我看来更像是一场盛宴，场面十分隆重。瓦匠至关重要，不仅要做好人力的统筹安排，而且要负责烧制物资的调度，更重要的是随时调控火候。烧制的时间里，帮工可以昼夜三班倒，瓦匠却连日连夜不眠不休。

待一切准备就绪，瓦匠就会集众人，先举行一个庄重的仪式，瓦匠郑重地念念有词，帮工们鸦雀无声，主家人则是满脸虔诚。费时费力费物的一窑瓦，只许成功，不能失败，失败对主家而言定会伤筋动骨，损失难以承受。

接着是指挥装窑。这也是一个技术活：第一层把瓦坯大头朝上整齐竖着放在穹顶腿上，穹顶上用四五块瓦围绕火眼竖着相对或者相背排列；第二层、第三层往上每一层火腿上的瓦都要相互错开一点，让火腿之间的火道慢慢变窄，在穹顶中间也是一样用瓦围绕的火眼往上逐渐缩小。不管是火腿之间的火道还是火眼，都不能堵塞，要一直通到窑面。

装好窑后，就开始点火烧窑了。父母早就按姨父的要求备好了柴草。前几个小时预热，中间几个小时把下面的瓦烧红，后面的几个小时则让火从下往上逐渐烧红。快烧到上部的时候，姨父便会用火把在火道或者火眼上面引火，让火苗从火道或者火眼烧出来。火苗烧出来也是分片的，有时是从中间先出来，有时是从窑壁处先出来。这之后，烧火的人便在姨父的指挥下，时而添柴，时而退柴。等到最上面的瓦坯烧红后，便用事先备好的透气性好的砂土盖上。最后，所有的火道和火眼周边的瓦坯全部烧红盖上瓦坯片以后，下面烧窑的人就不烧了，将砂土、柴灰用水泼湿把窑门封堵起来。窑上面用砂土全部覆盖大约一尺厚做成围堰，围堰里面倒满水，让水慢慢往下渗，边下渗边加水，直到姨父根据经验判断让停止加水为止，这个时间大约需要三天。接下来大约闷一个星期，就可以扒开砂土降温，一天以后就可以出窑了。烧出来的新瓦呈灰白色。如果没有烧熟，或者水没有渗透，瓦就会呈暗红色，强度也没有灰白色的瓦硬，有的用手轻轻一掰，便会断开。姨父的技术无疑是一流的，我家的那一窑瓦几乎没有败火的红瓦。

新瓦烧好后，还没到过年。父亲便请几个壮劳力从河边的石料场抬回了地基石。第二年农历年刚过完，择了一个吉时，石匠开始进场起地基。接下来，筑墙师傅、木工师傅先后到来。那个春天，我的心思是没有放多少在学习上的，每天满脑子想的都是匠人干活和新房建好后的场景。在雨季来临前，我家的新房终于等到了“上梁”。上梁在我的家乡是修房过程中最重要的一道工序，仪式感极强。说来奇怪，一向记忆力奇佳的我记得住姨父做瓦、烧窑的场景，但上梁那么热闹我却记忆寥寥，只是依稀记得来了很多人，有乡邻、有亲戚，主事的木工师傅拉梁、安梁、踩梁、说吉利话，然后便是相对盛大的宴席。宴席结束以后，匠人开始在梁上横檩，檩上钉椽，椽上盖瓦，最后是房顶叠脊。经过覆瓦、叠脊的加冕仪式后，老家的新房终于落成了。

我在这座瓦屋不间断地生活了6年，直到考上中等师范去县城读书。2001 年，工作 4 年的我第一次调动，到了一所高中学校教语文。因为长子、次女相继出生，母亲不得不离开老家帮我们带孩子，这时父亲在外务工已经近 10 个年头了。彼时的老屋，早已没有以前那么热闹，二爹、幺爹家先后另觅地基修建了砖楼。那时爷爷婆婆尚健在，每年我们都会请邻居代为翻盖老屋。2015 年秋天，我的母亲不幸罹患了癌症。好在救治及时，康复得较好。2016 年春，父母最终决定回老家生活。但因为祖辈去世后太久没有住人，老屋好似一个久病的老人衰老得特别厉害。我们就房子的翻新问题至少讨论了三次。我和小妹的意见是将幺爹家的堂屋、正房换过来，和我家原来房子一道，保留土墙，重新改设门窗、翻新屋顶、铺设地板，一座美观的三合院就"建"成了。但执拗的父亲一直不置可否。我知道，要强的父亲还想再修一次房屋。但父母已年近古稀，小妹也在成都发展，老家修房子的确意义不大。

提议搁浅了，但生活还要继续。2018 年初秋的一个下午，父亲从老家打来电话，同我商量拆除瓦屋的事。我知道，父亲说商量是为了照顾我和妻子的情绪，更多的是通知我们，因为父亲已经备好了修房子的木料。好在这时候修房子与过去相比，不那么辛苦了。拆除老屋、平整地基都是租用挖机，砌墙、支模等也采用的是包工不包料的半承包方式。因为父母俱已年迈，考虑到以后翻盖问题，新房的屋顶我们没有使用拆下的旧瓦，而是选择了深灰色的合成树脂瓦。许是怀旧吧，在我的坚持下，厨房和屋后的鸡鸭棚舍使用了拆下来的旧瓦，盖得很密，挤挤挨挨的，黑灰一片。素来节俭的父亲让拆下来的青瓦再一次派上了用场：敲碎成瓦子，拌和在石子、水泥中，浇筑成院坝和入户道路。

老家的新房修好后，因为种种原因，我在老家过夜陪伴父母的次数少得可怜，尽管我工作的小城距离老家不到30公里。一直以来，我就像一只寄居在城市的乡下老鼠，来去匆匆，一次次把父母的劳动成果搬运到小城家中，乐此不疲。新冠肺炎肆虐的日子里，老家成为我的后花园与精神港湾。我布置了书房、添置了茶具、移栽了花廊。

如今的村庄，当年的很多住户早已迁出。乘着改革开放的春风，老家的条件越来越好，修了路、改了田、改了电，自来水和天然气也进村入户，还安装了时髦的太阳能路灯，村民们纷纷拆掉瓦房修建起钢筋水泥楼房，贫困户在脱贫攻坚战中也由政府补贴住进了村里新建的砖楼聚居点。

哲人曾说：对故土的眷恋是人类共同而永恒的情感。做瓦坯、烧瓦窑、建瓦房已经成为历史，但它却承载着几代人的乡愁，不可磨灭、魂牵梦萦……

2023年3月25日谭家坝

我的母亲

农历虎年冬至前三日是母亲 66 岁生日。因为工作繁忙，我无法回家。拿起电话，我多次欲言又止。最终吞吞吐吐地告诉母亲，今年她的生日我不能回老家。似乎在意料之中，电话那一头的母亲不但没埋怨我，反倒叮嘱我做好防护，安慰我以工作为重，临了还破天荒地开了一句玩笑：“莫事，能干的儿子都是给公家养的。”听罢此言，我不禁鼻头一酸……

母亲近 70 年的人生历程中，饱尝了生活的酸甜苦辣。年幼的她，外婆英年早逝，外公带着她和大姨相依为命。正当求学的时候，赶上了三年自然灾害，整天为了果腹在地里劳作，到现在自己的名字都写不好。在媒人的撮合下和父亲成家。结婚后，好不容易怀上我，但我小时候身体不好，又非常顽皮，经常惹她生气。

我的老家位于关公镇永定村，俗称谭家坝，鳌溪河依村而过，形成了一个小“平原”，土地很肥沃。奈何人多地少，仅我们王家湾就挤挤挨挨住了十多户人，水田人均不到一亩，旱地就更少了。母亲嫁到父亲家后，分家时只分了两间厢房。为了修房子，她和父亲起早贪黑，吃尽了苦头。那个时候，几乎家家户户养牛，仅我们不大的王家湾，就大大小小养了六头牛。给牛割草是我们每个小孩的必备功课。好在我们读小学的时候，没有课外作业。但因为耕牛太多，割草成了一件非常“内卷”的事。男孩子割草是比不上手巧的女孩的，因为贪玩没割到草被大人打骂是常有的事，但母亲一次都没有因为我没割到草而打骂我。

也许是吃了没有文化的苦，母亲对我的学习一直很严格。我小时候聪明，读书用心不多但成绩较好。偶尔一段时间太贪玩成绩下滑，她也只是鼓励我。可不知啥原因，小学三年级前后，我迷上了瞎吹，道听途说的一些事被我胡乱加工，一个生产队的小孩差不多都喜欢被我忽悠。可天下哪有不透风的墙，事情最终传到了母亲的耳中。记忆中很少打我的母亲暴怒了，用桑树条狠狠抽打我的屁股。俗话说：打在儿身上，疼在娘心头。打完后，倔强的我没怎么哭，母亲倒是哭得很伤心。那时候因为说谎话，我被母亲狠狠地修理过很多次。母亲没多少文化，教育我时讲不出什么大道理，只是说什么“扯谎不好，骗人不对”“闹人药莫吃，犯法事莫做”“跟着好人学好人，跟着斯娘子杠假神”。或许真是“黄荆棍下出好人”，改掉撒谎坏毛病的我成绩一直非常好，甚至轻松地考上中等师范，成为一名吃公家饭的人民教师。

母亲是一个宽容的人。在那时，乡亲们大多在家务农。儿时的乡村因此很是热闹，但也就多了许多口角之争。东家的柴禾被偷，西家的白菜被盗，泼辣者往往都会骂上大半天。我家在我们湾里是第一个种菜的大户，后来又开始卖各种菜秧。所以，黄瓜、茄子等时令蔬菜被偷摘，长势良好的菜苗被偷挖是常有的事。但印象中母亲一次都没有破口大骂，她总是轻描淡写地对我和妹妹说：都是一步邻近的人，不是真正需要谁会这样做呢？当然有时因为偷摘的人不小心将菜秧踩死一大片，母亲还是会伤心很久的。湾里谁家婆媳、妯娌之间有了纠纷，劝解的人中一定有我的母亲。

母亲一生勤劳，记忆中每天都不曾停歇过。当我们兄妹俩还在清早朦胧的睡梦中时，母亲就早早地起床，挑水、洗衣、做饭、养蚕，忙个不停，有时还到田间地头忙一会儿农活。待我们起床后，母亲招呼我们吃饭上学。当太阳露出晨曦的笑脸时，母亲便带着农具，下田干活了。白天，母亲忙个不停，夜晚，她还拖着疲惫的身体，在昏暗的煤油灯下为我们纳制鞋底、缝补衣服。后来，父亲和村里的壮劳力一道外出务工。母亲便独自承担了家里的农活，同时还要赡养年迈的爷爷、婆婆，带二爹家的两个小孩。2004年，为了帮我们带小孩，母亲离开了她心心念念的土地，和我们一起生活。10多年来，母亲帮助带大了我的长子、幺女。2015年秋，母亲罹患癌症。好在救治及时，康复得较好。2016年春，父母最终决定回老家生活。回到老家后，勤俭的母亲和父亲一道在老家修建了砖房，只为了能把条件变得好些，让我们和我们的下一代能在老家多多停留。

因为晕车的缘故，母亲出门非常不方便。这让在外地工作的小妹很是揪心。喜欢旅游的她总想多带父母外出看看。可没多少文化的父母对一些人文景观缺少认同，而自然景观又大同小异，加之担心多花儿女的钱，旅游几次后，母亲基本上就不愿意出远门了。在老家，闲不下来的父母种了几亩水稻，家里菜园长青、鸡鸭满圈。每次用摩托车把母亲接到县城，她总是惦记着独自在家的父亲，惦记着地里的庄稼，惦念着家里的鸡鸭，住不了几天就闹着要回家。而我每次叮嘱她少干点农活，她总是把劝告当作“耳边风”。有时想来也许她已经习惯了劳作，就像我们习惯了加班一样。

母亲是一个平凡的农家妇女。她没有“孟母三迁”的智慧，也没有“岳母刺字”的壮举，甚至都没有给过我们兄妹什么谆谆教诲。那些高大上的经典语录，母亲一句也不会说，但她却用一言一行告诉我们：做人要吃苦耐劳，要忠厚老实，要学会吃亏。这些教导一直潜移默化地影响我的生活、工作和人生观。

“谁言寸草心，报得三春晖。”今夜，月华如水。在思母的梦境里，我仿佛再一次听见母亲呼喊我的乳名，再一次感受母亲用粗糙的双手抚摸我的脸颊……

2023 年 4 月 20 日一默斋

父亲的河流

父亲一生都和河流相伴。

父亲出生的村庄叫春光村，村头有条小河沟。那个时候，新中国刚建立不久，祖父很精明也很勤劳，一家人的日子很有奔头。然而，意外突如其来，一场大病夺走了祖父的生命。迫于生计，婆婆带着姑妈和 2 岁的父亲改嫁到天官谭家坝王家湾。从此，父亲的生命开始与一条学名叫“鳌溪河”的河流相伴。

鳌溪河，古名深渡河，系巴河二级支流。发源于阆中市望垭乡，从恩阳区西部尹家镇入县境，流经花丛、磨子、柳林、万安、天官、同乐、三星等乡，距三江口约 1 公里处汇入恩阳河。全长 72.8 公里，县境内长 67.5 公里，直线河长 36.5 公里，流域面积 646.75 平方公里。入恩阳县境以后，在尹家镇境有三溪沟、新民河两条小溪自西北汇入；至关公镇永定社区后，有自西南来的茶坝河及自南来的黄柏溪汇入；至三星乡境，有自南来的苟家河汇入。

这些知识，父亲和乡邻大多是不知道的。他们将流经老家谭家坝（学名永定村）的这条河流根据不同段的特征分别叫作——上游“大乱石河”，中游“幺担桥河”，下游“二龙桥河”“（石河堰)电站河”。靠天吃饭的日子里，老家的这条河是真正的母亲河，人们逐河而居——淘菜、洗衣、洗澡、灌溉、捕鱼。和河对岸的清河村一样，我们坝里的农耕用水是仰仗这条河的。

听父亲说，这条河也曾是他童年的乐园。很小的时候，父亲就跟着大人们去河里洗衣服。那时候，这条河是原生态的，潭、滩全是几千年来自然形成的，水质清澈，肉眼可见各色鹅卵石。听着大人们的快乐笑声，和着捶打衣服的梆梆声，父亲会试探着走进河里，掀起岸边的石头，看里面有没有小鱼。这时的父亲或许是好奇的，也是快乐的。

等到了上学的年龄，婆婆坚持不让父亲上学。在同龄人都读书的年月里，父亲开始了没休没止的割草、放牛。好在有这条不知疲倦昼夜流淌的河流的陪伴。对那段经历，父亲和婆婆从未在我的面前提及过。我想那个时候的父亲，或许是无助的、孤独的。

年近而立的父亲终于成了家。我出生的时候已经土地分下户了。因为吃够了苦，父亲勤劳又精明，在邻居艳羡的目光里，我家早早地扩建了新瓦房。在我的童年记忆里，关于父亲和河流的故事是温暖的。除了大春农忙时节河边抽水浇田的记忆，让我永志不忘的就是野泳、须笼捕鱼和罩火把鱼了。

野泳是每一个大河边长大的孩子不可磨灭的记忆。我们读书的时候，几乎没有课外作业。一般放学后，割满一背篼草，“家庭作业”也就完成了。这个时候，钻“眯儿头”、打水仗就成了男孩子的保留节目。每年农历五月前后，田里的小麦、油菜熟了需要收割，秧田的水稻秧苗已经长高，需要及时栽插。在这个时节，学校一般会放农忙假，我和小伙伴们便迫不及待地下河野泳。因为这时节水还微冷，被大人知道下河洗澡是要挨打的。好在大人们大多很忙，而一湾的小伙伴往往是有攻守同盟的。很快，炎热伏天到来，一天游泳五六回也是常事，就差从早到晚泡水里。那时候游泳也没有人教，都是慢慢摸索无师自通，先是抱着竹子在浅水处游，慢慢向深水的地方进发。那时候村子里的游泳高手，在小孩子心目中是真正的英雄，大家眼神里无不充满了敬意和崇拜。而且当年几乎没有娱乐，夏日大人们没事时，也会在河边游泳洗澡、潜水比赛。我天生恋水，6岁左右就无师自通学会了狗刨，正当我准备在水里大展拳脚的时候，住在河对岸的姨妈家的表哥在河里淹死了。于是在母亲的唠叨声中，我最终以狗刨这唯一的泳姿定型自己的童年岁月。在老一辈人的口中，父亲的水性很好，但同水打了一辈子交道的父亲常挂在嘴边的一句话就是"欺山莫欺水"。因此从我记事起，父亲一次都没有向我展示他的好水性。

第二个乐趣便是须笼捕甲鱼了。我们幺担桥河段水面较宽，有几个地方还有狭长的石缝罅，是天然的鱼窝子。但用须笼捕甲鱼，在我们村会的人不多。父亲的手很巧，农村的篾活他全都会。一次，偶然从外公口中得知了须笼的制法后，父亲开始了试制。父亲用竹篾编制出一个肚大脖细的笼子，笼头呈漏斗状，在其漏斗的内侧，事先留好一些伞状、末端尖锐的竹条。这样，甲鱼可以爬进去，但不能爬出来。捕甲鱼是需要投放诱饵的。诱饵用纱布包好，固定在笼内，一般是旱螺蛳，有时也用猪血或者鸡血浸泡过的剩饭团。用长绳拴好须笼的脖子，投到甲鱼可能出没的水域。因为竹笼不重，大多会在笼内放一块石头，以便沉底固定。父亲带着我一般在头天晚上放须笼下水，次日清晨去取。那个时候生态较好，一般都会有收获。有时候运气好，一笼会捞上几个甲鱼。后来。一次起大水，冲走了须笼，父亲认为是天意，从那以后就再没有制作过须笼，用须笼捕甲鱼也就成为回忆。

罩火把鱼是另外的趣事了。用竹子编成的罩是一种非常久远而古老的捕鱼工具。唐朝大诗人温庭筠曾在《罩鱼歌》中写道：“朝罩罩城南，暮罩罩城西……持罩入深水，金鳞大如手……”在我们王家湾，除个别人家编有专门的鱼罩外，一般都是用鸡罩罩鱼。老家的鸡罩是用一寸左右宽的竹篾条编成的：无底；下部略粗，直径大约一米；上部略细，光滑的细竹条收口；高度大约到成年人的膝盖处；罩壁上的篾条编成网状，网孔大概核桃那么大。罩火把鱼一般是在麦子成熟前后。因为经历了漫长的枯水期，我们幺担桥河的上游，有些地方水非常浅，人们可以蹚水而过。罩鱼不适合“单兵作战”，一个人罩鱼往往收获不多。两三个人举着煤油做的竹筒火把照明，七八个人站成一排，手拿鸡罩，从下游往上游而去。罩鱼不是一件简单的事，想逮着鱼，逮得多，首先得练就一双火眼金睛。经验丰富的人看一片水从底下返上来的水花，就知道鱼多鱼少、鱼大鱼小。罩鱼的时候既要眼疾手快，又要凭经验迅速取舍。鱼被罩在罩中之后，会往罩壁上撞，经验丰富的逮鱼人，感受鱼撞的方式和力度，就能大致判断出鱼的品种和大小。如果是大鱼就停下来，赶快把手伸进罩里，把鱼抓出来；如果感觉鱼不够大，那就干脆放弃，接着罩。大大小小的鱼被从罩里面拎起来，扔到岸上。鱼一般以鲫鱼、鲤鱼为主，偶尔也有鲇鱼、翘嘴。我们小孩主要负责把鱼往桶里捡运。

现在想来，乡邻用鸡罩罩鱼是绿色、可持续的捕鱼方式。因为竹罩的眼儿就决定了它只能捉大放小，给这些鱼儿们留下了繁育的种子，确保了一片水域的生机。

我长大后离开老家去县城读书。父亲也开始离开河流到大城市务工。20 多年里，父亲和老家这条河流的故事中断了。这期间，偶尔回老家的父亲会不经意间提起：河里沙淤积了，退耕还林了，河里有了淘沙船，邻居侄儿在当年抽水的河段搞起了水产养殖，水产养殖被叫停了，河里开始禁捕了……

父亲还是决定回老家生活。此时的农村，祖辈们先后去世，父辈大多年迈，很多耕地撂荒了，田埂上的茅草高可及膝。看着曾经富饶的土地变得荒芜，父亲的心在滴血。侍弄了大半辈子土地的父亲重操旧业，开始耕种土地，有我家的，也有外出打工多年的邻居家的。好在这时候，老家的条件好了很多。农网改造时电线拉到了河边，一个电动潜水泵代替了当年笨重的柴油抽水机。但农村生产是辛苦的。父亲就像灌进水田里的河水，只要有一点空隙就把自己耗进去。

今天，走在熟悉又陌生的田埂上，听着鸡鸣犬吠，看着远处父亲在水田忙碌的背影，我鼻头一酸：水边长大的父亲自身便是一条河流——滋润土地、养育庄稼、抚育儿女……

2023 年 3 月 29 日谭家坝

老家花事

近日因为工作缘故，时常出差，很是繁忙。蓦然一想，差不多两周没回老家了。老家位于恩阳区关公镇，官方的名字叫永定村，我们都习惯称之为谭家坝。印象中但凡叫什么坝的，大多平坦，老家也不例外。因为巴河的支流鳌溪河从坝里流过，土地很是肥沃。这时节，料想老家的花事必定已经纷繁了吧！于是驱车返家。

酉时六刻至家，母亲已经在着手准备晚餐了，炊烟袅袅，洋溢着尘世的温馨。因为出发的时候没有联系，母亲很是惊喜，一边笑道“没下你的米哟”，一边到菜园里割菜。利索地停好车，简单收拾，寒暄几句，我拿起手机就开始寻花了。

首先映入眼帘的是桃花。老家的这几株桃树种植没几年。去年，手巧的老父亲从邻居的果园里取来卉条嫁接。桃树正开着粉红色的花，灼灼其华。桃花挤挤挨挨的，像一朵朵粉红色的云，从地上升起。有的才展开两三片花瓣，好似对着镜子打扮；有的花瓣全都展开了，像是一位美丽的少女；有的还是花骨朵儿，看起来像是一位娇羞的小姑娘。桃树旁的李花差不多已经凋零，嫩绿的叶子已经长出，与桃花相映成趣。梨花含苞待放，很是令人期待。

父亲正在田里收拾农具。我知道前几天下了一场春雨，虽不大，但毕竟有点积水。父亲趁机从河里抽了一些水，早早地把秧田平整好。我的视线追逐着父亲的身影。目光所及，一大片金黄铺满田间地头，磅礴而奔放，淋漓而酣畅。肆意开放的正是老家的油菜花。儿时记忆中，是没有将油菜花当作花来看待的。在老家，油菜是一种粮油作物，收割后用来榨菜籽油。关于油菜花的记忆，一是花开得很艳闻来有些令人发闷，二是油菜花开时要小心疯狗，“菜花黄，狗发狂”。那时候，家家养狗，而且大多是放养。读小学五年级时我就差点被一条恶犬咬了，狗追了我很远，在大人的帮助下才躲过一劫，至今想来，仍然心有余悸。把油菜花当作花欣赏是近些年才有的事。2015 年春，我到江西参加一个活动。因为连续几年《中国国家地理》杂志都将婺源评为中国最美油菜花观赏地，心仪的我便与友人相约到婺源赏花。因为去的时节不对，加之那一年雨水较多，有点败兴而归，但小桥流水人家的场景却历历在目。再后来，我于周日多次到过恩阳区登科街道的青州坝看油菜花，也曾专门驱车到汉中欣赏油菜花，当然更是数次到恩阳新区的海山情园观赏油菜花。于油菜花事而言，可谓各有千秋。但静心欣赏老家的油菜花于我真的算是第一次。父母很勤劳，也是种庄稼的老把式，我家的油菜长势很好，油菜花开得格外烂漫。坦率说，老家虽然地势平坦，栽种油菜也是乡邻的传统，但论规模是不及那些景点的，当然父辈们也是不懂欣赏的。高低错落的田地，远远近近的金黄，少了喧嚣的赏花人，多了乡村本真的雅致与静谧。我索性来到油菜花田。我的心灵震动了：田野上，一片金黄；放眼望去，整个土地像披上了一块金黄的毯子；傍晚的微风拂过，花浪翻滚，花香四溢，沁人心脾。

从油菜田踱出，一大片白色间有紫色的花蓦地闯入眼帘。这就是给我另一重惊喜的萝卜花了。母亲在地头、田埂边留了很多萝卜种。这时节，萝卜花开得可谓轰轰烈烈。在互联网上做了一点功课，始知萝卜花的花语代表“黄昏”，别名“黄昏之花”。原来它在白天没有任何味道，直到傍晚才会散发出一股扑鼻的芬芳。这样看来，看萝卜花最好时间就是黄昏了。于今晚的我而言，竟不意遇到了赏萝卜花的最佳时刻，真是幸运。远山如黛，油菜花、萝卜花香在鼻尖萦绕，归巢的山雀间或一两声鸣叫，几声远处的犬吠……此情此景，妙处难与君说！

“平娃——吃饭了”，母亲站在院坝边呼喊着我的乳名。虽然我的长子已经大学毕业，但在母亲眼中我似乎还是当年那个流着鼻涕的小男孩。听着熟悉的乡音，儿时的记忆再次涌上心头。依稀间，我仿佛看到刺槐、油桐、丁香等次第而开。是啊，老家纷繁的花事才刚刚开始呢。

2023 年 3 月 17 日谭家坝

父亲的春耕

自古以来，在文人笔下，春耕是有诗意的："布谷飞飞劝早耕，春锄扑扑趁初晴"，催耕的布谷鸟声声吟唱，劝人珍惜春时；"手把青秧插满田，低头便见水中天"，把弯腰插秧的劳作场景描写得如诗如画；"烟暖土膏民气动，一犁新雨破春耕"，抒发了旷野蓄势待发的喜悦和希望……

但于耕作的农人而言，这种诗意大多是不可察、不易感的，忙碌才是他们的主旋律。二十四节气里，立春之后，是雨水和惊蛰。"微雨众卉新，一雷惊蛰始"，一到雨水惊蛰时令，农民便要开始忙碌了。父亲也不例外。

我的老家位于关公镇永定村，俗称谭家坝，鳌溪河依村而过，形成了一个小"平原"，土地很肥沃。奈何人多地少，仅我们王家湾就挤挤挨挨住了 10 多户人，水田人均不到 1 亩，旱地就更少了。因为爷爷去世得早，婆婆带着 2 岁的父亲改嫁。父亲没上过一天正规的学校，后来通过扫盲班的学习，勉强识了几个字。在集体生产时，是种庄稼的好手，地里的各种活都干得很好。我出生的时候，土地已经承包到户。因为包产到户，自家的事自己说了算，而且可以多劳多得。同许多村庄一样，村民总是你追我赶地上地做活。

农历新年刚过完，父亲便忙着翻地，做麦田、油菜田的管护，育玉米苗，平整秧母田、撒谷种，收割油菜、小麦，抽水、栽秧……一茬接一茬。父亲总是早出晚归，天不亮就赶着牛出发了。那时候，耕牛是重要的生产工具，两三户便合养一头牛。父亲是耕田耙地的好手，在农忙时节很受欢迎。除了我家的水田，几户没有壮劳力的邻居家的水田全都依靠父亲。可以说，那个时候父亲是绝对的“主劳”，是湾里最靓的男子。因为土质较好，加之水源条件不错，我们坝里的收成很好，是乡里有名的粮仓，我家也是有名的种粮户。

荀子曰：“春耕，夏耘，秋收，冬藏，四者不失时，故五谷不绝。”于父亲而言，闲下来的日子很少。因为没有手艺，打我记事起，父亲便利用距离场镇很近的优势搞多种经营了。养蚕、喂兔子、种蘑菇、卖菜秧、喂母猪……父亲干的营生着实不少。因为父亲的勤劳和精明，我们家的日子在亲戚邻居中算是不错的。

改革开放的春风还是吹到了坝里。做砖工的二爹、幺爹先后到广东、江苏打工。年终一对比，土里刨金是赶不上外出务工的。1994 年秋，在我读中等师范不久，在老家坚持多年的父亲开始到常州打工。再后来，中师毕业的我工作于异地，因为长子、次女相继出生，母亲也离开老家帮我们带孩子。老家的土地开始由邻居代种了。那时候，父亲春耕的战场变成了挤挤挨挨的模板、高低错落的楼房。但每每谈及老家的土地，父亲神色间满是落寞与留恋。

2015 年秋天，我的母亲不幸罹患了癌症。好在救治及时，康复得较好。2016 年春，父母最终决定回老家生活。我知道一方面是为了母亲的休养，另一方面是父亲丢不下他那耕作多年的一亩三分地。彼时的农村，祖辈们先后去世，父辈大多年迈，很多耕地撂荒了，田埂上的茅草高可及膝。修整好老屋后，父亲开始和母亲一道重操旧业。好在执拗的父亲终于听了我和小妹的劝告，不再搞繁杂的多种经营。好在，耕作的工具开始“鸟枪换炮”——铁牛代替了耕牛，电动抽水机代替了笨重的老式柴油机、半自动收割机取代了拌桶……当然，田间的道路也在挖掘机的操作下宽了、平了。我工作的小城距离老家不到 30 公里，但惭愧的是几年间回老家协助父母耕作的次数真的屈指可数。

我终于决定：走出书斋，随父亲一道耕作！当然，我知道我所谓的耕作至多便是父亲忙碌的见证者、田园生活的记录者、劳动成果的分享者。我把这个决定告诉父亲时，他没有多说什么，但我分明感受得到父亲是高兴的。

癸卯春节刚过，我便与父亲一道辗转多家店铺，选购种子和化肥。与小时候自家留种子不同，现在每年的种子都必须在农经店铺选购。今年因为干旱，土壤墒情不足，父亲与往年相比，多了许多活计。好在去年冬天的农家底肥施得很到位，几亩油菜长势非常好。

周五下午，我早早地忙完单位的事，驱车回到老家。走在熟悉的田野里，满眼是各种金黄，少了喧嚣，多了静谧。几天前下了一场春雨，虽不大，但田里终于有点积水。父亲便趁机从河里抽了一些水，准备把没栽种油菜的几块田提前平整好。泥土被抽水机引出的水浸润着，泛起浅浅的水花。水田如镜，人影如豆。我和父亲一道挽起裤管，踩在冰凉的水中，脚底透着冷气，心中满是火热：春耕的鼓已经擂响，一场华丽的田园交响乐即将由父亲演奏……

2023 年 3 月 18 日谭家坝

油桐花开

这几天气候变化无常。昨天刚飙升到二十几摄氏度，今天一起床，一下子又降了差不多10摄氏度。“或许是在冻桐子花吧”，妻子不经意地嘀咕了一句。妻子的话如滑轮，一下子打开了我有关油桐的记忆闸门——

孩提时的巴山农村，房前屋后、田间地头、山坡河谷，到处都种植有油桐树。油桐树，俗称桐子树，落叶乔木，树干粗壮而弯曲，枝条短促而茂盛，叶片宽大而厚实。农耕经济时代，梧桐是一种重要的油料作物。它的果子可以榨油，并且含油量高达四成，其所榨油就是大名鼎鼎的“桐油”。桐油用途广泛，具有干燥快、比重轻、富光泽、耐热耐冷、防水防腐的特点。乡邻们常用它把新添置的家具刷几遍，美观好看不说，而且经久耐用，几十年不朽。此外，桐油还是一种外用药，可以外用于火烫伤、冻疮皲裂、化脓性的炎症等。

油桐的花期比较晚，大概在清明之后。在我们老家，有这样一句谚语：“娃娃你莫瓜，三月还要冻桐子花。”“冻桐子花”就是“倒春寒”的民俗标志。桐子花冻过后，春寒真正褪去，夏季的暑热便会渐渐起来了。

油桐花开的场景格外烂漫：一场春雨过后，漫山遍野的桐子花呼朋引伴，一起绽放，小喇叭似的花朵，粉红色的花蕊，洁白的花瓣儿，微微地泛着红晕，妩媚又热烈。即使花朵儿零落在春风中，也格外灿烂，格外惹眼，别具韵味。然而由于习俗和人文环境，儿时的我们不懂得也从未欣赏桐花的美丽。

桐花开过不久，摇曳的春风里，嫩绿的桐叶和青青的桐子便应然立于枝头。桐子的生长伴随着农事的忙碌，同父辈一样，我们是无暇关注的。一夜间，茂密的桐子树叶便缀满枝头。油桐树叶长大后有成年人的巴掌那么大，呈心状，撒开一大片。炎热的夏日，枝叶茂盛的桐子树便是天然的遮阳伞。

油桐树枝干紧实，横生竖长，断枝处结的痂很是粗大，特别适合攀爬。儿时的我，无论是在放学的路上，还是在放牛的时候，都会和小伙伴走进桐子林，爬上繁茂的油桐树，嬉戏打闹，休息乘凉。记忆中，一次在我家的坟园地旁边的一株油桐树上，爬在树干上的我正和湾里的几个小孩打闹，不知为啥一群野蜂飞来，慌忙间我用衣服包住头，结果“顾头不顾尾”，腿被蜂子蜇了一下后从树上滑下，摔在了油桐树旁的桐针刺丛中，哇哇大哭的我被小伙伴取笑了很久。

到了夏天，桐子树叶已经比较肥大。玉米快成熟的时候，我们摘回桐子树叶，放在挑回的井水中浸泡，杀青去碱，沥干待用。摘桐子树叶是有讲究的，不是随便一张叶子都可以，必须要那种鲜嫩、大张、没有蛛网和虫眼的树叶。母亲掰回嫩玉米，在手磨上将嫩玉米粒磨成浆，用沥好的油桐树叶，将嫩玉米糊做成弦月状或者三角形状放在竹蒸笼里蒸熟。嫩玉米的清香和油桐树叶特有的清香交织混杂，口感糯爽，香味绵长。家里生活条件好点的，还会包上嫩南瓜丝和腊肉末，别提有多美味了，简直让我们垂涎三尺。

那个时候，生活条件差。吃包谷馍馍算得上是夏天里的盛宴。我们就像小馋猫一样围坐在灶屋。铁锅里的竹蒸笼烧得咕咕直响，就像我们的心在跳，就像我们的胃在歌唱。有时候遇到烧的柴没完全干，就会满屋的烟，呛得人直流泪，但是我们依然舍不得离开。馍馍蒸好，揭开桐子树叶，有些地方呈现出淡紫色，那是桐子树叶染的。馍馍拿在手上，由于很烫，就一下左手，一下右手，不停地换，直到温度适中才迫不及待地狠狠咬上一口。瞬间，特有的松软、甜糯伴着瓜丝腊肉的香味充斥着口腔。当时我们和二妈、幺妈家住在同一个院子，每次母亲都要蒸上半天，让我给爷爷婆婆和他们两家各送半筲箕包谷馍馍。当然，他们几家做的时候也会给我们送的。

油桐的青果逐渐长大，切下一块，就能流出凝胶状的液体。那时候，胶水很少，也有点小贵，我们便用它来当“土胶水”用。书皮破了、作业本烂了，还有自制纸扇时，我们都会从油桐树上采摘几个青果，削一个口子，将桐树果子流出的汁作胶水用。当然，这个土胶水也有缺点，那就是粘贴在纸张上会导致书本变黑。而且不小心粘在手上，会搞得双手黏糊糊的，怎么洗都洗不掉。

秋天来了，稻谷黄了，油桐果也成熟了，这是乡邻们最盼望也最繁忙的时节。这个时节，在田边地角，都能看到乡亲们“打桐子”的盛况。或爬到桐子树上，或站在桐子树下，或用竹竿，或用树钩，有的敲，有的钩，有的用手摘，有说有笑。鼓捣半天后，背上一大背篼桐子回家，一路哼着小曲，丰收的喜悦写在脸上。

与大人们不同，我最喜欢的事是爬上桐子树不停摇晃，听桐子噼噼啪啪落地的声音，看桐子滚落山坡时跳跃的舞姿。在一阵接一阵的狂欢之后，成堆的桐子散落在地，我从树上滑下，提着撮箕四处捡拾。

桐子采收后，剥桐子就不那么着急了。因为剥桐子的事大多是在农闲时的晚上进行，可以慢慢做。剥桐子也就是将桐子的果壳剥开，将里面的乌黑的果仁剥出来。野外的桐子背回家，堆放在背阴的地方，捂上一段时间，外皮就会软化腐烂，然后就能剥了。印象中，剥桐子一定要戴上手套，要不然双手会被油渍沾满，变得黢黑，用普通方法怎么洗都洗不掉。剥出来的桐子稍稍晾晒就可直接卖钱，当然，也有直接送到油坊榨桐油的。

20 世纪 80 年代初，我正读小学，学校提倡勤工俭学，用孩子们劳动的集体收入美化环境，或者购买学习用品奖励成绩好的同学。记忆中勤工俭学的途径主要有两个，一是捡拾旧的玻璃瓶，二是发动同学们上交桐子。我们要么用长竹竿打油桐树上没打完的“漏网之鱼”，要么在石缝里、树枝间仔细搜寻大人没注意到的桐子。偶尔遇到坡里无主又没有被大人采摘桐子的孤树，我们就会欣喜若狂，由几个胆子大点的男孩，爬上桐子树不停摇晃，然后大家循着声音去捡拾。好在油桐树根系发达，无论我们怎么晃动折腾，都不会影响它的生长。学校下达的任务基本上完不成，但小伙伴们大多要强，即使没找够，往往也会用自家的桐子充当勤工俭学的收获，这样就可在老师面前露个脸，挣个表现。

油桐属落叶乔木，初冬时节，树叶就会慢慢变黄变干，随风飘落在山坡和田地里。在那时，乡亲们大多在家务农，家家户户煮饭、煮猪食和烤火，用的燃料主要是柴草，山坡处处是光秃秃的，一些自家的大树的枝丫也被剔得很厉害，我们放学后的两门重要功课就是割草和捡柴。捡柴是一年四季的常规活儿，但或许是油桐树叶比较大的缘故，我们对此有一个专属名字叫“捡桐布叶”。每天放学后，我和伙伴们便背着背篼去捡拾桐木叶和桤木树叶，背回家作燃料。

“莫道春花已殆尽，点滴桐花春不老。”手机的来电铃声将我从回忆中唤醒。于是，我致电挚友，相约到我的老家共赴一场有关油桐的花事。一下车，我们就被眼前的美景所震撼，一行人不由得在一处河边坡地驻足：暖暖的春日里，油桐恣意怒放。桐花像一串串紫色的风铃，分外柔美，分外迷人，每朵花都低垂下喇叭一样的口，流淌出甜蜜的春天味儿，既不显摆，也不张扬，繁盛而静谧，灵动而自在。

蓦地，席慕蓉的《桐花》脱口而出：有模糊的低语穿过林间，在四月的末梢，生命正酝酿着一种芳醇的变化，一种未能完全预知的骚动……

2023年4月16日石家庄

在故乡的原野上奔跑

童年的我喜欢奔跑：在狮子山的日出里奔跑，也在骡动山的夕阳下奔跑；在夏日灿烂的星空下奔跑，也在冬日飘舞的雪花中奔跑……

与耕读传家的人家不同，我家纯粹是以耕为命的劳苦人家。自打有记忆开始，父母随时都在忙碌之中。那个时候，我们和爷爷已经分家。不论春秋寒暑，不论刮风下雨，日未出而作、日已落而不息，是父母经年累月的劳作和生活状态。正因如此，虽然父母长辈溺爱我，但潜移默化中，我早早养成了勤苦劳作的习惯。印象中我从小就没有睡懒觉的习惯。即便有时睡眼蒙眬，但瓦屋的亮瓦透出的天光都会让我很不适应，稍稍安坐一会儿，便也神清气爽起来，该干啥就干啥了。

我读小学时几乎没有课外作业。下午放学后，在故乡的原野奔跑就成了我的常态：扯猪草、割牛草、拾柴火、捡狗（牛）粪、拾麦穗、挖麻芋子（野生半夏）……

捡粪、拾柴、割草，都需要漫山遍野跑。尽管我们谭家坝的生产条件不错，但因为人多田少，大人们干农活有点内卷，小孩子割草捡柴等照样内卷。很多时候，湾里同龄孩子在一起是免不了要你争我抢的。因此眼看得明、手动得快、脚跑得勤就成了关键。刘家湾、麻柳树湾、芋子田湾、大田坡河、拱猪子河也自然都留下了我奔跑的足迹。

那时候，家家户户都养狗，而且大多是放养，狗们也都不自觉，总爱随地大小便。沟渠边、草垛旁，没有院墙的闲院子里，都是它们最爱的场所。牛粪则少一些，因为耕牛一般都是圈养，牛在外拉粪的可能性就很小。我们王家湾因为临河，大田坡河、拱猪子河边的沙地是村民调教小牛的不二之选，多出了很多牛粪。虽然大多是小牛拉的，但比起狗屎，牛粪的堆头大多了，捡拾起来相当有成就感。捡粪时，一般都是左手挎着竹子编的粪撮箕，右手拿着成年慈竹熏制的粪刮刮。我记事时，土地已经分下户，捡拾狗屎和牛粪的人已经没有以前那么多了。印象中，爷爷、父亲在农闲时的早上捡粪是常有的事。父亲在湾里第一个大量种植蔬菜卖，家里对农家肥的需求很大。耳濡目染，假期早晨里，跑着出去捡拾狗屎、牛粪在幼年的我看来就是一件天经地义的事，一点儿都不觉得难为情。

捡拾柴火是幼年的另一项童子功。那时候，湾里人户密，河边上的柴坡是划分到户的，到别人的坡里偷砍柴火是被父母告诫绝对不能做的，但捡拾枯干的枝条和木叶、竹叶等则是被允许的。秋天过后，坡地里一些大树上不免有枯干的残枝残条随风坠落。这些干枯的柴棍棍，就是我们主要的捡拾对象。捡拾有火劲的棍棍柴当然需要眼尖手勤快和快速跑动。至于在河边捡拾桐布叶，刮桤木树叶、笋壳、竹叶，同样需要动作麻利、手脚灵快。

与捡柴相比，我割草就不怎么在行。放学回家后，时常和湾里的大平娃子、勇娃子、国华女子、春女子等一道跑着出坡割草。与他们相比，我逊色多了。但我有取巧的办法，那就是和他们用镰刀比赛打草把。惯常的方法是割到大半背篼时，先找块平坦的地方，两个人约定各出几把草，做成一堆状，放置于一定距离外，然后用自己割草的镰刀扔向对方的小草堆，击中了对方的草堆，而对方没有击中你的，对方的那堆草就归你了。如果都击中了，就各拿各的。多人参加，则是另一种玩法，大家各自将草用树枝撑着堆起来，站在画的线外，按手心手背和石头剪子布决出的顺序，用镰刀去打自己选择的某一堆草，打中了就归自己，没打中者退下由别人依次来。这样，决定顺序时的机灵（谁先来至少可以立于不败之地），打草把时的眼力和挥舞镰刀的角度、力量都相当重要。和小伙伴打草把，我几乎没有输过。尽管我经常赢，奇怪的是大家却从不怕输，天天陪我玩。现在想来，大概是知道我割草技术不行，变着法子帮助我吧，这真是一种朴素的集体主义。

事实上，除了跑着做上面的活儿，我还做过剥玉米、夹黄鳝、捡懒蝉壳、挖桐针树（刺黄连）根等动手动脚的事。后三种劳动换来的钱既可以在逢场日买个烧饼、冰糕犒劳自己，又可以积起来购买学习用品。我自幼因为懂得劳动的艰辛，所以早早地就对“读书改变命运”有一种“不用扬鞭自奋蹄”的自觉。因为老师的挽留，尽管小学毕业时考了全乡第一名，但我没有同几个成绩较好的同学一道，选择到几十里外的玉山中学读书，而是留在了乡里的中心校。从进入初中开始，因为得知学校的中师中专上线人数已经连续被剃两年光头，我深知要想跨出农门，由穿草鞋的变成穿皮鞋的，就必须在学习的道路上苦苦奔跑、勇争第一。三年初中，尽管人前我似乎学得很轻松，事实上背后付出了许多艰辛的努力。

身为通读生的我跑着上放学是常态，边跑边背记英语单词也是常态，下自习回家看书做题直到父母多次催促才肯入睡更是常态。春秋两季的周日，提着小板凳在晒坝大声晨读是常态；夏日里，手拿蒲扇，将双脚放在蛇皮口袋里读书做作业以躲避蚊虫叮咬也是常态；冬日里，烤着烘笼，哈着热气看书丝毫不顾手背皴裂更是常态。苦心人，天不负。堂屋墙壁上满满的奖状见证了我的奔跑与收获。

在父母的期盼中，我如愿以偿考上了中等师范，成了当时乡亲们羡慕的吃国家粮的人民教师。故乡原野上播下的奔跑种子，开始抽穗拔节。我一路奔跑，通过自学考试获得了大学专科和大学本科文凭，完成了从小学到初中，再到高中老师的蝶变。

如今，在乡村振兴的号角声中，故乡的原野正发生着日新月异的变化。躬耕教苑，生无所息，年事渐长的我将继续和故乡一道奔跑在希望的原野上……

2023 年 6 月 10 日青岛

家园日出

人到中年，我总是习惯早起。这不，因为出差在外几天，担心老家爸妈的身体，我起了个早，于卯时三刻回到我出生的小山村——关公镇永定村。

母亲早已闻声而出，笑着接我。停车，寒暄，母亲淡淡的言辞中不经意间流露出一丝担忧（母亲知道我在长沙出差刚回来），其实我回来也有报平安的意思。我知道，勤劳的父亲早已起床，顶着露水捡绿豆角去了，这可是我和小妹小时候的早课。因为工作的原因，近年来我时常出差。本次长沙学习之旅，谒名校、听讲座，虽行色匆匆但收获颇丰。众所周知，个人学习需要交流，“独学而无友，则孤陋而寡闻”。做教育亦如此，自我封闭无异于闭门造车，害自己、害学校、害学生。一路归来，经历了太多的扫码、测温，工作人员坚定又疲惫的眼神中有着淡淡的担忧：这可恶的新冠到底何时灭绝？鸡鸣、狗叫、蝉唱，时光仿佛突然放慢了脚步，踏上家园故土的我也渐趋平静。

不觉间，我的思绪回到了 32 年前，那是 1989 年初夏，读小学四年级的我同儿时挚友邓刚相约在我家院坝梁上的晒坝观看日出。当时好像刚刚学过巴金的《海上日出》，教语文的魏新斗老师布置了一个作文题目《日出》。我们那时候没有手机、没有电脑，我家连黑白电视机都没有，当然也就没有百度、没有作业帮、没有小猿搜题了。我们两个小伙伴早早起来，一人一个小板凳，傻傻地在晒坝等候。当时的作文如何写的早已记不清了，只依稀地记得语文魏老师把我的作文当成范文在班上朗读。现在想来，我今天能够时常写点儿文字，与魏老师的帮助（他订了几年的《作文》《全国小学生优秀作文选》全都借我读过）、鼓励（选做范文、推荐参加作文比赛）是分不开的。所以，为人父、为人师，表扬与鼓励真的是法宝！

时光荏苒，当年那个自卑、腼腆的小男孩早已成长为一名高级教师。已过不惑之年的我喜欢旅游。我看过泰山日出、峨眉日出，在理塘毛垭看过草原日出，也在额济纳旗看过沙漠日出，但正经的再次看家园日出记忆中一次都没有。于是我端上水杯，踱到记忆中的另一个晒坝（老乡打石头后产生的一个天然晒坝，临河），晨露早已打湿裤腿。此时，天已破晓，河对面的狮子山上空泛起了鱼肚白。微风徐来，层层梯田上泛起肉眼不易察觉的稻浪。田野一片静谧，弥漫耳畔的是知了不知疲倦的鸣唱。我正准备复习一下童子功课，朗诵一下儿时抄录的《增广贤文》！不觉间，太阳已经跃出狮子山山头。霎时，霞光万道，一切都沐上朝阳的光辉，我的故乡永定村的山山水水也就在晨光中真正地苏醒了！

此时，村村响广播适时开播。广播中体育健儿奥运夺金的消息让我倍觉鼓舞。我知道，母亲的柴火饭快做好了。于是同儿时一样，我大声地叫了声："爸爸——吃早饭了！"父亲循声而来，和我一路往家而回。路上，我发现操劳一生的父亲的身躯明显伛偻了。

似乎是广播中的短讯打开了父亲的话匣子。健谈的父亲说起谁谁又夺金牌了，比做教育工作的我还要清楚、还要高兴，我知道这是现代科技的功劳（父母很是喜欢玩抖音）。蓦然间，这广播电波、这晨曦微风、这故园山水让我连日的担忧、倦怠、烦躁彻底消散了！

2021 年 8 月 2 日谭家坝

陪母亲插秧

说实话，身为老师的我一向反对过洋节，但母亲节例外。

正值周末，原本也打算回老家看看。一大早，到农贸市场买了母亲喜爱吃的花鲢、甜糕、红糖馒头等。驱车到家门口，李子树下的黄狗摇着尾巴欢快地叫着跳着，母亲没有循声而出。房门上的铁锁纹丝不动，尽职尽责地守护着家门。母亲一定又是早早地出了门，估计早饭还没有来得及吃吧，我思忖着。每到农忙季节，她和父亲总是废寝忘食。

我匆匆脱下外套，换了一条短裤，大步走向水黄泥巴田。果然，远远地就看见母亲猫着腰在秧母田里扯秧，父亲正一边抽水一边给微耕机加注柴油。听到我的声音，母亲立即直起身要回家给我煮早饭。到了田埂上，可能担心我责备，母亲先解释说她和父亲昨晚吃得多还不饿。我赶紧把微热的甜糕和馒头递给他们。看着他们坐在田边狼吞虎咽的样子，我又气又喜。快速地走到秧母田里，我熟练地扯起秧来。

“儿子，记不记得，在这个田的那头，你读五年级的时候，扯秧时把劲攒大了，一屁股坐在水田里，把裤子都打湿了……”一棵秧还没有扯好，母亲的话一下子打开了我记忆的闸门——

我读小学和初中的时候，每到小满和芒种，学校都会放 10 天左右的农忙假。读小学四年级以前，因为个子太小，农忙假里我所做的工作主要是煮饭和割草以及扯旱地里的油菜杆。双抢时节的早饭很简单，一般都是洋芋干饭，菜则是自家缸里舀起的豆瓣。我煮好早饭，用提篮装好送到田边，待露水干后就背起背篼到坡里给牛割青草。稍大一点的时候，我便开始扯秧、运秧，偶尔待种油菜的旱田里收水后练习插秧。等到读初中的时候，我已经是插秧的一把好手了。

稻米是我们的主食，一家人一年的收成主要靠水稻。当时农村不时兴外出务工，而分给每家每户耕种特别是适合插秧的土地并不多，大家都憋足劲在一亩三分地上下功夫。冬天里，母亲会先锄一遍田埂，用小石块堵上田鼠洞，修整好因大水冲毁的一些部位，又要积肥，把牛粪什么的挑到田里；不太忙的时候，父亲会耕一遍冬水田，把打谷子时留下的稻草桩犁进土里沤肥。开春后就要蓄水，临插秧时再耕田、耙田。耙过后的水田，泥土软烂，水平如镜，静待插秧。我们一般是先插冬水田的秧。因为泥巴很软，人容易陷进去，所以小孩大多不允许在冬水田里插秧。

那时候，我们生产队里的堰塘不是很多，因此我们河下的人家一般享受不到集体堰塘里的“福利水”。我们需要在大河里抽水。全大队 12 马力的柴油机只有两台，因此抽水是真正需要排轮子等待的。一旦轮到我们抽，父亲和几个成年男子就会抢时间抬抽水机和钢管，忙到半夜乃至通宵是常有的事。水抽好后，就需要耕田、耙田、栽秧。父亲是种庄稼的好把式，农忙时节往往还要替湾里缺劳力的家庭耕田、耙田，插秧的任务便落在了母亲和我的身上。外婆去世得早，农村所有的活计除了耕田耙地，母亲都会做，而且做得很好。母亲个子不高，干活麻利，效率很高。往往别人家水刚收上，我家的秧苗已将返青了。勤劳的母亲很喜欢帮助别人。我家的秧插完以后，柏林村梁上的大姑家、湾里缺劳力的幺婆婆家，母亲都会去帮忙。

为了送我和妹妹读书，父亲到江苏务工，农活的重担全压在了母亲的身上。读完中师的我开始在离家几十公里的另一个乡镇教书。这时候的母亲格外辛苦——既要耕种我家和爷爷家的土地，又要给在乡中心校读初中的小妹做饭，同时还要养蚕、喂母猪。日未出而作、日已落而不息是母亲的常态。因为忙于工作和提升学历，我回家帮助母亲的时候屈指可数。好在每年的农忙假里，我从未缺席过家里的收麦插秧。

“你这么胖，弯不下去腰。”母亲再次劝我上岸。“莫关系，我专门回来插哈儿秧。妈——您知道今天是母亲节吗？”我试着转移话题。“知道啊，我昨晚在抖音里看到的。刚才起床时你妹妹还给我视频，祝我节日快乐。其实我们农村老太婆过啥子母亲节哟。”母亲同我愉快地攀谈起来。“咋不过节？你这么辛苦，我还给你带了节日礼物——20个红糖馒头呢！”我打趣道。就这样，在布谷鸟“割麦插禾”以及父亲操作微耕机的“突突”声里，我同母亲一边插秧一边闲聊。不觉间，太阳从河对岸的狮子山上跃起，一种宁静、一种充实、一种幸福突然充盈我的心头。

不到一个时辰，母亲和我就在朝阳下将小半截黄泥巴水田的秧插完了。

赤脚回到院子，不经意间，我看见小妹种在花圃里的萱草开花了。这种在老家叫作“黄花菜”的忘忧草是传统意义上的母亲花。

萱草生堂阶，游子行天涯；慈母依堂前，不见萱草花……

2023年5月14日谭家坝

一口夏笋蕴乡愁

前几天，远在昆明工作的小妹收到了父亲寄过去的夏笋。小妹按照母亲教授的传统手法制好笋子以后，毫不低调地发了一条朋友圈，时间显示正好是癸卯立秋。看着小妹“吃掉一片竹林”的“炫父”文字，关于故园、双亲、竹林、竹笋的记忆，蓦地涌上心头……

我出生在大巴山深处的一个小村庄，鳌溪河依村而过，形成了一个平坝——谭家坝。从农耕的角度讲，坝子的条件不错，奈何人多地少。我小的时候，土地已经承包到户，各家各户变着法儿地侍弄自家土地，坝里散发着无尽的活力。

记忆中，每家的房前屋后都有竹林。老家的竹子多为慈竹，最高十米有余，直径五六厘米。然而，记忆中竹林没有那么美，更多的是生活必需。那时农耕生产使用的大部分农具都与竹子有关，大背篼、花篮背篼、松肩背篼，皮撮箕、粪撮箕、粪刮刮，簸箕、筛子……都是竹子制成的，还有每家每户搭丝瓜、苦瓜、黄瓜、豇豆、四季豆“站站”（架子）的，绝大多数也是用竹块、竹条。除了这些用处，笋壳和竹叶更是小孩们捡拾柴火的主要来源。

可以说，竹子的一生都在为农人默默奉献着。所以，在那个年代，每家的竹林都是宝。如果自家没有又急需用竹子，到邻居或者亲戚家找上几根在当时算得上欠很大人情。如果自家竹林的竹子被人偷砍了，泼辣的女主人往往跳着脚骂天骂地。

守着一大片竹林，在我童年的记忆中，我们却几乎没有吃上竹笋——竹子大有用处，大家都急切地盼望雨后的竹笋拱破土壤，快快拔节，好在不久后成为农人们手中的簸箕、肩上的背篼——竹子这样金贵，农人怎舍得将竹笋端上餐桌？

父亲结婚后便分了家。1983 年，父亲修建好两间歇房屋后，将屋后堰塘窝的石头敲碎、移走，新植了几丛慈竹。不得不说，竹子的确生长快、成材早，三年左右的时间，屋后的竹子就成林了，给黄瓜、豇豆、四季豆搭“站站”的时候，晾晒粮食需要簸箕的时候，父亲和母亲再也不用唯唯诺诺地到亲戚家去“讨”，再也不用遭受别人的白眼和抱怨，他们终于实现了“竹子自由”。

外爷是远近闻名的手艺人，谁家修房造屋，都免不了要请他上门做活儿。上了年纪，再也不能爬梁上架干重活了，外爷重拾了年轻时的篾匠活。每逢外爷到我家，童年的我最喜欢的事就是一边听外爷讲各种故事，一边看竹丝在外爷手里起舞成型。印象中的夏夜里，外爷的烟斗在星光或月色下一明一灭，我依偎在他身边抹包谷，不知何时沉沉入睡，醒来再看，院坝里往往会多出一个崭新的筲箕或者背篼。

童年记忆里，竹林是孩子们的乐园——

在老家的年俗中，有小孩摇竹子的讲究。大年初一早上，我和几个堂弟一早就跑到竹林去摇竹子，口中唱着“竹子爹，竹子娘，我跟竹子长样长”。可惜，摇竹子多年的我最终没有和竹子长一样高，身高始终没能突破一米七。

我读小学三年级的时候，家里开始饲养母猪。小猪出生后，堰塘窝的竹林就是它们天然放养的“牧场”。胖乎乎粉嫩嫩的小猪仔时常在竹林里奔跑嬉戏。那个时候，我模仿邻居彭爷爷每次给鸭子喂食就吹哨子的习惯，每次给小猪喂饲料都吹哨子，不过期待中小猪的条件反射最终没有形成。不过只要我一唤“猪儿阿捏（音），阿捏……”小猪仔们就会涌到我跟前，我用手抚摸它们的背或者肚皮，它们就会乖乖地伏到地上，那画面甚是有趣，又十分和谐。

竹林里有一样孩子们特别喜欢的生物——笋子虫，我们叫它“笋牯牛”或“竹牛”。大人们说它是一种害虫，会吸食竹笋的汁液。竹笋多么金贵，我们都没能吃上呢，它凭什么吃！小伙伴将“笋牯牛”捉来，掰掉爪子，用铜针刺穿它的腿将它绑在竹筒上，看着它一个劲儿地想要挣脱，却又只能围着竹筒绕圈——小伙伴们说这是“推磨”的游戏。玩腻了以后，我们将它的四肢、长嘴及翅膀一一拆解掉，去除内脏。用一根长竹签穿进身子，架到火上烤上一分钟，撒点盐，夏日限定美食——炭烤“笋牯牛”就大功告成。那醇正而浓郁的香气，让成年的我想起来都仍垂涎。

大概公元2000年之后，竹笋终于开始出现在我们的饭桌上。那时，我在离家几十里远的一所初级中学任教。暑假，邻居陈孃孃家的大女儿玉华姐从巴城回来，在竹林里挖鲜笋，和着肥肥的五花肉烧了满满一大锅，香气飘了老远。“城里人吃笋子呢！”有人带了头，乡亲们仿佛开窍了似的，陆续将竹笋端上餐桌。那个时候，许多村民都外出务工，庄稼地开始撂荒，竹林也疯长，竹笋数量多，且折耗低，清炒、红烧、炖汤，无论怎样烹制都好吃。

挖来的鲜笋吃不赢，大家便想办法加工成笋干或泡笋，可以延长保存时间，在挖不到鲜笋的季节里，也能吃上这个美味。

记忆中，每年夏笋上市的时节，母亲总会给我送一大袋到学校，直到我调到另一所农村高中。再后来，我的两个孩子相继出生，母亲离开老家帮我们带小孩。这个时候，父亲已经在外务工 10 余年了。因为长久不在老家生活，以前全家都很依赖的竹林似乎变成了累赘——竹叶飘在屋瓦上面堵塞了瓦沟，每逢下大雨，雨水倒灌，多处漏雨。纠结一段时间后，父亲将堰塘窝的竹林全部砍了，而且将地底的竹鞭都挖出了。相伴故园 30 多年的竹林完成了它的历史使命，一向感性的我唏嘘感叹了很久。

2016 年，母亲将孙儿们抚养长大，又拖着老弱的身体重回老家生活。父母先是修补了老屋，两年后又新建了砖房。故园谭家坝的土地依然肥沃，然而耕种时节几乎见不到年轻人的身影。这时候。以前家家户户房前屋后的竹林几乎不可见，取而代之的是各种花树、果树。可喜的是，孩提时放牛、割草、捡柴的芋子田湾、拱猪子湾、竹林湾、刘家湾的竹林却长得格外丰茂，成了鳌溪河幺担桥段河边难得的风景线——尽管这道风景线鲜为人知。

父母知道我酷爱鲜笋，每年都会为我留着。先是 5 月的木竹笋、金竹笋，然后是 7 月和 8 月的慈竹笋。然而，同绝大多数游子一样，我更多的时候是心安理得地享受着父母的劳动成果，至少有 5 年时间，我忙碌的脚步始终没有踏进故乡的竹林。

上周二早上，出差归来的我到城区的早市上买回了几斤新鲜的竹笋。傍晚，忙完俗事的我带上妻女驱车回到老家。父母早早地张罗了一桌好饭。饭后，看见在厨房忙碌的母亲略显佝偻的身影，我鼻头一酸。次日凌晨，早起的我在书房读了几十页易中天先生的《曹操》，然后和父亲一道在雨霁的晨曦中，到竹林湾、刘家湾挖了两竹箩笋子。回家后，妻女帮忙剥壳、削老根，然后采回桑叶，依照传统的法子制成了一大桶鲜笋。

斯时，故园谭家坝，我看着远处晨雾若隐若现、近处炊烟袅袅，听着鸟雀啁啾、鸡鸣犬吠，一种满足感、幸福感油然而生：父母在，家就在，爱依旧！

2023 年 8 月 9 日一默斋

【第二辑】

黉门晨钟

李心观　画

校园里的钟声

钟声是校园的指挥棒。在读书和前期的工作中，钟声与我是一直相伴的。

我是 20 世纪 80 年代初读的小学。那时候每个村都有村校，规模不大，一般有几十个学生，设立复式班。我们村的学校位于大队队部，是一个巨大的三合院，除了公家的办公用房，记忆中至少还住了四户人。三合院的中间是一个巨大的晒坝，青石板砌成。因为离中心校较近，村校只办一二年级。我发蒙读书的时候，中心校将三年级也放在了我们村。当时一共四个班，三年级两个班，一二年级各一个班。四间教室位于堂屋两边，东边的一间厢房是老师的办公室，北边三间厢房则是大队的办公场地。因为用的是地主家留下来的老房子，房屋还是很不错的。桌子是学校提供的木条桌，一张桌子可坐两到三人，凳子则由学生自带。

当时的钟设置很简单，算是就地取材，阶沿上的木柱头下用粗铁丝吊着一块旧铁铧，就成了我们近百个孩子的发令枪。“叮——叮——叮——”铁棒敲击犁铧的响声沉闷又刺耳。刚上一年级的时候，钟声一响，女孩子大多会用手捂着耳朵。时间久了，也就不以为意了。村校老师少，虽然对敲钟的时间有作息安排，但执行起来相对随意。有时值班的老师忘了敲钟，课就会连堂上下去。有时很长时间不见钟声响起，课上得昏天黑地，直到有老师想起，赶紧让一个孩子敲几下钟，几个班仿佛从沉睡中清醒过来，一涌而出。老师也善解人意，会延长一些休息时间。

上三年级的时候，我们的村校解散了，和中心校合在一起。虽然以前赶场多次从中心校门前路过，但正式踏入校门时还是很惊喜的。当时的天官小学，共有三排平房，中间是学生宿舍，东西两排是教室。钟就挂在学生寝室外居中的屋檐下。与村校的犁铧不同，中心校是轮胎钢毂钟，看上去就很高级，在专用小铁锤的轻轻敲打下，“当——当——当——”声音格外清脆悦耳。

当时，敲钟的是我王姓同桌的爷爷。王校工年轻时当过兵，复员后被安排在学校，专司蒸饭和敲钟。他以校为家，工作非常负责。无论刮风下雨，还是酷暑严寒，从早晨起床到晚上熄灯，每天 20 余次敲钟，他从未耽误过，也从未敲错过。同桌曾告诉我，他爷爷能准确把握从寝室到挂钟处所走的步数及所用的时间，更会准确把握不同信号时敲钟的节奏和力度。在王老校工的手中，钟声是不一样的。起床钟，要敲得久一些，但不能太急促，力度也不能太大，要悠扬一点，把学生从睡梦中唤醒而不是猛然惊醒；上课、下课的钟声也是有区别的，节奏和力度把握要恰到好处，但时间要相对短些，干净利落，不拖泥带水。饭点、放学的钟声则悠长而绵密，往往钟声未尽，同学们已经鱼跃而出。

那时学校的操场在大门外面，也没有围墙。下课钟声一响，读小学的我们就会冲到操场，斗鸡、滚铁环、扇烟盒……上课的钟声在我们小孩听来则威严得多，如同父亲阴沉的脸，把我们从开心欢乐、多姿多彩、无拘无束的活动中，猛一下子无情地赶向教室。一声声“报告——”中，我们气喘吁吁地冲进教室。

从小学到初中，我在天官小学读了整整七年书。在王老钟声的陪伴下，在乡邻们艳羡的目光里，我考上了被称为“铁饭碗”的师范校。冬去春来，毕业后的我被分到了离家几十公里的另一所农村初中。

入职报到后，我被安排在旗杆旁边的一间泥坯房里，校园里的钟就悬挂在我寝室门外的柱头下。巧合的是，也是轮毂钟。20世纪末的农村学校，电铃已经是学校的标配了，司职敲钟的校工白老师也改任他职。但因为时常停电，值周老师还是习惯敲钟。慢慢地，在校工白老师的点拨下，我迅速掌握了敲钟的技巧：上三下二预备四。上课的钟声是三下，下课是两下，预备是四下。当然，早上起床和晚上熄灯则要长久很多。

“当——当——”“当——当——当——”“当——当——当——当——”不同节奏的钟声敲打着晨昏，敲打着四季，敲打着岁月。在钟声的催促下，我的作息规律而严格，在课堂和课余交错的时间里穿行，不曾偷懒，不曾懈怠。短短的 4 年里，以优异的成绩送走了两届学生，也完成了大学专科、大学本科的自学考试。

2001 年，我调到了另外一所农村高中。在学校“地主庄园”外面的老槐树下，悬挂着标准气派的铸铁钟，看上去神圣而庄严。因为学校配套建有发电机房，电铃声不曾间断。印象中这口钟一次都没有被敲响，更多的只是象征意义了。时光荏苒，汶川地震后，老槐树因为整体规划被砍伐了，古树下的铁钟也完成了它的历史使命。

“未觉池塘春草绿，阶前梧叶报秋声。”如今，学校悦耳的彩铃代替了单调的电铃，钟声只留存于一代人邈远的记忆。而我也已届中年，粉笔渐染我的霜华，虽仍然穿梭于校园铃声中，但钟声伴读的岁月却历久弥新。

2023 年 5 月 15 日恩阳二中

我的老师

一个人遇到好老师是人生的幸运。

很幸运，我遇到了许多很好的老师，他们教给我知识、教给我做人的道理，让我受益无穷。时光荏苒，我从学校毕业已经近30年，我至今都能记得他们的样子：睿智严厉的魏新斗老师，和蔼可亲的冯先儒老师，诲人不倦的高宗尧老师，古道热肠的邓英树老师。

斗先生

我小时候聪明伶俐，成绩较好，因此喜欢我、关心我的老师很多。其中印象最深的就是在小学四至六年级时教我语文的魏新斗老师。

魏新斗老师是一名民办教师，教我的时候好像还没有转正。他的书教得很好，在我们乡场是叫得上号的名师。那时候，每个大队都有村小，我们中心校的学生主要是我们大队和街道上的，每个年级都只有一个班，谁家孩子遇到他都会觉得很荣幸。他家和我家同大队但不同生产队，我的舅舅家和他家坎上坎下。因为有文化，对人又好，乡亲们很尊敬他，平时提及魏老师都叫他“斗先生”。

我们大队的村小只有小学一二年级，三年级时我来到了中心校读书。四年级是小学的高段，一般老师都会从四年级教到六年级。1988 年 9 月，魏新斗老师接手我们班。因为打小就听说过许多魏老师的事，加之父亲私下又拜托过他，调皮的我一开始就有点害怕他。我胆子大、反应快，爱表现自己，经常举手回答问题。加之记忆力好，书背得很快，魏老师经常表扬我。

那个时候，我们小孩子读书基本上是没有课外作业的，印象中语文的课外作业最多的就是抄写当天学过的生字词。孩子们也罕有见到课外读物，班上订阅的《少年百科知识报》常常被我们活生生地翻烂。四年级下期的时候，一个和我上学同路的魏姓女生无意间说到魏老师家有很多作文书。说者无心，听者有意。那天放学的时候，我特意和我外爷队上的刘建平同路，让他带我到魏老师家。其实，魏老师家的路我是知道的，他的父亲精通算命和测字，爷爷为了两个儿子的婚事曾带我去过。

我们村有养蚕的传统，当时放学回家的魏老师正在他家屋后的地边和师娘一道摘桑叶。同学因为家里有事，将我带到地方后就离开了。自幼情商不错的我和魏老师一起摘满一大背篼桑叶。回他家途中，已经很熟的我表明来意，魏老师爽快地答应了。我在魏老师家借的第一本书是《作文》。回到家后，我就着昏暗的白炽灯光迫不及待地读完了全书。第二天上午的课间操时，我踱到魏老师的办公室，本来准备把书还给他，结果魏老师说道：“你不用急着还我，再看几天吧，一些好的词语和句子你可以用本子抄下来。”得到老师的提点，我非常激动，中午放学的时候特意上街买了一本 32 开的红色的硬皮笔记本。

就这样，差不多两年的时间，我将魏老师收藏的所有《作文》和《全国小学生优秀作文选》借阅完了。其间好像也借阅过《少年文艺》《钢铁是怎样炼成的》和《十万个为什么》等几本书。

魏老师对我的第二个提点就是经常在班上将我的作文修改后当作范文朗读，这对激发我的写作兴趣乃至今天走上文学创作的道路实在是功不可没。印象中的第一次好像是 1989 年的春天，我们刚刚学了巴金的《海上日出》，魏老师布置了一道作业，要求写一个关于日出的片段作文。那时候我们没有手机可以百度，11 岁的我和同学邓刚一起在我家屋后院坝梁上的晒坝观看日出。我们两个小伙伴早早地起来，一人一个小板凳，傻傻地在晒坝等候。当时的作文如何写的早已记不清了，只依稀记得在作文课上，魏老师把我的作文当成范文在班上朗读。魏老师还曾经将我的作文修改后，推荐去参加过几次县里的作文比赛，不过好像一次都没有获奖。

小学四年级下期，我们中心校的校长更换了。六年级时，新校长的女儿从外地转来我班就读。在我们一群农村娃眼里，校长的女儿个子高挑，人很漂亮，加之读过的书比我们多，和我们似乎是两个世界的人。以前回答问题时，我们打小一起长大的几个成绩较好的同学常常争先恐后。校长女儿转入我班以后，课堂上特别是语文课上男生回答问题基本上就只剩我一个人了。其实我也不想，但心里有代表男生与之暗暗较劲的意思。那个时候，刚好我在我们湾里读初中的玉华姐处找了一本以前的语文书，她是高我一届的魏老师的学生。玉华姐书上的笔记记得比较详细，这就让我课堂上回答问题时如虎添翼，仿佛开了挂似的。但似乎报应来得很快，在六年级下学期学习《为人民服务》一文时，轮到最后一课时归纳文章的中心思想时，我几乎按玉华姐的笔记有板有眼地回答。本以为会再次赢得表扬，不料在说到“阐述了我们党及其领导的军队的性质、宗旨”时，因为不认识“阐”，也没有提前查字典，我自作聪明地读成了“dān”。那天，一向对我青睐有加的魏老师破例狠狠地批评了我一顿，说不认识的字就要学会自己查字典，不然以后开黄腔时别人就会骂“是那个灾舅子教的语文”。现在回想起来，估计魏老师早就发现我有旧语文课本的事了，只是一直没有说破而已。因为我小学快要毕业，所以找了这个机会教育我，让我以后注意。

很快，我读完初中，又读完了中师，成了一名和老师一样的人民教师。魏老师在我小学时为我播下的种子开始生根、发芽，在选择任教学科时，普师毕业的我毫不犹豫地选择了语文。现在，我已经在语文教育的百花园里躬耕 20 多个年头，每每午夜梦回，我时常想起故乡倍受我尊敬的“斗先生”。

冯先儒老师

冯先儒老师是我升入初中后的班主任老师。从初一到初二，他一直教我的语文。

冯先儒老师人如其名，性格温和，很是儒雅。在我们当时的农村学校，老百姓心目中温文尔雅是和“煨不烂煮不烂”画等号的。我是以全乡小学毕业第一名的成绩升入初中的，父亲对我读书寄予了厚望。因为听说分在了冯老师担任班主任的九四级二班，父亲到教导处去闹，说要调到同年级的一班，当时的教导处主任是我本家大爹，数学教得特别好。他劝我父亲说冯老师的语文教得很好，管班严不严对我那样的好成绩莫得影响，而且他亲自教我们班的数学，请我父亲放心。

就这样，我成了冯老师的入室弟子。冯老师古文功底深厚，教授课本上的文言文时，他只带一本跟我们一样的语文教材，当时语文老师常用的《教师教学参考书》和《文言文赏析》什么的他一本都不会带。要求我们背诵的篇章他都会背诵，很多时候老师的示范朗读课文就成了他为我们展示背诵。除了教材，冯老师还经常在黑板上为我们抄写席慕蓉和汪国真的诗歌。教授作文时，冯老师一直坚持写下水作文。这在20世纪90年代初的农村中学是非常难能可贵的。后来，同样成为一名初中语文老师的我才知道，当年冯老师娓娓道来、举重若轻的语文课堂是多么难能可贵！

冯老师多才多艺，有一些诗作在当时的《通川日报》《四川农村日报》上发表。当时，我们学校参加区教育督导室的各项文艺活动和县里的文艺调演，许多作品都是由他作词，然后由学校里即将退休的教授音乐的陈老师谱曲。二人珠联璧合的许多原创作品在我们玉山教育界有口皆碑。读初二下学期时，正赶上纪念红军入川60周年，当时冯老师作词的《纪念红军入川》我至今能张口即唱：

徐向前、李先念，率领红军入四川，黑暗势力被摧毁，反动统治被推翻；革命红旗插蜀水，工农政权建巴山……

那个时候，我们天官乡中心校的厕所修建在校门外的操场边，操场也没有围墙，住校的学生，特别是女生晚上大多不敢起床上厕所。于是冬天里，我们当时初中的各个班级就比城里的孩子多了一项活动，那就是守夜。守夜的地点就在大校门处，我们当时初中 3 个年级，每个年级都只有 2 个班，6 个班刚好一周（那时是周日单休）。守夜一般是在学生下晚自习后开始，主要是住校生参加，一般 6 人一组，男生 4 个，女生 2 个，有时我们住在家里的走读生出于好玩也会加入其中。那时候，我父亲常年搞多种经营，家里的生活条件在农村算是好的。轮到我们班时，生活委员早早地发好煤炉，走读生的我大多会从家里带来腊肉什么的，在校门口煮一锅“铁锅乱炖”。有的班级，晚上守夜时在校门口煮饭是不允许的，说不安全。而我们班，班主任冯老师则非常支持，有时遇到值周老师比较严厉时，一向温和的他还会为了我们同值周老师理论。而且很多时候，自己做饭的冯老师还会给我们准备一些大骨和菜。30 多年过去了，每当想起初中岁月，我都会想到唇齿留香的半夜乱炖，也会想起对我们关爱有加的冯老师。

我们天官乡不是很大，因此学生不多。在我们毕业的前两年，中师中专上线人数连续被剃了两个光头。我们那一届生源相对较好。为了一雪前耻，1993 年 9 月，学校对毕业班老师做了重组。因为与世无争，加之普遍认为他不够严厉，冯先儒老师被调换了，让我和同学们失落了很久。虽然没有教我了，冯老师还是非常关心我的学习，几次将我叫到他办公室问需不需要帮助。

初三下学期，我参加了奥林匹克化学竞赛，在学校、玉山区都脱颖而出。决赛的地点在当时的巴中县城。当时冯先儒老师正在巴中教师进修校参加“三沟通”学习，学校安排他带我和一班的两个同学。那天，也是我有生以来第一次进县城，冯老师忙上忙下，还自掏腰包请我们三个学生在考场外面的文庙街餐馆撮了一顿。因为教了我两年，冯老师还特意在我考试的时候到南池市场为我买了一件白色T恤，说是我父亲委托他的。在返乡的班车上，看着装有新T恤的方便袋，我非常感动，我知道这是冯老师对我的爱，因为一向节俭又粗心的父亲是不会想到为我买衣服的。

后来，我毕业工作了，手机也开始普及，逢年过节我总是向冯老师发去问候的短信。再后来，我调到了一所高中学校，冯老师的长子所在的班级刚好和我任教的班级同级。我也曾默默地关照过他的孩子，这让冯老师很是感动。

冯老师生活有规律，烟酒不沾。但遗憾的是，2017年暑假，在老家的冯老师突发疾病，因为抢救不及时，在送往医院的途中就去世了。参加老师的追悼会时，我和同学们心情异常沉重。我想：之所以天不假年，那一定是因为上苍需要温文尔雅的冯老师在天堂写诗作词！

高宗尧老师

高宗尧老师是我读中师时的班主任老师。

1994年9月，因为急于跳出农门，父亲安排我读了中等师范，虽然当时我的理想是读高中考大学。整个暑假，我郁郁寡欢，尽管亲友、老师纷纷恭喜。

报到那天，是我平生第二次进县城。当时我们巴中师范的普师一共有4个班，入学报到时我被分到了四班。在汽车站，学生会的志愿者把我和父亲带到了高老师的面前报到。把我安顿好后，父亲搭上了去广元的汽车，他将从广元出发，外出务工。

一见面，高宗尧老师就给我留下了威严、不苟言笑的印象。

两天报到结束后，学生入班了，在学生做自我介绍前，高老师做了自我介绍。从他口中，我了解到高老师是北师大毕业的高才生，他大学所学的生物化学在当时的四川都没有那个专业，回到老家后，先后担任过化成中学、江北中学、宕梁中学的校长，退居二线后调到师范校任教。

彼时的我就如陈奂生进城，对一切充满了好奇。我性格矛盾：看似豁达实则狭隘，表面自信实则自卑，表面仗义但骨子里小气，与同学相处往往“有理不让人，没理扯三分”。在推选班干部的大会上，一向胆大的我自荐担任班长，结果被老师平衡成了班委的宣传委员。

因为组织各种活动，我同班主任高老师的接触多了起来。平心讲，高老师的数学课真的讲得特别好，是那种驾轻就熟举重若轻的好，但初中数学很好的我因为几乎没在数学学习上花过心思而变得成绩一般，得遇名师而不学的行为让后来的我徒留遗憾。从进校开始，我就迷上了文学，和几个好友创办了文学社，在学校政教处领导的支持下，还创办了学校的校报《中师生园地》，三年级时又竞选担任了校学生会的宣传部长。忙得不可开交的我沉浸在自己的文学世界中，对班主任老师的一些提醒没怎么放在心上。结果，毕业推荐大学的保送名额时，各方面条件都较好的我因一年级时的一次音乐补考连入门的资格都没有取得。担心我想不通，在化成小学实习期间，高老师特意嘱咐几个与我关系较好的同学陪伴我、开导我。当然，这都是我毕业以后才知道的。

坦率讲，读师范三年的时间里，我同高老师深入沟通的次数是不多的。我总觉得当校长很久的他有点威严，年龄上同我又有代沟。同时，当时有同学谣传，说高老师骨子里不喜欢我，因为我和班上另一个彭姓女同学打乱了他的部署，致使他所钟意的我们班的班长和团支部书记都没有进入校学生会和团委会。对这种说法，我虽然没有全信，但无形间使我对高老师有些敬而远之。

我真正同高老师关系亲近是我毕业四年后进入恩阳中学教高中时候的事了。因为错失了保送读大学的机会，加之读书期间没报名参加自学考试，刚参加工作的我付出了比常人更多的努力。四年间，我通过自考取得了专科文凭并考完了本科阶段除英语学科外的所有科目。调到高中学校后，我的生活境遇开始好转。我开始接手协助恩阳中学沧桑文学社编辑校报《远舟》。因为印刷工作的需要，我联系了高老师的大儿媳。从她的口中，我了解了老师的近况。退休后的老师闲不下来，长期在几所私立高中里任教。重新取得联系后，我开始走进老师的晚年生活。相当长的时间里，老师搬过几次家，身体怎么样，在同读师范的一干同学中，我都是最清楚的。因为在一起的时候多，高老师给我分享了他的许多经历、经验和教训。可以说，我后来工作上能快速成长，高老师对我启发良多。

高老师已届耄耋之年，身体大不如从前。但每每通话，高老师仍在言谈间关心我的工作、叮嘱我注意身体，当然也有作为老教育人对我任职校长后的告诫与期待。

今夜，月华如水，长假期间的校园显得格外静谧，不知名的虫儿在窗外不倦地鸣叫。不知不觉，耳畔响起高老师的良言教诲。师生缘深，师恩绵长，唯有奋勉前行，方不负殷殷瞩望！

邓英树老师

严格意义上讲，我算不上邓英树老师的入室弟子。

1997年，我中师毕业以后，分配到一所初级中学教初中语文。出于提升学历的需要，本着节约金钱和时间的我选择了相对函授困难一些的大自考。我当时报考的专业是汉语言文学，专科和本科的主考院校都是四川师范大学。在经历过卧薪尝胆的备考后，两年后我取得了专科文凭，同时将本科阶段除英语以外的所有科目都考完了。一个偶然的机会我得知，扩招的恩阳中学缺少高中语文老师。经过精心准备和毛遂自荐，我于2001年9月调到了当时巴中最出名的农村高完中，成为一名高中语文老师。

以后的两年时间里，一年两次的自学考试我从没落下，次次都报考英语，期待奇迹的出现。2003年4月17日，第五次参加英语科目考试的我走出巴中三中的考场。5月，我终于听到最后一科英语通过的好消息。接下来，就是按规定到四川师范大学参加毕业论文答辩培训。那是我第一次到巴中以外的城市。结果刚在梁家巷北门汽车站下车的我就收获了省会给我的第一个礼物，我花2000多元人民币买的波导手机被盗了。我第一时间报了警。尽管已经工作5年，但坦率说，从车站派出所做完笔录后走出的我在成都街头有点无助。磕磕绊绊地来到狮子山校区时，同一批培训的学员只有我和另一位请假的广元籍学生没有到了。

报到后，从工作人员口中我得知为我指定的指导老师名叫邓英树，是当时川师文学院的党委书记。说实话，我当时对大学里面学院的党委书记什么的是一无所知的。只是听同教室的一位年长的曾在川师文学院读过专科的师兄讲，好像邓老师是文学院最大的官。他还预测，邓老师多半是挂名，实际上我们几个的毕业论文指导多半是由他的助手完成。集体培训很快结束。结果出人意料的是在第二天上午，我见到了邓英树老师。

没有想象中那么威严，平易近人的邓英树老师给了我 5 分钟时间，我将我拟选题目《浅谈比喻修辞手法》和准备的写作大纲告诉了他。邓老师认真听完我的汇报，对我的选题给予了肯定，并提了几点修改意见。结束时，邓老师用钢笔认认真真地给我写了他的联系方式。回到单位后，我按老师的指点重构了论文结构，修改后挂号邮寄给了邓老师。随信一起寄送的还有一点巴中产的银耳和茶叶。收到东西后，邓老师给我打来了电话。并邀请我下次答辩时提前过去到他家做客。

2003 年 10 月 18 日，我第二次赴成都。在川师大柳堤小区的宿舍里，邓老师热情地接待了我。也就是那一天，我了解到，邓老师从教 30 多年，先后在人民公社大队小学、公社中学、师范专科学校、四川师范大学任教。得知我教过农村初中，现在又在农村高中任教，邓老师对我青睐有加。或许有相同农村中学任教经历的缘故，邓老师极力鼓励我报考川师大的研究生。他说我思维敏捷，年龄也还小，应该通过读书改变自己的命运。记得他当时建议我报考川师的“语言学及应用语言学”或者“汉语言文字学”的硕士研究生。而且他还豁达地说，他是研究语法的，如果不感兴趣，他还可以推荐我报读文学院教对外汉语的老师的研究生。言谈之间，老师的切切关心让 20 年后的我都感动不已。离开他家时，严谨的邓老师送了我一本他的学术专著《现代汉语语法论》，扉页上是老师工整的字——“苟刚老师指正”。这本书至今珍藏在我的书柜里。老师的建议让我很是动心。然而，我最终没有报考川师大的研究生。彼时的我正利用教余时间自学法律知识，准备参加司法考试圆我心心念念的律师梦想。那年春节前夕，我给邓老师寄去了一份礼物，是我自己改写的一副对联——汉语兴衰存乎汝心，民族荣辱永在尔怀。字是我托人找巴中久负盛名的秦安富老师写的。老师收到后很高兴，给我发来了感谢的短信。

再次遇到邓英树老师是 2008 年 6 月的事了。那一年，我被推荐参加当年的高考阅卷，分配在质检组。大概是 6 月 18 日的晚上，川师文学院组织专家组和部分负责质检的老师在川师成龙校区附近的一个农家乐聚餐。席间，我以川师大俗家弟子的身份向川师的领导和老师敬了酒，我的敬酒词让与会的老师喜笑颜开。他们说喝了很多酒，但以自学考试主考院校老师的身份和自考学员喝酒的确是第一次。那天晚上，我按照巴中习俗特意向邓英树老师敬了 3 小杯白酒。看得出，老师很高兴，也很激动。

桃李春风一杯酒，江湖夜雨十年灯。从那以后，我再也没有和邓老师见过面，老师出版的书我倒是曾于川师培训期间在校园书店内购买过。屈指算来，1951 年出生的老师已经 72 岁，祝愿老师学术长青、身体常安！

2023 年 5 月 10 日一默斋

我的教育历程

烂漫兴隆

1997年6月，完成三年普师学业的我跨出了巴中师范的校门。按照惯例，统招生的我大概率会被分配回天官小学。7月初，我到姨父家做客，姨父问到我的工作问题，言谈间告诉我他的邻居孙某当时正在兴隆场乡政府伙食团上班，和学校领导的关系不错，问我是否打算到兴隆上班。兴隆场虽与玉山区的天官乡毗邻，但当时却分属恩阳区。其交通和经济等都要优于天官乡。那个时候没有手机，正好当天兴隆当场，简单吃过午饭后姨父带着我走10多里山路到了当时的政府伙食团。孙姓老乡欣然同意帮忙，他赓即把我带到了兴隆初中刘校长的办公室。途中，孙师傅交代我在校长面前说是他的亲戚。

校长办公室的见面很愉快，也很短暂。因为当时的兴隆初中正缺语文老师，得知我读书期间发表了许多文章，刘校长欣然同意，收了我复印的资料，让我什么都不管，说他亲自打报告到文教局人事股去要人。这里面是否有给孙师傅舅哥面子的原因，当时的我不知道。因为孙师傅的舅哥刘某时任兴隆场乡党委副书记，三把手，分管教育。

因为在读书期间一直在为保送大学准备，师范三年我从未参加当时很多同学都在考的高等教育自学考试。这个暑假，我从同学处找了几本资料，准备参加下半年的考试。时间过得很快，转眼谷子就打完了，但我仍没有等到去上班的通知。而母校天官小学则为我安排好了课表，让我准备上初一年级的课。这在当时可是优待，因为一般新毕业的师范生都必须先下村校锻炼，待工作得到认可才可以回到中心校任教。我知道当时跨区分配非常困难，担心去不了兴隆初中，所以一直没告诉别人，包括非常关心我的冯老师，冯老师是我初三时的班主任，时任天官小学副校长兼教导处主任。

8 月 29 日，孙姓老乡托人带信说分配文件出来了，我被分到了兴隆小学，不过乡上同意我到兴隆初中上班，让我第二天直接到兴隆初中去报到。当时的我经过几年县城学习、生活的历练，已经有一定的情商。虽然有点小激动，但我仍第一时间赶到母校向冯老师致谢。因为开学准备工作很忙，冯老师鼓励了我几句后便分别了。

8 月 30 日，我带了几本书独自一人早早地来到了兴隆初中。当天上午，学校召开教师大会，在会上我和一同参加工作的杨老师被宣布同时担任初一年级的班主任。说实话，校长的信任有点让我受宠若惊。杨老师是大学专科毕业，比我长几岁，后来我们成了非常好的朋友。

初出茅庐的我工作上很努力。那个时候的农村初中，老师之间还不是很“内卷”，教学任务相对单纯。我任教一个班的语文，同时上两个班的历史。因为我是学校最年轻的老师，在学校读书时长期担任学生会干部，思想还算前卫，我在邮局自费订阅了《中学语文教学参考》《语文报》《演讲与口才》《少年百科知识报》等。课余时间，我把报刊上一些有用的知识摘录出来，用蜡笔刻好油印出来发给学生。与其他班级相比，我任教的班级多了《书写本》和《积累本》。我组织的学生活动也比其他班多一些。教学相长，一学期下来，学生进步了，我也赢得了大家的认可。

农村初中任教的日子单调又清苦。当时乡场的生活条件不是很好，有时冷场天来了客人除了政府伙食团，其他地方是找不到馆子接待的。我们自己挑井水做饭、自己打烧煤炉用的碳丸，和学生一起建操场。至于娱乐活动，除了一起看足球甲 A 联赛就是打“甩 2”剃光头，当然老教师之间偶尔也打打麻将。因为急于提升学历，我教余时间更多投入自考科目的学习中。两年里，我将《中国革命史》《现代汉语》《写作》《文学概论》《外国文学作品选》《中国现代文学作品选》等 11 门课程全部考完，成功地拿到了四川师范大学的汉语言文学专业专科毕业证。其间，我被乡党委政府表彰为“人民满意好园丁”和“优秀共产党员”。创作的几十篇新闻稿件和散文也在《四川日报》《四川农村日报》《巴中日报》《巴中广播电视报》等报刊上公开发表。

那时候，因为教师工作清苦，流行教师“改行”，即到其他事业单位或者政府部门上班。当时程序简单，只要用人单位需要，填一张申请表即可。因为小有名气，我迎来了许多机会。先是，老家那边的一个远房亲戚推荐我到玉山中学工作，玉山中学是一所农村高完中，当时的高中文科在巴中很有影响。接着，我们兴隆场乡政府办公室缺写材料的。因为一些原因，我最终放弃了。

2000年8月，在我的恩人、时任兴隆场乡党委书记李才前的推荐下，差不多考完本科阶段自学考试科目的我到重点中学恩阳中学参加了高中教师的选调讲课。印象中，三篇备选篇目中，我抽中的是台湾女作家李乐薇的《我的空中楼阁》。课讲得比较成功，但因为名额问题，当年我没能调入恩阳中学。可喜的是，就在这年秋天，在才前书记的爱人戴姨的撮合下，我和小我两级的师妹牵手成功，走进了婚姻的殿堂。第二年8月，我调入了恩阳中学。

白日青春恰正好，意气风发少年时。现在想来，兴隆工作的1400多个日夜，我正处于青春烂漫期。我浑身都有使不完的劲，外向的我随时都在奔跑。我时常被幸福充盈：领导和同事关心我、包容我，家长信任我、理解我，学生喜欢我、支持我。而且就在那段时间，我基本确定了自己的教学风格——人文教育、激情课堂。

逝去的岁月是一张单程车票，没有回头路可走。我也有许多遗憾，从工作上说，初为人师的我对调皮的学生失之于严，对成绩好、关系处得好的几个学生则又失之于宽。当然，为师者宽严之间的艺术值得一生去追寻。好的是，初入教坛的那一份初心和激情延续至今，正是这份初心和激情，让我一路追寻，感恩那一段烂漫岁月。

激情恩中

2001年8月，我调到恩阳中学工作，教高中语文。此后15年，我的生命便与恩阳中学息息相关。

与兴隆初中相比，恩阳中学大了很多。我到恩中报到后参加的第一个会是年级会。9 个班级的教师队伍超过了我此前工作的初中学校。因为扩招，我们一起调入恩中的有 11 个同志，除了留在初中年级的 4 位老师，其余 7 位新同事都在高一年级，其中有 5 位曾和我一起搭班。

因为自己没有上过全日制大学，说实话对上好高中语文还是有点担心。那个时候互联网没有今天这么发达，获取资讯的渠道没有今天这么多，我所拥有的就是领到手头的教学参考书和自己在书店买的几本资料。我利用手头有限的资料，精心备课，时常为一些细小的问题而纠结、折腾。好在当时恩中语文组大咖云集且学术氛围良好，好学的我进步神速，半期考试后教务处组织的评教活动反馈，两个班的学生都很喜欢我。当时学校实行分层教育，我上的是比重点班低一层次的普通班，而且几乎是基础最差的。我坚信：功夫在诗外，功到自然成。虽然两个班级的学生人数都较多，但我处处向全级最好班级的语文任课教师看齐，《书写本》《积累本》《周记本》，一本都没有落下；作文坚持全批全改，而且绝不拖沓；每逢考试，特别是自己组织的考试，无论多晚我都坚持做到次日早自习给学生发放批改后的试卷。那时候，我是学校图书室、阅览室、油印室的常客。

2002 年，与我搭班的高 2004 级 2 班的班主任因工作调动进县城了，当时年级上极力推荐我接任班主任，得到了学校领导的同意。从此，我开始在恩中的班主任舞台上崭露头角。我是一个有教育情怀的人，当时的我比班上的学生只大六七岁，他们背后常称呼我为“刚哥”。平心讲，第一届班级学生整体文化素质的确不高，几乎集中了年级比较调皮的学生。为此，我付出了很多心血，可喜的是，毕业时我超额完成了学校下达的升学任务，而且班上几乎没有人中途退学、转学。

教书和管理都得到了认可，从此我走上了同事口中开挂的道路。接下来的13年时间里，我将恩中曾开设过的重点班、特尖班、文理科补习班、远航班等班型全教了一遍，先后担任重点班、文科补习班、理科补习班、理科远航班的班主任。因为教学成绩突出、又喜欢做事，2009年6月，我被提拔为学校的团委书记，2014年8月，又被提拔为学校的党支部副书记。同时，从我进校伊始，我就担任学校沧桑文学社的指导老师，主编学校的校报《远舟》。值得一提的是，从2008年，前任语文教研组长赵彬调到成都树德中学工作后，我就一直担任恩阳中学语文教研组组长，直到2016年8月我调离恩中。多年来，我和同事们一起兴办文学社，一起进行课题研究，一起听评课，一起打造优质课……互相学习，取长补短，也培养出了很多教坛精英。欣喜的是，几位同事调到巴中、成都和绵阳后都迅速成为名师。

这期间，我一直躬耕三尺讲台，课堂上在举重若轻和举轻若重之间苦苦追寻，班级管理上在守正创新和宽严相济方面上下求索。在课堂教学上，我风格独特、声音洪亮、感情充沛，讲到高兴处常常手舞足蹈。在班级学生管理上，我做了很多卓有成效的工作。不谈培养了多少优秀的学生，那主要是源于单位提供的平台，但我乐观开朗、勤奋严谨、不服输、爱较真的性格的确深深地影响了我的学生。读的书多、阅历丰富，教育人方式独特，许多届学生不约而同地收集整理了“刚哥语录”“苟氏金句”，毕业后通过网络交流让我惊喜不已。因为酷爱写作，加入过各种协会，发表过许多散文和学术论文，也曾受到邮发刊物《学习方法报》编辑的青睐，在学生版上连载发表过系列文章，科研成果获得过巴中市人民政府一、二等奖。

2009 年，我放弃了离开恩阳去成都名校发展的机会，选择了在恩中坚守。2011 年，因为学校灾后重建工程建设的需要，我曾短暂地离开过讲台。2013 年，恩阳新区成立，各种岗位都急需人才，面对各种机会，我再次选择了坚守。2016 年，因为工作需要，组织上将我调离了恩阳中学。

2001 年至 2016 年，这段激情燃烧的岁月，堪称我人生最美好的年华，我把它献给了恩阳中学。恩阳中学接纳我、包容我、成就我，可以说，没有恩阳中学就没有我的今天。15 年里，我经历了三任校长，王正义校长朴素、务实，他是我的伯乐，将我调到了恩中，像长辈一样呵护我、培养我；秦修章校长豪放、随和，引导我走上了学校的管理岗位；杜召义校长睿智勤奋，和我亦师亦友，促成我走上更大的舞台。在秦校长任上，因为创建省重的需要，我参与挖掘、整理学校的校史，提炼了学校“进德修业，敦行致远”的校训。杜校长任上，因为筹建恩中 190 周年校庆，负责文字工作的我开始懂得百年老校的征程是无数先贤与今哲的耕耘，我在一段段文字中体悟到代代恩中教师的执着与坚守，在一条条短信、微信中感受到众多校友对母校的眷恋与祝福。我开始真正理解高中创始校长张俊一班人传承下来的“勤学苦干敢登攀”的传统精神。

如今，我离开恩中已经 7 个年头。在新的岗位上，我常常发现恩阳中学对我工作各方面的影响，如春夜喜雨，润物无声。我知道，恩中“进德修业，敦行致远”的校训和“勤学苦干敢登攀”的传统精神早已融入我的血脉，如影随形，终生相伴！

砥砺职中

2016年9月至2019年8月，受组织安排，我在恩阳职中主持工作。

接到领导的电话时，我刚刚走出恩阳中学高三文科补习班的教室，时间是8月30日，新生年级正在报名之中。一切都那么突然，匆匆地征求了家人和挚友的意见，我答应了领导。

我知道从分管党务和办公室工作的副书记到主持一个学校的全面工作，其中肯定存在困难。但为了领导的信任和自己的教育情怀，我选择了迎难而上。彼时的恩阳职中，刚刚更名，由渔溪镇迁入城区，租房办学，修新校区是工作的重中之重。在局主要领导的办公室，领导语重心长地告诉我，基于我在恩阳中学兼任过香港援建办公室主任，有过工地管理的经历和经验，才让我出任恩阳职中的负责人。谈话中，有赏识，有信任，更有告诫。

从规划到拆迁到修建，个中辛苦与艰难自不待言。我带领团队直面过胡搅蛮缠的被拆迁户，通宵准备过市级重点项目的集中开工现场，研究过本不熟悉的基建图纸，数次驱车奔走在恩阳与成都的高速上，头戴安全帽吃住在工地更是家常便饭。同时为了学校的发展，也曾多次取经于市内的兄弟学校，结对求助于成都的中职和高职院校。有过苦与泪，也有过喜与笑。

从职教新兵到半个行家，我付出许多努力。恩阳职中是一所新校，2016年刚刚更名，但更是一所老校，原名渔溪职中，曾经办得风生水起，享誉原达县地区，老校长卜新烈在1986年被表彰为“全国教育系统劳动模范”。时过境迁，因为城镇化发展，偏居一隅的渔溪职中区位劣势越来越大。2013年，恩阳新区成立，区委区政府高度重视职业教育，学校迎来飞速发展的好机会。

初到职中工作时，我是诚惶诚恐的。对能否扛得起恩阳职业教育大旗，重树曾经的辉煌，我的心里是没有多少底气的。1931年12月2日，清华大学校长梅贻琦在就职演讲中提出“所谓大学者，非谓有大楼之谓也，有大师之谓也”。我知道中学教育也是如此。房子可以新建，但师资队伍的培养绝非一朝一夕之功。这时，源自渔溪职中的根脉就显得尤为重要了。我们挖掘校史，从已经退休的前辈身上吸取力量：鲐背之年的老校长张俊是离休干部，新中国成立前是地下党员，曾任恩阳中学校长，创造了“恩中红旗飘全川”的教育神话，1978年落实政策时到渔溪中学担任校长，1981年渔溪中学成为巴中县首批由普通中学改制为职业中学的学校，并在两年后通过了四川省重点职业中学的评比验收。张俊校长先进的理念和开创精神引领了渔溪职业中学的发展。将渔溪职中办成享誉四方的卜兴烈校长更值得我这个职教新兵学习：他带领全体教职工坚持为发展经济服务，狠抓专业教师队伍、规章制度、实验实习基地建设，形成教学、实习、生产、科研、服务五位一体的办学机制。

困境亟待突破，经验需要传承。我在渔溪职中老同志的帮助下，和新入职、调入的同事一道深学细悟，真抓实干。我们集思广益，挖掘、整理学校的传统文化，提炼形成了“大匠不言，深耕载物”的校训，“唯德唯才，行知合一”的校风，“有教无类，诲人不倦”的教风，“学而不厌，求是求新”的学风。

2019年8月，因为工作需要，我调离了恩阳职中。1000多个日夜在我的教育历程中也许不算很长，但我在职中工作的每一天都被肩上的责任推动、被同事奋斗的激情鼓舞、被学生的学习状态感染，我随时都在收获自己的职业幸福。

一日职教人，一生职教情！

情怀二中

2019年8月，我受组织安排，调到刚刚更名不久的恩阳二中。

因为城区校点调整的需要，办学60多年的花丛中学高中部整体搬迁入城区，使用原初级恩阳二中的校舍办学。学校的地理位置绝佳，位于4A风景区恩阳古镇，背靠文治山，面朝恩阳河，左傍佛尔崖，右倚恩雪路。但学校的发展也明显受硬件环境的制约，学校占地面积仅10亩，建筑面积不到1万平方米。

从正高级教师、专家型校长罗保寿的手中接过学校发展的接力棒时，我内心是惴惴不安的。我知道面对新课程、新教材、新高考的现实背景，引领学校内涵发展是第一要义；1000余名师生挤在不大的校园，显得格外局促，安全管理的压力也因此倍增；因为承担了原花丛中学巨大的历史债务，年底讨债的电话更会让我疲于招架。

没有功能用房，教师缺少必要的办公设施，学生没有活动空间和提升能力的舞台……学校的出路到底在何方？经历过多岗锻炼的我紧紧依靠全校教职工，借助市区各级专家的力量，为学校把脉问诊，最终开出了办特色教育的处方：夯实德育，做特艺体，做实劳动。

定了就干，干就干好。没有场地，我们租民房、搭板房，最大限度利用现有校舍，下足功夫；立足地处古镇腹心的优势，在古镇管委会的支持下，把第二课堂搬到古镇；发挥原花丛中学扎实开展劳动教育的传统，在柏林社区租赁土地，建成劳动实践基地；主动申请，成立男女龙舟队，传承水韵恩阳的历史底蕴。

我们在奔跑中成长，在阵痛中蝶变。新老教师同练内功，收获满满，一大批教师成长为区、市名师。我们坚持活动育人，润物无声：元旦文艺会演、春季篮球运动会、五四纪念活动、田径运动会、远足活动、一二·九纪念活动、成人典礼等大型活动接续开展；文学社、摄影社、化妆社、扎染社、武术社等 11 个社团让校园生活异彩纷呈；我们传承曾在古镇列宁模范学校读书的张思德精神，大力培树“张思德志愿服务队”品牌，在同心抗疫、创建全国文明城市的“战场”以及“三区同创”等各项活动中，处处有我校师生志愿服务的身影。毫不夸张地说，“二中志愿红”已经成为恩阳舞台上一道亮丽的风景线！特别值得一提的是，由我校组建的男子长风队和女子远航队代表区教科体局在“划遍四川”2022 年恩阳龙舟公开赛活动中，在 200 米直道竞速、500 米直道竞速、综合成绩均位居第二，取得了 6 个第二名的骄人成绩！此后的一年多时间里，我们迅速完成从龙舟新秀到龙舟强队的蝶变，我们先后出征陕西、湖北、湖南、河北等地的省级、国家级赛事，并取得骄人成绩，成为中国龙舟协会里注册成功的唯一一支中学生专业龙舟队。

“办有温度的教育，做有情怀的老师”是我和同事们的朴素愿景。我深知与兄弟学校相比，我们差距甚大。我坚信笃行不怠，行远自迩。

2023 年 5 月 5 日初稿，2024 年 6 月修改于恩阳二中

生命之轻

那一年，我 18 岁，刚刚跨出中师校门，被分回到家乡所在地的一所农村初中。

这时，阿强伴着叮叮咚咚的拐杖声一起走入了我的教师生涯。每天清晨，小他 2 岁的弟弟用自行车把脸色苍白的阿强送到校门口，他就拄着拐杖一步一步地移进教室。平心讲，阿强长得并不好看，甚至有些丑，带着一种病态的脆弱，乃至很多次让我觉得他同我所教的那群有无穷青春活力的学生隔得很远、很远。

阿强总是沉默寡言。很长一段时间来，他就那么一个人悄然来去，让叮叮咚咚的拐杖声远了又近，近了又远。可这并没引起身为班主任的我的足够重视，我想或许是新环境于他而言挺陌生的缘故吧。

两个月后的一天，阿强的弟弟赶到学校告诉我："阿强的病复发了，很严重。"从他弟弟口中，我知道了一些关于他的事。他刚出生腿就有点跛，还患了一种当时叫不出名字的怪病，医生断言说这孩子一定长不大，可阿强的妈妈，一位勤劳坚强的普通农村妇女，却不相信医生，她满怀希望地等着阿强的成长。一次次病危，一次次挣扎，阿强如一棵稚嫩的歪脖子树，慢慢地、艰难地成长起来。

出于责任，抑或是同情，我来到阿强家，他家是典型的贫困户。去时，阿强睡着了，脸上苍白而平静，却让人强烈地感觉到生命的存在。那一天，阿强妈含着眼泪向我讲了许多。临走时，我将衣兜里仅有的几十块钱放在了阿强的床头。

后来，阿强的病有所好转。可落下的功课实在太多了。于是，我只得抽时间给他补课。这时，他的精神面貌也好多了，开始和同学们融洽在一块儿。

转眼，元旦到了，在学校流行一种用挂历纸叠的小钱包，女生尤其喜欢，但不是人人都做得好。不知谁晓得，阿强会做，于是，班上的一大帮女生便去找他。几天后，很多女孩子的手里都有了一个精致的小钱包，可阿强的眼睛却是红红的，脸色更加苍白。知道真相后的我很想责怪那帮小女生和不懂得爱惜自己的阿强，可我看见阿强脸上分明漾着少有的笑意，最终还是忍住了责备的话语。

就这样，拄着拐杖的阿强悄悄地在校园里留下了他的脚步声，做些琐碎而细小的事情。第二年临近春节时，阿强拄着拐杖和他妈妈一道送给了我一方腊肉，说是感谢我的帮助。走时，阿强还双手交给我他亲手做的一个红灯笼，很是美丽。

在阿强读初二那年暑假，我被同事撺掇着到广西柳州去挣大钱（后来证明是被骗去做传销）了。时间飞逝，我逐渐淡忘了我的许多学生，但对阿强却总有一种莫名的关切。于是，我向熟知阿强情况的一位老师打去了传呼。然而，结果却是我万万没有想到的。

那位老师在回电中告诉我阿强死了。我记得，得知消息的我“啊”的一声叫了起来，惹得周围人都投来关切的目光。那天天气十分明丽，窗外的天蓝得令人心醉。阿强的死让我想到了很多。我知道一切都不会因一个生命的离去而改变。但在我年轻的生命里，却第一次感觉到了死亡，感受到了生命的脆弱！

当年 10 月，我返回学校，重新走上了三尺讲台。每当我看到书桌上玻璃板里夹放的同阿强的合影，便会在心中对自己说：生命脆弱，好好生活。

2000 年 10 月 9 日兴隆初中

生命之重

玲是我在初级中学任教时所教的一个学生。

当时我一边担任初2000届的班主任，一边在1998年秋季开学时接任了一个初一班级的语文。那个时候的农村初级中学，学习任务相对单纯。因为我是学校最年轻的老师，思想比较前卫，我在邮局自费订阅了《中学语文教学参考》《语文报》《演讲与口才》《少年百科知识报》等。课余，我把报刊上一些有用的知识摘录出来，用蜡笔刻好油印出来发给他们。与其他班级相比，我任教的班级多了《书写本》和《积累本》。玲是班的语文科代表。一来二去，因为收发作业本格外频繁，我同玲自然地熟悉起来。

玲的成绩在班上只能算中等，不过书写漂亮，口齿伶俐，语文成绩特别好。当时我的桌上有一个木制书架，上面堆放了许多书。有次玲将作业本抱来后，跨出门又折回来，怯生生地说："老师，您的书可以借我一本看看吗？""当然可以，你喜欢读哪方面的书？"我亲切地问道。她没有回答，只是迟疑地挑选着，最终，借走了一本《演讲与口才》。

从那以后，玲陆陆续续地从我那里借走了《平凡的世界》《汪国真诗选》《余光中诗集》，当然还有我订阅的所有杂志。在我的鼓励下，玲用我送她的教师备课本做了摘抄，还坚持写起了读后感。冬去春来，在学校举行的演讲比赛中，玲战胜了初二、初三的选手，以较高的成绩获得全校第一名的佳绩，作为指导老师的我很是自豪。

因为不是玲的班主任，所以尽管很熟，但我对玲的家庭情况当时知之甚少。只是隐约知道，她家姊妹多，家里光景不是很好。后来，一个偶然的机会，得知同事何老师的妻子娘家和玲家坎上坎下。从何老师口中了解到玲的一些情况：她的父亲格外强悍，当过兵，脾气火暴，是乡里挂得上号的上访户，在计划生育时代硬是生了 7 个女儿且没有交一分钱的罚款；玲是老五，下面还有两个妹妹正读小学。其实，这时候玲家的情况已经比以前好了很多，在她已经出嫁的大姐、二姐的帮助下几姊妹没有一个失学。因为玲的父亲经常喝酒，对她母亲和她们几姊妹动辄打骂，玲就自然多了一份与年龄不相符的稳重与成熟。

从那以后，我对玲多了一份兄长般的关心。初二下学期，在我的鼓励下，玲向市里的几家报刊投了稿，有几篇先后在《巴州报》《巴中广播电视报》上发表，这在小小的农村初中可是了不起的大事。玲也被时任校长在升旗仪式上眉飞色舞地赞扬了一番。

转眼到了中考，班主任黎老师意外地告诉我，玲准备读中专学校。21 世纪初的中专，早已从以前过五关斩六将、领补助、包分配的热门学校变成了考不起高中的后进生的集结地。我知道，按玲的成绩考上恩阳中学的重高班是没有问题的。而且，此时的我通过了恩阳中学的讲课面试，已被明确通知秋学期要到恩阳中学去任教高中语文。因此我特意和玲谈了一番话，鼓励她继续读高中。在学校的办公室里，懂事的玲听我说完，泪眼婆娑地对我说：“老师，谢谢您一直的关心和鼓励，我家的情况您是知道的，我还是读中专早点工作好。”

随着工作的变动，新的岗位给我新的压力。我逐渐淡忘了许多以前教过的学生。2011 年，因为调取以前的档案，我回到了原来工作的初中学校。当时，我的一位师弟正在乡里担任党委副书记，在他办公室玻璃板下的通讯录里我意外地发现了玲的名字。原来，师弟挂联的正是玲所在的村。从师弟口中我得知，玲中专毕业后进了深圳一家玩具工厂，干了差不多五年。因为汶川地震，老家房子有所损毁，加之父母年迈，玲和刚结婚不久的丈夫一道回到了老家。夫妻二人流转了几十亩土地，搞起了村里的第一个中药产业园。因为村民的信任，担任村妇女主任，在换届的时候又以高票当选村主任。师弟告诉我，在玲的带动下，他们村里几乎家家种植黄精和川佛手。

再次见到玲是在 2016 年的 9 月。在区里召开第二次党代会期间，列席会议的我与基层党代表玲刚好分在了同一个讨论组。此时玲已经担任了村党支部书记，还被推选为市政协委员，她们村中药材种植的规模和效益在全市都很有名。玲告诉我，她是有机会回到广东去发展的，但村里缺少致富领路人，她也不想让村里好不容易发展起来的产业停顿下来。而且全票当选支部书记的信任让她觉得自己肩头的责任也是沉甸甸的。谈及下步打算，玲说得头头是道：“做药材深加工，开农家乐和民宿，还要走电商销售的路……”

我被玲的爽朗、自信所感动，不禁深思：如果说生命的脆弱让我们感受到了“生命之轻”，那么每个人肩头承载的责任大概就是人生必须承受的生命之重吧！

2016 年 10 月 20 日一默斋

开在纸盒的桂花

上早班的妻子买回一束新鲜的桂花。这是一束早晨刚采摘的桂花，叶片上还带着露水，格外清香。我不禁深吸了一口气。蓦然间，我的思绪回到了8年前。

8年前的我任教于一所乡初级中学。学校处于大巴山腹地，交通不是很便利，学生也不多，一个年级不到100人。很多时候，一个人教全级同一学科的老师都习惯将两个班学生召集在一起上“合班课”。

那一年，一位县领导挂包了这个小乡。于是，4月的一天，乡初中迎来了历史上第一次真正意义上的体检。令我吃惊的是：我被确诊为慢性鼻炎。在此之前，我自己是不大在意的，只是隐隐地觉得头莫名其妙地不舒服，鼻子也不太通泰，并且一感冒，清鼻涕总是不争气地往外跑。此后的日子里，我先是忙着上县城做穿刺，然后是巩固治疗。后来，虽然好了，没什么大的症状，但鼻子却“怪”了起来，对于有刺激性气味的东西特别敏感，譬如厕所里的漂白粉的气味，往往会加大浓度地往鼻子里钻，让我受不了而头晕；而对于花香，如果不是近在咫尺，我却不大能闻到。

时间转眼到了金秋。办公室外的两棵桂花树，按期地散发着迷人的幽香。那是两株正处于年富力强的生育时期的桂花树。一到秋天，茂密的叶子中间，就会开满金灿灿的桂花，每每引得路过的行人在校园围墙处驻足观赏。

每年秋季，我都会让我的学生们将晨读课由教室搬到校园里，让他们围着桂花树自由地朗读。这个秋天也不例外。一群十四五岁的少男少女或坐、或蹲、或站、或走，在桂花树下流连。微风吹过，沙沙的桂花如雨一样浇洒在大家的身上，仿佛五彩的年华沐浴在大自然的馨香里，很是惬意。可我却无福消受这诱人的清香。我开始另辟蹊径地品赏桂花：听她们在秋季的早晨里伴着凉风窃窃私语，看她们在秋天的艳阳里争展芳姿、竞相开放。

最先发现我嗅觉不灵的是一个叫玲的女孩。玲是班里的语文科代表。那天，她帮我将作业本抱回办公室后，说了句："老师，这桂花好香哟！"当时的我随口答了句："我可没闻到！"玲没问什么，但鬼精的她很快便在我妻子那儿得到了答案。

没有谁提议，学生们便挖空心思地帮我治嗅觉。素有"小诸葛"之称的大胖不知是武侠小说看得太多，还是受做中医的爷爷的启发，建议大家也来个以"毒"攻"毒"。于是，孩子们开始瞒着我悄悄地采摘桂花。

我清楚地记得，那是一个艳阳高照的秋日。吃过中午饭的我按例到教室去转转。刚在讲桌前坐下，玲便神神秘秘地站在我面前，双手将一个纸盒托到我鼻子底下："老师，你闻到香了吗？"

我一看，纸盒里有一小堆金灿灿的桂花，一颗一颗，细如芝麻，花中不时夹有几粒细沙、几节细草。玲注视着我，脸蛋涨得红红的，一双会说话的大眼睛透露着关切："老师，香吗？"

我的心一颤，我不知道这是男生们躲着花园管理员爬了多少次树，女生们弯了多少次腰、低了多少次头才采摘来的。小小的一堆桂花，凝聚着孩子们多少质朴的爱啊！我接过纸盒，真诚地说道："香，很香，老师真的闻到了——闻到了比花还香的味道！"

从此，我讲桌上便多了一个小纸盒，有的是手巧的孩子叠的，更多的是医生用过的针药盒。它们长短不一，大小各异，但都有着一个共同点：散发着迷人的清香。

不知是心理作用，还是孩子们的办法真的有效，没等到桂花开过花期，我就奇迹般地恢复了嗅觉。我又开始和孩子们一道嗅露珠、嗅青草、嗅不知名的野花，更嗅那带着泥土气息的月亮……

2005 年 10 月 14 日一默斋

读书日里忆普叔

再过两天就是第 28 个世界读书日。万能的互联网告诉我：1995 年 11 月 15 日，联合国教科文组织正式确定每年 4 月 23 日为“世界图书日”，其目的是推动更多的人阅读和写作，希望所有人都能尊重和感谢为人类文明做出过巨大贡献的文学、文化、科学、思想大师们，保护知识产权。

1995 年的 11 月，在巴中师范读二年级的我是不知道这个节日的。那时，我以长期帮助阅览室做清洁的“代价”取得了管理老师的信任，拥有阅览室钥匙的我是不受阅览室开放时间限制的。来自农村的 16 岁的我，如同一只丑小鸭，正扎进知识的池塘，如饥似渴地遨游。在此之前，11 年读书生涯中，农家子弟的我是没有多少机会接触课外读物的，除了在生产队的普叔处。

普叔全名李仕普，个子不高，一脸麻子。当时在我们生产队，不知谁编过一句不太通顺的顺口溜：谭家坝的磨子多，五队的麻子多；如果你不信，普遍数来还有余。其中，“信”“普”“有”“余”四位都是我们队上李家同辈的四个麻子姓名中的一个字。但除了普叔终生未娶，其余三人都结婚成家了。

普叔的住房位于我们生产队麻爪石堰塘下的大水田旁，处于全队的几何中心，王家湾、大房子湾、刘家湾、李家碥、山傍崖大院子等到他的住处的时间大致相当。因此打我记事起，我们生产队开会都是在他所住的那个三合院。他住在西边的三间厢房里，和一户王姓村民共用堂屋，在瓦房的厢房旁边用竹子、谷草搭建了一个牛圈和柴棚。许是一个人住的缘故，普叔的住处不大，但收拾得格外整洁。

记不清是哪一天，与他同院子的大平娃子神秘地告诉正读三年级的我，说他发现了一个天大的秘密——普叔家有连环画。那个时候，我们农村小孩是没有课外读物的，谁搞到一本破烂的连环画是要被全村的同龄人惦记、借阅的。好像是一个下雨天，我约上我们湾里一个胖胖的、讨人喜爱的春华女子，和告诉我消息的大平娃子一道，在普叔的阶沿上，先是缠着他讲了几个故事，然后趁他高兴，提出要借阅连环画。“没有，我哪里有什么连环画哟，肯定是哪个打胡乱说。”普叔矢口否认。那一天，我们无功而返。

俗话说得好：“想吃油渣锅边转。”自幼情商不错的我自有一套朴素的办法。以前不喜欢麻子的我，在老远就嘴巴甜甜地叫普叔，有时刻意地绕到他们院子等待大平娃子一道上学，有时放学帮他扫院坝。好像不到一个月，有一天，普叔破天荒地从衣袋里取出一本叫《地道战》的连环画。他要求我和大平娃子，只能在他家的院子里看，不能带走。现在想来，那本连环画应该有八成新，大概是“文革”时期出版的，好像是天津一家出版社出版的，当然童年的我是不会关心这些的，我关心的只是故事情节。被故事一下子吸引住的我先是快速扫读一遍，待同伴读过后，再沉迷其中。

万事开头难。有了第一次，后面的借阅也就水到渠成了。《南征北战》《开国大典》《霍元甲》《七剑下天山》……短短几个月，普叔收藏的几十本连环画就被我翻来覆去地看了好几遍。1990 年暑假，记不清当时的具体场景，好像正读五年级的我随口说了句："普叔，你的连环画我都看完了，你还有啥书借给我看一下嘛。"犹豫了几分钟的普叔从箱子里取出了一本书，然后叮嘱我——《智取瓦岗山》这种闲书上学时一定不能看。我估计他听人说过我的成绩在整个中心校名列前茅，担心看闲书影响我的学习。这个暑假，《西游记》《说岳全传》《薛仁贵征东》《薛丁山征西》《水浒传》……饥饿已久的我吃了一个大饱。大概是临近开学的日子，普叔从箱子角落里找出一本毛笔手写的竖版《增广贤文》对我说："当年插队的重庆知青曾告诉我，这书对学习有用，你拿回去看几天吧！"

我如获至宝，专门在供销社商店里购买了一个红色笔记本，回到家里开始工整地抄录。坦率说，虽然《增广贤文》是幼时蒙学读物，但没有老师指点的我对书中的许多文字是不解其意的。而且因为是繁体竖排，增加了我抄录的难度。但这难不倒我，依靠一本《新华字典》，我硬是把它还原成了我小笔记本上稚嫩的字行。意外的是，还书的时候，普叔轻描淡写地对我说："这书我也没啥用，就送你做纪念吧！"

普叔的藏书还是被我读完了，我进入了初中。这时候，在好心人的牵线下，普叔收养了一个小女孩。再后来，我进入了县城的巴中师范。童年时不经意间打下的基础对我帮助颇大。我先是和几个志同道合的朋友成立了一个文学社，在老师的指导下，还创办了巴中师范的校报《中师生园地》，担任了总编兼社长。其间，喜爱文字的我有多篇作品在《巴蜀师苑》《巴中广播电视报》《第二课堂》《巴州报》等报刊上发表。

1997 年 9 月，我开始在离家 10 多公里的一所农村初中教初中语文。那年寒假，我特意买了两瓶巴中平昌产的“江口醇”酒，给普叔送去，普叔惊喜不已。再后来，我调往一所高中学校教高中语文，我回老家的日子越来越少。关于普叔的消息，我间或从老家的亲人口中得知不少。他收养的女儿读书很不错，后来成为一名小学老师。遗憾的是，在他女儿刚参加工作不久，年届古稀的普叔突然离世，让我唏嘘不已。

今天上午，在朦胧的细雨中，我担任校长的高中学校启动了今年的读书日系列活动。在致辞中，我与学生亲切地分享了我的读书经历，勉励他们多读非功利的图书。

晚上，我驱车回到老家，翻出了那本普叔当年送我的《增广贤文》。伴着窗外的虫鸣，在春末淅沥的细雨声中，年过不惑的我脱口而出：“昔时贤文，诲汝谆谆。集韵增广，多见多闻。观今宜鉴古，无古不成今……”

2023 年 4 月 21 日谭家坝

【第三辑】

萤窗夜话

李心观　画

夫子乱翻书之

青春无价：天真烂漫的幽会

——《诗经·邶风·静女》赏析

静①女其姝②，俟我于城隅③。
爱④而不见，搔首踟蹰⑤。

静女其娈，贻⑥我彤管⑦。
彤管有炜⑧，说怿⑨女美。

自牧⑩归⑪荑⑫，洵⑬美且异⑭。
匪女之为美，美人之贻。

【注释】

①静：闲雅贞洁。

②姝（shū）：美好的样子。

③城隅：城角。

④爱：同“薆”，隐藏。

⑤踟蹰（chíchú）：心思不定，徘徊不前。

⑥贻：赠。

⑦彤管：指红管草。

⑧炜：红色的光彩。

⑨说怿：说，通“悦”。怿，喜爱。

⑩牧：旷野，野外。

⑪归：赠送。

⑫荑（tí）：白茅，茅之始生也。引申为草木嫩芽。象征婚媾。

⑬洵：信，实在。

⑭异：奇特，别致。

这首《诗经·邶风·静女》大概是我们迄今为止读到的最纯真的情歌之一。少男少女相约，开个天真无邪的玩笑，献上一束真情的野花，把一个少年不识愁滋味的天真烂漫勾画得栩栩如生。青春年少。充满活力，生气勃勃，这本身就是一种不可言喻、动人心魄的美。两心相许，两情相会，相看不厌，物因人美，爱人及物，天空真一片纯净透明、碧蓝如洗。

从中，我们可以见出一个基本的审美原则：单纯的就是美好的，纯洁的就是珍贵的。德国艺术史家温克尔曼曾经赞叹古希腊艺术的魅力在于“高贵的单纯，静穆的伟大”。马克思也说，希腊艺术的魅力在于它是人类童年时期的产物，而童年一去不复返，因而也是永恒的。

少男少女的纯真爱情亦如是。它虽然没有成年人爱情的坚贞和厚重，没有中老年爱情历经沧桑之后的洗练与深沉，却以单纯、天真、无邪而永恒。它同苦难一样，也是我们人生体验中的宝贵财富。当我们华年逝去、垂垂老矣之时，再来咀嚼青春年少的滋味，一定会怦然心动，神魂飞扬。

情无价，青春同样无价，青春年少时的纯情不仅无价，也是唯一和永恒的。

2014年9月6日一默斋

夫子乱翻书之

谈“行到水穷处”

——读王维《终南别业》有感

中岁颇好道，晚家南山陲。
兴来每独往，胜事空自知。
行到水穷处，坐看云起时。
偶然值林叟，谈笑无还期。

记不清从何时开始喜欢王维的。好像，时间在某一刹那停滞了，然后，然后我突然莫名地开始喜欢王维。

如果非要找一个时间段，大概是从教授《山居秋暝》开始的吧，当时我留意的是“明月松间照，清泉石上流”，因为那是一个“空山新雨后，天气晚来秋”的时节——我同王维一道沉醉于明月、清泉、松林、空山。再加之新雨，耳畔传来“浣女歌声、嬉笑声，伴着桨声”，一切都是那么不带尘世烟火气，于是王维告诉我“春芳”见鬼去吧，身为“王孙”的他要留在终南山同我抚琴、吟诗，抑或长啸。时光不再，他——王维，走了，我还在！平凡的我穿越到了 21 世纪，同周围的人一道庸俗地、卑微地、傻傻地活着，因为没了王维，我变得世故、变得诗情不再。为了谋生，我躬耕三尺讲台；为了逃避，我听着“白狐”，在“2002 年的第一场雪”里唱着周杰伦的《菊花台》，看别人做“爱情买卖”，劝别人“非诚勿扰”。

蓦然间，王维，你来了，你对我说：老朋友，“行到水穷处，坐看云起时”。我一愣，啥，“水穷”“云起”？与我何干？但，王维，我不是有意伤你，因为我“伤不起”，如今的我变了，变得江郎才尽、变得玩世不恭。况且，虽然交通方便，虽然也知道“水穷之处必有极致之景”，但要走到水穷处，多累呀，而且水穷之处必是风景区，要门票呀！

王维，我知道你是为我好，但大约已经没有几个人会有你“行到水穷处，坐看云起时”那样的感受了。这一世，诱惑太多，遗憾太多，怨恨太多，失去太多，于是我紧紧握着手里仅有的不肯放手，但恍惚间，却失去更多。所谓的闲情雅致，不过是脑海里偶尔出现的幻梦。我知道这一世的我一辈子都不会、都不能“采菊东篱下，悠然见南山”了，最多“偷菊花园里，惶惶望南山”，只因“南山景虽美，门票价太高”。

但，因为你的提醒，我终将改变。

只希望：

水穷尽时，回眸一笑。

云飞，云淡，云起，云散。

疏星，晓月，朗天，白日。

空中有着几个飞得高高的风筝，牵引它们的线的尽头，有着我的思念与祝福——为爱我的及我爱的每一个人，也为邂逅我的陌生人。

我相信，自今以后，我的这一世，大抵不会长久没出息下去了。

“行到水穷处，坐看云起时。”心，依然跳着，泪不会再流。只因，同你再见之时，你问我：是否幸福安好？我能淡然自答：问心无愧！

王维，相逢无期，汝见字，请自安好！

2012年10月15日一默斋

夫子乱翻书之

有多少爱可以重来?

——陆游《钗头凤》背后的爱情故事

陆游，字务观，浙江绍兴人，南宋诗人。他一生道路坎坷、在仕途上，受秦桧之流的打击，抗金的理想一直未能实现；在爱情上，他更经历了恩爱夫妻生死离别的折磨，千百年来为人叹惋。

绍兴十五年（1145），20岁的陆游同聪慧、温柔的表妹唐婉结婚。唐婉知书达礼，钦佩陆游的才华和抱负；陆游也非常喜欢唐婉的活泼开朗，夫妻二人相敬如宾，发誓白头到老。但是，陆游的母亲不喜欢儿媳的活泼开朗，又因唐婉婚后几年未能生儿育女，进一步加深了婆婆的厌恶之情，于是陆游的母亲便以此为借口强迫陆游休妻。陆游和唐婉苦苦哀求，亲戚朋友也纷纷劝解，但陆母执拗不听。在那封建礼教统治的社会中，陆游只得依从母命，忍痛与爱妻分离。一双恩爱夫妻被生生拆散。两年后，陆游在母亲的安排下与王氏结婚，唐婉也改嫁赵士程，两人天各一方，忍受相思之苦。

绍兴二十五年（1155），陆游去绍兴城南沈园散心，恰巧碰上了赵士程和唐婉夫妇，“唐以语赵，遣致酒肴”。两个伤心人相见，其心情不言而喻。唐婉走后，陆游再也无法抑制心中的苦闷，将其化为一首《钗头凤》题在沈园之墙上：

红酥手，黄縢酒，满城春色宫墙柳。东风恶，欢情薄，一怀愁绪，几年离索。错！错！错！

春如旧，人空瘦，泪痕红浥鲛绡透。桃花落，闲池阁。山盟虽在，锦书难托。莫！莫！莫！

这首词感情真挚，字字血泪，很快便在社会上流传。据说，唐婉在听到这首词后更是伤心不已，肝肠寸断，也和了一首《钗头凤》词：

世情薄，人情恶，雨送黄昏花易落。晓风干，泪痕残，欲笺心事，独语斜阑。难！难！难！

人成各，今非昨，病魂常似秋千索。角声寒，夜阑珊。怕人寻问，咽泪装欢。瞒！瞒！瞒！

在沈园会面之后不久，唐婉便忧思成疾，卧床不起。9年后，撒手而去。

沈园相遇之后，陆游的心也是沉重的。但是他清醒地意识到个人之上还有国家，恋爱之上还有事业。绍兴二十六年（1156），他毅然提出“学者以经纶天下自期”，把注意力转到抗击金兵侵扰方面。除写了大量奏章，写下大批爱国诗篇，他还去川陕一带担任过抗金军队中的职务。在几度被贬之后，他回到家乡，过着清苦的农家生活。

63 岁时，陆游偶过沈园，触景生情，题二首绝句。其时，陆游与唐婉分开已 43 年，唐婉早已香消玉殒。这二首绝句，以菊枕起兴，转乘自然，尤以万事消磨尽和念念不忘的红颜对比，感人至深。

其一

采得黄花作枕囊，曲屏深幌閟幽香。
唤回四十三年梦，灯暗无人说断肠！

其二

少日曾题菊枕诗，蠹编残稿锁蛛丝。
人间万事消磨尽，只有清香似旧时！

绍熙三年（1192），陆游 68 岁，作七律一首。诗前有题记云：禹迹寺南有沈氏小园，40 年前，尝题小阕壁间，偶复一到，而园已易主，刻小阕于石，读之怅然。

枫叶初丹槲叶黄，河阳愁鬓怯新霜。
林亭感旧空回首，泉路凭谁说断肠？
坏壁醉题尘漠漠，断去幽梦事茫茫。
年来妄念消除尽，回向禅龛一炷香。

宋宁宗庆元五年（1199）春，陆游已 75 岁高龄，重游沈园，唐婉也已病逝了近 40 年，风光依旧，物是人非，当年的题词已模糊难辨。伤心之余，陆游又作了著名的《沈园》七绝二首，抒发感慨：

其一

城上斜阳画角哀，
沈园非复旧池台。
伤心桥下春波绿，
曾是惊鸿照影来。

其二

梦断香消四十年，
沈园柳老不吹绵。
此身行作稽山土，
犹吊遗踪一泫然。

《沈园二首》乃陆游触景生情之作，此时距沈园邂逅唐氏已40余年，但缱绻之情丝毫未减，反而随岁月之增而加深。

沈园是陆游魂牵梦萦的地方。他无日或忘，但又怕亲临伤心地。我们完全有理由相信陆游一生无数次梦见过唐婉。81岁那年冬天，陆游又赋得《梦游沈园》诗二首。

其一

路近城南已怕行，沈家园里最伤情；
香穿客袖梅花在，绿蘸寺桥春水生。

其二

城南小陌又逢春，只见梅花不见人；
玉骨久成泉下土，墨痕犹锁壁间尘。

82岁时，陆游追忆与唐婉在沈园的题诗，感慨、唏嘘不已，又作以下七绝一首：

城南亭榭锁闲房，孤鹤归来只自伤。
尘渍苔侵数行墨，尔来谁为拂颓墙？

嘉定二年（1209）秋，陆游忧愤成疾，入冬后，病情日重，遂卧床不起。自知不久于人世的陆游在这段时间作有两首著名的诗，一首就是家喻户晓的绝笔诗《示儿》，另一首就是这首最后的《沈园》诗：

沈家园里花如锦，半是当年识放翁。
也信美人终作土，不堪幽梦太匆匆。

写此诗后不久，陆游溘然长逝，一场长达半个世纪的爱恋戛然而止。

有人说：唐婉的一滴清泪，缠绵悱恻了整个南宋文学史。

诚然。陆游一生为怀念唐婉，追忆沈园之邂逅就留下了 10 多篇诗文。这种深挚无告、凄然而又令人慕然的爱情，堪称爱情的千古绝唱。当然，尽管与唐婉的爱情悲剧贯穿一生，诗人却并没有因此而颓唐、沉沦，没有陷入感伤中不能自拔，而是以坚强的意志和顽强的毅力经受了一次次迫害，为世人留下了近万首诗词，并且其中绝大多数是激越、雄浑的呼喊和铮铮有力的语句，表现了诗人豪迈的气魄和宽广的胸怀，这也正是陆游作为名垂千古的爱国诗人尤其难能可贵的地方。

古镇初夏夜晚极为宁静。我独坐书斋，沉浸在这些哀艳断肠的诗句中不能自拔。蓦然间，我热泪盈眶，惆怅难言。是啊，有多少爱可以重来？我们所能做的大概就是做好手头事，珍惜身边人！

2021 年 6 月 20 日一默斋

夫子乱翻书之

当时只道是寻常

——读纳兰性德《浣溪沙·谁念西风独自凉》有感

谁念西风独自凉，萧萧黄叶闭疏窗，沉思往事立残阳。
被酒莫惊春睡重，赌书消得泼茶香，当时只道是寻常。

这阙《浣溪沙·谁念西风独自凉》是一首悼亡之作。上片由问句起，接以黄叶、疏窗、残阳之秋景的勾画，由触着景物而勾起沉思，氛围已是孤寂凄清。下片写沉思中所忆起的寻常往事，借李清照夫妻和美的生活为喻，说明与亡妻往日的美满恩爱。结句的“寻常”二字更道出了今日的酸苦，即那些寻常的往事不能再现，亡妻不可复生，心灵之创痛……

提起纳兰性德，我们往往会下意识地想起他的“人生若只如初见，何事秋风悲画扇”。字里行间情思缱绻，哀婉缠绵，令多少痴男怨女吟咏倾倒。国学大师王国维盛赞他是“北宋以来第一人而已”。他生活于满汉融合时期，其贵族家庭兴衰具有关联于王朝国事的典型性。虽侍从帝王，却向往平淡的生活。特殊的环境背景，加之个人的超逸才华，使其诗词创作呈现出独特的个性和鲜明的艺术风格。其短暂的一生宛如一颗璀璨的流星，瞬间的闪耀却点亮了清代初年的文学星空。

再读这首词，时令正是深秋。不觉间，心情便如覆上一层淡淡的霜雪，凄怆满怀，眼前浮现一个画面：西风瑟瑟，落叶萧萧，夕阳惨淡，一位翩翩公子孑然伫立窗前，双眉紧蹙，锦袍长衫在冷风中簌簌飘飞，他久久地徘徊于窗前，一声声叹息划疼了萧索的黄昏。人生自是有情痴，此恨不关风与月。逝去的是岁月，不老的是思念。不错，这阕词是纳兰在思念他妻子卢氏，那个才貌双全、兰心蕙质的女子，既是纳兰的结发贤妻，又是他的红颜知己。卢氏“生而婉娈，性本端庄”。成婚后，两人恩爱有加，感情笃深。卢氏宛如初春的一缕柔风，抚慰了纳兰因失恋而惆怅凄婉的心；卢氏又若冬夜的一盏明灯，温暖了纳兰凄冷痛楚的人生旅途。然而，幸福总是太短暂，他们的美妙时光仅仅持续了三年，卢氏便撒手人寰，把无尽的思念和痛苦泼向了纳兰。

人生不如意者十之八九。古来如此。“被酒莫惊春睡重，赌书消得泼茶香”的幸福时光是短暂的，仿佛只有一盏茶的时间，纳兰还没有来得及细细品味，幸福就消失得无影无踪。幸福如同任性的女子，一个转身便销声匿迹，剩下的唯有往事的温度和清晰的记忆。痛苦总是让人始料不及，让人不知所措，让人痛心疾首。回首往事，饮酒赋诗、观花赏月，总觉得都是最寻常不过的日常琐事，好像从来都未珍惜过，也从未想到这些有什么珍惜的价值。

只有当彻底失去的时候，她的一颦一笑、一言一行，还有往昔美好的一幕幕，才会在眼前频频浮现，在脑海中久久回荡，然而，却已是永久的失去，再也无可挽回。幸福阑珊，思念未央。那一缕蚀骨思念永远都不会打烊，思念总是展开翅膀，朝着她在的方向，一如既往、不知疲倦地飞翔。

21 世纪的今天，在这个资讯爆炸的年代，永恒似乎成了一个奢侈的话题，谈爱情永恒更是会被一些新新人类所讥笑。但回忆生命的过往，有多少幸福值得珍藏？又有多少遗憾不可弥补？生活有太多的悔不当初。人呀，总是这样，拥有的时候不知道珍惜，真正失去的时候才追悔莫及。想一想，有多少叮嘱被我们漠然置之？有多少关怀被我们视为理所当然？有多少温馨让我们觉得习以为常？何时，才能让“当时只道是寻常”的遗憾不再成为遗憾？

借用一句流行语结束此文：且行且珍惜！

2014 年 9 月 21 日一默斋

夫子乱翻书之汉字正解

逼

——《生于忧患，死于安乐》的启示

舜发于畎亩之中，傅说举于版筑之中，胶鬲举于鱼盐之中，管夷吾举于士，孙叔敖举于海，百里奚举于市。

故天将降大任于是人也，必先苦其心志，劳其筋骨，饿其体肤，空乏其身，行拂乱其所为，所以动心忍性，曾益其所不能。

人恒过，然后能改；困于心，衡于虑，而后作；征于色，发于声，而后喻。入则无法家拂士，出则无敌国外患者，国恒亡。

然后知生于忧患，而死于安乐也。

《生于忧患，死于安乐》大概是《孟子》一书中流传最多的选段了，大多数读书人耳熟能详。特别是“故天将降大任于是人也，必先苦其心志，劳其筋骨，饿其体肤，空乏其身，行拂乱其所为，所以动心忍性，曾益其所不能”更是让人感慨多多。

对此，惯常的理解我不想多说。再次重读，一个字多次在脑海里碰撞——“逼”。关于“逼”字，我有一种趣解：“逼”是长了脚的一口田。“一口田”在古人造字时多次出现：“一口田”旁有神的保护，是为“福”；“一口田”上面加个屋顶，表示有房有田，是为“富”。那么“逼”呢，为了一口田，你得不停地走、不停地奋斗。上班的人，很少有周一主动想去的，还得去，是因为生活所“逼”；念书的学生，每天不想做功课，是因为师长所“逼”；一个远离庖厨的读书人，留学在外，居然烧得一手好菜，是环境所逼；一个徒步登山的人，跳过一条想都不敢想的深沟，因为身后有只野兽在“逼”；非洲草原的羚羊之所以跑得飞快，是因为身后的狮子所“逼”。

因为“逼”，我们才能超越自己，完成超出自己能力的事。读书时，有一知己，在毕业分别时送我的留言中写道：有时就得对自己残酷点！她是这样说的，也是这样做的，十几年来，她一直逼着自己向前走，由最初的中师毕业，到重庆师范大学，到西南政法大学的硕士研究生，再到后来的牛津大学博士后，如今的行业专家……外人往往只看到一个人成功时的光鲜，但背后为生活所逼抑或为自己理想所逼的艰辛则大多不为人知了。

朋友，今天你“逼”自己了吗？

2014年10月23日一默斋

夫子乱翻书之汉字趣解

“仙”与“俗”

仙，汉语常用字，读作 xiān，会意兼形声字，现代汉语楷书简体用从山的“仙”字，本义指长生不老，升天而去；引申义有具有高超才能的人、超越凡品的人或事、用于称道教的人和事物等。

俗，读作 sú，《说文解字》：“俗，习也。从人、谷声。”两高山间流水道是谷之范式。人、谷两范式叠加。系风水之气土地所生之习是俗之范式。本义指社会上长期形成的风尚、礼节、习惯等；引申指大众化的，最通行的，习见的；趣味不高的，令人讨厌的；凡世间，相对于仙佛僧道等。

我不是研究文字的学者，故不纠结于“仙”“俗”二字的文字学渊源，以上都是我借助网络搜索“抱的佛脚”。我以俗人眼光解读“仙”“俗”，却不经意间发现：一个站在山上的人，瞭望的是星河壮阔，天地广袤，眼光长远，格局大，故为“仙”；一个站在山谷里的人，委身于谷底，目之所及都是鸡毛蒜皮之事，眼光狭隘受限，格局小，故为“俗”。

也许，我的理解有些狭隘。但细心的读者自会发现，我哪有什么资格谈“仙”“俗”之别，我就是看到朋友圈一素未谋面的友人谈夏日俗事，让处俗世的我不由百度一下，进而想到了“仙”，进而想到了格局。

对头，我想与诸君分享的是关于格局的一些思考。格局，《现代汉语词典》（第7版）解释为：对事物的认知范围。格局是一个人的精神世界宽广浩瀚的程度。它包括但不限于高瞻远瞩的眼界、海纳百川的胸怀、虑及众生的使命。

有一句谚语说得特别形象：再大的烙饼，也大不过烙它的锅。你可以烙出饼来，但你烙出的饼再大，也要受到那口锅的限制。我们所希望的未来就像这张大饼一样，是否能烙出满意的“大饼”，完全取决于烙它的那口“锅”。这就是所谓的“格局”。

那么，怎么才能让烙饼的这口锅够大呢？窃以为：主要靠内在的修炼和外在的修行。眼光长远、有雅量；不苟且，多受点委屈，多看大方向。如果你不是天生格局较大那一类人，就从修炼内心和增长智慧两方面进行吧。累积到一定程度后，自然而然就能展现出来一种能量和心量。读书是修炼内心的不二法宝。阅读面要广，不局限于自身工作，时政资讯、科技信息、名人传记、名人访谈、天文地理，尤其是人文历史，都可以读，不要太功利，当然也不可太随意。如果可能，学会把书读薄，譬如做点读书笔记什么的。至于增长智慧，这个就不是一篇短文所能谈透的了。但多认识优秀的人，多吸收别人的思想，多去更大的平台、更远的世界看看，都会让你的眼界开阔、见识增加，这正应了“见多识广”。当然，还要学会沉默，学会比心，学会共情。当你“已识乾坤大，犹怜草木青”，你的格局也就“蓦然回首，那人却在，灯火阑珊处”了。

回到文章的本初。“仙”“俗”两字又不是绝对的对立。如果这世上只有仙，何来的俗？只有俗，何来的仙？“仙”“俗”两字都离不开人字偏旁，正可谓：终究神仙也是凡人做，就看凡人心如何。况且，做惯了仙人，有时也渴盼变回俗人。方法也简单，就是选择下山，从仙到俗。

最后，《易经》中有“谦”卦，卦体中上卦为坤为地，下卦为艮为山。艮下坤上，为地下有山之象。“谦，亨，君子有终。”诚然。当一个人把高山当作平地时，与人为善，和光同尘，如此之“仙”，当可算是不避凡俗的“陆地神仙”，那他心中的天地（格局）必然更开阔了吧……

2021 年 6 月 28 日恩阳二中

夫子乱翻书之汉字正解

福

福，形声，从示，“畐”声。“畐”，本象形，是“腹”字的初文，上象人首，“田”象腹部之形。腹中的“十”符，“充满”义，则“畐”有腹满义。“福”“富”互训，以明家富则有福。本义“福气”“福运”，与“祸”相对。古称富贵寿考等齐备为福。

袁了凡在《了凡四训》中说：“造命者天，立命者我；力行善事，广积阴德，何福不可求哉？”不被所谓的命运束缚住，竭力行善，“勿以善小而不为”；努力断恶，“勿以恶小而为之”，此所谓“断恶修善，灾消福来”。

福与善相倚。积善之家必有余庆（福）。但何为真善？袁了凡在书中引用了“子贡赎人”与“子路受牛”的故事。孔子批评了子贡，对子路则大加赞赏。因为子贡开了个坏头，做了好事不接受奖励，以后就没有人愿意做好事了。由此，袁了凡说：是故人之行善，利人者公，公则为真；利己者私，私则为假；苟有一毫媚世之心，即为曲；有一毫愤世之心，即为曲；乃知人为善，不论现行而论流弊，不论一时而论久远。

再看看《尚书》中怎么说。“五福：一曰寿，二曰富，三曰康宁，四曰攸好德，五曰考终命。”译成白话文，意即五种幸福，一是长寿，二是富贵，三是健康平安，四是修行美德，五是长寿善终。

朋友，三省己身、知行合一，断恶修善，则灾消福来。

2018 年 11 月 10 日一默斋

夫子乱翻书之

小心“投其所好”

——读清人沈起凤《狐媚》有感

历史上一向有“雅贿”一说，就是一种“不送金银送字画，不送豪宅送古玩”的行贿手段。相对于真金白银的权钱交易，古玩字画等各种器物，尽管披着雅的外衣，但再雅致也是贪，再情趣也是贿。公开资料显示，近几年查处的贪腐官员中有“雅贿”恶名者数不胜数，令人反省。在蓉城返巴的列车上，读罢清人沈起凤的《狐媚》一文，笔者发觉还有一种贿赂方式叫“雅媚”。如果说“雅贿”是一种物质贪污，那么“雅媚”则是一种精神贿赂。

宁生是一个生性狷介的书生，独自在废园读书。废园多狐，宁生心知，但不惧。朋友劝他离开废园，他说：“狐所挟以媚人者二：贪淫者，媚以色；贪财者，媚以金。我两无所好，惟好架上书。媚术虽工，遇我亦不售矣。”宁生的意思是：骚狐所善攻的，无非人的贪欲，我不贪，你高强的媚术自然就派不上用场了。

入夜，果有一狐至。宁生一眼识破，喝令它“曳尾遁耳”。但它不走，先是拿言语奚落宁生，继而开始引经据典卖弄自己的文史知识，为“狐狸”正名。宁生开始不以为然，而后居然逐渐敬慕不已，说：“今闻高论，愿为书友。”于是两人共坐读书。后来，狐巧借“男女构精，万物化生”之词挑逗宁生，宁生方寸大乱……自此，二人关系由“共坐”升级为“共寝”。

再后来，宁生“神疲气殆”，“沉绵床褥”。他的朋友知道此事，劝道：“你中了上等媚人之术了！以色媚人，色衰则爱弛；以金媚人，金尽则交绝。只有那种看起来有君子之风，却大行小人之道，择其所好以投之的媚人之术，最是防不胜防！”诚然，媚之术变化多端，其杀伤力极强。宁生听罢，“戄然悔悟”，无奈为时已晚，半载之后，命归黄泉。

宁生之遇，可悲可叹。魔高一丈的此狐堪称狐狸中的“战斗机”，深谙雅媚之道。面对一不贪色、二不贪财的宁生，选择了贿赂中的最高手段——“雅媚”：你不是“惟好架上书”吗？那好，咱们就来谈文说史。从大禹到文王，从《山海经》到《周易》，我皆可娓娓道来，且眼界开阔、见地超拔。待你的防线被一点点攻破之后，我可就开始讨债索命了。

擅长“雅媚”的狐狸是不会绝种的。今天，它又在哪里施展“上等媚术”？又撂倒了几多“不贪财色”的宁生？你看重清名，不等于有捍卫清名的能力。你说你不重财色，唯有某项“雅嗜”——你喜欢字画，那就奉送大唐真品；你喜欢摄影，那就奉送专机航拍；你喜欢题词，那就奉送巨额润笔；你喜欢“发明”，那就奉送“专利署名”……

噫，从古至今，投其所好皆是不二法门。当慎之诫之！

2023年4月3日蓉城返巴动车

附：

狐媚

（清）沈其凤

平阳范水废园，故多狐。有宁生者，性狷介，日淫于书。因暑月懊闷，假园亭以憩，友劝阻之。宁笑曰：“是何伤？狐所挟以媚人者二，贪淫者，媚以色，贪财者，媚以金。我两无所好，惟好架上书。媚术虽工，遇我亦不售矣。”友漫应而去。

饭后，卧北窗下，见女子从屏后出。宁心知其狐，假寐以伺。女指架上书，輾然曰：“名教中自有乐地。是儿独学寡闻，将为勤学死。”

宁起叱曰：“骚野狐！曳尾遁耳，敢妄言！”女亦叱曰：“田舍奴！我岂妄哉？汝果读书明理，当知我家祖德宗功，何敢妄为讥议？”宁曰：“凭城作祟，假虎树威，汝辈长技耳。祖德宗功安在哉？”女曰：“汝日读书，而不知大禹娶涂山之事乎？绥绥庞庞，昌都成室，是祖德也。有商之季，移家西海。适文王遭羑里之囚，散宜生访先人于敝庐，脱青翰以解之。赫赫宗功，垂诸史册，子何未之深考？”宁曰：“是诚有之。但汝辈篝灯弄谲，卧榻宣淫，终非善类。”女曰：“死则正邪，大圣犹羡其仁，穴则知雨；汉儒尚钦其智，况有形九尾，德至乃来，《山海》名经，言之凿凿。汝诚读书而未得其解耳！”宁凝想久之，肃然致敬曰：“始吾以汝等为不足齿之伧，今闻高论，愿为书友。”女笑诺之。

晨涂暝写，日共校雠偶坐荷亭点《周易》，女忽问曰：“有天地一章作何解？”宁曰：“上言‘离’者，‘丽也’，里丽则男女交感，宜受之以‘咸’。而‘咸’不可言受，故复从天地说到夫妇之道，而受之以‘恒’。”女笑曰：“然则男女交感，圣人所讳言乎？”宁曰：“然！”女曰：“男女构精，万物化生，又何说也？”

言毕，星眸斜睇，杏靥微红。宁魂摇志夺，应声而答曰：“卿有意乎？请卜诸《易》。”

女随手占得“未济”。宁曰：“‘未济’征凶，事不谐矣。”女曰：“小狐濡尾，虽不当位，刚柔应也，何害？”宁惑之，自此遂同寝处。

不半月，神疲气殆，渐不可支。友过而诘之，宁百方自讳。入夜女来，宁以病告。女曰：“君著书辛苦。故日就羸瘠。文园善病，安知不因《封禅》一书？不然，茂陵姬且未聘，何由得消渴疾哉？”宁深以为然。遂摈弃丹铅；日与女团坐一室。

又匝月，病体益深，沉绵牀褥。友复过之，宁渐吐其实。友叹曰：“君中媚人之上策矣，以色媚人者，色衰则爱弛，以金媚人者，金尽则交绝。惟阳窃君子之行，阴播小人之谲，择所好而投之，媚之术愈变，而媚之毒愈长矣！”宁瞿然悔悟。友急唤舆人，星夜舁归于家，女亦遂绝。越半载；宁病瘵死。遗书散佚，后不可考。

铎曰：“此朱门上客一面照心镜也。打破天下人多少衣钵，亦是我辈大罪过处。”

选自（清）沈其凤《谐铎》（人民文学出版社 1985 年版）

秋日絮语

昔日求学，读到“子在川上曰，‘逝者如斯，不舍昼夜’”时，不求甚解。蓦然间，一万多个流水般的日子就从生命中逝去了，想来令人喟叹不已。而今，而立之年的我奔忙在尘世间，困惑与收获皆有，失望与希望并存。

窗外是一所私立中学的操场。学生已放假，往日喧嚣的校园显得格外静谧。旗杆矗立，红旗静默，更觉庄严！看着红旗，自然想到了祖国——我为我的祖国骄傲与自豪！就在前天，我们的神七飞天任务圆满完成，一直守在电视前看直播的我几乎哭了。小时候，我也曾立下过长大后做科学家的理想，而今做不了科学家的我看着科学家把载人航天飞船成功送上太空时心中的那份激动真的是无以言表！

回想起来，祖国今年差不多要算多难了。好在正如总理在北川中学题词时所写的那句——多难兴邦。我相信风雨之后的祖国将弥足强大！作为华夏一分子，我将为之做出自己哪怕是微不足道的一点贡献，殚精竭虑、在所不辞！我想这或许也是许多有良知的青年的共同心声。

时令已然是秋天，中国文人大多有悲秋情结。我不敢自诩文人，淅沥秋雨中蓦地想起了李煜——那个亡了国的南唐后主，那个才华横溢的绝世词人，想起了他那首著名的《相见欢》：

林花谢了春红，太匆匆。无奈朝来寒雨晚来风。

胭脂泪，留人醉，几时重？自是人生长恨水长东！

奇哉，李后主！好一句“自是人生长恨水长东”！诚然，美意不留，芳华难驻，恨意无穷，而无情东逝之水，不舍昼夜，那词人心中之悲、之恨，岂不更胜！窃以为，末句之妙，可直追“问君能有几多愁，恰似一江春水向东流”。

当然，秋天毕竟还意味着收获，还昭示着“耕耘出收获”，谈点亮丽的吧！在我的故乡——四川省巴中市，在巴中的国家级景区光雾山，正是万山红遍之时。红叶倾倒了无数游人，那种红，轰轰烈烈，铺天盖地，无边无际，非到现场不能体会其妙处！著名诗人梁上泉曾为光雾山红叶吟诗一首：“巴山一夜风，木叶映天红。色比桃花艳，秋如春意浓。”

末了，我以兼职导游的身份诚心邀请朋友们，来巴中参加“2008第六届中国四川光雾山红叶节”！

2008 年 9 月 30 日一默斋

我看委屈

今日课间时，下了一阵子淅沥的小雨，给这秋天平添了一些莫名的惆怅——秋雨恼人啦！

想起昨晚，下自习后回家的路上，一住我家旁边的高一女生向我感叹，说她近日受了很多委屈，不知怎么排解，她很是郁闷！我从老师，也从过来人的角度和她交流了一下。现在想来，生活在蜜里的少女呀，你哪里知道、哪里受过真正的委屈呢。因为真正的委屈得笑在脸上哭在心里——无处诉，无人诉，不能诉，不敢诉，得生生闷熟在日子里的才叫真委屈！

当然，我告诉她的，也只是一般的生活经验，有些东西只有自己感悟、领会才能真正长记性。哭过，笑过；成功过，失败过；走过所谓的“捷径”，更走过许多的弯路……然后，然后我们就成熟，然后就真正地融入社会这个大染缸，再然后，我们就开始以过来人的身份与口吻教训下一代……

想想，真觉得有些悲哀，因为似乎这成熟的代价太大，大到让我们体会不到很多成长的乐趣。但这就叫生活，这也就是生活。我想，我们每一个平凡的个体所能做的便是少抱怨、少找客观理由，多发现、寻找生活中的快乐——当然，很多时候，更需要的是苦中作乐，是“不如意处且如意”！

末了，愿看到这篇短文的朋友们都笑口常开，都好人好梦，拥抱幸福!

2008 年 10 月 17 日一默斋

也谈“执子之手，与子偕老”

“死生契阔，与子成说。执子之手，与子偕老”是一种古老而坚定的承诺，是浪漫而美丽的传说。执手千山万水骤然缩短，执手恩怨情仇悠然消散，执手泪眼不忍相看，执手相思相思难眠。但平易的“执子之手，与子偕老”，要坚定地说出它却需要莫大的勇气。因为一句爱情承诺的背后，是一生的执着。在我们这个视感情如快餐、跟着感情走的浮躁年代，有多少人还在奢望白头偕老的爱情?

记忆中的童话故事总是以“王子和公主从此过上了幸福的生活”结束，却不写他们婚后的家庭生活如何，因为再写下去，恐怕就是狗尾续貂了。对爱情最大的考验是时间。时间是个无情的杀手，多少浓情蜜意在日复一日柴米油盐的琐碎中消磨殆尽！人们常把婚姻比作恐怖的爱情冢，这种比喻固然有些危言耸听，但也不是毫无根据的。究其原因，多是日久天长，曾经相爱的两个人生了厌倦之心。因为厌倦，便有束缚感，自然渴望逃离，渴望自由，矛盾随之产生。

人们常用“亲密无间”来形容关系深厚的两个人，作家周国平却说："要亲密，不要无间。人与人之间必须有一定的距离，相爱的两个人也不例外。婚姻之所以容易终生悲剧，就是因为它在客观上使得这个必要的距离难以保持。一旦没有了距离，分寸感便丧失，随之丧失的是美感、自由感、彼此的宽容和尊重，最后是爱情。"看来，感情的保鲜也是需要相应的策略和技巧的。可是问题在于，日益忙碌的现代人又有多少信心与耐心来滋润和呵护那份曾经无比珍视的感情？在名利、地位、财富等缰绳织成的天罗地网里，渺小的现代人无力挣脱，不能沉醉却别无选择。

在爱情日益贬值的今天，我一厢情愿地认为"我等你"比"我爱你"更动人心魄。等待的过程总是与痛苦和焦灼为伴的，因为它意味着与时间作战，而前景却未知。但也正因为这份执着与期盼，感情的光辉才耀眼夺目起来。任何东西的价值总是与你在它身上所花的时间成正比。因此，越是宝贵的东西，越是难以得到，而得不到的东西永远是最好的。

想起了爱尔兰诗人叶芝的《当你老了》："多少人爱你青春欢畅的时辰，爱慕你的美丽、假意或者真心。只有一个人爱你那朝圣者的灵魂，爱你日益苍老的脸上痛苦的皱纹。"多么博大的爱！爱一个人，不是停留在他的外在容颜，而是他的一切，包括他的老态、他的心灵。犹如一个真正爱花的人并不仅仅喜欢鲜花盛开时的娇艳可人，而是它的一生：它的生长，它的绽放，它的凋零。法国女作家玛格丽特·杜拉斯也曾说过一句类似的撼天动地的话："与你年轻时相比，我更爱你现在备受摧残的容颜。"这是一群特异卓绝的生命，他们饱含慈悲而又深悟人性。这是喧嚣后的宁静、痛失后的珍惜、历练后的明晰、参悟后的从容以及苦难后的笑容。

“死生契阔，与子成说。执子之手，与子偕老。”这深沉而丰沛的爱，妙处难与君说。

2010 年 9 月 12 日一默斋

吃咸些　看淡些

——学会宣泄

“时间是一把无情的杀猪刀。”我曾不止一次这样说。诚然。在时间面前，一切最终都会结束，真的。看着身边纷繁的世事，听着身边熟悉抑或陌生的人的事故、故事，我曾多次感叹现代社会的人到底怎么了？

A君曾是一个才华横溢的人，至少我一直这样以为。他的中学读书生涯是在师生们的赞美声中度完的。因为家穷，他选择了读中师，中师三年，他的艺术才华开始显露。据说，在我的母校，凡是有的乐器他都能玩且玩得非常好，特别是萨克斯吹得那个好真的没法说。这样一个帅哥，肯定有着多种选择。然而，造化弄人，总之他最后的选择让人大跌眼镜，几乎是有且只有最差那种。他毕业以后的故事，不在本文拟写的范畴。我要说的是，就这样一个乐观、开朗、质朴、勤奋的人，在生活面前因为不懂排解、不懂宣泄，最终的表现真让每一个了解他的人唏嘘感叹。如今的他沉默寡言、抽着劣质纸烟、不与人交流、少与人沟通，慵懒、百无聊赖，仅仅因为两个孩子才勉强工作，整个生存状态，让我想起了鲁迅先生笔下的祥林嫂。因为我觉得他是一个全身充满负能量的人，我也最终疏远了他。

B 君的故事与之类似。碍于诸多原因，我不好细说。只是，因为不懂宣泄，B 君最终患上了抑郁症，很重的那种。朋友，你很难想象那种你看着朋友最终变得抑郁或者神经衰弱等病症时的那种痛彻心灵的痛，因为你根本帮不上忙，什么叫爱莫能助，大概如斯了。

C 君是我早年的学生，亦是朋友，与上述两者的故事相似，只是目前看来结局较好罢了。不晓得为啥（他自己也说不清），他跟 A、B 的得病情况差不多。但因为发现得早，最后他基本校正过来了。他对我有着盲目的尊重与崇拜，严重时，他差不多两三天就是一个电话，在我和心理医生的共同努力特别是他自己的顽强毅力下，C 君最终走出了生活的沼泽地。记得我当时的方法较简单，主要是聆听，听他说，然后我让他写长篇的心情日记，不求文采只管发泄的那种，写“我郁闷的十大理由”“我为什么烦”“烦恼的我将怎么做”，诸如此类，加之他工作的城市较大，很早就有心理医生（据说心理医生的方法跟我较相似，只是穿上白大褂的专业人员更让人信任），调整了一年，C 君最终回到了从前。

个案还有很多，说不完也没有说的必要。对此，窃以为：一是合理发泄，受委屈了，该哭就哭，想笑就笑，不要压抑着自己；二是培养真朋友，以诚相待，及时多跟朋友交流，学会真正的分享；三是多读书尤其是传统的纸质读物，选择内容时不要功利性太强，少上网特别是垃圾网站，既耗时间又伤心情；四是多出去走走，自己给自己放假，有闲有钱时走远一点，钱少忙时哪怕就走走农家乐；五是闲时少打牌，如果不反感多听听纯音乐或者佛经；等等。

朋友们，这世界没有真正包治百病的良方，你真正能靠的只有你自己。用两句话与诸君共勉，一句巴中土话——吃咸些，看淡些！一句高雅的书面语——常想一二，因为虽然不如意者十之八九，但毕竟如意之事还有一二。

2012 年 10 月 27 日一默斋

“拿得起放得下”之我见

前几日，我曾在QQ空间辑录删改了一篇《有一种心态叫“和合”》的文章，文中谈到了儒家所谓的“拿得起”，也谈了佛家的“放得下”。当然，更多的是“形而上”，其实，世间万事，说说谈谈何其容易，做到抑或基本做到个中的难度何可胜道！

人生，创业时或者进取时，的确需要“拿得起”，不可为时都至少要做“拿得起”状。“拿得起”首先需要理想——想要“拿得起”，当然，这个理想一是需要坚定，不为挫折所弃、不为赞扬所动、不为时尚所惑；二是需要做减法，将目标分解，化大为小，积跬步成千里，此为第一步。其次需要能力，因为你凭什么“拿得起”，只能是能力，否则，拿得起就变成了“吹牛”“吹得起”，当然，每个人能力有大小，环境也有变化，今日“拿得起”，明日未必就还“拿得起”，但只要持有一颗进取心，时时处处想学、乐学、会学，终有一日拿得起，退一万步说，终了之时即使仍然拿不起都将成为一道最亮丽的风景。最后，需要心态，主要是走自己的路，不在乎别人的议论，同时有成就时不可得意忘形，暂时失败时不可自弃，必要时需要装糊涂、装憨（须知装憨不是憨）。

至于“放得下”则太难。现在一些年轻人所谓的“纠结”“郁闷”“悲催”等皆可归结为“放不下”。现在社会是一个多元社会，地球俨然村庄，选择多、机会多、诱惑多，自然心中的“执念”也就多了，加之现代人看似朋友多、实则孤独，许多情绪无法及时排解，说小点，精神处于“亚健康”，说大点，不觉间已埋下未来的大病的“引信”。其实，有些东西本就可遇不可求，或者已求但不可究、不可考，应及时放下。否则，你求解，你纠缠，你挣扎，你痛苦，但往往于事无补，进而执着于念想，让执念越陷越深，严重时“走火入魔”精神出差池。

人就是一个矛盾多面体。每个维度都充斥着不和谐的因子。成熟的人格应该是保持各个维度的平衡。就好像蜘蛛网一样，必须平衡各个维度的重力，保证网状结构的稳定性。但稳定性岂可轻易找着？佛说：万事万物皆有因有果。执念如不死之爬藤蔓延到灵魂深处，消耗气血，无力感顿生。这是不是意味着，只有截断爬藤之根才能做了断？因而，找出执念之根源方能完成自我拯救。俗语言：心静自然凉，也是同样的道理。放下，架空，这是何等境界？我们这等凡夫俗子如何修炼得了？最多只能努力让自己不受太多外物干扰罢了。由此，便涉及笔者所要说的“如何放下”“放不下时咋办？”。

窃以为，世间万物不可强求，凡事退步思考、换位思考，力争将事情看“破”，看破很重要，看不破就放不下。如果看不破、放不下，那就不急不躁，把一切交给时间，时间是救治世间一切疾病的良药，再过几年你且看它，当时当事你所较真的、你所纠结的，抑或你所郁闷的在时间面前都不算什么了！

当然，很多事情你以为自己看开了、放下了，其实未必，“执念如草、入春自生”，这时就需要“想得开”了，只有想得开，才能真正从心里放下。至于如何想得开，笔者深思有缓、猛二法，缓则装憨——后知后觉，同时学会宽容、学会饶人，《增广贤文》有言“饶人不是痴汉，痴汉不会饶人”（妙哉斯言）；猛则常思殡仪馆、追悼会，所谓神马都是浮云是也！

大千世界，相遇即是有缘！祝看到此文的朋友拿得起、放得下！能放且放，即便真的放不下，也要想得开！

2012年8月13日一默斋

苦乐人生

人生是一场修行。诚然。

故平凡的我们往往需要历经人生痛苦的折磨、考验、洗礼，是为人生之“苦”。

追求理想抑或生活情趣的我们在途中会遇上好友、真爱，收获感动，产生愿景，是为人生之“乐”。

然而，有一种人生叫执着。因为执着，哭过不说苦，痛过不言痛，即使失败，都会站成通向理想殿堂的一棵歪脖子风景树。

其实，人生快乐毕竟很少。正如钱钟书先生所说：快乐犹如跑狗场里逗狗赛跑的电兔子，几分钟的快乐赚了我们一世。但聪明的你我是否明白：没有永远的快乐（即使有也就不叫快乐了），但我们可以永远乐观。

乐观的人生是成功的人生。因为乐观，人生便成了一颗铜豌豆——蒸不烂、煮不熟、捶不扁、炒不爆、响当当；锄不断、斫不下、解不开、炖不脱；即便是落了你牙、歪了你嘴、瘸了你腿、折了你手，天赐予你诸多歹徒症候，尚兀自不肯休！

愿每一位看到此文的朋友笑对人生！

2012 年 9 月 13 日一默斋

给心灵一个假期

不觉间，生命历程中的一个星期又从指缝间溜走了——2012年国庆长假即将结束。一周内，出去走过、看过也思考过，更多时候是傻傻地盯着电视看别人被堵，给自己找一点不买车的理由，顺便享受一点幸灾乐祸的小快感。

其间，身为一名兼职导游的我也曾组织一个旅行团到相邻的汉中市转了转。好在选择的不是所谓的黄金线路，故没有体验所谓的拥堵，唯一的便是1日早上在广元前的宁强服务区过了一把排队上厕所的“瘾”——我的学生曾告诉我说未享受拥堵的人生是不完整的人生，看来只有下次在黄金周黄金线路上才能弥补这个“遗憾”了！

汉中市北依秦岭、南屏巴中，汉水横贯全境，是一个具有优秀旅游资源的城市，被誉为“汉家发祥地，中华聚宝盆”。短暂的三天行程中，我们拜谒了诸葛武侯墓，游览了古汉台、拜将坛，用脚丈量了石门栈道，在风景秀丽的南湖里荡过舟、在烟波浩渺的石门水库里乘快艇冲过浪、在从《诗经》里流出的汉水中掬过水。其间虽因天气的原因略微受了点影响，但整个行程是快乐的——

不虚此行！

现代社会，熙熙攘攘、人流如织，为工作，更为生活。人们见面的问候也变为“你忙吗”“你忙完了吗”“你还忙吗”，就连父母同我们打电话也是叮嘱不要太忙，似乎“忙”已经成为生活的主旋律、关键词。于是，有人真忙，有人不忙但没事找事帮别人忙，更有人不忙装忙，等等，不一而足。但亲爱的，你可曾知道，忙只是也只应是生活中非常态的一种状态，而所谓的工作绝不应该成为生活的唯一——说透点，工作只是谋生的一种手段，尽管你可以将其当作事业去追求！

忙乱的人生是在凿浅井，还经常美其名曰“这儿没有水，换个地方挖”。一路走去，累并痛着，但井却未凿成，只留下串串“牛脚印”，让自己也让别人唏嘘感叹！

朋友们，学会给自己的心灵放假吧！不一定是黄金周长假，有时小假抑或是请片刻假即可。你可以阅读、可以散步、可以品茗，也可以娱乐甚或可以发呆！这样，你将会收获另一种人生之美！

愿每一位看到此文的朋友好人好梦、幸福安康！

2012 年 10 月 6 日一默斋

快乐人生

近日，访问浏览了不少朋友的空间，包括生活中与同事们闲聊，看得最多、听得最多的就是“没意思”。是啊，大假之后重新工作，的确会觉得没意思。但问题的关键是，日升日落天天有，生活不急不缓不回头——你乐观抑或快乐生活都依然照旧。

人生是一场修行，诚然。苦乐如人饮水冷暖自知。平凡的我们无法选择生活，也无法左右生活，但我们可以改变生活的态度。愿我的每一个朋友记住：生活中不如意乃至痛苦我们都“莫解”（四川方言读的是“gai”，很有味道），但只要你不如意处且如意，你将会拥有另一方晴空！

早期的我尽管很单纯、很外向、很随和，但骨子里我有着中国传统文人的许多“毛病”，譬如自负、清高，但30岁以后，记不清是哪一天，我变了，真的，我不再那么自负、不再那么强撑着装所谓的“坚强”，也不再那么语言上恭敬内心里鄙视，而是真的俯下身、低下头，对别人也对自己多了那么一点包容、一点宽容、一份理解、一份尊重。

在我读初中的母校，有位深受我尊敬的老师曾当面教导过我：

对聪明人而言有一天别人夸你时不夸你聪明而是夸你厚道你就真正成熟了。当时的我可能真当碗“面疙瘩”“嘿”（吃）了。现在静夜思之，这蕴含着多少人生智慧哟。说到此，我曾自认为不说聪明绝顶但至少小聪明是可以用在我身上的，30 岁以前别人夸奖后说得最多的真的是聪明，但令我窃喜的是近年先后有不同身份的人说我“厚道”，真的。他们有建筑工人，有偶遇同赴成都的陌生人，有学生家长，也有在政务中心办事时邂逅的小市民，更有我教过的和正在教的学生。余心乐焉！

我的母亲信佛，我也不反对信佛。生活中，我听佛经、收藏经书册页，但我不忌荤腥甚至不离荤腥，在佛教的菩萨中，我目前最欣赏的除了观世音就是弥勒佛了，真的，“大肚能容容天下难容之事，开口便笑笑世间可笑之人”。但窃以为，弥勒佛的笑一定是慈悲的笑、怜悯的笑、宽容的笑。

再过一个小时，早自习的钟声就将敲响了，身为语文老师的我将奔赴三尺讲台，手头还有俗事需要处理，就此搁笔吧。愿我的朋友、我的亲人，甚至关心我的一些我叫不出名字的好人笑口常开！

2012 年 10 月 9 日一默斋

让自己成为一个真正富有的人

新东方创始人、董事长俞敏洪认为，一个真正富有的人应该是在以下四个方面富有：性格上富有；品格上富有；精神上富有，生活上富有。

性格上富有。主要是指拥有积极、主动的性格。性格上富有的人内心有一种非常坚毅的精神，假以时日，就会比较容易取得成功。因为他的个性中有成功需要的内涵，有对自己的信心和必然做成事情的积极想法。

品格上富有。拥有正能量的品格特征的人一般光明磊落、豪爽大方、诚信负责、善良仁慈。

精神上富有。精神上富有的人哪怕物质方面贫穷，但精神上处于极其富有的状态，心灵上非常充实。他们喜欢探索，有好奇心，喜欢阅读，追求新知识，主动接触新鲜事物。他们懂得分享，会享受孤独，常进行思考和反省。他们从来不以自己拥有多少财富来衡量自己的价值，而是以拥有多少知识、多少真心朋友、多少才能来衡量自己的价值。

生活上富有。生活上的富有不只是有钱，还包括对时间有非常丰富和充实的利用方式。

细想，物质上富有很重要，真的，不仅仅“贫贱夫妻百事哀”，贫贱之交的友情也很脆弱，何况真贫贱了，你的圈子自然窄了。但仅仅物质上富有，为了更加有钱而活着，生命也就没有太多的价值和意义了。最后，金钱上的富有其实是性格、品格、精神和生活富有的必然结果。

2018 年 11 月 7 日一默斋

写给恩阳二中高2021届学生的一封信

亲爱的同学们：

你们是五月的花海，用青春拥抱时代；你们是初升的太阳，用生命点燃未来。在我们一起举行成人典礼之际，我谨代表全体老师向你们诚挚地祝贺！

此时此刻，我心潮澎湃。作为校长，作为老师，我和大家分享三个关键词：责任、奋斗、感恩。

首先是责任。作为共和国年轻的公民，注定既要勇挑国家责任，又要力挑家庭责任。无论顺逆，始终牢记“国家兴亡，我有责任”；你们将来都会有自己的生活、自己的家庭，希望大家无论荣辱贵贱，始终牢记“家庭幸福，我有责任”。

其次是奋斗。无奋斗，不青春。人活在世上只是一种形式，奋斗才是对它唯一的注解。在应该奋斗的年华，不要吝惜自己的青春与生命、心血与汗水，因为它的价值恰恰是在不断地为梦想奋斗中体现出来的。

最后是感恩。今天你们成人了，要感恩父母，记住父母的好，少一些索取；要感恩老师，记住老师的累，少一些抱怨；要感恩同学，记住同学的情，少一些妒忌；要感恩所有关心的人，记住他们的爱……

我的长子与你们同龄。作为家长，我与大家分享五句话。人生“三福”——平安是福，健康是福，吃亏是福；人生“三为”——和为贵，善为本，诚为先；人生“三憾”——遇名师不学，遇良友不交，遇良机不握；人生“三问”——尽快有多快？稍后有多后？永远有多远？人生“三不等”——孝老，行善，健身。

最后，我以诺贝尔文学奖得主吉卜林写给儿子的一首小诗《如果》与大家共勉：

> 如果在众人六神无主之时，你能镇定自若而不是人云亦云／如果被众人猜忌怀疑时，你能自信如常而不妄加辩论／如果你有梦想，又不能迷失自我／如果你有神思，又不至走火入魔／如果在成功之中不忘形于色，而在灾难之后也勇于咀嚼苦果／如果看到自己追求的美好破灭为一堆零碎的瓦砾，也不说放弃／如果你辛苦劳作，已是功成名就，为了新目标依然冒险一搏，哪怕功名成乌有／如果你跟村夫交谈而不变谦虚之态，和王侯散步而不露谄媚之颜／如果他人的爱憎左右不了你，如果你与任何人为伍都能卓然独立／如果昏惑的骚动动摇不了你的意志，你能等自己平心静气再作答时／你的修养将会如天地般博大／而你，就是个真正的男子汉了，我的儿子！

你们的朋友：苟刚

2021 年 4 月 5 日深夜于恩阳古镇

附记：当老师多年，我曾多次给不同的学生写信。此信由我手写，复印后盖上自己的鲜章装在亲自书写姓名的信封里。在当年的成人典礼上，由班主任和监护人的信一并交给学生。现场收获了很多感动。

击掌立约　山高水长

恩阳二中高 2018 级的学子们，临别数语赠诸君：

岁月不居，时节如流。百日誓师的画面犹在昨日，沙场点兵的号角已经吹响。此情此景，老师百感交集。三年，1005 个日夜，师长诲人不倦，青丝变白发；而你们——我亲爱的朋友，经时明智，历事成人，褪了青涩，多了成熟。

十年寒窗，今朝梦圆。对你们，老师我有充分的自信，要求你们诚信高考，希望你们细心高考，做到“我难人难不畏难，我易人易不大意”。

孩子们，高考小考场，人生大舞台。临别之际，老师我送你们一颗初心、两只慧眼、三个锦囊。

初心便是“成己达人”。对，这颗初心便是我们的校训——立德力行、成己达人。我估计有同学耳熟能详、张口即诵，也有同学从来没有深学细想过。但我希望大家在离开母校的日子里，让这简单平凡的 8 个汉字根植灵魂、浸润血液。立什么德？如何立？行动如何立？能否坚持？怎样成就自己、通达（帮助）别人？时时处处多问自己是什么、为什么、怎么办，我们一起共勉吧！

社会纷繁复杂，世事恍如烟云。老师我送你们两只慧眼：一只眼睛叫“有道德”，另一只眼睛叫“有习惯”。

《论语》说“远人不服，则修文德以来之；既来之，则安之”，诠释的是“树高鸟宿之，德厚士趋之”的内涵，彰显的是“德天下者得天下”的执政理念。今天，社会时时、处处、行行皆有竞争。竞争的终极形态不是财富、不是权势，而是文德。可以说，竞争的终极形态就是道德和文化的竞争！古今中外，概莫能外。

有人说：无才无德的人叫“人柴”，是废品；有才有德的人叫“人才”，是精品；有才无德的人叫“人豺”，是毒品。历史长河无可辩驳地表明，“人柴”被烧了，“人豺”被杀了，只有“人才”留了下来，所以就有了文王、孔丘、田家炳、任正非、曹德旺……

孔子曾说：少若成天性，习惯如自然。养成好习惯就如同在银行里存款。存款越多，银行给我们支取的利息就越多。反之，养成坏习惯就如同在银行贷款，贷款越多，我们需要向银行支付的利息就越多。银行就是我们的人生。我们想要得到更多的成功和幸福，就必须存入更多的好习惯；我们想要规避人生中的挫折甚至失败，就必须改正和放弃不良的习惯。

美国有学者曾对500位诺贝尔奖得主做了一个调查，发现他们都在小时候养成了很好的生活习惯。无独有偶，国内曾有知名研究机构对近20年各省的高考状元做过一个样本分析，结果是这些状元不仅学习成绩好，而且生活都很有条理。中西方不同文化不同领域的英才表明，成才之路必须由好习惯铺成，而一切的习惯均由生活习惯迁移而来。当然，一件事情有意识地反复做，自然就成了习惯。事实表明，有良好习惯的人不一定成为英才，但英才一定有良好的习惯。正如：播下一种习惯，收获一种性格；

播下一种性格，收获一种行动；播下一种行动，收获一种命运！

人是社会的人。一个人要在集体中站住脚，必定会遇到矛盾。遇到矛盾，老师再送你们三个锦囊，助你飞越人世烟云。

第一个锦囊是把好嘴巴关。咱们巴中农村有句俗语：嘴是孬种，手是好汉。将来踏入社会，肚子里喝的“墨水”管不管用、能耐有多大，全靠自己的一双手，手能证明一切。人性中有个很大的弱点，那就是“看人挑担不吃力，自己挑担重千斤”。一个人的生活中，也许会遇到许多“不合理”的事。但真要把这些“不合理”“不行”的东西让他去改造，他往往又改造不了。这样一来，在别人眼里他就肯定不是好汉。而且，因为自己做不好又乱说，别人就会烦他，认为他是“孬种”。所以，踏入社会的第一步我觉得不妨少说多做，做一个默默无闻的开拓者、耕耘者，用手证明自己的价值。嘴巴的作用除了说话还有吃东西。所以把好嘴巴关还有一层字面意思，希望大家管住嘴，不该吃、不能吃的东西一定不要吃，谨防“病从口入”。当然，管住了嘴，再迈开腿，你的体重将可控，人生也将会开挂！

第二个锦囊是把好金钱关。这是一个商品经济的时代。我们每天都会面临各种诱惑和挑战。金钱最容易勾起人的欲望，最容易叫人心理失衡，最容易扰乱人生方寸，最容易使人违规犯错。金钱不是恶魔，但金钱的确容易使人变味、摔跤甚至变为恶魔。如何抵制金钱的诱惑呢？一要多想想大多数人，二要多看书学习，三要为自己算好政治、名誉、亲情、自由、健康五笔账。

第三个锦囊是把好委屈关。任何想干事业的人都要做好受委屈的准备。因为你不可能方方面面都做到无可挑剔、无懈可击。领导、同事、亲友也会因为不了解不知情而误解你。你也会在不经意间得罪一些人。这时候，风言风语甚至流言蜚语都会让你感到委屈。面对委屈怎么办？搅进去，弄一个水落石出，结果往往越描越黑，徒留遗憾。正如刚才我所讲，手是好汉，手的解释最有力量。行得正就不怕别人说。干事创业的人一定要有大胸怀、大视野，不为流言所惑、不为委屈所扰。只有这样你的人生才能有所作为。

同学们，战鼓已经擂响，战马即将踏入疆场，让我们笑傲考场、笑对人生！

徒儿们——

今日之后，波急浪险，风疾云高，峰回路转，柳暗花明，终须你们自己去体会！

疲惫之时、得意之际，唯愿再回文治山下文治学宫！

山高水长，江湖再会……

2021 年 6 月 5 日凌晨于文治山下恩阳二中

附录

奔跑：最美的姿势

——读苟刚散文集《在故乡的原野上奔跑》

孙梓文

阅读苟刚的散文集《在故乡的原野上奔跑》，感觉跟天气一样，火热、浓烈。书籍分为“陌上花开”“黉门晨钟”“萤窗夜话”三辑，为我们展示了人生长河中丰富多彩的人事和物事，像一本多彩的相册，一经打开，弥漫在岁月中的笑声、哭泣、幸福、忧伤扑面而来，让人不忍一握。文字之中的温度，没因时间的流逝而消减，反而让人如饮一杯岁月的老酒，芬芳、沉醉。在苟刚的散文中，我感受到他的立面，也似乎发现自己的身影，时不时与他重叠。这种通过文字带来的体认，让我更加确认，苟刚的奔跑，有着风声、驼铃、马嘶。我们在这些风声、驼铃、马嘶里，出离了日常的庸碌，得以重新触摸童年的模样，与经年不变的坚守缠绕。从醇厚的文字中，我感受到一位年富力强的教育工作者恒定的初心和砥砺奋进的情怀，以及一位文学爱好者葆有的本心和风雨兼程的韧劲。那奔跑的姿势，与年轻的充满朝气的“奔跑吧，恩阳”共频契合，一脉相承。我相信，有这样的教育工作者坚守教育一线，守护孩子们的理想和明天，一定会织就最美的风景；有这样的文学爱好者，坚守内心的热爱和志趣，一定会成就最高的愿景。

一、童年：烂漫的奔跑，成为人生之源

鲁迅先生说：儿童的情形，便是将来的命运。诚如作者所说："在我们老家有一句俗话：三岁看大，七岁看老。"作者在回望童年时，对不同的儿童期表现给出了不同的人生答案。《童年趣事》这样展开："放学路上、自家院里、河滩上、堤坝上，还有乡间那开满野花的田埂都是小伙伴滚铁环的'舞台'""儿时挤油的快乐如同老酒，历久弥香……"回望和打量童年的游戏，不是执迷于那种游戏的趣味，而是思考"陀螺的价值和美寓于旋转之中，而它不停旋转的动力来自鞭子看似无情的抽打……"正因如此，作者在回忆儿童天真烂漫时光时，虽有不能再回到过去的忧伤感怀，但却没有陷于旧时光不能自拔。而是用一种时空转换的方式，给出了新时代新生活的走向和奔跑方式。如在《记忆里的童谣》中，作者叙述道："如今，大量的人外出务工，多数人家的门都锁上了，村庄的夜晚格外冷清。而且随着城镇化步伐的加快，除极少数条件不太好的家庭，绝大多数小孩要么在父母打工地借读，要么转学到了城区的学校。"在《打着火把看电影》一文中，作者也阐释道："如今，乡村里道路宽阔四通八达，差不多户户有彩电、家家有轿车，互联网也早已走入寻常百姓家……打着火把看电影的场景已经不可复制。我知道这是社会的进步，但我依然无比怀念照亮我童年生活的火把。"值得欣慰的是，作者并没有留恋于消逝的事物而喟然叹息，而是通过今昔对比，展现出更为意气风发的胸臆和朝气蓬勃的气象。

书中充满乡思乡愁的文章，尤其让人珠泪闪烁。《母亲的顶针》是一篇深情之作，以小见大，情思绵绵。开篇“老家的瓦房终于还是要拆除了。得到消息的我匆匆赶回去，收拾整理旧物。在立柜的角落里，一枚锈迹斑斑的顶针映入眼帘”和结尾“凝视着这枚结百衣纳千鞋的顶针，我鼻头一酸：不知母亲一生用断了多少钢针、用坏了多少顶针，但我知道针线攥在母亲的手头，始终连在我的心头……”首尾呼应，中间是细节的描摹和情感的粘连，诸如这样的文字：“多少年过去了，我的心里一直印着母亲纳鞋底时的情景。就着昏黄的灯光，母亲习惯将针在头发上擦一下后扎在鞋底上，用指上戴着的顶针使劲地顶住针鼻，针便一点点穿过鞋底，在另一面露出针尖，直到露出大半个针身，母亲用力夹住针一拔，针、麻绳便离开鞋底，然后用手把麻绳狠狠地勒紧，再重复这样的动作。”让我们在平凡细微之处见证着母亲的艰辛和伟大。

荀刚有着惊人的记忆力，特别能打动同时代有着共同生活经历的人。如力作《乡村瓦事》中对制瓦前的准备和流程都作了详细介绍：“父亲先是去掉表土，露出黏土，用锄头把土挖下来，用撮箕挑到平整好的土场，倒成像红薯埂一样的长条，日晒雨淋，隔几天翻一翻。土晒好以后，收拢到一处，铺成大约一尺厚的一大盘，一般直径都在 10 米左右。挑水泼透，然后牵来家里养的水牛转圈踩泥。转的过程中，父亲不停地用铁铲铲泥。花了差不多一天的时间，一盘泥就踩好了。踩好的熟泥用手抓起来捏不变形，就像过年的时候打好的糍粑一样……”让人记忆深刻，诸如此类记述消失事物的制作工艺和失散的童谣歌曲，那种担心失传和有朝一日再次盘活的苦心充盈其间，让会心的读者心头一热。这种情怀，作者在文中也作了一些交代："许是怀旧吧，在我的坚持下，厨房和屋后的鸡鸭棚舍使用了拆下来的旧瓦，盖得很密，挤挤挨挨的，黑灰一片。素来节俭的父亲让拆下来的青瓦再一次派上了用场：敲碎成瓦子，拌和在石子、水泥中，浇筑成院坝和入户道路。"

哲人曾说：对故土的眷恋是人类共同而永恒的情感。这种情感在《我的母亲》中体现得更为深切。"电话那一头的母亲不但没埋怨我，反倒叮嘱我做好防护，安慰我以工作为重，临了还破天荒地开了一句玩笑：'莫事，能干的儿子都是给公家养的。'听罢此言，我不禁鼻头一酸……"让读者也跟着噙满了眼泪。"在思母的梦境里，我仿佛再一次听见母亲呼喊我的乳名，再一次感受母亲用粗糙的双手抚摸我的脸颊……"

《父亲的河流》以河流与父亲的关系来写父亲，最后父亲化为一条河流。手法新颖、老到、大气，匠心独运，语言沉稳，其间不乏以"我"观父亲、父与子的关系互为映照，是笔者用心用情所系。"父亲就像灌进水田里的河水，只要有一点空隙就把自己耗进去……水边长大的父亲自身便是一条河流——滋润土地、养育庄稼、抚育儿女……"

回望童年，回首故园，当然情真出好文。但作者不满足于此，他要肉身在场，也因此常常回到故乡，写出了一系列现场感强烈的文字，让我们又跟随作者回到家乡，体会与父母同处的那种温暖，体味童年场景的那种动情。"老家成为我的后花园与精神港湾。我布置了书房、添置了茶具、移栽了花廊。"在《老家花事》一文中，我们就这样与作者一起，享受到老家生活的扑鼻花香和人世美好。

二、杏坛：奔跑成你的模样

正如作者所言："无奋斗，不青春。人活在世上只是一种形式，奋斗才是对它唯一的注解。"从一名学生成长为一名教师，苟刚一路奔跑；当了老师以后，又在不同学校不同岗位历练，直到成为一名校长；又一路带领自己的学生奔跑在各自的人生路上。他自励又励人，是一位负责任的老师，也是一位值得信赖的兄长。"倏忽间，粉笔渐染我的双鬓，黑板擦拭了我的年华。"正是这种无怨无悔，校园的钟声里，他感恩于教育过自己的魏新斗、冯先儒、高宗尧、邓英树等老师，甚至忆及给自己提供了丰富阅读书籍的乡邻李仕普，还回顾了自己在兴隆中学、恩阳中学、恩阳职中、恩阳二中的从教之路，让我们感受到一名教育工作者那感恩的心怀和博大的胸襟。尤其让人心热眼亮的，是作者对"阿强"和"玲"两名学生的念念不忘和人生指向，充满了能量，寄寓了一名教育工作者对教育工作的深情和深思。当然，最令读者感动的，莫过于沉浸在《开在纸盒的桂花》那种师生之间的温馨温暖温情，这师生情谊不仅是人性的闪光，更是精神的彼此烛照，让我们对人间充满向往和眷恋。

三、书斋：在文字的罅隙中奔跑成光亮

在繁忙的教育工作的间隙，苟刚不仅在书斋里阅读、思考，更写出了别样的文字。"犹如一个真正爱花的人并不仅仅喜欢鲜花盛开时的娇艳可人，而是它的一生：它的生长，它的绽放，它的凋零""'仙''俗'两字都离不开人字偏旁，正可谓：终究神仙也是凡人做，就看凡人心如何"……这些随笔式的文字，像"滚烫的乡愁"一样，燃烧着、炸裂着，促使人不停地向前"奔

跑”。无论是只有“行到水穷处”，才能“坐看云起时”；无论是“青春无价”到“有多少爱可以重来”；无论是“当时只道是寻常”，却不知人生需要用“逼”的方式不停地“奔跑”；无论是字解“仙”“俗”“福”，还是面对“苦乐人生”，苟刚给我们的都是正解，都是他人生的总结，那些充满智慧和情思的文字，像一束光亮，照亮了迷途的奔跑者。所以，这些不经意的文字，不只是“秋日絮语”，更是“击掌立约、山高水长”成就“快乐人生”的法宝。阅读苟刚的文字，一名教育工作者、文学爱好者的拳拳之心和殷殷之情跃然纸上，让我们对他充满了相见恨晚的共情共见、促膝长谈的相知相惜。

2023 年 8 月 16 日巴州

孙梓文，本名孙国贤。中国文艺评论家协会会员、中国民间文艺家协会会员、四川省作家协会会员。作品散见于《诗刊》《中国艺术报》《星星》等，收入多种选本，多次获奖。现居巴中。

人生中的激情回荡

——读苟刚散文集《在故乡的原野上奔跑》

张万林

一个人在生活中被另一个人的热情打动，这个并不难，而一个人被另一个人的文字深深感染，却有些始料不及。在佛系化的时下，眼前的一切皆不过是过往，惊不起多少涟漪。每天无数的文字在眼前围转，能有惊鸿之瞥者寥寥无几。我们已被那些光彩照人的、华而不实的、千姿百态的文字熏染得有些麻木了，阅读的快乐与冲动已不复存在。但是，你还是不能逃离文字的疆场，做文字的奴役。我以为我就这样行走于文字中，走走停停，停停转转，无聊地过每天时光。不曾想一位叫苟刚的兄弟，把他的《在故乡的原野上奔跑》文集发给我，在不经意的阅读中，被他那奔跑者的激情所打动。翻看这部文集，一种激情荡漾心间，恍然间一股风掠过身边，向原野里奔去。一幅画面就此在我眼前展开，画面中，一个如风的少年向远处跑去，他那滚烫的激情正从身上漫溢开来，让我忍不住侧目追寻。

在我的接触中，苟刚是一个酒肉穿肠过、佛在心中留的人。他乐天好命，不知忧愁。在他的生活中，快乐是天然的，喝大碗酒与吃大块肉是一种天然豪气，因而乐呵无忌，笑谈天命是他的本色，不曾想，他也曾是一个文学青年。文人一般多愁善感，心忧炭贱，好为古人担忧，为赋新诗强说愁，而苟刚却给不了我这个文学青年的印象，因而让我感觉有点意外。他现任某中学校长，文学对他来说应当只是饭后茶余曾经的美好，但是，我并不知道他对文学有着恒久不变的激情与热爱。在我们摆谈文学时，他却是全情投入，并申明要在短时间内写一部随笔集出来。在不长的时间里，一本随笔集真就摆在我们的面前。这本《在故乡的原野上奔跑》就是他兑现的承诺。该集共分三辑："陌上花开"写了童年生活，写了乡村物事，也写到最贴近的亲人；"黉门晨钟"写了他的学生时代的校园生活、几位德高望重的恩师和自己的教师生涯；"萤窗夜话"是他对经典文学的解读和自己的一些人生思考。情绪饱满，语言质朴，描述生动，是生活的再现，也是情感的皈依。

苟刚在他老师著名作家张中信的鼓动下回归书斋，平静下他那热情似火的性子，把对生活的热爱、对童年生活的追忆，化为一篇篇动感十足的文字。这些文字质朴本真，简洁粗砺，却让人感觉到激情与冲动。你从他的"滚烫的乡愁"里，感受到这些陈年乡村里的物事仿佛就在昨天，仿佛就在身边，你会在这些文字中看到一个跃动的少年，不知疲倦地在奔跑，在律动，在眼前晃荡。我一下被这些文字吸引了，这不是他写得有多好的问题，而是被他的情绪感染，他饱蘸了激情，把对生活的热爱无遮挡地投入进去，呈现出了童年生活的真实与生动。像《挤油》《斗鸡》《滚铁环》《抽陀螺》《扇烟盒》这些文章标题，每一个动词都打动了我，挤、斗、滚、抽、扇，这些动作是当年童年生活的真实写照。我被苟刚的文字所代入，“瓦是童年的底片，能冲洗出乡村旧事。”（《乡村瓦事》）他这句精彩的诗一般的语言，让我仿佛看到了自己童年的底片，看到了乡村生活的底色，我在这里一下找到自己童年生活的影子。这是我们那一代少年人的乡村生活，我们是在这些童年乐趣中成长起来的，这些简单快乐的生活陪伴着乡村那些单调无味的日子。我感觉到那个向远处跑去的少年，不仅仅是苟刚，也不仅仅是我，是我们那个年代人的集体镜像。时光流转，我们在向远，而记忆在努力把我们拉转回去。苟刚让我们有了情感的认同与共情，他写爷爷婆婆、爸爸妈妈的文字就变得通透明快，真实感人。他那滚烫的乡愁也触动了我们的根须，让我们的情感自不待然地沿着他的情感往下延伸，伸到了我们的少年时光，伸进了我们的无尽往怀中。

我也在这里听到了校园的钟声，这钟声敲响了我的记忆。我们都有过甜蜜或忧伤的学生时代，那些或深刻或迷茫的往怀，随苟刚的激情讲述来到眼前。他的校园生活，他的众多恩师，他的教育生涯在打上他特有的烙印后，也代入了我们的生活，我的那些校园时光，提携我成长的老师也一一闪现于眼前。我还听到作者月光下的低吟，这是他的读书心得，是对经典作品的解读和人生的一些感悟，让我们看到了一个赤子的情怀。文如其人，其实很多人是做不到这一点的，而苟刚却能在这些文字里，呈现出自己的情怀与个性。他的那种对生活激情飞扬的个性，在这些文章中有很好的体现，让你在阅读这些文字时，自然而然地勾画出他的影像。掩卷，闭目沉思，你会发觉，在阅读中很会被他的热情所浸染，被他的真诚所打动，你能有兴趣地把这些文字读下去。一个人的文字能达到如此境界，那已是他的荣幸。

当下，很多人的文字是华而不实的，虚张声势的，经不得人去垂顾。为文者，首先要有一份真挚的热爱，一颗真诚的心，要呈现自己内心里的声音，要有自己真情的表达。《在故乡的原野上奔跑》是苟刚的第一本随笔集，是他人生阅历的梳理和记录。对一个初学者来说，过分谈论文学性与艺术性就是苛求。从这些文字中，可以感受到作者内心涌动的激情与冲动，感受到作者对文字的敬畏、对文学的衷情。哪怕这些文字的文学性并不那么强，创作手法也还需要提升，但他的叙述情绪饱满，钩沉简单直接，文字质朴真诚，能直击你的爆点，让你的情怀在这些文字面前无法躲闪。有了这份感觉也就够了，这些粗砺的文字正是磨打我们的麻木的较好玉器，重燃内心激情的较为重要的助燃剂，我希望通过对这些文字的阅读，有一个对文字和文学再认识的端正态度。当然，我也希望苟刚通过这本集子，能更好地感受到文字的魅力和文学的美好，让文学性更强一点，让文字更抒情一些，让激情在原野上的奔跑更有张力。

2023 年 5 月 18 日于云台

张万林，巴中市作家协会副主席、巴中市评论家协会副主席。出版《临水的细浪》等多部著作，多次获文学大奖。

朴素的记言和叙事

——读苟刚《在故乡的原野上奔跑》

崔加荣

对于苟刚，我并不认识，亦无联系方式。初次读到苟刚的散文作品，是在《四川散文》2023 年第 4 期审稿时。他的两篇散文《乡村瓦事》和《母亲的顶针》，都是关于故乡和乡村题材的作品，两篇加起来有 5000 多字，语言朴实、简洁，属于比较成熟的文字，我逐字审查后基本没有发现问题。但是，当时要集中看一堆稿子，他的散文并没有引起我过多的注意。

后来，偶然的机会看到他的新书《在故乡的草原上奔跑》，才得以系统地读到他的作品。

全书分三辑：第一辑“陌上花开”，第二辑“黉门晨钟”，第三辑“萤窗夜话”。合计近 10 万字。

第一辑主要写童年、故乡、亲情。其中，作者用了很大篇幅写父亲母亲及其相关的亲情往事，占了这一辑的大部分。《我的外爷是盖匠》《父亲的扁担》《我的母亲》《母亲的顶针》等作品里，流露出作者对父母的感恩、怀念和大爱，但作者很好地控制了情感的表达，并没有做呐喊式抒情，也未有过多的煽情。把亲情、乡情等情感都隐藏于不露声色的叙事里，看似平淡的字里行间，细细读来暗流涌动。

而童年以及童年的趣事，写得十分鲜活、风趣，又充满对过去的怀念和对人生匆匆的感叹。

……只见左队的人开始用力往中间挤，最前面的是个头高大的男生，他正和另一班的大块头用肩膀和倒拐子（手肘）互不相让，双方贴身肉搏，相互撞击，后面的队员一边喊着口号："嗨呀着，嗨呀着……"一边拼尽全力往中间推进。中间两名"前锋"为了不被对方的联合力量挤出去，双臂尽可能地贴在墙上，双腿稍微弯曲，尽最大的力量不让自己身体前倾，以免被挤出队伍。女生们大声地喊着"加油"为本班男生助威……

乡愁、亲情、童年，是文学永远的叙事主题。关于这个主题的创作，几乎是所有作家必须经历的阶段，因为它是人生中最早、最原始、影响最深的阅历，也是发自内心最真挚最纯洁的本性情感。这些最初的生命体验几乎没有太多的外来灌输和社会影响，都是源自本性、本真、本分的内心积累。

第二辑主要是关于作者对自己的老师以及自己教师工作有关的个人亲历的叙事和记录。因为叙事对象都是作者亲身经历的素材，对人物、背景、场景没有过多的描写和展开，所以整体十分流畅、稳重、鲜活。

我清楚地记得，那是一个艳阳高照的秋日。吃过中午饭的我按例到教室去转转。刚在讲桌前坐下，玲便神神秘秘地站在我面前，双手将一个纸盒托到我鼻子底下："老师，你闻到香了吗？"

我一看，纸盒里有一小堆金灿灿的桂花，一颗一颗，细如芝麻，花中不时夹有几粒细沙、几节细草。玲注视着我，脸蛋涨得红红的，一双会说话的大眼睛透露着关切："老师，香吗？"

我的心一颤，我不知道这是男生们躲着花园管理员爬了多少次树，女生们弯了多少次腰、低了多少次头才采摘来的。小小的一堆桂花，凝聚着孩子们多少质朴的爱啊！我接过纸盒，真诚地说道："香，很香，老师真的闻到了——闻到了比花还香的味道……"

苟刚对事件和人物的思考和情感也比较严密，与叙事本身有着高度的一致性。大部分篇幅是对校园、恩师的客观叙述，鲜有过多的议论和抒情，对时光匆匆、师恩如山的感慨只是点到为止，从而把思考和感悟留给读者，避免了过度抒情。有的甚至干脆不要感悟和抒情，直接在叙事中结尾，例如：

不知是心理作用，还是孩子们的办法真的有效，没等到桂花开过花期，我就奇迹般地恢复了嗅觉。我又开始和孩子们一道嗅露珠、嗅青草、嗅不知名的野花，更嗅那带着泥土气息的月亮……

第三辑则是以读书笔记为主，兼有人生哲思的散文和给学生的信。鉴于这一辑的内容相对比较杂，比较广域，我暂且视为杂文，但是不是严格的文学体裁意义上的杂文，另当别论。

值得一提的是，本辑里的多篇读书笔记和评论，给本书增加了知识性，令本书的维度有了拓展。

一篇文章，要么给人美感，要么给人痛感，要么给人知识，散文尤甚，如果一篇散文三者皆无，很难被视为好作品。

综观三辑作品，有叙事，有写物，有抒情议论，包含了散文的记事、咏物、言志的功能。

对于现代散文，有关理论是如此定义的：指与诗歌、小说、戏剧并称的文学样式，特点是通过对现实生活中某些片段或生活事件的描述，表达作者的观点、情感，并揭示其社会意义。

苟刚的这部散文集，第一辑和第二辑属于典型的叙事散文。第三辑有着杂文和随笔的特征，也可以归为哲理散文。

综观本书作品，叙事者和叙事主题几乎都是以作者或作者亲历为主，以叙述语言为主体，并且大部分是自述，只有极个别转述。几乎没有出现与文本本身的偏离和飘移。

20 世纪 90 年代以来，新散文的文体革命进入一个全新的阶段，这一阶段，随着“主体文体”的解放，“散文随笔获得了自由感、个人性和内在深度，于是我们看到，散文随笔的艺术思维模式产生了巨大的变革，即艺术思维由原来单向、直线的模式转向复线、共时的多元思维模式，从而使 90 年代的散文走向多样、丰富和开放”。

这种文体的巨大革命带来了一场“新散文”文体的集体狂欢，意识流，多人称，倾诉体，闲聊体，碎片化，穿越时空的叙述，对传统修辞的造反，等等，这些反传统的散文写法令散文界呈现出五彩缤纷的繁荣局面，同时，也带来了良莠不齐的杂乱和不足。

有些标榜创新或者标榜自我识别度的散文写手，为了追求可读性、灵动性、知识性，往往加入大量的自我判断和主观定性，甚至虚构场景和情节。如此的“散文”不仅破坏了散文的“真”

之美，还误导读者对散文的认知。一些似是而非、制造噱头的大家或者评论家对这类散文给予肯定，称这些掺杂虚构的作品为“类散文”，是一种文体创新，这无疑误导了作者。

苟刚的这部散文文集里，叙事风格比较传统、保守、朴素、紧凑，有典型的传统散文的叙事特点。是作者无意中形成的创作风格，还是对传统叙事和哲理散文的坚守？我不得而知。如若是后者，在散文作者日益追求标新立异的今天，能不为眼花缭乱的所谓“创新”所干扰，坚持践行传统散文的写作，不啻为一种自我修行。

一篇好的文学作品，往往带着深深的作者自身性格、修养和生命体验的烙印。期待与苟刚本人相会，也期望更加深刻地理解他的作品。同时，以他踏实的文学创作态度，一定能够再出精品，对此，我深信不疑并拭目以待。

2023 年 8 月 10 日于广东惠州

崔加荣，中国作家协会会员，《四川散文》主编。在《诗刊》《星星》等数十家报刊发表作品。出版小说集《又见槐花开》《梅家湾》，诗集《花开四季》《在路上》等 6 部。

后记

蓦然回首：热爱是唯一的理由

“爱一项事业正如爱一个人，几乎是无须任何理由的；如果有，那么热爱本身就是唯一的理由……”读此语时，我刚满 17 岁，正是巴中师范二年级学生。那时的我年少意气，时常和几个文友一道指点社会、激扬文字。如今，27 个春秋过去了，不觉间，躬耕三尺讲台已满 26 载。20 多年来，送走了 130 余名初中毕业生、1000 余名高中毕业生，也完成了自己知识的蜕变：从最初的中师毕业到专科毕业再到本科毕业，从一名教坛新秀成长为一名中学语文高级教师。这期间，我有多次机会可离开教育部门，也曾数次接到绵阳、成都优质学校抛来的橄榄枝。但是在外人不太理解的目光中，我留了下来，不为别的，只为对家乡恩阳教育事业的一份刻骨铭心的爱。最近 10 年，辗转工作 3 个单位，因工作需要不再陪孩子们鏖战一线，但每当午夜梦回，萦绕心间的仍然是校园里的一草一木、一人一事。

我出生于贫寒的农家，奔跑是我人生的主旋律。我曾在泛黄的日记本里写下稚嫩的理想：一是当一名工程师，二是当一名作家。时光荏苒，成为老师的我无愧于“人类灵魂的工程师”，但于作家梦而言，我却堪称“言语的巨人，行动的矮子”。大概在21世纪初，我早早地加入巴中市作家协会，成为创始会员，期间也曾被巴金文学院列为青年作家培养对象。然而，因为“碎银几两”，加之惰性使然，整整十年几乎没有文字见诸报端。转机发生在2021年，因为工作关系，我与我文学上的领路人张中信老师重逢了。在张老师的鼓励下，我再次走进书斋，重拾荒废已久的笔墨。两年多来，有20余篇文字面世发表。今年暑假，老师又鼓励我把以前发表的一些文章结集出版。本着给自己压力和纪念前半生履历的双重目的，我欣然接受了。

客观地说，久未动笔的我文字是有些粗糙的。许多文字在微信朋友圈发表，得到了好友的及时斧正。绝大多数文字得以见报发表，还承载着编辑老师的厚爱、凝聚着编辑老师的心血。感谢蒋登科先生和张中信先生热情作序；感谢孙梓文先生，张万林先生，崔加荣先生作评；感谢我的老师蒲剑先生题写书名；感谢文友阳云、周书浩、杨通、杨永忠、岳鹏、向仕才、李继鳌、谢艳阳、熊小慧、陈发勇、赵彬、王晨、张文斌、邓廷伦、刘伟、覃盛强、谭映军、李赛梅、何秀清、何秀琼的关心和指导；感谢李心观先生特意创作的三幅插图；感谢多年来鼓励、支持我创作的家人亲友！

尤其值得一提的是恩阳中学语文教学元老、我的长辈赵川森先生。2003年3月，我编注的《古诗文名句集锦》付梓时，赵老殷切关心，题诗相赠——《七律·题赠苟刚老师廿四岁手稿付梓》：都言少帅是周郎，岂料文坛涌乳刚。命中三元操畝耳，韦残万卷组华章。千山叩矿顽心在，四海筛金底气昂。尽瘁司鞭耘杏苑，天行健矣自图强。20年过去了，得知我第一本随笔集公开出版，耄耋之年的赵老再次题诗相赠，诗曰——《七律·贺苟刚先生再出书（新韵）》：撒豆呼风陌上军，孩王诡道驭群臣。油灯点化鸿鹄志，石碾吞嚼圣哲云。政教疏折食吐哺，诗书训诂杵磨砧。难为笔落惊风雨，但幻桃红李报春。

时间会改变一切，岁月会诠释永恒。让我们背起行囊，一路奔跑。当我们在天涯海角蓦然回首的瞬间，你会发现：

热爱是唯一的理由！

苟刚

2023 年 9 月 23 日一默斋

当代四川散文作家书系

丁仕强 主编

火把

崔加荣 著

中国书籍出版社
China Book Press

图书在版编目（CIP）数据

火把 / 崔加荣著 . -- 北京 : 中国书籍出版社，2024. 11. -- (当代四川散文作家书系). -- ISBN 978-7-5241-0117-8

Ⅰ. I267

中国国家版本馆 CIP 数据核字第 2024CK9579 号

火　把

崔加荣　著

责任编辑　王志刚
责任印制　孙马飞　马　芝
封面设计　杨　桃
出版发行　中国书籍出版社
地　　址　北京市丰台区三路居路 97 号（邮编：100073）
电　　话　（010）52257143（总编室）　（010）52257140（发行部）
电子邮箱　chinabp@vip.sina.com
经　　销　全国新华书店
印　　刷　四川科德彩色数码科技有限公司
开　　本　880 毫米 ×1230 毫米　1/32
字　　数　1760 千字
印　　张　65.75
版　　次　2024 年 11 月第 1 版　2024 年 11 月第 1 次印刷
书　　号　ISBN 978-7-5241-0117-8
定　　价　598.00 元（全 10 册）

总序

以散文之名　发时代之声

四川省散文学会会长　丁仕强

四川，自古便是文人墨客倾心描绘的天府之国。这片充满诗意与传奇的土地，激发着作家和诗人的情感与想象，孕育出一代又一代的文学巨匠。他们以笔为犁，耕耘着这片沃土，用文字记录时代的变迁，抒发个人的情感，展现社会的风貌。

进入现当代以来，随着社会的快速变迁和文化的多元融合，四川散文作家更是以其独到的视角和敏锐的洞察力，捕捉时代脉搏，反映社会现实，表达个体情感，创作出了一大批具有深刻思想内涵和艺术价值的优秀作品。散文，作为一种自由、细腻、深邃的文学形式，它以最直接的方式触碰人的心灵，以最朴素的语言揭示生活的真谛。四川的散文作家，根植于这片文化沃土，汲取着巴蜀文化的精髓，他们的作品既有大山大水的雄浑壮丽，又有田园牧歌的温情脉脉；既记录着时代的变迁，也倾诉着个体的情感。

四川省散文学会迄今为止已走过34年的历程。多年来，学会与时俱进，开展写作分享及文学讲座，召开“川渝散文家论坛”“中国西部散文论坛”，开展“四川散文奖”评选等活动，上千名会员出版散文专著，近百名会员荣获“鲁迅文学奖”“冰心散文奖”“四川文学奖”“朱自清散文奖”“五个一工程奖”等文学大奖，散文创作成绩斐然，可圈可点。

为深入践行习近平文化思想，坚定文化自信，坚持守正创新，引领新时代散文创作，推动散文家队伍建设，促进散文高质量发展，学会组织编辑《当代四川散文作家书系》（第一季），旨在全面展示当代四川散文作家的创作水平和艺术风貌。我们精心挑选了部分优秀散文作家，他们中有的已在文坛享有盛誉，有的则是初露锋芒的新星，涵盖了不同年龄层、不同风格流派的散文创作者。无论是对乡愁的抒发，还是对时代变迁的记录，抑或是对个人生活经历的思索，每一位作家都有其独特的视角和笔触，他们用文字描绘山川河流的痕迹，刻画时代的进步与变迁，抒发对生活的感悟与情感，以真挚的情感和独到的视角，展现了多层面的社会现实与精神追求。

本套《当代四川散文作家书系》，共10本散文集，分别是《梧桐树下》《千年一城》《火把》《在故乡的原野上奔跑》《洛水边的乡村中国》《飞鸿雪泥》《比草还长的日子》《川流不息》《岁月笔记》《且听风吟》。

《梧桐树下》一书，作者结合亲身经历，深刻探讨了人生哲理、人际关系的温暖以及个人成长过程中的反思；《千年一城》则借着收录的23篇文章，精心组构出千年古城巴州的来路与去向以及巴州城的数次华丽转身；《火把》一书通过几个不同时代、

不同地域的人物和故事，展现了普通人在生命迁徙与经济变迁中的坚韧与努力；《在故乡的原野上奔跑》是作者的奋斗史、心灵史，“奔跑、扎根、奋斗”是本书的关键词，怀念和梦想是作者的情感表达；《洛水边的乡村中国》一书，作者以小见大，以洛水边的10个传统村落蝶变成特色新村，折射出了一个县、一个省乃至整个中国乡村的发展历程。其他几本散文集也各有千秋，特色鲜明，通过这些作品，我们可以感受到四川散文作家在继承传统的基础上，不断创新的艺术追求。他们以真挚的情感和深邃的思考，探讨人生哲理，挖掘人性光辉，传递社会正能量。他们的文字，既有对美好生活的向往和追求，也有对社会现实的深刻反思和批判。

这套书不仅是一种文学表达，更是历史与现实交汇、个体与民族共鸣的生动写照。这些作品，或清新脱俗，或深情厚重，或哲思深远，它们共同构成了一幅丰富多彩的文学画卷。希望通过这套丛书的公开出版，不仅能把握住散文这一文体在形式上的创新与探索，也能从深层的文化内涵上，理解四川乃至整个中国当代散文创作的发展趋势。

在这里，我要特别感谢各位作家的信任与支持，正是因为有了他们的辛勤耕耘和精彩创作，我们才得以将这些散发着文学芬芳的作品集结成册，奉献给广大读者。同时，也要感谢书点文化传播出版团队的细致工作和无私奉献，他们的专业与热情确保了本套书的顺利出版。

愿《当代四川散文作家书系》能成为你认识四川，感知时代，领略散文魅力的一扇窗口。希望这些真挚的文字能触动你的心弦，激发你对生活、对文学的深刻思考和无限遐想。

让我们携手共进，以散文之名，发时代之声，祝愿四川的山水更加美丽动人，祝愿各位散文作家创作大获丰收，祝愿四川散文创作和发展永远充满生机与活力！

2024 年 6 月 29 日

疼痛的微笑或爱的泪水（自序）

我出生在河南东部，也在那里长大。豫东平原一马平川，土地肥沃，位于黄河与淮河共同作用下形成的冲积扇平原。广袤的良田，纵横交错的河流，滋养了小麦、大都玉米等丰富的粮食，也养育了千千万万勤劳淳朴的人民。五千年来，根文化、道家文化和文字文化等人类文明都在这里发展繁荣。享誉中外的人祖庙——太昊伏羲陵，老子故里的老君台，千古流传的周敦颐的千字文，节奏鲜明的豫剧豫东调等等，无不是中华文明的瑰宝。

麦浪，耧铃，老屋，庙会，豫剧唱腔，在我内心种下了乡愁的种子，父母，亲戚，村庄，成了我原乡地域的情感基石。许多年间，我一直很享用这种传统、温暖的氛围，生活艰辛而又快乐，精神上有着难以名状的安全感。偶尔一次离开家乡，随大哥去滁州，只过了短短几天时间，便开始想家，那次出游，成了最早的远涉，也成了最初的乡愁体验。

后来，不得不南漂，来到了“客家四州”之一的客家侨都——惠州，这里聚集了一代又一代从全国各地背井离乡到惠州打拼的“游子。许多人早已安家落户，“且认他乡做故乡”。作为一个新客家人，我也不例外，三十年间客居惠州，经商，写作，把自己最有活力的三十年交给了惠州。同时，也经常奔波于许多地方，见证了祖国大好河山的嬗变。

一个从中原大地走出来的人，内心一直背负着故乡。同时，目睹他乡的秀美山水和繁华都市，融入和赞美，一度占据了我的内心。等我回到故乡，看到父母日渐衰老，老屋越来越少，田地也逐渐被基建和工业厂房侵蚀，心头又涌上了无限感慨，甚至隐隐作痛。我在不少作品里，都表达出这种对村庄的无限眷恋和记忆中的故乡即将消失的焦虑。

故乡是无法忘却的，老屋和村庄也将会成为回忆，历史的车轮无人能阻挡，流走的终归要流走，消失的终归要消失。

故乡与他乡，留存和发展，究竟该如何取舍？有不少作者，在作品里发起对拆迁的声讨，对工业化的反抗。他们用最激烈的语言，挽留老屋，挽留牧牛，挽留小桥流水。但是，我们置身这个飞速发展的时代，如何安放乡愁？如何对待这些“令人心痛”的消失？成为了我和许多作家们亟待重新思考的命题。老屋无法抵御风雨的侵蚀，在土地上挣扎一辈子的人也有权利享受时代发展的成果，我们不能让村庄为作家和乡愁而保持落后，从而成就我们的乡愁。我们应该重新审视故乡的生存，重新寻找安放乡愁的宿体。

三十年来，我一直在与自己纠缠，记忆与忘却，传承与发展，田园与城市，鸡鸣狗叫与灯红酒绿，塞满了我矛盾的内心。白天周旋于一个噪杂的世界，夜晚会在不经意中被一句豫剧唱腔砸中，会因一碗烩面而勾起无限乡愁。

不止一次，我单身一人回到广州，踏遍每一条街巷，试图寻找十年前偶遇的流浪艺人，重新体验她那低廉的戏服和简单的脸谱背后的深邃唱腔。在最后一次的会面中，七十三岁的她一脸恬淡，用自己对艺术的倔强来养活自己，以自己的方式让自己与过去艺术生涯的痛苦和解，在熙熙攘攘的大都市人流中重新定义传统与现代的融合。豫东调之于她，就是灯塔，就是火把，照亮她的内心，照亮她的足迹。

当她淡定地讲述她的过去，她的苦，讲起艺术败给世俗生活的尴尬，她脸上看不出半点阴郁。反而有一种自豪和光芒，笼罩在她的周围，在夕阳的照耀下，向楼宇间扩散。

我想，我已经找到了答案。或许，故乡的一砖一瓦都会消失，我们不必为她哭泣，也不必让她保持历史的身影。大道无形，今天，村庄已经涅槃，已经幻化成一个诗句，一句唱腔，一个古建筑保护区，一栋楼宇的古典装修。乡愁已经变成火把，在我的内心燃烧不熄，时时提醒我不忘初心，不忘来路，激励着我向前，向远而行。一篇回忆文章里，一本旧杂志上，父亲有些沙哑的声音，被子里新弹的棉花，都有它的温度，它的光芒。内心有了这乡愁的火把，我的内心变得丰盈，温暖。

数十年来，我把这些思考和情感付诸文字，写成了二十多篇关于乡愁和漂泊的散文。我把这些文章分成两部分，分别作为文集的上下部分。当情感的通道打通之后，我突然发现了和解的力量。不管是对故乡的絮语，还是对他乡的赞美，每一篇文字里，都呈现疼痛的微笑，抑或是爱的泪水。

是为序。

崔加荣

2024 年 8 月 5 日于惠州

目录

上 卷

故乡叙事

村庄，不能言说的痛 003
望故乡，踏上回家的路 017
再回故乡，无法还原的记忆 027
父亲，一座山的高度 034
母亲，一双鞋的沉默 039
奶奶，穿越世纪的思念 044
磕头，无法割舍的亲恩 048
晒暖儿，阳光下的亲情 052
一场雪，乡愁的等待 055
院墙，来自人心的篱笆 060
厨房，不断变换的时代烙印 067
牲口屋，一个时代的烙印 072
酒，父亲的尺子 077
沙颍河，流不走的青春 081
新华街，市井的人间 085
泡桐，我淡淡的悔过 091
芦花，落入人间的云朵 099
三月，醉在春风里 103

冬日，寒冷而又柔和的日子 106
逆境里，开出倔强的花 112

下　卷

他乡涅槃

聆听大邑 121
上饶，在金色稻浪里晒秋 128
在松江，寻找上海的历史之谜 135
醉长阳 140
草木南昆山 146
苏醒的小洲 152
阳光沐浴金鸡村 157
得失大源村 162
牛过水村的红色足迹 168
上良村的幸福 174

【上卷】

故乡叙事

村庄，不能言说的痛

我确信，被剪断脐带的瞬间我是疼痛的，只是当时并无记忆。

当我离开家乡，开始南下漂泊时，这种疼痛忽然又鲜活起来。我一点一点地把自己从家乡的母体里抽离，每走一步，心里就痛一下。我在心里告诉自己，我只是一时离开，一定会再回来，会再次投进家乡的怀抱，和它同生活，共存亡。

但是，后来我再也回不去了，岁月再一次剪断了我的脐带，我被彻底阻隔在了他乡，家乡也变成了故乡。家乡的人也一个个地离世，成了故去的人，永远成了故乡的一部分。

而疼痛却始终伴随着我，每次我打开心底关于故乡的记忆，总会抽出一丝丝恐惧来。恐惧什么呢？恐惧回不去？不，交通的便利可以让我随时回到故乡。

在一个夜里，在梦中，一辆身材庞大的挖掘机“突突突”地开过来，长长的勾臂径直伸向我头顶的房屋，房屋是砖木结构的，“轰隆”一声便塌了下来。我来不及喊出口，一骨碌爬起来……

屋内一片漆黑，窗外风雨大作，一场噩梦就这样包围了我，又抛弃了我，把我丢回了人间。我惊魂未定，用衣袖擦了额头的汗水。此时，我突然意识到了恐惧的来源，虽然故乡有八百年的历史，但是它终究拗不过时代的发展。总有一天，它会在社会发展中被消灭。关于它的记忆，也会一天天淡下去，直至消失。

一

豫东平原是幸运的，它同时孕育于两条河流。黄河浑厚，淮河清冽，两条河流雌雄相对，水声呼应，应和之间，诞生了冲积扇平原的肥沃土地。在河南即将进入安徽地界的边缘地带，周成王曾经在此分封叔父聃季载，建立沈子国，聃季载把一个贵族的富足和文明带到了这里，打开了这片土地繁荣的潘多拉盒子。

周朝的恩典早已被历史的尘埃淹没，亦不见只砖片瓦，只留下了一个有生命力的名字“沈丘县”，这便是我的故乡所在地。

1642 年，郸城县崔老家的崔洁之因战乱殉难，夫人杨氏带领儿子迁居沈丘县避难，建村立业，繁衍生息。开始搭建房屋时，人生地不熟，遇到诸多困难，杨氏及长子崔楧以善待人，赢得了人们的接纳和支持，最终平地建起楼房，三间三层，楼高十五米，在方圆十几里鹤立鸡群，成就了后来的崔楼村之名。

楧祖虽善，但善良对土匪强盗却无用武之地，对付强盗的，是后来开挖的环村护城河和村子的寨门。寨门有两个，南边是向阳门，东边是蔡门。

如今，寨门早已不见踪迹，村庄始祖杨氏老太太的衣冠冢也无法考证位置，只有护城河依然绕村流淌。大爷大伯们守着割舍不断的乡情和田地，陪村庄一起经历发展，经历变迁。

曾经，一个人，带领一个家族，在一个地方，靠自己的力量，建立起一个村庄，并世代传承。

如今，又有多少人能通过自己的力量，能守住一个村庄呢？更不要说建立新村庄。在社会力量、科技力量愈加发达的时代，个人的力量变得越来越渺小。

如果把西安古城缩小若干倍，那就是我的村庄的构图，一个三千人的村庄，不大不小，村子布局承袭了典型的传统——方圆和对称美。村里有两条主路，一条东西走向，另一条南北走向，两条路在村子中央交叉，形成一个“丁”字，将村庄分割成整齐的三块。

在我的意识里，沿着“丁”字的三个方向，可以无限延伸，延伸到与我有着千丝万缕的关系却又无穷无尽的缤纷世界。

向东出村三里路，是一片开阔的平地，广场上曾经停靠着民兵训练营的飞机，旁边的假山上不时传来“啪啪”的打靶声。

向西三里路，便是庞大的兀术营村寨，当年的金兀术在此扎营、屯兵，最终逃离那片无边无际的高粱地。高粱地南端的村子里，我的两任姥姥都英年早逝，留下姥爷和太姥姥相依为命。村中心的清真寺，起源于村民对死亡的恐惧，对灵魂的想象。信仰伊斯兰教，是从村里几个人开始的。或许，最初的信徒是发自内心想通过诵经来净化灵魂、安抚心灵的。后来的一场轰轰烈烈的殡葬改革，把更多的人推向了教会，他们大多数不是为了活着的灵魂，而是为了死后逃避火化，给阴间世界的自己留下全身。入教的人多了，就在村里的中央大街十字街口建起了清真寺。早晨六点，晚上六点，寺里的钟声准时在村里响起，信众们放下羊鞭，放下锄头，放下怀里的孩子，从清真寺门口鱼贯而入，洗手，诵经，聆听阿訇的教诲。

向南八里可以进城。沈丘县城不大，但极具特色，东关是回民区，街头有扎堆的牛羊肉，西关汉民聚集，常年飘散着卤猪头的香味。城中心的新华街永远是热闹的，从熙熙攘攘的人群里，可以钻进新华书店里，半天不出来。也可以站在炒凉粉的摊位前，闭上眼享受一下热气中的香味儿，在捉襟见肘的日子里，到县城闻一闻各种美食的香气儿，成了每一个孩子内心的秘密享受。

在丁字路交叉的中心，便是大队部所在地，也就是后来的村委会。高大的挑檐门楼，圆形的门洞儿，两扇笨重的木门开起来吱吱呀呀地响。有了参照物，人的想象力会变得丰富起来，不止一次，我站在大队部门口的广场上，犹如站在天安门广场，面对庄严肃穆的天安门城楼，激动得能清晰地听到自己的心跳声。县里举办欢迎万元户大会那年，我十岁，奶奶和邻居一起坐在“天安门”后面的大队部里，剪纸花，扎红绣球。在老师的带领下，我们走到十里以外的 107 国道旁，列队欢迎万元户。到了国道旁，绿色的解放牌大卡车排着队从公路上驶过，万元户们站在敞篷的车斗里，身上斜挎着的，就是奶奶做的大红花。从那时起，钱的魅力便在我心里扎了根。

与村里的大路相辅相成的，是胡同。

每当想起村里排列整齐的胡同，我便想起自己的肋骨。在主路两边，一条条笔直的胡同对称排开，宽窄和距离全部一样，像用量具矫正过。胡同两边，院子都是对门，邻居自然是“对门邻居”，关系好得如同亲戚。遇到有人包饺子，一定会端一碗送到对门的院子里分享。在村里，人们同姓，同祖，面子和礼节是天大的事儿，若被村人看低，基本上就无法在村里混下去。对于礼节，父亲的家教是出了名的，反复强调我们进村一定要下车，跟人打招呼。以前骑自行车，下车推行，后来换成了汽车，无法推行，进村遇到人，便停车打开车窗，打完招呼再开行。村子最南端的胡同里，曾经住着一位在县里当官的人，他从县城回村时不下车，也很少打招呼。后来，他母亲去世，他挨家磕头，任凭他三番五次把头磕破，也无人出面抬棺。无奈之下，他只好从单位找来同事，把母亲从胡同里抬到墓地。每当父亲讲起此事，对我们都有着极大的震撼。

二

曾经，村庄是一株生命力旺盛的蒲公英，把根系深藏于这片富饶的豫东大地上，改革的春风一吹，它的子孙们纷纷散落，漂泊于全国各地、世界各地。

二十四年前，我也从故乡的母株剥离，南漂，再南漂，最后在江南水乡的另一片土地上安身立命。

离乡初期，“村庄”这个词是立体的，一排排粗壮的柳树，毛白杨，鸡鸣，犬吠，羊咩声，西蔡河“哗哗”的流水声，夜幕下孩子们在村口的打闹声，勾勒出一个热闹、鲜活的村庄。

而冬天的葬礼，则是村庄的另一个表情，穿着孝服的送葬队伍像一条蜿蜒的蛇，从村里一直排到南寨门外。吹吹打打的乐队走在前头，唢呐声尖锐而又凄凉，这哀乐和迎新的唢呐声一样，成了村庄不可分割的部分。

唢呐声，是欢喜和悲伤，也是孝道和善良，它们都源自村庄的历史传承。自村庄的开村始祖杨老太太起，村人一直以善立身，以礼治村。只是村庄日渐衰老，传统礼数也日渐弱化。

村里的老人逐个离世，新人也在城里扎根，不再回村，若干年之后，互不相认、互不相识将是可以预见的局面，家族的脉络也会变得模糊。村庄也正在遭受着不断扩大的工业建设的侵蚀，拆迁，是村庄逃不脱的宿命。

突然有一天，人们互相认不出容貌，喊不出名字，也无法确定是谁家的人。

此时，重修家谱，把血脉相连的子孙归拢起来，重新梳理家族支脉的归属，成了老校长和老村长的心愿。

老校长和老村长曾经高大魁梧的身材，已经变得消瘦、佝偻，但脸上纵横的皱纹和炯炯有神的眼睛，仍然显露出曾经叱咤风云的身世。

当老校长颤颤巍巍地找到老支书、现任支书说明意图，两位支书心头一颤，共鸣之意溢于言表。

我知道，一个传统的村庄里，居所相邻的背后，一定是人心和血脉的相通。重修族谱的仪式感，来自对血脉传承的祭祀和对时代侵蚀的抗争。参与修谱，令我再一次缅怀历史，梳理了错综复杂的家族亲情。

拿到新修的族谱，许多被勾连起来的名字，或熟悉，或陌生，但都在一个庞大的血缘仪式里聚在一起，就像人们在婚礼、葬礼上叙说着被遗忘的亲情、别后的思念和天各一方的生活。

若说村庄有灵魂，它不是瓦屋、烟囱，也不是夜晚的犬吠、白天的羊群。在这片土地上艰难而又顽强地生活着的人和家族亲情，才是村庄的灵魂，一些村庄，没了人烟，被丢下的房屋过不了多久便会破损倒塌。没了灵魂，村子失去了存活下去的价值支撑，自然会沦为一堆朽木瓦砾。

握着一本族谱，我心里突然惆怅起来。村庄的瓦屋可能会变成高楼，小桥和道路也可能被拓宽、重建，也可能会被拆迁，这些都可以在南方的客居地重建，也可以在诸多的古村落保护区重温。但是故乡的人日渐老去，日渐散落，直到有一日，我会变成孤零零一人，再见不到生我养我的父母、亲人和看着我长大的乡亲，他们是故乡和我血脉相依的凭据。

在20世纪70年代，传宗接代的传统家族观尚属主流，多子多福是普遍的认知，这也是我们兄弟四人得以降临人间的机遇。父亲喜欢孩子，母亲亦然，但拥有大爱的母亲却遭受了命运的捉弄。生下我时，她因身体患上重疾，无法喂奶，嗷嗷待哺的我日夜啼哭。奶奶不敢让母亲听到哭声，抱起我走出院子，站在大门口，一边哄我一边等待。去生产队里出工的大娘大婶路过时，奶奶拦住她们讨奶。日复一日，百家奶的养分和温度传到我的身体里，我得以活命，长大成人。

昔日的恩人，她们年轻、美丽，或泼辣，或矜持，在生产队里，她们或是劳动能手，或是巾帼英雄。如今，她们已经老去，纵横交错的皱纹布满古铜色的脸，每一道皱纹里都是风刀子留下的印痕。她们的身体大不如前，游走在人间的边缘，生命如耗尽的油灯，微弱、闪烁，随时都有可能熄灭。或许，在我眨眼之间，随时会有一位曾经哺育过我的人去世，我再也见不到她们。

归乡，看望那些给了我第二次生命的人，成了我的迫切之急。

在回故乡前，青砖、黛瓦、老屋、牛羊，这些村庄的记忆是鲜活的。乡亲的容貌也是鲜活的，甚至他们的年龄也停留在记忆中的状态。

回到村里，我从不认为自己是个体的人，而是故乡的一个组成部分。我离开，会把村子的记忆带走，当我再次归来，站在大娘大婶面前，她们那布满皱纹的脸上，立刻显现出光芒，直抵我的身体、内心，那是曾经用肌肤和奶水连接起来的通道，这通道曾经因为我的离乡而被记忆湮没。我拉着大娘粗糙的手，问她是否还认得我，大娘含情脉脉地望着我，抬手抚摸着我的脸说：咋不认得啊！我给你喂过不少奶水哩，你看看这日子真快，都有白头发了。大娘目光里满含慈祥和成就感，仿佛我就是她身上掉下来的肉。已近半百的我，内心变得柔软，柔软到无法直视大娘的眼睛，我怕眼泪流出来，落在故乡土地上。

作别大娘，迎面碰上老卞奶奶，她的腰深深地弯下去了，显得更加矮小。如此矮小的身体，却生养了一个高大、漂亮的女儿。女儿不但相貌美丽，性格也泼辣爽直。三十多年前，她在村里掀起轩然大波。似乎一切都是上天安排，村子那么大，偏偏温州来的小木匠到她家借宿。以前的习俗里，女人极少跟客人同桌就餐，不知是老卞没把木匠当客人，还是根本就没多想，偏偏让女儿陪小木匠一起吃饭。第二天天亮，小木匠不见了，女儿也不见了。女儿的私奔，给老卞夫妇带来了难以承受的打击，他们要面对村人的指指戳戳和族人的数落。其实，女儿跟他们一样是善良的，只是一时冲动而已。三年之后，她带着小木匠，抱着孩子，回来认亲。老卞夫妇虽满腹怨气，但仍然把女儿的回归看成天大的喜事。作为一个母亲，没有谁能忍心拒绝孩子的忏悔和回归，在血肉亲情面前，几年的隐忍又何足挂齿。

如果说血缘是亲情的骨架，亲戚则是它开枝散叶的血肉。村庄，民族，华夏传统文明，无不因其而变得丰满、鲜活。奶奶改嫁给爷爷前，曾经是民国官员的太太，两次婚姻，两个家族的亲戚，构成了庞大而又复杂的亲戚网。亲戚里，最让我挂心的是大姑、小姑、二姨和小姨。

第二天，我让父亲带我去看望她们，这是我刻意安排且十分在乎的。平日我们客居他乡，无法和亲人见面，彼此眼里的亲人只剩下一个概念，只有每次相见时，握住她们的手，目光触及之处，她们才踏踏实实感觉到我的存在。

大姑股骨头切除多年，一直拄拐，见到我，还是挣扎着从轮椅上站起来，踉踉跄跄过来拉我的手。她的手冰凉，我握住她瘦骨嶙峋的双手，体温一点一点从我身上传过去，片刻之后，她的手开始有了温度。亲人间无法常相伴，每一次握手都胜过千言万语。

在二姨家门口，父亲指着一片新栽种的小葱，说他育的小葱苗栽不完，拿到二姨家栽了一片。把菜种到十几里路之外的亲戚家，除了父亲，估计天底下没有几人。有人和他算得失，他有自己的道理：地闲着浪费，种上吃着方便。

离开时，父亲突然想起一件事儿，跑回去爬到二姨家院墙上，从一棵柿子树上摘下两个脸盆大的南瓜。我们在下面担心得绷紧神经，他却轻松地跳下来，对二姨说：南瓜秧爬这么高，我不摘你们也吃不到。此时，我并不感觉父亲有七十五岁高龄，仍似当年的家长，永远为我们拿下最棘手的事情。

我对土地的恋恋不舍，归根结底还是挂念家里的亲人。一天跑四五家，把想见的人都见了，心里顿觉踏实，晚上睡得也香。

三

大风从西蔡河的河道里吹过，河堤上的大叶杨响起“啪啪啪”的声音，似拍手声，又似曾经的耧铃声。这些速生的杨树是农业学大寨时统一栽下的，因宽大的叶子迎风作响，被人们称作“鬼拍手”。曾经的夜晚，寂静的村庄突然响起“啪啪啪”的声音，清脆，起伏，令人心里一阵阵紧张。

这些树长大了，但也老了。老得树皮斑驳，枝丫残缺。风烛残年的大爷大娘们，在很多年前栽下了这些树。如今，他们和这些老树一起，成了村庄的忠实守护者，和对祖先和土地的坚守者。

父亲，便是这些老人中的一面旗子。

我们年轻时，都围在家里，父亲经常自言自语，希望我们能读好书，有出息了能出去挣大钱，他也可以出去享享福。在那个时代，父亲长期为生计疲于奔命，这或许是他发自内心的真实想法。

可是，我们在他乡立住了根基，把父亲接到城里生活，他又显现出对故乡的无限眷恋。在高楼大厦里，习惯了亲近土地的父亲显得拘谨，显得格格不入。最终，父亲还是回到了故乡，再也不愿意出来。

故乡的今天，农业机械的发展，令种田变得简单起来。曾经面朝黄土背朝天的父亲只需发号施令，庄稼便能及时播种，及时收割。庄稼收割后，村里大部分人不愿意再往家里运，而是直接在田边打电话，让收购商直接买走。父亲却不然，他总是迈着蹒跚的步子，把收获的麦子一袋袋搬上三轮车，拉回家里，晒干，吹净，倒进仓库的麦囤里。两年下来，能存七八千斤。我们每次回家，父亲总会磨好面粉，让我们带回城里。

存粮，对于父亲来说，不仅仅是为了温饱，还有他对土地和粮食的感情。在他眼里，城里的面粉怎能跟自己种出来的媲美！从家里带农产品，也成了我们与村庄之间的情感纽带。

最后一次回故乡，是在那个噩梦之后的秋天。

抵达家乡后，我先去县城办事儿。办完事儿，吃过晚饭，回到家已是半夜，母亲炖的鸡汤热了又凉，凉了又加热，最终我只喝一小碗。母亲的失望溢于言表，父亲劝她多理解。

我沏茶，递给父亲一杯。父亲说房子三楼漏水他自己修好了。我手里的茶杯一颤，心里有些后怕。

夏天家乡多大风，父亲发现我的卧室屋顶的琉璃瓦有几块松动了，遇到下大雨，总会从水泥缝隙里漏水。我们都不在家，父亲用脸盆接水，拿着电话让我们听“啪嗒啪嗒”的滴水声。滴水声落在我心里，突然想起小时候住在姥姥家，秋天听着檐下“啪嗒啪嗒”的雨声，看着淅淅沥沥的雨水，当时突然想家，大哭起来。夏天雨季过后，我赶紧打电话让父亲找维修工来修，父亲四处找了几个装修工，都说要一千块钱，还必须要父亲帮忙把物料搬上去，他觉得不划算，便拒绝了。

父亲已经七十五岁高龄，且腰椎不好，独自爬上屋顶修瓦，该有多么危险！眼前仿佛出现父亲弓着身子在屋顶上艰难挪动的身影，后悔不该让父亲找人维修。说起危险，他笑着说：我拴住腰，慢慢爬过去修好，不危险。父亲声音响亮欢快，我却听得眼圈发热，只是喝茶，无法出声。

外面传来几声狗叫，母亲养的小黄应声而动，“汪汪”地跑去门外。母亲一边骂着小黄多事，一边带我去柴房，指着案板下面告诉我：小黄一窝生了五个。父亲用一截木柴轻轻动了动小狗，小狗们马上都“叽叽叽”地叫起来。我正要弯腰去摸，小黄突然从外面跑过来，扑到小狗身前。母亲赶忙要我离开：你别碰，别看它样子长得难看，护犊子护得紧！

回到堂屋，父亲又说村西面建了一个南水北调水库工程，我家的耕地没被征用，但是下一期修建库区马路，估计要被斩去一半。南有县城的扩张，北有高速公路和高铁站的诞生，村子正在被一个发展的口袋包围，且日渐收紧，长此以往，不出三五年，村子难逃拆迁的命运。由于先拆后建，开发商暂给拆迁户一万元，令其自己租房子住。父亲见惯了附近村庄拆迁户到处租房子的艰辛，担心到时候居无定所，在电话里试探着劝我早作打算，有合适的房子先买一套。平时一直觉得父亲恋老宅，突然生出这种担忧，足见他对村庄的未来已不抱希望。我们在外地已筑巢，尚有路可退，父亲失去老宅和土地，将意味着失去他的全部。不管搬去哪里，不管我们如何孝顺，父亲的心却永远无法落地。

说起这些，父亲有些轻描淡写：那也没办法，社会发展到这一地步，我们也要跟上。

母亲看看墙上的钟，天色不早，催促我早睡。

被子是母亲提前晒好的，捂在脸上满屋子的阳光味儿。突然想起小时候母亲在院子里晒被子，我们钻来钻去玩耍。于是赶紧又下楼要母亲明天再晒晒被子，母亲说刚晒过还晒它干啥，我秘而不宣，上楼睡觉。

第二天，陪父亲去菜园，菜园靠近西蔡河畔，河里水少，藏青色的水草铺满河床。我走近河边，两只野鸭“扑棱棱”飞走。以前我们洗澡摸鱼热闹非凡的西蔡河如今也成了野鸭子的乐园，与其说农村环境好了，倒不如说衰败了，人气少了。

父亲在菜园周围用木栅栏围成一圈，紧挨着栅栏种了一排香椿，记得父亲曾经说不太喜欢吃香椿。四五月份，父亲摘了新鲜的嫩芽，连同菠菜、荠菜，满满地装一箱子托人捎给我们。带不完的香椿芽被母亲腌在坛子里，伺机托人带去广东。腌香椿是我的最爱，买一块石膏点的手工老豆腐，切成片，两面煎成微黄后，加姜葱，再加半碗水，把反复冲洗的腌香椿截成段放进去，微炖五分钟收干汁水上盘。无论何时何地，永远都是母亲的味道。

父亲拔了一些杂草，直起身子敲打着腰部说：这片菜地也要被征用了，西蔡河景观工程立项多年了，县里一有钱就会动工。父亲的这块菜地是村里分给大哥的宅基地，一直没建房子，权且用作菜园。对于土地，父亲视若子女，也视作生命。随着社会发展变化，以前赖以生存的土地，已经变成了父亲晚年生活和生命的精神依托，离开土地，他便会感到无所事事，寂寥无比。

菜园前面的树林以前是打麦场，紧邻一片坟地。曾经，夏季晚上，男人们扛着芦席到场里睡觉，三五一片，一字排开，仰面朝天躺着聊天。月光从天幕上泻下来，带着微凉的露水和雾气，天上的星星偶尔眨眨眼，令人想伸手数数。运气好的，躺着就能碰上流星划过夜空，目光追逐流星后，脸上便泛起困意，有人开始打哈欠，哈欠过后，鼾声便响起来了。睡到半夜，有人爬起来到坟边小便，哗啦啦的声音在夜里十分清晰。坟地是老坟地，尸骨早已腐朽化为土壤，后半夜起夜的人，有时会遇到磷火。我第一次见磷火时，以为见到鬼，差一点吓傻，一骨碌跑到自己的席子上，蒙着头不敢露面。第二天和父亲讲了，父亲呵呵一笑说：哪里有鬼，抓来我看看。看着父亲自信的神情，我心里放松了不少，但是晚上不敢再去场里睡觉了。

想着这些旧事儿，偷偷看了看父亲的脸，仿佛他的话音刚落。父亲就这样和我并排站着，看不远处的坟头和树林。我无法揣摩父亲此刻在想什么，是否也会想起坟头的鬼火。菜地里一片寂静，番薯秧依旧旺盛，白菜仍然披头散发，尚无包心的迹象，两垄大葱虽然青翠，但不如往年粗壮，父亲说夏天栽一茬，都旱死了，这是后来栽的。今年的旱情从父亲的菜地里可见一斑。

父亲经常默默地在村里修补路肩，最初我以为他是打发闲暇，以消磨种田的剩余时间。村里年轻人劝他不必如此勤快，村子迟早要拆迁，凑合几年而已。父亲却不以为然，但也不解释，只是一如既往地埋头干活。

时间长了，我发现并非如此。父亲不停地修路、修房子，完全不顾拆迁的到来。并且拆迁的风声越紧，他干得越起劲儿。是跟年轻人赌气，还是跟社会发展抗争？抑或是希望用村庄的美化和进步来抵消村庄的终老？父亲不说，我也不问，只是劝他注意身体，不要劳累过度。

我从村头走过，再次离开故乡时，一栋白墙蓝瓦的房子上，两个老人正佝偻着身体，趴在屋顶上修缮。温和的朝阳洒在明亮的瓦上，他们被包围在白亮的光芒中。

四

生活在北太平洋的大马哈鱼，到了产卵季便会离开大海，洄游到江河的中上游产卵繁殖，一路上不吃东西，艰难地逆流而上，靠着生物学的记忆，及时、准确地找到自己的出生地。由于长途跋涉的洄游消耗了体力，它们产卵繁殖后便相继死去，用毕生的努力和生命，换回一次归乡的涅槃。

这种生物学意义上的记忆，令常年客居他乡的我，仍能准确辨认出乡音、乡味和归乡的路。我相信，故乡的认知和记忆，不仅是精神上的存储，或许跟一些动物一样，是与生俱来的、刻在骨子里的本能。

我离开故乡，远涉江南，寻找爱情，寻找可以与故乡的落后和陈旧相抗衡的一切。当我又回到故乡时，它却早已面目全非。当年它落后和陈旧，我一无所有，如今我带着城市的光鲜归来，它早已成长为时代的弄潮儿，落后和陈旧仅仅变成了我抛弃它的理由。

我仍旧会归乡，仍旧会像大马哈鱼那样，在固定的时期上溯。春节、清明、中秋节，这些打着深深的原乡烙印的日子，我都会回到故乡，以一个游子的姿态祭拜，祭拜祖先，祭拜故乡，祭拜失去的岁月，祭拜自己内心无法落地的乡愁。

故乡变了，村庄变得那么宏大。河流、房屋、树木、绿化草木，每一处属于故乡的新貌，都那么真实，又那么模糊，我无法把它们和故乡一同相认，无法找到属于故乡的基因或者属性。

闪烁的香火和缭绕的火纸烟雾里，我突然生出隐隐的痛来。现在，日益稀薄的是故乡的诗意和灵魂，有一天，故乡的身影也会从这个世界上消失。

或许，我应该在心中保留一块净土，来存放村庄，存放关于它的一切。

望故乡，踏上回家的路

一

夏至刚过，南方闷热得像蒸笼，空气里能拧出水来，胳膊腿都是黏糊糊的。

清晨，父亲打来电话。我接通了，父亲却说没啥事，我就问他老家天气热不热。向来快人快语的父亲，在电话里大声地说道："热！将近四十摄氏度。"

我又问空调开了没有，他略微放低了声音回答："没有开，你妈吹空调会腿疼。天天晚上开一会儿风扇，后半夜还得关掉。北方只是白天热，后半夜就不热了。"父亲和母亲都是早年间落下的腰腿疼病根，睡觉吹凉风会不舒服。所以装了空调他们也极少用，除了怕腿疼，还嫌费电，用母亲的话说，那空调是喝电虎。

没等我接话，父亲又在电话里告诉我前一段时间隔三岔五下雨，地里不旱，好墒。玉米快出穗儿了，如果不刮大风，今年收成不会差了。

我就和他商量着，收了玉米，土地租出去给年轻人种。他一口打消了我这个念头："收了玉米还种麦，不租出去。现在收和种都是机械化，花四十块钱，人家农机联合队给你把粮食收到地头。累不着。我现在没病没啥的，不种地干啥？难道天天坐家里闲着么？”

我一时无言以对，农村年轻人出去打工的打工，创业的创业，家里能干农活的所剩无几。正如父亲所言：即使孩子们能够拿钱回来给父母养老，但也不能让田地荒着。何况出去挣钱的年轻人很少拿钱回来给父母花，父母要吃要喝，不种地又能指望什么生活呢？前不久，还听说邻村有兄妹四人，都不养父母，最后村委会和法院强制他们每月给父母两百块钱养老。

我只好劝父亲省着力干，慢慢干，别累着了。他只反复说累不着，又问我公司生意好不好，嘱咐我不要拖欠工人工资，现在挣钱都不容易。

最后，停了几秒钟，突然说：“工作很忙吗？好长时间没打电话回来。”

冷不防被他这一问，我突然头脑发涨，泪水在眼眶里打转。深呼吸好几下，才和他说也不是很忙，就是一些琐碎事缠身，没抽出时间打电话回家。又赶紧告诉他说我的护照该延期了，我打算下周末回去。

父亲一听，马上在嘴里算着：“下星期六，下星期六农历是六月初九。今儿个是初二，还有七天。”

听着父亲迫不及待地数日子，我的眼泪终于没有忍住。我掏出纸巾，擤了擤鼻子，又和他说了一会儿话才挂了电话。回屋去叫爱人帮我订机票，说要回去办护照。她见我一会儿坐下一会儿又站起来，就问我咋啦，我说没事。她就立刻说：“噢，想咱大啦！”

我怕在她面前显得像个想家的孩子，就赶紧出去了。

二

时隔半年，再次回故乡，却阴差阳错地飞到郑州再经三门峡绕远道而行。由于三门峡没有直达家里的火车，又要赶时间，只好买了最早的普快火车票，到开封中转坐大巴回家。

到达三门峡火车站，新建不久的车站大楼显露出不少现代气息，拱形屋顶开着天窗，水磨石地板光亮光亮的。但是站里站外的另外一些风景，却没让我感受到这个城市的现代化气息。整个车站，只看到进站口外面有一个挂着乘客服务部牌子的小卖部，摆着泡面、香肠、矿泉水等旅行食品。我一路赶车，口干舌燥，心想着进去站里再买水喝吧。

进到站里，却不见一个商店，这令我有点儿后悔和懊恼。我穿过候车厅，椅子上和墙边横七竖八地坐着或躺着旅客，大包小包的蛇皮袋、大背包，和身上穿着的吊带衫、时髦短裤有些格格不入。走过站里的厕所门口，隐隐约约闻到里面的气味儿。我突然想起来二十年前南下找工作时火车站的情景。

但是，车站另外一些片段，又在感动着我。

一个老人背着行李匆忙进来，不小心包里的苹果散落了一地，马上有一个孩子和两个大人帮他把苹果捡起来。老人道了谢，非要送苹果给帮忙的人吃，都被拒绝了。他挨着我坐下来，朝我笑笑，递给我一个苹果，我连声说“不用了”。

随着城市化和现代化发展进程加快，大多数城市分享了改革的红利，城市软件、硬件建设都和《新闻联播》里的情景接了轨。三门峡担负着河南水电枢纽——三门峡水电站的建设、运营和安全，而这座边界城市的车站，给我的印象如同一个走在田野里的人，在时代的拖曳下吃力地前进。

绿皮火车缓缓驶进月台，旅客像开了闸门的流水，竞相朝着列车奔去。习惯了自动检票进站、上车，面对列车门口的乘务员要求换卧卡，我突然恍如隔世。

当初南下工作的时候，由于没钱，从来没奢想坐卧铺火车，有一次春节后返回南方时，由于不舍得买卧铺，只抢到了无座的车票。车子行进了十个小时，进入湖北境内，一路站立的疲劳和瞌睡，令人实在顶不住了，找乘务员咨询有无中途下车的座位可以调换。乘务员几经周折，才找到了一张临时的卧铺床位，我这才第一次在半途中睡上了卧铺。后来经济条件改善了，都是乘坐飞机满世界跑，也就没有坐卧铺的机会和必要了。

这次从买票到上车都是卧铺，我算是真正意义上坐了一趟卧铺火车。狭窄的车厢过道里，带着孩子泡方便面的，把脚翘在卧铺头上睡觉的，以及三五成群聚在一起打牌的，都令我仿佛置身在一个曾经多次想象而又有些许陌生的世界。或许，这就是普通人的人间烟火，这些平常的生活给这个社会平添了许多真实感和立体感。

列车行进中，我怕麻烦，也对窗外的窑洞风景感到好奇，一路上我并没有爬上卧铺去睡。坐在过道车窗下的临时折叠凳子上，一边欣赏窗外疾驰而过的窑洞和山头，一边阅读李佩甫的小说《羊的门》，书中的羊群和窗外的山头河坡，居然惊人地吻合，或许，作者创作这部小说时是进行了很深刻的生活实践的。

三

列车到达开封站之前，我已经在电话里约好了好友接站，他是我从未谋面的神交，借此路过开封的机会，两人相约在七朝古都的夜市里小酌。

夜里十二点，长长的汽笛声中，列车到达了想象中的开封火车站。昏黄的灯光下，人生第一次踏上曾经辉煌一时而又饱经风霜的历史古城。凭着直觉，很快和接站的朋友碰了面。

回家心切的我，出站后第一时间就让朋友带我去汽车站，买了第二天五点半的大巴车票，车站宣传广告上写着两个小时到达沈丘。买好票，我们乘坐出租车直奔马道街，据说是开封最具代表性的商业夜市观光大街。

略显昏暗的街灯下，他介绍着古城的辉煌历史和现代的拆迁改造，我们从横卧在氤氲夜色中的大相国寺门口，走到灯火辉煌的鼓楼，不过十分钟路程。

我在脑海里曾经无数次设计过造访开封的场景，没想到会在半夜里突袭它。身体的疲劳和夜色中辨识度的模糊，使我打消了夜游汴梁的念头。在朋友的推荐下，找了一个地道的特色小吃摊坐下对饮，品尝开封名吃——羊肉炕馍和灌汤包子。推杯换盏中，朋友介绍着周围的古迹和人文景观，我擦了满嘴的油渍，算是第一次亲临古城现场，粗略了解它的前世今生。遗憾的是未能登鼓楼半步，亦不曾目睹大相国寺的真容。

离开鼓楼，已是深夜两点多。朋友执意不让我去酒店住宿，拉我去他家里小憩几个小时。面对一个初次见面的人如此之信任，我竟无言以对，唯从命前往。我深信，在这个诚信危机四伏的社会，仍然存在着最淳朴的信任。

四

第二天早上四点半，按照睡前商议好的安排，我没有打扰他和他的家人，一个人悄悄离开。

到了车站，苦等许久，才被安排上了一辆开往安徽的大巴。过了开车时间，仍不见发车，我脑子里立刻闪现出一个念头：难道重蹈覆辙？

许多年前，我在郑州遭遇了一次和想象中大相径庭的乘车经历。那次上了车后，又等了将近一个小时，车子才缓缓驶出车站，然后就进入了漫长而又令人焦急的迂回之中。车子在市里来回兜了四趟，终于拉满预定人数，车子这才开出了市区。途中为了拉客，车子又专拣人多的集镇穿行，多次停车上下客。最终，本来两个半小时的路程，经过了六个小时，才回到家里。

时隔多年，我不相信正规车站的大巴还会如多年前那样任性随意。无论如何，社会又发展了许多年，我在南方的生活节奏几近准时可控。面对飞速前进的社会车轮，北方的城市不至于无动于衷。可是，不幸被我猜中，我再一次遭遇了无法估算时间的漫长归途。

我坐在车里等待了半个小时，车子终于驶出了车站。

刚到市区边缘，车子突然在一家早餐店门前停下，司机和乘务员要下车吃早餐，下车时还不忘问乘客有需要吃早餐的没有。我的脑子一下子蒙了，但是我知道投诉和抱怨对这些习惯了各种投诉的司机并无作用。他们的目的很明确：不上满乘客车就不会走。面对车上人的坦然和无动于衷，我只好调整心态，耐心等待司机吃饱喝足，重新上路。

途中，车子又在一些路口停下，陆续上来一些乘客。我身边的空位，坐进来一位六十岁上下的老汉。刚一坐稳，便把原本开着的窗户关起来，说胳膊疼，不能吹风。想起了父亲在电话里说妈妈腿疼不能吹冷风，我也就任他关窗。接着他就主动跟我攀谈，问我在哪里下车。交谈中，发现他家住我隔壁的村庄。我出于途中无趣，便放下心来和他聊天，从他村里的小媳妇谈到他儿子，几乎无所不谈，我做了一回真真正正接地气的农民，河南方言也拉近了我与故乡的距离。

车子时快时慢地在国道上行驶着，两边的杨树后面，一米多高的玉米林和零星的工厂次第向身后退去。

上午十点多，天气开始热起来，车里有人吵着要开空调，司机马上回头说道："这么好的风，哪里需要开空调！自然风多凉快，就这还有人吹得胳膊疼呢。"

车上的乘客争执了几个回合，终究没有开空调。

车子路过杞县集市，马路两边很多装满大蒜的卡车，或停在那里等待买主，或缓慢地行驶在拥挤的国道上。车里有人开始议论今年的行情："今年蒜头好收成，个头大，又高产，一亩地有三千斤的产量。"

"嗐！收成好又咋着呢？这两年冷库都被外地人垄断了，卖不上价钱，不卖又会生芽子。"

"啥东西多了都不值钱。去年产量低，一斤一两块，今年种的人多了，就不值钱了。"

我感觉越来越燥热，就把窗户打开一个小缝儿。老汉只顾着和人聊天，也没反对，我迷迷糊糊睡着了。

在汽车晃晃悠悠中，不知过了多久，我被一阵阵鸣笛声吵醒。惺忪地睁开眼一看，车子被堵在一个镇里的集市上。跑长途的大货车和客车，夹杂着叫卖西瓜的机动三轮车，把公路堵死了。司机探出头去和邻车司机不断大声叫喊着，试图疏通。

路边的一排商铺门口，摆着空调、电扇、洗衣机等现代化生活用品。旁边一个卖瓜老人的皮肤被晒得黝黑，严重弯曲的背上搭着一条脏旧的毛巾。另一边一个稍微年轻的中年男子支起一张折叠床，上面摆满了各种拖鞋短裤，时不时咳嗽几声，用手撮住鼻子擤了鼻涕在鞋边上擦了。

不远处的树荫下，一个剃头匠正按着一个老人刮光头，不时把刀子在身后挂着的布带上擦几下，胳膊上下翻飞煞是威风。旁边的小凳子上还坐着两个人，像是在排队等待剃头。我们的车子近旁，是一个五十岁上下的妇女，站在装着半车厢西瓜的机动三轮旁边等待买主，三轮车底下的地上铺着凉席，一个两岁光景的孩子睡在席子上躲避阳光。

我突然想起出发前在惠州买了一次西瓜，两块五毛钱一斤，一个西瓜三十八块钱。心里想这一车西瓜能卖不少钱。但是接下来车里的议论，推翻了我的想法："今年便宜得很，四毛钱一斤随便拣，哪个好挑哪个。"

"就这还贵了一点儿，前几天刮台风，一场暴雨，没来得及卖的瓜都炸在地里了。不然连四毛钱也卖不上。"

"西瓜这东西不管种，不能储藏，风险太大。"

在你一嘴我一舌的争论中，车子终于疏通了，又开始缓慢行驶。窗外一望无际的玉米林，像漫无边际的青纱帐铺展在大地上，路边两行白杨树，因为过于稠密而长得修长，像两条细长的拉链，把满地的绿色沿着公路拉开成两块，偶尔有一片红砖青瓦的村庄，外围零星地点缀着几栋白墙红瓦的二层楼房，算是村庄与时俱进的佐证吧。

五

大巴车终于在正午时分到达了县城，我乘坐出租车回到家里，已是下午一点。听到车响，母亲擦着手从厨房里迎了出来。门楼上面垂下来的凌霄花在阳光下更加红艳，映在母亲堆满笑容的脸上。虽然隔三岔五地会飞回来陪母亲一天半天，可是每次见到母亲的瞬间，鼻子总会情不自禁地发酸。这或许就是根植于骨头里面的母爱，是血管里流淌着的血液，令母亲和我喜忧相连。

放下行李，我像儿时那样，首先熟练地跑去老厨房的土灶，而不是去窗明几净的新厨房。不用我安排，母亲一定会用那口烧了近二十年的大锅，炖上半锅葫芦鸡等我。我揭开锅盖那一瞬间，久违而又熟悉的味道直入肺腑。母亲从新厨房的橱柜里拿来一个搪瓷大碗，盛了满满一碗给我。

我端着碗，像个饿汉似的边吃边走到堂屋的沙发坐下，母亲解开身上的围裙，也在对面坐下来，期盼的目光里满含慈祥："慢点儿吃，像个饿死鬼。没个老总的样儿。"

正在低头往嘴里扒拉着食物的我，瞬间再次被击中要害。我不敢抬头正视母亲，只是偷偷抬起眼皮看了一眼，猛扒了几口，放下了碗。母亲拿来一个玻璃杯子递给我："你自己倒，想喝多少倒多少。"

待我接过杯子，母亲又轻声地问："啥时候走？"

我倒了半杯兆丰老酒，呷了一口。看着母亲，也小声地回答道："明天傍晚的飞机。"

母亲脸上掠过一丝失望，摇着蒲扇说："每次都像跑反一样，回来吃顿饭就走，咋忙成这样儿？"

沉默了几秒钟，母亲又说："唉！去吧，照顾好工厂，现在生意都不好做。"

我"嗯"了一声，忙放下酒杯站起来进了洗手间，洗了一把脸出来重新坐下。

吃完饭，大门外面传来父亲的声音，他大声和邻居说着话："中领回来了。”

话音刚落，父亲就拎着满满的一篮子豆角进了屋，在我面前晃了晃：“我放三楼的冰箱里，你回去时都带上。”

母亲一边收拾了碗筷拿去厨房，一边嗔怪父亲：“能带多少啊，死沉死沉的。”

我回答说：“行李箱大把空儿，能带。”说完就起身来到院子里。

前边人家荒废的院子里高大的杨树上，一只喜鹊“呱—嘎、呱—嘎”地叫了几声。母亲仰起脸来骂道：“这死麻嘎子！叫个啥？！”我知道，乡下有句谚语：清早报喜，下午报忧，晚上报贼来偷。

我走出院子，放眼向村子望去，高大的杨树丛里剩余不多的砖瓦老屋，正被越来越多的白色楼房取代。越来越多的院子门口摆放着汽车，但是壕子里几近静止的河水，仍然显露着茶色，那是村外丢弃的秸秆浸泡的河水，趁着雨季流进了村里的壕子里。走村串户的电动车，用扩音器播放着叫卖声：卤肉！五香卤肉！满头白发的发小同学，骑电车从门前经过，见到我马上跳下车来，掏出香烟给我一支，半途想起我不抽烟，又装了回去，彼此寒暄了几句他才离开。

这就是生我养我的家和故乡，父亲和母亲始终坚持生活在这里，不肯随我离去。随着年纪渐大，他们眼里已经不再是单纯的土地情结和邻里相处的坦然慈祥。他们心头有一种落寞情绪正在逐年堆积，也在我心头越来越沉重，只是他们始终不愿亲口告诉我，怕我分心。村村通公路，大大改善了村庄的交通环境，但是回家的路，在我心里仍然漫长。

愈是归途漫长，回家的念头也愈来愈频繁地叩打着我这颗客居他乡的游子之心。无法逃脱的结局是：有一天，蓦然发现，长期身在异乡为异客的我，归来仍将是异客。

再回故乡，无法还原的记忆

一场冬雪过后，我沐浴着皎洁的月光，回到了久违的故乡。在村头等待已久的堂弟，一眼便认出我来。没有寒暄，也没有拥抱，他一把接过我的行李，喊了一声“二哥”，便往回走。我跟在他身后，踏着白夜，向久别的村子靠近。

踏上村头的石桥时，几声零星的狗吠，算是向沉睡的村庄告知了我的归来。路旁，儿时攀爬过的两行白杨树更加高大。它们在月夜守护着身上的枝丫，丝毫没有放松警戒，生怕被人趁着黑夜砍去。间或，有一坨积雪从树上落下，发出“噗嗒”的声音。听说在去年的一个冬夜里，村头的那棵百年柳树，被人以修路为由连根拔起，一个坚守了百年的村庄标志，终于被奔跑着的时代抹去了痕迹。时代的车轮，不仅在碾压着人们的生活习惯和思维，也渐渐抹去这些无法还原的记忆。

进入村子，突然从巷子里跑出两个人，一个人嘴里骂骂咧咧地追赶着另一个人。我正郁闷谁在这大晚上打架，堂弟告诉我是村西头的虎子被他爸打出家门，他妈在后面紧跟着跑出来。因为家里不愿意拿出一笔不小的彩礼，虎子无法和心爱的姑娘结婚，天天在家里和父母闹意见。他和大学同学恋爱三年，到谈婚论嫁的时候，女方家里提出要八万八千块彩礼。虎子的爸爸觉得养一个儿子，花几万块读大学出来，还要像农村孩子那样花十万八万来娶媳妇，实在是没有任何进步。

我上前去和虎子妈搭腔，她一脸无奈地向我诉苦："现在的农村，不都是这样吗？人家个个都拿这么多，咱要是不拿，两人散了，孩子还不得抱怨俺一辈子？万一以后找不到合适的对象，拉了寡汉，那就是罪孽啊！"堂弟听完这番话，也怏怏地附和了一句："唉！如今这个社会，谁有什么办法呢！"我突然体会到国家近来突然出台农村婚丧改革意见的良苦用心了。

回到家里，已是深夜，母亲鼻子里冒着寒雾，一番问长问短后，就准备关院门休息。父亲蹒跚着身子，到处找东西，我问他找什么，父亲神秘地说："找狗呀！可不能把它关在大门外边，当心夜里被人偷走了。"听到此言，我有点儿吃惊："啊！现在还有人偷狗呀？"父亲压低了声音告诉我："有哇。"

就在此时，父亲看见狗从围墙的夹道里出来。他把狗赶到窝里，接着说道："有些不三不四的人经常夜里出来猖狂地偷狗，开着摩托车，弄点儿老鼠药夹到牛肉里，往有狗的人家门口一丢，半个小时回来，一捡一个准。"说完，父亲关了院门，叫我回屋睡觉。

由于疲劳和寒冷，第二天早上我起得很晚。起来后本想看看雪景，无奈四周高深的围墙和邻居家的楼房挡住了视线。我突然想到了坐井观天，无形的压迫感从四周向我袭来。恰好父亲也起来了，我向他说明了心思，父亲马上提议道："去楼顶看呀！村里房子大多都是楼房，在院子里能看多远！"说完，就往楼上走。

我跟着父亲，上了楼顶。我们的楼房比周围高一层，站在楼顶，就能环视整个村子。村子被一棵棵高大的杨树掩隐着，像一片干枯的树林。一栋栋红瓦白墙的楼房在树林里若隐若现。间或有一两家尚未重建的灰瓦房屋脊，在楼房和树丛里显得低矮破败。若不细看，很难辨认出来。见此光景，我不免感慨万千：人的感觉终究有它特定的时期和变化，小时候看起来高大的房子，如今在高楼的映衬下，显得如此渺小。晚上捉迷藏感觉像迷宫的村子，如今站在高楼之上一览无余。

看着故乡的变化，我转身对父亲说："很不错呀，大家都住上楼房了。"父亲却不以为然地说："总体是比过去好了。但也都是攀比所致，别人盖了楼房，你要不盖就是落后，面子上无光不说，找媳妇都难。很多家庭盖了楼，借了一屁股债。社会时兴的事儿，都要跟着。但是不管咋说，比起过去，日子还是好到了天上啦。"

说到这里，我突然想起昨晚见到虎子那一幕，就又问了父亲。父亲叹了一口气说："虎子他爹做得不对，现在的大学生毕业，不好找工作，找到工作了一个月也就三五千块钱，除掉吃饭穿衣打电话和零用，也不剩几个钱，要攒十万八万来结婚，那得多少年？父母不出钱能有啥办法？总不能因为没钱不结婚吧？"我插嘴说："那女方也真是，都啥年代了，还要那么多彩礼。"父亲却不认同我的看法："那也不是，现在村里都流行这样的彩礼。这还算少的呢，有的更多，还不是一样要拿。人家也没多要，只是和周围的人差不多而已。再说了，读了大学又有啥高贵了吗？难道人家闺女读大学就不应该收彩礼了吗？况且，又不是她娘家拿这钱贪图享受，娘家有男孩子结婚，还不是要拿十万八万彩礼给别人家。"说到这里，母亲喊吃饭，我们这才停止讨论。

太久没有回来，淳朴悠闲的村庄和现代化美丽乡村的印象交织着，脑海里一度恍惚。吃了早饭，我打算出去走走，试图找一些属于自己的记忆。

出了院子，在门口遇到小学校长，他和我打了个招呼，就去打牌了。村里小学是我的母校，辉煌时期曾经有上千名学生。随着村民外出工作，学校只剩下三个学生，还分别是三个年级。村里极力争取，学校才没有被兼并，也是靠教育补贴，人数申报上再做点儿手脚，才得以保留。

再次来到村头，完全没有了昨晚的印象。绕村的河流早已干枯，河床上剩下高高低低的秫秸垛被白雪覆盖。一条狭窄的水泥路勉强过得下两辆小面包车，稍大一点的车就无法通过。小路上的积雪，被车轮碾轧过，像一条黑色的绳子，从村子里蜿蜒而出，一直延伸到茫茫的野外。路边，杨树光秃秃的枝丫上，杵着一个硕大的鸟窝，在白色世界里显得更加苍凉。

走在雪地上，身后传来“嘎吱嘎吱”的脚步声。在中学时代，曾经遇上一场百年不遇的大雪，我们踏着膝盖深的积雪，艰难地走到邻村上学。一路上伴随我们的，就是这“嘎吱嘎吱”的脚步声。

听到脚步声近了，我转身，见老关头从村子里走出来。他做了一辈子县医院的医生，虽然积攒了不少钱，可就是不愿意搬去县城住，用他的话说，习惯了在院子里种菜，不想挤到格子楼里。我从怀里摸出烟，递给他。寒暄几句之后，我问他去哪里。他点上烟，告诉我有人想在村头打一眼深水井，办一个简易自来水厂，这水厂离他的祖坟太近，族里人怕破坏了风水，委托他去找人协调一下，重新选址。我就故作轻松地说：“你是党员，也信风水吗？”他猛吸两口烟，发现灭了，索性把烟夹到耳朵后面说道：“这事儿不是信不信的问题，比如诅咒，不会带来实际影响，可是想到它，心里总会梗在那里。其实，找人也不一定有用，现在是法制社会，水厂不建在我们的田里，我们也无权干涉。只是，不努力争取一下，族人都感觉像吃了个苍蝇，你不懂这种新形势下农村的尴尬。”

说完，把双手揣到袖筒里看着我，面对这个曾经和我父亲一起蹲在墙根儿吃饭的老邻居，我一时竟找不出合适的语言回答。好在他没有觉察到我内心的局促，说了一句“回头说话”就走了。

我突然觉得冷，腿上有些哆嗦，便折返回家。

刚跨进大门，同学打电话来。他听说我回来了，约了几个人中午聚聚。我与他聊了一会儿，委婉拒绝了。我只有两天时间在家里，哪里都不想去，回来之前也没有告诉任何人，只想在家里好好守着日渐年迈的父母，多陪伴他们。父母不愿意随我们南下，我又无法丢下事业回来陪伴父母，只能见缝插针地飞回来看一眼。此刻，才真正体会到“忠孝难两全”这句话的真正含义。

母亲煮好了饺子，仍然是我最爱吃的萝卜猪肉馅，对于我的喜好，母亲是最清楚的，从来不需要交代。

我像个孩子似的跑到厨房，拿起一个饺子送进嘴里。母亲看着我的吃相，脸上露出的笑容，和三十年前一模一样。我鼻子一酸，赶紧端起一碗饺子，背过身，不让她看到我眼里的泪花。常年不在身边陪伴，间或回来陪她吃一碗饺子，也许是我给她的最好的礼物。

午饭后，我突然有感冒的迹象，身子酸懒无力，头有些疼。父亲见状，就叫我去他床头的桌子上找药。他的桌子上堆着各种各样的药，降压的、止疼的、感冒的，五花八门。父亲是一个硬汉子，以前生病时，不到起不了床的地步绝不会吃药，更不会去医院，但是如今到了老年，好像桌子上没几种药，心里就不踏实。现在的药都是整盒卖，病好了，药还剩下一大半，都是花钱买来的，父亲不舍得丢，任其堆在桌子上。这种现象在村里比比皆是，甚至愈是有钱的人家，家里的药愈多。我从药堆里找出两片感冒药吃了，回屋睡下。

下午四点多，我被一阵嘈杂的说话声吵醒。起身洗把脸下楼，看到一屋子四五个人，都神神秘秘的。打过招呼后，听了好一阵子，才明白事情的原委。

原来是村里麻子的娘过世了，弟兄们来我家商量丧事。在我的记忆中，老人去世了，儿子们要披麻戴孝，挨家挨户磕头报丧，邀请族内的人安排打墓、棺材、香蜡纸炮等事项。磕头要连磕三天，无论辈分高低，遇到人一律下跪磕头。小时候，父亲曾经告诉我这磕头的道理：父母过世，是做子孙的没有照顾好，是不孝，要挨家挨户磕头谢罪，请求原谅，请求协助安排丧事。这几年县里推行火葬，但麻子娘临终留话说不要火化，想保留全尸。麻子孝顺，想趁着天黑偷偷下葬。他做得小心翼翼，怕被人举报，不然老娘还是要被挖出来拉去火化。

我看没有我可干的事儿，就拉着母亲上楼聊天。

母亲从卧室里翻箱倒柜找出来五百块钱，要我明天带回去给我儿子买文具。我死活不要，母亲坚持说道："你们给我的钱，我再给孙子就是我的心意。平时都不在我身边，我也看不到，这钱拿去买本子吧。"或许这是母亲唯一能够表达心意的方式，我只好让她如愿，给她一个心里的慰藉。

母亲心情很好，从过去聊到现在，从家里说到亲戚邻居，琐琐碎碎的事情都倒了出来。说起我小时候穿过的一件棉袄，随着我的身体长一段，那件棉袄和袖子就接长一圈，最后变成了五颜六色。我说很可惜没有留下来做纪念，母亲笑我，说一件破烂棉袄有啥好纪念的。伴着母亲抑扬顿挫的声音，屋子里的每一件物品都变得柔软起来。

晚饭，照样是在家吃。在父亲的要求下，我打开了一瓶兆丰酒，但他依旧只喝三杯，这使我感到汗颜。虽然我秉承了父亲坚定不移的性格，可是在酒面前，却很难做到父亲的果断决绝。他说喝三杯，任何人都无法劝进第四杯。三杯之后，父亲看着我喝。在他面前，我把自己彻底放松了，歪斜着坐在沙发里，捏着酒杯的细脚自斟自饮。父亲说村子里的谁谁没了，谁谁在外面跑长途车出车祸了，又说我们兄弟四个，老了都得回来，要叶落归根。渐渐，我进入了一种临界状态，我看到了环绕村子的潺潺河流，村口的桥头上，几个光着身子的孩子从桥上纵身跳下，一群鸭子在水面四散开去。

母亲看出了我的醉态，便收拾了碗筷，叫我上楼睡觉。

第二天早上，我下楼，车子已经在大门口等我。父亲等不及和我一起吃早餐，自己端着饭碗到大门口和邻居聊天。我匆忙端起一碗豇豆稀饭，三十年没变的味道我一口气喝完，又接过母亲递过来的馍，胡乱吃了几口，就告别他们，上车出发。

车子驶离村子时，太阳爬过光秃的树梢，那只破败的大鸟窝，在风里悬着。我从车窗里探出头来，用镜头记录下了这个摇摇欲坠的鸟窝。它繁衍了一代小鸟后，在风雨中走向支离破碎。我回头再看了一眼越来越远的村子，靠在座椅后背上，闭上了眼睛。

父亲，一座山的高度

“啾啾啾”，鸟儿叫醒了大地，合欢树张开了细碎的叶子，蜜蜂忽远忽近，试图靠近一朵栀子花。

鸟儿叫醒了我，也叫醒了父亲。

我的早晨是一张纸。色白，干净，任我涂鸦。一本书被晨风翻开，朱自清的文章不短不长，刚好度过这个清晨。

父亲的早晨是一片绿色。天葵，地黄，紫花地丁，泡桐树摇着蒲扇似的叶子，菜园里的韭菜疯长，黄瓜抽出长长的须。父亲刚浇过水，畦间泥土湿润，马齿苋贴着地面。

父亲抱回一捆新拔的蒜苗，蒜头浑圆饱满。蒜根夹带着泥土，有蚯蚓的味道，阿黄凑上前闻来闻去，被父亲用扫帚赶走。阿黄一个趔趄，踢翻了盆子，剩菜洒了一地。母亲解开身上的围裙，嗔怪道：作吧，饿死你。

父亲抖了抖肩膀，默默地把剩饭捡回盆子。许多年以前，他的肩膀上已经没了蓑衣，抖一抖肩，是他对过去的眷恋。

父亲把大蒜编成一串，挂在窗户上，像村姑的大辫子。他用铁铲子铲去脚上的泥土，把草帽挂在墙上晾晒。

阿黄摇着尾巴，蹭着父亲的腿。阿黄不怕父亲，我也不怕。

父亲是一座山，在我心里，也在生活中。

每次受到委屈，只要望一眼父亲坚毅而又慈祥的眼神，泪水马上就收了。父亲身上有一个庞大的磁场，经常会笼罩着我。每一次跌倒，听到他的声音，我拍拍身上的尘土，站起来，重新上路。

父亲在灶台后面煮猪肉，烟雾和水汽围绕着他，太阳光从窗棂的缝隙射进来，烟雾便在光柱里缭绕。

灶膛里木柴烧得“噼噼啪啪”响，我坐在灶膛前打盹儿，烤得身上燥热，我解开蓝布棉袄，敞开怀，继续打盹儿。父亲扬起硕大的马勺，搅动着烟雾：“去火！熟了。”

我马上把正在燃烧的木柴从灶膛里掏出来，摁进冷灰里闷灭。我丝毫不担心锅里的肉不熟，母亲也不担心，有父亲在，日子无需担心。

在家族里，父亲也是一座坚实的山，他在，家族的人便相安无事。父亲生就一副慈善相貌，但他的不怒自威是与生俱来的。叔叔的孩子哭闹，奶奶只说一句“你大大来了”，哭声便戛然而止。父亲很少打骂孩子，但他身上与生俱来的威严和无形的气场，成为上百人的家族里的定海神针。连十几里之外的小表弟，从未见过父亲，只要姑姑说一句“你大舅来了”，也立刻停止哭闹。亲戚邻居闹矛盾，无论闹得多凶，只要请父亲出山，所有矛盾一定会迎刃而解，无人不服。遇到困难事儿，找父亲解决，父亲也极少有过失手。

唯一一次失手，是叔叔中年染病。肝癌是一个魔鬼，一天一天抽去叔叔的血肉和精神。父亲和奶奶四处奔走，用尽了各种药物，都于事无补。叔叔躺在麻绳编织的软床上，气若游丝。目睹叔叔撒手人寰，一向坚强自信的父亲一下子瘫了下来。他用手合上叔叔的眼帘和变形的嘴唇，默默地料理后事，不说话，也不让眼泪掉下来。

很长一段时间，父亲在田里干活时，总会望着不远处的坟头走神，他第一次感受到对生命的无能为力。

走出叔叔离世的阴影，父亲来不及安抚内心的伤痛，又接过叔叔留下的嘱托，把叔叔的四个孩子揽过来，挑起了两个家庭的担子，供养孩子，侍弄田地，事无巨细，他都亲力亲为，从不敢大意，以免辜负叔叔的生死之托。

后来，发生了一件事，令父亲的情绪再次陷入低沉。父亲亲手喂养了近一年的黄牛，被小偷从父亲的床边偷走。对于祖祖辈辈生活的村庄，他一直感到自豪。但是，在丢牛之后，他迷茫了。

多年之后，牛肉价格暴涨，我们在电话里跟父亲说笑，说让他养一头牛也能卖不少钱，父亲的回答很决绝，没有半点余地。或许，丢牛事件给他带来的信任危机感是一生的，修复并非易事。

对社会的信任危机，并没有从根本上改变父亲的积极乐观的生活态度，他仍然平静地面对着一切。在他心里，困难和烦恼是不可避免的，人的一生就是和困难作斗争的过程。即使面对生死，也只有坦然，从不消极，也不惊慌。

岳父去世时，我和亲戚一起守灵。寒冷的冬夜静如止水，岳父躺在床上，脸上蒙着床单。我坐在小椅子上打盹儿，墙上的挂钟“嗒嗒”地走着，烤火的煤炉忽闪着红光，我慢慢地进入到一个旋转的通道，前面是缤纷的极乐世界。

等我醒来时，已是清晨。我躺在院子里潮湿的地上，鼻孔旁放着氧气管儿。同时煤气中毒的，还有岳母、大姐。晨雾里，父亲从东屋走到堂屋，从堂屋走到东屋，身影蹒跚，心急如焚。他是在半夜里被电话声叫醒的，来不及穿好衣服，披上棉袄便驱车到县城里的医院、药店敲门，求氧气。倒下的是他的儿子，他无法容忍半点闪失。父子的情缘还有很长，父亲用他巨大的气场召唤我，令我从鬼门关里又回到了人间。

后来的很长一段时间里，我的脑海里都会重复着一个场景，在大雾弥漫的夜里，父亲开着老年车在空无一人的路上行驶着去药店，然后又抱着大大的氧气袋，步履蹒跚地上车、下车。和别人一样，身体发肤，受之父母，但和别人不同的是，父亲给了我两次生命。我想，这是生命和亲情的叠加，是父亲恩赐我的双重大爱。

父亲是一座山，土地便是他的疆土，耕种好它们，几乎成了父亲生活的全部。他不怕辛苦，耕田一定要深耕，哪怕种一片菜地，也会把土翻得很深，不让地下的害虫有躲过寒冬的机会，这是他一生和土地打交道的经验，也是他和大地之间的默契。

对于庄稼，父亲倾注很多心血，尽心呵护。田里的玉米、大豆，园里的青菜、瓜果，都是父亲的孩子，哪怕有一枝半叶打蔫儿或者病虫害，父亲都看在眼里疼在心头。夏天，期盼已久的一场透雨来到，父亲会喜极而泣，久立于田间，和它们一起沐浴雨水。父亲的田里，从不允许野草泛滥，更不允许害虫猖獗。能用锄头除掉的野草，父亲一定不会让它们有立身的机会。锄头无法触及的，父亲便徒手来消灭。偶遇几株漏网之鱼在庄稼丛中露头，父亲会自责好几天。

冬天，父亲会期盼一场大雪。每到冬天，等雪就成了父亲心头的大事儿。雪落，父亲则心安；无雪，父亲会焦虑，担心麦苗缺水，担心虫卵越冬。“冬天雪盖一层被，来年枕着馒头睡。”对于一个庄稼人来说，一场雪必不可少。纷纷扬扬一场大雪，悄悄下个一天半天，积上半尺厚，能冻死土层深处的虫卵和虫子。有时候，大半个冬天无雨无雪，向来内心强大的父亲，会深深感到人类的渺小和大自然的伟大。面对困难，父亲极少低头，但在大自然面前，父亲从来不敢有半点儿自诩。

父亲是村子里的一座山，他在，故乡便在。高大的毛白杨被砍去，老屋一间一间被拆掉，土地逐渐被征收，学校被停办，老人一个接一个离世，出去的人不再回来，村里的人越来越少，随时都有被拆迁的可能。

可只要父亲在，村子就是故乡。他在，麦子会长在田里，蔡河水会流进菜地里，斑鸠会在窗户上筑巢，阿黄会等着我归乡。

客居南方的我，永远记得父亲给我们的爱和引导。幼时的我生性乖巧，父亲给我的只有爱，没有打骂。大哥生性顽皮，父亲对其管教较多，有一次，大哥犯了错，父亲罚他跪下，用柳枝要打他三下。当打到第二下时，大哥起身逃走，父亲追不上，便回屋抄起自行车，骑车追到隔壁村，扭着大哥的耳朵，把他拉回家，补打了一下，才算完事。那个看似极端的举动，在我心里留下了永久的记忆。父亲身体力行，教会我们坚守原则和承诺。一次教育，受用终生，我不止一次对孩子说起此事，无需多言，无需解释，只需还原当时的场面，父亲刚正不阿、诚实守信的性格便在下一代人的心里生根，发芽。

随着我们的羽翼日渐丰满，回家陪伴父亲的日子越来越少，与日俱增的，是对父亲的担心和思念。多年来，我常常在听到孩子喊爸爸的瞬间想起父亲，想起他那沧桑的一生和他的庄稼。

想起他，我会在意芒种、小满，在意雨水的多少，在意一切养生的方子。

想起他，我会在清晨拨一个电话，会在花盆里撒上荆芥，会在深夜思念，在酒后饮泣。

想起他，我会常年打开一扇向北的窗户，让风进来，让雨水进来，让父亲蹒跚的身影和他那略显孤独的目光进来。

母亲，一双鞋的沉默

离开故乡后，我多次与一双鞋对视，它始终保持沉默。它一直这样静静地躲在我的橱窗里，享受它的孤独，任凭麻雀和喜鹊在树梢各自寻欢。

这双鞋属于母亲，属于曾经沉默的母亲。在故乡，与一群鸡相伴，鸡仔叽叽喳喳，她沉默着；躺在病床上，输液管把孤独默默输进她的血管，沉默成了她与这个世界的苦难对峙的手段。

如果生命可以选择，没有人愿意选择兵荒马乱的岁月来到世上。但是人往往无法决定自己的出生，母亲也是。

可乱世并没有打倒她，她用倔强的性格和勤劳的双手，与生活抗争着，在饥寒交迫中，吃糠咽菜，顽强地成长。如果不了解母亲吃过多少油菜叶，后来我就无法理解母亲跟父亲唯一一次吵架的心情。

母亲嫁给父亲后，生下我们兄弟四人。母亲的一生像陀螺一样，从没有停下过，除了种田外，全家十几个人的吃饭穿衣穿鞋，构成了她生活的全部。

我们兄弟四个，没有姐妹，奶奶又年迈，全家人的鞋靠母亲一手做出来。父亲种田之余在建筑工地拎瓦刀，和砖瓦打交道，鞋子磨损很快。我们四个男孩子，整天爬高上低，鞋子也不耐穿。母亲挑灯熬夜，十天半月做好一双鞋，我们穿两三个月，就会磨烂。不是鞋底磨破，就是鞋帮露出脚趾。经常是老大刚换完新鞋老二的鞋又破了，母亲手里永远有做不完的鞋。

一双鞋的完成，是我们的欢乐，也是母亲的沉默。看着我们穿上新鞋，蹦跶着跑走，母亲常常是摇摇头，继续她的沉默。

我们最早穿的是布鞋，黑色鞋帮有棉布、洋布，或者的确良布，里子是硬实的袼子。鞋底是白布封皮，袼褙衬底，全靠母亲一针一针纳出来。纳鞋底是一件很费劲儿的事，即便是带着顶针儿，母亲的手也经常被磨破。特别是在冬天，母亲的手冻得满是裂口。口子实在太多了，她就用胶布贴上，强忍着疼痛继续做鞋。每扎一针，母亲都咧一下嘴。已过不惑之年的我，如今忆起母亲当年痛苦的样子，仍然热泪盈眶。

母亲做鞋前，要先打袼子和袼褙。选一个天气晴朗的日子，把门板摘下来平放在两条木凳子上，再铺上一层报纸，把剪好的碎布、旧衣服在报纸上一块块拼接好。铺满一层，刷一层糨子。打好的袼子在太阳底下晒一两天，完全干透后，母亲把它从门板上揭下来，用细柳条敲几下，发出“嘣嘣”的响声，便大功告成。遇到星期天母亲打袼子，我们便围在旁边打闹，偷偷用舌头舔食碗里的糨子，钻到门板底下乘凉嬉戏。阳光从高大的杨树缝儿里撒下来，映在母亲的脸上。不谙世事的我，盯着母亲走来走去的身影，心生无限暖意。

裁剪鞋底和鞋面都离不开纸样，一套纸样互相借用，能传半个村子。母亲借一次纸样，就对比着复制一张留底，下次就不用再借。我们的脚长得快，一对鞋样只用一次，下一次就不能用，母亲只好再借，或者对比着我们的脚，把鞋样适当放大。放得太大，穿起来太松，只好给哥哥穿；放得太小，又要去邻居家里借来木制的鞋排子来撑大。

母亲是个十分讲究的人，鞋底周围从不留毛边。最初，纳鞋底的线是母亲自己用棉花纺成，后来，有了大工厂生产的洋线上市，母亲才不纺线。母亲做的都是男人穿的鞋，纳鞋底不敢偷工减料，这既是母亲认真的性格使然，也是怕我们磨破鞋底，受人鄙视。绿豆大的针脚，密密麻麻地纳满鞋底，周围还要加一圈。

冬天的夜晚，大多时候母亲都在严寒里挑灯夜战，赶工做鞋。我睡到半夜，冒着零下七八摄氏度的低温起夜去厕所，回屋时冻得瑟瑟发抖，走到母亲身边，揉着眼睛问她咋还不睡，母亲看了我一眼说："我睡了你们只能打赤脚，赶快钻被窝里去睡，看哆嗦得像个小猴儿。"

说完，朝我屁股上拍了一下，我一翘腿爬进热乎乎的被窝，才想起母亲的手冰凉。窗户被风吹得呼呼响，窗外鸡叫声迭起。我躲在被窝里，用被子围紧脖子，不让冷风钻进来，只露出头来。昏暗的灯光下，母亲的身影映在墙上，我心里涌起难以名状的感觉。随着年龄的增长，我渐渐明白了那是幸福感，是母爱。然而，当时我却只顾自己呼呼大睡，没有半点感激母亲的念头。

在后来很长的日子里，那时的粗心大意令我深感愧疚，也愈加敬佩母亲的无私奉献精神。一生中遇到的亲朋好友或许有很多，但是只有父母的付出是无怨无悔、不求回报的。

母亲有一个用麻秸编织的小簸箩，专门收纳做鞋和做衣服的针头线脑，犹如百宝箱。各色的线穗儿上面插满大小不同的钢针，被磨得锈迹斑斑的银色顶针儿，边缘褪了色的米色软尺，还有大大小小的纸样，一应俱全。我经常戴着母亲的顶针儿跑去玩，有一次人回来了顶针儿却不见了，出去找半天找回来后，偷偷放回簸箩里。

如今，母亲已经年迈，旧时的物件儿大都破败不堪，丢弃大半，唯有这个做鞋的簸箩，在我的再三央求下，被母亲一直保存着。从我牙牙学语到长大成人，母亲为我们做的布鞋不计其数，她在这簸箩里洒下的汗水亦无法计算，这个小簸箩将成为我永远的纪念。

母亲长期纳鞋底，手指头严重变形，父亲看在眼里，疼在心里，却又无法帮手。集市上出现发泡塑胶鞋底后，他第一时间买给母亲，母亲才告别坚持了几十年的手纳鞋底。

母亲自己一直坚持穿手工布鞋，在相当长一段时间里，都不习惯皮鞋和运动鞋。后来，她患上老年病，浑身疼痛，血压升高，做不了鞋。我们只好到处寻找合适的机制布鞋、棉鞋、仿皮鞋。母亲虽勉强接受，但仍不时提起她做的布鞋。如此过了好几年，母亲才适应社会发展，开始接受皮鞋和运动鞋。

自己年事已高，已经做不动布鞋，晚辈儿又无人能做鞋、无人愿意做鞋，这恐怕是她放弃布鞋的一个原因，只是她不愿意说出来。

或许因为穿习惯了母亲做的布鞋，或许因为血管里流淌着母亲的血液，抑或是对母亲的眷恋，客居南方几十年，我一直保留着穿布鞋的习惯。虽然不是母亲亲手所做，但白底黑帮的布鞋里有母亲的温度，有母亲在灯光下穿针引线的身影。穿着布鞋，或散步，或侍弄花草，或友人小聚，甚为闲适。每当看见穿着布鞋散步的人，我都会想起母亲步履蹒跚的身影，那是岁月留给我的宝贵财富，经年不去。

近几年，随着身体逐渐好转，母亲又活跃起来，穿上父亲买的新鞋，重新走出了家门。白天和邻居大娘大嫂聊天，晚上到村头看广场舞，看扭秧歌。有一天，我打电话和父亲聊天，问母亲在不在，他告诉我母亲去村头打快板了。我先是一愣，马上心里一阵酸楚，几欲落泪。母亲终于走出阴影，又变回我们心目中强大、爽朗的母亲。

爱人听说这事儿之后，买了两双特制的老年鞋寄回去，母亲一双，父亲一双。春节前夕，我们回乡下陪母亲过年，父亲说母亲会扭秧歌了，还说老年鞋好穿，脚下稳重，又轻便。我知道，母亲愿意穿我们买的鞋，是在向她的时代告别，是在向我们靠近，也是在给我们反哺的机会。

母亲告别了布鞋，一双布鞋也告别了它的时代。

母亲不再沉默，她学会了跳广场舞，学会了接受子女膝下承欢。

她把一个时代的记忆留给一双鞋，让它独自在我的橱窗里，沉默不语。

奶奶，穿越世纪的思念

弹指一挥间，奶奶已经去世八年，八年间，对奶奶的思念如潮水般涌现；奶奶的一颦一笑也清晰如初。

奶奶出生于20世纪初，从小就受到良好教育，无论衣着气质还是生活细节，大家闺秀的习惯都表现得淋漓尽致。一双小脚裹得周正整齐，满头白发梳起一个发髻，用网兜罩住，哪怕外面有一根乱发，奶奶都要重新整理。从我记事起，奶奶一直用清水擦牙，那是民国时期留下的习惯。

衣服再旧，奶奶都会浆洗得干净整齐。经常对我们说衣服不怕旧，但一定要洗干净，不能邋遢。

奶奶的后半生历经坎坷，颠沛流离，先后经历了战争、土改、饥饿，忍受了常人难以承受的苦难。

40年代初，因为地主的家庭身份，奶奶经常在寒冷的夜里抱着孩子四处躲避批斗。有时候夜里跑到另一个城市，躲避到荒野里，脚上的肉冻烂，露出白生生的骨头，还要保护孩子不受迫害，忍受着肉体和精神上的双重折磨。奶奶并不是靠剥削佃户来发家，而是省吃俭用，小钱凑成大钱，大钱置换田地，一步步积累。临终，奶奶只留下四块银元。拆老屋的时候，奶奶亲自指挥，在老屋四角的墙洞里找出来那四块锈迹斑斑的银圆。

奶奶吃饭非常节俭，从不挑三拣四。饥饿年代，粮食不够吃，奶奶就到田里挖野菜，野菜挖完了就吃树叶，再后来就吃树皮。直到晚年，奶奶都对榆钱情有独钟。每年三四月，奶奶把打下来的榆钱淘洗干净，用面粉拌了，上笼蒸熟，再淋上蒜泥和几滴香油，吃起来香甜爽滑。对于奶奶来说，最奢侈的食物是五香羊脑。回民聚居的县城，到处都有五香羊脑叫卖。用刀尖从羊头头骨缝里撬开，就能吃到香滑的羊脑，不但味美，营养也丰富。奶奶最后弥留的日子，每天吃一个羊脑，边吃边不停地念叨着：不知道还能吃几个羊脑。

奶奶平时有好吃的，自己不舍得吃，一部分给我们，一部分藏在她那古老而又神秘的柜子里。每次看到我们垂涎欲滴的馋相，她一点点拿出来给我们吃。我们偷偷打开柜子，不留痕迹地偷吃，奶奶每次都能发现，边骂边分给我们吃，可惜那时我们体会不到奶奶伟大的爱。

奶奶对文化和读书非常崇拜，经常教导我们要好好读书，学会打算盘，多学知识，考大学，谋个能端国家饭碗的差事。哪怕考上师范大学，做一个教师，也是家族的荣幸，不至于一代代趴在农村种地。随着哥哥辍学，奶奶对我们的期望日益强烈，兄弟七八个全部趴在家里种地，是奶奶很担心的一件事。那个时代，农村教学设备落后，又要帮家里干活，要考上大学的确不是一件易事。我小时候体弱多病，九岁才入学，面对班里比我小两三岁的同学，我不敢怠慢，学习倍加努力，一鼓作气考上大学，总算了却奶奶一桩心愿。奶奶激动地说：总算熬出头一个。

命运多舛，岁月坎坷，对于奶奶尤为如此。在奶奶六十岁那年，二叔身患肝癌，高昂的医疗费令本就捉襟见肘的生活更加困窘。

经济困境和精神煎熬并没有打倒奶奶，她放下面子，到娘家找亲戚四处借钱，每借一次，奶奶心里的负担就加大一层。直到最后，二叔的病还是没能治好，撒手而去。白发人送黑发人的巨大悲伤彻底打倒了奶奶，一连数日粒米不进，伤心欲绝。

奶奶的自尊心非常强，视诚信为生命。料理完后事，奶奶一次又一次告诫我们不要忘记亲戚的援助之恩，要尽快还清债务。但是由于兄弟多，加上大哥生意失败，在后来很长一段时间里，家境都没有很大改善，直到奶奶去世的前十年才还清债务。临终前，奶奶一再叮嘱父亲，确认有没有遗漏。她用一生的行动践行诚信，鞭策子孙后代。

父母在，不远游。奶奶晚年时期，父亲很少出远门，守在奶奶身旁悉心照料。我们县城通火车后，奶奶经常念叨着想坐一回火车。每次父亲答应她，每次都因各种原因未能如愿。有一次，父亲用三轮车拉着奶奶去火车站广场，正巧站里没有火车驻停，只有两节卸煤的车皮，奶奶亦未能见到火车。直到奶奶去世，都没能圆火车梦，每每想到此，我心里都倍感遗憾。

晚年的奶奶很少生病，或许是她一生讲究卫生和素食的结果。但是在八十五岁那年，奶奶被查出了癌症，但她非常坚强，八十五岁的高龄，还要忍受手术之痛，她却坦然面对。在奶奶配合下，术后康复得也很快，不到半年，她又恢复了以前的精神，还经常到邻居家串门聊天。

福无双至，祸不单行，就在大家为奶奶的康复而高兴不已时，她又患上了冠心病。三月里，我接到通知，匆匆忙忙赶回老家，奶奶虽然还卧床不起，但已无大碍。在一家人的细心照料下，加上见到多年未能团聚的家人欢聚一堂，心情愉悦，几天后，奶奶就能下床活动了。

也许是年事已高，身体机能衰退的缘故，当年五月底，奶奶再次病危，尽管第一时间入院抢救，奶奶还是没能挺过五月。当我们心急如焚地赶回家，等待我们的是躺在冷藏床上的奶奶！扶灵痛哭许久，亦不能表达对奶奶的歉意和悲恸。奶奶安详地走了，嘴角噙住一枚用红丝线拴着的铜钱，连同她牵挂着的历史以及一生的尊贵和坎坷，一同带走了。

奶奶走了，留给我们无尽的思念和终生的精神财富。

磕头，无法割舍的亲恩

过年，回家给父母磕头拜年，是我家多年以来的传统。父亲母亲给爷爷奶奶跪，我们给父亲母亲跪，一代一代传下来，小孩子也不例外，总会跟在我们后面，向爷爷奶奶行跪拜大礼。

男儿膝下有黄金，只跪苍天和爹娘。给父母磕头，于我而言，已经不单单是传统文化礼节，而是发自内心的情感表达，是一次最真实最隆重地接触家族并向它宣誓的仪式。

身体发肤受之父母。父母给了我生命，我才有了努力拼搏的机会和梦想成真的可能。 世上最珍贵的是生命，生命不是用金钱和努力来衡量的，而面对生命，也是最无能为力的，愈经历生死，愈能体会到生命的伟大和弥足珍贵。每每想起给了我生命的父母，感激之情便油然而生，长跪不起亦不能表达内心的感情。

古人云：父母在，不远游。可是我们大多数人都丢下父母，独自去打拼，独自享受自己的成功和小家庭生活。而父母从没有半点怨言，内心里只想着自己的孩子能过好日子，没有任何诉求。多次请求父母跟自己搬到城里生活，都被拒绝，除了父母不习惯城里的生活环境，我想父母大部分心思都是不想给我们增加负担。想起母亲步履蹒跚地上香，艰难地下跪、磕头，为我们祈求平安，我都忍不住潸然泪下。他们的根在村子里，尊重他们的意见，让他们留在村里，这或许是对他们最好的孝顺。除了多回来看看，给他们备足生活诸事外，跪下给父母磕头，也成了歉疚之意最好的表达了。

我们执意给他们磕头时，母亲总是怕麻烦我们，会责怪父亲多礼，父亲也总是笑着坚持让我们做完所有礼节。偶然的一次，我推门走进父母卧室，听到父亲和母亲的对话，父亲告诉母亲说：这些好的传统要坚持传下去。孩子平时都不在身边，回来过年给咱磕个头，给他个表达的机会，孩子心里也好受。听此言，四十多岁的我，差一点在父母面前失态，可怜天下父母心！父亲无时无刻都在替我们着想，知子莫若父，他最清楚我们心里的痛点。

父亲以身作则，言传身教，带领我们坚持孝道，传承传统，令我们常常自省自修。他坚持给我们讲磕头的礼节：神三鬼四。烧香拜神磕三个头，给活着的人行礼磕三个头，给死去的先人上坟磕四个头。父亲坚持要我们参加亲戚的葬礼，锻炼学习磕头行礼，从最简单的三鞠躬到一礼四拜、十三太保，再到最高礼数二十四拜，如数家珍。在姑姑的葬礼上，忍住悲痛行二十四拜大礼，唢呐哀乐声中，二十四个磕头每一次下跪，都是庄严肃穆地从内心表达哀痛和思念。礼毕，父亲劝慰我们节哀：行礼只是一个表达方式，人死了磕多少头也不如活着时烧一碗茶给她喝。父亲不相信迷信，却倡导给父母老人磕头，或者这是他内心对孝道和家庭感情所寄托的一种仪式感。他常常嘴上说神鬼都是假的，可是每次逢年过节都催促我妈上香，希望神灵保佑我们。

年初一早上，天不亮，父亲就打开大门，燃放三个闪门炮，母亲摆上贡品，上三炷香，然后虔诚地跪地磕头，口中念念有词：老天爷，老祖先，全神都请到，保佑孩子们都健康，上大学，挣到钱，有好日子，逢年过节我给你上供，给你磕头。拜过诸神先祖，我们把父母请到堂屋拜年。堂屋后墙上挂着黑白山水中堂画，条几案头摆着菩萨像、陶瓷香炉、塔形的红烛，方桌上摆着猪肉、水果等供品，父亲和母亲分坐方桌两边，我们儿子媳妇、孙子孙女跪满一地，磕头三拜之后，父亲一挥手：齐了！然后催促母亲发压岁钱。

拜年结束，吃过饺子，父亲准备好香蜡纸炮和祭品，又准备一顶席子，带领一家大小十多口去给先人上坟、磕头、拜年。黎明前的夜空下，鞭炮声此起彼伏，空气里弥漫着浓浓的火药味儿，田里处处有忽明忽暗的纸火。远处的坟地偶尔还有哭声，一定是新葬的人家上坟给逝者拜年，嘤嘤的哭声和诉说，在夜空里显得凄凉。祭品摆到坟头，父亲在坟头的正前方，用树枝在地上画一个大圈，在圈里点燃火纸。当弟弟燃起鞭炮，当我们分成几排跪到席子上，面对先祖磕下长头时，“家族”这两个字显得倍加庄严。爷爷奶奶的坟头纸灰燃尽，父亲带领我们把家族的老坟挨个点纸，并一一介绍，说得清的，说不清的，只要是家族的坟头，都无一遗漏。父亲经常说谁家坟头没纸灰，不是绝后了就是后辈不孝顺，每年都交代我们烧纸不要漏掉老坟，不要被人笑话。

踏着刚刚分蘖的麦苗和白茫茫的早霜离开坟地的时候，我在心里告诫自己：我是大地的孩子，我是有根的人。

节日之外，平淡的日子还是平淡，我忙于生意，忙于生活，忙于无边无尽的所谓应酬。父亲依旧日出而作，日落而息。田地仍旧被他打理得井井有条，门口的紫薇树仍旧被他剪了发，发了剪。

忽然有一天翻出过年的照片，蓦然发现我跪在了第一排，前面坐着的，是我年迈的父母。曾经，老态龙钟的爷爷带着父亲和我，给先祖磕头。曾经，步履蹒跚的父亲带着我和孙子，给奶奶磕头。

曾经，我还是一个跪在最后一排的小不点儿，不经意间已经被岁月的浪头推到了前面。或许，将来的将来，我会像父亲那样，颤颤巍巍的身体跪下来便难以起身。也或许，当我下跪时，前面的椅子变得空空的，我再没有可以跪拜的人。只能面对一张照片，或一炷香火，长跪不起。

晒暖儿，阳光下的亲情

冬日暖阳下，最适合晒暖。

小时候，奶奶忙完了家务，就搬了椅子去院子里晒暖。

椅子是泡桐木烤软了捏成的，靠背把手两端向上挑起，像庙宇的挑檐。奶奶坐在阳光下，脸上的皱纹清晰可见，里面爬满了故事。

奶奶的蓝灰布衫是手工做的，斜襟上盘着一粒粒菊花纽扣。在她的老桌子抽屉里，存着布衫的纸样，布衫穿烂了，她便拿着纸样让裁缝裁一件新的。奶奶穿衣服极其讲究，下身的大腰棉裤外面套着黑裤子，四指宽的黑色扎腿带子把裤腿扎得紧紧的，和她的三寸金莲十分般配。

中午放学回来，我吸着冻得发红的鼻子，在奶奶面前蹲下来，把手放在她那晒得热乎乎的衣服上，或者掀开她的布衫，把手放进去暖着。奶奶搓着我冰凉的脸，满眼的怜惜："看看，冻成冰屎蛋子了，快坐这儿晒晒暖儿。"

阳光洒在奶奶花白的头发上，给银发镀了一层光芒；阳光洒进她的布衫里，布衫散发着阳光的味道。奶奶的厚棉裤里面是新棉花，我的胳膊放上去一压，就出现一条坑，移开胳膊，那条坑又弹回来。地上的麻雀蹦来跳去，一点不怕人。看着它们如此大胆，我回屋找簸箩，找筛子。簸箩里装着要磨面的麦子，筛子里装着要磨糁子的玉米粒儿，方桌上的荆条筐子上面盖着厨布。我灵机一动，把筐里的馒头用厨布包了，放回桌子，把馍筐子拿到院子里。又捡一枝泡桐的枯枝，系上长长的棉线，在院子里撑起馍筐子，底下撒上几粒玉米。线绳的另一端拉到奶奶身边。奶奶把眼睛眯成一条缝儿，拍着我的肩膀数落：你有它们精没有啊？我朝奶奶摆摆手，示意她不要出声。

最终，如奶奶所言，麻雀在周围叽叽喳喳，就是不进去。奶奶晒够了，起身去帮妈妈烧锅做饭。突然发现我用的是馍筐子，一边骂，一边把馍筐子拿去井沿儿洗干净后挂在墙上晾晒。

奶奶自己晒暖儿，也陪她的母亲晒暖儿。

奶奶的母亲是我的太姥姥，住在县城。每年春天，奶奶都会让父亲把太姥姥接到乡下小住。乡下有太姥姥喜欢的榆钱和槐花，还有各种野菜。开了春，奶奶陪着太姥姥坐在院子里晒暖儿。一人一张竹椅子，两个老人，四只小脚，沐浴在阳光里，像两尊神。太姥姥也怕冷，把双手揣进袖筒里。嘴里没了门牙，内陷进去的嘴唇不时嚅动一下，更显沧桑。

初春的野菜首选米蒿。

正月茵陈二月蒿，三月就能当柴烧。出了正月，趁好天气，父亲扻着篮子去田里转一圈，就剜半篮子米蒿回来。奶奶把米蒿拣好，洗干净，用筛子放在凳子上晾着，然后继续陪太姥姥晒暖儿。太姥姥看一眼筛子里的米蒿，似乎能闻到凉拌米蒿的味道。

吃完米蒿，榆钱就出来了。二月清明榆不老，三月清明老了榆。二月末，正是吃榆钱儿的好时候。院子西南角的大榆树上，榆钱一串挨着一串，饱满厚实。奶奶和太姥姥坐在院子里，抬头望见榆钱，就念叨着让父亲去摘。父亲找两条竹竿接起来，绑了钩子，一串一串地把榆钱折下来，交给母亲。母亲熟练地给榆钱儿裹了面，上锅蒸好，再用蒜汁和香油拌了。太姥姥闻到香味儿，迫不及待地要人端来一碗，一口紧接着一口地吃。她牙齿剩下几颗，咀嚼得慢。奶奶怕她噎着，一再提醒她慢点吃。正午的太阳有些烈，太姥姥被晒得面露困色，端着碗打瞌睡。手里的筷子翘起来，槐花撒了一地，公鸡母鸡扑棱棱跑过来啄食。奶奶小心翼翼地接过她的碗筷，让她坐在太阳底下继续打盹儿。

不只是奶奶和太姥姥晒暖，老人都喜欢晒暖。村子里的大路边，每天都有不少晒暖的人。三叔二大爷，老爷爷老奶奶，甚至还有年轻人。他们或坐在小椅子上，或坐在砖头垛上，或者干脆把鞋子脱下来，垫在屁股下。

人晒，狗和鸡也晒。狗斜卧在地上，伸直了腿，露着肚皮上的两排乳头。鸡则张开翅膀，让阳光照进羽翼。它们懒散的样子，和眯着眼睛的晒暖人，组成了一个宁静祥和的朴实画面。

在那个没有太多娱乐的时代，晒暖儿或许是不错的休闲方式。它并不仅仅是为了取暖和健康，还代表着人们对幸福生活的诠释。

时过境迁，太姥姥、奶奶、大爷大娘，以及他们晒暖儿的院子，都陆续从我的生活中消失了。南水北调工程征收了村子的土地，隆隆的施工声，将会把村子变成一个蓄水大湖，和一片风景秀丽的新区。时代的前进无人能够阻挡，晒暖的场景也将会成为心中永久的回忆。

一场雪，乡愁的等待

入冬以来，父亲多次在电话里说，天气忽冷忽热的，一直没下雪，下过两场小雨，刚好湿地皮儿，地里没大墒，虫籽儿也冻不死，不像冬天的样子。

听了这话，我知道父亲需要一场大雪。这场大雪对父亲十分重要，每到冬天，等雪就成了父亲心头的大事儿。

“冬天雪盖一层被，来年枕着馒头睡。”对于一个庄稼人，雪是来年丰收的重要条件之一。纷纷扬扬一场大雪，悄悄下个一天半天，积上半尺厚，能冻死土层深处的虫卵和虫子。蚂蚱能把卵产到十公分深的土层之下，幼虫也能在深土之下越冬。蟋蟀会在土堆里打一个深洞，作为产房。秋天一到，善于独居的公蟋蟀便会“唧唧唧唧”地日夜鸣叫，叫声里有对同性的警告：“这是我的地盘，不要过来”，又有对异性的呼唤：“来吧来吧，在这儿等你。”母蟋蟀闻声而至，公蟋蟀一见，马上变了叫声：唧唧吱，唧唧吱……两只蟋蟀相见甚欢，一阵耳鬓厮磨之后，母蟋蟀便会把卵产到准备好的产房里越冬。冬天若无大雪，来年就会有数不清的蟋蟀、蚂蚱，加上其他虫子的侵害，庄稼便会遭殃。自古以来，少雪的年景就免不了要和虫害作斗争。《诗经》里“田祖有神，秉畀炎火”的场面，可能是最早的灭虫记载了，那时候可以在夜里放火引杀蝗虫，但是现在讲究环保，禁止放火烧田，一场大雪就成了庄稼人眼里最好的天然虫害杀手。

父亲种田不怕辛苦，一定要深耕，哪怕种一片菜地，也会把土翻得很深，不让地下的害虫有躲过寒冻的机会，这是他一生和土地打交道的经验，也是他和大雪之间的默契。

父亲的勤快在村里也是出了名的。下雪后，他第一时间扫完院子和房顶上的积雪，然后便抄起扫帚到大门外的路上扫雪。等邻居起床走出院子，大路已经被父亲扫出长长的一片空地。扫起来的积雪，被父亲用木锨堆在大门两边，像缩小的雪山。村里挨家挨户的小雪山连成一片，蔚为壮观。等到天晴之后，雪山逐渐融化，父亲在雪山底部打通一个山洞，让雪水从山上流下来，从洞里流走。到了晚上，雪水又被冻上，雪山变得硬邦邦的，第二天父亲像一个孩子，试着踩上去，看看上冻的雪山能否承受一个人的重量。有时候雪山真能经得起父亲的体重，但大部分都是一踩即塌，父亲从雪里跳出来，跺着脚清理脚上的雪，免不了被母亲嗔怪。

小时候我喜欢雪，不仅因为雪对庄稼重要，还因为雪是冬天的标志。下了雪，入了冬，就接近过年了。愈是贫寒家庭的孩子，愈是盼望过年，吃饺子、啃骨头、穿新衣，都是我们期盼了一年的诱惑。

年关逼近，养猪人家都要杀猪，风雪无阻，从不例外。父亲是杀猪好手，也会打造好工具，一把放血尖刀磨得锃亮，一把劈骨砍刀沉重有力，一根长长的铁钎粗如拇指，这些都是他标配的行头。遇到大雪，会增加杀猪的难度，但是肉能卖个好价钱，人们自然也是喜出望外。

雪后晴天，父亲召集人在院子里挖一个大灶，把一米五口径的大锅座到灶上。锅里加水，安排人烧热，用来烫猪。他则带人找几个长凳子，支起两张大大的门板，把五花大绑的猪抬上门板等待放血。杀猪需要经验，不能想当然。曾经有一个年轻人不服气父亲的手艺，亲手杀了一头猪，等到下到锅里，猪挣扎几下，一骨碌爬起来，在雪地上跑了几步，才“扑通”一声倒在地上，血水染红了雪地，在场的人都无比震惊。父亲对烫猪的水温要求极高，不时跑去用手指探探水温。水烧得过热，烫熟了猪皮，猪毛刮不下来。水温过低，毛囊不熟，也刮不下猪毛。等水烧热，猪也放好了血，父亲用尖刀在猪后腿上割开一个口子，用铁钎顺着猪皮往里面捅，猪皮和肉之间被捅出许多气孔，皮肉分离。接着就开始了肺活量比赛，几个人轮流对着猪腿上的刀口吹气。一个人吹累了，用手抓紧刀口递给另外一个人吹，几个回合下来，猪就胀得鼓鼓的，变成了黄河滩上的猪皮筏子。吹胀的猪被抬到大锅里，两边的人用木棍在周围搅动热水和猪毛。热腾腾的水汽在大锅上方弥漫开来，忙碌的人们，在雾气里变得隐隐约约，愈加有神秘感和仪式感。三五成群的狗闻到味道后，在门板周围打转。八哥在苦楝树上蹲着，嘴里叼着一个苦楝果，“嘎”的一声，嘴里的苦楝果掉落地上。太阳透过光秃秃的杨树枝丫，把微弱的阳光洒到院子里，屋顶的积雪反射出一片白。

母亲坐在堂屋门口，趁着阳光缝补衣服，不时在头上擦一擦针。雪水顺着屋檐“啪嗒啪嗒”滴下来，在屋根砸出一排凹坑，露出斑驳的青砖。

若干年后的今天，院子没了，屋檐也没了，雪地杀猪和屋檐滴水都成了若隐若现的记忆。这些记忆里已经不是单一的父亲和母亲了，而是故乡和村庄的记忆。至今，冬雪始终是我和父亲的冬日期盼，也是孩子们的美好憧憬。

我们几乎每年都带孩子回家过年，但是在家里见到大雪的时候并不多。每逢年底说起回家过年，孩子们总会问下不下雪，我不假思索地回答：下！但事实并非如此，要么回到家乡时艳阳高照，在家几天根本不见雪的影子；要么回到家时雪已经融化，只剩下少量尚未化的残雪，斑斑驳驳点缀在柴垛和土堆上，孩子觉得遗憾，我也有些失望。

前年过年回家住了几天，依旧不见雪花。回城的前一天下午，天突然起了云，不一会儿就把太阳遮住了。到了晚上，天阴得愈加沉重。母亲站在院子里，望着黑蒙蒙的天空自言自语：说不定夜里会下雪呢！闻听此言，我高兴，孩子也兴奋不已，嘴里不停地祈祷快点下雪。

第二天早晨天不亮，我们就出发赶往机场，路上几无行人车辆，车灯的余光里，村庄和田野快速向后退着。孩子兴奋未消，不时摇下车窗看看有无下雪，夜风强劲，刮得车窗呼呼作响。上了高速不久，车上的人都开始生出睡意，东倒西歪地安静了下来。

朦朦胧胧中，司机冒出一句：下雪了。

一语惊醒满车人，大家一下子兴奋起来，纷纷向窗外看。雪虽姗姗来迟，下得却很猛，朵朵雪花在灯光里翩翩起舞，状若桃花，密如倾撒。等到天亮，路上、房子上、田野里都盖上了一层白纱。一路兴奋，一路赏雪，车辙处融雪积水，路滑难行，车速减了下来。反正时间尚早，干脆坐在车里安心赏雪。

行至轩辕故里新郑市境内，路边出现一对即将离别的青年男女，看样子像是学生，男的穿黑袄围着白围巾，女的穿白袄戴着红色围巾。行李箱立在身旁，也不知道谁给谁送行。一片雪白的世界里，两人面对面站着，男的摸摸女的脸，女的又替男的拉了拉领子。我突然感到有些恍惚，曾经在雪地里嬉闹的青春，雪中送伞的小伙伴，快乐美好的校园，冒着纷飞的雪花去借一本书，清晨结伴踏雪求学，摇一摇小树看积雪掉下……一场大雪里，包含了太多的美好情感，封存了太多的青春记忆，在眼前一一闪过，恍如隔梦。

车子继续向前行驶，美好的画面渐渐淡出视线。我靠在座椅上，闭目不语。我知道离机场越来越近，一场大雪离我越来越远，故乡和青春也离我越来越远。一直到上了飞机，飞过长江，飞到不见冰雪的海滨，雪和故乡才彻底从视线里消失。

南漂南粤，四季无霜，一场雪又成了我漫长的期待。

院墙，来自人心的篱笆

在最早的记忆中，我家的房子是四间土坯房，但院墙却是用上等的青砖砌成的，还带着宽大的中式传统门楼。砌院墙的青砖，全是爷爷手工制作，脱坯、码垛、晾晒，放土窑里煅烧三天三夜，再把河水挑到高高的窑顶上，一点一点洇进去，冷却三天三夜。出来的青砖方方正正，无开裂，无变形。每一块砖，都带有爷爷的温度和汗水，一排排垒在院墙里，像是他训练出来的士兵，守护着院子。

为什么土墙的住房要配这么好的院墙？从小就不得而知，还未来得及问爷爷，他就去世了。去世前那天早上，爷爷给牲口拌好草料后，觉得头晕，奶奶正要带他去医院，他便一头栽倒在地。送到卫生站后，打了救心针才苏醒过来。醒来后，父亲要扶他上架子车回家，他坚持自己走，刚一起身，又栽倒在地，从此再没醒来。爷爷去世后，我心中的疑问便成了隔世的不解之谜，只有高大的院墙，寄托了我们无限的哀思。

院墙内侧，是半亩地的宅子。宅子很大，靠南墙根儿的一片空地，几乎无人涉足，成了鸡的天地。有了鸡粪和落叶，土地变得十分松软、肥沃，非常适合种东西。我对植物有天生的敏感和喜爱，处处留意花草，遇到入眼的，自然会挖回家。时间一长，南墙根儿的那片沃土，便成了我的私密花园。苹果、石榴、桑葚树；蜀葵、菊花、指甲花，无一不是花园里的小主人。很多植物，种是种不活的，即使种活，在墙根下也难以长大。但这并不重要，儿时的乐趣，并不在于结果，在墙根下侍弄花草的过程，才是真正的乐趣。或许，在今天，诸事亦如此。

分家，是家族里的一件重要的大事，而盖房子则是重中之重。在那个年代，只有劳力弱的家庭才会买砖头建房，绝大部分家庭，都是自己烧砖。在村子南边，生产队的花炮厂曾经红极一时，名噪四方。走到顶峰后，往往会迎来转折，世事莫不如此。如日中天的花炮厂遭了一场火灾，在爆炸声中，花炮厂被烧得面目全非，再没了往日的风光，渐渐变成了一片空地。后来，那片土地又被划成小块，成了村民的宅基地。其中，便有我们家一块。在农村，宅基地是男人的标配。只要是男孩，一定会有宅基地。我们家也不例外，只是，我们的宅基地姗姗来迟，分到宅基地时，父亲已经年过而立，我也已经到了记事儿的年龄。

有了宅基地，父亲继承爷爷的衣钵，自己动手脱坯，烧窑，建房子。新房坐北朝南，三间正房青砖青瓦，西面建一间小厨房。宅子的南面，是同族“爷”字辈儿邻居，红砖房子的后墙，自然成了我们的院墙。这样一来，北面和南面都有了房子，剩下西边的一部分和东边便成了“豁子”。父亲追求完美，绝不允许院子四门大敞。砖头不够，就用泥来垛墙。去田里拉几车好土，掺进一些麦秸，加上水，反复搅和，再穿上长筒胶鞋踩上两遍，黄泥就变得柔韧可塑。父亲把黄泥一叉一叉叠起来，就成了宽厚的院墙。父亲把这个过程叫垛墙，“垛”字读三声，父亲说出“垛墙”两个字时，树上的麻雀叽叽喳喳，毛白杨的叶子哗啦啦拍着手，我几乎把他崇拜成了神。垛墙是力气和技巧的完美结合，力气不够，难以坚持，技术不好，墙垛不直。父亲是村里的垛墙能手，不用拉线，不用打水平，只需一双手，只需三五天，院子东西两边的院墙就垛好了。

黄泥垛的院墙无法建门楼，父亲就找来手腕粗的桐木、杨木，锯成人身的长度，钉成一扇牢固的柴扉，作为黄土院墙的绝配大门。我读小学五年，那柴扉和土墙陪伴了我五年。五年时间里，土墙顶部被雨水冲刷得斑斑驳驳，墙身不断变矮。羊羔们淘气，经常爬上去“沿墙头”，父亲每次见到它们上墙，便会抡起鞭子，甩得“啪啪”响，嘴里嗔怪它们：“下去！上劲得要命！得赶紧上绳，拴起来了！”没等到羔羊长到上绳的时候，院墙已经被蹭得矮到人的肩膀了。

夏天，男人和小孩图凉快，只要不下雨，夜晚基本上都是睡在院子里，或者打麦场里。院子里的梧桐树长得茂盛，阳光几乎无法落下来，暑假里，我可以光着屁股睡到太阳老高，从不担心太阳晒到屁股。

早晨的院子是热闹的，父亲挑粪浇菜，母亲喂鸡。邻居来借扁担、还水桶，还有路过门口进来借厕所的，络绎不绝。偶有邻居大娘过来借发面的酵头，顺手给我的屁股来上一巴掌：太阳晒到屁股了！母亲把酵头递给大娘，嘴里打趣道：就是啊！那么大的孩子了，撅着个屁股不起来，你大娘啥都看到了，也不知道害羞！我哼唧一声，翻个身，继续睡。

夏日的午后，父亲躺在院子里的木床上，“呼呼”地午睡，我在院子里侍弄花草。家里没姐妹，开得红艳的指甲花派不上用场，只能眼睁睁看着它盛开、凋谢。突然有一天，邻村的女生从门前路过，看到我的花，便进来讨要。她长得好看，常常被班里男生打趣。我天生腼腆，平日很少与她搭腔，她突然来讨花，我的心提到了嗓子眼儿。她摘了花离开院子时，父亲醒来了，揉着眼睛问："跟谁说话啊？"我刚刚平静，被他一问，心脏又"突突突"急跳起来。原来，父亲并未睡实，只是没有打扰我们。

两天后，在班级里，我看到了她染得绯红的指甲，配上她白皙的皮肤，心里又开始打鼓。

有了第一次，便有了期待，我再侍弄花草时，常常盼望她来要花。但是，她没再来，有时我跑到门口伸长了脖子，望着她必经的路，等她走近后，我又跑进院子里，蹲下来玩花。她走到我家门口，向里面看了一眼，却没有进来。等她走远了，我失落地背起书包，慢吞吞走去学校。

后来，干脆把花放到斑驳的院墙上，她不用进院子，便能看到。找到了吸引她的方法，我心里有一种朦胧的兴奋。这种兴奋持续了一年，她调走了，我的花一直放在墙头上，再没有拿下来。越来越矮的院墙，和墙头上越种越多的花草，成了我心中一个秘密的载体。

这个载体，在初中那年被打破了。

我读初中时，人民公社已经解散多年，大家都敞开力气挣钱。父亲也不例外，靠养猪养牛羊收入，不仅供养我们读书，还积攒了余钱。此时，我们兄弟几个像吃了化肥，见风就长。为了改善越来越拥挤的睡觉问题，父亲把东边的院墙拆掉，建起了东屋。三间东屋，红砖红瓦，两间睡觉，一间做门楼，房屋的后墙完全取代了东边的院墙。

只有院子西边，还保留了一段泥土院墙。院墙外面，是年轻的邻家叔叔。叔叔高中毕业，有知识，会养鸡，头脑里有很多新想法。在我眼里，他是十分高大上的知识分子。叔叔帅气，婶婶也漂亮，两人的身高加起来，足有一丈多。两人刚结婚时，恩爱喜庆，欢声笑语不断。隔着墙，我们便能感受到他们的幸福。

那时的院墙，并非真防贼，而是创造一个私密空间。夏天，男人下河洗澡，女人害羞，又不会游水，只能趁着天黑，在院子里水井旁冲洗身子。除了欢声笑语，隔着院子还能听到哗啦啦的水声。蛐蛐“吱吱”的鸣叫伴着哗啦啦的洗澡声，成了村庄夜晚的独特风景。

虽有一墙相隔，但邻里之间的交流是无间的，讨个蒜，要棵葱，借个斧头，拿个筐，是常有的事儿。逢年过节，从墙头上递一碗饺子过去，送两个包子过来，从未间断。

发现邻家叔叔的变化，是他们结婚两年后。不经意间，院墙那边的笑声越来越少，找我家借东西的次数也越来越少，有时候，还会吵嘴，摔东西。聊天的饭场儿里也少了他们的身影。在大人的谈话中，我隐隐约约知道了墙外的秘密：结婚两年没生下孩子，焦虑和抱怨，逐渐代替了欢笑。

听到隔壁吵架，母亲惋惜地自言自语：你看看，原本多好的人啊！咋会落下这个病呢！

吵归吵，叔叔并未气馁，找郎中抓药，依偏方食疗，对身体的调理十分积极。很快，院墙隔壁飘来中药味儿、炖鱼香。

苍天不负有心人，两个善良的人，终于被好运眷顾，不到半年时光，他们的身体便有了明显的改善，院子里也起了变化，少了吵架，多了嘘寒问暖。有一天，婶婶抚着肚子，又站到了闲聊的人群里。婶婶恢复了爽朗的笑声，隔墙借东西的声音也提高了不少：嫂子！有姜吗？

不只西边的叔叔，南边的小爷家也没受到院墙的阻隔。他们房子的西边是猪圈，隔墙是我家的猪圈，两家的猪经常这边哼一声，那边也哼一声，里应外合。一家给猪喂食，另一家的猪听到动静，一定不会安静。小爷要借锄头，父亲只需隔着院墙一扔，锄头便扔到他们的猪圈里，动作潇洒得不亚于标枪运动员。

这种墙里墙外的融洽，在一场变故中被打破了。事情的起因有点荒诞，而又富有戏剧性。小爷去棉花田里干活，村里的女人在隔壁田里拾棉花。中午时分，村里突然传来女人喝农药的消息。女人临死前，说在田里被小爷非礼。女人的情商和智商都不高，这在村里是共识。小爷丧偶多年的隐情，增加了事件的可信度。女人家族人口众多，势力强大，哪里咽得下此等屈辱！遂召集了一帮男丁，抄着木棍铁锨，把小爷家砸了个稀巴烂，连囤里的麦子也被倒上大粪。早已逃走的小爷一家，从此再没回来。女人的家族不甘就此罢休，干脆把女人的尸首搬进小爷家里，用砖头封了屋门。

六月的大热天，活人都能烤出油来，尸体自然是抵抗不住的，很快便腐烂了。村民无法忍受腐臭和心理的双重折磨，请来警察协调，女人的尸体才算入土为安。但小爷的房子却成了凶宅，被长期空置。

过了很多年，小爷的亲戚把房子拆了，父亲出钱把房子的后墙买下，变成了我家的院墙。父亲把它重新修缮好，墙顶上做了围檐儿，又在墙根种上两株凌霄。凌霄是速生的藤本植物，只需两年时间，它便爬满了半个围墙，还一直爬到门楼上。一到花季，橘红色的凌霄花与白色墙壁相映生辉，十分壮观。

对于院墙，最遗憾的是大哥。大哥的新房盖好时，没钱垒院墙，整个房子置于大庭广众之下，加上宅子在郊外，每到夜晚，仿佛裸睡于野外。大哥心高，一直想把日子过得不输于人，拥有一座完整的院子，是他最低的愿望。但是，阴差阳错，大哥家的院墙一直没有垒起来。为了弥补生意的失败，大哥早年去新疆闯荡，临走前，反复向父亲承诺他会把钱赚回来，交代父亲一定要把院墙垒好。其情之切，如今回想起来仍令人动容。

在新疆，大哥做装修工、扛煤气罐，凭着一身肌肉打出了自己的天地，把家小也接了过去。渐渐，回来生活的可能性变得越来越渺茫，他的宅子便被闲置下来。经年的风雨摧残下，当年的大飘檐瓦房变得破旧不堪，除了过年时我们过去贴上新的对联，平日里几乎闭门不开。院子里种了油菜、大蒜，跟四周的荒草连成一片。院子用不到了，大哥也就不再提垒院墙的事儿了。如今，村庄面临被拆迁的命运，大哥的院墙或许将成为永远无法实现的夙愿。

进入 20 世纪 90 年代，经济的发展并没有带来道德的提升，村里人越来越有钱，小偷也多了起来，多到需要村委组织青壮年巡夜。“现在庄里边风气坏透了，喂猪丢猪，养羊丢羊，连鸡窝的几只鸡，也被小偷惦记着。”在电话里，父亲如是描述村里的风气。无奈之下，父亲把院墙加高加固，最后，他干脆把木床搬到门楼下，夜里堵着门口睡，在冰冷的夜风里与小偷抗衡。但是，道高一尺，魔高一丈，父亲的高墙并没有防住小偷，小偷的胆量和盗窃术超出了父亲的想象，他们从父亲的床边偷走了黄牛。

当时，那头牛是家里唯一值钱的财产，丢牛事件给他带来的打击，已经超过了经济上的损失，给父亲心里蒙上了一层厚厚的阴影。他无法理解，这个历史上一度成为典型的村庄怎么到了如此地步！我们在电话里安慰他，劝他把院墙再加高一些，被他否定了。

父亲不再相信院墙，人心变坏了，再高的院墙也防不住，从此之后父亲再不养牛。

厨房，不断变换的时代烙印

吃过榆钱和槐花儿，立夏就到了。父亲到田边、河沿儿上收集了庞大的树根，拉到家里，一一锯开，劈成小块，整整齐齐地码在墙根。

“趁着天还不热，赶快劈一些柴晒干，下秋来好烧地锅。”父亲在视频里说着，我似乎看到了厨房顶上的袅袅炊烟。

乡下的宅子不大，建了楼房后，院子变得窄小。厨房就在一楼，新房子新物件，煤气灶，抽油烟机，不锈钢洗碗盆，厨房里都换上了现代的东西。

不到一年时间，父亲便显露出不适应来，在他看来，没有烧柴的地锅，怎么能算厨房呢！于是，父亲硬是在院子角落建了一间厨房。也就有了他口中的地锅。

在我们豫东平原，以前厨房不叫厨房，叫灶屋。

我幼小时候，家里住土坯房。三间堂屋坐北朝南，土墙用黄泥加麦糠夯成，足有一尺来厚。屋顶是桐木或者榆木檩子，由于经济紧张，檩子上没有钉瓦板，只在檩子上钉一排椽子，然后铺上高粱秆儿，再铺一层牛毛毡，上边笘上厚厚一层麦茬，麦茬就是未压扁的小麦秆儿，是民间屋顶的主要用料。房子西头的空地上，用黄泥加建一间简易屋子，作为灶屋。

灶屋虽简陋，但是面积很大，足有十几平方米。一边是大大的柴火灶台，对面是柴火堆，旁边靠墙则摆着宽大的案板。我家的案板比现在的饭桌还大，擀面条切菜从不担心掉地上。锅的大小，有两种说法，一种叫驮锅，一种称印锅。驮是以锅容积重量来定，一驮为20市斤。印锅以锅的口径来定，有二、三、四、五、六、七、八、九印锅。我家人口多，用的是九印锅。上面能坐二尺一的蒸笼。

最初的灶台没有烟囱，灶膛里的烟都从灶门口冒出来，烧火的人经常被呛得眼泪涟涟，咳嗽不断。灶屋里也常常是烟雾缭绕，需要弯着腰才能看清东西。灶屋土墙被熏得外黑内黄，可别小看这又黑又黄的土墙，那可是好东西。它和灶台里被烧得黑黄的土一样，由于常年烟熏火燎，土质发生变化，成了一味中药，叫灶心土，是止呕、止血和止咳良药，手脚不小心被割破，刮一小撮灶墙土摁上去，止血很快。要是遇到拆灶屋，土墙的土又是十分珍贵的农家肥。柴火灶锅底那层厚厚的黑灰，也是传说中的一味民间良药。

在那宽敞却不明亮的灶屋里，奶奶和母亲年复一年往灶台前边的墙上贴灶爷像，日复一日围在灶台周围，陪我度过了童年时光。

20世纪80年代初，随着孩子增多，老屋变得拥挤起来，父亲在村头的新宅基地上建起青砖瓦房，给了我们一个新家。新家的灶屋和堂屋分开而建，一间小屋靠近院子西墙，一八砖墙，青色小布瓦屋顶，在夕阳下显得单薄孤独。新灶屋灶台已经改良，灶台后边靠墙加装了烟囱，烟灰直排屋顶外面，父亲称之为拉风道灶台。烧锅时灶门进风，后面拉风道抽风，不管多难烧的柴草，都能烧得呼呼响。屋里也少了很多烟雾，自然比以前的灶屋干净许多。我们兄弟四个，没女孩可以帮手做饭，一家八口人的饭就成了母亲的头等大事。九印大锅蒸一锅馒头，装在馍框子里堆得满满的，也只够吃三顿。擀面条更加是一个大工程，也许是多年锻炼的结果，母亲擀面条的精湛手艺可谓是邻里皆知。母亲用一根一米长的擀面杖，把面皮擀得有一米直径，案板放不下就叠起来擀。擀好后折叠成长长的一条，像现在女生的长围巾。接着，母亲用菜刀将“长围巾”切成细细的面条。折叠好的面皮一米多长，母亲一口气从一头切到另一头，途中从来不缓气儿，连菜刀都不离开案板。到今天，母亲切面条的“哒哒”声仍然萦绕在耳边。

夏天吃凉面，母亲做好面喊我们吃饭，一帮男人鱼贯而入，端起碗边往外走边往嘴里划拉面条，等母亲盛好最后一碗面，自己还没来得及吃，前面端走的人已经吃完一碗，转回身来伸着碗让母亲盛第二碗。母亲捶着腰，一边继续盛饭，一边嗔怪道：“一个个都是饿死鬼托生的，我还没摸着碗哩。”或许，那时候对母亲的依赖已经成为习惯，什么都找母亲代劳。现在想起来，时时为我们的懒惰后悔莫及。厨房里鱼贯而出、鱼贯而入的场景也成为脑海里难以磨灭的记忆。

冬天，兄弟们人人都抢着烧火，而不愿意喂牛。烧火暖和，又能在灶膛里烤红薯和芋头。母亲做好饭，我来不及洗手，顶着满头的草灰，从灶膛里扒出烫手的红薯，左右手来回换着跑出灶屋。

到了夏天，就没人愿意烧火，即使极不情愿地被母亲喊到灶屋，也是匆忙往灶膛里捣满柴火，马上跑出来凉快。草灰顺着脸上的汗水淌下来，留下一条条黑痕，母亲指着脑袋责怪：“叫你干一点儿活儿，一张脸弄得像花狗屁股，赶紧去洗洗。”现在想起来是母亲心疼我们，怕我们热坏了。

晴天倒好，麦秸、秫秸、棉柴等都是干巴巴的好柴火。最怕遇到连阴雨天，一连十天半月下雨，潮湿的柴草很难烧，浓浓的烟气从灶膛里冒出来，呛得睁不开眼睛，整个灶屋里一片烟雾。每当此时，母亲便放下手里的擀面杖，跑到灶台前，帮我用火钩挑起灶膛里的柴火，用嘴往里吹气，有了充足的氧气，灶膛里的火马上就旺起来，烟就也少了许多。

不管是麦秸、秫秸，还是棉柴、木柴，统统叫作柴火，在灶屋的灶台前面堆得满满的，足够烧好几天。烧完了，用架子车再去拉一车回来。最好燃的是麦秸，一点就着，火势很大，但是不耐烧，一下子就燃尽，灰飞烟灭，烧锅的人不敢离开灶台半步。所以经常把脾气暴躁却很快消火的人说成麦秸火脾气。棉柴是棉花的茎秆，也是好烧的柴火，容易点着，火力大，比麦秸耐烧。最耐烧的当然是木柴，往灶膛里填上几根木柴，基本上十几分钟不用理，甚至跑到河里游两圈回来，木柴还没烧尽。

20 世纪 90 年代，村子里开始流行烧煤。父亲在灶屋里水缸旁边垒起煤火灶，圆圆的煤火灶一个人抱不过来。父亲买来散煤用水加煤土搅拌好，一饼一饼地糊在墙上晒干。烧火的时候掰成一块一块填进煤火灶里，虽然没有柴火灶的火势旺，但炒菜做饭足够了。自从烧上煤火，灶屋里便少了很多烟熏和草灰。但是遇到来客，吃饭的人多了，用大锅做饭煤火火力不够，又起用旁边闲置的柴火灶。

时间久了，灶屋的屋山墙裂开一道很宽的缝，为了防风，父亲用旧麻袋塞住墙缝儿。带着裂缝儿的灶屋一直用到 2009 年，才和旧房子一起拆除。彻底告别了老灶屋，新建的楼房里重新装修出一间新厨房。

住进新楼房后很长一段时间，父母都不习惯新厨房。在明亮的现代化厨房里，母亲经常转来转去，总觉得少了点儿什么。最后，父亲在靠近院子西墙边搭建了一间灶屋，按照以前同样的格局，修建了柴火灶、烟囱，遇到春节等重大节日，兄弟们拖儿带女重聚老家。父亲早早准备好干燥的木柴，准备好新买的二尺一的大蒸笼，二十口人的饭菜在柴火灶上下锅、起笼，炸丸子、卤猪肉……一大盆一大盆摆在案板上，母亲和孩子们在灶屋里说说笑笑，仿佛又找回了逝去的岁月。从城里回去的孙子们，好奇地在奶奶身后用普通话问长问短，母亲用河南话回答着孙子们的问题，笑容在布满皱纹的脸上洋溢开来。一个大红瓦盆和一把老式菜刀一直用到现在，菜刀是父亲用裁纸刀改装的，改装时又大又重，拿在手里很沉，母亲经常说用起来费劲儿。但是由于钢材好，刀刃儿很锋利，磨一次能用几个月。多年来，这把刀不知打败了亲戚邻居们多少菜刀，什么王麻子、十八子等名牌的菜刀，都不及这把老刀耐用、锋利。刀不锋利了，母亲就喊父亲："刀不快了。"父亲就会把刀磨得锋利无比，还提醒母亲小心割手。

这把刀以及父亲磨刀的"霍霍"声，成了家里唯一的厨房历史记忆。在我心里，这种记忆生根，发芽。不经意间，我会蓦然想起这磨刀声，想起乡下厨房的袅袅炊烟。此时，我会搬了凳子，在阳台上"哼哧哼哧"磨刀。隔着玻璃，妻子对儿子说："你看爸爸，越来越像爷爷了。"

牲口屋，一个时代的烙印

进入伏天，毒日头火辣辣的，看到四处发大水，便想起了家乡，想起了母亲，遂打电话给她。不知说到哪里，母亲突然说起“牲口屋”这个词。我心里突然一颤。

随着社会变迁，“牲口屋”这个词连同它本身，已经淹没在历史的尘埃里，我也以为会忘掉这个词，会忘掉牲口屋这个青春痕迹。母亲提起它，我才知道我无法忘却它，它和我的青春一起，深深地刻在了我的心底，成为了我记忆里最柔软的部分。只要稍有触碰，它便会像一个立体的影像，在我心里站起来，和以前一样鲜活、高大，似乎从来不曾淡化半点。

顾名思义，牲口屋就是圈养牲口的屋子。牲口有多种，有马有骡子，有黄牛和小犟驴。人民公社时期，生产队里建有专门的牲口屋，把整个生产队的牲口集中饲养。

我五六岁的时候，生产队还没散伙，全村人在一起吃大锅饭。爷爷是生产队的饲养员，天天围着牲口转。他从牲口屋里进进出出，担水端料，我像一个跟屁虫，跟在他身后。他去牵牲口，就大声喊我小心被踢到。

为了做饲料，爷爷把黄豆炒得喷香，摊在牲口屋门外的地上晾着。我们这些小人儿闻香而至，蹲下来抓黄豆吃，左手抓一把，右手捏一粒扔进嘴里，嚼起来嘎嘣脆，满嘴留香。吃得正起兴，被爷爷发现，一顿说教，把我们轰走了，不让薅社会主义的羊毛。当时我并不懂他一心为公的良苦用心，只知道他一视同仁，连自己的孙子也不例外。

到了 20 世纪八九十年代，生产队散了伙，牲口也分到了各家各户。有了自己的土地，人们干活的热情空前高涨。当时尚无拖拉机等农机，牲口自然成为最主要的劳动力。耕田耩地，拉车拉磨，都是得力帮手。在一定程度上，它们已经成为家里的一员，不可缺席。若有牲口病死或者被盗，一家人会扼腕顿足，久久难平。

在很多家庭里，牲口会和家人一样受到善待，都会有自己的牲口屋，不仅为了遮风挡雨和取暖避暑，也为了防盗。条件好的家庭，牲口屋是土坯房或者砖瓦房。条件差的，搭一个棚子，四周围上玉米秸，也算一个简陋的牲口屋。

后来，父亲在新宅基地上建了新房。新房是三间坐北朝南的瓦房，青砖小瓦，中规中矩。砖头是父亲亲手做的，用坯斗一块块脱坯，砖坯晒干后又一块块装进土窑，连烧三七二十一天，断火封门后一担一担地挑水饮窑，饮足七天，出窑的砖头个个方正规矩，极少走形。宅基地四丈五见方，三间房子靠北边居中，房子东西两头各余下一大间房子的空地。西头的空地挖了茅坑做厕所，东头的空地被父亲用捡来的碎砖建起一间牲口屋。

初中起，我就和牛一起住进了这间牲口屋。

牲口屋一进门，就能看见石槽和拴牛的木栏。石槽旁放着一个大沙缸，用来淘洗饲草。门口内侧的右边，靠窗放一张木板床，那便是我的卧榻。木床对面堆放着垫牛圈用的干土和草筐，荆条编的草筐里面永远堆放着铡好的饲草。冬天天寒地冻，万物萧瑟，饲草只剩下麦秸和干玉米叶。到了夏天，饲草十分丰富，新鲜的玉米叶，当天薅的牛草、野苋菜，都堆在墙角的荆条筐里，满屋子的青草味儿，令人如置身野外。

放学回家后，除了帮母亲烧火做饭，喂牛是第一要事儿。把铡好的青草或者麦秸放进淘草缸里，反复搅拌漂洗，用捞笊捞起，沥干水，放到石槽里。牛正在地上卧着反刍，听到淘草缸有动静，忽地站起来，挣扎着要吃。不等我把捞笊里的草放进石槽，牛就迫不及待地抢一口，等我把黄豆粉撒在草上，它更是伸出粗糙的舌头，从我手里抢豆粉。我用拌草棍把它赶走，把草料拌均匀，才让它继续吃。

生性温和的我，晚上很少和小伙伴到村里疯。晚饭过后便回牲口屋，给牛淘草、拌料，然后爬上自己的木床看书，写作业。昏暗的灯光下，牛站在石槽后面吃草，发出“沙沙”的声音，不紧不慢。影子投射到墙上，俨然一个庞然大物。窗外的墙根下，虫子在“叽叽叽”地鸣叫，马路上不时传来几声“汪汪汪”的狗叫声，夏夜如此宁静，又不失生机。这种宁静祥和的场景和感觉深深植入到我的记忆深处，成为我青春的一部分，经年不褪。

写完作业，牛也吃完草，卧下来安详地反刍，“乌拉乌拉”咀嚼一阵子，“咕噜”一声又吐出一团草料，继续咀嚼。我拉灭电灯，躺在床上，听牛咀嚼，听虫鸣，听犬吠，也听蚊子飞过耳畔的“嗡嗡”声。皎洁的月光从窗户缝里斜射进来，照在床上，照在我的脸上，把我带进朦胧的世界里。淘草缸里的水用了几天，变成茶色，发出特殊的发酵味道，和着淡淡的牛粪和青草味儿，在整个屋子里弥漫。沉浸在这种极具特色的味道里，我很快入梦，现在我还能想象出当时入睡时微笑的样子。清贫的岁月里，经济拮据给我带来了不便，但是这种清贫而又安宁的生活也给我带来了快乐，这快乐是发自内心的，自然而又简单。

睡到半夜，恍恍惚惚听到“哗啦啦”的水流声，在梦里，我也能隐隐约约地辨识到是牛在拉尿。有时我会被这声音惊醒，发现自己也尿急，睡眼惺忪地摸黑下床，到厕所解了手，重新回到床上，瞬间便又进入梦乡。

进入高中后，暂时离开牲口屋去住校。学校宿舍是大筒子房，三间房子没有隔墙，十几米的大通铺睡十几个人。晚上同学们回到宿舍后，你一言我一语，宿舍就变得嘈杂起来。此时，我又怀念起牲口屋里的宁静和谐。周末回家，第一件事就是跑回牲口屋，把自己扔在床上，双手枕在后脑勺下，闭上眼猛吸一口气，心便立刻真正回到了家，回到了属于自己的天地。

考上大学后，猪和牛都被卖掉来交学费。卖了猪牛还不够，我只好穿着拖鞋，把化肥袋子对角折成一个披风，披在头上，冒着倾盆大雨，步行三里路去找外公借钱。外公把钱放到我手上那一刻，我突然放声大哭，把外公吓了一跳。外公无儿，一直担心老无所依、无人伺候。虽然母亲和小姨都经常劝他不要担心，可是他仍然一直在攒钱，觉得手里有钱才放心。父母为了我几乎倾其所有，陪伴了几年的牛为我献身，外公的养老钱也给了我，我突然感到悲壮，像是要远赴战场。

大学毕业后，我到外地上班，家里经济情况得到改善，买了拖拉机和收割机，不再靠牛犁地。牲口屋成了存放粮食的场所，但是石槽和牛栏没有拆除。父亲看着布满蜘蛛网的牛栏怅然若失。后来，他终于又买了一头黄牛来养。用父亲的话说，牲口屋一切如旧，家里没了牲口，心里总会不习惯。况且，喂一头牛，两年后能卖两千块钱。为了让牛长膘，父亲从油坊买来棉油饼，泡发后揉碎，拌进饲草里喂牛。庄稼人说“人勤地不懒”，喂牲口也是一样，给它加喂精饲料，它上膘就快。只给它吃麦秸，它就只能维持生命和基本活动。在父亲精心喂养下，五百斤的牛犊见风长，一天一个样儿。

常年在外工作，我无法亲临现场分享父亲的喜悦。只能从每一次的电话中，听父亲说，说牛的膘好，毛色发亮。父亲声音响亮，快人快语，愉悦之情溢于言表。虽在千里之外，牲口屋里的画面也能立刻浮现在我眼前。那里毕竟是我生活多年的地方，牲口的每一个动作，每一个眼神，墙上挂的牛笼嘴、驴搭腰，甚至墙上的一个小洞，都深深刻在我的心里。

后来有一天，父亲突然主动打电话给我，张口就说牛没了。当时我正在广州珠江岸边闲逛，呼呼的秋风吹到脸上已经感觉到凉意，地上的落叶在风里打着转，飘向珠江里。父亲声音低沉，隔着电话我能想象出他的伤感，他的无精打采。

牛是被人偷走的，父亲说他天天睡在门楼底下，守着大门，谨防小偷，但是牛还是被偷走了。从父亲时而气愤时而伤心的话语里，我听出了父亲的懊悔，仿佛看见他在电话那头捶胸顿足。我只好一再安慰他破财消灾，然后寄一些钱回家，让他消消气。

父亲对村里的安全感失望至极，发誓不再养牛，自此以后，也真没有再养牛，连羊都不曾养过。为父亲立下汗马功劳、陪伴了我整个青春岁月的牲口屋自此也一直闲置。牛栏被父亲撤去，石槽被抬到井沿儿边用来洗衣服。每次回家，我都会走进曾经的牲口屋，摸一摸斑驳的墙，摸一摸挂在墙上的锈迹斑斑的镰刀和粪叉。每回去一次，屋里的旧物件就少一些，2010 年，老屋拆除，建了新楼，牲口屋彻底从这个世界上消失，只留下我心底的记忆，继续陪伴我。

酒，父亲的尺子

父亲喝酒，从来没喝醉过，他也经常说无论跟谁喝酒他都不醉。这倒不是因为他酒量大，而是源于他强大的自控和节制能力，这种能力跟他的性格和一生养成的良好习惯有关。

在周围人眼里，父亲是一个勤快人，也是一个有原则的人。

耩麦时不管是人拉耧还是牲口拉耧，只要他扶耧，保证把麦垄耩得像用墨斗打过的线。一地的庄稼必须长得一样状。哪一棵不壮实，父亲会单独给它开小灶，施肥浇水。农闲时候，父亲组建一个建筑队，到三里五村去建房子。建房子是大师傅，绝不允许砖头有歪斜，甚至每一条砖缝儿他都追求一样大。他要求严格，有的工人会提意见：你这个老崔，要求恁严格干啥？父亲不恼，但是绝不妥协，提意见的人只好乖乖地干好。房子主人招待吃饭，父亲也不喝酒，怕喝酒后上脚手架不安全。

有一次，大哥犯了错，被罚跪在父亲面前。父亲拿了一根细柳条，要打三下，结果打了两下大哥站起来跑了。父亲追了一段路追不上，回屋抄了自行车追上大哥，揪着耳朵拉回家里，又打了一下，才算完事儿。

父亲一直住在农村，大门口外是马路，只要在家，父亲总会把门口的马路扫得干干净净。农村里把院子打扫得很干净的人家不少，但像父亲这样天天扫马路的人却鲜有。在村里，这算是一怪。有人打趣他，母亲就会劝他：整个庄里边你见谁天天扫马路？就你闲不住。父亲对此却不以为然：自己做好自己的事儿，随便说去！只要不干坏事儿，在乎啥嘛！

父亲这句话，是喝酒节制的真实想法，也是他一生的原则。我遇到麻烦事儿，想想他的话，马上就有了主张，心里也踏实了，如同吃了一颗定心丸。

父亲不喝大酒，对酒不感兴趣，但也不主张禁酒。父亲喝酒永远是三杯，家里来了客人，或者参加酒席时，他会举杯喝三杯。三杯过后，任凭如何劝酒，他都绝不再喝。领略过他的这个态度的人，自然就会明白他为啥敢说喝不醉。父亲始终认为酒量大的人醉的多，酒量小的人不敢敞开肚子喝，反而不容易醉。

在我的记忆中，父亲从没一个人主动喝过酒，只有在酒席上应酬时才喝。有的亲戚说干活累了喝点儿酒解乏，有助于睡眠。父亲的原则性强，生活有规律，午睡是雷打不动的节目，晚上睡眠也好。干一天活回到家，即使再累，他也不用喝酒来解乏，饭碗一丢，倒头便睡。

或许得益于好的饭量和睡眠，父亲身体一直不错，极少去医院，这是我们子女的福报。

时光如水，岁月匆匆，院子里的桐花开开落落，毛白杨树叶青了又黄，黄了又青。我们兄弟几个像炸了荚的黄豆，陆续跳出老屋，分散到大江南北。撇下父亲和母亲独自守在没有生机的枯萎豆荚里。吃饭、睡觉、下田、休息，都只剩下父母四目相对。随便做一点饭，两人都吃不完，母亲一脸恓惶地把剩饭倒进破旧的盆里。步伐蹒跚的老母鸡老得不再生蛋，也不再孵鸡，面对食物也丝毫没有食欲。上一顿的剩饭还没吃完，下一顿又倒进来，破盆里堆积着一餐接一餐的剩饭，盆沿儿上残渣斑驳，甚是荒凉。

后来，老屋推倒重建，曾经生养我们的家也彻底从这个世界上消失。父亲住进新建的楼房，新鲜感过后，逐渐生出些许失落，远程的监控镜头里，父亲常常对着院子前面的大杨树出神。大杨树老得树皮斑驳，枯枝纵横，和新房形成鲜明的对比。

逢年过节，兄弟们能返尽返，以解父母的牵挂之情。只要听说有人回来，父亲总是兴奋多日。我到家的第一餐，父亲必定陪我小酌几杯，两人举杯一饮而尽，酒杯落于桌面的瞬间，父亲脸上升起无限满足之感。

渐渐地，我发现父亲不再局限于喝三杯，而是随性喝到不想喝了，把杯子一推，让我独饮。电视里的节目播放着，无人欣赏，父亲则仰于沙发里跟我有一搭没一搭地聊天，不知不觉已是半夜。

晚年的父亲喝酒不再严守三杯之限，但也只喝四五杯，从未喝醉。偶尔也会多加两杯，笑着说想尝尝喝醉是啥感觉。可是真正几杯酒下肚，不胜酒力的父亲便会微醺，于是就放下酒杯，不再喝了。

突然有一天，母亲在电话里跟我数落父亲，说父亲老了越发不着调了，一个人在家里也找酒喝。听母亲数落完，我心里一愣，只知道父亲性格爽朗，在电话里经常是笑声不断，却没留意到孤独感在父亲心底逐年堆积。远隔千里，我仿佛看到月明星稀之夜，偌大的空房子里，父亲手握酒杯，坐在母亲对面自斟自饮。想到父亲寡淡的面容，想到父亲想一醉方休的心情，将知天命的我鼻子发酸，几欲落泪。女儿见我神情凝重，便问我怎么了，我只能佯装没事，躲开孩子的眼神。

父亲的生活虽然早已衣食无忧，也有车子代步，但是我知道他需要的不仅仅是这些。随着一天天老去，父亲越来越渴望天伦之乐。数年前，父母跟随我在南方生活一年，便因不习惯城里的拘束而回了乡下。每每想起父亲独饮的身影，我便愈加希望把父亲再次接过来，陪父亲喝醉一回，但几次相劝都以失败告终，父母依然坚守在故乡。故土难离，父亲对土地的依恋太深，也或许是父母自觉身体尚好，不愿意给子女增添麻烦。

父亲给了我半生的依靠，我却让父亲晚年孤独。父亲一日心愿未了，我便一日惶惶不宁。或许，唯有多回家陪父亲小酌，让父亲常看到我，他才会感觉到孩子依然是摸得着看得到的，才会缓解内心的失落。

沙颍河，流不走的青春

傍晚的沙颍河是安静的，又是生机盎然的。一叶扁舟在水中荡漾，不见鸬鹚，只有渔民的身影笼罩在落日余晖中。岸边的阿伯把渔网抛下去，有小鱼跃出水面。夕阳照在他的脸上，映射出历史的沧桑，但沙颍河波光粼粼，只有秀美，不见沧桑。

沙颍河是属于历史的，五千年前，它就在那里，时而奔腾，时而静流。

曾经，我在它流经的小村庄“呱呱”落地，它用“哗哗”的水声迎接我。如今，我已入不惑，它还在那里，朝沐晨辉，暮迎晚风，焕发出更加青春的光芒。

沙颍河是伟大的母亲，麦子、玉米、参天的白杨以及沿岸数百万的子民，都是它哺育过的孩子。在它宽广的怀抱中，他们一茬茬生出来，又一茬茬老去。草木化泥，肉体入土，日月轮回，时代更迭，沙颍河经历了多少沧桑，没人告诉我。它只是默默陪伴着，目睹两岸沧海桑田的变化。

沙颍河的河床上，曾经有清澈的河水，丰美的水草。野鸭、翠鸟、凤头小鸊鷉，无不把河床当成休养生息的乐土。蔡河、茨河、贾鲁河，它的支流宛若一根根毛细血管，把河水散布到每一寸土地。

河水抵达的地方，有了百草、野菜、庄稼、树木，也有了鸟雀和鸣、牛羊嬉戏。

面对宽阔的河水，人们常常驻足河岸，和一条河流对视。水际线的高度，鱼虾的数量，都是他们交流的记录。

沙颍河的水，时而温顺，时而凶猛。温顺时如美丽的姑娘，任水鸟翻腾，船只穿梭，也任人们戏水游泳，张网捕鱼。但凶猛时像脱缰的野兽，一泻千里，把村庄和庄稼践踏殆尽。

我们从沙颍河汲取营养，又受到它的迫害，万物往往如此。人们无法预料沙颍河何时翻脸，也无法找出良策，只能坦然面对这一切。过去的日子，口粮和生存是摆在眼前的问题，人们无法对沙颍河的价值无动于衷。灌溉、跑船、取水造纸、制革，人们极尽所能，无时无刻不向沙颍河索取。

造纸，作为古代四大发明之一，为人类科学文化传播和交流带来了不可磨灭的成就，也给沙颍河两岸的子民带来了经济的繁荣和生活的富足。然而，它带给沙颍河的是硝酸、火碱，是臭气熏天的污水。

沙颍河的水灌溉了万亩良田，带来了丰富的秸秆资源。沙颍河水滋润下疯长的野草，成了牛羊的丰美草料。沙颍河流域自古回族人口众多，形成了喜爱牛羊肉的风俗和饮食习惯。成群的牛羊最终归宿是一锅美味和被高高挂起晾晒的牛羊皮。而羊皮牛皮的熟制加工厂的兴起，为人们带来富裕生活的同时，也给沙颍河带来了含有硝酸的污水。

人们沉醉于经济发展带来的享受，无人想到多年后污水给人们带来巨大的病痛。

面对这一切，沙颍河无法抵抗，也无法躲避，只能默默地流着黑色的河水，漂浮着绵延不绝的白色泡沫。

一个人犯了错误，会被认为是错误，很多人一起犯错误时，我们往往置身其中而不觉，这或许是人性的弱点，也或许是社会性的特点。

对沙颍河犯下错误、给它带来污染的人，并没有感知到它的变化，亦没有意识到自己正在亲手毁掉养育自己的乐园。当我们感觉到心里疼痛时，才发现对它的热爱是多么虚伪、多么丑陋。

直到有一天，人们发现河里的鱼虾少了，鸭子没了，连岸边的水草也枯萎了，两岸不时飘来难闻的恶臭，才蓦然发现我们把沙颍河弄丢了，把清澈见底的河水弄丢了。

历史总会朝着前进的方向发展，人类始终走在曲折和矛盾的路上，不断前行。曾经赖以生存的沙颍河给两岸人民带来惩罚时，人们突然有了痛感。这痛感隐藏于我们的内心，一旦有了足够分量的外力冲击和触动，它便鲜活起来，反过来敲打我们的内心，激起心底最原始最纯粹的情感和内省。

对沙颍河的全面治理，是内心对家乡和沙颍河的爱的唤起，是一次深刻自省和自我救赎。一个人的人生，和社会一样，都需要革命，才能获得新生。关掉造纸厂、制革厂，治理沙颍河的污染，是沙颍河两岸人民和政府的自我革命。

失去很容易，再找回来难，沙颍河也不例外，虽然没了鞭炮厂、造纸、制革厂、小型食品加工厂，但是河水未清，水草未长，沙颍河没有立刻焕发青春。

治愈，是需要时间的，人们用对母亲的爱来为沙颍河疗伤，加速它的修复。截污、清淤、设保护区、培植植被，一揽子工程在短短数年内完成，人们的诚意和行动打动了沙颍河，沙颍河对这份赤子之爱做出了回应。水，渐渐清了；草，慢慢绿了；渔船，也重新回到了河面上。

真正重新认识沙颍河的重生，是五年前。

初春三月，乍暖还寒，太阳已经有些热烈，照在身上暖烘烘的。沙颍河如一条宽阔的玉带，粼粼波光给它撒上了一层碎银，像满天繁星。两岸的冬青和松柏苍翠，落叶的白杨和泡桐、柳树在风里矗立，给沙颍河平添几分刚毅之气。树下，是成片的油菜花，大大小小的花田点缀在沙颍河两岸，如金黄色的锦缎。

河中央的情人岛依旧修长，岸边的迎春花粗大的茎蔓被剪成整齐的平台，新出的枝条上已经冒出鹅黄的花蕾。我确定，这些粗大的迎春花就是儿时那一株，我已生华发，它们却芬芳依旧，或许，这就是沙颍河滋润的结果。

若说清澈的河水是沙颍河的新貌，两岸的风光则是它的霓裳，而宽阔的航道和雄伟的船闸，则是它生命力强大起来的标志。

沈丘船闸，这个名字在我儿时便家喻户晓，但因为历史问题，一直未得到充分的开发。十九大的甘露，滋润了这颗沉默了几十年的种子，令它在时代的春风里蓬勃发展。疏通航道，拓宽船闸，通航能力一下子提高到了一千吨，真正成为沙颍河名副其实的地理标志。四十年前的沙颍河，是一个美丽而又羞涩的少女，如今，它已经成长为奔放洒脱的时代美人。

“万家灯火侔江浦，千帆云集似汉皋。”明朝翰林学士熊廷弼站在沙颍河岸边赋诗感慨时，没有想到今天的沙颍河云集的不只是千帆万舟，一艘艘货轮鱼贯而行，悠闲的渔舟相伴左右，两岸是巍峨的高楼和旖旎的灯光。渔舟唱晚已不足以描绘沙颍河的美，焕发新生的故乡早已形成了“满城文化半城水，内联外通达江海”的时代新貌。

新华街，市井的人间

从广袤的豫东平原上方俯视，奔腾咆哮的沙颍河变得细细长长，成了豫东平原上一条蜿蜒曲折的血脉。大地和人一样，有骨头，亦有血脉。沙颍河不及黄河浑厚宽广，亦不及长江汹涌澎湃。它时而安静，时而奔腾，用自己的流速和姿态，在豫东平原上养育着一个个城市和村庄。

在沙颍河串起的一座座城里，沈丘县城不算大，但也不小。我十岁时，曾经在城里走丢过，但只用了半天时间，就几乎把县城逛了个了遍，安全找到了回家的路。

童年时，县城在我心里是一个大城市，每一条街道都充满神秘感。县城里胡同很多，大街却不多，曾经留下我单薄身影的，只有新华街和县府街。它们的交叉口，是我每次进城的主要目的地，新华书店、百货大楼、豫东照相馆、邮电局，在高大的法国梧桐树的掩映下，各自散发着魅力。

新华街是贯穿县城的南北大街，曾经是沈丘县城最繁华最重要的街道，以百货大楼为界，分为新华北街和新华南街。

新华北街的北关，是最大的蔬菜食品集散市场，安徽临泉的生姜，山东的章丘大葱，三里五村庄子上种的白菜萝卜、菠菜芫荽，一应俱全。大街西边，是各种交易行。农业经济社会，欠缺发达的科技和工具，人心也并不复杂，对公平的追求是以人为本的，交易行里的人，成为人们心中的一杆秤，是公认的权威。北关的鸡行、鱼行、羊行一字排开，给人们搭起了一个放心的平台。四面八方的人，挑着鸡，赶着羊，集中到行里交易。价格是行里根据行情定好的，买卖双方皆无争议，交易完了，交给行里一点费用，免去了讨价还价的麻烦，也避免了缺斤少两的嫌疑。鸡论斤卖，行里的人长杆称一勾，大声喊出重量，把鸡扔到一旁，等买方交钱。羊一般是不上称的，行里人摸一摸羊身上的膘和骨架，再把羊搬起来，估量一下，重量就出来了。误差是难免的，但既然交给行里，大家便也无异议。

菜市场的热闹，常常令我目不暇接，各种叫卖声，自行车铃声，拖拉机的“突突突”声，此起彼伏。

烧饼——热哩——

清真咸牛肉——

浮子酒——有元宵卖啦！

五香羊脑——热哩！

……

卖牛肉的大叔是回民，国字大脸，皮肤黝黑，头顶戴着瓜皮白帽。面前的架子车上挂着清真木牌，木牌下的红色布条随风飘荡着，枣红色的咸牛肉堆成一堆，煞是诱人。

沈丘的元宵是现做的，黑芝麻馅料香甜搭配，令人回味无穷。做元宵的大婶身穿白围裙，双手麻利地滚着元宵，不时抬头叫卖，身旁的火炉上架着铁锅，腾腾地冒着热气。有人来吃元宵，即时下锅，几分钟即可。在沈丘，煮元宵少不了浮子酒，几乎每个元宵摊都有浮子酒卖。浮子酒属于甜酒，三到五度的酒精度数，只会给味蕾增添味道，并不醉人，进城的人即使像武松那样喝上三大碗，也能骑车回家。

沈丘县城所在地槐店镇，是回民聚集地，牛羊肉自然占据了肉食的半壁江山。沈丘人卖羊肉会把羊头煮熟，把羊头肉弄下来，剩下光光的羊脑壳另外卖。羊脑壳虽是宝物，但登不了大雅之堂，大多是摆地摊卖。路边摆一个煤炉，炉子上一个大锅，把羊脑壳在锅里一层层码起来，堆成尖尖的小山。吃羊脑壳不需要碗碟，卖羊脑壳的人只需一把尖刀，插进羊脑壳的顶部轻轻一撬，头盖骨便被撬开，露出里面的羊脑，用筷子即可趁热吃。据说吃上一个羊脑，能顶半只羊的滋补效果。小时候家里穷，吃羊脑只是一种设想，每次进城，听一听叫卖声，看一眼吃羊脑的人幸福的表情，已经是莫大的享受了。参加工作后，手里有钱了，回县城后的第一件事，就是站在路边吃一个羊脑，实现儿时的梦想。奶奶也爱吃羊脑，去世前的日子里，食欲不好，唯一主动提出来想吃的，就是五香羊脑。奶奶在沈丘县城长大，羊脑也是她童年的美好记忆，临终前，这种根植于内心的记忆再次被唤起。所幸我们已经有能力满足她的愿望，没有留下遗憾。

小时候，我从不敢一个人去县城，大都是跟在父亲后面。每次去县城，也基本是去新华街。在川流不息的街上，左躲右闪，走得小心翼翼。走到闹市区，父亲把我的小手紧紧地攥在他那宽厚的手里，不时提醒我看路。我像一只小鹿，有了父亲带路，就大胆起来，好奇的目光搜寻着每一个摊档。走着走着，便慢了下来，此时，父亲会用力拉一把，催我快走。

我独自进城，是从十一岁那年开始的，第一站就是新华街。

当时表叔在县城卖年货，花椒、胡椒、海带、黄花菜等都是零星物品，费人耗时。买家一多，便忙不过来。寒假期间，我在家无事，被表叔叫去帮忙。年货摊就在新华街和县府街的交叉口。第一天是父亲送我过去的，后来抽空回家时，再返回县城是我一个人走的。冒着淅淅沥沥的小雨，走走看看，每经过一条胡同，总要东张西望，寻找标志物，生怕迷路。走了半个小时，远远见到表叔那高高搭起来的货架，我终于长出了一口气，心里也为自己能够独自进城感到兴奋。

有了第一次的经验，进城便没了障碍。周日做完功课，给牛铡好草，无事可做了，便动了进城的念想。约到同学，就一起去，约不到则一个人去，开始是走路，后来家里有了自行车就骑车去。

县城虽大，我去过的只有新华街和几条不多的街道，再远便不熟悉了，所以新华街自然成了每次必去的地方。其实，尽管新华街很热闹，但令我动心的不外乎是新华书店、邮电局和一个旧书摊。

邮电局，是一个有着特殊感情的地方，一封封信里，曾经寄托了多少希望、友谊以及朦胧的情愫。最后一次到县城邮电局寄信，是高中三年级。同窗好友建军高一辍学去南方打工，没去多久便写信给我，讲述他进入一家外资企业的新鲜感。至今我还记得，他打工的“徐久恒洋伞厂”位于深圳坪地镇，是早期的外资企业。生活单调、信息闭塞的青春时代，外面世界的一切都是美好的，都令人无法忘怀。

新华书店，是心中最神圣的殿堂，书架上的书籍一次又一次撩拨起我的阅读欲望。但是，口袋里的钱永远是不够买一本书的，逛新华书店，只是为了看书。上午九点多进去，一看就是一上午，等走出书店，已是晌午，肚子早已饥肠辘辘。书店门口有各式小吃，粉浆面条、炒凉粉、烧饼、油馃子。我只能闻香充饥，从不舍得吃。

对面的旧书摊，倒是我实现阅读愿望的地方。书摊的铺子很小，大部分书摆在门口的地上。书摊的书虽然不如新华书店的多，但都是我们喜爱的书，四大名著、武侠小说、流行期刊、金庸和梁羽生的小说、舒婷和汪国真的诗集，文学作品，通俗读物应有尽有。租金不贵，只要一毛钱，便能租两本。犹如当时白面不足我们靠红薯和玉米充饥，租书成了我的精神粮仓。每个时代都有它的生活方式，人们总能找到属于自己摄取营养的途径。现在想来，当年如果没有旧书摊，或许我今天和文学无缘。

新华街是繁荣的，也是市井的，每一间店铺都充满着人间烟火。市场对面的公共厕所里永远散发着尿骚味儿，隔几日便有一辆毛驴车拉着大铁桶去出粪。蔡河浴池里冒着热气，香皂味儿夹杂着洗浴的味儿，从下水道里飘散出来，久久不散。小磨香油铺子里的香油味儿也不示弱，刺激着行人的味蕾。印象最深刻的，是全县闻名的徐牛卤肉铺。店主徐牛肥头大耳，体重足有两百斤，坐在铺子门口像一尊菩萨，和面前的卤肉一起，形成了独特的招牌。他的卤肉不仅味道独特，火候也恰到好处，烂而不碎，吸引了众多的食客。据说他本人每天要吃一斤卤肉，当然，传说仅为传说，未必当真。我客居南方后，听说他的卤肉铺早已关门，本人也已经谢世，只给人们留下了一个时代的记忆。

如果说河流是大地的血脉，街市就是一座城市的血脉。没有街市的人声和车马城市是冰冷的，是缺少温度和情感的。不管在哪个时代，无不如此。

进入新时代后，县城开发了新城区，街市变得更加漂亮、更加热闹，人们的脚步也移向了更加豪华的商圈。但是，新华街并没有没落，它仍然是繁华的，许多商铺改头换面，装修一新后，仍然担负着满足人们生活需要的功能。道路升级改造后的新华街，焕发出了新的生机，也延续了县城当年的烟火气。五金交电商店的老铺子还保留了原样，那斑驳的砖头墙壁，向人们诉说着新华街曾经的沧桑。

泡桐，我淡淡的悔过

多少年来，一想到泡桐树，我便会心生歉意。这种来自内心的敲打如影随形，一直伴随我多年。

我是一个善良的人，但是在童年时代，却做出了伤害他人的事情。严格说，伤害的不是人，而是泡桐树，并且是好几棵。这有悖于我的本性，也有悖于奶奶和父母的教诲。奶奶生前一直教育我做一个善良的人，不害人，不惹事儿。奶奶走了，父母接过这支家族里的最高“教鞭”，继续教我善良。

小时候，我一直在村子里长大，道路两旁都是高大的毛白杨，但出了村子，路边、河岸栽种的却都是泡桐树。人生的前二十多年，我是踩着淡紫色的桐花和蒲扇般的桐叶走过的。

父母生了我们四兄弟，张口吃饭的人多，花钱的手多，挣钱挣工分的人少，日子过得十分紧巴，粮食总是不够吃，至于钱，则更是捉襟见肘。作为一个孩子，母亲就是天，但凡有问题，必定第一个告诉母亲：

“妈，馍嘞？我饿了！”

“妈，我的鞋底子磨透了，走路扎脚。”

“妈，学校要学费了。”

母亲累极了的时候，经常说一句气话，长大后我记不清原话，每次问母亲，母亲总是搪塞说记不得。也许是年事已高的母亲真记不得了，也许是她不愿意让我们回忆那段苦日子。我只知道那句话的大概意思是：一群“狼羔子”要吃要穿，把人累死才算毕。

村里有在县城上班的，或者做生意的，日子过得比一般人家光鲜。其实所谓光鲜，也不外乎天天有白面吃，有新衣服穿，最多有一辆自行车或者一台缝纫机。如果谁家有一台双卡收录机；或者一台黑白电视机，那就算是人上人的日子了。

别人吃白面馍，我只能啃玉米面饼子；下雨天别人撑着黑色的洋伞穿着胶鞋上学，我只能披着化肥袋子，穿着笨重的高脚木屐，艰难地在雨中挣扎。这一切，在我幼小的心里积攒下了对命运的不满，这种不满无人诉说，也无人可怨恨。为了养活一帮“狼羔子”，父母已经十分努力，费尽心思让我们吃饱、穿暖，走出去像个人样儿，有尊严地活着。我天生继承了父母的善良，且多愁善感，十多岁便能感受到父母的不易和恩情。

不怪父母，不怪别人，心中的苦闷无处发泄。有一次大雨天，我踏着泥泞去上学，走到半路，木屐下面便沾满了泥，圆滚滚的，双脚如同踩在球上，实在无法行走。无奈之下，不得不挪到路边的泡桐树旁，捡起断树枝，一点一点把木屐底下的泥剔掉。头上的化肥袋子被风吹起来，几乎整个人都裸露在雨中。剔了几分钟，终于把两只木屐的泥剔完，等我直起身，全身早已经湿透。艰辛和寒冷，一下子把我的眼泪逼了出来。我抹着脸上的泪水和雨水，一拳打在泡桐树上，厚厚的树皮一下子凹下去，流出黏黏的树液。

我才发现泡桐树的树皮竟是如此嫩，一个人合抱的大树的树皮竟然经不起我的一拳。这个发现，让我找到了发泄的地方。

在后来的日子里，遇到心中积聚太多的苦闷，总会找泡桐树出气。第二天，树皮上的伤口边留下暗红色的“泪痕”，我却对它无动于衷，童年的无知，为今天埋下了懊悔的种子。

我对伤痕累累的泡桐树无动于衷，并不仅是出于无知，还因为见得多了，变成了熟视无睹。

初中时代的青春期少男少女，体内和心里都有一股力量萌动，女生开始多愁善感，男生则憋着一股冲动劲儿无处可使，打架毁物，便成了部分调皮孩子的发泄渠道。

泡桐树的皮很厚，且柔嫩多汁，极易被碰伤，于是便成了被打的对象。在校园里，经常有男生以打树皮为乐，一拳打下去，树皮上四个凹印出来，树液立刻顺着伤口流出来。后来又有人发明了用掌推树皮，或者用胳膊肘推树皮。不止一次，我亲眼看到同学侧立于泡桐树旁，挥动右胳膊，用手掌或胳膊肘贴着树皮反复尝试，最后突然一推，泡桐树立刻掉下一大块皮。在一片欢呼声中，男生得意扬扬地扬长而去，留下泡桐树独自流泪。

面对遍体鳞伤的泡桐树，校长的脸色铁青，在大会上反复强调一定要严查，要抓典型。至今我还记得他气急败坏地呵斥学生时的口吻：那桐树招你了惹你了？小小年纪就不学好，我看就是手痒！

在学校，我也打过树，不过不是寻乐，是为了发泄心里的烦恼。对于苦难生活，我是无辜的，但对于我，泡桐树也是无辜的，我把自己的无辜转嫁于泡桐树的那一刻，我便由一个受害者变成了加害者。这种反省和懊悔，在我大学毕业后才悟出来，并且一直盘踞在我的心里。

我打树皮的事儿，家里人不知道，村里人也不知道。在他们眼里，我是一个很“乖”的孩子，懂礼貌，肯读书。喂牛，放羊，种菜，割草，样样都很自觉。等我长到开始反省自己的年龄时，便暗自庆幸没被人发现我打过树皮。

夏天，泡桐树越发茂盛，宽大的叶子交错层叠，强烈的阳光透过浓密的树叶罅隙漏到地面，洒下斑驳的光影。

农村孩子的暑假，漫长而又短暂，假期生活丰富又单调。除了写作业，无非是割草、喂牛。夜晚热得像蒸笼，屋里是无法睡觉的，只有把木床抬到院子里，或者索性扛着席子去马路边睡。院子里有泡桐树的遮挡，早上即使睡到大天亮，太阳也晒不到屁股。不过，泡桐树上的蝉很多，一大早就"知了知了"地吵个不停。虽然被蝉鸣吵醒，但身子实在是不想动弹，实在忍无可忍了，翻个身，用床单盖着耳朵继续睡。后来，我才知道为何泡桐树上多蝉鸣，泡桐树枝木质松软，利于蝉尾部的针状产卵器刺进去产卵。

暑假头几天，早上是不起床的，只要母亲不拿着扫帚打屁股，即便是鸡跳到床上，踩到身上，也一定要睡过瘾。但是过了十几天，睡够了，早上便再也睡不着了，露水未干便爬起来，把木床抬进屋里，拿着书跑到三里路外的校园背唐诗。

暑假的校园很安静，除了蝉鸣，再无声响。教室前的泡桐树连成一片，比家里的树荫还浓。莫道君行早，更有早行人，我走进校园时，树下早已有人倚着桐树读书，或朗诵，或默念，给安静的校园增添了几分生机。八点一过，太阳便毒辣起来，汗水爬上了额头，也打湿了身上带着破洞的汗衫，连拿书的手心都是潮湿的。书页里画的标注线被汗水浸泡得胖胖的，短的像毛毛虫，长的像蚰蜒。此时，宽大的泡桐树叶子成了上好的蒲扇。在身上抹一抹手上的汗水，把书换到左手里，右手捡起一片桐树叶，摇一下，顿时凉风习习。如此继续背诵一个小时，才抹着汗走回家。

父亲喜爱泡桐，缘于它易活速生，成材快。父亲是种树的行家。院子里、大门外、田间地头，都被他栽上了泡桐。冬天农闲时，父亲会用鲜活的树根育苗。他去树穴里刨树根，我站在上面等着，他刨到树根，斩成段扔出来，我就把这些宝贝捡进箩筐里。有的树穴很大，父亲蹲在里面几乎不露头顶。看不到他，我一下子就心慌了，赶快伸头往里面看看，看到他还在里面，我又放心了。有时父亲遇到很长的树根，他会顺着树根一直刨，挖出来的土堆在身后，像一座小丘。等他一身泥土跳出树穴，脸上竟然挂着汗珠。

遇到很细的树根，我不想捡，父亲亲自捡起来，轻轻敲着我的头说道：明年，这就是一棵大树。说完，小心翼翼地把它放进箩筐里。回到家里，父亲把树根扎成小捆，晾干切口，放进地窖里，等到春天好育苗。

桐树根出芽很快，头天下午土层才鼓包，第二天便蹿出来半尺高，白嫩粗壮的树芽像剥开的竹笋。在父亲的精心培育下，新育的树苗很旺长，不到一年就能长到一丈多高，茶杯粗的树干光滑顺直，像南方的竹林。

父亲的桐树，是绝不允许让人打树皮的。他经常去巡视他的宝贝。栽在路边的泡桐树被车子碰破一块皮，他都会心疼地抓起一把土敷到伤口上。

只要树苗成活稳定了，泡桐树长到第二年春天便会开花。院子里的那棵开花尤其多，几十朵粉嫩的桐花挤在一起，把树枝压得弯弯的。我端着稀饭从灶屋里出来，会有桐花落进碗里，我也不顾手脏，捏着花瓣捞出花朵，用嘴吮吸花朵上的稀饭。母亲看见了，便会打趣道：咦！看你那个下作劲儿，脏不脏啊？我也不理，“呼噜呼噜”喝着稀饭只管往外走。在饥饿面前，讲究卫生变得可有可无。

小学三年级的那个春天，也是桐花盛开的日子，我们被安排到五里外的马路边去欢迎万元户。早上八点出发，排着队一路小跑，到达目的地时，路两旁早站满了学生。欢迎队伍蜿蜒几里，一眼望不到头。绿色的巡礼大卡车车队经过时，同学们朝着车里佩戴着大红花的万元户挥手欢呼。等几十辆巡礼车过完，已经接近晌午，我们又原路走回村子。我个子小，走得慢，很快便掉队了。但是我也不怕，反正大概知道家的方向。一路走，一路玩，倒也不着急。满地的桐花，随便捡起一朵，揪掉花蒂，便可以吹出声响。吹完桐花，嘴唇上沾满花粉，用舌头一舔，甜如蜜糖。吹罢桐花，又捡起一截废电线串花蒂。桐花去掉花瓣，剩下圆圆的花蒂，一个个串到电线上，长长的一大串挂在脖子上，像和尚的念珠。回到村子时，已是下午。被汗水打湿了的头发贴在额头上，像刚洗了头。棉袄的里子也早已被汗水浸湿，浑身痒得难受。索性脱下棉袄，竟然发现有虱子，便加快脚步，跑回家告诉母亲。母亲一边给我换衣服，一边数落：人瘦，还招虱！微风吹来，桐花“啪啪”落地，惊得鸡群四散开去。听到我吸鼻子的声音，母亲的目光变得柔和下来。

岁月如梭，青春不再，我也早已离开生养我的家乡，但是泡桐树带给我的快乐，以及我对它的愧疚却不曾被岁月磨灭。在客居南方的日子里，我经常寻找它的身影。在四川的青城山上我抚摸过高大的青桐树，在江西的村寨里我见到成片的油桐花，它们都曾令我恍惚，一度认为那就是我曾经伤害过的泡桐。

有一次，和朋友们去东莞的一个古村参观，在一座古旧的民宅里遇到了一位古琴师。他抚琴一曲后，我问斫琴的木材是否是泡桐，他犹豫片刻，告诉我是杉木，随后马上说也有泡桐木，不过很贵。一个对木材知之不多的朋友随口大叫：啊！桐木还贵啊？琴师为我们斟上茶，告诉她：泡桐木质松软，不开裂不变形，是斫古琴的上等材料，墙上挂的那一把浅色的古琴就是泡桐木做的。顺着他的指向，我有些激动地走过去，仿佛是见到失散多年的故人。我小心地抚摸着那把古琴，像是抚摸曾经被我打过的泡桐树。我的手尽量轻一些，再轻一些，生怕弄疼了它生前的伤口。

在成都，我曾经游览过宽窄巷子，亲身体验了这个驰名中外的成都地标。回来后，偶尔浏览手机时，一个美丽的名字映入了我的眼帘：泡桐树街！仔细一看，泡桐树街就在宽窄巷子附近，想起上次和它擦身而过，不免心生遗憾。手机锁屏后，突然想起几句歌词：

没有人知道为什么
太阳总下到山的那一边
没有人能够告诉我
山里面有没有住着神仙
……

我不知道，成都的泡桐树街上，还有没有泡桐树，它的身上是否有疤痕，古老的巷子里，是否还飘着代表期待爱情的桐花香，如若有缘，我一定会去泡桐树街，一睹它的容颜。

随着社会发展，故乡的村子逐渐被各项开发项目吞噬，目睹泡桐树日渐减少，我试着把它放进诗里：

开出粉白色的花
仅仅是到春天赶个场
从不指望秋天能有好的下场
也不指望年轮刻画得太清晰

木质疏松无关乎贪图疯长

无意中落了个不屈不挠的秉性
可以做一把古琴
可以做屋脊上的椽子

其实我盘算着，更适合
打一口白茬的棺材
和死者的一生一样
轻如草芥

我知道，总会有一天，故乡的村庄和故乡的泡桐树会消失，只是我不想这一天来得太早，我还没有来得及对它说声对不起。

芦花，落入人间的云朵

深秋至，百草枯。西蔡河的芦苇也不例外。进入九月，天气渐凉，芦苇叶子开始枯黄，芦苇丛便披上了一头银发，一簇簇熟透的芦花吸收了秋阳的余热，开始炸絮，枯死。大风吹过，柔细的芦花纷纷脱离花穗，随风飘起，四散开来，飞到草丛、树下，一团团聚集起来，像薄薄的积雪，又像柳絮。我被这洁白吸引了，停车，驻足，恍若走进故乡的芦苇荡，甚至怀疑这是来自《诗经》的芦苇种子，在村庄落地，生根。

望着芦苇丛随风起伏的白浪，耳畔仿佛响起雷佳的歌曲《芦花》："芦花白，芦花美，花絮满天飞。千丝万缕意绵绵，路上彩云追……"

其实，故乡的芦花白和美并非我的最深记忆，在我客居南方的几十年里，最能勾起我的乡愁的，是芦苇丛的无限生机和陪伴我童年的芦席。

家乡的西蔡河绵延上百里，沿岸的芦苇大都是野生的。在无人栽种的河床上，怎么会有那么多芦苇？少年时代的我一度百思不得其解。后来才知道，芦花白，不仅是为了展示美，而是芦苇在繁衍生息。洁白的芦花带着种子落入水中，随河水一路播撒，不断扩大生存地盘。同时，也给儿童带来无限的乐趣，在芦苇丛挖黄鳝，捕鱼，打水仗，无不令人流连忘返。羽毛翠蓝发亮的翠鸟，是芦苇丛里最常见的水鸟。它常常站在高高的芦苇上，一动不动，全神贯注地望着水面，一旦发现鱼虾，便箭一般地俯冲而下，一头扎进水里，等它钻出水面，重新回到芦苇上时，嘴里一般都会叼着鱼虾。我们不羡慕它的成功，却常常钻进芦苇丛里寻找它的巢。寻来寻去，总是找不到，直到有一天，我随父亲到河里下水泵抽水浇地时，才发现翠鸟的窝是在河岸的泥土里的。在近水河坡上，泥土被流水冲刷得光滑坚硬，白生生的芦根露在外面，芦根附近，一个鸡蛋大的洞口，周围散落着鱼鳞，这便是翠鸟的窝。芦苇丛里多鱼虾，翠鸟在芦苇丛附近挖穴筑巢，既能隐身，又有丰富的食物，或许这就是适者生存的法则吧。

在《诗经》里，芦苇的美和诗意，超越许多植物。“蒹葭苍苍，白露为霜。所谓伊人，在水一方。”虽然过去了数千年，再读起诗句，一样令人心动。

佛教传说里，达摩祖师在江边折一支芦苇，立于其上而渡江。在少林寺的石刻上，现在还能找到“一苇渡江”的神奇画面。在诗经《卫风 · 河广》里，亦有如此富有诗意的句子：“谁谓河广？一苇杭之。”谁说黄河宽广？一片苇筏能航。旅居卫国的宋人，是何等的思乡情切啊！

其实，蒹和葭虽同为芦苇，却并非同一景色。蒹是未长花穗的芦苇，而葭则是刚发出来的芦苇。比葭更嫩一点的，应该是芦芽了，“蒌蒿满地芦芽短，正是河豚欲上时”。河豚味美，芦芽也好吃。不知道苏轼先生有没有吃过芦芽，我吃过一次芦芽火腿，其味之美，久不能忘。小时候，家乡遍地都是芦苇，但不知芦芽能吃，等到移居城市里，才发现人间有此美食，不过，想要采摘芦芽却非易事。有时见到旱地上的芦荻，叶子酷似芦苇，明知道不能食用，仍然会禁不住挖一下根部的嫩芽，叹息一番。

冬季，西蔡河进入枯水期，两岸露出干涸的河床，水草和芦苇完全枯死。二爷穿上胶鞋，下到芦苇丛，把芦苇一排排放倒，打成捆，拉回来继续晾晒。

晒干的芦花穗儿，是上好的草鞋料。木底，麻绳，苇毛缨子，做出来的草鞋保暖，即使在腊月雪天，穿着芦花草鞋也能感觉到脚下火热火热的。

等草鞋做好，芦苇也晒干了，二爷把它们均匀地摊到地上，拉着石磙反复碾压几遍，一条条芦苇就变成了扁扁的芦篾。碾好的芦篾一捆捆扎好，码在屋檐下，等二爷闲了，便坐在一张小凳子上，把一捆芦篾搭在腿上，抽一根芦篾从两根筷子之间穿过，用力一拉，芦苇的叶子便被剥了下来。手法之娴熟，速度之快，无人能及。

半个冬天，二爷都在剥芦篾，剩下半个冬天，他便开始专心致志地编芦席。编席前先要把院子扫干净，再洒水压压尘土。不到半天工夫，打湿变软的芦篾在二爷手里像变戏法似的变成一张凉席。凉席上图案丰富，纹路清晰。菱形套菱形，方块叠方块，有大大的双喜字，也有戏水鸳鸯。

芦席是农村最好的乘凉工具，几乎每家的床上都有芦席。冬天，芦席铺在褥子下面，到了夏天，则抽掉褥子，直接睡凉席。芦席软而不变形，夏天睡上去凉爽干净，十分舒适。暑天晚上，男人们把卷成筒状的芦席扛在肩上，到外面寻找风凉之地睡觉。家门口马路边，或村头打麦场上，都是乘凉睡觉的风水宝地。女人们怕羞，坐在大门外面的芦席上扇着扇子聊到半夜，便回家睡觉。第二天一早，男人们扛着芦席回家，身上总会有一片芦席的花纹。

旧时，农村的房子内墙大都是用黄泥加麦糠抹墙，时间久了会掉土。聪明的人家，会买来芦席钉在墙上做床围，既美观又实用，脏了还可以用湿毛巾擦拭。

淘洗好的粮食用席子晒极为卫生方便，但芦席只能用来晒玉米、大豆、红薯干，晒小麦则不行，席子难免有缝隙，会漏麦粒儿。

芦席对于农村人很重要，活人离不开，死人也离不开。未成年的孩子夭折了，是没有棺材的，也不能进入祖坟墓地，只能用芦席卷了，埋到河坡或高岗上，埋得多的地方，就成了大家口中的乱坟岗。

即便是成年人和老人，入土时也离不开芦席。棺材下到墓穴里，主事儿的人便把提前准备好的芦席撕掉一个席角，然后把席子盖到棺材顶上。席子一盖好，随着一声大喊，便开始封土，预示着棺材里的人和亲人将会阴阳两隔，无法再见。旁边跪着的孝子贤孙便呼天抢地，哭声一片。

据说，棺材顶上的芦席是遮天的，逝者在芦席的庇佑下安然进入另外一个世界。比起诗歌里描绘的芦花美，我想，这是芦苇最为庄严的使命。大风呼啸的冬天，万木萧瑟，田野空旷，一行出殡的队伍走过河堤。河边，干枯的芦苇随风起伏，芦花飘荡。这场景，将成为一个历史性的镜头。

三月，醉在春风里

三月里，南国草木复苏，空气中除了花香，还有草青味儿在流淌。柳树和秋枫的芽苞一炸开，青味儿便流下来。流到地上，红色的人行道铺满黄绿色的苞衣；流进河流，河水恰到好处，摇曳的水草露出一排尖尖的绿叶；流进公园的草坪，青草味儿从孩子的脚下四散开来。

我不羡春风，也不羡仙，只在阳光下恍惚入梦，坐等春风恣意，远渡千里之外。千里之外有我的村庄，我的母亲，还有我走丢的身影。

春风过处，我能听到母亲唤鸡的声音。母亲撒下黄色小米，黄色鸡仔“啾啾”，母鸡“咯咯”。一呼一应，便勾起母亲心底的无限柔情，步履蹒跚的鸡仔并非鸡仔，那是她的儿女，她的心头肉。母亲的目光落在鸡仔身上，柔和如春日阳光，春风扬起地上的杨树嫩芽苞衣，母亲一时恍惚。

毛白杨上落下毛毛虫似的花穗，从母亲耳边擦过，卧地而眠的黄狗惊得跳起。白猫跳下窗台，打破了窗台上的旧碗，碗里有晒干的剩糨子，泛着淡淡的红色。

父亲早已备下菜种，育好菜苗。菜地表层的土冻得松软细碎，韭菜钻出土壤，嫩叶带着绯红。父亲小心翼翼地剜去旁边的荠菜，韭菜不道谢，只顾生长。春风吹动苗圃边缘的油纸，哗哗作响，父亲蹲下来，拍了拍手：“天暖了，都出来吧！”说完便掀开苗圃的盖棚，一排排菜苗挤得歪歪斜斜，争相往上蹿。茄子栽荚，辣椒栽花，茄子刚长出两片荚，父亲便急切地移栽。辣椒苗要等长出一簇叶子后才好移栽。菜园周围的香椿冒出红色叶子，如凤尾，又似流苏。我偶尔说起喜欢吃香椿煎豆腐，父亲便种了这一排香椿树苗。香椿叶已经成簇，只等母亲腾出手来，将它们一一摘下，入瓮，撒盐，腌了给子孙吃。

父亲翻土，把翻出来的小石头扔进蔡河。蔡河刚刚苏醒，宽广的河床中央浅水潺潺，水草罗列两边。石头入水，发出“噗”的一声，惊起水鸭掠过水面，飞入干枯的芦苇丛。

河岸的杨树枝干遒劲，嫩绿爬上了枝头。灰喜鹊在蔡河西岸“嘎——嘎嘎——”地叫着。父亲抬头望了望，不禁喜上眉梢：“清早报喜，晌午报忧，晚上报贼来偷。”布谷鸟也不甘寂寞，在河东岸“咕——咕，咕——咕”不停。父亲捡起石子儿扔过对岸：“这个毛贼，自己不做窝，偷偷把蛋下到别人窝里就跑。还敢叫！”布谷鸟把蛋产在喜鹊窝里，喜鹊从孵蛋到喂食，都不知道喂养的是别人的孩子。或许，在孩子面前，每个母亲都会放下警戒。

灰喜鹊和布谷鸟在树上一唱一和，似拌嘴，又像唱对台戏，父亲倒成了调解人，或者指挥家，一阵劲风吹过，树芽的苞衣纷纷落下，人间好似下起了花瓣雨。

春风千里，追回旧时光。小时候，布谷鸟在春天里叫，我在春天里撒欢。割草，捉鱼，挖野菜。同学骑自行车，我们在后面追，追美丽的花裙子，追一头秀发，追春风里戏耍的彩蝶。

“野火烧不尽，春风吹又生。”河坡上被我们烧过的草地已经冒出绿针尖儿，拔一条剥开，露出白色的花穗儿，嫩得令人心里发颤。我经常一个人到河边，偷偷剥开心事，说与飞鸟，说与游鱼，说与广袤的大地。

少年时代五彩缤纷，布谷鸟叫声也各种各样，慢的叫“咕——咕，咕——咕”，快的叫“呱咕呱咕”，树上“呱咕呱咕”响起，我便在树下搭腔：“傻瓜喝醋，傻瓜喝醋。”

布谷鸟勤奋，从春天叫到芒种。芒种忙，三两场，我跟着母亲去割麦，踢着路上被车轮压死的干青蛙，嘴里学鸟叫：“傻瓜喝醋。”大步赶路的母亲扭头纠正我：“啥傻瓜喝醋！是麦秸垛垛！”我便改口叫：“麦秸垛垛，麦秸垛垛！”我的声音和鸟声顺着路边的河风下探，再下探，河里的青蛙以几声“呜哇哇”回应我。汗水爬上我的额头，天上阳光刺眼，我不敢放眼去寻找布谷鸟的身影。

青春已逝，可春风依旧。春风吹过树丛，吹过马路，放风筝的小女孩秀发飘起，大榕树褪下去年的老叶，洋紫荆撒下粉红、粉白的花朵。

我迎风呼喊，喊声乘风远渡千里。母亲站在门口，以满目的孤独应我。她满头的花白头发被春风吹起，一丝一丝在阳光里闪着光芒。父亲在春风里默默不语，他扛起铁锨，到田里去，到奶奶的坟地去。

奶奶的坟头孤立在青青的麦田里，坟头枯藤衰败，新绿初生。地上的猫眼草即将结籽儿。我怕它从记忆里消失，从来不叫它的学名泽漆。荠菜已经老去，父亲收了一些种子，寄往南方，我收到父亲的菜种，从父亲的梦里割下一块菜地。

在春天，奶奶从不寂寞。春节拜年，清明烧纸，还有满地的紫地丁顽强地开着卑微的小紫花。地黄也不弃不离，在奶奶周围支起一支支粉色的小喇叭，在春风里为奶奶演奏，演一场豫剧大戏。

春风撩人，令我日夜思念亲人，思念故人。我曾经从奶奶坟地挖了一棵地黄带回南方，却未能种活。我知道它和我一样，它的根也在北方。或许，奶奶不肯让地黄在这里成活，也不肯让我在南方扎根，不愿让思念永远漂游在春风里。

冬日，寒冷而又柔和的日子

立冬后，大部分植物都褪去了绿色，河坡上的野草枯黄，树木只剩下光秃秃的枝丫，间或顶着一个大大的老鸹窝。刚出苗的小麦像婴儿的头发，稀稀拉拉的盖不住地，露出一行一行的土层。

早晨起来去菜园，是父亲的功课。菜园里的萝卜白菜都满头霜花，像父亲满头的白发。萝卜经霜一打，变得脆甜脆甜，拔回来洗净，再买几个芥菜辣疙瘩，一起用推子推成条，晒半干，就可以腌咸菜了。

萝卜条晒在高粱秆箔上，像肥肥的豆虫。箔底下用长凳子支起来，鸡和狗在下面钻来钻去，小时候我也跟着小狗钻，还顶翻过萝卜条。有的鸡淘气贪吃，扑棱一下跳到箔上，啄一口萝卜条，辣的，吐掉。再啄一口辣疙瘩，苦的，再吐掉。挑来拣去无所食，索性跳下去。等母亲来看时，白生生的萝卜条上一排泥土爪印。母亲一脚踢过去：这浪鸡，没有你不作败哩！鸡是母亲的跟屁虫，不怕也不跑，只是稍微躲闪一下，一副悠然自得的样子。

鸡是母亲养的，留给孙子过年回来玩、喝鸡汤。孙子们住城里，没机会和鸡玩，回到老宅和鸡比“咯咯咯”叫，高兴得手舞足蹈，笑声传染了母亲，她脸上也开出了花朵。

数年前，家里拆掉瓦房盖了楼，院子变小了，母鸡也没了抱窝孵蛋之地。为了逗孙子们开心，父亲赶集买回一群小鸡娃，也不管公鸡母鸡，只管让母亲养着，用纯粮食追膘，仿佛面对的是一群小孙子。

院子拆掉之前，母亲从不舍得买鸡娃，都是让母鸡孵。

公鸡打鸣，母鸡下蛋，是天经地义的事儿，母鸡孵小鸡也是天经地义的事儿，不像现在的鸡只管下蛋，也不像现在的人生了孩子就扔给保姆，只准吃奶粉。暮春时节，老母鸡母性大发，“咯咯咯”地跳到鸡窝里抱窝。母亲见状大喜，把攒好的鸡蛋拿出来，在灯光下逐个照一遍，把没长胚胎的白蛋挑出来，剩下的拿到鸡窝让老母鸡孵着。老母鸡孵够三七二十一天，小鸡娃便破壳而出。

孵下的雏鸡娃，成群成群地跟在母鸡身后，“啾啾啾”叫着，老母鸡“咯咯咯”在前面走着，不时回头招呼小家伙们。母亲喂小鸡十分用心，先是蒸小米饭喂雏鸡，大一点就开始蒸大米饭喂。长到半斤重了才吃小麦粒儿。看着你争我抢啄小米的小鸡娃，母亲一脸慈祥，眼里放着光。我问母亲：鸡怎么没奶吃？母亲笑而不答，只顾喂鸡。吃饱了的小鸡娃被母鸡带着，或去沙土窝里晒太阳，或钻到母鸡身下取暖。阳光把沙土晒得暖暖的，我抓一把放到手里，沙土从指缝间流下来，手心里痒痒的，像有柔软的小鸡娃在动弹。见我靠近，母鸡脖子上的羽毛竖起一个大圈，极力张开翅膀，把十几只小鸡娃罩住，连一只爪子都不露，在阳光下像一个夸张的雕塑，我突然想钻到母鸡身下，感受一下有多暖和，会不会像母亲晒过的被褥带着阳光的味道。

尽管母亲如此小心翼翼，小鸡娃也有短命鬼，有的长到半斤多重了，也逃不过鸡瘟。鸡瘟像一阵风，抑或像甜腻的泡桐花香，悄然而至。活蹦乱跳的鸡群里，突然有一两只垂眉闭眼，无精打采，走起路来晃晃悠悠。一天半天后，在树根旁一卧不起气绝而亡，或者晚上进了鸡窝早上就没出来。患病的鸡死了，活着的鸡大摇大摆地从它们身旁走过，视若无睹。每当看见杀鸡，我会于心不忍，可想起它们视若无睹的场景，我心里便放宽许多。鸡虽死，却是不舍得丢弃的，母亲会精心收拾了，炖出一锅美味。母亲为鸡的死而惋惜得甩手不已，我却端着碗窃喜。直到有一天，母亲早上打开鸡窝门，一下子从鸡窝里扒出来七八只死鸡，我揉着眼睛去厕所时，看见她满眼的泪水，顿时震惊了。

一窝小鸡娃十几只，逃过鸡瘟劫难的都是幸运儿，但偶尔也有飞来横祸。夜深人静的秋冬之夜，黄鼠狼常常会来打劫。有时母亲刚睡下，蒙眬中觉得鸡窝里有动静，慌忙披起衣服跑去查看，也不见有黄鼠狼。回去刚睡下，又觉得有动静，如此三番，折磨得母亲疲惫不堪，昏昏睡去。第二天早晨打开鸡窝，发现少了一只鸡，弯着腰往鸡窝里一看，一只鸡血淋淋地躺在里面，母亲除了心疼不已，也只能骂几句。第二天，父亲找来一堆半截砖头，把鸡窝加固了，夜里才放下心来。我对黄鼠狼的联想，倒不是给鸡拜年，而是梦寐以求的狼毫毛笔，于是倒盼着黄鼠狼来，梦想着父亲能抓到一只，拔毛做毛笔。

母亲的鸡在家里养，村里人则不尽然。有人养一笼子鸡，每天早上拉到田里放养，晚上一吹哨子，鸡呼啦啦跑回笼子里，坐着架子车回家过夜。

玉米丛里蟋蟀多，且没见过天敌，个个都是呆子，眼看着鸡伸着脖子过来，还不知危险，不躲不闪，最后自然就成了囊中之物。夏风吹过，玉米叶沙沙作响，三五成群的鸡张开翅膀，爪尖点地，掠地疾驰，如大侠水上漂。

田里的鸡吃得饱，玩得欢，我们就眼红，和鸡斗气。小伙伴们一阵嘀咕后，办法就来了。跑回家抓一把玉米粒儿，用锥子钻一个小孔，从母亲针线簸箩里偷一段棉线，从小孔里穿过。小伙伴全神贯注拴玉米粒儿，狗在脚底下摇头摆尾，兴奋地钻来钻去。拴好玉米粒儿，我急不可耐往外跑，一脚绊在狗身上，狗没事，我啃了一嘴泥。也顾不得疼，爬起来又跑。一伙人跑到玉米地里，把玉米粒儿扔到鸡群里，人远远地躲着。等鸡吞下玉米粒儿，几个人异口同声喊出来："哇！钓到了！"

鸡上钩后，自然不甘心，打着嗝儿甩着头往后退。我们哪里肯依，慢慢收紧棉线，一点一点来到鸡跟前，手到擒来。当然，人有失手，马有乱蹄，也有的鸡挣扎力度大，竟然把玉米粒儿吐了出来，逃之夭夭。

逮住鸡了，几个人商量着如何处理，有的建议烧了吃，有的建议炖了吃。

"我可不敢拿回家炖，要炖拿去你家炖。"

"俺妈会打死我，我也不敢。"

"那咱拿到坟地里烧了吃吧！那里隐蔽。"

"万一有人看见冒烟，一样死定了，不行不行！"

商量半天，只好把鸡放了。放了又钓，钓了再放，如此反复，半日光景就愉快地过去了。等炊烟升起的时候，我们神气十足地走回村里，看着我们胳膊上、脖子上的一条条红痕，没有人知道我们心里的快乐和幸福来自哪里。时过境迁，早已步入不惑之年的我，仍对那曾经的快乐无法释怀。

八月十五前后，小母鸡长到一斤重，羽毛丰满，身材健壮，像个大姑娘似的。母亲仔细观察一番，弯腰逮住一只，左手抓住膀根子，右手伸出两根指头，往鸡屁股里一探，脸上露出难以掩盖的微笑：开二指裆了，快了。母鸡下蛋不藏着掖着，该下蛋了，便会“咯——咯咯”地到处宣扬。母亲拿出一把秕麦撒到地上：窝里有麦秸，快去下吧，别来显摆了。小母鸡啄几粒秕麦，果真跑去鸡窝下蛋。有时母亲明明摸到要下蛋，到黄昏也不见下蛋，母亲知道遇上丢蛋鸡了。第二天，她拿出一个鸡蛋，放到鸡窝里，作为引蛋，抓住丢蛋鸡放进窝里，让它看看，一次两次，母鸡果然回来下蛋了。我摸着头，感觉十分神奇。母亲洗好我的衣服每天放同一个地方，我都找不到，见天还喊着“妈！我的裤子呢”，这母鸡怎么就琢磨到母亲的心思了呢！

我读书熬夜多，上火喉咙疼，母亲从鸡窝里拿一个带着余温的生鸡蛋，一头开一个小孔，一头开一个大孔，小孔进气，大孔喝鸡蛋。我嘴对着大孔用力一吸，“刺溜”一下蛋黄和蛋清一股脑儿就滑进了肚子里。如此天然良药，或许只有在那个年代才能放心享受到。

公鸡除了天经地义的打鸣，剩下的命运就是变成美味了。那年月日子紧巴，猪要喂到年底才可以杀了吃肉。平日里能解馋的，除了鸡蛋，就是鸡肉。母亲捡鸡蛋时，会踢一脚身旁的公鸡：死公鸡头子，长得瞎快，也不下蛋，早晚杀了你。

母亲撂下这话不几日，就到了八月十五中秋节，没钱买猪肉，自然是要杀鸡过节。磨刀，烧水，开膛破肚，“砰砰砰”剁成块儿，柴火在灶膛里烧得噼噼啪啪响。不多时香味儿便飘出厨房，飘出院子，连邻家的黑猫都知道我们中午吃鸡肉，隔墙“喵喵”地馋叫。对于一个十几口人的家庭，杀一只鸡，简直是杯水车薪，匀不过人头碗。母亲是个魔术师，她选择刚拔的萝卜，末茬的眉豆，或者遗漏在树上的葫芦瓜，七拼八凑，炖了满满的一锅，入了鸡汤味儿的萝卜瓜豆，每人盛一碗，绝不比鸡肉逊色。我每次都是端起碗就走，从没留意母亲的碗，偶然一次不小心洒了半碗，沮丧着脸转回厨房去再盛一碗，突然发现母亲碗里只有稀稀拉拉的萝卜和眉豆，不见半点鸡肉。我愣了一下，仰着脸出去了，母亲骂我不要仰着脸走路，我不敢低头，怕泪水掉下来。

养鸡要操心，蒸米、剁菜、回笼、放窝，哪一样都是麻烦事儿。可是母亲从不嫌麻烦，养鸡是母亲能给孩子们改善生活的最好方法。每次看着我们吃鸡的馋样儿，母亲脸上都会显露出自信和自豪，这是母性和力量的展示。母亲一生都在为这种母性和力量而努力，能为孩子奉献一些什么，是她最开心的事情，细到一顿饺子、一把香椿叶，都令她因自己的价值而感到无比自豪。

从骨子里，我喜欢和母亲进行这种心灵上的互动。尽管我早已衣食无忧，在城里可以买到任何美食和物件，可我不断为她创造机会。让她种萝卜，让她种花生，让她养土鸡，告诉她在城市里根本吃不到乡下的味道。母亲收了菜和庄稼打包好，杀了鸡冷冻好，让人捎过来，或者寄过来。收到后我会告诉她很新鲜，还带着她的温度呢。尽管在乡下买一箱豆角才十块钱，快递费都要三十块，可是我愿意，母亲也愿意。这是我和母亲之间的秘密通道，这通道能把家乡的土地和庄稼最直接最鲜活地展现在背井离乡的游子面前。

当我摸着这些萝卜、豆角，母亲手上的余温像一股电流，迅速传递给我。我早已练就和母亲一模一样的炖鸡厨艺，也早已熟知萝卜白菜的栽种方法，但我仍会隔三岔五地打电话回家，问妈妈炖鸡放多少料，问爸爸白菜何时播种。我啰里啰唆地问，父亲和母亲不厌其烦地教。

孩子嫌我管教啰唆，我却想打电话给母亲，想让她啰唆一下，让我感觉到我还是一个孩子。年轻人走得太远，就要不时回头，等一下年迈的父母，父母是心底最后的靠山。

逆境里，开出倔强的花

家乡的秋日是暖的，十月的阳光热烈如盛夏。秋风里，杨树仍郁郁葱葱，“沙沙”地摇着叶子，洋槐树和柳树虽有落叶，但仍旧满头绿色。近几年流行起来的栾树、冬青更是旺盛如春。或许，一年一年的冬寒，令它们变得坦然，逆来顺受。对于它们，大自然的风雨无法选择，顺应就成了它们生存的王道。即将到来的冬天，似乎对它们构不成多大的威胁。

田地里玉米早已收完，剩下一行行秫秸茬子，令土地略显荒凉。好在有野草和野花点缀其间，给大地平添几分生机。紫花地丁细微、紫嫣，地黄毛茸茸的叶子闪着光，半枯的狗尾草随风摇晃，稗草是倔强的，被麻雀啄去了干枯的籽穗，仍然不肯老去。

路边的空地上，晒着橙黄的玉米棒子和玉米粒儿，黄豆秧摊在地上，晒透了的豆荚咧着嘴，“啪啪”地爆豆儿。

“虽然淹过水，秋收也有八分年成，比想象的要好。”父亲缓慢地挪着步子，脸上不显露半点疼痛。

这是刚刚经历一场水灾的土地，对于在大水中逝去的人，生命是何其脆弱，可对于玉米、大豆这些农作物，生命又是何其顽强！看着这些籽粒饱满的粮食，我能想象出它们泡在水里的身影，一株挨着一株，一亩连着一亩，站在一片汪洋里，与暴风雨抗争。等洪水退去，它们便疯长，仿佛要把失去的光阴抢回来，最后，仍然用饱满的籽粒回馈养育它们的土地和百姓。

田头的路边，砖头垛上，拉拉扯扯爬满了瓜秧。南瓜叶子枯萎大半，长长的秧子上开着黄色喇叭花，滚在其间的南瓜裸露着肚皮，嫩的黝黑发亮，老的棕黄色表皮上长满白霜。葫芦花一朵挨着一朵，洁白的花瓣上带着褶皱，面对这种在日本被称为“夕颜”的洁白花朵，我没有想到西方传说中的圣亚·尔加迪斯，而是想到了郑州地铁站口黑纱上的绒花。

河坡沿儿上的荒草间，被开垦出一小块一小块的菜地，菜地里的茄子几乎落光了叶子，光秃秃的枝条上孤零零地挂着几个茄子。间或有几棵辣椒，红绿相间，在晴空下格外惹眼。

三奶穿着厚实的褂子在路边干活，头上的毛巾盖不住她满头的白发，她的腰弯得像虾姑，头快要碰到地上。

“三奶，做啥哩耶？”

“这一点地头，我清理清理杂草种点蒜。”

“儿子都有生意，还怕你花几块钱买蒜？”

“唉！这年头钱也不好挣，自己种点儿，赶明儿就不用买蒜了。”

后疫情时代，本来舒适的日子变得缩了水，三奶和邻居们像水灾里的庄稼，艰难而又倔强地活着。或许他们一时没有了宏大的想法，但他们没有抱怨，也没有躺平，他们用干枯的双手和佝偻的身子自保。

“田里种着庄稼，院子和田间地头种点菜，只要老天爷不让绝收，有吃有喝的，日子也差不到哪里去。”话虽简单，个中艰辛和冷暖他们自己深有体会。有些水灾重灾区，辛苦半年的劳动换来的是颗粒无收，上天的安排令他们无从抱怨，只能平静地接受，默默地补种别的作物。

疫情防控期间，家乡也不例外，没有核酸检测报告，医院是进不去的。我在南方做的检测报告也无效。父亲说都是医院想赚钱，我笑而不语。医院有医院的防控压力，严格管控并非坏事。或许他们真有创收的想法，也无可厚非。将近两年的疫情，医院早已被折腾得不堪重负，即使他们收点检测费，也根本不抵医护工作者的辛勤付出。

病房里，母亲是平静的，只是反复说我们过于担心了，本可不必手术。在我的印象里，母亲一直是内向的，不善于跟人打交道说长道短。可是病房里的母亲跟室友相处很熟，互相提醒叫护士换药水。隔壁床的大姐不算老，但是头发几乎掉光了。当我问起她的病，母亲看一眼隔帘，放低声音跟我说："癌，化疗化得头发都掉光了。身上扎不进针头了，就扎脚上，脚上的化疗针孔发炎，烂了一大片，露出骨头。"

躺的时间久了，母亲腰疼，我扶她坐起来活动，她坚持自己下床，慢慢走动着活动筋骨。阳光从窗户投进来，照在她花白的头发上，折射出白色的光芒。

我和母亲有一句没一句地说着话，隔壁床大姐突然唱了起来，歌词我听不太懂。母亲笑着说："天天唱，老病秧子了，不知受了多少罪，心里咋会好受！唱唱心里带劲儿些。"

母亲虽然如此说，但我却心有戚戚，对歌声里透露出的幽怨感到叹息。但大姐始终面带微笑，全神贯注地唱着，几根细若绒毛的头发随风摆动。她坐在病床上，床上放着一本基督教《赞美诗新编》唱诗本，枣红色封皮，厚厚的一本。她不翻本子，只是对着手机唱，反复地唱，额头渗出细汗，面色也红润不少。见我走过来，她停了下来，朝我笑笑。我提出想看看她的唱诗本，她有些拘谨地递给我："我唱不好，心里闷了就唱唱散散心。"

赞美诗是基督教的歌，歌词都是宽慰人心的良药，当我翻到《爱不弃我歌》时，她轻声唱起来：

仁爱，不忍弃我的爱，劳疲灵魂因你得安；
真光，照我完路的光，将残的灯挈来就你；
欢乐，你来苦中找我，我心岂忍将你拒绝？
……

病痛对于她，已是不可逃脱，住院和病痛，或许她早已习惯。她熟练地使唤周围的人帮她叫医生、举瓶子，也熟练地帮周围的人叫护士。住院，已是她生活的大部分，她已经不把住院当作住院，她要把住院当生活，习惯地洗脸刷牙、唱歌，快乐度过每一天。

下午，是病房里打扫卫生的时间，清洁工是一个精瘦的老人，穿着海军蓝工作服，像极了车间的师傅。他一边干活，一边和屋里的人聊天，像是在村里和邻居相处。我问他多大年纪，他要我猜，我故意猜五十，他张大嘴巴说六十二岁了。我小有吃惊地回他："啊！那你不是该退休了！"

"退休？还得几年。咱农村人等到两眼一闭两腿一伸，就算退休。你看楼下收垃圾桶的、扫地的工人，哪一个不是六十岁！"

"孩子还不担心你累着？"

"累？有得累是福分啊！孩子有他们一家要吃喝，我能挣几个钱，自己花着方便，不拉他们后腿。唉！现在他们也不容易。"说完，他继续拖地，病房里弥漫着淡淡的消毒水的味道，让人安心，又让人不安。

母亲累了，我又扶她坐下。无意间说到村里的一个大娘，年纪跟母亲不相上下，天天去菜市场剥葱整理蔬菜，挣零花钱。七十多岁的老人，每天跑十里路去干活，辛苦不说，危险随时会惹上身。母亲看出我的心思，叹口气说："但凡能不干的，谁会去受那个苦，谁不知道歇着舒服。还不是几个孩子不争气！大女儿陷入传销窝，儿子在村里守着田地，老头子一辈子酒鬼，经常醉醺醺地回家，有时候醉得回不了家，倒在村头上，还得要人拉回来。她没人能靠，还不得自己顾自己。"

这个大娘最近我是见过的，上次回乡时在村里见过，寒暄之间并没觉察出她脸上的愁容，或许她已经适应了这种自给自足的生活。

医院里饭点准时，错过了只能出去买。病人们无事可做，到了点儿就开始琢磨吃什么，哪怕没胃口，也要吃一些，毕竟算顿饭，毕竟要增加能量，好养身子。我难得陪母亲，想让她吃点好吃的，便自作主张下楼去买。

住院部不远处有一个大门，因疫情封闭。远远望去，封闭墙上挂着一排红色宣传布，墙头上趴着几个人，招着手吆喝。出于好奇，我索性去看看。

墙上的宣传布是饭店的菜单，还有药店的价格表，墙头外的吆喝声此起彼伏：

来了来了，晌午了吃饭了，烩面水饺胡辣汤，现煮的羊肉热着哩。

买药买药，老牌药房，要啥药有啥药，白蛋白有 360 个单位的，400 块一盒。

……

最边上的招牌小，吆喝声也小，招揽生意的是一位六十岁上下的老人，满头白发，连胡茬也是白的。他站在高高的院墙外，不停地招手。我走上前，点了烩面，边等餐边跟他聊天。

“你这吆喝一天能赚不少钱。”

“咦！老弟你可别说赚钱的事儿，疫情来了这个大门一封，病人家属出不去，俺这些饭店一天也没几个人，一天房租四百五，不想办法卖几个钱，亏都能亏死个鳖孙，总得想办法活命。这县医院算仁义，允许扒着墙头吆喝，一天卖几百块，能顾得住房租，熬过疫情就好了。”

正说着，墙头上一个穿白大褂的美女店员举着一盒药高喊：“谁要的白蛋白？ 400 块钱。”

话音一落，马上有一个大妈凑上去，踮着脚接过来横看竖看，突然说不要了，太贵了。上次在外面买的 360 元一盒。白大褂一看生意要黄，马上急了：“大娘你不知道，这是 360 个单位的，含量不一样。你那便宜的含量低，效果不好。”

大娘左看右看，终究没要，又踮着脚把药退给店员，店员一脸沮丧，背过身去，许久才转过来继续吆喝。

生活在底层的芸芸众生，面对疫情和困难，没有抱怨，没有气馁，他们想尽办法跟生活抗争，越是微小，越是有生命的韧性。

我拎着饭回到病房时，邻床的人已经开始吃饭，小米粥，鸡蛋煎饼，五花八门。门口的病友捧着一碗芝麻叶豆面条，说是清淡食物好消化，我想，或许是的，或许不是。

烩面是正宗的清真味儿，母亲看着我吃，她也吃。她知道，我也知道，这趟回家，也陪她吃不了几餐饭，又要分离。

饭后，母亲躺下休息，一脸的安详。病房里的人也都安静下来，或午休，或看手机。我悄悄出了病房，暂时回家。

第二天早晨，突然大降温，隔壁的老人穿上了棉袄，闲站在路边。我找了件外套穿上，赶去医院陪母亲。母亲知道我下午要走，不停地交代注意身体，我唯有“嗯嗯”应诺。

在邻床大姐的赞美歌声中，上午就过去了。我怕赶不上高铁，临近中午时，来不及陪母亲共进午餐，便匆匆赶往车站。

一路上，出租车司机开得很快，她得赶时间，多拉几趟，尽快攒够儿子的彩礼。窗外，田里的野草和小花在强劲的风里摇曳，比前一天看到的更加令人心生怜惜。它们知道寒冷的冬天是宿命，但仍然乐观地生长着、开放着。

【下卷】

他乡涅槃

聆听大邑

第一次亲近大邑，便被错落有致的民居、树林和潺潺流水吸引住了。溪水舒缓，微波粼粼，像一条秀美的玉带。

我俯下身子，伸手撩一下流水，惊起不远处的两只蜻蜓。它们轻轻扇动着翅膀，转了一圈，又回来了。对我的到来，似乎已经习以为常。或许，这就是新时代的大邑，在这里，人和动物之间的默契是心照不宣的。

过了一片村庄，仍是一片村庄。一个个村庄，向着远处的山盘旋而进。

苍鹰打了个盘旋，在天空划了一道大弧线，起点正是云杉的树梢。高大的云杉后面，是几株笔直的桤树，从树枝上看，应该是最近几年移植的。桤树丛的后面，是几栋房子。房子的后面，仍是一排的桤树。

树林围着房子，村子里也是兜兜转转，“盘”的概念，已不是简单的图形概念，它早已是大邑人和自然共生共存、相依为命的星象图腾。

在夜里，常常听到一些声音，夜莺，蛐蛐，躲在石缝里的蟋蟀，和村庄擦肩而过的风声。不，不仅仅这些，还有来自岩石的低语。

这声音，在远古曾经是激越高昂的，是痛苦扭曲的，侏罗纪时期后的龙门山地质运动，让每一块石头都经历了伟大而又艰难的磨砺。多次地壳断层的叠加，带来了大山，带来了谷地，带来了无穷无尽的巨大能量。那时的大邑地区，上演了轰轰烈烈的宏大叙事。

在炼狱中涅槃，在毁灭中重生，大邑的山和大地就是这样。地壳运动尘埃落定后，岩石冷却，山谷定型，山峰险峻，林木葱郁。大邑地区一切归于平静，肥沃的土地激发出无限的生命力。大邑，继承了大自然的塑造之美、重生之力。站在这醉人的林盘美景中，谁又会想到，我们脚下曾经发生的那场沧桑巨变！

初识大邑林盘，是在书上。许多年以前，一篇关于大邑林盘的游记，勾起了我的好奇心，大邑林盘一次次出现在我的脑海里、梦里。在图片里，大邑林盘的院子，斑驳的瓦屋、长着青苔的砖墙，都是古老的、安静的，带着历史的沧桑。围着村子的溪水，竹林和高大的银杏树，都呈现出原始自然的姿态。现在，我就站在这里，站在曾经在图片中出现的地方，此时，村子是鲜活的，老屋也是从历史中走出来的老屋。残缺的瓦换成了整片的，曾经的断壁残垣也变得整齐、高大。

我拦住一位背着竹篓的大哥问："这房子是你的吗？"

大哥先笑笑，然后神秘地说："是我的，也是大家的。外人住得比我多。"说完，挥手而去。

我眼前的房子下部分是老墙，上部分是坍塌后重新垒起来的新墙。尽管老墙被修缮过、清洗过，但它的历史痕迹仍然十分明显。房子前面，溪水漫过一截倒伏的柱子，发出"哗啦啦"的声音。从云层间隙洒下来一缕阳光，穿透被竹子溅起的水花，仿佛一阵刀光剑影。但这刀光剑影不是寒冷的，它带着林盘民居的温度。我凑上前去，试图再次接近溪水，当我的脚踏进溪边松软的泥土时，被身后的人劝住了，只收获了溅到脸上的几颗晶莹剔透的水珠。他们制止我，是怕我滑进去，可我不怕，滑进去又如何呢？来大邑，我本意不是走马观花，我愿意走近些，再走近些，感受它的气息，触摸它变化中的生命力。我相信，这就是进村前我抚摸过的溪流，但已经不是我撩起过的水，流水是一刻也不停息的。生命是运动的，只有动起来，生命才有延续，才有力量，才能不断获得新生。河里的水，从山上流下来，不断向前流动，才能有声音，有波浪，才能有绵绵不绝的生命。是大邑人祖祖辈辈的不断翻耕，不断种植，才令这里的田地有了生命的气息。

我捡起一片树叶，它就是图片里那一片，又不是那一片。如此想，我是无意的，又是有意的。从下车那一刻，我一直试图寻找图片中的大邑林盘，试图触摸那带着大山淳朴气息的村庄，小路和满地的黄叶。

现在，我找到了，但是已经不是昔日的大邑，是的，在两千多年前，古希腊哲学家就说过“人一次不能踏入同一条河流”，我找到的大邑林盘，已经是被赋予了新生的“大邑”。

今天的大邑，真正呈现了其“大”。几十个林盘公园和村居，正被融进一盘“大棋”。

大邑变了，林盘变了，它们的“大变”却呈现在一个个细小的章节里。破旧的房屋修缮好了，泥泞的道路硬化了，溪边的草还是那些草，但是变得整齐、新鲜了。曾经的荒草，透露出的是荒芜、沉寂和消极的原始气息。有了人的参与，有了开发治理，它们便有了生机，有了人和自然有机融合的人文气息。

此时，太阳正滑入山林，周围的鸟鸣更加热闹。远处的山氤氲迷茫，山顶的轮廓与逐渐灰暗的天空融为一体，分辨不出山的高度。我取出手机，欲拍下这天地相融的瞬间，无奈手机没电了。

突然，我想起陆游的诗句：从今惜取观书眼，长看天西万叠青。我想，一千年前，陆游应该也是在如此的黄昏里，在感慨、惆怅中留下此诗的吧。

天色暗下来，夜宿便成了话题。刚才那位大哥的话，自然再次被我想起，成为他口中的“外人”，亲身体验一下他的民宿，是我此刻真实的想法。但是，尚未等我开口，有人便喊过话来：晚上住大地之眼酒店。我一时愣住，难得来一趟，为何不住民宿呢？

结果，自然是我错了。这间酒店，是真正的民宿之中的精品。它的气势之美，它的意境之美，即使是亲身体验过的人，也有无法言说的感慨。

我们就住在大地之眼中部的房间。走出来，便是大地的眼球。外面，交错的灯光把一棵新移栽的树木的枝干倒映在水里，连同房屋的倒影一起，镶嵌在长长的水池边缘弧线上，深邃，而又静谧。

窗外，远处漆黑，近处散落着灯光的寒辉。树叶在枝头时急时缓地摇着，并未发出声音。入夜，大邑的静变得越来越纯粹，整个世界进入了静止状态。静的尽头是动，静到了极点，便能显现出隐藏的动来。万物如是，大自然如是。我们感觉到静的时候，往往隐藏着许多声音，冰雪悄悄融化，树叶从枝头剥离，果实慢慢膨大，熟睡的鸟儿心脏跳动……

我久立窗前，并无这些声音入耳，隐隐听到的，是另外一些声音，如岩浆翻滚，如万马奔腾，地层与地层挤压，石头与石头摩擦，轰隆隆，咔嚓嚓……

数万年前的那场地质运动，诞生了彭灌大断裂和大邑县的前世。大邑在山中平静地度过千年、万年，数万年。老屋历经沧桑，见证了一个地方的自然变迁和人文发展，它老了，墙壁斑驳，青瓦脱落。河流和小溪哺育了水稻、树木，河床被杂草一步步吞蚀，小溪被倒伏的竹子和断木掩盖。

想起刚才那位大哥，我知道，他的表情是意味深长的。曾经，大邑林盘和聚居在这里的人一起，默默坚守着农耕田园，与大山为伴，与流水共存，过着朴实而又辛苦的生活。说是安逸，其实也是无奈。那时的路是窄的，他们的脚步是慢的。银杏树青了黄，黄了又青，年复一年重复着山里的四季。外面的世界发展一大步，他们只能迈出一小步。与城市之间越来越大的距离，是逐渐形成的。

多年前，我就从照片上看到了林盘老屋那斑驳的墙体，风化的黄土。不，这不应该是他们的宿命。大山、河流、林盘和生活在这里的人们，不应该成为守护传统和原生态的牺牲品，贫穷和落后，也不应该成为乡村的代名词。这里的一山一水、一草一木都应该享受时代发展的成果。

村庄和田园，是我们的根，是情感寄托的故乡情结。时代的发展，乡村不能缺席。

是的，静的尽头，是动。乡村振兴的号角吹响，唤醒了大邑淳朴勤劳的子民，唤醒了沉寂多年的林盘风光。大邑再一次动起来，它的每一个脚步，都是超越的。它用旅游和民宿，向世人打开了大邑林盘的神秘世界。

有人说，林盘脱胎换骨了。我说，不，林盘的风骨还在，风韵还在，民居文化和人的勤劳诚恳还在。它们只是换了皮肤，换了精气神。洁净的乡道，整洁的河坡，林盘公园，林盘聚落，还有各具特色的民宿，都真正融进了这个时代。一堵墙、一片瓦、一株草、一枝花，都鲜活起来。它们不再属于历史，历史上从没有这么多的人亲近它们。

我从没见过有这么多民宿同时诞生，在大邑，几乎在数年时间里，就建成了一百多家民宿。这是“迫不及待”一词最好的诠释。

我没有亲临雕梁画栋的大家宅院民宿，只与一间朴素简约的农家民居匆匆一遇。青砖院墙的顶上，长着几株狗尾草，早已风干的“狗尾”毛毛在风里摆动，惊动了一只不安分的白猫。我打眼望它时，它像多年的故交，在房檐上友好地望我，时不时动一下前爪，爪下的干树叶发出窸窸窣窣的声音。曾经见到另外一间民宿门外“向野而生”的标语，这正是一种心灵的追寻。这里的动物是野性的，但它们又是友好的。城市里的宠物被“束之高阁”，动物园里的动物被“长期拘禁”。这里的动物按照天性生活，但又与人亲近。我看到了它们眼里的光，自由、幸福、无忧、坦然。

老尹是猫的主人，也是老屋的主人。交谈中，他翻出来一张照片给我看。照片里的老房子就是这间民宿，不过，那是它的前身。老房子顶上的青瓦有些凌乱，瓦缝间长出一排排瓦松，半开的窗户未上油漆，经年风吹日晒，木头已经有些发黑。看看照片，再抬头看看现在的民宿，顿感山乡巨变惊人。

我问他装修这房子花了多少钱，他伸出两根指头说：“两个数。”话语间，他没忍住内心的自豪，眉头不住地上扬。当我夸他家底厚时，他突然来了一句“全是合作方的钱，我只出房子”。

我又问他当初担不担心失败，他舔了一下有些干燥的嘴唇说：“开始肯定是担心的，不想做。后来看到政策给力，合作方又投不少钱，也就不怕了，人家出那么多钱都不担心，我还担心啥呢。”

太阳躲进了云层，民宿瞬时暗淡下来。但在老尹的眼睛里，我看到了别样的光芒。

不远处，炊烟在林盘民居上空升起。这人间烟火，在高远处和朦胧的苍穹融为一体。

再远处，连绵不断的山体轮廓，半隐于氤氲的云雾里。这种天地合一、天人合一，是诸多思想家推崇的哲学。

庄子说“有人，天也；有天，亦天也”，人与自然应是融合的，只是人类对自然和社会的各种“操纵”，令人类隐藏了自然本性，从而让人文和自然景物之间有了对立的取舍难题。其实，人文对自然并不都是破坏，只是无止境的欲望把人类的索取推向了极端。

在大邑，以涅槃的姿态，林盘活了，树木、村舍、田野、流水、拍照的行人、微醺的食客，都呈现了天人应有的姿态。

这里，每一个生命都是幸福的。亲爱的朋友，请亲近这里的一棵草吧，蟋蟀正埋伏在它的身后，为你准备一首歌。阳光洒下来，每一朵花开都是必然的，就像小女孩灿烂的笑脸。

此时，我是羡慕的，羡慕一只猫，羡慕林盘的民居环境，羡慕在政策宠爱下的大邑人。

上饶，在金色稻浪里晒秋

进入深秋，太阳失去了夏日的威猛，越来越凉的秋风越过秦岭淮河，进入了江南地区。上饶三清山里，乌桕的叶子早已全红，在蓝天下显得格外鲜艳。枝叶稀疏的油松上，一只松鼠正忙着寻找松果，以储存更多的粮食过冬。其实，位于北回归线附近的江西上饶，在经历历史上第四个寒冷期之后，冬天很少下大雪，即使进入数九寒冬，山里仍然有茂盛的植被，甚至还有未落下的野果。

对于秋天，上饶比其他城市更加敏感。当秋风拂过，满山的梯田里，成熟的稻谷像一条条金黄的锦缎，与近处的粉墙黛瓦相映生辉。而金黄的银杏、火红的乌桕、棕黄的杉树，则点缀在大山与城市之间，与各家院子里五彩缤纷的瓜果，共同形成了独特的立体秋景。

稻作文化起源地

一粒谷上的文明

深秋的万年县，早晨已经很凉，一位穿着深色行政夹克的老人走进自己的稻田，从深深垂下的稻穗上揪下几粒稻粒，扔进嘴里咬咬，满意地点了点头。这是一片约有一亩地的贡米稻田，比其他地方的水稻晚熟不少。从爷爷、父亲，再传到老人的手里，几代人一直守着这块水田，耕牛犁田，人工插秧，脚踩脱粒，始终坚持用传统方式耕作。用他的话讲，稻谷是有生命的，需要保持其生长周期的完整性，不过度催长，脱粒后保持完整的米粒，才能确保稳定的口感。去年，在一家农业公司的建议下，他买了小型耕地机和插秧机，一直担心会不会影响品质，直到他亲自品尝了新米，才放下心来。

万年贡米，自南北朝时期就专供皇室。明正德七年（1512年），明武宗下令新建万年县，县令将县里特有大米进贡，皇帝御膳后传旨，要万年县“代代耕种，岁岁纳贡”，令贡米的身价大增。现在，万年贡米已被打造为上饶以及整个江西省主打的区域品牌，甚至被选为钓鱼台国宾馆指定国宴用米。事实上，贡米并非万年的唯一特色，在它身后，还有一项举世闻名的考古发现——人类稻作文化起源地。

水稻，作为人类赖以生存的重要粮食，养活了世界上一半的人口。1995年，一支中美联合农业考古队在上饶万年县仙人洞内发现，早在1万年前新石器时期，居住在仙人洞的原始先民，就用双手驯化生长在湿地里的野生稻，开启了水稻种植的漫长征程。其遗留下的栽培稻植硅石，将浙江河姆渡发现的中国稻作历史从7000年前又往前推移了5000年，上饶万年也由此成为人类所知的世界上最早的稻作文化起源地。从最初的野生稻、粳稻，到南北朝时期被选为宫廷用米的籼稻“坞源早”（贡米），再到今天各种稻谷新品种，上饶构建了一个庞大的粮食体系，也向世界做出了“稻作农业源于中国”的有力发声。

悠久的稻作文化，亦孕育了上饶丰富多彩的农耕文化习俗。

在金黄的稻田旁边，一座两层的楼房已见雏形，中间的房顶处，一根根崭新的木梁有序地架在两堵白墙之间，在阳光下格外耀眼。靠近房门的主梁底下，挂着一个醒目的红色布袋，布袋里装着什么？为什么要挂布袋？

原来，当地人建房时，有“抛梁”的习俗。垒墙立柱竣工后，木工会扛着油光锃亮的木梁，将其依次搁上山墙，待组成梁框屋架之势时，人们会用红布袋装着白米悬挂于梁柱上，称为“压梁米”，然后从正梁抛撒米糕，以祈求年年风调雨顺，粮食丰收。

上饶人对粮食和大自然的敬畏，也融进了一年四季的生产生活中。“一根线，搭过河，河边崽仂会栽禾：栽一棵，望一棵，望得禾黄娶老婆……”来年春耕时节，人们在水田里忙着犁田、插秧，耳边时常会传来古老的歌谣《一根线》，这类结合了节令、风俗、耕技，生活气息十分浓郁的歌儿，也与其他稻作习俗一同，在无形之中感染和塑造着一代代上饶人的灵性。

最美中国符号

梯云人家的“晒秋”

瑟瑟秋风如魔术师一般，一夜之间便叫篁岭换了天地。银杏树早已黄得通透，如一大张金色帷幔包围了整个村庄。近处的稻田大部分已经收割，偶有个别小块的金黄色，是晚熟的贡米。收割下的稻谷，采摘下的辣椒、柿子，都被人们搬进村庄，换了一个展示的场地。红的辣椒，黄的菊花，紫的红薯，白的萝卜……形形色色的食物放进圆形的竹晒簟里依次排开，与传统的徽派建筑相映成辉，形成一幅巧夺天工的江南水乡画卷。

这美丽的画卷，便是上饶独特的“晒秋”场面。所谓“晒秋”，不只是秋天晒，一年四季都有物可晒，所晒之“秋”，实为粮食、果实。而秋天的粮食瓜果最为丰富，颜色最为多彩，晾晒场面也最具代表性，故才有了“晒秋”这个充满诗意的名字。

上饶晒秋习俗历史悠久，尤其是位于上饶婺源县的篁岭，被称为晒秋文化的起源地。其内容之丰富，场面之宏大，全国各地都无出其右。2014 年，“篁岭晒秋”被我国文化部评为“最美中国符号”，更让它演变成上饶城市以及篁岭乡村旅游提升的“图腾”和名片。

“篁岭晒秋”之所以闻名，也得益于它独特的地形和典型的徽派建筑。“地无三尺平”，四面环山的篁岭依山而建，村落民居围绕水口呈扇形梯状排布，鳞次栉比、错落有序，像极了西藏的布达拉宫。这些民居多为明清时期流传下来的徽派建筑，粉墙黛瓦，雕梁画栋，点缀在山水中。起伏的地势，充足的采光，为晒秋创造了良好的自然条件。人们巧妙利用斜坡的地势，在建筑前修建围墙，在屋檐下的柱子上横向固定木梁，使之与墙头齐高。如此一来，屋檐下的木梁与墙头之间，便成了天然的晾晒场，科学解决了陡坡民居缺少平地的困境。此外，晒秋所晒的作物会随着季节的变化而变化，如春天晒茶叶及其他蔬菜，夏天晒茄子、大豆，秋天晒辣椒、菊花。不同季节所呈现出的丰富色彩、立体层次感，也给传统的徽派民居建筑和山坡植被带来了人文灵气和立体美感，起到了锦上添花、画龙点睛的效果。

每年的六月初六、九月初九，上饶还会举办为期五个月的晒秋文化节。盛大的节日上，随处可见露天摆放着的五颜六色的粮食瓜果，金黄的稻米与菊花、火红的辣椒、车轮大的南瓜、一米长的冬瓜，都是节上的常客。如果留意观察，还能见到民居大门外挂着大块的腊肉。秋季晒腊肉，也是上饶固有的重要习俗。从前，家家杀年猪，腊肉都是用自养的猪肉晒制，禁止私宰后，只能从集市上挑选上等的猪肉晒制。所以现在除了个别从商的人家，这里大部分腊肉是不卖的，任你急得口水直流，也无法拿走半块。

一座城市的前身，大部分是农村。粮食及其他食品的集散、分享和交易，正是城市形成的重要原因。处于时代变迁中的上饶，始终与“晒秋”这样的农俗文化相伴，走不丢的乡愁会在城市与农村齐头并进的发展中，找到安身之地。

秋风起，鱼蟹肥
鄱阳湖的味觉召唤

随着秋意渐浓，鄱阳湖的水位退落到很低，有的地方已经露出宽阔的湖底。夏天被没入水底的水草，像得了天机，一个秋天，便长成了一望无尽的茫茫草原。11 月，湖畔的蓼子花也悄然盛开，柳叶般的植株上，一簇簇红色花穗儿，连成一片，给整片湿地铺上一层红锦。傍晚，夕阳在湖面洒下一层淡淡的金色，湖里的渔船早已返回码头，天鹅和大雁也不知去向，水面渐渐恢复了宁静。此时，若立于湖边，见到飞跃而起的鱼，绝对不算什么稀奇的事儿。

俗话说“夏天过后无病三分虚”，一场苦夏，人们消耗了太多的体能，炎热的天气影响胃口，到了秋天，自然要抓住机会进补养阴。上饶人也不例外，天气转凉后，便抓紧时间开始“贴秋膘”。此时，在鄱阳湖里滋养了大半年的鱼儿早已长得膘肥体壮，自然就成了家家户户餐桌上的主角。

“秋江水落白鱼肥。”白鱼，对常年生活在上饶的人们来说，绝对是贴秋膘的上等美食。其肉质紧致，味道鲜美，无论清蒸还是红焖，都能让味蕾得到极致的享受。但要吃到够大够肥的白鱼，绝不是一件容易的事儿。这种鱼类生活在深水区，生性灵敏，并非每艘渔船都有运气捕捉到。因此餐桌上能有一条白鱼，都算是一种秋的馈赠。

上饶人吃白鱼，最经典的便是红烧，但又和平常的烧法不同。一般做法是先把鱼裹上面粉炸熟再红烧，而上饶人则是用菜籽油把鱼稍微煎一下，然后放入姜蒜酱油，加水慢炖。当然，辣椒是少不了的，红辣椒青辣椒各司其职，令鱼肉呈现出复合的辣味。不管来自哪里的客人，在鄱阳湖吃鱼都会难以住口，直到吃得满嘴冒火、嘴唇通红才停下来，一边大呼好吃，一边赞叹不已。

相比白鱼，鄱阳湖的银鱼更易捕捉，也是鱼中精品、人间珍肴。在各类品种中，又以珠湖银鱼最佳。珠湖作为内湖，湖水干净，饵料丰富，水温稳定，是银鱼最理想的繁殖场。银鱼形如玉簪、洁白透明，肉质极为细嫩鲜美，营养丰富，有益脾、润肺、补肾、去虚等功效，属上等滋养补品。渔民们多把鲜银鱼晒制成淡银鱼干，再拿出去售卖，贵时可达800元一斤，足以显示出它的珍贵。一锅银鱼羹，常常成为贵宾席上的压轴菜，外地人如果饭后能带一斤银鱼回去，更是不虚到上饶一游。

从鄱阳县出发，穿过上饶的狭长地带万年县，便到达了上饶中部的铅山、横峰，这里的美食与鄱阳的鱼蟹大相径庭。虽都是小吃，却也久负盛名。

铅山烫粉有着悠久的历史，吃起来糯而筋道，香而不腻，口感极好。上饶地处稻作文化起源地，有优良的晚米。铅山人把这晚米经过浸米、磨浆、滤干、采浆等多道工序，做成粗细适中、弹性十足的米粉，吃的时候只需用竹漏勺把它在清水汤里烫熟，装进碗里，再加上各种姜葱、猪油、咸菜末等调味料，最后放上一勺剁椒酱，便成了美味可口的铅山烫粉。如不是新鲜的食材和独特的味道配方，很难做出如此让人回味无穷的味道。

在铅山，和烫粉媲美的美食，还有另一个历史悠久的传统小吃——灯盏果。其由糯米反复捶打而成，因形似灯盏而得名。过去，每逢清明、冬至等时节，铅山家家户户都会做果子，以祭祀先人，祈祷国泰民安、风调雨顺。做灯盏果要先将大米浸泡两三个小时，再用石磨磨成米浆。接着反复翻炒，炒熟后加入食用碱、面粉等和面，并捏成灯盏形的果坯，最后再往里加入各种馅料。决定灯盏果味道的，正是里面的馅料——瘦肉、笋干、豆芽、萝卜丝，有的还加腊肉，各种食材在精准比例的调配下，相互衬托出独特的复合味道。

随着城市化的进程，许多人住进了高楼，家里便没有了石磨等制作灯盏果的工具。忍不住乡愁的侵袭时，只能驱车去乡下的亲戚家，或者到饭店里大饱口福。这种期望，或许正是传统美食对一座城市及其原住民的意义所在。而那些流传已久的入秋习俗、饮食文化，则与各种城市风光一道，共同诠释了上饶人对秋的态度。

在松江，寻找上海的历史之谜

“再也不想去上海。”这话说了许多年。

上次去上海，是 2008 年的一次出差，被风雪阻隔在上海松江的一个酒店里，数日后才得以返粤。几天时间里，感觉像经历很多年的颠沛流离。

十五年之后，我还是没能抵抗住上海的诱惑。答应朋友去上海参加文学活动。

“夜上海，夜上海，你是一个不夜城……”

时隔多年再次去上海，心中别有一番滋味。出发前的夜晚，我突然失眠。打开唱片机，放低音量，周璇的歌声委婉深情、流畅华美。在万籁俱寂的深夜，突然想起“声色”这个词，本指淫靡的音乐和美色，但此时我想起的却是溢彩流光的上海之夜。

大海孕育了斑斓多姿的鱼群生物，同时又因鱼群而平添不少生机和奥妙。上海和文学也是如此，互相成为彼此的造化。

特别值得注意的是，上海是一个年轻的城市，上海的文学也是后起之秀，这造就了上海的文学走在了求变、创新、先锋的前沿。

这座热情开放的城市还是海派文学的发源地。我没有读过第一代海派文学的作品，只读过第二代海派作家的一些作品，如刘呐鸥的《都市风景线》、茅盾的《子夜》、张爱玲的《金锁记》《倾城之恋》。尽管是浅尝辄止，但是作品里重笔描绘的上海大都市的繁华、世俗、商业，也早已令我浮想联翩。

即将抵达的上海不夜城，一个引领城市发展的时代弄潮儿，高楼林立，人流如注，灯红酒绿，珠光宝气。一座融合了古今中外文化的大上海城，它有故乡吗？它的老屋、石碑、陶器、水缸在哪里呢？

这疑问，是我的惯性。尽管很多人置身闹市，已经没有了这惯性，没有了对故乡和根的探寻。

带着对一座城寻根的执着，在太阳滑过树梢时，我踏上了上海这片土地。下飞机后，跟在美丽的彭主任身后，腿上还延续着飞机着陆时的抖动记忆，脚下仿佛感受到古代海水的涌动。

学界和坊间，都流传着“上海之根在松江”的说法。对此我早有耳闻，带着“寻根”的好奇，我穿行于方塔公园和广富林遗址公园，踩着先人的脚印，探索这座古老而又现代的城市的历史轨迹。

方塔公园建在上海松江一中的斜对面，在唐宋时期，这里曾经是繁华的华亭县的中心。

而广富林遗址公园，则是建在水底，只有一部分顶部露出水面。除了更好保护文物，还契合了上海的海洋身世。

生命起源于水，上海也是。在古代，这里是一片汪洋大海。到了距今三千年前，上海中部才开始形成陆地。南朝和隋唐时期，这里才有人定居活动。在上海中部发现的南朝至唐初的文物和遗址，是当地目前年代最早的人文遗迹。置身这些陶罐之间，先人劳作的身影仿佛就在眼前，这些先民的日常生活用具，成为上海中部地区的成陆年代的佐证。

而松江地区的诞生，是在上海市区成陆之前。无意间，从文物展览的顺序，我得出了这样一个脉络：松江地区在距今六千三百年的新石器时代，开始形成崧泽文化。距今五千三百年时开始，未再遭受海水侵蚀，形成了良渚文化。距今四千二百年时开始，良渚文化减弱，随着中原文化的进入，形成了广富林文化。

古代的华东地区，社会和文化是围绕以太湖为中心发展的，松江作为环太湖流域重要的文明聚集地，良渚文化一度从松江地区扩散到太湖流域的其他地区。松江地区是由海平面多次升高、降低形成的贝壳沙带地质，耕地资源并不十分丰富。良渚文化时期，松江地区人类活动和文化的发展繁荣，透支了社会资源，致使该地区文化在晚期变弱。所以，在遗址发现的良渚文化晚期器物里，外来文化器物越来越多，本土文化的器物比例越来越少。

在中国文明史上，新石器时代的文化最后只有中原文化传承下来，跟随人类进入社会国家时代。松江的良渚文化自然也未能逃脱没落消失的命运。遗址出土的许多器物，在别的地区的古文化遗址里都能找到类似品，这足以证明广富林文化大量接纳了各地文化的元素，也说明环太湖流域的上海自古就是一个本土文化较弱、受外来文化影响较大的地区。

从地域传统文化的保护方面看，这种外来文化的“入侵”有一定的消极因素。但是，这种多元素文化的杂交和改良，对当地文化的发展繁荣起到了一定意义上的促进作用，这种积极的促进作用，从中国历史上多次民族文化交流的例子里可见一斑。今天的上海，仍然显现出这种融合、交流的力量。

松江是上海城的故乡，上海的发展却大大超过了松江，今天，上海市区高楼林立、车水马龙，而松江守着它的沧桑历史，默默地与上海市区遥遥相望。正因松江发展缓慢，没有被高楼大厦取代，松江的古文化遗迹才没有被破坏。在这种缓慢中保持历史传承，用它的延缓发展换取了上海乃至环太湖流域文化古迹的存活，是松江的痛，还是它的大幸？我想，历史会做出回答。

在社会和城市建设快速发展的今天，有许多发达城市，其代表民间传统的物件都被高楼大厦取代，例如瓦屋、陶罐、鸡舍猪圈。历史文化的印记被破坏、移动，造成了文化传承的错乱。倘若再次发生地质沉降，一座城市再次被埋入地下，数千年上万年以后，挖掘出来的文物，可能是断代的、错乱的。发掘的建筑和物品，也无法准确代表当地的历史和文化。在保留了祠堂和寺庙的地方，后人或许还能找到零星的一砖一瓦。

在遗址展厅内的一个柱子上，不同材质、不同颜色的土质，演示了广富林文化及其前身不同时期的底层结构。

古代没有拆迁，没有造成运动，有的只是自然年代更迭，地质沉降。广富林文化遗址的文化底层结构清晰，发掘物也颇具规模，对当时的社会发展和人类文明的考证十分准确充足。从土质、文物的科学断代，我们可以考证年代、文化，但是，先民的生活、情感、劳作情况，我们却只能靠推测和想象。

在仿建的遗址挖掘现场和一些图片资料上，我看到了很多被挖掘的古墓，墓口有石头，类似于今天的墓碑，可以想象，在那个时代，先人已经懂得给坟墓做标记，以避免坟墓被毁坏，也便于祭祀。墓地里，凌乱地散落着先民的遗骨和生活遗物。考证资料里记载着关于他们的个别细节，这些遗骨绝大部分为三十岁左右，极个别三十五岁，有的十二—十四岁，有的骶骨放头部。如果以这些尸骨和年龄来佐证历史，在广富林遗址上，先民们的年龄也只有三十多岁，许多人十几岁便结束了一生。可是，在历史长河里，他们扮演了和今天的我们同样的时代角色。

在这些遗骨周围，考古队发现了石耘田器、石钺陶杯，还有至今还作为药物的植物——栝楼（瓜蒌）。关于它们的细节，并无太多资料可考，没有人能告诉我，几千年以来，在脚下这片土地上，经历了怎样的沧海桑田的变化！

从遗址展厅出来，我站在一片尚未开发的遗址公园前，冷风和细雨扑面而来。遗址公园的花草茂盛，新品种的油菜花五彩斑斓。殊不知，在良渚文化时期，这里空气温湿，到处生长着高大的落叶阔叶林。到了广富林文化时期，海平面上升，水域扩大，加之人类种植技术的出现，令大树减少，水生植物和水稻等禾秆植物增多。后来气候再度变得干冷，水生植物和禾类减少，野蒿藜麦等耐寒耐旱植物增多。直到战国时期，气温才再次变高，令这里逐渐成为适合人类生活的地区。

今天的上海人，站在考古人的肩膀上，重新认识了这座城市的历史、文化和社会变迁，发现了上海文化的根基，从而从地质环境科学和人类发展史等方面更加系统、丰满地构建了上海这座世界大都市的城市文化。

在《石挥谈艺录》中有这样一段文字：“世界上被人称颂着的功绩和伟业，十有八九都是目不忍睹的惨事。今天我看到的珍贵古文化，是先人们用辛劳、汗水和生命积累起来的，也是考古人多少个日日夜夜的艰苦发掘换来的。”

为了传承和保护珍贵的本土历史文化，上海修建了广富林文化遗址博物馆、方塔公园等古文化保护地，还把一些书院从市内整体搬迁。在保护的同时，也给人们提供了一个瞻仰先人、了解古上海文化的平台。上海的先民应该感到欣慰，对长期奋斗在考古一线的考古人来说也是一件幸事。

从上海回来，才数日光景，岭南已经抵近夏日，蝉已初鸣，雨水亦丰盛。走在淅淅沥沥的雨中，仿佛再次身临上海广富林遗址公园，又仿佛穿行在四千年前的松江，与先民们一起耕作、狩猎，围着火堆起舞。

醉长阳

我是在一个清晨到达长阳的。

一下高速，我便一头扎进了雾里，扎进旧石器时代留下的山洞，扎进树木尚青的武落钟离山。迎接我的是十八万年前的“长阳人”，他们从山洞中蜂拥而出，披头散发，兽皮护身，手握长杆，手舞足蹈。巴人首领廪君手握长剑，对我仰天长笑，畅叙掷剑称王的豪迈。黄杨树在路边列队，用干软的落叶为我铺开迎客的地毯。相思鸟身披黄绿相间的锦衣，声音婉转清脆。清江河像一面镜子，倒映山石，倒映树木，倒映出行人迷离的身影。我恍惚如梦，驻足不前，张开双臂，朝着婉约而又阳刚的山水大喊：长阳，我来了！

云雾长阳

傍晚，梯田起伏的山坳里，老屋和新楼像一对牵手的老人，坐在高大的珙桐树后面，不断吐出袅袅炊烟。刚升起的炊烟轻摆着细细的腰肢，向上逐渐扩散。在空中放大成珙桐的一头秀发，随风飘荡，和低空中盘旋的薄云混为一体，挂在半山腰，形成薄雾，在夕阳下尽显通透明亮的璞玉质感。珙桐树早已落叶，留下遒劲的树干和枝条，任晚风和炊烟撩拨。世间的沧桑锻造了它的沉着和冷静，它矗立于山谷里沉默不语，不羡山水，亦不羡众仙。

长阳的云雾和炊烟贪恋人间，贪恋山里的一草一木，天色暗下来，云雾却不散去。远处的马鞍山像一座大佛，在暮霭中渐渐隐身而去，只剩下近处的房屋，试图和黑暗抗争，不肯入夜。黑白相间的喜鹊，似乎不知疾苦，拖着长长的尾巴站在苦楝树上啄食苦楝果。它吐出的果仁落在地面的枯叶上，发出“扑嗒”的声音，树下，不知名的小鸟闻声而逃。目睹此景，我不禁怀念故乡的苦楝树，苦楝花的紫，曾经一度占据着我的记忆。细碎的苦楝花铺洒在院子里，铺洒在村口，鸡和狗嬉戏而过，苦楝花在它们脚下飞舞。眼前的苦楝树不见了紫花，只有一串串的黄白色苦楝果，在枝头随风摆动。是吗？这是故乡的苦楝树吗？是陪伴了我整个童年的苦楝树么？树下怎么不见母亲的身影？怎么不见父亲的老屋？不，这不是故乡，这是我误入的梦境。

天完全黑下来，山风开始变冷，我不敢再立于崖前，随友人回了屋。屋里炉火正旺，发出噼噼啪啪的声音。铁质的烟囱从炉子旁向上、向窗外延伸，烟囱里一定有欢腾的轻烟缕缕，涌向寂静的夜色。

夜色里，长阳磨市镇的山村宁静，静得听不到一声狗叫，我们围炉夜话，觥筹交错，不怕惊动百鸟，也不怕惊动山里的神仙。火锅里的红油汤翻滚着，冒着白烟，杯中的酒在灯光下晶莹剔透。酒是山中土谷酒，人是村里本分人，酒杯起起落落，灯影恍惚处，有人面若桃花，有人豪言壮语。屋里热气缭绕，如炊烟弥漫，不胜酒力的人离席而去，在座的人渐入佳境，继续开怀畅谈。

月至中天时，屋外夜风渐劲，我出屋对着夜色和大山深深呼吸，凉意袭来，方知夜已很深，便不敢再喝，散席回屋，沉沉睡去。

酒醇不知醉，梦香至清晨。在喧闹的城市里久居的我，遇到山村的静夜，终于睡了一个好觉，一觉睡到天亮，听到窗外的鸟鸣，仍然不愿起来。赖了些许时间，才下决心出屋。

我醒来迟，长阳的山比我还迟。七点多，天边才放亮，整个村庄笼罩在浓浓的晨雾中，朦朦胧胧，如身处仙境。

山里的晨雾浓，浓得如烟雾盖顶，万物隐身，路边的菜畦里看起来只是一片白霜，若不近看，根本无法辨识带霜的白菜叶。感觉到脚下有异物，才知道地上有石头。远处的群山只露出一个尖顶悬在半空中，和浓雾一起构成一长幅天然的山水画。

山里的晨雾近，近得伸手可得。挥手驱赶，晨雾四散开来，一瞬间又合拢到眼前。立于山脚不久，头发眉毛全是湿漉漉的水汽，摸在手上，顿生凉意。

山里的晨雾慢，慢得如重兵屯守，久久不肯离去。早饭后，我们驱车赶往三峡。车子驶出村庄，驶出山坳，本想走进一片新天地，不料却闯入一个更加神秘的世界。晨雾重叠，山峦缥缈，道路隐身，行人遁迹。这场大雾比早晨山坳里的雾更加浓、更加广厚、更加近。打开车窗，就能抓一把，关上车窗，雾气便打着旋滚动，像一群调皮的孩子，围着车子哄闹。又像一群蜜蜂，“嗡嗡”地拦在车头，等车子开过去，“哄”地一下散开。车子过处，它们又合围到一起，把车子淹没。

云雾相伴中，车子小心翼翼地前行，直到中午，大雾才渐渐褪去。远处的山和城市，在淡淡的阳光下现身，路上车辆和行人也渐渐多起来。我打开车窗，长长地呼吸一口气，仿佛在长阳的山里做了一个梦，抑或是大醉了一场。

草木长阳

在地图上，长阳是绿色的；在人间，长阳是绿色的；在我心里，长阳也是绿色的。绿色的清江水，绿色的马鞍山，绿色的草木。在暖阳和煦的冬日，我踱步磨市镇的山坳里时，长阳又成了彩色的。彩色的梯田，彩色的池塘，彩色的柑橘园，还有彩色的山头。蜿蜒起伏的山坡，和连绵不断的土地，连成一块立体的画布，石头和泥土用国画的勾勒技法，描绘长阳的冬日画卷，百草和果木是最好的水彩。油菜的嫩绿，松柏、柑橘树的墨绿，和涓涓流水形成了画卷的冷色。柚子果的浅黄，橘子的橙黄，芦苇的枯黄，腊梅花的鹅黄，和菜畦里那一小片紫菜苔，又给画卷涂上了暖色。天然的色彩，天然的点缀，巧妙的布局，一切都是那么恰到好处、巧夺天工，我们跳入画中，或仰天望远山，或低头闻花香，为这幅山水画增加了人文景色。

山中的草木是惊艳的、高贵的，不看那珍贵的珙桐、巴山榧、铁坚杉和金钱柳，你只看那漫山遍野的野生麦冬，或树根下，或沟渠旁，或石缝中，或溪水边，无处不是它们的身影。细细的叶子墨绿光亮，间或露出一两粒青蓝色浆果，用手一扒，呀！叶丛下隐藏着的浆果一串挨着一串，像一串串宝石珠子，仿佛要放出通透的亮光。麦冬没少见，淡紫色的花穗也没少见，倒是第一次目睹这么珠光宝气的浆果，这大自然的笔墨啊，怎输人间！

山中的草木是自由的，散漫的。细长的节节草东一束，西一束，或直立，或匍匐，那是大自然用细细的笔尖勾勒出来的线条，是石头的胡须，是小溪的秀发，是泥土地上细腻的眼线。想起它的另外一个名字——笔筒草，我用手轻轻一提，一节入手，端口露出嫩绿的笔头，另一节出现一个小小的笔筒，煞是惹人喜欢。

绕过节节草，走进一片柑橘林，稀疏的柑橘树像士兵列阵，树上挂着村民摘剩的柑橘，个个都是天然长熟，颜色橙黄，摘一个剥开放入口中，甘甜香醇，汁水饱满，和超市里的早产柑橘完全不同。树下，大蓟叶子翠绿鲜亮，一株一株散落在稀疏的枯草之间，丝毫不惧寒冷，有的甚至已经拔节，长出粗壮的茎秆，它知道冬天来了春天就不远了，怕是等不及开春就要开花。和大蓟不同的，是一小撮一小撮的野葱，纤细的叶子柔弱得让人生怜。我知道它们孱弱的身躯下面一定有膨大的块根，有巨大的生命，默默储藏了丰富的营养和能量，以期待来年春天爆发出强大的生命。是啊！世上万物都要有丰富的内涵，有厚积薄发的蓄势。

当我们走近山坡上的一家农户，发现一簇庞大的仙人掌，从石块砌成的墙上横七竖八地垂下来。在密密麻麻的针刺间，挂着一个个大拇指似的红色果实！这可是零度气温的地区啊，热带的仙人掌怎么会在此开花结果？我这个生在淮河流域的北方人，漂泊在南方的炎热地区，都时常难忍酷热，仙人掌却在寒冷的北方茁壮生长，这得需要多么坚强的毅力和忍耐啊！摘下一颗肉肉的浆果，捏开，里面鲜红的浆汁顿时染红了我的手。我知道仙人掌的果实染色很难洗掉，赶忙把它们放到地上，埋进土里，希望来年能发出一簇幼苗。农户的后面，是一座低矮的山丘，山丘脚下有几株高大的香蕉，叶子被寒霜冻得干枯如柴。身在南国，见惯了香蕉树的郁郁葱葱，目睹此景，我不禁为这寄身北方的香蕉树心疼起来，本是热带尤物，怎么耐得住这严寒风霜！友人见我唏嘘不已，便大笑起来：此非香蕉，乃芭蕉也！芭蕉生于秦岭以南，并不结蕉。但它有香蕉不具备的耐寒韧性，纵使寒风凛冽，纵使枝叶干枯，却不“死芯”，树芯不干不枯，只待春风回度，便会发芽抽穗，再现“芭蕉得雨便欣然，终夜作声清更妍”的悠然、喜悦和愁怨之美。

芭蕉不死芯，我亦心不死。关于长阳的百年皂角树我早有耳闻，但是二进长阳都未见其踪。询问了山里住民，都说不清楚哪里有，直到返程，亦一无所获。

长阳有我未了的心愿，有我未尝的美酒，我不想就此离去，想长醉在长阳的山水和草木间。然而人间尚有无奈事，不得不返。黎明，长阳的山水尚未醒来，村庄和草木都在沉睡，连晨雾也尚未从地平线升起，我们带着不死心和遗憾启程，一路向南，作别这人间仙境。

草木南昆山

下了高速，车子顺着蜿蜒的山路盘旋而上，带着我们一头扎进南昆山的怀抱。两旁的风景不断变换，时而竹林葱郁，时而古木参天。深谷能容得下世事，瀑布可洗净烦恼。间或有几间古朴的民居，棕色的小瓦间飘出袅袅炊烟，给深山带来仙境般的生机。

“打开车窗吧！这么好的山风，这么新鲜的空气！”面对青山绿水，听着风声和鸟鸣，我强烈建议关掉空调，打开车窗，呼吸山里的氧离子。从嘈杂的城市一下子回归大自然，自然难掩兴奋。山风钻进车里的一瞬间，我突然想喊出声来，想与山川对话，想和草木交流，想破译鹭鸟啁啾声里的愉悦。

“到了。”随着今视影视公司钟总的话音落定，车子在一幢三层楼房前停下来。门前的地面上，灰黄的落叶夹杂着白兰花细碎的花瓣，如地毯上绣出的图案。

钟总和导演先后下车，我随白老师夫妇最后下车。景区的钟经理从酒店里迎出来，热情得像是迎接远道而来的亲人，令剧组人员感到十分温暖。

酒店依山而建，窗外便是树木。许是楼房挡住了阳光的缘故，树木枝条稀疏，叶片稀少。我推开窗，窗外“扑棱”一声，树枝上的画眉逃离，抖落两片树叶。

酒店虽好，却无法减弱我对神秘南昆山的向往，稍作休息后，我便要钟经理带我们先去山里走走。

虽是为剧本创作采风而来，但我内心却另有一个目的，那就是期望能有幸一睹“走马胎”的真容。它不但是剧本的隐性线索，也是南昆山上极为神秘的中药材，对腰腿疼痛有着令人无法置信的效果。这种说法，在管委会谭书记的口中，再次得到了印证。他的朋友腰疼得直不起来，喝了几天走马胎，很快恢复了。因为走马胎的奇效，采挖的人很多，以致今天已经十分罕见。我是植物迷，剧组采风出发前，就在内心默默祈祷，希望能够见到这个神秘的植物。进山后不久，我便禁不住问钟经理能否见到走马胎。他卖了个关子，不紧不慢地回答道：“这个，不要急嘛！”

一阵风吹过，竹林沙沙作响，淹没了我们的对话。罗浮槭树、羊角杜鹃和黄樟树散落在山坡上，树下的石头湿润，上面布满了苔藓，或藏青、黄绿，还有的品种显现出淡淡的蓝绿色。石头间隙的腐土里，有几株细长叶子的植物，同行的人立刻说：“野兰花！”凭直觉，我知道它不是兰花，而是野韭菜（石蒜、石韭），也是南昆山的网红蔬菜，南昆山人给了它一个美丽的名字：观音菜。

当然，观音菜之名只是一个传说。

传说，南昆山遭遇大旱，农民颗粒无收。玉皇大帝派观音大士降临人间察看，观音大士用拂尘把甘露洒向人间，给南昆山降下大雨。雨后的南昆山，一夜之间冒出来很多石韭，人们靠石韭渡过了旱灾和饥荒。为了纪念观音大士，便把石韭称为“观音菜”。

其实，野韭菜并非南昆山独有，在南方分布很广，广西、贵州、云南都有。但是只有南昆山的野韭菜细嫩，少苦，味道鲜美。或许这就是生物的地域特性，也或许是南昆山的好山好水养育出了它的独特味道。

随着车子行进，两边的山坡愈加陡峭，树木也愈加葱郁。不远处有几株细碎叶子的大树，树身长满了斑驳的苔藓。我突然想起中国独有的伯乐树，伯乐树存活植株已经十分稀少，南昆山有 4 平方公里的区域上散落着伯乐树。因距离太远，我无法辨识这几株是否为伯乐树，怕打扰大家聊天，我不便多问，只好带着疑虑继续前行。

我们在山林和村庄之间穿行，突然眼前豁然开朗，来到一片楼房林立的小镇上，车子停了下来。我正恍惚着心存疑虑，钟经理面带神秘地对我们说："有东西看了。"

我们不明就里，跟在他身后来到一个陡峭山坡下的小院子。院子不大，靠山坡还修了一个小水池，水池旁的石头上摆放着几盆兰花。靠山有一棵不算太大的杨桃树，斑驳的树杈上寄生的铁皮石斛茎叶青翠，长长的根须垂下来，吸收着树皮上的水汽。钟经理指着地上两株椭圆叶子的小树苗对我们说："这就是走马胎，我们保护下来的植株。"

一听说走马胎，大家兴奋起来，纷纷凑上前去。两株弱小的走马胎，主干如拇指粗，头上顶着四五片叶子，叶子纹路粗如褶皱，正面绿色，背后紫色，如果不是叶片大，还以为是紫苏。面对这单薄的植株，无论如何我也想象不到它能长成两米高的灌木，更想象不到它能冒着随时被盗挖的危险，顽强地生存到今天。或许，一个利用价值大的物种比价值小的物种更加容易被关注，但是，在逐利的社会，它们往往更加难以自由生存。

树木无声，溪水静流，各自用自己的方式自由生存着，我的感慨仅存于心间。剧组人员是否也有一颗草木之心，我不得而知，只是跟着他们出了院子，上车赶路。

山里的夕阳落山早，六点不到，已是黄昏。

晚餐安排在一间竹木结构的饭店里，原生态的房屋背山而建，山上的树枝斜搭在房顶上，细细的爬藤植物缠绕其上，长长地垂下来，椭圆的叶子像常青藤，又像野生的何首乌。难道山里真有如此多的何首乌？我心生无限遐想。

山里的菜谱大都是就地取材，永远是原生态的、天然的。观音菜大概只炒了七成熟，在新鲜花生油里翠绿欲滴。紫背菜散发着淡淡的中药味儿，十分有特色，不知道是不是刚才在院子里看到的那一畦。走地鸡，幼笋干，山坑螺，水库鱼，一切都是带着南昆山独有的味道。

晚餐过于丰盛而又鲜美，以至于我无法停箸。不多时便酒足饭饱，打着饱嗝儿，早早回屋睡觉，在虫吟里进入梦乡。

早晨，人们尚在梦乡里游弋，鸟儿便开始了此起彼伏的鸣叫，灰树鹊和白腰文鸟最为勤快，“叽叽喳喳”地在窗外的树林里跳上跳下。鸟声催促下，南昆山醒了，山风里带着淡淡的白兰花香；树木醒了，哗啦啦摇着枝叶向我招手。我也醒了，伸了伸懒腰，悄悄地走出酒店，到晨风里去，到小镇络绎不绝的人群里去。

市场是小镇最具烟火的地方，也是最能代表小镇人真实生活的地方。推车的，挑担的，手里提着大包小包蔬菜的，每一个镜头都是南昆山人美好一天的开始。市场外的马路边，阿婆阿公摆起了长长的龙门阵，碎鱼小虾是山坑里网来的野生货，薯苗青菜是他们亲手种植的有机蔬菜。摆卖得最多的，还是观音菜，一捆捆，一堆堆，带着晨露，带着泥土，煞是诱人。

禁不住诱惑，我上前问道：“观音菜怎么卖？”

阿婆伸出一根手指，艰难地用普通话回答我：“十块钱。”

我不忍为难阿婆，改用粤语：“十文一斤？”

听我说粤语，阿婆像是得了救星，赶忙用流利的粤语回答我：“唔系，系十文一扎。”

如此便宜的价格，出乎我的意料，又问几家，都是如此。我忍不住想出手买两扎，又怕带在身上给剧组添麻烦，便作罢了，等返城前再买。

土特产店门口，摆着各种干货和一盆盆兰花。更吸引我的，是摆在地上的一截截树桩，树桩斑驳的树皮上，长着一簇一簇的石斛。石斛兰是我年年必买的植物，干石斛也是我经常用来煲汤的食材，但是见到这么多新鲜的活石斛植株，还是第一次。铁皮石斛、草石斛、石斛兰……品种林林总总不下十几种。看来看去，爱不释手，终于买了两盆，一盆送人，一盆自己养。看着心爱之物发走快递，才依依不舍地离开店子。回酒店的路上，我想没有比这家店子更适合剧情了，沉浸在找到了满意的场景原型的喜悦中，差一点撞到电线杆上。

回到酒店，早餐已经备好了。谈笑间，大家又聊起南昆山的食材和植物，有了整个早晨的亲密接触和调查，每谈起一物，都会在脑海里鲜活起来，这种鲜活一直在我脑海里保留着，久久挥之不去。

上午的采风，仍然绕不开山里的植物和药材。为了揭开李时珍到南昆山采药之谜，我们顺着弯弯曲曲的山路，来到半山腰一个院子，找到了一位神秘的老者。虽为老人，他的行动和语言却极为利索，有时还冒出一两句粗话，不禁令人哑然失笑。老人虽然不时插科打诨，但是讲起南昆山，讲起李时珍，却如数家珍，思路异常清晰。

从他口中得知，明朝时期的南昆山，各山头分别属于几个大户人家所有。靠山吃山，靠海吃海，拥有南昆山丰富的木材，他们雇佣许多外地工人伐木烧炭，并顺着增江河运到广州贩卖。在广州白云山采药的李时珍为了拓展药源，便跟着卖炭翁来到南昆山采药。虽无史料记载，但是从南昆山的地理位置和生产活动的轨迹，似乎可以找到有力的佐证。老人有条不紊的分析，奠定了剧本创作的历史常识基础，我心里也踏实不少。

结束采访时，老人突然补充了一句，提醒我们不要过多宣传走马胎的功效，以免给本就稀少的走马胎带来灭顶之灾。

走出院子，松涛阵阵，竹林沙沙，山谷里两只白鹭先后飞起，遁入一望无际的树林里。

南昆山因草木而秀，草木因南昆山而丰。人们把南昆山的草木作为养心健身之宝，草木也因人们的垂青而焕发出人间生机。

苏醒的小洲

上

六百年的小洲老了，老得青砖风化，石头斑驳，窗棂泛白，墙头豁口。屋顶上的瓦松，稀疏而又倔强，檐下，已过古稀之年的阿公打着盹儿，稀疏的头发也倔强地竖着。穿堂风吹过，瓦松摇曳，头发摇曳，西江桥下的水波摇曳。阿公的梦境和笑声，从缺了门牙的唇间流出，流到蓝布青衫上，流到黝黑的赤脚上，流到脚下的翰墨桥下。

老态龙钟的榕树虚怀若谷，宽大的树洞里，长出了随遇而安的荔枝苗，抑或是一株随风飘来的细叶榕。榕树下的老城墙，早已失去了战争时期的坚强，老得无法阻挡一枝出墙的红杏。一枝石榴花，从“一刀中文网”工作室的屋顶上伸出来，斜搭在城墙上。墙头上的炮洞，像一只只深邃的眼睛，日夜守望着河涌对岸的荔枝林。

宗祠和细涌之间，隔着一条小径。与小径相伴的，是百年木棉树，粗壮的躯干上，除了一颗颗硕大的树瘤，只剩下了毛茸茸的苔藓。经历了风吹雨打的树皮，早已消融于一个世纪的岁月里。“哒—哒—哒—”，小径的条石上，阿公的拖鞋声不紧不慢，为小径和祠堂增添了无限的生机。不管是白天还是夜里，只要小径里响起声音，空旷的祠堂便有了呼吸。祠堂里磨破扶手的藤椅，早已成为阿公的摇篮，他一坐进去，便闭目而眠，仿佛这个世界和他无关。

阿公闭目的瞬间，祠堂静了，小洲也静了。八十岁的姑婆发髻花白，步履蹒跚。抬头之间，压在心底的隐忍悄悄在脸上显山露水。满目慈光里，该藏有多少故事啊。又该有多大的勇气啊，才令她毅然把自己梳起，独居终身。潺潺流淌的西江涌，又曾经带走了她多少的泪水，每一滴泪珠，都曾带着她内心的哀怨。

木制的窗户油了一遍又一遍，每一遍都隐藏了小洲的沧桑。小洲的沧桑是安静的，安静得一如石头上的青苔，倔强，而又与世无争。

风停了，安静的小洲便睡了，就睡在烟花三月的阳光下。褪色的窗棂紧闭，檐上的紫竹梅长长地垂下来，叶梢挂着晶莹的水珠，叶片上的绒毛是它长长的睫毛。我驻足窗下，不敢喧哗，生怕惊动了水珠，它滑下来的瞬间，便会从小洲消失，犹如从故乡走散的我，一直未能回到它的怀抱。

周树坚工作室的院门紧闭，两扇木门靠在背后的木栓上，睡了。我轻轻推它，不动，也没有“吱呀”的门轴声。门一直开着缝，从未设防，院子里修竹婆娑，瓦缸斜卧，窄长的石槽里铜钱草茂盛拥挤。廖承志的书法木刻，在墙上静心修养，从不在意我偷瞥的眼神，我也毫不畏惧门外怒目圆睁的石狮子。我蜗居小洲十年，狮子嘴里衔着的石球十年未动。不止一次，我想从狮子的獠牙间掏出石球，我掏，游客也掏，啁啾的麻雀见证了未泯的童心。

下

相对于良知和正义感，童心虽美好，但脆弱无比。年龄是它保持鲜活的土壤，没了年少，没了青春，童心便飘渺起来。我是世俗的，从学校走出来进入职场后，便开始为五斗米折腰，美食、咖啡、车子、房子和闪着光芒的钞票，占据了我的内心。童心一度被排挤，被“隆隆”的机器声和疲于奔命的工作淹没。但我相信它并未泯灭，就藏于内心的一个暗格内，长眠数年，它在等待一个唤醒它的按钮，或者一种催化酶，令它重新放出光芒来。

等待是一种修行，而小洲便是我修行来的善果，也是叩醒我心灵的钟声。

走进小洲的一瞬间，我的身体突然打开了一扇窗户，温和而又充满诱惑的光照进来。

简氏大宗祠里，先祖教书育人的身影从未离开。六个儿子留下的六处小宗祠，都在香火里熟睡，从清朝睡到民国，从民国睡到今天，直到端午的锣鼓声响起，院子里摆起百人宴席，祠堂才从睡梦里回到人间。

祠堂苏醒了，小洲便苏醒了。珠江的潮水，抢着涌进西江涌，涌进细涌，涌进村头那纵横的水道。赶潮的蟛蜞崽儿，跌跌撞撞爬上溪岸，躲进洞口，高高举起的钳子，在和煦的阳光下通透鲜红。它们不爱大海，不爱江河，只喜欢珠江口这片冲积扇岛屿以及树影斑驳的古村。即使偶尔有画室的污水侵蚀，偶尔有熙熙攘攘的游客，它们从未想过离开这里，或许，动物们也会留恋故乡，择一城终老吧。

古码头岸边的老榕树，卧于江边不言不语。谁说它没有苏醒呢？你看它长长的胳膊，伸过马路，伸过城墙，伸过低矮的民宅，每伸到一处，长长的根须便从胳膊上垂下来，钻进地里，长成了一株株旺盛的小树干。

蜿蜒曲折的小溪穿过村子，在古码头探出脑袋。古码头宽阔的水面是小洲的臂弯，每天上午涨潮时，溪水欢快地涌入它的怀抱。晚上退潮时，它们又跟随大潮奔向珠江，奔向无尽的大海。

藏身于古码头河道水底的龙舟，会在端午节准时醒来。世上龙舟千千万，只有小洲的龙舟是黄底红边，那是南汉年间的瀛洲飞龙。阳光从西江桥的栅栏间穿过，桥下的龙舟鱼贯而过，遇到讲究的人家，便会从院子里扔出一挂鞭炮，在西江涌上空“噼啪”作响。

桥上，女人身姿摇曳。油纸伞，旗袍，凹凸有致的身材，都是小洲使出的妩媚解数。没有人能抵挡如此妙曼的舞姿，没有人能忘记那回眸的目光，也没有人能逃离苏醒的小洲。

小洲醒了，北帝庙也醒了，它用明灭的香火和缭绕的烟雾，告诉游客这里是水神北方真武玄王的领地。小洲人靠水吃饭的日子早已被历史淹没，但是他们对水神这个先祖符号和文化意象有着无限眷恋。他们在那盘根错节的大树旁摆下一尊尊神像，试图挽救岁月对精神生活的侵蚀。

我曾以为小洲老了，小洲睡了，我也离小洲而去了。但是，小洲是醒着的，那里有悠扬的粤曲，有压弯枝条的荔枝和龙眼，有青石板上“哒哒”的脚步声，有木雕师傅打磨木头的沙沙声。

雨后的古巷幽深，墙边堆放着各式酒瓶，里面的残液未干。小酒吧里的吉他声，充满着淡淡忧伤，女歌手用悠长的民歌划破小洲的幽静，直抵人们的心坎：

桃叶儿那尖上尖，

柳叶儿就遮满了天。
在其位这个明阿公，
细听我来言
……

歌声后面的村子，静谧而又深情。龙眼树枝条垂到河涌里，莲雾落下绛紫色果子，溪水里发出“扑嗒”的响声。涌边的竹叶尖儿上，水珠晶莹，当它从竹尖儿上滑下，我的心里一颤，眼睛里起了水汽。

我离开了小洲，我的脚印却留在了那里。那里的一草一木，那里的吉他声和画室的墨香，都是无形的丝线，时刻牵动着我的心。我的脚步，正沿着离开时的路，一步一步向它靠近。我知道它在等我，等我回去向它诉说，诉说离别的伤感和内心的彷徨。我知道它在召唤我，召唤我回到那里，重新点燃心底的火光，尝试与生活和解。

阳光沐浴金鸡村

再次走进金鸡村，已是三年后。

三年时间，不长，也不短，如岁月在人生的节点上盘成了一颗记忆的纽襻。花开，叶落，相聚，离别，都是它曾经的色彩。只要轻轻一拉，便能触碰到那些搁置了的期待。

金鸡村，不是我的故乡，没有麦子、高粱，也没有我心中的姑娘。是什么让我如此念念不忘？又是什么令我对这片土地充满好奇？

高大的金鸡山沉默不语，五星红旗在高高的山顶上随风而动。苍穹高远，白云无瑕，三百年的香樟树枝叶茂盛。金鸡山把它的魅力和情感掩于村舍、山水，掩于和睦的邻里之间。

一个村庄，是村民的归宿地，也是他们远航的出发点。

站在青砖青瓦的村史馆前，我似乎看到了金鸡村先民留下的斑驳足迹。

1758年，危姓、李姓、杨姓人家在金鸡山脚下落脚，筑屋，置田，繁衍生息。不同的姓氏，一样的亲情。一起耕作，一起生活。有欢喜，有矛盾。世代人用喜怒哀乐演绎了金鸡村辉煌而又丰满的历史。

金鸡山上有金鸡，金鸡拉出金粪蛋，金鸡村名字的传说无人目睹过，也无从考证。或许，它只是人们口口相传的美丽神话。

但是我相信，金鸡村的名字背后，一定有动人的故事或美好的愿望。

村庄后面，金鸡山巍峨耸立，它是金鸡山人民地理上的靠山，也是红色奋斗精神的靠山。

或许，1928年的金鸡山大捷，邵式平带领土地革命军只是为了抗击国民党靖卫团，为了保卫家乡、解放人民。但是，他们奉献、奋斗的红色精神，给金鸡山人民留下了无比宝贵的财富。

区区一个村庄，曾经为革命牺牲了几十人，一组组数字的背后，是一条条鲜活的生命；一个个名字里面，是一个个父母的悲壮。当李勇书记讲起这些，我看到了他那渗出汗珠的额头上的血管在跳动，作为一个站在烈士先辈的肩膀上的领路人，他无法不为逝去的生命动容。而令我动容的，不仅仅是先烈的奋斗和牺牲，还有李勇书记和村民们在今天的奋斗中留下的辛勤汗水、曲折经历和做出的伟大牺牲。

经过时代洗礼的今天，金鸡村已经成为拥有五百五十一户、两千两百零五人的中心城市。

泥泞的土路变成了平坦整洁的柏油马路，破旧的老屋变成了欧洲小镇式的楼房。门口空地上，宽的做了花坛，窄的干脆用闲置的木桶或瓦罐做花盆，置于木桶旁，令人不免感叹时光穿梭。

环村观光道像一条灰色的锦带，把村庄围成一个大大的花园。道路外面，是连片的水田，村民披着斗笠，在田里撒种、育秧。

夏日午后的三点，猛烈的阳光炙烤着大地，水田里的水不断蒸发到空气中。走在田边的公路上，即便是打着遮阳伞，也令人大汗淋漓，口干舌燥。朱老师见我满头大汗，递给我一把雨伞，我婉拒了。

水田里村民那略显黝黑的胳膊和有些蹒跚的身影，令我想起远在家乡的父母，从昨天的电话里得知，此刻他们也正在顶着骄阳收麦子。一瞬间，我不禁热泪盈眶。普天下的父母，最辛苦的农民，我竟无法给他们递一把雨伞，分半点操劳。

金鸡村民并非铁人，酷暑之下，谁不想在树下乘凉、屋里闲坐呢?

人本天生心存惰性，生活的奋斗需要精神的支持和理想的动力。对美好生活的追求，是金鸡山人的理想，而先烈们的红色精神，则是历史留给金鸡山人民的精神财富。

在国家吹响振兴农村的号角之下，人们没有躺在先人的辉煌里享受安逸，也没有坐在历史的红色革命遗迹下居功自傲。而是走出屋子，行动起来。

水稻育种，油菜轮作。起伏的山坡上，筑起一道道的梯田，梯田里新栽的油茶树，承载着村民把产业做强做大的梦想。

此时的李书记，正挎着扩音机，戴着麦克风，在烈日下讲述着金鸡村天翻地覆的变化。

他的面前，是开阔的停车场、休闲小广场和古香古色的廊坊亭子。

花坛的一角，竖着一个牌子，牌子上的图片和内容令我们惊讶不已。原来，停车场和休闲广场的前身，都是村民的房屋，是村民们把自己的宅子让出来，给村里做广场，做停车场。

“应该要补钱吧？”同行的人忍不住悄悄问李书记。

“一分钱都没补！都是他们无偿让出来的。并且，绝对不敢强拆。”李书记声音不自觉地提高了。

只此一句话，瞬间感动了我，我连连竖起拇指，对李书记说：“今天，被你感动到了。”

金鸡村人的彪悍民风，我曾小有耳闻。在今天这个金钱和利益盛行的社会，获取拆迁补偿是多少人的梦想。而这些村民却无偿出让宅子，这里面得经历多少曲折，村委干部们又付出了多少心血，才能让村民们做出如此壮举啊！

说起曲折，李书记不禁有点激动，每一处出让的房子，都是村民的财产，甚至是唯一的居所。今天的结果，我想，这不仅仅是李书记他们动之以情、晓之以理就能做到的。说起那段跟村民沟通的经历，李书记舔了舔嘴唇，脸上掠过一丝心酸，我们仿佛看见他坐在村民面前，苦口婆心地谈到口干舌燥。

一个风华正茂、血气方刚的男人，得有多大的精神支持，才能如此用心、强压脾气去做工作啊！我知道，李书记也曾经是一把经商好手。如果不是在村里任职，或许，此时他正在商场叱咤风云，正在豪华的酒店里畅饮。但是，他放弃了那些高回报、安逸的生活，投身于家乡的建设和经济发展。

在一份资料里，我看到了村委会班子的理念："群众往哪里走，我们就往哪里去；群众喜欢去的地方，我们就把那里的环境搞好。"

为本村群众服务，搞好人居环境建设，把村民的生活水平和幸福指数提上去。这就是他们的动力，也是他们的精神支柱。

说起困难，李书记坦诚地告诉我们，困难肯定不少，但首先是要想办法，而不是放弃。

金鸡山今天的华丽转身，不仅是村干部个人的努力，还离不开县、乡开明领导的鼓励和支持。曾经，李书记面对举步维艰的工作，深陷困难之中。苦恼之余，他想到了县乡领导。在横峰，各级政府有着良好的实干和开拓的精神传统。面对李书记的困局，县里一时给不出政策，但也没有阻止，只悄悄给他们一句话：先想办法干起来，做出成绩，县里一定给予肯定和支持。这句话，低沉而有力，对有些迷茫的李书记来说，无疑是一剂强心针，让他重新点燃了心中的斗志。

在金鸡山，在横峰，“甩开膀子加油干”不是一句口号，也不是一句文艺新词，有无数像李书记这样的新时代的奋斗者，身体力行，坚持不懈地践行着这句话。

作为一个共产党员，李书记用满腔的热忱，用红色之火点燃自己的青春，点燃村委班子的斗志，照亮金鸡山人民进步、奉献、团结的时代新貌。

离开村子时，夕阳尚浓烈，李书记沐浴在阳光里，向我们挥手作别，转身之际，我看到了他脸上的沧桑、成功的喜悦，看到了他眼里的光。

得失大源村

我喜欢逛古村落，悠长光滑的石板小巷，苔藓斑驳的青砖高墙，空中伸展的屋顶翘檐，无不带给我扑朔迷离的时代错乱感。与古村里生活着的乡民擦肩而过，常常令我恍若梦里。

以前曾经游览过的古村落，大多都经过改造和开发，或拆了重建，所谓的修旧如旧；或给古村增添许多灯笼、扶手等现代元素。即使是用原来的青砖重建，也用机器磨得光滑平整，毫无古朴斑驳的历史沧桑感，亦不见先人留下的生活痕迹。或许，从古村落保护着眼，这种边开发边保护的做法，不失为一种简单有效的方法，但是，人为的任意添加和改变，丢失了老屋的真面目和人文遗迹，实为憾事。

偶遇大源村，我目睹了原汁原味的古村落，领略了原始老屋和淳朴村民的原生态生活。在这里，有秀丽的山水，有安静的村庄，有老旧的物件，有古朴的村民。除了几条水泥路，村庄里几乎看不到被破坏的痕迹，就连快要倒塌的礼堂，也未见维修过的痕迹。

大源村是一个省级保护古村落，位于江西省鄱阳县北部的枧田街乡，与举世闻名的瓷都景德镇毗邻，因村头有两股溪流交汇形成千秋河的源头而得名。大源村肇端于宋朝，安徽人李天符为了躲避水灾来到这里定居，随着人口逐渐增多形成了村庄。历经明、清、民国和新中国几个时代的发展，迄今为止村子领域达 12 平方公里，农田 140 亩，随着改革开放的步伐加速，原本 830 人的户籍人口，如今只剩下 540 人在村里居住，近 1/3 的人选择了离开村庄，迁居外地发展。

世上万物得失相随，有得有失。或许大源村偏僻的地理位置制约了它的发展，导致村民流失，失去了很多快速发展的机会，经济落后于相对发达的村庄。但是，因为没有快速发展，反而令村庄的老屋和旧物件没有被水泥楼房取代，从而保存了村庄的原有风貌。不然，今天恐怕我们难以窥视到它的前世和今生。

从村口踏上古老的饶徽古道，迎面就是一座古门楼，是昔时李氏家族集资修建的祠堂的一部分，几经兵燹，祠堂早已灰飞烟灭，只剩下这座饱经沧桑的门楼，虽然经过数百年的风雨侵蚀，但是一砖一瓦、木梁木雕，依然完好无损，只是光彩褪尽，略显沧桑，倒也平添了几分肃穆。

屋顶的青色小瓦层层相扣，丝毫没有松脱。这种传统青色小瓦，是用压瓦机的滚子把泥压成片，再把泥片放到压瓦机的小瓦模型里压出来的。模型里会垫上一层布，防止小瓦和模型粘连，所以，有些地方把这些小瓦又称为布瓦。我对布瓦的特殊感情，源于小时候生活困难的岁月，那时候二叔在公社开机器做布瓦，工作之余到河里捉鱼，由于没有食用油，就用压瓦机的柴油炸鱼，然后把鱼皮剥掉，尽管鱼肉仍有柴油味儿，但对于食物匮乏的人们，已经是最好的美味了。

大源村的小瓦，我不知道造于何年，亦不知出自何人之手，单凭那整齐划一的瓦边，我断定一定是一位制瓦高手，也推测出当时李氏家族不惜重金买上好的布瓦来建祠堂。

尤其令我惊叹的是，这门楼偌大的屋檐，没有使用勾头和滴水这两样小瓦，居然能够排水顺畅，雨水不会流进屋檐下的木雕里面。在北方的老屋，一般都会安装这两样小瓦，勾头体积小，前端有三角形或者圆形瓦尖，瓦尖向内勾起。滴水体积和普通小瓦一样，前端也有三角形瓦尖，不过是向外勾起，屋檐处小瓦和小瓦对接处隆起的地方，装上勾头，小瓦的前缘装上滴水。两者一唱一和，雨水顺着三角形瓦尖流下来，绝不会出现雨水“尿墙”的现象。遇到冬天屋顶积雪融化，一夜过去，就会在勾头和滴水的尖端冻上长长的冰琉璃。大源村的门楼，通过小瓦的有序排列，排水效果却和勾头滴水有异曲同工之妙，古代能工巧匠的精湛手艺，可见一斑。

门楼前方开阔空地上，左有上马石，右有古井。驻足上马石前，仿佛看到文臣左宗棠的蹒跚身影。当年为了堵截太平军，左宗棠奉命沿饶徽古道进入江西。咸丰十年（1860 年）湘军左宗棠和包超两人相继率十万大军驻扎大源村，围剿太平军堵王黄文金和孝王胡鼎文统辖的十万兵马。作为一个文人，左宗棠不善骑马，又不得不天天骑马奔波于景德镇和大源村之间，只好叫人用白色麻石打造了这块上马石。我和村民大哥并排坐在上马石上，似乎仍能闻到战马打了响鼻的草料味儿。

从上马石起身，到古井前，井沿儿上深深浅浅的井绳印痕，见证了历代村民勤劳的身影。我拉起井绳，打一桶水上来，抱着水桶，和古人同饮一井清泉。井水的甘甜，对于经过氯气消毒过的自来水来说，是无法比拟的。

除了老屋，村里还保留了古代米糖店、豆腐坊、茶叶店等古代饶徽古道上的村落繁荣的遗迹。不过这些遗址大多剩下一截围墙，或者一块标牌。倒是今天仍然在大源村延续着古朴生活的村民，引起了我太多的兴致。

古井前右转，顺着小路走过三四户人家，有一个不大的小院子，里面是古代豆腐坊遗址。院子里鹅卵石墙根下，堆放着瓦砾和旧碗碟，低矮院墙上的竹匾里，晾晒着黑色三角形带壳荞麦。在地上摊开的细碎木炭，引起了我的好奇，我试着走进屋子，寻找答案。屋里虽有豆腐石磨，但是不可能烧木炭来煮豆浆，厨房里堆积着木柴，也不至于用木炭烧火做饭。我正猜测着，一个从未见过的半圆形木凳，进入了我的视线，凳子里面悬挂着一个铁盆，里面有炭火烧过的痕迹。我一下子明白了木炭的作用，而正在煮饭的女主人的解说，证实了我的判断。原来，木炭是冷天用来给凳子加热的，我突然很想感受一下数九寒天里屁股下面热乎乎的凳子。

过了豆腐坊小院，前行数十米，是一家白色麻石门框的老屋。进到屋里，但见两层木结构阁楼，墙上挂满了毛主席画像和书法作品，阁楼上堆着许多木桶、竹匾等老旧物品。仰望屋顶，房梁错位，瓦片脱落，一眼望天。目睹此情此景，我不禁替这老屋惋惜，这么好的老屋，再不修缮，很快就会面目全非。

走出屋子，老屋隔壁有一处低矮的房子，有一个穿蓝褂子的老哥在屋里收拾家当。我和朋友敲门而入，发现这矮房子和老屋相互连通。我们试着和他搭讪，老哥不会讲普通话，幸有鄱阳籍的何老师相助，我们才得以艰难地交流。从老哥口中得知，老屋就是他的祖业，他已经买了小瓦，准备修缮。他的第一任妻子因病撒手人寰，撇下三个孩子，第二任妻子又给他生下三个孩子。虽然现在孩子们都出去打工，但生活仍然捉襟见肘，一直攒不下钱修缮房子。村民的朴实勤劳，与生活的拮据，本来不应该成正比，但是同时出现在老哥身上，令人无不唏嘘。我突然心生一念，想租下这间老屋做民宿，既能帮助老哥，又能保护老屋，也为我的爱屋情结找到归宿。

我带着租屋的想法，与老哥合影留念后，便告别老屋。

老屋对面的低洼处，有一栋更为高大的老房子，估计比十户人家合起来的面积还要大，青砖小瓦结构，屋顶两头属徽派建筑马头墙结构。马头墙又叫防火墙，本是为了防止徽派木结构房屋失火时火烧连营，现在已经成了纯粹的装饰，是徽派建筑的代表结构之一。

进得屋里，空荡荡的一片凌乱，地上散落着各时代的生活旧物，有六十年代的空酒瓶、八十年代的铁皮手电筒、牙膏皮等。屋子后方有横梁和舞台，舞台早已经被占用，里面垒了灶台，还堆放着一些类似打谷机的旧物。这里应该是人民公社时期的礼堂，废弃后被人用来做临时打谷场，也曾经有拆建房子的村民，临时在这里居住、煮饭。礼堂整体结构完好，并未损坏，只是年久不用，成了垃圾场。

从礼堂出来时，废弃灶台里突然有动物的叽叽声，我顺着声音过去一看，四只刚出生的狗娃，在灶台下面蠕动着！看来这礼堂的确是许久没有人来过，流浪狗都在这里安家落户，繁衍生息了。

出了村西口，一片开阔的空地上，规矩地摆着十几个柱墩，或圆形，或六棱形，或平面光滑，或雕刻狮头，各具特色。这些柱墩原本是老屋门柱的根基，驮起门柱，避免门柱根部受雨水侵蚀。村里现存的门楼颇具规模，也才用了八根立柱，八个柱墩都是红石头，且无图案雕刻。而这些青石或白麻石柱墩，个个雕刻精美，形状饱满，我想一定非一般的房屋所用。李委员的一席话，道出了原委：这里原本有一座古祠堂，在战火和风雨侵蚀下，祠堂荡然无存，只剩下一排排柱墩，留给人们想象着这片土地曾经的辉煌。它们像一尊尊石像，在村头风餐露宿，倒也给村庄平添了几分神秘色彩。

过了祠堂遗址，便来到了村外。四棵高大的古樟树遮天盖日，像四位神仙，默默守护着大源村和它的子民。我拉了三个同伴试着合抱树身，居然无法合围。树冠郁郁葱葱，树身内部却早已腐蚀，只剩下斑驳嶙峋的空洞。樟树的苍劲和沧桑，是大源村饱经沧桑却依然坚强不息的最好写照。

辞别古樟树，绕道村后的小路离开村庄。

上车的一瞬间，我转身再次回望大源村。那一间间古香古色的砖瓦小院，墙头上晒着一排排的青菜，和村头新建的两层楼房相映成辉，凸显古朴的小村在新时代焕发出的生机。

上了车，我想起了枧田街李后胜委员关于大源村的一些讲述。

枧田街曾经缺乏和城市同步发展的条件，却保存了珍贵的原始古村落旅游资源。近年来，枧田街乡多管齐下，治理村庄环境卫生，修建道路，大力打造枧田街和大源村旅游景点，为大源村创造新的经济增长机遇，令这里的村民坚守古村的同时，也过上相对优越的幸福生活。

大源村坚守数百年，为我们留下了梦寐以求的净土。大源村乡民坚守在这片宁静的山里，没有因生活的清贫而怨天尤人，也没有因观念的落后而故步自封，他们日出而作，日落而息，用自己的双手积极在自己的土地上辛勤劳作，努力改善生活条件。用代代相传的一砖一瓦，向游人展示村庄的历史记忆，展示自己恬淡而又积极的人生态度。

牛过水村的红色足迹

五月，碧空高远，白云卷舒。风光旖旎的罗浮山麓，牛过水村在阳光下显得古朴而又充满朝气。村头的一个院子里，草坪青翠，树木茂盛。古典瓷砖装饰的屋子周围，龙船花稀疏地开着，或橙红，或姜黄，给这个夏季增添了色彩。

高大的老荔枝树下，缺了一截的石匾孤独地躺在墙根下，上面落满了枯叶。梁木胜弯下腰去，轻轻拂去石匾上的落叶，粗糙的石匾一头缺了一截，只剩下斑驳的“鸡田围”三个字，参差不齐的断面，无声地诉说着它曾经历过的劫难。

牛过水村是一个面积不大的自然村，如今属祥岗行政村管辖。历史上，牛过水是一个客家移民村，具体什么时候建的村，已经找不到文字记载，族谱等资料都在那场浩劫中毁于一旦。一栋斑驳的老屋已经坍塌，看青砖的大小，我猜想至少是明朝以前的遗物。经过古建筑专家刘炳辉老师的反复化验和论证，得知这是元末的砖。

单凭房屋的砖头，并不确定牛过水是在元末建村，因为在村子附近的罗浮山里，曾经有两座规模不小的元朝砖窑，专门为当时的达官贵人供应砖头。元末，牛过水一带归东莞（今茶山）的何真管辖，食盐、青砖等重要物资都被管制，一般百姓家庭没有资格用砖头建房子，更没有资格修建祠堂。后来朱元璋的部队南下时，砖窑毁于战乱，许多烧好的砖头连同砖窑被埋进土里。

面对这厚重的青砖，我大胆猜想：何真归顺，进入明朝后，砖头慢慢走进了寻常百姓家，牛过水的祖先从古窑遗址拉回青砖，建造了房子。当然，猜想只是猜想，牛过水村的历史尚需细致、科学地考古和论证，我只是听刘老师绘声绘色地讲述《圣朝混一方与胜览》里记载砖窑上热火朝天的场面，听他讲述《大明志书》里明朝将军廖永军马踏罗浮、征战惠州的激烈战斗场景。

牛过水村最初并不叫牛过水，早期的村子，地形像一只展翅的凤凰，于是便得了一个美丽的名字——凤凰围。后来，梁氏祖先沿着河南→福建→广东梅州的路线来到祥岗村，客居凤凰围，村名改为金鸡田围。

当时的金鸡田围土地广阔，水源丰富，黄龙河水从罗浮山上潺潺而下，滋润着这片土地，金鸡田围因而草木茂盛，蔬果丰收。

勤劳的金鸡田围人利用丰富的水草资源，大力发展养牛业。每天，在头牛的带领下，成群的牛早上出村去吃草，晚上回村睡觉，庞大的牛群队伍看起来蔚为壮观。

南方多雨，水患不断。有一年发大水，村里村外积水达十几公分深。牛群只好蹚水出村，蹚水回村。隔壁澜石村的村民路过金鸡田围，见到牛群涉水而过，纷纷打趣道：“什么金鸡田围，就是牛过水嘛。”从此，这个称呼便传开了，时间一长，“牛过水”这三个字渐渐取代了原来的村名。

牛过水村得天独厚的地理条件和丰富的农业资源，养育了勤劳的村民。他们用自己的双手，创造了岭南小村的幸福生活。其中最富有人家的主人叫梁李怀，家有良田千顷，牛马成群。成片的房屋有三层院子，高大的院墙上设有枪洞，用来防御外来土匪和强盗入侵。

罗浮山地处山区，经常有土匪、强盗出没，梁家把家丁组织起来，成立了数百人的民团，购置了一百多支枪。除了保护自己的财产外，还担负起保护村民和观音庙的职责。民团的成立，不仅保一方平安，还在后来的抗日战斗中为保护村民做出了贡献。

牛过水村位于罗浮山东江游击队抗日根据地旁边，作为东江纵队和惠州抗日革命阵地的一部分，这里曾经发生过一场重要的战斗。

1938 年冬，日军在罗浮山一带对东江游击队发起围剿。日军头目从一个汉奸口中得知牛过水村藏有抗日力量，便从罗浮山华首古寺出发，一路向牛过水村一带开炮。轰轰隆隆的炮声，打破了罗浮山的宁静，佛教圣地观音古庙也未幸免，炮弹落在院子里，天井的麻石被炸得面目全非。最后，一个年轻的尼姑也没躲过日军的魔爪，被日军带到了牛过水村。

牛过水的村民是有智慧的，他们把树藤从山上一根接一根连在一起，一直拉到重光书室的瓦罐上。在重光书室教书的刘七，是共产党的地下联络员。在山上放哨的村民发现敌情，便拉动树藤报信。日军来袭时，刘七指挥梁李怀带领民团和抗日军民一起奋起反抗，经过激烈战斗，终因寡不敌众，抗日军民撤退到罗浮山上。村里的陈三娣不忍心自己的家业被日军糟蹋，便挑着棉被和花生等粮食往山上跑。途中被弹片炸烂了脚踝骨，她忍着疼痛挑着被炸烂的麻袋上山，粮食撒了一路。

日军占领村子后，盘踞在梁李怀的大院里为非作歹。一连三日在村里烧杀抢掠，给牛过水村留下了深深的创伤。梁李怀的姨太太被强暴，观音古庙的尼姑也被折磨致死，暴尸于梁家大院，后来被村民拉到山上的破窑洞里掩埋了。村里房子的墙壁上弹孔密布，给这场残酷的洗劫留下了历史的罪证。

抗日军民在罗浮山休整后，开始向村里的日军发起反攻。日军依据梁家大院高墙优势和先进的武器，抗日军民几次进攻，均未成功。

第四天，日军的翻译在村里发现一个牌坊，上面写着“金鸡田围”，才发现这里不是他们要找的牛过水村，于是，日军便停止放火，向祥岗村南面的古榄树一带打去。

历史的车轮滚滚前进，新中国成立后，牛过水村人投入到重建家园的大潮中，渐渐淡忘了那场战争。

改革开放，更加给牛过水村带来了天翻地覆的变化。近年来，在梁木胜书记等人的领导下，牛过水村在祥岗行政村村委的带领下，坚持红色革命精神，大力发展房地产和旅游业，先后建起了幸福公寓等楼盘。依据罗浮山优越的自然资源，建起了许多民宿和农家乐，其中，清水湖景区被认定为国家3A级旅游景区。

狠抓经济建设和村民幸福生活建设的同时，一些见证那段历史的房屋等证物逐渐被拆除，或者坍塌，亲历战争现场的村民也一个个离开人世。梁书记看在眼里，急在心上。吃水不忘挖井人，今天的幸福日子是一代代革命先辈和抗日军民的鲜血换来的。为了摸清那段历史，他四处奔波，找村民、找资料，亲自找当年的相关人员了解情况，一点一点地记录，一样一样地收集，想尽一切办法还原真相，保存相关的记录和文物。

保护战斗遗迹，征集历史文物，征地，修缮房屋，势必影响到村民的利益。得不到理解，他从无怨言，得不到支持，他也不放弃。因为他知道，牛过水的这段历史在党史等文献里没有记录，如果不把有关文物保护起来，先人的抗日事迹和精神，将来必定会淹没在历史的尘埃中，作为一个村民，作为一个村支书，这将是他一生的遗憾。

夕阳带着红霞的朦胧，斜射在村里的水塘边、弹孔密布的老墙壁上，梁木胜走在斑驳的老屋旁，身后留下一串串略显孤独的脚印。

当年金鸡田围村的那块石匾，历经多次移动，一端已经烂掉，有人想把它丢弃，有人想把它用来垫屋根建房子，都被梁木胜拦住了，他把石匾放进祠堂里，希望有一天能把它修复好，让它重新焕发出历史的光芒。第一次见面时，他就向我打听哪里有修复石碑的师傅。望着夕阳下他那孤独的身影，我突然理解了他的执着。

那堵被打得千疮百孔的房屋墙壁，曾有不少人要求拆除，梁木胜苦口婆心，阐明大义，说服了村民，饱含沧桑的墙壁才得以保存。

当年地下党员刘七的地下联络点重光书室的石匾，至今仍保存完好，曾经有人想出钱买走，都被梁书记断然拒绝了。

村民梁维是村里唯一在世的那场战争的见证人，今年已经八十多岁。牛过水村战争发生时，他才几岁，见证了日军的残暴和抗日军民的艰苦斗争。为了准确记录那场战斗，梁书记多次听取梁维的讲述，并给他拍照，以留作史料。

“文革”时期，梁李怀的后人因祖上的地主身份受到了牵连，梁书记为了让他们早日对那段特殊的历史释怀，多次托人到香港找到梁李怀的孙女，表达对其祖辈抗日精神的敬意，并劝她早日回村和大家一起，为弘扬先辈的革命抗日精神而努力。

为了更加生动鲜活地再现那场战斗，传承和发扬艰苦奋斗不屈不挠的红色革命精神，梁书记从20世纪90年代开始，一直想拍一部关于牛过水村抗日斗争的电影。还自己出钱买了服装、帽子等道具，但因各种原因未能了却他的红色经典情结。

随着年龄日渐老去，梁木胜的紧迫感日益增加，他担心那段战斗历史会逐渐被人遗忘。

在即将退休之际，他不忘对下任干部的红色精神传承培育，他希望后辈能够踩着他的脚印，把牛过水的红色历史和精神传承下去。在和博罗县影视家协会商讨有关牛过水村抗日斗争剧本创作的会议上，他专门让继任书记刘锦华参与整理历史资料，增加他对红色历史的了解和感情。

祥岗村的红色历史，也是博罗的红色历史。随着村委换届选举，年轻人聚集到他的身旁，都对牛过水的红色事迹有了深刻的理解，并下决心要把它保护好，传承好。他的身后不再是一个人的脚印，更多的新时期建设发展的带头人坚守红色阵地，发扬前辈的红色精神，努力奋斗，开拓创新，讲好新时代经济建设和精神文明建设的红色故事。

上良村的幸福

我一直钟情于中国传统特色的古村落，不管名人府邸，亦无论民间小院，大凡保留着历史痕迹的老屋，我都会倾心不已。而对毁掉老屋重建现代化别墅洋房的村落，历来颇有微词。

一个偶然的机会，我去了罗浮山脚下的上良村，面对这个改造成二十八栋全新别墅的小村，顿时怦然心动。心动的是它环境的干净和阳光下的静谧。

一般提起保存完好的村落，都会想起斑驳的老屋、狭窄的小巷，潮湿的墙壁上长满青苔，阴暗的屋子里有着潮味儿。而上良村却并非如此，它有着整齐划一的宽阔巷子，和窗明几净的三层别墅，小院里的花草在充足的阳光下争奇斗艳。

上良村没有悠久的历史，也没有飞梁画栋的古建筑，仅有的二十多户20世纪50年代的普通民居，也在新农村建设中全部拆除。

这一拆除不打紧，拆出一个全新的欧洲小镇。并且还依山傍水，极具中国岭南水乡特色。

这一片各自独立的洋楼小院落，坐落在博罗县横河镇的显岗水库旁，依山而建，面朝宽阔的水域。坡度不大的山岗上古木参天，竹林幽深。新农村建设开发时，开辟了登山小道。顺着小道拾级而上，除了古树上悬挂的保护标牌外，几乎不见人为开发的迹象。秋风掠过竹林，高大的毛竹沙沙作响，如沙锤在耳边摇过，令置身幽径的我顿觉恍惚。

小村并不大，下得山来，顺着一尘不染的水泥路，穿过一排排统一颜色和结构的房屋，转瞬间就置身于一望无际的水库旁。山里，水库旁，这些名词一般都和原始落后、交通闭塞、脏污泥泞分不开，但是这个小村却把水库的自然风光打造成了干净整洁、鸟语花香的浪漫小镇。长长的堤岸上，红色地砖和仿木的护栏边，种在陶罐里的三角梅和太阳花五彩斑斓，赏心悦目之余，不禁羡慕起村民的幸福生活来。护栏外边，水草丛生，木舟横在水面，不时有白鹭从水面掠过。久未亲近大自然的我，顺着台阶下到水边，拨开齐腰的水草，试图拉起小木舟的缆绳。朋友警告说："小心湿鞋！岸边看起来没水，一踩上去就会有水。"

我随口回答朋友："常在河边走，哪有不湿鞋。"但是仍然小心翼翼地提起了脚，努力尝试了几下，终未能如愿，只好作罢，任凭木舟在水草间独自漂荡。

中午时分，饥肠辘辘的我想找民间食肆，朋友告诉我无须寻找，带我来到一家房门敞开的人家："阿姨，能不能帮我们弄点吃的？"

正在红木沙发上坐着喝茶的大叔和阿姨，马上招呼我们坐下喝茶，大叔光着上身，皮肤晒得黝黑，显出山里人的淳朴和健康。貌似拘谨的阿姨声音文弱，操着不太流利的普通话说："早上打的鱼都卖了，只有昨晚刚炸的小鱼干，我再炒一盘土鸡蛋，一盘青菜。够不够？"

我立刻答道："够了够了。"

安排好午餐，我们几个人又去外面小逛片刻，转回来便有饭吃了。阿姨拿出家藏的米酒，一边给我们倒酒，一边介绍："这药材酒是我自己酿的米酒，自己挖的药材泡的，很补身体。”

一杯酒下肚，顿觉胃里暖热如火，汗也跟着下来了。阿姨又拿出一瓶糯米酒：“这是糯米酒，我去年酿的，我们客家女人坐月子都喝糯米酒的。也很暖身子，给你们尝尝。”

说完，她自己也倒上一杯，站在旁边喝起来。我们邀她一起坐下来吃，被拒绝了：“我们早就吃过了。你们吃。”

一顿饭工夫，阿姨和大叔的话就多了起来。我们得知老人两个儿子和儿媳妇都在外地做工，偶尔回来。新农村建设，拆掉旧房子，村里统一规划建新楼，政府补贴一部分钱，剩下的都是自己筹资。由于钱不够，他们三楼尚未装修，正打算装修了对外做民宿，一晚收一百五十块钱，比村里专门做民宿的旅店便宜一半多。我便鼓励他赶快装修，我们时不时过来住上一晚，感受一下世外桃源的生活。

饭后，我提出想去看看他山里的果园，大叔欣然同意，并亲自开摩托车带路。

到了果园，见到一片十多亩的山坡，还有一片瓦房。大叔说：“这是拆了老屋建新房时临时搭建的，木梁椽子和小瓦都是老屋拆下来的。建新房期间，我们在这里住了将近一年，现在偶尔也会过来住。”

我知道大叔现在过来住，是舍不下荔枝树下散养的一群土鸡，每天都能拣十几个新鲜鸡蛋。正说着，阿姨从屋里走出来，手里握着一枚鸡蛋。她指着鸡蛋对我们说：“刚刚下的蛋，还热乎着呢。”

此情此景，令我突然想起小时候妈妈在院子里拣鸡蛋的一幕，不禁眼圈一热。小时候我上火口腔溃疡时，妈妈总会拣一个刚下的鸡蛋，打开一个小口，让我生喝下去，很快就见效。现在生活在城市，再也见不到刚下的热鸡蛋，三十年竟也再没喝过生鸡蛋。

向阿姨说明了意图，她说他们也喝过新鲜生鸡蛋，是很好的营养品。我从阿姨手里接过鸡蛋，在一头敲破一个黄豆大的小孔，作为进气口，然后在另外一头敲开一个大孔，从大孔用力一吸，滑滑的鸡蛋便顺着大孔进入嘴里，温热香滑，带着微腥。喝完后我砸吧着嘴，去洗了手。

阿姨转身从屋后面摘来几个百香果，递给我们。她自己掰开一个，边吃边说："这个是去年种的，很甜的。"

在我印象里，现摘的百香果都会比较酸，所以就说："这个要放几天才好吃吧？新的会酸。"

阿姨吸一口果汁，说："不会酸，这种很甜的。那些卖的都是不熟就摘下来，所以要放几天才不酸。"

我半信半疑地打开一个，真是一点酸味儿也没有，至此，我才更新了对百香果的认知。

临别，阿姨还送了十几个鸡蛋给我们，我朋友说拿回去给老人吃，接过鸡蛋便去掏钱，阿姨说什么也不收钱，拉扯了好一会儿，她才勉强收下二十块钱。

下得山来，我反复思考着现在的山村老屋开发问题，虽然大多数人都反对拆去老屋开发，可是每每看到一些村里交通不便，居住环境潮湿阴暗，就觉得这个社会欠村民一些什么。我们住着宽敞的高楼，开着汽车，口口声声说喜欢村庄和老屋，可是要我们长期住在老屋里，我们又是否能住得下去呢？有文物价值的老屋固然需要保护，可是不能以保护为名，让村民长期居住在破旧低矮的旧房子里，和现代生活脱节，那些普通的民房、危房和泥泞道路，也应该被关注。一个村庄的命运，一族村民的命运，在历史变革中不断被考验，村庄不发展，就有可能消失，一些越来越少人留守的空心村，便是最好的佐证。

上良村的改造和开发，给了我一个答案。我想这就是社会应有的公平，他们也有权利享受改革开放的成果，也应该拥有干净便利的居住环境。而不是守在落后的村落里，过着贫穷的生活，等待城里人去参观。城市和农村、现代和传统都应该交换彼此的幸福，而不是以牺牲一方来换取另一方的幸福。

车子在鸟鸣声中驶出山村，夕阳从山顶的缝隙间倾泻出来，映着身后的村子，我的心境愈加宁静。

当代四川散文作家书系

丁仕强　主编

梧桐樹下

张翼　著

中国书籍出版社
China Book Press

图书在版编目（CIP）数据

梧桐树下 / 张翼著 . -- 北京 : 中国书籍出版社 , 2024. 11. -- (当代四川散文作家书系). -- ISBN 978-7-5241-0117-8

Ⅰ. I267

中国国家版本馆 CIP 数据核字第 20241GS216 号

梧桐树下

张　翼　著

责任编辑　王志刚
责任印制　孙马飞　马　芝
封面设计　杨　桃
出版发行　中国书籍出版社
地　　址　北京市丰台区三路居路 97 号（邮编：100073）
电　　话　（010）52257143（总编室）　（010）52257140（发行部）
电子邮箱　chinabp@vip.sina.com
经　　销　全国新华书店
印　　刷　四川科德彩色数码科技有限公司
开　　本　880 毫米 ×1230 毫米　1/32
字　　数　1760 千字
印　　张　65.75
版　　次　2024 年 11 月第 1 版　2024 年 11 月第 1 次印刷
书　　号　ISBN 978-7-5241-0117-8
定　　价　598.00 元（全 10 册）

总序

以散文之名　发时代之声

四川省散文学会会长　丁仕强

四川，自古便是文人墨客倾心描绘的天府之国。这片充满诗意与传奇的土地，激发着作家和诗人的情感与想象，孕育出一代又一代的文学巨匠。他们以笔为犁，耕耘着这片沃土，用文字记录时代的变迁，抒发个人的情感，展现社会的风貌。

进入现当代以来，随着社会的快速变迁和文化的多元融合，四川散文作家更是以其独到的视角和敏锐的洞察力，捕捉时代脉搏，反映社会现实，表达个体情感，创作出了一大批具有深刻思想内涵和艺术价值的优秀作品。散文，作为一种自由、细腻、深邃的文学形式，它以最直接的方式触碰人的心灵，以最朴素的语言揭示生活的真谛。四川的散文作家，根植于这片文化沃土，汲取着巴蜀文化的精髓，他们的作品既有大山大水的雄浑壮丽，又有田园牧歌的温情脉脉；既记录着时代的变迁，也倾诉着个体的情感。

四川省散文学会迄今为止已走过34年的历程。多年来，学会与时俱进，开展写作分享及文学讲座，召开“川渝散文家论坛”“中国西部散文论坛”，开展“四川散文奖”评选等活动，上千名会员出版散文专著，近百名会员荣获“鲁迅文学奖”“冰心散文奖”“四川文学奖”“朱自清散文奖”“五个一工程奖”等文学大奖，散文创作成绩斐然，可圈可点。

为深入践行习近平文化思想，坚定文化自信，坚持守正创新，引领新时代散文创作，推动散文家队伍建设，促进散文高质量发展，学会组织编辑《当代四川散文作家书系》（第一季），旨在全面展示当代四川散文作家的创作水平和艺术风貌。我们精心挑选了部分优秀散文作家，他们中有的已在文坛享有盛誉，有的则是初露锋芒的新星，涵盖了不同年龄层、不同风格流派的散文创作者。无论是对乡愁的抒发，还是对时代变迁的记录，抑或是对个人生活经历的思索，每一位作家都有其独特的视角和笔触，他们用文字描绘山川河流的痕迹，刻画时代的进步与变迁，抒发对生活的感悟与情感，以真挚的情感和独到的视角，展现了多层面的社会现实与精神追求。

本套《当代四川散文作家书系》，共10本散文集，分别是《梧桐树下》《千年一城》《火把》《在故乡的原野上奔跑》《洛水边的乡村中国》《飞鸿雪泥》《比草还长的日子》《川流不息》《岁月笔记》《且听风吟》。

《梧桐树下》一书，作者结合亲身经历，深刻探讨了人生哲理、人际关系的温暖以及个人成长过程中的反思；《千年一城》则借着收录的23篇文章，精心组构出千年古城巴州的来路与去向以及巴州城的数次华丽转身；《火把》一书通过几个不同时代、

不同地域的人物和故事，展现了普通人在生命迁徙与经济变迁中的坚韧与努力；《在故乡的原野上奔跑》是作者的奋斗史、心灵史，“奔跑、扎根、奋斗”是本书的关键词，怀念和梦想是作者的情感表达；《洛水边的乡村中国》一书，作者以小见大，以洛水边的10个传统村落蝶变成特色新村，折射出了一个县、一个省乃至整个中国乡村的发展历程。其他几本散文集也各有千秋，特色鲜明，通过这些作品，我们可以感受到四川散文作家在继承传统的基础上，不断创新的艺术追求。他们以真挚的情感和深邃的思考，探讨人生哲理，挖掘人性光辉，传递社会正能量。他们的文字，既有对美好生活的向往和追求，也有对社会现实的深刻反思和批判。

这套书不仅是一种文学表达，更是历史与现实交汇、个体与民族共鸣的生动写照。这些作品，或清新脱俗，或深情厚重，或哲思深远，它们共同构成了一幅丰富多彩的文学画卷。希望通过这套丛书的公开出版，不仅能把握住散文这一文体在形式上的创新与探索，也能从深层的文化内涵上，理解四川乃至整个中国当代散文创作的发展趋势。

在这里，我要特别感谢各位作家的信任与支持，正是因为有了他们的辛勤耕耘和精彩创作，我们才得以将这些散发着文学芬芳的作品集结成册，奉献给广大读者。同时，也要感谢书点文化传播出版团队的细致工作和无私奉献，他们的专业与热情确保了本套书的顺利出版。

愿《当代四川散文作家书系》能成为你认识四川，感知时代，领略散文魅力的一扇窗口。希望这些真挚的文字能触动你的心弦，激发你对生活、对文学的深刻思考和无限遐想。

让我们携手共进，以散文之名，发时代之声，祝愿四川的山水更加美丽动人，祝愿各位散文作家创作大获丰收，祝愿四川散文创作和发展永远充满生机与活力！

2024 年 6 月 29 日

文学表达的哲学
——自序

兜兜转转已年近半百，岁月的刻骨铭心虽然还烙印一般地存储在记忆中，突然之间都显得不那么重要了。曾经激情满怀很在意、很追求的东西，回过头都成了风平浪静的经历。

越来越喜欢独处，清风不扰的雅静能治愈一切浮躁。

这些年，在夜深人静提笔的时候，都在努力弄明白一个问题：客观的世界给了我们怎样的主观，而我们的主观是在客观地行进吗？这就像是白天和黑夜，相生相克的矛盾体。

这不是我要感性地表达情绪，而是大多数人有个通病，那就是总认为踩在过往之上，理性地洞见了这个广博的世界，把所有的遭遇都弄通透明白了。其实，客观世界的每一种呈现，现在看来都是必然。如果这样去看待经历，置身其中，就不那么累了。

很多人的累，都是习惯站在已经很确定的过去看不太确定的未来。

歌曲《从头再来》中唱道："我试着把眼前的窗打开，让暖暖的春风试着吹进来，让一切从头再来。"显而易见的是，直播的人生从来都没有彩排，又怎么可能从头再来。因此，把理性整得感性点，把感性整得理性点，应该是每个年龄段的常态。其实没有必要这么纠结，因为有的主观就是客观，而有的客观也就是主观，曾经走过的路不可能再让你去走一遍。

难道夜深人静撵走我困意的，是经常浮现在眼前，而又一直没能打开的那扇窗？年近半百，值得总结。我明白，我也一点不落地掉入了俗套。我老是被过往的经历牵牵绊绊。曾经经历的那些是与不是，一直在没人打扰的角落里浮隐浮现，只不过我一直装着视而不见。因为我还是经常在一场酣梦之后发问：合不合适？值不值得？顺不顺利？

那扇窗，一直盛开在生活了 40 年的家乡。

我 1997 年参加工作，在家乡工作的 20 年里，车轮转地工作了七八个单位。2017 年，一个偶然的机会我来到成都工作。把在小城市形成的工作圈、生活圈、朋友圈带到大都市，我发现自己还在粗茶淡饭地将就岁月，与这座繁华的城市多少有些格格不入。越是如此，就越发怀念在小城生活的那些日常，有些过往就踏踏实实地填满胸腔，想要一吐为快。我明白，客观世界的林林总总好像只有文字才听任我一意孤行地摆布。

活在当下，思想就不会跑偏。

如果硬要把人分为硬币的两面，那我的正面是理性的，而我的背面却是感性的。跌跌撞撞的是有感而发的情绪，洋洋洒洒的是波澜不惊的生活，这对矛盾体多年来一直在我的工作和生活中相安无事。我直白的文字表达带着自己情绪，它逐渐成了我生活的一个侧面，这些文字从封闭的胸腔涌现，在字里行间，也让身边的朋友认识了连我都不认识的自己。

我在封闭自己的同时也在丰富自己。

于是，我开始把更多的时间封闭在书房里，我要弄些属于自己的文字，不然本就贫瘠的世界会变得更加一无所有。这些年下来，逐渐就有些《风吹的记忆》《毛毛细雨》《故乡的客》等文字自娱自乐地散见于《青年作家》《四川日报》《华西都市报》《成都商报》《重庆晚报》《草地》等报刊杂志。

彻彻底底地，我做了一个讨好自己的人。

这些文字更多的是在呈现生活，我始终想让每一篇带情绪的文字都能在主观的时候表达客观感受。这就有了《带酒味的情绪》《做一张带芳香的名片》《慢度日常更中年》《每次离开都可能是永别》等文字表达。我一直在想，哪怕像我这样在方块字中艰难跋涉的爱好者，体现的哪怕是一人一景、一动一静、一物一事，都应该是世间万象在向我们作哲学报告。

具有思想的文字才会更鲜活。

我试图更为理性地表达所见所闻和所感，力所能及地反映客观世界的本来面目。我一直认为，文字表达的哲学性才是文学的终极路径。孔子、孟子、韩非子，他们在几千年前留下的美文，哪一篇不是在阐述哲学的观点？

生长在嘉陵江边，日积月累的情绪就像潺潺的江水，在我的生命底色中，一直培养着我的率真和爽快。尽管公众场合我也着正装，尽管出门远行我也照镜子，但我心里明白，生活中我也经常短打赤脚，喝麻了的我也经常光着膀子吆喝，人都有包装，但在内心深处，我明白我还是张家湾里那个篾匠的娃儿。

文学的尽头更可能是哲学。

这也是我把这本册子的名字定为《梧桐树下》的真正理由。

《梧桐树下》是一篇小文，是我行走在南充街道上的那段记忆，曾经发表在《华西都市报》上。用一篇小文来定义书名，是从一个小切面向读者朋友敞开我的心扉，它大抵代表了我出这本册子的目的。

我把这本册子分为宽窄、春色、记忆、时光、日常 5 个篇章，大多是我的客观，确切地说主要是在南充和成都的过往，平静地记录生活，并用哲学的方式把它们表达出来。

文学的价值是表达情绪，但并不代表做文学就是心中有情绪，这才是主观之后的客观，我坚信，有哲思的句子才是文学本身该有的样子。

2024 年 10 月成于成都

目录

第一辑

宽　窄

带酒味的情绪　003
智者乐水　006
仙人指路　009
做一张带芳香的名片　012
慢度日常更中年　015
有些念想的日子　018
有宽有窄才生活　022
胸中有爱“眸子瞭”　025
别把孩子宅在时间里　028
每次离开都可能是永别　030

第二辑

春　色

镜片中的布达拉宫　035
到西湖走走　040
梧桐树下　043
春光与秋色　046
抢天时　049
金黄色的小寒　052
自留青绿过五一　055

第三辑

记　忆

风吹的记忆　061
毛毛细雨　064
犟拐拐的往事　067
愿为花一朵　069
望故乡　073
老家的烟火　079
锅盔夹凉粉　082

第四辑

时　光

千年前写在蜀地的爱情词根　087
以散文的名义致敬盛唐诗人　098
寄宿南充的张献忠　100
从张家乡到辉景镇　105
到 500 年前的成都去打卡　109

第五辑

日　常

会飞的眼泪　115
我的父亲是篾匠　118
母亲的孔干饭　123
处处皆是好风景　126
从容汉子也追风　131
红星路上玉米香　135
朵妹童音叩人心　139

故乡的客（代后记）　142

【第一辑】

宽窄

带酒味的情绪

在我的学生时代，歌曲《酒醉的探戈》把醉酒和人生联系起来，红极一时。既没尝过酒的味道，也没有探戈人生的我，理解不了歌词描绘的那种朦胧的醉意人生，倒是舒缓优美的旋律至今让我记忆犹新。

参加工作后，有了喝酒的经历和醉酒的体验，才发现，在失意或得意的时候，不分年龄，不分男女，不分情绪好坏，也不分酒质优劣，情之所至，端上酒杯，杜康入肚，结局只有一个——纷扰的酒外之事全部按下暂停键。一醉真能方休呀！这有点像照妖镜，形形色色的人都现了原形。

一杯酒，就是一种人生境地。

喝多了要哭的人，还原了柔弱多情的一面；喝多了爱笑的人，还原了简单乐观的一面；喝多了摔瓶掀桌的人，还原了粗暴强悍的一面；喝多了闷倒睡的人，还原了淡定稳重的一面……当然，醉酒有百态，哪怕这种感受是短暂的，也丝毫不影响酒精对不同人内心深处的真实再现。

一醉可以方休，一笑也可泯恩仇。第二天醒来的时候，人生开始重新播放，哪怕酒醉后朋友之间出点格，发生了影响朋友感情的糗事，绝大多数人也都会一笑了之，因为每个喝过酒的人都无一例外醉过，或者糗过。

原谅别人，也是原谅自己。

醉酒的结果大同小异，体验却不尽相同。爱好文字的人往往都有点感性随意，难免有酩酊之时。我的醉酒是自上而下开始的，先是头脑发热，逐渐把意识灌醉。头脑有了一定热度，一旦碰到酒杯，别人一般拦不住。一来二往，情绪逐渐高昂，意识就逐渐低落，晕沉沉的感觉就来了。在成功地灌醉意识后，有了翻江倒海的感觉，胃的盛装能力远远超出大脑对酒局的调控水平。继续胡吃，继续海喝，结果吃了的也白吃，喝了的也白喝，好酒好菜统统还给了大自然。

最后灌醉的一定是腿。离开酒局，刚开始还能轻飘飘地勉强撑起身体，左右摇摆、步履蹒跚地走探戈步，后来就像软泥一样，直接瘫成一团。

这种自上而下、从头醉到脚的感觉，一直让我固执地认为，我首先喝醉的是头，然后才是脚。

很多人认为，感情的浓淡往往和时间的长短挂钩，大多数朋友见面碰杯，满是对“好久不见”的遗憾或感慨，这显然是一对伪概念。

昨天 20 多年没见面的老朋友聚会，大家一直从上午的茶欢延续到午夜的把把烧。可能是久未见面，也可能是不知深浅，开局的时候大家都理智稳重，没有想喝的，更没有要求多喝的，大家对酒都表示“意思意思”就可以了。

几杯杜康入腹，有些人情绪开始失控。先是有人主动出击，捉对单打，慢慢就有人被感染，场面终于扩大，单打变成了双打，最终混战。曲终人散时，大家都有些语无伦次，偶尔还夹杂着一些打胡乱说。

这世上哪有那么多的情不得已，其实是自己灌醉自己。早上醒来，我开始极力地整理记忆，努力地回忆聚会和回家的全过程，生怕在失忆后，本想多喝一杯加深感情的酒，却不合时宜地开罪了朋友。

喝酒时的极度兴奋被浓浓的后悔笼罩。我终于明白，先醉的其实不是头，而是心中满满的情绪。有了情绪的放任，才有了意识的模糊，灌醉情绪后才出现失控的酒局。

所以说，只有管控好那些带着酒味的情绪，才能不醉、少醉，保持清醒。喝酒尚且如此，我们的工作和生活，普天之下的事，大抵也应当如此。

智者乐水

在我出生的当天，外公拦住从地坝边路过的王瞎子给我算命。王瞎子说，这娃儿不好带，命格里有三重火却没有一滴水，个性刚烈，不好收拾。最要命的是，王瞎子悄悄告诉外公，说这娃儿要九岁才能上命，提防水溺。按王瞎子的说法，我要等到九岁后才能算是张家的一员，而在这之前，随时都有被淹死的危险。

或许外公本希望我能给这个朴实的农村家庭带来些许阳光，却不承想在王瞎子那里讨了个讳言。父母显然听进了王瞎子的话，为了及早应对随时可能夭折的我，在独生子女无比光荣、计划生育还是基本国策的那个年代，母亲在她大姐家悄悄咪咪地躲了接近一年时间，又冒险生下了弟弟，作为张家香火延续的备胎。

不巧的是，王瞎子依然告诫父母，张家二娃子命格里同样也是三重火，同样没有一滴水，只不过老二比老大好一点的是，六岁就上命了，夭折的风险被王瞎子减少了三年时间。

难道我们兄弟俩转世投胎是专门来难为妈老汉的吗？

让王瞎子这么一闹腾，我们兄弟俩从生下来就和水较上了劲。对父母来说，不管王瞎子的话是真是假，宁信其有不信其无才是权宜之计，也因此，把我们兄弟俩看紧点成了全家的当务之急，而院坝外的那条嘉陵江是最大的风险点。

千里嘉陵江带着北方的风和秦岭的骨远道而来，蜿蜒在川东大地上，从我家地坝外欢快地流过。江边长大的男女大多数水性极好，长年累月在江水里钻，也练就了一身搏击江水的绝活。对我们兄弟俩来说，要命的是天天看到小伙伴们在江里翻腾，却不敢下水洗澡。近水楼台不得月呀，这多少有点像一贫如洗的年月，闻到隔壁家炒肉的香气，饥肠辘辘吞口水的感受。

没读过多少书的父母坚信，击碎我们兄弟俩下水洗澡的欲望，拯救张家香火，最好的教育工具就是黄荆条子。

我和弟弟也抗争过，曾经偷偷摸摸地和小伙伴去过两趟江边，回家后都无一例外地被母亲用黄荆条子揍得皮开肉绽。最讨厌的是，那根遒劲的黄荆条子，随时都挂在堂屋的过道上，拿起来揍我们兄弟俩很是顺手，有点像尉迟恭的紫金钢鞭和秦琼的熟铜金锏，经常在我俩脑海中面目狰狞地笑。

记得有一次放学回家，雨后初晴，夕阳西下，阳光打在波光粼粼的江面上，那景象让我至今记忆犹新。十来个小伙伴，一个个像打开栅栏的鸭子，扑通扑通地往水里扎猛子。而我和弟弟始终震慑于堂屋里那根黄荆棍棍的威力，不敢下水。但江水对江边的孩子来说，诱惑力实在太大了。我们兄弟俩只得挽起裤管，在浅水处踩水耍。结果这事还是被母亲知道了，最可恨的是，还是路过江边的王瞎子告诉母亲的。母亲可能至今也不相信，十多个娃娃都下水了，而我和弟弟会在水边无动于衷。于是，不分青红皂白地对着我和弟弟的屁股一阵乱抽。

从那以后，我和弟弟连江边也不敢独自去了，在黄荆棍棍的陪伴下，我俩与水彻底绝缘。虽然我俩最终没有像王瞎子算命预言的那样夭折，但我俩却都成了嘉陵江边长大的另类——旱鸭子，有时还对水有一种莫名的畏惧。

孔子说，“仁者乐山，智者乐水”。这句耳熟能详的名言告诉我们，有智慧的人是动态的，乐于像水一样灵动。可能是我和弟弟的命里都缺水的缘故，虽然长在嘉陵江边，但长期少了水的滋养，时至今日，始终聪明不起来，当然更不可能有半点智者的迹象。久而久之，还有了点犟拐拐、认死理的特质，很多时候都不愿意灵活变通，明晓得不该说的话也没有遮拦地说了，明晓得不能做的事也满不在乎地做了。人在江湖中打拼，都年过四十了，始终下不了深水，却还是碰到了不少暗礁。好在我们兄弟俩都很坦然，生活嘛，也就显得平淡无奇。

有时我也常常盘点自己，感觉缺水的人就缺少了灵气，是不是生下来就太笨了呢？在缺水的时间里我常想，当一回水做的男人多好啊！智者才能乐水呀！

有一天，陪儿子看了动漫片《哪吒之魔童降世》，讲的是天地灵气孕育出能量巨大的混元珠，元始天尊将其提炼成灵珠和魔丸，太乙真人受命将灵珠托生于哪吒身上，以担当助周伐纣的重任。不料灵珠和魔丸却阴差阳错地被调了包，哪吒也就命中注定地要成为世间的魔。整部电影围绕哪吒的一句“我命由我不由天”来展开，颇有点周杰伦那句广告词“我的地盘我做主”的味道。魔性的哪吒最终也变成了拯救世间的英雄。

试想，如果不是那粒阴差阳错的魔丸，哪吒还真不一定能成为拯救世间的英雄。人生未必天注定，不够聪明是因为没有走够弯路，苦难缔造智者，乐水不易呀！

仙人指路

那年去黄山，在云谷寺至皮篷路口，看见一处怪石形似身着道袍的“仙人”，屹立峰巅，为南来北往的游客指引道路，此石名叫“仙人指路石”。“仙人指路石”盛名在外是因为它契入了很深的哲学思维：寓意着我们在人生路上，如果能够得到“仙人”指引，最终到达的将是事半功倍的盛境。

回望来时路，我从读书到考学，从教书到转行，从乡旮旯到大都市，每一步都走得蹒跚，幸好有贵人指引才沾了阳光雨露，在五彩缤纷的世界发芽、生根、立足。

滴水之恩当涌泉相报。我虽然没有“仙人”的预见能力，更不能为他人指点迷津，但这么多年来，助人一程的想法还是深入了骨髓。生活在陌生的都市，街道纵横、星光交错，时常让人犯迷糊，也因此，问路和指路恰到好处地成了我生活的常态。

疫情期间，早上 8 点我准时到市二医院打卡做核酸。做核酸的队伍经常排过武成大街的地铁口，成了一道特别坚守、特别醒目，也特别提劲的城市风景线。那天，我刚排进队伍，一位行色匆匆的大叔过来问我：“是做核酸吗？”这时我的手机铃声不合时宜地响了起来，我一边接电话，一边点头示意。这时，排在我前面的小伙子热情地扭头答道："这是门诊排队哈，做核酸的要到那边排队！"然后把头探出队伍，指了指三槐树街方向。我急忙把手机从耳边拿开，欲纠正小伙子的说法，但大叔已经一溜小跑离开了。

我非常厌恶地审视小伙子，他手臂上硕大的鹰头文身特别扎眼，也特别扎心，我在心底暗骂：一枚坏蛋！尽管我从来都不愿意与坏人为伍，但今天还不得不亦步亦趋地排在小伙子身后。很快，我们排到了单检和混检的分道口，小伙子突然低声惊呼："呀，我排错队了，这不是门诊排队吗！" 他自顾自的低呼声明显带着几分惊讶、几分焦急、几分自责。我这才恍然大悟，小伙子并没有成心欺骗那位大叔，原来他也搞错了地方。

为人指点迷津，结果自己却误入迷途！看着小伙匆匆离开的背影，我突然心疼地觉得错怪他了。

我住在城市东北方向的城郊接合部，那里至今还没通地铁，从市中心上完班回家，常常得先坐一段地铁，再换乘公交。那天下班，浓浓的夜色正徐徐地关上这座城市的大门。我从地铁站出来，星星点点的街灯像眼睛，一眨一眨地支撑着疲惫了一天的城市。我一边与热气腾腾的烟火味街舞，一边等待换乘的285路公交车。这时，一位大约八十岁的太婆过来问我："到石羊场客运站的99路公交车收班没有？"

我也不是这个陌生城市的主人，对公交车线路并不熟悉。我急忙转身来到站台的公交车路线牌前，把路线牌仔仔细细地看了一遍，压根儿就没有99路车呀！我跟太婆说，从动物园地铁站到石羊场客运站，一个在城北三环，一个在城南三环，穿城而过，还是坐地铁方便些。太婆口齿不太清楚，耳朵也不太灵便，我费了好大力气才听明白，原来太婆不识字，不知道怎样坐地铁，以前和老伴就是在这里坐的 99 路公交车，直达石羊场客运站。我不知道太婆的老伴去哪儿了，但帮帮她可是我的举手之劳。我连忙打开手机地图查看 99 路公交车信息，终点确实是石羊场客运站，但起点却在城中心锣锅巷呀。我告诉太婆，可能是公交线路调整了，如果要坐公交车的话，要先坐 K19 路公交车，然后在双桥子南站换乘 K16 公交车。我叮嘱太婆，一定记着在双桥子南站换乘哟。

在慢慢降临的夜幕中，太婆走了，我换乘的 285 路公交车也来了。在登上公交车的那一刹那，我就后悔了，太婆年岁高，听力下降，又不识字，独自一人在夜幕下，还得走并不熟悉的线路换乘！天啦！我怎么就没想到花几十元钱给太婆打个车呢！那一晚，夜色仿佛就是专门降下来笼罩我的，自责、担心、惭愧的情绪揉成一团，在半梦半醒之间整整熬煮了我一夜。

过了一段时间，我又在动物园地铁站等候公交车，无意间，看见公交车路线指示牌上方的电子屏正在滚动播放站点信息，99 路公交车竟赫然在列。我又重新看了一遍指示牌上的文字版线路图，确实没有标注 99 路公交车。天啦，难怪太婆说以前和老伴就是在这里乘的 99 路公交车！

仙人指路，我却给太婆指了一条“神仙”路。我竟然在不知不觉中成了那枚手臂上纹着硕大鹰头的“坏蛋”。

这到底是怎么回事呢？不知道那一夜、那一路，孤独的太婆是怎么度过的！太婆有老伴陪伴的时候，她的心靠在了可以信赖的老伴身上，靠在了熟悉的 99 路公交车上，那时的太婆是安全、轻松、幸福且不需要操心的，如今没有了老伴在身边，难道一出门就被陌生的信任捉弄！

唯愿太婆一直好好的，因为我那裹满自责和忏悔的心根本不敢往坏处想。

做一张带芳香的名片

单位食堂狭小，一到中午用餐高峰，等候的队伍常常要排到外面过道上。进进出出的同事借机聊个天、吹个牛，或者开个玩笑，成了一道应景的开胃菜，午餐时光的楼道是道有趣的风景线。

在成都，寒冬腊月正是吃羊肉的最佳季节。冬季，大地阳气内敛，人容易出现手足冰冷、气血不畅的现象。中医理论认为，羊肉味甘而性温，有补肾壮阳、祛寒保暖的奇效，一碗羊肉汤是抵御风寒、滋补越冬的佳品。冬至节这天，气温骤降，食堂师傅特地给大家准备了御寒的羊肉汤，不用正式通知也不用刻意安排，午餐的人特别多，等候的队伍在楼道上拐了个弯，一直延伸到3号电梯口附近。也许是确实太饿，也许是确实太香，羊肉汤的味道见缝插针地在过道里卖弄，我一出电梯，浓浓的羊肉汤味就越过寒风，穿过人缝，扑鼻而来，使劲往鼻孔里钻。

这味道居然可以拐弯，都跳出锅圈跑到电梯口来了！

世间万物都值得玩味，何止羊肉汤的味道会拐弯，人也一样，更有味道。我们在岁月的长河中不断堆码自己，逐渐形成属于自己的品牌，扛起属于自己的旗帜，这些品牌、这些旗帜都各有味道。

古人说的流芳百世和遗臭万年，就是人在世间释放出来的味道，只不过那都是可以上书，举足轻重的人罢了。

周末，冬日暖阳洒满北湖公园波光粼粼的湖面。朋友打了电话，说要把闲来无事相约湖岸，慢慢地放入围炉，熬煮时光。湖岸草色青青，阳光在微风中洒落。神侃之时，朋友老刘说起了他的同桌。当年中考，老刘过了师范学校委培线，父母为了让他跳出“农门”，吃上“皇粮”，把家里的几担口粮和两头长势正好的猪仔全卖了也没有凑够那几千元的委培费，最后不得不“卸犁杀牛”，把仅有的一头老牛也卖了，才勉强凑够老刘上学的费用。由于耗尽了家当，在捉襟见肘的三年师范期间，老刘每个月的生活费都要掰着手指计算。老刘的同桌来自城里，父母都是县麻纺厂的工人，对全班几乎都来自农村的学生娃来说，至少算个“富二代”。同桌成绩一般，读了三年师范在班上吆了三年鸭儿，但他却非常仗义，绝对是那种冻得发抖也会脱条裤儿给你穿的热心肠。三年同窗时光，这位同桌不露声色地接济老刘，经常招待他啃个鸭脚板，吃个肉包子，嗦碗小面条。偶尔还会邀上几个要好的同学，去油房街的苍蝇馆子整盘回锅肉，高兴的时候还会来半打山城啤酒，然后二晕二晕地相扶进校。时至今日，我们依然能从老刘的口中感受到，同桌的身上永远散发着大气、开朗、热心和善良的芬芳。

提起陈年旧事，老刘的话题开始泛滥。他说，同桌现在还在镇上教书，经济条件也很一般，去年老刘同桌的邻居夫妻双方四位长辈齐整整地躺进了医院，由于夫妻双方家里姊妹都很多，经济条件参差不齐，为照顾老人和医疗费闹得很不愉快，整得邻居无所适从。同桌与邻居非亲非故，侠义之心一点就燃，他跑到医院鞍前马后地帮邻居张罗，最后还垫了 3 万多元的医疗费。老刘说，同桌的老婆至今都还在生他的气。

人的品牌是交给别人背书的名片，名片上有的印着耿直、有的印着狡猾，有的印着真诚、有的印着虚伪，有的印着阳光、有的印着阴暗，有的印着能干精致、有的印着糊涂潦草，有的印着大度包容、有的印着睚眦必报。我们持有的这张名片，拜同事和朋友所赐，不问你同不同意，也不管你接不接受，这张名片已经长在了茫茫人海中，每个人的味道都会通过这张名片穿墙破壁，一览无余地在你生活的世界摆摊设点地贩卖，只不过，摊贩出售的有芬芳，也有小臭。

芸芸众生，我们都是尘埃一样的存在，几十年下来，扛在我们身上的旗帜，贴在我们身上的标签，早已深深地刻在了那张名片上。可以肯定的是，这张名片释放的味道绝大多数都不可能流芳百世，也不大可能遗臭万年。

那就携德而行吧，尽量给自己做一张带芳香的名片。

慢度日常更中年

我工作的单位在锦江区暑袜北街上，离李劼人出生地经历司街（今华兴东街）一步之遥。人杰地灵的华兴东街，既延续了春熙路的时代之光，也沾上了李劼人老先生的才气和文气，就连红星路上蔓延的文化气息也很自然地在这里扎下了根，锦江剧院、阿来书屋、明清街坊等一众文化据点扎堆在这里，成了文化人的打卡胜地。

我有一要好的文友也来这里凑热闹，在王府井的楼上搞了一个偌大的工作室。最近到文友工作室小坐，他宽大的工作台后墙上醒目地挂着“事缓则圆，行缓则安”的牌匾。我这个人性子急、情商低，属于有话就说、有屁就放那种类型，一看这句话就觉得特有意思。

曾经有段时间，工作就像在打仗，没有假期，没有周末，年轻的身体裹着朴素的梦想，那种自加压力的工作状态、工作压力，都深植在常年备战、常年奋战的日常中，忙忙碌碌的日常加上我风风火火的性格，日子过得有点复杂凌乱。

有一次，单位安排第二天召开会议，临近下班才把议程敲定，等我急匆匆地把会议材料拟好，领导早已下班。我几经周折找到领导，领导逐字逐句把会议材料审签后，时钟已经跳到了晚上10点多。看到我心急如焚的窘态，同事安慰说，万事不急哈，饭得一口口吃，事得一件件办。说实话，都晚上10点多了，还得发100多人的会议通知，印100多份会议材料，要说不急，那是站着说话不腰疼！我忍不住给同事撂了一句：不急，你来做呀！同事笑笑说：我陪着你干嘛，万事不急！万事不急哈！

那天晚上，同事生怕我慌慌张张出差错，陪着我一直干到凌晨，离开办公室前，还不忘提醒我细心复查一遍。后来细想，同事说得真对，曾国藩曾经说“凡遇事须安详和缓以处之，若一慌忙，便恐有错”，这实际上是在告诫我们：忙中易错，事缓则圆！即使火烧眉毛，我们也不能自乱阵脚，慌慌张张哪能办出圆满的好事呢？那天晚上如此激动，无非是多加了会班，换个心态、换个角度，不过是以时间换心情罢了。虽然这件事很快就被忘记在时间的影子里了，但我对同事的品格和修为却更加敬佩，特别是他告诫我的“万事不急”，在日后的磨炼中，慢慢在我心里扎下了根。

朱熹在《童蒙须知》中说：“凡行步趋跄，须是端正，不可疾走跳踯”，就是对“行缓则安”的最好诠释。他告诫孩子，走路要稳健，不可慌慌忙忙，因为有些事情是急不来的。

一个深冬的早晨，当我把儿子送到校门口时，儿子突然说忘带学具了，急匆匆地拉开车门，跳下车就向街对面的文具店冲去，当我把车停好时，儿子已经左拐右拐，绕过了车水马龙的街道。

那天清晨，人行道上的草皮、落叶、藤蔓上薄薄地铺上了一层蜀地的小雪。儿子冲过马路，刚踏上人行道雪冻后湿滑的大理石地面，脚底打滑，一个踉跄，扑倒在地，下巴硬生生地磕在大理石地面上，半颗门牙血红地躺在将人冻得发麻的晨风中，很是显眼。

儿子没有哭，青春期的孩子需要在来来往往的同学面前用坚强化解尴尬，但他那痛苦的表情、湿润的眼眶、断断续续的呻吟和模模糊糊的几句抱怨，和着深冬早晨冰冷的雪风，硬生生吹进我心里，深深地扎痛了我，那种藏在父亲心底的痛带着无力的抽搐！

事后儿子告诉我，那天他当值日生，由于天冷赖了几分钟床，眼看要迟到了，怕晚进教室被老师批评才毛手毛脚地犯了错。我没有跟儿子分析对错，很多事情本身就没有对错，我告诫儿子：急躁爆性是办不好事的，万事不急，行缓则安！

儿子打趣地告诉我：那是给门牙上的一课。

人到中年，生活在年龄的磨刀石上反复揉搓，时间这把手术刀一点点地剔除我们的棱角，所有的毛毛躁躁和风风火火都变得迟钝，生活的面貌会越来越清晰，工作的节奏会越来越慢，不管你有多任性，总是要向生活妥协的，虽然偶尔也会任性一下，但更多的时间是激动不起来的，有时甚至显得有些麻木。姜文不是有篇《狗日的中年》吗？他给中年的定义是：一半是坚守，一半是妥协。

没有什么问题是时间解决不了的，只要把生活交给时间，很多急猴都会变成慢牛。面对日常，那急什么急呢？突然想起一句话来安慰中年的自己：以欢喜之心，慢度日常。

有些念想的日子

一天，同村同龄的发小在朋友圈发了条很有意思的话：“从今往后，走过在乎的年龄！”我细看贴图，今天不是发小的生日吗？我陡然想起，从川东北山旮旯亦步亦趋地走过来，都已经 40 多个年头了。中年，这个遥远的书面语居然实实在在地落在了我身上。朋友的意思很明显，无非是人到中年，已过了激情燃烧的岁月，想表达一种看淡红尘的味道。

不同的人生阶段应该阅历不同的人生味道。《论语 · 为政》对中年的定性很直白，那就是“四十而不惑”。几千年以来，孔子都在告诫后人，人到中年嘛，心中一定要敞亮，明白的人绝不办糊涂的事。仔细想想，老祖宗的话确实有道理。人到中年已经活得有些通透明亮。要说能力吧，那几板斧早已经明明白白地使过了；要说成就吧，不管是谦虚还是骄傲，早已写在别人的心中；要说担当吧，上下左右都有该尽的义务。如果依然愣头青，工作糊涂，生活糊涂，再往后就只能知天命了。

人生四十分水岭。如果说前 40 年是上半场，那接下来的日子就是做好后半篇文章。要做好后半篇文章，总得有点念想，有点在乎，有点计较吧？虽然不再激情燃烧，但凡事总得权衡利弊。人，只要脑子里有了这些东西，那就不再是简单的盲从了。一言以蔽之：人到中年，有点念想很正常。

前几天到东郊闲逛，看见一大群少男少女一浪高过一浪地狂呼一个我觉得很普通也很陌生的名字，那是一种天真浪漫、感性直白，却用热血发自肺腑占据心灵的狂野。我当然知道他们呼唤的名字背后，一定代表某个明星。人到中年，波澜不惊。当我很漠然，甚至有些不屑地绕过那群心中带火、口中冒烟的少年时，我才恍然大悟，随着年龄的增长，我们曾经如出一辙的狂野早已被淡淡的岁月平静地收藏。

冷静过后是清醒，我们已经到了三思而后行的年龄。什么事该为、什么事不该为，什么人该交、什么人不该交，什么局该进、什么局不该进，心中有杆秤，手中有个砣。顺应了目的就减少了盲从，当看清了付出与所需的逻辑层次，在干与不干之间就厘清了最直接的因果关系。这难道不是中年人应该有的在乎、计较或者念想吗？

选择是个综合征，既是在权衡利弊，也是在考虑得失。我们的脑中没有念想，心中满不在乎，怎么会有行动自觉的激情？从这个角度讲，选择是幸福而值得的。然而，七零后的我们大抵都经历过没得选的年龄，所以我们的人生上半场总是充满了艰辛和不易，难得用幸福美满来打个总结。

那个年代，在山水田土里长大的孩子，要走出大山、跳出农门，读书考学是唯一的选择。当千军万马挑灯夜读时，漆黑的窗外是独木桥自横。当金榜题名时，那种敲锣打鼓、大宴宾客、一场接一场放坝坝电影的场景至今让人记忆犹新。

那个年代，工作服从分配，从哪里来我们再明白不过了，但要上哪儿去我们却一脸茫然。在没有拿到那张二指宽的调令前，唯一的选择就是在酷热的暑期傻傻地等。

那个年代，任务重、工资少好像一直都是年轻人的专利，除了加班加点，还有端茶倒水、擦桌拖地。人生的开局是从好好干开始的，不是没有选择，而是没得选。在人生的前40年，很多选项都是唯一的。现在想来，没得选才是最好的选择。正是因为没有念想，不在乎、不计较，即使苦成牛、累成狗依然知道哈哈笑。

近段时间看见一些网红为了搏眼球、攒流量，另类地海吃、另类地海喝。看到那些小年轻拿生命开玩笑，我就特别伤感。眼前总浮现出当年在嘉陵江大桥下陪客人猛喝夜啤酒的场景，喝了哇哇吐，吐了咕咕喝，即使醉得打偏偏，依然坚持在凌晨送完最后一个喝客。有人说，40岁之前是拿命在换钱，40岁之后就是拿钱去换命。

我现在特别理解那些年轻人，年轻就意味着没有选择，年轻就意味着不能计较。这么多年来，我干过的岗位一茬接一茬，虽然有过极不情愿但也一直都心甘情愿；结交的朋友一拨接一拨，虽然心中有怨有恨但从来都懒得去怨去恨。

时间和欲望成反比，时间逐渐堆积，欲望逐渐降低。人到中年，突然感觉有些酒局白白地喝了，有些饭局白白地陪了，有些朋友白白地交了，有些工作白白地干了。少了追求就少了念想，少了念想就少了欲望，少了欲望就少了激情，人生开始变得按部就班、寡淡无味。

一直很欣赏姜文那篇《狗日的中年》，现在想来，姜文写这篇文章的时候可能也犯了迷糊。这不，有个名人在一档访谈节目中就说，到了中年才发现，四十不惑的意思是，年轻的时候每件事都想弄明白却明白不了，每个人都想看通透却通透不了。弄不明白、看不通透就生活得很慌张，等老了才发现，慌张就是情趣，你不慌张就没有情趣了。

生活要有情趣，过点有念想的日子多好呀，哪怕人到中年。

有宽有窄才生活

宽窄巷子是成都的一大招牌，这里书写着成都人张弛有度的生活哲学。随便在成都的街头走一走，到处都弥漫着宽与窄的气息。

成都人的宽是包容，他们不会轻易酝酿一丝丝浮躁，心中的小情绪，存活的空间很窄很窄。成都汉子拉仇恨的脏话，顶多是骂一句“瓜娃子”，这是成都人送给最不满意的人最狠的话。一段视频刷爆了我对成都人的认知。说的是一位成都小伙，与的哥发生了车辆擦挂，双方就责任分担和赔偿问题无法达成一致意见。两个成都爷们一合计，就通过猜拳定夺话语权。一场原以为要大动干戈的冲突，却在成都的天空下嘻哈而去。

时间是生活的导师，早把宽窄交给了那些享受生活的成都人。所以，成都的“瓜娃子”一点也不瓜。和那些动不动就车堵应急通道、动不动就爆粗口扇耳光的人相比，成都的“瓜娃子”内心永远开着一扇宽敞的门，这扇宽敞的门会获得你不由自主的点赞和打赏。

成都人的宽是闲散，这是他们对待生活的姿态语言。在宽窄巷子，很难看到急匆匆的脚步，这一宽一窄的两条巷子，收纳了繁华的市井，也飘满了宽松的心情，冒进和急躁窄到没有生存的土壤。在穿梭的人群中，一把靠墙的竹椅，斜斜地躺在秋阳里，两目半闭，掏耳朵的师傅就让毛茸茸的掏耳勺秋雨绵绵地在你耳朵里放肆，闲散通过耳道直抵心窝。师傅恰到好处地把金属镊子与掏耳勺的金属把子轻轻相叩，颤悠悠的金属声就脆生生地从心窝游走到脊背，整个人都酥了。这个时候，时间完全停止，叫卖声全部在脑海中消失，没有了一丝丝的喧嚣。

繁华深处可闭目，你很容易就在游人如织的闹市中找到了恬静，充分呼吸属于宽和窄的味道。一边是繁华，一边是宁静，这才是宽窄巷子的与众不同。

前段时间，有机构对全国的城市逐一体检评分，勤奋的成都算是赶上了时代的列车，强势跻身新一线城市，在北上广深之后，遥遥领先一众兄弟，着实让我狠狠地幸福了一把。有网友不服气了，说成都这样的休闲城市，除了麻将、串串就是盖碗茶，怎么可能领跑新一线城市？

如果说慢节奏是成都人生活的宽，那么快节奏就是成都人生活的窄。其实，成都人也有敲击键盘一样啪啪的快节奏，这是信息时代成都人生活的另一面。人多是成都的标签之一。有恶搞的网友拿地铁开了个玩笑：上海人说，上海的地铁要把女人挤流产，成都人说，成都的地铁要把女人挤怀孕。一句很俗的玩笑，两种不同的心态。有人把紧张繁忙看成痛苦，有人把紧张繁忙想成快活。其实，成都人对待紧张繁忙的工作，用的是娱乐的心态。我时常看见，早晨的写字楼外，充满活力的年轻人排成长长的队伍等电梯，在时间面前，宽敞的电梯是逼仄的。我时常看见，东客站窄窄的长椅上，创业的年轻人把稿子摁在膝盖上，旁若无人地写文案。我还时常看见，挤公交的学生，一手抓扶手，一手拿书本，在摇摇晃晃的公交上念念有词地背课文。

没有紧张和匆忙，哪有进步和繁华？不管你信还是不信，成都的绚丽总是摆在你眼前。成都在新一线城市中领跑的，绝不是麻将、串串和盖碗茶。

在成都，有一种智慧叫舍得。

在成都，有一种生活叫宽窄。

胸中有爱“眸子瞭”

最近重读《孟子》又有新的收获。孟子说：“胸中正，则眸子瞭焉；胸中不正，则眸子眊焉”，意思是：人心正，眼睛就明亮；人心不正，眼睛就昏暗。孟子告诉我们，眼睛就是内心外挂的晴雨表。无独有偶，文艺复兴时期意大利著名画家达·芬奇从研究人物画的角度，得出了“眼睛是心灵的窗户”的论断，他认为眼睛是会说话的。

达·芬奇把这个问题搞明白的时候，孟子已经逝世一千多年了。

孟子也好，达·芬奇也罢，他们都告诫后来人：透过眼睛能看到每个人的内心世界，我们对事物的认知态度，都反映在那双黑幽幽的眼睛上，随时随地都会明明白白地把内心展示给他人。

前段时间，我响应省作协号召，在网刊《文学川军》四川作家抗疫专题发表了短文《想唱就唱最知秋》。描述的是全城静默下的成都中秋之夜，乐观的成都人在网上自拟了一份中秋晚会节目单，没有组织、没有导演、没有灯光、没有彩排，晚上 8 点准时开始，大家自发地以自家阳台为舞台，想喊就喊、想唱就唱、想舞就舞，在五星红旗的舞动中，一曲曲《我和我的祖国》《没有共产党就没有新中国》《成都》等大家耳熟能详、充满正能量的歌声在成都的上空自由地飘荡。我天生不懂音乐，也跟不上生活的节拍，但那天却不由自主地打开心扉、放飞心情，与楼对面的年轻人一道对着深深的夜空长长地喊了起来，全身上下顿时就有了一种登顶高峰，全身放空，大声喊山的快感，被那段疫情虐得很郁闷的心情顿时一扫而空。

用成都人的话说，天大的事情，没有一顿火锅解决不了的，热闹热闹嘛，心里就什么事都没有了，这其实是乐观、豁达的人生态度。面对人生困局，我们用一边静默、一边热闹的花式演绎乐观地享受成都烟火。然而，就是这样一段美好的夜空记忆，在某些人眼里，乐观却不可思议地成了摆烂。我糊涂了，既然眼睛是心灵的窗户，当眼睛看到的是肮脏，内心世界又怎么干净得起来呢？孟子说："胸中不正，则眸子眊焉。"

苏轼说："横看成岭侧成峰，远近高低各不同。"这是个哲学命题，苏轼是在探讨看"山"，确切地说是在探讨看待事物的角度。眼睛哪里仅仅是对内心世界的简单反射，它所处的角度还会影响内心世界对外在事物的判断，如果看待事物的角度不同，得出的结论必然会迥然不同。

多年前，我听一位部队首长讲了个故事。他刚到西北参军的时候，部队对士兵军事素质要求特别高，连里训练也特别严格，哪怕在隆冬季节，连长都要亲自带队到室外训练。有一天，一位南方来的士兵没有经历过北方极寒天气，没有系紧鞋带子，走正步的时候军鞋飞了出去。连长一脸严肃，没有叫停训练，新兵打着赤脚，坚持在零下 20 多度的室外完成了训练科目，士兵的脚也被严重冻伤。

事情结束后，连长向团部报告，要求严惩这个新兵，整顿军容，以正军纪。理由是：如此严格的军事训练，士兵连最基本的鞋带都系不好，怎么能扛枪打胜仗。报告打到团部，团长说，能扛住零下 20 多度的严寒，忍受酷冻，坚持训练，这才是“特别能吃苦、特别能忍耐、特别能战斗”的军人典范，大有培养潜质，是全团学习的楷模，怎么能处分这个新兵呢？

同样的事物从不同角度认知，就折射出意想不到的镜像，正因如此，这个新兵才经历了由反面典型到正面典范的冰火两重天。

重读《孟子》再来看这两个故事，我终于明白了，事物都有两面性甚至多面性，最关键的是我们怎样才能透过现象看本质，用眼睛抓住关键，以帮助内心世界正确地加工。面由心生呀！心里播什么样的种子，眼里就会长什么样的果实。

胸中有大爱，眸子才不会“眊”。

别把孩子宅在时间里

还没来得及把 2019 年品出味道，2020 年已经赶到。闭眼还是腊月，睁眼就到正月了，初春的天气在隆冬的根上发芽，突然有些明显降温，家乡也就有了多日不见的小霜小雪。平常难得空出一大把时间，我就索性把清晨裹在被窝里。

刚懒懒散散地眯进蒙眬，一通热情的电话叫响了我的新年时光。打电话的哥们儿想在新年来临之际，给老朋友送上一把冬日暖阳。日子真的很狗血，不知不觉我们都中了姜文的毒，他笔下的中年大叔都油腻腻的，干啥事都不太利索。哥们儿是个话痨，侃着侃着就侃远了，从嘘寒问暖，到工作、生活，到老爸、老妈，没有遮拦、没有顾忌，没有章法、没有方向。最后自然而然扯到了儿女身上，扯完了学习扯立业，扯完了立业扯成家。

中年男人很太婆，半辈子都在瞎操心。

哥们儿开始唠叨，说孩子小的时候把时间赔给了医生，孩子读书了把时间赔给了老师，现在孩子工作了，本想自由轻松、乐得逍遥，哪晓得儿子已经不在自己设想的轨道上，还得天天给儿子赔小心。

我很惊诧，在我心目中，哥们儿培育孩子那是相当成功。这么多年来，他推掉了很多酒局和茶局，花了大把时间陪伴孩子成长。儿子也很争气，成绩稳扎稳打，一步一个台阶，考进了一所985，毕业后也有了份体面的工作。

按理说，孩子一直在他预想中成长，这是人生幸事。然而，哥们儿有一搭没一搭的焦虑电波却把我从蒙眬拉回清醒。哥们儿的孩子长得帅气，人也还算靠谱，可就是宅男一枚。没看到他主动出击约过女朋友，也没看到他被女朋友约会过，早到了适婚年龄，还单身狗一条，这完全不是哥们儿预设的效果，那真是急呀。

岁月已经把哥们儿熬成了中年大叔，但他依然还是为儿子操不完的心。我知道，这么多年来，哥们儿陪孩子最多的地方不是学校就是家庭，说得最多的事不是看书就是写作业。如果我们从小到大都把孩子的绝大部分时间捆在卧室和教室，不知不觉中，我们就把孩子的身体捆在了自设的封闭空间。对孩子来说，朋友就简单到了同学，时间就简单到了成绩，交流就简单到了书本。他们物欲丰富，习惯了和自己相处，从来都没学过和人相处的本领。

物欲社会，人与人之间都通过微信来联系，隔着一层无形的电波，人与人之间的交流少了大手拉小手。如果我们从小就把孩子拖进了一个物欲的世界，哥们儿儿子的今天就可能是我那孩子的明天。

其实，我们在教孩子成长的同时，孩子也在教我们成熟。不要被工作和生活反复虐待，还是趁着新春，带着孩子走出书本，千万别从小把孩子宅在时间里。

每次离开都可能是永别

两年前，一个偶然的机会，我调到成都工作。养育了我 40 年的南充，瞬间就成了江东。

人生如戏，变化无常啊！我来不及向亲朋好友告别，就匆匆来到了这座熟悉而又陌生的城市。

我曾经意气风发，随着时间的推移变得有些陌然，偶尔回到南充，甚至还多少感觉有些汗颜。我不愿意过去的人关心我现在的生活。回到南充后，就尽可能减少外出，减少应酬，想让左邻右舍淡忘身边还有我这样普通的存在。

前几天，有位成功的南充籍成都人，约几位老乡在春熙路小聚。同桌七八人，相互之间有认识的，也有不认识的，但毕竟是他乡遇故知，大家都显得比较坦诚。

老乡见老乡，两眼泪汪汪。

大家你来我往，几杯酒下肚，恰到好处地灌在动情之处。本来很平常、很短暂的感情，在他乡异地也就有了很黏很浓的酒香。心与心的距离，一时间比春熙路的脚板印还靠得近。

自然而然，家乡的很多人、很多事就走上了火锅桌。大家七嘴八舌，尽量从脑海中搜索一些老同事、老同学、老朋友来拉近彼此之间的距离。

“张哥，你是顺庆人，罗孬孬你认识不？”隔壁老王问我。

“熟得很嘛！”老李抢着说，“那家伙耿直得很，朋友网得宽，包包整得鼓，目前风生水起，去年才把公司总部从南充迁到环球中心来了。”

一说到罗孬孬，大家都非常熟悉，全桌人一下子找到了共同语言，七嘴八舌地炸开了锅。

火锅桌上都是罗孬孬的聪明、耿直、富有和传奇……

其实，罗孬孬和我同乡同村，读书时高我两个年级。虽然他成绩和长相都与孬孬齐名，头脑却非常灵活，为人也非常豪爽。十几年前赶上房地产黄金期，从炒房干到建房，从泥瓦匠干到包工头，在我们老家那个夹皮沟成了金凤凰。

去年寒假，我回南充过春节。罗孬孬回村上杀了两头大肥猪，摆了几十桌坝坝宴，请全村的乡里乡亲热热闹闹地过年，风风光光，荣耀祖宗。

席间，罗孬孬郑重其事告诉乡亲们，要把公司开到大成都去，从今往后每年春节都要请乡亲们吃大餐。一时间，罗孬孬在全乡传成佳话。

我那天参加了罗孬孬的宴请，罗孬孬一口气给我留下了三个电话号码。他说，一个号码是专用于公司同事联系的，一个号码是专用于亲密朋友联系的，另一个号码是不超过 10 个人晓得的私密电话。

那一瞬间，罗孬孬的耿直我算是领教了，我也自认为得到了罗孬孬的万分信任。

远在成都，大家竟然提到了这个同乡，都还显得特别熟识。于是，我趁着酒劲，摸出电话，向众老乡宣布，我要给罗孬孬打个电话，而且还开着免提，想让大家见证一下我与这位能干老乡之间的“豪华”感情。

我先打第一个号码，居然已停机。再拨第二个号码，依然停机。我顿时自觉脸上无光，犹豫一阵后还是拨通了他说不超过 10 个人知道的那个号码。

电话果真打通了，电话也果真是罗孬孬的，但接电话的女人低沉地告诉我们，罗孬孬脑梗，上周就走了。

电话免提功能无限放大了这个低沉的电波，也无限放大了全桌人的惊奇。一时间，满屋子除了热辣辣的火锅味，还充满了不可思议，继而是一阵接一阵的叹息。

其实仔细想想，我们的人生总是充满不定性。很多朋友走着走着就散了，很多感情走着走着就淡了，很多人走着走着就不见了。生活中有无数个罗孬孬，才熟识就成了陌生，一离开就成了永别。

这时，我想起一个年龄和我相仿的打工仔算的一笔账。他说他父母今年都 70 多岁了，如果能成为百岁老人，他从现在起每年回家看父母一次，总共也就只能看父母 20 多次了。

感情账算不得。好好珍惜每一次相遇吧，有人说过，明天和意外，你永远都不知道哪个先来。说不定很多时候，你们的相见就是在这个世界上的最后一面。

春节临近，我打算在老家多待几天。

【第二辑】

春色

镜片中的布达拉宫

心心念念的拉萨！虽然只有匆匆一宿，但我真的就这么来了！

当飞机冲破贡嘎机场上空的最后一片浮云，稳稳地落在跑道上，午后高原上干干净净的阳光正斜斜地眷顾着空旷的原野。飞机缓缓地滑行，透过窗孔，远远望去，一排乌青的山脉靠在机场右边，砂砾和石块，还有牧放的羊群自然地镶嵌在山坡上，像一幅粗颗粒的长卷油画，从眼前轻轻地飘过。

接机的朋友告诉我，回拉萨市区还有50多公里车程，沿途景致非常漂亮，于是特意安排我坐副驾驶位置。刚上车，我就有了浅浅的高原反应，太阳穴和咽鼓管有隐隐的胀痛感，但这丝毫不影响初来乍到的我对雪域高原的深度向往。

汽车离开机场几百米，向右拐上了一座长长的桥。说是桥，其实更像一座堤坝，因为桥下只有星星点点的水洼。我向驾驶室的方向望去，青青的水草一簇簇站在高高低低的砂砾堆上，或独立成岛，或连成一片，浸漫在清澈见底的水洼中央，一望无际地绵延到远处的山脚下，像极了缩小版的千岛湖。

那种景致，美得简单，美得自然，美得新颖，但又美得有些让人捉摸不透，我甚至怀疑到了江南水乡。我一时无法定义这是什么景象，脑海中一下涌现出南方的水草、北方的沙漠，还有东北的大草原、西北的戈壁滩……，如此等等，都有点神似，又都肯定不是，反正与脑海中预设的雪域高原诸多形象都毫不相关。

我脱口而出：“那是沼泽地吗？话一出口，我就后悔了我的白痴。雪域高原怎么会有沼泽地呢！开车的是位甘肃朋友，在西藏服役，转业已经10多年了。他纠正我说：“那是雅鲁藏布江，只是这个季节、这个地段水量很小”。

生活就是一面镜子，时不时就会把人生不断掘进的过程一帧帧地映射下来，只要把它粘贴在情感上，合适的时候就会自动播放，勾画出生命中的那些深刻。我是个天生的马大哈，在长达几十年的过往中，很少有那种刻骨铭心的烙印，唯独对向往已久的雪域高原，早已在情感上刻下了一尘不染的神秘，但今天映入眼帘的景象确实与我最原始的情感产生了极大的反差。

雪域高原现在就这样偎依在我的瞳孔里。

在我心目中，高原上的山，自腰而上都应该覆盖着洁白的雪，或者是裸露的石；高原上的江，也应该是在悬崖间热辣翻滚，或者是在浪花中嘻笑打闹。而现在，眼前分明布满了砂砾和水草，那应该是水乡江畔常见的平静和闲适。

新奇的感受，让我一下子对高原的神秘多了一份亲近。

我望着车窗外，良久的不语，任凭高原的风和跳动的情绪一排排地倒向车后。我在想，我心中的雅鲁藏布江是条藏族汉子，在影视传播的介质中，那都是一条汹涌澎湃、激情奔放的大江，是什么把它驯服得如此慵懒而安静呢？

这种错位的神秘感，让我对脚下的高原有了强烈的好奇心。

我盘点了一下，拉萨只留给了我一夜睡眠的时间，明天一早还得飞向 1000 多公里外的另一座城市。我扭头告诉来接机的朋友：不知道晚上有没有时间去领略一眼布达拉宫的神秘风采。

在我心目中，布达拉宫之于西藏，有点天安门之于北京，小蛮腰之于广州，春熙路之于成都的味道，那种味道就是游客对地标的景仰，何况眼前的景象和心中的情绪还有这么大的差距。于是我固执地认为，要是不去看一看布达拉宫，就好像白跑了一趟拉萨。那种隐隐作怪的好奇心，把心中的想法直截了当，而且有点不合时宜地摊在了朋友面前。

汽车载着一众人的谈笑风生，在雪域高原上飞驰了 1 个来小时，来到工作地点时已经是下午 4 点多钟。我们一帮人紧锣密鼓地开展完工作后，匆匆地扒了几口饭，朋友便把我们带到了布达拉宫广场，此时已是初秋拉萨的傍晚时分。

初次见识布达拉宫是在 1999 年 10 月 1 日发行的第五套人民币 50 元面额的纸币上。那时的我刚参加工作，每个月的工资还不到 4 张“布达拉宫”的面额，那种像饭票一样刻在一日三餐中的布达拉宫图像至今让我记忆犹新。我也因此知道它是吐蕃王朝松赞干布为了迎娶唐朝文成公主而建造的宫殿，也知道它是集宫殿、经堂、庭院、城堡、馆藏等于一体的古代藏式建筑的杰出代表，还知道它坐落在海拔 3700 多米的红山上，是一颗镶嵌在“世界屋脊上的明珠”。

站在广场上，对面就是雄伟的布达拉宫，虽然我对建筑艺术一窍不通，对藏文明也不甚了解，当由来已久的景仰突然降临到布达拉宫对面的广场上时，心中还是顿时腾起一种莫明的亲近感。透过星星点点的街灯和逐渐罩下来的夜色看对面的布达拉宫，装扮在屋顶、檐下、墙角、岩壁、阶梯、护栏和围墙上的灯光，已经覆盖了整座宫殿。灯光在落日的余辉里卖力地彰显自己的魅力，红山、还有围在红山两旁的高楼轮廓依稀可辨，宫殿上方的天际线在黑幕里留着一道缝，像个想要睡觉的孩子半闭着眼睛。天地之间透过薄薄的夜色，与红白分明的布达拉宫浑然一体，与广场上的熙熙攘攘和车水马龙构成动静相宜的朦胧美，这些景象特别适合我们腾出时间，停顿下来在心中漫步。

高原上早晚温差很大，我分明感受到寒意随着夜色幕天席地而来，这些寒意严严实实地把我笼罩在布达拉宫的广场上。我把双手捂在裤兜里，漫步在观光的游人中，在朋友的介绍下慢慢了解布达拉宫。布达拉宫主体建筑由红宫和白宫两部分组成，经过1300多年的历史演绎，形成了占地面积40万平方米，建筑面积13万平方米，外13层、内9层的古代宫堡建筑群，宫内珍藏着3座精美绝伦的纯金立体金刚坛城，里面珍藏着瓷器、金银器、佛像、佛塔、唐卡、服饰、典籍等珍贵文物10多万件，生动阐述着藏族人民超凡的智慧和厚重的历史，成为享誉世界的文化瑰宝。

“哇，太漂亮了！”突然，旁边一对正在拍照的小情侣发出低声惊叹，把我同朋友的热聊中扯了回来。我循着声音的方向，抬头望向布达拉宫，突然眼前一亮。

夜和光是一对相互成就的矛盾体，夜色愈浓，灯光愈亮！

刚才还在徐徐夜幕下渲染布达拉宫的灯光，此时分外明亮起来，白宫的白带着雪花的圣洁，红宫的红带着朱砂的沉稳，红宫和白宫错落有致地在红山上层层叠叠，雄壮、大气、精致、震撼！而布达拉宫的上方就是深遂的夜色。

抬头望天，黑！一片漆黑！连星星都不知道躲到哪儿去了，唯有天空中的弯月正在高高地昭示着夜的话语权。

夜空之下，就只剩下轮廓分明、线条分明的布达拉宫在灯光里沉静。此时的布达拉宫已经蜕去了白天的喧嚣，也挣脱了突袭而来的暮色，像一幅巨大的油画鲜艳地挂在广场的正前方。

拉萨市的建设者们也特别有审美视角，为了配合游客留下光影中的布达拉宫，特地在广场的地面上铺设了一些镜面，俯下身子，把手机垂直架在镜片上，“咔嚓”一声，布达拉宫 1300 多年来的记忆就倒影在镜片里，被美轮美奂地带走。

我多次与拉萨擦肩而过，那些圣山、白雪和蓝蓝的天穹一直是我心中遥遥无期的等待。这次行程匆忙，没有机会去探寻布达拉宫的内在美，去欣赏这座古代藏式宫殿群深深的内涵带给心灵的震撼，但我还是学着年轻人的样子，把手机架在广场的镜片上，让布达拉宫完美地倒影在我的脑海中，来一场镜片上的会晤。

匆匆一面的雪域高原！匆匆一面的布达拉宫！你就像镜中花，水中月，带着不可捉摸的光和影，征服着信念执着的游客。那就期待再会吧，那肯定不会再是一次镜片中的会晤！

到西湖走走

今天，两位曾经的同事不约而同地在朋友圈晒西湖，有美美的山，美美的水，美美的花，美美的树，美美的舞台，美美的喷泉，当然也有美美的西子少女！

看得出，朋友心宁！

用这种心态游西湖，配上科技含量极高的手机，如果选择一种契合人眼、能走人心的角度，这些镜头所展现的既是唯美、醉心的西湖，又是心无旁骛的生活方式！理所当然地，西湖的照片在朋友圈中引得了点赞一片！

西湖很大，西湖很厚，西湖也很长！

西湖不仅是一个自然的湖，也是一个人文的湖，它是一部经过千年历史和多部神话装潢的世界文化遗产。西湖装下了魏晋南北朝，也装下了唐宋元明清，它可以让白蛇和许仙成就人妖传奇，也可以让梁山伯与祝英台化蝶同飞，还可以让武松和鲁智深走出《水浒》，静静地在湖边一躺千年。因此，游西湖就在是听西湖讲故事，这些故事居然让我们分不清是虚幻还是现实，是人间还是天堂。

游西湖的另一种方式是看西湖。青山翠绿、碧波彩舫，苏堤在杨柳岸轻盈盈地旖旎，断桥在残雪中白恺恺地静谧，还有那些闹市之中，活泼可爱、独享轻快的小松鼠，一窜一跳地在一拨一群的游客手中抢食，人与自然互相挑逗，和谐逸趣，这些可能让浮生宁静的各种元素，就这么让一望无垠的西湖，毫无保留地通过方寸之镜展现在网络星空。

其实，我更喜欢用简单的方式和现实的心态走西湖。对我而言，西湖不是到此一游，而是到此一走。

我到杭州的时候，适逢《环太平洋》热映，想想人家连太平洋都能环，我还不能环行一个小小的西湖？再想想，我所在的那座小城都已经集成了所谓东湖公园、南湖公园和北湖公园，不就差个西湖吗？总不能留下遗憾吧！

西湖那么大，我想去走走！

确切地说，西湖我走过三次！虽然我仅仅到杭州出过一次差，却一发不可收拾地连续三天步行三圈，估计应该有四五十公里吧。那次与同事到浙江出差，到杭州的第一天，我最挂念的就是西湖。脚刚落定，我就打算去环西湖走一圈。无奈几个同事初来杭州，都想呼朋引伴，都想推杯换盏，都想尽醉人间真情，我因此选择了似乎不近人情的孤独。

说实话，距离就是逃避的最好理由。大老远地来到杭州出差，对我这个喝酒却不胜酒力的人来说，能清心寡欲、自由自在地躲上几天，其实也是件求之不得的好事。来到江南水乡，我决定谢绝一切邀约。

我也没有把行程通报我的同学和朋友，我要独步西湖。

目的不同，感觉不同。当我打的来到西湖边，西湖给我的第一感受不是美，而是大。望着湖岛叠嶂，绿树隐岸，一湖的波光粼粼，我感到震惊，都市之央居然隐藏着这样一个庞然大湖。百度告诉我，环湖一圈近 15 公里。

那就来一场说走就走的环湖吧！天色渐晚，前路不知，我于是心一横，戴上耳麦，靠目测定位，在树上小鸟儿优美的旋律中，一路疾步。

西湖缀上了历史长河中无数闪耀的珍珠，走西湖就像是捻佛珠，另有一番享受！绕西湖而行，梁山伯和祝英台结伴就读的万松书院过了，被鲁迅批判得一无是处的雷峰塔也过了，苏东坡堤、白居易堤、南屏晚钟、西泠印社、寒山寺、楼外楼、岳飞墓、武松墓、钱王祠、断桥，或前或后、或左或右地统统都从我脚下走过。西湖就是装潢着一张张、一幅幅或历史，或神话，或民间，或官方的长长画卷，在亭台楼阁中，在小桥流水中，在枝繁叶茂中，在牛毛细雨中，弯弯曲曲地呈现，一步步、一帧帧在我脚下轻轻地打开。

西湖很厚重，我没有能力去参悟。我想，我走西湖就没有必要像演员那样刻意入戏，也没有必要像导演那样故意设计，因此在接下来的三天时间里，我三环西湖却没买一张门票，没有走进西湖众多故事中的任何一座茅庐，三过夕阳下美轮美奂的雷峰塔，我也没进去看一眼白娘子。

对好步之徒来说，西湖不是到此一游，而是至此一走，很轻松、很自在的那种信步。因为，西湖新鲜的空气中没有任何浮云的味道。

我是芸芸众生之一，就喜欢简简单单的生活。

我从来没有游过西湖，但是我听过西湖讲故事，也看过西湖美景！更为关键的是，我走过西湖，就这么酣畅淋漓地环着西湖简单地走了一圈又一圈。

走西湖，更像是成都人品龙井，那味道硬是不摆了。

梧桐树下

刚调进小城工作那阵子，我租住在城郊一个叫五里店的地方。那时的工作单位都不提供早中晚餐，下馆子算是打牙祭，为了节约饭钱，早中晚我都会风风火火地骑着洋马儿（自行车），穿行一段长长的延安路，在城北和城南之间穿梭。

小城依江而畔，风和日丽、四季分明地在高高低低的浅丘中静静地安详。唯独到了夏天，骄阳会赤裸裸地落在后背上，好像针尖尖在使劲地戳。非常幸运的是，我上下班必经的延安路站满了高大威猛的法国梧桐。梧桐树枝长叶阔，一到盛夏，长长的手臂就遮天蔽日地托住太阳，我胖乎乎的身影就可轻松地在绿荫下穿行。有时小城会下雨，那也多半是细雨。江风把细雨徐徐地送到梧桐叶上，滴滴答答地散落下来，在头上、臂上、背上，凉凉地落，有一种穿心的快感。所以时至今日，无论是艳阳天还是细雨天，我都没有打伞的习惯。

再后来工作调整，上下班我又改走果城路和育英路，依然是茂密的法国梧桐在为我撑起一片蓝天。单身汉的日子总是那么无聊。有时，我会一个人静静地走在梧桐树下，把思维定格在梧桐断臂巨大的疤痕上，看那些年轮刻画的梧桐人生。我喜欢梧桐粗壮有力的躯干，苍劲地伸向太阳走来的方向。这时，我会孤芳自赏，把自己胖乎乎的身体自诩成梧桐一样的“帅锅”。我喜欢梧桐随和的站姿，它看似凌乱的手臂却不约而同地搭在我必经的道路上，遮阳也避雨。我喜欢梧桐树巴掌大的树叶，它能把阳光稀稀疏疏地过滤给大地，落在风中也是飘飘摇摇的低调。

那段时间，林荫大道是我与自然和谐相处的直观感受。

我的工作主要是码字，出门的时间极少，上班下班基本上是两点一线，从延安路到果城路，从果城路到育英路，梧桐树一直占据着我对这个城市行道树的大部分认知。再后来出差，才发现上海、广州、成都这些大都市，也都在梧桐树的陪伴下成长，特别是后来到了南京，才真正见识了梧桐树那种铺天盖地的磅礴气势。

我一进城就和梧桐交上了朋友，和梧桐树相处的日子，我发现身上也或多或少地有了梧桐的影子。粗犷豪放、随意任性、粗枝大叶，以至于后来的性格和经历，都像梧桐的手臂，看似遒劲有力，实则曲曲折折，不大讨人喜欢。

梧桐的命运不是我说喜欢就能改变的。这些年来，城市的空间越来越精致，粗犷威猛、不拘小节的梧桐树也就失却了越来越多的市场，曾经的行道树之王在银杏、桂花、香樟的娇小身影中一步步退出了城市舞台。

每每回曾经工作了 20 年的小城，走在育英路、果城路、延安路上，空空的心中总感觉有些缺失，不经意间就迷失在了那些没有梧桐的日子里。

因此，我常常暗示自己，其实植物是要走心的，生灵世界的一草一木都会种在人心上。比如周子的莲、陈毅的松、郑板桥的竹，它们都有性格、有脾气、有血肉、有精神。特别是阎维文的一曲《小白杨》，使那个绿油油的橄榄根深干壮地长在茫茫戈壁滩上，而且长得精神抖擞，长得玉树临风。

虽然我固执地认为，这些只不过是写作者、书画者、歌唱者强加在它们身上的外衣，但我非常明白，我的心中一直种着小城的法国梧桐。

春光与秋色

春分秋分，昼夜平分。在四季跳动的脉搏中，春分和秋分成了气温渐暖或渐凉的风向标。因此，知春或识秋，也就有了防暑或保暖的思想准备。一年一度的春节踏过祖国南方广袤的土地，一般都会有短时间的春寒料峭。虽然偶有赶春的花适时地开在料峭的路边，勇敢地捎来春的口信，但我们依然挣脱不了身上那件来自冬天的寒衣，那叫“倒春寒”。

“春雷一声响，九尽杨花开。”惊蛰的春雷乍响，惊醒了一片春花，久违的阳光也赶时髦，恰到好处地栽在大大小小的公园上，到处活力闪烁，人头攒动。俗话说，“二四八月乱穿衣”，于是城市的横街纵巷，短袖皮裙与羽绒长袄共存，大多数城里人都忘记了备春衣春裤。大家惊呼：怎么就一夜入夏了呢?

春，来得太动感了!

必须说明，春的动感不是我的发明，北宋的范仲淹早就发现了。他在《岳阳楼记》中写道：“至若春和景明，波澜不惊，上下天光，一碧万顷。”范老先生登上岳阳楼，眼前一幅春和景明的长卷，他看见春揣着“天光”而来，“春光”一词的含义由此可能更为丰腴。而南宋的辛弃疾似乎观察得更为灵动，他在《玉楼春》中大发感慨，“风前欲劝春光住，春在城南芳草路”。长久以来，我一直理解不了“风光”一词的来历，原来风和光是相约春游、同往同行的挚友。

春的动感和活力，赋予了春天更多的期待。幼儿园的小朋友有首耳熟能详的儿歌叫《春娃娃》：

春娃娃，唱着歌儿走来啦！
握握我的手，手儿发芽啦！
亲亲我的脸，脸儿开了花！

发了芽，开了花，我也变成了春娃娃。

我捋了一遍春娃娃到来的逻辑，他好像是一声惊天炸响蹦出来的小猴娃，怀揣着光、脚踏着风、手提着雷而来。看来，春是生命的开始，春分就是生命的分娩日，被惊蛰雷醒的世间万物，也都在春分时节开始生产。

如果说春是一声惊雷炸出来的，那这个季节就更加春光宜人，动感十足。秋就不一样了，秋更为静态，更像是从树上悄悄眯眯飘下来的。

形容秋天的词语，最高频的大概要算“秋色”了。因此我坚信，叶是秋的信物。《文录》有诗说，“山僧不解数甲子，一叶落知天下秋”，这大概就是“一叶知秋”的来历吧。

秋踏的是落叶，而叶揣的是心情，不但要一叶知秋，而且要一叶懂情。可以说，秋的脸色就是叶的颜色，看见了叶的颜色也就看见了秋的心情。

陶渊明在《酬刘柴桑》中看秋，“榈庭多落叶，慨然知已秋”。这句话非常写实，好像不带一点情绪，其实正契合了他淡泊的心境，不然怎么会有世外桃源这样的盛景。民族英雄戚继光有一首《望阙台》更是豪迈，“繁霜尽是心头血，洒向千峰秋叶丹”。秋天飘落的枫叶在战士眼中竟然是英雄的喋血、刀刻的丹心呀。

春和秋本来就是一对孪生兄弟、同胞姊妹，杜牧曾经把春光和秋色放在一块儿去欣赏，他在《山行》中写道，“远上寒山石径斜，白云深处有人家，停车坐爱枫林晚，霜叶红于二月花”，描绘了一幅动人的山林秋色图。虽然诗人在形容秋色时用的是“寒、斜、晚、霜”等比较悲情的词语，但他依然认为，枫叶飘落的秋色比二月春光滋养的花朵还要红艳、还要漂亮。

杜牧偏爱秋色显然胜过春光。我查了诸多资料，也没有找出杜牧写《山行》时的年龄、经历和背景，但我深信，如此美妙的春光和秋色，杜牧仅偏爱其一，肯定与他当时的心情有关。

春光正当时，秋色无限好。活在当下的我们，无论是迎着春光，还是赏着秋色，都应对幸福生活有最起码的尊重。

抢天时

在儿时的记忆中，乡亲们好像一直都在与时间赛跑。

春抢种秋抢收。抢播油菜、抢打谷子、抢挖红苕、抢割小麦……春耕夏耘、秋收冬藏，一年四季，年复一年，档期比流量明星走穴还排得满。尤其春播秋收之际，学校还会放几天农忙假，让我们这些学生娃儿放下书本回家当帮手。一时间，漫山遍野，呼啦啦一大片，男女老幼全家总动员，起早贪黑地参加到与天气、与时节角逐的大军之中。

成熟的水稻很是矫情，是农作物中最难对付的家伙，收割期短，脆弱度高，遇风则落，逢雨则芽。稻谷快要成熟的时候，父母掐着指头围着田埂晃荡，瞅准艳阳天，备齐农具，天麻麻亮就吆三喝四地下田干活。这个季节的农活，不但要顶住酷暑难耐的烈日，还要忍受精疲力竭、披星戴月，对我们这些即将结束暑假，躲进课堂的学生来说，农活有时候其实也是一种在劫难逃。

全家人割的割、收的收、挑的挑、背的背，不出半天工夫，稻草就一片片、齐刷刷就地卧倒，谷子也东一担西一挑地堆满了晒场。

夏季的天气最是无常。地处秦岭山脉背风面的川东渝北地区，时常会遭遇来自西北方的妖风，讨厌的“偏东雨”常常是这个季节的不速之客。刚刚还是蓝天白云，一下子就乌云滚滚，电闪雷鸣！

下大雨啰，抢谷子哟！

随着一声吆喝！田里的、地里的、山上的、山下的，不管晒场上有没有自家的谷子，乡里乡亲都会自发地从四面八方扑向晒场，七手八脚，扫的扫、装的装、抬的抬、盖的盖，只要帮得上忙，乡里乡亲是断然不分彼此的。最忧人的没人照看的奶娃儿，摁在背篼里，找个遮风避雨的地方一放，小崽崽就很识趣自顾自地乐。

一阵忙乎，一切妥当！豆大的雨珠夹着呜呜的大风，铺天盖地地尽情宣泄。偶尔还会夹着冰雹，噼噼啪啪地砸在被太阳烤得滚烫的地上，水花四溅！

大雨瓢泼！屋檐下，乡里乡亲的脸上，有的写满了抢收成功的谈笑风生，有的则望着风雨中飘摇的稻田，一声长吁、一声短叹！

无论高兴或者不高兴，这些都是每年必经的插曲，好像从来都没有影响到农村那一成不变的自给自足。抢天时和互帮助，也这么在儿时的农村年复一年、单纯至简地在田野间和谐生长！

农村无闲时。乡里乡亲好像从来都没闲过，农忙季节为了口粮、为了生存，必须战天斗地，农闲时节也不例外。20世纪八九十年代，为了让一家人过上体体面面的日子，修砖瓦房是巴山蜀水的一大盛景，几乎家家户户都在为此不懈地努力，而这些活计通常会被安排在农闲之时。

在钢筋水泥还高贵得不愿下嫁到农村的年代，泥巴是修房造屋的主材。泥瓦匠能让漫山遍野的泥巴华丽转身，或成砖，或成瓦。泥砖很好制，从长方体的模盒子中脱胎后晒干，放进窑洞煅烧，泥砖就由黄变青，成了造房垒墙的主力军。

做砖是蛮活，制瓦却是巧活。

泥瓦匠把调匀、拌和、密实的黏土切成大小相等的长方形片状，紧紧贴在桶样瓦模的四周，再麻利地用弧形的瓦刀沾上水，贴紧泥片一上一下，来来回回地打磨，薄薄的泥片被压实抹光、切边去角，就成了规格相同、厚薄相当的桶状瓦坯，瓦坯晒干后一分为四，泥瓦片就制成了。煅烧后坚硬的瓦片盖在屋面上，既能挡风遮雨，又能见证千荒。

秋收后的农田里、田埂上，乡里乡亲晾晒的瓦坯整齐划一、重重叠叠，像艺术品一样从沟头一直蔓延到沟尾，蔚为壮观！

夏天，狂风暴雨总会不期而至，而泥瓦坯子最怕疯疯癫癫的“偏东雨”。不过，只要随便吆喝一声，闲散的乡里乡亲就会从四面八方拥进瓦桶阵，眨眼功夫，散布田间的泥坯子就整整齐齐地转移到了堂屋中、檐口下。比泥菩萨还脆弱的泥瓦坯子就抢在暴风骤雨到来前化险为夷。

尽管儿时的记忆很多都已成为过去式，今天、明天，哪怕遥远的将来，都不大可能再现，但在我的印象中，正是有了乡里乡亲纯真质朴的互帮互助，无论农忙还是农闲，那些战天斗地的抢天时、赶农活，好像从来就没输过。

金黄色的小寒

银杏树是我国的特产。从南到北，从海边到高原，在祖国的每一方土地上，几乎都有着银杏的漂泊和坚守。银杏树通灵性，没有遮遮掩掩，随时随地都活成笔笔挺挺的爽快和不蔓不枝的直白。

从小区门口到地铁站，要经过一段窄窄的小路，路边密密地直立着两排银杏树，银杏树顺着斜坡弯弯曲曲地站上三环路，一年四季陪伴着我上下班的脚步。银杏树特立独行，不娇不媚的身姿不胖不瘦，精精干干地守在我来去匆匆的路上，错落有致地欣赏着小区里进进出出的心情。

美是心脏的起搏器。早上从小区门口出来，银杏树嫩绿的叶片密密实实地晾在枝干上，那带着阳光的风窸窸窣窣地穿过叶片，晶莹地射入眼睛。行走在上班路上，低头就能看见太阳的光和影在脚底流淌。

一年之计在于春，一日之计在于晨。迎着春天的朝阳，你就和银杏树一样，有了一整天可乐的心情。

夏天的银杏树，时常会在落日余晖下美丽。下班路上，脱去一天的忙碌，我非常享受在银杏树下漫步回家的日常。如果天气晴好，就能碰上成都平原难得一见的夕阳撒娇，丝丝金光从银杏叶片间斜射下来，把回家的影子拉得老长老长。我黑白分明的影子走在我的前面，直到站上小区门口的岗亭。

漂泊在外的人，大多数时间在陌生的城市独舞。“蓉漂”多年，我最充实的时光都抛撒在这段高大威猛的银杏树庇护的路上。每天的开始与结束，银杏树都会见证我阴晴圆缺的心情，年复一年地写在我日渐中年的脸庞上。时光在脚下穿梭，银杏树成了长在我心坎上的舞伴。

我家住在二楼。回到家，夕阳的余晖还在银杏的叶片里流连。这时我会意犹未尽地在低低的阳台上挑个角度，看看回家的路和藏在银杏枝叶里的那抹夕阳，随手拍几张金光闪闪的树梢，发在朋友圈里，与慢慢启动的夜幕一起愉快地关上白天的繁忙。

春天里，处于青春期的银杏叶片的叶绿素含量丰富，娇嫩成了这个季节赋予它们的本领，夏天一过，不再年轻的银杏叶完成一年一度的使命，叶绿素逐渐减少，光合作用逐渐减弱，黄色素会逐渐增多，娇嫩的银杏叶逐渐变黄。

秋天是银杏树一年一度的谢幕季。微风轻吹，一夜醒来，银杏把它的爽快和直白都还给了大自然，满城尽带黄金甲，随地可拣的美丽都是银杏叶给的。

深居都市的人非常珍惜银杏树给予的厚爱。抖音里全是打卡攻略，电子科大的银杏散发出独有的书香，清幽的文殊院把金黄的银杏叶打扮得颇具禅意，百花潭公园的“白果大仙”尽情地展演 1700 多年的历史，还有锦里西路、升仙湖北路、白果林路，都是银杏落叶归根的重要站点。

这段时间，勤奋的环卫工人会把清扫落叶的时间从黎明调整到傍晚，让金黄的成都尽情地展演大自然的精致。有的把银杏叶摆成心形、龙形、虎形，有的把银杏叶穿成串，编制成各色各样的玩具和摆件，有的美眉则用两片黄叶遮住美瞳，把白皙的脸和金黄的叶一起发在朋友圈。

秋天的成都，全是金黄的心态。

我非常感谢环卫工人，当深秋徐徐拉上夜幕，他们才开始忙碌起来，在路灯的清辉下加班加点，为秋夜再次降落的美丽打扫舞台。

每个事物都是这个世界独一无二的存在。在有银杏树陪伴的日子，我渐渐地喜欢上了银杏树特立独行的个性。一年一度，哪怕再忙，我都会寻找机会去留住“人间满目皆清欢，唯有银杏不负秋”的记忆。

前段时间，因为工作原因我很久没有回家，暂时离开了银杏陪伴的日子。前几天，朋友突然来电，说是三五个朋友一起去看看电子科大校园内的银杏叶。

哦，银杏叶！都说一叶知秋，小寒已至，你怎么还金黄地盛开在人间，高高地挂在冬日里独自美丽。

银杏叶，你是忘了回家的路，还是移情别恋爱上冬日暖阳?朋友说，那就趁元旦假期，赶快打点行装吧！小区门口那两排银杏，还留在小寒时节中金黄地等待我们去欣赏。

自留青绿过五一

小时候，家家户户的房前屋后都有一块村集体分配的自留地。土地是农村最富裕的生产资料，无论岁月多么蹉跎，只要家里有一亩三分地，勤奋的乡民就能用他们粗糙的双手打造出浓浓的人间烟火。

大家在自留地种上葱子、蒜苗、丝瓜、南瓜等应季蔬菜，家有客来不着急，待到油锅飘香时，顺手摘几株新鲜的蔬菜都能应对，偶有“邻家鞭笋过墙来”，邻里之间也不分彼此，可以信手入锅。那时的农村，地上种的、树上挂的、心里想的，都是和谐而浓浓的乡情。陶渊明过的不也是“舍后荒畦犹绿秀”的田园生活吗?

参加工作后，远离了生息多年的故土，在繁华的都市里，真正体会到柴米油盐贵的滋味。生活的折腾让我时不时想起老家房后那一畦自给自足的自留地。

“开荒南野际，守拙归园田。”我是深耕在大山的农民，一双泥腿就是插在地心的吸管，心心念念的菜园子，实际上就是那一方故土挥之不去的影子。慢慢地，生活有了改善，我就想在闹市之中开垦一方菜园，种上浓浓的乡情。

前些年，我搬到三环外住，刚好那里还有大片待开发的地块，横七竖八地卧在成都平原微寒的细风里。我跟当地的老大爷商量，从老大爷那里租了一块二十来平方米的菜畦，种植故园之念。

春节刚过，大地还是睡眼蒙眬的样子，我扛着锄头来到菜园，迫不及待地翻挖菜地。虽然对田间劳作还有儿时的记忆，但我低估了大自然对人类改造的耐力，几锄下去，我硬生生地体会到，斗大的决心在板结硬实的土地面前，已经形同虚设。

心急吃不了热豆腐。于是我放慢节奏，放平心态，慢慢地翻挖，然后把大泥块锄成小泥块，把菜畦分成四垄小方格，分别均匀地撒上茄子、窝笋、菠菜等种子，用小河沟里潺潺的流水浇灌一遍，再覆上保温的薄膜，整整耗了一个上午，基本上算初战告捷。等我大汗淋漓地坐下来时，才发现由于握锄太紧，力道不均，手上打起的水泡早已磨破，整个人才有了隐隐作痛的快感。

劳动的快乐要用心才能体会。育上苗后，我利用上班下班的间隙，三天两头往地里跑，看看土地被田鼠破坏没有，看看种子发芽没有，当看到小苗苗从泥缝里探出个小脑袋时，就小心翼翼地把旁边的大泥块清理走，生怕压坏了小生命。那种过程，与其说是在悉心呵护小生命，还不如说是在尽力保护自己的丝丝乡情。

苗圃只是小生命的幼儿园，把它们分栽到窝里才算是把菜苗送进了学前班。三月初的周末，恰好风和日丽，我来到地里，先把地块细细地平整一遍，然后再等距离打上小窝，在窝里施上底肥，把育好的菜苗分门别类地栽在菜窝中央，用手把土捏成细粒，再用细土把苗根实实地压住，用水踏踏实实地浇上一遍，菜园就算大功告成了。

“晨兴理荒秽，带月荷锄归”，对菜园的管理，陶渊明最有经验。蜀地四月少春秋。四川盆地的春天很短，头天还缩手缩脚的，第二天就太阳如炙的现象十分常见。因此对襁褓中的小菜苗，需要勤浇水、多避阳。我有晨跑的习惯，一圈跑下来，就来到菜园给小菜苗浇水。当汩汩的水慢慢地流进菜窝时，看到被太阳烤得萎靡不振的菜苗又重现生机，心里就有一种莫名的满足感。

四月下旬，天公作美，一直不间断地下小雨，我也用不着再三天两头地去给菜苗浇水了。周末，天气放晴，风和日丽，我来到菜园，没想到小菜苗借势疯长，只十来天功夫，一片青绿完全覆盖了菜地。以前弱不禁风的小苗，已经离地一尺有余，玉树临风地站在地里，在晨风的轻抚下，骄傲地频频点头。菜园边上的一株桃子树，也不失时机地开了粉色的花朵，与地里的菜苗相映成趣。

果实是用劳动精心呵护出来的。春夏当季，一边是青菜葱葱，一边是争奇斗艳，那种和谐甜趣的儿时乡村，又跃然身边。

五月是劳动的季节，那就劳动劳动，自留青绿过五一吧。

【第三辑】

记忆

风吹的记忆

休年假！按捺不住兴奋！在朋友圈轻轻地挥了挥手，一路向西，心心念念地去看一看圣洁的青海湖。陪孩子在茶卡盐湖玩得特别奔放，午后匆匆出发沿109国道前行，弯弯拐拐地转入青海湖环湖西路后，大家都有些累了，打算在湖边找个地方歇息安顿一下心灵。

八月的青海湖确实热闹得透不过气来，一直走到错琼纳陇都没有找到落脚的宾馆。天色已晚，满天繁星开始落在波光粼粼的湖面上，一行人再这么耗下去也不是办法，于是大家往离湖稍远的地方行进，跨过小河沟，在山腰上找到一处开阔的平地，正对湖面星星点点的青海湖。这里远离人间烟火，既可以取风，也可以摘星。在征得牧民同意后，我们闹中取静，七手八脚地撑开帐篷准备露营。

累并快乐着，这本是人生旅程应该有的样子。传说中的大乌苏是必须的，几杯下肚，行程劳顿就消失不少。很久没有这样在乡野山间幕天席地地触摸大自然了，我钻进帐篷却翻来覆去睡不着。繁华落尽的青海湖只有风在帐篷外呼呼地吹着。风由远而近，带着浓浓的青草和羊粪味，我想起了小时候在江边纳凉的夜晚，旁边除了篝火，就是黑漆漆的猪圈。

夜渐深，这风就开始有了西北味，偶尔还有风的吆喝声。在嘉陵江边长大的我特别喜欢那种有点劲道的风。我开始清醒，脑海中有了很熟悉、很强烈的画面感：嘉陵江上的风，有声有色地从波粼上吹来，掠过我的头顶，我紧盯帐篷，我听见了风的衣袂，我知道它已经飘过后面的小山包，一波接一波，在稀稀疏疏的犬吠声中飘摇而过，极不甘心地消失在星空中。

常年在都市中奔波，带着青草气息的乡间烟火突然成了留存的记忆，当我们偶尔身临其境，它们开始原生态地鲜活。反正也睡不着，我索性起床，走出帐篷。

青海湖的夜一年四季都是灰白色的，有点像家乡十五的月光，白蒙蒙地从星空上落下来，落在山坡上，落在草地上，落在有些露珠、略带底色的帐篷上，淡淡地发着微寒的光，百米之外，甚至两百米之外，一切都能清晰地进入眼底。远方，是落在湖面上的月光，月光与星星、与渔火相伴，在微风中一波一波向我们飘来，美得格外灵动，美得格外皎洁。我想，此刻轻松地坐在湖边的草地上，让轻轻的风夹带潮湿的空气或者细细的雨滴，吹过肩头，那该是多么奇妙的夜景！要是有一头长发在夜风中微扬，抬头望向星空，让背影与湖边的篝火相映，深植在水草上，那画面应该特别生动。

时已深夜，帐篷里传来深深浅浅的鼾声，此起彼伏地回响在潺潺水声中。我睡意全无，独自一人来到帐篷前的小溪边，听见牧羊犬在对面的山坡上一声接一声地慢吠，远远的山岗上，有不敢靠近的狼藏在夜色中长长地低嚎，声音很快就消失在夜风中。

此刻的夜特别应景，除了眼前这几顶帐篷，微风、波光、星空、月亮，还有流动的小溪，慢吠的牧羊犬，它们充满灵性，统统都是醒着的，像极了那个我曾经生活多年，一到月夜就蛙声起伏的小村庄。

乡愁看似在远乡，其实常揣在心上，随时都可以倒出来对酒当歌。

毛毛细雨

我的童年，基本上都在翻山越岭。

我的家乡靠近秦岭这条南北分界线，虽卧在丘陵中却有崇山峻岭的影子。村子背靠大山，山上有个寨子，寨上的路坡陡弯急，上寨下寨都得一个多小时，那里至今保存着村民为抵抗强盗修筑的简单工事。

村上分配给我家那块最肥沃、最平坦的庄稼地，就在寨子顶上。农忙时节抢天时，父母不放心把我单独留在家中，东方才露鱼肚白，他们就肩扛背驼农具，牵着我爬坡上坎往寨子上赶，我睡眼蒙眬，在父母的催促和责骂声中走拢寨顶时，太阳才刚刚站上山巅，闷蔫蔫的我就蜷缩在草堆上补觉。

大山里的天气像川剧变脸，先前还焦干大晴，一会儿就细雨纷纷。见惯了风雨的山民从来都不把毛毛细雨当回事，细雨也丝毫不会影响他们干农活。当细雨加码，密如针织时，他们就找棵大树或者一个大石岩躲一躲，这反而成了乡里乡亲劳作间隙最好的休养。年壮的汉子掏出自家种植的烟叶一点点展开，摁在大腿上反复揉搓后，裹成条状装在烟斗上，吧嗒吧嗒地你一口我一口轮流享用，有滋有味、天南地北地闲聊。面对风雨，他们没有焦躁、没有负担，倒是静观其变，处之泰然。

很快，我到了读书的年龄。我的启蒙教育是从离家六七里路的乡小学校开始的。乡小不能寄宿也不提供午餐，我每天早中晚得来回四趟翻越寨子山。可能是秦岭挡住了来自北方的彪悍，川东地区少有暴雨，记忆里也基本没有洪灾、泥石流，倒是毛毛细雨和山路泥泞是常有的事。巍峨大山给了我无尽的力量，我和发小们也因此练就了一套在毛毛细雨中翻山越岭飞奔的本领。

在乡上读书，最恼火的就是昼短夜长的严冬。寒气逼人的黎明，细雨纷纷，一长串小孩打起手电筒，在高年级哥哥姐姐的带领下，吆三喝四地翻山越岭，父母站在院坝里，目送那些叽叽喳喳的星星点点翻过寨子山。

后来学习到陆定一的《老山界》，有一段精彩的文字特别应景。“满天都是星光，火把也亮起来了。从山脚向上望，只见火把排成许多‘之’字形，一直连到天上，跟星光接起来，分不出是火把还是星星。”这一段文字我至今能一字不差地背下来。陆定一老师只翻了一趟老山界，而我的童年却在这条“之”字形的山路上风里来雨里去，来来往往地跑了10来年。不同的是，照明用的不再是火把，而是父亲把两节干电池装在竹筒里，用两个铜片作开关，制作的简易手电筒。

常在雨中走，哪有不滑倒。

细雨打湿的地面，表面泥泞但底子硬实，我们叫这种路为“硬头滑”，踩在上面，一不小心就梭起老远，几乎我们每个人都有那种连滚带爬，在泥坡上坐梭梭板的经历。在泥泞的路上绊倒后，我们都不会告诉父母，当然就没有可更换的衣裤。坐过稀泥地的屁股直接坐在木板凳上，不知不觉就把裤子坐干了。

绊得青痛的屁股和穿着湿衣裤上课的感受都没在大脑中留下多少记忆，现在记忆犹新的是，老觉得后排座的女同学目光一直在我湿漉漉的裤子上，甚至感到她们在我后背指指戳戳、叽叽咕咕地私语，让人尴尬，我不由自主地脸红发烫，细汗阵阵。

在毛毛细雨中发生的这些糗事，没有成为我们生活的负累，反而成了那段时光鲜活有趣的点缀，有一次和后排座的女同学偶遇，说起这些糗事，她居然全然不知。

顶着毛毛细雨成长，所以我至今都不习惯出门带雨伞，经常不合时宜地行走在细雨中，多少有点入了城却还了俗的感觉。久晴的城市，当毛毛细雨降临时，顶雨行路感到特别清新、特别轻松，而且特别自我。这时，经常会有一些小年轻惊奇不解地看着我，我强烈地感受到了阳春白雪看下里巴人的味道，瞬间就有了“城市套路深，我想回农村”的感觉。

大自然的风雨和人生中的风雨都是来应景的。“人有悲欢离合，月有阴晴圆缺”，这意思大家都懂。生活嘛，不可能风平浪静、一帆风顺，有点平平仄仄才叫人生。想到这儿，我就非常感谢多年来如影随行、默默伴我成长的毛毛细雨。

风雨兼程才是生活。当我们与偶然结伴的毛毛细雨不期而遇时，每个人都应该成为自己的水手，即使不能劈波斩浪，也要有“这点痛，算什么！”的淡然。

犟拐拐的往事

我小时候，家里特穷，父亲给我取了一个很有时代烙印的名字：张强娃。寓意有些赤裸裸，就是希望一辈更比一辈强。不晓得咋的，乡亲们喊着喊着，就把张强娃喊成了张犟娃，到后来把姓都搞丢了，直接把我喊成了犟拐拐。

有一次，我凑到父亲跟前问他："老汉，啷们大家把我喊成犟拐拐了？你也不制止一下，难听死了。"父亲是那个年代少有的初中生，他吧嗒着旱烟，从一闪一闪的火星子中蹦出几句带着烟火味的答案：犟和拐拐连用，就是脑壳打铁，拐了弯拉都拉不回来的意思。

讨了个没趣的我，再不敢提名字的那档事了。

1994年春节，正熬读初三的我，根本就不明白中考能带给我什么，成天嘻嘻哈哈，心思全然没在学习上。眼看中考在即，心急如焚的校长把我叫去，语重心长、苦口婆心地做思想工作。犟脾气的我耳朵里根本就装不下校长谈理想、谈未来、谈人生的良苦用心。我冰冷地没收了校长一腔热血，不是顶嘴皮，就是接话茬，一副油盐不进的样子。

最后的结局是，校长很烦，我显得比校长更烦。

春节前，父亲去学校打听我的学习情况。在校门口，迎面撞上了校长。校长说：“张篾匠呀，你那个犟拐拐娃儿期末才考了第9名。你晓得不，去年我们学校才考起两个娃娃。你那娃儿要是今年考得起，我在手上给他炕个鱼吃。”

校长无疑是家长心中的判官，直接枪毙了父亲浓浓的厚望，而且是在学校门口，当着来来往往的乡亲们。寒冷冻结了父亲脸上那喜气洋洋的笑容，他的心情瞬间坠入地狱。那年春节，从正月初一开始，我家就失去了颜色，我在父母漫无边际的骂声中度过。

灵魂是需要触动的，哪怕犟拐拐的灵魂。我猛然发现，以往沾沾自喜的我，其实已经掉队很多。那时农村学校为提高升学率，会挑选部分成绩较好的学生寄宿开小灶，有点运动员赛前集训的架势。但大家心知肚明，训练营中多半是装模作样的陪练，而我这个陪练败相早定。

我不服输，我想弯道超车。每天晚上10点晚自习结束，大部分同学回寝室睡觉后，我就混在少数几个领跑的种子选手里，留在教室挑灯夜读。12点后，老师会连催带赶地把我们撵回寝室，以保证大家第二天有充沛的精力重新投入战斗。对确实赶不走的学生，校长就拉闸停电，强迫我们休息。

我对校长要在手上给我炕鱼吃的事一直耿耿于怀，所以我选择了和校长对着干。当校园的夜空归于平静，我又偷偷摸摸溜回教室，点着煤油灯继续恶补，困了，就伏在桌子上睡一觉。蚊子、酷热、寂寞，还有月黑风高，还有电闪雷鸣，统统消失得无影无踪。偌大一幢教学楼，只装下了一个熬透黎明的我。从春节到中考，我再没有回到306号寝室那张舒适的床上完整地睡个囫囵觉。

成功没有时间限制，任何时候都是开始。

我终于以超统招线41分的成绩突围成功，考入了南充师范学校。从此，犟拐拐丢下锄头，在往事中成长为张翼。

愿为花一朵

在南充工作的那段时间里，我特意在小院的东西角落种植了几株无花果，闲来无事，就在无花果树下泡茶。我非常羡慕无花果的一生，无须经过花期的孕育、等待和挣扎，就能轻易地收获果实。

显然，出生在20世纪70年代的农村娃，大抵都经历了一段从耕田犁地到进城打拼的折腾岁月，要想活成无花果的样子，只是清澈见底的梦想。毕竟，对于多数人来说，幸福是奋斗出来的！人生必须一直奔波在开花的路上，然后才可能有那么一点点小果实安慰自己。

如果说人生如花，我更喜欢月季花，一季接着一季开。1994年那次中考，我们那一批少男少女收获了人生的第一季花期，在顺庆、高坪、嘉陵和西充四县区上万名初中毕业生中，我幸运地跳过农门，成为南充师范学校的一员。

那些年，由于农村师资力量紧缺，国家不得已实施“掐尖式”教育，从应届初中毕业生中招考最优秀的学生，通过三年速成培养，然后把他们像蒲公英种子一样撒播在祖国广袤的农村大地上。

那批师范生，那批特定历史条件下的初中尖子生，为了生活中断了高中学业，从此远离了读大学、进城找体面工作的梦想。

后来我们才慢慢搞清楚，进入师范，就意味着我们将在三年后重返农村，站上小学讲台，成为大山深处的孩子王。想到这里，中考成功的预期很快被现实击得粉碎，人生的第一季花期迅速没了香味。千辛万苦考来的非农户口，不过是不饱不饥的口粮，农村出来的娃娃要想留在城市里，那基本上是不可能的。因此，在我们读书的那个时代，师范学校被学长学姐们叫成了“稀饭学校”。

1995 年的那个暑假，我背着在无锡打工的父母，约上儿时的同伴，登上了南下的绿皮火车，在经过 40 多个小时的长途颠簸后，来到广州市。我想，哪怕是背井离乡打工，也比回到村小教书好。理想很丰满，现实很骨感。在那个唯文凭、唯学历的年代，我们两个懵懂的少年在陌生的广州、东莞、南海、佛山、深圳来回奔波，眼看九月开学季到来，依然没有找到合适的工作。

我想起了郭富城那首《我是不是该安静地走开》，里面有句“站在雨里，泪水在眼里，不知该往哪里去”很是应景。这个世界上，很多看似美好的东西，其实都是单相思，别人能触手可及，对你而言却高不可攀。我反问自己：我是该安静地离开，还是该勇敢地留下来?

那一天，南方的城市上空飘着沥沥小雨，同伴冒着小雨，陪我一路步行，直到走完从芳村大道到火车站那段长长的、刻骨铭心的大马路，再次登上绿皮火车，乖乖地回到南充师范学校的课堂上，把我孤独的同伴留在了南方的小雨中，时至今日，他依然漂泊在异乡。

现实与内心的抗争，是那段时间深藏于心中的魔鬼。

虽然我内心的不安没有洋溢在青春的脸上，但根本逃不过班主任黄再德老师的眼睛。黄老师把我叫到他办公室，给我作了一次长长的谈话。他告诉我，人生就是花一朵，要把人生的花期一季接一季地开下去，就需要孕育更深更丰富的根，这是人生之花档期不断的底气。最后，黄老师告诉我：你作文基础好，还是向写作方面发展吧。

俗话说，“一技在手，吃穿不愁”。黄老师的一席话，打开了我在广东那些南方都市吃闭门羹时堵上的任督二脉，眼前顿时一亮，那就做个码字的人吧，反正这也不会影响我将要到来的讲台人生。

写作是一门苦差事，需要大把的时间和超强的毅力。每次碰上黄老师，他开口的第一句永远是：“文章发表没得？”润物细无声呀！我把黄老师的一次次垂问，当成回答老师的动力。我明白，黄老师的垂问其实是一种带有期盼的监督，他希望我再苦再难也不要中断写作，只有不断地发表作品，才能够孕育更多的能量，在下一次花期到来时开出不同颜色的花朵。

突然有一天晚上，黄老师把我叫到他办公室。一跨进门，我看见毕业的优秀师哥谢海彬坐在他办公桌边。黄老师郑重地把我介绍给师哥，要我向师哥学习请教。最后，黄老师还不忘提醒师哥，要他利用经常与媒体打交道的优势，把我介绍给报社的编辑老师。为了我，黄老师真是用心良苦呀！也正是因为有了黄老师的引见，在海彬师哥的帮助下，我得到了多位报社编辑老师的悉心指点，师范三年级成了我的高光时刻，报栏里的报纸上，几乎每周都能看到我的名字。

我曾经幼稚地认为，那是自己的汗水浇灌出来的花朵，其实我忘了，老师就是园丁，学生的点滴成果都是老师培育的花朵，只不过，鲜艳的是学生，芬芳的也是学生，这一切仿佛都和老师没有什么关系。赠人玫瑰，手有余香，老师赠我花朵，学生一直无以言报，丝丝余香都没有留下。

1997 年师范毕业后，我因为一纸写作特长生的证明，被分配到城郊的荆溪初中任教。在离城很近的学校工作，就有更多时间往报社跑，发表的作品也越来越多，人生的轨迹就有了从量变到质变的过程。后来，我离开了教师岗位，在不断变换工作环境的过程中，我经常会收到黄老师发来的短信和微信，老人家除了给我分享知识外，还时不时给我一些善意的提醒和关心，这些提醒和关心沁入心底，随时随地都在端正我的人生航向，一直延续到今天。

正如黄老师所说，人生就是花一朵，永远忙碌在开花的路上。与其说我是在老师的培育下，从写作中走出了一条不同的路，开出了不同的花，还不如说老师本身也是一株花，把此生的鲜艳和芬芳都默默地送给了我们这些学生，让我们的人生道路从此芳香不断。

我常常想，如果人生还有选择，我想重回讲台，像黄老师一样，愿为花一朵。

望故乡

（一）初夏，回乡

先是长长的深沟，再是高高的山坡，在汽车的蜿蜒中很轻易地就到了曾经熟悉的尽头。

山在变，更绿了；

水在变，更清了。

人也在变，曾经的叔辈已经变成了爷爷辈，站在热情的沟对面吆喝着跟回乡的我们打招呼，虽然还是那样大声粗犷，但语气之中明显少了乡里乡亲的亲密无间、自在随意，透露出些许的客客气气和世俗礼仪。

山还是老样子，人却样子已老。

就连寒暄问候都带着明显的世故和老到的应酬。顿时，我的心中涌出莫名的生疏。

此时此地，除了儿时的记忆在心中热情地翻滚，就是漫无边际的绿色，还有野花，与星星点点的庄稼起起伏伏，连成一片，在初夏的浅丘中掩映着当下农村稀稀疏疏的荒凉和冷清。

其实，童年的故乡还深深地长在我脑海中，尤其是这次回到老家，看到院坝边上的石头磨子和那汩汩的水井，我的记忆又疯长成潮。

还记得，蹲在坝坝边津津有味地喝碗红薯稀饭，打着火把跑几湾几山看坝坝电影《武当山》，全村人都挤在隔壁王大伯的大门口看电视剧《霍元甲》，还有夏天的晚上，男女老少都在大院坝里纳凉，呼噜声、梦呓声、巴掌拍蚊子的声音，偶尔穿插一些天南地北的打趣，和着驱蚊虫的稻草烟子渐入梦乡……

这些和谐自然、生动有趣的乡土画面，是我，也是所有农村儿童的成长经历、童真童趣和情感升华，我相信，纵然是当今最善运筹的编剧、最善表达的演员，也无法在邻里之间再演绎一遍。

显然，这里曾经的嬉闹欢庆和热情洋溢早已经被朝气蓬勃的年轻人带走，不是繁华，而是乐趣，已经悄无声息地移民，成了天外来客。

我能理解！因为农村有限的精彩和活力，已经转化成了大都市的灯火辉煌和车水马龙，现在正被那些城里人成天津津乐道地享用。

因此，荒凉和冷清也是一种社会进步。

至少，对于习惯生活在都市中的原住民和我们这些新住民来讲，正是如此。

（二）红薯，味道

不是遥远，不是繁忙，但确实很少回故乡！尽管如此，但故乡的味道却久久留香。

我是随着土地承包到户呱呱坠入母亲的大地，因此，大地就是我的根。在那个民以食为天的年代，一口人一份地。

所以土地就是口粮。

土地是自给自足的母体，产出的远不如当下那么丰富，无非就是些大米、麦子、玉米之类，最多的还是红薯。

因为单调，所以整齐。

每到农忙时节，田间地头不是插秧，就是打谷；不是收麦子，就是摘玉米。

当然挖红薯的日子是我最喜欢的。

相比稻谷和麦子，红薯产量最大，再加上那个时节不冷不热，漫山遍野红土翻翻，成果累累，加上吆三喝四、插科打诨，那种人声鼎沸的场景早已长入绿荫或杂草中，难以再现。

土地金贵，邻里之间争田边、挖地角，斗气、骂架很是稀松平常，但时至今日也没有影响邻里和谐。因为，那时人的心都没有住进高楼大厦，当然也没有刻意装修。

父亲是当地小有名气的手艺人，东奔西走、早出晚归是生存的常态。当然，这和当下某些人灯红酒绿、纸醉金迷截然不同。

对于挖红薯、担红薯这种重体力活，母亲那单薄的身体是断然应付不了的，请人帮忙、换工、互助也就成了每年农忙时节我家的惯例。

左邻右舍，只需招呼一声，他们都会放下自家的活，到我家来帮忙。不需要付工钱，不需要说好话，大家都起早贪黑、尽心尽力，把别人家的事当自家的做。

那种发自内心的纯朴和真诚，与当下的讨价还价、偷懒窝工，甚至阴险世故形成了鲜明的对比。

仔细想想，农民的纯朴和真诚其实也是挖红薯挖出的味道。我现在才明白，为什么很多人都习惯说自己来自农村，是农民的儿子。反观当下，不是农民和农村有多高尚，而是农村那片蔚蓝的天空还没有被都市的雾霾污染。

时过境迁，那个年代人畜共用的红薯已经成为餐桌上原生态的上品。我吃红薯长大，习惯了红薯的味道，至今仍保持着吃红薯的习惯。

久未回乡，我怕担上遗乡忘本的恶名。所以今天回到家乡，当有乡里乡亲这样责问我时，我都打趣地给自己圆场说，我是吃红薯长大的，红薯屎都还没有屙完。

这句话是说在心里的！

（三）坟茔，祈祷

我自小跟外公外婆生活，也因此在外公的零花钱和外婆的滑肉面中长大。

外公外婆一辈子老实巴交，相依为命，就像村口的那两棵老柏树，北风吹来，一起点头，一起弯腰，一起婆婆娑娑。

外公去世后，外婆羸弱的身体一时难以承受北风吹走的情感，不到两年，也跟着外公去了另一个世界。

外婆去世的当天，村里的长辈请来一位白胡子风水先生。那些千姿百态，或尖或圆的石头，或高或低的山梁，却被老先生演绎成了朱雀、玄武、青龙、白虎等神物。因此，村东头的山梁子就成了外婆新家的不二宝地。

在农村人眼中，坟地的好坏决定后辈的福祉。

在子女们心目中，有了遥远而且诱人的预期，外婆显然无法决定她归宿的坟地位置，因此，她始终无法实现再跟外公一起住在村西头的愿望。

从此，外公和外婆，一个在村西，一个遥望村西。

如果相信在天有灵，我不晓得外婆能不能看到子女们刻意安排的这种距离。时至今日我还是不明白，这种不征求外婆意见的安排叫不叫孝顺。

反正现在看来，大家还是非常孝顺的，因为每年清明节，外婆总能在坟前再见她的诸多晚辈。

她能看见大家自顾自地烧纸钱、点香火、放鞭炮，忙得不亦乐乎，她也能听见最后大家一边磕头一边向她祈求一些唠唠叨叨的保佑。

我想，外婆对这些走过场的把式和自私的索取是断然不会生气的，因为外婆对晚辈从来就是有求必应、爱护有加。

对我而言，当外婆已经从一个活生生的人变成了一座孤零零的坟时，我对外婆的情感也从感恩演变成了思念，从山坳的老屋迁移到了山梁的黄土。

站在坟前，我们有必要管好自己的念想。

因为，外婆从住进坟里的那一刻起，就再也无法给我们提供什么帮助，除了思念，她已经无法满足那些自私的索取，比如祈祷。

坟是承载思想的土壤，生长的也仅仅是我们赋予的？

当初，外婆的坟地被风水先生奉为不二宝地，而现在看来也不过是一抔黄土和一蓬胡乱生长的杂草。

当大家自顾自、程式化地祭拜和祈祷时，我在清理外婆坟前的杂草。

但我没有下跪，也没有磕头。我不是不孝，因为外婆在世的时候，我已经非常尽力地当好了一个孝顺的外孙，这比现在下跪和磕头更重要。

我想外婆是支持我的，因为现在外孙没有必要再去孝顺一抔黄土和一蓬胡乱生长的杂草。她的外孙也不会低头向这一抔黄土和一蓬胡乱生长的杂草祈求保佑。

虽然外婆活着的时候就像坟茔一样沉默寡言，但在我心目中，外婆和坟茔是有本质区别的。

这个清明，没了应有的细雨纷纷。

因此，我的心情也被干燥得七上八下，莫名地难受。

老家的烟火

在老家村边的水井旁，孤单单住着一位太婆。

太婆与外婆同乡同龄同辈同姓，不知为什么，也不知从什么时候开始，大家都管太婆叫“四外婆”。爷爷这么叫，爸爸这么叫，我也这么叫，全村人都管她叫四外婆。

在断断续续的记忆中，作为童养媳的四外婆很是苦命，嫁夫、丧夫，又续夫、又丧夫，再嫁夫、再丧夫。历经三次坎坷婚姻的太婆，膝下却无儿无女，一个人尝尽了人间烟火。

四外婆一直孤零零、紧巴巴地生活在村口的水井旁边。

四外婆怕冷，无论春夏秋冬，上午都难得见到人影。她习惯傍晚才出门，半躺在门边的凉椅上，饱经沧桑的脸庞，早已被岁月雕刻出条条深深的沟壑，与木门、与屋檐、与水井、与夕阳，生动地定格成一帧蜡黄蜡黄的版画。

夏日，傍晚，乡野间，首先飘起来的是人间烟火。

乡亲们还沐浴在大山坡上的夕阳中劳作，赋闲在家的半大小子，或者年迈的公公婆婆，这些非主流的劳动力已然开始生火做饭，分担家务。

就地取材的秸秆、麦秆和稻草被塞进灶膛，浓浓的烟子舔过淡淡的火苗，从烟囱悄然跑出来。站在山腰上，炊烟慢慢地从张家、李家、王家低低矮矮的屋顶上一排排地扑腾出来，又在微微的风中沿着山腰轻轻地延展。从一家一户冒出来的炊烟，有的成牛，有的成羊，有的形如柱子，有的连成拱桥，有的则凌乱地四面飘散，很祥和、很唯美地挂在乡野山间，一会儿就混在了一起，连成一缕缕的轻纱。

这时，扛着锄头、背着背篓，三三两两收工的乡亲们偶尔会惊醒四外婆家的小黄狗，飘荡的烟火就夹着东一声西一声的犬吠，和着乡亲们的说趣，一路嘻嘻哈哈地由远而近。

寡言少语的四外婆很受人尊敬。乡亲们路过四外婆家门口时，无一例外地会亲热地与她打招呼。

“四外婆，莫煮饭哈，等会儿给您端过来！”

“算了哈，岳孬娃子说要送过来。”

四外婆年迈体弱，身体不好。在我的印象中，她好像很少揭锅，基本上靠乡亲们上一顿下一顿地接济着生活。如果大人们偶尔忙不过来，总会提前安排我们这些毛孩子给四外婆打招呼。这时的四外婆都会客客气气地说：“不用了，不用了，啷个好意思嘛。”

在物质贫乏的年代，农村基本上都是素食生活。

一日三餐，都是用大米和着菜叶，和着红苕，和着各种各样的豆子格式化出来的稀饭。阵阵炊烟过后，偶尔也会吃上一顿香喷喷的油挂面。逢年过节，红白喜事，或者遇上客来客往，往往能摆上一桌酒席，或者孔上一顿腊肉干饭，煮上一碗臊子挂面。这个时候，大家是断然不会忘记改善四外婆生活的。

在饭菜上桌前，大人们一手抄着火把，一手端着饭菜，趁着夜色深一脚浅一脚地给四外婆送去。无论天晴下雨，无论夜长夜短，乡亲们都无私地照顾着这位与大家不沾亲、不带故的四外婆。

那时的农村，生活和思想一样简单。

在我儿时的记忆中，家里除了一张八仙桌、四条宽板凳，全家大小围在忽明忽暗的煤油灯下，一边果腹充饥，一边家长里短，还有一位孤单单的四外婆。

这些记忆的味道，从 20 世纪 80 年代一直萦绕到现在，已在我的脑海中不咸不淡、津津乐道地根植了几十年。现在，尽管我和大部分儿时的伙伴早已出走他乡，在钢筋水泥构筑的明亮的厨房中，忘记了儿时的人间烟火。但曾经的简单生活，还是时常出现在我的脑海中。

时不时，我会带上父母、带上老婆、带上儿子，开车回到离我不远不近的农村，指指点点、说说笑笑地回味那些年，那些香喷喷的情感，只是孤单单的四外婆早已和水井旁的茅草屋幸福地消失在了人间烟火中。

锅盔夹凉粉

嘉陵江畔那方水土，孕育了两大享誉巴蜀的地方名特小吃——川北凉粉和李家锅盔。聪慧的南充人，更是把香酥的锅盔作袋，把红亮的凉粉作料，在锅盔里装上凉粉，两大名特小吃完美融合，成了一张新的名片——锅盔夹凉粉。这种吃法很别致，在我的老家，也就有了一条诙谐的谚语——锅盔夹凉粉，一套又一套的。

锅盔夹凉粉的味道，一直从童年香到现在。生活在南充的那些日子，出门走上百米，基本上都能遇上售卖川北凉粉和李家锅盔的老乡。这些老乡就像挂在深邃夜空闪闪的星星，随时都能牵出童年的记忆。我是土生土长的李家镇人，在离开南充前，已经习惯了锅盔夹凉粉的日子。

在物质匮乏的年代，凉粉是川北人为数不多、就地取材、拿得出手的待客菜。其做法的考究充分涵养了主人对客人最诚挚的尊重。川北凉粉传统的做法是用石磨现磨水淀粉，先把豌豆用清澈的山泉水充分浸泡，再和着少量的泉水一勺一勺地放入磨眼，随着磨盘石一圈一圈地转动，豌豆就变成了浓稠的淀粉浆。经过泉水清澈的润泡和石磨粗暴的碾磨，淀粉和水充分融合后形成的淀粉浆，远比用干豆粉兑水均匀浓稠，做出的凉粉也更为 Q 弹劲道。做凉粉基本上是川北农村家庭主妇的入门课，她们用勺子把滤去渣子的淀粉浆成线状倒入开水锅中，边倒边搅拌。这时只需控制住火势、淀粉浆的入锅量和凉粉的浓稠程度，几分钟的工夫，热腾腾的凉粉就做成了。

凉粉趁热吃叫热凉粉，把热凉粉倒入盆中自然冷却后放在手心上，用刀切成条状或片状拌着吃叫冷凉粉。无论是热凉粉还是冷凉粉，把蒜捣碎用泡菜坛子中的咸盐水浸泡后的大蒜水和用红辣椒与菜籽油精心熬制的红油才是川北凉粉的灵魂。在我的家乡，每家每户都有自创的熬制红油的方法，都是闭门配料、独立熬制，然后滤去料渣，只剩纯净澄亮、麻辣鲜香的红油。滤去料渣既保证了红油的纯净，也保证了红油配料和制法秘不外传。

在南充，凉粉和锅盔是一对孪生兄弟。在众多的锅盔品牌中，李家锅盔的做法最为精致。师傅用上好的面粉加水充分拌和，切成面团，用擀面杖擀成宽约 10 厘米、长约 30 厘米的面皮，再把熬制的辣油调料均匀地涂在面皮上。然后卷成圆柱状，揉成面团，重新擀成面皮，又涂上一层辣油调料，制作一个锅盔要如此反复 10 余次。再用擀面杖把面团擀成圆形或者方形的饼，撒上芝麻粒，放在扁平的铁锅上烤至两面微黄，算是给锅盔定型。最后把定型的锅盔放在钢碳灶壁内围成一圈，慢慢烘烤成熟。

这样制作的锅盔绝不像油煎锅盔那么油腻，加之反复擀压，辣油调料与面粉充分融合，把锅盔烤熟后掰开，外面香酥干脆，里面绵实有味，反复擀压的锅盔在辣油调料的隔离下，经高温烘烤自然分层，内部形成一个大大的空腔，为凉粉留出空间。

李家镇汽车站的旁边，有个姓张的跛子摆了个锅盔摊，从我有记忆的时候一直摆到现在。20世纪90年代，南充市举办丝绸节，主办方专门把张跛子请到南充，在最繁华的模范街架起锅盔摊吸引人气。锅盔夹凉粉这对黄金搭配大受南来北往客商的青睐，无心插柳地迎来如潮的好评和汹涌的食客。跛子锅盔也就这样一炮走红，拿下南充名特小吃的金字招牌。现在的李家镇，从政府街到商贸街，自然而然地形成了长约数百米、远近闻名的锅盔一条街，逢年过节畅迎那些慕名而来的食客。

离开家乡这么多年了，没有再回过李家镇，也就没有了整一套跛子锅盔夹凉粉的机会，锅盔夹凉粉成了闷在心底的童年。前不久去玉林路办事，偶然抬头，一块暗红色的店招牌闯入眼帘。那不是李家锅盔吗！踏破铁鞋无觅处！我立即挤到店前买了一套久违的锅盔夹凉粉，迫不及待地一口下去，才发现外形神似的锅盔和凉粉根本啃不出童年的味道。

我大概忘了，钢筋水泥森林里长出的锅盔和凉粉，怎么可能烤出童年那些山水田土的气息。时光流逝，家乡的记忆已经成了遗传在基因里那股淡淡的香味。

还是谚语诙谐，锅盔夹凉粉，一套又一套的。

【第四辑】

时光

千年前写在蜀地的爱情词根

安史之乱后，长安和洛阳饱受战事影响，大唐的繁华跟随达官贵人和文人骚客的步伐，翻越秦岭，踏上蜀道，抵达天府之国。蜀地因为“初唐四杰”王勃、杨炯、卢照邻、骆宾王齐整整的到来，因为家喻户晓的李白、白居易、王维、孟浩然、高适、岑参、贺知章、贾岛等一众诗人的到来，形成了“天下诗人皆入蜀”的盛况，蜀地更因为杜甫、元稹、薛涛、李商隐的情感故事，竟然成了爱情词根的“孵化园”，书写大唐华章，奏响蜀地唐音。

（一）杜甫：模范丈夫写的那些诗

在成都，打开杜甫草堂的方式，应该是从西门进，这里是草堂的中轴线。穿过大廨堂进入史诗堂，陪坐在杜甫身边的是李白。明白了吧！杜甫的第一根标签是与“诗仙”齐名的“诗圣”。来到工部祠，陆游和黄庭坚两尊雕像围坐在杜甫左右。黄庭坚创立了江西诗派，他把杜甫奉为这个师派的祖师爷，这是杜甫的第二根标签。至于陆游这个“粉丝”，继承的是杜甫的第三根标签：

强烈的爱国主义情怀。

杜甫还有第四根标签，重回梓州就能找到答案。

“五载客蜀郡，一年居梓州。”（杜甫《去蜀》）为纪念杜甫在梓州的这段时光，明隆庆年间参知梁尚贤和宪使王元德捐资，委托潼川刺史张辉南在今三台县的牛头山顶，建起了蜀地的第二座杜甫草堂。在梓州拜谒杜甫，你会发现杜甫其实是位模范丈夫，用当下时髦的话说：一枚靠谱的男人！

杜甫小时候生活在盛唐的上流社会，对李龟年这样的名流，也是“岐王宅里寻常见，崔九堂前几度闻”（杜甫《江南逢李龟年》）。年轻时的杜甫是要才有才、要位有位，见过大世面的“官二代”。

北宋张端义《贵耳集》记载“唐人尚文好狎”，因此生活在封建上流社会的杜甫，有花花生活的物质基础。但现实中的杜甫“尚文”却“不好狎”，直到年近30岁，才从游山玩水的世界回到男女情场，迎娶了弘农县（今河南灵宝县）司农少卿杨怡之女杨氏为妻，从此与杨氏笃定终身。杜甫一生为爱妻写了20多首情诗，最感人的当属《月夜》。诗云：

今夜鄜州月，闺中只独看。
遥怜小儿女，未解忆长安。
香雾云鬟湿，清辉玉臂寒。
何时倚虚幌，双照泪痕干。

天宝十五载（756）6月，安史之乱发生后，杜甫带着妻小逃到鄜州（今陕西富县），他被叛军捉住，送到沦陷后的长安。他想起了妻儿，想起了自己无力担当的丈夫之责，“今夜鄜州月，闺中只独看”。可以想象，此情此景，一个从不为生活折腰的大男人，妻儿落入逃亡的困境，自己却身陷囹圄无能为力，“双照泪痕干”，那是多么深刻的领悟，才能写下这首千古传诵的名作。

在长安待不下去的杜甫，投靠到蜀地好友严武门下，在浣花溪畔过起了“草堂式”的田园生活。

宝应元年（762）秋，严武应召入京。可以设想，当时的画面应该是这样的：秋高气爽，风和日丽！唐代宗的圣旨策马驾到，诏宣严武进京领命。此等好事当然会第一时间传到草堂，杜甫乘兴而起，更衣出门，匆匆别过妻儿，他要送好友严武一程。兴致勃勃的严武和杜甫一路谈笑风生，哪知刚到绵州（今四川省绵阳市）城下，一骑快马自成都扬尘而来，原来是严武的属下追了上来，扑通一声跪在严武面前：“严大人，大事不好，叛贼剑南御史徐知道起兵作乱！”

这突如其来的变故，让刚刚落定的杜甫草堂，瞬间就成了“蓉漂”杜甫回不去的家。在严武的帮助下，杜甫只好拖家带口流落到梓州街头，这一住就是一年零八个月。

大唐盛世，不受战事骚扰的梓州城歌舞升平，给了漂泊一生的杜甫一段难得的安定时光。杜甫诗才横溢、好酒善酒，梓州“一把手”李訔经常安排他去参加一些陪吃、陪喝的活动。在梓州生活的一年多时间里，杜甫留下了150多首诗作，其中如《陪李王苏李四使君登惠义寺》《郪城送李判官武判官赴成都》等诗就有20余首。

大唐盛世，官僚贵族蓄养家伎，以伎佐酒成为一种时尚，整个社会对寻欢作乐持包容态度，就连父亲是当朝官吏的才女薛涛都做过乐伎。在这样的世风之下，迫不得已流落到此的杜甫，自然也参加了各式各样的名门盛宴。

杜甫在《陪王侍御同登东山最高顶宴姚通泉，晚携酒泛江》中再现了这种奢靡之风：“清江白日落欲尽，复携美人登彩舟。”意思是说，好家伙，那可是一直喝到太阳落山，又牵着美女登上花舫，转战二场。杜甫参与的这些“花酒”除了用“歌舞升平”来表述，用“声色犬马”来形容当时梓州的上流社会肯定也不为过。

李旨是梓州一言九鼎的“一把手”，生活在花丛中，他多次安排艺伎们在船上表演。杜甫在梓州还写了著名的《数陪李梓州泛江，有女乐在诸舫，戏为艳曲二首赠李》，对宴会进行了生动、细腻的刻画。“玉袖凌风并，金壶隐浪偏”，意思是手提“金壶”斟酒的乐伎，搔首弄姿，左摇右摆，动作幅度之大，一个“偏”字表明大船都失去了平衡。“竞将明媚色，偷眼艳阳天”，更是直接再现了李大人与美女们秋波暗送的暧昧场景。最后，杜甫笔锋一转，“使君自有妇，莫学野鸳鸯”，意思是说：李旨呀李旨！你可是个有家室的人，蜻蜓点水、浅尝辄止也就罢了，千万别学做野鸳鸯哈。

在梓州，杜甫参加了不少应酬，他不但一次次对朋友的忘形“戏谑”和“规劝”，自己也坚守了感情底线。杜甫一生只娶过杨氏一人，他终生爱着妻子，哪怕后来家道中落，四处流浪，完全靠朋友接济生活，也对杨氏不离不弃，直到最后终老在湘江的小船上，都一直拖家带口，妻儿相伴。

在我看来，杜甫就是生活在大唐的模范丈夫！

（二）元稹："演员诗人"，一出爱情一出戏

在杜甫去世后的第 9 个年头，元稹出生了。

元稹既是文人，更是骚客，在元稹的标签上，留情和负心永远是"演员诗人"身上携带的两个道具。

唐贞元十五年（799），21 岁的元稹在蒲州谋得小职，从此开始了自己的政治生涯，他的爱情故事也由此开始。元稹的初恋情人崔双文，冰雪聪明而又高冷，无论元稹如何追求，崔双文从来都不拿正眼看他。这时，元稹的演员天赋就表现出来，他决定用绝食的办法来打动佳人的心。

女人终归是感性的，元稹就是饿了几天肚皮，高冷的佳人就轻易地被拉下了神龛。真应了那句粗话：好白菜是被猪拱了的。因为崔双文自己也对元稹说过："即便你对我始乱之，终弃之，我也不敢怨恨你。"

走下神龛的崔双文写了一首诗让丫鬟传过去："待月西厢下，迎风户半开。拂墙花影动，疑是玉人来。"就这样，元稹拥有了"朝隐而出，暮隐而入"的机会，一对年轻男女就这样幽会西厢，把生米煮成了熟饭。

不久，元稹要回长安参加选拔考试，尽管他对初尝禁果的情人信誓旦旦，但崔双文明白，自己是留不住元稹的。离开初恋情人不久，元稹就疯狂追求新任京兆尹韦夏卿的女儿韦从，抵挡不了猛烈攻势的韦从成了元稹的第一位夫人。元稹与韦从结婚让崔双文终日郁郁寡欢，匆匆地嫁了他人。

元稹知道初恋情人结婚后，还专门来到崔双文夫家，以表弟身份求见，已为人妻的崔双文也许是被彻底伤透了心，也许是读

懂了元稹，没有再给他见面的机会。

这些生动的情节，在元稹的自传体小说《莺莺传》中一轴一轴地复盘。元代的王实甫借用崔双文“待月西厢下，迎风户半开”的诗句，将《莺莺传》改编为《西厢记》。崔双文这位痴情女和元稹这个负心汉，就在剧本中鲜活下来。

《莺莺传》到底是不是元稹的自传体小说，一直有争论，但鲁迅在《中国小说史略》的观点代表了主流，他说：“元稹以张生自寓，述其亲历之境。”

元稹的情感世界是一出爱情一出戏，他和崔双文的爱情仅仅是这出情感长剧的序幕，他丰富的感情史至少能和 6 位女子扯上关系。

809 年，31 岁的元稹到蜀地梓州任职，把夫人韦从留在了长安。因为父亲被贬成都而随父入蜀的薛涛，时年 42 岁，也寓居在成都。薛涛是大唐的绝色才女，也是文武百官垂涎的乐伎，这样一位姐姐，自然就进入了元稹视野。元稹多次求见薛涛后，这位阅人无数的才女居然坚定地认为元稹弟弟就是自己的真命天子，于是从成都来到梓州陪伴元稹，而且一住就是三个多月。

元稹的夫人韦从当时已经病重，元稹却在蜀中与薛涛玩得忘乎所以，躺在姐姐温柔乡里的元稹不肯回长安，直到年仅 27 岁的妻子香消玉殒，也没有见上元稹最后一面。

后来，回到京城的元稹请来大文豪韩愈，为韦丛写了墓志铭。

我可以大胆推断，元稹的怀念仅仅是形式和道义上的弥补。“诚知此恨人人有，贫贱夫妻百事哀”（元稹《遣悲怀》）就是他写给亡妻韦从的。元稹给亡妻的悼诗很有嚼头，初读满是对妻子的感伤和内疚，再细品就有点开脱自己的意思了。这多少有点经济基础决定上层建筑的味道，“贫贱夫妻”嘛，肯定会“百事哀”哟，这好像是元稹在自言自语：“老婆呀，你晓得我们家里条件不好，我也是迫不得已常年流落在外，没有照顾到你，你要理解哈。”

如果说我曲解了元稹的悼诗，我也就认了，但元稹和安仙嫔的“闪婚”就不好理解了。在韦丛去世的当年（810 年），出贬江陵府士曹参军的元稹就耐不住寂寞，与照顾自己生活起居的安仙嫔结了婚。对于这段婚姻，好友白居易坚决反对，他曾经规劝元稹把这桩婚事暂缓，一方面前妻韦丛尸骨未寒，另一方面蜀中薛涛还在苦苦等待，但元稹还是执意和安仙嫔结了婚。

据较为可信的说法，在元稹出贬越州（今浙江绍兴）期间，其出身望族的夫人裴淑不愿同往。在蜀中苦苦等待的薛涛找准机会，专门去看望元稹，想和元稹重拾“细腻风光我独知”（薛涛《寄旧诗与元微之》）的那些美好岁月。但让薛涛大失所望的是，虽然薛涛被誉为盛唐“四大女诗人”，有相当大的吸引力，但当更年轻、更漂亮，同为盛唐“四大女诗人”的刘采春出现后，元稹很快就与这位有夫之妇打得火热，根本无暇顾及已经不再年轻的薛涛。对元稹始终充满幻想的薛涛受到“越州冷落”，伤心地返回了成都。

我想用一个画面来表达此情此景：在阴雨绵绵的越州城外，冰冷的江风裹着一丝丝哀怨，小舟自横，古渡惆怅，唯有绝色佳人一步三回头的失望，那薄施粉黛的俏脸满是梨花带雨的悲伤。想起这样的场景，我就想起元稹写过的“曾经沧海难为水，除却巫山不是云”。薛涛显然不是元稹唯一的“沧海”，但元稹一定是薛涛心中那座高不可攀的“巫山”。

花心的元稹走马灯似的换美女，薛涛却一直都在思念心上人，痴心不改，终生未嫁。“总向红笺写自随”（薛涛《寄旧诗与元微之》），这成了薛涛后半生最伤感的爱情词根。

元稹一生，将盛唐“四大女诗人”中的薛涛和刘采春成功揽入怀中，可谓春风得意。情场得意的他，官场却很失意，在数次贬谪辗转过程中，数易其爱的元稹还是非常回味在蜀中与薛涛的那些浪漫日子，于是写下了《寄赠薛涛》：

锦江滑腻蛾眉秀，幻出文君与薛涛。
言语巧偷鹦鹉舌，文章分得凤凰毛。
纷纷辞客多停笔，个个公卿欲梦刀。
别后相思隔烟水，菖蒲花发五云高。

元稹在诗中将薛涛与卓文君相提并论，极尽表演才华，大书溢美和相思之辞，确实不易，这也让薛涛重新拣起了在梓州那段缠绵岁月。这时，元稹和薛涛的共同朋友白居易给薛涛去了一封信《赠薛涛》，“若似剡中容易到，春风犹隔武陵溪”。白居易的意图太明白了，他规劝薛涛，对元稹死心算了，不要一而再再而三地受伤害。也许是白居易说得太白，也许是薛涛终于不再执迷不悟，她写下了“他家本是无情物，一任南飞又北飞”（薛涛《柳絮》）的句子自嘲，也给两人的爱情彻底画上了句号。

相爱一百天，失恋一辈子！这是爱情江湖最悲情的词根。

（三）李商隐：“情歌王子”，在独悲中终老

唐开成二年（837），某个阳光灿烂的早晨，长安城头金榜发

布，已经连续三年（一说四年）名落孙山的李商隐终于高中进士。在泾原节度使王茂元看来，这位年轻人才华横溢、大有前途，于是邀请过来做自己的幕僚，并把爱女王晏媄许配给他。

进士登榜，又娶了官人千金，李商隐可谓春风得意。可对于李商隐来说，政治生涯起了个大早、赶了个晚集，在岳父去世后不久，就一直夹在唐朝那场旷日持久的“牛李党争”中，官运不济，常年别妻离子漂泊在外任小职。唐大中五年（851）夏，李商隐以东川节度使书记（类似于秘书一职）的身份入蜀，在蜀地梓州一待就是五年。

李商隐一直非常感激岳父对自己的看重和提携，对妻子王氏也一直很好。在唐朝那个声色犬马的年代，没有夫人陪伴的李商隐还是守住了自己的底线。据可考证的资料，他终生只有一次婚姻，而且夫妻之间感情极好。最好的佐证就是他在梓州任职期间，写给妻子王氏那首著名的《夜雨寄北》，被后世评价为写出了“唐朝最美的雨”。其实那不是美丽的雨，而是李商隐想念妻子时那“潮湿的心”。这样的爱情词根，誉满江湖，也算是诗歌世界的丰厚遗产。

君问归期未有期，巴山夜雨涨秋池。
何当共剪西窗烛，却话巴山夜雨时。

有人说这首诗是写给“北方”友人的，但我坚信“寄北”是他写给妻子的。南宋洪迈编的《万首唐人绝句》，这首诗题目为《夜雨寄内》，如果“寄北”有争论的话，那“寄内”就是寄给“内人”王晏媄无疑。据洪迈求证，到梓州任职才几个月的李商隐，突然接到妻子来信，想想自己多年来在外漂泊，家中事务全由妻子一人操持，思念和内疚之情油然而生，就写了这首诗回复妻子。

一说这首诗原题目就是《夜雨寄内》，但那时的李商隐并不知道留在长安的妻子刚刚去世。当李商隐得知妻子已经去世后，当然不能再称其为“内人”了，所以只得将其改为《夜雨寄北》。这一说法从某种程度上代表了主流观点，有其合理性，还是比较容易让人接受。

李商隐心地善良，身世坎坷，出身名门贵族的妻子也一直无怨无悔地跟着他吃苦。因此，他把妻子英年早逝和家境贫寒的责任全部归在自己身上，直到45岁病故，都一直生活在对妻子的思念和内疚中。

他的情诗词根都以凄凉、孤寂、伤感为底色。

李商隐在妻子去世后创作了30多首“悼亡诗”，《房中曲》是他写给妻子的第一首悼亡诗。诗中说“归来已不见，锦瑟长于人”，“愁到天池翻，相看不相识”。睹物思人！再现了李商隐回家时与妻子阴阳两隔的无比悲恸。李商隐在《房中曲》中还回忆说：“忆得前年春，未语含悲辛。”这说明在王氏去世前，常年漂泊在外的李商隐就应该知道妻子已经生病了，但奈何家境不好，又一直在外漂泊，没办法留在家中照顾妻子。我有理由相信，这也是终其一生，李商隐认为自己没有尽到丈夫责任，对亡妻内疚的主要原因。

李商隐仕途上一直受到“牛李党争”带来的挤压，家中爱妻也过早离开人间，为了生计不得不常年漂泊。李商隐的大半生都处在进退两难，天地不灵，有家不能回的境地中，那种中年男人的困惑，想想都心痛。

李商隐在生命的终点附近，写了一首《锦瑟》，将失妻之痛写到了极致。这是李商隐诗歌中最烧脑的一首，烧脑的主要原因是李商隐多处用典。“锦瑟无端五十弦”，古代“断弦”特指“丧妻”，“续弦”就是再娶，因此《锦瑟》写的就是亡妻“断弦”的故事。“望帝春心托杜鹃”借用蜀国望帝的故事，表达对故人的思念。

种种迹象表明，在李商隐看来，他和妻子的感情一直都很好，主要是因为他们一直都在双向奔赴。

李商隐在妻子去世后，大部分时间都在蜀中梓州，他的大量爱情诗篇也写在这个时间段。现在看来，李商隐在蜀中一直都沉浸在对亡妻的思念中。“剑外从军远，无家与寄衣”（李商隐《悼伤后赴东蜀辟至散关遇雪》），李商隐在悼念完亡妻回蜀地的路上，看见漫天大雪，想到妻子已经无法为自己缝制衣服。“枕是龙宫石，割得秋波色”（李商隐《房中曲》），写的是李商隐睹物思人，想起曾经和妻子共用过的枕头。

盛唐本来就是个花花世界，身为官人的李商隐肯定也随波逐流地参加了不少宴会，身边的美女肯定也不会少，但他在妻子死后没有再娶任何女人，一直生活在悲恸的情绪里。李商隐七绝《暮秋独游曲江》这样写道，“深知身在情长在”，那是李商隐思念妻子的誓言，意思是说：“老婆呀，我深深知道，只有我死了才会停止想你。”

也可能是长时间的悲伤情绪挤压了李商隐的生命长度，唐宣宗大中十二年（858），年仅 45 岁的李商隐追随妻子而去，孤孤单单的一代文豪，就在唐朝的天空中黯然陨落。

“身在情长在”，是“情歌王子”李商隐的“爱情词根”。

以散文的名义致敬盛唐诗人

——《千年前写在蜀地的爱情词根》创作谈

2023 年 11 月，成都以诗为媒，隆重举办第七届国际诗歌周，抛出了“世界词根”这个热词。作为生长在蜀地的一名写作者，长期在散文和诗歌中下苦力，致敬唐朝的那些诗人，给他们写篇散文，一直以来都是我的追求和梦想。

理想需要契机来丰满，就像石匠要砸开石头，必须在石缝中加入一排楔子。那么，我需要思考的第一个问题来了：盛唐诗人！横，能让全世界起敬；纵，能让上下五千年起立，而我拿什么样的楔子来撬开盛唐诗歌呢？

“世界词根”是这届国际诗歌周的热词，受此启发，我把盛唐的诗歌网格化，尝试着从现实主义到爱国主义、从借景抒情到借物咏志、从游山玩水到愤世嫉俗……如此等等，努力从多个侧面多个维度去剖解去探索不同诗人不同诗歌所要表达的终极目标。

我都失败了。最终，我摄取盛唐“情诗”这个小小的点位作为切片，在大家熟悉得不能再熟悉的话题下，努力复盘 1000 多年前写在蜀地那些享誉世界的“爱情词根”。

我一遍遍地在《全唐诗》中翻山越岭，突然发现四川的梓州（今四川三台县）成了一个传奇的存在。

这就找到了一台舞台长剧的表演起点。

安史之乱后，长安和洛阳日益走衰，而当时的蜀地则顺势而为，出现了两大繁华都会，一是成都，一是梓州（今四川三台县）。

唐朝诗人众多，仅《全唐诗》就收录了 2200 多名诗人的作品，可以想象当时入蜀的诗人之众。

有那么一批诗人有着丰富的情感触角，他们在蜀地留下了一大批传世情诗。“模范丈夫”杜甫、“演员诗人”元稹、“情诗王子”李商隐和唐朝“四大才女”之一薛涛，都在蜀地写下大量爱情诗篇，讲述他们在蜀地的多情和缠绵。

最关键的是，他们的感情，除了成都，还有梓州的影子。梓州也因为杜甫、李商隐、元稹、薛涛的情感故事，竟然成了爱情词根的“孵化园”。

故事的舞台有了，演出的演员凑齐。那这些写在大唐的爱情词根，就顺应了笔者多年来想要探讨的那个侧面。

这正是我要致敬的大唐华章和那掷地有声的蜀地唐音。

寄宿南充的张献忠

突然觉得张献忠寄宿在南充，那是今年 5 月 19 日。

初夏，散文学会安排到七坪寨、四方寨等古战场遗址采风，我有幸随蒋蓝、牛放等散文名家，在南充近距离地穿越了一把风和日丽的锦绣田园和血雨腥风的明清战场。

早上 7:30，西南石油大学南充校区的花红柳绿已然穿行在三三两两的人流中，大家一直担心的细雨算是知趣地停了，让人讨厌的烈日也没有隆重地出现，真是一个难得的好天气。

久别重逢的文友们怀揣了满车的兴奋，豪华大巴轻盈地驶出驻地大门，欢声笑语准时上路。穿城、出城，在清新的空气和轻快的打趣中沿着西充河而上，清澈见底的河水紧贴着蜿蜒的健康步道，掩映在两岸精心打造的花带丛中，时隐时现，错落有致。

繁花与美女同路，总会有难得的兴致和放任的心情。

大家走走停停，把雨过天晴后的一路美景都塞满了手机和单反镜头。也许是车程太近，也许是兴致太高，车子很快就把我们带入了顺庆区新复乡七坪寨景区。

山和寨连在一起，基本上都刻着虎虎生风的战场。

在七坪寨和四方寨，山头上的断壁、残垣和城墙经过细致的装扮和恰如其分的渲染后，历史的残酷和现实的沧桑早已荡然无存，铁骑铮铮和旌旗猎猎反而都成为谈笑风生的佐料。

由于工作的原因，对略带沧桑感的七坪寨、四方寨以及张献忠来说，我是一名熟悉的旁观者，曾经见怪不惊的大山小寨，润养着明末清初那段轰轰烈烈的历史，只是很少有人去细致地翻阅。

没有历史就没厚度。

繁花、翠枝、亭阁、栈道，无论经过多么复杂的加工，无论经过多么华丽的转身，无论是七坪寨还是四方寨，永远都绕不开张献忠这段厚重的历史。

张献忠聪明倔强，小时跟着父亲贩卖红枣，长大后当过捕快、当过兵卒。明崇祯三年（1630），张献忠聚集陕西米脂 18 寨的农民揭竿而起，自号“八大王”，做起了帝王梦。他在崇祯十七年（1644）八月初九攻破成都，以成都为西京，建立大西国，并于八月十六登上皇位。

大西国政权是明崇祯皇帝的心头之痛，大西王张献忠更是明崇祯皇帝的心头之痛，而这个痛一直接续到清入关，一直到清顺治皇帝即位都没有消除。

顺治三年（1646）正月，清王朝对张献忠和大西国下达了“必杀令”。铸造了三百多颗官印，级别最高的是四川巡抚，让靖远大将军、肃亲王豪格率军亲征四川剿杀张献忠。豪格派出了清朝三代元勋、以战功封公爵、号称“满洲第一勇士”的鳌拜率领八旗军日夜兼程驰抵四川。

据《明季南略》记载，张献忠受明清两大战力打压，弃成都北上，“进入西充的山间，列四大营”，而这四大营就设在今天顺庆区七坪寨、四方寨和西充县金山乡、凤凰山一带，既遥相呼应，又自成一体，可攻可守，可放可纵，这本来是张献忠争得喘息和修养的最好机会。

恰逢此时，驻守保宁府（今阆中市）的刘进忠擅自率军攻打汉中惨败，因害怕受到处罚转而投降清军。刘进忠的叛逃不但把张献忠的北大门拱手献给了豪格，还向豪格透露了张献忠“在顺庆之金山铺（今西充县金山乡），为西充、盐亭之交境，去此千四百里，疾驰五昼夜可及”的重要情报。在刘进忠的引领下，清军日夜急行直扑张献忠大营凤凰山。

南充，历史上第一次集结了肃亲王豪格、“满洲第一勇士”鳌拜以及大西国皇帝张献忠等当朝大人物。清入关后京都最大规模的斩首行动悄然在南充拉开帷幕。

战争始终得向实力交卷。

历史定格在 11 月 27 日清晨。豪格率领的清军乘着迷雾来到凤凰山，短兵相接，激烈开撕。经刘进忠指认，张献忠被豪格事先挑选的弓箭手乱箭射中。张献忠中箭后，将士们急忙搀扶他回营房，在行至凤凰山山垭时，不幸牺牲。由于战事告急，众将士只得草草将其就地掩埋，此地被后人称为“带箭垭”。现凤凰山下的“多扶镇”，就是因众将士“多人搀扶”张献忠而得名。

站在七坪寨和四方寨的古城墙上，我从一堆堆的瓦砾瓷片中和一段段的残垣断壁上听见了金戈铁马，当然还有张献忠的四面楚歌。

从大西国皇帝张献忠在南充走过的最后一段人生历程来看，七坪寨也好，四方寨也罢，虽然都是他被乱箭射杀的棋盘，但关键的棋子还是摆在了凤凰山上。由于时间关系，加之路程较远，采风活动没有安排到凤凰山，于是我决定脱队，独自驾车继续沿西充河而上，沿着张献忠曾经的足迹，来到了金山铺，来到了凤凰山。

我想清清楚楚地听一听大西国王朝轰然倒塌的声音，我更想清清楚楚地听一听大西国皇帝张献忠骤然崩殂的声音。

据《中华名人大辞典》记载：“张献忠死于西充凤凰山，墓在山顶，状若小丘。”于是我沿着凤凰山绿树掩映的小道而上，在“带箭垭”看到了一块石碑，碑上有几个模糊不清的大字，尚能看出是“张献忠之墓”几个字。墓碑上既没有标榜身份的碑文，也没有警示后人的墓志，我甚至都不知道这是农民张献忠、小贩张献忠、捕快张献忠，还是“八大王”张献忠……

我只看见，张献忠墓碑之后有一个孤零零的小土包。

昙花一现的大西国王朝随着张献忠的生命，一同终结在凤凰山这个孤寂的小土包里。历史完全能够证明，这里既是大西国皇权的谢幕之地，又是大西国皇帝张献忠的崩殂之地，还是张献忠的埋葬之地。

张献忠是皇帝，他是大西国唯一的皇帝。而就是这样一位皇帝，在败走成都后来到了南充，让七坪寨、四方寨、金山铺和凤凰山这些古蜀道上的乡野山间有了为历史大剧拉上帷幕的机会，南充理所当然成了大西国王朝谢幕的舞台。

张献忠是不幸的。成王败寇，在顺治皇帝的眼中，一个被射杀了的张献忠只能是“状如小丘”的张献忠。南充却是幸运的，因为凤凰山上这个“状如小丘”的墓地显然寄存着一位封建帝王的身体。

历史毕竟是历史，张献忠毕竟是张献忠。

埋葬皇帝的地方大概叫皇陵，“带箭垭”其实就是大西国唯一皇帝的陵墓。在中华民族上下五千年的文明史上，他是唯一把身体留在南充的皇帝。只是在顺治皇帝统治的地域上，不可能把已然灭亡的大西王张献忠叫皇帝，更不可能让他的身体豪华入殓。因此，张献忠的身体只能浓缩成“状如小丘”的土堆，草草地寄宿在他曾经热爱的山岗上。

那就让一代帝王继续寄宿吧，因为历史早已平息了纷争。

从张家乡到辉景镇

川东有个叫辉景的地方，那是生我养我的家乡。自从沦为“蓉漂”的浪子后，我就再也没有回去过。时间愈是发酵，我愈能深深地体会到，每逢佳节，故乡才是远方浪子最需要的饕餮。

国庆，七天长假，于我来说打赏时光最好的方式就是听听乡音，会会乡友，尝尝乡味，用心用情去闻闻那些年那些人那些乡土的芬芳。

说走就走，那就回趟久违的老家吧！

一路驱车，从成都出发，经遂宁到南充进入顺庆境内，车过芦溪镇，一条小河、一路柏油，宛如两条挂在丘陵间的腰带，一上一下、一高一矮如影随形并行在漫山遍野的清幽中，偶尔驶过的小车和划过的渔船都是这绿色世界移动的饰品，点缀着全家人的欢声笑语。

此刻招展的不仅仅是心情，迎风的绿浪也不紧不慢地滋润着久违的神经，顿时赶走了 200 多公里长途驱车的枯燥和乏味，故土的温度就这样轻盈盈地驻进我的脑海。

转过弯，辉景镇就来到了车窗前。

那是我步入社会的原点，也是我认识第一个方块字的地方，履历中无数次填到“辉景”这两个字就是在这里学会的。一条小街随山就弯，两排房子、三五个悠闲的老乡……这就是集镇的全貌。它就像文静淡雅的蜀女，小巧玲珑、简单爽快，而又郁郁葱葱地坐在那里。

辉景镇位于河湾和公路之间形成的平坦坝子上，这个坝子叫灰八井。南充地下盐卤资源非常丰富，这里很早以前就顺理成章地摆着几口盐井，集聚了一批盐业工人。在这块不算开阔的平地上，盐坝、晒坝、草灰坝等星罗棋布，“灰八井”这个既富有乡土味，又印证了产业特征的名字就应运而生。

灰八井产生于何年已无可考证，但从晚清、民国一直延续下来，直到现在还有很多人习惯这么称呼。关于灰八井的行政建制，还得说到草坝场，其位于今辉景镇东南方约 2 公里的山腰上。

川东多丘陵，南充尤甚。草坝场则属于横亘在南北两丘之间一处窄窄的脊梁，地势较高，形如大坝，是左邻右舍晾晒稻草的好地方，聚集了附近村落不少的人气，草坝场也因此而得名。

草坝场横跨两山腰之间，早在明清时期，这里就成了南部和南充往来的交通要道。灰八井生产的食盐大多通过这里中转，一时过往客商频繁，出现了众多的幺店子，慢慢地由市而集，到后来更有了加工坊、学校、庙宇等，大概到清末，就有了草坝场乡的行政建制。

20 世纪三四十年代，草坝场乡东侧沟里住着张氏大家族，老爷张敏斋是当地有名的乡绅。张家有三位少爷，大少爷张克崇，二少爷张克生，三少爷张克美。大少爷张克崇一表人才，识书懂文，因为有豪门的标签，很快就攀上了西充县杨姓县长的千金杨氏，并娶其为妻。一商一官，张家和杨家这两大豪门跨县结亲，势力更加庞大。

中华民国二十四年（1935），南充境内设置行政督察区，辖南充、蓬安、营山、仪陇、西充、南部等6县。张敏斋瞅住辖区调整的机会，通过县长的亲家介绍，花大洋买到草坝场乡乡长的官职。张家因此土豪贴金，影响陡增，索性将草坝场乡改名为张家乡。

1949年，中国人民站起来了。灰坝井那些乡绅兴办的盐井纷纷关闭，张敏斋这个买来的乡长也背起索子被押解进城，在南充县龙门劳改农场改造，后终老狱中。张家乡也在新中国的召唤下正式回归为草坝场乡，有条不紊地接待着往来的过客和周围的村民。

20世纪50年代，国家启动修建兰州到重庆的国道212线公路大动脉，横穿草坝场乡腹地灰八井，但公路却远离乡场，因此迁建乡场也就成了顺势而为的事。当时有人建议将草坝场乡更名为“灰八井乡”，但大家都认为一个乡土味太浓的“灰”字毕竟太过难听。于是大家七嘴八舌，“辉景”这个文绉绉，没脱离本味且带着时代特征的谐音名字就这样诞生了。进入20世纪80年代，与全国大多数乡镇一样，辉景乡乘改革开放的劲风，朝着光辉的前景有了突飞猛进的变化。

2015年，省政府批准辉景由乡变镇，搭上了高速发展的快车，向特色小镇进军，再后来深化乡镇改革，将辉景镇并入李家镇。而今的辉景街道通畅、整洁有序，小时候熟悉的学校、医院、粮站、供销社、食品站、邮电所、丝绸厂早已旧貌换新颜。历史一去不复返，当下的辉景早已没有了草坝场乡的影子，更没了张家乡的痕迹。

车过集镇，思绪难停。

从张家乡到辉景镇，再到如今的李家镇，一路走来虽然没有波澜壮阔的风景，却在灰八井这个地方演绎了特定时期名门望族独霸一方的特殊历史，见证的是不同时代的地域变迁。在那个给钱就能买一方的时代，把地名改为本姓也就不足为奇了。其实，在南充这种以姓氏命名的乡镇并不在少数，现今依然存在的“李家”“万家”“宴家”“梅家”“王家”等乡镇，或多或少有着类似的经历。

而今的辉景，沐浴在新时代乡村振兴的大潮中，让我这个回乡的浪子，不得不一吐为快。

到500年前的成都去打卡

500年前的成都，我们应该在哪里打卡？

成都是网红城市，现代气息的打卡景点不胜枚举。但如果把时空穿回到500年前，在黄勇先生的新书《走马锦城西》中应该可以找到答案。

在春节前的一次聚会上，突然听圈内好友说起黄勇先生，才得知他正在悉心研究500年前明蜀王的故事，研究500年前成都的十大打卡地，而且即将结集出版，我顿时对这位蜀地俊才多了几分敬意。

我与黄勇先生结缘，完全是因为一段明清历史。

两年前，我随蒋蓝、牛放、杨剑冰等到七坪寨、四方寨采风，走马睹景、把茶言欢之后，我递交了一篇《寄宿南充的张献忠》的作业，随手也投到了《华西都市报》的邮箱，不想很快就被刊发在封面新闻网络上。当时的编辑正是从未谋面的黄勇先生。

文章发表不久，一位好心的文友善意地跟我探讨，说文中有一段对张献忠历史定位的评价，在史学界有诸多争议，可能说法不是太妥帖。张献忠虽然也姓张，但与我非亲非故，何况我对他的一些做法本身就不敢苟同，如果因为一篇文稿犯了差池，那真的毫无必要。于是，我费了很大周折，终于托朋友要到了黄勇先生的联系方式。当我提出在报版刊发时更正的想法后，黄勇先生当即表示不同意，原因是他认为我的提法是正确的，而要更改的提法反而是错误的。黄勇先生告诉我，他本人就是研究历史的，他编辑的文稿出了任何差池都由他自己负责。

说实话，我确实不懂历史也不善解读历史，就好比我不善风情也不解风情一样，当风情袭来，作为一个普普通通的写作者，有了编辑的鼎力支持就有了最大的信心和底气，况且是一位深懂历史的编辑无缘无故、无私无畏的支持。于是，我听从了黄勇先生的建议，没有对文稿进行调整。

那时，黄勇先生给了我几分底气。现在想来，他的理解确实是对历史负了责任的。

后来，一来二往的投稿和编稿，我与黄勇先生就在微信上更加熟络了。有一天，当我突然看到他那斯斯文文的书生形象时，我简直不敢把他与当初的坚定语气挂钩。现在想来，黄勇先生掷地有声的坚定语气，其实来自他对成都那段明清历史深度认知的底气。

因此，当我听说《走马锦城西》即将付印时，凭直觉，凭我对黄勇先生的认识，我相信他一定能讲好500年前蜀王在成都打卡的那段故事。

少不入川，老不出蜀。老成都的宜居生活早已纵贯千年。那500年前的蜀王又生活在怎样的景致中呢？

2017年2月，当世界仅存的四部蜀王文集在日本东京国立公文书馆被国内学者首次发现后，已经断桥的那段明蜀文化在黄勇先生心中再次焊接成功。他从两位蜀王朱申凿和朱让栩爷孙俩吟咏成都的诗篇入手，经过两年多的深入解读、研究，总结、提炼后得出结论，明蜀王们其实都安逸地生活在“龟城春色、浣花烟雨、市桥官柳、草堂晚眺、霁川野渡、墨池怀古、菊井秋香、閟宫古柏、岷山晴雪、昭觉晓钟”老成都古十景的诗意之中。

6月30日下午，我有幸应青羊区作协邀请，参加了黄勇先生《走马锦城西》的创作分享会。慢慢地品读黄勇先生的新书，静静地倾听黄勇先生的创作分享，细细地聆听与会者精彩的解读，黄勇先生对500年前成都文化的痴心研究再次从那些不紧不慢、润物无声的语调中飘然而出，让我对他再添了一份敬意。

《走马锦城西》描绘和阐述的老成都古十景，有的已入历史，有的尚有影子。但我既不是500年前的游客，也不是历史的鉴定者，显然没有对这段断代文化一一对号的必要。但有一点必须肯定，那就是《走马锦城西》在对500年前的蜀王生活深度剖析后，从历史的角度，从研究的角度，首次提出了“成都古十景”的说法，填补了成都旅游研究的一项文化空白。

对一个城市的热爱，往往新来者更富有深意和真意，也更富有感情和激情。有一个现象多少能说明些问题，那就是摆在书店里的关于成都文化的书籍，大抵是新来的成都人在书写。黄勇先生显然不是土生土长的成都人，他研究成都文化的耐力和韧劲好像就是最好的证明。不然，拥有几千年文化底蕴的成都，咋就从来没有人提出过成都古十景呢？

在整整一下午的作品分享会上，张人仕、张中信、冯国平、万郁文、湛蓝、蒲光树等散文名家也纷纷为《走马锦城西》点赞。大家一致认为，在众多出版物中，写成都文化的书籍多达数百本，但自清朝以来就没有任何关于老成都古十景的记载，更没有专门写这方面内容的书籍。

省作协的黎政明先生的解读更有味道，他认为，《走马锦城西》为我们开启了窥探成都历史文化原生态的一扇窗户，他能闯入各路专家的慧眼，在众多入选作品中突出重围，一举摘得省作协2019年度重点作品扶持项目，这本身就是该部作品的社会价值和历史价值所在。

黄勇先生的创作分享会还在快意地进行，话筒也在很有激情地传递，我迫不及待地拍下了书的封面和会议现场，并在朋友圈里发了一段真实的内心世界：研究成都文化的书确实不少，但研究500年前诗意成都的书我刚见到！

显然，黄勇先生填补了成都历史文化的空白，一本《走马锦城西》让成都的历史文化多活了500年，这可能正是黄勇先生潜心研究和写作多年来真正需要抵达的地方，这也正是我今后写作应该努力的方向。

【第五辑】

日常

会飞的眼泪

午夜不眠，刷手机。突然眼睛一震！一位父亲的眼泪直抵心尖。

微胖的父亲裹着中长白褂，双手插在口袋里，低垂着秃顶，目光呆滞地望向地面，左手一把一把地抹向眼睛。他的左脚明显已经无法支撑被掏空的身体，一个踉跄险些跌倒，然后本能地往右慢慢踱了两小步。镜头里出现了他的同事，同事把手搭在他肩上，他顺势把头埋了过去，在同事肩上不断地抽泣。男儿有泪不轻弹，而我却在千里之外看到飞舞的眼泪在这个星球上弥漫。隔着屏幕，我没有听见哭声，我估计他已经无词可哭。

那一天是 2023 年 11 月 21 日。

战事在如火如荼地推进。硝烟封锁下的医院物资短缺，那里除了医生的手，就只有医生的手术刀。作为医生、作为父亲，他迫于无奈在无麻醉的情况下为自己的孩子做截肢手术，最后眼睁睁地看着孩子痛苦地死在自己的手术刀下。白发人送黑发人本来就是人间最疾的苦，他却在手术台上亲手把孩子送走，这是任何词语都无法抵达的深渊。

这位父亲有能力拯救他的孩子，他的祖国却没有给他这个机会。

炮弹不会长眼睛。战火覆盖下的城市已有约5000个孩子永远地离开了他们的父亲，当然也有父母和孩子同时被炮火夺走了眼泪。那些可怜的孩子匆匆地来到这个世界，又匆匆回到了出发的原点，而且没有父母为他们送行，更没有父母为他们悲伤流泪。

从这个角度来看，那位父亲是不幸的，但他的孩子是万幸的。至少，匆匆回家的孩子，还有深爱他的父亲在为他悲伤，为他流眼泪。

同为父亲的我，正在儿子的梦乡旁边，一边看他两岁的嘴角上流淌的酣笑，一边把他偶尔的梦呓当茶，对着夜空慢品。我感到特别庆幸，因为就在几十年前，同样的炮弹也从我们头顶飞过，同样的硝烟也曾在我们身边弥漫，至少现在，我们的孩子都可以甜蜜入梦。

地球上的某个角落，可能正在战火纷飞，而此刻，我家楼下除了呼啸而过的汽车，就是街对面夜市上对饮对唱的宵夜青年。那些弥漫夜空的逍遥自在，已经深深地长在浓浓的烟火气息中。

我出生在川东北农村那片安定的土地上。小时候，家家户户的烟火都是从侧房的土坯灶里冒出来的。生火做饭的时候，先在灶膛内把柴火搭成拱形，让柴火下部中空通风，一点就燃。如果火星微弱，就轻摇蒲扇，或者慢慢地拉动风箱，很快就能把忽闪忽闪的火星培养成熊熊火焰。

“拱火”是近段时间新闻里的高频词，总给我一种似曾相识的感觉。抱歉我的浅薄，我确实不知道“拱火”是啥意思，搬来词典一查，才知道“用言行促使人发火或使火气更大”就叫拱火。风和火是孪生兄弟，煽风能拱火。现在看来，小时候把柴火架成拱形，“煽风点火”的生动画面其实就是一场“拱火”。

人世间的很多场景，总是惊人地雷同。

猛然发现，我们生活的星球仿佛一下不太平了。拱火不断，战事不断，而且没有消停的迹象。我把眼睛从手机屏幕上移开，眼前浮现出无数个父亲抱着子女在血糊糊奔跑的画面。多年前我患了飞蚊症，这个时候特别明显地感觉到，从战火中传来的眼泪，在闪闪的床灯下满屋子乱飞。

在这样的背景下重读《论语》，有句话特别值得咀嚼，“己欲立而立人，己欲达而达人”。孔子说：自己要想站得住脚，也要让别人站得住脚；自己要想行得通，也要让别人行得通。

孔子是想告诉我们：人嘛，同在一个星球，应该相互成全。

天下为公，拱什么火呢？走自己的路，何必非让别人无路可走？按孔子的说法，这个地球容得下宇宙中的任何一对矛盾。

作为父亲，我只能无奈地为那位流泪的父亲摇摇头，我希望他是地球上最后一位流泪的父亲，于是，我在抖音上留下了一段无用的文字，表达对这位父亲的安慰：

男人哭吧！哭吧！不是罪！

我的父亲是篾匠

我的父亲是农民，但篾匠却是父亲最享用的一种身份。

因为，在那个年代，对一个地地道道的农民来说，能用匠人来称呼的，好歹算件体面的事。

时至今日，每每逢年过节回到老家的小镇上，父亲总喜欢笑眯眯地接受老朋友这样称呼他，而且我发现，他是打心眼儿里高兴。

篾匠是干啥的呢？篾匠其实就是将竹子剖成篾条编织物什的手艺人。这，对于现在的年轻人来说是断然不会知道的。因为随着工业产品的泛滥，竹子这玩意儿，再也不需编织成坐的、睡的、晒的、盖的、扇的、垫的、舀的、挑的、装的、扫的……那些与我们息息相关的生活用品了。

因此，篾匠这身份一直在以一种走衰的姿势淡出年轻人的视线。但是于我来讲，父亲这个篾匠，一直在我的生命中徜徉，从没有被看淡。

当然，于父亲来说，这却是他一生最为成功、最为乐道的地方。因为，父亲人生波折，好像都没有什么让他觉得成功过。

篾匠是专司编织的工作。多年以来，父亲也一直都在努力地用他那粗糙的手和细致的心编织着理想的生活。或许是父亲编织生活的技术远远差于他编织篾条的技术，所以，尽管他一直都在不懈地努力脱掉“农皮”，跳出“农门”，但美好的理想却一直都在路上。

不知道，这算不算命。

爷爷去世得很早，父亲一直跟着老实巴交的继父生活。因此对父亲来说，他对父亲的认识，连一点印象都没得。

虽然缺少父爱，但父亲却十分能读书，而且一直以班上第一名的成绩在南充县芦溪中学读到初中毕业。

那年参加高中考试，父亲考了个全校第一名。全校也就只有父亲和一个叫郑天蒲的同学考上了张澜先生创办的建华中学。在20世纪60年代，文盲遍地，考个“状元”，能到南充当时最好的学校读书，那可是件不得了的事。

可偏偏命运捉弄人，自幼丧父的父亲，却继承了爷爷给他留下的一顶“富农”的帽子。在那个特殊的年代，戴上“富农”这顶帽子，比背起一座山还难。

书，当然是读不成了，父亲的梦顿时化成了泡沫。

在朝鲜战场上当军官的幺公听说侄儿考起了高中，寄回一支“英雄牌”钢笔以示鼓励，据说还是镶金的。但父亲明白，在阶级斗争的年代，知识在政治面前显得特别渺小。父亲从没有用过这么高大上的钢笔，但在一气之下，父亲很英雄地把那支“英雄牌”钢笔狠狠地甩到了嘉陵江里。

父亲错失了读书的机会，也错失了知识改变命运的梦想。在父亲的心目中，这是他永远无法抹去的伤痛。

虽然乡里乡亲经常拿父亲的光彩事作为教育子女的教材，但父亲却从来都不愿意在任何人面前提起，包括后来教育我和弟弟，他都不会用他的“先进事迹”来激励我们。或许，这件事让父亲痛得太深，也或许是我和弟弟读书的天赋和表现离他的要求实在差得太远，让他难以启齿。

在农村，无书可读，学艺就是一条最好的出路。离开学校的父亲选择了逃避，开始走南闯北学做篾活。

父亲把学过的数理知识和几何理论用到做篾活上，那可以说是得心应手、如虎添翼。他给乡里乡亲编织的扇子可以织出主人的名字，他编织的晒席、凉席等可以织出工整的“福”字和“喜”字。这些对于喜欢讨吉利的农村人来讲，可是求之不得的大好事。因为这些都是父亲自己创造的，其他的篾匠师傅是不会做的。

父亲编织篾条的手艺很绝，名气实在太大，以致我和弟弟都有所领教，别人介绍我们时都习惯说，那是张篾匠的娃儿。

父亲的生意常常都是排队等候，一年到头几乎不会在家吃饭。在我的印象中，父亲从来都是早出晚归，除了农忙季节回家干几天农活，每年除夕家里团年都很难等到他一起跟我们吃回饭。倒是每每放假，我都会和弟弟跟着父亲一道，到乡里乡亲家里蹭顿好吃的。

在求学的过程中未遂人意的父亲，却在编织篾活的过程中找到了感觉。那段时间，应该是父亲最受人拥戴、最让人尊敬的时候，也是父亲人生中最自豪、最如意的时候。

当然，这也成就了父亲的倔强和自我。

父亲的篾活手艺不胫而走。当时，恰好南充县粮食局城关粮站急需一名会编织箩筐的工人。经过层层推荐，父亲生平第一次有了进县城工作的机会。虽然是临时工，但大家都明白，干得好还是有机会转正的。

在县城这个小小的单位，初中毕业的父亲，文化水平比很多上班族都高，再加上读书时的辉煌成就，父亲成了领导心中的香饽饽。

这显然是好事，但同时也成就了父亲的一丝倔强、一丝自大，甚至还有强人一等的沾沾自喜。显然，工作之外的机会，父亲没有能力去把握。

父亲控制情绪的能力始终比不上编织篾条的技术，正因如此，虽然有这么一次进城工作的机会，但还是没有成就他做一个城里人的梦想。

结局可想而知。父亲还是牢骚满腹地回到了老家，继续自己的篾匠生活，继续自己的农民生活。

当 20 世纪末一浪高过一浪的“普九”工作压来时，学校的领导和乡上、村上的干部终于想起了父亲。在那个年代，在老家那个偏僻的小地方，父亲好歹也是个远近闻名、光环照身的知识分子。于是，他们三番五次地来劝说父亲，请父亲去村小当民办教师，而且还开出了民办教师转公办教师的条件。

或许是民办老师的工资确实比不上一个有名的篾匠，或许是读书时的重创和在县城关粮站的经历左右了父亲的思想，父亲固执地认为，他的篾活比他的知识、比他的性格更适应这个社会，于是，他坚定地拒绝了政府和学校的邀请。

这一次，是世事的沧桑让父亲自己断掉了跳出“农门”吃“皇粮”的机会。

父亲做这个决定我能理解，因为父亲遭受挫折的感受我能强烈地体会到。记得我初中毕业那年，幼稚的我对大学充满了幼稚的梦想。但父亲生平第一次武断地要求我报考师范，理由很简单，就是要我跳出“农门”。

在很长一段时间里，每每说到这些，父亲都会欣慰自己当时的武断，而我却跟他当年读不成高中时的感受差不多，以至于读师范二年级时，我还跟随南下的大军，偷偷跑到广州去打工。

直到现在，我才真真切切地体会到，或许这是在成就父亲一生中最想实现的梦想，或许在父亲的心目中，大学实在太遥远，未来实在难看透，也或许父亲最不愿意看到的就是张篾匠的儿子还是个张篾匠。因为，父亲不习惯等待，不习惯变幻，这就是篾匠父亲的人生锤炼。

我内心感谢有一个篾匠父亲！

母亲的孔干饭

我有幸从川东北偏远的南充调到省会成都工作，一个人孤零零地“成漂”，与亲人，当然也与年迈的母亲，过上了“每周会”的动车生活。

时空是思想沉淀的隧道。

离母亲越来越远了，见母亲的时间也越来越少了。夜深人静，每每想到满头银发、寡言少语，一天天变老的母亲，她孤寂佝偻的身影就在我眼前反复旋转，鼻子中就有一股莫名的酸楚在漫无边际地汹涌，历历过往哽咽在喉。

20 世纪 70 年代的农村还在黄土地和冬水田中自给自足。

故乡、老家、茅草屋……

穷！穷！穷！是我全部的记忆，也是我最深刻的童年。

年轻时的母亲一直以女强人的形象示人，虽然她目不识丁，却从不缺乏改造生活的能力。在那个缺吃少穿的年代，一家三口的一日三餐是母亲心中的头等大事，这让她几乎从年头焦虑到年尾。

由于母亲体质瘦弱，加之营养不良，我出生没有几天就吸干了母亲的身体。在柴米油盐都得靠指标供应的时代，对于母亲那样的家庭条件和那样的家庭环境，我的口中根本就不可能留存奶粉的味道。

无奈的母亲就地取材，将红苕淀粉加入热腾腾的开水锅中，不断搅拌、不断稀释，做成流汁状的红苕糊糊，替代了母乳和奶粉。一餐、两餐、三餐……一年、两年、三年……红苕糊糊占据了我全部的饥饿空间，长此以往，只要我看到无盐无味的红苕糊糊，就像看到白大褂手中的针头，饿了也哭，吃了也哭。

南充的川北凉粉是享誉天府的一绝，母亲做的红苕糊糊其实是改良了凉粉的做法。虽然我是土生土长的南充人，但直到现在我都不吃那玩意儿！

母亲说，是长年累月的红苕糊糊把我的胃口伤了。

母亲把那个年代农村小孩都会经历的不幸，归罪于自己，总觉得亏欠了我。她时常念叨自己身体差，家里穷，一出生就没让我吃饱，我是在哭哭啼啼中过完了襁褓生活。

后来，靠父亲一手漂亮的篾匠活，家境有所好转。在我的印象中，米、面、油、盐虽然不宽裕，但也不太紧缺，只有吃肉得逢年过节或者等上一月两月。

我的童年，一年到头都在菜稀饭、苕稀饭、绿豆稀饭、南瓜稀饭中度过，平日里吃个油挂面，煮个醪糟蛋，蒸个糖馍馍，炕个面瘩瘩，都算是打牙祭。

母亲是巧妇，总是变着花样、想着法子让我吃开心。最让我难忘的是母亲做的孔干饭。母亲的孔干饭种类繁多，有南瓜干饭、红苕干饭、青菜干饭、萝卜干饭，当然最好吃的还是腊肉孔干饭。

母亲先把大米和红苕放入一口锅中小火慢煮，当大米煮至半熟后捞起一部分沥水备用，再把四季豆、胡萝卜等蔬菜切丁，拌上佐料放入另一口锅中翻炒入味，覆上已经沥干、半熟的大米，垒实、压紧，用筷子插上密实的通气孔，捂上盖子用文火慢慢烹，待到锅中的孔干饭香溢满屋时，另一口锅中的红苕稀饭也熬好了。

母亲总是以各种理由只吃稀饭，不吃干饭。说是稀饭，因为已经捞去了大部分大米，其实就是清汤寡水、不见米粒的玻璃汤，几块红苕在汤里清澈地飘荡。

母亲节约，她是故意把有限的口粮让给我吃。

母爱无距离、无遮掩，直直白白、零零碎碎地在柴米油盐、锅碗盆瓢的平凡中鲜活，透明得毫无细节。而这些年来，我在工作中的一波三折和生活上的自以为是，却把最亲最亲的亲人漠然得难以提及、难以发现，与母亲甚至在不知不觉中有些疏远。

我是多吃了母亲的那份口粮长大的。

母亲的孔干饭成了我儿时最深的记忆，也成了我现在最沉的压力。

处处皆是好风景

——在中考前给儿子的一封信

毓儿：

这次中期考试没有取得理想成绩，你闷闷不乐的样子写在脸上，爸爸妈妈都很心疼，我们都假装什么也不知道，不想给你增加额外的压力。昨天是难得的周末团聚，原计划等你补习后就带你去看场电影，再撮一顿你最喜欢吃的冒菜，但爸爸再一次爽约了，最后又是妈妈一个人陪的你，你一定对爸爸很失望吧。爸爸欠你太多，也有太多的话想对你说。今天早上很想好好给你赔个不是，“Sorry”都到了嘴边，最终还是没有说出口。此刻，爸爸正在成都飞往南昌的航班上，又踏上了长达一周的出差行程。

窗外，蓬松、洁白的云有时堆积如山脉，有时堆积如大海，它们正一簇簇地往后掠过。此时，如果上课的话，你一定在认真地听课；如果下课的话，我希望你和小伙伴们没心没肺地玩耍。突然，我想在蓝蓝的天空上给你写封信，让那些没机会说出的话飞进儿子心窝。

爸爸想跟你说的第一句话是：我心中你最重，人生起落都是暂时的，超越了自我就实现了梦想。记忆还烙在13年前的那个中午，当你哇哇啼哭着来到这个世界时，产房门推开的那一刹那，惊喜从此就刻在了爸爸妈妈心坎上。我们是草根家庭，平凡的日子最生动。家里因为有了你才完整而美满，你是爸爸妈妈在最需要的季节收获的最棒的果实。你是把幸福的钥匙，开启了我们全家快乐生活的音乐盒。今天你才13岁，已经学会了独立生活，独立学习，正在独自承担明年中考的巨大压力！虽然这次考试没有实现你的目标，但爸爸妈妈眼中的你是最棒的！我想告诉你的是：失败是成功的垫脚石，这个世界没有随随便便的成功，也不能随随便便地放弃，只要真正付出努力，你的世界就没有实现不了的梦想！

爸爸想跟你说的第二句话是：人生就是一场马拉松，不看你跑得快与慢，咬牙坚持，跑到终点才是王者荣耀。坚韧是一种品质，只要源源不断地输入毅力，你随时都可以满血复活。爸爸经常告诉你："咬咬牙，坚持就是胜利！"你来到爸爸身边这13年，应该能感受到爸爸骨子里是个非常要强的人，从来都不会对生活说半个不字。还记得去年的今天吗？医生告诫爸爸必须加强锻炼。那天晚上，你说要陪爸爸跑步，爸爸好感动。我们俩从川陕立交出发沿三环路天府绿道一路向东，但爸爸仅仅跑了不到1公里就累得上气不接下气，你却一口气跑完5公里。从那天起，爸爸就下决心要给儿子做个坚强的榜样。无论春夏还是秋冬，无论刮风还是下雨，我每天咬牙坚持跑步，每次跑步都50米、100米地增加路程。爸爸黎明锻炼的时候你多半还在会周公，爸爸午夜锻炼的时候你早已进入梦乡。马拉松！在儿子和爸爸心中，一直都是想都不敢想的遥远神话。爸爸咬牙坚持锻炼，就在昨天，爸爸从前 1 公里都跑不下来的大胖完成了此生首次 21 公里半程马拉松。儿子，你没有坚持跑步，你的马拉松还躺在那儿等着你。没有做不到，只有想不到！你知道龟兔赛跑的故事吧，再远的路，不怕慢、只怕停，只要你抬了脚，爸爸期待你坚持自己，爬也要咬紧牙关一步一步抵达终点。

爸爸想跟你说的第三句话是：人生路上无坦途，只要你笑着去欣赏，山高路陡、险滩急流皆是好风景。我常常反思，这 13 年来毓儿做得非常好，爸爸最不称职。你刚出生的时候，体弱多病，3 岁前基本上都在医院度过，爸爸没有给你健康强壮的体魄。5 岁多的时候，爸爸就把你送去上小学，你的童年少了该有的色彩，早早地面对学习、考试和升学的压力。最近，妈妈说毓儿最想要爸爸的陪伴，而我常常以父亲自居，对你生硬说教，有时还横加批评。今天，请接受爸爸对你说声："宝贝！对不起！爸爸给你的人生增加了压力。"爸爸还是喜欢看见你把我叫成"翼娃"或者"孬爸爸"时那开心的样子。

一帆风顺、一路顺风只是人生祝愿，风雨同舟、乘风破浪才是人生常态。人生如四季，冬夏分明、昼夜分明、晴雨分明；人生有五味，酸甜苦辣咸，你要学会去品尝；人生有七情，喜怒哀惧爱恶欲，你要学会摆脱情绪纠缠，及时调整自己。无论你考试中体会到的是什么季节、什么滋味、什么心情，你都要勇敢地去经历、去体验、去拥有。要想得到理想的成绩，考进理想的学校，只有放下包袱，现在就振作精神，人生就是美妙的长途旅行。《水手》中有句歌词很经典："风雨中这点痛算什么，擦干泪不要怕，至少我们还有梦。"儿子，一次考试并不重要，人生遇到任何挫折都需要把眼泪擦干，毛泽东爷爷说的“而今迈步从头越”指的就是把过去、困难和挫折全部清零，重新开始，坚持梦想。

爸爸想跟你说的第四句话是：人生需要及时调整频道，能控制自己的现在，才能掌控自己的未来。大海航行靠舵手，你要做自己的掌舵人。知道乌鸦为什么不会唱歌吗？有一则寓言告诉我们：乌鸦很喜欢唱歌，每天起床都会为大家歌唱，可小鸟们却不买账，都说乌鸦的歌声不好听。乌鸦很郁闷，准备往别处迁徙。鸽子劝它说，如果你的歌声不受欢迎，只要改变自己的歌声就可以了，何必逃避迁徙呢？乌鸦听不进去，所以现在还四处乱飞，依然没有改变难听的歌声。这个故事告诉我们：环境无法改变，只能自己去适应。改变别人事倍功半，改变自己事半功倍。

毓儿最近学习越来越努力了，但这几次考试都不太理想，我觉得是你调整频道、改变自己的时候了。你应该从记忆的方法，背诵的熟悉程度，做作业的环境，玩手机的时间等一点点地思考，一点点地改变。你不是很喜欢周杰伦吗？他在动感地带的广告词“我的地盘我做主”非常有哲理。爸爸相信儿子，只要你及时调整频道，努力改变自己，你做主的地盘里一定有喝彩。

时光一去不复返，一段历程一重天。随着你年龄的增长、学业的进步，你生活空间会越来越大，这意味着你与爸爸妈妈的距离会越来越远。爸爸明白，越过初三，考进高中，你就到了“天高任鸟飞，海阔凭鱼跃”的时候。你现在慢慢成长的过程，就是慢慢离开爸爸妈妈的过程；你现在孤军奋战的过程，就是爸爸妈妈将来孤独终老的过程。

儿子，从今以后爸爸会尽量多陪陪你，让我们一起努力，正确面对困难和挫折，揣上好心情上路，把人生旅途当成欣赏风风雨雨、笑看起起落落的美妙过程。

从容汉子也追风

——在成人礼上给儿子的一封信

毓儿：

今天是2024年5月11日，在你即将跨过18岁门槛的特殊日子，学校给你们这批高三学子安排了隆重的成人礼仪式。成人礼就是成年礼，成年了，豆蔻少年就成了铮铮汉子。作为父母，我们希望你用心体会这个特殊的日子。今天，我想跟你说三句话：

我想说的第一句话是：毓儿！你成长的这17年是幸运的，你深度触摸了这个斑斓的世界。在你5岁那年，你的小伙伴还在牙牙学语的幼儿园，你就早早地开启了早起晚睡的小学生活。今天，我们参加的是你未成年的成年礼。因此，从另一个维度看，这也是我们的骄傲，更是你的幸运，因为成年人的世界很精彩，而你比同龄的小伙伴更早地触摸到这个世界的五彩斑斓。

这17年里，你与风雨同行，与同学共窗，在知识的海洋搏击，再过26天，你就步入高考的圣殿，与比你大1岁，甚至大2岁的同学哥同学姐同堂竞技，你比大多数同龄人更早地领略这普天之下、华夏大地之上最惊险、最刺激、最精彩的人生大考。人生之路本来就是一场接一场的赶考之路，你在 17 岁的年纪就能幸运地深度触摸这个世界，提前赶考。一年之计在于春，一日之计在于晨，而你今年赶了个大早，正准备吃人生的第一次螃蟹宴。爸爸想告诉你，无论你在高考中考出什么样的成绩单，只要保留了奋斗者的姿态，经历了奋斗的过程，我们都能从内心接受。面对高考，你应该调整状态，放手一搏，不应该担心和害怕，而应该淡定和自信。毓儿，奋斗的过程就是“乘风破浪会有时，直挂云帆济沧海”。海燕就习惯在苍茫的大海中呼喊：“让暴风雨来得更猛烈些吧！”爸爸的人生信条是：无问西东，只讲过程。

我想说的第二句话是：毓儿！你成长的这 17 年是用心的，你深情回报了这个普通的家庭。高中三年，爸爸尽量抽时间接你、送你、陪伴你，在你即将迈入成年的这些日子里，我明显感觉到了你的成长。成长有成长的焦虑，我那个活泼、开朗、自信、率真的小毓儿承受了比同龄人更大的压力，经历了比同龄人更多的磨炼，付出了比同龄人更多的心血，其实父母是知道的。你经常自责学习进步不大，经常抱怨自己没有出众的天资，但我要告诉你的是，你的爸爸妈妈也仅仅是个中师生，甚至连高中的校门都没进过。我们同样没有天资，同样没有慧根，同样都是茫茫人海中的芸芸众生。

这 17 年里，在我们的心目中，毓儿永远都很懂事，永远都很孝顺，永远都很节约，永远都很暖心，永远都是我们的掌中宝。我们从来都没有看到你青春期的叛逆，看到的都是你想在青春年少实现逆袭；我们从来都没有感受到你熊大熊二的调皮，感受到的都是你这个阳光少年的风趣活泼。我们知道，你这些年说得最多的一直是：无论如何努力都有无法突破的困局。其实，学习有时就像鬼打墙，但父母依然相信量变一定会引起质变。不想当将军的士兵不是好士兵，大千世界的我们，有谁不想去深海捉鳖，有谁不想去九天揽月，但我们的家庭都是普通的家庭，我们家过的日子都是普通人家过的日子，在父母心目中，只能用勤补拙，只能笨鸟先飞，爸爸相信你永远都是那个追风少年。

这 17 年里，我们之间从来没有争吵的烦躁，从来没有打骂的怨恨，有的都是相向而行的理解，有的都是其乐融融的回忆。我没有家长焦虑症，那是因为你没有犯青春叛逆的病。我经常独坐感恩，因为我能时刻体会到，你和你弟弟来到这个世界上是来报恩的，你已经用你 17 年的深情回报，为这个小家庭带来了极大的幸福，相信你将来会做得更好。

我想说的第三句话是：毓儿！你成长的这 17 年是阳光的，你努力赢得了事业发展的基础。高三学业很重，年纪小小的你赶上了史上最卷的高考。在高中三年紧张得令人窒息的空气中，我发现你突然变得足不出户了，突然变得少言寡语了，突然变得敏感内向了。你知道，爸爸做事一直很理性，但因为你，爸爸也很敏感了。你的一举一动就是我脉搏的一起一搏，那些我们认为不健康、不应该，或者是对你有压力的一举一动，都会直接播在父母的心坎上。爸爸只希望人生的每一次考试能够成全你，而不想看到每一次考试伤害你！爸爸想说的是，正确面对才是最好的应对！

这 17 年里，你在阳光里成长的每一个过程，都离不开父母躲在角落里陪伴的每一个眼神。因为世界本身就是一个巨大的暗室，我们几乎对它什么都不了解，但可以肯定的是，在这个暗室里，儿子的身影永远都是这个世界父母眼中最闪耀的光点，一直想关注、一直在关注。当我深更半夜每次透过门缝的灯光看见你挑灯夜读的背影，心都是疼痛的。中国有句俗话叫：“留得青山在，不怕没柴烧。”在我心目中，身体才是革命的本钱。我们一次次强迫你早点休息，那是因为你的身体是爸爸妈妈给的。在成人礼上，爸爸想告诉毓儿，你一定要时时刻刻记住：你是上天给我们的礼物，你的身体不仅仅是你自己的，无论现在学业有多沉重，无论将来旅途有多崎岖，你都要好好保管爸爸妈妈给你的身体，因为我们的血要在你的身体长命百岁！

毓儿，今天爸爸妈妈给你准备了两件成人礼。一是送给你一块手表。那是要告诉你，时间就是我们的影子，你走它也走，我们希望你今后做时间的主人，这样支配的人生才能多姿多彩。二是送给你一套印章，那是想告诫你，人在世界走，处处要留痕，你的印章就是你的名字，你的印章就是你的形象，我们希望毓儿的人生就是方方正正的印，不求你功高盖世，做人间蛟龙，只愿你的生活永远都拥有喜庆的红色。

最后送给毓儿一句话：临近高考，墨已备好！我们现在已经无法在乎墨多墨少，尽力而为就是最好。爸爸希望你保持好心态，管理好身体，用正确的方法书写，一定能用最少的墨水写出最好的答卷！

红星路上玉米香

红星路，一直从我的学生时代鲜活到现在。在稿子需要手抄，投稿需要盖邮戳的那个年代，红星路就是我们那一批文学热血青年的成长地标。那时的我从未到过省城，更不知道神秘的红星路长啥样，只能透过或 5 元或 10 元的稿费单，清晰地闻到从红星路飘来的遥远墨香。

在我印象深处，红星路是一条饱含文化气息的路，这里好像除了文字和报刊，车辆或者人群、太阳或者月亮、小桥或者流水，都是匆匆的过客。前些年，我来到成都工作，他乡异地，没有朋友，没有亲人，填满我时间的只有工作。有节律地上班和下班，我习惯了坐公交车，每天都准时到红星路二段下车或挤车。坐在公交车上，可以高高在上地街拍成都市井和蜀地烟火，也可以打开 kindle，两耳不闻窗外事，把心思闭在公交车上，任由公交车在大街小巷穿梭，这样的时光才配得上叫自我。

不知从哪个时候开始，也许之前我压根就没注意到，在红星路二段的 20 路公交车终点站旁边，突然出现一对太爷太婆。从风霜打在他们俩额头上的烙印可以看出，他们俩都应该 80 岁左右高龄了。我第一次注意到他们的时候，在他们面前摆着一个城里人少有的篾背篼，里面用盆子盛着五六根煮熟的玉米棒，上面盖上一层薄薄的塑料膜，膜下是水蒸汽凝结成的密密水珠。太婆太爷穿着简朴但很整洁，少言寡语却又很自然和谐地坐在阶梯上。看见他们，我就想起了外公外婆，那场景就像一幅苦涩的版画，他们手上的每一处老茧、脸上的每一道皱纹、头上的每一根银丝都深深地刻上对生活的善待。

太爷太婆背篼里那几根玉米棒，在车水马龙的红星路上，是小得不能再小的生意了。篾条背篼、深蓝衣服、相依而坐的身影，这些元素告诉我，他们俩一定住在附近，而且背篼里的玉米棒子，应该就是他们俩现在生活的必需。

从饱满到尖的玉米粒可以看出，玉米棒是经过太爷太婆精心挑选的，散发出的微甜熟香味，也明显刻有生活高手细心熬煮的印迹。我凑上前向太婆太爷询问价格，太爷告诉我 6 元钱一根。太爷温和的回答，感觉不是在谈价，而是在和谐地聊天。太婆仿佛就是太爷生活的全部听众，在一旁默不作声。我决定把 6 根玉米全买了。我肯定吃不下这么多玉米，在成都，我一人吃饱全家不饿，我此时此刻只想让太婆太爷早点回家。

太婆从腰包里摸出一个叠成豆腐块的塑料袋，和太爷把 6 根玉米棒小心地装进袋子。那折叠齐整的塑料袋子，明显是二次利用。我再次想起外婆，在她生活的那个年代，即使有讲卫生的意识也没有讲卫生的条件。在我很小的时候，外婆每次给我们夹菜，都会习惯性地把筷子放在腋窝撸一下，那时的我们并不知道把筷子放在腋窝撸卫生不卫生，但外婆肯定认为，腋窝才是她身上最干净的地方，她是不想让孙子们受到生活的污染。如果外婆还健在的话，太婆显然和外婆同龄，太婆把旧塑料袋折叠齐整二次利用，除了对顾客最虔诚的尊重，还有对艰辛生活历程最基本的珍惜。

“太婆，二维码呢，我把钱扫给您。”

“我们弄不来二维码，你有现钱吗？”太婆问我。

说实话，我早已没有使用现金的习惯了，可能在整条红星路上，都找不到几张现金。我马上求助排队等公交车的年轻人，希望他们能帮我用微信兑换点现金。但遗憾的是，我连续问了几个人，他们的回答都是否定的。我回过头看太爷太婆，从他们的眼神中，我读出了更多的期待、更多的失望，当然还有一些善意的理解。这时，20 路公交车来了，我无奈地放下玉米棒，抱歉地挤上了公交车。

我突然想，为什么 80 来岁的太婆太爷还为那几根玉米棒发愁？他们的儿女呢？他们有儿女吗？ 那天下班路上，遐想、惆怅和自责填满了我的脑海，继而漫进胸腔。我像负错的孩子，心中憋慌憋慌的。突然下起的沥沥小雨很应景，它们一直在车窗外喋喋不休地控说。

第二天，我早早地下了班，特意备上了零钱，把太爷太婆的 10 来根玉米一扫而空。我把装玉米的背篼扶在太爷背上，看着太爷太婆一前一后高兴地离去，那一对佝偻的背影在夕阳下被长长地放大，我目送他们俩一直消失在省作协前面的小巷里。

从那以后，很长一段时间，每次经过红星路，我都要刻意地买一两根玉米棒，也算跟太爷太婆打个招呼，让他们在耄耋之年不感到孤单寂寞。再后来，我搬了家，改坐地铁 4 号线，很少再走到红星路上，也就很少再买太爷太婆的玉米棒。那玉米棒反而成了杵心的棍，时不时杵动我的内心的底部。

去年底，提交参加省作代会的照片，我特意绕到红星路二段的 20 路公交车站台，想再买一根太爷太婆的玉米棒，但那次没有看见太婆太爷的身影。今年除夕，值完班准备回家，走到市二医院地铁口，玉米飘香再次闯进我的记忆。大过年的，不知道太爷太婆还在红星路没有。我相信他们不会出现在红星路上，但我还是绕到 20 路公交车站台旁。此时，微寒的小雨已经冷飕飕地填满了红星路的上空，平常车水马龙的红星路上，一片难得的清净，“蓉漂”一族和川 A 大军仿佛一夜之间解散了。

站台在、公交车在、惆怅也在，唯有太爷太婆不在。

我想太爷太婆可能正在欢度除夕，我更愿相信他们俩不再需要来红星路了，哪怕红星路上永远不再玉米飘香。

朵妹童音叩人心

在成年人的世界里，我们大多麻木太久，很少再有惊喜或者惊奇。前几天，应师范老同学的要求，我整整花了一天时间，认认真真、一字不漏地看了一遍朵妹，一个年仅 10 岁、即将步入五年级课堂的小学生作文集子。我突然发现，虽然岁月就是杀猪刀，世事就是磨刀石，但天真无邪的朵妹那 70 多篇作文，其实就是 70 多声烂漫多姿的童音，声声叩在我这老皮蒙鼓的心坎上，虽然还算不上篇篇掷地有声，但也是声声入心。于是，我这个长辈就有不得不一吐为快的畅意。

朵妹的父亲母亲都是我和妻子在读南充师范 94 级时非常要好的同学，正因为这个缘故，我们两家人也就不分彼此，朵妹出生后自然而然地成了我的干女儿。朵妹自小聪慧，还没有跨入学校大门的时候，就经常冷不丁地冒一两句“金句”，而且是那种在成年人的世界里都能砸出浪花、让人忍俊不禁的“金句”。

当时我就开玩笑地跟老同学说，你们两口子一个学中文，一个学英语，朵妹一定是遗传了你们的语言天赋。后来，跟随朵妹成长的脚步，我零零散散地读了些朵妹的作文，越来越感觉到，我的判断就是契合朵妹一路成长的明灯。

不得不说，朵妹的作文有诗歌一样的语言，这是朵妹的天赋。朵妹在《小书虫》一文开头，在对同学一番绘声绘色地描述后，用了一句诗歌语言，“看上去精神抖擞，阳光极了”，而且朵妹全文紧扣主题，精彩描述这位小书虫，却一直不交代这位小书虫到底是谁。悬念这个“梗”一直埋到作文结尾朵妹才作交代：“他就是我们班的——黄浩然！”诗歌一样的语言加上诗人一样的构思，这是一位10岁小学生的作文吗？

其实，朵妹作文集子中这样的例子还不少。朵妹在《猜猜她是谁》一文中，全文谜一样地铺垫，到文末也就是一句：“她这么可爱，这么爱学习，你猜出她是谁了吗？”读这篇作文时，10岁的小学生一直在带着我40多年的沧桑思考，文章结尾也没有交代“她是谁”。我只能通过朵妹一贯以来聪明伶俐的表现推断，她就是可爱的朵妹。仔细想想，诗人的表达不都是以“梗”养文，让你自个儿去领会的吗？不管现在的朵妹懂不懂，有机会我一定会告诉她：作文就应该有这样奇妙的构思和深邃的立意，继续努力，长大后你就是读者欢迎的好作家。

朵妹的作文还有一大特点，就是细致入微的场景描写。离开教育行业20多年了，我也不知道这些知识点应该在哪个阶段学习，但我个人认为，这至少是很多人，包括很多成年人写作时的一大难点，比如对心理活动的描述，点到为止容易，细心探讨就很难了。朵妹在写《我眼中的妈妈》时，先是直接用了一句“她在我眼中有时是一个大吃货”，你看表述多精准，为了表现对妈妈的尊重而又不让作文失去诙谐感，准确地用了“有时”这个词语。相信朵妹在写这句话时，心里面是做了功课的。作文中在表述妈妈说榴莲饼在床头而又只见盒子不见饼时，“愤怒”地质问妈妈：“是谁吃了我的榴莲饼？”当妈妈“鬼笑”着说“是被老鼠吃了的”时，心理活动就丰富了：“哼，我才不信呢，肯定是我那吃货妈妈吃了”，当听到妈妈解释后，接着写道：“我噗地一下笑出声来，坏心情一下子消失得无影无踪了”。作文的最后，还非常成人化地为妈妈圆场：“这就是我眼中的妈妈，一个有时贪吃，有时搞笑，有时温柔的妈妈”，画龙点睛收了个好尾。

对场景细致的描写，最精彩的应该是《第一次挨打》了。当妈妈拿起铁尺要打朵妹时，她这样写道：“虽然在学校里挨打，我一下子就伸出了手，也不会哭鼻子，可是今天，我就像一根坏了的自来水管，不时掉眼泪。”这是所有小孩在严肃的老师和可以撒娇的父母面前，在心中画定的一根线。“我的手缓缓抬起来，妈妈举起铁尺，那种六亲不认的冷漠，就随着啪的响声，落到了我的手上，我的手心变得刺痛，变得通红”，朵妹的心理活动这时还没表述完，“顿时，妈妈不爱我了的想法袭上心头，我的泪水打湿了脸庞”。看了这些文字，我们也许会跟着疼痛，也许会跟着掉泪，但至少一点，这么可爱的“响鼓”，还用得着“重锤”吗？小学生的作文能带动成年人的节奏，把成年人的心情渲染到这个份上，是非常有基本功的了。

朵妹的文章优点非常多，而且都短小精干，而我的读后感反而有些拉拉杂杂，难以结尾。我想，还是应该学学朵妹的表现手法，在最后说一句：

哦，那个活泼灵性的小作家朵妹，名字叫雍萍雅。

故乡的客（代后记）

张　翼

2017年，一个偶然的机会，我只身一人离开家乡来到成都工作。在川东北那片热土上，虽然我贫瘠地生活了多年，但依然茂盛地长出了丰富的喜怒哀乐，我全部的生活习惯和累积的全部感情，早已深深地根植在那条炊烟袅袅的嘉陵江上。

可能是我习惯安静和稳定，小小的行囊中也没有盛装太大的理想，突然来到这座陌生的大城市，灵魂一下失去了撒娇的地方，走在华灯初上的大街上，孤独和惆怅定期火辣辣地贩卖。每到周一，我就早早订好周五的返程车票，一到周日，又万般无奈地把自己塞进回蓉的末班车。

故乡永远是心中的家，每周五都会格式化地开启这扇时间窗，哪怕偶尔加班，我也会把回家的行囊放在行程中过夜。我习惯靠窗而坐，听到猎猎的风声我才能感受到回家的宁静。漆黑从动车窗外掠过，我会死死地盯住苍茫，期待偶尔一闪而过的星星、信号灯，或者从黑夜中急匆匆走来，又急匆匆回到黑夜中的那些熟悉的站台。

那段时间，我是故乡的云，在那片若即若离的天空无根地飘荡。有时我常常后悔，在这样的年龄还这样地折腾，是不是委屈了多年来编织在故乡那个不算舒适，但还算安宁的蜗居。

2018 年，老婆和儿子相继来到了成都，家这个抽象了一年多的概念居就变成了样板间。特别是儿子过来后，我过上了奶爸式的幸福生活，一到周末，他的各种补习拥抱了我大部分时间和空间，回故乡的次数也就越来越少。

渐渐地，那些耕耘了几十年，曾经形影不离的朋友，很多都成了无线电波，常常萦绕，却难得一见。静静留守在小城里的那个家，只剩曾经星夜兼程的房子。逢年过节回去一趟，看到的都是躁动的尘埃在窗棂、桌面和电视机上留下的时光信息。一大家人忙活大半天，仅仅匆匆地住上一晚。下次再回来，时间和尘埃依然不变。故乡是每个人心中难舍的情结，但毕竟家只有一个。于是，我与老婆合计，蜗居空着也是空着，不如索性卖掉。

逢年过节再回故乡，我们就住宾馆，东一天西一天、上一顿下一顿地接受同学、朋友和亲戚的邀约。以前很随意、很任性，嘻嘻哈哈、打打闹闹，甚至偶尔也面红耳赤的朋友，都显得特别客气，家乡的味道和回家的感觉突然之间变成了正襟危坐，感情中规中矩地流淌着。他们给我们介绍装扮一新的北湖公园，北湖公园还是婉约地躺在那里；他们带我们去看郁郁葱葱的中坝，中坝还是熟悉地坐在那里；他们约我们去吃凤垭山上的农家乐，柴火鸡的灶台依然茂密地坐落在绿荫下；还有延安路那家文兴米粉泡油干，李家的锅盔夹凉粉，稻香路的哈笼饺子下稀饭……不变的是家乡的味道、家乡的情感，变的是回家的心境、回家的环境。

突然发现，自从寄存家乡味道的那套蜗居出卖后，回到小城的那些复杂情感，渐渐成了烙在我人生历程中的一个概念，心境在激烈地背叛着现实，我感觉我不像是回家，倒像是作客。

身体是灵魂的根，只要你把身体根植在那里，时间一长，那里就能长出茂盛的灵魂。我扎在家乡的根太深，生我养我的家乡依然让我无比牵挂，但明显感觉到，我已渐行渐远地成了家乡的客人，尽管我极不情愿。

2019年8月成于成都

当代四川散文作家书系

丁仕强　主编

川流不息

廖理成 著

中国书籍出版社
China Book Press

图书在版编目（CIP）数据

川流不息 / 廖理成著 . -- 北京 : 中国书籍出版社 ,
2024. 11. -- (当代四川散文作家书系). -- ISBN 978
-7-5241-0117-8

Ⅰ. I267

中国国家版本馆 CIP 数据核字第 2024MZ0769 号

川流不息

廖理成　著

责任编辑　王志刚
责任印制　孙马飞　马　芝
封面设计　杨　桃
出版发行　中国书籍出版社
地　　址　北京市丰台区三路居路 97 号（邮编：100073）
电　　话　（010）52257143（总编室）　（010）52257140（发行部）
电子邮箱　chinabp@vip.sina.com
经　　销　全国新华书店
印　　刷　四川科德彩色数码科技有限公司
开　　本　880 毫米 ×1230 毫米　1/32
字　　数　1760 千字
印　　张　65.75
版　　次　2024 年 11 月第 1 版　2024 年 11 月第 1 次印刷
书　　号　ISBN 978-7-5241-0117-8
定　　价　598.00 元（全 10 册）

总序

以散文之名　发时代之声

四川省散文学会会长　丁仕强

四川，自古便是文人墨客倾心描绘的天府之国。这片充满诗意与传奇的土地，激发着作家和诗人的情感与想象，孕育出一代又一代的文学巨匠。他们以笔为犁，耕耘着这片沃土，用文字记录时代的变迁，抒发个人的情感，展现社会的风貌。

进入现当代以来，随着社会的快速变迁和文化的多元融合，四川散文作家更是以其独到的视角和敏锐的洞察力，捕捉时代脉搏，反映社会现实，表达个体情感，创作出了一大批具有深刻思想内涵和艺术价值的优秀作品。散文，作为一种自由、细腻、深邃的文学形式，它以最直接的方式触碰人的心灵，以最朴素的语言揭示生活的真谛。四川的散文作家，根植于这片文化沃土，汲取着巴蜀文化的精髓，他们的作品既有大山大水的雄浑壮丽，又有田园牧歌的温情脉脉；既记录着时代的变迁，也倾诉着个体的情感。

四川省散文学会迄今为止已走过34年的历程。多年来，学会与时俱进，开展写作分享及文学讲座，召开“川渝散文家论坛”“中国西部散文论坛”，开展“四川散文奖”评选等活动，上千名会员出版散文专著，近百名会员荣获“鲁迅文学奖”“冰心散文奖”“四川文学奖”“朱自清散文奖”“五个一工程奖”等文学大奖，散文创作成绩斐然，可圈可点。

为深入践行习近平文化思想，坚定文化自信，坚持守正创新，引领新时代散文创作，推动散文家队伍建设，促进散文高质量发展，学会组织编辑《当代四川散文作家书系》（第一季），旨在全面展示当代四川散文作家的创作水平和艺术风貌。我们精心挑选了部分优秀散文作家，他们中有的已在文坛享有盛誉，有的则是初露锋芒的新星，涵盖了不同年龄层、不同风格流派的散文创作者。无论是对乡愁的抒发，还是对时代变迁的记录，抑或是对个人生活经历的思索，每一位作家都有其独特的视角和笔触，他们用文字描绘山川河流的痕迹，刻画时代的进步与变迁，抒发对生活的感悟与情感，以真挚的情感和独到的视角，展现了多层面的社会现实与精神追求。

本套《当代四川散文作家书系》，共10本散文集，分别是《梧桐树下》《千年一城》《火把》《在故乡的原野上奔跑》《洛水边的乡村中国》《飞鸿雪泥》《比草还长的日子》《川流不息》《岁月笔记》《且听风吟》。

《梧桐树下》一书，作者结合亲身经历，深刻探讨了人生哲理、人际关系的温暖以及个人成长过程中的反思；《千年一城》则借着收录的23篇文章，精心组构出千年古城巴州的来路与去向以及巴州城的数次华丽转身；《火把》一书通过几个不同时代、

不同地域的人物和故事，展现了普通人在生命迁徙与经济变迁中的坚韧与努力；《在故乡的原野上奔跑》是作者的奋斗史、心灵史，“奔跑、扎根、奋斗”是本书的关键词，怀念和梦想是作者的情感表达；《洛水边的乡村中国》一书，作者以小见大，以洛水边的10个传统村落蝶变成特色新村，折射出了一个县、一个省乃至整个中国乡村的发展历程。其他几本散文集也各有千秋，特色鲜明，通过这些作品，我们可以感受到四川散文作家在继承传统的基础上，不断创新的艺术追求。他们以真挚的情感和深邃的思考，探讨人生哲理，挖掘人性光辉，传递社会正能量。他们的文字，既有对美好生活的向往和追求，也有对社会现实的深刻反思和批判。

这套书不仅是一种文学表达，更是历史与现实交汇、个体与民族共鸣的生动写照。这些作品，或清新脱俗，或深情厚重，或哲思深远，它们共同构成了一幅丰富多彩的文学画卷。希望通过这套丛书的公开出版，不仅能把握住散文这一文体在形式上的创新与探索，也能从深层的文化内涵上，理解四川乃至整个中国当代散文创作的发展趋势。

在这里，我要特别感谢各位作家的信任与支持，正是因为有了他们的辛勤耕耘和精彩创作，我们才得以将这些散发着文学芬芳的作品集结成册，奉献给广大读者。同时，也要感谢书点文化传播出版团队的细致工作和无私奉献，他们的专业与热情确保了本套书的顺利出版。

愿《当代四川散文作家书系》能成为你认识四川，感知时代，领略散文魅力的一扇窗口。希望这些真挚的文字能触动你的心弦，激发你对生活、对文学的深刻思考和无限遐想。

让我们携手共进，以散文之名，发时代之声，祝愿四川的山水更加美丽动人，祝愿各位散文作家创作大获丰收，祝愿四川散文创作和发展永远充满生机与活力！

2024 年 6 月 29 日

目录

第一辑

川西印象篇

难舍宽窄巷子情 003
“三星堆”咏叹 005
村中那片竹林 008
小镇涅槃 010
阳　春 016
古城墙 018
电影拍到小镇来 020
情满越西 022
王干青烈士墓前的沉思 025
山雾似水流 027

第二辑

陈年往事篇

黄桷兰，昔日的温馨 031
河　殇 033
两丑角的命运 035
乡场有个书家叫“了然” 037
哭丧婆的故事 040
那时的孩童玩具 043
黄荆条子出好人 047
充饥好吃且美 049
过年的新衣服 051

第三辑

生命情愫篇

城市里的流浪鸟 055
梦里老屋 058
红红樱桃情 060
外婆，那棵枣树上的弯弯月亮 062
童年的“上海表” 064
父亲的忠贞 066
闲不住的母亲给我的启迪 068
父亲的背 070

第四辑

人生感悟篇

夜读流星 075
唱给美丽的灵魂 076
一次心灵的对话 077
别羡慕那一片云彩 080
梦里花落知多少 082
现代人的“桃源”之旅 084

第五辑

评古论今篇

羞耻感和免疫力 089
文坛“冷热病” 091
物是人非是是非 093
横看成岭侧成峰 095
伟大的时代定会造就伟大的诗人 098
美丽地走着 100
也说“做名人难” 102
我读诗词看伟人 104

第六辑

以球悟道篇

哨牌无情 109
球场不相信眼泪 110
英雄横空出世 111
动人的瞬间 112
寻找最佳位置 113

第七辑

奇闻异事篇

遭遇乌龙人 117
颠倒坡 119
跟着导游小姐一日游 122
土村外传 124
大嘴马六 127
对立人 129

第八辑

幽默讽喻篇

主人爱犬 133
街头卖艺 134
鸟儿问答 135
财主丧魂 136
围追睹窃 137
油腔滑调 138
求贤若酷 139
孔雀开屏 140
捉鼠骂猫 141
主人盗犬 142

后　记 143

【第一辑】

川西印象篇

难舍宽窄巷子情

城市变大了，城市的天空却变得灰暗而狭小，在各种噪声和花花绿绿的侵蚀下，在炫目而快节奏的紧张中，人的内心变得异常疲惫又浮躁，竟然不知不觉怀念起往昔的宁静、悠闲和散漫来。

成都在一片高楼林立、商店马路纵横之中，留下了两千多年前张仪筑城时建的宽窄巷子——这一古老的城市街景，便留下了昔日岁月的斑迹，更留下了快被现代文明冲走的那份宁静、优雅和闲散。走进虽被现代工艺修饰过的巷子，心同样变得坦荡而闲适起来。想见巷中“那结着愁怨的丁香似的姑娘”，“像梦中飘过一枝丁香地我身旁飘过这女郎”，那穿着花衣打着油伞的倩影闪进谁家宅院呢？我分明看见：穿着绸缎对襟戴着瓜皮帽的公子哥，正提着鸟笼在宽巷徜徉，原来那是在留影更是在拍戏。做糖画的艺人不再为生计，挑着担子走街串巷了，更多的是在表演作秀。小孩大人手拿糖画不为嚼咽，更多是新奇，因为，今天的生活已经丢掉了苦涩的饥饿。登上木楼或坐在庭廊、院落泡一壶地道的蓉城花茶，在氤氲中与家人赏赏景，与友人叙叙旧，拉拉家常，中午到了，来几碟川味小炒，让人感到从未有的惬意和轻松。

宽巷的富有和窄巷的贫穷界限早已消逝殆尽了，留下了宽的明亮、窄的热闹，也留下宽的心绪、窄的幽静，还留下宽的仁厚与窄的遐思，更留下了宽的诗情、窄的画意。仰望门楣上的牌匾不再是显赫与炫耀而是昭示和迎宾的热情，瞥一眼“古老的宅中有园、园里有屋、屋里有院、院中有树、树上有天、天上有月”，已经成为现代人遥远的梦想；庭院老宅和漆器家私及金桂、青竹、幽兰馨香，让人忘忧世俗，逍遥天外；梧桐树下悠扬的吆喝与哐当的锣鼓声唤回久违的思绪，掖着文房四宝突然有点想写诗的冲动。

走进宽窄巷子恍如隔世，心静如水；走出宽窄巷子，外面车水马龙一片繁华；这一进一出竟穿越了古今两重天地。何时才能再找回那份丢失的感觉和情绪呢？真正难舍的仍然是锦官城内、府南河畔的宽巷子、窄巷子哟！

“三星堆”咏叹

题记：四川广汉市马牧河古河道南岸，突兀着三个巨大的黄土堆，状如三颗金星，人称“三星堆”。1986年在此发现了远在三千多年前的祭祀坑，出土了大量珍贵文物——青铜器和金器。“金权杖”“青铜人头像面具”“纵目人面像”皆是三星堆文物。

三星伴月

三堆黄土冥埋之外的月色凄风，拂过先祖的跫音，伴随着无奈的祈求和虔诚，也伴随着铜陶玉碎之声。

逝水流年如离离原上草，人类的历史像林中的鸟儿，一阵喧嚣，一会儿沉寂，最后消散在土中，只有星月像吹不灭的灯火，在广袤的天宇下闪烁。

先人的面庞和衣饰随四季变得面目全非，被膜拜的神也渐渐远离了人群。

一抔黄土掩埋了先人，也掩埋了先人的历史，然而，历史能入土为安吗?

一把锄头可以掘出千古风流，一把铁铲叩开万古神话，一把毛刷刷开历史重重迷雾。

星月相伴朝现实越走越近，星月相伴朝历史越走越远。走成一团团谜，让后人细细猜读。

金权杖

曾经做了一个梦：一根金权杖在太阳下闪耀着刺眼的光，我无法拒绝它的魔力，而跪伏在地，和我同样跪伏的是我的祖先、部落、族人……

许多年过去，我又做了一个梦：还是这根金权杖被抛入土坑，我直立着，环顾四周一片沉寂，先祖、部落、族人……随风而逝。我便踏着晨光月色走向远方那片芳草，走向鸟鸣兽欢的河岸，走向花香四溢的村庄。

青铜人像面具

人的面具戴在神的脸上，神的面具却戴在人的脸上，当人和神都渐渐消失之后，掘开土壤，唯有面具熠熠闪光。

纵目人面像

因为眺望和期盼，就让眼珠走出眼眶；因为倾听和召唤，就让双耳飘在风中。

长眼如柱，伸出龙门，穿越秦岭，在无垠的旷野里放纵。

双耳如旗，在风中摇曳，听西伯利亚寒流，听雪域春潮，听天籁之外的迷恋和向往。

未来需要纵目，远方从眺望中走来，世界在聆听中变得无比亲切。

村中那片竹林

“宁可食无肉，不可居无竹。”

川西平原处处竹林，掩映着农家院舍，成片于村边道路小溪旁。其中，家乡邻镇玉泉镇向家湾竹林，那真是一个小小的竹的湖、竹的海。

竹林绵延数里，阴翳蔽日，风过竹枝声声，叶浪重重，置身林间，不辨东西，给人阴森森幽邃之感，然而，静静听寻鸟鸣，呼吸新纳之气，又顿觉心清气爽，恍若进入幻境。

那翠竹，一丛丛，一簇簇，杆挨杆，叶连叶，根盘根，千姿百态，风情万端，有的似利箭，直刺青天；有的像飘带，腾龙舞蛟，缠绕于绿浪之中；有的如亭亭玉立的少女，有的仿若老态龙钟的长者，有的如顽童嬉戏，憨态可掬，有的如恋人相互拥抱缠绕。

翠竹纹理细腻，柔韧性强，砍下来剔去枝叶，便可编制各种竹器品，背的、提的、挂的、睡的、坐的样样皆行。端午节剥来笋壳包粽子，那股清香着实让人垂涎欲滴。

干旱时，这里青翠欲滴；寒冷时，这里暖意融融；酷暑时，这里凉风习习；春天便是鸟的天堂和乐园了。秋日黄昏，漫步林间，踏着满地落叶，放飞思绪，由衷感慨，这竹的气节：高洁但不孤傲，谦逊但不卑微，不慕虚荣，不思富贵，没有媚颜婢膝，不与世相争，不择地势，甘愿于荒郊僻壤，与农舍相依相伴，坚守那份执着和寂寞，以其嶙峋瘦骨，直笑苍穹。

川西土地上的这片竹林哟，你虽然没有井冈山毛竹那般粗壮苍劲和辉煌的历史，也没有蜀南竹海那般博大广袤和闻名遐迩，更没有熊猫家园的箭竹那般肩负重任引人关注，你却像这片土地上的人们一样平平常常，默默无闻，你也拥有自己小小的世界，还是能够赐福于人，启迪于人。

川西的这片竹林哟，愿你壮阔地向四方延伸。

小镇涅槃

地震后的小镇，重建仿佛一眨眼的工夫，模样全变了，新街小桥流水幽巷人家，新楼幢幢红砖碧瓦粉墙，远远望去俨然是川西的一个“江南小镇”。那个曾经古老而破旧的小镇呢？那个小青瓦、木板铺的老街呢？连影子都不见了，只有街头那几棵高大古老的皂荚树，大伞般的树冠笼罩着小镇新街以及新发的细嫩的枝叶，向人们述说着昔日的苦难与沧桑。

小镇以过去街头花桥的一座小庙的名字得名，很佛教，这里曾是“袍哥”人家的天下，全县有名的“袍哥大爷”——赵祝三，人称“赵包袱”的地主恶霸就居住在这里。乡规民约由他定，老子天下第一，快解放的时候不知不觉就做起了县参议员，当上了城防司令。他给县太爷送银圆都是一挑一挑的，据说，有次挑夫过街时箩绳断了，银圆叮叮当当满街滚，不知道来头地人便争先恐后去捡，他在后面咳了一声，银圆最后一个不少地进了挑夫的箩筐，当然乱伸手的少不了挨一顿毒打。由于他是当地的地主恶霸，加之他给土匪送粮食和枪支弹药，解放大西南时便被镇压了。

再说川西剿匪，在 1950 年 1 月，胡宗南一支残部在西山高景关口与解放军激战两个多小时后，逃进了山里，领头的是个名叫赵洪文秀的“母匪”，她是这个残部旅长的太太，旅长被解放军打死后，她便带着这伙匪帮负隅顽抗，耍双枪钻山林，由于山势险要，战斗异常惨烈，这位双手沾满烈士鲜血的母匪最后被解放军剿灭在红白山区。残余匪部全部瓦解，大小土匪头子相继捉拿归案。

共和国的风风雨雨都在小镇上留下了不可磨灭的印迹，“大跃进、三面红旗、人民公社化”。

之后，小镇的人依旧过着清贫恬静的日子，高景关口两边一弯山坡，年年依然是竹翠松青、桃红李白；燕子林村的河边，那一片枣子林红枣依然红脆香甜；马鞍山脚下，清澈的亭江水依然日日夜夜汩汩地流淌；夜幕下的雾霭中，当然少了时隐时现筛沙和垂钓的人。

还有场镇上东岳庙内，康熙十年，精心盘曲的龙凤柏。两株柏树树身大约围许，高约三丈，枝叶繁茂，苍劲挺拔，因形似游龙、貌若凤翥而得名。乡里秀才有诗云：“殿堂已毁柏犹存，历尽风霜数百春，羽叶纷披疑凤翥，虬枝挺拔似龙腾。”

给小镇人带来更加美好记忆的，还是小镇桥头和街边两株千年古树：一株是银杏树，当发黄的银杏叶从高大的树冠上，在微风吹拂下缓缓飘落，小镇的天空像漫天飞舞着黄蝴蝶般，它们飞累了，就静静地匍匐在屋顶小青瓦的沟壑里，或一群群地仰卧在街面屋檐下，有时还调皮地跑到人们的头顶或肩上，待人轻轻地拍打和捋下，那幽幽暗暗的杏叶药气味，给小镇飘来了健康呢。另一株是黄桷兰，树虽长在一家院落，高高的树冠刺向小镇的天空，当年的土楼瓦屋遮掩不住它花开花落的风姿。花开时节，整条街的人像嗅到了闻到了，纷纷跑到大树下，挤到院子边，祈求树丫上的顽童撒来一两朵，那一瓣瓣白色的花蕾、子弹头似的花骨朵挂在胸前握在掌中，满身满手的香气真是沁人心脾，那丝丝缕缕缠绕着的是全场人的馨香和快乐啊!

不久，川西这个贫穷的小镇在改革开放的春风吹拂下，泛起微微波澜，办企业开工厂，修马路盖楼房，生产队的土地分出去了，“农民街”建起来了。人们的日子一天天好起来，然而小镇的天空不再湛蓝，河水不再清澈，在水泥厂和磷肥厂的浓烟缭绕中，千年古树的卓卓倩影和四溢香气不久就定格成小镇美好的记忆。

亭江水日夜流淌，为奔小康的小镇日子平静而忙碌，谁也想不到一场史无前例的特大灾难悄然而至，惊天动地的“5·12 汶川大地震”惊愕了全国，也惊愕了世界。地处龙门山脉的这个川西镇子一时间山崩地裂、房倒屋倾，到处是断垣残壁。因为是中午，年轻人大多外出打工去了，死伤的多数是老人、妇女和学校的儿童，卫生院的人在路旁田边为受伤的人上药、打针、输液，伤情重的在路上随便拦下一辆车送上去再说。那一夜，镇中心小学被砸死砸伤的 20 多个孩童，在老师、家长和武警战士的共同努力下，从墙体、水泥板下被掏了出来。一位老大爷静静地站在被砸得血肉模糊的孙儿遗体旁，小孩的父母到外省打工去了，家里的房子也垮了，在学校水泥乒乓台上躺着的孙儿遗体旁，他就这样站了一个整夜，任凭风吹雨淋，这无声的恸哭——没有比这更揪心的了。这一夜，无数个失去亲人的家庭都这样痛苦地煎熬。

那一夜，没有水，没有电，没有食物，没有外界信息。只有搜寻亲人的手电筒的微光及车灯隐隐约约的闪烁和凄凉的呼唤声。那一夜下着淅淅沥沥的小雨，那一夜特别黑，仿佛连星星都不忍心看看这悲惨的瞬息。

很快，一场轰轰烈烈大规模的救援在整个地震灾区拉开了序幕，一队队解放军、爱心人士、志愿者奔赴而来，他们送来了水和食物，搜寻遇难者和失踪人员，他们为灾区消毒，掩埋尸体，他们搭帐篷，盖板房，不久二炮板房医院建起来了，上海爱心学校建起来了，板房居民区建起来了，川西小镇从来没有这么热闹过，各大媒体记者甚至国家领导人纷至沓来，报纸电视不断登载、播送着这场伟大的抗震救灾斗争。

我们的家园虽然没有了，有的连亲人也没有了，可小镇被情感洗礼了，被爱包围了，人们感受到同吃同喝同住同劳动的温暖，又把外界的关爱相互传递着。人们从来没有这样被一个民族和国家强大的凝聚力如此感动和震撼，一路又一路的知名人士同灾民们，同住帐篷，同喝瓶装矿泉水，同吃饼干方便面，再一同搬运救灾物资。还有一些金发碧眼的高大的外国友人，他们用小镇人听不懂的话语和小镇人都懂的爱的眼神，抚慰满目疮痍的小镇和满怀伤痛的小镇人，小镇仿佛忘记了那一刻的恐惧，也仿佛忘记了那一刻的伤害。理发匠义务为人们理发，过去的闲人也戴着红袖套义务为镇子巡逻，他们也学着解放军的样子拿着铁锹为露宿者站岗，开馆子的厨师为人们义务烧火煮饭……不久，除了房子是烂的，一切都好，一切都有了。而小镇的第一缕欢笑，第一片欢呼，是从马鞍山脚下、卧云村头传出来的。那是灾后的第一个“六一儿童节”，歌手林依轮带领着北京动动剧团的人为灾区的孩子唱歌和表演节目，他们给孩子送来了新衬衣，还用冷冻车给孩子们从北京带来了硕大的冰激凌，全镇的人仿佛一下子会集而来，人头攒动，他们仿佛忘记了头顶的炎炎烈日，他们从来没有听过这么美妙的歌声，没有看过这么幽默的剧目，那是一出儿童剧啊，大人小孩都被感染了，欢呼声、掌声随着山边的朵朵白云越飘越远，驱散着灾民心中的阴霾。

在这个重灾区的小镇上，有一个身影我不得不书写，他就是后来两上中央电视台（第一次是在2008年的春节联欢晚会），两次站在著名的央视主持人董卿面前接受采访的场镇仁贤社区居委会的曹主任。他是中国行政级别最小的干部，却是小镇最悲伤最忙碌的人，和他一起生活的老母亲、妻子和小孙子在这次地震中不幸全部遇难了，自己的腿部还被严重砸伤，他用没有被地震砸烂的老式立柜，将祖孙三代装在一起掩埋了。他是带着伤拄着拐杖在为居民工作啊，白天救灾工作繁忙，他没有时间悲伤，只有在夜深人静的时候，他一个汉子的悲痛才像泉水一样奔涌而出，一声声凄苦的哭声在小镇的断垣残壁间久久回旋。当董卿问他为什么坚持时，他说，因为自己是共产党员。

当小镇人在天蒙蒙亮敲锣打鼓含着泪花，送走亲人解放军后，重建工作便很快展开，小镇由昆山市援建，在场镇西北街口，在昆山援川指挥组的板房小院内，夜夜灯火通明，圣雪冬——这个个子矮小、一口江南口音的指挥长，带着这群援建者给小镇建起最美最好最坚固的房子、最漂亮的街道社区以及小镇人祖祖辈辈朝思暮想的亭江大桥。他们请来了全国最好的设计师、建筑师，他们拼命地工作，留着汗、留着泪，有时还留着血。一年后他们的心愿就完成了，最美最好最坚固的学校、卫生院、安居房、文化广场相继完工投入使用。两年多后，具有江南特色的街道社区民房沐浴在高景关口的徐徐清风之中，石亭江上连接广洛人交通的昆山大桥像一道彩虹飞架在那里。小镇人笑了，援建者笑了，川西小镇在一片废墟之中得到重生，摇身变成了川西一座现代化的美丽的“江南小镇”，它是江南人民留给小镇人永不忘怀的恩情。小镇上那几株被保护下来的古老的高大的皂荚树，还记得小镇的曾经故事和传说，被修葺一新的街边河渠水汩汩流淌着，向络绎不绝的参观者述说着曾经的沧桑。剿匪牺牲的烈士可以安息了，大地震中遇难乡亲可以安息了，我的在小镇工作和奋斗了几十年的老父老母可以安息了，我的在地震中被砸身亡的婶娘（干妈）可以安息了。

愿幸福永远伴随着这座焕然一新而具有江南特色的小镇，愿小镇人世世代代铭记党和祖国人民的浩浩恩情。

阳　春

天府之国如一个春意融融的池塘，川西坝子像一叶硕大的绿荷，那被青竹绿树环抱的密密麻麻的农村院落，恰似一朵朵翠莲，男女老少就在莲蕊中过日子。

清晨的太阳宛如从每朵莲蕊中探出，睡意惺忪慵懒地照着，水雾就温柔地伸出纤纤玉手为她梳洗颜容。朦胧里，她却紧紧地在轻纱白幔中躲着，偶尔露一露粉红羞赧的脸。当人们终于能够一睹她靓丽的卓卓风姿时，她早已款款地漫步到苍穹顶上嫣嫣地笑着。

太阳的忸怩温柔使云、树、竹和土壤湿漉漉的，连风也拧得出水来，仿佛插一根枝条马上就会郁郁葱葱起来，房舍攀着新竹一节节往上长，撒一把种子，一揉眼的工夫，花儿便姹紫嫣红，果儿就圆溜溜地挂在树丫上了，香气习习，惹得蜂儿、蝶儿翩翩舞弄，痴痴吮吸。

阳春三月潮气袭人，人久居于室，不吃辣椒，不挪动挪动，怕也会发霉的。所以，川西坝子的男娃儿女娃儿便满坝子满街道地瞎逛，嘴里哼着流行歌曲：“村里有个姑娘叫小芳……”老人就喜欢在院子里，天底下放一把竹椅子，泡一壶茶，叼着烟；守日出日落，摆龙门阵，或放一个收音机听新闻，听川戏，弄得锣鼓喧天。

古城墙

川西的城墙都很古老，早的也要追溯到秦汉之时。有的用沙石筑就，坚固而厚实，墙壁上密密裸露的卵石，仿佛要落下来，伸手去抠任你有多大的劲也没有办法抠下来。有的由青砖砌成，堞子整齐规范，虽然历经沧桑，却未被风化。

城大多小巧，却十分精致，屋舍俨然，鸡犬相闻。城墙环成一圈，像一个匝，连风也跑不进来，在那兵荒马乱的年代里保护着里面不断升腾的人间烟火。掏开每一处残垣，搬开每一处断砖，上面仿佛都印刻着一页悲壮而惊心动魄的历史。它阻挡过屠戮的铁蹄，也留下了朝代变换的刀光剑影，一段城墙就是一首古老的诗歌，墙缝中随风摇曳的野花翠蔓仿佛在轻唱浅吟：“大风起兮云飞扬，安得猛士兮守四方。”

长久的太平，城郭渐渐失去了它的本意，城门早已荡然无存，一段段城墙撤卸，早已筑起四通八达的环城公路，视野陡然开阔，零落的城墙被拆作公园、厂房乃至院落的围墙，被掩映在楼宇群厦之间。

而今“开发”的夯锤声与“保护”的呼声响彻城墙上空，它的断壁残垣已经安卧在县志史册里。“千里莺啼绿映红，水村山郭酒旗风”，城郭恍惚间不知去向，酒旗却依旧笑春风。

电影拍到小镇来

这是多年前的故事了。消息是从镇政府小院传出来的，一时间飘到火埝街的各个角落，弄得宁静如水的小镇沸沸扬扬。

晚饭一吃，离摄制组到来的时间还早，人们便络绎不绝地绕过小桥，沿着街背后的河边来到镇头那棵高大而古老的皂荚树下。果然稍带现代气息的红砖已经被人用烂稻草遮掩，破败的草房、零乱的石灰窑、坑坑洼洼弯弯曲曲的小路及沧桑的古木仿佛都在静默而焦急地等待，准备上镜头。

人们三五个一堆传达消息灵通人士说的片名和剧情，据说是一部抗战电影：一群穷凶极恶的日本鬼子冲进村子扫荡，在烂草房里抓人、煮东西吃，然后在皂荚树下把被怀疑的“土八路”五花大绑枪杀，走时还一把火把房子烧个精光。这是抗日电影里司空见惯的镜头，然而在小镇人看来却可以大开眼界。

人越聚越多，然拍片子的人始终不见踪影，天黑下来了，有人焦急不安，有人调侃起来乱吼“鬼子进村啦——”，有人应和“关好鸡鸭鹅——”，又有人补充道“哪家的花姑娘趁早快回去”。于是惹得一下子哄堂大笑，沉重而悲伤的历史被调侃在诙谐幽默的气氛中。

有人在探求为什么这些电影人偏偏在这里拍片，有人叹息说，可能其他地方，至少在川西坝子，这种破败的风景怕是不好找了。不过小镇就要上电影了，人们还是美滋滋的。

月亮升起来了，人渐渐散去，树下、窑边、路上还有隐约的说笑声。

看热闹的小镇人坚信摄制组会来的，因为有户人家已经预先得到了火烧房子的赔款通知书，到时候他们还会早早地来守候的。

情满越西

我们那次“教育扶贫计划行动”的对口单位，是凉山州越西县中所区土城小学。

汽车载着我们一行六人和捐赠物，一路颠簸，十分艰难地越过大凉山，夜宿冕宁县城。拂晓，我们便直奔越西县，虽然在翻越小山，一边是松软的山体，一边是万丈悬崖，却也是水泥路，路面平坦而好走。然而汽车绕至山顶时，大雾夹着细雨，铺天盖地，路上时有小股泥石流，更加险象丛生。能见度也越来越低，我们只好再三叮嘱司机，小心再小心，车速慢了又慢。好不容易汽车穿云钻雾，拐过“山路十八弯”。下到山脚，竟然日出天晴，阳光明媚，喜出望外——却是蓝天白云了。

于是，我们开始闲适地观看彝族同胞的风采了：他们三五成群坐在马拉车上，穿着其特有的民族服饰，别有一番风情，此刻我们才真正感觉到了彝乡。男人们多穿“查尔瓦”，宽瘦的脸膛黑里透红，高高的鼻梁，冷峻的目光中流露出十分坚毅的神情；女的皮肤虽黑却也五官端正，方黑帽檐盘着黑亮粗壮的大辫子，黑衣黑裤，一些穿着汉族衣服的人肩背上还打着补丁。看到这些心里立刻涌起几分酸涩。空气中弥漫着马粪味和牛羊的膻气。后来才听说，今天是逢场，忙忙碌碌的彝族同胞的“库史”快到了，他们要过年了。

按照约定的时间，土城小学的汪校长和日扎副校长在路口的标识牌下等候我们多时了。由他们带路，几里路的工夫，我们便到了土墙掩映下的校门口了，一下车，鼓号声齐鸣，全体师生已排队夹道欢迎起来。跨进接待室，糖、水果、花生、瓜子摆满了桌子，年轻的老师热情地端茶递水，让人非常感动。我们便把教学用的录音机、幻灯机、电脑、书和文具一一奉上，当我和李校长把师生们捐献的2000元递到汪校长手中时，汪校长激动得手有些颤抖。座谈会上大家畅所欲言，互通有无。原来，这所学校是越西县最好的小学，汪校长是凉山州的优秀校长，紫黑的脸庞，典型的本地人。这里教师大多很年轻，素质也较高，教学水平也是本地一流，皆是挑选而来。虽然有一幢两层共八间教室的教学楼，其他的教室和教师宿舍却十分简陋和陈旧，正在改造和美化的环境是办学条件不断改善的象征，正在实施的普六、普九计划，已经使这里驶进了教育优先发展的快车道。交流完后，我们便在银光闪闪的校标下合影留念。

中午，我们被邀请到汪校长家，汪校长按彝族礼节杀了两只鸡作为小餐，我们担心的大碗酒终是未上，我喝了点当地啤酒，鸡汤很香，标准的当地土鸡，但是他们的热情好客更令人难忘。

下午，我们逛越西县城回来，学校已经按彝族最高礼节，杀了一只羊，宰了一头猪做成“坨坨肉”静候我们了。原来打算赶去会合另一队同路，然后一起去看看我们另一个支教教师，看来不得不吃了这顿丰盛的晚餐了。汪校长和区教办张主任说，天塌下来也得吃了再走。这顿饭是全体土城教师亲自做成，味道真不错，可惜我们都不习惯吃这刚刚过火的“坨坨肉”。玉米酒十分香浓，虽有些涩口，然盛情难却，相互敬来敬去，我居然喝下七八杯。

下午6点钟后，夕阳未下山冈，我们一一握手告别，盛情相约。面包车载着我们一行又翻小山而去。路已经干了，山色渐渐朦胧，路边彝族同胞闲适地赶着牛羊回家了，我一会儿便沉沉睡去。

到了泸沽镇车停下来，喉头有点硬，头有点晕，我又闭目在车上昏睡了，不知什么时候同行老张扶我进了旅店房间，衣裤也未脱，脸脚也没有洗，倒床又沉沉睡去，真是入乡随俗了。

清晨醒来，神清气爽。想起彝族同胞猪、羊、牛、马的放养，想起他们那夜不闭户的习惯，想起他们豪爽耿直的性格，想起那恶劣自然条件下张张坚毅的太阳色的脸，想起那面对贫困平静如水的心态，想起汪校长和师生们的热情、乐观和孜孜不倦……我的心被深深震撼了，我们那躁动不安的灵魂，也该好好静一下了。此刻，我最想听的就是这首歌：“月亮和太阳是一个妈妈的女儿，我们的妈妈叫中国……”这歌声在我耳边久久回荡。

王干青烈士墓前的沉思

走在公园的一个偏僻的角落，远远看见一位烈士的墓碑。漆红的字体，重新垒砌的砖土，表明在经历了大地震后这里被修缮过了，墓碑上刻着鲜红王干青烈士名字。这位川西农民运动的领袖，四川省绵竹五福人，领导川西农民“七四暴动”。王干青又名王世祯，号王翼，化名潜夫，早年追随孙中山信仰三民主义，“四一二”事变后，积极追随共产党，成为一名优秀的共产主义战士，为救民于水火，解放全中国，奋斗不止。1949 年穷途末路的国民党反动派大肆屠杀革命人士，10 月 19 日清晨，王干青被捕，被监禁于成都将军衙门特委会看守所。经稽述根、章雨初、乔毅夫等人多方营救仍无济于事。在狱中他大义凛然，视死如归，同敌人进行斗争。12 月 7 日，国民党反动派将关押在特委会的王干青等 32 位革命烈士载往成都西门外十二桥杀害，他和他的战友就这样牺牲在黎明前的黑暗中。因此他那血肉之躯没有在这里，里面也并没有埋葬着他为党为革命忠诚的遗骨，而只是几缕破旧的浴血衣冠。

一条精致的石砌小路绕过墓地，我不由自主地来到墓前，久久伫立着，心中不知道是不是藏着缅怀？也许他泉下有知会对我投来不屑一顾的目光，因为他原本就不是为了这些，他只是为了他的信仰、他的憧憬而斗争牺牲。也许，我们这尘世中杂乱的脚步声，扰乱了他安息的灵魂，我耳边仿佛轻轻传来他的询问：你是不是同志？

也许，他最想听的就是这里的鸟语和墙外城市里车水马龙的喧嚣及孩童的欢声笑语。今天的辉煌与繁荣最能抚慰他战斗而疲惫的身心。也许，历经风风雨雨，他的魂灵与黄土作伴，与花草为邻，然后，把苦难和光荣的历史在晚风中吟唱给漫天星斗。曾经的慷慨悲歌，今天又有多少人聆听？又有多少人在聆听中悟出真谛？

烈士哟，他的名字不是油漆抹红的，他的信念也绝不是一条石砌的小路铺就的，他的不灭精神决不会被一座坟茔垒埋起来，他的英灵更不会安享在鸟语花香中。烈士哟，面对您绯红而闪耀的名字，我们该做些什么呢？

写一首诗吧，为了这永久的怀念，更为了永久的敬意！

您衣冠上的每一滴血
都燃烧成照亮共和国的火炬
每一块衣服的碎片都是一面
迎风高高飘扬的旗帜
就义的枪口下虽一片黑暗
您的眼里和脸颊却是蓝天白云
您拯救的人民永远不会忘记
因为坟上青草依依
冢外车水马龙花香鸟语

山雾似水流

黄昏时，我们终于登上海拔 4000 多米的莹华山顶峰，脚下是一条深邃的大峡谷，对面就是九峰山了。眺望九峰山，山势冷峻威严，山风徐来，虽然是炎炎夏日，此刻穿上军棉大衣也觉寒气袭人。一会儿，片片白沫在天边蠕动，随着风吹，缓缓款款飘来，转瞬便似股股银色的潮水从对面山崖飞流而来，由柔缓到急湍转而冲向大峡谷倾泻，山间一幅“飞流直下三千尺”的瀑布图，山谷恰似一条奔腾的“九曲黄河”波浪滔天的壮阔景象。

我被眼前的景象惊呆了也迷惑了，竟然问了句：是水，还是雾？“当然是雾咯——”同伴答道。我见过浅浅淡淡的薄雾，也见过浓浓的大雾，见过凝重的云雾，却没有见过似水奔流的山雾。崚峻的山崖撕不烂，挺拔的苍松挂不破，广袤的峡谷隐不没，像皓洁的巨龙飞舞，似银色的洪流奔腾，虽然悄然无声，虽然默默无言，但当它冲击脚下山坡时，强烈震撼着人的魂魄，让人感觉这巨石随时都有崩塌的危险，这跟平川上的迷迷离离、柔柔弱弱，被风都能驱散，被阳光都能刺破的雾，是多么有别啊！

山雾似水流，水的轻柔一旦激奋，将会冲破任何坚固之堤，那么这雾呢？除了遮天蔽日还会怎样呢？山雾似水流，原来有形源自无形，是有形大还是无形大？……

雾消失了，我奔涌的思绪此刻无法消散。

【第二辑】

陈年往事篇

黄桷兰，昔日的温馨

我深深地怀念消失在故乡天宇下的那棵稀世奇树，它像绿色的音符激荡出的美妙歌乐，至今在我耳边萦绕。

它生长在家乡小镇火埝中街，昔日的江家大院，谁人栽种？多少年历史？都无法考究。树身十分高大，主干需三人合围，枝叶茂密如一把大伞，笼罩小镇不大的天空。那时，小镇很清静，大人们又忙又累又贫穷，终日沉默寡言地劳作，脸上平淡而冷漠。倒是每年黄桷兰花开的季节，像是给小镇注入一针兴奋剂，为柴米油盐而铺满愁云的脸，倏然开朗了，沉重的步履也轻快起来，小孩子也蹦蹦跳跳似快乐的小鸟。清晨的鸟啼惊醒了小镇，大人小孩起了个早，打着哈欠，伸着懒腰，猛吸一口气，空气中意外地夹着一股馨香，皆乐出声来:“黄桷兰开了！”“黄桷兰开啦——”在没有围墙没有门的院子，人们接踵而至，谁家小孩如猴似雀，早已上了树顶，坐在丫杈上荡着腿。树皮湿润滑溜，树笼里黑汪汪的，点点花骨朵朦朦胧胧，依稀可见，嘴一张，舌尖上便沾上一层薄香。晨风拂过，小白点轻轻颤动，像跳动着的点点音符，耳朵里便似流进它美妙而轻微的袅袅歌声。第一朵粉白色的子弹头般的花蕾飘然而下，吆喝声响起，无数双手在空中抓着。接着朵朵纷纷扬扬飘坠而下，带着露水和雾气，流着香，溢着洁白的光彩。立刻，所有企盼者手里都有了一朵、两朵，或者更多的含苞欲放的黄桷兰了。

天大亮，人各自散去，分与没来的人。男女老少都用一根花针在茎上穿了线，挂在胸前，一会儿闻闻，尽情占得即逝的嫩艳和娇香。在那物质和精神都贫乏的日子里，这是怎样的美好和幸福啊！

可惜，当人们的日子一天比一天富裕后，黄桷兰却渐渐枯老，花越开越少，叶越来越黄，虫子蛀空了树心，终是病死了。曾给家乡的亲人以欢笑和梦幻的黄桷兰，就这样消失在小镇茫茫的天宇中。人们依旧忙碌着，但有了名堂：修公路、盖楼房、办工厂……从此渐渐地没有人再提到它。

一次，偶尔有一小贩担来几十朵黄桷兰花骨朵。看着那熟悉的花蕾，那白嫩的面庞，嗅着那熟悉的馨香，忽然听见旁边有人说："我们这儿，过去多得很。"我便被感动得几乎流下泪来。因为我就是那个如猴似雀，在树丫上荡过腿的小男孩！

人们啊，想法留住那些已经消失和正在消失的美好东西吧——从生活中，从心灵里。

河　殇

有一条河，载着日月，缠绕小镇弯弯地蜿蜒而去。小镇对面时明时暗的青山，藏着河流的源头。在瓦蓝的天空下，阳面山坡爬满了桃树、梨树和枣树，一片又一片。春暖花开，桃花落红，梨花飘白，河水蚯蚓似的从这面山坡的河壑里滑下，水面流淌着七彩的诗句，浅吟出三月的情愫，馨香和律韵弥漫在两岸。

夏季的水中有时也漂荡着点点红枣，那是晨风与鸟儿舞弄的馈赠。我们这些淘气的孩子，便三五成群地赤条条纵身跃进清波里嬉戏，偶尔也有逐得几枚红枣的幸运。

期盼秋水是一种艰难的等待。立秋时刻，一人领头，全河坎提桶拿瓢的无论大人孩子都一阵狂喝猛舀，仿佛要吮干一河秋水，澄清的秋水是健康平安之水，更是欢乐希望之水。

枯水季节，河床凹处有几许浅水，像破碎的镜子，在阳光下折射出五颜六色的光。我们便光着脚踏进去，心里产生一种亲切和激动，推开青苔石，螃蟹警觉地用两把大钳维护自己的生存和尊严；用撮箕捞鱼虾，自然是泥鳅居多。暮色降临，螃蟹交到生产队喂牛，得几句夸奖，鱼虾给了家里的馋猫，也忘不了在河边割一篓鲜嫩的猪草，以免大人责骂。

不久河里又涨满了水，日夜奔流，淙淙不息。故乡的河装着蓝天白云，装着一弯皎月和灿烂星光，还装着我童年的身影。

故乡的河载走日月，美丽清亮的流水也成为最后的童话，成为永不回头的风景。沿着山麓的河边建起一座磷肥厂和两座水泥厂，终日烟气蒸腾，爬在山腰的烟囱吐出滚滚乌云，周围天空蒙上了一层灰色的幔，厂里废水废渣排入河床，在一个个季节后，桃树、梨树和枣树全死了。不同的日子，水呈现不同的色彩，要么黑褐，要么浊黄，枯水时候越来越多。

夏洪泥沙泛起，涌着挤着咆哮着……气势汹汹，让人战栗和恐惧；不再有一眼望穿的秋水，也再没有静影沉璧；河面污秽追逐，太阳、月亮和星星全逃出河岸，冷冷地愤愤地挂在灰色的苍穹上。河水汩汩，在寂寞的夜空唱着一支孤独而忧伤的曲子。

故乡的河永远地衰老了，难道这是自然的法则？但我不明白为什么要衰老得这么快？以至于我的儿子连在她柔波里打个滚的机会也没有。我眼角几滴夹着风尘的泪，从桥上跌落在她的怀中。

两丑角的命运

陈丑丑和王丑丑，是县川剧团两个非常有名的当家丑角，但是，两个丑角从来不同台表演，各自角色也不客串。陈丑丑，人高腰板直，阔脸帅气，眼神犀利，嘴角一扯一动，一般演《沙家浜》里面的刁德一、《红灯记》里面的王连举等国民党军官或者共产党叛徒。王丑丑呢？人矮弓腰，长得鬼头鬼脑，演《白毛女》里面的黄世仁、《红色娘子军》里面的南霸天等地主老财形象，当然，其共同之处都是反面人物。丑角嘛，县里爱看川剧的人或者戏迷（现在的话叫发烧友）都知道，只要剧名一挂出来，就百分之百、千分之千晓得哪个演丑角，当然，两个丑角随便哪个上台演出都大受欢迎，场场爆满，票一早就卖完了。两个丑角面部表情丰富，身体语言非常到位，角色刻画得性格突出完美，县里老老少少都喜欢，在那个文化生活匮乏的年代为人们带来了几多笑声、几多快乐，他们是剧团的招牌、是名角，是县里的文化名人。

剧团末期，老团长不幸去世，换了个文化干事当团长。此人原来是地道的农民，识字班出来的，造反派出身，偏偏要两个丑丑同台表演，一个演正面人物一个演反面人物，因为新团长发话了，

“革命工作嘛就要不知疲倦，就演几个样板戏哪能歇息，革命演员嘛，就是要演好各种角色，给啥演啥”。可是两个人上场一演就砸锅了，王丑丑演王连举还勉强过得去，陈丑丑演黄世仁也行，可是让王丑丑演大春、党代表，陈丑丑演李玉和就糟糕透了，一表演观众就嘲笑，有时竟忘了台词，长相也不严肃，简直在丑化革命党人革命人民，演刁德一又不老奸巨猾，有了美化反动派的嫌疑。很快就遭到了口诛笔伐，加之过去在剧中一贯与人民为敌，罪状黑纸白字写到县革命委员会主任那里，两个丑丑先交代思想肃清流毒，最后被打成牛鬼蛇神关进牛棚，游街时个别老戏迷，暗自落泪，摇头叹息。

剧团没有了名角就像缺了顶梁柱，勉强维持，岌岌可危，改革浪潮一冲击，名噪一时的县川戏团宣布解散。陈丑丑没有熬多久，就去世了。王丑丑作为文化干部退休了，偶尔也有几个老哥发烧友请他去茶馆哼几句。台上来一出，当然不怕，这个时候什么角色都敢来了，虽然门牙掉了吐词不清，有时还上气不接下气，但是，唱得非常认真，演得有板有眼的，可谓乐在其中，角色虽丑精神可嘉，丑角给人们带来欢乐、愉悦，可人生的辛酸、苦累，无人知晓，只能往肚子里吞。

真是，戏如人生，人生如戏，泯然一笑了之，一笑了之，呵呵哈哈……

乡场有个书家叫“了然”

了然姓杜，是乡场上的秀才。因为出身不好，不喜欢体力劳动，爱舞文弄墨，爱抽点叶子烟，特别爱喝酒，很多人不知道他姓杜，只知道他叫了然。了然是他的绰号，源于他特别爱喝酒，说起喝酒，他就高兴得手舞足蹈，边喝边哼几句川戏，来两段顺口溜，仿佛人世间没有忧愁痛苦，酒下肚子便昏昏然，茫茫然，飘飘然，心里无比快乐了然。一两天不喝酒，什么都看不惯，牢骚满腹，见啥都不了然，因此，了然几乎天天喝酒，甚至一天三顿都要喝，一生没有积蓄，穿的在身上，吃的在肚里了。他打了一辈子光棍，上无片瓦下无栖身之地，亲戚老表都敬而远之，何况女人。家里原来有两间破旧老屋，硬是被他今天卖椽子，明天卖檩子，后天卖小青瓦。几十平方米地基也交给邻里开荒种地了，什么坛坛罐罐、架架床，早就变成一杯杯烧酒咽到肚子了。了然一辈子，穿也无所谓，吃也不计较，就是酒不可缺。喝酒如过年，下酒菜不择，几粒豌豆胡豆也可以，两三颗花生米也行，实在没有，几片老酸菜萝卜也可以下酒，如果有个松花皮蛋，那简直是下酒的珍馐美味，缓缓地把皮蛋顶上拨开一个小洞，用筷子头一点点蘸着吃，两三粒胡豆、花生啜一顿酒，一个松花皮蛋就酒吃三四顿也不夸张。

由于写得一手好字，且能吟诗作赋编几句顺口溜，他不饿肚子，不缺吃喝。乡政府（那时叫公社）便把他叫去写标语、编口号、出大字报、贴红榜，逢年过节开大会写对子忙得不可开交。因此，政府虽然不给他工资，但管吃管住，更重要的是有酒喝。邻里熟人有红白喜事，便邀请他给写几副对联，编两段顺口溜，有钱的管一顿吃喝，买一点白酒，无钱的你把纸拿来，写好你拿走。实在没有法子的找点下脚纸写，不过嘴甜点，但要记住千万不要喊他“了然”，没有酒喝他心里是不了然的。

那时候，我记得他写得最多的就是“毛主席万岁，无产阶级万岁”“抓革命促生产”“千万不要忘记阶级斗争”，还有“知识青年上山下乡接受贫下中农再教育”等，标语口号满天飞，街上、墙上、路边到处都有他漂亮的柳体正楷字，行书也见过，一般用来写对子。现在看来是书法上品，他写的从来没有错别字，编的顺口溜也非常押韵，朗朗上口，教育人们听党和毛主席的话积极干革命，团结和睦，孝敬父母老人。他写东西没有稿子，信手拈来或简单想一下，看他舞文弄墨，看他默想一下拿起毛笔潇洒地飞笔和沙笔是一种享受，别看他肚子里装酒，也满腹经纶呢。

了然活了不到六十就死了，据说是醉死的，总之，那晚上他喝完最后一杯酒就再没有醒来。他一死，乡场上就没有固定的写毛笔字的了。标语、口号天天都有，墙上涂鸦，路边抹红经常更换，这个在写，那个也在写，大大小小、歪歪扭扭的字都有，反正自己也不觉得丑，当中夹上个把错别字，那是家常便饭，不是少一点就是多一横，那标语口号也吓死人。什么“偷电者死有余辜”“破坏公共设施，牢底坐穿”等。现在，标语口号也多，不过全是广告公司制作，标准的楷书字体，语句规范得很，电子化的字体版本都可以制出来，不过感觉套话、大话多，有的还看不懂，心里很不了然。

我现在还是很怀念那个“了然”，很想看看他漂亮的毛笔字、文气十足的对联以及朗朗上口的顺口溜。于是，也学着斟上一杯酒让不快的内心了然一下。

哭丧婆的故事

死了人哭丧本是天经地义，但是，专门替别人哭丧并以此为营生手段，却是我们这个川西地区的一个古老而独特的民俗。其盛行于解放前，解放后个别闭塞落后的山区零零星星还有。

哭丧婆的故事，我最初听老人们摆的龙门阵，川西个别地方志有点记载。干这种活的一般是中年妇女，家里多为水舀不上锅了，她们的身影和极尖利的哭声，常常出现在有钱人家。因为穷人家死了人是请不起哭丧的，草草处理了事，泪一抹又忙生计了。只有富人才请阴阳先生看风水做道场，竭尽“孝”道，多则七七四十九天，少则三五天，排场大小要看家业。于是，哭丧婆也应邀而来，哭丧是道场中的突然插曲，是出殡下葬的主题歌，哭丧婆便引唱、领唱，是将丧事推向高潮的核心人物。有了其出色的表演，能引来更多奔丧者的悲伤与恸哭，哭得天昏地暗，才够水平够味道，才尽了“孝”道，才能给生者以感动，给死者在九泉以慰藉。

哭丧婆的报酬以其表现而定，像演员唱戏越投入越好。她们练就了一副好嗓门，尖利而响亮，又极震颤人心，声音高低长短或抑扬顿挫，掌握得恰到好处，充满了哀伤与凄切。根本听不出来假伤心的味道，不知情的还以为死者是她爸她妈她姑爷……呢！哭的时间也是有讲究的，往往看主人大不大方，哭的时间不管多长但决不能伤了声带和元气，否则，“拜堂腿就软”，下碗饭咋吃？流泪是当然的事情，不能干号，好钢要用在刀刃上，盖棺和下葬要泪如雨下，伴着捶胸跺脚、呼天抢地，引得其家人悲痛欲绝，也引得众宾客和乡邻也垂泪失声。

特别是在盖棺时要带头和死者家人夺锤抢钉，把住棺材口。下葬跌跌撞撞扑入坟坑长跪不起，任尘土灰飞，贤亲孝子纷纷效仿，于是众人拖的拖、拉的拉，一边是劈里啪啦放爆竹燃烧灵房子花圈，一边是悠长凄凉的唢呐声、恸哭声，这丧事道场就算到了高潮，坟茔垒起来了，哭丧婆的工作就此宣告结束。奔丧的人群渐渐散去，路上有嘤嘤嗡嗡的啼哭声，那绝对不会是哭丧婆，因为戏已经演完，她的脸上已经雨过天晴，她便反过来劝其家人了。剩下的便是入席吃丧酒，少不了能说会道的哭丧婆劝酒劝吃。人们的心情渐渐释然，哀伤从席间缓缓飘逝，肚子果真有点饿了。酒足饭饱之后，主人便拿出一个四四方方的白纸包，将酬金塞进哭丧婆的腰包。主人一般不会吝啬亏待了劳苦功高的哭丧婆，况且，谁愿意死了人再遭人骂呢？哭丧婆往往都会满意而归。主人不能送她出门，更不能说声“谢”字，绝对不能说“来耍”之类的挽留似的客套话，因为谢哭丧婆是对死者的不敬，让哭丧婆再来，岂不是犯了大忌——等于在咒家人“快死”。谁要是平时在路上碰见哭丧婆，就会觉得晦气，所以，哭丧婆极少出门，那会遭人白眼，被人说成“倒了八辈子霉”，每每这时，哭丧婆的眼泪只有往肚子里流。听完这个故事，我除了惊叹哭丧婆卓绝的表演才艺之外，更为她们的可悲可怜而黯然神伤。人世间不知道还有多少哭丧婆的故事在上演呢？

那时的孩童玩具

说起玩具，当然现在的孩子是很幸福的。电子的、机械的、以塑料制品居多，当然价格也不菲，于是，想起我小时候，那个贫穷年代自制玩具。

先说说麦草编笼子，把刚刚收割的麦秸秆在水里泡一下，增加柔韧性，然后一圈圈编盘，玩麦编一般年长的带小的，编个宝塔，上面小，下面大，技术好的还能编一道可以开启的门，放上蝈蝈或者笋子虫、金牛子之类的，如果遇到粗壮的秸秆手艺好的编得结实的可以喂上嫩麻雀。

自制陀螺（俗名牛儿），找根手臂大的树枝砍回家，边走边剔枝叶剥去树皮，放在自家门槛上，嘭嘭砰砰地边砍边削，弄上老半天，再跟修理匠要一颗滚珠镶嵌进去。常常不是把陀螺的屁股削歪了，就是把滚珠嵌歪，如关系不好嘴巴不甜，要不到宝贝滚珠，只能用铁沙子或钉子了，往往不是转不起来就是旋转一下就趴在地上不动了，遇到木质轻的一鞭子下去，就不见了，多半是赶到水洞子里边去了，好不容易弄出个好陀螺，放几天木头水干，爆出一条大口子，滚珠也不稳了，也旋转不起来，唉，总是不能如意。如果哪个小伙伴找到上好材料，比如木头、竹竿、麻绳、滚珠，肯定受到追捧，再做出旋转持久且赶得嗡嗡直响并定得了神的陀螺，不仅同伴就是大人也会刮目相看。

最简单好做的是竹笛，分为两种，一种直笛类似于箫，将嫩竹枝去节巴，头部口削一个斜坡从中间开一个缝隙，夹上嫩竹叶，就能吹响了，如果需要高低音就在竹筒中间钻三个孔，虽然曲不成调，但衔在嘴里嘀嘀呜呜，好玩不说还有清香味；另一种是横笛，类似竹笛，只不过没有那么多孔也不要笛膜，技术好的能吹出歌来的，我们中间个别小伙伴，长大后就是这样迷上音乐的，而且能吹一手好竹笛。

现在的儿童很幸运，什么塑料枪、仿真枪应有尽有，不过好像会伤人，好玩好看但不安全。小时候，我们几个小伙伴也常常分两派打假仗，用的武器是竹子做的“砰砰枪”，用一节斑竹，头上有一个结，锯开将吃饭的筷子削好插进去，算是撞针，剩下又通又直的做枪筒四五寸长，把废报纸或废作业本放在水里泡软泡烂，两头口子处塞上一坨，压紧不能透风透气，然后用筷子做的撞针压进去。打仗时对准“敌人”，手掌用力一打，一块湿漉漉的纸坨坨便飞出去了，不伤人，但好的“砰砰枪”打在脸上，隐疼隐疼的，有时还要红呢。如果密闭不好，臭蛋哑弹居多，偏离方向的更不必说了，当然，中弹的必须倒地，不准耍赖。技艺超群的孩子便找来钢丝和自行车链条做“火柴枪”参加战斗。方法是：将自行车链条扣作为枪筒，自行车钢丝冒嵌在枪头上，插入一根火柴棍，把另外一根火柴棍上的药刮进去，扣动橡皮筋上的钢丝撞针，一次、两次、三次，火光一闪“啪”的一声火柴棍出膛，发射不远，但距离近了会伤人，规矩是不能对准头部，火柴梗是打不进老蓝布衣裤的。假如不小心伤了小伙伴，被告了状，自然枪被大人没收砸烂，还要挨打，玩这种的多半是孩子王，家里日子宽裕点，规矩是懂的。这个游戏玩得少，大人看见了是要骂要吆喝的。

到了春天玩得最多的是风筝，因为老街的尽头就是河坝，因为是季节河，除了涨洪水其他时候宽大的河床只有茅草、石头、沙子和呼呼的山风，理所当然是我们玩耍和放风筝的天然宝地。快快地削好竹篾条去掉篾黄，调糨糊或饭粒粘上白纸或作业本纸，买一卷扣线绕在木拐上，便三五成群地欢呼雀跃地出发了。有的纸花花绿绿的，甚至黑字白纸，报纸也有，实在不行包装纸都弄来了。有时，大人也凑热闹，有头重脚轻的，有陡线没有调好的，有的老半天放不上去，有的在风力的作用下勉强放上去，就打旋，一不小心风筝就在天上打起架来，也有放上去了想显摆一下，结果被风把线刮断，跟着风筝撵趟子，挂在树梢上爬上去还找得回来，可是一头栽在河沟流水里，只好哭鼻子了，被大家笑话后再不敢显摆了。有时老是放不上去，就找原因，竹篾条扎得不均匀只有重来，上下、两边纸糊得不匀称撕一点或再粘一点可以放，总之不断摸索不断试探也能成功，但时间花了不少，至于用风筝斗气比高低、使坏、掐线更是家常便饭，哭哭笑笑，打打闹闹，今天都成为彼此最美好的回忆。放起瘾来不论早晚晌午，不吃饭还逃学。当然被家长知道了遭一顿好打，被老师一顿教训，然而，那宽宽的河床，那蓝蓝的天空，那天上摇摇晃晃的风筝是莫大的诱惑啊，不吃饭还逃学的老毛病是屡教不改。

唉，孩童时代的玩具一时间也说不尽道不完，现在高楼里的孩子，感觉他们又幸福又可怜，他们什么都不缺，什么都能买到包括各种做工精巧、色彩艳丽的风筝，可是感觉他们丢失的的确很多，包括与大自然的亲近，不过更多的是，成长中的天真以及与小伙伴们玩耍时的欢乐。

黄荆条子出好人

小时候，挨父母打是家常便饭，过去家贫，子女多，父母工作忙，犯了错，惹了事情，大人没有时间跟你啰唆，逮住就打。大错大打，小错小打，男孩子女娃子一视同仁，打法大同小异。女娃子一般不伤脸，若是大人火冒三丈，也顾不了那么多，我们家几个孩子，我挨打的次数相对少些，不是因为犯错少，而是因为一方面父母重男轻女，一方面被打出经验来了，机灵多了点。

大人打小孩，往往是在气头上，气一消屁事没有，即便挨那么一下往往也是隔靴搔痒，如果犯事犯在大人手上，我便慌忙溜了，估计大人气消了才蹑手蹑脚地回去，这样可以减少许多皮肉之苦。除了不可饶恕之外，时间一长也许父母忙就把这事忘到九霄云外了。我就常常逃脱母亲的及时惩戒，结果不长记性，老是犯同样的错误。

久之，母亲知道跑不过我们，就改变了教训的策略，晓得我们惹是生非了，或者我们被告发了，回家不露声色，防溜号，进门就把门别上，拿起床下藏的条子就往我们身上打或者趁我们熟睡时揭开铺盖，在被窝里打，我二姐和幺妹为此吃了不少苦头，以后就再不敢了。

一次，我跟同学在街边打架，被父亲锄地撞见了，我们慌忙放手，父亲把锄头高高举起，旁人惊呼去不得，结果他轻轻擂在我的肚皮上，脸气得铁青。和我打架的同学就在我父亲举起锄头的瞬间，早已经像兔子样撒腿跑得无踪无影。但我们家的孩子与别人发生纠纷，不管有理无理父母从来只教训自己的人。

记得我二姐的老师找上门来告“御状”，这下可不得了，父亲是饮食店的经理无暇顾及，责任就落到母亲头上。母亲下班回来，揪住二姐的头发一顿狠揍，麻条、脚头铺天盖地，打得呼天喊地，除了父亲全家人跟着号啕大哭，母亲边打边哭，收拾完，二姐已经皮开肉绽。父亲跑到医院要些紫药水，母亲又亲自为她疗伤，一把鼻涕一把泪训斥。从此，二姐再也不敢在外面犯事了，告状没有了，奖状倒是得了一大堆，父母这下可合不拢嘴了。

我爸常常以此为例，告诫我们，为母亲撑腰，“看到没有，不打不成人，黄荆条子出好人”。母亲便怪嗔道：“你以为，我不疼嘛！打在儿身疼在娘心。”

今天，当我们许多父母面对娇生惯养的独子时，下不了手便能够理解了，想想过去，看看现在，“不打不成人，黄荆条子出好人”仿佛成了那个时代家喻户晓的真理，教育孩子的鞭子比黄金还贵重啊！

充饥好吃且美

生活在那个物质匮乏的年代，童年是异常饥饿的。嚼生米、啃玉米棒子、吃瘟猪肉、到河坝里掏茅草根咬……这些都是现在孩子们无法想象的事情。

那时，人民公社、生产队“抓革命促生产”，再饥饿也不缺吃，田里种的东西多之又多，只不过都是集体的，一般人家里只能分一点点。我们四川地区物产是很丰富的，碧绿的花生地，一望无涯绿油油的甘蔗田、玉米田；一片丰收景象的稻米香、麦子黄；牛羊山坡跑、院坝瓜果甜；对于饥饿的童年是怎样的诱惑啊！在如此诱惑之下，贪吃调皮的童心便酣畅淋漓地表现出来，就是挨打挨骂、偷懒逃课也不能放弃这难得的好玩又填肚皮的机会。

捋一把谷粒在手中一搓，这只手翻倒进那只手，用嘴轻轻一吹，白生生的米粒出来了，包在口中慢慢嚼，回甜的味道出来了。也有饿鬼囫囵吞枣只管填肚子吃不出什么味道的；再说吃麦子，掐几根麦穗用火柴一烧，凉一下，两只手一揉，衔在嘴里喷香喷香的，真是难得的佳肴。

到了花生成熟的时候，在生产队的大人们收完的田里，等天一亮就扛起锄头、撬子在地里翻找，大家拉网似地刨，功夫不负有心人，总是有所收获的，当然嫩米子多，也有个别自私的大人故意不锄尽留在田边地角，哪个运气好得到了就像中奖一样，高兴得手舞足道。

当然，最好耍、最好玩、最好吃的是甘蔗和西瓜成熟的季节，约上两三个小伙伴，偷偷钻进甘蔗林的深处，吃个够，把肚子胀得鼓鼓的，要安逸才悄悄出来，有时嘴角还啃出血来。一次，有个小伙伴竟然在甘蔗地里睡着了，让家人找到被一顿好打。

偷西瓜吃，那才叫爽！西瓜地多为河坝沙滩荒地，将成熟的西瓜，猫着腰光着屁股摘下，乘人不备连人带瓜跳到清凉的河水里，边游泳边享用这难得的美食，弄得看瓜人龇牙咧嘴叫骂，一群顽童做着鬼脸，顺河游跑了。因为过去都是公社和生产队集体的东西，大人也没有那么较真。

放学放假，常常上树摘桃子、李子，用竹竿打酸枣子，很多时候搭人梯取麻雀蛋，轻轻抓出来，还热乎乎的，抠个洞，蛋液就深深吮吸到口中了，真是又解馋又舒服。

现在，看着丰富的餐食以及琳琅满目的糖类、水果，再看看无精打采厌食的幸福孩子，想起自己饥饿的童年，心中一股酸涩，无法言状，正如一位哲人说的那样：世上最好吃的东西是饥饿，的确，饥饿的童年，什么都是美的！

过年的新衣服

“慈母手中线，游子身上衣”及“燕儿归，柳叶青，燕儿年年换新巢，柳树年年穿新衣”在我的脑海常常闪现。因为，每回过年时，母亲都要给我们四个子女拿出她事先缝制好的新衣。

那时，家里没有钱，孩子又多，个个吃长饭，身上的衣服常常不是磨破就是补丁重补丁，不久又短了一大截。但是，母亲持家自有她的规矩，没有钱为孩子买着穿，就在下班后或者熬夜为我们缝制。母亲手巧又聪明，年年都能为我们缝制出合身又漂亮的新衣，但是，没有多余的，每年一套，棉袄两年一次，小的捡大的穿，单衣过春节时才拿出来给娃娃穿。年年做衣服的顺序是，老大的先，老幺的最后。缝好后都不能先穿，初一那天统一从衣柜里拿出来，春节是中国人的传统，好吃的、好穿的都在这个节日里体现，所以大人小孩都春风满面喜悦之情无以言表，母亲在我们把衣服穿上身后，习惯性地帮助理一下，也不忘记在后背拍上一巴掌，叮嘱道：爱干净点，笑脏不笑烂，穿烂了打上补丁洗干净勉强还可以对付，穿脏了像个讨口子（乞丐）像没有娘老子的人一样。

所以，我们这代人还是比较爱整洁，懂得珍惜的。因为，我们知道在昏暗的灯光中，在夜深人静之时，我们常常在梦中被母亲咔嚓咔嚓的剪刀声吵醒，用惺忪的目光瞥见她缝制衣服的身影，有时针尖不小心刺破了手指，有时看见她把针在头发上磨一下，或者是伸一下懒腰，很快又沉沉地睡去，并不在意母亲的这种辛劳和不易，现在想想无以报答啊！小时候与同学打架宁愿被人抓破脸也不会让人扯烂衣服的，我们知道，父母毕竟是挣工资吃饭，还有许多孩子穿不起新衣的。

现在，电视里面常常谈论“幸福”，我想，只有经历过贫穷和苦难才会懂得什么是幸福，“慈母手中线，游子身上衣”这句诗，本身就说明作为即将远行的“游子”就是一种幸福。自己幸福也许还不是幸福的全部内涵，把幸福传递给人本身就是一种幸福，懂得回报和感恩的人也才有幸福可言。

【第三辑】

生命情愫篇

城市里的流浪鸟

一群麻雀闯入城市的天空，是把城市那花花绿绿的广告牌看成了美丽的云彩，还是城市广场上音乐箱里汩汩的流水声的召唤？是商店两旁高大的树荫的牵引，还是热气腾腾的香气……总之，它们呼朋引伴闯了进来。

清晨，它们降落在那片电线上；伫立在楼边；叽叽喳喳好不热闹。它们相互谈着，不知是说心得，还是闲聊经历。城市的人们先是惊讶地伫立观望，然后便匆匆离去，因为生活和工作的节奏，谁也没有那么多的时间久久欣赏这久违的鸟儿的歌声和翅膀，虽然谁也掩饰不住内心的喜爱，城市的街道像一条流水线，在这块环节上无法停留，伴随一阵一阵汽车喇叭的长鸣，这群鸟像被谁招呼一般一哄而散，没有人注意，也没有人找寻，它们去了哪里？是成群结伴，还是独自去觅食？城市的楼宇越来越高，它们不太敢过低飞翔。城市的地面蛛网般的交织，它们不太敢独自飞翔，因为怕迷失方向。它们必须远离城市的喧嚣，以免让柔嫩的听觉失聪。在这群鸟儿的眼中世界顿时变小了。

天，灰蒙蒙的像一片网罩，本身就无法高飞的鸟儿，转眼仿佛蹿入云霄，这群结伴而行的鸟儿，在城市的天空下飞呀飞，它们找不到来路，也找不到去路。蜘蛛网似的道路从哪个方向看都是一般模样。它们已经没有多少力气逃离这座城市了，它们昏昏的脑子无法判断城市的边郊在何处，碧绿的田野在何处，高大的榕树在何处，潺潺的流水在何处，收割的草垛在何处，安家的瓦椽在何处……

这群闯入城市天空的麻雀，在楼宇间飞翔栖息，感到了几分无聊，几分疲倦，几分饥渴。有几只麻雀已经熬不住了，在楼房的窗口边短暂地停留了一下，又飞走了。几只麻雀把广告牌上的绿树和鲜花误认为是自然的景致一头闯进去，几只麻雀在窗前的矮树上栖息却遭到了汽车喇叭的惊吓，不知所措；几只麻雀看见了广场上的一片草坪，但一阵刺鼻的农药味使它们头昏脑涨，几只麻雀看见一条水沟想去解解渴，一股恶臭让它们惊恐而去。

几只麻雀看见一个女孩儿扔下的面包却被一位阿姨拾起，又让小女孩儿放进漂亮的垃圾箱，它们失望地叽叽喳喳叫个不停。城市的土地明亮而光滑，几块不多的空地镶嵌着马赛克，几块不大的草坪除了草还是草，那一排河柳只是柳，混浊的河水除了混浊还有臭气，瓢虫呢、蚂蚁呢、蚯蚓呢、大母虫呢、水坑呢、麦粒呢、谷粒呢，还有蓝色的星光呢……

闯入城市天空的一群饥渴的鸟儿，仅凭自己的生物钟感到又是一个黄昏，它们掩饰不住内心的恐惧，也掩饰不了翅膀的疲倦，呼唤着还没有丢失的同伴，在楼檐边叽叽喳喳，它们的高分倍像愤怒、像讨论、像吵架，已经两天两夜没进食了，这群可怜的鸟儿，如果不能尽快闯出这片城市的天空……

这时麻雀群躁动起来，原来一群放学的孩子向它们撒了一把面包末，饥饿已经使它们无畏恐惧，难道人就抵得了死亡所带来的恐惧感吗？几只无畏的鸟扑腾过去啄起面包末，一会儿又飞上飞下。观赏鸟的人开始鼓掌欢呼起来，更多的鸟大胆扑腾过去，更多的人扔出手里的食物，也不管鸟儿们能不能吃，总之都投了出去。大家都知道人和鸟的这幕和谐的场景来得不容易，城市的天空消失了鸟的翅膀和歌声已经很久了，鸟儿像找到了恩人、找到了救星，而人呢，像找到了新奇、找到了久违的亲戚，大人们慷慨地掏钱，小孩疯狂地撒着面包、饼干、爆米花，他们扔向鸟群。这是城市多么绝妙的景象。鸟儿们很快啄饱了肚皮，叽叽喳喳，嘻闹、欢跳着，霓虹灯闪烁，城市的灯火次第亮起来，鸟倦了，人散了。

这群被喂饱的鸟儿明天的命运又如何呢？人不知道，鸟更不知道。也许要尽快飞出这片天空，飞到村庄，飞到田野，飞到山间……城市的天空太大，鸟儿找不到边际，城市的天空太小让鸟们觅不到一点食物，它们被罩在这片天空下，飞、飞、飞，像一群找不到家的浪子，更像要不到吃的乞丐，它们叽叽喳喳讨论和商量，唯一的办法就是逃离，因为鸟儿们深知不会每天都这么幸运。等待人的施舍，并不是鸟儿生存的本意，也许寻寻觅觅才是鸟儿的命运，也许它们的唯一选择就是从这个城市逃离、逃离，飞去、飞去……

梦里老屋

家虽然搬进了城市里，人住进了舒适宽敞的新居，但常常怀念家乡小镇，在大地震中倒塌的那三四间老屋。夜里总朦朦胧胧的、仿佛感到依然有一只大蜘蛛在墙角编织它美丽的蚊帐，蝈蝈在水缸边歌吟，老鼠在地脚和木梁上夜游，曾经恼人的似乎都变得亲切起来，俨然演绎成了一页一页的童话。

总想去老屋走走，而今，虽然在那块土地上已经建起了一座美丽的幼稚园，却总希望有个梦境再闪现一下老屋的故事。难道自己真的老了，喜欢怀旧？然而，当那天终于搬离那个潮湿、灰暗的老屋时，心情显然是欣喜和激动的，因为毕竟“人往高处走，水往低处流”嘛。也许，自己心中的千千情结里，正藏着一个硕大无比的老屋情结呢。

毕竟，我是在老屋里出生，老屋里长大的。人生二十几年的光阴都在那里度过的，它留下了我青春年少的足迹和气息。在老屋里哭过、笑过，在老屋里和姐妹们打过、闹过，同小伙伴们嬉戏过，在老屋里被父母骂过、鞭策过。在那里走过艰辛的岁月，听过凄厉的风雨声，看过阳光在窗棂下闪耀移动，今天的性情和品质无不与老屋里的陶冶和洗礼息息相关。无论它曾经怎样简陋破旧，无论我走到哪里，也无论我住在怎样富丽堂皇的屋子里，那曾经的老屋永远是我美丽圣洁的家园，永远是我生命和心灵的摇篮。

如果把苍穹比作大屋，人生就是从此屋迈向彼屋，新屋总会变成旧屋老屋，但是，它为我们撑起的那片天地却长留心中。我的脑海里又浮现出离开老屋时写的一首诗：

当我的脚步开始渐渐远离了你
当我的身影从此不再围绕你
你再也看不到我的笑容
听不见我的哭泣
老屋，你是否沉默孤寂
老屋，你是否依然在等待为我遮风避雨

红红樱桃情

那是我读小学二年级时发生的一个小故事。

那时，我们镇上中心学校里有许多果树：桃树、枣树、核桃树、樱桃树……其中，樱桃树的果子最红最甜，比买来的樱桃好看好吃，学校为了不让学生乱爬树乱摘果，每年都要在樱桃红的时候，把两棵樱桃树上的果子全部摘来分给全校的学生吃。

两棵樱桃树很高大，春天里繁花一谢，便结满了亮晶晶的红玛瑙般的樱桃，味道香甜，让人十分喜爱，校长派人一串一串小心翼翼地摘下来，装了几箩筐，每个班都分到两大洗脸盆。去了枝叶再洗干净，平均分给每一个学生。不知道为什么，那次王老师在分给我樱桃时，比同桌竟然少了好几颗，我喊了两声王老师，教室里闹哄哄的，他好像也没有听见，看见同桌得意扬扬的神情，一向喜欢我的王老师怎么这么偏心呢？我感到从来没有过的委屈和不平。下午交作业，我便故意做错。

果然，放学时王老师阴沉着脸，把我叫到了他的办公室。“这么简单的题都要做错！你咋搞的——”他大发雷霆。我虽然一一改正重做，但是心里还是委屈不服，嘴翘得老高，眼泪一抹，冒然地说了句："为啥分樱桃我少些？"王老师眼睛一瞪，仿佛恍然大悟，只见他哈哈大笑，眼角皱纹一闪一闪的，"明白了——你这娃娃这么较真，我没对，我没对。"然后，从抽屉里抓出一把来放在我面前说："吃吧，学校分给我的一份，我赔给你。"我心情一下子阴转晴，也跟王老师一样脸上笑开了花，红红的樱桃衬托着两张师生幸福的笑脸。

此后，我便再也没有吃到比那次更美更甜的樱桃了，但我却常常在樱桃成熟的季节，怀念这位豁达、开朗、慈爱的启蒙老师。

外婆，那棵枣树上的弯弯月亮

当枣儿红的季节，风中飘着枣香，也飘来了我童年的记忆。

那天下午放学，一丢书包，直奔外婆那围满竹篱笆的小院，爬上枣树已经满头大汗了，摇摇荡荡地坐在树杈上，身体立刻被红的果绿的叶包围着、掩映着，罩下一片阴凉和甘甜。

70 多岁的外婆，眼睛虽然昏花，耳朵却特灵，迈着三寸金莲颤巍巍地走来，骂道："哪个背时的？看把树丫踩断了栽到腿。"我便乐滋滋地笑出声来，"我就晓得是你，跟你妈说没有？"我边嚼边调皮地回答："妈晓得，家婆，我给你摘两个非红的尝尝。"外婆便在树下牵着身上的蓝布围腰，我就把最红最红的摘下一捧撒下。她兜着后，拣了个用大牙咬了两口笑了："天干结枣子呢，甜，甜。娃，枣子没有削皮你少吃点，我给你煮夜饭去了。"我坐在树枝上边吃边耍，不断打着嗝，其实我早已吃饱了。

一弯新月从树背后缓缓升起，向大地洒下点点银辉。枣儿便在晚风中忽闪着它娇羞的红晕，枣叶轻轻颤动像拨动美妙的琴弦，伴着树下田边小溪汩汩的流水声，望着不远处苍茫而凝重的山色，我仿佛在梦幻般的童话世界里。

一会儿，肚子有点隐隐作痛，我忙溜下树，外婆已经把热气腾腾的饭菜端上了桌，肚子更加痛了，我趴在桌沿边嗷嗷叫起来，外婆急忙进来，满是皱纹的脸上显得十分焦急和关切。“咋啦?肯定吃多了，枣皮附肠子了。”她便用那双鼓着青筋、瘦削粗老的手轻轻地给我揉捏着肚皮，接着又用毛巾包着滚烫的米饭给我的小腹热敷起来，汗水从她那银白的发梢滑落下来。她嘴里唠叨着:“吃东西和做事一样，千万不要贪馋。”我的眼泪扑扑地掉下来了，“男儿有泪不轻弹，男子汉什么事情都要学会忍着”。月光如水，外婆额头上皱纹里的汗水却似月光，她喃喃的话语像是月光下的摇篮曲。她说着揉着，我的疼痛慢慢消散了，不知道什么时候睡着了……

枣树依旧结满红红的枣儿，月儿弯弯依旧挂在树梢，外婆的坟茔已青草郁郁，我不能再像孩童一样去爬树了，但每当我吃着甘甜爽口的红红枣儿时，眼前就浮现出外婆的影像：湿漉漉的缕缕银发，满是皱纹的额头上的点点汗珠；耳边依然回响着外婆轻轻的训导。她像月光照耀枣树般照耀在我心中。

童年的“上海表”

那一年，我只有 9 岁，那一次，我父亲在河坎洗菜的时候，不小心将放在裤包里的手表滑落到河里，那时候一只表就是家里的全部家当，这可急坏了父亲，发动全家乃至邻居，拿起长长的竹竿、木棍以及火钳、铁钩在河里一阵狂捞乱钩，然而河水湍急，弄了半天毫无收获。父亲一急，竟然在冬天只穿一条内裤下到河里到处摸，不知道岸上哪个街坊邻居说了句：要是有一块巴掌大的吸铁（磁铁）就好了。然而那个物质匮乏的年代谁家有呢？冻得发抖的父亲终于支持不住了，爬上河岸拉着我们失望地走了，只留下一声长长的叹息。

看着父亲阴沉的脸庞、发红的肌肤，想着那块美丽昂贵的“上海表”，我的眼泪都要流出来了，此刻真想变成一条鱼，或是变成一块吸（磁）铁。

过了两天，我的小伙伴约我去玩，告诉我说，我们顺着铁路走，早上火车卸下的煤渣里能找到吸（磁）铁，我听到这个消息，都非常兴奋，因为除了好玩外，我父亲的手表有救了。于是，我催促伙伴们赶快去，我们河坝对岸镇子上就有火车，更有沿着山边蜿蜒而去的长长的铁轨，虽然我们都没有吃早饭，但我们还是向着心中的那块宝贝——磁铁出发了。

我们一路奔跑，过了河坝穿过洛水镇，沿着铁路边走边跳，正好火车鸣着汽笛开过来了，雾气喷了我们一脸，我们却快活地做着鬼脸。火车一过，我们就跳上枕木，一路寻找火车落下的煤渣。走了很长一段路，看见一堆渣子跳过去一翻弄，只见到炭灰和渣块。沿着铁路再走，前面好像又有一堆，一群本地的小孩一哄而上，他们正提着竹篓拾煤块，结果刨了个精光，我们继续前进，走了很久才见有一堆的煤渣，换回的却只有失望。汗水流出来了，肚子饿得咕咕叫，太阳好像也在讥笑我们这群不懂事的野孩子，飞快地越过头顶，到中午，我们才耷拉着头、闷闷不乐地向家的方向走去，大家猜测可能来迟了，宝贝已经被拾荒人捡走了。

进家门便被父亲狠狠揍了一顿，因为家里以为我掉到河里了，父亲又从伙伴那里知道了我们的行动，更加生气，因为在大人看来这是多么危险的一次愚蠢行动啊！

父亲的那块精美的“上海表”彻底丢在河中了，但我心中一直梦想有一块磁铁，为我的父亲吸回他心爱的手表，吸回他不小心丢失的辛劳和全家的财富。

父亲的忠贞

我写过许多文章，却没写过父亲，我怕自己的笔太拙写不好，有“背影”的感觉没有朱自清的文才。现在，我苦思冥想终于找到了一个单纯却并不平凡的词来概括他了，那就是“忠贞”，忠贞可以说是他一生的写照，也是他一生的坚守。

旧社会，刚刚 13 岁的父亲便被爷爷从什邡云西送到绵竹广济肖家当学徒——做厨子，孤苦伶仃，无依无靠。师傅家就是他家，师娘俨然是他的“娘”。新中国成立后，建合作社，他当上了饮食合作店的经理，由于厨艺出众，县委招待所、党校经常派车把他接去做会议伙食。后来要调他去工作，每次都被公社书记挡住了，书记说：“你倒是安逸，饮食店咋办？”从此，父亲便像钉子一样钉在偏僻的乡场上。为了合作店他起早贪黑，常常忙到深更半夜，不是做板鸭就是搞政治学习，由于他仅仅扫过盲，红头文件只好由副手读，我多次趴在桌子上睡着了，什么时候散会被父亲背回家的也不知道。

改革开放后，农村有手艺的厨子开馆子捞肥了，有人还修了楼房，全家人便动员他“单干”，时髦点叫“下海”，他辗转反侧几个晚上，终于说："舍不得三四十年的工龄，况且，集体单位又没有垮，那么多职工要吃饭，能拉下脸皮对着干吗？"结果，饮食店硬是被他办得红红火火，成为全县这个系统里的一面旗帜，各种奖状一大堆，退休前两三年才催我写了份申请，说人老了赶不上形势了，总算卸了经理之职。不久，综合、土产、中药、饮食几个店合并成一个大公司，几年后，电话通知他去开散伙会，宣布正式解体，连八九十元的退休钱也发不起了。为此他常常发无名火，甚至深深叹息，有时，我们也安慰他说身体好就行了，他也无不解嘲道："形势呢！"每天买菜做饭、遛鸟、看热闹，怡然自乐。

另一份忠贞和坚守便是对我的母亲，母亲年轻时，脸上就落下一块大大的乌疤，由于生活的劳累，我一出生，母亲便一病不起。父亲忙完一天工作，还要推着鸡公车往返县城给母亲治病，硬是从死亡线上把她拉了回来，然而，母亲从此却带了残疾永远驼背了，我读小学时为此被同学羞辱过，与人家打过架。母亲因为残疾脾气更加暴躁，退休没两年又得了鼻咽癌经过化疗苟且残延生命病病哀哀，父亲更加精心照顾，无怨无悔，不离不弃。家像个磨盘，父亲就像一头驴，一声不响地拉着，一圈又一圈，一年又一年。

有人有点权力就贪欲横生，有点儿钱就绝世傲立，父亲曾经任三店之长，身怀绝世厨艺却一贫如洗；有人抛家弃子寻找所谓的"爱情"，他却守着自己的"丑妻""病妻"终身相依。父亲，你今天虽然离我们而去，你的忠贞、你的坚守却给了我们留下无尽的怀念和敬意。

闲不住的母亲给我的启迪

俗话说：脚下无鞋一身穷。细细琢磨有些道理，不过现代并非真指“无鞋”，而不过是鞋“孬”点，档次低点。

我母亲就常用这句话责备我，因为再好再贵的鞋子穿在我的脚上都会“孬”起来。

我这人走路习惯大步流星、风风火火，衣裤兜伸展就不错了，哪还有空暇顾及脚下那玩意儿，总觉得擦了也没用，一趟子下来又灰垢满面，况且，平时谁专门盯你脚下呢。除非每次有了门户差事，或者，实在看不下去了，才勉强拿起刷子和鞋油敷衍两下。所以，我穿的皮鞋通常只有一种颜色“黑”。

一次，我换了一双皮鞋在父母家，当我再次找出来准备穿时，简直不敢相信就是我的那双“邋遢货”，只见其黑亮黑亮的，显出几分耀眼的光泽。仔细一瞧，又往脚上一试，绝对没错。

我嘿嘿一笑，忙问母亲：“这是谁的功劳？”母亲嗔怪说：“还有谁？只有我才有这份闲心和耐心，以后我吃不起饭，就上街帮人擦皮鞋。”我嬉皮笑脸地开玩笑说：“我给你十倍工钱。”母亲骂道：“谁要你的臭钱，我宁愿挨饿也不给糟蹋好东西的人擦。”

说也怪，再脏再难洗的衣服经过母亲一揉搓，干干净净的；再脏再邋遢的皮鞋经过母亲一擦拭，亮亮堂堂、焕然一新。

末了，母亲说：“哪天有空我教你咋擦皮鞋，不要糟蹋了又好又贵的东西。”我爽快地回答：“我一定跟你好好学几招。”

的确，有时看着闲不住的母亲做事总有几分愧疚、几分自责，因为我们常常忽视的细节与懒惰，都在母亲满头汗珠的闪动中显现出来了。

母亲虽已经仙逝，我却常常反思母亲那次给我的启迪。每年雨纷纷的清明节，我都要去她的墓前，偶尔也在心中努力回答这些个深深浅浅的问题：如何劳动？如何珍惜？如何……

父亲的背

母亲生病后，家庭的责任和重担就全部落在父亲的肩背上，父亲的背是永远那么有力，永远那么宽广。他背过四个儿女，背过柴火、背过煤炭、背过河中的沙石、背过猪草、背过米、背过盐、背过甘蔗花生……

背过老人和小孩，但更多的是背他病了无数年的妻子。母亲得的是痨病，那时，在有限的医疗条件下，父亲硬是用他有力的背，从医院到家里，从家里再到医院。在烈日炎炎下、在刺骨的寒风中、在漆黑的夜晚、在洒满星光的碎石路上，父亲一天天一年年把母亲从死亡线上背了回来。母亲病痛痊愈后，又给我们添了一个妹妹让下班后的父亲背在身上。

很多次匍匐在父亲背上的记忆几乎渐渐忘却，而唯有那一次永远挥之不去，那是在“文革”中武斗搞得最激烈的时候，我只有三四岁，深更半夜里，朦朦胧胧中铺盖就被父亲的一只大手掀开，还不知道怎么回事，整个身子已经被父亲扔在背上了，只听见父亲焦急地喊道：快点！快点！那是在催促母亲和两个姐姐，瓦房上好像有子弹“嗖嗖”的呼啸声，远处不断传来枪声。就这样我双手紧紧抱住父亲的颈项，任凭父亲带着家人在夜里放纵地奔跑。在父亲的背上，我感受到他的急促，感受他有力的双手及背上剧烈的颠簸和双脚有节奏的快速移动，在奔跑中他还要照顾催促家人，时不时地拉姐姐一把。此刻，我并不担心他会摔倒，我知道，父亲拉过煤，背过山上砍伐的柴火，他在崎岖的山路上走习惯了，他明白如何在深深浅浅、沟沟坎坎的路上踏行奔驰，就这样跑了多久多远，我全然不知。因为父亲的背像个摇篮，我不一会儿又沉沉地睡去。天亮时，躺在卧云山边的舅舅家中了，在大公鸡的不断鸣叫和房后哗哗的竹林摇曳声中醒来时，父亲早已在院中剔竹条了。

父亲的背好似一座厚重的山峰，把责任和爱全部放在自己身上，无论风雨和严寒，永远那么挺拔、那么绿荫，是我人生永远感激和敬仰的高峰。

【第四辑】

人生感悟篇

夜读流星

我常常伫立窗前，遥望晴朗的夜空。不是看缓缓爬升的皎月，而是看星斗闪烁，似宝石般缀满苍穹的星斗。相距那么遥远，也许在亿万里之外，却仿佛近在咫尺，相互默默厮守着、盼望着、期待着。如果用心聆听，好像它们在梦呓般地窃窃私语，那是一种远古才有的静谧。

偶尔发现有一颗流星划过，这短暂而微弱的灿烂便使寂寥的夜即刻生动起来、活跃起来，轻轻敲击我恬淡沉静的心，一瞬间，把我的思绪牵得很远很远，照得很亮很亮。

今夜的我必定是幸运的，因为无数颗燃烧的流星，被时间遮掩，被距离遮掩，被夜云遮掩，悄悄地飘过我的眼前，轻轻地越过我的头顶，无论昨夜忽忽风雨，无论那日深深迷茫，默默拖着一串苦涩和惆怅，也亮丽于深邃的和凄清的苍穹。

流星啊，你为什么陨落？是你轻浮的身躯再也托不住不羁的灵魂，还是身体背着沉重的负荷？此身漂流，是失落？是寻找？你究竟来自何方？又要去往何方？小小灯火真能够照亮漫漫长途？小小身躯真能够穿越浩瀚宇宙？

唱给美丽的灵魂

一个从生命中绽放的花蕾，流淌着醉人的馨香。

当新生命从母亲殷红的血胚中爬出，他就像一粒种子植入土壤，远古的太阳照耀着，现实的风霜雨露滋润着，即便这生命长在一块消瘦而破碎的土地上，也能开得鲜艳，唱得嘹亮。

肉体只是他幽居的小屋，世间有坎坷的大道，也有美丽的陷阱，他飞舞着，跨越人世的深渊。

孤独、饥饿是一段难跋的沙漠，金钱、权势是一块难涉的沼泽，生命的终结更是一张无法摆脱的天罗地网，他飞舞起来，跨过沙丘，跃出沼泽，冲破罗网。

灵魂的痛苦是漂泊到理想彼岸的必由之路，灵魂的图腾便是我们生命的最高境界，没有灵魂的世界，便是没有光的世界。

迷惘、忧郁、痛苦是一张张底片，有了他的感光，在历史的长河中冲洗，就会呈现永恒的美丽。

我热爱着美丽的灵魂，所以我才如此憎恶黑暗与腐朽，更憎恶丑恶与虚假；我热爱着美丽的灵魂，所以我才如此崇拜真、善、美，崇拜着英雄与史诗；我热爱着美丽的灵魂，所以我才如此珍视可爱的生命。

一次心灵的对话

为了躲避尘世的喧嚣和烦恼，安慰一颗孤独和寂寞的心，我迈进了金碧辉煌的寺庙大成圣殿。在身躯高大、面含微笑、慈眉善眼的佛祖面前，跪下了我原本高傲的膝盖，凝视她那和蔼的目光，慢慢合上我的双眼，一个漂浮游荡的灵魂渐渐飘向一个沉静而肃穆的地方，一颗心在与一个遥远的声音交谈着。

“你站起来吧——孩子。”

“不，我不能站立，无法站立，在您的面前，我没有尊严，也没有羞辱，您也不是一尊泥土，我也不是血肉之躯，您早已化着千古不灭的光芒，我也只是一丝半缕云烟，在您的照耀下，我什么也没有，什么也隐藏不了。您看见了我呼唤您的缕缕香烟了吗？我仁慈的佛啊！”

“你有很多痛苦和不幸吗？”

“是的，佛啊，不幸和痛苦一直缠绕着我，我无时无刻都想摆脱它，但这只能增添我更大的痛苦和不幸。”

“你的不幸和痛苦正是你惧怕的结果，正如喜欢孤独的人，他并不感到孤独。痛苦和不幸当然还有孤独，是与生俱来的，就像我在你面前，这就是一种痛苦和不幸。我只不过用微笑来表达，凡夫俗子却用眼泪，要明白这亘古而来的泪水，早已超越了尘世的江河湖海，但泅渡不了人生的一叶扁舟。”

“可是，内心苦痛的笑脸比哭更难看，我笑不出来。”

“用心学吧，天下的事情并不仅是升官发财该微笑，结婚生子该微笑，酒足饭饱该微笑，一切欲望达到该微笑，这样的笑颜都成不了永恒的微笑，相反，这些笑终究会葬送生命。”

“无数人想找到永恒，大多失败了。”

“彼岸光芒四射，泅渡的苦海也无际涯，彼岸就在泅渡者的心中，更没有永恒的彼岸，正如天地不会永恒，森林终究毁灭，江湖终究枯竭，风霜雨雪、电闪雷鸣终究在你眼前消失。”

“那么，什么地方安置灵魂呢？”

“灵魂不需要地方，它终究会走向无天无地、无生命依托的境界，这就至真至善至美了。”

“那么，我在哪里寻找至真至善至美的灵魂呢？”

“找不到的，也许在一杯泥土里，也许在一泓浊水中。有人企图用金去保存，去装饰，其实是自我解嘲，自我安慰而已。有的东西并非你潜心塑造即存在，也并非你想毁灭就消亡；让他高贵就高贵，让他卑微就卑微。你崇拜的有时只是一堆烂泥，你捧诵的不过是一页废纸。不要相信什么自诩大师的讲法，都不过是些花言巧语、无稽之谈，多问问，其实他们也不知道所云。红尘中人都希望佛能赐福于他们，可以看出人是多么无聊和自私，他们扔几个钱，撒几许慈善，目的想从佛这里捞点好处罢了。他们受佛的指引而来，佛便为他们而活而累而怜爱而痛苦，其实他们上了当受了骗，他们自己为自己开脱，佛救不了他们，如果皆这样，尘世会灰飞烟灭，佛也会消失。如果你想从我这里解脱痛苦和不幸，那么请回吧，我无法帮你，因为我就是痛苦和不幸，我本身就是为他而来，我的存在就是人类苦难的标志。用心去感受痛苦和不幸吧，也许你会悟出些什么来，那时，微笑就会爬上你的面颊，它绝不做作、尴尬、丑陋，而是一种至真至善至美。”

一阵清风，传来袅袅的诵经声，木鱼在耳边敲响，打破了我们的交谈，我再次仰望那高大庄严的佛身，那微笑从眼角缓缓消逝而去。

别羡慕那一片云彩

每当人们心事重重的时候，常常爱凝望一片云彩，由衷地欣赏、羡慕云的那份悠闲和轻松，洒脱与自由。

其实，云有云的烦恼，云因为寂寞、孤独才出岫，一出岫就身不由己，常被风推着、拽着，若遇到狂飙，便被撕得这儿一缕、那儿一缕。许多辛酸和苦泪只能强忍着，一旦满脸忧愁，再向人倾吐，人就会嗔怪、责备和躲闪。

偶尔，云想散散心，去徜徉一下，闲逛一圈，还得扭头看看，是不是遮住了谁的光芒。若是，赶快溜吧，不然，后悔就晚了。

云有时觉得老是这么飘浮着，一点也不踏实。像无根之木，无源之水，更像无家可归的游子。

没有比云更短暂的生命了，而且，无时无刻不变换生存的方式，心神不定，没有那份执着的精神，也无法并永远执着不起来。

云爱慕虚荣，为了赢得人的青睐就摆出各种各样的姿态：人爱马就变马，人爱狗就变狗；人喜欢温驯的绵羊就变成绵羊，人喜欢袖袂飘飘的仙女就变成仙女；总之，依你所愿。

云也常常驻足俯瞰芸芸众生，慕人间烟火，赏树影摇曳，伴鸟儿飞翔，偶尔也亲吻一下天边的海浪和高高的峰峦。

看来，云和人步入两个不同的世界，怀着不同的心态，有着不同的境界。因而，人应该走自己的路，少理会旁人的眼光，多一点自信，少一点幽怨。家家都有难念的经，任何人的人生都不是我们想象的那么美好和单纯，多发现、多欣赏自己的价值所在，这样，才会少一份烦恼，少一份孤独和沉重，多一份轻松和开心。

只有这样才会：潇洒由云，笑傲由人。

梦里花落知多少

除非死亡，人生没有不醒的觉，长久的醒着未免太累，在经历了尘世的奔波、纷争和艰险之后，将疲惫的身体舒展地躺下，让身心得以短暂休憩，如倦鸟归林，似游云入穴，这又是怎样的轻松与洒脱呢。

也许就沉睡而去，无论窗外多大的暴风雪雨，无论屋外多么嘈杂喧嚣，一觉醒来，伸伸腰看看天，坚信自己安然而真实地活着，油然而生出对生命的热爱，勃发出对命运的抗争。

也许，有一场无比美好的梦袅袅而至，如春的烂漫，秋的静娴，尽情地享受着虚幻的世界光怪陆离的景象，收获原本虚幻的喜悦，便圆了一个：春梦、秋梦、黄粱梦、升官梦、发财梦、明星梦，期盼梦幻成真，如诗如梦。

也许，有一场噩梦的游戏，用汗水和泪水支付一场虚惊，像破灭一个不该有的喜悦，像葬送一枝没有开放的娇艳的花。当醒来时，看看天空，虽然泪湿枕角，虚无的伤痛与悲哀早已烟消云散。

借酒消愁愁更愁，一觉解除千古愁，当你寂寞和忧伤时一觉方休，当你烦恼郁闷时一觉方休，当你人生失意时一觉方休。人生要淡泊，浮沉雨打萍，沉默是金，一觉的安闲比金贵。于是，你此刻关心的是宁静心态，平静的入眠。

“故国梦重归，觉来双泪垂”，“往事已成空，还如一梦中”，作为阶下囚的南宋皇帝李煜，在孤独的睡眠中感悟最妙最绝。

人生的层次因梦而存在，梦因觉起。当一觉醒来，太阳好像天天都是新的，将自己好好洗涤一下，从头到脚、从身体到灵魂，尽情享受一天美好的时光，和平而忙碌的生活，再有家人朋友相伴，一生何求？

梦里花落知多少，不是消极更不是慵懒，而是一种真实的人生……

现代人的“桃源”之旅

城市的天空被人为地画成了条块状，唯独这里我们能够尽情眺望。钢筋和水泥的灰色让我们如此烦躁和焦虑，一片绿茵和隐约的泥土之香却让我们感到重返大自然的亲切。

心灵驰骋在这片旷野之中我们仿佛又回到了那个自由而美好的家中，脚下不是圆圆的球了，而是远古的梦了。这是一个人类曾经历过的景象和画面：一只逃窜的兔子、一只跳跃的鹿，我们追逐着，像奔驰的猎豹，像下山的猛虎，身影画出一道美丽的弧线，耳边刮着呼呼的风，响着一片欢呼呐喊还有嘹亮的歌声，于是我们忘却了人类已有的仇恨与苦难，忘却了这个世界抛给我们的烦恼和哀愁，污染和干旱、洪涝从我们的脑海中消失了，战争和种族歧视从我们的脑海中消失了，等级和地位之别从我们的脑海中消失了，语言的隔膜从我们的脑海中消失了，地域和国籍界限从我们的脑海中消失了。

此刻谁还记得那些关于毒品、关于腐败、关于艾滋病、关于黑手党、关于绑架和枪杀、关于一切的丑恶和罪责。

我们忘却了内心已有的伤痛，我们所注目和拥有的生命的全部就凝聚在这个飞旋和跳动的小小银球上了。此刻它成了我们共同的语言和思想，原来世界如此美好和单纯。

我们唯一去做的就是让它不停地飞旋，飞旋，永远地飞旋。

【第五辑】

评古论今篇

羞耻感和免疫力

诱食拌着磷化锌鼠药，让鼠辈们吃得肥头大耳，说法是：药性不超强；普通的农药做了棉铃虫的爽身粉或空气清新剂。这就是“害虫”们在长期药性作用下产生的免疫力（原抗体）。

每个香烟盒上都赫然印着“吸烟有害健康”，然而烟民日渐增多，更有超级瘾哥把它当成了“甘草”；酒精含量过多会使人中毒，然而善饮者能称“坛”称“罐”，海量之人甚众，就像武松，“三碗不过岗”，他却偏偏喝下十五碗，照样打老虎，也许这就是某些人因为长期食用而产生的抗体或叫“免疫力”吧。

由此想到，社会上有种可怕的现象，就是对“羞耻”产生的免疫力。

“浪费可耻”“贪污和浪费等于犯罪”曾经使多少人刻骨铭心，想起便脸红和后怕，可是今天呢？浪费资源、浪费土地、浪费粮食、浪费公款……随处可见，又有几个人心里产生羞耻感和犯罪感？

不准随地吐痰、禁止乱扔果皮垃圾、禁止攀摘花木，但是，违规者脸不红心不跳，偶尔被人罚点小钱，或大大方方地给，或理直气壮地拒，又有几人内心产生羞耻感？

假货、歪货、黄货见惯不惊；请客送礼、收受红包光明正大，习以为常。昔日青楼女子的辛酸和屈辱，谁能够从“三陪”小姐眼里窥得出来？个别劳教人员刑满释放犹如荣归故里，张灯结彩大肆请客。“手莫伸”，腐败分子可真有点前仆后继的味道，行贿受贿层出不穷，形形色色的欺诈，宰你没商量。社会伦理道德大滑坡使很多人的良知麻木，羞耻感丧失殆尽。一切的道德、政令、法规，在这些人的面前显得多么苍白无力。增强社会的羞耻之心是一剂社会良药啊！什么是荣？什么是耻？可得分个清清楚楚、明明白白，糊涂不得啊。

文坛“冷热病”

有一种病叫冷热病，俗称“打摆子”。如果人得了这种病，身体发冷、发抖，面色苍白，嘴唇与指甲发紫，高热发烧。综观今日文坛颇相类似。

从第八届茅盾文学奖看，可以说一头热一头冷，门内热闹门外冷，争议热销售冷，内容丰富让广大读者记得住的人物和故事少得可怜。“茅盾文学奖”一热评虽然对“纯文学”市场有所影响，但仍然门可罗雀、冷冷清清，“寂寥灯下不胜愁”。

从当今中国经济状况看文学图书的购买力不该如此乏力，反过来一批网络小说和写手异常火爆，红得发紫，该畅销的还是非常畅销。于是我们的作家、文人们在雅文化和俗文化之间，该不该写、评不评奖，举棋不定。

网络时代、多媒体时代，书店举步维艰，写诗的比读诗的多，真正买诗的就更少，买了诗又来读的就更不好说了，但是人们内心又非常需要诗歌，因而“唱歌的”“捧歌的”“听歌的”激情胜火，成为时尚。

而现实是无数优秀的作家、诗人坐了冷板凳，一些很有名的文学杂志不断被边缘化了，多数沦为会员们的内部刊物了。作家、教授们该教书的教书，该抱孙子的抱孙子。偶尔有人把古人古书翻出来评说一番，新解一下，竟然还真火起来，赚了个盆满钵满。文学界也兴起“盗墓”“考古”“鉴宝（评奖）”，好不热闹。最近，听说有人把曹操挖出来了，有人还把鲁班的暗器机关找到了，可喜可贺哟。在故纸堆里烹制出适合现代人口味的文化大餐，不是不可以，问题是，把一个名著和古人像炒陈饭样反复炒反复调侃，不知道为了什么？这种高热是很不正常的。

我们应该好好反思，文学走到今天这步的种种原因。把文学轻易分成“下里巴人”和“阳春白雪”，或者分成“纯文学”和“不纯的文学”，既不科学也不公平。所谓的“纯文学”也不该是“纯作家”们的专利，所谓的“纯文学”更不能闭门造车，如此之“冷”和如此之“热”都很不正常。

“生活才是文学的真正源泉”，我们正处在一个变革的时代，我们要完成民族复兴的大业，文艺也要复兴更要走在前列，作家既要有社会责任感又要有历史责任感。我们多么需要作家文人们更多地关注人民的生活、百姓的疾苦，“先天下之忧而忧，后天下之乐而乐”，不急功近利，努力写出雅俗共赏、脍炙人口、家喻户晓，无愧于我们这个时代的伟大篇章。

好作品应该给奖，但当代文学不应该也不会是靠奖来支撑门户，“这奖那奖，不如老百姓夸奖”。莫言说，“得了茅奖当然是好事，但得了奖则忘乎所以是可耻的行为，必须清楚地知道与这个时代相匹配的好小说还没被发明出来”，不仅仅是谦逊而且是真话。

物是人非是是非

我们生活的世界是一个物质的世界，世界上的物质有很多出自我们人类的创造和发明。但是，当我们面对这个世界，人类的认识又充满了偏见和局限，犹如盲人摸象，我们被自己的感性所欺骗；由于我们有时候的固执和某种私欲，我们又被自己的理性所欺骗。星星是一盏盏灯火，“天边月，遥看似一团银”，在人类足不出户的年代，谁会怀疑那仅仅是个比喻呢？我们为哥白尼的“日心说”付出的代价难道还少吗？

科学是永无止境的，任何先进的探测器也无法使我们绝对周到准确地观察世界，任何手段和方法也无法使我们全面准确地认识和了解世界。

有的动物有复眼，人没有；猫头鹰和豺狼虎豹甚至狗在黑夜中也能看见东西，人不能。人类身体和思维的自身弱点永远限制了我们，地球上有百慕大，太阳有黑洞，天外有天，超物质、飞碟和外星人等难解的谜一直缠绕着我们，各种神学和玄学便伴随我们，我们利用科学在创造在毁灭，我们利用原子核的裂变惩罚了恶人，同时，又将它变成了好人的陷阱。南极冰山在融化，美丽在消失；大气臭氧层遭破坏，厄尔尼诺日益严重；人类多极化矛盾冲突不断扩大加深。难道我们人类从开始的进化到今天的发展走错了道路？如果错了，又该怎样补救呢？还能不能补救？

当我们站在哈哈镜前，身体被扭曲被夸张，但谁又能说，人一诞生就没有这样一面镜子？而且从此就放在我们面前呢？只是它就一直这么矗立在我们面前，并且看不见，我们就习惯成了自然。我们十分愚蠢地赶走那些先知先觉的昭示，并扼杀那些善意的忠告，于是我们自动放弃和错过了搬掉和摔碎这面镜子的机会。

请用心去聆听哲学家、文学家、科学家……他们在说些什么吧，请接受无数仁人志士的一片赤诚吧，珍爱每个天才和愚人，珍爱每一个伟人和凡夫俗子。“人事有代谢，往来成古今”，这个世界有着每个踏入者的痕迹，挥发了他们的汗和泪，留下了爱与恨。

抛弃一切假、丑、恶，我们只能走向自省，走向真、善、美。“路漫漫其修远兮，吾将上下而求索”，人类必须用心去呼唤爱，呼唤光明，呼唤正义，呼唤和平，这个世界才能天长地久，日月同辉。

横看成岭侧成峰

——欧阳修散文《醉翁亭记》句式初探

欧阳修的散文《醉翁亭记》载于初中语文，人教版课本八年级下册第二十八课，是唐宋八大家之一欧阳修被贬滁州太守后，写的一篇优美的抒情散文。那秀丽的风光，婀娜多姿的景色，其乐融融的情趣，以及寄情山水排遣心中的抑郁，跃然纸上，为后人代代传诵，流芳千古。其是古典散文的杰作，特别应该指出的是“二十一个者也句式”的运用，堪称“前不见古人，后不见来者”，而且绝妙之处是“者也句式”连续反复的运用，不显累赘，而使文章清新、自然，朗朗上口，足见其高超的写作技巧。因此鉴赏和分析这篇文章，不能以简单的判断句一言而概之，它是本散文的精髓所在，最能够体现《醉翁亭记》的神韵、气势、声律，这是其在古典散文中彰显独特魅力之处。对这篇文章的者也句式的探究，更能够有效地分析理解这篇散文的艺术特色，把握其思想内涵。

这篇散文的“者也句式”的运用，以不变应万变，姿态万千，神采飞扬，气势贯通，音韵铿锵。

一开篇“环滁皆山也”，一语破的，直截了当写出鸟瞰下的滁州全景和特色，气韵迫人，十分传神。南宋朱熹《朱子语类》中说“欧公文亦多是修改到妙处。顷有人买得他《醉翁亭记》稿，初说滁州四面有山凡数十字末后改定，只曰：环滁皆山也五字而已”。特别是“也”字，不可视为可有可无，而是积蓄着神韵，倾注作者全部的欣赏和赞叹，以此作为首句，让人思绪一泻千里，气势磅礴，引领全篇。而又简洁精炼，堪称典范。

以“望之蔚然而深秀者，琅琊也”，结束第一层，铿锵有力，气势贯通，这一起一收，大小结合，俯仰相伴，由面到点，由远而近，引导读者渐入佳境，接着铺陈。

随着范围越来越小，作亭人、命名人，命名缘由，一气呵成，本无关联却巧成连理，最终产生具有韵文般的尾句，节奏感强，其意义也深刻，如“龙之睛”“诗之眼”的“醉翁之意不在酒，在乎山水之间也”，更是脍炙人口，余音袅袅，回味无穷。刘勰在《文心雕龙》中说，“意授于思，言授于意”。

全用“者、也”句式写出朝暮及四季不同景色，并驾齐驱，结构严谨，层次清晰，绘出神韵，紧扣前文突出人于景的乐趣创造出写景诗般的意境和声律效果，一韵到底，声声悦耳，优美动人，宛如一首美妙的歌乐，诵唱着自然美景，使人心旷神怡。

第三段，作者把镜头从大到小、由远到近地收缩，由粗略的轮廓到细致的特写再次显示者也句式的妙用。乱纷纷的游山玩水，宴酣之乐，以此句式贯穿一起，描绘出一幅超世脱俗、豪放逍遥的游乐图。

最后以人鸟同乐，来回咏叹，顶真回环，哲理性、寓意性强，让人荡气回肠。可以说“也”字作为一种气韵而存在其中，道出太守之乐的深意，和太守心态蕴藏其中。

结尾以问答补叙作记人，戛然而止，露出庐山真面目，原来能够写出此文的非欧阳修莫属，更让人体会到欧公的境遇，并为之折服。

总之，这是一代散文大家留给我们的宝贵遗产，用二十一个者也句式构成有机整体，用一句诗来描述这一句式，就是“横看成岭侧成峰，远近高低各不同”，不仅融合神韵，也许还有更加博大精深的艺术特色和技巧，有待我们进一步研究探讨。

伟大的时代定会造就伟大的诗人

我们正处于一个伟大的时代中，改革开放，国富民强，中华民族正朝着复兴之路大步迈进，我们没有理由相信“诗人消沉了，诗歌颓废了，读者迷惑了”。只不过我们的表达方式更加多样化了，我们抒发的情感更加直白、快捷了，于是当代诗歌就出现了什么“雪马体”“羊羔体”“梨花体”……传统意义上的诗歌受到巨大冲击，我们不能就此认为诗歌消亡了。其实，我认为新诗歌反而爆发出前所未有的魅力，君不见“5·12”地震诗歌碑林。君不见多少少男少女梦想投身歌坛，多少歌星璀璨夺目，在这个人人都想高歌一曲的狂热时代，这说明了什么？又意味着什么？难道说那些美妙的“歌”不是“诗”？难道说那些美妙的歌词不是美妙的诗歌？只不过新诗歌借音乐的翅膀高飞罢了，我再次借用舒婷的话：“我觉得无论时代如何发展，诗歌都不会消亡，它专注于语言的敏感，集纳了语言的音律和精髓。好的诗歌，一定会流传下去。”也许不久我们还会找到更加“诗体化”的表达，更加多元化的诗歌品种将呈现在我们面前。

当我们摒弃那些无病呻吟的时候，当我们改正了那些艰生晦涩的时候，当我们告别了那些华丽贵族式歌唱的时候，当我们的诗人们更加贴近民众、贴近生活、贴近时代的时候……就会产生伟大的诗歌，就会造就更加伟大的诗人，就像我们伟大的《诗经》中的诗篇，虽然作者多属无名但同样非常伟大。

美丽地走着

——读贾平凹散文集《人迹》

如果说人生真能留下印迹的话，那么贾平凹先生用他那冷峻而机智、柔美而幽默的文笔，真实细腻地给我们展示了出来，这就是他的《人迹》。他用渺小卑微的人生折射出“当代社会的宽广内容”。

此集作品共分为四组。第一组从《笑口常开》到《风景》，“写社会芸芸众生相”，尽量反映出这个时代的社会现实，让人倍觉亲切、自然。《笑口常开》表现小人物的卑微和生活的艰辛，原本该哭的却笑了，这种对现实的讥嘲苦笑充满了黑色幽默的意味。打牌下棋本是消遣，却品评出各自细微的心态，讽刺揭露出某些人的劣根性。《牌玩》里的玩牌人想消极抗争生活，反而平添几分苦恼——真是玩牌反被牌玩。人病了无可非议，无病的人提防病毒传染也能理解，然而人与人之间如此缺乏真诚宽容，这种虚伪和世态炎凉怎能不叫人悲伤。这个世界有人痛入肌体，有人则病入心灵，读罢掩卷，你或许会大叫：好一个《人病》！

在这个缤纷繁忙的世界，众相皆累，却累不过《风景》中的那位孤独老人；也有一种人轻松自在，不在乎世俗的目光和讥笑，他们潇洒地生活，做着“好人”“忙人”，他们是《闲人》中的“闲人”。

在第二组中作者纯粹抒情，尽量把一颗心捧给读者，独白出对生活对人生的见解。没有比人生更复杂、更矛盾、更痛苦、更严酷、更艰辛、更孤独的了，也没有比生活的艺术更伟大、更遗憾的艺术了。《游了一回龙门》，讲述那不屈不挠的追求的故事，龙门之鱼的伟大力量昭示着这位学子不再消沉胆怯，而是新生出的对生活和艺术的热爱。他崇拜树并赞颂它——那是佛的化身，在苦难和孤独中产生了成熟、平静和折射出慈善，北方的柿树如佛般造福于北方的人们。《荒野地》里有荒芜，也有人生的残缺和遗憾，但是能得身心和谐，虽无收获也能境界幽幽。

《太白山记》是第三组，荒诞离奇，像蒲松龄志怪，又像西方的荒诞派，道尽太白山的愚昧落后、阴险丑恶。《寡妇》结局是悲惨的，“领导”者是荒唐和虚伪的，那种趋炎附势、阿谀奉承的作呕之态让人不禁要问：猫乎？人乎？《丑人》元牌人只因是娘的私生子，美丽的娘失身便使儿子丑到极处，从而被牌背起“嫌冷”的包袱，世态炎凉成了他挣不脱的阴影。

最后一组只一篇《祭文》，可以说寓尽人生哲理和人间情感，那微笑的定格，又如朱自清父亲的“背影”，再次显示永恒主题的艺术震撼力。

综观全书，“把社会上的风云、变迁以及世态众相，统统带进，建构了一个多彩的社会和一个多彩的世界，描绘出社会的万花筒”。在这里，文学品种的分类界限模糊了，唯独清晰的是人生留下的美丽印迹。正如贾平凹先生所说：“在有霜的板桥上走着，走着是美丽的，美丽地走着就是人迹。”

也说“做名人难”

“做人难，做名人更难”，“做女人难，做女名人更难”，这一些话简直成了一些名人的口头禅。名人们面对话筒和采访者，苦水便通过大众传媒满天飞。我们的眼前似乎总闪着他们匆忙而疲惫的身影，耳里总响着几声沉重的呻吟。做名人果真这么难吗？回答当然是肯定的。拉你做一段广告，得厚着脸皮帮人撑一下面子（叫名人效应）；请你一场演出，得勉强亮一下并非歌喉的嗓子，记不住词，发不准音没关系；送你一幢别墅，得打老远来，住上一阵子；不停地大小宴请，还得劳烦你的肚子；对着追星族们，须得放下架子，来几笔龙飞凤舞。你还要客串作家写书，客串商人下海，同时，警惕小报揭你隐私，警惕骗子打你主意……你能说自己不累、不不难、不沉重吗？

其实，追根溯源，你是自食其果，自作自受。你有没有掂一掂这顶桂冠多大分量？隐藏着多少偶然性？腹中还剩，几点墨水？而硬去打肿脸充胖子。所谓的“身不由己”的苦楚中是否暗含着金钱的诱惑，畏惧冷落，而去摔牌子砸众人呢？！难道自己竟忘了那句“走自己的路”的名人名言了吗？

做名人难，其实是某些名人或大腕的价值观发生了根本性的变化。因为自己是名人，吃住就该四星五星，坐车就该是豪华型；因为自己是名人，走路就该前呼后拥，庸人闪道，执勤警察该认识我；因为自己是名人，出场费该多少多少万，甭管啥叫“义演”……

“做名人难”，其实是名人绝妙的模糊语和双关语。他们居高临下；忠告别人少来挤。但是，那成名前的酸楚和艰辛骇退不了来者，因为自古“长江后浪推前浪”。那成名后的沉重与疲惫也无法让人同情和谅解，因为当掌声响起来，你心中什么也没有明白。

我读诗词看伟人

“多少事，从来急；天地转，光阴迫。一万年太久，只争朝夕。”这是毛主席《满江红·和郭沫若同志》词中句子。

20世纪的苍茫暮色早已褪尽，21世纪的曙光早已冉冉升起。回望过去的一百年，没有几个人能像他一样如此高大威武地屹立于天地之间。他那豪迈、坦荡的伟大品格，辉煌而波澜壮阔的人生，可谓“前无古人，后无来者”。

“中国出了个毛泽东。”从南湖的航船划破迷雾起程，从秋收起义的点点星火，到遵义会议的燎原之势；从“问苍茫大地，谁主沉浮？”“今日长缨在手，何时缚住苍龙”到“风展红旗如画”，他和他的战友们为了伟大的共产主义理想，高唱“红军不怕远征难，万水千山只等闲”。

他把自己融入滚滚的革命洪流中，他把自己的命运和民族的命运紧紧联系在一起，他的心胸宽广如天空似海洋，他的人生像巍巍之昆仑；“可上九天揽月，可下五洋捉鳖”，“为有牺牲多壮志，敢叫日月换新天”，在他的面前再大的困难和艰险，再强大的敌人也战无不胜。

“红雨随心翻作浪，青山作意化为桥”，“要扫除一切害人虫，全无敌”他的崇高与无畏精神唤醒了一个多灾多难、备受欺凌的民族，古老的中华民族发出震天狮吼，焕发出勃勃生机。他用伟岸的身躯、坚强的巨臂，挽起长江和黄河昂首挺胸、阔步向前，时势造就一代巨人“江山如此多娇，引无数英雄竞折腰”。

今天，当我再次捧读这些伟大的诗篇，耳畔依然回响着他那雄浑的吟唱，洗涤着我世俗的尘埃。

推开城市高楼的玻璃窗，抬头眺望，我仿佛看见中国这艘巨轮在新的时代里正乘风破浪、乘胜前进。

“俱往矣，数风流人物，还看今朝。”

【第六辑】

以球悟道篇

哨牌无情

闪烁的星星，皎洁的月亮，辉煌的太阳无不遵循着固有的秩序和法则运行，才构筑了美妙绚丽和谐的宇宙空间。一颗流星无奈地划过天空，宣告其违规后的毁灭，无论它昔日怎样璀璨与辉煌。

高举权杖大声嚷道，“我就是法”，似乎已经离我们渐渐远去了，然而它的魍魉却时隐时现，穿梭在绿茵场上。威严的哨声里隐藏着不可告人的秘密，众目睽睽的背后掩藏着肮脏的交易。

在有意与无意，在是与非之间，在对与错之间，执法的哨旗也许有误，但不能“黑”。在激烈竞技中当遭到无名拽踏，当遭受了残酷的羁绊，当身体受到猛烈的冲撞，当球场垃圾刮起肆无忌惮的伤害，当野蛮向文明宣战的时候，黑衣法官们赶快吹响胸前的哨子，掏出你威严的黄牌乃至红牌，你的刚正铁面使我再次想起那个“正大光明”牌匾下端坐的包青天。

别在禁区犯规，别在背后铲人，别跨入不该的位置……别以身试法，仿佛是我们难以遵守而又必须遵守的共同的永恒法则。

球场不相信眼泪

也许你们来自一个弱小的国家，也许他们来自一个卑微的民族，也许你刚刚经历了一番苦难，抖抖身上的硝烟，从战火中走来。别管眼前是怎样强大的对手，怎样不利的处境，也别管对面是什么人：球王？球星？足球先生？足球皇帝？身价如何了不起。此时同享一片蓝天，共踏一方绿茵，高昂着头看国旗升起，听国歌嘹亮，你承担起了一个神圣的责任。

这里没有人会相信你的眼泪，这里没有人会怜惜你的哀戚；这里没有贫穷和富贵，没有人敢对你藐视；这里只有意志、信念、技术及共同的法则，而神话随时都可能发生。曾经的喀麦隆——我们的非洲黑人兄弟，惊呆了全世界的目光，一个让冠军队阿根廷沮丧，让马拉多纳蒙羞的名字。

美妙的足球再次告诉我们：“芝麻”会“开门”，但“芝麻”不会无缘无故地“开门”。

英雄横空出世

我们热爱着生命，热爱着足球，所以我们崇拜着绿茵场上的英雄，呼唤着他们的名字。但是我们的英雄绝对不会是借“上帝”之手去创造奇迹的人，也不会是从背后铲倒别人的人，更不会是在禁区内假装受伤让球场执法官吹黑哨的人，他们是贝利？普拉蒂尼？马拉多纳？罗那耳多？巴乔？……是，也许又不全是，也许仅仅要他们去完成一个英雄的壮举和使命，他们是最能够与同伴配合，最能够懂得如何去完成这一使命的人，他们是场上的核心，是一个球队的灵魂。

面对围追堵截，面对威严的纪律，面对黄牌、红牌，面对森严的防守，面对门将的“十指关”，面对亿万人的重托。我们的英雄能够超越自己，能够超越他脚下时而滚动、时而飞旋、时而跳跃的银球。他会和这球一起，飞向那张用万众目光编织的神秘的大网。他的聪慧和果敢，他的勇猛和顽强，他的品质和意志，他的卓越才能，同他无比美妙的身影一起，将永远闪耀在我们心中。

动人的瞬间

第十四届世界杯足球赛，已经过去16年了，许多的往事当巴西队失利的那一刻，小姑娘紧咬指甲，眼眶里噙满晶莹的泪水，呆坐在那里，目光凝滞，神情悲伤，宛如一尊被失败打击后带着深深痛苦的人体雕塑。她似乎没有听见终场的哨声，也没有看见眼前亦喜亦悲的沸腾的人群，此刻她在想什么呢？谁也不知道。也许这意想不到的打击使她脑子一片空白，但是小小的年纪却没有号啕大哭。

于是，她天真可爱的样子，她面对挫折的沉着和冷静以及她内心对足球的痴情与真诚深深感染和打动了我。

感谢摄影师吧，他为我们捕捉到了多么精彩动人的画面，多么令人难忘的瞬间，这已经定格成人们永恒的记忆，愿人世间的真、善、美都在我们眼前定格，在我们心中长留。淡忘了，马拉多纳的光芒和风采也黯然下来。

寻找最佳位置

绿茵场可以让年迈的达萨耶夫“下岗”，也可以对违禁的马拉多纳说“不”，还可以让巴乔去尝一下坐冷板凳的滋味。翩翩美少年坎通纳告别足球，也许会成为一个影视明星，但是叫皮埃罗和罗纳尔多去踢后卫，叫彼尔霍夫去看守球门，把马尔蒂尼变成锐不可当的前锋，都是不可思议和天大的笑话。

绿茵场上的争斗是一场没有硝烟的战争，在力与技、智与勇的激烈碰撞中，任何一丝的用人不当都会导致“失街亭”般的惨败，一支一往无前的优秀球队，除了有优秀的队员，更要有梦幻般的组合，那“矛”锋利无比、无坚不摧，那“盾”强大无比、固若金汤，那门是“铁门”“钢门”，看谁奈何得了。教练之道，简而言之就是用人之道，知人善用乃是一种境界，其高深莫测哪怕是诸葛亮也悔不当初，终于上演一场“挥泪斩马谡”的历史名剧流传至今。

寻求一个自己的最佳位置，也是每一个绿茵队员迈向成功的极关键的一步，不必嫌弃门前的冷冷清清，也不要羡慕别人那一脚漂亮的射门进球后的万众捧月，而哀叹自己充当了别人的二传、三传的角色，闪光的射手榜固然诱人，把球踢入网里固然令人狂喜，然而，找一个最佳位置，把自己的潜能尽情挥洒，择一方热土用心浇灌，才是人生至真至善至美的境地。哪怕默默无闻、身价不扬，一旦拥有，此生何求？

【第七辑】

奇闻异事篇

合閒早事篇

遭遇乌龙人

“乌龙人”是非常聪明而能干的人，他学一样就会一样，七十二行他恐怕能做七十一行，还有一行他做不做都会。他啥都好，就是在做事的过程中，冷不丁要自摆乌龙，把人的鼻子都要气歪，所以他做哪一行都不长久，“七十二行”行行都做完了，还是不能终老一生，一个饭碗一个饭碗地端，又一个饭碗一个饭碗地甩，但凭借其聪明能干总也混得到饭吃。

话还得从乌龙人年轻当兵时说起，由于他奔跑迅速，反应敏捷干起侦察兵。一次，部队搞了一场红蓝两军的对抗演习，他把好不容易弄来的情报，神不知鬼不觉地送到了“敌人”那里，结果他所在的蓝军差点全军覆没，蓝军司令恨不得扇他两耳光，给他军法处置，可红军司令官衔大一级，并发话了：这场演习就接近实战了，打仗哪有不出叛徒呢？万一情报人员叛变了，你该怎么办？你这个指挥官是该好好研究、反思。

乌龙人第一次犯错误竟然得了个表扬，令他感慨万千，不思悔过。

但，他很快就转业了。

由于，他是侦察兵出来的，被选拔进职业篮球队和职业足球队，第一次他摆弄出些乌龙球，人们觉得没什么，也挺自然，可关键之战，他摆起乌龙球来就令人大跌眼镜，被开除出球队。后来，被帮了忙的对方球队怕他面子过不去，勉强收留他几日，不久，乌龙人老毛病又犯了，只好丢其饭碗。

他下海经商，常常泄露商业秘密而破产。遇到有点良心的商人可怜他，还能扔给他两个零花钱。

他又去学法律，拿到资格证就去律师事务所当律师。辩护时，又神不知鬼不觉地掉进对方律师设的圈套中，跟着人家把自己的当事人，越辩越重，原告当成了被告，他的当事人脸气得铁青，问他："你在法庭上说的啥子啊？是不是跟人家串起的？"他只好苦笑地摇摇头走开了，对方律师讪笑着过来，拍拍他的肩膀说："老兄，谢谢你咯——"饭碗又被自己砸了。

他只好又慢慢在社会上混，看一看，想一想，究竟有哪个行当才适合自己干。可最关键的，不知道他自己明不明白：自己是个乌龙人。

颠倒坡

在四川某大山深处一个叫黑菌窝的地方，一片茂密的原始森林掩映下，有一个奇怪的山坡，在这里能够看见又老又黑的熊罴，所以，一直以来人们就叫它老熊坡。其奇怪之处，只要人们上这个坡，一切就颠倒过来。如何颠倒，别着急，让我慢慢给你道来。这里一般人是进不来的，只要离坡还有一段路程，人们就会迷失方向，罗盘也好指南针也好全都摇摆不定，旋来旋去，只有当地挖药的、砍柴的，能够蹿到黑熊坡，找是找不到的，哪个外面探险者，瞎窜胡碰到这里，当然是有去无回，尸骨都找不到，至于哪里去了，各种猜测都有，全立不住脚，什么被熊吃了，或掉下悬崖了，被大树叶、大藤萝卷进肚子去了，被风刮跑了等，说法很多，这里暂不作探究，说也说不清，道也道不明，总之是个谜。这里单单说这个坡，怪得不得了，只要一踏上来，一切就会颠倒过来。

上坡是下坡，人不由自主地就跑起来，好像有人在推你，你如果稳不住，就会栽筋斗，最后，滚上坡去，不见人影了，所以“上坡”确切说不叫“上”而应该叫“下”；下坡呢——当然就是上坡了，人走下去十分吃力费劲，人都要贴到地面了，还爬不下去，劲不够的要拉才行，所以，“下坡”确切说不叫“下”叫“上”，有经验的人来不用脚走路而是用手走路，这仅仅是开头，是序曲，更加奇妙的还在后头，一到坡顶，天就黑了，眼睛是看不见东西的，不过耳朵却听得见，像猫狗眼睛般，星星点点的天空，钻到下面去了，沟溪水跑到头上流得哗哗作响，一股股乌烟瘴气不晓得哪个地方窜出来的，令人神魂颠倒不知所措，不由得想不出任何事情，那思维不是用头在考虑，好像在用屁股想问题，真是奇特至极，让人说不出话来，偶尔，语无伦次发出点声音，都不是嘴巴，像是从鼻子或屁眼里迸出来的。所有的飞禽走兽，全都是仰着飞倒着跑。不过，据说人真的到了颠倒坡，又觉得跟外面一样，一切都非常自然而正常。

颠倒坡附近远古时期就有村落，曾经居住有一族人叫尴尬族，这一族人可谓来无踪去无影，已经消失好多年了。当时流行一种丧葬习俗叫“坡埋”，家里死了人，就想方设法弄到颠倒坡去，既然乾坤颠倒，看死人能不能变活，究竟活没有活，谁知道？因为不出一刻便消失得无影无踪了，谁也不知道活没有活，伤心的家人坚信上天了，肯定活得非常自在。既然死人变活那么活人就可能要死，不是干“坡埋”这个行当的人，千万不要做这个事情，就算做，也得找好的师傅言传身授，把那点魔咒秘诀学到位，就是这样还有很多老干“坡埋”的行家里手因为咒语没有念到位，而与被埋的人一起消失了，所以吃这碗饭在当时是最叫人瞧不起的行当，的确太危险了，不过这种丧葬习俗已消失很久了，成为远古之谜，消失就消失吧，千万不要探究，再怎么探究也探不出个名堂而且还有生命危险。

这个事情，我都听说很久了，至于黑菌窝那个地方颠倒坡还在不在？有没有？没有哪个搞得清楚，千万别当真。问久居深山老林的当地老人，都说肯定有，不过都没有真正去过见过，去干啥呢？不是自找苦吃、自找麻烦吗！有个别科学家研究猜测，好像是一种地磁现象，其道理跟“黑洞”和“百慕大”差不多，虽牵强附会也仅此而已。

颠倒坡真是奇妙，而又使人迷惑啊！

跟着导游小姐一日游

到北京送子读书顺便旅游一下，刚从故宫出来，就被人塞了一张“一日游”广告单在手里，第一次来，人生地不熟，看看也行，仔细一合计非常划算，吃饭坐车，爬长城，游十三陵等才380元人民币，匆匆与人留下旅馆地址和联系电话，算是敲定了。

果然，五点不到电话就响了，草草洗漱出来，被人招呼到路边一个旧“普桑”车上，司机拉着我们又到另外两处搭人，然后，东拐西弯把我们几个外地人送到一辆中巴车上，美丽的导游小姐已经喜笑颜开地恭候游客了，闲聊中足足又等了几十分钟，车便出发了。

导游小姐能说会道，一路上先夸游客后夸北京再说行程安排，伶牙俐齿讲得头头是道、清清楚楚，把你想说的说完了，想问的也说完了，疑虑一一打消了，导游小姐开始收钱了，380加20元接送400元不找零，导游小姐说：“各位叔叔阿姨，爷爷奶奶，这20元，你也可以不给，但我们也不会跟你硬要，可你出门在外就当卖个平安吧，区区20元你也不会计较，这点爱心你会有的，大清早的人家跑‘野的’也蛮辛苦的，大家都落得高兴就好。”

说得是，一车人都爽快地给了，没有人有异议。

一路上，美丽的导游小姐口才之好，说笑话摆段子，真让人佩服得五体投地，到了风景区给游客讲起三大纪律八项注意。一大纪律：就是必须完全服从导游安排，不该去的地方不能私自去，要紧跟导游走，迷了路自己负责；二大纪律：规定半个小时或几十分钟，就一分钟也不要耽误，车子不等人的；三大纪律：自己的行李自己管好，贵重物品如相机之类，被人偷了千万不要找导游小姐要。八项注意就不一一赘述，反正你尽量多注意，九项十项注意更好。

于是，匆匆忙忙、风风火火一日游下来，除中午吃了点乱七八糟的东西外，粗略算了一下，爬长城一个小时，游十三陵一个小时加烧香写名字增加半小时，某药庄（以张仲景塑像为证）一个小时，商城购物一个小时，一大型珠宝商店外加参观珠宝加工一个半小时，足足一整天，紧紧凑凑，也莫名其妙花了不少钱，当然不关人家导游小姐的事。烧香加写名字 300 元，也有大方花千元的，购北京特色“烤鸭”回家送亲友 200 多元，看名医大夫捡药 300 元，珠宝玉器，咱钱少也卖不起，几十块钱的小玩意儿出了一下手，就这样。

一回到旅馆就觉得累，腿脚酸痛，眼前满是导游小姐那张能说会道的嘴巴，一翕一合；耳朵里，还回响着那又夸又劝、酸甜酸甜的美妙的声音。良久也不能入睡，老婆突然问我：“今天，我们是不是有点上当？”我反问：“为什么？”她说：“我也不知道，感觉像是。”我说：“快睡，不要想那么多，比起人家也没有花多少。”

第二天到王府井，果然，比商城的塑封烤鸭一只要便宜 20 元。

土村外传

这是个很有名的山村，因为山里藏有大量的镍矿和锌矿，而变得非常富裕。无论大人小孩每年都按人头分钱，随着矿石的大量开采和市场走俏，钱是越分越多，每家每户是富得流油，当然这还要感谢他们的领头人村长土“皇帝”，村长姓土，“皇帝”是外面的人给取的绰号，有点黄袍加身的味道，村子里没有人叫，也没有人敢叫。

先说村委会，土村长的大儿子当兵回来，部队入的党被乡党委任命为该村的党支部书记，说是支书，但大小事情还得听爹的，村民们知道他听村长的话，如果与大土发生争执便说，“看我告你爹去”，支书便不言语了。大儿媳妇当村妇女主任，小儿子高中毕业没有考上大学，土村长说，考个啥啊，现在大学生能挣几个钱，好好跟着爹干，比他强百倍。小儿子就干起了村里文书的工作，真是他爹的好助手，这是土村长的骄傲。这样的领导班子是团结的，干起工作是很得劲。

进山的通道是村民响应村长的号召集资修建的，没有花国家一分钱，不过外地的车辆经过村口的关卡——收费站时得留下买路钱，收费站修得非常气派，跟高速公路收费站一模一样，这是村长考察回来后根据数码相机照的照片设计的。有人告到县政府也没用，道路是村上的，养路守路都要钱，你告啥子，哪个请你去的！

不久，村里家家户户盖起了楼房，男男女女、老老少少每年都发钱分红。至于村委会那班人拿多少没有人知道，当然村上房子最气派最洋气的，非土村长一家莫属，就是你有钱你也不会修得比人家村长房子高大，如果这样，像什么话，上面来人到你家还是村长家？小儿子结婚，据说找了个城里媳妇，爹妈是公务员，爹是某局局长，村长合不拢嘴了，全村人都来，吃他个八天八夜，弄得比过年还热闹。鞭炮礼花响彻云霄，真是“火树银花不夜天”。

县上召开的“人大”会上，有人说资源是国家的，大量收入应该归国家，县里应该拿大头，村长听了脸黑得如乌云，村民便闹腾开了：资源是国家的，可山头地块是承包的，我们不要你开采，你总不能在我房前屋后的承包地上乱动。当然还是村长有办法，该上缴就上缴点，县政府也穷，落得皆大欢喜。

不久，矿石价格飞涨，村里发了大财，村委会做出决定，要把该村建设得无比美好，挖了条护村河，将围山沟的水引来把村庄圈了个弧形，又漂亮又安全，弄得像世外桃源，一座朱红的庙宇建在山顶，为村民们消灾除难，一个美观的广场建在村口，体育健身设施安装到位供村民玩耍锻炼。有人建议把村长塑像立在中心，土村长为此大发雷霆，他委托小儿子找专家看村里历史上有没有仁人圣贤，专家翻烂好几本书也找不到，只好摇头叹息，最后村长脑子灵光一闪，立了尊又高又大的毛主席像，为此县委宣传部、文明办又剪彩来又发奖，把土村立为典型，土村长当然就是文明标兵。

据说，土村长还规划，准备微缩一下把天安门修在村子里，然而，不久，县里搞村民自治选举，土村长意外落选了，外面说什么的都有，不过，接任村长的是他的小儿子。他辟谣说："我爸老了——"

大嘴马六

马六人小头小嘴巴大，大到嘴角都扯到腮帮子，红红的嘴唇像是把头部分成两半，人称“马大嘴”。马六能说会道且彬彬有礼，他招呼人基本上把自己降一个辈分，比他小的或者晚辈一律叫“小哥”和“哥子”，当然女的无论大小都叫“姐”以免喊老了人家不高兴。他能把3岁娃儿的糖哄到他嘴巴里，有人看见他——麻雀飞过，他都要打招呼。所以，他在单位人缘最好，历届领导都非常喜欢他，哪里有请吃请喝，哪里有好处都会让他去，随时带在身边，这么会说的人哪个不喜欢呢。领导说“东”，他不但不会说“西”，而且，会非常详细地阐述“东”的优点及好处，并会列举“西”的种种弊病，叫你如何不犯“西”的错误；如果领导说“西”，他又会非常详细地阐述“西”的优点及好处，并会列举“东”的种种弊病，叫你如何不犯“东”的错误。人们对于马六能在这个位置上一干几十年，佩服得五体投地，但仔细想一想又在情理之中，人家说嘴大吃八方，这是命，何况这么能说会道、嘴巴这么“甜”的人呢？

可就是这么个人，突然有一天，弄得单位人人自危，风声鹤唳，人人都躲着他，领导都怕他，门关得严严实实并反锁，如果要下班了，得先伸出头来看他在不在。若不在，赶快溜；若在，先不忙出去，得等他走了再说。原来，马六狂犬病发作了，见人就咬，见人就啃，很多人都遭了殃，他也认不得哪个同事哪个领导了，如果咬不到人，竟然还要狂吠不止，单位不少人包括很多领导都受到伤害，只好赶快找医院医治，大家纷纷打了狂犬疫苗。马六五花大绑被送到医院，不久，马六病危死在病床上，工作又恢复了平静。

没有了大嘴马六，有些人心里总觉得怪怪的少点什么，却又怕突然再出现一个类似马六的狂犬病发作者，因为，被狂犬病人马六咬过的人毕竟那么多，每个人都提防着突然靠近自己而嘴巴又“甜”的人。

对立人

对立人其实只是表情十分丰富的人，他的喜怒哀乐都在脸上十分夸张地表现出来，他如果要骂人硬是张开血盆大口，骂得天昏地暗，你的耳膜神经受不了。但是，他骂人一般都是为别人打抱不平，一次，他在街上遇见一个被小偷摸了钱包的老乡，他硬是在集市上把小偷骂出来，骂得小偷受不了滚到水沟里。小偷最后乖乖摸出钱包来还给了老乡。他如果笑，就会开怀大笑，笑得前仰后合，嘿嘿哈哈的笑声把树叶子都笑落一地，周围很多人跟着他莫名其妙地笑得很开心；他如果板起脸严肃起来，让你心跳加速，不知道会发生什么事情；人们给他个绰号“表情王”。

然而一场车祸让这一切彻底改变了，颠倒过来了。你笑他就哭，你哭他就笑，你怒气冲冲的时候，他的脸上乐开花，人们再也不把他当成耿直率真的表现，纷纷敬而远之。有人骂他“神经病”，可是他除了表情不正常一切都正常，家人把他送到精神病院，人家不收，说他不够资格，就是表情比精神病人还精神病。

人家办喜事都在开心地笑，他却夸张地号啕大哭；人家办丧事，他笑得不得了，这么丧门、这么邪门，谁受得了。找了很多医生和医院也没有办法，都说这是个无可救药的“怪病”。

后来，他的行为也变得不正常了，老是跟人作对，不是跟村委会就是跟镇政府，甚至干脆天天上访到县里，拿起红头文件跟信访办的一一掰道理。左邻右舍甚至过路人他都不放过，吵架骂人是正常现象，人家哭他就笑，人家笑他就发怒打人，拿他没有办法，家里人常常跟人赔礼道歉。

渐渐地，家里就不让他出门了，将其反锁在屋里，什么事情都不让他做，哪里都不准去，像个废人——吃饭造粪，他常常在夜里突然大哭大笑，开始十分吓人，久而久之家人就习以为常了。

不久，他发病住院，临终的时候，亲朋好友都来了，想起他没有得这个怪病前的种种好处，人们正在伤心落泪、抽泣时，他突然抬起头来嘿嘿、哈哈、呵呵一阵狂笑，便离开了人世。人们马上被他的笑声感染，泪流满面地笑着，内心从来没有这么轻松地为死去的人送过葬。

人们摸不准他是痛苦还是快乐地离开人世的，但有一点，他死后亲戚朋友轻松了许多。村上、政府、信访办轻松了许多。

【第八辑】

幽默讽喻篇

主人爱犬

有一殷实人家夜里被盗，第二天，男主人痛斥自己的名贵爱犬不曾吠一声，女主人搂住爱犬大骂道："难道你让我这么名贵的狗去咬盗贼？它如果出声岂不被打死或偷走？损失岂不更大？"男主人恍然大悟，嘿嘿一笑，连说："幸好，幸好……"女主人此刻拥着爱犬道："乖乖，以后贼再来还是千万不要出声咯。"名狗于是马上吠了两声，算是做了应答。

街头卖艺

有人街头卖艺，表演真功夫。头破砖石，口吐火……最精彩刺激的是吞剑入腹，当剑吃进口中便向围观的众人索要钱，有人给了有人拒绝，艺人怒目道：不给钱就不取出来。众人想看究竟，只好纷纷掏钱，五角？艺人摇头，一元？艺人再摇头，众人只好壹拾、贰拾……往上添。

艺人满意后回到原处，做功又运气，弄得嗷嗷叫唤，宝剑始终吐不出来，反复再三，此人只好抱拳作揖说："抱歉！抱歉！"

众人鸟散，骂道：真是吃铁吐火屙称砣，功夫深！

鸟儿问答

孔雀问麻雀："你有没有华丽的羽毛？"画眉问麻雀："你有没有悦耳的歌喉？"苍鹰问麻雀："你有没有强劲的翅膀？有没有高远的志向？"凫鸟问麻雀："你有没有肥肥的身体？"……

麻雀对此不屑一顾，并奚落道："没有又怎么样呢？可是，我比你们都活得自由而潇洒。"

财主丧魂

有一吝啬狠毒的财主，时常觉得丢了什么东西，遇见乡邻或长工们就问其捡到什么东西没有，人家问他丢什么了，他又说不清楚。

于是，他就悬赏五十两银子找，有人说你丢了钱，有人说你丢了衣裳，有人说你丢了牛羊，有人说你丢了……他便一一查对，结果没有一个人说对。这时，来了一个人说：“你丢了魂！”他便翻箱倒柜找，果然，到处都没有找到，他只好拿出赏钱，正要给时，他说：“不忙，只要你能够说出我的魂掉在什么地方，我就再加一百两银子。”来人非常惊讶地说：“可是，你的魂已经丢了很久了，并且一文不值呀。”……

围追睹窃

有一扒手窃得一老头钱包，被老头发觉。老头边追贼边喊：“逮到——”也许是老头心急加之上气不接下气，反正一路上只喊出两字：逮到。

众人围观，无动于衷。来一中年男子不知情，跑去伸手拦截，扒手用计说：“快快劝劝我爸，他要打我。”中年男子果然回转身抱住跑过来的老头，劝道：“老人家消消气，娃娃不懂事，回家慢慢教。”只见老头涨红着脸说：“他，他……是……贼，偷，偷了我……钱，钱，包……”

中年男子方知上当，正要追赶，抬头一看扒手已经不见踪影。老头气得直跺脚，中年男子羞得满脸通红，围观的众人笑得嘿嘿、哈哈十分开心。

油腔滑调

街上有一商贩高声疾呼："来买！来买！沉痛大削价——快买！快买，疯狂跳楼价——"

一顾客来到商贩面前调侃道："我想买呐，心太软，既怕你沉痛悲伤，又怕你想不开跳楼寻短见，岂不作孽。"

商贩嬉笑说："上帝啊——你是多么幼稚，你给钱买了，就是说我的痛苦马上就减轻了、转移了，你只要肯出这个价钱，就等于说，我跳楼，你把我拽住了，我即使跳楼下去也被你接住了。"

商贩与顾客相视哈哈大笑，再无二言。

求贤若酷

某局里缺一个副科级干部，为了更好地选拔人才，局委会决定面向社会公开招聘，开头兴致冲冲来了许多年轻人，不乏优秀者，可是看了一下招聘启事便傻眼了，学历年龄专业水平都不说了，什么身高一米七一，穿鞋四二五码，脸型高颧骨——这叫酷帅，都作了严格限制，更离奇的是要在9岁期间得过小儿麻痹症，并堂而皇之写在公告上，美其名曰本局招聘体现了人文关怀，络绎不绝的应聘者不是这不对就是那不符合，个个唉声叹气地回去了。两个月过去了，离招聘期结束还有最后两天，只见局长非常兴奋地领着一个年轻人来到人事科，按照聘用条件一一对照，简直完美得天衣无缝，在座的招聘小组的成员个个竖起大拇指感叹道：人才啊！难得，难得……

任用几天后局里多数的人都知道了，这个年轻人是本市某副市长的公子，人们方才恍然大悟。

孔雀开屏

一少女穿得花枝招展，观看孔雀开屏。孔雀见状欲媲美，不断开屏炫耀美丽的羽翼，少女兴奋不断旋转，在孔雀面前展示她婀娜的身姿。孔雀见状不敢效仿，忙缩回墙角，一转身，露出了丑陋的红屁股。

捉鼠骂猫

一日，猫忽见一只硕鼠窜出，便穷追不舍，鼠大且凶，一阵撕咬搏斗之后，鼠终于被扑拿于爪下。少刻主人回，猫正欲表功，猛听主人惊呼：“该死的猫，你收了我的老本了——”原来，爪下是一只海狸鼠。

主人盗犬

一贼见路边一狼犬，甚爱，便将提包中鸭肉块掷去，犬吞咽又索，贼便数步一块扔之，引到数里外自己院中，端上一碗饭食，慢慢靠近用绳套缚住犬。而后，主人寻来，犬不认且凶恶无比，主人退之，又以此法盗回。

后　记

中华民族的复兴大业，离不开文化复兴，文学作为中华文化、中华文明的一部分，是我们的精神食粮，滋养和激励着我们一代又一代中华儿女，文学创作更像这大江大河一样川流不息，源远流长，谱写着中华儿女英勇奋斗的英雄壮歌，记录着华夏民族的苦难和光辉历史及对未来的美好憧憬。

生活是创作的源泉，立脚本土，描述并歌颂四川家乡的山水优美景色、风土人情，为深爱的这片土地而笔耕不辍。这本散文集仅仅是我们四川文学河江里微不足道的水珠或小小浪花，或者说，仅仅是一本习作，但，同时也是本人多年文学创作爱好的结晶。

希望我们四川的作家、诗人，像这里的江河一样川流不息，奔涌向前，取得更加辉煌的成就。

后记

当代四川散文作家书系

丁仕强　主编

比草还长的日子

布衣　著

中国书籍出版社
China Book Press

图书在版编目（CIP）数据

比草还长的日子 / 布衣著 . -- 北京 : 中国书籍出版社 , 2024. 11. -- (当代四川散文作家书系).
ISBN 978-7-5241-0117-8

Ⅰ . I267

中国国家版本馆 CIP 数据核字第 2024QL8167 号

比草还长的日子

布 衣 著

责任编辑 王志刚
责任印制 孙马飞 马 芝
封面设计 杨 桃
出版发行 中国书籍出版社
地 址 北京市丰台区三路居路 97 号（邮编：100073）
电 话 （010）52257143（总编室） （010）52257140（发行部）
电子邮箱 chinabp@vip.sina.com
经 销 全国新华书店
印 刷 四川科德彩色数码科技有限公司
开 本 880 毫米 ×1230 毫米 1/32
字 数 1760 千字
印 张 65.75
版 次 2024 年 11 月第 1 版 2024 年 11 月第 1 次印刷
书 号 ISBN 978-7-5241-0117-8
定 价 598.00 元（全 10 册）

总序

以散文之名　发时代之声

四川省散文学会会长　丁仕强

四川，自古便是文人墨客倾心描绘的天府之国。这片充满诗意与传奇的土地，激发着作家和诗人的情感与想象，孕育出一代又一代的文学巨匠。他们以笔为犁，耕耘着这片沃土，用文字记录时代的变迁，抒发个人的情感，展现社会的风貌。

进入现当代以来，随着社会的快速变迁和文化的多元融合，四川散文作家更是以其独到的视角和敏锐的洞察力，捕捉时代脉搏，反映社会现实，表达个体情感，创作出了一大批具有深刻思想内涵和艺术价值的优秀作品。散文，作为一种自由、细腻、深邃的文学形式，它以最直接的方式触碰人的心灵，以最朴素的语言揭示生活的真谛。四川的散文作家，根植于这片文化沃土，汲取着巴蜀文化的精髓，他们的作品既有大山大水的雄浑壮丽，又有田园牧歌的温情脉脉；既记录着时代的变迁，也倾诉着个体的情感。

四川省散文学会迄今为止已走过34年的历程。多年来，学会与时俱进，开展写作分享及文学讲座，召开“川渝散文家论坛”“中国西部散文论坛”，开展“四川散文奖”评选等活动，上千名会员出版散文专著，近百名会员荣获“鲁迅文学奖”“冰心散文奖”“四川文学奖”“朱自清散文奖”“五个一工程奖”等文学大奖，散文创作成绩斐然，可圈可点。

为深入践行习近平文化思想，坚定文化自信，坚持守正创新，引领新时代散文创作，推动散文家队伍建设，促进散文高质量发展，学会组织编辑《当代四川散文作家书系》（第一季），旨在全面展示当代四川散文作家的创作水平和艺术风貌。我们精心挑选了部分优秀散文作家，他们中有的已在文坛享有盛誉，有的则是初露锋芒的新星，涵盖了不同年龄层、不同风格流派的散文创作者。无论是对乡愁的抒发，还是对时代变迁的记录，抑或是对个人生活经历的思索，每一位作家都有其独特的视角和笔触，他们用文字描绘山川河流的痕迹，刻画时代的进步与变迁，抒发对生活的感悟与情感，以真挚的情感和独到的视角，展现了多层面的社会现实与精神追求。

本套《当代四川散文作家书系》，共10本散文集，分别是《梧桐树下》《千年一城》《火把》《在故乡的原野上奔跑》《洛水边的乡村中国》《飞鸿雪泥》《比草还长的日子》《川流不息》《岁月笔记》《且听风吟》。

《梧桐树下》一书，作者结合亲身经历，深刻探讨了人生哲理、人际关系的温暖以及个人成长过程中的反思；《千年一城》则借着收录的23篇文章，精心组构出千年古城巴州的来路与去向以及巴州城的数次华丽转身；《火把》一书通过几个不同时代、

不同地域的人物和故事，展现了普通人在生命迁徙与经济变迁中的坚韧与努力；《在故乡的原野上奔跑》是作者的奋斗史、心灵史，“奔跑、扎根、奋斗”是本书的关键词，怀念和梦想是作者的情感表达；《洛水边的乡村中国》一书，作者以小见大，以洛水边的10个传统村落蝶变成特色新村，折射出了一个县、一个省乃至整个中国乡村的发展历程。其他几本散文集也各有千秋，特色鲜明，通过这些作品，我们可以感受到四川散文作家在继承传统的基础上，不断创新的艺术追求。他们以真挚的情感和深邃的思考，探讨人生哲理，挖掘人性光辉，传递社会正能量。他们的文字，既有对美好生活的向往和追求，也有对社会现实的深刻反思和批判。

这套书不仅是一种文学表达，更是历史与现实交汇、个体与民族共鸣的生动写照。这些作品，或清新脱俗，或深情厚重，或哲思深远，它们共同构成了一幅丰富多彩的文学画卷。希望通过这套丛书的公开出版，不仅能把握住散文这一文体在形式上的创新与探索，也能从深层的文化内涵上，理解四川乃至整个中国当代散文创作的发展趋势。

在这里，我要特别感谢各位作家的信任与支持，正是因为有了他们的辛勤耕耘和精彩创作，我们才得以将这些散发着文学芬芳的作品集结成册，奉献给广大读者。同时，也要感谢书点文化传播出版团队的细致工作和无私奉献，他们的专业与热情确保了本套书的顺利出版。

愿《当代四川散文作家书系》能成为你认识四川，感知时代，领略散文魅力的一扇窗口。希望这些真挚的文字能触动你的心弦，激发你对生活、对文学的深刻思考和无限遐想。

让我们携手共进，以散文之名，发时代之声，祝愿四川的山水更加美丽动人，祝愿各位散文作家创作大获丰收，祝愿四川散文创作和发展永远充满生机与活力！

2024 年 6 月 29 日

打鱼雀（代序）

曾经家住城乡接合部，背靠几口大鱼塘。站在阳台上，镜子似的鱼塘，尽收眼底。天气晴好的时候，总有一群群小鱼儿，在漂着蓝天白云的镜子里游弋，搅出几缕微波。

常常搬个藤椅，坐在阳台上读书。累了，倦了，就看鱼塘上的风景，看云来云去，看鱼塘周边为生计守候的几只打鱼雀。

打鱼雀，也叫叼鱼郎，学名翠鸟。这里似乎是几只打鱼雀的第一猎场，一大早，它们就栖在了鱼塘边。

久而久之，我又发现，这些打鱼雀们的生活有讲究，不容易。守候的地点要低，必须是靠近水面的小树枝，甚至是草丛边的一块小石头。虽然鱼塘边也有大树、高枝，但大树、高枝只能高高在上，看不到鱼儿的动静。

还要牢记古训，沉默是金，不能一到枝上站着，就喜鹊般、王婆卖瓜般叽叽喳喳，必须静静守候，用事实说话。更不能三心二意，这个枝上站站，那个塘边飞飞。

鱼不是每时每刻都有。鱼儿们也不是傻瓜，吃亏之后，便学乖了，不在水面上晃荡。打鱼雀，必须具有犀利的目光，才能从平静的水面上，看到不平静的鱼。天气也不是每天都晴好。恶劣的天气里，打鱼雀就得是“独钓寒江雪”的“孤舟蓑笠翁”。

有时，守了许久，鱼儿来了，却没有抓住时机，白忙活一场。作为专业的守望者，打鱼雀不能灰心丧气。灰心丧气，就会三天打鱼两天晒网，哪会有什么收获？

有时，还会出现付出与收获不成正比的情况。比如，一只打鱼雀在塘边目不转睛，苦苦守候多时，而别的打鱼雀呢，刚来一会儿便叼了一条小鱼。这时，不能浑身上下发热，心猿意马，说三道四，“是我先发现的，你凭啥弄走！”也不能径直飞去争夺，打得头破血流，两败俱伤，鱼落塘中。

成功的打鱼雀，只是静静的守候，一旦目标出现，便毫不迟疑，信心十足地冲上去。失败了，再去守候，再冲上去……

这样的风景看多了，就想，做雀如此，做人为文似乎也应该如此吧。或者，我也应当做一只这样的打鱼雀，才能从生活的池塘里，打捞几条小鱼。

目录

第一辑

旧挂历

旧挂历 003
蚯　蚓 004
一只蜜蜂的独白 005
磨豆腐的老人 006
在乡下教书的人 007
父子同学 008
盼望星期六 010
生命如花 012
外婆河 014
邂逅一只小鸟 017
地震，今夜请将我们遗忘 019

第二辑

城市农民

呼唤故乡 027
跟在风的后头 029
向着明月奔走 031
无论你在哪里 032
打工的蟋蟀 034
橘子的衣服 035
高　处 036
斑　鸠 037
大西洋的贝壳 038
城市农民 040
飞翔的梦 043
主妇笔记（二则） 046
阳光碎片 048
梦的天堂 051
活着的油画 054
历史的胭脂 056
梦里沙洲 059

第三辑

比草还长的日子

风中的老屋 065
前世的母亲 076
比草还长的日子 080
饥饿的味道 085
家里有灯 089
灯和一些旧时光 091
硬币的记忆 094
拴着绳子的康乐饼 097
团米的鸽子 099
考试的秘密 101

第四辑

写给粲儿

十八岁进行曲 107
写给粲儿 108
大　哥 110
五十六朵玫瑰 112
上学的路 114
沉重的三峡石 116

公主的汉字晚会（代后记） 117

【第一辑】

旧挂历

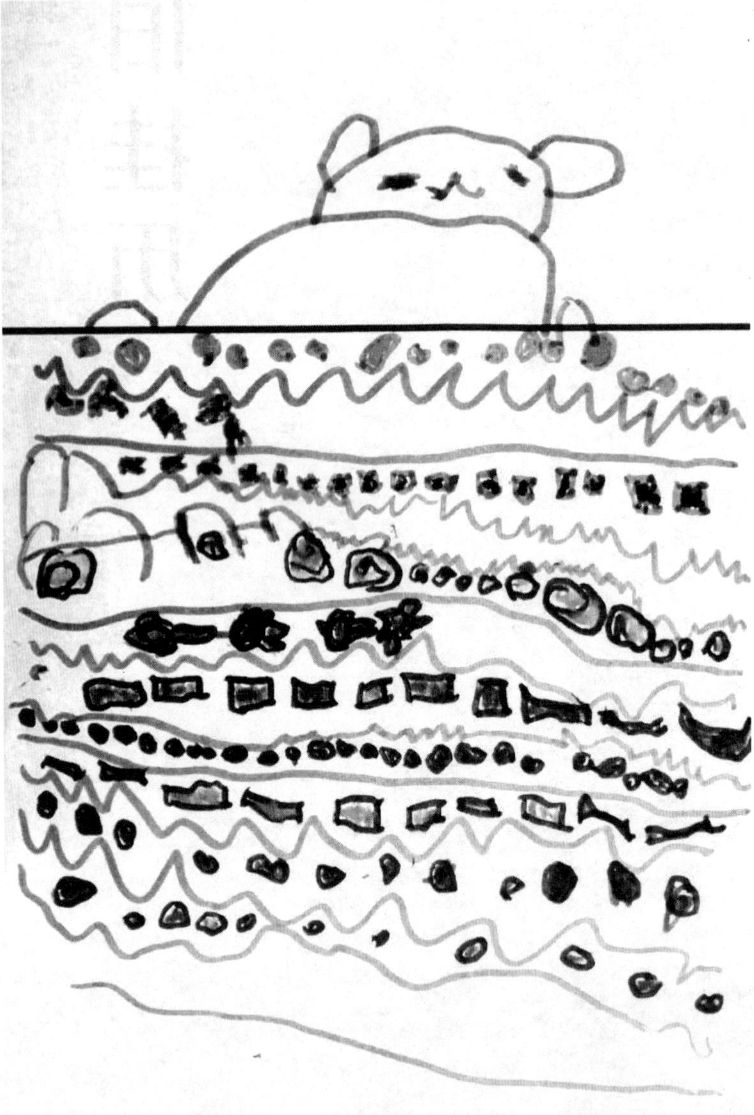

北极熊的愿望

旧挂历

在封面搔首弄姿的明星，现在，从风光的墙上下来，躲在岁月深处沉思。往事如烟，被钟摆催老的日子，已蒙上一层厚厚的红尘。

日子，并不是简单得一翻而过啊！

（原载《散文诗》1998 年第 2 期封三）

幸福的一家三口

蚯　蚓

柔弱的英雄，在看不见光明的泥土里，把自己的身体当作灯，纵然一分为多，也痴心不改，更何惧外界的风风雨雨！

蚯蚓，一条化作春泥的祖训，总被许多时代的强者仿效、继承。

（原载《散文诗》1998 年第 2 期封三）

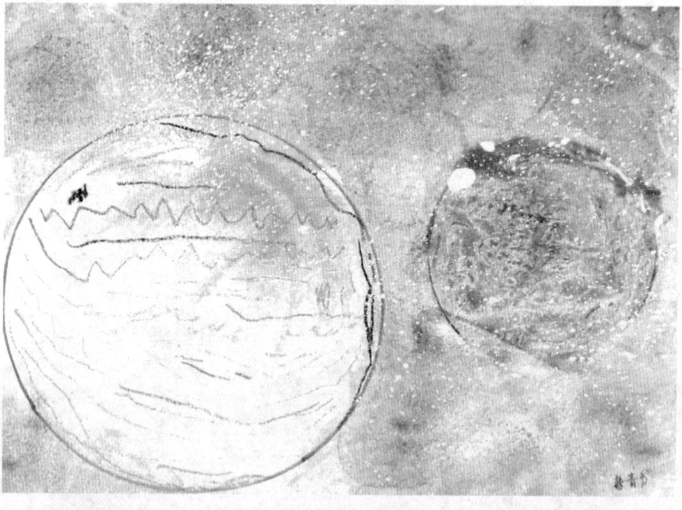

太阳和地球

一只蜜蜂的独白

面对大片大片的春天，不用嗅觉，不用听觉，也不用触觉，仅凭心灵导航，我就能从一万朵桃花中找到你，我的爱，你是我今生唯一的蜜源。所有的春夏秋冬，包括甜蜜和痛苦，包括风雨和坎坷，我都要和你一起度过……

鲜艳终将枯萎，但芬芳永恒。我不跳八字舞，不走回头路，你的一切一切，我都能承受。

一只蜜蜂和一朵花，是彼此的永远。

（原载《绵阳日报》2002 年 9 月 22 日）

磨豆腐的老人

日子，捏在一把老茧里，珍贵如豆。一粒一粒，数进磨眼。偶有撒落，也长出好高一株叹息。

岁月，交错在坎坷的声音里，沉重如两扇磨石。一步一步，负累前行，坚实的脚印，诠释出一圈圈不凡的年轮……

一生，流淌在乳色的浆里，成分复杂，包括血汗，包括泪。回忆的滤帕里，暴满青筋的手，把往事摇曳，总沉淀出一方方雪白的歌与梦的醇香……

（原载《中国社会报》1997 年 1 月 7 日）

在乡下教书的人

像种花的人。

白天，在几十平方米的责任田里，在几十株花朵中间，挥洒汗水与心血。夜晚，收听起伏的蛙鼓与蟋蟀的长鸣，从一个个红钩的枝上嗅到花香。

离污染这个词很远，离鸟啼这个词很近。

在乡下教书的人，很幸福——每到九月十日，总有许多从城里出发的青鸟，栖息在粗陋的办公桌上，啁啾，歌颂乡村的洁净。

（原载《教育导报》1997 年 3 月 14 日）

父子同学

我和父亲是同学，自考同学。

前年，师范毕业的我报名参加了高等教育自学考试。考一次下来，竟合格了两科。抚摩着我的成绩合格证上那盖有“四川师范大学”字样的红印章，父亲沉默良久，然后说：“我要和你一起去自考！”

我和母亲大吃一惊，但我们都很理解父亲的心情。读高中时，父亲成绩很好。据当时教他的老师说，父亲考上重点大学是没有问题的。可惜那年月取消了高考制度，父亲只好回村，当了民办教师。后来“民”转了“公”，父亲就调到一所乡镇初中教语文。1978 年，父亲参加了一家教育学院的函授。只差半年就要毕业时，由于祖母去世，母亲又体弱多病，家中举步维艰。父亲不忍心让母亲独挑重担，又回了家……现在，父亲要去参加自考，其实是要去圆他那未了的“大学梦”啊！因此，我们都很支持他。

父亲已是 49 岁的人，记忆力衰退不少，学起来难度大。但父亲学得很认真，也很刻苦。听母亲说，自从报名参加自考，父亲总是清晨 6 点起床，晚上 11 点睡觉。一有空，他就抱一本书。那日，我翻开父亲的《古代汉语》，只见上面密密麻麻地画满了各种符号，另外还有一本厚厚的笔记。

父亲以前是有名的“棋篓子”，在他们那所初中几乎无人能敌。他棋瘾很大，星期六回家，一时找不着对手，便把我拉上。即使让我车、马、炮，也要和我这个“臭手”杀上几盘，过过瘾。可报了自考后，这“必修课”就改成了考试——同学汉语言文学专业的我们父子俩，对所学科目的内容互相抽考。

看父亲学得如此专心，我自然也不甘落后，抱着书本拼命啃。

“功夫不负有心人”。今年8月，我和父亲一同通过了所有科目，一同毕了业。面对两本鲜红的毕业证书，我不禁感慨万分：这两本毕业证，特别是父亲的毕业证，来得多么迟，又是多么不容易啊！

（原载《四川日报》1998 年 12 月 6 日）

星空下的家

盼望星期六

我们家是“半边翘”——父亲在乡镇初中教书，母亲在农村。父母抚养我们兄妹四人，着实不易。

小时候，我们最盼望星期六。因为，星期一至星期五，我们都吃玉米糊和麦面糊。而星期六父亲要回来，要买米、割肉。我们每天都掰着手指头数，到星期六下午一放学，我便领着弟弟、妹妹，站在山垭上，踮着脚，伸长脖子，像几只嗷嗷待哺的小鸟，等父亲归“巢”。终于，眼尖的小弟发现了父亲的身影——弯曲山路的尽头，父亲右手拎着一只黑挎包，左手提一小块肉。我们欢呼雀跃，跑着，跳着，迎上去，簇拥着父亲。父亲便把米和肉交给我，一手抱一个小孩，领我们回家。晚上，几个孩子便围着锅台转，等待稀饭和大肉。一上桌子，我们就争抢起来。父亲和母亲总是笑眯眯地看着我们狼吞虎咽，他们几乎不怎么动筷子。沉淀在碗底的一小团米粒，也总分给我们吃。

这样的星期六也不多。多数时候，我们等待的结果，是父亲的两手空空。每当这时，父亲一脸愧疚，总是说：“又想吃肉了吧，下次爸爸给你们买回来。”记得有一次我过生日，父亲带回来一小袋米，没有肉。我嚷着要吃干饭。父亲和母亲商量了一下，终于打了一汤勺米，切了一大瓢魔方状的红苕，煮了一顿干饭。而以后连续两个星期，我们都是吃的玉米糊。

如今，我身为人师，亦为人父，最小的弟弟也已就读重庆的一所大学。我们兄妹四人，聚在一起时，总忆起小时候星期六的盼望，想到还在辛勤劳作的父母，我们总禁不住眼泪汪汪……

（原载《教育导报》1997年3月14日）

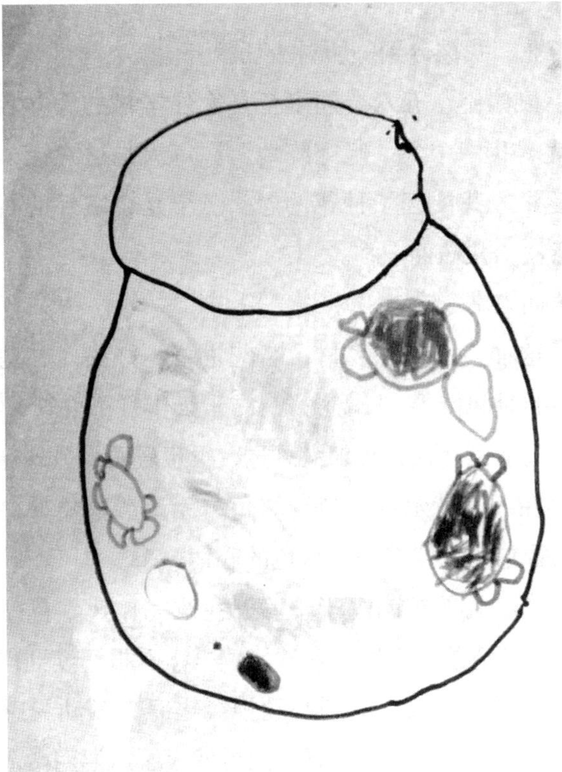

我的糖果瓶

生命如花

师范毕业，我被分到一所村小任教。

那村小很偏僻，五六个同事全是家住本村的民办教师。下午一放学，就剩我一个人“坚守阵地”。每天吃过晚饭，离上床睡觉的时间还早，我便起了种花的念头。于是寝室外的石礅上，有了几个旧瓷盆，几株仙人掌。

我只养仙人掌。

之所以这样，一是在乡村，名花贵草不好找；二是养仙人掌不用花太多的时间侍弄，只需浇浇水，十天半月不去管，它也活着；三是听说仙人掌也开花，我却没见过，很想看看；另外还有一点，只要生命存在，它就永远保持着绿色，无论严寒酷暑，无论春夏秋冬，都让看它的人拥有一份绿色的心情……

每日，待喧腾的校园趋于平静，我改完作业，备完课，就关上校门，泡一杯清茶，坐在花盆边，读书、看报。读到得意之处，足之，舞之，蹈之，叹之；到心领神会之时，触动灵感机关，乘兴写下一些文字寄出去。偶尔有一两篇发表了，便用微薄的稿酬，买一袋盐花生，把“茶”临风，其乐融融！后来参加了自学考试，抱两本厚厚的教材，做一本薄薄的笔记。报考两科合格两科，其乐融融！

而仙人掌，也在静寂中长大。有一日清晨，我起来锻炼时，发现一株仙人掌竟开出了一朵花。赤黄色，极柔嫩，在晨风中散发出一股极淡极弱的清香。

同事们陆续到来，听说仙人掌开了花，都围拢来看，都说我的运气好，别人养几年也不开花，而我，才养了一年多。

一张张笑脸，绽开如花。我心里涌起一股热流：“远离繁华，远离赞叹。却不放弃追求，在寂寞中，绽放生命之花。这仙人掌，不正是无数为教育事业奠下基石的村小教师的象征吗？”

啊，生命如花……

（原载《中国社会报》1997 年 12 月 26 日）

我一岁二岁五岁的样子

外婆河

小时候，我和弟弟、妹妹们都喜欢去外婆家。那时，我们家是典型的“超支户”，非常穷。几个小孩站在一起，如同夏天的玉米秆，正一节一节往上拔，却只吃得上没什么油水的红苕或玉米糊糊，成天痨肠寡肚，饿得心慌。而到外婆家，可以改善生活。虽然外婆家也并不富裕，但相比之下，比我们家好得多，并且外婆家所在的村子还有一条外婆河——不知道它的名字，只因从外婆家门前流过，便叫了它外婆河。

外婆河不大，也不深，却很美。一年四季，河水丰沛，常年不断；也极清澈，甚至可以看见在河底缓缓蠕动的蚌壳。河里，细长而柔软的水草如仙女曼妙的手臂，随波舞蹈；一群群鱼儿往来如梭，在草丛中，在倒映于河水的蓝天白云中觅食，嬉戏。河边，芦竹丛生。如茵的芳草和不知名的野花织就的两条花毯子，绕着曲曲弯弯的堤岸，随着缓慢而坚定地流向远方的河水，一直铺向天边，和天上的白云连成一片……

记忆中，外婆河鱼肥虾壮。有一次，外婆去河边淘猪草，看见一群鱼游过来，浮在河面上吃菜叶。她随手举起榔头，奋力一击，竟有两条鱼被打得晕头转向，成了盘中美餐。而秋天，有大雾的早上，早行的人们甚至可以在河岸上捡到自动跳上岸来的鲤鱼。这种现象，我当时觉得简直不可思议，现在想来，大概是鲤鱼们把高高的河岸当成了龙门吧。

住在外婆河边的人，十有八九会钓鱼。外婆虽是个女人，却是个钓鱼高手。她在河边蹲上个把小时，总会满载而归。我们去了，疼爱我们的外婆知道我们馋，总要想方设法让慷慨的外婆河好好招待我们。她挖出养着的蚯蚓，用玻璃瓶装了，叫我们提上，直奔外婆河。到了河边，我们遵照外婆的嘱咐，紧盯着浮漂，不敢说话，生怕惊跑了鱼儿。浮漂动了，我们的惊喜也涌动着，到了嗓子眼儿。但它先只是动了一下，又停下来。突然，浮漂猛地往下一沉，外婆顺势往上一拉，嗬，好大的一条鱼！鱼儿在晃晃悠悠的钓竿上活蹦乱跳，我们取鱼，上饵，忙得手舞足蹈，不亦乐乎。当香喷喷的红烧鱼、可口的酸菜鱼端上桌，外婆总是笑眯眯地看着我们狼吞虎咽的样子，自己却不动一下筷子。她说，自己经常吃鱼，吃腻了，不想吃。其实，外婆是要等我们吃饱了，她才吃。

走的时候，外婆总要把我们大大小小的衣服口袋，装满脆蹦蹦的红苕干或香脆的炒花生、炒黄豆之类的东西，把我们送过河边的小桥，直到看着我们走远。

几乎每一次去外婆家，我们都会乘兴而去，满意而归。当然，也有败兴的时候。那年夏天，接连下了好几天大雨，我们又去外婆家。到了外婆河，却发现河边的小桥被洪水淹没了。我们急得大哭，隔河大喊：“外婆！……”外婆听见喊声出来，急得不行，却也没办法。我们只好抹抹眼泪，回了家。

参加工作后，每次回老家，我总要去看看外婆，看看不老的外婆河！

（原载《绵阳日报》2003 年 3 月 23 日）

星空

邂逅一只小鸟

鸟声，在暴雨之后的晨曦中，把我唤醒。

我躺在床上，看不见它，我想看看那是一只什么鸟，但伤口太疼，我爬不起来，只好请护士小姐把窗户打开。

原来，它正站在窗外最高的那棵树上。那是一只并不好看的小鸟，毛色灰黑，零乱驳杂。它的歌喉也并不婉转，在宁静的清晨，甚至显得有些尖细。但它执着而忘情，迎着霞光，唱完一句，接着又唱。

它唱的是什么？是昨夜与暴风雨的搏斗？还是今晨美丽的朝阳？我不知道，我听不懂另一个世界的语言。

但那一声又一声，像一粒粒石子，砸在我的心上。我为那只小鸟感动。羽毛不如孔雀艳丽，歌喉不如画眉婉转，看到的天空也不如鹰和天鹅高远，常常遭到暴风雨的突袭，它却不自卑、不自弃，坚持站在生命的高处，面对朝阳，唱出心中的歌。这，难道不是生命的极致吗？

人活着，也应该象这只小鸟一样坚强啊！感谢生活，让我在病中，在心情异常沮丧的时候，邂逅了这么一只不知名的小鸟，歌唱着哲理的小鸟……

（原载《青少年文学》1998 年第 2 期）

三个跳舞的精灵

大海

对于自然灾害，对于时间和空间，人的生命就像大象脚下的蚂蚁，太过渺小，太过脆弱。但是，面对灾难，人又是那么不屈不挠，用微笑诠释着坚强。

——题记

地震，今夜请将我们遗忘

2008 年 5 月 12 日　星期一　晴

特大地震的发生，没有任何预兆。5 月 12 日，那天下午，我和三台县委办公室、三台县政府办公室的领导正在去成都的路上，准备去省政府办公厅，向有关领导汇报行政效能建设工作。车过成德高速鸭子河大桥，突然抖动厉害，司机小汪愣一下，说："糟了，车爆胎了！"一个紧急刹车，车停住，却不稳，仍然左右摇摆，车胎没爆，但车跳起近一尺高。"快看，快看！"随着小汪的惊呼，坐最后一排的我打开车窗，我们看见，鸭子河大桥栏杆呈波状扭曲起伏，河水、渠水来回急速晃荡，仿佛有一只巨手在推动大地荡秋千。"快走！"不知是谁又叫了一声，正在查看的我们反应过来，立即跳上车，迅速离开剧烈晃动的大桥。

"可能是哪家化工厂发生爆炸了。""不，可能是地震。"

在车上，惊魂未定的大家，纷纷猜测刚才那一幕的发生原因。我拿出手机给一个亲人发了一条信息：“刚才似乎发生地震，很恐怖。”大家都拿出手机，想向亲友打探情况，却发现手机已经没了信号，连短信也发不出，通信中断。打开汽车调频收音机，却始终收不到成都电台消息。

距离成都绕城高速收费站不远的时候，车停下来，下车一看，前面已经停下一长串车，堵车了。打开车窗，听到旁边车上的车载电台正在大声广播：“成都人民广播电台，现在播发紧急消息：今日下午 14 点 28 分，四川汶川发生 7.8 级地震。”才明白刚刚发生的是地震，而且是比唐山大地震还高 0.2 级的大地震。而且，旁边车上的人还说，地震使得全省尤其是都江堰伤亡惨重。

有人继续打电话，还是打不通，还是坚持打。也有人建议，不去省政府了，但回头一看，后面的车已经是一条长龙，根本没了退路。过了一会儿，车缓慢放行，于是继续硬着头皮，向前蠕动。

到城区的时候，我们终于搜索到成都人民广播电台，几个人竖起耳朵，听到电台主持人正在主持热线，接受众多市民对灾情、亲人情况、交通情况的询问，四川省、成都市领导们已经赶赴都江堰，还有领导在成都指挥部，现场发表讲话。

电台里不断有各地的灾情传来，但是没有三台县的消息，三台县不属于成都管辖，而且电话也打不通。大家在关注的同时，也侥幸地想，三台距离汶川远一点儿，应该问题不大。

往省政府走的时候，成都市区已经实行交通管制。汽车绕道行驶大约两个小时，终于到了省委党校——按原计划，我们要先到这里帮一位领导报名参加省里组织的学习。刚到党校签到处，大电子屏上突然出现字幕：“今日下午 14 时 28 分，我省汶川发生 7.8

级地震，灾情严重。原定某某学习班取消，请立即返回抗震救灾。”看到这些，我们意识到灾情严重，立即走出党校。

虽然电话已经联络不上省政府的领导，但考虑到三台离成都比较远，来一次不容易，我们的领导还是决定继续到省政府看看能否完成预定任务。

一路的交通已经严重堵塞，成千上万的各种车辆不分贵贱，前不见头后不见尾，滞留在路上，像一堆又一堆废铁。路上，省级机关的工作人员很多站在大院内，门口一大群保安和警察；路边商店的店员、学校的学生、公寓里的居民纷纷走出来，在相对空旷的府南河边聚集；一些人在步行，往自己亲人所在的地方赶；一个母亲模样的年轻职业妇女，已经忘记淑女形象，一面狂跑一面流泪，估计是她不知道自己孩子的消息，在奔向宝贝所在的幼儿园……

又经过一个多小时的蠕动，到省政府街口，我们的车被一大堆警察和武警拦住，经出示证件，并说出领导姓名后，才得以放行进入省政府大院。但省政府已经进入紧急状态，根本找不到那位领导。于是放弃，匆匆走出来，往家里赶。

车在高楼大厦之间，缓慢蠕动。蠕动的时候，又发生一次余震，明显感觉那些平时巍然耸立的建筑，如今弱不禁风，柳枝一样危险地摇晃。

又经过几个小时蜗行，晚上 9：30 左右，我们终于挤挤挨挨走出成都。我们肚子饿急了，咕咕直叫，但路边的快餐馆不是已经关门，就是挤满了吃饭的人群，超市排满了站队购买的长龙，连面包也很难买到。没办法，只好忍着往家赶。

手机还是不通，而且车上大多数人包括我的手机已经没电，只能听电台，但电台里也没有三台县的消息。司机加大油门，22∶00左右，我们经过德阳城区的时候，电台里终于传来有关三台县的消息："全省灾情严重……绵阳市三台县一座水塔倒塌，死亡一人。"听到这个消息，我的心卡到了嗓子眼儿上，特别紧张——我家住顶楼七楼，因为水压经常不够没水可用，就在楼顶安了一座铁皮小水塔，以备不时之需。现在，我担心极了，害怕自己家的水塔掉下楼去，伤及路人，那麻烦就大了。

一路上，我如坐针毡，归心似箭。虽然知道手机不通，但我还是怀着侥幸，一遍又一遍地拨打，直到手机完全没电。别人说话的时候，我也神思恍惚，根本无心注意，只在心里默默求老天护佑，千万千万，别让我的水塔砸到人。

大约晚上23：00，进入三台县境内，别人的手机陆续收到亲人的问候短信。但我的手机电量已经用完，只好看着路边沉寂的村庄，看着偶尔闪现的一星灯火，着急万分。

半小时后，终于看见三台县城的灯火，在新西街口下了车。三台全县人口148万，县城居住人口较多，以往晚上12点走到街上，也是人流不断。但现在，那熙熙攘攘的"好吃街"九倒拐，那灯火辉煌的"通讯一条街"小南街，店面全都关闭。街上没了穿梭往来的三轮车、的士，到处是掉落的墙面瓷砖、砖块、纸屑、落叶，一片狼藉。

一路小跑到自己居住的小区，我一眼看见底楼地面上没有水塔残骸，悬着的心放下了一大半。楼下，邻居们人心惶惶，七嘴八舌地议论，扶老携幼，呼妻唤子，一片混乱。有好心邻居劝我不要上楼，但我还是心急火燎，众目睽睽下上了顶楼。

开门的时候，防盗门没像平时一样反锁。进入屋内，家里已经面目全非：电视移位到了客厅中央，一对高音音箱滚落地面，裂成几半；酒柜歪斜，柜子里的酒杯、酒，已经打碎，酒水横流；客厅吊灯玻璃掉落一地，墙面裂缝好几处……所有一切，看得人胆战心惊。我赶紧拿出手机充电后，又拨打座机电话，却也不通。跑上楼顶，我们的狗狗——丝丝狂吠不已，打开楼门，看见水塔已经倒下，洗衣机、花盆被砸得稀烂。但我已经来不及管这些，赶紧把丝丝解开，牵到手上，就又往楼下跑。

手机紧急充电几分钟，终于可以开机，几秒之间，一连串的短信似乎堵塞已久，一个接一个地涌进来。阅读，都是亲人和好友的问候，都是中国移动的信息。灾难降临的时刻，亲人们、朋友们都还关心着我，有人甚至打了近 30 次电话，发了近 10 条短信。那一刻，我的心里充满了感动，眼里蓄满了泪水。

通过短信，知道亲人们都还安好，我放心了。但身为公务员，我知道在这样的紧急时刻，不能休息，应当赶回部里听候组织调遣。于是紧急关闭家里的煤气、水、电，牵上丝丝，一边下楼，一边不间断地拨打同事们的电话，终于通了，知道同事们都在单位。路过运管所宿舍，看见父母亲人都在门口聚集，把丝丝交到他们手上，我喝了一口水，立即往单位赶。危急时刻，作为共产党员，作为公职人员，我知道自己的使命。

一进县委大院，就看见同事们都在大院坝子里待命，赶紧过去问候。到办公室，和同事启动了全县突发应急事件新闻宣传预案后，下楼和同事们待在一起，同事们早已从办公室搬出椅子，热情招呼我喝水、吃饼干，一番寒暄。

时间已经是凌晨 2 点过，余震不断。大家都十分疲倦，坐在硬邦邦的椅子上迷迷糊糊，随时待命准备抗震抢险。后面的县委小院内，书记、县长正在召集紧急会议，部署抗灾自救工作。当夜，全县干部紧急动员，连夜走村入户，紧急征集钢钎铁锤等工具。第二天凌晨，三台县满满几大卡车救灾物资，驰援重灾区。我们单位两位科长，锐哥和刚哥作为押运人员，奔赴北川。

大概凌晨4点，我被一阵强烈的余震惊醒，头晕晕乎乎，再也睡不着，就走出县委大院往体育中心方向走。琴泉路、梓州干道两旁和体育中心里面，已经搭满了各种各样的简易棚子，成千上万的父老乡亲，躺在一块塑料布上露天避险。我疲惫不堪，我的心里充满了祈祷：“地震，今夜请将我们遗忘！”

（原载《剑南文学》2008年“抗震救灾”作家专号）

公主的汉字晚会

【第二辑】

城市农民

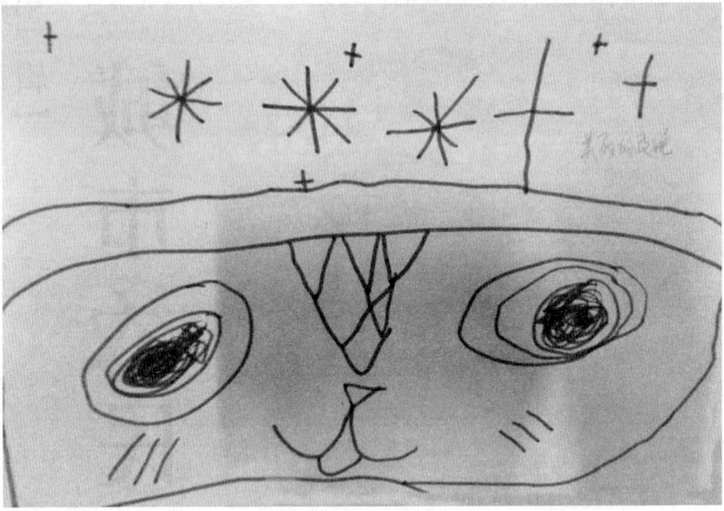

猫咪

我自己

呼唤故乡

对面楼顶，有一条狗。不是街道上常见的宠物狗，而是那种典型的乡村土狗。

它经常无来由的叫唤。而我儿子的房间，就在它的对面。很多时候，我儿子都抱怨，那狗太烦了，吵得人睡不着觉，应该叫城管或者 110 来收拾它。每当这时，我就安慰儿子，别抱怨，没事，把窗子关紧一点儿就行。

我知道一些那狗叫唤的意思。或许，来到这个不属于自己的城市，不是它的本意。或者是某一个城市小孩到乡村，看见幼小的它，觉得可爱，非要弄来养几天。大人拗不过，也就随了小孩。岂知，土狗越长越大，越长越丑。而且，在乡间自由惯了的土狗，越来越不知道城里的规矩。它不知道到卫生间拉屎撒尿，不知道自己长得丑，不好随便向衣着光鲜的人撒娇。最终，它被人抛弃到楼顶。

当然，也或许，是它自己被城市耀眼的霓虹诱惑，抛开疼爱自己的主人，背井离乡来到城市，在垃圾堆里刨食。当它在大街上被驱赶，发现城市不是自己的伊甸园，也不是传说中的乌托邦之后，却为时已晚，已经被城市囚禁。

月色很好的夜晚，对面楼顶，土狗的叫声特别久长。我听着，一面怜悯它，一面眼里湿润，轻轻喊着川中丘陵深处的小村白鹤湾——我的故乡。

（原载《中外文艺》2011 年月第 1 期）

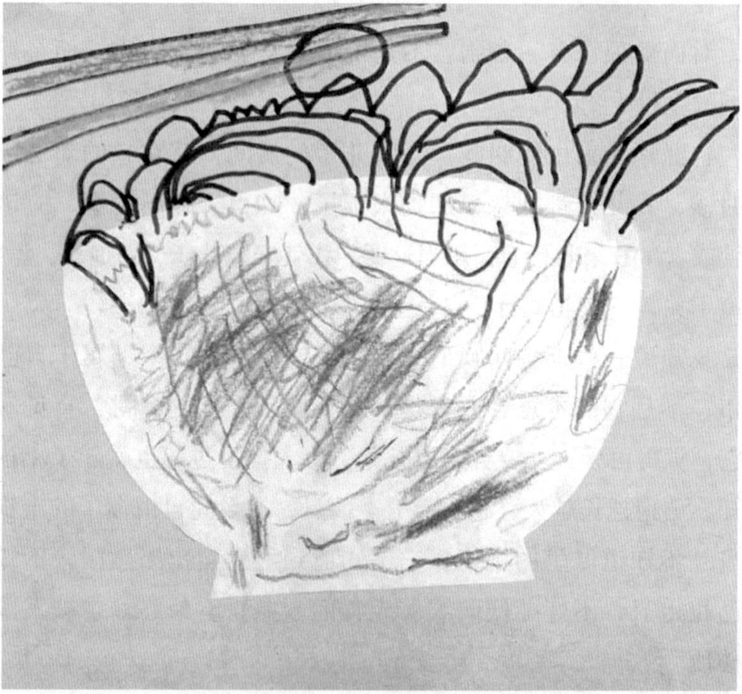

吃饭啦

跟在风的后头

一直认为所有的语言都是相通的，尤其是文学和艺术的语言。比如诗歌、摄影、绘画、舞蹈以及其他，都是用不同形式的语言，表达对世界的感受和认识。

基于这种认识，近一年来，突然在热爱诗歌的情况下，爱上了摄影。也许，这时诗歌的语言或者已经不够，或者已经拥堵心灵，需要更宽阔的表达。

就跟在风的后头，去追逐光和影。

经常是这样，在星期六或者星期天，独自背了相机，从原来老琴泉区政府旁边坡度极陡的山道，向凤凰山进发。

路的两旁，米枣细狭的嫩叶，如同曾经的青春，鲜活，明亮，充满了不可阻挡的清香。新发的青草丛中，巴茅细细的茎秆，不知名的小鸟轻盈舞蹈，细腻歌唱。菜地里，上周才看见的一片豆荚，已经长得肥肥胖胖。树荫边，两只大白鹅相依相偎。屋檐下，几只燕子余音绕梁……这些都是生活的语言，值得用光和影的形式刻写。

跟在风的后头，追逐光和影。工作的劳累，生活的不畅，白云苍狗，林林总总，被风吹得散淡，目光更亮更远，心灵更宽，更静，更坚定。

（原载《中外文艺》2011 年月第 1 期）

奇幻的酒店

小蝌蚪找妈妈

向着明月奔走

从灯红酒绿中拔踵，猛然抬头，看见一轮明月，从国际公寓的大厦上洒下来，水一样洗涤自己浑身上下的尘埃。

突然就想念贾平凹的一篇散文，想念“月亮就在每个人的心里”那几句。

就加快脚步，急急忙忙回到高高的七楼，急急忙忙开电脑，上百度。却记不起散文的名字，只好输入“贾平凹　月”，还好，百度很管用，找到了。

便读：“孩子们，瞧瞧你们的酒杯，你们都有一个月亮哩！我们都看着那杯酒，果真里边就浮起一个小小的月亮的满圆。捧着，一动不动的，手刚一动，它便酥酥地颤，使人可怜儿的样子。大家都喝下肚去，月亮就在每一个人的心里了。”

还是很喜欢。

还记得在师范读书的时候，自己写的第一首诗，就有“今夜梦中，定有一轮明月”，云云。

可惜，多少年来，自己淹没于尘嚣，好久没看过月亮，就记在心里，竭尽全力向心中明月奔走吧。

（原载《中外文艺》2011 年月第 1 期）

无论你在哪里

昨晚，正睡得迷迷糊糊，电话突然响起，拿起一看，李老大来电，时间 23：55。

“无论你在哪里，我要找到你，无论你在哪里，我要找到你……”接通电话，一个声音，沧桑而遥远，反复唱响，约两三分钟。

哈哈，我知道，出现这种状况，李老大肯定是喝醉了——他在深圳的时候，经常半夜打骚扰电话，曾经凌晨酒醉，在深南大道上，向我高声灌唱大长今主题曲《希望》。

但是，李老大自深圳回来之后，就一直戒烟戒酒，我们兄弟几个聚在一起的时候，随便咋个毒他，他都不沾染。今天是咋个啦？

“兄弟，我要见到你，出来喝酒哦。”

“老大，爪子了哦，吃醉了？”

“就是喝酒了。”

“跟到哪个喝酒哦。”

“你出来嘛，不然，我打的到你家来，要踢你的门哈。”

“到底和谁喝酒嘛？”

断断续续的交谈中，知道李老大刚刚从广西云南一带回来。

今天，他的一个名字叫田永贵的初中同学，肝硬化，死了，后天下葬，他说，他要亲自把田永贵同学，抬到高高的山冈上。

听到这些，我知道，对于人生的变幻无常，李老大特别伤感。

李老大说，从田永贵家回来的路上，搭了一个顺风车，开车的小伙子要价 10 元，后来听说到涪江花园，居然加价，要价 12 元。李老大一路和开车的小伙子交流，交流的结果是：小伙子是李老大的学生，在学校的时候，学生经常帮李老大打饭、洗碗，两人关系极好；甚至，李老大还是学生的债务人，学生至今收藏李老大出具的欠条一张："今欠到某某某人民币 12 元整。"

生活反复无常，经常偶遇。李老大和多年不见的学生，一起喝了酒。就喝醉了。就给我打骚扰电话。据他自己交代，之后，还电话骚扰绵阳中学教师老四，整得四妹抱怨不已。

李老大者，李伯清也，和川渝有名的笑星李伯伯同姓同名，一笔不差。其为中等师范生，教书近十年，汉语本科、英语本科自考毕业。后辞职去深圳等地打工，担任过新加坡独资制衣企业在斯里兰卡工厂主管。

目前，李老大花钱二十余万，买久保田收割机一台，四处为祖国收割粮食。

（原载《剑南文学》2010 年第 1 期下半月刊）

打工的蟋蟀

那只蟋蟀，曾经是我们的同居室友。

那是夏天的夜里，在租住的七楼上，我突然听见“蛐蛐蛐蛐”的声音。开始，我以为是室友的手机铃声，并未在意。后来，问了室友，方知一只蟋蟀已经和我们悄然同居。

它没打招呼就搬了进来，没想付房租就开始了城市生活，但是，我们都没有责怪它，把它赶走。这只蟋蟀远离亲人，到城里来打工，和我们一样，不容易的。

整整一个夏天，每到傍晚，它都会“蛐蛐”“蛐蛐”地为我们演奏一段又一段乡村音乐。那最纯朴的声音，给我们没有空调的生活带来许多凉意。

但最近，我发现那只蟋蟀已经不辞而别。它怎么了？打工生活不顺利吗？老板克扣或拖欠了工资？或者，它已经发了财，衣锦还乡地盖楼房娶媳妇啦？

我想念着它。

不知明年的夏天，它会不会再来。

（原载《剑南文学》2010 年第 1 期下半月刊）

橘子的衣服

昨天，带三岁的侄女上街，买橘子数个。

回家，我叫侄女洗手，剥橘子一个，将橘子皮放在窗台上。

侄女过来，看见这情况，着急得大叫：

“谁叫你把橘子的衣服脱掉的！快给她穿上，她会着凉的！”

（原载《剑南文学》2010 年第 1 期下半月刊）

星空

高 处

一个星期没回家，早上起来，马上去了楼顶。

在自己的“屋顶花园”里，看见石榴开了，细小的枝条上，几朵恣意开放的火焰。前年从院里偷回家里扦插的葡萄枝，已经长成一蓬绿荫。密密的叶片下面，已经结了一串米粒大小的绿莹莹的葡萄……

沉醉在清晨的美里，突然听见头顶的篷布上传来一声细细的鸟鸣。抬头一看，乐坏了，原来那支撑雨篷的钢架上，竟然有一只拇指般大小的鸟儿在飞。

就目不转睛地盯了鸟儿。一会儿，却发现，那鸟儿十分焦躁，不停地回旋——原来，它进了雨篷，但是它找不到飞出去的路了。它只是不停地回旋，并一次又一次地试图冲破雨篷，飞向天空。

其实，雨篷四周空荡荡的。但是，它只看到高处，它只需要稍微往低处看看，就会找到自由的门。

有时候，人也在犯着鸟儿犯的错误。

（原载《剑南文学》2010 年第 1 期下半月刊）

斑　鸠

今天，和儿子一起放风筝。

上凤凰山的路上，通往桃花源的小径，看见一只自由的斑鸠。它似乎已经沉醉在自己的世界里，丝毫也没有觉察到人的到来，自顾啄食着春天的气息。

即将走到它跟前的时候，我停下脚步，儿子也停下。

我摆摆手，我们绕道走了。

（原载《剑南文学》2010 年第 1 期下半月刊）

大西洋的贝壳

楼上的小花园里，有个不大的圆形玻璃鱼缸。曾经在鱼缸里养过几条金鱼，但不知是技术原因还是别的，反正金鱼相继死去。当时合计续养，又怕再度死去，让人徒增伤感，便索性放弃其养鱼功能，让它空着。后来，又觉鱼缸空空落落的，久了，它也会寂寞。遂盛满清水，养了些石头以及贝壳。

石头贝壳，都来自荒郊野外。

这些来自四面八方的石头贝壳，形色各异。走到一起的它们，有一个共同之处，就是没有雨花石或鹦鹉螺一类的华丽外表。就像你置身于熙熙攘攘的集贸市场，所看到的，都是普普通通的模样。

这其中，有半边贝壳弥足珍贵。它也没什么特别的外表，但它是好友伯清去大西洋岸边的一个小国工作时，特意为我带回来的。

和我命运非常相似的伯清，也来自农村。他家里兄弟多，穷，经常穿打着补丁的衣服，忍受一些人的嘲笑和白眼。他虽然学习成绩不错，却上不了大学，只好初中毕业读了一所中等师范。青春萌动的岁月，和一位初中同学相恋，可那同学的父亲却嫌弃乡村小学教师太穷，硬逼着他们分了手。为了改变命运，师范毕业后，伯清克服英语基础薄弱等诸多困难，节衣缩食，刻苦攻读，先后取得汉语、英语两个自考本科文凭。辞职后，在深圳最大的人才市场，伯清挤了近一个月也没找到工作。几经周折，终于在一家新加坡独资企业立住脚。尔后，虽然蒙老板器重，漂洋过海到公司的分厂从事管理工作。但是多劫的苦难接踵而至，在他的工作刚刚有些起色，生活刚刚露出一些笑脸的时候，他父亲重病去世。不久，一直给他很大支持和鼓励的大哥也由于车祸撒手而去。他拼命挣来的不算少的美元，花费下来也就所剩无几。可以这样说，从小至今，伯清的生活充满了苦难和压抑。但是，伯清并没有被的生活打垮，擦干眼泪，他仍然去了深圳一家软件公司艰难打拼。前不久的一天凌晨，伯清打来电话，说他正在著名的深南大道上，独自往出租屋里走。他喝了酒，醉意朦胧的电话里，传来他粗犷的歌声——最近流行的大长今插曲《希望》！

伯清为我带回来的贝壳，我一直放在一个小盒子里。现在，有了一泓清水的滋养，它和其他的石头贝壳和谐相处。或散发着诱人的光滑圆润，或舒展开你从没发现的美丽条纹，纷纷显出自己的妩媚可爱。

疲惫的时候，受伤的时候，我总是守候在鱼缸边，不舍离去。我在鱼缸边看书，听音乐，看浸润在明亮清澈里的石头贝壳，看天上的云飞来飞去。从那半边大西洋贝壳里，我汲取到很多抵挡风雨的力量。

（原载《剑南文学》2010 年第 1 期下半月刊）

城市农民

一直以为，自己在城市里生活了十几年，已经是城里人。昨日，夜读薛毅先生《城市与乡村：从文化政治的角度看》（《天涯》2005 年第 4 期），方才明白，自己还不是城里人，充其量是一个城市农民。

20 世纪 70 年代，出生在川中丘陵深处的一个小山村，父亲是乡村教师，母亲是农民。在子女随母的年代，我的户口自然在农村——如果我不努力读书，可能我现在还是一个地地道道的农民。童年时代，我目睹了许多农民的苦难。队里有一家人，子女有七八个，没床没被子，就偷了稻草，做成被子。每到晚上，大的几个孩子，总是和衣而眠，躺在稻草堆上，盖着稻草被子。还有一家人，生了孩子，却囊中空空，没有礼钱给接生婆。实在尴尬，男人趁着夜色，偷偷帮着接生婆家挑了满满一大缸水，才算心安。

那时，母亲常常教育我认真读书，“如果不努力读书，你长大了只有当农民，撵牛脚杆！”听外婆说，母亲是读书的料，买不起钢笔，就用奶浆草骨朵尖蘸了墨汁写，成绩很好。但由于家里穷，母亲读到高小就辍了学。于是，我认真读书，小学时成绩不错，常常在六一儿童节，当了全乡学生的面，到乡礼堂的舞台上领“三好学生”奖状。上了初中，遇见一个人。开始成绩也好，后来，由于满脑子是那个人，成绩开始滑坡，到了倒数的悬崖上。初二下学期后的暑假，我在家里劳动，掰玉米，拖谷草，割猪草。抚摸着全身被玉米叶子、谷草割破的伤痕，我思考了很久，我对自己说：“不能再这样下去，再这样下去，只有在家里当农民了！”于是，在学习上拼起命来——很早起床，到路灯下背英语单词。很晚睡觉，在教室里挑灯夜战，直到被值周老师揪回寝室。后来，就考上了师范，成功地逃脱了当农民的命运。

90 年代初，调到城郊工作，却住在城里。90 年代末，又调到城里，于是经常在城里的大街小巷晃来晃去。但农民的心态已经不可磨灭地在我心里扎下了根。生活上，我是农民。举个简单的例子，即使是现在，就着几颗泡菜，我仍然可以吃下一大碗不要其他任何调料的“白”面条。城里人能吃下吗？肯定地说，极少。心理上，我也是个农民。到饭馆吃饭，面对城里人剩下的满桌菜肴，总是学不会潇洒，总是心痛不已。

在喧嚣的城市里，上菜市场，每每看到那些水灵灵的萝卜白菜，我就抑制不住地想拥有种起来不累的一小块儿地。下班后，种点儿韭菜、蒜苗、分葱，几根竹竿搭个架子，南瓜、苦瓜缠绕其上。绿茵下，泡一壶清茶，瞎哼一首老歌，其乐融融。

有时回到老家，面对雨天泥泞的土路，夜晚漆黑的宁静，脏而臭的厕所，无法用热水器洗澡……不到几天，我又赶紧借口工作忙，扑腾进城里的鸽子笼。

综上所述，我一方面舍不得城市给予的方便物质条件，另一方面又怀念乡村的自然。所以，我确实是一个城市农民。

（原载《绵阳日报》2010 年 1 月 8 日）

可爱的小猫

歌词

飞翔的梦

喜欢鸟儿，尤其喜欢拿着相机，在清澈的河边，在青翠的田野，在绿意荫蔽的山林间，倾听它们或清脆或婉转的鸣叫，追逐它们少有拘束、悠然自在的身影。

20世纪70年代的川中丘陵农村，幼年的我，常常随了几只麻雀，在房前屋后和田间地头游荡流连。因为那一身灰不溜秋的家伙太多，到处都是。而关键的一点是，麻雀不怕人，和人的距离最近。它们就住在老屋的墙洞里，晚上睡在屋子里，也能听到它们的动静。而其他的鸟儿，譬如拖着长长尾巴的鸦雀，譬如总在农户房屋四周打转的四喜儿，譬如长着一撮白羽的白头翁，譬如金翅的黄豆雀，它们见了人，总是忙不迭地飞走，不是站上高高的树梢，就是掠过大片庄稼，隐入丛林深处，留下我追赶的目光，空空荡荡。

那时，还是生产队时期。每到红五月，队里的晒坝就晒满了小麦、大麦、油菜、豌豆、胡豆。那时，晒坝附近农户家中的鸡鸭鹅，常常赶赴晒坝里的美食盛宴，且扶老携幼，老母鸡、鸭妈妈、鹅妈妈的翅膀下，总庇护着一群嬉闹的小仔仔。那时，老家名为灰包寨的山上还树木茂密，有岩鹰筑巢。岩鹰常常随着鸡鸭鹅队伍光临晒坝而莅临，它们在晒坝上空盘旋婉转，一旦瞅准时机，猛地俯冲下来，稳准狠，一气呵成，一只鸡仔就叽叽惨叫遭了殃。那时，我还在上学，仅有的星期日，常常被大人安排，驻扎在晒场一角，一边做作业，一边看守糟蹋集体粮食的鸡、鸭、鹅。那时，我还年少无知，对岩鹰叼鸡仔的行为毫不痛恨，反而特别喜欢它振翅冲天、奋力高飞的英姿。现在想来，也许是幼小的我被束缚于单调的晒场，内心渴望自由，就欣赏岩鹰的翱翔吧。

如今，有月亮的夜晚，如果有空，我特别喜欢泡一杯花茶，坐在明净的阳台上，久久地看那大海一般浩淼的明亮。有时，还在那一轮洁白的圆月里，用肉眼徒劳地寻找一座名为万户的环形山。那环形山，因明朝那个梦想坐火箭上天的人得名。当年，那个万户两手各擎一只大风筝，端坐于一把椅子正中，命令仆人同时点燃椅子背后 47 枚“火箭”，试图一飞就飞到嫦娥居住的月亮上面。现在想来，那万户似乎特别愚蠢，死不足惜。但我欣赏，或者，他只是特别渴望飞的感觉。别人可能比他聪明，却不敢尝试，他尝试了。虽然付出了生命的代价，但他无疑是英雄，高悬了一个经典的飞翔梦，永远让世人仰望。

对面不远处的楼房顶层，住了一个养鸟的人。楼顶上，一个用铁丝网做成，边长五六米的正方形大笼子，关了一大群鸟。那些囚鸟，品种有好几个，“被住在”笼子里和楼顶上，时时遭受日晒雨淋，遭受冷雪风霜。喜欢鸟的我，常常在我的楼顶上看那些鸟儿。看的时候，我的内心总是涌起一种跑到那楼顶上，打开铁网放掉那些精灵的冲动。然而，我却只是想，不敢实施——要真的实施，恐怕会被那养鸟人打个半死，恐怕会因破坏人家财源被索赔，恐怕会被漫天要价，我再活三辈子都还不起。残酷的现实，让我只能看着它们，默默期望某一天铁丝网的某处，突然出现一个破洞，让那些长翅膀的精灵重新回到自由天空。

我的懦弱和妥协，鸟儿们不知道，也没有怪我。我看到，那些关在笼子里的鸟儿，一刻也没有停止飞翔。几只体型较大的鸟儿领着一群小鸟，不停地从狭小的笼子这边，飞到笼子那边；累了，歇一会儿，喝口水，吃点食物，又飞……

我时常于下午下班后，爬上楼顶，久久地看那些在笼子里飞翔的鸟儿，直到眼睛蒙眬，直到那些飞来飞去成为夜色中的梦。即使关在笼子里，也不放弃飞翔。这样的精神，够我学习一辈子。

（原载《剑南文学》2011 年第 9 期上半月刊）

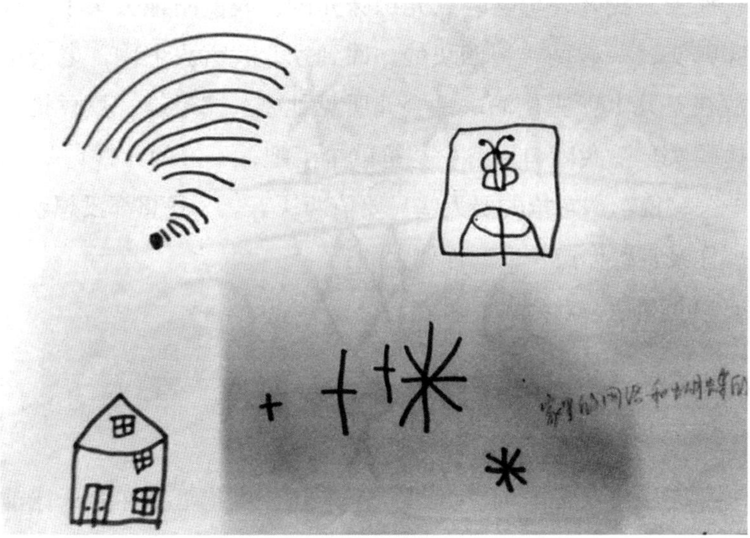

家里的网络和蝴蝶

主妇笔记（二则）

换一下

这是我老公和我养的小狗豆豆的事。

那天，我老公想吃有点儿辣味儿的，我就陪他去买了个辣版绝味鸭头，一破两半，四块钱。回到家，我就去上网，老公把鸭头放在茶几上就去倒酒。一会儿听见他喊："老婆，豆豆抢了我半边鸭头！"我随口回答："抢就抢了吧，不过两元钱！" 哪知道老公又说："它抢的要大些！要值两块五。"我想都没想就说："那你喊它跟你换一下，你要大的！"

嘿嘿嘿嘿，老公无语。

初　吻

那天中午我回家时，儿子高卧未起。小狗豆豆在儿子床前上蹿下跳，十分高兴。

我在厨房忙着煮饭。不一会儿，儿子大声叫唤，我忙问啥事。

儿子非常气愤地回答我："豆豆夺去了我的初吻！"我一边炒菜一边也非常气愤地回答："呸！你的初吻不知好久就失去了。豆豆的才叫初吻，你要对它负责！"

哈哈哈哈，儿子无语。

（原载《喜剧世界》2011 年第 11 期）

猫咪家庭

阳光碎片

1

或许，飞机是我前世的兄弟，知道我的激动和向往，所以，那些漂亮的空姐一微笑，它就使起劲来，一直向南，向南！

而成都到海口的空中，竟一直有一轮幸运的明月相伴，你走，它也走。

怀抱着大把大把的皎洁，我和楚天舒着陆美兰机场。

2

在四星的椰海酒店大厅，看见久违的大姐、长辫子、小新，看见神交已久的森木、麦草、悟空、小巨大……一一握手，使劲地握手！

坐在距离大姐较远的对面，虽然听不清她说什么，但看见她的和蔼可亲，看见一张又一张微笑的脸，心里就不由自主地涌入一些感动，一些爱。

夜深了，下起了小雨。我把窗户打开一个缝隙，让清凉的海风进来，让雨的气息进来，一起幸福的入眠。

3

坐在平适的旅游车上，贪婪呼吸昨夜细雨后的海风，舒服！舒服得让人止不住眯上一会儿眼睛。

哈哈，这会儿，我是导游小林介绍的琼北休眠火山，你叫不醒我，我的休眠期是三百万年！

4

椰树的倩影无处不在。

低缓的小丘上，路旁的稻田边，农家的院落里，她们苗条挺拔，逸出狭长的叶片，天然而又妩媚地，全身心地招呼你……

忽然，就想起养在自家花盆中的那棵小椰子树。

那移栽小椰子树的手该是多么残忍。这么多年，它离开自己熟悉的地理，孤身到遥远的异地生存，该是多么想念故乡！

5

海南随处可见的树木，还有桉树。什么大叶桉、小叶桉，品种繁多，大概只有植物学家才搞得清楚。

导游小林介绍，人民币就是用海南的大叶桉纸制造的。

于是知道，我们每个人兜里，都揣了几片大叶桉。

6

在亚龙湾，面对那一望无际的蓝，我看见一个词语：浩瀚。

我拥抱着那无穷无尽、博大铺展、埋藏一切的胸襟，她也拥抱着我。我的每一个毛孔，都在全身心地大声呼喊：“……”

在那咸味的故乡，我无话可说，我不由自主地进行了这样的表达：向巨大的蓝下跪！

7

在那巨大的花木伊甸园，我看见很多奇花异木。譬如，挂了好多果实的西瓜树，长了六千三百年的不老松，独自生长的光棍树。

而最多的，还是路边那些叫不出名字的野花，东一丛，西一簇，没有拘束，恣意地开，开得让你羡慕、心颤。

如果能够，我要留下来，变成那些野花中的一朵，自由而热烈地开在海口至三亚的路边，看着心爱的你，幸福地来来往往。

（原载《剑南文学》2011 年第 1 期上半月刊）

梦的天堂

知道四川是盆地地形以来，就觉得住在四川，是住在一个巨型盆子里。这个巨型盆子的气候过于湿润，多雨多雾，阴天居多，难得见到蓝天白云。

于是，和很多盆里的盆友一样，遇到晴朗的天气，就会情不自禁地仰望。那时，天空布满一抹又一抹蔚蓝，云朵或星星点点，或围观簇拥，或形状各异，但都无一例外地晶莹润洁。而白云，犹如颗颗巨大的白色玉石，镶嵌在仿佛一触即破的蓝天里，炫美并战栗着仰望的眼睛、肉体和心灵。

这是立于平地时对天空的喜欢，比不上在天上看天，在云上看云。

记忆中，曾坐两次夜班飞机，夜空晴好，且有满月相伴。整个航程，一直幸运地靠坐舷窗。那时，看天空被银白的清辉照得明亮通透，看世界朗朗一片洁净，身体的每一个毛孔一直被幸福充满。

这次由成都去哈尔滨，是白班飞机。领登机牌的时候，原本想继承以往的做法，换一个靠窗的座位，但人很多，不便提出要求，只好作罢。幸好，还坐在飞机翅膀处中间那个位置，虽不靠窗，也还可以一瞥风景。幸好，靠窗的同伴没有关上窗口的布帘，一路上，也还能够伸长脖子，以每小时900多公里的速度浏览蓝天。

飞机爬上云层之后，格外亮堂。千里长天，阳光灿烂；漫漫苍穹，白云密布。云朵如高原群山，一座又一座，拔地而起，重重叠叠，厚重着，簇拥着。随风波动的冉冉雾气，宛如山中缠绕的流云。陡峭的山峦之间，不时呈现一团又一团蓝。那无法用语言描述的蓝，幽深似海，恰似一个个静谧的蓝色湖泊，让人忍不住想亲近，却又怕打扰那天然的安宁。偶尔，一束束阳光照射山峦、湖泊，那山便金光四溢，成了神话和梦想的金山；那美如瑶池的湖泊，更加无穷的蓝。

天空如草原，如大海，阔大无边。我“骑”着飞机，一路赏云，毫无倦意。只可怜脖子，时时“自动”伸向窗口，有些酸痛。中途，靠窗的同伴上厕所，回来之后，他说懒得让座，我便如愿以偿坐到窗边，与那些云朵更为亲近。云朵之上，没有城市的无比喧嚣，没有金钱名利的诱惑与追逐，只有纯净的蓝和白；云朵之上，不需要心灵设防，不需要看天色脸色，更不需要疲惫奔忙、争执战斗，只有纯粹的放松，放松。于是，心和眼睛长满贪婪，一路紧贴玻璃，竭力想把天上风景全部深深刻入脑海。

云层稀薄之处，时时可以看见地面。虽然眼睛近视，只模糊觉得那是一道道河流和山峦的印迹，但内心知道自己在飞越长江、黄河，在飞越北方的名山大川。再后来，飞机低一些，就看见一处处村庄，杂乱的围棋一样，东一处西一处，越来越多，甚至可以嗅到人声鼎沸、市场一般的热闹。便有意抬高眼角，抗拒尘世，还是看陌生的天空，陌生的云朵。虽然白云确如苍狗，一会儿一个样，但都很美丽，不似世事吹拂、形状变异。

回到地面，站在太平国际机场门口，东北亚阳光火热，尘嚣四起。心里悄悄对比天空的博大宁静和地面的渺小喧闹，不由涌出一种想法：天上的云朵，其实就是地上芸芸众生们一个又一个的梦。这些梦飞扬起来，从纷繁的尘世袅袅而上，构建了一个博大宁静的梦的天堂。

（原载《剑南文学》2014 年第 7 期下半月刊）

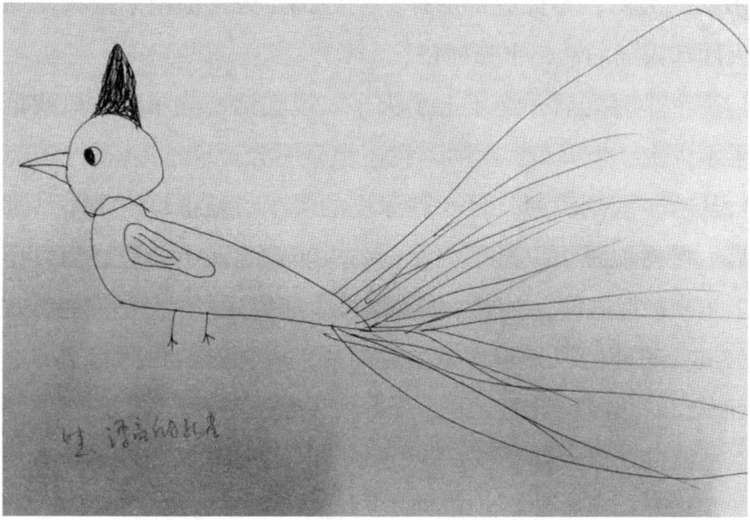

哇，漂亮的孔雀

活着的油画

此次黑龙江之行，日程安排是在哈尔滨待一天，其他时间在漠河北极村。而哈尔滨至漠河，适合我们的交通工具，是火车。

下午五点，匆匆逛完松花江边的湿地公园，就往火车站赶。哈尔滨的大街，不像成都那样，到处都是人，但哈尔滨火车站候车大厅却人潮涌动，十分拥挤。

一个小时之后，终于上了火车。说实话，汽车、飞机我倒是坐了不少次。坐火车？呵呵，我还是第一次。

从哈尔滨到漠河，是一列绿皮的慢车，慢得每一个小站都要停靠。慢得似乎可以跳下火车，与火车竞走几十公里之后，还能跳上车来。但这慢，对于习惯小城慢生活的我来说，是满心喜欢。因为慢，车外的风景不再是一晃而过，因为慢，我拥有了一大把倚着车窗看北国风景的大好时光，火车之旅不再无趣。

一路向北。

车窗外，一路都是高高的兴安岭。

我在心里一直默默地唱着与兴安岭有关的句子，虽然只能记起一句“高高的兴安岭”，但兴致丝毫不减。

我的目光一路逡巡游弋，与兴安岭相依相偎。

近处的草地，虽然已经有些泛黄，但活泼的绿意依然缀饰其间；稍远一点儿，那些不知名的灌木丛中，几株白桦树鹤立鸡群，亮着白色的苗条而直挺的腰板。再远一点儿，一排排白桦树后面，林海连绵不断，漫无尽头。更远的天空中，风起云涌，云卷云舒。太阳时而拨开云缝，投射几缕亮丽；时而藏进云堆，飘然隐逸。

那些黄绿、白绿、墨绿的色块，刚从车窗后面渐次渐远，又从车窗前方迎面而来。我知道，这里是祖国的肺，藏着十多亿中国人的呼吸。在这里，映入眼眸的，都是一幅幅色彩斑斓的活着的油画；在这里，随意一望，都是一幅幅弥漫着宁静却又绿波盎然的油画。

我爱这些，我的心灵，不由自主地伸出双臂。在开往中国北极的火车上，我拥抱着这些生态的活的油画，心轻气爽，安然入睡。

（原载《剑南文学》2014 年第 7 期下半月刊）

星空下的家

历史的胭脂

胭脂沟，最早叫老沟，后来叫老金沟，最后才叫了这名字。胭脂沟给人无限遐想。在想象里，那里有一块块闪着金色、淡红和粉色的胭脂。

去胭脂沟，要经过观音山。观音山林海苍莽，长长的木栈道两旁，松树白桦密不透风，树下的荫凉地里，松果遍地，活泼的小松鼠隐约跳跃。树根下，灌木丛里，野生的蘑菇和陌生的红果星星点点，大自然的馈赠随处可见。林海里的观音菩萨像，请自海南。站在观音像前的小广场上，闭目聆听，松涛阵阵，仿佛颇有灵性，在和南海的波涛亲密呼应。

“南朝金粉，北地胭脂。”把胭脂和黄金联系在一起，是慈禧的功劳。成为金矿之前，老沟还只是大兴安岭中一个平静的天然猎场。某天，一位鄂伦春猎人来此狩猎，猎马不幸死去，准备掘穴葬马，顺手捞起一把河沙，竟然有一半沙金！相邻的沙俄人得知消息，入境疯狂盗采。驱逐沙俄人、组织中国人自己开采老沟金矿的人，名叫李金镛。1888 年年初，李金镛率领五百精兵三千囚徒从嫩江出发，在近三百公里的原始森林里，逢山开道，遇水搭桥，经过近三个月跋涉才抵达老沟。老沟“雪高盈丈，马死人僵”，李金镛驱赶残匪、强盗，不到两年就采得黄金近五万两！当刻有“漠矿”字样的金锭运抵京城，慈禧凤颜大悦：这么多金子，足够宫廷胭脂开销了。于是，老沟就变成了胭脂沟。

人被生活驱赶，很多时候都无法选择。比如生存的地方。比如很多年前，很多人为生活所迫，生存在这大兴安岭深山老林中的胭脂沟。给老佛爷供应脂粉钱的胭脂沟，繁华鼎盛之时，人口接近三万，街道长十五里，号称“百万街”，商号酒家赌场当铺客栈应有尽有。据载，当时百万街上还有青楼两百余间，夜夜歌舞。那些讨生活的妓女，不幸去世后，就被葬在胭脂沟现存的古墓遗址里。小小墓葬，总共拥挤了来自俄、日、中等五个国家五百余名妓女的芳魂。

在胭脂沟，我无端地认为，人生是有颜色的，慈禧和那些芳魂，就是胭脂的颜色。而李金镛，就是黄金的颜色。李金镛去世之后，被边地人尊为金圣，修建祠堂供奉，至今饱受采金老板和游人膜拜。我对同伴开玩笑说，这是典型的拜金主义嘛。其实，我知道，人们主要不是拜金，主要是拜李金镛的人品。“开矿安边兴利功业迈古今，义赈求实恤邻德政昭宇宙。”李金镛不卑不亢，智勇驱除沙俄盗匪，兢兢业业务实利边，确乎称得上边地英雄，应该拜。

站在李金镛祠堂前，面对布满疮痍痕迹的胭脂沟，我内心的手指，一页一页地翻读着胭脂沟那些屈辱的历史。1883 年，大批沙俄人越境盗采黄金。沙俄满洲通志记载：“老沟矿全盛时仅矿工就达一万五千人，其中有俄民九千人，其余为中国人和朝鲜人、德国人、法国人、美国人等。”疯狂劫掠黄金的沙俄人，历时两年才被驱逐消灭。1900 年庚子赔款，漠河被沙俄占领，1917 年才收复，沙俄再次劫掠黄金无数。1934年至1947年，日军侵占漠河，盗采黄金百万两。没有禁止采金的前些年，胭脂沟背面的小金沟等地，还经常发现日本人采金时残留的设施设备。

胭脂沟的沙土，被反复翻阅，已经120余年。如今的胭脂沟，已经不见采金客的踪影。缓缓流淌金水的老沟河两岸，安居着三五座木刻楞。野花摇曳，芳草年年，静水流香。百万街的繁华正化做河滩上的青石，苍苔渐深；拥挤的芳魂和青楼歌舞正化做林中炊烟，袅袅飘散。过不了许多年，这里就会恢复成观音山林海一般的原始生态。

离开胭脂沟的时候，我悄悄捡了一块拇指大的小石头。或许多年以后，这块石头会变成一块闪闪发光的金子。或者，会变成一块闪着金光的胭脂。当然，更重要的是，这块石头密度高，有历史的光芒，装满了胭脂和黄金的颜色，沉甸甸的。我要把它送给我未来的孙子。

（原载《剑南文学》2014年第7期下半月刊）

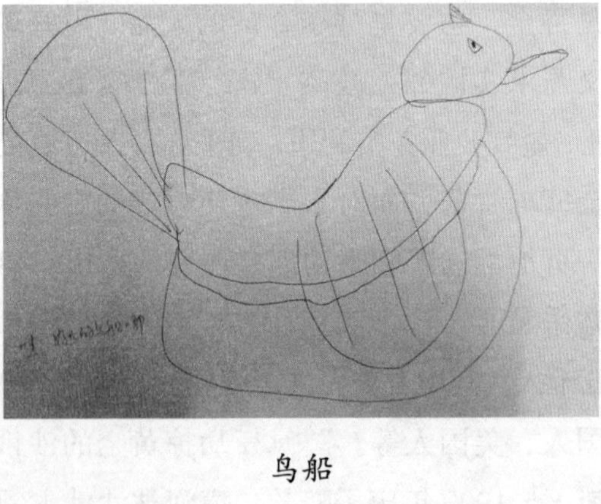

鸟船

梦里沙洲

北极村里，几乎户户都是农家旅馆。找了一家被评为三星级的人家住下后，按捺不住地在村里逛了起来。

北极村出现频率最高的两个字是：最北。最北一家，最北哨所，最北邮局，最北广场，最北金融机构……呵呵，甚至还有最北公共厕所。最北邮局的明信片，薄薄的一张，人民币，要十元，貌似可以算最贵邮局？有意思的是，这里还有最北供销社，至今国营。游人去了有福利啊，东西比外面的摊点正宗便宜。

北极村边，黑龙江水滚滚流淌。站在江岸广场，肉眼可见对面的俄罗斯村庄。一群没有商业和繁华气息的俄式木屋，散落在森林边缘的江边平地上。木屋旁，侍弄鸡群的俄罗斯大妈清晰可见。远处茂密的山林中，俄罗斯军队的哨所隐约可见。

北极村最美的风景，是村外由黑龙江冲积而成的北极沙洲。

自北极村出来，沿着黑龙江，逆流向北。一道吊索木桥跨过一条明净的小河，即进入北极沙洲。

北极沙洲上，人造的景点不少：玄武广场、北望垭口广场、金鸡之冠广场、江岸观景台。但人造景点对自然的影响可以忽略不计，因为植被覆盖率几乎达到100%。沙洲近三公里的木栈道，几乎全部悬空搭建，不影响生态环境。站在栈道上，你可以看见，栈道木板下，野草丛生，野花烂漫。栈道两边，蝴蝶翩翩，鸟儿起落。

于动植物们而言，北极沙洲是原始的天堂。樟子松、落叶松、白桦、黑桦，林木参天。林间树上，松鼠正抱着松子，聆听榛鸡、黑琴鸡的演奏。林下，野生的树莓随处可见，还时不时可以找到蘑菇、蕨菜、山葱、山韭菜。而环绕沙洲流过的黑龙江，则是盛产鳇鱼、鲟鱼、哲罗鲑的黄金水域。辽阔的原野上，成片的野罂粟和许多叫不出名字的花朵，竞相盛开，微风阵阵，香气扑面。蜂拥而至的蜜蜂，无暇观赏游人，只顾围着鲜花诉说，诉说。

八月的北极沙洲，天高水蓝，草木丰美，幽静清香，置身其间，必须醉氧。站在栈道上的游人，几乎静悄悄的。没有人大声喧闹，没有人忍心跳到栈道下面，去惊扰动物们原始的生活，去践踏植物们本真的美。闭眼，赖在北极沙洲的木亭子里，似乎一切都停滞在这美好的瞬间。

在沙洲最北端，黑龙江边的阔岸上，有好几座林中木屋。那些木屋依靠着一排排松树搭建，屋在林中，林依屋长。看着树荫中的木屋，不禁怀想：夏日炎炎，坐在木屋的露台上，泡一壶茉莉，看蓝色高天上的白色流云，看黑龙江中倒映的蓝白色块，是多么清凉的心境。绵长的冬季，屋外寒风呼啸大雪飘飘，屋内撮雪煮酒，或静听雪落，或海阔天空，是多么温暖的生活。

真心希望，自己长出神异玄幻的超级功能。那样，就可以在朝九晚五的四川盆地下班之后，穿越时空，瞬间到达北极沙洲。那样，就可以倚靠一棵中国北极的小树，静坐沙洲，看鸟语云飞，看霞落龙江，看炊烟轻起，暮色弥漫，天际向晚。

北极沙洲，那里有原生态的梦，那里有梦中才能见到的美，想一去再去。

（原载《剑南文学》2014 年第 7 期下半月刊）

雷雨天

衣柜、指示牌和包

公主和王子的婚礼

美人鱼风筝

【第三辑】

比草还长的日子

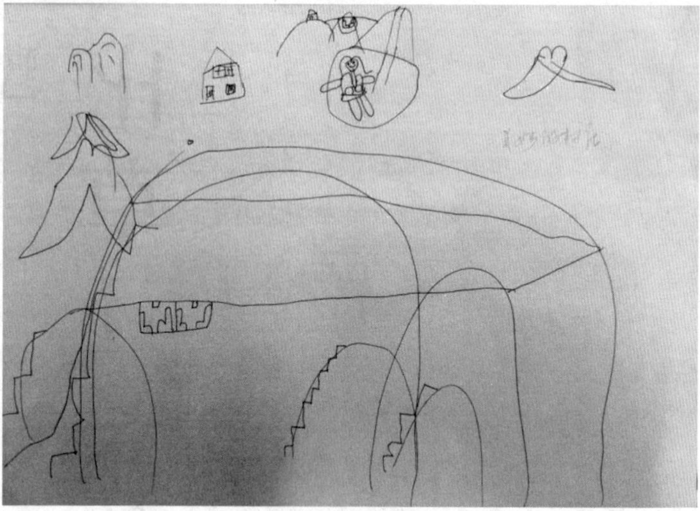

美妙的村庄

我的妈妈

风中的老屋

1

在乡下，川中丘陵深处，一座座老屋就像一个个留守的老人，坐在幽凉的风中。茂盛的竹木丛林里，老屋的瓦楞日渐低矮，那些蓬勃生长的杂草，和以前从没长过的瓦松，并肩挽手，以枯绿更迭的语言，摇曳着风，呼唤着它们曾经养育过的我们。

把我家老屋催老的，是风和草，是等待和思念。而等待着的老屋，多么像一只空旷斑驳的邮筒，而我们，多么像老屋发出去的一封封信件。它总是要等待许久，才能收到只言片语。修建它的我们的父母，它哺育过的我们兄妹四人，其实离得不远，都居住在30公里外的县城。在小城的车水马龙中，我们为生活不停奔波，父母则帮我们分担生活的重担，带大了孙子，又忙着接送孙女。只有到了春节前夕或者清明祭祖的时候，一家人才能够从水泥地上拔出远离了泥土的脚丫子，匆匆回老屋看看。

没人陪伴和照顾的老屋老得很快，一晃就增龄一二十年。它等久了，似乎也等累了。承受不住岁月的沉重，墙皮脱落，墙脚已经如同耄耋老人的脚，长满了皱纹和沧桑。

要垮掉了，要垮掉了。每一次回老屋，母亲都会反复念叨这句话。她对着老屋说，也对着我们说。每次一踏进老屋的朝门，已经70多岁的母亲瞬间满血复活，仿佛返老还青，穿越到了年轻的样子，那随时忙碌的样子。回到老屋的母亲，总像不知疲倦的机器人或者陀螺，在屋里屋外屋前屋后不停地转，从堂屋到灶房，从猪圈到羊圈，抹掉神龛和八仙桌上沉淀许久的灰尘，打掉墙角和门背后蜘蛛们悄悄织下的丝网，扯掉水沟、阶沿和院坝里徒长了好几个月的杂草。

对老屋，母亲心里充满了愧疚和亏欠。看着泥墙上一次次大雨摧打后留下的豁口、沟痕，母亲的目光一道一道地数着、摸着，她像抚着一个意外受伤的孩子，眼窝深处蓄满了疼痛和无助。

2

老屋是挂在父母心底的勋章，有着自己的荣光。

说起来，我们祖上也算是城里人，湖广填四川时期，老祖宗率领一二十口人丁，从麻城迁徙入川，就寄居在县城南门外讨生活。男人或在码头上跑纤拉船，或给城里的财主挑水劈柴，女人则缝缝补补，扫地帮厨。斯时，家里四世同堂，事务钱粮，都是老祖宗一人统管全面做主。老祖宗勤俭节约，对生活有点儿小野心。于是，稍有积蓄，家里就在南门外的乱石滩上搭建了几间草棚。再有积蓄，老祖宗居然脑子发热，想尝尝做小地主的滋味，在几十公里外的黑风滩买了几亩薄田。新中国成立前夕，县城乱成一团，老祖宗怕遭遇兵祸，果断卖掉草棚，到黑风滩避乱种田。从此便离开城市的屋檐，成了地道的农民。为此，我曾经惋惜不已。在城乡差距极大的年月，要是老祖宗坚持，我们这一家子，在新中国成立后岂不是能拥有城市户口，岂不是能脱离“面朝黄土背朝天，衣无三尺长食无三日饱”的生活，岂不是能成为体体面面的城里人？也为此，在县城读了三年师范的我，还多次去南门码头流连，试图寻找家族遗迹，可惜，南门依旧，江水悠悠，已经找不见故事里的一丝一毫。

当家族开枝散叶，黑风滩载不下诸多人口，新中国成立初期打土豪分田地之际，祖宗们搬迁到了两三公里外的白鹤湾。由于没有分到地主的大瓦房，只分到一大片草山，祖宗们便在草山下盖了几间土墙草房，安了家。

我们这一支系，从本字辈算起，兄弟四人，名本耕、本读、本传、本家，合起来，是祈望耕读传家。我们则是本耕老祖的后人，我爷爷是本耕老祖的二儿子。

自记事起，祖宗已逝，耕读传家四兄弟早已分家立业，我们和爷爷婆婆、幺爹幺妈、嬢嬢等生活在一起，人也不少，十几口人挤在四五间土墙瓦房和茅草房里。不管瓦房还是草房，都是年久失修、四处漏风漏雨的危房，一到下雨天，满屋泥泞，走路的时候，一不小心，就会摔个四仰八叉。大人们看着破烂的房子和不断线的雨水直发愁。而少不更事的我们，还看不见生活的忧伤，在大人们的呵呼下，欢快地拿木盆、木桶接雨水。而雨水如调皮的小鱼，在木盆木桶里叮叮咚咚不停地跳。

我们家分到的草山，芳名月亮。月亮山很美，如半轮明月扣在大地上。夏日晚上，月光洒下清辉，夜色朗朗。吃过晚饭后，我们几兄妹就会缠着爷爷，提着小凳子，到月亮山垭口乘凉。垭口上，可以听见下面杨家沟的狗叫和对面白云观的钟声，还可以看见更远处湾里沟里的人家们星罗棋布忽明忽暗的灯火。陆陆续续有同院子的大人小孩走上来，垭口便成了大人们摆龙门阵的说书场和小孩子们的游乐场。朦朦胧胧的月光里，孩子们唱歌，斗鸡，捉萤火虫，打纸板，扇烟盒，弹菩提珠子，跳房子，不亦乐乎。玩累了，便赖着大人讲故事。大人们讲着讲着，故事里的孽龙、许仙、二郎神、孙悟空，玻璃瓶子里忽闪着微光的萤火虫，便在孩子们的鼾声里，渐渐进入梦乡。

3

树大分杈，儿大分家。月亮山下的老屋，随着人口的增加，生活的矛盾尤其是拥挤的问题，日益尖锐。和幺爹分家五年左右，父母在沟对面的元宝山下看好宅基，先修了四间瓦房，堂屋左右各一间卧室，紧挨左边卧室修了一间厨房，而后陆续几年下来，又挨着右边卧室加修了一间卧室，在厨房外面又修了猪圈、羊圈和柴屋，正房偏房共七间。这便是我们现在的老屋，它生于1977年。

修房造屋是以耕为本的农家人的大事。为此，我的父母勤俭节约，一分钱一毛钱地积累，一锨土一筐泥地苦干，慢慢垒起了老屋。父亲在乡初中教书，母亲在家务农并照顾我们兄妹四人。母亲身体瘦弱，但好强，在请人修房子的事情上，更不愿意落下伙食的面子。那几年，母亲每年都要喂三四头猪，等到冬季农闲时节，杀了肥猪，有肉了，才好意思请人修房子。那时乡亲们帮忙，还不兴工钱，出工出力分文不取，只管几顿酒饭，甚至有的酒饭也不管，只管帮工。修房子的时候，我那乐天派的爱高声大唱“二呀么二郎山”的爷爷，虽然一只眼睛因为意外几乎失明，但从来都是主要劳动力，经常帮着抬石头、挖墙土、编竹子墙筋。而乡亲们总是为主人家着想，一大早就来干活，天黑才停歇。父亲母亲总是感念乡亲们的帮忙，猪肉大块大块的煮，米饭大锅大锅的蒸，总要让乡亲们酒足饭饱才行。

那时还兴劝酒，晚饭时，主人家必须要劝酒，如此才能体现盛情，如此才能对得起乡亲的恩情。记得几间房子的土墙主体打好那天晚上，父亲作为主人家，在劝酒的同时，把自己也劝醉了。他不停地拍着洋灰桌子，不停地说“洋灰桌子打不烂，洋灰桌子打不烂”。洋灰者，水泥也。而被劝的工匠，也大多醉了，有一个王家大院子的师傅，甚至醉倒在回家路上的菜地里。迷糊了一晚上，第二天醒来，菜地被压了一个人形的窝凼，但他家也不回，直接又来我家帮忙。此事想来都十分后怕，幸好当时没出什么意外。“洋灰桌子打不烂”的主角，也一直以此警醒。

三间正房上梁之际，对面的月亮山垭口上，恰好走上来几个人。雄二爹站在正梁上掌墨移梁，大声指挥，大梁中心要正，向志要正对对面垭口上来几个人的地方。鞭炮声里，上梁大吉。后来人们说，这是封赠的吉祥话，这房子里要出人，出读书人。

这话似乎很准，我家老屋哺育的人都爱读书。父亲是县里唯一一所高中的毕业生。他先考飞行员，其他都合格，因为从旋转梯上下来不能准确辨别方向，只好寄希望于凭成绩上大学。他成绩很不错，但“文革”开始了，他失去了上大学的机会。回乡后，父亲先后在几所村小代课，当代课教师、民办教师，教学成绩优异，迅速民转公。在老家的乡镇初中里，没有进过师范学校进行专业学习的父亲，居然做了化学教师，还担任了全学区的化学教研组长。为了弥补遗憾，临近退休的时候，父亲不顾别人的嘲劝，参加自学考试，早晚苦读，硬生生拿到了汉语言文学大专文凭。母亲读书时成绩非常好，可惜家境十分贫困，只读到了小学三年级。才几岁的母亲，要赤脚走路到离家三公里远的龙家大院上学，经常饿肚子不说，连写字的笔也没有。母亲写字的笔，蘸满了辛酸。一寸长的铅笔，母亲要用一学期。实在没笔了，只好去山野里、田埂上，小心翼翼地摘下一支支还未开放的奶浆草花苞，在烈日下晒干，插进细细的竹枝空心处，就成了一支支笔。没有墨水，就把家里的铁锅翻个底朝天，刮下锅底厚厚的锅烟墨，研成碎末，调上水，奶浆草笔就蘸着锅烟墨水，在草纸叠缝而成的作业本上写字。母亲学习之苦，堪比没有纸笔用树枝在泥地上学画的小王冕。

修建老屋的父亲母亲，他们的结合是传统的媒妁之言。但媒婆介绍之前，他们其实已经戏剧般地认识。爷爷家和外公家相距不远，大约有 3 公里路。父亲在城里的高中读书，从家里去城里，交通靠腿，要走近 30 公里的乡路。从白鹤湾到柏树堰，从柏树堰到乐加场中新场马跃岩，再到县城，柏树堰是必经之路。有一次，父亲走到柏树堰，却发现堰口边的树上拴着好几头牛，虽没有挡住去路，但离路很近，牛一步就能跨到路上。那几头牛膘肥体壮，牛角粗大，样子凶猛，牛眼睛直直地瞪着父亲。父亲不禁有点儿害怕，便大喊，谁养的牛，快把牛赶开。喊了好几声，却没有人答应。父亲不敢过，等了好一会儿，才看见一个女子从远远的河边背了一背篼牛草来喂牛。父亲耽误了赶路的时间，不禁抱怨了两句，养牛咋个养到大路上来了哦？岂知，那女子嘴也不饶人，回了一句，路这么宽，牛都走得过，你还走不过啊？秀才遇到兵，父亲说不过，只好落荒而逃。回乡做了民办教师，父亲该结婚了，便有媒婆做媒介绍了我母亲。相亲时，父亲母亲相互都满意，甚至都觉得有点儿眼熟。两下一聊，父亲母亲不禁大笑，原来母亲就是那柏树堰边放牛的女子，只是又过了几年，长大了，更漂亮了。

老屋养育出来的我们，是一枚枚父母独拥的行走的奖牌。我们各自打拼，虽有青春的遗憾和人生的不足，但也让父母引以为傲。受父母的影响，我们兄妹四个都爱读书。家里有个小柜子，装了满满一柜子书。什么《水浒传》《儒林外史》《红楼梦》《隋唐演义》，我们很小的时候就读了个遍。上初中的时候，我经常吃白米饭加泡菜，节约下来的生活费，全买了书。妹妹上初中时，正值父亲生重病，她既要照顾年迈的爷爷，又要操持家务喂猪喂羊，还要在相距四公里左右的家和学校之间早出晚归，来回奔波，学习受到很大影响，没有考上心仪的幼师。但她爱读书的心没有变，结婚生子后，在教育和支持儿子读书的事情上，一点儿也不含糊，儿子即将医学硕士毕业。二弟读了中专，工业民用建筑专业，现在虽然四处奔波施工，但学有所用，衣食还算充足。小弟的理想是造军舰，初中毕业时想考高中，高中毕业时再考祖国最北方的那所著名军事学府某某工程大学，但因为父亲生病，几个子女都在上学，父亲、母亲实在供养不起，小弟只好委曲求全，读了一所中专。欣慰的是，小弟的女儿今年夏天考上了清华，也算帮他圆了大学梦。

4

老屋曾经装满了我们的欢乐和痛苦，梦想和忧伤，记忆和怅惘。

老屋在半山腰上，沟底有一条小溪。小溪的水很清，鱼很少，却有许多螃蟹。抓螃蟹的好时节，是盛夏。放学后，做完作业，我经常带着弟弟妹妹去捉螃蟹。我们四人，个子高矮不一，但相差不大，人们说，我们排成一队，恰像拾级而上的楼梯。螃蟹很狡猾，全躲在小溪的石头缝里面。抓螃蟹有讲究，遇到小一点儿的螃蟹，要准确地一把全覆盖，抓在手里，紧紧握住，它就动弹不得。大一点儿的螃蟹，看着很凶，其实，只要从背后按住，从硬壳左右两边向前挤压蟹钳，它也就无计可施。搬开一块块石头，螃蟹就举着钳子，快速横行。我和弟弟妹妹们，一把抓去，总是手到擒来。即使偶尔失手，被螃蟹的大钳子夹住了手指，也决不放弃，忍着疼痛，也要把它绳之以法。小溪的尽头，是生产队的堰塘。有时候，堰塘里放干了水，我们能抓一洗脸盆螃蟹。回家了，用清水养着。吐沙完毕，再用一点儿清油炸了，一家人打个牙祭，其乐融融。那些缺衣少食的日子，清苦的日子，也飘起了一丝清香的味道。

老屋的旁边有几个高低不一的沙坑，夏天暴雨时节，那些沙坑总是蓄满了山水。满了再也蓄不住，就哗哗哗地，从一个沙坑流入另一个沙坑，犹如小型的叠瀑。沙坑曾经是我们的乐园。我六岁的时候，妹妹大约四岁。我和妹妹到沙坑边玩耍，沙坑里蛙声起伏，昼夜不断。我捉红蜻蜓，妹妹采蓝色的野花。突然，扑通一声，妹妹掉进了沙坑。沙坑不深，一米多点儿。但对小孩子来说，却是汪洋大海。看见妹妹掉进坑里，我吓坏了，手忙脚乱，一顿急操作，总算抓住坑边的茅草，把妹妹拉了上来。妹妹浑身湿透，我怕母亲责怪，赶忙把妹妹拉到隔壁大婆婆家，请大婆婆拧干妹妹的湿衣服，妹妹裹着大婆婆的一件旧衣服，等到衣服在烘笼烤干，才悄悄穿好回家。谁知，风已经把这个事情告诉了母亲，等我回家，母亲已经备好了打人的黄荆条子。那时，农村的孩子都是大带小，父母上班上工之后，家里的大孩子便要负责带弟弟妹妹。我到村里上小学后，妹妹便负担了带两个弟弟的重任。有一次，猪圈下面的粪坑里蓄满了青草，小弟不知道，一脚踏上去，掉进了近两米深的粪坑。妹妹大声疾呼，唤来常年在家的大婆婆，才把小弟救了上来。现在，清明祭祖的时候，我们总要在大婆婆坟前静默好一会儿，感谢她当年的救命之恩。现在，一家人聚在一起，有的时候，喝点儿酒，我就开玩笑地对妹妹说“我是你的救命恩人哦”，妹妹说声谢谢，又转过头去对着小弟说一声“我又是你的救命恩人哦”。说完，大家一起给父亲母亲敬酒，相互敬酒，笑成一团。

冬天的傍晚，寒风呼啸，阴云密布，不久，便纷纷扬扬下起雪来。盆地少雪，雪总是让人惊喜。第二天，一大早起来，屋外白茫茫一片，山包树木，小溪池塘，都换上了一身银色素装，让人认不出它们平日的模样。房子顶上，已经积压了厚厚的雪，屋檐有时嘎嘎作响，仿佛有不能承受之重，仿佛也有些兴奋之意。檐口的瓦沟上，悬了一串串长短不一的细冰棍。阳光照过来，晶莹明亮。馋嘴的我们，便搭了凳子梯子，取下这冬天的恩赐。这是天然的玩具和零食，对着暖暖的阳光，仰头，张开嘴，把细细的冰棍放入嘴里，瞬间，一股冰凉的冬天的味道便透透地通到心底。那时，刚学过古诗“柴门闻犬吠”，我们推着吱吱呀呀破旧的木门，念出来，便应了这白雪的景“天寒白屋贫”。

5

曾经青春年少的老屋，如老屋门口的燕子窝，我们是它养大的几只小燕子，一只又一只先后出窝飞走的时候，它就老了。我们阻挡不了老屋的老，正如我们看见父母头上日渐增多的白发，心疼，但也阻挡不了他们的老。

每次回老屋，母亲忙碌着，眼神却像土墙沟豁里折断的干枯的青草，斑驳，沮丧，落寞。她说，年老之后，再大一点儿，她要回到老屋，在老屋里落叶归根。我看过母亲二十多岁时的照片，健康，青春，漂亮。老屋承载了母亲的爱情、母爱和几十年的不懈奋斗。我们知道母亲的心思，但我们没办法。父亲母亲包括我们兄弟姊妹，都住进城里好多年，在老家都没了户口，从户籍上看，我们已经不算是老家的人。如果拆掉老屋重新修建，政策不允许。这个问题，成了我们的一块心病，无能为力的感觉笼罩着我们。

直到春天到来，我们给老屋戴上一顶黑灰色的钢铁帽子，母亲坍塌的眼神，又站了起来。这个办法，是从别的地方学来的——没法重新修建，那么可以维护吧。于是，就有聪明人想出了办法，给老屋戴了钢铁帽子，避免老屋被雨水摧残后进一步损毁，也保存了几屋子渐行渐远的乡愁。

但老屋这么多年没住人，用电用水又成了问题。老家的半边湾里，早已没人居住。曾经的十几户邻居，都去了三台县城或绵阳、成都，或者新疆等更远的地方。邻居们的土墙房子，大多断垣残壁，不是垮塌了一片，就是后墙上老大几个洞。甚至有的房子已经全部被风雨摧毁，连影子都隐隐约约。到各家各户的电线杆和电线还在，却被密密的树木遮挡，被四处拓展疆土的野藤缠绕，早已断电。再供电，砍伐清理树木需要手续，电路老化要重新布线。从新村聚居点到老屋，有两公里的线路，用电成本非常之高。用水呢？父母离开老家到城里居住的时候，水还是好好的。前几年，老家的垭口上突然建起了一个养鸡场，水源已经被乱哄哄的鸡群占领，没法再用。没电没水，偶尔回老屋住几天的想法，只好泡汤。只好就这样扔下老屋，任凭它在风雨中孤独。老屋再也无法回到原来的样子，这正如哲人所说，一个人，无法两次踏入同一条河流。

回到老家，我从不去那已经垮塌了一部分并且正在一秒一秒地继续垮塌的侧屋。事实上，对于它，我们已经放弃，并没有给它戴上钢铁帽子。我怕那屋子里突然跳出来一只多年前的蟋蟀，它“蛐蛐蛐蛐”的声音，肯定会充满对背叛者的质问，我将无言以对。

又一次回去，院坝里的两棵柚子树上，花开正浓，香气馥郁，蜜蜂们不知人愁，来来往往。在老屋厨房垮塌后的墙泥地上，我们又栽下了几棵蜜柚。这一群柚子树，将代替我们这些离开老屋的孩子，抵挡风雨，守护乡愁。

又一次离开的时候，正是风起，戴上钢铁帽子的老屋，又战斗了一年，经受住了又一年的风雨考验，它站立的姿势，似乎比以前更加坚强。或许，老屋知道：它把我们送到了适合我们的地方生活，从这里走出去的我们，没有忘记它的恩情；从这里走出去的我们，都在努力，在为更美好的生活奋斗。或许，多年以后，老屋倒塌了，连影子也不见了，但老屋是欣慰的：从这里走出去的我们，心中都有这座老屋，都知道老屋在风中等待过我们。

（原载《川中文学》2024 年第 1 期）

前世的母亲

人生一世，总会有很多不知道。我不知道，人生是否如佛经所说，有生死轮回，有前世今生，还有来世。但我在我的今生，似乎已经见到过前世的母亲。

前世的母亲，已经被黄土埋葬。她的土坟上，荒草幽幽，犹如不可逆转的岁月，结满忧伤和怀念的籽。这些籽，也是我妈妈这一辈子绕不过去的心结。祭奠她的时候，妈妈总是长长地叹一口气，说，这是你赵二妈，赵二妈这一辈子一直咬定你不是我的儿子，而是她的儿子。

其实，她是我的隔房长辈，我大爷爷的二儿媳妇儿，姓赵，本应该叫二婶，但我们都习惯称呼她赵二妈。

无后为大和重男轻女的观念，在 20 世纪 70 年代的农村，比白鹤湾山上那些郁郁葱葱的柏树还要根深蒂固。赵二妈生下一个女儿之后，就落下了后遗症，再也没办法生育。但她特别特别想有一个儿子，早上想，中午想，下午想，晚上想，天天都想。时间一久，她的思维和世界开始混乱。她觉得自己似乎已经生过一个儿子，只是这个儿子却被她的丈夫我的二爹送人了。

在赵二妈的概念里，那个被送给别人的本属于她的儿子，偏偏就是我。

为“要回”我这个“儿子”，赵二妈逐渐发展到与二爹势不两立的地步。她天天摔东西，天天与二爹吵架。疯狂的时候，甚至在路上拦住我妈妈，与我妈妈吵，与我们家所有的人吵。她时常扬言，拼了老命，也要抢回自己的儿子，要把我抢回她们家去。闹了好几次，赵二妈就有了新的称呼“赵疯子”。

幼年的我，在赵二妈面前，就是课本里的惊弓之鸟。我幼年生活的重要内容之一，就是避免和赵二妈碰面。一听见她的声响，我就躲得远远的。上小学的时候，为了不从她家门前路过，我一直绕道走，哪怕绕道的路上会有三五只让人十分害怕的恶狗。

那时的白鹤湾村小学，还没有被撤并，但条件十分艰苦。一块小操场，晴天灰尘扑面，雨天一潭烂泥。教室四围都是黄土墙，学生们用的桌凳，全是石头打造，一块长青石板是桌子，一块长条石是凳子。土墙上两个长方形的小洞，横竖钉了几根薄木条，就算是窗户。坐在这样的教室里，夏天还好，窗子里吹来阵阵清风，屁股和手臂被石桌子石凳子亲密贴近，凉爽异常。可一到冬天，就惨了。农村孩子本就缺吃少穿，衣衫单薄，甚至衣不蔽体，霜风一吹，每个人都冷，冷得牙齿发抖，清鼻涕长流。

上小学一年级那个冬季的某天，我们正在上课，老师要我领读课文。我顶着领读的荣耀，摁摁冻得发红的鼻子，站起来专心领读。突然，虚掩的教室门被“哐”地一声打开，一个人飞快地冲进来，直奔我的座位，紧紧抱住我，不停地问：“儿子，冷不冷？儿子，冷不冷？”“是赵疯子，赵疯子来了！”教室里一片惊叫。我被赵二妈吓坏了，大声哭喊：“你是疯子！你是疯子！我不是你儿子！我不是你儿子！”拼命挣扎中，我脑子一片空白，顿时陷入惊惧和慌乱的深渊。

长大后听妈妈讲，当时，赵二妈手里还拿了一块类似如今沙发垫子的自己做的布垫，那布垫夹层里面还特意加了一层薄薄的旧棉花。估计赵二妈是要拿给我垫在屁股下的石头凳子上，以免风寒受冻。

说起这些，妈妈又是一番感慨。唉，也不知道你上学后，她悄悄在你教室外面站了多少次，张望了多少次。那时的布料和棉花都很金贵，也不知道她花了多少工夫来做那个布垫子。隔一会儿，妈妈又说：“唉，早知道会这样，当初我们真不该舍不得你。如果我们在你小的时候就把你抱养给赵二妈做儿子，说不定她还不会变成疯子，说不定她现在还活得好好的。”

赵二妈的女儿，即我的堂姐，大我好几岁。到了嫁人的年龄，招了一个上门女婿，在赵二妈家住了几年。但赵二妈成天哭骂吵闹，成天打坏杯盘碗盏，甚至提刀追杀家人，甚至点燃房屋，烧坏家具。她女儿受不了，女婿也受不了，为了安全，女儿女婿外孙都搬到了女婿老家那边居住，只留下赵二妈和二爹两人相依为命。

我师范毕业后没两年，赵二妈去世了。又过了几年，二爹郁郁寡欢，也去了。他们家里仅有的一些家具，已经被女儿女婿全部变卖。他们留下的房屋，再没人愿意居住，成了名副其实的空屋。

赵二妈小小的坟堆，在她家后面那块平缓的山坡上，阳光充足，树木蓊郁，鸟语花香。站在那里，抬头就能看见她的老屋。可惜，那老屋已经多处垮塌，破败不堪。鼠蛇出没的屋基里，青草一茬又一茬地青，荒草一茬又一茬地黄，再没了屋的模样。

每次到赵二妈坟前，我总是规规矩矩地作一个长揖。她坟土上的杂树衰草，我也尽可能地拔掉。到清明时节，就折一根笔直的树枝，插上坟头，高高地挑起一束表示后继有人的白色纸幡。

关于赵二妈那并不存在的儿子，有时，我也迷信地想，当时那么多小孩子，赵二妈为啥就认定我是她的儿子呢?

也许在前世，她真是我的母亲，我真是她的儿子。

（原载《边疆文学》2015 年第 9 期）

可爱的小兔子

孔雀世界

比草还长的日子

田野的草已经长得比日子还快。那些鹅儿长、牛屎片儿、铁线、车前子以及奶浆草们，竞相争抢着春天的眷顾。等到青蒿长到一尺来长，那种叫清明花儿的小草在地埂上渐渐青翠，清明节就来了。

白鹤湾清明祭祖的习俗，是有儿有女有后人的墓主，必然在清明之前就享受了后人供奉的香火。如果有谁清明之前没人祭奠，其后人必被乡邻数落。

遵此习俗，我们每年都提前回老家祭奠。长眠地下的我的几十位祖先，他们永远的家，在白鹤湾周围的八九座山包上。清明去祭奠他们，我们家的规矩是不能打捆，必须一一拜访。做到这点，只能全程步行，要上坡下坎，翻山越岭。而现在的老家，上山砍柴这样的活计已经消失。那些曾经光秃秃的山包，早已是林木森森，杂草密布。童年常走的山路，已经隐没。从密密的草木之中，把记得的祖辈一代的墓地找到，还行。把那些未曾谋面的祖先的墓地找到，并且一一记住，不遗漏，不认错，且不能偷懒不去，很不容易。

我们家的清明祭祖活动，至少要四五个小时。即使从早上一大早开始，也要持续到下午，必须吃苦费力忍饥挨饿。因此，每次我们都背上一些干粮和饮水。

以前，爷爷还在的时候，通常是他老人家带领我们几个孙子辈去祭祖。现在，有些变化了，爷爷也住在了白鹤湾的月亮山上，成了我们祭奠的对象。带着我们这一帮儿孙辈去延续那郑重仪式的领头人，是已经退休好几年的老爸。而老爸的双鬓，也已经爬上了越来越多的白发。

那些坟茔里的祖先，我已经无法回忆起他们的面貌。稍有记忆的，是自己的爷爷，大爷爷，是活着时对我好过的一些亲人。

我不知道大家有没有在粪桶里睡觉的经历，反正我有。大集体时代的农村，基本建制是生产队和生产大队，实行集体上工，生产队长每天要点名考勤，出勤一天记一天工分，年中年末按照工分分配粮食。那时候，我少不更事，贪玩好耍，不知道生活的艰辛，常缠着大人带自己去上工。大人在地里上工，我就在地边捉蚂蚁，追蜻蜓，撵蝼蛄。经常磨不过我的人，是我爷爷，他带我去上工的时候多。而上工的地点总是离家太远，走三五公里路是常事。去的时候，我总是跑得飞快。回来的时候，我就确确实实走不动了，死活要赖，要爷爷背。爷爷通常先哄我，就地取材，给我一个高粱杆儿做的马，或者巴茅杆儿做的蚂蚱，让我自己走。当这些小玩意儿都没办法吸引我的时候，爷爷就把木制粪桶挑到池塘里面洗干净，一只粪桶装半桶水，我站在另一只粪桶里。站着站着，我就靠着粪挑子睡着了，爷爷也不叫醒我，吭哧吭哧把我挑回家。其时，爷爷作为生产队的主要劳动力，经常干的是挑着粪水上高山的活，累死个人。

脑海里，大爷爷给我刻下了半块芝麻饼的香。那硬邦邦的芝麻饼，金贵得很，八分钱一个，和一斤盐的价格差不多，一般的庄稼人都舍不得买来吃。大爷爷的大女婿是公社干部，二女婿是工人，都有工资，时不时孝敬他。大爷爷的大儿子是哑巴，据说是小时候发高烧，用药过量造成的。我们管大爷爷的大儿子叫哑爹。哑爹心灵手巧，篾匠活是拿手好戏，尤其是他编的筲箕，形状乖巧，圆月形，小船形，篾丝都用刮刀仔细修理过，手摸上去光滑无刺。耐看耐用的小筲箕，方圆十里八湾都抢着买。大爷爷每次去赶太和场，总要挑一些篾货去卖。偶尔，大爷爷兴致好，就把我叫上一起去赶场。卖完篾货，大爷爷就到副食店里买上两个芝麻饼，一个存衣兜里，另一个一分为二，我和大爷爷一人一半。那黄褐色的芝麻饼，如同现在的女士便携化妆镜，很小，一巴掌就能盖住，却是我幼时记忆里最美味的食物，比食店里的猪肉还要香。芝麻饼一面是空白的纯面粉，一面却重重叠叠地沾满了芝麻，充斥着无限味觉诱惑。回家路上，我一边走，一边捧着包在草纸里的芝麻饼，一粒一粒地抠芝麻，抠一粒吃一粒。只是那芝麻粒实在太小太小，稍不注意，就从指缝中掉到了地上，却也舍不得，小心捡起来，仔细吹干净灰尘，又放到了嘴里。半块芝麻饼，我到家了也没有吃完，就和弟弟妹妹分着吃。

在爷爷和大爷爷坟前，我总是尽量让自己跪拜他们的姿势标准一些，跪时笔直，拜时手掌额头触地，还额外给爷爷和大爷爷多烧一些纸钱，感谢他们对我这个小时候顽皮的、总感觉饿的人儿的无私照顾。

祭拜的时候，我看见，我的祖先们总有一些挨着别姓的祖先住着。这些人，可能他们以前不在一起住，或者在一起住的时候也根本不喜欢做邻居，甚至经常为了田边地角的事情争吵。但后人把他们安顿在了一起，也不管他们相互之间同意不同意喜欢不喜欢，几块石头几抔泥土，强行化解了他们的矛盾。

走在老家的路上，我爸妈总是很感慨。现在的老家，已经没几户人家了。老家所在的那个生产队，现在叫社，以前上湾下湾有三十来户，现在只有两户，而且这两户都是老人小孩在家，青壮年都去了遥远的地方打工。其他的人家，有的搬到了新疆、成都、德阳、绵阳，有的在县城或者镇上买了房，一年难得回家一次。以前一到夜里，满湾都是灯火，满湾都是呼儿唤女的声音。现在，大家都不愿意窝在那几块地里。曾经的声音和灯火，都化作了漆黑的夜空和零星的犬吠。

清明时节，油菜花本该漫山遍野蓊蓊郁郁地黄，小蜜蜂本该成群结队嗡嗡嘤嘤地飞。但现在，零零星星的油菜花地，刚闪现了金黄的色彩，又急速隐退，留下一块又一块土黄的感伤。老家的好多地块都空着，荒着。那些杂草头上顶着的露珠，仿佛一堆明晃晃的寻人启事。

返回城里的路，空旷寂寞，没有多少车，更没有多少人。多年以后，还有谁能记得散落在乡村里的那些先人？还有谁能坚持候鸟一样回到乡村，祭奠他们？习俗的链条，终将被现实的遥远斫断。那些先人的坟头，终将一个一个地孤独。在风中，它们隆起的形状终将老去，化为平坦。

我是个怕孤独的人，即使死了，也怕。由此我想，以后，我一定要对儿子好一些，对老婆好一些，对兄弟姊妹们好一些，对朋友们好一些。当然，也要对同事们好一些，对领导们好一些，对所有认识的人，都要好一些。这样子的话，也许在以后的以后，或者会有一些人偶尔记得我的好，会来看看我。

比草还长的日子，照耀着草和日子的太阳月亮，会慢慢为我给出答案。

（原载《边疆文学》2015 年第 9 期）

七彩花

饥饿的味道

于我而言，饥饿是个内涵词。对现在 99.99% 的人来说，其内涵早已消失。吃饱穿暖的人们，想得更多的是，胖子如何减肥，瘦子如何保持身体健康。对九〇后、〇〇后们来说，更是天方夜谭，他们吃的是蜂蜜，没有饥饿年代的经历。

我品尝过饥饿的味道。实实在在地说，在 1981 年包产到户以前，我感觉自己几乎没吃过一顿饱饭。所以，我现在吃相难看，一点儿不斯文不说，而且吃饭速度很快，像是在抢饭，还吃得比较多。

时下有个流行词语叫吃货。其实，现在所谓的吃货，都是在选择性地享受美味，比起小时候的我，实在是一个天上，一个地下。小时候的我，基本温饱都没解决，时常饥肠辘辘，看见如今司空见惯的饼子、包子，也一点儿不淡定，眼馋，嘴更馋。

老家有个名叫老君洞的场镇，场镇因背后山上的老君庙得名，老君庙里供奉着天上的大神仙——太上老君。我觉得老君洞场镇比神仙们居住的地方还好。只有一条街的老君洞，十分钟就能走到底，但街上十分繁华，吃食尤其多。卖糖饼子的，一面邦邦邦地不停拍打着擀面杖，一面翻烤油汪汪的面饼。他四周两三米远的地方，弥漫的，全是白面香，全是红糖扑鼻而来的味道。再走几步，不远的地方，一堆水灵灵的白菜条，一碗细白的肥肉馅，一碗亮晶晶的白砂糖。热气腾腾的铸铁蒸锅上，包子们正在加劲儿长胖，肉面油的味道一股又一股，持续喷香。开笼后的包子，有的故意漏出一丝肥肉的诱惑，有的还在头顶点上一抹微红，尤其漂亮。开笼包子哦，开笼包子哦，咬一口就流油的开笼包子哦！卖富油包子的摊贩故意拖长的吆喝声，十一分可恶，十二分勾引人。

我到了四五岁，婆婆总带我去老君洞赶场。婆婆身体瘦小，体弱多病，没法去上工承受那大集体劳动的累，就一直在家做饭洗衣服，还喂猪喂鸡卖柴火，为家里挣点油盐钱。那时，住在场镇上的公家人，没有用上煤，更没有用上天然气，还兴烧柴火。有太阳的天气里，婆婆总是顶着日头，把自家山上砍下来的柏树枝或者青㭎木，反复翻晒。因为卖柴火的人太多，公家人挑剔，不好烧的没干透的柴火根本卖不掉。那些散发着清香的柏树枝和青㭎木，都是家里舍不得烧的好柴，平时我们烧的柴火，都是玉米秆、茅草、麦草、谷草，烧起来浓烟四起呛人口鼻。一到赶场天，婆婆就去老君洞卖柴。满满的柴火背篼，总是全部遮住婆婆的小身子。婆婆在弯弯曲曲的土路上走，远远望去，就像是一堆柴火自己在缓缓移动。

在老君洞赶场，我总是经不住糖饼子和富油包子的引诱，痴痴的流口水。但婆婆买不起，卖柴火的钱是家里的油盐钱，她只能给我买最便宜的水果糖。在供销社副食店，婆婆总是透过玻璃柜，反复比较糖果的大小，良久，才从旧手帕包好的分币角票里，花一分钱买一颗水果糖，用鼻尖闻一下，然后笑眯眯地递给我。有一次，老君洞卖柴火的人很多，婆婆的柴火比人家的差，没有卖掉，我的水果糖没了着落不说，婆婆还要把满满的柴火原路背回。七八里的山路，婆婆歇了五六次。每歇一次，婆婆就把我搂在怀里，眼里满是没有给我买糖的歉意。有一次，卖掉柴火后，婆婆也没有给我买水果糖。她领着我，到集市上捡了一大堆柚子皮，说是要回家给我做很多糖吃。我兴高采烈，边走边跳。婆婆把那些柚子皮削掉外层，用果肉和皮之间的果瓤熬糖，一大堆柚子皮熬了一小块儿柚子糖。那柚子糖味苦，还有点涩。还有一次，婆婆买了一小块儿肥肉。吃饭的时候，我吵着要吃肉，菜里却一丝肉也没有，哭了许久。后来，我才得知，婆婆为了让炒菜的时候有油荤气息，把一块儿小小的肥肉，挂在了家里那口大铁锅的锅盖挂钩下面，在滚热的水蒸气作用下，那些没有肉相伴的青菜，居然有了油荤。那一小块儿肥肉反复发挥了好几次作用，直到干瘪，才细细地切了，熬了一大锅菜汤。

婆婆去世的时候，还不到五十岁。我当时大约五岁，只记得婆婆没有像平时一样在床上休息，却躺在了堂屋中间的门板上。只记得那天来了很多人，家里十分例外地割了几块肥肉。中午吃饭的时候，我按照以往的习惯，跑着去叫婆婆起来吃饭吃肉，婆婆却怎么也不起来。后来，听父亲说，我叫婆婆吃饭的声音，让全家人一次又一次心酸，一次又一次泪流满面。

现在，每当桌子上摆满大鱼大肉的时候，父亲总要念叨，要是你婆婆还在就好了，她一辈子连饱饭都没吃上几顿，更不要说这些好吃的了。

现在，我去祭拜婆婆，总是要把那些好吃的肉食果品，全部从袋子里拿出来。我认为，让婆婆看见现在的这些好吃的食物，是一个重要的任务。

我对婆婆总是长揖在地，深深跪拜。

我觉得，我拜的不仅仅是婆婆，我拜的还有那个年代里盛行的饥饿的味道。

我希望，饥饿的味道，永远不要回来。

（原载《边疆文学》2015 年第 9 期）

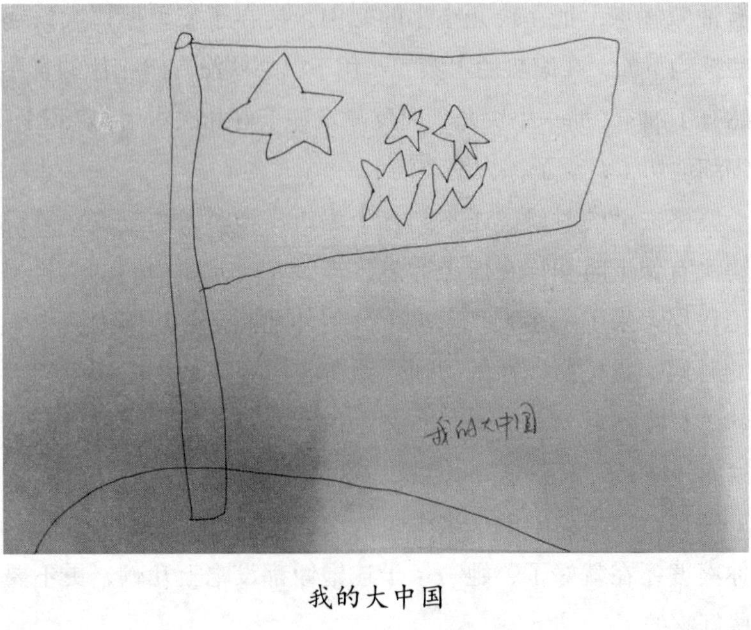

我的大中国

家里有灯

在我家里，厨房电灯坏掉的频率最高。那是妻子和我经常开关的功劳。因为母亲做饭的时候，几乎不开灯。

冬季的下午，六点多才能下班。回到家，天色已经暗黑。厨房里热气腾腾，蓝色的燃气火苗在跳跃，饭菜在锅里滋滋地响。母亲已经在做晚饭，但母亲没有开灯。

“怎么不开灯呢？该开灯还得开灯，别把眼睛黑坏了。”我和妻子总是劝母亲。

“能看见啊，不用开灯。”母亲依旧我行我素，依旧借着火苗的微光在做饭。只要她一个人在家，不仅做饭不开灯，其他时候也很少开灯。实在需要了，也只开一盏小灯。

久了，我们也就理解了母亲。从乡村来到县城生活已经十几年，虽然生活条件与以前相比好了不知多少倍，但母亲节俭的习惯一点儿没有改变——在母亲的世界里，勤俭节约就是一盏明晃晃的灯，什么也能看见。

久了，我和妻子走到小花园外面的时候，也不再观察家里有没有灯光。

我们知道，母亲在家里，家里有灯。

（原载《剑南文学》2019 年第 5 期）

猫咪家庭的结婚日

银白色的世界，雪花飘落

灯和一些旧时光

那些忽明忽暗的灯火，已经在记忆里燃烧成碎片。那些灯火照耀出来的道路，已经被前行的脚步甩在身后。那些灯，却嵌进了肉体和心灵深处。

20 世纪的中国乡村，曾经渡过很长一段时间没有电的岁月。明亮的电灯，只有县城和少数的集镇才有。于是，废弃的牙膏皮，剪开，洗净，翻转，用一根筷子，裹成一根细长的小管子。于是，一个空墨水瓶，瓶盖上钻一个小孔，牙膏皮管子穿过小孔，管子里穿一根棉线，墨水瓶里倒上半瓶煤油。于是，广阔田野的暗夜里，这简陋的油灯，就照耀了无数乡村孩子充满渴盼的童年、少年和青年。

在稻花香里，在一片蛙声里，夏日的乡村孩子，几乎每一个人身上都长满了现实主义的伤痕。因为，每一个劳作的场景，乡村孩子都没有缺席过。贫穷和困苦，绑在乡村和乡村孩子的肩膀上，结结实实的，沉甸甸的。当麦浪翻滚，麦穗低垂，一垄垄麦地里，三五个大人的后面，总有几个矮小的人影。他们是乡村的孩子。大一点儿的，十来岁，或许不到十岁，小一点儿的，甚至仅有四五岁。他们承担的，是收拢麦秆和搬运麦捆的任务。他们的脸上，身上，脚上，全是被镰刀和麦秸割破的伤口。还有玉米地边，箩筐和背篓一字排开，乡村孩子穿过软刀子般的玉米叶子，掰下玉米，装进箩筐和背篓。田间的路，被小小的脚掌反复踩踏，平整、光滑、板结。炎热的阳光在流淌，和着泥土的黑色的汗水在流淌，乡村孩子的脸愈加火红，皮肤愈加黝黑。很多时候，为了抢在暴雨之前把粮食收获完毕并搬运回家，夜晚的田野，常常会亮起一盏盏煤油灯。沉重的背篓绳子勒住瘦小的身子，一圈微弱的灯光，拖长了一道道的影子。

物质匮乏的日子里，几乎每一个乡村，都有一个代销点。而乡村的代销点，几乎是每一个乡村孩子心目中的圣地。那里有硬硬的水果糖，一分钱一颗；那里有白糖，放一点儿在白开水里，会神奇地变成甜水；那里有扁扁的柿饼，上面沾满了糖霜；那里，可以用麦草辫子和蓑草，换回买油盐的钱……重要的是，那里，还存放着能够驱逐黑暗的煤油。

但乡村的代销点里，时常没有煤油卖。任何困难都难不倒英雄的中国人民。多年后，一位领导人面对大地震时说的这句话，用来形容那时乡村人民的智慧和创造，也是恰如其分。

老家在丘陵深处，一座座面包似的山上，星星点点，长了很多桐子树。桐子花开的三四月份，白色的火炬，东一簇，西一簇，点亮了山野。八九月份，核桃似的桐子，挂满树梢。一片片山林里，到处都是乡村孩子高举竹竿啪啪啪打桐子的声音。用那些晒干的桐子种子榨油之后，桐子油就能代替煤油，重新点亮乡村的夜晚。

怀揣煤油灯或者桐油灯，推开田间劳作的艰辛，推开蚊虫成堆的叮咬，推开冬日寒夜的冰凉，一个个乡村的孩子，总是在泛黄的破旧的书页里，睁大双眼，孜孜寻找属于自己的灯和路。

犹记得，我在离家20公里的一所乡村中学求学的情景。为了不再被麦草、稻草和玉米叶子割破身子，为了不再在交售公粮、卖棉花和卖茧子的时候从早到晚排队，为了不再饿肚子，那幡然悔悟的乡村孩子，一大早就起床，在厕所的路灯下背诵英语单词；深夜十二点，寝室里早已熄灯，因为没有搞懂一道方程式的解法，夜不能寐，又悄悄起床，跑到校园的路灯下，一遍又一遍地演算。冬季月末的下午，放归学假的时候，已经是五六点钟，匆匆挤上回家的公共汽车，下车时，天已经漆黑一片，却还要走七八里山路，才能到家。那些山路，大多在半山腰，远离人家，路旁到处是坟堆，坟堆上时不时还盖满白晃晃的魂飘纸。走在山路上，路过坟堆，想起那些鬼魂的故事和传说，总是不由自主地毛骨悚然。即使大声地唱歌，一首接一首轮番地唱那些激昂的歌曲，内心仍然不寒而栗。这时，是远处沟底一户人家的一团灯光，壮起了幼小的胆；是挨近路边的好心的乡邻，借用几束谷草扎起一支火把，照亮了读书人前行的路；是期盼的母亲或者父亲，知道孩子要回家，知道孩子还在回家路上摸黑前行，早就在家对面的垭口上等候，点燃了一盏温暖的避风的马灯。

不知道在这个电脑的年代、签字笔的年代，还有多少人记得红岩牌墨水，还有多少人记得起那用空墨水瓶做成的灯？从乡村跋涉出来进了城的孩子们，偶尔关掉明晃晃的电灯，用几支蜡烛营造浪漫的时候，是否还记得起曾经陪伴多年的煤油灯？

（原载《剑南文学》2019年第5期）

硬币的记忆

一分，代表一颗硬邦邦的水果糖。两分，就是一块橡皮。五分，则能换回半斤盐巴。小时候，纸币少，尤其最大面额的十元，难得一见。而硬币，面额小，经常在紧巴巴的生活中打转转。人们的衣兜里，总是有几枚硬币。

硬币，曾经是我生命中的一片阴影。

大约六岁左右的时候，过年了，父母照例给我们几个小孩子发了压岁钱，每个人的总数都是七分，分别是几个叮当响的硬币。

有钱了，弟弟妹妹很兴奋，我也很高兴。我们决定到村上的代销点给每人买一颗的水果糖，而且要买那种包裹着漂亮的玻璃纸的水果糖。

我们一路蹦蹦跳跳，高兴的劲头，超过了站在苦楝树顶上的那几只喜鹊。

不知道怎么回事，也许是怕把钱跳丢了吧。在路上，我居然把两枚硬币放进嘴里含着，一枚五分，一枚两分。到了代销点，店主王盐巴没有因为过年的喜庆气氛改变死鱼的样子，还是爱理不理，翻着眼问我们买什么。我一紧张，刚想开口，硬币却滴溜溜地顺着口水滚进了肚子。

吞下硬币的一刹那，我并没有惊慌，只是心疼没法用钱买水果糖。好在弟弟妹妹懂事，用自己的钱买了水果糖，不仅给我分了一颗，还给父母各买了一颗。

吃水果糖的时候，母亲问我们用钱的情况。我支支吾吾不敢张口，弟弟嘴快，直说，哥哥没用钱，他的钱吞肚子里了。

吞了多少？什么时候吞的？母亲的声音顿时慌乱起来，我也不知所措。

赶紧想办法吐出来，要是卡在了肠子里，梗住了，那还了得。院子里的邻居们七嘴八舌，说着各种担心，出着各种主意。

母亲端来一碗白乎乎的肥皂水，可我说什么也不喝。父亲大吼，捏住我的脖子，趁我张开嘴，母亲闪电般端碗，肥皂水咕噜咕噜几声，进了我的肚子。父亲倒提着我，母亲使劲抠我的喉管，试图让我将硬币吐出来。肥皂水在我肚子里翻江倒海，甚至倒灌进我的鼻孔。后来，我又喝了糖水、盐水、艾草水、草木灰水，杂七杂八，但始终没能把硬币吐出来。

当围观的邻居散去，家里安静下来，我精疲力尽，躺在竹椅上。那时，我觉得自己就要死了。

幸好，一名老中医救了我。老中医的家，在去方垭场路边的一个院落里。当疲惫慌乱的母亲带着疲惫无助的我走了好几里山路，老中医却出诊去了。直到母亲把我们娘俩脸上的泪擦干一遍，又擦干一遍，再擦干一遍，他才回来。老中医问了情况，笑了，没开一点药，甚至连诊疗费也没收。只是说，莫担心，这娃娃是嘴巴馋了，想吃肉了。你们赶紧回家，割一大捆韭菜，炒点腊肉，使劲儿吃，直到吃饱为止，明天就好了。

回到家里，我家却没种韭菜。邻居杨大婆种了，她听说我要吃韭菜治病，立即送来了一撮箕。

腊肉韭菜绿意盎然，肉香扑鼻。哥哥，你快吃嘛，妈说，这是给你医病的药，你吃了就好了，好了就可以和我们一起耍了。弟弟妹妹不住地吞口水，却听了母亲的话，不吵也不闹。

第二天傍晚，我的病真的好了。两枚硬币裹在没有消化完的韭菜纤维里，跟随着臭烘烘的排泄物，回到了肚子外面。

那位老中医，一直被幼年的我视作神医。当我读到神医扁鹊和华佗的故事，我认为他就是扁鹊或者华佗。

每次回老家，我都要路过老中医住过的那个院落。那笑眯眯的脸庞早已不在，那土墙房子早已换成砖瓦楼房。但每次经过，我总是肃然，在内心五体投地，恭恭敬敬地向着那个院落行一个大礼。

（原载《华西都市报》2019 年 3 月 19 日）

花园里

拴着绳子的康乐饼

20 世纪困难时期。

在师范学校里，因为缺少食材，学校食堂里的大师傅脑洞大开，做了饭食新品种，用现在流行说法叫黑暗料理。

新饭食的名字很美，叫康乐饼。其实，也就是米糠加点包谷面，和水之后，在锅上贴一贴，烤干了，硬邦邦的，像块石头。虽说一点儿油星也没有，但对饥饿的人来说，很香。

而这样的康乐饼也是限量版的，一人只有一个。

班里有一个高大的男生，恰好人也姓高，绰号高一半。他总吃不饱，两三口吞下康乐饼之后，总是意犹未尽，左顾右盼，眼睛冒光，艳羡其他同学的饭碗。曾经有一个男同学，个子矮吃饭慢，被他飞速掰去半块康乐饼，他还美其名曰帮助同学。从此，他就得了高一半的美名。从此，吃饭的时候，其他同学都和他保持了一大段距离。

某天下午，班里开展集体活动，一大队人围着操场慢慢跑步——之所以慢慢跑，是因为体育课不上不行，但运动量太大了，同学们非常容易饿。

跑着跑着，突然，有一个女同学惊叫一声，摔倒在地。同学们都吓了一跳，不知道咋回事。老师跑过去，拉起女同学，大家才知道，是高一半惹的祸。

高一半跑在女同学的后面，正有气无力之际，突然看见那个女同学的衣服口袋里露出了一块康乐饼。好哇，我饿得心里发慌，你居然还有饼子没吃？！说时迟，那时快，高一半眼疾手快，一把抓住饼子，就想夺过来分走一半。谁知道，一抓饼子，女同学就倒了。

原来，女同学中午胃口不好，只喝了点菜汤。剩下的康乐饼珍贵，为防止掉落，就用干净的一种名叫鸡肠带的绳子，一头细细地把康乐饼栓了好几圈，康乐饼放衣服口袋里，另一头就绑在自己手臂上。饼子一动，牵动绳子，绳子一动，人就倒在了地上。

高一半手里拿着捆了一根绳子的康乐饼，当场就懵了。绳子的另一头，是女同学瘦弱的手臂。

（原载《剑南文学》2021 年第 5 期）

雪花妈妈

团米的鸽子

小时候，很喜欢鸽子。邻街有个十五六岁的大哥哥，养了一群鸽子。我便经常去看他养鸽子，放鸽子。晴朗的天气里，蓝天之上，一群鸽子从白云旁边飞过，总洒下一声声天籁般的鸽哨。

大哥哥看我很着迷，便满足我的好奇心，让我也帮帮忙，抓几颗玉米或者高粱喂喂鸽子。甚至，有时候，我还可以捧着一只鸽子放飞。

时间长了，我们对彼此家里的情况都很熟悉。我是独子，爸妈都是学校里的老师，生活堪堪过得去。大哥哥家里兄弟姊妹五六个，生活相对要窘迫许多。

一天，大哥哥说，如果有大米喂鸽子就好了，吃了大米的鸽子，有劲，飞得高，飞得远。可惜，家里人多，大米少，爸爸妈妈不许喂。我听说之后，就偷偷打开家里的米缸，舀了好几勺米，交给大哥哥喂鸽子。这样好几次，大哥哥非常高兴，送给了我一对鸽子。我也非常高兴，搭了个小棚子，把一对鸽子养了进去。爸爸妈妈见我有了小伙伴，也非常高兴，也帮我喂鸽子。可是，大哥哥送的鸽子，养了几天之后，一飞上天就再没飞回来。我跑去问大哥哥，大哥哥说，没事，你再拿点儿米来，我再送你一对鸽子。就这样，大哥哥送了我好多次鸽子，我拿了好多次米去换鸽子。

家里的米缸少了米，一次两次，爸爸妈妈没有发现。次数多了，爸爸妈妈也没发现。其实，我家的米缸并不满，每次我都小心翼翼，尽量不拿太多，以免东窗事发。我已经做好了挨训的准备，可爸爸妈妈似乎真的没发现。这让我十分纳闷，但我没想那么多，没发现就没发现吧。

长大后，有一次聊天，爸爸问我："你还记得你小时候养鸽子的事情吧？"

我说："记得啊，我还记得偷偷从家里拿米去邻街喂鸽子呢？对不起哈，爸，其实那时家里也不富裕，粮食也不够吃，我太不懂事了。"

爸爸笑了笑，说："你知道你养的鸽子，为什么每次都飞不回来？那是因为，你的鸽子一飞上天，就加入了大哥哥家的鸽群，它们就又聚在一起了。大哥哥送你鸽子，是在赚我们家的米哦。这个用四川话说，就叫团。"

喝口水，爸爸又说："其实，我和你妈妈早就发现了这事。邻街那家，人口多，要吃点儿白米很困难。他爸是我小学同学，直接拿点粮食给他们，他肯定不接受。你恰好办了一件我们想办的事情。"

原来如此。

（原载《剑南文学》2021 年第 5 期）

考试的秘密

碰到读师范时的美术老师，一起喝茶的时候，他给我讲了一个故事。

他说。

那年，我刚从师范学校毕业，分到了一所乡镇中学。因为自己喜欢美术，有一些特长，就主动向校长申请，教了美术，兼教其他一些学科。由于经常组织学生参加县内美术展览，成绩不错，我也成了县内小有名气的美术拔尖人才之一。但我知道，光凭借自己摸索，没有经历美术专业的系统学习，自己还差得远。

某一天，我接到教育局通知。通知说，为培养美术人才，西南师范大学决定举办美术教师进修班，拟从云、贵、川三省招收15名美术教师，四川省招收名额5人，脱产学习三年，全日制，学习结束颁发毕业证。

我赶紧报名参加，进入考前准备之中。当然，那时恢复高考没有多久，也找不到什么复习资料，准备不了什么，无非就是把现有的学生美术教材翻了几遍。

考试的地点在绵阳，我提前一天搭班车到了绵阳。第二天，我进了考室，才发现考室很大，参加考试的人很多，大约有一百来人。

考试开始，考题发下来，我一下子就愣住了。考试题很简单，只有一句话：请你画一幅二龙抢宝图。龙是传说中的动物，现实生活中没有，平时也没画过，只是在一些图画上见过。考场上，我根本回忆不起龙头长啥样，不知道龙爪该画几只，更不知道该用什么技法来完成这幅画。这个考题，看起来简单，其实有点儿门道。我抓耳挠腮，不知所措，久久不能动笔。看看四周，大家和我一样，也是狗咬乌龟，无处下口。

考试时间是两个小时。过了大约半小时，一个负责巡考的似乎是教育局领导的人突然走了进来。监考老师看看大家，茫然的考生们赶紧开始动笔。我也刚准备动笔，却又抬头望了望巡考的领导。一刹那，我的目光死死地盯在了领导的身上。领导一边走，一边看，发觉我的眼睛一直围绕着他转圈圈，就走到我面前来，看了看空无一笔的白纸，笑了笑，轻声说，别看了，赶快画，时间不多了。

我赶紧埋头，瞬间思如泉涌，泼墨挥毫，在规定时间画了一幅水墨二龙抢宝图。

后来，我从一百多位美术教师中脱颖而出，成为全地区唯一的幸运者。再后来，我从西南师范大学毕业，分配到县里的师范学校，成了美术教师，还教过你。

老师，您为啥考试的时候盯着巡考领导看呢？

嘿嘿，本来这是个秘密，不过现在可以解密了哈。当时，那个巡考的领导端了一个大茶杯，那个茶杯上就有一幅图啊。

二龙抢宝图？！

哈哈，就是，就是。真是踏破铁鞋无觅处，得来全不费工夫。

那个领导是不是故意来漏题的哦？

不是，真的不是。不是给我漏题，我到现在为止都不认识他。也不是给其他人漏题，要是的话，哪还有我去大学深造的机会。

这么多年来，我早就想请他喝茶喝酒吃饭，好好地感谢感谢他，他可是帮了我的大忙。

可惜，一直没再见过他。

（原载《剑南文学》2021 年第 5 期）

我的袜子

王冠

王子

【第四辑】

写给祭儿

画字

蜗牛游戏

十八岁进行曲

在幽幽的庭院，在荒僻的山林，我以一抹浅绿，撑开十八岁的年龄。

我开始存在的时候，很小很嫩，在妈妈的心里，是一颗淡黄的芽……

爸爸给我和风，妈妈给我细雨，爷爷奶奶给我阳光般的注视——我慢慢地长，抽出一片叶子，两片叶子……

叶子一片一片地增多，年轮渐渐泛起绿意——我15岁，16岁，17岁，18岁！

18岁了，上帝！

18岁踏着祖辈父辈的肩头走过来，溅起了一串串时起时伏的足音……

（原载《三台报》1989年5月20日）

写给粲儿

1

孩子，你想揪住爸爸的耳朵？贴着妈妈的肚子，爸爸在谛听你。你干吗要拳打脚踢？想出来吗？哦，我的孩子，说实话，爸爸不想让你出来。你不知道，在妈妈肚里有多么好啊！没有寒冷、没有危险，爸爸妈妈整天想着你，呵护着你。这种生活，安宁舒适，温暖慈爱。而外面这个世界，有时连爸爸妈妈也感到寒冷呢。何况你这个稚嫩的孩子。

但爸爸妈妈没有不让你获得生命的权利。来吧，孩子，我们盼着你！

爸爸是个教师，妈妈是个工人。我们别无所有，献给你的唯一礼物，是清白和正直。

孩子，别怨爸爸，别怨妈妈，清白和正直的人格高于黄金。

2

终于降临了，但你哭什么？

别哭，孩子。既然来到这个世上，就要勇敢地活着。现在，你必须面对这一切，寒冷或者危险；你必须学会对付这一切，“学会适应，温柔或狂暴的风雨。”

不哭了么，我的好孩子？望着爸爸干什么？想用清澈纯洁的目光照耀爸爸吗？从爸爸脸上，你得到好与坏的最初印象了吗？我告诉你，爸爸是个好人，认真教书，认真写诗，心里涌动着真挚的血。爸爸是个坏人，贫穷，没给你和妈妈什么幸福。

那么爸爸到底是好人还是坏人？长大了，你就会明白。

3

来，孩子，扶着爸爸的手臂，勇敢地迈出第一步吧。

人生路很长，充满荆棘和坎坷。但你要坚强地走，别怕摔跤。摔倒了，就自己爬起来，继续走。

但别走上歧路。人生的路上，诱惑也很多。爸爸只希望你认真生活，认真读书，好好学习，健康成长。

（原载《三台报》1996 年 4 月 13 日）

大 哥

大哥不是财大气粗的人物。鼻梁上架一副塑框眼镜，衣着朴素，身体单薄。大哥中师毕业，先分配到一所村小学教语文，如今在一所高中教高二英语。

大哥不是亲大哥。我们几个朋友之所以叫他大哥，不仅仅是因他作为师兄，年龄稍长；更主要的是他书比我们多，学识比我们高。

毕业已经好几年，但大哥没攒下什么家当，仅有的电器是一台收音机和一个“随身听”。收音机倒属于昂贵级别，买时用掉一个半月工资，两百多元，十二波段，可收听多种外语节目。“随身听”呢，主要是用来放外语语音磁带，偶尔也放放《高山流水》，抑或《一封家书》。

踏进大哥的寝室门，便进了书的包围圈。寝室里的最醒目的是几个落地书架，摆了满满的书报。而书桌上，书柜里，茶几边，乃至饭桌和床头，到处都堆满了书。那些厚至上百元的《辞源》《辞海》，薄至一张张英文版的《中国日报》，大大小小，一架架，一摞摞。随手捞一本，不是“洋文”书，就是北大或清华的学报。

好些书，让人看不懂，让人惭愧，觉得自己太落后。因此，我们每去一次大哥那儿，都会受到一次深刻的“思想教育”。回来之后，除了认真教书之外，也认真读一些书，学些更“高级”的知识。

去年暑假，我和大哥一起去逛成都动物园，与一位老外邂逅。大哥边看边为老外义务讲解一个多小时。老外得知大哥是中师毕业自学的英语时，直竖大拇指。

在我们县的自考学子中，大哥小有名气，他名字好几次登在自考办出的光荣榜榜首。而且，大哥同时报考了英语和汉语言文学两个专业。考完专科，他又考本科，如今已是两个学士学位在手。

我们几个，在大哥的带动下，也相继参加自考，拿到了专科和本科文凭。今年，大哥说要去考研究生。我想，他能考上，一定能。

（原载《三台报》1997 年 3 月 12 日）

青书公主

五十六朵玫瑰

那时，我刚从学校毕业，分到一所偏僻的乡初中教初三。或许由于年龄相差不大，也或许是因为我上课时挺卖力，下课也比较活跃，我和同学们的关系很融洽。

当时，我正和远方的某某某恋着，死去活来。但我的乡村和那个远方相隔千里，地域上的距离注定了爱的破裂。那是怎样的一个黄昏啊！我绝望地撕碎那封分手的信，忍不住关上门，痛哭起来。之后，我喝起酒来，一个人借酒浇愁，一杯又一杯，喝得昏天黑地。整整一瓶高粱酒见底，我醉了。摔碎酒瓶，我沉沉入睡。

第二天，我精神很不好。夹着一叠书，走近教室，却感到气氛不对。往日上课之前，教室里歌声不断，今天却静极了。踏进教室门，我怔住了：一大束野玫瑰，火红艳丽，沾满清晨的露珠，静静地躺在破旧的讲桌上。同学们低着头，沉默着，有的不时抬头看我两眼。我激动地捧起那束玫瑰，发现一张了纸条，上面写着："老师，别难过！"

他们怎么知道的？这是一群多么懂事的孩子啊！我的眼角湿润了，情不自禁，深深地鞠了一躬，“谢谢同学们，谢谢！”

事后，我数了数，那束玫瑰一共56朵，全班同学一人朵。

（原载《三台报》1996年9月25日）

阳光花朵

可爱的小猫

上学的路

杂草中仅容一只脚掌的路，路边野花摇动。没有人为修砌的痕迹，完完全全用双脚走出来。从读小学开始，它就是我上学必走的路。多年的风雨，多年的贫寒，多年的梦想，都洒落在那条路上。

路很窄，很难走。

从我家到村小学，一路都是下坡。踩在杂草上，我常常滑倒。有时，一滑就是丈把远，摔得浑身是泥。但我从没逃过学。摔倒了，我总是习惯性地爬起来，抓住路边的草，攀着路边的石头，一步一步往前走。

有一次下大雨，我一不小心，在路边的一个拐弯处滑倒，连滚带翻跌在两三丈下的一块红苕地里。头被岩边凸出的石头划破一道口子，顺痛处抹一把，血便糊了一手，稠稠的。爬起来继续走，好不容易进了教室。教我们的女老师见我这副样子，吓了一跳，连忙把我带到村上的药铺里，让赤脚医生给我擦伤口，擦脸上、衣服上的血迹。不知道是傻了还是懂得了坚强，我居然没有哭，只是低着头，静静地站着，任医生处理伤口。当我转身，抬起头，却忽然发现老师的眼角边挂了两滴亮晶晶的东西，也不知是什么时候流的 .....

后来，我上了设在镇上的初中。家到镇上有近二十里路。每个月最后一周星期天的下午，这二十里路上常常是这样一幅情景：三三两两的初中高中学生，或背上背着背篼，或左肩一个米口袋，右肩一个红苕口袋，弓腰驼背，蹒跚而行。累了，就在路边的石头上坐着，歇会儿，擦擦汗，又走……我就在其中。对当时十二三岁的我来说，这二十里路极其漫长。沉重的米粮，是父母节省下来的细粮，也是家里对自己的期望。再重，再累，也无法放弃，也要扛着。

如今，老家狭窄的小路，已变成能开拖拉机的机耕道。到镇上读书的孩子们，也不再步行，骑上了自行车。老家的路变了，它让我更加坚信：只要坚持走下去，路终会变宽，终会平坦！

（原载《三台报》1996 年 6 月 19 日）

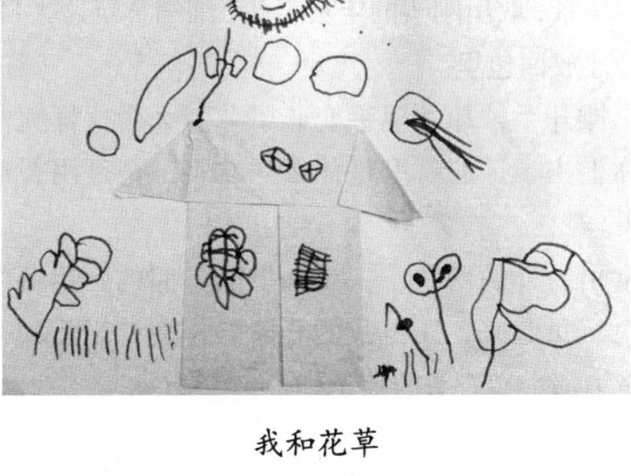

我和花草

沉重的三峡石

忠县石宝寨石头阶梯两边，兜售旅游品的小摊让人眼花缭乱。这当中，最吸引人的要数三峡石。

三峡石与其他地方的石头相比，自有妙处：光洁圆润，色彩斑斓，石上纹路天然成画，一块石头即是一幅浓缩的三峡风景。

“叔叔，买几块吧，正宗的三峡石呢！”在一个孩子的乌木盆前，我看中了几块。其中有一块，润滑细腻，整个儿蓝幽幽的。那蓝色，散发出一股幽远之气，让人心醉。

买了，小心翼翼地捧回船上。船开动后，我顾不上欣赏长江两岸如画的美景，取出刚买的宝贝石头，细细赏玩这大自然的杰作。摩挲许久，才放回包里。

不料，摊开手，却发现手变蓝了。怎么会这样呢？同船有人说道：“你上当了。那哪里是什么三峡石，全是用普通鹅卵石染上色的石头。”

赶紧拿出另外的两块，一试，果然是假的。我怔住了，小小的石头顿时沉重起来，压得我的心隐隐作痛。当然，不是为那几块钱，而是为那个卖石头的孩子。

（原载《三台报》1997 年 10 月 21 日）

公主的汉字晚会（代后记）

家有小女，年方五岁。和每一个天真烂漫的孩子一样，她非常可爱，面对这个世界，她脑袋里充满了为什么。而且，她对这个世界的事物，不断有着新的命名。

女儿爱涂鸦，但她不喜欢固定的命题，不喜欢在画好的圆圈和线条上填色，她喜欢自由自在地涂她自己的思想。她的画本，是厚厚的一叠打印纸，那是她的宝贝。没有打印纸的时候，餐巾纸，废纸板，小小的一个记事本，家里的墙壁，皮凳子，白白的书桌，都是她的作品载体。

记不清女儿爱上涂鸦的具体时间，只知道有时候她从幼儿园放学回家，连她最喜欢的动画片也不看，就坐在桌前默默地画，一会儿就能画出一大本。而且，她画的时候，还专门给我和小青打招呼："别忙叫我吃饭，不要打扰我，我这会儿有灵感。"我和小青尴尬对视，我们不知道，女儿啥时学会了灵感这个词。

女儿的画，仔细看，不乏一些让我和小青惊讶的东西。她的题材涉及整个世界，大到星空、太阳、地球、月亮、大海，小到雪花、蜗牛、花草。不仅有我们的家，还有她自己。生于20世纪70年代、

80年代的我和小青，时常感慨：我们在她这个年龄的时候，还是个梦虫虫，不要说画画，啥都不懂。究其原因，也许是我们小时候缺衣少食，食物单一，营养缺乏，消息闭塞，而女儿衣食无忧，营养足够，信息丰富，所以就比同龄的我们聪明一些吧。

有时候，我和小青把女儿的画拿出来，向女儿请教画的内容和名字。女儿告诉我们，这是星空，这是星空下的家，这是公主和王子的婚礼，这是猫咪家庭的结婚日。女儿没办法给自己的画作题名，她还不认识多少汉字，因为我们并没有刻意去教，我们觉得她的童年，不能被识字和加减法充斥，它应该色彩斑斓一些。但是女儿的涂鸦，她对每一幅作品（她说那是她的作品）的命名，尤其是那幅《公主的汉字晚会》，触动了我内心深处的诗意。由此，我在编辑自己的书稿的时候，突然想到女儿的涂鸦，就是自己的书最好的插图。而插图的名字，全部来自于女儿自己的命名。她的图不一定好，但她的命名却是独一无二的。用女儿的画作插图，这是父母的私爱，也是一种记录，更是对所有无邪童年的一种敬意。

女儿常常说出一些让我和小青惊讶的话。坐飞机的时候，看到漫天的白云，女儿说："爸爸妈妈，我好想尝尝白云的味道。"我知道，那时，白云在女儿心里，是一团团巨大的棉花糖。当风吹落花瓣，看着波光粼粼的池塘，女儿说："爸爸妈妈，花瓣被风撒在池塘里，就像画出来的一样。"在香草园，女儿会说："一片草就是草的海洋，一片花就是花的海洋，一片树就是树的海洋。这么多草，这么多花，这么多树，合起来，就是一片彩云的海洋。"幼儿园放学回家，女儿在前面走，走着，走着，突然说："爸爸妈妈，前面有破烂的井盖，危险，不要踩。"过了井盖，女儿又说："爸爸妈妈，刚才，我救了你们的命。"救命？呵呵，我和小青异口同声，真诚感谢女儿的救命之恩。

女儿名叫青书，她是我和小青的作品。我们期待，青书这本书，越来越好。我们也祝福每一个人越来越好，因为，我们每一个人，都曾经像童话和图画里的公主一样，有着属于自己的汉字晚会。

我的自画像

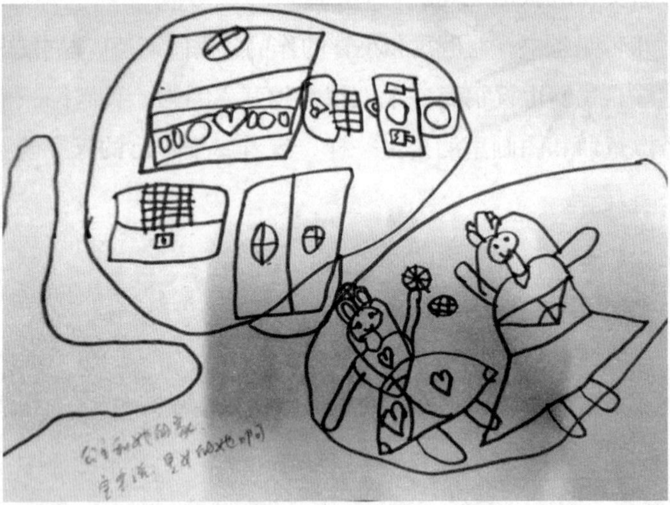

公主和她的家

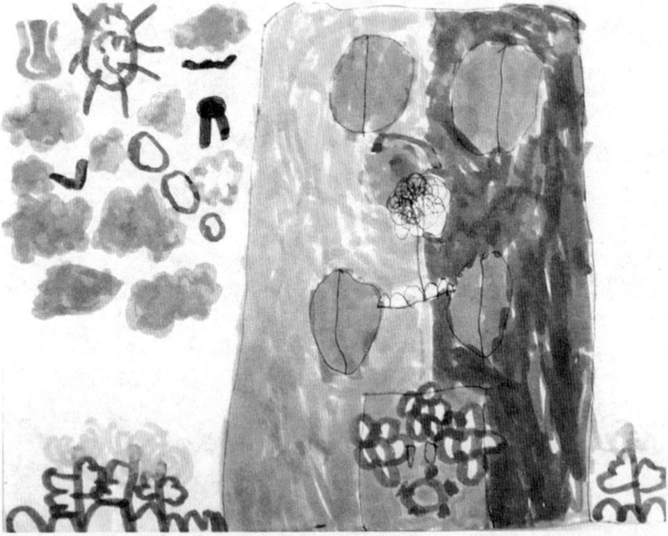

我们的家

当代四川散文作家书系

丁仕强　主编

千年一城

巴中市巴文化研究院重点课题成果

李继鳌　著

中国书籍出版社
China Book Press

图书在版编目（CIP）数据

千年一城 / 李继鳌著 . -- 北京 : 中国书籍出版社 , 2024. 11. -- (当代四川散文作家书系). -- ISBN 978-7-5241-0117-8

Ⅰ. I267

中国国家版本馆 CIP 数据核字第 202473ZS09 号

千年一城

李继鳌 著

责任编辑 王志刚
责任印制 孙马飞 马 芝
封面设计 杨 桃
出版发行 中国书籍出版社
地 址 北京市丰台区三路居路 97 号（邮编：100073）
电 话 （010）52257143（总编室） （010）52257140（发行部）
电子邮箱 chinabp@vip.sina.com
经 销 全国新华书店
印 刷 四川科德彩色数码科技有限公司
开 本 880 毫米 ×1230 毫米 1/32
字 数 1760 千字
印 张 65.75
版 次 2024 年 11 月第 1 版 2024 年 11 月第 1 次印刷
书 号 ISBN 978-7-5241-0117-8
定 价 598.00 元（全 10 册）

总序

以散文之名　发时代之声

四川省散文学会会长　丁仕强

四川，自古便是文人墨客倾心描绘的天府之国。这片充满诗意与传奇的土地，激发着作家和诗人的情感与想象，孕育出一代又一代的文学巨匠。他们以笔为犁，耕耘着这片沃土，用文字记录时代的变迁，抒发个人的情感，展现社会的风貌。

进入现当代以来，随着社会的快速变迁和文化的多元融合，四川散文作家更是以其独到的视角和敏锐的洞察力，捕捉时代脉搏，反映社会现实，表达个体情感，创作出了一大批具有深刻思想内涵和艺术价值的优秀作品。散文，作为一种自由、细腻、深邃的文学形式，它以最直接的方式触碰人的心灵，以最朴素的语言揭示生活的真谛。四川的散文作家，根植于这片文化沃土，汲取着巴蜀文化的精髓，他们的作品既有大山大水的雄浑壮丽，又有田园牧歌的温情脉脉；既记录着时代的变迁，也倾诉着个体的情感。

四川省散文学会迄今为止已走过34年的历程。多年来，学会与时俱进，开展写作分享及文学讲座，召开“川渝散文家论坛”“中国西部散文论坛”，开展“四川散文奖”评选等活动，上千名会员出版散文专著，近百名会员荣获“鲁迅文学奖”“冰心散文奖”“四川文学奖”“朱自清散文奖”“五个一工程奖”等文学大奖，散文创作成绩斐然，可圈可点。

为深入践行习近平文化思想，坚定文化自信，坚持守正创新，引领新时代散文创作，推动散文家队伍建设，促进散文高质量发展，学会组织编辑《当代四川散文作家书系》（第一季），旨在全面展示当代四川散文作家的创作水平和艺术风貌。我们精心挑选了部分优秀散文作家，他们中有的已在文坛享有盛誉，有的则是初露锋芒的新星，涵盖了不同年龄层、不同风格流派的散文创作者。无论是对乡愁的抒发，还是对时代变迁的记录，抑或是对个人生活经历的思索，每一位作家都有其独特的视角和笔触，他们用文字描绘山川河流的痕迹，刻画时代的进步与变迁，抒发对生活的感悟与情感，以真挚的情感和独到的视角，展现了多层面的社会现实与精神追求。

本套《当代四川散文作家书系》，共10本散文集，分别是《梧桐树下》《千年一城》《火把》《在故乡的原野上奔跑》《洛水边的乡村中国》《飞鸿雪泥》《比草还长的日子》《川流不息》《岁月笔记》《且听风吟》。

《梧桐树下》一书，作者结合亲身经历，深刻探讨了人生哲理、人际关系的温暖以及个人成长过程中的反思；《千年一城》则借着收录的23篇文章，精心组构出千年古城巴州的来路与去向以及巴州城的数次华丽转身；《火把》一书通过几个不同时代、

不同地域的人物和故事，展现了普通人在生命迁徙与经济变迁中的坚韧与努力；《在故乡的原野上奔跑》是作者的奋斗史、心灵史，“奔跑、扎根、奋斗”是本书的关键词，怀念和梦想是作者的情感表达；《洛水边的乡村中国》一书，作者以小见大，以洛水边的10个传统村落蝶变成特色新村，折射出了一个县、一个省乃至整个中国乡村的发展历程。其他几本散文集也各有千秋，特色鲜明，通过这些作品，我们可以感受到四川散文作家在继承传统的基础上，不断创新的艺术追求。他们以真挚的情感和深邃的思考，探讨人生哲理，挖掘人性光辉，传递社会正能量。他们的文字，既有对美好生活的向往和追求，也有对社会现实的深刻反思和批判。

这套书不仅是一种文学表达，更是历史与现实交汇、个体与民族共鸣的生动写照。这些作品，或清新脱俗，或深情厚重，或哲思深远，它们共同构成了一幅丰富多彩的文学画卷。希望通过这套丛书的公开出版，不仅能把握住散文这一文体在形式上的创新与探索，也能从深层的文化内涵上，理解四川乃至整个中国当代散文创作的发展趋势。

在这里，我要特别感谢各位作家的信任与支持，正是因为有了他们的辛勤耕耘和精彩创作，我们才得以将这些散发着文学芬芳的作品集结成册，奉献给广大读者。同时，也要感谢书点文化传播出版团队的细致工作和无私奉献，他们的专业与热情确保了本套书的顺利出版。

愿《当代四川散文作家书系》能成为你认识四川，感知时代，领略散文魅力的一扇窗口。希望这些真挚的文字能触动你的心弦，激发你对生活、对文学的深刻思考和无限遐想。

让我们携手共进，以散文之名，发时代之声，祝愿四川的山水更加美丽动人，祝愿各位散文作家创作大获丰收，祝愿四川散文创作和发展永远充满生机与活力！

2024 年 6 月 29 日

序

以掌纹抚摸山河

蒋　蓝

六七年前，四川省作协组织了数次大巴山采风活动，登米仓山、浴恩阳河、品巴山雀舌、游白衣古镇、探光雾山·诺水河世界地质公园溶洞，我采访了祖孙三代为红军守陵的通江县啸口村的聂正远王秀青夫妇，还在米仓古道昔日最繁华的集镇、有“小上海”之誉的恩阳古镇举行过文学讲座……往事历历在目，见证了我在这片红色大地的踪迹与心路。

读到巴中作家李继鳌的散文集《千年一城》，心头一喜。与我一样，继鳌是吃新闻饭的，他以捕捉新闻的敏感与剪裁，辅之以历史的还原法，再用文学的笔触予以跌宕展开，他的写作强力彰显了“我手写我心”的主张。记者的敏感与洞察力一旦被挪移到了非虚构写作场域，他不但能仔细拂去历史地表上的遮蔽物或南辕北辙的迷魂阵，还竭力追踪事物的蛛丝马迹，找到历史事件的原点。继鳌抓起了巴山的泥土，而那些蛰伏在泥土里的梦，开始在光照下流出了久违的眼泪……

因为向往历史，所以心怀淡泊；因为追求人事的真实性，他在茫茫山野阡陌间锐意探寻，让那些湮没于时光里的历史碎片重新得以曝光，得以重塑，得以复原。他喜欢将自己的所见所闻、所思所想，艺术地付诸笔端，与历史叙事融为一体，深刻且有力地表达了我们置身的时代的复杂经验和历史记忆。

《千年一城》收录的23篇文章，宛若从大巴山拾取的23块切片，由此精心组构出古城巴州的来路与去向，以及巴州城的数次转身。白云苍狗下的桑田沧海，他笔下的诗歌、历史散文等体裁所昭示出来的巴州，就是人们置身的这个鲜活的巴州！他所讲述的“巴山故事”，就是我们的故事。他的语言趣旨与复原的历史形象，丰富、拓展、细腻了人们对这片红色地区的历史体验、民俗感觉与文学的触觉。

记得有一年的夏季，我第一次拜谒南龛山，当时我正在准备《成都传》的素材。对严武这样一位于西南、于成都、于杜甫不可或缺的唐代重臣，自然分外关注。乾元三年（760）4月13日，严武在巴州上奏唐肃宗的《奏请赐巴州南龛寺题名表》，伏望“敕旨：其寺宜以光福为名”。是年肃宗李亨便敕旨“光福寺”匾额，意为长悬日月之光永照南龛山。而对于南龛云屏石下的“杜甫洗墨池”，我知道这就像遍及各地的苏东坡遗迹一样，不大可信。

读到李继鳌的《严武、杜甫与阿来》一文，经过他的细致爬梳，严武官宦巴州，证据出自《新唐书》。但杜甫肯定没有到过巴中！他做到了实事求是，已不容易！稍显遗憾的是，李继鳌到此停笔，未能进一步一探究竟。

仇兆鳌在《杜诗详注》里如此评价严武：“考严武生平所为

多不法，其在蜀中，用度无艺，峻掊亟敛（剥削很重），闾里为之一空。唯破吐蕃、收盐川，为当时第一功。（杜甫）祷云‘公来雪山重，公去雪山轻’，诚实录也。至比之为诸葛、文翁，不免誉浮其实。噫，唐世人物，如严武者何可胜数？而后人至今传述，公之有功于武多矣。”这样的评价，我认为是公允的。值得补充的一个细节是，严武暴亡（多半属于谋杀）于成都时，母亲裴氏尚健在。母亲痛哭一番后，又轻轻地舒了一口气，说：“而今以后，吾知免为官婢矣。”这一真情流露，反映了这样一个客观现实：鉴于儿子的暴虐与官场的险恶，母亲日日夜夜提心吊胆，一旦儿子受到“王法”制裁或失足于宦海，她也必然会受到株连，大概有没入官府进而做婢女的命运。如今儿子已死，这个威胁总算解除了，自己也不会于垂暮之年蒙受羞辱。严武死时，杜甫已经 54 岁了。由于失去了严武这个靠山，杜甫不得不东下夔州（今重庆市奉节县），又辗转漂泊于湖北、湖南，在凄苦漂泊的小船上，去接近生命的大限……

这样的叙事，基于我在《踪迹史》与《成都传》里提出的基本观点：非虚构写作大于、高于新闻特写、纪实文学的最大特点，在于它强调的是以在场的方式呈现历史往事、现实真相，并将写作者的思想、情感、观点等隐藏于描述的细节当中。而凸显大众而非强势集团的真实生活与情感，又成为非虚构写作的价值向度。所以说，非虚构写作就是典型的大地写作。我认为，汉语非虚构写作尽管源自欧美的非虚构写作，但经过十几年的发展，汉语非虚构写作逐渐形成了一些独有征象，具有五个典型特征：其一，作家全副身心的在场性；其二，具有正义价值观念的真实记录性；其三，构建独立的、具有个人文体意识的文本性；其四，富含多学科学识与思辨的跨文体结构性；其五，作家还需要钩稽历史通往现实的图像谱系性，由此构成文图互嵌的景观。

以此来观照《千年一城》，优点恰如前所述。而写作者的“在场性”的意义与价值，尤其是对于文学的立场呵护，希望李继鳌在未来的写作里得到进一步的强化与凸显。

英国诗人叶慈说过，写诗是“身体在思想”。李继鳌的写作是把历史纳入时代的坩埚里去重铸词语。在他富有个性的言说里，我们仍然可以目巴州之于时代的血脉关系。

在此祝贺李继鳌的散文集《千年一城》的出版。他褒有的大地激情与历史正义，书写着属于这个时代的精气神。

以掌纹抚摸山河！这就是非虚构作家们的梦想。

置身过于喧嚣的现实，做一位扎根大地、书写大地的作家，恰如周克芹先生所言，作家要努力做到“面对生活，背对文坛”。这句话，我更愿意与李继鳌共勉。

2024 年 5 月 4 日于成都

蒋蓝，中国作家协会散文委员会委员，四川省作家协会副主席。

目录

卷　一

城　事

山南一座城　003
流杯遗韵　015
回望击瓯楼　023
从魁星阁到书院街　033
凌云塔下　045
解码回风亭　055
南龛藏“璇玑”　062
烟雨南山　068
王望仙踪　072

卷　二

人　事

南馆林塘　085
南山有大木　096
金榜山记　109
百年蔚藻　113
灵山鹤　121

仰望阳初 129
清江渡 145

卷　三

文　事

严武、杜甫与阿来 155
天开金榜 163
东龛在哪儿 175
古道背影 188
字水东流 206
山南道上 223
负笈米仓道 227

附　录

云中谁寄锦书来
——读李继鳌及其散文集《千年一城》/ 张中信 233
一城风华千年叹
——读李继鳌散文集《千年一城》/ 张万林 248
千年巴州一卷开
——李继鳌和他的《千年一城》/ 孙梓文 254

后　记 262

【卷二】

城事

山南一座城

站在南龛山上远眺，一条银练从王望山飘落下来，飞过巴人广场、三号桥、张思训街，然后在南池艺术广场扬起，飞入南龛山北坡。

她像南龛飞天手中的彩带，在晨曦中散发着微光。在飘逸灵动中，又接纳了东西方向而来的众多线条，编织出整个城市的经络。

这是巴城的南北中轴线。它勾连山河，气势恢宏，在串起众多历史文化遗迹和城市地标的同时，也打通了巴州两千年历史文化脉络：

光福寺，建于唐乾元三年（760），距今一千两百余年；

丹梯书院，约建于晚唐，距今一千一百余年；

天开金榜题刻，镌刻于清咸丰年间，距今一百六十八年；

南馆林塘，建于中唐，距今一千两百余年；

张思训街，建于20世纪80年代；

巴人广场，建于21世纪初；

……

这是一条清晰而又隐秘的文化脉络。而巴城从东向西，则矗立着凌云塔、魁星阁、回风亭三大古老建筑，尖顶勾勒出一条隐秘而清晰的文化轴线，建筑穿越百年沧桑，至今巍然挺立。

两条轴线，在大巴山南麓的巴州交汇，仿佛两道神秘的光芒照亮深邃的历史文化星空，昭示着这座城市的昨天、今天和未来。

一

东汉永元二年，公元 90 年。

大将军窦宪率军西征，大破北匈奴于稽洛山，勒石燕然而还。次年，他又率军在金微山大败北匈奴，迫使其举族西迁，也宣告在持续两百多年的汉匈战争中汉朝笑到了最后。

这一年，汉和帝下诏在宕渠县以北的巴河流域置汉昌县。昌，在汉语中意思为兴盛繁荣，汉昌，预示着东汉国运昌隆、如日中天。

而此时的汉和帝刘肇才 13 岁，朝政大权被窦太后和窦宪掌控。加之窦宪携前方大胜归来，一时独断专横，权势熏天。但窦宪不知道，未来已来，无法改变！果然，就在设汉昌县的第二年，刘肇成功设计除掉窦氏兄弟，扫平外戚，夺回权力。正式亲政后的他励精图治，选贤任能，令班昭续《后汉书》，任蔡伦为尚书令，派班超平定西域，东汉国力达到了鼎盛期，被史家赞为“永元之隆”。

刘肇，这位少年英主在位十四年，以文治武功名垂青史。若非他只活了短短 27 岁，谁敢保证他不会创造出更大的历史辉煌呢？

但汉昌，却承载着刘肇君临天下的圣朝气象，迈着雄健的步伐登上了中国历史舞台。

二

刘肇为何设立汉昌县？史书未做详细记载。

在我看来，他应该有三个考虑。一是昭告天下他缔造东汉盛世的勃勃雄心。二是加强管辖。巴人以勇武善战闻名，商朝末年，他们在牧野之战中给了商军最后的致命一击。武王登基后，分封巴子国。战国时，有白虎肆虐秦巴之境，巴人挺身击杀白虎，百姓遂安。为感谢巴人，秦昭襄王与他们刻石为盟，留下著名的“清酒之约”。面对如此强悍的巴人，朝廷自然要加强管辖。三是巴人有功于汉，需要安抚。楚汉相争时，刘邦曾招募巴人入伍，平定三秦。刘邦将征关东，巴人思归故里，他下令免除七姓巴人赋税。刘邦喜爱巴人战舞，将其引入宫廷，史称“巴渝舞”。

从西周逮至秦汉的漫长岁月里，栖居于大巴山一带的巴人，已经开始融入华夏民族。而汉和帝刘肇设置汉昌县，正式给这片土地打下了浓重的汉文化印记。巴中与汉中，都是奠定大汉王朝的基座。

孰料四百年后，一群僚人的到来，再次打破这里的平静。西晋时，先后爆发“八王之乱”“永嘉之乱”，一支叫“僚”的少数民族大举入蜀，涌入大巴山南，与巴人混居。因为他们居于巴地，又称为“巴僚”。

“巴僚”身材矮小，勇武好战。他们的到来，延续并强化了巴人勇武彪悍的基因，以至于这片土地上一次次燃起冲天狼烟，在历史上写下惊艳的一页。

北魏太和二十三年（496），魏宣武帝即位，他一边延续魏孝文帝的汉化国策，一边南攻北伐。延昌三年（514），他令高肇领兵十万平蜀，在夺取巴河以北大片区域后，他下诏在大谷郡北（今巴城江北）置巴州。

有意思的是，当北魏置巴州时，南梁亦在巴河南岸置巴州。时而北魏渡河南进，时而南梁越河北攻，巴州也在战火中频繁易手。这种“隔河分治”延续了几十年。说到这里，我有必要啰唆两句，南北朝至隋朝初年，设过巴州的还有重庆奉节、重庆、湖北黄冈、湖南岳阳，但彼巴州非此巴州，它们时间最长才三十六年。而魏宣武帝设置的巴州，则绵延了一千四百多年。

北魏设巴州，再次确认了这块土地的巴文化基因。以至于时过千年，在民国风起云涌的废州设县大潮中，当局仍然延续“巴”文化符号，改巴州为巴中县。

近年来，有学者为提高巴人的知名度，称巴人为东方的“斯巴达人”。殊不知，当巴人在牧野战场所向披靡之际，斯巴达人还是未曾开化的蛮族。当巴国雄踞世界三百多年后，斯巴达人才建立国家。与野蛮尚武的斯巴达人相比，巴人被史家赞为“质直好义，土风敦厚，有先民之流”（常璩《华阳国志》）。因为崇尚忠勇信义，这让巴人的血性往往爆发出更加强悍的力量。

于是乎，当4世纪巴国发生内乱之际，巴国将军巴蔓子向楚国借兵平乱。事成之后，他不惜割下自己的头颅报答楚王的借兵之恩。

于是乎，当张飞率领大军攻打巴郡时，严颜老将大喝：“我州只有断头将军，没有投降将军！”与其说是张飞义释严颜，不如说是严颜的忠义不屈震撼了张飞。

于是乎，当13世纪蒙古铁蹄踏入巴地，巴州军民同仇敌忾，在平梁城、小宁城（今属平昌县）燃起抗蒙狼烟。其中，小宁城军民英勇阻击蒙军三十四年，直至南宋彻底灭亡后，才与重庆合川钓鱼城同一年归顺元朝。

这里的子民，时而劲歌锐舞、血脉贲张，时而披坚执锐、攻城拔寨。而当战场硝烟还未散尽之时，那些兴周灭纣的勇士们就回乡安享太平去了；在除掉白虎巨患之后，那些猎户们留下一纸“清酒之约”返回山林去了；在帮助汉王平定三秦之后，那些赳赳武夫们谢绝挽留回渝水两岸去了。

也许，与扬名立万相比，他们更看重的是南山下的几亩薄田，火塘边的一壶老酒，还有故园篱下的娇妻爱子。那些是非恩怨，早已风清云淡；殷殷血火，消解于劲草山风……

三

一座城市，如果同时拥有汉文化、巴文化两种基因，那已是相当了得。更何况，她还拥有第三种文化基因——唐文化。

那时，从长安刮来的文化飓风越过秦岭巴山，在大巴山南麓与巴文化猛然相遇，形成了一个巨大的“气流回旋”。

巴地强悍刚烈的民风，受到佛教文化的润泽，最终化为一片甘霖落下，这便是巴州城外的东西南北“四龛”。几滴溅得远一点的，就是水宁寺石窟和通江千佛崖。

唐乾元元年（758），严武贬巴州刺史，他看到南龛石窟有500余铺，“属岁绵远，仪形亏缺”（《奏请赐巴州南龛寺题名表》），说明造像已年代久远。学界通常认为，巴中石窟始凿于隋至初唐，兴于盛唐，依据是西龛龛壁有五代人题刻：“捡得大隋大业五年造前件古像”。但我却表示质疑，虽然隋朝建立距严武已经170多年，在历史长河中算得上“绵远”,但如何解释得了严武笔下“琢磨至坚,雕饰甚妙”的石窟变得“仪形亏缺”了呢?我曾认真对比过110年前英国人尔尼斯特·亨利·威尔逊拍摄的南龛石窟照片,发现和今天变化不大。说明造成这种变化很可能来自于外力,也就是南龛石窟造像的时间应该更早。再往前推,当444年北魏太武帝“灭佛”时,巴州还未并入北魏版图。但574年北周武帝“灭佛”时,巴州已经归入北周疆土,所以严武看到的龛窟毁损,很有可能缘于这次毁坏寺庙造像的运动。

20世纪90年代初,敦煌研究院名誉院长段文杰先生第一次看到巴中石窟,不禁连连赞叹:“真是深山藏国宝,没有看见过,非常美!”让这位遍阅天下石窟的专家惊讶的是,全世界都在仰慕的盛唐文化瑰宝——石窟,居然集中在巴中!在他看来,巴中石窟在艺术上简直达到了“玩石如泥”的地步,形成了独有的“巴中模式”,不仅与佛教极盛期的长安、洛阳一脉相承,而且吸收了波斯、印度佛教艺术精华。

与之相比,重庆的大足石刻足足晚了两百年。

被段文杰誉为“巴中维纳斯”的菩萨还在山崖上优雅站立,被专家们盛赞的巴中“帐形龛”依然美丽如初,享有“盛唐彩雕全国第一”的水宁寺石窟闻名遐迩……

得益于佛教文化的长久浸润,巴人刚烈彪悍中又融合了善良尚美的文化基因。

四

从北方呼啸而来的文化飓风,还带来了唐诗宋词、书院文化、园林艺术和歌舞……

走在前面的居然是一位太子。他身体孱弱，被武则天以谋反大罪流放至此。在巴州，他体察民情，负书攻读，然后留下一曲《黄台瓜辞》绝唱。这首贬谪太子的泣血吟唱，千百年来不知叩击着多少帝王将相的心怀，让他们在决断家国大事时辗转难眠。

走在第二位的英姿飒爽，已过而立之年。他在巴州刺史任上兴利除弊，在东山曲水流觞，风雅酬唱，把《题光福寺楠木诗》《暮春题西龛龙日寺石壁》几首诗遗落在巴州山水之间。他，就是大诗人杜甫的至交严武。

第三位是大唐监察御史。贬到巴州时，他颇不得志，常登南龛，缅怀严武英风，载酒泛舟，挥洒才情。巴州的风土民情、民间节俗、风景名胜，一一被他写进诗中。一朝挥别，心头却涌起“千里巴江守，三年故国春”的伤感。他，就是中唐著名诗人羊士谔。

诗人们还在源源不断而来，为这座城池讴歌。

吟诗作赋差不多了，晚唐，琅琅书声从南龛山上传来，时过千年，我循着清脆书声寻去，惊讶地发现，巴州的“丹梯书院”居然是唐代四川几大书院之一。要知道，当时遂宁张九宗书院、盐亭青莲书院、大足南岩书院等都建在富庶的盆地或丘陵，唯独“丹梯书院”矗立在大山之中。这至少说明，远在唐代巴州教育已经跟上了长安、中原地区的步伐。

随着贬谪官员的到来，巴城拔起一片参差楼台。

先是严武在南龛一番整修，建造寺宇，被唐肃宗赐名“光福寺”。接着，一座真正的园林在巴州落成。唐元和年间，羊士谔在巴州城南建成“南馆林塘”。他常在公务之余，结伴来此宴饮。醉了，闻着满池荷香，倒在花木轩榭间，一不小心，就把“湛露宜清暑，披香正满轩”等清词丽句吟进了《全唐诗》。

晚唐时，张祎、张曙叔侄在巴州城南的“击瓯楼”上觥筹交错。重楼飞檐，波光艳影，风月无边。张祎即兴写下《题击瓯楼》，张曙作《击瓯楼赋并叙》，脍炙人口，流传后世。

宋代，一位官员在巴州州署旁斩荆棘，锄蓬茅，凿曲池，开竹溪，挥笔写下《闲乐堂记》。他，就是巴州通判宗泽。

清代，巴州继续上演着建造亭塔楼阁的接力。在城东，魁星阁和宕梁书院拔地而起；在东山，凌云塔傲然挺立；在城西北，福音堂、回风亭纷纷拔起，树立西学东渐的风标；在南龛山，亭楼林立，飞檐翘角，颇为壮观。

今天，丹梯书院的隐隐楼阁，南馆林塘的波光艳影，闲乐堂的曲池虹桥，或隐入历史烟岚，或毁于战乱兵燹，但魁星阁、凌云塔和回风亭依旧挺立，成为千年古城的遗珠。

五

有了巴文化、汉唐文化的加持，巴州的文化基座空前厚实，推动着城池发生美丽蝶变。

与国内众多名城一样，千百年来，巴州总是在不断筑城、造城、围城。城墙一次次在战火中坍塌，又一次次顽强崛起。南梁末年，巴城形如琵琶，被誉为“琵琶城”。天风拂过，音韵琮琤，安卧于大巴山南麓的“琵琶城”，日夜弹奏着美妙的乐章。

清嘉庆年间，白莲教军一把大火，又让重修于康乾时期的城池毁于一旦。战后，巴州重筑城垣，有五门五楼，市井阛阓，万瓦鳞次。有诗云：

好景留何处？遥知在巴州。
五门三面水，九寨绕城楼。
万年灯不灭，八景望江流。
古迹今犹在，游人常泛舟。

——王明善《咏巴州二首》其一

这时的巴州，有“九井十八街”之称。在明清多次战火洗礼之后，巴城文脉未断，依然美丽。

在《晏阳初画传》（晏鸿国编著）里，收录了一张民国初年的巴城老照片：一弯锯齿状的城墙，包围着层层叠叠的民居，重檐下掩藏的街市隐隐透出几分繁华，曲折巷陌间古风犹存。

当时光的车轮碾过古老的城墙进入20世纪，城墙的防御功能骤失，巴州开启了千年之变：先是破墙。20世纪50年代，拆除大东门一带城墙，填平城壕。达巴公路过境，拆除小东门、南门城墙。接着跨河。1993年巴中地区建立，巴城迈着矫健步伐跨过巴河，向江北新区挺进。但是，在旁逸斜出的南龛山、王望山等“八山”阻拦下，城市左冲右突，显得吃力局促。再是穿山。2011年，在汹涌澎湃的城市化浪潮中，巴城一举突破东西大山的阻隔，向着兴文恩阳呼啸而去。

一城两翼，健翎高翔。始建于东汉、经营于魏梁、重建于康乾、再兴于嘉庆的巴州古城，蕴蓄千年的造城伟力终于不可阻遏，如洪流般恣意奔泻……

六

造物主是一位伟大的魔术师，他时而在此大兴土木、叠水裁山，时而城池倾颓、蔓草横生，转瞬又浴火重生、垒土起楼。

时光倒回一百年，巴城小东门城楼高耸，城门洞开，巴州最高行政公署就位于附近。登楼俯瞰，街道如棋盘，巷陌似蛇行，远眺对面，红岩古渡舟楫穿梭。

从小东门往前去，依次是大东门、南门、西门、北门，绕城一圈约 5 里路程。就是这固若金汤的城池，见证了巴州两千年风云变幻。

今天，虽城楼不再，城墙无存，但仍奇迹般地保存着小街子、文星街两条老街。这片青砖黛瓦的民居，能够在城市化浪潮中幸存，令人惊讶。没有它们，我们又该到哪里寻访巴州古城呢？

几年前，我看到英国人威尔逊拍摄的一张照片：一座横跨山溪的单孔石拱桥，两岸修木掩映民居，桥上有人拿着雨伞行走，这桥据说是城南的金榜桥，为旧时上南龛的必经之路。照片拍摄于 1910 年。八十年后一个夏天，我路过那里，听见雨后桥下山洪冲刷石罅发出的巨大轰鸣。后来，钢筋水泥封住了河面，修建了南池建材市场。有时夜里路过，还能听到潺潺的水声。

而那张民国初年拍摄的巴城老照片，陪伴着世界平民教育家晏阳初先生环游世界。直到他百年长逝，这张珍贵的照片才陪伴他的骨灰回归故里。

七

时光流逝一千九百多年，古巴州应该具备怎样的颜值和气韵？

放眼四川，成都近年来猛炒“雪山下的公园城市”而火爆出圈。与之相比，巴州建城晚了四百多年，且在历史地位、文化底蕴上不可同日而语。但是，我们能否从中得到一些启示，哪怕是一点点，也会受益无穷。

与成都相比，巴州虽然八山拱卫，婉约美丽，但城市天际线并不特别惊艳。造城是一项技术，更是视觉艺术。在我看来，今天巴州的“掌门人”除了应该学习国内名城，还有必要师法一千多年前他们的“前任”——像唐代羊士谔那样精琢园林，如宋代宗泽那样化腐朽为神奇，让人在喧嚣中“想见武陵桃源，流水莹碧，落英泛红”（宗泽《闲乐堂记》）。像清代巴州知州陆成本修建“凌云塔”那样，大胆对巴城“八山”（南龛山、塔子山、西龛山、莲花山、王望山、插旗山、鹰嘴山、平梁山）山脊线进行画龙点“睛”。

试想，八山耸翠，重楼飞檐，一水中流，玉带缠绕，巴城将给外界多么难忘的印象！

更重要的是，还要找回巴州的文化记忆。树立巴城“九井十八街”文化标识，重建击瓯楼、南馆林塘、宕梁书院、丹梯书院、金榜桥，与凌云塔、魁星楼、回风亭相互辉映；在主城区，以“四龛”命名四条文化大道，打造以石窟文化、名人文化为主题的八条文化廊道；在南北中轴线，镌塑巴州千年大事记，在城市建设中彰显巴文化和汉唐文化……

如此，四龛、八山、八道、九井交相辉映，将一起把巴城提升到千城仰望、万众瞩目的高度。

试想那么一天，当东边的太阳穿过凌云塔，照进充满年代感的“九井十八街”，古老的时光在巴城的“宽窄巷子”——小街子、文星街徜徉。白马井水声潺潺，魁星楼黄葛荫荫，回风亭瓦松摇曳，观音井千年不竭，击瓯楼遗响悠悠。傍晚，一粒火珠挂在西龛山、莲花山的亭楼上，古巴河波光粼粼，光福寺钟声袅袅，王望山楼台巍巍，平梁城烟岚渐起，晚霞在亭塔楼阁间回翔，夕晖在长桥高楼间变幻。

秋水明澈，锦鳞竞跃；长天流霞，鸥鹭齐飞……

那才是千年巴州最炫目的风景，也是华夏古邑最经典的韵味。

流杯遗韵

一场聚会，不断地被后人追慕效仿着，绵亘成一道千年不衰的巍峨葱郁的文化山岭。

这样的雅集，大概只有东晋的“兰亭会”了吧。

自永和九年王羲之写下《兰亭集序》后，各地出现了很多“流杯池”。尤其是北宋诗人黄庭坚贬到戎州（今宜宾）时，凿九曲池，常约友人列坐池旁，饮酒赋诗。这个“流杯池”在宜宾市催科山，是宜宾著名的“古八景”之一。

殊不知，就在黄庭坚陶醉于宜宾山光水色的三百多年前，川北巴州就已经出现了“流杯池”。

一

流杯，又称流觞。古代三月三上巳节，人们聚集水边洗濯、嬉游、饮宴。传说周公曾率官民于洛水之畔“拔禊祈福”，《后汉书》记载官员百姓在水边“洗濯祓除，去宿垢疢”。而文人的玩法则不同，他们将酒杯斟满，漂浮于环曲的水流上，酒杯流到谁的面前，谁就取饮，美其名曰“曲水流觞”。

一篇《兰亭集序》，让兰亭名士流芳百世，也让后世见识了什么是“魏晋风流”。

到了唐代，每年三月三，长安曲江池畔游人如织。这一天，皇帝要与民同乐，在水边赐宴群臣，吟诗助兴。大诗人杜甫看了杨贵妃姐妹曲江春游盛况后，写下著名的《丽人行》。

这风雅的上巳节俗，翻山越岭流传到了巴州。唐乾元元年（758），严武贬巴州刺史，他游览巴州城外东山，看到此处清幽，山侧有磐石流泉，遂疏凿为“浮杯之胜”。案牍之余，他携同僚来此踏青拔禊，饮酒赋诗。

此等风雅之事，被唐元和年间巴州刺史羊士谔记录在《浮杯十四韵》诗序中：

> 乾元初，严黄门自京兆少尹贬牧巴郡，以长才英气，固多暇日。每游郡之东山，山侧精舍有盘石、细泉，疏为浮杯之胜。苔深树老，苍然遗躅。士谔谬因出守，得继兹赏，乃赋诗十四韵，刻于石壁。

严武曾任黄门侍郎，故称严黄门。时隔半个世纪，流光飞逝，苔深树老，严武浮杯遗迹犹在，寺僧常觉回忆当时宴饮盛况仍记忆犹新，令人不胜唏嘘。羊士谔感慨之余，写下《浮杯十四韵》：

> 石座双峰古，云泉九曲深。
> 寂寥疏凿意，芜没岁时侵。
> 绕席流还壅，浮杯咽复沉。
> 追怀王谢侣，更似会稽岑。
> ……

羊士谔素来仰慕严武，堪称其“迷弟”。想到这位前任后来在西川建立的功勋，仕途上累遭贬谪的羊士谔不免心生惆怅，将万般心事倾诉于瑶琴——“无能愧陈力，惆怅拂瑶琴”。

二

严武疏凿“浮杯之胜”，为何选在巴州东山？

本来，巴州城外四面皆山，而严武最爱的是南龛（古称南山），达到了“每旬数至”（羊士谔语）的地步。我猜测，这可能是南龛山不高，缺乏充沛的水源，事实上今天我们也没有在山中发现像样的流泉。而开凿流杯池，首先需要的就是泉水。还有，《尚书》云：“刀枪入库，马放南山。”南山历来喻示着兵戈止息、天下太平，人们安享生活，恬淡自然。

而东山不一样。它是古人眼里的隐居之地、蛰伏之地。《晋书》记载，“兰亭雅集”参与者谢安早年辞官隐居会稽之东山，与王羲之等名士交往甚密。后经朝廷屡次征聘，他才从东山复出，后来官至宰相，指挥八万晋军打败前秦苻坚20万军队，即著名的“淝水之战”，这就是成语“东山再起”的故事。大诗人李白是谢安的崇拜者，他在《永王东巡歌》中以谢安自比：“但用东山谢安石，为君谈笑静胡沙。”

作为一位武将，严武“粗通诗文”，自然熟知谢安的典故。他贬到巴州时，才30来岁，加上抱负远大，当然不甘就此沉沦。所以，他在巴州东西北三面山峰都具备开凿“流杯池”的情况下，最终还是选择了城外的东山，也把他“东山再起”的复出梦想安放在这里。

严武开凿的东山“浮杯之胜”具体在什么位置？根据20世纪90年代巴中市政协编撰的《巴州志校注》注释：“东山，指今东洞，在今宕梁乡东华村。”也就是今天的东龛山。

三

与东山遥相呼应的西龛山，也有“流杯池”。自唐以降，文人墨客雅集于斯，酒香氤氲，风雅不绝。

六月，驱车巴城佛爷湾西龛石窟，见上方有一台地。拨开丛生的蔓草，忽见一水井，清波荡漾，泉水四溢。掬水在手，犹有唐时的清澈寒凉。

清道光《巴州志》记载：

> 西龛山，山右为古珍岩，即唐元封流觞亭遗迹也……距西十余丈有“流杯池”三个大字，意即唐元封题也。

这是说西龛“流杯池”在西龛山右的古珍岩，三个大字乃唐开成年间（836—840）巴州刺史唐元封所题。那么，它是何人所创呢？清道光《巴州志》云：

> 流杯池：据《碑目》云：“在西龛寺。唐乾元戊戌（758）严郑公武所创。大历间（766—779）盗起，比遂废。开成丙辰（836）刺史唐元封复修，盖取羊士谔《浮杯十四韵》以《自序》为证云。”又云：“羊士谔十四咏。在东龛。”

问题来了，羊士谔《浮杯十四韵》明明说严武流杯池在“东山”（东龛山），为何《碑目》又说在西龛寺呢？严武在巴州也就两三年时间，他不可能在西龛再开凿一个流杯池来吧？东山“浮杯之胜”和西龛流杯池到底是何关系呢？对此，清道光《巴州志》编纂者朱锡谷等人推测：

> 则东龛确为可据。盖郑公所创，本在东龛，羊御史犹搜剔得之，并无流觞之名。大历之乱，遗迹无存，元封求之不得，乃凿池于西龛，建亭其上，故有取羊序为证之说。然羊诗只一首十四韵。《碑目》既误亭为严武所创，又误“韵”为“咏”，后之纪述者，皆承讹袭舛，故举而辨之。

《巴州志校注》注释，“大历之乱”系“大历七年（772），吐蕃入寇巴、蓬、渠、集、壁、充、通、开等州，大事焚掠，流觞亭毁于此时”。查阅《旧唐书·本纪》，“（大历七年）十一月庚辰，诏：自顷蕃戎入寇，巴南屡多征役。其巴、蓬、渠、集、壁、充、通、开等州，宜放二年租庸”。在清道光《巴州志》编纂者看来，流杯池本是贬谪巴州的严武所创，故址在东龛，后经大历之乱，“遗迹无存，元封求之不得，乃凿池于西龛”。

这里忽略了时间问题。据《巴州志》记载，唐元封任巴州刺史是在唐开成元年至开成五年（836—840）之间，即严武疏凿东山“浮杯之胜”约八十年后。而羊士谔任巴州刺史大约在唐元和三年（808）至元和七年（812），也就是说在严武疏凿“浮杯之胜”约五十年后，更重要的是，时间是在“大历之乱”（772）之后。

而羊士谔在《浮杯十四韵》“寂寥疏凿意，芜没岁时侵”下自注：“始诣流杯之地，蔓草已没，流泉如线，躬自疏导，终日潺潺，盖数十年无复游者。”既然“大历之乱”后，羊士谔都能够寻访到严武的东山“浮杯之胜”，怎么会有流杯池废于“大历之乱”而“遗迹无存”一说呢？所以，在我看来，《巴州志》的说法并不成立。

那么，唐元封在西龛建“流杯池”的原因为何呢？《巴州志》没有说。我猜测，唐元封开凿西龛“流杯池”，非是求严武东山“浮杯之胜”不得，很可能是原址早已荒废，加之东山“距城十里而遥”（《巴州志·山川》），而西龛“在州西二里”（《巴州志·山川》），往来方便。且在龛窟之盛、风景之美上，西龛较之东龛更胜一筹。还有，开凿流杯池需要丰沛的水源，西龛山高，泉水四时不竭，加之唐元封也非历史上的名人，他也应该没有严武那样“东山再起”的宏图壮志。基于以上原因，唐元封遂在西龛新凿“流杯池”，以续前人风雅。

当然，这仅属我个人的猜测。

四

除了东山和西龛外，据说巴州区曾口镇也有“流杯池”。

曾口南北朝曾置归化郡，后置曾口县。镇西有卧牛山，林木丰茂。山之东有朝阳岩，汩汩清泉自山腰流出，甘冽异常。宋代，曾口县令杨百药品泉后题“君子泉”三字。至今，岩上宋人题刻清晰可读。在泉畔搜寻良久，我未发现有流杯池遗迹，也没有在石壁上发现有关流杯池的记载。

查巴中方志文献，问询曾口百姓，有的称“留碑池”，有的叫“流杯吃”。看来，这“流杯池”多半是误传。

而唐元封开启的西龛曲水流觞风雅，则绵延了千年。

宋代，巴州监郡任约写下《游西龛》：“杯流故池水，犹刻古人题”，诗中的“古人题”，应该就是唐元封所题的“流杯池”三字。任约该诗镌刻于佛爷湾小水井石壁，虽历经数百年，至今仍大半可辨。

沿西龛“流杯池”故址而下，是闻名全国的西龛石窟，石窟前方是“佛爷湾”。眼前鳞次栉比的高楼取代了昔日大片农田，城市化浪潮汹涌澎湃至此，让人唏嘘不已。荒草湮没了古道，青苔覆盖了石径，弹指数百年间，流杯风雅杳然难觅。

但时光回溯千年，这里人欢马嘶，雅士咸集，盛况直追会稽山阴之兰亭会。明嘉靖年间一个春天，一群文人雅士来到西龛“流杯池”宴饮。一位官员在缅怀昔年流杯胜事后，挥笔写下《晚过流杯池憩饮》：

> 夙忆流杯胜，宵过秉烛寻。
> 招邀联皂盖，宴喜集青衿。
> 烟景非殊昔，风流直至今。
> 怀贤思搅结，吊古费登临。
> 绮席摇山翠，朱弦韵谷音。
> 昔人曾憩集，吾辈复同斟。
> ……

题诗的人叫郭文涓，时任保宁府同知（知府的副职），明嘉靖年间举人，福建古田名士，著有《享帚集》。查其宦迹，曾在四川阆中玉台山、江油匡山等地留下诗文题刻。至今阆中“景德院”半山中的颐神洞存其嘉靖二十九年题刻一道。郭文涓在当时很有诗名，为时人所重，明“闽中七子”之一徐𤊹著《笔精》《榕阴新检》，认为郭诗“可与晚唐刘、许辈颉颃艺林”。仔细品读郭诗，其言不虚。

与郭文涓同游的，还有巴州知州李味兰、州学教授、州学学子等八人。这次雅集，是迄今为止有记载的在西龛“流杯池”举行的最后一场盛会。

从郭诗“绮席摇山翠，朱弦韵谷音”等句可见，宴会上不光有美味珍馐，还有美景怡心、琴瑟之乐，众人是相当开心的。可惜，这已是流杯池投射在巴州历史长河的最后一抹霞光了。伴随着一阵爽朗的笑声消失在西龛山道，“流杯雅集”淡远成了古巴州一个美丽的传说。

有趣的是，郭文涓的《晚过流杯池憩饮》与羊士谔《浮杯十四韵》都是五言古风，且韵脚相同，并且郭诗比羊诗还多了两句。我想，这大概是他崇慕古贤之风有意而为之吧，同时也体现了后者的自信。

从羊士谔“追怀王谢侣，更似会稽岑”到郭文涓“烟景非殊昔，风流直至今”，岁月悄然流逝了七八百年。严武和唐元封掘开的，岂是一汪喷涌而出的流觞泉，而是一条绵延千载的巴州文化之河。

回望击瓯楼

一

米仓古道上，马在飞奔。

从大唐长安向山南西道，一路嘶鸣到中和四年(884)。江楼上，宴会正在进行。主客频频举杯，击瓯人轻敲越瓷，乐音绕梁不绝。春天的江水似乎也被这热闹的气氛所感染，流淌得缠绵多情。

“如此良辰美景，岂无美文记之！”

酒意微醺的客人循声望去，却见刺史早已面若桃花。就在大家面面相觑之际，一位书生站起：“大人，张曙不才，愿作赋助兴！”

磨墨展纸，鸾翔凤翥。一篇《击瓯楼赋并叙》铺陈纸上，墨香淋漓。

“好！”

喝彩声中，一群白鹭惊叫着向远处的苇丛飞去。

二

这是公元884年，在巴江边举行的一场接风酒宴。

赴宴的人从长安而来。公元875年，黄巢起义爆发，起义军攻破潼关，直逼长安。唐僖宗仓皇入蜀，皇室成员、达官贵人亦纷纷南下。跟随着长长的避难队伍，张袆、张曙叔侄辗转来到巴州。

巴州刺史久闻张袆大名，专门在城南的击瓯楼上摆下酒宴，为他们接风洗尘。席间，一位姓马的处士带来一位击瓯高人，当场献技。唐人有击瓯之习，他们将水盛入陶器，敲击时水激音发，美其名曰“瓯乐”。美妙的乐音，时而似金石齐鸣，时而似猿猱哀吟，出神入化，满座倾倒。张袆听后当场挥笔写下《题击瓯楼》：

> 驻旌元帅遗风在，击缶高人逸兴酣。
> 水转巴文清溜急，山连蒙岫翠光涵。

站在击瓯楼上，张袆想到的是一百二十多年前巴州刺史兼卫御少卿严武，他曾在巴州东山疏凿“浮杯”胜迹，聚众宴饮。今日击瓯楼雅集，可谓是直追前人遗风。诗歌一上来就拉长了历史景深，一个“酣”字，写出了乐师技艺之超群，听者之沉醉。后面两句尤为绝妙，诗人从乐师击瓯水波震荡形似一个“巴”字，联想到楼下滔滔东流的江水，不正如一个巨大的“巴”字吗？（古人相传，巴江形如巴字，故称字水）这美丽的巴江，在自然天风的激荡下，不正像一曲天然美妙的瓯乐吗？

张袆，河南南阳人，从僖宗入蜀，官至兵部尚书。张曙，小字阿灰，张祎之侄子，工诗词，才名为时人所重。在战乱烽火中，张祎叔侄倍加思念家乡。寒食节，他们带着土酒、冷食，登上巴州城外的高山，远眺东方。想到故乡正值杏花绽蕊、榆树吐绿的早春，张祎把满腔乡愁写进《巴州寒食晚眺》：

> 东望青天周与秦，杏花榆叶故园春。
> 野寺一倾寒食酒，晚来风景重愁人。

三

张祎在击瓯楼上技惊四座，折服众人，张曙更是凭借一篇《击瓯楼赋并叙》留名后世。

他在赋中写道："一日登郡东楼，下临巴江，馔酒簇乐，以相为娱"。席间，刺史先命他作赋，张曙欣然受命，挥笔写道：

> 岩隈有雪，彪咻而雕虎扬睛；潭上无风，捷猎而金蚪跋尾。目运心语，波回浪旋。似欲奋而还驻，若将穷而复连。得不似惊沙叫雁，高柳鸣蝉。董双成青琐骞饥，啄开珠网；穆天子红缰马解，踏破琼田。

赋中，张曙调动视觉、听觉、想象和通感等多种艺术手法，完成了一篇赞颂瓯乐的佳作。赋成，满座无不叹服。刺史又命他作歌，张曙乃歌曰："江风起兮江楼春，千万里兮愁杀人。楼前芳草兮关山道，江上孤帆兮杨柳津……"

张曙不仅擅长作赋，还工于词，但流传下来的只有这首《浣溪沙》：

枕障薰炉隔绣帷，二年终日苦相思，杏花明月始应知。

天上人间何处去，旧欢新梦觉来时，黄昏微雨画帘垂。

该词温婉绮丽，特别是最后一句“黄昏微雨画帘垂”，令人不言而神伤。

就在击瓯楼上仙乐飘飘之际，数千里之外的中原大地风云剧变。曾经豪气干云“冲天香阵透长安”的黄巢起义军，在朱温、李克用联兵围剿下，节节败退。最终，黄巢兵败狼虎谷被杀。也就在张曙写下《击瓯楼赋并叙》的这一年，江南发生大旱，竟然出现了人食人的惨状。

而千里之外的巴州，春光融融，酒香阵阵，无疑成为动荡晚唐最后一方秘境。

四

正因为张曙才华横溢，才能够在江楼盛筵中脱颖而出，与刺史联袂演绎了一出“巴州版”的《滕王阁序》，以至于后世说他中了状元，今天巴城的状元桥街、状元巷，据说都与他有关。事实真是这样吗？

历史上，有关张曙的记载极少。查阅清道光《巴州志》，自晚唐以降，巴州有数十位进士，唯独没有状元的记载。问题出在清嘉庆《四川通志》记载：“张曙，巴州人，一作成都人，状元。”

对此，一百多年前，清道光《巴州志》编纂者朱锡谷曾考证：

州人艳称张曙以为龙纪状元……考昭宗龙纪元年状元为崔昭纬。曙有《下第戏状元崔昭纬诗》。而杜荀鹤诗中累称曙为年。先辈荀鹤以大顺二年第一人擢第，与所云□子于大顺中登第相符，是曙为大顺二年进士，非状元确然可信。

朱锡谷认为，巴州人说张曙是“龙纪状元”，其实唐昭宗龙纪元年状元是崔昭纬。张曙只是在唐大顺二年考中了进士。所谓的状元之说，只是巴州人的“艳称”。五代逸事小说集《唐摭言》记载，张曙和崔昭纬考试前同去占卜，当时张曙名气很大，崔昭纬也是自愧不如。卜师却不理会张曙，说崔昭纬会高中。果然，张曙因病没考完终场，状元被崔昭纬夺得。张曙乃作《下第戏状元崔昭纬》：“千里江山陪骥尾，五更风水失龙鳞。昨夜浣花溪上雨，绿杨芳草为何人？”

当然，野史未必可信，但也反映出时人对张曙才华的认同，而不大看得起崔昭纬。至于朱锡谷所说的“杜荀鹤诗”，是指晚唐诗人杜荀鹤的《依韵次同年张曙先辈见寄之什》等诗作。唐代，同年考中进士的人互相敬称先辈，杜荀鹤称张曙为先辈，说明他与张曙是在同一年考中的进士。

杜荀鹤，安徽石台县人，晚唐著名诗人，他对张曙诗才非常欣赏，曾在《依韵次同年张曙先辈见寄之什》中写下“天上诗名天下传，引来齐列玉皇前”。在《晚春寄同年张曙先辈》中，杜荀鹤还向张曙敞开心扉，倾诉自己看透浮华安贫乐道的人生态度：

莫将时态破天真，祇合高歌醉过春。
易落好花三个月，难留浮世百年身。
无金润屋浑闲事，有酒扶头是了人。
恩地未酬闲未得，一回醒话一沾巾。

除了杜荀鹤，张曙还与晚唐著名诗人崔涂有交集。崔涂比张曙早三年中进士，曾写下《和进士张曙闻雁见寄》：

断行哀响递相催，争趁高秋作恨媒。
云外关山闻独去，渡头风雨见初来。
也知榆塞寒须别，莫恋蘋汀暖不回。
试向富春江畔过，故园犹合有池台。

这大概是崔涂收到张曙闻雁诗后的和诗。诗中，崔涂表达了漂泊异乡思归故园之情。说实话，这首诗在崔涂诗作中并不出彩。但有意思的是，后人就是依据该诗最后两句，推断出崔涂为浙江桐庐、建德一带人。

能够与同时代的杜荀鹤、崔涂等著名诗人唱和，足以说明张曙文才出众，可惜因为晚唐战乱，他流传下来的诗词极少。

既然张曙不是状元，那么巴州状元桥从何而来呢？经考证，清同治年间，巴州恩阳人、云南保山知县喻秉渊辞官归里，看到家乡学子辛苦而考场简陋，便倡捐考棚（考场）一座。为鼓励学子上进，特于考棚前建“状元桥”一座（遗址在原巴州区武装部院内），寓意金榜题名。

所以，“状元桥”并非状元走过的桥，更与张曙毫无关系。

但我想说的是，一顶状元帽真那么重要吗？中国历史上的状元成百上千，有多少成为了大作家、大学者？以清代为例，曹雪芹、顾炎武、黄宗羲、蒲松龄都不是状元，但丝毫不影响他们的著作名扬后世。

五

张曙去后，楼以赋传。登临者慕名而来。

一个夕阳西下的傍晚，潺潺江声中，一个人登上击瓯楼。他吟诵着镌刻在石头上的《击瓯楼赋并叙》，即兴写下一首五律：

> 石上辞人赋，城高古郡楼。
> 能将天外意，写尽曲中愁。
> 湘瑟曾谁听，巴江祇自流。
> 倚栏吟月午，临下更迟留。

他叫冯山，四川安岳人，宋嘉祐二年（1057）进士，著有《春秋通解》《冯安岳集》。在击瓯楼上，他吟诵着张曙的赋文，不住地赞叹。虽然月上中天，清冽的月光透过花窗照在石碑上，夜气生凉，但诗人吟哦再三，仍迟迟不肯离去。

数十年后，一个宿雨初霁的秋日，山色如洗，清寒砭人，一位儒雅的官员携同僚登上击瓯楼。在觥筹交错中，他们畅饮至夜阑时分，留下一首诗后飘然而去。

> 不上江亭数日间，雨余山色带清寒。
> 西风峭湛休围却，要放秋光入画阑。

官员叫冯伯规，宋孝宗淳熙年间任巴州知州，工诗词，在巴留下诗作有《击瓯楼夜饮》《季春下浣游南龛》《初至郡讲禊饮於江上夜归赋此》《次韵刘阆州谢送菊岩春》等。

到了清代，击瓯楼依然矗立在巴江边。一个春日黄昏，一位身影单薄的书生登楼放声高歌：

其一

白云高歌咽水流，钧天遗响尚西楼。
春风一去几千载，夜雨疏帘卷半钩。
我辈忍安巴里下，古人已作寓公游。
乾坤处处飘残绿，斜倚栏杆起暮愁。

其二

那有怜才张使君，悲歌日暮起愁云。
身遭乱历琴难慰，胸结牢骚酒易醺。
曲艺偶逢才子赏，江山大半古人分。
斜阳又上高楼去，碎击唾壶读旧文。

——《击瓯楼》

他叫冯蔚藻，巴州司城（今恩阳司城）人，聪敏早慧，文采斐然。他出生时，正遇上太平天国起义、火烧圆明园、中法战争等重大历史事件，这与晚唐张曙遭遇黄巢起义避乱巴州颇为相似。所以他在诗中与张曙异代惺惺相惜——“身遭乱历琴难慰，胸结牢骚酒易醺”。自古书生遇乱世，神经特别敏感，所以诗人慷慨悲歌：“乾坤处处飘残绿，斜倚栏杆起暮愁。”

夕阳西下，暮云浓重，冯蔚藻下楼的身影显得落寞而悲怆。

这位晚清诗坛天才，只活了短短25个春秋，就像彗星般划过天际，匆匆而逝。

一座楼，在诗人们来来去去的吟哦中，映照出中国古典诗歌衰落的背影。

张祎、张曙生于晚唐，他们虽不能像盛唐诗人那样遨游六合、俯仰天地，但尚能偃仰放歌。毕竟刚刚经历了大唐盛世、元和中兴两个黄金时代，他们接续了唐诗大气飞扬的余绪。而宋人冯山、冯伯规笔下的击瓯楼诗清新雅致，二人一个生在北宋，一个恰逢南宋“乾淳之治”，所以他们写诗时还能心无旁骛，葆有元气。而晚清局势急转直下，外有列强环伺，内有战乱不断，登楼四望，前人诗作犹如高山大岳耸立眼前，而内忧外患压得人喘不过气来，于是冯蔚藻发出悲吟——“曲艺偶逢才子赏，江山大半古人分”。

于是，这楼越登越让诗人感伤，很快便消失在历史长河中了。

六

时过境迁，江楼已成历史，但盛筵的酒香和墨香，仿佛还氤氲在巴州上空。

虽然张曙才华出众，但唐朝毕竟是一个巨星荟萃的时代，与李杜、元白、温李等人相比，张曙只是一颗小行星。他后来官至左拾遗，这是大诗人杜甫也曾做过的一个小官。他最终未能走得太远。我想这可能与他的文人性格有关，加之历代动荡时局下文人难有作为。这一点，在他的《击瓯楼并叙》中可窥端倪：“宋玉《九辩》曰‘悼余生之不时也’，今余不时也。”赋尾，张曙更是放声高歌：“人生一世，何纷糅乎兴亡，何较衡乎隆替，飘缨宜入醉乡来，自识天人之际。”根据推测，张曙来巴州时年龄应该不大，但他似乎已经看破红尘，表现出与年龄不相符的老成。

据《巴州志》记载，张曙晚年回到巴州，终老于此。20世纪80年代，巴中县政协组织考证，认为巴州尖山坪有张曙宅、墓故迹。

虽然张曙仕途不顺，但张祎却一路高升，唐昭宗还京后，他被征拜为礼部尚书、太常卿，后迁兵部尚书。

离开巴州前，张祎率侄儿张曙和巴州进士封舜卿等人登上南龛山，再一次饱览这里的山光水色，依依不舍。走前，他们在南龛千佛崖镌造释迦牟尼像一尊，并留下铭文：

> 奉命先銮辂之神都，俾缉旧纲，行次□遇兵变，乃间道俟通于兹郡。□是尘清路邃，山秀川明，方舆□博酣于临眺，忽有赍函而登者，出天书以示，促赴行朝。将别是境，得无纪焉。

“将别是境，得无纪焉。”这篇铭文，被后人称作《南龛题名记》。它像一张长悬山崖的历史底片，在巴州上空迎风招展。

望着密如蜂房般的石窟造像，龛窟门楣上衣袂飘飘的飞天，恍惚间，我脚下生云，随着南龛飞天冉冉升空。瓯乐飘飘中，隐隐看见一角飞檐……

从魁星阁到书院街

一

从梓潼庙向柳岗去，要经过一个叫道子坪的地方。坪上开阔，中间突起一座孤峰，形如笔头，植被茂密，数十里外清晰可见。

人称魁星楼，和老家中兴隔河相对。从中兴翻狮子山，过亮垭子，下三儿河，再上魁星楼，来回得走大半天。说来也巧，老家对面有座楼台山，下五台包，过磴子河，也要走半天。从我记事起，它们就矗立在那里。我曾疑惑，这是山啊，为什么叫楼呢，难道山上建有楼台不成？

参加工作后，有一天经过原巴中县委招待所，看到两棵老黄葛树掩映着一座檐楹欲飞的楼阁——“魁星阁”（又称魁星楼）。我忽然想起老家的魁星楼，想起乡下民谚“巴中有座魁星楼，半截插在云里头”。

这楼不高啊，怎么说“半截插在云里头”呢？

张学金 / 摄

遥想当年，这里书声琅琅，莘莘学子鸡鸣则起，挑灯夜读。可能就在他们昏昏欲睡一瞬间，魁星阁巍峨的身影扑入眼帘，不觉精神一振，拾起书卷继续攻读。是时，名师荟萃，士民齐心，尊师重教在巴州大地蔚然成风。

——《从魁星阁到书院街》

二

我一天天从魁星阁下经过，朱漆掉落的大门很少开过。一段时间，里面开起茶馆，但前来喝茶的人不多。巴州老城喝茶的地方有小街子、文星街、书院街，热闹得很，谁会来这里喝茶呢？不久就关了。

时间一长，觉得这不过一座古建筑而已，并没有多少特别的东西。在城市化的浪潮中，人们感兴趣的是钢筋水泥楼，有谁会对这掉漆发霉的建筑感兴趣呢？君不见，一段时期，巴城小街子、文星街的老住户们，纷纷要求拆迁改造吗？是啊，在低矮逼仄的老房子住久了，谁不想搬进宽敞明亮的高楼呢？

于是，20 世纪 90 年代初，望江宾馆拆了，牌坊照壁拆了，县委招待所拆了。但咫尺之遥的魁星阁没有被拆除，可能因为是文物，才留下它与两棵巨大的黄葛树相伴。论高度，阁高十多米，随便周围哪座六七层的水泥楼都比它高。即或那两棵七八人合抱的黄葛树，树龄也怕有一两百年吧，树冠有一个足球场大。在旧楼和古树的包围下，外面人很难发现它。只有老巴州人偶尔记起，但也没有人专门去看它，尽管它与区政府只是一墙之隔。

二十年前的一天，我接到一个任务，陪四川电视台导演拍摄一部反映巴州古城的纪录片。咋拍呢？导演请来巴中曲艺名宿成尧肇在魁星阁下挥毫泼墨，让巴州曲艺团的演员在旁边演唱。成老先生鹤发童颜，一身白褂，在古色古香的阁前运笔如飞。摄像机在滑轨上移动，监视器里飞檐翘角与夏夜蓝盈盈的天空辉映，美得让人心醉。那一刻，我感觉我所在的这座城市丝毫不亚于电视上那些古城。而书法戏剧这些传统艺术，还真适合在魁星阁拍摄，那种美感是在别处找不到的。

三

就像一位儒雅的长者，虽然每次只是打个照面，但时间久了，你也会有想了解他的想法。这阁建于何时？建阁的又是什么人呢？又有哪些人登临过呢？

查阅清道光《巴州志》，魁星阁最早是清康熙年间一个叫沈五杲的巴州知州建的，当时叫奎星阁。古代，阁多指两层方形的建筑，而楼则多狭而修曲，不像现在楼阁区分不那么明显。既称奎星阁，必塑有奎星，因奎与魁同音，加之魁有首位之意，所以古人常将奎星称作魁星。民间还将魁星图腾化了，黑脸红发，执笔托印，左脚后翘踢斗。

这种将奎星与魁星等同起来的做法，不知始于何时。清代马国翰《玉函山房辑佚书》所辑的《考经授神契》云："奎主文章。"往前追溯，顾炎武在《日知录》中说："今人所奉魁星，不知始自何年，以奎为文之府，故立庙祀之。乃不能像奎，而改奎为魁。又不能像魁，而取之字形，为鬼举足而起其斗。"其实，奎星属于北斗七星，主军队或驻兵，魁星属于二十八宿，主宰文运，文武有别，为何连顾炎武这样的大学者也没搞清？我想主要是他非星象学家，所以在引述别人观点时不加鉴别，留下谬误。

话说沈五杲任巴州知州时，不仅修建奎星阁（实际应为魁星阁），还创建明伦堂，振兴学校，讲明礼义，士民蒸蒸向化。他离巴之日，州人送行，"祖帐相望于道"。至清乾隆十五年（1750），巴州知州王廷松有感于巴州风土人情、良莠杂半，认为“教为急务”，乃捐俸修葺州署之东义馆倾颓瓦屋三间（今巴州区图书馆处），并建奎阁。此为宕梁书院前身。

哦，原来这里是书院，难怪附近有书院街，街呈南北走向，为巴州著名的“九井十八街”之一。后来因为城市改造，只剩下两三百米小街，与东城街相连。车辆从大街飞驰而过，若不留意，很难发现这条隐匿在高楼中的街巷。

说到书院，巴州最早的书院，是唐代金榜山中的丹梯书院。相传，晚唐诗人张曙曾在此读书，后毁于兵燹。宋光宗绍熙初年，州守赵彦绒重修，明代改建，称云霞书院，并在城西竹隐亭后建琅玕书院。清乾隆二十四年（1759），李汝琬任巴州知州，对王廷松所建义学馆拓而修之，历三年乃成，题名“宕梁书院”（原巴中县文化馆处）。书院有讲堂、后书堂、门房、左右书房共15间，“既重其门，复周以垣。垣之外，山川之胜环焉……连山翠其入云，芳树翁其行列”，环境甚是幽雅。书院遴选秀才和饱学之士为师，所需器用均按需供应，求学者遂趋之若鹜焉。

孰料，清嘉庆二年（1797），宕梁书院毁于白莲教战火，巴州公署迁往平梁城，代理知州田文煦在平梁城新建学堂，以续弦歌。战乱平息后，嘉庆二十年（1815），代理知州顾尧峰重建书院，有厢房、讲堂、书房共计二三十间，左侧复修奎星阁（实际应为魁星阁），自此庭宇一新，晨昏书声琅琅。“每月师课外，官课一次，拔其尤者，给以膏火奖赏。”（膏火，对优秀学生的灯油费奖励。）受此激励，学子们无不发奋努力。顾尧峰还将巴州东门外上下河坝、城区寺庙遗址等官土划归书院，每年学田加上城垣旧基房租，收取租银一百九十七两九钱，供学生伙食津贴和祭祀孔子之用。

这期间，书院聘请巴州名士李钟岳为山长。李钟岳自幼家贫，寓居古庙，煮一盂粥，划作两日用。忍饥苦学，终入“庠食饩”（明清时官府发给生员银子和粮食补助）。他任山长期间，治学严谨，享有盛名。之后，罗星辉、喻秉渊、谢承光、王建基、唐正恩、余焕文、李含菁、冯文经、王勉、刘汝安、李本善等巴州名士乡贤分别任宕梁书院山长或讲习。

山长们学问渊博，德才兼备。如同治初年，王建基任宕梁书院山长，巴州代理知州陈洪绪见其待遇偏少，特嘱手下公费资助一百钏。但王建基以“民脂民膏，不敢乱花费”为由婉拒，一时传为美谈。

四

历百余年，至清同治七年（1868），求学者越来越多。而宕梁书院学舍低矮狭小，教室少而逼仄。于是，应州人呼吁请求，巴州乃在州西新建书院。

巧得很，当州民开挖地基时，发现一块石碑，拂去尘土，居然为明代学宫（学校）旧址，这岂非天意？一时轰动全州，人们捐资出力，热情高涨。次年5月，工程告竣，官府乃取南龛摩崖石刻“云屏”二字，命名为“云屏书院”。时任巴州知州陈洪绪，请来一位德高望重的人物——巴州宕梁书院山长余焕文代笔撰写碑序。

余焕文何许人也？清咸丰庚申进士，授翰林院庶吉士、礼部主事。“晚清名臣”骆秉章入蜀，闻焕文名，“礼延至署，叹为异才”。骆欲上奏朝廷起用，被焕文婉拒，不得已乃委任其督办川北团练。陕西巡抚刘蓉慕焕文才华，欲让随营治军，焕文以母老为由相辞。刘蓉相请四次，焕文乃出山，行前与之约：“不叙功，不署职，事平，当即归。”随后，刘蓉克汉中，定剑北，治善后，赈抚事，疏奏章程均出自焕文之手。刘蓉欲授焕文西安府事，焕文申明前约固辞。回岳家寺场（今平昌县岳家镇）后，余焕文专注于办团练，适逢蓝朝鼎、李永和起义军入川，全蜀震动，唯有川北乱兵不敢靠近。

清道光以前，宕梁书院、学田及城垣旧基房租每年收取后，用于支付山长工资、学生灯油补助及奖学金。光绪三年（1877），余焕文捐千金，并与弟子李含菁等商请巴州知州金凤洲赎取庙产以置学田，州人亦踊跃捐产，以至学田三年收入足以支付教师六年薪金，还有余钱用于送考、补廪、购书等。其时，余焕文声望之隆，巴州无出其右。一次，巴州举行州试，学子与吏役闹矛盾，考场大哗。焕文赶到，双方各自惭愧而退。

余焕文先后执掌宕梁书院、云屏书院和绥定汉章书院、龙山书院，从学者千余人，名重一时。弟子中，李含菁、儿子余堃中进士，冯文经、刘汝安、唐纯经、胡子烈、余晋、冯蔚藻等数十人，或为举人，或为贡生，名扬巴山。

历时一年，云屏书院建成，余焕文亲撰一联，砥砺学子：

欲养鲲鹏志，先收鸿鹄心。

站在魁星阁下，遥想当年，这里书声琅琅，莘莘学子鸡鸣则起，挑灯夜读。可能就在他们昏昏欲睡的一瞬间，魁星阁巍峨的身影扑入眼帘，不觉精神一振，拾起书卷继续攻读。是时，名师荟萃，士民齐心，尊师重教在巴州大地蔚然成风。

除州城的宕梁书院、云屏书院外，清代巴州辖境内，还有恩阳老场文治书院，恩阳新场育才书院，清江场步青书院，花丛场龙池书院。这些林立的书院，如众星捧月般拱卫着魁星阁、宕梁书院和云屏书院，共同把清代巴州教育推向鼎盛期。

当历史的车轮驶入清光绪三十一年（1905），延续一千三百年的科举制度废止。巴州的书院纷纷改为学堂，开办新学。两年后，巴州知州武乃恩募捐改修云屏书院为中学堂，由余焕文弟子冯文经作《云屏书院改置学堂记》。其间，走出了辛亥革命先驱董修武、无产阶级革命家刘伯坚，世界平民教育家晏阳初也曾在该校任教。1950年，学校正式改为巴中中学，成为四川省首批重点中学。

五

书院，是学子们求知的殿堂；楼阁，乃学子们心中的图腾。虽时光流逝两百余年，但开创者们的拳拳初心，仍然隔纸可闻，令人动容。

捐资修葺义馆、创建奎阁的巴州知州王廷松在《书院义田记》中写道：

> 噫，黄冈之竹楼已成，乌有使后之牧斯土者，鉴余心而时为补葺焉，幸也；更为之加隆焉，愈幸也！

北宋诗人王禹偁贬黄州，曾造小竹楼两间，作《黄冈竹楼记》。

王廷松修葺巴州义学馆，也像王禹偁一样希望继任者常修缮它。数年之后，巴州知州李汝琬对义学馆拓而修之，建宕梁书院，诚不负前任一片苦心也！

为嘱托后人，李汝琬作《宕梁书院碑记》：

> 今是州僻在山中，士寡闻见，其于国家广学之盛、教育之隆，而使牧令皆不敢慢焉者，未必其周知也，琬故敬宣焉。

汝琬斯言，令后世官员读之未敢丝毫松懈，以不辜负职责使命所在矣！清嘉庆年间，宕梁书院被毁，巴州代理知州田文煦临时在平梁城新建学堂，作《重修古鸿禧寺作学堂碑记》：

> 文风日盛，斯壮平梁。千载而后，历久弥光。于斯时也，悦我衷肠。镌之贞珉，用志不忘。

越七年，白莲教起义平息，州署从平梁迁回巴州。十年后，巴州代理知州顾尧峰重修书院、奎星阁（应为魁星阁），作《重修书院、奎星阁碑志》：

> 爰依书院旧址，广造屋宇，俾资讲习。又重修魁星阁，嵯峨岌嶪，以壮观瞻……从此文风蒸蒸日上，岂非余之厚幸哉？

宕梁书院和魁星阁屡毁屡建，犹如巨大的“弹簧”，暂时将它们“摁”下去，但很快就“反弹”上来，而且建筑一次比一次高，规模一次比一次大。清同治七年（1868），云屏书院建成，余焕文代作《云屏书院碑序》：

异日名儒出其中，名臣亦出其中，达则掇巍科，登显仕，潜亦型，乡党称善人。风清俗美，恒由是兴，士之幸也，州之福也，予之望也。

书院的火炬，在巴州大地上赓续。十九世纪中叶的一天，余焕文的得意门生、巴州司城（今属恩阳）人冯蔚藻走出云屏书院，登临魁星阁，写下五古《登奎星阁》（应为魁星阁）：

郡城如丸小，平地拥飞楼。
譬如人一身，手足拱其头。
青云梯百步，步步引帘钩。
瓦松铺四面，檐马悬四周。
最上奎光阁，俯见千里州。
南山入怀抱，字水学带流。
是时秋西来，大风振石尤。
居高忽念下，常恐堕前修。
耆父指我言，工系顾老鸠。
斯人既沧丧，盛迹空山丘。
抚襟长啸歌，城郭黎庶稠。

“斯人既沧丧，盛迹空山丘。”这阁虽非天下名楼，却是屈指可数的巴州盛迹；登楼的人虽无王璨、王勃之名，却也被时人誉为“国士奇才”（余焕文语）。可惜，冯蔚藻在25岁病逝，不然假以时日，他完全可以写出名扬后世的佳篇。

流光飞逝，再起楼阁。民国十三年，巴城围绕宕梁书院和魁星阁，新建迎曦阁、喜雨轩、览江楼等建筑，命名“宕梁公园”。今天，宕梁书院早已不再，宕梁公园建筑多已不存，只剩下魁星阁和书院街，无声诉说着岁月的沧桑。

记得三年前的秋天，我曾登上江西滕王阁，那是与岳阳楼、黄鹤楼并称的“江南三大名楼”，历史上屡毁屡建竟达29次之多。今天的滕王阁是20世纪80年代末根据著名建筑学家梁思成的手绘稿修建的。无非一个阁而已，但王勃的《滕王阁序》实在是太有名了，支撑着后人乐此不疲地重建。那天，秋阳高照，彩霞满天，我即兴口占一绝：

阎公何处去？南浦又清秋。
长啸登楼去，放歌章水流。

建阁的滕王去了，都督阎公去了，三尺微命的王勃去了。但楼阁如春风吹又生的野草，生命力真是顽强。其实顽强的哪是楼阁呢，是江山文脉矣！

时代变化真大。今天，魁星阁附近的旧房子即将拆除，这里要空出来，建一个文化广场，两棵黄葛古树将枝繁叶茂地为市民撑起一片绿荫。

前几天，听说魁星阁改成了“巴州历史文化博物馆”，这是对的，毕竟这是巴城最古老的建筑了，它立在那里就是一部厚重的历史。

但是我又在想，魁星阁毕竟小了点，以它的体量，巴州几千年历史人文真装得下吗？

我们的城市是否应该有个像样的历史文化博物馆呢？

凌云塔下

一

七月盛夏，一位官员乘着马车，从川南向川北进发。他此行的目的地，是远在大巴山里的巴州。

就在他风尘仆仆赶路之际，一个谣言在巴州传开了。街头巷尾，不时有人忧心忡忡地议论："听说新任知县冷酷无情，他来了必定严刑峻法，我等没有好日子过了。"

这是清道光七年，公元 1827 年。

时针拨回三十年前，清嘉庆元年（1796），巴州境内爆发白莲教起义，战火中，城池陷落，城垣、公署、书院被毁于一旦，州署被迫迁往 20 里外的平梁城。再往前，摇黄之乱、张献忠入川、鄢蓝之乱，把巴州搅得天翻地覆。管理这样的地方，非得有威震一方的官员不可。

战火熄灭后，清嘉庆十三年（1808），巴州知州李天培主持重筑城垣，复修公署，重建学署、文庙。七年后，代理知州顾尧峰重建宕梁书院、奎星阁，成风化人，政绩斐然。

这一次，新官上任，巴州百姓既畏惧又期待，他能有一番作为吗?

二

晓行暮宿，餐风沐雨，半月后，官员抵达巴州城下。

下车后，他直奔州署而来。就在大家好奇观望之际，只见官员不慌不忙，拿出笔墨，片刻之间，大门上多了“忍”“让”两个大字，铁画银钩，风骨凛然。

“好！”人群中一阵喝彩。

大家恍然大悟，这是新任知州告诫大家：凡事要克制谦让，绝不可意气用事。

陆成本，字画村，浙江萧山人，来巴之前任宜宾（今宜宾市叙州区）知县，以直峭、公正闻名，人皆畏惧。此次赴巴，随身所带，唯衣物、书籍、文房四宝而已。

在衙门题字之后，陆成本走进民间，了解疾苦，倾听民声。

接着，他烧出了“几把火”。一是整修城郭。在李天培、顾尧峰等前任奠定的基础上，再次加固巴州内外城墙，使之固若金汤。二是整顿财政。其时川盐滞销，盐税征课困难，陆成本乃效法川内他县，将盐税摊入地丁税征收，此举既大大充实了国库，又让盐商有了生计。三是纾解民困。减粮两载，让百姓家有余粮，仓廪丰实。四是振兴教育，续增膏火费（相当于奖学金），让贫寒子弟安心读书……

如此休养生息、奋发有为，加之此前朝廷连年减免税赋，不觉两三年间，百姓生活日渐宽裕，陆成本在民间口碑鹊起。

三

道光九年，1829 年秋。

陆成本携僚属，出巴州小东门，渡巴江，经后河，向城外东山而去。登上石长鼻，巴水蜿蜒，烟波浩荡，缠山抱城，州城外八山拱卫，环列如阵，他不禁赞叹道：

气佳哉！郁郁葱葱然，洵古名区也！

众人朝他手指望去，但见巴州西北的王望山、莲花山蜿蜒而来，似有龙蟠凤翥之势。而州城东南之交，山势平淡无奇，无法与之呼应。陆成本寻思，若在此处建一文峰塔，培补巴州山水形胜，则本州文风昌盛可期矣！

殊不知，此事在巴酝酿已久。此前，多位堪舆家建议在东山建塔，以培补巴州文风。据巴州举人谢一鸣《凌云塔记》记载，在陆成本之前，多位巴州知州谋划过此事，均未能付诸实施。究其原因，一来耗资巨大，百姓久经战火创伤，需要休养生息。二来官员变动频繁，虽有谋划，实难付诸行动。

至陆成本莅任巴州知州时，白莲教乱平息已逾二十年。随着朝廷连年减免赋税，巴州人丁渐多，百姓开荒垦地，家有盈余，建塔条件日趋成熟。

陆成本将想法和盘托出，在场官员无不赞同。道光十年（1830）春，陆成本传谕全州：“东山建塔，事关巴州文风，前任多次谋划未果，甚为遗憾。今应士绅乡贤请求，本官决心建塔，还望殷实之家共襄盛举！”

消息传来，州人无不欢呼雀跃。不足一个月，建塔款物俱已捐助到位。陆成本大喜，当场捐出俸银，以充实建塔资金。

择吉日，测日影，正方位，工程赓即动工。石匠开山取石，挥汗如雨；掌墨师指挥调度，风餐露宿；官员丈量土石方，一丝不苟。激越的号子声，叮当的锤錾声，嘚嘚的马蹄声，汇成一曲气势磅礴的工程交响乐，回荡在东山上空。

隔三岔五，陆成本带着僚属察看施工进度，运送干粮茶水慰劳大家。富绅乡贤，或运粮于道，或送水于途，或负重于山，络绎不绝。

是年秋，一座高十三层的文峰塔落成。洁白的塔身宛若玉笔插在东山余脉，好像是在等待着擎天巨匠秉笔大书。

陆成本为塔取名——凌云塔。

四

穿越近两百年时光，站在塔下仰望，依然让人震撼。在场地狭窄、没有机械设备的情况下，我们的先人完全依靠血肉之躯，完成了常人难以想象的建塔壮举。

砌塔的青石每块上千斤，它们被能工巧匠打磨成规整的尺寸，严丝合缝，层层叠叠，顽强地向天空生长。塔外辅以青砖，涂抹白石灰，挺拔的塔身如玉笋玲珑，破土而出……

据《凌云塔记》记载，建塔耗资数千金，我查了下，按照当时黄金白银的比值，相当于一万多两白银，这个数字是清道光十一年（1831）巴州征收丁条粮银四年的总和。更重要的是，这些资金全靠民间捐助完成，且在不足一个月内到位，若倡建者无巨大人格魅力是断然难以实现的。

保宁知府恒昌在《巴州凌云塔记》中，赞扬陆成本赴任巴州后，“政修人和，百废俱举”。谢一鸣则盛赞陆成本建塔“为民思深而计远”。据《凌云塔记》记载，塔成之日，巴州乡贤向陆成本敬酒，一一列举其上任以来的政绩，强烈要求勒石镌像，供奉于塔上，陆成本坚辞不受。众人又恳请题名，陆成本乃大书“凌云塔”三字，并写下对联一幅“大书巴字天留笔，突起文峰地作窗”，鸣鞭而去。

面对雪片般飞来的赞誉，陆成本清醒得很。在塔院里，有他亲笔书写的碑记：

> 此塔之成，非尽出于余之力，掠人之美以为己功。呜呼，可绅士固请，且言曰：昔之守斯州而建此塔也，历数刺史矣，皆有其志而未遂。相其地而成，盖建树如是之难也……

陆公谦逊如斯，但老百姓心眼明亮，没有他这样的好官，凌云塔是建不起来的。

五

古塔，是一座城市的地标，也是人文图腾。借助它，后人可以回溯久远的历史，和前代先贤对话，与建筑大师交流。

余秋雨在《五城记》中说，开封古塔“塔顶塔尖是一种至高无上的召唤……塔身中天天地进行着青春和生命的接力赛”。他感叹国内很多古塔禁止人们攀援，而开封是个例外。

历史上，凌云塔天天上演着这样的“接力赛”。塔内120级螺旋石梯直通塔顶，塔周有40个瞭望孔，可供人们攀登眺望。春秋佳日，州人往来游宴，白塔遂成巴州一景。可惜，一百多年来，受四川多次大地震影响，加之对文物保护和游客安全的考虑，有关部门禁止了攀登。

但这并不妨碍人们欣赏她秀美的容颜。每逢佳节，登上东山，巴江似带，万山澄碧。及至晚霞漫天，江声塔影，满河金紫，美不胜收。故诗人讴歌：“倒影中流悬，粉白摇青绿。开襟上头踞，朗吟震水陆。”

建塔的初衷是培补文风，那么实际情况如何呢？

说来也巧，查阅清道光《巴州志》和民国《巴中县志》，从凌云塔落成之日起，至清光绪三十一年科举废止，七十余年间，巴州（含江口、恩阳）出了五位进士，分别是：唐正恩、余焕文、周绳武、李含箐、余堃，占历代巴州进士的五分之一。其中，更是涌现出两位人杰：

光绪三十年（1904），巴州人董修武东渡日本，加入同盟会，参与事务决策。后受孙中山委派，回国主持同盟会四川支部工作。辛亥革命爆发，他临危受命，出任四川军政府政务总政处总理兼财政部部长，在财政拮据、库空如洗之际，制发纸币，缓解财政困难。整顿税收，裁减苛捐，受到百姓拥戴。民国四年，董修武被袁世凯派往四川的心腹陈宧拘押，秘密杀害于狱中，年仅36岁。民国建立后，川人隆重悼念董修武，将他入祀忠烈祠。20世纪80年代，董修武的墓地从巴州红岩河畔迁到凌云塔下。

就在凌云塔建成刚满一个甲子，一个男婴在巴城草坝街呱呱坠地。二十多年后，他远渡重洋求学，回国后发起席卷全国的识字运动，与著名教育家陶行知并称“南陶北晏”。受其鼓动，全国近百位博士、大学教授云集他的麾下，奔赴河北定县，投身平民教育和乡村改造实验。1943年，他和爱因斯坦一起被评选为“现代世界最具革命性贡献的十大伟人”。20世纪60年代，他将“定县经验”推向全世界，在菲律宾创建国际乡村改造学院，为第三世界国家培养大量乡村改造领袖人才。

他，就是“世界平民教育运动之父”晏阳初。

1990年，晏阳初在大洋彼岸溘然长逝。遵照他的遗愿，一部分骨灰回归故里，安放在巴城塔子山，随后建成晏阳初史迹陈列馆和晏阳初文化公园。

少年时代，董修武、晏阳初曾一次次爬上凌云塔，俯瞰巴州古城风光。他们死后，又不约而同地与凌云塔相伴，这难道仅仅是历史的巧合？

六

旧时农历二月初二，巴州人都要爬塔子山，赶“文昌会”。

因为凌云塔里供奉着文昌帝君，传说他是主宰人间功名的神祇。故每逢会期，人们登白塔，拜文昌，看会戏，好不热闹。凌云塔，由此成为巴州文运昌盛的象征。

人们在仰望塔的同时，也仰望着一位官员。

而塔只是他留在巴州众多遗产中最亮眼的一个。在巴四年，他还增修严公庙前殿，整葺章怀太子墓，修葺明代巴州知州卢尔惇祠，“均解已囊，未尝伤民财也”。他组织在衙署旁开凿一井，取名“醒心泉”，他亲率百姓投工投劳，维修尚未告竣的千年古刹南泉寺。巴州，俨然一个热气腾腾的大工地……

他工书法。上任后，便在州署审案大堂上方书写“天理、人情、国法”六字，作为自己的座右铭。他还将清雍正年间巴州知州雷栋的对联“得一文枉法钱，幽有鬼神明有律；行半点亏心事，远报儿孙近报身”，重新书写，悬于州署，警醒众人。

在南龛千佛崖，他亲笔题写“清江一曲抱村流”七个大字。在平昌县岩口方山坪，他为纪念白莲教起义平息题写的“永安坪”三字，悬于青山白石之上。

此外，在清道光《巴州志》中收录其碑记一篇，刘瑞主编的《巴中历代文选》，辑录其一篇记文。

就在凌云塔落成的当年，陆成本离开巴州。随后像黄鹤一去不复返，消失在地方史志和文献中。

官不在大，为民则名。就像历史上许多州县官吏一样，他们未必能够显姓扬名于国史，却在地方史志上打下深深的烙印。从最初民间畏之如猛虎，到最后敬之如父母，这种戏剧性反转的背后，是他刚柔并济将巴州民风一步步导向淳朴谦和，将官场风气一步步导向清廉法度。而集众人之力建造凌云塔，无疑是这出“剧本”的高潮。

他的名字，与严武、宗泽、羊士谔等官员一样闪耀在巴州历史星空……

七

十年前，当四通八达的高速公路、铁路建成，推开山门的巴中急欲拥抱世界。

那一年，巴中代表团前往上海市虹口区缔结友好城市，往返均在杭州萧山机场中转，我作为媒体记者随行报道。那天返程，因航班取消，只好留宿萧山一夜。那一夜，我们不知道萧山有个陆成本，他曾担任过巴州知州，造福过巴州人民。也许冥冥之中，上天有意让我们驻足，来向这位父母官致敬。

感谢上苍，没有让我们成为匆匆过客。

在写作本文时，我曾多次向宜宾史志界打听，了解陆成本在宜宾知县任上的情况，但结果令人遗憾。自嘉庆十七年（1812）编纂《宜宾县志》后，一百八十年间宜宾县志从未修订，历史出现了巨大的“断裂”。

2008 年，在撼动大半个中国的“汶川大地震”中，凌云塔只是塔尖受损，修复后依然美丽如初。而与之隔河相望的建于 20 世纪 80 年代的南龛飞霞阁却震成了危楼，被拆除重建。

“清江倒泻山光活，碧汉横盘石气牢。”

凌云塔怎么可能倒呢？它一砖一石倾注了多少人的心血，一层一梯承载着江湖庙堂的美好期盼。从塔底到塔尖，有着坚强的支撑。她将永远凌空高蹈，长伴巴城人民。

在无数人的仰望中，这塔更加巍峨了。

张学金 / 摄

就在凌云塔落成的当年，陆成本离开巴州。随后像黄鹤一去不复返，消失在地方史志和文献中。官不在大，为民则名。就像历史上许多州县官吏一样，他们未必能够显姓扬名于国史，却在地方史志上打下深深的烙印。

——《凌云塔下》

解码回风亭

天下的亭台无以计数，或许只有她与风有关。

她立在巴江边，脚下凌波飞鹭，背后山苍云茫，黛色的亭子宛如一枚玉印落在巴州历史文化长卷的扉页上。

回风，意思是回旋的风。三国曹植《吁嗟篇》：“卒遇回风起，吹我入云间。”唐代李白《古风其七》：“去影忽不见，回风送天声。”但更多时候，回风笼罩在伤春悲秋的气氛里。如《古诗十九首》：“回风动地起，秋草萋已绿。”杜甫《对雪》：“乱云低薄暮，急雪舞回风。”

回风亭的“回风”属于哪一种呢?

中国最早的亭始于战国，当时于边境设亭，察敌情，防侵扰，起到边塞哨所的作用。秦汉时，十里一亭，一亭一亭长，负责处理治安和民事纠纷，刘邦就做过泗水亭亭长。后来，五里一短亭，十里一长亭，供人们送别时休憩。

也就是说，古代的亭不外乎加强边防、行政和社会功用几种。但在考察巴州古建筑时，我发现几乎所有亭塔楼阁都像指南针一样有着清晰的指向。比如巴城现存最古老的建筑魁星阁，始建于清康熙年间，里面供奉魁星，旨在振兴巴州文运。又如清道光年间修建的凌云塔，是为培补巴州东南风水，祈求文风昌盛。

那么，回风亭呢？

就像欣赏文学大师的作品，总是离不开作者所处的时代背景一样。先来看看修建回风亭的20世纪初叶，巴州都发生了哪些大事吧。

清光绪三十年（1904），在中国留日风潮中，一位25岁的巴州青年跨海东渡，就读于明治大学。次年，孙中山前往日本从事革命活动，他前往拜谒，交谈甚欢。时值光复会领袖章太炎出狱，他将其迎到东京，于孙、章二人之间穿梭沟通。随后，他加入同盟会，被选为评议部长，参与大事决策。宣统三年（1911），受孙中山委派，他回国主持国民党四川支部工作。时值丁未起义失败，同盟会会员或被捕入狱，或通缉在案，在他出色工作下，局面渐有起色。当年，武昌起义爆发，他被推举为四川召集人筹划起义，并在随后成立的四川军政府任总政处总理兼财政部部长。其时，财政拮据，难以为继，他制发军用纸币，整顿财税，裁减苛捐，缓解了军政府困难，受到军民拥戴。

一颗耀眼的政治新星冉冉升起。孰知风云突变，袁世凯为复辟帝制，先是安插亲信任四川军政府都督，接着派心腹陈宧任四川巡按使，意欲剪除国民党人。很快，陈宧以滥发军用币为名将他拘捕，于1915年秘密杀害于狱中，时年36岁。

他，就是辛亥革命先驱董修武。

有道是祸不单行。就在董修武被害的第二年，31岁的巴中人李挽澜率部参加张表方、钟体道在顺庆举行的护国讨袁行动。战场上，他指挥有方，多次击溃敌军，升任团长。袁世凯倒台后，他参加川滇之役，转战川东南，经 30 余战，威名大震，晋升第三师五旅旅长。然而在 1917 年的内江战役中，李挽澜被流弹击中，当场阵亡，年仅 32 岁。

时隔两年，两位巴中英才相继殒命。两年后，接替李挽澜的少将旅长吴泽周（巴中凌云人）病逝于陕西军中。1920 年，李、吴二人灵柩运回巴中安葬。

巴中英才接二连三的折损，让人们陷入巨大悲痛之中。古人相信天人合一，凡事爱从风水上找原因。于是，人们开始怀疑是巴中哪里风水出了问题。在考察国内古建筑时，我发现没有无缘无故的亭台楼阁，每一处背后都有深层次原因。比如很多地方都建有文峰塔，探其原因大致如此：某州（县）官吏上任后，首先是勘察风水，发现州（县）城地势高低不平，然后在低处建文峰塔，以平衡风水，巴州凌云塔就是这样建起来的。

于是，有堪舆师说从南江方向吹来的那股风直“杀”巴中，导致巴中的人物“长不大”。

一个补救方案迅速酝酿，很快摆上台面。

经过全县士绅的共同商议，决定在城西修建一座亭子，以镇住那股“妖风”，让它就此回转。取啥名字呢？据说民国巴中教育界泰斗邱台荪从屈原《楚辞·九章·悲回风》中取出“回风”二字。

作为屈原著名的抒情诗，《悲回风》讴歌了秋风萧瑟中吐露芬芳的蕙兰，像古代的君子虽然遭遇不公仍然不改志节——“悲回风之摇蕙兮，心冤结而内伤。”屈原借以抒发心中的郁愤，也有人将该诗视为屈原投江前的作品。

此外，历代诗人遇到秋天或局势动荡辗转飘零之际，就会想到屈原的《悲回风》。比如《古诗十九首·东城高且长》中，诗人看到城墙屋顶上被秋风吹过的草逐渐枯黄，感慨赋诗："迴风动地起，秋草萋已绿。"唐代大诗人杜甫在"安史之乱"中困居孤城，闻听唐军新败，望着漫天飞雪，写下《对雪》：

战哭多新鬼，愁吟独老翁。
乱云低薄暮，急雪舞回风。
瓢弃尊无绿，炉存火似红。
数州消息断，愁坐正书空。

继续上溯，关于"回风"的诗歌还有很多，但大多笼罩在家国悲情中。中国文字那么多，邱台荪为何选择"回风"二字来命名？原来，他比董修武早一年留学日本，两人既是同乡，又都加入同盟会，只不过后来董修武追随孙中山从事革命，邱台荪回国后执鞭教坛。看到董修武壮志未酬身先死，邱台荪心中万分悲痛，加之两年后名将李挽澜殒命沙场，他便以"回风"来命名这座旨在祈福巴中人才兴旺的新亭。

但回风亭的意义远不止于此。在我看来，它真正的意义在于，在董修武、李挽澜英年早逝的悲伤还未消散之时，为巴中父老乡亲找到一个情感的寄托，让摧折巴中人才的那股"妖风"就此"回"转，也就是于绝境中开生境，在大悲中孕大转机。

伴随一座新亭崛起，全县士绅百姓心目中期待的风水转运、人才辈出的美好祈愿也随之蓬勃升腾。

虽然建亭"势在必行"，但必须找到一个正当理由，否则花钱的事当局是不会轻易同意的，更何况，亭是建在距当时巴城两三公里的城外。当时驻防巴中的是四川著名军阀田颂尧，他与刘湘、刘文辉、邓锡侯号称民国四川“四巨头”。如何说动田颂尧呢？刚好，1920年，四川省在成都为董修武举办追悼会，将其入祀“忠烈祠”，并由省长公署办理。于是，巴中社会各界就以纪念董修武修亭为名，向田颂尧打报告，请求资助。果然，田颂尧不但欣然同意，还捐银八百，亲笔题写“回风亭”三字。

随之而来的一个问题是，亭子为何没有选择传统中式风格，而选择了仿西方哥特式建筑？文物专家认为，这是受到当时社会建筑潮流影响。洋务运动以来，“中学为体，西学为用”盛行，中国学子频繁赴欧美留学，如巴中人董修武留学日本，晏阳初留学美国，刘伯坚赴法国勤工俭学。再加上不少洋人来巴传教，修建福音堂，西方哥特式教堂耸立巴中大地，无疑影响了本地建筑风格，如巴城八角楼就有仿哥特式建筑元素。

回风亭，就是在这种东西方文化剧烈碰撞的时代大背景下，于民国十五年（1926）正式开建，两年后在巴中城西拔地而起。

新亭落成，登临者络绎不绝。首批登亭的人是军阀田颂尧和地方官员，他们在亭上俯瞰巴江，纵目远山，踌躇满志，之后还不忘附庸风雅。“天演竞争，让银燕回转；烟波浩渺，看秋雁归来。”这是田颂尧为亭题写的对联。“天演竞争”，出自严复译著《天演论》，但“物竞天择，适者生存”与“银燕回转”有啥关系？我实在是看不懂。同样，下联“烟波浩渺”与“秋雁归来”有何关联？我也想象不出来。对联平平，既无新意，也没看出多大格局，所以最终也没有流传下来。

几年后，一阵密集的枪声自巴城东边传来，打得田颂尧的军队节节败退，很快弃亭而去。红四方面军从通江两河口入川，随后以迅雷不及掩耳之势解放通南巴。弹指之间，天翻地覆，换了人间。而田颂尧因围剿红军失利，被上级撤职查办。

登亭的人不乏平民百姓。他们从平日柴米油盐酱醋茶的忙碌奔波中，难得抽出空闲，扶老携幼，登亭览胜。天高云淡，古巴州城墙高耸，青砖黛瓦；秋风送爽，巴水滔滔东流，大雁南归。这些平时挣扎在生存线上的人们，脸上终于露出难得的笑容。

新亭落成，最高兴的还是那些文人墨客。春日百花孕苞，宜登亭赋新诗；夏日巴江涨潮，宜携侣观山水；秋日碧水长天，宜登亭放歌喉；冬日雪花飘飞，宜煮酒赏雪霁。

这当中，自然少不了巴中乡贤名士。一朝夙愿得圆，他们喜上眉梢，把酒临风，祈愿那股从城北吹来的劲风就此镇住，掉转方向。

至此，巴城东南有凌云塔文峰献瑞，西北有回风亭镇住恶风，城里有魁星阁祈福科第，南边有金榜山昭示祥瑞。八山环拥，一水中流，千年古城巴州构筑起了一道完美的庇护体系，人才辈出已然可期矣！

亭建起来了，北边那股妖风镇住没有？反倒没有多少人关心。随着红军入川，战火不断，日寇侵华，川军誓师，数千巴州子弟毅魄归来，化作城南一座巍峨的抗战纪念碑，与回风亭遥遥相望。

沧海桑田，云聚云散，江亭巍峨，八面临风。

亭，是老百姓血汗的结晶，如同万里长城，下令修筑它的人是暴君秦始皇，但这并不妨碍长城作为中国最著名的古建筑跻身“世界七大奇迹”。同样，被视为暴君的隋炀帝建成了京杭大运河，“至今千里赖通波”。所以，回风亭倡建者虽然是军阀，但一点不影响亭子流传后世。

悠悠亭台，屹立江畔，转瞬百年。

十年前，大风起兮云飞扬。一场城市化的飙风卷浪扬尘，席卷巴山。一夜之间，回风亭如同一件精美的青铜器被人们从回风东路的仓库包围中“刨”出来。拂去尘埃，她依然光彩熠熠，美丽如初。沿亭的回风东路，众多火柴盒式的民房被拆除，打造为湿地公园。围绕回风亭，新植桢楠、银杏、桂树，建设游步道……远远望去，回风亭秀美挺拔的身影从地平线拔起，上部逐渐收敛，形同一座八角形宝塔耸入云天。五层楼，开八面窗，迎八面风，好不气派！

环亭是一个广场。亭台典雅，嘉木修长，流水潺潺。巍巍回风大桥从江北横过来，跨越巴河连接回风片区，朝晖夕阴，气象万千，车流如织。春天，河畔杨柳依依，李商隐吟咏的巴江柳依然曼妙，碧色浸江，婆娑迷人。

亭，因风而建，又因城市化风潮拔离尘俗，展露风姿，最终挺立成巴中一道美丽的人文风景线。

每当晨昏，常见红男绿女围亭翩翩起舞。夕晖映照，亭阁焕彩，激越的广场舞音乐响起的那一刻，我眼前出现一片幻境：晚霞涂抹万山，篝火噼啪作响，一群身着兽皮的人正围着篝火欢歌，火苗燎红了夜空……

南龛藏“璇玑”

天下名山僧占多。自古以来，愈是风光绝胜处，愈是被僧侣道士或隐逸者看中。所以，后人评论刘秀和严光：“你占朝廷我占山。”

仲夏，驱车前往南龛石窟。进大门后，一路石梯直通千佛崖。途中，一处石刻展吸引了我的脚步。在众多石刻中，我惊讶地发现了两首清道光《巴州志》辑录的明代回文诗——《避暑南龛用张三丰游巴岳回文二首韵》：

其一

桥东绿树水流湾，暑盛朋尊对寺闲。
陶相筹边凌碧汉，定僧忘语坐禅关。
烧香有意生莲社，入楚从空爱好山。
瓢饮淡薄清净法，嚣尘觉坠俗潜潜。

其二

桥荡波流清转湾，石龙山爱老僧闲。
遥光怪霭无端佛，湛露华辉月夜关。
烧柏篆香焚古洞，驻云飞锡挂高山。
瓢瓜茹苦谈清静，嚣世知谁怨污潜。

两首看似普通的七律，竟然内藏“璇玑”，反过来读就是：

其一

潜潜俗坠觉尘嚣，法净清薄淡饮瓢。
山好爱空从楚入，社莲生意有香烧。
关禅坐语忘僧定，汉碧凌边筹相陶。
闲寺对尊朋盛暑，湾流水树绿东桥。

其二

潜污怨谁知世嚣，静清谈苦茹瓜瓢。
山高挂锡飞云驻，洞古焚香篆柏烧。
关夜月辉华露湛，佛端无霭怪光遥。
闲僧老爱山龙石，湾转清流波荡桥。

历史上最著名的回文诗，是先秦的《璇玑图》。苏惠的丈夫窦滔纳妾，让她心中不快。窦滔带着小妾去外地做官，苏惠未能同往。于是她写诗绣在丝帕上寄给丈夫，共841个字，这些文字正读、反读、横读、竖读，都是诗。宋人拆解后说有3752首，明代有人研究后说有4206首，还写下一本《“璇玑图”读法》。所以，《璇玑图》被尊为回文诗的鼻祖，也是最著名的回文诗。

当然，南龛回文诗没有这么多读法。但是这是谁留下的呢？我睁大眼睛，目光欲穿透玻璃，从石上斑驳字迹中寻找答案。

结果令人失望。时光流逝三百多年后，石上部分字迹早已模糊，解说员也无法提供更多信息。我匆忙回家，找到清道光《巴州志》，在“艺文卷”看到两诗，下有作者自序：“崇祯十二年已卯（1639）仲夏日（五月）也。”作者标注为“□□”，说明清代编撰者辑录时字迹已经模糊，无法辨认。我不死心，又查阅丁胜源、周汉方编辑的《明代回文集》，看到书中同样收录了两诗，但作者处同样标注为“佚名”。看来要搞清楚作者是谁已经很难了。

那么，能否从诗题中找到一丝线索呢？先弄清诗人所步的“张三丰游巴岳回文二首韵”是什么诗。20世纪80年代，原巴中县政协组织全县文史学者历时六年，校注清道光《巴州志》，由于校注者手头资料有限，未能注释出张三丰原诗，只是说张三丰游岳阳写下“朝游北海暮苍梧，袖里青蛇胆气粗。三过岳阳人不识，朗吟飞过洞庭湖”。

好在今天工具书如汗牛充栋，加之网上有很多影印本，上网一查便知。在《明代回文集》中，我查出了张三丰《游巴岳回文诗》：

桥边院对柳塘湾，夜月明时半户关。
遥驾鹤来归洞晚，静弹琴坐伴云闲。
烧丹觅火无空灶，采药寻仙有好山。

瓢挂树高人隐久，嚣尘绝水响潺潺。

该诗反读为：

潺潺响水绝尘嚣，久隐人高树挂瓢。
山好有仙寻药采，灶空无火觅丹烧。
闲云伴坐琴弹静，晚洞归来鹤驾遥。
关户半时明月夜，湾塘柳对院边桥。

从体裁上看，南龛回文诗和张三丰回文诗皆为七律。但步韵写作，要求作者按照所步作品的原韵创作，除《避暑南龛用张三丰游巴岳回文二首韵》中“潜”“陶”与张诗“潺”“遥”韵脚不同外，其余均符合要求。究其原因，可能是诗人所记的张三丰《游巴岳回文诗》有误所致。

历史上，张三丰是位神龙见首不见尾的传奇人物。《明史》记载，张三丰，辽东懿州人，高大魁伟，龟形鹤背，大耳圆目，“寒暑惟一衲一蓑，所啖，升斗辄尽，或数日一食，或数月不食。尽经目不忘，游处无恒，或云能一日千里”。明太祖朱元璋闻其名，遣使寻访未果。张三丰游武当山，说：“此山异日必大兴。”果然，二十多年后，明成祖朱棣命工部侍郎郭琎等督率民工 30 余万人，大建武当宫观，赐名“太和太岳山”。

这一切，竟如张三丰所言。

我无法想象，在严肃的《明史》中，张三丰竟然被描述成可“数月不食、一日千里”的神话人物，甚至可以预见二十年后朱棣在武当大兴土木。更让我吃惊的是，这位闲云野鹤般的人物，对写诗填词有着浓厚的兴趣，一生留下诗词众多。

“遥驾鹤来归洞晚，静弹琴坐伴云闲。”这是怎样一幅心如止水的世外高人清修图啊！细读《游巴岳回文诗》，我们除了感受到诗人超拔尘俗外，竟然找不到一丁点儿有助于解开南龛回文诗作者的线索。

唉，看来南龛回文诗作者是一桩悬案了！但我还是有些不太甘心，欲尽可能多地从诗中挖出一些作者信息，给本文写作做点交代。

首先，作者可能是位居士。因为，诗题“避暑南龛”，古代僧人、道士出家，一入空门万事休，不避生老病死苦，很少听到他们有避暑的例子。而只有居士才可能因为礼佛、修道，临时居住寺庙或道观。古代的居士是崇信佛教、道教的人的一种泛称，历史上很多大诗人都是居士，譬如李白号“青莲居士”，白居易号“香山居士”，苏轼称“东坡居士”，欧阳修号“六一居士”。无论是佛教的四大皆空，还是道家的清静无为，都对启发诗人思想灵感有着意想不到的奇效。

其次，步韵写作往往是朋友之间的唱和，或者是后人表达对前人的敬仰。南龛回文诗作者选择步张三丰回文诗原韵，也从一个侧面证明他对这位著名道士心存仰慕，这也说明他可能是一名对佛道两家都感兴趣的居士。

最后，诗中的石龙山即南龛支脉青龙山，古代有青龙寺。从“桥荡波流清转湾，石龙山爱老僧闲”“烧香有意生莲社，入楚从空爱好山”等句来看，作者是心慕空门的居士可能性很大。因为莲社是东晋名僧慧远居庐山时，与僧俗十八贤结社念佛，因寺中有白莲，故称莲社。

诗歌步韵，古来有之。但是要步回文诗原韵，写作难度是相当大的。作者不仅写了，而且一气呵成两首，与原诗各有千秋，堪称诗坛佳话。

诗家本有名，逝者如斯夫。在经历漫长风凋雨蚀之后，有名终归于无名。

而这，正如南龛山中草木，无名无姓，独自荣枯。

烟雨南山

唐代，一位巴州刺史每隔几天都要登上城南的一座山，像是去拜访一位相识多年的故人。

他叫严武，是大诗人杜甫的至交。他登的那座山叫南龛，古代又称南山。

南山，一个“南”字，足以在中国文人心中搅动多少波澜！在古诗词里，南山安静闲适，充满自然生态之美。《尚书》云：“刀枪入库、马放南山。”《诗经》曰：“秩秩斯干，幽幽南山。”陶渊明吟：“采菊东篱下，悠然见南山。”李白唱：“希君同携手，长往南山幽。”王维说：“君言不得意，归卧南山陲”……

古代，南方似乎总有一种无法言说的神秘诱惑。那些威风凛凛的帝王们总是面南而坐，而民间房屋也多向南而开。考古发现，原始社会绝大多数村落大门都面向南方。建筑学认为，坐北朝南的房子可以更好地采光避风，而指南针千百年恒久地指向南方，永不改移。

历史和现实中的南龛，就是这样一座矗立于中国文化语境里的翠峰。她海拔两三百米，不及黄山的奇秀，不似华山的险峻，也不如峨眉的秀丽。山矮是矮了，小是小了，但曲径通幽，春花秋叶，引人入胜。若在这里停留半日，保管你从中获得的见识学问，不比那些名山大川少。

山岳云聚云散，世间几度兴废。关于远年的南龛，宋代《清化志》、元代《清化续志》、明代《巴州志》应有记载，可惜书稿早已散佚。清嘉庆《四川通志》云："悬岩削壁，镌佛千计，多刻唐宋名人诗。俯瞰巴江，烟水浩渺，诚伟观也。"北周时，南龛又称化成山，当时以山名改梁广县（即汉昌县）为化成县，说明此山早已声名远播。

"南山"之名，最早见于唐乾元二年（759）巴州长史韩济在南龛镌刻的《救苦观世音菩萨像铭》："南山岩岩，庶乎有常。"中唐时，巴州刺史羊士谔作《题郡南山光福寺》诗。宋代，巴州太守赵公硕等有《游南山赋五十六言呈书记郎中教授大著》《九日南山诗》等诗，说明"南山"之名陪伴巴州已经千年。

到了唐代，南山突然变得热闹起来。先是唐高宗时期，流放巴州的太子李贤在山中劝课农桑，死后在山麓留下一抔黄土（后来迁陕西乾陵，留下衣冠冢）。接着，唐乾元元年（758），巴州刺史严武在山中维修石窟，建造寺庙，唐肃宗赐名"光福寺"。稍后，羊士谔在山中临风伤怀，写下《山寺题壁》。晚唐，大臣张祎与侄儿张曙在山中镌刻释迦造像，留下铭文《南龛题名记》。张曙在山中攻读诗书，留下"张曙石坊"。宋代，巴州通判宗泽游山后写下《古楠赋并叙》，抒发豪情壮志。清代，"四川抗英第一人"张必禄等人在山中镌刻巨幅石刻"天开金榜"……

在此蛰伏休养够了，一个个赳赳武夫、才子佳人才扬鞭打马而去。严武在巴政绩卓著，一路升迁至剑南节度使，后来在抵御吐蕃军队时立下赫赫战功；羊士谔几经辗转，升迁户部郎中，名列《唐才子传》；张祎受到唐僖宗器重，官至礼部尚书、兵部尚书，成为晚唐名臣；宗泽奉召进京，向宋钦宗“奏对三策”，指挥宋军抗击金军，成为大宋中流砥柱；晏阳初从山下的巴中城出发，开启世界平民教育之旅；徐向前在此指挥有名的“南龛山战役”，在山中留下拴马树……

他们来时，乾坤板荡，一路风尘；他们走时，扬鞭催马，柳暗花明。南山，在炎风烈日下为他们撑起一片绿荫，洗去他们远道而来的风尘，也让他们在这里充电蓄能，满血复活。

人事有代谢，往来成古今。今天的南龛，山岩依然高耸，山草依然离离，她目送着巴江滚滚东去，静观巴州古城变迁，展露着唐风宋韵。虽然岁月也在她身上镌刻下沧桑，但在我心目中，依然是那座唐代严武深情眷恋“每旬数至”的南山，是诗人羊士谔笔下“山果青苔上，寒蝉落叶中”的南山，是晚唐才子张曙束发苦读金榜题名的南山，是宋代名将宗泽挥笔写下“老当益壮，自任以天下之重”的南山，是那座让历代文臣武将、文人骚客登临不倦、风雅酬唱的翠峰……

山围故城周遭在，千年楼台烟雨中。自唐以来，南龛陆续修建了光福寺、南龛楼、赋诗楼等“一寺二楼三阁六亭”。志士在这里指点江山，激扬文字；文人在这里登临送目，怀古思幽；高人在这里谒佛参禅，听松抚琴。勿论他们的身份、地位，也无论他们的官职、财富，无论他们是官居庙堂之高，还是身处江湖之远，一旦进入遮天葱翠、滔滔绿海，就会像孩童一般张开双臂，拥抱这片灵山秀水。

山岳是舞台，楼台是道具，风雨雷电是协奏，日月烟岚为舞美，一台台历史大戏在这里演绎得威武雄壮，荡气回肠。舞台上人事变幻，走马扬尘，扣人心弦。

弹指千年逝，一页风云散。暗淡了烟光，远去了背影，变幻了时空，唯余岩壁上佛陀拈花一笑，悠然自得。

山下，巴江东去，烟水空蒙。

王望仙踪

望王山，还是王望山？不光来巴中的外地人蒙圈，就连许多老巴州也没有弄明白。

在地名牌上，它叫望王山。但在地方志里，它却叫王望山。

可山岳不管人间事。千万年它自个儿绿着，像一匹绿骏马，从大巴山昂首向南驰骋了数百公里后，突然发现一片丰茂的水草，便低头唰唰地吃起草来……当它再次抬起头来，满目苍翠，绿波粼粼，哪里是路和远方呢？

它迷失在了这里，高大的身躯将巴城分成了东西两片。

一

背负山河社稷南来的，还有一位被流放的太子。

唐高宗年间，武则天为登上帝位，先后用毒、贬、废、囚四计除掉四个皇子。李贤，武则天次子，才思敏捷，聪明能干，太子李弘猝死后，他被立为太子，留守京城监国，受到高宗称赞。他在东宫组织名儒校注范晔的《后汉书》，其亲笔点评更是被史家尊为“章怀注”。

当时，武则天非常信任正谏大夫明崇俨，他有符咒之术，曾为高宗治疗头疼，深受信任。一次，明崇俨密称英王李显外貌像太宗，加上宫人议论李贤为武则天姐姐韩国夫人所生，李贤由此感到恐惧。想到此前武则天曾多次责备自己，李贤更是寝食难安。后来，明崇俨无端被杀，武则天怀疑是李贤所为。她指使人揭发李贤，将其下诏审讯，加上军士在李贤东宫马坊搜得皂甲数百领，更加“坐实”了李贤的谋反大罪。

很快，李贤被废为庶人，于唐永淳二年（683）流放到巴州。

武则天为何选择把李贤流放到巴州？一来这里远隔秦岭巴山，地理偏僻，以示惩罚；二来可以截断他与京城势力的联系，以免给自己登上皇位制造麻烦。但巴州百姓同情太子，纷纷自发出城，悄悄迎接远道而来的李贤。本来，从太子贬为庶民，从帝都长安来到偏僻巴地，李贤早已万念俱灰，加之身体孱弱，奔波劳累。但巴州百姓的淳朴善良让李贤非常感动，这里独特的风土民情让他眼前一亮。

从九重宫阙跌入社会底层，李贤有了更多机会了解民间疾苦。他到巴州后，深入民间，体察民情，相传他在南龛设坛亲农，劝课农桑。为了东山再起，他负书到曾口书台山攻读，留下“读书台”。他非常思念父皇兄弟，常常登上巴州城外的北山——王望山，遥望长安。

但儿子的一腔思念，感动不了武则天篡夺帝位的铁石心肠。唐嗣圣元年（684），她废中宗李显，立李旦为帝，自己则垂帘听政。为防不测，她派左金吾卫将军丘神绩前往巴州检查李贤住宅。丘神绩是著名的酷吏，他到巴州后立马将李贤关闭起来，逼令其自杀。

李贤死时，年仅 29 岁。

王望山，因为李贤的到来，多了几分凝重。

二

虽然李贤多次登上王望山，但山名却不因他而得。

据南宋王象之《舆地碑记目》，王望山旧名北山，“山中石壁隐现老君像，唐人为之赋老君北山影迹诗”。清嘉庆《四川通志》云，山高二里，岩径幽险，占一州之胜。《方舆胜览》曰：“有王真人得道于此，真人名蒙，故名王蒙山。”

原来，这山中曾住过一位道士。明代曹学佺《蜀中名胜记》说，王望，字子蒙，俗传为晋时人，唐开元初年，早晨骑白鹿入长安，与玄宗相遇，傍晚返回山中。从长安到巴州何止千里，但王望可以朝去暮回，难道他有缩地之法？从晋代到唐开元时，至少三百年，难道王望有长生之术吗？不过，道教相信得道成仙，不能用常理深究，姑且当神话故事去听。

清道光《巴州志》还说，唐玄宗骑白鹿至此，以望京阙，曰：“此去京师不远。”这里说的是唐玄宗骑白鹿游王望山，正好与《蜀中名胜记》相反。莫非唐玄宗也和王望一样有缩地之法？实在让人有些云里雾里了。

但历史上，王望山的确得名于道士王望，后人为纪念他专门修建了驾鹤亭、白云亭。王望山，也由此成为道士王望的主场。

与李贤不同，王望留给后人的，是天马行空的想象，高士临风的雅致和寻隐者不遇的惆怅。在清道光《巴州志》辑录的有关王望山的诗歌中，清一色是寻访王望遗迹。

宋孝宗时，巴州知州杨虞仲写下五言古风《游王望山》：

白云环其巅，流水绕其趾。
古木与云齐，偃蹇龙蛇似。
飞仙渺何许？风驭叹莫企。
手种空流传，岁月尚谁记。
化鹤空归来，其树还可指。
仙凡隔咫尺，世人谬千里。
丹灶空伏火，河车争挽水。
学仙仙益远，槁死空山里。
我欲问其诀，岂惮航一苇？
便当捐冠簪，超然谢尘滓。
仙人拍手笑，物外倘来尔。
个中自昭昭，一点非非是。
随缘了世缘，他年竟语子。

根据杨虞仲诗中所述，王望在得道飞仙前，曾在山中手植一树，年深日久，古木盘曲似龙蛇，引来无数寻访者。对于世人欲效仿王望修仙得道的急功近利之举，杨虞仲表达了自己的看法："学仙仙益远，槁死空山里。"他巧借化鹤归来的"仙人"之口，道出了"随缘了世缘"的朴素哲学。"个中自昭昭，一点非非是"意思是这中间的道理很明了，所以要指出事情的错误，去做出正确的事。

元代，王望山道上又来了两个人。其中一位着塞外装束，另一位是汉人装扮。二人结伴同行，一路指指点点，游兴正浓。他们登上白云亭时，云雾悄然尾随他们上了山，山下台殿隐入雾海之中。此情此景，引得二人诗兴大发：

有约今朝上北峰，来时台殿白云封。
栖庵羽客知何处，疑是寻芝访子蒙。

——帖里绒实《北山访王真人仙迹题白云亭》

乘暇寻真蹑北峰，白云亭上挹仙风。
宇江如练复如带，万点巴山一望中。

——李越实《北山访王真人仙迹题白云亭》

二人同题作诗，颇有点蒙汉一家的味道了。但帖里绒实重在写赴“约”，道出了一缕寻隐者不遇的惆怅——“栖庵羽客知何处，疑是寻芝访子蒙”。李越实重在写忙里偷闲、游山之乐——“宇江如练复如带，万点巴山一望中”，诗中化用谢朓名句“澄江静如练”，描绘出巴州山水雄浑之气象。相比之下，帖里绒实诗起承转合，句法流畅。而李越实诗虽然景象壮阔，但在流畅性上反而不及。一个少数民族，能够把汉诗写得这样出彩，没有深厚的汉学功底是绝对不可能的！这也反映出元代很多少数民族文人跨越文化藩篱，大胆拥抱诗词歌赋等汉族文化。

明万历年间暮春上巳，巴州别驾吴朝宗登上王望山，看到石壁上帖里绒实、李越实的诗作后，灵感勃发，当场步二人原韵赋诗两首。其中一首是：“玉帝何年镇此峰？芝函光落网珠封。桃花满路春常在，不见仙人王子蒙。”走在桃花夹道的山路上，诗人想到的还是王子蒙（王望）。

除了王子蒙，古人登王望山还会想到谁呢?

在一片浓得化不开的绿中，清代诗人朱正蕃也来了，一开口就是：

> 高山频仰止，览胜访仙踪。
> 天际真人远，峰尖紫翠浓。
> 幽岩丹灶冷，古洞白云封。
> 安得长年药，从游伴赤松。
>
> ——《登王望山》

在王望山，朱正蕃不仅看了王望采药炼丹的丹灶，虽然炉火早已熄灭，还去看了他栖身的古洞，尽管早已人去室空，白云缭绕。朱正蕃还憧憬着像张良陪伴仙人赤松子那样云游，去寻找长生不老之“药”。

王望山，简直就是王望的代名词。

三

虽然章怀太子的脚步踏进王望山，但他却无法与王望争锋。在古代“巴州十景”中，王望山也是以“王望仙踪”进入的，不关李贤什么事。

这实在让人愕然。但仔细一想也便通了，虽然，千百年来“普天之下，莫非王土，率土之滨，莫非王臣”，但是在民间，皇权有时似乎难以撼动神权在百姓心中牢固的地位。

王望山有幸，没有笼罩在皇权斗争的刀光剑影里，相反多了几分行云流水般的飘逸。

但是，毕竟李贤曾贵为太子，在他死后二十多年，唐睿宗为他恢复名誉，谥号章怀。所以，巴州山水还是给他留足了空间。相传，一天他来到巴州曾口县，看见一座秀美的山峰，顿感心旷神怡。他解衣坐于石上读书，后人便将此山改名为“书台山”。清光绪年间，巴州诗人冯蔚藻写下著名七言古风《读书台怀古》，就是缅怀的这段史事。

恩阳区南边的天平山，风景清丽，有七十二包、八十二洞。相传，李贤曾到此体察民情，留下太子岩、太子洞。后人便将天平山改为章怀山，建章怀寺。

一位太子两座山，层峦叠嶂里，寄托着后人对故去太子的哀思。

在巴州，李贤还留下太子别馆、上马石和太子坟（衣冠冢）。历代官员对太子坟均严加保护。清康熙年间，通江人李蕃路过巴州，看到原本神道精严、翁仲成列的太子坟“碣石倾踣、践履不禁”，遂致信巴州知州周希尧，希望加以保护。在信中，李蕃将巴州太子坟与马嵬坡杨贵妃墓相比，称杨贵妃作为罪人尚且墓地保存完好，李贤贵为太子为何死后就不能存留一席之地呢?

李贤死后，武则天假惺惺地在显庆门为他举哀，追封他为雍王，贬丘神绩为叠州刺史。但不久，就将丘神绩官复原职。二十年后，唐中宗遣使从巴州迎回灵柩，陪葬于陕西乾陵。

四

因为一个道士，让王望山笼罩在仙气氤氲里；因为一位太子的到来，也让人看到了世界残酷粗粝的一面。

我想那王望朝游青山夜眠古洞之际，他可能不会想到后世会以他来命名这座山，而章怀太子虽然被流放却心有不甘，希望有朝一日东山再起。

假如一朝他们在王望山中相遇，会发生什么呢？这实在是一个有趣的话题。我想，即或他们见面，结局多半会像《世说新语》记载的那个故事：三国时，嵇康游苏门山，遇到著名道士孙登，遂跟随他游历。后来，嵇康辞别，孙登拉着他的手说："你性格刚烈而才貌出众，可是欠缺明哲保身的方法啊！"言语间，悲戚不已。果不出孙登所料，嵇康后来在司马昭与曹魏争权的政治斗争中沦为牺牲品，留下一曲《广陵散》后从容赴死。嵇康名满天下，犹避免不了政治杀戮，李贤遇到比司马昭更加铁石心肠的武则天（司马昭虽然狠毒，但对儿子司马攸怜爱有加），他避免得了命运的悲剧吗？

本来，他生逢大唐中兴，这是他的幸运。但是他万分不幸地遇上了中国历史上最具野心也最冷酷的女人——武则天。正是他的母亲，让他的皇权梦化为一地齑粉。

唐高宗死后，中宗被废，睿宗即位，武则天临朝垂帘听政。眼见东山再起无望，李贤彻底绝望了！他将满腔悲愤化作一纸绝唱——《黄台瓜辞》：

种瓜黄台下，瓜熟子离离。

一摘使瓜好，再摘使瓜稀。
三摘犹自可，摘绝抱蔓归。

李贤自幼熟读经史，当然也读过曹植的《七步诗》，对四百多年前曹魏那场几乎手足相残的宫廷斗争印象颇深。他一定也读过陶潜的《归园田居》，这首描绘田园生活的诗歌，到了他手里便改头换面，化作一段血泪控诉。他借虚构的“黄台摘瓜”影射残酷的现实，向武则天发出了振聋发聩的怒吼。

然而，在权欲熏心的武则天看来，这显然已经大大触及她的底线，其中隐含的诅咒更是令她怒不可遏。随着著名酷吏、左金吾卫大将军丘神绩的到来，数尺白绫结束了李贤短暂而悲催的一生。

南龛山下，一抔黄土成为他最后的归宿。

这一年，是唐文明元年（684）。

王望山中，两个人的命运轴线神奇交会，然后又迅速分道扬镳。弹指之间，天渊翻覆，风卷残云。

五

夏日，走在山中，翠光如泼，空中布谷鸟的啼叫，更加衬托出山的清幽。

与镌佛累累的巴州“四龛”不同，巴州城北的王望山，清清爽爽，了然无痕。朱正蕃笔下王望栖身的古洞在哪里？幽岩丹灶在哪里？帖里绒实诗中的白云亭在何方？无人知晓，无人去问，仿佛他们从未来过一般。

虽然王望赢得了古代，但章怀却赢得了今天。不知从何年开始，每年正月十六，巴州人倾城出动，登高望远，王望山成为必登的山峰之一。这“正月十六登高”的旧俗，被说成是纪念章怀太子李贤。以至于今天人们只知道章怀太子，而全然忘记了那位著名道士。王望山也被喊作了“望王山”。其实稍稍动点脑子，章怀太子生前被封为潞王、沛王，死后被追封雍王、太子。他只是一个王，说他“望皇”可以，“望王”怎么说得通呢？

但世人不管这些，依然口出必称“望王山”。且随他们去罢。

说到山和王子，忽然想起了历史上那个著名的故事：孤竹国国君立叔齐为国君，但他死后，叔齐要让位给哥哥伯夷。伯夷谨遵父命，坚辞不受。这哥俩谁都不肯当皇帝，于是双双跑到了周国。周武王伐纣，二人扣马谏阻，若非姜子牙劝阻，差点被杀了头。西周建立后，他们耻食周粟，采薇而食，双双饿死在首阳山。

今人可能觉得这哥俩太不可思议了！但孔子却给予他们很高的评价，说他们求仁而得仁，把他们尊为贤人。要知道在《论语》中，能够被孔子尊为贤人的屈指可数，伯夷叔齐即是其二。

“叔侄去官闻广受，弟兄让国有夷齐。”面对至高无上的皇权诱惑，李贤当然不会效法伯夷叔齐，更不可能像王望那样看破红尘，餐霞饮露，神游八极。

古今将相在何方？荒冢一堆草没了。这世间，有几人能像伯夷叔齐那样放得下呢？更不用说像王望那样骑鹿驾鹤、超然世外了……

【卷二】

人事

南馆林塘

“采莲南塘秋，莲花过人头。”

这里的南塘，非是南朝民歌《西洲曲》里的南塘，而是距之万里之遥的巴州南塘，又叫南馆林塘。

夏日，有巴女驾舟塘中，伸出纤纤玉指采荷花。莲蓬熟时，少女俯下螓首采莲子，那情景真有“低头弄莲子，莲子清如水”的美丽。

渐渐地，塘后的山看得有几分陶醉，把魂儿丢在了水里……

9世纪初叶的某个夏天，一位官员打马来到这里。他眉头紧锁，内心郁闷，勒马驻足间，但见荷花盛开，红艳欲滴，清风拂来，荷香沁心。他瞬间眉头舒展，吟出一首诗来：

蝉噪城沟水，芙蓉忽已繁。
红花迷越艳，芳意过湘沅。
湛露宜清暑，披香正满轩。
朝朝只自赏，秾李亦何言。

——《南池荷花》

官员姓羊，名士谔，山东泰山人，擅作诗，有盛名。唐代诗评家张为在《诗人主客图》中，将他列在张祜之后、元稹之前，足见评价之高。

荷花又称芙蓉。在诗人眼里，这满塘美丽的荷花，胜过屈子笔下的湘沅香草，可令西施迷醉，但它们朝夕只能自我欣赏，从不炫耀，华美的李花又有何可言呢？诗歌有一个背景：唐顺宗时，羊士谔任宣歙巡官，因反对“永贞革新”，触怒王叔文，差点被杖毙，后贬为汀州宁化尉。元和初年，因宰相李吉甫赏识，羊士谔被提拔为监察御史，后因为与朋友窦群、吕温“诬论宰执”，再贬资州（今资中县）刺史。未及上任，又贬巴州刺史。

羊士谔任巴州刺史约在唐元和三年（808）至元和七年（812）之间。也就在这个时期，另一位大诗人元稹被贬江陵，五年后再贬到与巴州毗邻的通州（今达州）。“朝朝只自赏，秾李亦何言。”言外之意是，我已贬谪到边荒之地，远离庙堂是非，又有谁会对我说东道西、谗言中伤呢？

羊士谔在巴州时，勤政爱民，颇有口碑。案牍之余，他遍游巴州名胜。作为山东人，长期浸淫于儒家文化，见惯了泰山之雄奇，黄河之浩荡，川原之旷渺，他对巴地风物颇感新鲜。诸如游山泛舟、赏花听雨、郡楼玩月、城隍祭雨、元宵观灯、斋楼读经、欢宴独酌……无不写入诗中，成为一幅唐代巴州风土民情画。在《全唐诗》收录的 95 首羊士谔诗中，三分之一作于巴州，足见巴州在其宦迹和诗歌创作中都占据了重要位置。

在巴州诸山中，羊士谔最爱南龛（时称南山），留下五言古风一首：

传闻黄阁守，兹地赋长沙。
少壮称时杰，功名惜岁华。
岩廊初建刹，宾从亟鸣笳。
玉帐空严道，甘棠见野花。
碑残犹堕泪，城古自归鸦。
籍籍清风在，怀人谅不遐。

——《题郡南山光福寺，寺即严黄门所置，时自给事》

羊士谔对南龛的爱，源于仰慕一个人。

唐乾元元年，严武贬巴州刺史，因他曾担任黄门侍郎，故称“黄阁守”。严武在巴州时，修葺南龛石窟，建造光福寺，政绩卓著，后来升迁剑南节度使，在抵御吐蕃军队时立下大功。严武走后，巴州人立“去思碑”，常常睹物思人，临风追怀。

作为严武的“粉丝”，羊士谔在诗中将严武贬巴州与西汉贾谊贬长沙相比。这里，羊士谔何尝不是将自己与严武相比？他早年有安邦济世之志，曾挥笔写下“君子当济物，丹梯谁共攀”（《小园春至偶呈吏部窦郎中》）的豪迈诗句，后来仕途受挫，屡遭贬谪。想到风华正茂的严武建立的功勋，羊士谔不免心中惆怅，充满了失落。

一次，在巴州城外的东山，羊士谔意外采得一根好马鞭。他在欣喜之余，感慨赋诗：

追风岂无策，持斧有遐想。

凤去留孤根，岩悬非朽壤。
苔斑自天生，玉节垂云长。
勿谓山之幽，丹梯亦可上。

——《野夫采鞭于东山偶得元者》

手执采来的马鞭，羊士谔期待着扬鞭催马施展抱负的那一天。他对这一天的到来充满“遐想”，故说“勿谓山之幽，丹梯亦可上”。

此时，羊士谔还对仕途抱有信心。因为他贬巴州时，正值“元和中兴”，唐宪宗重振朝纲，平定藩镇割据，唐代出现“安史之乱”后难得的中兴局面。碰到这样的贤明君主，羊士谔本可以大有一番作为，但无奈因过遭贬。那一刻，他心中一定回荡着王子安“屈贾谊于长沙，非无圣主；窜梁鸿于海曲，岂乏明时”的旷代悲歌。

秋天，巴州山色宜人。南龛山东南古时称青龙山，山中青龙寺外枫叶似火，羊士谔常到这里赏红叶。一次，他因故不能与朋友前往。黄昏时分，夕阳余晖将寺外几株枫树映照得一片火红。在公署踱步的羊士谔，想到自己辜负了美丽的“红叶之约”，挥笔写下《王起居独游青龙寺玩红叶因寄》：

十亩苍苔绕画廊，几株红树过清霜。
高情还似看花去，闲对南山步夕阳。

巴州后溪沟风光旖旎。一个薄雾蒙蒙的早晨，羊士谔载酒泛舟来到这里，写下流传千古的名作《泛舟入后溪二首》：

彭从凯 / 摄

走在南池河畔，听着潺潺的水声，望着微漾的清波，那里面曾流淌过羊士谔的哀怨清愁。恍惚间，我的思绪上溯时光之河，去邂逅一位千年前打马而过的官员的风花雪月，和他一起消愁抒愤、吟咏高歌。

——《南馆林塘》

其一

东风朝日破轻岚，仙棹初移酒未酣。
玉笛闲吹折杨柳，春风无事傍鱼潭。

其二

雨余芳草净沙尘，水绿滩平一带春。
唯有啼鹃似留客，桃花深处更无人。

诗中，“唯有啼鹃似留客，桃花深处更无人”与唐代崔护的“人面不知何处去，桃花依旧笑春风”一样，都是历来吟咏桃花的佳句。

在去风景秀美的西龛途中，羊士谔遇到一位僧人，写下《游西山兰若》，把几多离愁别绪，寄托于垂柳芳草之外，携酒看花之余。

路傍垂柳古今情，春草春泉咽又生。
借问山僧好风景，看花携酒几人行。

当然，在州城诸多名胜中，羊士谔最钟爱的还是南馆林塘（又称南池）。

那是一个有山有水有亭台的地方。其位置古人认为在今天巴城桂花井一带。但我根据羊士谔诗意，综合清道光《巴州志》、巴州城垣图分析，推测其应该在今天巴城南池至雍景湾一带。在这里，羊士谔写下《南馆林塘》《林塘腊候》《南池晨望》《南池、荷花池上拘小山》等 7 首诗。

夏日清晨，竹树环合，林梢衔月，蛙声悦耳。羊士谔径自来到南馆林塘，即兴写下《南池晨望》：

起来林上月，潇洒故人情。
铃阁人何事，莲塘晓独行。
衣沾竹露爽，茶对石泉清。
鼓吹前贤薄，群蛙试一鸣。

作为刺史，羊士谔自然有权对自己所钟爱的南塘进行一番打造，使之更加优美宜人。夏日的南塘，竹树蓊郁，流水潺潺，较之炎热的城里别是一番景象。一次，在林荫小坐纳凉时，羊士谔忽动了乡愁：

池岛清阴里，无人泛酒船。
山蜩金奏响，荷露水精圆。
静胜朝还暮，幽观白已玄。
家林正如此，何事赋归田。

——《林馆避暑》

羊士谔仕途经历两起两落，贬巴州时已年近五旬。古人少小离家老大回，东汉张衡任河间相时就写下《归田赋》，向朝廷申请退职。所以，在南馆林塘消暑的羊士谔想到故乡山水，便萌发了辞官归田之想。

但想法归想法，胸中抱负还未实现，他还得继续在仕途游走。转眼到了冬天，南馆林塘呈现出另一番风致：

南国冰霜晚，年华已暗归。
闲招别馆客，远念故山薇。
野艇虚还触，笼禽倦更飞。
忘言亦何事，酣赏步清辉。

——《林塘腊候》

作为北方人，羊士谔自然视巴州为南方，故说“南国冰霜晚”。“远念故山薇”“笼禽倦更飞”，反映出他在宦海沉浮之后开始崇慕采薇而食的古贤之风，向往陶渊明式的田园生活。但是他又不肯就此归隐，在他的胸中，还搏动着一颗建功立业的勃勃雄心。像许多古代读书人一样，他们渴望一飞冲天、扬名立万，只不过因为仕途坎坷，加之长期远离政治舞台中心，难免心中有些意志消沉罢了。所以，“笼禽”虽然“倦”了，但还不得不振翅高飞。这首《林塘腊候》，实则反映出羊士谔在追求功名与归隐田园之间游走徘徊的矛盾心境。

时令变化，最能影响诗人的心绪。尤其在冬天，清月坠池，玉树披霜，万物萧疏，不免让人心生悲绪。在《南馆林塘》一诗中，羊士谔写下“行乐知无闷，加餐颇自强。心期空岁晚，鱼意久相忘”。他说的“加餐”，颇有自我调侃之意。而“鱼意久相忘”，则取自庄子“泉涸，鱼相与处于陆，相呴以湿，相濡以沫，不如相忘于江湖”（《庄子·内篇·大宗师》），表示内心早已回归平和自然，像鱼儿一样畅游于江湖。

到了后期，在经历连番仕途打击之后，羊士谔试图从佛教中寻求解脱。这首《山寺题壁》，就反映出他这样的思想倾向：

物外真何事，幽廊步不穷。
一灯心法在，三世影堂空。
山果青苔上，寒蝉落叶中。
归来还闭阁，棠树几秋风。

为排遣案牍之余的寂寞，羊士谔常与同僚聚会宴饮。秋天，巴江澄明似镜，江畔亭子里丝竹管弦鸣响，歌女舞袖翩翩。觥筹交错间，羊士谔皱紧的眉头暂时释然了：

碧落风如洗，清光镜不分。
弦歌方对酒，山谷尽无云。
振卧淮阳病，悲秋宋玉文。
今来强携妓，醉舞石榴裙。

——《暇日适值澄霁江亭游宴》

西汉时，汲黯正直而有才干，汉武帝称之为“社稷之臣”。后来，汲黯因小罪免职，归隐田园，汉武帝派他去淮阳，他有病不愿去，汉武帝便让他去淮阳“卧而治之”。羊士谔在这里用汲黯自比——“振卧淮阳病”，其意不言自明。“今来强携妓，醉舞石榴裙。”一个“强”字，道出了他心头多少落寞！

在巴州，羊士谔非常想念昔日的同僚和故旧，他在给一位远在江陵（今湖北省荆州市江陵县）姓韩的朋友的诗中写道：

别来玄鬓共成霜，云起无心出帝乡。
蜀国鱼笺数行字，忆君秋梦过南塘。

——《寄江陵韩少尹》

“云起无心出帝乡”，诗人想起自己遭贬的往事，但他的心很快便从往事的不堪回首中超拔出来，从“别来玄鬓共成霜”的蹉跎感伤中超脱出来。因为太过于思念江陵韩少尹，以至于他向朋友倾诉曾在梦中越过南塘与之相聚，足见二人交情之深。

郁结苦闷、惆怅失意的日子一直持续到唐元和十四年（819），年近花甲的羊士谔终于盼来了佳音：唐宪宗召其回朝，升迁户部郎中，这个职位比他早年担任的监察御史要高出两三个品级，达致他人生的巅峰。凑巧的是，这一年唐宪宗召另一位贬谪的大诗人元稹回京，授膳部员外郎。

而此时的羊士谔，早已离开巴州，先后在资州（今资中县）、洋州和睦州做过刺史。尤其值得一提的是，他在资州任上颇有作为，至今资中县文庙“名宦祠”还保留他的牌位。

可惜，终于迎来仕途转机的他，人生绽放的绚丽火花在次年熄灭。

也就是在这一年，备受史家称道的“元和中兴”落下帷幕。

走在南池河畔，听着潺潺的水声，望着微漾的清波，那里面曾流淌过羊士谔的哀怨清愁。恍惚间，我的思绪上溯时光之河，去邂逅一位千年前打马而过的官员的风花雪月，和他一起消愁抒愤、吟咏高歌：

从长安驰来的马车，直指巴州、资州
你留下的轨迹，多像一位故人
山南西道，有巴女采莲
樵夫放歌……

古巴州的城墙，被你温热的桃花溪水
泡软，你爱这小小城池。案牍之余
辟馆亭，种荷花，一曲新词
酒一杯

夕阳坠山，也撞击着你心中的城
在郡楼玩月、城隍听雨之后
你怀抱的狮子醒来，喝退呦呦鹿鸣
然后携一壶酒
驰下南山

那天，在南塘泛舟，焚香抚琴之后
你从十丈红尘中翻身上马
手扬东山采来的马鞭，追风逐日
留下一池荷花，在《全唐诗》里
晶莹流泪

南山有大木

绿，翠生生的绿，碧沉沉的绿，夹杂着，荡漾着，翻卷着，从山麓向山顶呼啸而去。

山不高挑，却秀气逼人。就像一位绝世佳人，雍容华贵，气度不凡。

三月，沿盘山公路而上，几分钟便进入了树的世界。山行二里，有朱红大门，上书“南龛摩崖造像”鎏金大字。一进门，便把十万红尘抛到脑后。沿石阶上行百步，有石峰突起，黝黑如铁，上面镌刻佛像数尊，有大片文字落入眼帘：

> 臣顷牧巴州，其州南二里，有前件古佛龛一所。旧石壁镌刊五百余铺，划开诸龛，化出众像。前佛后佛，大身小身，琢磨至坚，雕饰甚妙。属岁绵远，仪形亏缺……
>
> ——《奏请赐巴州南龛寺题名表》

这是唐代巴州刺史严武写给唐肃宗的奏表。

严武，陕西华县人，唐玄宗名臣严挺之之子。唐乾元元年（758），因房琯案牵连，贬为巴州刺史。

刚到巴州，严武急欲干点事情。他看到南龛石窟荒凉破败，遂组织人清除苔藓，拔除荆榛，建造屋宇30余间，移来洪钟一口，并请有道行僧漆永作主持。自此，山中晨钟暮鼓，香火日盛。

一匹快马疾驰长安。

很快，唐肃宗为寺庙赐名“光福寺”。

在巴州，严武常去南龛，“每旬数至”（羊士谔语）。其时，光福寺后山崖上有一棵巨大楠树，苍翠欲滴，相传为齐梁时所植。一天，严武独卧禅房醒来，听到风吹楠叶发出的天籁之音，诗情勃发，挥笔写下《题巴州光福寺楠木》：

楚江长流楚寺对，楠木幽生赤崖背。
临溪插石盘老根，苔色青苍山雨痕。
高枝闹叶鸟不度，半掩白云朝复暮。
香殿萧条转密阴，花龛滴沥垂清露。
闻道偏多越水头，烟生雾敛使人愁。
月明忽忆湘川夜，猿叫还思鄂渚秋。
看君幽霭几千丈，寂寞穷山今遇赏。
亦知钟磬报黄昏，犹卧禅床恋奇响。

楠树属于珍贵树种，多生于江南富庶之地。看到眼前栖身于穷乡僻壤的古楠，严武不免有些惺惺相惜了！他出身名门望族，胸怀抱负，却不幸因房琯案遭贬。当时，被唐肃宗寄予厚望、委以平叛重任的房琯打了败仗，被罢掉宰相，他常称病不上朝，却在家中招纳宾客。很快，有人向皇帝告发，唐肃宗怒不可遏，贬房琯为汾州刺史。严武因与房琯交好，被视为“琯党”，从给事中贬为巴州刺史。所以，严武有感而发：“看君幽霭几千丈，寂寞穷山今遇赏。”虽然已近黄昏，寺院钟磬声声，但他仍然陶醉于楠叶发出的“奇响”，不肯离去。

严武是一位武将。其父亲严挺之曾任尚书左丞，性格耿直。开元十四年（726），李林甫为宰相，口蜜腹剑，阴柔奸诈，严挺之深为不齿，公开鄙视其为人。严武继承了父亲的基因，性烈如火有过之而无不及。8岁时，他看到父亲宠爱小妾，生母裴氏受到冷落，一怒之下竟挥锤朝熟睡中的父亲宠妾猛击。家仆慌忙报告严挺之：“少爷失手杀人啦！”严武不仅主动承认杀了人，并大声质问父亲：“哪有大臣厚待小妾却苛待妻子的道理？”

严挺之自知有愧，一番重责之后，不禁对儿子啧啧称奇：“好小子，真不愧是我严挺之的儿子啊！”柳宗元笔下的区寄11岁杀死强盗，秦舞阳13岁杀死强人。与他们相比，严武才8岁，其胆量即使放到古代著名刺客中也毫不逊色。

看到儿子天生胆量过人，严挺之除了训斥责备之外，也别无他法。孟子云：“天将降大任于是人也，必先苦其心志，劳其筋骨，饿其体肤，空乏其身。”对于严武这样的狠人，如能加以磨炼，将来必堪大任。果然，“安史之乱”爆发后，李亨在灵武即位，随李亨西行的严武被任命为给事中。随后，一场突如其来的政治风暴，将刚刚在仕途上崭露头角的严武抛到数千里之外的巴州。

这是“安史之乱”的第三年。正值朝廷用人之际，严武岂肯自甘沉沦。30多岁的他奋发图强，保境安民，努力争取擢升机会。当时，唐朝大兴佛寺，严武看到南龛石窟荒凉，龛窟多有损坏，当即决定修缮一新。不可否认，他这样做，首先是出于政绩考虑，用他的话说是“焚香无时，举国风而荡秽；然灯不夜，助皇明以烛幽”。但众所周知，佛教讲究“因果报应”“慈悲为怀”，当严武站在密如蜂房的龛窟前，在僧人朝夕诵经声中，内心深处就没有对早年杀人的莽撞之举进行过忏悔吗？抑或他这样的举动，本身就包含了一种救赎。

幸好，上天及时在他踌躇满志之时，把他贬到偏远的山南西道巴州历练。

南龛山道上，也许他想起了父亲早年的谆谆告诫，心中不免充满悔恨。为了报答父亲的养育之恩，他在石壁镌塑观音造像一尊。古木荫翳下，他看到楠树这样的栋梁之材也有不“遇”之时，一颗躁动不安的心开始变得平静。重峦叠嶂里，佛寺龛窟前，晨钟暮鼓声中，他匆匆的脚步逐渐变得沉稳。

远离了繁华的长安，他像一只猛虎蛰伏在僻远之地舔舐伤口，静待时机。一朝下山，风起云扬，山川战栗。

严武身为武将，却粗通诗文。《旧唐书》说他“敏于闻见，读书不究精义，涉猎而已”。暮春时节，在游览巴州西龛龙日寺后，他写下五言长诗：

圣泽久润物，皇明常烛幽。
恩从祥风翱，德与和气游。
报国建香刹，开峦临僻州。
天长面绿水，地迥起朱楼。
寻异遍众壑，坐禅逢一丘。

永怀根本妙，誓以身心修。
奇色艳草满，珍名嘉树稠。
远江崩涛喧，复涧微雨休。
嘹唳猿响谷，参差峰入流。
碧烟曳篁径，白日悬沙洲。
泛海谢安石，吟诗王子猷。
扬雄爱清静，山简多优游。
性分固有适，蓍龟何足求？
神閒孤台月，目送千里舟。
携手逸群品，浩歌邈悠悠。
山情慕禽尚，诗格惊曹刘。
旌能举滞时，选异拔奇俦。
鼎食当自致，岩栖难久留。
嗟馀参符守，汉主远分忧。
往往行春到，闻钟散客愁。

——《暮春题西龛龙日寺石壁》

历来的武将诗歌，多以绝句的形式呈现，篇幅短小，直抒胸臆。而严武的《暮春题西龛龙日寺石壁》却长达二十韵，以他豪爽的军人个性，能有这种婉转低回、一咏三叹的耐心吗？所以我高度怀疑这首五言长诗，包括前面的《题巴州光福寺楠木》，并非完全出自严武一人之手。

众所周知，严武、杜甫二人是世交，严武的父亲严挺之曾与杜甫的祖父杜审言同朝为官，严武也是后来杜甫在成都的唯一依靠。虽然严武有诗人气质，喜欢写诗，杜甫也曾称赞他“诗清立意新”，但在大名鼎鼎的“诗圣”面前，他只是个“小学生”。以二人的深厚交情，在他们一来二往的谈诗唱和中，偶尔由杜甫帮严武“润润色”，也是完全有可能的。所以，你看《暮春题西龛龙日寺石壁》中，“泛海谢安石，吟诗王子猷。扬雄爱清静，山简多优游”等句子，多像是从老杜诗集中抽出来的。而创作这样的五言长诗，正是杜甫的强项。

在巴两三年间，严武政绩卓著，很快出任绵州刺史，升迁东川节度使。不久调回京师，担任太子兵客兼御史中丞。唐上元二年（761），严武任成都府尹兼御史大夫、剑南节度使。30 多岁就出任封疆大吏，严武可谓春风得意，踌躇满志。孰料次年玄宗、肃宗父子相继去世，朝廷不得不急召极具魄力的严武回京，监修二帝陵墓。

谁知严武走后，蜀中大乱。先是剑南兵马使徐知道勾结邛州兵占据西川，扼守剑阁。后有吐蕃犯境，攻陷陇右，而严武的继任者大诗人高适力不能支。朝廷不得不再次派严武出山，任命他为成都尹、剑南节度使，于唐广德二年（764）初第三次入蜀。

严武不负厚望。当年 7 月，他率领大军西征，9 月破敌七万余众，攻克当狗城（四川理县西南），10 月拿下盐川城（甘肃漳县西北），收复大量失地。然而，正当这位将军高唱着“昨夜秋风入汉关，朔云边月满关山。更催飞将追骄虏，莫遣沙场匹马还”的豪迈战歌，欲为国家建立更大功勋之际，一年后，他意外在成都暴病而死，年仅 40 岁。

一颗冉冉升腾的将星陨落了。

噩耗传来，巴州父老一片悲声，南龛古楠也笼罩在一片凄迷之中。

严武治蜀，历来颇受争议。《旧唐书》说他“肆志逞欲，恣行猛政”，但不可否认，当时若没有他这个中流砥柱，吐蕃军队就会长驱直入，威胁成都平原乃至长安，让唐朝在“安史之乱”后好不容易拨正的国运天平再次倾覆。而严武以杰出的军事才能和霹雳手段力挽危局，功勋卓著。他死后，被封为郑国公。我查询过，唐朝两百多年，封郑国公者13人，包括魏征、李光弼等名臣。可见，唐王朝是把他作为国家元勋看待的。

当然，严武后期走得太顺了。30多岁就成为封疆大吏，再加上一路走来口碑不错，就容易出现“错觉”：认为自己一切正确，军人的雷厉风行又让他在执政中容易“用力过猛”，加之性烈如火，出现“穷极奢靡，赏赐无度”也就在情理之中了。

但是，如果没有在巴州三年的历练，以他早年的暴烈脾气，可能会在主政西川时造成更为严重的后果。所以，尽管严武后期主政西川有种种弊端，但却无法抹杀他的历史功绩。当他去世时，杜甫悲歌：“公来雪山重，公去雪山轻。”（《八哀诗·赠左仆射郑国公严公武》）在他离开巴州后，巴州百姓为他立“去思碑”，由大诗人李白的朋友巴州清化尉郄昂亲自题词。他离开巴州四十多年后，巴州刺史、诗人羊士谔写下《题郡南山光福寺》：“碑残犹堕泪，城古自归鸦。籍籍清风在，怀人谅不遐。”说明巴州人对他思念犹存。

严武的历史功绩，在时隔三百多年后，赢得了另一位大英雄的隔空钦敬。

宋徽宗宣和六年（1124），南龛山道走来一位精神矍铄的老人。他步履矫健，身上带着江南水乡的灵秀和吴越大地的风尘。

他叫宗泽，浙江金华人，才兼文武。宋宣和元年，因“改建神宵宫不当”，他被罢职发配镇江编管，几年后掌监镇江酒税，然后任巴州通判（与知州共同主政，兼管民事和军事）。

人事代谢，草木荣枯。那一年，光福寺后的古楠愈发苍翠青幽，在经过无数天火雷电的戕害之后，它仍在顽强地开枝散叶。站在山崖前，宗泽傲骨挺立，他轻轻拂去石壁上的苔藓，被唐代巴州刺史史俊、严武的诗深深打动了，随后一篇文采斐然的《古楠赋》跃然纸上：

巴城之南山，有寺曰“南龛”。寺之外，有大木曰楠，其生甚久……仆到官之三月，两至岩下，读史、严之清什，感是楠之老于岩谷而可怜也！

岁月流逝，阻隔不了两位英雄的文字交流。在《古楠赋》中，宗泽感叹“是楠老于岩谷而可怜也”。宗泽自幼胸怀大志，苦练武艺，研读兵书，希望有朝一日报效国家。谁知踏入仕途后，他因为官清正，不会阿谀奉承，一直被权奸阻挠，始终得不到提拔重用。

在任巴州通判时，宗泽已经64岁了。在这里，他意外与900多年前一位巴地老将“相遇”。东汉末年，张飞攻打巴郡，擒获巴郡太守严颜，张飞大喝：“大军过境，为何不降？”严颜答：“我州只有断头将军、没有投降将军。”张飞钦佩严颜的忠勇，遂释放了严颜。严颜归顺后，刘备封他为前将军，屡立战功。

严颜死后，巴州百姓在城西为他修建祠庙，世代供奉，尊为“守护神”。北宋时，巴州官员多次上奏朝廷，陈述严颜护佑巴地百姓的功劳，朝廷遂封严颜为“英惠侯”，赐庙号“义济庙”。

就在宗泽莅任巴州前一年，春天无雨，秋发洪水，巴州知州前往严颜庙祭祀祈祷，果然风调雨顺，庄稼丰收。次年秋，时逢州县例行祭祀，巴州乃重修年久失修的严颜庙，请刚上任的巴州通判宗泽作记。

宗泽少时熟读《三国志》，久慕严颜英名，钦佩有加。他欣然接受，写下《重修英惠侯义济庙记》：

> 夫智有余者，常不足于忠，勇有余者，常不足于义，仆窃谓严侯兼之。

在宗泽眼里，过于聪明的人往往不够忠诚，过于勇敢的人往往不够正义，而严颜则是智勇忠义兼具。他本为刘璋旧部，当初刘璋与刘备结交时，严颜常捶胸顿足：“这是独坐穷山，放虎自卫，自招灾祸啊！”刘备取西川，郡县或闻讯而逃，或开城而降，唯有严颜死守拒敌。宗泽认为，假如严颜遇到明主，委以重任，必会竭尽所能，立下可比肩古代社稷之臣的功勋。可惜，他遇到刘璋这样的暗弱之主，致使功名不显于天下，史官不给他立传。过去，宗泽每每读到《三国志·张飞传》中严颜这一段时，都要为他惋惜落泪。

从严颜的忠勇节义，宗泽想到当朝士大夫：

> 抑世之士大夫，有以柔声媚色，期就软熟，巧为进取，冒躐华要。或不得已而补外，犹窃名蕃巨镇，坐尸宠禄。一旦事出非意，神气骇夺，莫知为计。甚至于变服杂庸，匿田舍中，以幸苟生，俾一方生灵鱼肉贼手，国家果何

赖于鼠辈为哉？

几十年来，宗泽见到士大夫们有的献媚取宠，有的攀附裙带，有的巧妙伪装，可一旦窃取重要位置，便尸位素餐，享受俸禄。一旦国家有急难，他们茫然无计，甚至改装混于杂役佣人之中，或躲在田野农舍苟且偷生，致使百姓受到敌人的残害。宗泽认为，与这些鼠辈官吏相比，严颜的品格高尚万倍而不止！他理应享受巴州人的崇敬，“宜乎血食巴土，万世而无替”。

一座祠庙，两位老将，洋洋洒洒之间，道不尽后者对前贤的钦佩，倾诉不完对官场丑恶现象的鞭挞。但是，宗泽毕竟是宗泽，年迈也罢，官场险恶也罢，仕途坎坷也罢，始终动摇不了他匡扶社稷的青云之志。他在《古楠赋》中写道：

吁嗟！斯木之异兮，有不遇之穷，尔胡不生于泰山之侧，秦帝东封，会风雨之是避，岂以五大夫之号而封松？尔胡不生于周成之宫，禁林九重，顾亲贤之是戏，岂以封国之瑞而剪桐？……吾非不知强自取，藏器以待时动，老当益壮，自任以天下之重……

宗泽感叹，南龛古楠为何不生在泰山，遇到秦皇封禅避雨而封为“五大夫”，为何没有生在周朝的禁林，演绎一段“剪桐封弟”的佳话。倘若遇到识材的良工，用之作栋梁，则足以建九重之名堂，用之为舟楫，则足以济巨川之汪洋。在《古楠赋》最后，宗泽巧妙借“苍髯伟人”（树神）之口，道出“藏器以待时动，老当益壮，自任以天下之重”的经世哲学与使命担当。

在巴短短两年里，宗泽勤政廉洁，政绩斐然。他锄茅斩棘，在州署旁修建“贤乐堂”，变“恶木蔽天”的荒秽之地为“兰杜夹径、芙蕖满堂”的园林美景。他时刻关心时局，心忧国家命运。

两年后，一支从遥远巴州射出的箭矢，带着尖厉的呼啸穿越大半个中国，向宋金对垒的前沿射去。这股从遥远西南腾起的凌厉兵气，曾见于三百年前唐朝与吐蕃对峙的前沿，由跃马扬鞭的将军严武引领。现在，它重现于宋金厮杀的中原战场，由一位白发老将冲锋在前，跃马挥戈，凌厉无比。

靖康元年（1126），66 岁的宗泽日夜兼程驰赴京师，他向钦宗“奏对三策”。随后，在潮水般溃退的人流中，宗泽临危受命，挺进战场前沿磁州，修缮城池，招募义勇。当金兵包围宋都开封时，宋钦宗紧急任命宗泽为副元帅，他积极备战，率军主动出击，多次打败金军。

次年，宗泽再次临危受命，任东京留守、开封府尹。金军大举南下，他指挥宋军大破金军，金兵非常畏惧地称他“宗爷爷”。这年 7 月，他多次上疏力劝高宗还京，以收复北方失地，但均为奸佞所阻。

宗泽忧愤成疾，大呼三声“渡河”而逝。

一位从江南大地迂回西南边陲的老将，肩负着拯救大宋王朝的神圣使命，在巴蛰伏两年后，突入中原战场。暮年，面对金人咄咄逼近的铁骑，他把自己的骨头磨成一柄寒光闪闪的利刃，拼尽最后的力气向敌人掷去……在他大呼“渡河”的那个夜晚，他一定看见了遥远的西南山巅傲然挺立的参天树影和山下严颜庙里闪电照亮的老将容颜。

他，悲壮地倒下了。

年近古稀之年，他仍念念不忘在巴州南龛古楠树下许下的诺言——“老当益壮，自任以天下之重”。让他欣慰的是，他亲自提拔的岳飞正高举抗金大旗，在战场上所向披靡……

五十多年后，这棵屹立在南龛山巅的古楠树终于迎来了南宋鲜有的治世——“淳熙之治”：宋孝宗平反岳飞冤案，起用主战派人士，锐意收复中原，整顿吏治惩贪……

带着一丝欣慰，带着一丝隐忧，它在一声巨响中归于尘土。

算起来，这棵古楠，历齐梁、隋、唐、五代十国、北宋、南宋，时光穿越千年。大木倾颓，山鸣谷应。巴州郡丞赵善期在南龛老君洞石壁上作记：

> 巴南山川气象萧条，独以古楠为奇观。唐宝应间，侍御严武称咏见于岩壁。宋淳熙八年七月四日未刻，古楠根坏而仆，是日天朗气清，绝无风雨之变。磊落巨干一旦沦于丘壑，邦人惜之……

检索史志，吟咏古楠的诗人还有很多。

一棵树，引得两位名将为之吟诗作赋；其衰朽，竟让地方官员为之作记，连年月日时都记载得一清二楚，其境遇远远超过了同时代的人，岂不奇哉？！

一千多年风风雨雨，多少世事烟消云散，多少功名遁入尘烟，多少官员宦辙磨灭。悠悠山道上，草木依然蔓发，道旁绿光如泼。

有意思的是，在当年古楠树倒下的附近，今天又长出了一棵楠树。它挺拔苍翠，枝叶茂密，这是世事的巧合，还是岁月的轮回？

彭从凯／摄

重峦叠嶂里，佛寺龛窟前，晨钟暮鼓声中，他匆匆的脚步逐渐变得沉稳。远离了繁华的长安，他像一只猛虎蛰伏在僻远之地舔舐伤口， 静待时机。一朝下山，风起云扬，山川战栗。

——《南山有大木》

金榜山记

九九重阳，南龛山道上人流熙熙攘攘，其中有几位与众不同。最前面的那位虽着便装，但气质儒雅，举手投足间流露出几分威严之气。

他是专程赴巴县（明洪武九年降巴州为巴县）督办案件而来，时逢重阳佳节，便慕名登高览胜。

这是15世纪下叶，明代保宁府秋官（掌推勾狱讼）张衎在巴县官员陪同下游览南龛。

从山门入，观千佛崖，登绝览阁，经飞霞亭，至印盒石。远眺县城房屋错落，万瓦鳞次，商号客栈、茶坊酒肆历历可见。“九井十八街”在城外八山包围下，分外恬静安闲。

秋阳高照，山光耀眼。一行人来到南龛北岩，柏林森森，鸟声关关，树下黄菊吐蕊，幽香袭人，大家心情大好。众人走到山崖下一块平地，一行走得累了，加之此处人迹罕至，甚是清幽，便有人提议稍事休憩。手下人等忙着张罗宴饮，摆出提前准备好的酒菜吃食。众人笑着推杯换盏起来，数杯下肚，几个已面如红霞，兴致高涨。有巴县官员趁着酒兴，大着声说：“大人难得到我县一回，今日喜逢重阳佳节，我等胜游至此，何不留下点儿墨宝，以作纪念！”

“好。”众人连声附和。

张衔虽是推官，但腹有文墨，诗书俱佳，早年科场试手，名列三甲。两旁人忙去张罗文房四宝，大家目光聚集到张衔身上。只见他微笑着起身，连连拱手谦让，但是架不住众人盛情，遂恭敬不如从命。只见他低头来回踱了几步，二目如电扫过山崖，思索片刻，提笔蘸墨。就在众人凝神屏息间，纸上龙飞凤舞，“金榜山”三个柳体大字跃然眼前，墨香醉人，力透纸背。

“好！”

路过游人也被吸引过来，驻足观看。“大人书法堪称三绝！一则笔力遒劲，深得颜柳法度；二则切合山形，如案如榜；三则寄托美意，预示我县科甲鼎盛！”同行巴县官员中，不乏舞文弄墨之辈，激赏赞叹声不断。

那提议的巴县官员早已喜出望外，满满斟上酒杯，敬了上来：“大人，我县自东汉永元三年建县以来，州县更迭，绵延千载。虽地域广阔，物产丰饶，而文化与周边州县相比尚有差距。今日大人墨宝留在我县，实乃县民之福，我先敬大人三杯！”

三杯下肚，张衔早已酡颜如渥丹。旁边又有人说：“大人，何不趁此雅兴，赋上几首诗，一来记述你我今日胜游，二来让后世之人也知今世我等有些才学，未敢生出轻视之心。”

那张衔腹内早已诗意萌动，听得此言，也不推辞。两旁赶忙研墨展纸，张衔略一沉吟，下笔疾书起来。

众人屏声静气，只听见羊毫在纸上发出的沙沙声。半盏茶工夫，两首七律已呈纸上，墨迹淋漓，鸿惊鹤飞。众人细看，却是《金榜山吟会亭诗二首》：

其一

江上青山山下亭，士民指路共游行。
黄花白酒且同醉，物与民胞方称情。
落日远峰含翠霭，暖烟芳草载飞觥。
于今四海浑无事，诗酒何妨老此生。

其二

少年辛苦数行书，案牍劳形四十初。
且尽山间林下乐，好为今日古人愚。
经时又饮巴中酒，问政宜来陇外车。
天理流行静须见，海鸢飞处跃池鱼。

掌声雷动，响彻北岩。

“好个‘于今四海浑无事，诗酒何妨老此生’！如今天下承平，我等自当开怀畅饮，吟诗作赋，留与后世，以不枉来人世一遭！”

“妙绝！‘天理流行静须见，海鸢飞处跃池鱼’，大人这是化用《诗经》‘鸢飞戾天，鱼跃于渊’之意，寓意人才各得其所啊！”

那提议的巴县官员更是心花怒放：“大人好文采！今日题了字，又作了诗，让我县荣幸得到这许多诗文墨宝，实乃县民之洪福，千载之宿缘，大人必定流芳后世矣！”

墨香阵阵，黄菊沁心，众人又开怀畅饮。笑语喧哗中，不觉红日坠山，倦鸟归巢，一个个方才扶醉而归。

次日，巴县知县亲自挑选数名能工巧匠，携带锤錾，架设木梯，将张衎所书“金榜山”三字，连同两首诗镌刻于南龛北岩。

锤錾叮当声中，南龛又添一景。

光阴荏苒，转眼就是三百多年。“金榜挂印”早已成为远近闻名的“巴州十景”之一（明正德九年，巴县恢复为巴州）。清道光十一年（1831），福建人朱锡谷代理巴州知州，时逢上级催促编撰州志。朱锡谷便延请巴州举人谢一鸣等搜集资料，焚膏继晷，编撰《巴州志》。两年后的一个夜晚，朱锡谷在泸州知州任上，听着长江翻卷不息的涛声，在灯下修订完志书。在提及“金榜山”时，他深情写道：“绝壁有张珩镌金榜山三字，高阔四尺许。”“金榜山赐进士第秋官云间张衎书。此刻在文昌阁右岩绝壁，字大上尺许，年月剥落。”

在张衎题刻落成三百多年后，“金榜山”三字在风雨中凋蚀殆尽。巴州乡贤无时不想恢复这一胜迹，在清代巴州名人、曾任四川提督、云南提督、贵州提督的张必禄等人的倡议下，一众乡贤名士踊跃捐资。清咸丰六年（1856），在南龛北岩绝壁上，一幅“天开金榜”巨幅石刻告竣，每字高三米，宽两米，十里外清晰可见，气势恢宏，俯瞰巴江。

胜迹重光，盛况空前，巴州百姓无不奔走相告，争相一睹为快。每逢岁考，学子前往拜谒祈福，络绎不绝。

辛丑年六月，我登上金榜山，但见“天开金榜”石刻掩映在遮天浓荫中，虽然历经一百多年风雨，但石刻的磅礴气势、苍劲风骨扑面而来。我仿佛看到历史长河那端，一个身材伟岸的身影洗笔巴江，以石为牍，笔走龙蛇……

屈指一算，距石刻落成已一百六十六年矣。抚今追昔，赋诗一首：

九日秋官游北岩，同僚无意促美谈。

黄花巴酒催诗韵，绝似春风永和年！

百年蔚藻

一

巴城草坝街，有尊严颜像。

那天，站在街口牌坊下，望着高大威猛的铜像，后面是奋蹄驰骋的白马，我的思绪霎时穿越到三国风云。

严颜，东汉巴郡太守。建安十九年（214），张飞攻打江州（今重庆市渝中区），严颜被俘。张飞怒喝："为何不投降？"严颜答："我州只有断头将军，没有投降将军！"张飞大怒，命左右将其推出斩首。严颜面不改色地说："砍头便砍头，何必发怒！"张飞被严颜的忠勇豪气所折服，亲自上前松绑，以礼相待。这就是《三国志》"张飞义释严颜"的故事。

严颜归顺后，刘备封他为前将军，与黄忠一起攻打汉中，屡立战功。严颜死后，传说葬于汉昌城西，后人修建严公祠世代纪念。宋代，巴州修缮严公祠，由新任巴州通判宗泽作《重修英惠侯义济庙记》，以示对这位智勇忠义兼具的老将的钦佩之情。

严颜墓故址在巴城草坝街，今天被打造成一条三国文化仿古街。两边建筑古色古香，每隔一段设置文化小品。我在一摞大理石书简前停下脚步，那上面镌刻着历代诗人歌颂严颜的诗句。他们中，有“唐宋八大家”之一的苏辙，还有清代文学天空彗星般划过的天才——冯蔚藻。

二

冯蔚藻（1859—1884），字鉴莹，号鲁溪，清代巴州司城坝（今恩阳区司城）人，举人冯文经长子。冯文经曾执掌巴州宕梁、云屏、育才书院及绥定龙山书院，弟子中举人贡生甚多，为文出入桐城诸家，卓具风骨。

冯蔚藻出生于书香世家，自幼饱读诗书。10岁时，随父拜平昌金山（今岳家寺）余焕文为师。余焕文为清咸丰庚申进士，授翰林院庶吉士、礼部主事。因忧宦海时弊，坚辞回乡。四川总督骆秉章闻其名，欲奏朝廷起用，被婉言谢绝。陕西巡抚刘蓉慕其才，上疏朝廷调陕，诏授礼部员外郎，焕文以母老为由婉拒。归金山后，余焕文捐千金，置学田，扩私塾，设经史馆，历任巴州宕梁、云屏书院和绥定汉章龙山书院山长，从学者千余人，冯文经为其学生。

初次见面，余焕文见冯蔚藻才思敏捷，属可造之材，欣然收归门下。悉心栽培数载，余焕文以《月下感怀》为题，令蔚藻作诗，蔚藻立成数十首，余焕文赞叹：“秀语天成，真奇才也！”清同治十三年（1874），蔚藻进入巴州云屏书院就读，余焕文夸其文笔古峭，复许以“国士”。继而戏曰：“子他日，当以著述显。”

果然，七年后，冯蔚藻在四川郡县岁考夺魁。四川学政朱由然赞叹：“好天资，一日千里，原到器也！”次年，朱由然亲自资助冯蔚藻进入成都尊经书院学习。该书院系清同治年间四川总督吴棠、四川学政张之洞共同筹划，在成都南校场石犀寺附近创立（后与锦江书院、四川中西学堂合并，系四川大学前身），旨在培养“通博之士，致用之才”。张之洞对书院寄予厚望，亲自作《创建尊经书院记》，制订书院章程十八条，撰写《书目答问》《輶轩语》两书作为书院课本，还捐出俸银购书千卷送与书院。

其时，“蜀士三万，院额百名”，能进入尊经书院的学子实属凤毛麟角。冯蔚藻就读时，书院人才济济。如井研县廖季平，乃近代中国著名的经学大师。1958年，毛泽东主持召开“成都会议”，对重庆市委书记任白戈说：“你知道四川有个廖季平吗？他是一个对经学很有研究的人，章太炎是步他的后尘。”富顺县宋育仁，中国早期资产阶级改良主义思想家，被誉为四川“睁眼看世界第一人”。二人均比蔚藻早六年入尊经书院，算是学长。此外，绵竹杨叔侨、仁寿毛瀚丰、南江岳森等，皆为蜀中饱学之士。

然而，蔚藻以弱冠之龄昂然立于众名士间，“课艺常冠名首”。廖季平称赞其“考证、校勘、诗赋、文笔，与江、浙、湘、湖相出入，有目共称”。“精思果力，能发时贤不敢发之难端。”廖季平比冯蔚藻年长七岁，乃融古通今、学贯中西的经学大师，为何如此高看蔚藻？原来，二人都是少年英才，早年求学经历相似：清同治十三年（1874），廖季平参加院试，因考卷不符合八股文要求，被阅卷官淘汰。但主考官张之洞阅后，盛赞其出语不凡、新颖大胆，将其拔为第一名。清光绪七年（1881），冯蔚藻参加郡县岁考，试卷被张之洞的继任者朱由然得到，叹为奇才，将其拔擢第一。二人才华出众，分别受到两任四川学政的赏识，名动科场，入尊经书院后更是惺惺相惜。后来，冯蔚藻英年早逝，廖季平悲痛不已，作《鲁谿小传》（“谿”同“溪”），足见交情之深厚。

三

但与廖季平专治经学不同，冯蔚藻的才华更多展露在文学上。其诗古雅苍劲，辞彩炳焕，戛然有声，如《云屏斋中夜坐》：

四壁悄无槊，微凉夜五更。
古人来不少，秋树是何声？
月影斜窥户，江涛响进城。
穷途人易感，起舞对鸡鸣。

秋夜，蔚藻静坐云屏书斋，秋风拂过，枝叶鸣响，不觉夜已五更。颔联化用欧阳子《秋声赋》，颈联逼真传神，看到照进书斋的月光，听着巴河波涛翻卷，诗人一夜未眠。耳畔鸡鸣让他想起祖逖“闻鸡起舞”的故事，遂展卷苦读，发奋用功。

蔚藻工律绝，气骨苍劲，不输唐人，有《谒严将军祠》：

庙貌巍然壮，乾坤正气留。
头颅甘一割，血食总千秋。
蜀北关长在，巴西水急流。
君看行不义，降表送谯周。

该诗描述严颜祠巍峨外观，仿佛凝结着浩然乾坤正气。紧接着，缅怀严颜宁做断头将军、不做投降将军的忠义之举，颈联“蜀北关长在，巴西水急流”寓蜀国国势急转于“水急流”三字，是典型的“一切景语皆情语”（王国维语）式写作。最后认为谯周劝说蜀主投降曹魏是“不义”之举，爱憎分明。全诗一气呵成，允称佳构。

每临胜迹，蔚藻必有题咏。巴州西南八大王沟附近，有一易守难攻的关寨“龙凤关”，为清代巴州西南方向的重要关隘。一个秋日，蔚藻登临古关，写下七律《题龙凤关》：

西来金气欲横秋，烽火光寒古戍楼。
万里凉云开野色，十载战垒固边州。
天梯旧险苔花绿，平壤新阡黍稷稠。
我向巴山寻旧雨，太平时节稳骑牛。

该诗堪称蔚藻七律佳作。我曾将其翻译成白话文：秋天，自西而来的浩荡金气铺天盖地，充盈天空。古戍楼上，烽火早已熄灭，站在关上远眺，阴凉的云朵像花儿绽放在万里原野之上。依托龙凤关，巴州边防得以巩固，百姓得以安居乐业。眼前，通往关寨的险峻石梯开满了苔花，田野里新开的小路黍稷密布，我骑着牛儿悠然走向巴山深处，去寻访老朋友。整首诗以“西来金气”大气入题，最后落脚到“骑牛访友”，格调高古而又不失生活气息。

在游曾口书台山时，冯蔚藻缅怀了武则天时期“太子贬巴州”史事，作七言古风《读书台怀古》：

读书台上春风起，读书台畔灵旗止。

寻花载酒听书声，不见章怀故太子。
太子武皇后嫡出，属毛离里天爱足。
一朝当作孽子看，庶人此地有歌哭。
半榻琴书慰别离，空山日暮草虫悲。
自怜失爱身何早，诵到无声泪已滋。
不才自合宜捐弃，祖宗箕裘何弗易。
未报劬劳母氏恩，敢辞待罪边荒地。
惆怅我行已永久，长安西望几回首。
常从中使问起居，恐与郡人话诗酒。
台上黄瓜凋复凋，慈帷风动应寂寥。
待传雁帛连番信，愿傍龙楼宿几宵。
生长皇家骄贵旧，冰霜异域时心疚。
翼寒鹨鹈梦潜悲，毛落凤凰知不寿。
月落荒台自凄惨，书到此时读已晚。
苍天未鉴历山号，平地难将翠华返。
伤心空筑望思楼，输与狐狸守故丘。
魂魄归来定何时，苍山北向水东流。

该诗凭吊章怀太子“读书台”，中间穿插太子遭贬、负书攻读、思念长安、愤写瓜辞、被逼自杀几个情节。全诗夹叙夹议，四句一韵，转结自然。特别是“伤心空筑望思楼，输与狐狸守故丘。魂魄归来定何时，苍山北向水东流”，情绪悲愤沉痛至极，具有撼人心魄的艺术力量！

在巴州，冯蔚藻还写下《登魁星楼》《立冬日和王田二君游南龛》《题击瓯楼》等脍炙人口的诗篇。他的咏史诗，擅长从旧主题中翻出新意，如《咏始皇》：“朔风终夜刁斗声，三十万军雨雪行。明见东南天子气，竟于西北起长城。”其遗稿残句，如“剑阁登临三斗酒，夔门出没一扁舟。”“可怜黎庶无归土，泪洒长江血满江。”“猛虎踏残春垄月，哀鸿惊破晚山秋。”“悲秋客老杜工部，古柏祠荒吊武侯。”……虽断爪片鳞，亦有感而发，颇多佳句。当代巴中诗人周集云盛赞其诗“浑然天成，无斧凿痕，置子美集中，当可乱真”。

四

由于夙夜苦读，染上肺病，光绪十年（1884）5 月 11 日，蔚藻病逝于家中，时年 25 岁。

一颗光芒四射的流星飞速划过巴州夜空，消失在蔚蓝色的天宇。

噩耗传来，尊经书院师生无不悲痛流涕。蔚藻逝世两年后，学长宋育仁入京会试高中进士，授翰林院庶吉士。次年，他写成领风气之先的《时务论》初稿，阐述变革主张，让朝野耳目一新。蔚藻逝世六年后，廖季平高中进士，授四川龙安府（今平武县）府学教授，开启他“经学三变”最精彩的学术生涯。而他们优秀的学弟冯蔚藻，生命永远停留在 25 岁！

蔚藻短暂的一生，比“初唐四杰”王勃还少一年，比“诗鬼”李贺少了两年。但他留下的佳作不仅光耀桑梓，而且长存巴蜀文学艺术宝库。今四川省图书馆藏《冯鲁溪诗稿》一卷，为光绪十三年（1887）刊本，内题《镜月轩诗存》，存诗 103 首，体裁以律绝居多，另有古风 27 首。

“奇才摧而国士殁，非一家一乡之所痛，亦蜀人国人所同悲。”蔚藻逝世百年后，周集云作《学为国士诗称奇才——冯蔚藻传略》，称他为集奇才国士于一身的时俊，亦是以学成才、以学陨年之典型。“颜渊死，子哭之恸；李贺卒，小杜序其悲。蔚藻为今巴中县人，离世已一百零二年，特撮合廖平（廖季平）《鲁谿小传》、余焕文先生《镜月轩诗存序言》，并摘选原诗，为冯蔚藻传略。”捧读周文，语含悲戚，不忍卒读。

初秋的天空颇有些积云，令人心情压抑。但远处，几缕阳光破云而出，越过层峦，洒在草坝街，金光灿烂。屈指算来，冯蔚藻已逝去一百四十年，我与之均为巴中人，但出生异代。转眼周集云也已辞世三十年，我与其生逢当世，无缘得见，令人唏嘘。人谓冯蔚藻为国士奇才，其人亦自惜芳华，砥砺奋发。假以时日，谁敢保证他不会成为一代文学大家呢？正如其恩师余焕文在《镜月轩诗存序言》中写道：“假以岁月充其所学，造就当不可量。”

可惜，天不假年，留给后人深深的隐痛。国士陨而奇才摧，这是闾里乡邦和周氏所痛惜处，亦为近代巴中文人之殇。

巴州文坛，何时再出百年不遇之天才呢？

巴山无言，字水静流。我们期待着，历史也在等待。

灵山鹤

山称灵山，当地人叫阴灵山，据说刚好与附近的阳灵山对应。

我去的那天，恰逢农历六月十九“观音会”——灵山三大庙会之一，到处是密匝匝的人头。从枣林出发，避开九十九弯公路，也躲开了客车驰过扬起的遮天灰尘，抄小路直线上山。炎炎烈日透过松针，在地上画出美丽的水墨画，风吹林梢，树移影动，妙不可言。从长长的松林坡爬上去，是古灵山场。本以为到顶了，却不料上面还耸立着一座奇峰——红墙隐隐，峥嵘突兀，这才是灵山。至此，方知古人所说的“山上有山”其言不虚。

山像极了马鞍，古人称鞍玄山。从山下仰望，松柏撑起的树冠像一团团绿云，堆翠涌浪，向山顶呼啸而去。自灵山场而上，爬三千级石阶，赏全国第四大书法碑林，时见几人合抱的松柏挡道。道旁石罅，撑着许多枯树枝，据说可以止腰疼——这世间腰不好的人真那么多吗？

松风过隙，林涛灌耳，走在山中，头顶烈日高悬，人却腋下生凉。过飞来石，上天星桥，登观音殿，俯瞰群山，来时的路，曲曲折折，隐约在云雾中。从正殿下来，过青石古道，经低头岩，登晒经石。万山踩在脚下，仿佛驾着一团绿云。

山多古松，劲展虬枝，皮如龙鳞。有白鹤翩翩飞舞，栖于老枝。我想起八十多年前我的一位老乡游灵山写下的诗：

共道巴西第一峰，峥嵘突兀独灵钟。
云龛金榜齐低首，宇水蒙泉环绕胸。
歇马店前留古迹，晒经石上访仙踪。
旅行曩昔曾游此，往事追怀感鹤松。

曾湘（1879—1975），号凤州，巴州中兴人。生于清末，天资聪敏，少时保宁（阆中）府试夺魁，惜乎科举废止，功名之途就此中断。后毕业于南京高等师范学校英文专科，参与创办巴中第一女子中学，曾任巴中中学英语、国语教师，新中国成立后任巴中县政协常委。

少年时代，父亲常对我提起曾湘，称赞他是老家方圆数百里最有才学的人。曾湘是母亲娘家长辈，人称“曾二公”，少年扬名科场，虽故交如云，不乏为官从政之辈，但他无意仕途，一生以教书育人为乐，所教国文闻名全县。新中国成立后，巴中县曾召集他编写民国《巴中县志》语译本。

曾湘擅诗文，尤工于对联。民国年间，清江渡发生一桩命案，当事人双双殒命。死者亲属请求曾湘作挽联，曾湘大笔一挥，倚马立成：

生同世，死同时，生死相交，清江一曲双留恨；
冤有头，债有主，冤债谁偿，对面九泉各问心。

该联难作之处在于，一是不能像寻常挽联那样歌功颂德，二是也不好对死者盖棺定论，弄不好会惹火烧身。但曾湘有才，他抓住二人同日殒命清江渡“生死相交”的特点，巧妙化用杜甫名作“清江一曲抱村流”，一语双关，文采斐然。下联“对面九泉各问心”，至于死者有何冤屈，冤有头、债有主，还是各自到九泉之下去对证，扪心自问吧。对联贴出，四乡八里无不佩服。

虽然满腹才华，但曾湘生前却没有留下什么著作。他的不少诗文对联，父亲都能背诵，成为我少年时代课本之外的诗歌启蒙。

灵山，古称灵应山，清道光《巴州志》云：“在州北七十里巴江岸上，四面如截，高耸云霄，上有文昌、老君二祠，相距五里，俗呼为阴灵山。”至于曾湘《灵应山》诗中歇马店有何“古迹”，晒经石上访何“仙踪”，今已不得而知。全诗落脚点在“鹤松”上，诗人回忆上年游览阴灵山时，在古松上看到一只仙鹤。此次故地重游，仙鹤不见了，他倍感惆怅——“旅行囊昔曾游此，往事追怀感鹤松”。

鹤乃中国文化中的祥瑞之物，《雀豹古今注》：“鹤千年则变成苍，又两千岁则变黑，所谓玄鹤也。”陶渊明《搜神后记》记载，辽东人丁令威学道于灵虚山，成仙化鹤归来，落在城门华表柱上。有少年张弓欲射，鹤飞起在空中说：“有鸟有鸟丁令威，去家千年今始归。”所以，后人多以辽鹤代指千年，称之为仙鹤。

教了一辈子书，晚年的曾湘自撰一联，上联为“欲舒老眼无高处”，下联没有对出便走了，享年 96 岁。

一位留恋灵山鹤的人飞走了。

灵山上，栖息的才一只鹤吗？

当然不是，还有一位叫罗至忠（1894—1967），巴中曾口人，自幼家贫，佃田耕种。民国八年（1919），妻儿俱亡。孤苦伶仃的他驾船贩运棉花到合川、重庆，但船三次被浪打翻，侥幸捡回一条性命。话说祸不单行，他又被土匪抓去，生死关头一位道士搭救了他。

临走时，道士劝他潜心向善。想到孤身一人，已无牵挂，他一扭头便上了灵山。

那是民国十九年（1930），罗至忠先栖身于大佛寺，后来住持老僧圆寂，山主见他有道学渊源、谈吐高雅，便推他为道长。民国二十一年（1932），他携囊持钵，云游成都、灌县、松藩、懋功等地。次年，经云南入印度，历时两载，带回佛经三十余卷。罗至忠这些事迹载入《巴中县志》（1994 版）。但我不解的是：罗至忠究竟是道士还是僧人？他是道士，为什么去印度取回那么多佛经？他是僧人，为何后世又尊他为“罗道人”？

因为罗至忠的到来，灵山香火重光。山中原有三座破庙，罗至忠率徒到川陕各地化缘，积十年之功，募集三十多万元，新建大庙十座，培植山林四百余亩。一时间，灵山殿宇林立，重楼飞檐，林木蓊郁，甚为壮观。每逢会期，方圆百里香客慕名而来。而罗至忠也作为宗教界知名人士，在新中国成立后被推举为第一届四川省政协委员。

然而好景不长。1967 年，“文革”中，灵山古刹被毁，神像被砸，眼见前功尽弃，罗至忠万分悲痛，纵身跳下悬崖……

灵山上，留下一道黑色的弧线，那是一个时代坠落划下的巨大惊叹号！

罗至忠跳崖的地方叫“舍身岩”，在海拔 1420 米的灵山绝顶观音殿外。当年，在他的守护下，山中树木蓊郁，香火鼎盛，钟鼓远闻，成为远近闻名的“川北胜秀”。

站在“舍身岩”，我想起了一个故事：一位猎人在山中打猎，看到一位山洞苦修的僧人宁肯挨饿也不肯杀生。他想到自己这些年为了满足口腹之欲，不知伤害了多少生命！想着想着，他不禁泪流满面。他想，自己死后肯定会下地狱，但那些被自己杀掉的生命心中的怨恨何时才能消解呢？于是，他跪在地上虔诚地祈祷：

为了消除那些被我杀掉的生命的怨恨，就让我来偿还这些孽债吧！说完纵身跳下万丈悬崖。突然，空中降下七色祥光，环绕猎人冉冉飞上天去。山洞里的僧人目睹后，高兴极了，心想这杀生无数的猎人都能修成正果，我这苦修的出家人死后肯定比他强。他也跟着跳了下去，结果当场摔死了。

罗道人的纵身一跃，与那猎人何其相似。在猎人心中，既有往事的不堪回首，又有忏悔的刻骨铭心，更有赎罪的无比虔诚。而在罗道人心中，是殿宇遭毁的心痛，人间无路的决绝，捍卫灵山的悲壮。他们心中，唯独没有自己。那个僧人跳下时，心中一定充满了扬扬得意，所以他们跳下后是云泥之别。

据说，罗至忠跳崖时，有人看到他两袖飞舞，脚下生云。从一百多米高的山崖跳下去，竟然奇迹般地坐在地上，毫发无伤，唯余满脸泪痕。人们将他扶回山上，他不吃不喝。第三天夜里，他走到晒经石，望着满天星斗，长叹曰："学道难，得道更难！"遂烧掉其他书籍，只留下一本药书，再次飞身而下……

罗至忠走后，人们无不惋惜。20世纪80年代，灵山恢复重建，特为他立碑塑像。石碑就在灵山古道旁，石像上的罗至忠身穿道袍，蓄大胡子，浓眉大眼，面貌慈祥。但谁能想到，这平静外表下面竟然蕴藏着惊天动地的能量！

石碑上，镌刻着原巴中县政协副主席米崇昆和巴中历史文化学者周集云、刘瑞的挽诗：

忆昔灵山住持僧，人尊罗道是全真。
齑粉何常思利己，飞身原不为封神。

担经飞锡结真缘，守护灵山七十年。

怪雨盲风全不怕，铮铮铁骨响岩前。

苦行暮茸毕其功，郁郁丛林一扑空。
不是多情吴道子，风仪安播大千中。

根据周集云诗，罗至忠守护灵山七十年。而据《巴中县志》，罗至忠在民国十九年(1930)上灵山,1967年离世,在山共三十七年。不管谁对谁错,但他“铮铮铁骨”坠地发出的巨响,将永远回荡灵山,震动千峰，响彻寰宇。

在灵山,关于罗至忠的故事还有很多。据说,一次他化缘回来,一匹毛驴跟着上了山，撵也撵不走，见实在无人认领，他只好把它养起来。自此，他骑着毛驴下山化缘，箭步如飞；回转时，毛驴驮着银圆铜圆疾步上山。遇到山上修庙，罗至忠抽不开身，便在驴背上搭载两个篾筐,让它到灵山场化缘。这驴子竟像通神一样,每逢赶场天便跑到各商铺前，向着主人点头，小声吭叫，主人便将银钱往篾筐里扔。它不去的商铺，主人认为不吉利，赶快施舍银钱。直到装满了才驮回山。后来这头毛驴累死了，罗至忠含泪将它掩埋，垒坟立碑，逢年祭祀。

灵山还出现过“开莲花”的奇观。当地人说，灵山是朵大莲花，七条溪沟将方圆十里切割成八瓣莲花，而灵山东麓的梁家坪就是“花瓣”，中间圆形石山似花柱，古称“莲花冠”。根据《阴灵山传奇》（张秉直、蹇明盛编）记载，1936年农历四月十二凌晨，灵山场关帝庙的半截街突然白光闪耀，一片银白。有人喊：“快起来拣银子啊！”有老人看见后拿起撮瓢往屋里囊（囊，方言，意思是装），可怎么也囊不着。人们恍然大悟，这不是银子，是街上在“开莲花”，大约半炷香后，白光消失。

据说，灵山“莲花”每隔四十年左右开一次。最近一次是1982年6月17日上午，枣林乡20多人顶着烈日抢修到灵山场的公路。突然，“莲花冠”升起一道白光，越升越高，像一根闪烁的银色水柱，约15丈高。十多分钟后，白柱缩短，消失不见。碰巧当时巴中县建筑学会十多人游山，他们目睹奇景后，在庙壁作记：

六月十七这一天，我们多人游灵山。
到了中午十点钟，莲花开在莲花冠。
你看我看都在看，一轮银柱升上天。
闪闪烁烁放白光，越看眼花越缭乱。
我辈眼见莲花开，喜逢吉兆福寿全。

这些故事，为灵山罩上了一道神秘的光环。

夏日，走在灵山道上，云雾栖歇不定，来去无踪，松柏虬枝，隐天蔽日。我想，闲云野鹤般的罗至忠看到过灵山“开莲花”的奇观吗？他看到过那只鹤吗？它像一朵翩翩飞舞的白云，朝饮露水，夕宿松林……

屈指一算，距我初上灵山已三十二年。还有一次也是六月十九，陪父亲上山，为生病的母亲祈福。那天下山时，晴朗的天空突然飘来一团巨大的乌云，不久下起了瓢泼大雨，十多分钟后雨霁云散，阳光灿烂。当地人讲，每年二月十九、六月十九、九月十九的次日，灵山都会下“洗山雨”，据说是菩萨为了扫尘净山。记得南宋范成大在《峨眉山行记》中，就写到游峨眉山时遇到“洗岩雨”。听说，全国很多名山都有“洗山雨”，每年定时而来，洗尘荡秽，你说奇也不奇？

第三次是和灵山脚下的一位同事去的。那天，他给我们讲了罗至忠的故事。当天在山顶观音殿遇一尼姑，她抱怨山顶香客少，不像下面进香的人多。一位游人劝她，山顶人少，正好清修，此非天赐良机乎？

最近一次，是去赏灵山书法碑林。这些年，巴中新冒出来不少景区，与灵山近在咫尺往日人迹罕至的元顶山，被打造成一处AAAA旅游景区，每逢节假日游人不断。不知何时，灵山寂寥了，游客稀少了，山径荒凉了。

那天回来，我感慨不已，写了几首诗：

石阶横斜庙宇低，苍苔欲与古碑齐。
堪嗟山运如人运，三十河东四十西。

流水松涛与我违，山阴犹忆汗尘飞。
廿年再过低头石，又上巅峰立翠微。

翠涌青推碧浸天，苍崖崒兀气泠然。
堪悲道士飞身下，万壑松风响绝弦。

转瞬又是七年，灵山上的鹤还在吗？那只曾湘看过、罗至忠看过翩翩飞舞于山间的鹤还在吗？

我想，它肯定还在。只不过要看缘分。说不定，你明天去，它就在枝头上看着你呢！

仰望阳初

一位仕途大好的全国优秀县委书记，某一天突然宣布辞职，他说下半生要追随自己的偶像去做农村儿童公益。

一所国内知名大学，联合一位著名的“三农”问题专家，恢复了七十多年前一个学院，只为延续一个人在乡建领域的探索。

一个人去世三十多年，却不断被后人研究和纪念。出人意外的是，他既非政治家，也非文化名人，更不是商界财雄。他，只是一个终生奔走于乡间的“海归”。

这位传奇式的人物，曾经红遍大江南北，却又很长一段时间在国内鲜为人知。

他，就是从大巴山走出来的闻名世界的平民教育家——晏阳初。

一

博士下乡，这在今天早已不是新闻，但在一百年前的中国，却是轰动全国的大事件。更何况是一群博士集体去中国偏僻的农村呢。

让人吃惊的是，当时全中国竟有四百多位知识分子参与了这场轰轰烈烈的博士下乡运动，其中六十多位是归国博士、大学教授。他们从海外归来，西装革履，却甘愿与“泥腿子”为伍；他们学贯中西，满腹经纶，却走出象牙塔，跨入泥巴墙，在世界最大的“社会实验室”里挥汗如雨。

而组织发动和领导他们的，竟然只是一位三十多岁的青年。

几年前，互联网上出现一个声音，意在质疑晏阳初获得的“现代世界最具革命性贡献的十大伟人”荣誉，从而达到否定他的目的。殊不知，收获是果，努力是因。如果质疑其中的一个“果”，从而否定“因”，岂不是犯了“以果推因”的逻辑错误吗?

高山不语，百峦低首；桃李不言，下自成蹊。

退一步讲，即或晏阳初没有获得这项荣誉，他的地位依然巍巍如山，不可撼动。历史是一面明亮的镜子。鉴于此前很多文章都集中在讲述晏阳初干了什么，获得了多少荣誉，所以本文尝试从一个全新角度出发，来看看晏阳初获得的成就。

二

在近代史上，梁启超以文笔如刀、慷慨淋漓而闻名。他的名字如高山大岳令人仰止。众所周知，他是“戊戌变法”的领袖、“维新派”代表人物，但是很多人不知道，他也是晏阳初事业的坚定支持者。

梁启超比晏阳初大十七岁，算是他的前辈。早年，晏阳初的父亲晏美堂在巴城塾馆当教师时，就读过梁启超、严复等现代新派人物的著作。晏阳初从小通过父亲耳濡目染，接触并阅读了不少梁启超的著作。

“一战”时，中国派出近二十万华工到欧洲从事战勤服务。晏阳初大学毕业，即奔赴法国为华工服务，他在主编的《青年会驻法华工周报》上，多次刊载梁启超的文章，以唤醒“华工的民族意识与国家意识”。（该报在华工中影响极大。）我看过1919年的一份报纸影印件，上面刊发了梁启超的名篇《最苦与最乐》，告诫华工“必须对家庭、社会、国家尽到应尽的责任”，主编位置上赫然印着“晏阳初”。

归国后，晏阳初拜会了梁启超。一来向这位大名鼎鼎的前辈请教；二来争取他对平民教育运动的支持，并邀请他主持平民文学编辑工作。让晏阳初意外的是，梁启超竟当场爽快地答应了他的邀请。原因为何？原来二人不谋而合。比如，梁启超曾在《新民丛报》连载《新民说》，全面阐述自己的“新民”思想，指出“中国所以不振，由于国民公德缺乏，智慧不开”，所以“欲维新吾国，当先维新吾民”。而晏阳初发起的平民教育运动，响亮提出“除文盲，做新民”，在对中国积贫积弱根源的认识上，晏阳初认为“私”是中国农民四大病之一，这又与梁启超“国民公德缺乏”的看法一致。在造就“新民”上，梁启超是思想家，晏阳初是实干家，他后来在定县提出培养有知识力、有团结力、有生产力、有健康力的“新民”，无疑又拓展了梁启超“新民”思想的内涵。

眼前这位风华正茂的青年人，令梁启超刮目相看，十分欣赏。1923年，中华平民教育促进总会（简称平教会）在北京成立，晏阳初任总干事，梁启超等社会名流纷纷加入。不仅如此，梁启超还在他创办的“北京松坡图书馆”设立平民读书处，亲自训练教员，让普通民众读书识字。

梁启超还把入室弟子郑锦推荐给晏阳初。郑锦是近现代著名画家、艺术教育家，擅长画古代仕女人物，曾留学日本十年，回国创办国立北京艺术专科学校，培养了刘开渠、李苦禅等艺术大师。郑锦当时在国内名气很大，画作常被官僚军阀们争相收藏。一次，晏阳初问郑锦：“你的画作何以只供权贵赞扬，而不用生花妙笔表达平民的可怜困苦的生活？”郑锦深受触动，后来辞去校长，举家搬到河北定县，担任平教会视听教育部主任。在定县，他力推识字教育，收集整理民谣和年画，平教会编写的课本《千字文》中 4000 多张插图，全部出自他之手。

1929 年，56 岁的梁启超在北京病逝。也就是这一年，晏阳初率领平教会从北京迁往河北定县，平教会同仁家属亦纷纷前往。一场轰轰烈烈的平民教育运动从定县席卷中国大地。

三

胡适，是新文化运动的领军人物，同样是平民教育运动的坚定支持者。

1920 年，晏阳初回国酝酿平民教育。胡适则出版了中国第一本白话诗集《尝试集》，完成《〈红楼梦〉考证》初稿，一时在国内声望如日中天。两年后，晏阳初在浙江嘉兴的识字教育搞得如火如荼，民国政府前总理熊希龄夫人朱其慧与著名教育家陶行知前往参观。在上海沧州旅馆，朱其慧邀请晏阳初、胡适等人，筹划成立中华平民教育促进总会。

初次相见，晏、胡二人心有灵犀。晏阳初认为，中国农民有贫、弱、愚、私“四大病”，而胡适认为，贫穷、疾病、愚昧、贪污、扰乱是中国人的五大仇敌，也就是著名的“五鬼论”。晏阳初向胡适介绍了自己的平民教育设想，加之有朱其惠的力邀，胡适不仅自己加入平教会，还拉儿子胡祖望一起当教员。他在家中成立“祖望平民读书处”，由儿子担任教员，帮助平民识字。

为了编好平民教材，朱其惠、晏阳初致信胡适、钱玄同、林语堂、赵元任等人，邀请他们组成“平民文学编委会”，负责平民读物的编印发行。要知道，这当中的任何一位都是中国现代文化史上大名鼎鼎的人物。

但胡适的方向不在平民教育，他的“五鬼论”也给他惹了很多麻烦。而晏阳初没有在理论上做过多纠缠，他在认准方向后，很快开出了“药方”——文艺教育攻愚，生计教育攻穷，卫生教育攻弱，公民教育攻私，也就是著名的“四大教育”。然后在河北定县，集中人力、物力和财力进行实验，取得享誉全国的“定县经验”。

胡适非常关注定县实验。他在和蒋廷黻、傅斯年等人共同创办的《独立评论》周刊上，持续刊发定县平民教育实验相关文章。1933年，有人向周刊反映对“定县实验”的不同看法，胡适亲自在《独立评论》刊发的读者来信后面撰写“编者附记”：

> 凡是一种社会改革，总免不了“民怨沸腾”。我们替定县的改革家发表一点“民怨”，也许可以给他们一个辩证解释或参考的机会。

随后，《独立评论》刊发了正面文章，呼吁国人应该对在定县进行的民族自救实验给予同情和支持。胡适这种积极、客观、公正的态度，想必令当时处于舆论风口浪尖的晏阳初心中倍感温暖。几年后，“卢沟桥事变”爆发，中华民族处于危急存亡之秋。国民政府邀请各党派领袖和社会名流 16 人组成最高国防参议会，其中就有胡适、晏阳初等当时国内最具影响力的人物。

晏阳初留学美国的经历，让他在中西方文化交流上得心应手。1925 年，晏阳初在美国夏威夷“第一次太平洋会议”上首次向西方介绍中国的平民教育，给大家留下了深刻的印象。大会执行主席、美国斯坦福大学校长威尔伯在闭幕词中说：“此次会议所讨论的各种问题，与大洋沿岸各国及世界前途极有关系的，当首推中国今日的平民教育运动。”

1926 年，威尔伯访华考察河北定县的平民教育，在晏阳初的安排下，他与梁启超、胡适等中国名流见面。三年后，威尔伯出任美国内政部长，在他的力推下，美国国会通过法案，规定各州将文盲姓名、住址汇集成册，上送到州政府，以便教学。“美国政府这一阅读文字的教育运动，很多是取法晏阳初的计划。”威尔伯回忆说。

四

十年前，一部大型纪录片《先生》在网上热播，伴随着发黄的影像资料，蔡元培、晏阳初等十位民国著名教育家再次走入国人的视野。

蔡元培与晏阳初是老熟人，他比晏阳初长 22 岁，两人都曾在法国待过。“一战”时，蔡元培赴法国搞学术研究，为华工上过课。蔡元培前脚刚走，晏阳初就到法国创办华工识字班，主编《青年会驻法华工周报》，蔡元培得知后十分赞赏。在劳工问题上，二人“英雄所见略同”。1918 年，在北京举行的庆祝“一战”胜利集会上，蔡元培发表了题为《劳工神圣》的演讲，提出要“认识劳工的价值”，这与晏阳初提出的解除苦力之“苦”，开发苦力之“力”高度契合。

归国后，经人引荐，晏阳初拜访了北大校长、原中华民国临时政府教育总长蔡元培。听了晏阳初的想法后，蔡元培高兴地说：“这方面的工作是政府想做而目前无力顾及的，晏先生能以社会力量推动这一工作，实在是帮了政府一个大忙！”为了便于晏阳初开展工作，蔡元培向他介绍了全国的教育状况。

几年后，二人再次见面。此时，晏阳初在定县的平民教育实验声名鹊起。1928 年，国民政府教育当局多次邀请他到南方开展平民教育，晏阳初亲赴南京与国民政府大学院院长蔡元培见面。蔡元培说：“你们回国开展平民教育，成绩斐然，令我钦佩，也令我惭愧！”在晏阳初的帮助下，江苏民众教育学院很快开学了，浙江、广东等地闻讯纷纷邀请晏阳初前往。

如同晏阳初的名字一样，他在国内教育界的声望如日初升。

当平教会成立时，晏阳初被推选为总干事，而著名教育家陶行知、南开大学校长张伯岑、北京大学校长蒋梦麟、清华大学校长周贻春等 9 人成为执行董事。当然，这里面有朱其慧的影响和功劳，但晏阳初无疑是行动最坚决、奔走最有力者。

1936 年，平教会、清华大学、南开大学、燕京大学、协和医学院、金陵大学联合组成“华北农村改造协会”，并明确分工：清华大学负责园艺和病虫害防治研究，金陵大学负责农业工作，南开大学负责经济及地方行政研究，燕京大学负责教育及社会行政研究，协和医学院负责农村医疗卫生合作。晏阳初出任执行委员会主席。一个民间人士，能够把这么多高等学府、教育界“大咖”聚集在一起，试问当时中国有几人能够做到？可以说这场席卷全国的平民教育运动，集合了当时中国最强大的“智库”，赢得了当时最先进的技术支撑和最广泛的民意支持。

五

“虽万千人吾往矣。”梁漱溟素以铁骨铮铮、个性鲜明著称。

1987 年夏天，北京复兴门外大街，94 岁的梁漱溟身穿崭新的中山装迎接远道而来的贵客——97 岁的晏阳初。一见面，两位老人的手紧紧握在一起！

晏阳初的思绪飞回五十多年前。那时，他和梁漱溟风华正茂，分别在河北定县、山东邹平开展如火如荼的平民教育和乡村建设实验。晏阳初认为中国落后的根源是“四大病”，施之以“四大教育”，而梁漱溟认为中国落后的根源在于文化失衡，而文化的根在乡村，故发起乡村建设运动。

虽然认识不尽相同，但两人互相策应和支援。他们都认为，改革建设社会的根本之道，是扫除文盲、改良农业、组织合作社、改善民生。1932 年，两人在南京参加内政会期间，共同筹划召开全国乡村工作会议。次年，他们发起倡议，得到全国热烈响应。随后，“第一次全国乡村工作讨论会”在邹平召开，晏阳初作“定县实验”工作报告。此后，连续召开两届全国乡村工作讨论会，晏阳初作《乡村运动成功的基本条件》《乡村运动与民族自救》演讲，反响热烈。

而梁漱溟在实践基础上总结写成《乡村建设理论》一书，奠定了他在中国现代教育史上的地位。

晏、梁二人的乡村改造实验，戛然而止于日寇侵华。“七七事变”爆发后，晏阳初被迫离开定县，转战湘川渝，创建中国乡村建设学院，他亲任秘书长兼院长，而梁漱溟则是学院的董事会成员。1939 年，梁漱溟在重庆发起成立“统一建国同志会”，晏阳初等 20 多位知名人士积极响应参与。后来，梁漱溟停止乡村建设探索，转向著书立说，成为享誉海内外的新儒家代表人物之一。而晏阳初继续从事未竟的事业，把平民教育和乡村改造运动推向全世界。他在菲律宾创办国际乡村改造学院，为亚非拉国家地区培养大量乡村改造领袖人才，被尊为“世界平民教育运动之父”。

再次见面，两人已经鬓发如雪。

“我几十年如一日从事乡村建设运动，到今天问心无愧。力恶不出已，一心为平民。知我者谓我心忧，不知我者谓我何求。”晏阳初认为，中国要强大就必须振兴经济，要振兴经济就必须发展教育事业。所以中国应该开发农村，首先提高人民群众的文化素质。

二人滔滔不绝，都有说不完的话。时间在不知不觉地流逝。

临别时，两双手再次紧紧握在一起。

“真希望以后再有机会回祖国看看！”

“会的，我等待着再一次与你会面！”

暮年之际，两位大师仍然壮心不已。

六

“走出象牙塔，跨进泥巴墙。”

在晏阳初出色的组织发动下，一大批杰出人士走出书斋，投身到世界上最大的“实验室”。

孙伏园是鲁迅的学生和同乡。1921年，北大毕业的他进入北京《晨报》任副刊编辑，人称“副刊大王”。晏阳初找到他说：“北京有多少人？五千份报纸占多大的比例？中国有多少人？看你的报纸的人所占的比例可能就更小了。”晏阳初掰起指头劝说：“你为什么不到农村去，根据农民的实际生活创造新的平民文学，写出让几万万平民需要的而且能看懂的文章呢？”孙伏园心动了。很快，他辞职到定县担任平教会《农民报》主编。抗战时期，平教会南迁，转战湖南长沙，晏阳初推荐孙伏园担任湖南衡山实验县县长。

在晏阳初巨大的人格魅力影响下，更多优秀人士投身到广阔乡村。

熊佛西是中国话剧的奠基人之一。1932年，担任国立戏剧学校校长的他，应邀率领师生到定县开展戏剧大众化实验。在定县，农村生活激发出他巨大的创作热情，他一干就是六年，先后创作出《屠户》《我是一个人》《过渡》等十多出话剧，成立十多个农民剧团，演出场场爆满，十分轰动。新中国成立后，熊佛西出任上海戏剧学院首任院长。

陈筑山，一位曾留学日美的“海归”。当他听说平民学校可以让人在96个小时读完4册《千字课》后，觉得不可思议。在与晏阳初的一番长谈之后，他辞掉国立北京政法专科学校校长职务，从北京跑到定县担任平教会公民教育科主任，编写出大量平民读物。

他们，原本可以高飞在天，前程似锦。但是在晏阳初的鼓动下，纷纷奔赴农村，俯身草莽，矢志不移。

七

有一件事，让晏鸿国至今记忆犹新。

1992年，他应邀前往河北定州（原定县）参加晏阳初中学开学典礼。在西安转车时，钱包被偷，身无分文的他忍饥挨饿来到定州。下车后，一位擦皮鞋的残疾人得知他是晏阳初的亲属，热情地请他吃饭。当前来接站的人付钱时，那人却说：“他是晏家的后代，怎么可以收钱呢？！”

时隔半个世纪，晏阳初在定州的影响依然如此之深！

这件事对晏鸿国的触动很大。自此，他全身心投入对“幺爷”晏阳初的史料收集整理中，先后撰写出《晏阳初传略》《晏阳初画传》等著作。

如果说平民教育像一个滚烫的“熔炉”，那么，追随晏阳初的知识分子就是烧旺这团火的“播火者”。

> 茫茫海宇寻同志，历尽了风尘，结合了同仁。共事业，励精神，并肩作长城。力恶不出己，一心为平民，奋斗与牺牲，务把文盲除尽。男男女女，老老少少，一起见光明。一起见光明，青天无片云，愈努力愈起劲，勇往向前程。飞渡了黄河，踏过了昆仑，唤醒旧邦人……
>
> ——《中华平民教育运动歌》

读着这些激情飞扬的歌词，依然让人热血沸腾。当年，词作者陈筑山刚写出平教会会歌时，晏阳初觉得歌名太长、拗口，便改为《中华平民教育运动歌》，并把歌词“历经了风尘”改为“历尽了风尘”，一字之差，笔力千钧。

著名抗日歌曲《松花江上》的作曲者张寒晖也是定县人，当年他和同事经常下乡收集民歌，编撰出《普村同歌集》。在定县平教会文学部，他编写了许多宣传抗日救国思想的通俗读物。在平民教育的熔炉里“淬炼”两年后，张寒晖到了西安。1936年，《松花江上》诞生。

这首《农夫歌》，唱出了“新民”的自豪感：

> 穿的粗布衣，吃的家常饭，腰里掖着旱烟袋儿，头戴草帽圈，手拿农作具，日在田野间，受些劳苦风寒，功德高大如天。农事完毕积极纳粮捐、将粮儿交纳完，自在且得安然。士工商兵轻视咱、轻视咱，没有农夫谁能活天地间？

流传最广的是《锄草歌》：

> 手拿锄头锄野草呀，锄去野草好长苗呀，唉呀嗨，呀呼嗨，锄去野草好长苗呀。天明即起去务农呀，披星戴月为治穷呀，唉呀嗨，呀呼嗨，多打粮不受穷呀，唉呀嗨，呀呼嗨。

随着“定县实验”闻名全国，著名学者蒋廷黻、周作人、任鸿隽、陈衡哲、俞平伯等纷纷前往考察，撰写文章，大力宣传，对平民教育起到了推波助澜的作用。

八

坚定的眼神，清瘦的身材，儒雅的微笑，简单的行李箱，仿佛刚刚学成归来，又好似即将启程。

在巴城西龛山麓的晏阳初实验学校，矗立着一尊晏阳初汉白玉塑像，这是中华晏氏企业家和晏氏宗亲在晏阳初诞辰一百三十周年捐资塑立的。

而晏阳初在巴城草坝街的故居早已不在。今天，走在这条古色古香的仿古步行街上，有谁会想到，一百多年前从这里走出了一位举世闻名的伟人。

晏阳初出生时，父亲晏美堂按宗派给他起乳名“云霖”，寓意云中甘霖、润泽苍生。五岁上学时，父亲想晏家世代书香，但无半点功名，指望此子将来撑持门面，恰在此时，东方一轮旭日初升，映照得天地间一片火红。

“好，就叫阳初吧！”

十三岁那年，在姚明哲牧师的鼓动下，晏美堂决定送晏阳初到阆中“天道学堂”读西学。正是父母这个决定，改变了晏阳初的人生轨迹。要知道，在19世纪末，科举尚未废止，巴州山遥路远，信息闭塞，晏家作出这个决定需要多么大的勇气和魄力！

有趣的是，晏阳初曾改名“晏遇春”。那是在阆中读西学时，一次和同学谈理想，晏阳初说自己想像姚明哲牧师那样做一名传教士，同学打断他：“眼下内忧外患，军队外不能御敌，内常扰民害民，我平素看你操练颇有将帅之风，简直就是杨遇春（清朝名将）第二，为何不去建立一番功勋呢？”杨遇春是晏阳初的偶像，为表白志向，他当即改名“晏遇春”。

孰料十多年后，晏阳初从美国耶鲁大学毕业，奔赴欧洲战场为华工服务，由此开启了他人生第二次转折。二十多年后，晏阳初与姚明哲牧师重逢，姚牧师感叹昔日的“晏遇春”走上了与“杨遇春”截然不同的道路，而晏阳初说：“这叫殊途同归吧，虽然道路不同，但我们拯救苦难同胞的目的是一致的！”

“不做官，不发财，把终身献给劳苦大众。”

这誓言，如灯塔般指引着晏阳初几十年来不知疲倦地奔走于世界各地，哪怕高官厚禄也难易其志，直至生命最后一刻。

九

如果要评出20世纪中国极具国际影响力的教育家，晏阳初是当之无愧的不二人选。

然而一度时期，由于历史原因，晏阳初在国内鲜为人知。随着改革开放后国内研究他的活动不断增多，晏阳初这个名字愈加响亮，他的身影愈显高大。

十多年前，我陪央视《走遍中国》栏目导演参观晏阳初事迹陈列馆，她激动地说：“想不到巴中还有这样了不得的人物！”她当即决定加拍晏阳初。几个月后，电视纪录片《晏阳初传奇》在央视国际频道播出，反响很大。

十四年前，晏阳初诞辰一百一十周年纪念活动在成都举行，我以一个媒体人身份采访报道。那一天，来自美国、菲律宾等17个国家、地区的大使、参赞和专家轮番登台演讲，中文、英语、日语等多种语言回荡在锦江宾馆大厅，那一刻，我感到晏阳初把不同肤色、不同人种的心紧紧地凝聚在了一起！

四年前，全国各地晏阳初研究会的专家学者云集巴中，探讨如何传承晏阳初平民教育和乡村建设思想。我和《巴中广播电视报》同仁精心策划了“伟人晏阳初”特别报道，该报道获得四川省报纸副刊作品文化策划类一等奖。

晚年的晏阳初十分思念故乡，他在《九十自述》中说：

我的乡井在四川巴中县。那儿，有我多少脚印，踏在山之巅、水之涯。那儿，埋葬着父母亲的慈骨，也珍藏着幼年温馨的记忆。尽管我是四海为家，有时午夜梦回，难免乡思万缕。

20世纪80年代，晏阳初两次回国都想回到故乡，无奈山遥路远，交通不便，加之年事已高，无法成行。

1990年，这位毕生为平民奔走的百岁老人，在完成对全世界六千万平民的扫盲后，终于在大洋彼岸熄灭生命之灯。遵照他的遗愿，他的一部分骨灰安放在菲律宾国际乡村建设学院，一部分回归故里，被安放在巴城塔子山。

他亲手创办的菲律宾国际乡村建设学院至今仍在运转。几年前，辞去湖北巴东县委书记的陈行甲专程来到这里拜谒。

得知这就是您的墓地那一刻
我的灵魂是颤抖着的
这是一次怎样的不期而遇啊

眼泪霎那间盈满眼眶

我努力克制不让别人看见

这一点都不是难过

真的，一点都不是因为难过

——陈行甲《先生，我从您的故国看您来了》

晏阳初的墓地在巴城塔子山，那是晏美堂先生当年遥望一轮红日初升的地方：巍峨的凌云塔洁白无瑕，耸入云天，后面是故乡为他修建的博物馆，前方是滔滔流淌的母亲河——巴河。

他走时，一袭长衫；归来时，西装革履，定格成一尊微笑的汉白玉雕像。他离开故乡时，故里鲜有人知；他归来时，头戴沉甸甸的世界级冠冕。故乡巴中，因他而名扬世界。

他静静地躺在家乡山水的怀抱，身旁簇拥着众多巴中历史文化名人，有三国名将严颜、清代抗英名将张必禄、辛亥革命先驱董修武、无产阶级革命家刘伯坚……这些闪耀巴中历史天穹的星座，璀璨夺目。

夜阑人静，满天星斗。巴城枕着涛声入梦，塔子山上，几缕清风穿梭在雕像和树梢，发出簌簌声响，又像是先生在与他们交谈……

清江渡

“水码头数恩阳，旱码头数清江。”

父亲的话，一次次激发起我对清江渡的向往。那时候我才几岁，坐在田埂歇息的父亲抽着叶子烟，两眼望着清江渡方向，语气意味深长。清江渡，由此在我心目中占据了一个繁华的位置。

清江渡，又名清赶渡，因场上曾有一棵大青冈树，得名青冈渡。场镇始建于清乾隆年间，因常遭火灾，而水能克火，刚好有关桥河绕场镇流过，遂改名清江渡。

说清江渡是“旱码头”，大约是因为这里临河，但不像恩阳河那样水面开阔，舟楫穿梭。关桥河最窄处仅容几条打渔船通过，秋季水浅，难于行船，加之后来修了平板石桥，天长日久，这渡口便就废了。20世纪中叶，有达巴公路过境，又在下游二里修了新桥。虽然过渡口的人少了，但是老家中兴、白庙、官渡三个乡场的人赶清江，都要从这石桥上通过。若是走下游新桥，则要绕道半个小时。

那石桥长五十余米，宽四五米。桥面是数块数吨重大青石，桥墩不高，每遇山洪暴发，河水漫过桥面，胆大会水的男人可踩水过河。若是妇孺，则必须在男人拉扯下小心翼翼过河。若是水大了，则非得绕道下游新桥不可。有一年，有妇人带小孩赶急过河，走到桥中间，一个浪头打来，双双溺水身亡。家人赶来，哭得呼天抢地，满河生悲。于是，就有好心人想建一座石拱桥，大约是因为耗资太大，桥终究没能建起来。

自我记事起，就没有见过那传说中四人合抱的大青冈树，只剩下一个古老的渡口。父亲第一次拉我去赶清江渡，我才四五岁样子。走过被岁月磨得光滑的石板，河边有妇人浣洗衣衫，男人在河中游泳，岸边竹竿上衣衫翻飞，映得满河斑斓。哗哗水流声，唧唧捣衣声，扑通拍水声，夹杂着满河人语，好不热闹。过了石桥，劈面立起一道黑色石壁，不知哪一年被能工巧匠凿出数百步石级，呈“之”字形。路边有座国营酒厂，烤酒时满河都是酒香。石梯尽头，就是青砖灰瓦的古镇了。

那是去吃“婆婆”家的喜酒，她家住柳树街，因街中有棵大柳树得名。说是“婆婆”，其实是早已出了“五服”的亲戚。乡下人常言“一辈亲二辈表，三辈四辈认不到”，超过三辈还在来往的亲戚，是非常少见的。虽是远房亲戚，但婆婆平素对我家颇为照顾，故两家走动勤。婆婆育有五男两女，虽是街道居民，但无土地，全靠白手谋生活，是所谓的“黑人”（镇上无商品粮居民的俗称）。“爷爷”早年靠给镇上人家挑水，维持一家人生计，因劳累过度早早去世。婆婆好不容易把七个子女拉扯大，老幺刚刚参工还未成家，就病故了。熬到几个子女都成家了，只剩下她和第四个儿子（我喊“四叔”）守在百年老宅，靠经营茶水和面食维生。

张学金 / 摄

这平凡的小镇，承载着普通人的喜怒哀乐，也曾翻卷起多少历史风云！时光啊，是一条起伏不定、川流不息的河流，你我是其中的一滴水，焉能分辨出哪些是壮美，哪些又是平凡？就像关桥河那一汪清流，清澈如碧玉，平静似处子……

——《清江渡》

婆婆当过街道干部，做事泼辣，外冷内热，是典型的“女汉子”。记得有一年秋天，老家的两棵枣树结得异常繁密，刚入秋，满树就像挂满了亮晶晶的星星。为了给我筹集学费，母亲让我背着枣到清江渡去卖。因为年少胆小，我背到婆婆家便踌躇不前。婆婆找来一杆秤，教我识秤算账。出门前，她再三叮嘱：“街上人厉实（厉害），要多长个心眼！”哪知我刚走到柳树街口，放下背篼，摊开口袋，几个中年妇女就围拢过来。她们一边啧啧称赞这枣真好，一边拿起品尝讲价，有的趁机抓起往口袋塞。我哪里见过这种阵仗，顿时手忙脚乱……

“干啥子！”一声大喝，婆婆不知何时赶到。她一把夺下口袋，麻利地拧紧袋口护住，一边大声训斥：“一个乡下娃儿卖枣子挣学费，哪个也不准欺负他！”妇人们怔住了，很快回过神来抱怨：“你凶啥子嘛！”然后一个个悻悻地走了。那天，在婆婆的帮助下，一袋枣很快卖完了，够我秋季的学费了，我好高兴！但“乡里娃儿上不了街”一度成为婆婆和四叔茶余饭后跟我的笑谈。

虽然清江渡让年少的我记忆很深，但真正走近这里还是上初中。当时，中专毕业分配到清江区供销社工作的哥哥，通过熟人关系把我从中兴弄到清江中学。

那一年，恰逢学校在清江区招收“尖子生”，我有幸分到这个“尖子班”。在那所方圆百里知名的学校里，20 世纪 80 年代曾有人考上清华大学，闻名四方。为了跳出“农门”，班上五十多位同学起早摸黑，发奋攻读。冬天天不亮，镇上人们还在熟睡，学校嘹亮的起床号就响彻全镇上空。这激越的号角，像催促战士冲锋的命令，学生听到后都翻身而起，稍作洗漱后快步跑到教室晨读。这起床号那么响亮，以至于今天我都很纳闷，为何镇上人从未抱怨过打搅了他们的睡眠？也许，这声音陪伴他们几十年了，大家早已习以为常。

我住在红星梁供销社宿舍里，冬天早晨踏着厚厚的白霜，穿过邮电局、区公所，一路灯火稀疏，不时有鸡鸣犬吠从深巷里传出。走过狭窄的烟市巷，不时见到赶早场的农民背着蔬菜在石阶上歇息，口里呼出一团团白气。拐进长长的柳树街，薄雾中隐约一道大门矗立，那就是大名鼎鼎的清江中学。

在那座青砖黛瓦的两层木楼——“奇章楼”里，脚踩木板吱呀作响。春天，两株高大的银杏树将万柄小绿扇送到窗前，宛如两位美丽婀娜的少女顾盼多情。微风拂过，叶扇翻动银光，哗哗作响，仿佛特意为苦读的学子们送来缕缕清凉。秋风中则满树披金，飘落一地金黄。学子们陶醉其中，无不心旷神怡，更加忘我苦读。因为是“尖子班”，校领导盼望我们出成绩，班主任也抓得紧，老师们也很用心。上初二时，因上一届毕业班中考失利，学校更是把“宝”押在我们身上，希望我们打一场“翻身仗”，破天荒地从高中部抽调多位骨干教师来充实我们班的师资力量。这让我们压力不小，但又信心百倍。

奇章楼前，我们为学校从“清江中学”恢复为地下党时期的“奇章中学”而载歌载舞；大操场上，我们曾为地下党人、白发皓首的名誉校长王朴庵的深情吟哦而感动落泪；运动场上，千名学子一起为斩金夺银的健儿鼓掌欢呼。

每临期末考试，是我们的自由复习时间。这时候，或邀三五同窗，带上书本来到后操场草坪上学习，或坐在池塘边诵读。草木发而幽香，池水澄明似镜，大家忘情朗读的场面至今让人难忘。有时候，我们干脆走出后校门，一头扎进“猫儿石”的密林里看书，或沿着田间小路背诵，或沿着达巴公路走读。那情景，真有“空山不见人，但闻人语响”的韵味。累了，就仰卧石上，看高天流云，听河水低吟，醉鸟雀私语，直至夕露沾衣，踏月而归……

学生时代的生活很艰苦。一个铝制饭盒，一罐泡菜，一小袋大米，就是一周生活的全部。往往周末才能回一趟家。每次经过柳树街，我总被眼尖的婆婆、四叔、四婶“逮”住，然后不由分说地拉进店里，煮一大碗饺子或抄手，浇一勺红油辣子，热气腾腾地端上来，吃得我额头冒汗，美美地打一顿“牙祭”。

在“禹王宫”对面的那座百年老宅里，年过六旬的婆婆热情地招呼着客人，卖着几毛钱一杯的茶水，虽利润微薄却乐此不疲。淳朴善良的四叔四婶开着小吃店兼做手工挂面，卖一元一碗的饺子抄手，四季食客不断。我这个“书生”待在店里，有时想帮点忙却又无从插手，只好随意翻看婆婆用来出租的那一大箱子连环画，或听她跟茶客大声讲述《施公案》《彭公案》《三侠五义》。

食客熙熙，茶香浓浓。阳光穿过天井，照到古色古香的茶桌上，明净而又温馨……

1990年夏天，期待已久的毕业会考终于来临，我们班不负众望，考出了全校有史以来最好的成绩，我则以762分的总分勇夺全区第一。在第二场中考中，我们班又创造了十多人中师中专上线的佳绩。校领导心花怒放，老师们扬眉吐气，班主任立功受奖，婆婆和四叔四婶喜气洋洋。

那个初秋，我在晨曦中挥别清江渡，背着书箱铺盖登上呼啸东去的客车，去达州财贸学校读中专。随后，一股迅猛的打工潮席卷镇上。人们或外出淘金，或多方找机会进城，或远走他乡。再后来，集镇南扩，新街兴起，老街赶场的人日渐稀少，柳树街的繁华悄然落幕。数年之后，婆婆在一个雷雨夜撒手人寰。亲人离去，生意萧条，四叔愈发喝起闷酒，常与家人争吵。有一年夏天，他竟然狠心地喝下一瓶烈性农药，当人们把他送到镇医院门口时，他已经不行了，大口大口地吐着白沫……紧接着，店铺关门，老宅上锁。

转瞬三十年，我早已娶妻生子，日夕奔波为稻粱谋。特别是父母亲去世后，我已经很久没去清江渡。记得2006年母校六十周年校庆，回去经过柳树街，看到路面坑洼，老街萧条，昔日繁华荡然无存，心头不禁泛起阵阵酸楚。

一个烟雨蒙蒙的秋日，我重新走在古朴的街巷，曾经熟悉的地名扑面而来：红星梁的旧楼仍可寻觅，海星街的叫卖此起彼伏，烟市巷的街道古朴狭窄，柳树街的老宅别梦依稀，奇章楼的书声依旧琅琅……

往事像潮水般涌来，拍打着我的心扉。记得那年上初二，得知我要从红星梁搬到离校更近的烟市巷口，大热天四叔找上门来扛起上百斤的木床就走，长长街巷洒下了他负重疾行的汗水。红星梁爬满青苔的石梯上，深印着父亲月夜跋涉二十余里为我送米的足迹。柳树街昏暗的老宅里，仿佛还有着婆婆和四叔在小店里忙碌的身影。

继续前行，历史像胶片般回放：七十多年前，巴中县化成民主人士赵济刚联合地下党人王朴庵创办奇章中学，成为川北地下党活动中心；新中国成立初学校迁至清江渡，更名为巴中县第一初级中学；九十年前，红四方面军总指挥徐向前、李先念等重要将领打马进入柳树街，召开了著名的“清江渡军事会议”，擘画川陕苏区西进北拓宏图；时光上溯到两百多年前，清嘉庆二年

（1797），白莲教起义军与清军在清江渡大战，清军溃败，起义军进逼巴州……

这平凡的小镇，承载着普通人的喜怒哀乐，也曾翻卷起多少历史风云！时光啊，是一条起伏不定、川流不息的河流，你我是其中的一滴水，焉能分辨出哪些是壮美，哪些又是平凡？就像关桥河那一汪清流，清澈如碧玉，平静似处子，她从大巴山深处流来，流过四山八岭，无私哺育了我的祖辈父辈，也接纳了叱咤风云的英雄豪杰。她静静地迎来送往，波澜不惊，昼夜不息……

【卷三】

文事

文章

严武、杜甫与阿来

一

巴中文坛多盛事。前人刚走，后人就来。当代著名作家阿来就是其中一位。

那天下午的讲座在王望山下兴合阳光酒店举行。上午，阿来去了南龛，在“云屏石”严武《奏请赐巴州南龛寺题名表》前驻足良久。

“我很喜欢严武这个人！”阿来开门见山。

众所周知，阿来是国内研究杜诗的知名专家。作为杜甫的“粉丝”，阿来深入研究过杜甫、严武二人的交往。他在《杜甫：大唐由盛转衰的记录者》中写道：“成都待老杜不薄，他也爱上了成都，爱上了浣花溪，花了许多心思营建草堂。草堂建成了，严武出城来看他……”在追述严、杜二人交情时，阿来写道：“严武为解决他（杜甫）的生活问题，还为他谋得一个小官职：校检工部员外郎。可惜这样的日子并不长久，公元762年，严武被召还京。杜甫舍不得，一路相送，一站又一站送到今天绵阳的涪江边……”

阿来与严武颇有“渊源”。他是阿坝州马尔康人，他的小说《尘埃落定》就是以当地为背景创作的。唐“安史之乱”后，吐蕃进犯西南，时任剑南节度使的严武率军在当狗城（今四川理县西南）大破吐蕃七万余人，收复盐川（今甘肃漳县西北）。

“严武这一仗就是在我家乡一带打的！”

2021年以来，阿来连续在成都开讲杜诗，系统讲解杜甫的作品、生平，包括与严武的交集。在巴中讲座一开始，阿来就对南龛云屏石上“严武奏表”中严武担任巴州刺史的说法提出质疑。

“严武在四川当过绵州刺史、东川节度使，他来过巴中，但是否做过巴州刺史，好像缺乏正史记载。”

阿来的质疑不无道理。《旧唐书》记载：“严武，中书侍郎挺之子也……宰相房琯以武名臣之子，素重之，及是，首荐才略可称，累迁给事中。既收长安，以武为京兆少尹、兼御史中丞，时年三十二……出为绵州刺史，迁剑南东川节度使。”读完《旧唐书》关于严武的五百余字，皆为其生平大事、功过得失，难觅严武担任巴州刺史之蛛丝马迹。

但《新唐书》里清楚记载：“武……从玄宗入蜀，擢谏议大夫。至德初，赴肃宗行在，房琯以其名臣子，荐为给事中。已收长安，拜京兆少尹。坐琯事贬巴州刺史。久之，迁东川节度使。”此处，严武“坐琯事贬巴州刺史”赫然在目。也就是唐肃宗时，兵败罢相的房琯被人弹劾，贬为邠州刺史，因严武曾受房琯推荐，便被视为房琯“余党”而被贬为巴州刺史。可见，阿来所说的严武任巴州刺史没有“正史”记载，实则是《旧唐书》没有记载，《新唐书》是有记载的。

《资治通鉴》记载得更详细，“乾元元年……太子少师房琯既失职，颇怏怏，多称疾不朝，而宾客朝夕盈门，其党为之扬言于朝云：‘琯有文武才，宜大用。’上闻而恶之，下制数琯罪，贬邠州刺史。前祭酒刘秩贬阆州刺史，京兆尹严武贬巴州刺史；皆琯党也。”

此处，明确记载了严武贬巴州时间，以及因何被贬。

至此，阿来提出的第一个问题尘埃落定。这不怪阿来，作为著名作家和四川首位“茅奖”“鲁奖”双冠王，能够写出《尘埃落定》等伟大作品已经让人仰望。虽然他博览群书，但苛求他记住《旧唐书》《新唐书》《资治通鉴》中一个并不著名的历史人物的全部履历，是难以做到的。

其实，后人就是依据《资治通鉴》的记载，认定严武贬谪巴州时间是在唐乾元元年。这还可以从唐代巴州刺史羊士谔的《浮杯十四韵》诗序“乾元初，严黄门自京兆少尹贬牧巴郡……”中，得到有力佐证。

严武不仅做过巴州刺史，而且政绩卓著。他在任上，对残破荒凉的南龛石窟进行大规模维修，修建寺庙，被唐肃宗赐名“光福寺”。南龛石窟能够保存至今，成为“国之瑰宝”，严武功莫大焉。

二

在巴中，阿来说自己是那种“能够读《全唐诗》的人”。

阿来是诗人，早年出过诗集《梭磨河》，他还写过不少“介于诗歌与小说之间”的散文。记得在一次专访中，阿来说：“中国古典文学，我从《诗经》开始读，读到宋词结束。”作为藏族作家，他对汉语古诗词有着浓厚兴趣：“我有藏语的背景，又用汉语写诗，对两个语言体系有比较，我发现汉语有一个优势，就是从诗歌、从《诗经》开始，抒情言志的传统就没中断过，由此发展出一整套修辞。”

阿来对《全唐诗》收录的严武的《军城早秋》《巴岭答杜二见忆》《题巴州光福寺楠木》等六首诗歌如数家珍。暮春时节，烟雨蒙蒙，站在辉煌壮丽的南龛石窟前，一千多年前唐肃宗赐名的“光福寺”只剩下遗址，严武在《题巴州光福寺楠木》中咏唱的古楠早已化为尘埃。但在遗址附近，又长出了一棵高大的楠树，枝繁叶茂，浓荫蔽日，重现严武诗中“高枝闹叶鸟不度，半掩白云朝复暮。香殿萧条转密荫，花龛滴沥垂清露”的胜景。立在树下，阿来感慨良多。

在“云屏石”上，他看到一首五言长诗《暮春题龙日寺西龛石壁》，署名正是严武。

圣泽久润物，皇明常烛幽。
恩从祥凤翱，德与和气游。
报国建香刹，开峦临僻州。
天长面绿水，地迥起朱楼。
寻异遍众壑，坐禅逢一丘。
永怀根本妙，誓以身心修。
奇色艳草满，珍名嘉树稠。
远江崩涛喧，复涧微雨休。
嘹唳猿响谷，参差峰入流。
碧烟曳篁径，白日悬沙洲。

泛海谢安石，吟诗王子猷。
扬雄爱清静，山简多优游。
性分固有适，蓍龟何足求？
神閒孤台月，目送千里舟。
携手逸群品，浩歌邈悠悠。
山情慕禽尚，诗格惊曹刘。
旌能举滞时，选异拔奇俦。
鼎食当自致，岩栖难久留。
嗟馀参符守，汉主远分忧。
往往行春到，闻钟散客愁。

阿来在仔细研读后，确认这是唐人风格。“这首诗《全唐诗》里没有，我们可以补遗，算起来严武应该有七首诗。”阿来直言，在当前文旅融合的大背景下，这些都是值得巴中文人深入挖掘的文史宝藏，巴中丰厚的历史文化为作家创作提供了肥沃土壤、充足养分。

讲座中，阿来说自己非常喜欢严武的《军城早秋》：

昨夜秋风入汉关，朔云边月满西山。
更催飞将追骄虏，莫遣沙场匹马还。

一千多年前，发生在阿来家乡的那场鏖战早已烟消云散，但诵读严武的《军城早秋》，战况之激烈，形势之紧张，唐军士气之高昂，恍然眼前。正当这位英雄高唱战歌驰骋疆场，欲为唐王朝建立更大功勋之际，一年后他在成都意外暴病而死，年仅 40 岁。

三

南龛云屏石下，有“杜甫洗墨池”，熟悉杜甫年谱的阿来当场指出：“杜甫没有到过巴中，应该把这几个字抹掉。”

对于这个“杜甫洗墨池”，我曾经考证过，并撰写文章，得出结论是杜甫没有到过巴中。因此，我对阿来严谨的治学态度和敢于直言表示钦佩。

作为杜诗研究专家，阿来对杜甫在蜀地诗歌创作及背景作过深入研究。2021 年，他出版散文集《以文记流年》，在《回首锦城一茫茫》一文中写道：“成都，这座建城史长达两千多年的古城，真正代表城市古老历史的物理遗迹基本都无迹可寻。城墙没有了，华屋没有了，杜诗中写到的张仪楼没有了，黄师塔没有了，石笋没有了，摩诃池也没有了……书写成都，最优美、数量也最多的，就是杜甫……没有杜诗，我们几乎无法描摹成都，没有杜甫，我们也几乎无法歌颂成都。”

在阿来眼里，杜甫的诗歌是“诗史”。“如果杜甫真来过巴中，必然会留下作品，为何历史上没有流传下来杜甫关于巴中的诗作呢？”作为巴中人，我深表赞同。杜甫一生颠沛流离，假如他真到过巴中，那么应该有投靠对象，而绝非简单地路过。有人说杜甫曾投靠巴州刺史严武，实际上根据《杜甫年谱》，严武被贬为巴州刺史时，杜甫被贬华州（今华县）司功参军。唐乾元二年十二月，他才“经木皮岭、白沙渡、飞仙阁、石柜阁、桔柏渡、剑门、鹿头山。岁终至成都，寓居浣花溪寺”。

“当公元 760 年严武在巴州给唐肃宗写《奏请赐巴州南龛寺题名表》时，杜甫正在浣花溪边修草堂。”阿来说。

从唐肃宗上元元年（760）春，杜甫卜居浣花溪，到唐代宗永泰元年（765），他离开草堂南下沿长江东下出川，杜甫在蜀共六年。他先后游历了新津、青城、绵州、射洪、阆州、梓州、嘉州、戎州等地，唯独没有到过巴州的记载。以唐代的交通状况，杜甫要从成都到巴中，往来没有一个月是不行的。而《杜甫年谱》将杜甫在蜀的时间精确到了月份，因此，从诗作、年谱、时间推算等方面来看，杜甫没有到过巴中是事实，南龛“洗墨池”与他毫无关系。

但是，杜甫还是留下了与巴州有关的诗作。他在去吴楚前，给一位姓马的巴州刺史写下《奉寄别马巴州》，其中的“扁舟系缆沙边久，南国浮云水上多”是历来传诵的名句。晚年，杜甫寓居云安（今云阳）、夔州（今奉节）时，参加鲜于炅（今阆中人）由万州刺史调任巴州刺史的饯行宴会，写下《送鲜于万州迁巴州》。诗中，他勉励鲜于炅到巴州后勤政爱民，他日一定会受到朝廷的嘉奖与提拔。这两首诗都收录在《全唐诗》。

在杜甫的行程中，他有两次距离巴中很近。一是乾元二年（759），他经剑门关到成都。二是唐广德元年（763），他到阆中“游牛头、兜率、惠义诸寺”，写下《阆山歌》《阆水歌》。如果诗圣的脚步再向前一步，多花几天就到了巴州。

可惜历史不能假设。究其南龛“洗墨池”的由来，一是南龛“云屏石”背面曾镌刻杜甫《九日寄严大夫》诗，该诗是杜甫在唐宝应元年（762）写于梓州（今三台）。那么后人为何将其刻于南龛？我猜测不外乎严武是曾到过巴州的一位名人，而他和杜甫是世交，二人经常唱和。而宋代又是一个高度推崇杜诗的朝代，特别是南宋半壁河山沦丧，人们渴望有严武这样的名将收复河山，建立不世之功。所以，当他们登临怀古时，很容易将严武与杜甫联系起来，二人的唱和自然成为时人吟唱的对象。如宋代巴州官员冯伯规在《登赋诗楼》中，就有“请以老杜句，赋诗榜其颜”。宋代巴州长史赵善期也曾步严武光福寺楠木诗，作《古楠歌用严郑公韵》。

由此，也就不难理解后人为何将严武写于西龛的《暮春题西龛龙日寺石壁》镌刻到南龛云屏石“严武奏表”旁了。

“有这么精美绝伦的盛唐石窟，名人题刻无数，为何非要弄一个假的‘杜甫洗墨池’，难道是缺少文化自信吗？”阿来不解地问道。

来巴两日，步履匆匆。阿来带给巴中人的，是博览群书，是睿智直言，还有对新时代地方文学创作的思考。末了，就以阿来在讲座中提到的杜甫的《阆山歌》为韵，赋诗一首，以致敬阿来和我都崇拜的诗圣杜甫：

翠微万顷贮风日，一水中分玉带碧。
城邑悠悠卧白云，波涛滚滚走龙石。
昔闻严子佐危邦，后有猛夫制顽敌。
日暮旗山松柏森，惟余杜宇啼岩壁。

附：杜甫《阆山歌》

阆州城东灵山白，阆州城北玉台碧。
松浮欲尽不尽云，江动将崩未崩石。
那知根无鬼神会，已觉气与嵩华敌。
中原格斗且未归，应结茅斋著青壁。

天开金榜

金榜天开几百春？云岩重访满苔痕。
丹梯百丈从容过，谁识书台旧主人？

一

从巴城王望山向南远眺，视线越过望王楼、巴人广场，穿过古老的巴河水、张思训街，迎面突起一峰，状如屏风。山中有寺，名“光福寺”。

站在寺前俯瞰，巴城街衢纵横，车水马龙。仰望寺后，一面刀劈斧削的绝壁掩映在绿荫中，石上大书“天开金榜”四字，字大过席，数里外清晰可见。

这是南龛北岩，古称金榜山、丹梯山、书案山，因山“如案如榜”而得名。古时，南龛山分为两段，南龛石窟那面称南龛山，面向王望山这面称金榜山。

金榜山左，有两块天然岩石，高阔俱十余尺，自下望之，巍然欲坠。因分别酷似官印、印盒，人称“印盒石”“仙人捣练石”，

“金榜挂印”为巴州十景之一。相传，如果哪一年印盒石有红光照射文庙，当年巴州必定科甲鼎盛。巴州川剧《牡丹灯》唱词“印盒石文光射斗”即此也。可惜，盒石毁于四十年前修路，如今只剩下孤零零的印石。

山名金榜，古称丹梯，加之有印盒石，相信风水的古人便在山中建文昌阁、丹梯书院。明《保宁府志》《蜀中名胜记》云：“丹梯书院，在南龛山，因其山重迭耸秀，有若丹梯而名。”相传，晚唐诗人张曙曾在丹梯书院读过书，后来高中进士。

二

花开花落，草木荣枯。

鸿蒙之后多少年，金榜山上来了一个人。他四十开外，挥毫在石壁上写下三个大字。

清道光《巴州志》云，金榜山“绝壁有张珩镌金榜山三字，高阔四尺许。”“‘金榜山赐进士第秋官云间张衔书。’此刻在文昌阁右岩绝壁。字大上尺许，年月剥落。”明嘉靖《保宁府志·桥道》载：“张衔，江苏华亭进士，成化间任保宁府推官。”（唐光宅元年，改刑部为秋官，后世遂以秋官或推官称刑部。）

在清道光《巴州志》中，收录《金榜山吟会亭诗二首》，作者也是张衔。

其一

江上青山山下亭，士民指路共游行。
黄花白酒且同醉，物与民胞方称情。
落日远峰含翠霭，暖烟芳草载飞觥。
于今四海浑无事，诗酒何妨老此生。

其二

少年辛苦数行书，案牍劳形四十初。
且尽山间林下乐，好为今日古人愚。
经时又饮巴中酒，问政宜来陇外车。
天理流行静须见，海鸢飞处跃池鱼。

《巴州志校注》注释：“据明《保宁府志·保障》，张衎，直隶华亭人。进士，成化十二年（1476），由工部主事，左迁保宁府推官（主管刑狱）。”明代，江苏先后称直隶、南直隶，辖今江苏、安徽和上海，故《巴州志校注》和明《保宁府志·桥道》对张衎籍贯注释是一致的。但清道光《巴州志》将张衎诗作列入“国朝”如何解释？大清立国于1616年，而成化（1465—1487）为明宪宗朱见深的年号，比清朝建国早了140多年。明成化年间的张衎怎么可能活到清朝？这到底是清道光《巴州志》编纂者朱锡谷等人的疏忽呢？还是真的存在明朝和清朝两个“张衎”？

更令人费解的是，《巴州志校注》引用明《保宁府志》注释，认为张衎为明代成化年间人，而南龛“天开金榜”石刻旁题记却写道：

昔唐秋官张公衎题金榜山三字，年久风雨剥蚀，后人仿旧迹于丹梯阁侧书天开金榜以复古制，行见地灵人杰，科名甲第之盛，必有继美于前者。

“公”乃古代对男子的尊称，此处张公衎即张衎。奇哉？张衎又怎么变成了唐人？在我疑惑之际，2021 年 6 月再上金榜山，又在“天开金榜”石刻下发现一通“天开金榜重放光彩”大理石碑，碑文为：

故唐武则天时曾供职刑部的华亭（今上海松江县）人张衎移任保宁，莅巴之时，见丹梯山，形似书案，峰有印盒石相衬，便书金榜山三字，镌于山上，自此其山名为金榜山。

该碑系巴州有识之士感慨于“天开金榜”石刻被树木遮挡、苔藓覆盖，于 2006 年捐资修葺，清除灌木，安装镁光灯，以方便观瞻。碑记中，认为张衎系唐代武则天时期的刑部主事，所不同的是籍贯变成了今上海松江县之华亭。

三

梳理一下，不难发现有三个“张衎”：第一个是明《保宁府志》记载的明成化年间的张衎，第二个是《巴州志》诗文记载的清代张衎，第三个是石刻题记、“天开金榜重放光彩”记载的唐代张衎。那么，是题记、碑记错了呢？还是说真有三个姓名相同但朝代不同的“张衎”？

先看题记，落款为“提督军门张必禄、荣成县知县唐之荣、候补同知张由基、刑部主事唐正恩……”这些均为清代巴州的名士乡贤，张必禄是清道光帝赐予的“励勇巴图鲁”、咸丰皇帝追封“太子太保”的将军；唐芝荣为清嘉庆举人，官至荣成知县；唐正恩曾任刑部主事江苏司、江苏阳湖县知县等职……其余七十余人均为贡生、廪生、监生等。按理说，他们将张衎年代记错或造假的可能性微乎其微，但他们认定张衎是唐人的依据又来自哪里？

话说回来，如果题记没有错，是否是注释《巴州志》的人误将另一个姓名相同的“张衎”，当成了题写“金榜山”的“张衎”？历史上两个同名同姓的人担任过同一官职，都到过巴州，一个题写“金榜山”三字，一个写下《金榜山吟会亭诗二首》，他们为同一人的可能性又有多大？抑或是《保宁府志》记载的明代“张衎”根本就没有题写过“金榜山”三字，石壁上的大作真系唐代“张衎”所为？或者说“张衎”本身是唐代人，是《保宁府志》将其年代弄错了？

就在思想“打架”之际，我专门请教了巴中地方志专家彭从凯先生。他认为，古代志书编修一般需要地方提供基础资料，由于张衎并非历史上的名人，不排除巴州官员向《保宁府志》编撰者提供的基础资料有误的可能性。“但在史学上，普遍倾向尊重田野考古调查，因为实物摆在那里，写志书的人并非全部都到现场看过。”

鉴于张衎年代难以断定，我决定在“天开金榜重放光彩”碑记上打开缺口。走访中，得知当年倡捐者早已离开巴中，失去联系，考证遂陷入停顿。然而功夫不负有心人，走访中我意外获得一本刘瑞先生编撰的《南龛诗文选注》。先抄录书中一首《天开金榜》于下：

柳体珠光峭壁悬，丛林郁郁耸江天。
晓同印斗迎金虎，夜伴奎星映玉蟾。
向美丹梯吟笔冢，更誉金榜亦书山。
万般功业从勤奋，皑皑梅花香岁寒。

在该诗下面，刘瑞注释：“今‘榜’字下石刻自左至右竖刻碑记云：‘昔唐（应为“明”）秋官张公衎书金榜山三字，年久风雨剥蚀，后人仿旧迹于丹梯阁侧书天开金榜……’今据明《保宁府志·历官》‘推官张衎直隶华亭人，进士，成化十二年（1476）以工部主事左迁’。因此约为明中叶人。”刘瑞认为，张衎应为明代人，对清代题刻中张衎是唐人的说法进行了纠正。在该书第三辑《巴中石窟·南龛摘要》“南龛题名题词补录”中，刘瑞亦在“天开金榜”题记中做了张衎是明代人的更正。但是，刘瑞先生并未给出理由和依据。

综合分析上面几种说法，我认为，张衎是明朝人的说法比较可信。因为，假设张衎是唐代人，他题写的“金榜山”三字在当时应是具有知名度的胜迹，否则不足以达到让清代张必禄、唐芝荣等名士循仿旧迹“以复古制”的程度。既如此，那么“金榜山”或“金榜”也应该会被唐代及以后游山的文人墨客在诗词歌赋、石刻碑记中有所提及。然而，我查阅了清道光《巴州志》收录的近200首诗词、21处南龛题名，特别是刘瑞编撰的《南龛诗文选注》堪称历代“南龛诗词大全”：收录南龛摩崖诗词37首，铭文4篇，诗11首，包括镌刻于南龛不属南龛范围的诗词23首（如杜甫《九日寄严大夫》），均未发现唐代至明代以前有言及“金榜山”和“金榜”的。如果张衎是唐代人或者碑记所说的武则天时期人，那为何唐代巴州刺史严武、羊士谔、官员张祎、宋代巴州通判宗泽等名人在巴留下的诗文中没有提及“金榜山”？特别是羊士谔在巴作诗30余首，南龛、西龛、东龛、后溪等巴城胜迹无不涉及，其中南龛3首，无一字提及“金榜山”。

宋代何侃作《何侃游记》，记载了他游南龛的所见所感，抄录一段如下：

> 游南山，宴于怀古亭，对古楠之乔蔚，瞻石龛之嵌岩。酒既半，乃纵步相与登山顶绝览阁，观江山之气象，览城郭之形势，已而分茶，啜建溪新茗，谈论飞屑（眉），不倦。逾时，又纵行至飞霞亭，观仙人捣练石，周回四顾，有萧散凌云之趣。少顷，复纵行下山，至再休亭略憩坐，眺望野景，怀想古意。移刻，复至怀古亭，终席而归。

文中“仙人捣练石”即印盒石，作者“周回四顾，有萧散凌云之趣”。唯独未发现“金榜山”石刻，充分说明宋代并无此胜迹。那么，明代呢？先看《南龛诗文选注》辑录的陈凤《题丹梯书院》诗：

书院层岩上，丹梯半有无。
草蒙碑嬰赝，雨洗字模糊。
笔冢秋云冷，琴台夜月孤。
我来觅归迹，猿鹤起惊呼。

明代傅瑛有《丹梯书院》诗：

南山书院古丹梯，赢得诗人入品题。
岭上仰观红日近，岩前俯瞰白云低。
碑文有字莓苔合，诗颂无声鸟雀啼。
传说当年工部在，风光不让浣花溪。

陈凤，巴州人，明成化五年间（1469）进士，官至南京刑部主事。傅瑛，杭州人，明成化七年（1471）任巴州训导。丹梯书院旧址在金榜山腰，如果当时真有“金榜山”石刻，陈凤、傅瑛二人游览时应该会在诗中提到。更为重要的是，明《保宁府志》记载的张衎与陈凤、傅瑛均为明成化年间人。我推测张衎题“金榜山”应是担任保宁府推官之时，也就是陈凤和傅瑛游览丹梯书院几年之后的事。

而当张衎题写“金榜山”写下《金榜山吟会亭诗二首》后，后人诗作中屡屡提及金榜山。如明代朱尹的《南龛耸翠》：

彭从凯 / 摄

金榜题名、独步丹梯、执掌官印，这是古代多少读书人的梦想！而金榜山、印盒石、丹梯正好契合了他们的想法，加之有丹梯书院、天开金榜、文昌阁等众多人文景观的加持，使得南龛这座不高峻的山峰从巴州诸山中峭拔而起，耸立成一道巴州文运昌盛的瑞峰。

——《天开金榜》

谁将危岫对城安，城里家家当画看。
晚雨色滋岩草湿，霜风声落岭枫干。
三千地界开金榜，十万天丁铸玉峦。
昨日龛头望京阙，云霄岚重不胜寒。

《保宁府志》记载：“朱尹，嘉靖八年（1529）任巴州知州。”这进一步证明张衎是明代成化年间（1465—1487）人。此外，还有清人吴琦的《乾隆戊子游南龛》：

云深胜景许登探，绝顶遥瞻万象涵。
巴字江环金榜北，印文石镇木楠南。
杜陵诗壁埋苍藓，张曙书堂锁夕岚。
惟有岩前诸佛古，尚留昙树护禅龛。

在“金榜山”石刻之后，巴州又有了“金榜桥”。《巴州志》记载：“金榜桥，在州南二里，金榜山侧。”该桥被清人魏冠军写入《游南龛寺偶题》诗中：

闲步纡回到化城，南龛何处访漆僧。
云屏直耸星河近，岩石嵯峨佛像凭。
径曲化黄延处士，楼高竹翠扶秋鹰。
我来吊古章怀墓，金榜桥边月又明。

基于以上原因，我认为张衎是明代人较为可信。当然，这仅是一家之言，鉴于张衎并非著名历史人物，缺乏志书详细记载，该问题有待更多人士一起探讨。

四

拨开重重迷雾，历史上确实有一个叫张衎的人题写了“金榜山”。

时隔300多年后，石刻风化殆尽，巴州一批乡贤名士倡导捐资重新镌刻了“天开金榜”四个大字。

在2007年启动的第三次全国文物普查中，原巴中市文物局副研究员汪信龙曾对“天开金榜”石刻进行过测量：“该石刻分布在长300米，宽10米的南龛坡北半山腰石壁上，面积3000平方米，为清咸丰六年凿刻，每个字长3米，宽2.6米，字距约25米。”

如此气势磅礴的书法出自何人之手？清代巴州名士唐芝荣也。据民国《巴中县志》，唐芝荣（1775—1858），平昌县驷马镇雷山人，家道贫寒，八岁丧父，由兄资助求学。20岁赴试，文章竟被官绅子弟夺去，名落孙山。归里继续苦读，终于中举，历任浙江缙云知县、山东荣成知县等职。唐芝荣勤政爱民，一次，一贫民因盗窃被捕鞭打，伏地嚎哭，唐芝荣哭着劝他：“尔本是善良百姓，为何沦为盗贼？今后定要痛改前非！”一年夏天，狱中暑热难当，唐芝荣怜悯囚犯，命令打开囚门通风，一囚犯乘机逃逸。州府查处下来，按律应将芝荣革职。百姓闻知纷纷上书，称其清廉，方得宽宥。清道光三十年（1850），年逾古稀的唐芝荣辞官从教，授涪州（涪陵）学正。咸丰七年（1857），乞归故土，次年病故，诰封“奉天大夫”。

当“金榜山”三字将要湮灭之时，巴州人不忍见到胜迹消失，便由张必禄、唐芝荣等人承头，捐资重新镌刻。大家一致推举时年81岁书法造诣最高的唐芝荣执笔，模仿张衔笔迹题写“天开金榜”四字，再请工匠镌刻于南龛北岩。

石刻落成于清咸丰六年（1856），张必禄没能看到这一天，他在咸丰元年（1851）病逝。

“该石刻具有较高的历史、书法和雕刻艺术价值，也是巴中一道不可多得的人文景观！”汪信龙说。

金榜题名、独步丹梯、执掌官印，这是古代多少读书人的梦想！而金榜山、印盒石、丹梯正好契合了他们的想法，加之有丹梯书院、天开金榜、文昌阁等众多人文景观的加持，使得南龛这座不高峻的山峰从巴州诸山中峭拔而起，耸立成一道巴州文运昌盛的瑞峰。

东龛在哪儿

一

一座城市，被东西南北四龛包围，且四龛都是“国宝”，这在中国大概只有巴中了吧。

在巴城，若问南龛、西龛、北龛怎么走，市民都会热情地给你指路。但是若问东龛在哪儿，很多人都会摇头，一脸茫然。

东龛在哪儿，自古以来有两种说法。

一说是在插旗山下的佛尔岩。1994年出版的《巴中县志》写道：“城东插旗山，上有桓侯庙，以张飞扎营插旗而得名，下有东龛，系唐代摩崖造像。”该书《国家、省、地、县文物保护单位一览表》中，也清楚地写着东龛在城东佛尔岩。

巴州人蔡一星积70余年之功编撰出《巴州名胜诗文集锦》，辑录了他从清末巴州秀才冯丽生等人处获得的《巴州诗文掌故抄》和《巴州四龛摩岩诗抄》。其中关于东龛诗3首，分别为羊士谔《东龛》《浮杯十四韵》、朱正蕃《次羊士谔题东龛韵》。在《次羊士谔题东龛韵》下面，蔡一星注释：“东龛，又名佛儿（应为尔）岩，在插旗山下。”

另一种说法是在东龛山。此山又名东华山，有东洞。清嘉庆《大清一统志·保宁府》记载：

东龛山，在巴州东十里，巴江东岸。又巾字山，下有古洞，数层甚深。

明代曹学佺《蜀中名胜记》云：

城外东龛，在宇江东岸巾子山下，即唐兜率寺，寺废，碑存。

清道光《巴州志》记载：

东龛山古名巾子山。《通志》云：在州东十里，巴江东岸，岭峻而长，横障一方。行其上，诸峰罗列如儿孙。山后为东洞寺，悬岩壁立，高数十丈。其下为东洞。洞口高二十余尺，阔几百尺。中有古释迦大像一尊，余像亦半之。左右设五百阿罗汉，塑绘庄严，精巧绝伦。地甚幽旷，莫详其始，或即唐时作也。

遍览《巴州志》山川、寺观和题名，笔者又发现几段有关东龛山的文字，抄录于下：

东华山，在州东十五里，上有东华寺。今呼东龛山为东化，与此山同名。

东洞寺，在州东十里，巾字山下，即东龛山之顶也。由州城望之，峰峦绝高，路亦险峻难登。

东华寺，在州东十五里，东华山上。

塔子山，即东龛山之支垄，亦名石长鼻。

在清道光《巴州志》巴州人陈三品所绘的《巴州全图》《旧巴州图》和《巴州城垣图》上，清晰标注了东龛方位在中坝以东。《巴州城垣图》上，东龛在巴城正东，插旗山在巴城东北，两处隔着一道山岭。这表明，清人认为插旗山与东龛是两个地方，不存在地名混淆。

很明显，清道光《巴州志》编纂者认为东龛在巴州之东十五里的东龛山，古名巾字山，又叫东华山。有东洞寺，佛像塑绘庄严，精巧绝伦。《巴州志校注》注释："东华山，在城东 5.5 公里，海拔 730 米，现属宕梁乡东华村。东龛山是其支脉，主脉自石门鼓楼山分脉，经炉桥子、通木垭、金山寺、白云大茅坪、三江普子岭，至梁永鹦鹉山抵巴河。"

梳理东龛两种说法，《巴中县志》和蔡一星认为在插旗山的佛尔岩，清道光《巴州志》认为在东龛山东洞附近。

二

其实，东龛之争古已有之。清道光《巴州志·山川》云：

插旗山，山下亦有佛龛，或以为东龛，然逼仄卑隘不堪驻足，恐不足当严、羊诸公之游赏也。

《巴州志》编纂者认为，插旗山下佛龛地势狭窄低下，恐非唐代巴州刺史严武、羊士谔游赏之地。

《巴州志·山川》记载东龛山东洞：

或云：与青莲洞通。青莲洞在沿山子下，相距十里。洞左有细泉一泓，披岩草下滴，淅沥如溅珠，寺僧贮之以供香积。唐严郑公所疏盘石细流、及羊士谔十四韵诗刻石殆即此也。虽距城十里而遥。当时实为游览之胜，今荒废无存。

“严郑公”即唐代巴州刺史严武，死后封郑国公。青莲洞在巴州城南，根据羊士谔诗记载，严武当年游赏之地在“郡之东山”。显然，这里说的是东洞而非青莲洞。

在《巴州志》中，质疑佛尔岩非东龛者不止一处。如《巴州志·杂记志》记载：

州城前后，共有四龛，创始皆无可考……东龛，或云非东洞，然宇江东岸，无可当昔贤顾盼者，所谓兜率寺、浮杯泉，应即在此。

这里，《巴州志》编纂者再次对东龛在佛尔岩的说法予以否定，认为兜率寺、浮杯泉应在东洞，其原因还是“宇江东岸，无可当昔贤顾盼者”。

那么，历史上东龛有何盛名？昔贤又有何“顾盼”呢？笔者先抄录唐代巴州刺史羊士谔《浮杯十四韵》于下：

石座双峰古，云泉九曲深。
寂寥疏凿意，芜没岁时侵。
绕席流还壅，浮杯咽复沉。
追怀王谢侣，更似会稽岑。
谁谓天池翼，相期宅畔吟。
光辉轻尺璧，然诺重黄金。
几醉东山妓，长悬北阙心。
蕙兰留杂佩，桃李想华簪。
闭阁余何事，鸣驺亦屡寻。
轩裳遵往辙，风景憩中林。
横吹多凄调，安歌送好音。
初筵方侧弁，故老忽沾襟。
盛世当弘济，平生谅所钦。
无能愧陈力，惆怅拂瑶琴。

在该诗诗序中，羊士谔写道：

乾元初，严黄门自京兆少尹贬牧巴郡，以长才英气，固多暇日，每游郡之东山，山侧精舍有盘石、细泉，疏为浮杯之胜。苔深树老，苍然遗躅。士谔谬因出守，得继兹赏，乃赋诗十四韵，刻于石壁。

根据羊诗，唐乾元元年，严武贬巴州刺史（严武曾为黄门侍郎，故称严黄门），曾于东山疏凿“浮杯之胜”。大约50年后的唐元和年间，羊士谔写下五言长诗《浮杯十四韵》缅怀这段盛事。他在“横吹多凄调，安歌送好音。初筵方侧弁，故老忽沾襟”。四句下面自注：“时老僧常觉在，自言睹黄门游集之日，历历可听，及闻丝竹发声，泫然流涕。”

巴州古代为偏远州郡，人们对于莅任这里的能臣干吏是很怀念的，严武就是其中之一。他贬谪巴州时，政绩卓著，后来官至剑南节度使，在抵御吐蕃时立下大功。作为后来者，羊士谔对严武推崇备至，他在诗中说严武及同僚畅游东山时“绕席流还壅，浮杯咽复沉。追怀王谢侣，更似会稽岑”。这画面颇似东晋王羲之《兰亭集序》中的场面。所以清道光《巴州志》的编撰者认为，插旗山下的佛尔岩地势狭窄，容纳不了众多人在此曲水流觞。

到了清代，朱正蕃（无考）有《次羊士谔题东龛韵》诗：

著屐东山结伴游，禅关高处白云悠。
立观岩洞传千佛，坐视江城览一州。
往哲已随麈劫尽，好诗犹向古碑留。
风流千载怀张曙，更有何人赋击瓯。

查《全唐诗》《巴州志》，并无羊士谔题东龛诗。在此先不论羊诗真伪，但从朱正蕃“禅关高处白云悠”“坐视江城览一州”等句可见，东龛位置是在一个能够俯瞰巴州城的高处。显然，插旗山下的“佛尔岩”海拔较低，是看不到这样的景象的。而东龛山海拔700多米，地势开阔，是可以一览众山小，当得起“昔贤顾盼”

的。这似乎再次印证了东龛是在东龛山，而非插旗山。

那么，羊士谔记载的严武“每游郡之东山”，这东山有可能是插旗山吗？清道光十年（1830），谢一鸣在《凌云塔记》记载：“越明年，政简刑清，公余多暇，尝偕僚属游于东山，四顾徘徊而曰：‘气佳哉！郁郁葱葱然，洵古名区也！’”文中记载了巴州知州陆成本修建凌云塔事迹。凌云塔在今天巴城塔子山，很明显谢一鸣笔下的“东山”为塔子山这条山脉，与《巴州志》“塔子山，即东龛山之支垄”记载吻合。加上前面提到的《巴州城垣图》，都在说明，古人所说的“东山”非插旗山。

三

笔者决定前往插旗山佛尔岩探访。过巴城后河桥，沿广开路前行数百米，左边有“东龛寺”。寺内大理石碑上书“东龛摩崖造像”，落款为“巴中县革命委员会、一九六五年四月二十九日”。说明早在20世纪60年代，就认定佛尔岩是东龛了。

持佛尔岩即东龛观点的，除了《巴中县志》（1994版）和蔡一星，还有几位。迄今为止看到的最早的是《巴州志校注》：“清光绪三年（1877），巴州人夏斌然立碑，言东龛在今宕梁乡佛尔岩，有兜率寺遗址。”兜率寺，查《巴州志》辑录的寺观，并无相关记载。但《巴州志·杂记志》云：“唐兜率寺碑，在东龛。寺废而碑存，字剥落难辨，今佚。”至于志书所说的夏斌然，不知为何许人也。

巴州区文管所首任所长程崇勋在《巴中石窟》一书中写道：

东龛石窟，地处巴中市城东0.5公里的插旗山下。

> 《巴州志》载："《志稿》云，插旗山在州一峰突起，顶锐而有小台，名义无考。土人以为桓侯遗迹，殊不足信。山下亦有佛龛、或以为东龛，然逼仄卑隘不堪驻足。恐不足当严、羊诸公之游赏也。"现经考证，东龛就在插旗山下。

程崇勋对巴州石窟颇有研究，可惜其人已于两年前去世，无法与之探讨"东龛就在插旗山下"究竟是他还是别人的考证。根据《巴中石窟》记载，东龛石窟原有47龛，1965年被公布为巴中县第一批文物保护单位。但20世纪60年代中期修巴中大桥，在佛尔岩一带开山取石，现仅存8龛。与南龛、西龛、北龛不同，这里只是县（区）级文物保护单位。

长期研究巴中石窟的汪信龙认为，"佛尔岩"石窟为唐代造像，与南龛、西龛、北龛一脉相承，而东洞造像为明清时期风格，比南龛、西龛、北龛开凿要晚很多，所以他坚称东龛就在"佛尔岩"。汪信龙是巴中知名文物专家，他和程崇勋都从专业考古的角度认为东龛就在佛尔岩。

按照程崇勋、汪信龙的说法，东龛位置之争将瞬间明了。但是，为何《巴州志》一再坚持东龛在东龛山呢？难道是《巴州志》编纂者朱锡谷、谢一鸣等人错了吗？而20世纪八九十年代参与《巴州志校注》的周集云、刘瑞等人都是巴中历史文化学者，为何他们在校注中一再声称东龛在东华山（东龛山）？

梳理汪信龙的观点，他否定东龛在东龛山的依据是龛窟造像风格。那么是否存在这样的可能？东洞原本有唐代造像，后来遭到毁坏？带着疑问，笔者在清道光《巴州志》找到一处"东龛题名"：

“巴州第一景”。“洞里有天，遍现阿罗五百；石中说法，同开智果三千。”“石火不焚冬自暖；谷风常夏生寒。”崇祯庚辰端阳后七日，周有翼、张连曜、钱象珂、张汝纯偕游志之。此刻在洞左岩下，洞前有石坊题“灵芝洞”三字。亦庚辰楚人周有翼书，按有翼邵捷春监纪也。

“崇祯庚辰端阳后七日”，即明思宗崇祯十三年（1640）五月十二日，比《巴州志》正式成书的时间早了 193 年。东洞古称灵芝洞，“洞里有天，遍现阿罗五百”，与《巴州志 · 山川》介绍东洞“左右设五百阿罗汉，塑绘庄严，精巧绝伦”的记载相符。

题名称东洞为“巴州第一景”，足见明代东洞声名之盛，这与《巴州志 · 山川》把东龛山列在巴州诸山之首，存在着某种暗合。让笔者疑惑的是，巴州“四龛”中，无疑南龛规模最大，历代名人诗赋、题刻最多，为何将东洞列为“巴州第一景”？随后，笔者查询了《巴州志 · 杂记志》记载的巴州十景，分别为“西华圣水，东洞灵芝，南龛朝霞，红岩晚照，青龙镇江，白马腾井，尖山文笔，王望仙踪，金榜挂印，虎井鸣科”。很明显，将“东洞灵芝”排在“南龛朝霞”之前，说明在清人看来东洞之胜尤在南龛之上。而当代巴中人周集云在《巴州八景诗》中，吟咏八景依次为：南龛朝霞、红岩晚照、白塔凌云、金榜挂印、石龙镇江、平梁古城、东洞风穴、西华圣水。东洞风穴排第七，这反映出后来东洞地位的快速衰落。

出城东复东，东华东洞处。
洞底一何深，洞穴一何古！

凿恐是公输，穴疑曾探禹。

阵阵阴风来，韵协笙簧谱。

天地以息吹，潜龙欣载舞。

莫向炎热趋，寻幽才有补。

——《巴州八景诗·东洞风穴》

笔者注意到，周诗重在描述洞穴，未提及龛窟，说明《巴州志·山川》所说的“中有古释迦大像一尊，余像亦半之。左右设五百阿罗汉，塑绘庄严，精巧绝伦”。可能已经看不到了。究其原因，要么是造像曾遭到毁坏，或者是龛窟规模已远不能和南龛、西龛、北龛相比了。

为弄清东洞情况，笔者约巴中石窟爱好者李林锋同往。驱车巴城塔子山，拐进一山坳，前方现出一块平地。尽头为一弧形洞窟，洞口有寺观数间，人迹寥寥。洞口石壁有佛像数龛，造像为泥塑，多已朽坏。李林锋读大学时着迷石窟，两三年间造访川内石窟上百处，研读国内石窟专业书籍上百部，虽年纪轻轻却对石窟研究颇有心得。他从佛像风格上判断这些造像为清代镌塑。洞口右壁镌有“天开云窟”四字，左边有“佛魁”两字，落款为“向南书”。寺里有经幢一座，雕刻精美，亦为清代风格。寺后为一深200余米天然石洞，愈走愈狭，尽头可匍匐而入。地上多黑色蝙蝠粪便，踢之如响沙。

探洞出来，见右侧石壁有碑文，依稀可辨为：

灵芝东洞，乃巴城圣景。嘉庆庚辰季夏之望，州衙刑户吏丞，赶会玩景，目睹伽傩神像，年久颓毁，发诚培塑，装饰金彩，不数日其工完竣，爰将出资姓氏刻名于左。

很明显，这是清嘉庆庚辰年（1820）巴州官员游览东洞，看到龛窟颓败损毁，遂倡议捐资重塑留下的功德碑。这进一步印证了汪信龙、李林锋关于东洞造像为清代的判断。出东洞约 500 米，发现一通墓碑，落款为清同治十一年（1872），赫然有“东龛之前，仁厚厥里”八字，再次佐证了《巴州志》关于东龛在东龛山的记载。这也是巴中迄今为止发现的最早的“东龛”石刻。

四

虽然东洞龛窟造像风格上与南龛、西龛、北龛不同，似乎可以证明东龛在插旗山“佛尔岩”了。但是东龛与东龛山不在一处又作何解释？须知自古巴州南龛在南龛山，西龛在西龛山，北龛在北龛山，为何东龛与东龛山出现分离？如果没有东龛，东龛山名又从何得来？后人仅凭造像风格就可以轻易推翻 200 年前《巴州志》编纂者的结论吗？（嘉庆《四川通志》刊行于 1816 年，谢一鸣等撰《巴州志稿》为修《四川通志》素材，即清道光《巴州志》底本），更何况，200 年前的清嘉庆庚辰题刻就提到东洞造像毁损，380 年前的明崇祯庚辰题刻就已经说东洞是“巴州第一景”，“洞里有天，遍现阿罗五百”。在我看来，东龛在佛尔岩的论据没有形成一个完美的闭环。

那么，有没有这样的一种可能，历史上“东龛”地名曾发生过挪移？根据许慎《说文解字》，“龛，龙儿。从龙合声。口含切”。《古汉语词典》里，龛有三层意思，一为佛塔，又特指葬僧人的塔；二为供奉神佛像的石室或柜子；三作动词，通“戡”，平定之意。

显然，古人“龛”的概念要比我们今天宽泛得多。也就是说，我们今天所说的“龛”与古人所说的“龛”并非完全相同。

《古汉语词典》所说的龛，最早是凿空岩崖，以安置佛像，南龛、北龛、西龛皆是如此。后来，龛的含义变为以石头或木料做成橱形，供奉佛像，也称之为佛龛。既然凿在石壁上的佛像可称为“龛”，置于小阁的佛像也称作“龛”。东龛之“龛”，是否也可以指雕塑在寺庙“小阁”中的佛像呢？如果巴城之东的巾字山唐代有这样的塑像，是否就可以称为“东龛”呢？

虽然佛尔岩的石窟与南龛、西龛、北龛同属唐代风格，开凿方式均为石窟造像，且规模大于东洞甚至北龛，但古代东洞声名大于佛尔岩，到这里游览朝拜的人很多，所以将东洞称作“东龛”完全有可能。也就是说，在唐代，东龛可能在佛尔岩，后来随着朝代变迁和战乱，加之东洞也有龛窟，香火更旺，久而久之人们便把东洞视为“东龛”了。由此，生发出清道光《巴州志》编撰者对于东龛在佛尔岩的诸多质疑。至于唐代巴州刺史羊士谔所游之“东山”是否是东龛山则不得而知，因羊诗并未提到石窟和洞窟等地域特征，有兴趣者可以根据诗中描绘的地理山势去考证。还有，《巴州志》提到的佛尔岩“逼仄卑隘不堪驻足”的问题，实际上“流杯池”占地面积并不大。以宜宾黄庭坚开凿的“流杯池”（九曲池）为例，长50多米，宽约半米，两排石凳相距1米多，相当于一张长“条桌”。只不过，“流杯池”开凿的地方需要丰沛的水源，优美宜人的环境而已。

我将上述推测告诉李林锋，他亦表示很有可能。

遥想1000多年前，巴州城楼高耸，城外阡陌纵横，鸡犬相闻。缕缕青烟从“四龛”袅袅升腾，山间晨钟暮鼓，寺院僧侣不绝，镌塑在石窟、寺庙的佛像静享人间香火……流光飞逝，东洞后来居上，虽造像几经毁损，又几度重光，依然香火鼎盛。到了近代，随着法国学者色伽兰组织的“中国西部考古调查团”的到来，巴中石窟开始声名远播。而东洞位置相对南龛、西龛、北龛、佛尔岩较远，且在考古学上东洞造像与前面几处年代不同，人们开始倾向于将巴城东边的“佛尔岩”视作东龛。也就是说，“东龛”之名在转了一圈之后回到原点——插旗山。

那么，巴中“四龛”之名又始于何时呢？查清道光《巴州志》，南龛、西龛之名最早见于唐代严武《题南龛光福寺楠木诗》《暮春题西龛龙日寺石壁》，但《全唐诗》收录了《题巴州光福寺楠木》，《暮春题西龛龙日寺石壁》一诗未收录，恐怕《巴州志》中的标题是后人加上去的。而羊士谔《东龛》诗真伪难辨，历来颇有争议。有唐一代，其余诗人笼统以南山、西山称南龛山、西龛山。直到宋代，“南龛”“西龛”才多次出现在诗人笔下，但吟唱东龛、北龛诗作鲜见。我推测，巴中“四龛”之名可能始于宋代。恰在此时，我读到西南大学历史地理研究所所长蓝勇所著的《中国近古以来的乡村地名》。蓝勇认为，宋代乡村地名中的华北类型以安阳、泸州为代表，大量表现为“方位＋专名＋同名”地名，这应该与地名识读特征较弱有关。我据此推断，因为巴州东西南北四面都有佛龛，为了识别方便，所以分别命名为东龛山、南龛山、西龛山、北龛山。这是否是巴中四龛之名始于宋代的又一佐证呢？

至此，东龛地点之争似乎已经水落石出，但这只是我个人的观点。

东龛考证历时一月，虽屡屡“山重水复”，但最终“柳暗花明”，想到此，我不禁莞尔一笑！

古道背影

纸上落下四个字时，一道古老的大门正吱呀打开。

眼前的画面从朦胧变得清晰：峡江云雾缭绕，一队商船奋楫向前。岸边陡崖下，热汗涔涔的背夫负重前行。高亢苍凉的歌声穿云破雾，带着盐渍、茶香和药香，飘荡在米仓古道上……

一

壬寅初夏，巴中万达广场盛装开业。这艘商业旗舰下水激起的巨大浪花，搅动着古巴州的商业浪潮。当巴中人为万达、王府井等商业巨头抢滩登陆而高兴时，殊不知脚下这片沃土的商业脉搏已强劲搏动了两千多年。

如同弓箭，只有往后拉得越开，才能射得更远。

梳理千年巴商走过的足迹，我惊讶地发现，早在商周时期，当彪悍强健的巴风席卷疆场所向披靡之际，巴地的翩翩红颜早已长袖善舞于商海。她们取得的成就，丝毫不亚于驰骋沙场的勇士，甚至吸引了“千古一帝”秦始皇的目光。

司马迁在《史记·货殖列传》中说：

> 而巴寡妇清，其先得丹穴，而擅其利数世，家亦不訾。清，寡妇也，能守其业，用财自卫，不见侵犯。秦皇帝以为贞妇而客之，为筑女怀清台。夫倮鄙人牧长，清穷乡寡妇，礼抗万乘，名显天下，岂非以富邪？

太史公以如椽大笔，讲述了巴地富商寡妇清的故事：她祖上拥有丹砂矿，财产多得不可计数，寡妇清继承光大家业，用庞大资财来保护自己不受侵犯。秦始皇认为她是个有贞节的妇人，从而以上宾之礼相待，为她修筑了“女怀清台”。

太史公感慨：寡妇清不过是一个穷乡寡妇，却能够让万乘之尊的皇帝对她以礼相待，名扬天下，这难道不是因为她的富有吗？如此看来，作为史学大家的司马迁并不重农抑商，也未受到传统的男尊女卑、华夷之辨观念影响，他秉笔为巴地女商人寡妇清立传，就是最好的证明。

沿着历史长河上溯，重农抑商越发严重。秦孝公时，推行商鞅变法，其中很重要的一条就是重农抑商，重征商税。孰料百年之后，一位商人出人意料地袭取了相国高位。吕不韦早年在阳翟经商，积累了巨大财富。他到赵国邯郸做生意，见到秦国派到赵国做人质的异人（子楚），顿时像淘到了一件“奇货”般内心狂喜。他将异人带回秦国，精心扶植成为秦庄襄王，他也被拜为相国。这就是成语“奇货可居”的故事。

在中国历史上，叱咤风云于商界的富商巨贾比比皆是，但是能够把商业逻辑娴熟地运用到一个国家管理上却鲜有听闻。吕不韦真可谓古今第一商界奇人也！其实，早在春秋末期，越国相国范蠡在灭掉吴国后，泛舟五湖而去，定居于宋国陶丘，经商致富，人称“陶朱公”。吕不韦从商人到相国，范蠡从相国到商人，截然相反的经历说明，一国丞相都可以由商人来做，还有什么是商人不可为的呢？

秦庄襄王死后，儿子继位，即后来著名的秦始皇。为了扫平六合，一统天下，他更不会束缚于前朝重农抑商和儒家男尊女卑的传统观念，所以才会大张旗鼓地褒扬一位巴地女性商人，为之修筑“怀清台”。

秦始皇开创了褒扬女性商人之先河，寡妇清也成为中国历史上享此尊崇独一无二的女商人。

今天，当浙商、温商在巴中商海劈波斩浪之际，他们是否想到，早在两千多年前，就有一位杰出女性商人在巴地运筹帷幄、纵横捭阖。他们是否应该向这位商界先祖致敬呢？

如果说，古代巴人勇士将煊赫战功书写在中国军事史上，那么巴地女性商人则将无上荣光书写在中国商业史的扉页上。

二

历史上，酝酿巴地商业的土壤到底有多深厚呢？

几年前，致力研究汉、巴文化的陕西理工大学教授梁中效在巴中“巴文化论坛”上认为，在远古时期，中华大地上生活最滋润的部族之一是巴人。因为他们不仅拥有丰富的盐，而且发现培育了茶。

彭从凯／摄

与晋商建立的跨越全国的庞大物流相比，与他们十万驼队卷风扬尘远走大漠的宏大气魄相比，巴商成百上千的运输队伍在气势上远远不及。但是，行进在米仓古道上的商贸铁流几千年来从未中断，也不似晋商徽商崛起只在短短三五百年之间。

——《古道背影》

传说，古巴人首领廪君率领部族乘土船从夷水（清江）至盐阳（今湖北恩施境内），夺取了“盐女”控制的盐场。从新石器晚期到商周时期，巴人的制盐技术，从陶器储卤晒盐到陶器煮盐不断完善，巴人部族也日益兴盛。过去，很多巴中人把盐叫“盐巴”，据说就是沿袭了古巴人的叫法。

巴中，还是中国最早培种茶树的区域。《广雅》云：“荆、巴间采茶作饼成。”陆羽在《茶经》说：“茶者，南方之嘉木也。一尺、二尺乃至数十尺。其巴山、峡川有两人合抱者。”巴中知名茶文化专家彭从凯认为，巴中是世界茶树起源中心的一个重要组成部分，种茶史上至周朝，发展于唐宋，鼎盛于明代。

再次，巴人擅长酿酒。《水经·江水注》云：“江水又迳鱼腹县（今奉节）之故陵……江之左岸有巴乡村，村人善酿，故俗称‘巴乡清’，郡出名酒。”秦昭王时，有白虎在秦、巴、蜀地为患，伤害千余人。巴人支系“板楯蛮”（因在战场上以木板为盾牌得名）成功射杀白虎，秦昭王遂与巴人订立盟约：“秦犯夷，输黄珑一双。夷犯秦，输清酒一钟。”巴地的一钟“清酒”居然可以匹敌秦地的一双“黄珑”，“巴乡清”由此闻名天下。据《蜀记》记载，巴州出产竹根酒注，珍贵一时。此外，巴地还盛产丝绸等，可谓物产丰饶。

我之所以不厌其烦地罗列这些，是因为历史上巴人多披坚执锐于两军阵前，从而给人以勇武彪悍的印象。其实，巴人生活资料丰富，生活富足滋润。试想，一个衣不蔽体、食不果腹的部族，能在武王伐纣的牧野战场上前歌后舞，“歌舞以凌殷人”（《华阳国志》），并因此诞生史上著名的宫廷舞蹈——“巴渝舞”吗？

正是巴地丰饶的物产，催生了巴人从事商业贸易的原始冲动。

在地理上，北上陕甘、南下夔渝的米仓古道，历史上是一条天然的商贸物流大通道。正是借助它，巴商将巴地丰富的茶叶、药材、木耳、蚕丝等运到汉中平原、关中平原和重庆等地，再将当地的物资运回巴地。

三

“北走兴元，西达阆利，江山环峙，僻而实险。”清代顾祖禹在《读史方舆纪要》中如是说巴州。

梳理巴商历史，需要审视古代巴人的职业取向。清道光《巴州志·风俗》云：巴州“子弟多令读书”。民国《巴中县志·风俗》说：“人重科举，士竞帖括，父诏其子，兄勉其弟，虽至寒畯，亦趋于学。”

在晋商诞生的山西大地，人们第一是经商，第二是务农，第三是行伍，第四是读书（余秋雨《抱愧山西》）。也有别于徽州地少人多、土地瘠薄、无法养活大量人口，巴州拥有足够的田地供人耕种，“幅员周千八百余里，不可谓不广也。其间分列市场六十余所，以资贸易”（清道光《巴州志》）。但是受到传统儒家思想的影响，古代巴州人在读书、种田、经商之间做选择时，往往会毫不犹豫地选择前者，非万不得已不会踏上第三条道路。即或是经商，大多数巴州人也是半商半农，而纯粹没有土地的商人往往被称为“黑人”，生活是比较艰苦的。

于是乎，农耕社会排斥着经商，峻岭大江阻隔着商旅往来，商业体量制约着从商队伍。但这却并不妨碍一旦有人选择了经商，就会坚韧不拔地朝着这条路走下去，而且往往会获得非凡成功。因为，“置之死地而后生”。于绝境中开出的道路才更有意义。

所以，巴地商业的生命力居然出乎意料地顽强。

据《巴中县志》（1994 版）记载，民国初年，全县有私营工商业户 1400 余户，其中县城 500 余户。且从商队伍颇具规模，民国三十六年，全县仅饮食业就有 1700 余户，从业人员 2000 余人。虽然与庞大的农业人口无法相比，但巴中商业脉络从未中断，商业精神生生不息，商业火种薪火相传。

这种商业贸易在水陆两路同时进行。古代，巴城白马井码头“白天千人拱手（船工双手搬桡），夜晚万盏明灯（指船上灯火）”。清代，巴州恩阳河出现“千杆桅灯照恩河，只见船帆不见波”的商业盛景，弹丸之地竟然汇聚湖广会馆、江西会馆、福建会馆等五处客家会馆，成为商贸繁荣的见证。

如同季风带来的草籽，金融业也在巴中萌芽。民国时期，巴中县陆续出现票号、当铺、银楼、钱庄，规模较大的有“复兴和”“庆丰泰”等。巴州，甚至吸引了外国金融家的目光。民国十七年，万国储蓄会(法国投机商在中国设立的有奖储蓄机构)在巴设立机构,代川西北银行兑换纸币。

商业的幼苗在岩石罅隙顽强生长，稚嫩的茎叶受到巴商心血和汗水的浇灌，逐渐开枝散叶起来。

四

说到巴商，近现代有两个巴中人绕不开。一个是“庆丰泰”商号的创始人吴裕卿。

吴裕卿，巴州城关人，早年就读于巴州云屏书院。14 岁中秀才后，久考不第，家境富裕的他遂到商行当学徒。后来，邀约同学兴办“协生昌商号”，由于经营有方，生意兴隆，吴裕卿提出分伙。他以分得的四百银圆起家，在巴州内西街（今文庙街巴州邮政公司处）向亲戚借了一个门市，创办“裕记庆丰泰商号”。不到一年，他便购置门市三个，随后广招学徒，将他们培训后一部分派往通江、南江去“建庄”（设立经营点），收购土特产品；另一部分派到南充、重庆、成都、汉口、上海建庄，经营巴中的银耳、生漆、白蜡、桐油等土特产品及药材。

一百多年前的巴州，就拥有了敢于放眼全国商业大格局的巴商，实在难能可贵。比如，当时“通江银耳”在上海行情看涨，但很快出现泥砂掺假，导致行情大跌。而“庆丰泰”的银耳货真价实，很快走俏上海，价格从每斤一块六涨到六块，翻了两番，极大地刺激了通江人种银耳。一九二七年，吴裕卿在上海四川路口建成门市一幢，“庆丰泰”银耳庄在大上海生意之火爆，甚至吸引了美国好莱坞制片公司的目光，他们主动为其拍摄新闻纪录片（无声电影）。该片曾在巴城“迎曦阁”连续放映七天，观者人山人海。

近百年前，巴中人就能看到风行欧美的无声电影，给这座闭锁在大山里的城市带来的震撼可想而知！

雄心勃勃的吴裕卿还不满足，开始向金融领域进军。当时，通南巴三县收的税捐银和军饷每月不下十万，需要钱庄存储，吴裕卿遂谋划开设汇兑业务。他与巴中县知事杨杰是“干亲家”，“庆丰泰”钱庄开业后，通江、南江两县的官绅巨贾纷纷将巨款存入，钱庄开出的武票（武汉）、申票（上海）、蓉票（成都）、渝票（重庆）的汇费，虽然高出其他金融汇兑商号百分之十，但因为有实力信誉做保证，各大商行仍抢着购买。除去支付存款人利息，滚滚财源进入“庆丰泰”。

吴裕卿很快成了闻名川北的首富，清末秀才冯丽生赞叹：“门庭若市，日进万金；官商满座，拱轿盈庭；千金一掷，洋人垂青；巴山巨贾，首推裕卿。”

商人的野心没有边界，且易受小农意识驱使，陷入攀比斗富。一次，干亲家杨杰送给拜干儿（吴裕卿儿子）一千大洋见面礼金“百家锁”一副，吴裕卿不甘示弱，打发给拜干女儿（杨杰女儿）的礼物，光抬盒的队伍就站满了西内街一条街。老百姓编顺口溜说：“庆丰泰的银子多，收拜干女的宝贝多。不管你稀奇古怪有好多，总赶不上复兴和（当时巴中另一商号）的田地多。”话传到吴裕卿耳里，他很不服气，当即出手买下巴城北门外和兴文等场镇土地四千多亩，外加鸡神庙一条街，西内街半条街的门市。

“庆丰泰”赚得盆满钵溢，早已引起不少人眼红。很快，巴中县军政长官易人，新长官密谋成立“顶丰珍”钱庄，挪用各地筹建潼保公路款银二十万元为本钱，并派其三姨太的哥哥陈某某负责。为了搞垮“庆丰泰”，新长官利用监理通江、南江防务之便，强行把通南巴三县的赋税银、驻军饷银从“庆丰泰”转入“顶丰珍”。切断资金后，“庆丰泰”尚有上海分庄进账可勉力支撑，加之顾客认为军人开办的商号说走就走，信誉度不高，仍然在“庆丰泰”办理汇兑。

然而，“一·二八”事件爆发，日军对上海狂轰滥炸，“庆丰泰”在上海的仓库物资全部烧毁，欠货的商家或死或伤，损失三十多万银圆。加上一个上海欠款大客户倒闭，钱庄兑取瞬间陷入危机。“顶丰珍”见时机已到，一边派人在市面上大肆收购“庆丰泰”兑票二十万银圆，一边率兵以“庆丰泰拖欠军饷”为由，包围了“庆丰泰”商号，限期一月内连本带息付给“顶丰珍”二十二万大洋。吴裕卿欲哭无泪，他将各分庄的货物、资产和田地房屋全部出售，好不容易结清了这笔“冤孽债”。但“顶丰珍”必欲置“庆丰泰”于死地而后快，陈某让更夫打更报：“庆丰泰拖欠军饷，资产卖尽，快要垮了！”

取款潮袭来。吴裕卿变卖所有财产，还清了存户的存款，还发给六十四名员工遣散费。他说：“庆丰泰倒号，是我命运使然，与诸位无关，请收下这点钱，各奔前程吧！”说罢，深深一揖，哽咽不能自已。

“庆丰泰”总管事吴叔度不甘心，力劝吴裕卿东山再起，他拿出积蓄三百银圆，与吴裕卿在鸡神庙街口开设“庆丰泰杂货店”。世事轮回，吴裕卿最初起家就是靠开杂货店，孰知转瞬四十年回到原点。但老百姓同情吴裕卿，开业当天，他们买了彩绸、鞭炮前往捧场，门庭若市。“顶丰珍”老板岂肯让“庆丰泰”东山再起，他从驻军中暗挑八名彪悍士兵，脸上涂抹锅烟墨，手持大刀，乘夜撬开“庆丰泰”店面，将现金货物洗劫一空，杀死吴叔度……

吴裕卿闻讯昏倒在地，苏醒后说了一句“天亡我也”！口吐白沫与世长辞，享年五十五岁。

一代传奇商号“庆丰泰”就此消失了。

但吴裕卿的故事还在巴城流传着。20世纪80年代初，老巴州人蔡一星前往上海出差，顺便探访“庆丰泰”。在四川路一幢十分陈旧的灰砖房子门楣上，依稀可见“庆丰泰上海分庄”遗迹和“通江银耳”四个镏金大字。

夕阳映照，牌匾如金。

五

与吴裕卿相比，“庆裕商号”老板赖素如的结果有天渊之别。

赖素如，恩阳赖家塝人，父亲经营小本生意，勉强糊口度日。民国初年，二十多岁的赖素如子承父业，很快展露出不凡的商业才华。生意场上，他恪守诚信，广交客商，充分利用恩阳水码头便利，开通到重庆的货运。

经过数年打拼，赖素如在恩阳回龙场黄金口岸购置房产，开设“庆裕商号”。他组建船队，北上汉中、旺苍，南下渠县、三汇，将大巴山的木材、土漆、桐油、肠衣、皮毛、粮食和干果定点发往重庆，又将重庆的纺织品、棉布、百货、食糖等工业品运回川北。很快，“庆裕号”闻名川东北，并在重庆小有名气。重庆人喜欢大巴山的干果山货，亲切地称呼赖素如为“赖干人”。最初，赖素如经商没有经验，几次在码头租赁库房搞以物易货，遭奸商作弄，汇兑“跑水”。但他并未灰心。

抗战时期，重庆成为“陪都”。连天战火中，各地物资匮乏，美英等国大批工业品进入中国，赖素如敏锐地嗅到了商机。加之美国援助的“农复会”（中国农村复兴工作委员会）在重庆开设办事处，存储资金量巨大，而经常到重庆指导“农复会”工作的就是巴中老乡、著名平民教育家晏阳初，还有四川省民政厅长、农复会副主任陈开泗也是恩阳人，长子赖昆是国民党少将，二子赖仑任省民政厅督查室主任。精明的赖素如八面玲珑，巧借东风，在重庆创办“大成银行”，从事资金流通汇兑。凭借人脉资源，雄厚的资本，良好的信誉，“大成银行”迅速在山城扶摇直上，为他带来滚滚利润。

在经商中，赖素如讲信誉，老少无欺，守信重义，知恩图报。有一年，恩阳河发大水，冲毁很多庄稼，市面上米价上涨，眼看不少人流离失所，赖素如下令打开粮仓，将粮食运到码头，免费发放给灾民。他还火速从重庆等地调回大米，平抑市场粮价，让灾民渡过难关。

正因为群众口碑好，新中国成立后，赖素如被划为民族资本家，政府对“大成银行”实施赎买政策，他也得以在山城重庆安享晚年，度过余生。

六

与晋商、徽商、浙商相比，巴商并没有形成规模化的商帮。他们的商业活动大多局限于单打独斗或家族式打拼，这导致他们在沧海横流的商界显得势单力薄。但是，这遮掩不了他们身上的优点：

一是守信重义。旧时在巴中，做买卖都讲究“良心”，生意人称秤要公平，“少一两损福，缺二两伤禄，短三两折寿”。吴裕卿做生意恪守“货真价实、秤足量满、童叟无欺”。无论先款后货，还是先货后款，从不失信于人。哪怕最后倾家荡产，也要变卖家产发给员工“遣散费”，可谓有情有义。赖素如讲究“货真价实”，对客商、货主从不怠慢，让他迅速在同行中赢得了口碑。可以说，守信重义已经刻进巴商骨子，融入他们的血液。

二是吃苦耐劳。米仓古道浸润着巴商血汗，明代实行“茶马互市”，用巴中的茶叶去交换甘肃等地的良马，古道上连绵不断奔走的背夫，形成了一支流动的商贸劲旅。

明代通江人向阁在《呈茶课》说：

> 岁编殷实十名，派夫三千名陆运，肩背七十余斤及竹包竹篾三万有馀，伐桑蒸杵万馀。诸臣所费不可胜纪。中间死于道路、毙于官刑者不少。

因为道路艰险，途中常有人倒下。向阁遂向朝廷呈送《呈茶课》，建议改茶叶交税为折合银两交税。该建议获得明穆宗的批准，一举改变了中国实施七百余年的茶课积弊，可谓拯救茶农于水火。向阁也被通江人入祀“四贤祠”。

在我老家清江，旧时有一群“背篮族”，他们没有土地，以经商为生。每当中兴、白庙、官渡赶场天，他们起早摸黑背货贩卖，负重徒步十余公里。生意场上他们从不缺斤短两，但也锱铢必较。是什么支撑着他们年复一年跋山涉水乐此不疲呢？一位商贩告诉我：“你富你贵你自有，我贫我穷我自守！”这就是巴商贫贱不能移的商业信条。

三是开拓进取。成功的巴商懂得知人善任。如“庆丰泰”吴叔度在吴裕卿疯狂买地时，及时加以劝阻，让吴裕卿对他刮目相看，愈加信任，任命他为总管事。恐其他员工不服差遣，吴裕卿亲笔写下条幅：“大事要知我，共他勿与闻。业务全处理，放手任您行。”悬挂于总管事办公室。为及时掌握市场信息，吴裕卿高薪聘请上海“生意通”雷焕文，为“庆丰泰”上海分庄专门收集商业行情，采购百货。为统一上海银耳售价，吴裕卿多次拜访通江“银耳大王”陈利生，最终达成在上海滩开设“庆丰泰”银耳庄的协议。在吴裕卿的成功经营下，“庆丰泰”采购了很多大山里从未见过的“洋货”（如香皂、肥皂、保温瓶），吸引了周围七县的百姓前来购买。而“庆裕”商号赖素如每年都要发若干封信函，以掌握外界商业资讯，而重要的商务洽谈必躬身前往。

四是乐善好施。蔡一星曾列举吴裕卿的十二项善举：施茶水、赠棉衣、济贫穷、悯孤寡、办义学、修桥补路、设义渡、设“施药局”，等等。如吴裕卿开办孤独院，收纳城区的鳏寡孤独，每年腌制两头猪的腊肉，从腊月二十八起，凡过不起年的免费发给腊肉一方。赖素如早年家境贫寒，受人接济，发达后救助鳏寡孤独，接济灾民，他曾资助过的学生就有后来成为巴中历史文化学者的周集云、刘瑞。

这些善举，让巴商在得志时叱咤商界，如鱼得水，而在遭遇困境时，百姓纷纷给予同情，助其渡过难关。

七

然而，毕竟身处农耕社会，浓厚的小农意识也让很多背夫把毕生嵌入米仓古道商贸物流链条，却没有觉悟到自己也有可能成为这条商贸线路主导者的可能。

米仓古道是如此艰险，以至于很多巴山背二哥抵达汉中平原后早已精疲力竭，抬头是危乎高峻的秦岭大山，不免“对此凋朱颜”。倘若他们翻越秦岭，抵达关中平原，烈烈汉唐雄风扑面而来，异域商业文化的强烈冲撞，必将使得他们眼界大开，说不定从此就萌发了商贸天下的鸿鹄之志。而当他们经渠江、下重庆，顺滔滔巴河进入嘉陵江、长江之后，望前方层峦叠嶂，三峡幽深，回首间妻儿呼唤恍在耳畔，他们便急不可耐地打道回府。如果他们再向前一步，过三峡，下荆楚，山川豁然开朗，浓郁的荆楚文化，九省通衢的便捷，说不定就赋予了他们大江大河般的商业胸怀。

但是这些终归是设想。隔行如隔山的封闭循环，外加山川地理的险峻，阻碍了他们跨越藩篱向全新领域迁徙。所以，绝大多数背夫只能年复一年把苍凉的《巴山背二歌》洒在漫漫古道上：

通江河，南江河，我是巴山背二哥。
太阳送我上巴山，月亮陪我过巴河。
打杵就把山歌唱，人家说我穷快乐！

与晋商建立的跨越全国的庞大物流相比，与他们十万驼队卷风扬尘远走大漠的宏大气魄相比，巴商成百上千的运输队伍在气势上远远不及。但是，行进在米仓古道上的商贸铁流几千年来从未中断，也不似晋商徽商崛起只在短短三五百年之间。他们行进的线路有时也会发生重叠，有时也会停下来开展愉快的合作。如果把全国商业链分为上游、中游、下游，那么晋商徽商往往盘踞在上游，累积巨额财富睥睨天下，巴商则在中下游游弋觅食，偶尔吼出几声《巴山背二歌》。他们虽苦中作乐，但亦各得其所。

巴人“忠勇信义”的基因深植巴商骨子，由此形成他们风风火火的个性，投射在商业领域就是叱咤风云、恣意挥洒，但这有时也会缩小他们的格局器量。如一个商家深受器重的得力干将要另立门户，往往会被老板视为辜负信任，两人甚至就此在商场上结怨，处处针锋相对，导致生意急转直下。还有“宁为鸡头不为凤尾”的传统思维，也限制着巴商不能合纵连横，沦于单打独斗。常见某人在老板手下干了三五年，自觉羽翼渐丰，匆忙另起炉灶，结果导致客户分流，好端端的生意大家都做不大。

在晋商鼎盛时期，他们“始终凝视着全国商业大格局，不允许自己在哪个重要块面上有缺漏”。（余秋雨《抱愧山西》）而身处四川盆地，山地狭窄限制了巴商的视野。总体来说，巴商缺乏大格局、大视野、纵横捭阖的标杆性人物。如吴裕卿，与“复兴和”买田斗富，在打发拜干女儿礼物上“显摆”，反映出浓厚的小农意识。还有，他与军阀做生意无异于与“虎”谋皮，军阀好的时候是朋友，翻脸时就会拿枪蛮干。在后来的斗争中，吴裕卿完全可以走为上计，外出拓展，待局势变化再杀“回马枪”。但他却没有迈出这一步。

与之相比，赖素如顺应大势，要智慧得多，换来的是明哲保身，安享晚年。

还有，晋商的崛起根植于深厚的三晋文化。而巴地的商业文化积淀显然还跟不上巴商行进的步伐。导致他们在敢干敢闯同时，因为文化的“跛足”导致过山车式的大起大落。有的巴商事业缺乏传承人，有的人见好即收，在审视巴商发展脉络时，很难看到有事业几代传承的现象。

八

可喜的是改革开放以来，这种情况发生了显著变化。

四十年来，巴商走北闯南，吃苦耐劳，守信重义，叱咤风云。他们有的在全国建筑行业快速崛起，有在皇城根下把金融做得风生水起，有的进军国外大举收购矿产资源，有跨入文旅行业开发旅游地产。但是在波翻浪急裹挟咸腥味的商海风潮中，不时也传来巴商折戟沉沙的消息，上演着“各领风骚三五年”的剧本。

当钢铁巨龙洞穿巴山，制约巴中千年的交通桎梏正在被打破。随着大批温商、泉商抢滩登陆巴中，来自天南海北的商业精神、商业文化在这里急剧碰撞、交流和融会，巴中商业格局正在快速改写。

十年前，福建泉州商人黄建惺来到巴中，看到南龛石窟后，他大为震撼，认为远在汉唐时期巴中即是南北物资交汇之地，随着交通改善必将复兴“居巴中而通南北，聚盘兴而望关陇”的商贸物流格局。随后大批泉商在巴中燕飞山开山辟地，建设“盘兴物流园”。但是三年前，黄先生突发心梗辞世，在获悉他离世那一刹那，我心潮难平，赋诗一首：

君自闽南来，还归闽南去。
巴山十万云，送到潮起处。

黄先生生前，常爱高谈阔论，旁征博引。我曾数次采访他，听其畅谈商业宏图，感慨颇多。他携东南沿海咸腥的海风踏浪而来，怀着一腔热血和激情在巴中打拼。孰料一朝“出师未捷身先死”，在他倒下的那一刻，心中一定有着太多的不甘，那是一颗在商界开疆拓土的勃勃雄心啊！

浙商号称中国“五大商帮”之一，十年前，巴中经开区启动建设前夕，一拨拨商人前往巴城黄家沟考察。在那个很多人见了扭头就走的“夹皮沟”，一位浙商却两眼放光，随后斥巨资拿下上千亩土地。今天，巴中“西部国际商贸城”的崛起，无可辩驳地证明了他们鹰隼般敏锐的商业眼光。

古老的文星街在周围高楼的包围下，显得低矮残破。当年，“复兴和”“庆丰泰”纷纷在这里开设票号钱庄，从这里开出的汇票源源不断到达全国，巴中早期金融在这里萌芽。而旧时商贾云集的草坝街依旧繁华，这条毗邻白马井码头的老街被打造成一条步行街。当年，溯嘉陵江、渠江风潮而来的货物和讯息，曾一次次在这里搅动着古城巴州的繁华。

夜深人静，灯火阑珊。谁在这里仰望辽远的星空，溯回历史的长河，聆听背二哥打杵叩击古道的遗响，还有古老商旅奋楫劈浪的桨声……

字水东流

——漫谈清代巴州的诗歌创作

一座城市，如果仅有名胜古迹，而没有文人讴歌，就如同一位绝世佳人没有君子追求。

唐宋以降，文人墨客自米仓古道南下，沿渠江水路上溯，相聚在大巴山南麓的这座小城里，留下数不胜数的清词丽句。

若问哪个朝代水平最高？自然非唐代莫属。若问哪个朝代巴州诗人天赋最高？那就非清朝莫属。因为唐宋时期流传下来的巴州诗作，作者多为贬谪官吏、过往游客，百分之九十以上非巴州籍。

而清代，巴州本土诗人和诗词集大量涌现。仅刊行于世的就有：金玉麟《二瓦砚斋诗集》、谢承光《旧雨诗抄》、胡尚德《枯存草》、成章《醉经堂诗集》等。家藏未梓作品有：魏瑶卿《青萍集》、李瑞熙《字恬诗集》、张开培《可园诗集》、胡芝虞《善堂诗集》、李本善《岫云诗草》、傅元亮《猫山草堂集》、白石熙《花溪吟稿》、徐有章《怀梦山馆诗集》、张复旦《龙山诗草》等，累计达20余部。

由于上述诗词集大多散落民间，或已失传。所以，我仅从手上掌握的部分作品进行赏析，这当中包括清道光《巴州志》辑录的清代诗歌13首（剔除2首明代诗歌，实际为11首），民国《巴中县志》辑录的清诗数十首，《巴中县志》（1994版）辑录的清诗22首，还有《南龛诗文选注》（刘瑞主编），《巴州名胜诗文集锦》（蔡一星辑）收录的清诗上百首，加上我收集和查询到的，共计不下300首。

需要说明的是，为了扩大赏析样本，我把清代巴州全境（含平昌县、恩阳区），包括外地人写巴州的作品也纳入进来。从体裁上划分，有律绝、古风，词不到百分之十。就题材来说，大致可以分为怀古、山水、边塞、送别和怀人等几类。

一

清代巴州怀古诗，冯蔚藻当推第一。

冯蔚藻，字鉴莹，号鲁溪，清代巴州司城坝（今恩阳司城）人，举人冯文经之子，10岁时拜平昌金山人、进士余焕文为师。数年后在四川郡县岁考中夺魁，受到四川学政朱由然拔擢，资助其入成都尊经书院学习。

冯蔚藻文笔古峭，时人誉为“奇才”。其诗属对工整，气骨苍劲，不逊唐人。如《云屏斋中夜坐》，化用欧阳修名篇《秋声赋》和祖逖“闻鸡起舞”的典故，颈联“月影斜窥户，江涛响进城”。对仗工稳，写意传神，颇见功力。

这首《谒严将军祠》历来被诗家称道：

庙貌巍然壮，乾坤正气留。
头颅甘一割，血食总千秋。

蜀北关长在，巴西水急流。

君看行不义，降表送谯周。

该诗从严颜祠外观入题，接着追述严颜临死不惧的英雄气节。“蜀北关长在，巴西水急流”表面看似写景，实则道出严颜等老将死后蜀国国势衰微，已缺乏誓死抗敌的勇气。结尾表达对谯周劝说蜀主投降曹魏的看法，全诗一气呵成，允称佳构。

每临胜迹，蔚藻多有题咏。巴州去恩阳路上有一险关——龙凤关，系清代巴州西南重要屏障。一个秋日，蔚藻登临古关，写下七律《题龙凤关》：

西来金气欲横秋，烽火光寒古戍楼。

万里凉云开野色，十载战垒固边州。

天梯旧险苔花绿，平壤新阡黍稷稠。

我向巴山寻旧雨，太平时节稳骑牛。

蔚藻登上雄关，但见西来的金气腾腾而起，充盈天地之间，古戍楼上的烽火早已熄灭，唯有云朵绽放在万里山野。依托古关，巴州边防得以巩固。太平时节，诗人沿着关寨石梯而上，险峻的悬崖开满了苔花，田野里新开的小路黍稷茂密，诗人骑着牛儿悠然向巴山深处走去寻访老朋友。全诗格调高古，而又不失生活气息。

在游曾口书台山太子“读书台”时，冯蔚藻追怀了武则天时期“太子贬巴州”史事，挥笔写下七言古风——《读书台怀古》。全诗夹叙夹议，从太子遭贬到负书攻读，从思念长安到被逼自杀，四句一韵，转换自然。特别是后面四句“伤心空筑望思楼，输与狐狸守故丘。魂魄归来定何时，苍山北向水东流”，沉痛至极，撼人心魄！

可惜，冯蔚藻不幸染上肺病，于光绪十年（1884）病逝，时年25岁。

除冯蔚藻外，清人朱正蕃（其人无考）的怀古诗值得一读。巴城北山巍峨高耸，岩径幽险，占一州之胜。传说晋代王子蒙（名望）曾在此得道飞升，由此得名王望山。朱正蕃游山后，写下《登王望山》：

高山频仰止，览胜访仙踪。
天际真人远，峰尖紫翠浓。
幽岩丹灶冷，古洞白云封。
安得长年药，从游伴赤松。

该诗用典自然、对仗工稳。首句出自《诗经·小雅》“高山仰止，景行景止”，表达出作者对王子蒙的景仰之情。赤松子是传说中的仙人，《史记·留侯世家》中，张良对汉高祖说：“愿弃人间事，欲从赤松子游耳。”朱正蕃在游王望山时，看到王子蒙的丹灶已冷，栖居的古洞已废，想起留侯之言，发出“安得长年药，从游伴赤松”的感慨。全诗自然流畅，朗朗上口。

朱正蕃善于用典对仗，还见于他的《书台山》：

山径频闻唐代开，章怀曾此建书台。
三巴西蜀埋荒冢，六载东宫著异才。
未见狄张能补浴，空传瓜蔓寄悲哀。

风流千古山河永，仿佛弦歌岭上来。

从眼前的山径、书台，想到昔年走过的太子，虽然他遗留在巴州的衣冠冢早已荒芜，但他在东宫注解范晔《后汉书》的功绩长存史册。接着，诗人笔锋一转——“未见狄张能补浴，空传瓜蔓寄悲哀”，虽然狄仁杰、张柬之这些能臣干将心向李唐，但李贤还未能等到他们立下“补天浴日”之功，就被盛怒之下的武则天赐死在巴州，留下千古悲哀。诗人从现实回溯历史，又从历史回到现实，赞扬太子的才华风流与山河同在，仿佛千年之后还能听到悠悠弦歌从岭上传来。该诗意到笔随，要说瑕疵呢，那就是“三巴”“西蜀”两个地名显得重复，“风流千古山河永”失之于浅。

无独有偶，笔者在游王望山时，也有五律一首，姑且抄录于下，以博诸君一观。

骑鹿飞仙去，碧峰四望开。
舟横柳津渡，人上白云台。
秋雨黄台冷，春风上苑回。
乾陵松下客，千载有余哀。

二

送别赠友，在清代巴州诗词中数量较多，尤以金玉麟与徐有章的水平最高。

金玉麟，清道光戊戌进士，官至兵部主事、宁羌（今陕西宁强）知州。徐有章，巴州人，性豪宕，喜游历，著有《怀梦山馆集》。

一次，徐有章游仁寿鳌山，题七律二首于岩壁。金玉麟见后，惺惺相惜，遂与其订“文字交”（古人以诗文相交）。在徐有章等人的帮助下，祖籍沈阳流寓阆中的金玉麟在恩阳新场街水巷子置买房产，从阆中迁入恩阳。

金玉麟有《徐有章再之建南》三首，其一为：

年少词场数作家，轮蹄垂老走天涯。
故乡负郭无生计，又看蛮椒二月花。

该诗称赞徐有章年少才华过人，但垂老之年为生活所迫，不得不外出谋生。接着笔锋一转，说徐有章此去必定会饱览建南秀美风光。作为至交，金玉麟深知徐有章喜欢游山玩水的个性，故读来有“柳暗花明”之感。

金玉麟还有《赠徐有章》：

慷慨雄谈善解围，花黄萸紫坐斜晖。
采芝歌唱隐君子，爱菊诗成大布衣。
青眼怜才天下少，白头偕老故人非。
匆匆五十年来客，插脚风尘未得归。

该诗系金玉麟佳作。首联开门见山，赞友人雄辩健谈，善于解围。中间两联，一句一典，“采芝”系秦末“商山四皓”所作《紫芝歌》，“爱菊”，指晋代诗人陶渊明酷爱菊花，两句刻画出一个宁静淡泊的高士形象。“青眼怜才天下少，白头偕老故人非”是化用阮籍“青白眼”的典故，感叹像徐有章这样有才华的人才天下稀少，隐含着对他怀才不遇的同情。尾联感慨自己宦辙奔波，转眼已过天命之年，而故交多已不在，我却不能回来与你团聚。全诗大气开合，寄慨深远。若要吹毛求疵，那就是后面三句稍弱，“白头偕老”直接从成语中“拿来”，缺乏创意。诗尾落脚到个人宦海奔波之苦，格局显得小了些。

《史记·汲郑列传》云：“一死一生，乃知交情；一贫一富，乃知交态；一贵一贱，交情乃见。”金玉麟进士及第，为朝廷命官；徐有章家贫有才，但无功名。在封建社会，二人地位相差很大，却能以诗相识相交，成为文字知己，实属难得。

徐有章在金玉麟《二瓦砚斋诗集》上题诗：

颜谢丰神李杜才，几番盥洗卷频开。
知君心似成都锦，曾濯芙蓉江水来。

“颜谢”，指的是南北朝诗人颜延之、谢灵运。“李杜”，即唐代大诗人李白、杜甫。诗人赞美金玉麟诗才很高，有颜谢神韵、李杜之才。自己打开诗集前要洗漱数次，极言诗集的珍贵。“知君心似成都锦，曾濯芙蓉江水来”是说金的文思好比古代成都盛产的精美丝织品，在锦江濯洗后色泽鲜艳。此处化用柳宗元《乞巧文》“锦心绣口”，读来浑然不觉。

清同治元年（1862），太平军攻打宁羌，知州金玉麟奋起抵抗，终因寡不敌众城破而死。太平军搜其官邸，仅余官服布衣几件和粗粮，遂被其忠义清廉感动，将其收殓入棺，并大书“此系陕西好官，该士民应将其灵柩好为照护，妥送回籍”。

金玉麟、徐有章的酬唱，成为清代巴州诗坛佳话。

与金玉麟同时代的巴州江口（今属平昌县）人廖纶，号橘叟，曾任金匮、无锡县令，主办正阳盐务，后任江苏海州道员。晚年辞别海州百姓，回归故里前，写下《留别海州士民诗》三首。其一为：

西乡才命筝舆回，又报东南有劫灰。
无奈上风难偃草，剧怜踏雪匪寻梅。
天心已厌人心乱，前浪微平后浪催。
到此益惭龚勃海，伊谁卖刀买牛来？

廖纶所处的时代，赶上了鸦片战争、太平天国运动、第二次鸦片战争等重大事件，从“又报东南有劫灰”“无奈上风难偃草”“天心已厌人心乱”等句可以看出，清朝国运日下、民心浮动。诗人自感不能像汉代的龚勃海那样安定一方百姓，所以决定去官归里。他在另一首中写道：“纵欲着鞭羞白发，何能恋栈误苍生。”表明了自己不恋权位、辞官归里的坚定决心。

巴河蜿蜒长流。一百多年前，巴河之畔居住着一位陶渊明式的诗人——胡尚德。民国《巴中县志》记载，他在屋周遍植花木翠竹，妻检衣，子奉膳，怡然自得。家中广储图书，胡尚德饮酒读书，兴之所至赋诗抚琴。这是他读朱锡谷《怡山馆诗钞》的诗作：

蔷露松烟写性情，陇云燕月纪行程。
只因曾吸西江水，涤得诗肠澈底清。

朱锡谷，福建侯官（今福州）人，清道光十一年（1831）代理巴州知州，任上组织巴州文人编纂《巴州志》，篇目清晰，文辞严谨，为地方名志。朱锡谷公务之余，创作了大量诗歌，辑为《怡山馆诗钞》。对于朱菽原的诗才，胡尚德钦佩有加，他赞美朱锡谷的诗歌清新雅致，“只因曾吸西江水，涤得诗肠澈底清”，是因为朱锡谷曾为官江西南昌，那里文风昌盛，饱受诗文熏陶，所以笔下才会如此清新可人。该句与徐有章的“知君心似成都锦，曾濯芙蓉江水来”手法如出一辙。

朱锡谷应有回赠诗，可惜我未见到《怡山馆诗钞》。据记载，胡尚德去世前夕，以诗谢亲友，“翛然而逝”。其生前好友、进士吴镇（平昌白衣人）收其遗作结集成《姑存诗草》，交由廖纶付梓。

三

边塞征战诗，在清代巴州诗坛也占有一定比例。

巴州，原属古巴国辖地。古巴人彪悍劲勇，所向披靡，闻名青史，在这方土地烙下血火厮杀的印记。“忠勇信义”的基因在巴州人的血液里世代传承，激励着后世驰骋疆场，为国家建功立业。

刘昆，清康熙时武举人，雍正八年，边疆发生战乱，身为乌蒙镇（今云南昭通）左营游击的刘昆奋勇拼杀，最后寡不敌众，受伤数十处，妻女十余口亦同日殉节。死前，刘昆割襟醮血，在石壁写下《投笔辞》：

淋淋鲜血透征衣，未死臣躯强斗持。
东望贼来无将敌，西驰兵溃失军机。

千年遗笑我先笑，一木难支且暂支。
骨化形枯忠未补，丹心报国总难移。

诗人一起笔便写出了军人的血性与勇敢。因为主将指挥失策，贻误战机，致使敌人蜂拥而至，情势万分危急。“千年遗笑我先笑，一木难支且暂支”是嘲笑主将不听自己忠言，错误指挥，遗下笑柄。面对强敌压境，独木难支，但军人必须拼死一战，为国尽忠。尾联表白对朝廷的一片赤胆忠心，读来催人泪下。书毕，刘昆拔刀自刎。

刘昆之后，清嘉庆初年，又一位巴州人（原籍万源太平，后迁入巴州城）应征入伍。他骁勇善战，多立战功，被道光帝赐予“励勇巴图鲁”，历任四川提督、云南提督、贵州提督等要职。他就是张必禄，鸦片战争爆发，他率军星夜入粤，抗击英军，被誉为“四川抗英第一人”。张必禄能文能武，幼时，外祖父教他读书识字，聘请武师教授武艺。道光三十年，太平天国起义爆发，张必禄奉命前往广西督办军务。临行前，他将宝剑和书送给外祖父，并题诗纪念：

外祖恩如山，军令焉敢违。
书剑相送罢，再拜知何时？

一代战将，戎马倥偬，尚懂知恩图报，令人击节。张必禄预知此去凶多吉少，便题诗赠别。随后，他率绿营兵三千星夜兼程，刚到广西桂平，就因劳累过度和疾病恶化而逝。张必禄死后，咸丰皇帝追加他太子太保衔，谥号武壮，成为古代巴州乃至巴中官衔最高的人（从一品）。

巴州边塞军旅诗，出于军人之手，多直抒胸臆，以情感炽烈见长，而在诗艺上不必苛求。

四

巴州山清水秀，风景旖旎，历代诗人在这里留下了大量山水诗。

清乾隆年间，巴州吏目（一说教谕，浙江钱塘人）吴均在游览南龛山时，即兴写下《山寺题壁》：

古寺傍林开，山泉泻云壁。
习习春风生，满地红英积。

春天的南龛，红墙绿树，山泉飞泻。习习春风中，落红簌簌，满地堆积……诗人笔下，寺与泉，红与绿，动静相宜，色彩鲜艳，勾勒出一幅明丽的山水画。寥寥二十字，写尽春天南龛之神韵。

清道光庚寅春，又一位诗人登上南龛，写下一首五言古风：

巴山多奇胜，南龛尤巨擘。
峭壁互雄峙，虎踞而鳌掷。
中藏一径幽，俨与尘世隔。
倘非五丁开，定是巨灵劈。
我来三月中，春风绕游屐。
峡口曲径通，武陵宛咫尺。
长松荫成帷，落花铺作席。

彭从凯／摄

春天的南龛，红墙绿树，山泉飞泻。习习春风中，落红簌簌，满地堆积……诗人笔下，寺与泉，红与绿，动静相宜，色彩鲜艳，勾勒出一幅明丽的山水画。寥寥二十字，写尽春天南龛之神韵。

——《字水东流》

把酒酌青山，青山若笑客。
湛然澹吾虑，洪崖肩欲拍。
幽讨不知疲，更上山之脊。
四顾极渺冥，浮云净无迹。
群峰足下低，长啸遥天碧。

该诗落款为“虞山范嘉乐”。明末清初，以钱谦益为首的“虞山诗派”影响了清代诗坛上百年，至清道光时，“虞山诗派”已经式微，以袁枚为代表的“性灵派”大行其道。从诗中可见，范嘉乐虽为虞山人，却不像前人那样“学昆体，重典故”，更多接受了“性灵派”的影响。“我来三月中，春风绕游履。峡口曲径通，武陵宛咫尺。长松荫成帷，落花铺作席”独抒性灵，笔下有画。该诗镌刻于南龛千佛崖石壁，至今清晰可读。

自巴城东行百余里，山重水复，林壑秀美。一百多年前，巴州江口五木（今属平昌县）走出了一位诗人张复旦，号二梧山人，著有《龙山诗草》。他游南龛写下《飞霞亭四首》，其四为：

不是寻常地，相沿莫媲徽。
江曾将字学，亭亦任霞飞。
旧属云霄路，新添馆阁辉。
击瓯谁又赋，昨育望同归。

“江曾将字学”，是化用唐人李远的“巴江作字流”，诗人将“字江”“飞霞”巧妙拆解，颇见功力和才华。张复旦诗作甚多，代表作有《船山字》《船山画》，韵律娴熟，流畅豁达，但缺点是稍显平淡。

巴州有“四龛护城”美誉，大佛寺古称小北龛，镌塑大佛一尊，巍峨壮观。清代，巴州岁贡李瑞熙在和朋友避暑时，写下《巨卿、保之邀游大佛寺避暑》两首：

一

出尘十里即仙乡，翠竹青桐动客凉。
半壁石龛留古佛，一环江水绕云房。
风来禅榻时无定，月照平沙夜有光。
扫尽穷愁权住此，满怀诗酒寄苍筤。

二

缓步云山最上层，岩书大字识孙登。
黄棉委地愁风卷，白穗盈田慨日蒸。
释子无诗难免俗，衰翁有发亦如僧。
眼前景况樽前语，一半荒凉到佛灯。

据民国《巴中县志》记载，李瑞熙，性高旷，敦品积学，屡考举人不中，退而讲学，进士周绳武出其门下。虽家道中落，但他守清贫，不染尘俗，著有《字恬诗草》。“翠竹青桐动客凉”，写出大佛寺环境清凉宜人；“一环江水绕云房”诗笔如画；“风来禅榻时无定，月照平沙夜有光”做足了“风月”文章；“黄棉委地愁风卷，白穗盈田慨日蒸”状所见之景，颇多无奈；“释子无诗难免俗，衰翁有发亦如僧”是说僧人无诗谈不上脱俗，我虽未出家却心已如僧；“眼前景况樽前语，一半荒凉到佛灯”避暑所见让诗人心境荒凉，欲与青灯黄卷相伴，读罢凄然。

此外，清代江口澌岸（今平昌澌岸）人李敦厚的《漫游空山峒诗》，韵律精熟，脍炙人口，值得一读。

五

沿着米仓古道，清代官员商旅出入巴州。道路险峻，催生出诗人览胜探幽的豪情，有时也会让他们生出思乡怀人的羁旅之愁。

汪琬，江南长洲人，进士，康熙时授翰林院编修，预修《明史》。晚年隐居太湖尧峰山，闭户撰述，不问世事，人称“尧峰先生”。清道光《巴州志》录其《巴州歌》一首：

巴水遥连蜀道长，哀猿落木两茫茫。
剑门山势都如锷，莫怪行人易断肠。

该诗大约是汪琬贬谪云南时，路过剑门、巴州一带所作。诗人心绪不佳，笔下巴水、蜀道、哀猿和落木，渲染了羁旅之愁。“剑门山势都如锷，莫怪行人易断肠”是化用柳宗元的“海畔尖山似剑铓，秋来处处割愁肠”。该诗有巴地竹枝词民歌风味，只不过情绪较为暗沉。

清代，巴州江口白衣（今属平昌县）吴氏家族人才辈出。吴铁樵少时随父求学京城，张之洞赞其“西学甚好”，后来创办《民听报》，影响很大。他和父亲吴德潇、兄弟吴仲韬、吴以东均为维新运动中坚人物，与康有为、梁启超、谭嗣同、黄遵宪等交往甚密，被谭嗣同誉为“蜀之三龙”。吴铁樵主张实业救国，清光绪二十三年(1897)，他应陈宝箴邀请，前往湖南兴办矿务途中病逝，年仅31岁。消息传来，晚清著名外交家、诗人黄遵宪含泪写下《续怀人诗》：

相约乘槎万里遥，天风吹散各蓬飘。
屋梁月黑思君梦，忽梦平生吴铁樵。

诗中，黄遵宪追忆了和吴铁樵相约出洋办理外交事务的往事，谁知约定还未实现，吴铁樵竟先他而去。“屋梁月黑”出自杜甫《梦李白》：“落月满屋梁，犹疑照颜色。”以此表达对故人的怀念。该诗起笔气魄宏大，更加衬托出对友人英年早逝的惋惜悲痛。黄遵宪还写下《三哀诗·吴季清明府》，追忆吴铁樵。

清诗被誉为继唐宋之后的第三座诗词高峰。在这样的大背景下，巴州本土诗人和诗词集数量上虽然远超唐宋，且诗词创作成就斐然，但是在诗歌艺术、境界上依然难与唐宋时期流传下来的巴州诗词匹敌。

同时，清代巴州还有不少诗作流于浮滑纤弱，格调不高，这是需要读者认真加以甄别的。特别是“五四”以后，当新诗逐渐成为诗歌创作的潮流，更多优秀诗人将精力投入新诗创作，旧体诗词式微也就在情理之中了。

但我坚信，逶迤叠嶂的巴州文脉一定会在蕴蓄千年之后崛起高峰。因为“江山代有才人出，各领风骚数百年”，一定会有人拿起笔来，从旧体诗词中汲取丰富营养，书写出无愧于时代的锦绣篇章。

为什么呢？因为这片被诗人笔下的夜雨浸润了千年的山叫“巴山”，这条被李白咏过谢遴吟过的江水名叫“字水”。

山南道上

山南道，一个静静躺在典籍中的文化符号。

这山，原本指太华、终南二山。山南，顾名思义就是太华、终南二山之南。唐朝初年，实行“道州县”制，将天下按山川形势分为十道，巴中隶属山南道。唐睿宗时，因山南道过于辽阔偏远，又分为山南东道和山南西道，巴州改属山南西道。

作为行政辖区的山南道，曾是一代雄主开基立业的龙兴之地。这片辽阔的地域，覆盖了古代巴蜀大部分区域。秦并巴蜀，国力空前强大，最终扫平六合；楚汉相争，刘邦募巴人平定三秦，终于一统天下。晋代，王浚统率大军出巴蜀，收了金陵王气；隋朝，依托巴蜀之富庶，奠定平陈之资本。唐御吐蕃南诏，曾以巴蜀为前哨；宋取巴蜀，然后略定江南……

山南道，又一次次在王朝风雨飘摇之际，慷慨地为皇室贵胄撑起一片绿荫。唐“安史之乱”，玄宗仓皇奔蜀，他决定顺天应人，昭告天下，让位给太子李亨，从而为平定“安史之乱”奠定了基础。唐末黄巢起义，僖宗入蜀，皇室成员、达官贵人纷纷南下避乱，山南西道又无私地接纳投奔她而来的文人骚客。而当强敌压境之际，这里的寨堡关隘瞬间化作同仇敌忾、誓死抵抗的前沿……

但是在我的词典里，总喜欢将山南道拆解为“山、南、道”三个汉字。这样，她便从冷冰冰的行政建置化为三个温馨灵动的字符。这山，既可以是横亘华夏中央的巍巍秦岭，也可以是逶迤川陕大地的大巴山脉，还可以是你窗外的那座秀峰。这南，可以是天之南，地之南，水之南，可以是天文星宿的分野，可以是南北地理的分疆。这道，既可以是纵贯川陕的古蜀道，也可以是穿越巴蜀的古驿道，还可以是蜿蜒田间的羊肠小道。

道上，金戈铁马驰过，商旅马帮走过，文人墨客经过，白云岚烟飘过。

山北，经常上演着威武雄壮的历史大剧；山南，往往唱着闲适悠远的田园牧歌。叱咤风云的伟力在这里集聚，金戈铁马的豪情在这里消解，战火硝烟的创伤在这里抚平。

这是一片让人爱恨交织的土地啊！20世纪70年代初，我出生在这里。少年时，我在荒野古道间独行，在历史烟雨里寻觅，在辽阔天地中徜徉。看天是辽远的，看地是苍茫的，看人是神秘的，但天、地、人叠加起来，就构成了一种巍巍乎乎的高度，一种纵横捭阖的深度，一种雄浑沉实的厚度。这里的残砖断瓦，荒芜得美丽；这里的鸿迁雁徙，放飞我的心灵；这里的厚重人文，吸引我的脚步，促使我静下心来思考，拿起笔来写作。

打马山南道，你会邂逅那些有名的历史人物、贬谪官吏，乃至贩夫走卒。他们有的骑着快马，后面跟着宝马雕车，在长长的驿道上驰出一路烟尘；有的负载着辎重，在烈日下汗涔涔地择路疾走；有的不疾不徐，带着童仆家眷信步行来。他们或奔赴王命指向的城池，或抵达书契约定的地域，或用脚步丈量山河，或优哉游哉地观山悦水。

他们像风一样来来去去，像潮水一样起起落落。

山南道，也是一条文化传播之道。当年，从这里出发的巴山背二哥，用血肉之躯沟通巴蜀与中原大地的物资交流。佛教文化从这里南下，石窟文化在这里播撒，中原文化与巴蜀文化在这里交融，诗人墨客在这里朗吟高歌。

山南道，又是我的文化求索之道。今天，我欲循着历史的坐标，掀开厚厚的苍苔，重拾辽远的文化记忆。我欲以一己之力，开启对这片秘境的钩沉打捞，延续高天厚土下隐秘的文化脉流。我欲以双脚蹚出的小道，连接历史文化的大道，从而疏通地域文化的“毛细血管”，接通华夏文化汩汩流淌的动脉，最终抵达中华文明强劲搏动的心脏。一如滔滔巴河汇入渠江、嘉陵江，最终携千里风涛倾注于万里长江，惊涛裂岸，卷起千堆雪。

打马山南道，是一个来者的宿命。在这里，你可以在宁静幽深中检索历史风云，可以在春风细雨中捡拾羁旅客愁，可以在杏花明月下回望故园，可以在渔樵放歌中陶然忘机，还可以在夜雨蕉窗下缝补行囊，一任红烛摇曳到夜深……

这宿命，这客愁，这烛光，属于我，也属于你，属于一个巨大的群体。

但是，山南道，这方土地终究只是中华广袤大地上的一隅。虽然她曾连接关中平原、巴蜀大地上的繁华故墟，但她所承载的历史人文，终究只是中华浩瀚文明的一部分。在我前面，还有很长的路要走……

打马山南道，前方现出更加壮美深邃的地平线，在高峰峻岭之间，我将跃马前行。

负笈米仓道

二十多年前的一个偶然机会，我从同事那里获得一本书——《巴州志校注》，改变了我心目中巴州文化贫瘠的印象。

可能是前缘，毕业后我一直在巴城工作。特别是在媒体上班，经常会被人贴上“文化人”的标签。后来，我所在的电视专题部要拍摄一部反映巴中历史文化的片子，所以就找些地方文化书籍来看。这本20世纪八十年代对清道光《巴州志》的校注，就成了我的必读书目。

几年后，我从电视专题部转到新闻部，每天马不停蹄，难有余暇。当年送书的同事早已离开，但该书一直被我珍藏在厢底。偶尔翻开，却无暇细读。十年后，我辗转进入巴中广播电视报社（时称《巴中新报》），时值纸媒“寒冬”，全国报纸关停潮四起，唱衰声一片。

危急之秋，我们深思熟虑后决定依托报纸，深耕本土文化，研发文创产品，力挽纸媒下滑颓势。金庸先生说办报“新闻为攻，副刊为守”，诚如斯言。于是乎，猛补地方文化，接触文化圈子，成为我之要务。闭门再读《巴州志校注》，章怀太子流放巴州、唐肃宗赐名光福寺、严武南龛咏古楠、宗泽作记闲乐堂、张衎题刻金榜山……巴州千年文事、城事和人事络绎进入我的视野。

与此同时，在编撰《巴人巴风》绘本时，我频繁与巴中文史界交流。时间久了，我发现不少书籍记录的史实有误，误导了读者。而文史研究者的文章因为太过专业而曲高和寡，这就让本来璀璨夺目的巴中历史文化传播受到局限，鲜为外界所知。

一个想法遂在我脑海中萌生：能否在严肃文史的基础上，以文学的方式来研究和书写呢？事实上，两千多年前伟大的史学家司马迁早已为我们作出了示范，他的煌煌五十万言《史记》，既大笔如椽，史笔如铁，又有文学性。在这种想法驱使下，我写出了《风雅南龛》，见报后反响热烈。受此鼓舞，我陆续写出了《清江渡》《回望击瓯楼》《凌云塔下》《解码回风亭》等文章。

最初，这些写作仅为满足《巴中广播电视报》“巴山风”文化周刊的不时之需。随着时间推移，我便有了将其结集成一部文化散文集的想法。当然这其中，少不了阅读名家作品，特别是余秋雨先生的《文化苦旅》，以中华五千年文明的宏阔视野来探寻文化古迹，纵横万里，文采飞扬。夏坚勇先生的文化大散文，浑朴厚重，让我受益颇多。孙犁先生的文笔格调清新，汪曾祺先生的清新隽永，蒋蓝先生的大地写作，都给了我很多营养。只不过，上述大家才华过人，我虽苦学数载依然仅得皮毛。加上我囿居巴城一隅，局限于一个媒体人的思维定式，这种视野、思维、笔力的巨大落差，无疑会影响到观察的深度、思考的通透和文章的耐读。所以真正拿起笔来，常会有笔力不逮的感喟，考证失据的无措，和山重水复的茫然。

彭从凯 / 摄

写下去，源于讲述一方山水人文的强烈想法，如同开荒耘地般有着果实离离的喜悦。这种冲动、喜悦，可以让人冬夜伏案而不知寒，夏夜蚊叮而不觉疼。写着写着，你会有峰回路转的豁然，如释重负的舒坦，无心插柳的喜悦。

——《负笈米仓道》

但是，既然定下一个目标，就必须全力以赴，哪怕穿越荆山棘丛也决不退缩。所以每当写作受挫时，我就从重重典籍中寻觅幽径，在厚厚史料中探寻路径，在乡野考察中拨开迷雾，从前人写作中汲取营养。所有的险阻、迷惑、挫折，都促使我不停思索、求解、问道，而一次次的柳暗花明，又促使我以更大激情和热情写下去。

写下去，源于讲述一方山水人文的强烈冲动，如同开荒耘地般有着果实离离的喜悦。这种冲动、喜悦，可以让人冬夜伏案而不知寒，夏夜蚊叮而不觉疼。写着写着，你会有峰回路转的豁然，如释重负的舒坦，无心插柳的喜悦。有时候你会觉得古人就在你身边，他们仿佛知道你的焦虑，晓得你的心迹，分担着你的重负。而办报后你结识的那些文友，也会时时鼓励你，催促你，鞭策你，他们让你怀揣感动和温暖上路，山一程，水一程……

但一到书案，你只能一个人战斗。一旦进入写作状态，万千重负只能系于你一身，如同战士单枪匹马驰骋于西风古道，好像史家扛着典籍奔跑在历史长廊，仿佛诗人高举灯盏穿越在河流中，或者是行者负笈于漫漫长途……就像种子终将拱破泥土，婴儿必须诞生，这本书今天终于瓜熟蒂落。

为了郑重记录这段不平凡的历程，我将该书命名为《千年一城》。书名灵感，来自一座城池在两千年时光中的演变。而这座城，在秦岭以南，在大巴山南，在唐代的山南道。

书稿出来后，我并未急于付梓。而是像武侠小说中那些自学成才下山的习武人一样，虽雄心万丈，却又心怀忐忑，所以不断与各大“门派”交手，向他们学习“讨教”。当然，这种学习也可能是在书店、网上购买名家作品，在办报中阅读本土佳作，以此来对照、反观、自测，不断锤炼我的文稿。记不清多少个节假日，一本好书，一壶清茶，伴我浮生半日闲，乐此不疲。

现在看来，一切都是命运之神的安排。她让我毕业后回到大巴山南麓的这座小城，几十年长相厮守。一个偶然的机会，又让我进入媒体单位，接触了那么多的人和事。当我在电视领域干得得心应手之时，又阴差阳错地进入了纸媒，让我在这里逆水行舟八年之久。我战战兢兢，如履薄冰，但每走一步都离文化更近，离文学更近，离文字更近，直到终有一天拿起笔来写作，一头扎进去研究。从二十年前偶然获得的那本书，到现在的《千年一城》，我终于可以骄傲地对朋友说："我没有辜负你送的书！"我也终于可以对栖居三十年的这座城有一个交代了！

在我看来，文化散文可以分为三个品级。第一个是文化普及，为满足一般读者一般了解而写。第二个层级是文化欣赏，侧重于带读者在文化古迹、文明遗迹之间进行"沉浸式"的文化体验。第三个品级是文化互鉴，是对不同文化乃至文明进行分析、比较、反思之后，提出创见，从而取长补短，疏淤凿塞，最终达到固本浚源，生生不息。很显然，《千年一城》只停留在第二个层面，未来还有很长的路要走。

但不管怎样，我始终坚信，历史不应该只是躺在故纸堆里的冰冷文字，也不应该只是蒙尘覆埃的松脆纸张，更不应该只是深藏禁宫束之高阁的如山典籍。既然文学的光亮已经照进历史的幽廊，就不妨把灯挑得更亮些，让更多人进来欣赏珠玑，探寻珍奇。既然巴州历史文化的大门已经打开，就会不断有人进来问道探秘，甚至会有人因此住下来，洒扫庭除，围炉煮茶，采菊东篱，悠然南山……

果真如此，我写这本书的目的也算达到了。

我想，这也是那些巴州历史文化先贤所乐于看到的吧！

云中谁寄锦书来

——读李继鳌及其散文集《千年一城》

张中信

一

2023 年大暑时节，我正沉浸在长篇非虚构作品《红旗漫卷大巴山》出版的喜悦中，忽然收到一部来自故乡大巴山的“云中锦书”。迫不及待地撕开包装，原来是继鳌散文集《千年一城》的样稿。继鳌要出书了？我不由得心中一阵狂喜。

与继鳌交往的点滴往事，倏然从脑海中蹦了出来：六年前初夏的一个午后，我正躺在沙发上慵懒的午休，忽然接到一个陌生的电话，来电显示巴中。接通后，电话里传来一个磁性的男中音，他十分谦恭地介绍了自己的情况，以及打电话的缘由。他叫李继鳌，目前领衔主编《巴中广播电视报》。打电话是因为《巴中广播电视报》准备改版，需要得到巴中籍的诗人作家们的支持。他还说是他的领导王家术先生特意推荐的。家术时任巴中广播电视台副台长，主管电台和报纸，他是一个有着深厚文学情怀的人，我对他一直有着很好的印象。有了这个由头，我更加坚信了这个电话的真实性，何况这些年来，我也一直没有忘怀过家乡的这份报纸。

挂断电话后，我迅速在脑海里搜索李继鳌这个名字，却似乎没有印象。他提到的《巴中广播电视报》，倒是一下子拉近了我们之间的距离。1994 年，巴中建立地区的第二年，《巴中广播电视报》创刊，我便开始与这张报纸结缘。第一任社长阳云是我的文学老师，副刊《巴山风》主编杨通，更是我二十多年相交甚欢的文友。我还在巴中工作时，就与他们交好，与报纸亲近。虽然离开巴中十多年了，却与《巴中广播电视报》的缘分未了。于是，我决定抽时间回巴中会会这个叫李继鳌的年轻人。

一个月后，在巴城兴州茶楼，我和继鳌见面了。中等身材，国字脸，偏分头，始终面带微笑，一见面便跟我紧紧握手。我们见面似乎没有隔膜感，寒暄才几句，便不由自主地谈起当下的文学现象。彼时，我正发起“我为故乡写本书”的文学创作活动，便拿出准备出版的《通江书》（散文卷、新古体诗卷）样书，请他提意见。继鳌谦逊地略作推让，便开始认真翻看起“新古体诗卷”。大约半个小时后，他郑重地合上书卷，笑着对我说：“张哥，我很喜欢你的古体诗，总体感觉意像生动，画面感极强，诗意扑面而来，不知可否提一点小小的意见？”

“当然可以的。”我忽然发现他有些可爱起来。

“如果你在声律上再做一点功课，这部诗集应该更加完美。”继鳌小心翼翼地对我说。

“呵呵，兄弟，不瞒你说，我写新古体诗本来就不太讲究平仄和音韵，主要追求诗意的境界和优美的语言。”他的观点我并没有完全接受，但我认可他对旧体诗创作的那种直感。

尽管，第一次见面，我没有对他的善意打收条。彼此却相谈甚欢，像是多年未蒙面的老友重逢，谈起文学都有些滔滔不绝了。原本要交流的《巴中广播电视报》办报事宜，并没有碰撞出更多的火花。

自此，我们之间的交往开始密切起来。电话上，微信上，围绕文学创作相互沟通，频频交流。每次回到巴中，必定要约见一面。我坚持“新古体诗”写作三十年，继《通江书》出版一年后，准备再出一本带有“选本”性质的旧体诗集。同时，开始大量地创作，每有新作我都发给继鳌指正。他也毫不客气，提出很多有见地的修改意见，当然说得最多的还是这些诗作的硬伤：音韵和平仄问题。

2020 年 8 月，我去成都市武侯区作协开展文学交流，结识了青年文友杜均，一个对诗词歌赋有着较高造诣的青年才俊。读罢我带去的《通江书》（新古体诗卷），他跟我的交流居然和继鳌的观点不谋而合：“张哥的新古体诗已经很见功力了，如果你把诗歌的音韵和平仄问题作一些处理，就是比较规范的近体诗了。”

这次文学交流活动的最大收获，就是让我下决心打通旧体诗创作的“任督”二脉。联想到继鳌一再鼓动的格律问题，再想到另外一个青年才俊李心观，他也多次在我耳旁嘀咕旧体诗词的格律问题。我决定“勒马回僵习格律”，改头换面，从头来过，重新检视自己三十年创作的新古体诗。

于是，我把发表和出版的近两千首新古体诗和盘托出，开始凤凰涅槃似的打磨和修饰。从 2020 年 9 月到 2021 年 8 月，整整一年时间，从 1500 首删到 1000 首，再删到 700 首，再删到 500 首，最后删到305首，命名为《峰源诗三百》。在这个痛苦而漫长的过程中，李继鳌、李心观、杜均三位兄弟，给予了我最大的帮助和支持。心观一直默默无闻地帮我删改诗稿，细心编校文字。继鳌亲自操刀，为我多次修改诗作，提出了十分中肯的意见。杜均站在诗词鉴赏的角度，提出一些修改建议。同时，继鳌还为该书写下了洋洋五千字的评论《襟怀天地写文章——读张中信旧体诗集〈峰源诗三百〉有感》，引发业界如潮好评。

《峰源诗三百》出版后，让很多人眼前一亮，获得较好的评价，其中凝结了继鳌的很多心血。前年，我开始写作非虚构作品集《巴山夜语》，书写我和故乡通江一些逝去或健在的文化名人交往的故事。继鳌又是第一个读者，他阅读后提出的意见十分中肯："文章感情饱满，气韵流畅，但许多地方缺乏必要的场景交代，以及生动的细节描写，读后给人留下的印象不够深刻。"他的建议直击要害，对我修改和完善该书的人物形象和细节描写，大有裨益。

2022年，我开始长篇非虚构作品《红旗漫卷大巴山》的创作，这更耗费了继鳌大量的心血，书还在写作中，他便在报纸上拿出很大的版面宣传。特别是在该书付印定稿的最后时刻，继鳌提出对序章和尾声进行必要的诗意化处理，他的建议在当时看来并不觉得有多么重要。该书出版后，通读全书其效果才充分显现出来。这大概和他多年从事编辑工作的独到眼光分不开，当然也充分表明了他腹有诗书气自华的底蕴所在。

二

因为文学的缘故，我跟继鳌成为相谈甚欢的挚友，彼此间的友谊开始“后来居上”。相较于一些相识几十年的文友，我们之间除了惺惺相惜，简直有些相见恨晚了。

作为“后来居上”的朋友，我发现继鳌在文学创作上，也大有后来居上、大器晚成的沛然之气。经过交往和了解，才知道他最早出道在市广播电视台专题部。当时电视专题片很火，他因业绩卓著被选拔担任市委主要领导的专职记者。一般而言，跟市委主要领导跑过的人，都会有比较好的仕途前景。

继鳌却似乎成了例外，他被组织安排去作了《巴中广播电视报》的副社长、社长。这个社长，压根就不是个“官”。好在他有一颗平常心，这从他恬淡的为人和为文可以看得出来。

我说继鳌的文学创作后来居上，主要理由有三：

一是旧体诗词写作浑然天成。继鳌写作旧体诗词时间不过三五年，居然写得风生水起，音律工整，诗意盎然。与某些苦吟的现代诗人相比，他的旧体诗创作恣意汪洋，不拘一格。比如他的五绝《题李蕃》，寥寥二十个字，把李蕃的飘逸不群和长歌当哭融会贯通，一个两百多年前的不羁形象跃然纸上：

> 东鲁载书去，飘然一布衣。
> 长歌归去日，还采故山薇。

而在寻访“通江三李”李蕃的《翠云居》中，他踏香寻梅，竟然寻出了一江春水的诗意和流连：

踏青云水外，驱驾访山阿。
径入香雪海，来探翠云萝。
问田人宛在，别业雨销磨。
一曲宕江水，为君日夜歌。

我觉得继鳌在旧体诗创作中，用情最深的应该是五言，因此特意选取了两首五言律绝做一展示。目前，他已经创作旧体诗数百首，这样短的时间，就有如此深厚的旧体诗写作功底，实属不易。

二是自由诗写作别具韵味。继鳌是一个左右开弓，旧体诗和自由诗同时下笔的多面手。两三年工夫，他的自由诗也写得有模有样，公开发表后让人称道。巴中著名诗人杨通评点他的自由诗：“语言古韵悠悠，不落俗套，抒情味浓，很有后劲。”

他写《香炉山的月亮》：

层层叠叠的山，直堆到月亮脚下
香炉熄灭，有人在用月光砌墙
高到封闭了归路

通往天空的玻璃板房，渐次打开
餐霞饮露的精灵，吻着星辰
迤逦而出，攀云而上

月瀑倾泻而下，山鸟驮着月色
回家，香炉脚下的大小兰沟

日夜淘洗着，白花花的碎银

这些诗句的表达，不落俗套，一句“香炉熄灭，有人在用月光砌墙”将诗意的飞鸿高高托举，至于“月瀑倾泻而下，山鸟驮着月色回家，香炉脚下的大小兰沟，日夜淘洗着，白花花的碎银”这样的句子，完全穿透俗世的铠甲，让很多诗人自愧不如，已经直抵现代诗歌的本质了。

在观赏沉浸式文旅盛宴《恩阳船说》后，他浮想联翩，和堤岸一样兴奋：“堤岸也按捺不住冲动，一条河的高度，将再次从黄海平面拔起。”因为他的诗意表达，让很多人猝不及防：

堤岸也按捺不住冲动，一条河的高度
将再次从黄海平面拔起，画舫兰舟
正排队驶下《清明上河图》
从之字河入水，和落霞孤鹜齐飞

是一场盛大的演出，即将启帷
是一曲才子佳人的咏叹，让人唏嘘
潋滟灯影，久违了欸乃的桨声
米仓水驿多少事
渔歌悠悠唱三更

三是历史文化散文写作后来居上。因为办报的需要，继鳌不得不亲自采写一些“下水文章”。他却能够把握这个机遇，聚焦巴中悠久的历史文化，有板有眼地写起“巴味”十足的历史文化散文来。最早的散文《清江渡时光》，随后的《早晚恩阳河》《白衣湾》等历史文化散文，呼啦啦收获掌声一片。

2021年初夏，“茅奖”和“鲁奖”双料作家阿来到巴中作了一堂关于杜甫、严武与巴中的讲座，迅速引发热议。继鳌听了讲座，不露声色，却在三天后写出了洋洋洒洒的六千字历史文化散文《严武、杜甫与阿来》，公开发表后，就连一向很少为人点赞的阿来，都刮目相看。我预感到，继鳌是要在历史文化领域打一口“深井”了。

一次文友聚会上，我说《巴中广播电视报》近期看点频出，很是惹人瞩目。继鳌兴奋地告诉我，《巴中广播电视报》年发行数量已经超过两万份，跻身全国城市广电报纸发行十强了。在纸媒日渐衰落的今天，他们的报纸居然可以逆袭，属实不易。作为“巴中生活第一报”，我认为《巴中广播电视报》在“坚守政治，做大文化，温暖生活”方面特色鲜明，个性张扬。因此，每一次和继鳌见面，我都要忍不住夸赞报纸在挖掘和引领地域文化发展方面的突出贡献。

听我说到这些，继鳌便有些脸红。他一再表白，报社一班人都很有情怀，想把这份报纸办出地地道道的“文化味”，办得让读者更加喜闻乐见，更加爱不释手。这些成绩的取得，并非他一人之功，都是大家共同努力的结果。我心中忽然便有了很多的感慨：继鳌还真是一个厚道人，完全没有“贪天之功”的坏习气。不像时下的一些人，只要一说到成绩，必定非他莫属。与意色扬扬的那些人相比，继鳌似乎还是太淳朴了些，笨拙了些。

三

转眼，与继鳌交往已经六七年了。我作为他“后来居上”的朋友，他作为我一直看好“后来居上”的作家诗人，我俩因为热爱文学，因为醉心于办报办刊，一直“相看两不厌”。因而，对于他即将出版的历史文化散文集《千年一城》，我也必须得表达自己的“看法”。

我认为：一篇成功的历史文化散文，应该亦文亦史，文史相兼，实现哲思、诗性、史笔三者的有机结合，融会贯通。对标来看，《千年一城》最为突出的特点，对建城 1900 多年的巴州的前世今生进行深度溯源，对巴州山水风物和文化内在作了深入探究。一般作者写地域方面的历史文化散文，很容易停留在对表面风物和民情的书写上，也就是停留在简单地介绍巴州文化“有哪些”“看哪些”的浅显层面。

当今文坛，很多人写历史文化散文，常常容易落入浅层次书写的陷阱：或借助史料的堆砌，试图救治心灵的枯竭；或无病呻吟，借以弥补精神的缺失；或文本拼图，抹杀了散文表达的个性。继鳌要做的，却绝不是人云亦云的浅表性书写，而是站在美学、哲学、乃至人类学的高度，挖掘巴州文化的深刻内涵和现实价值，要向世人讲述巴州“怎样美丽神秘”“为什么如此美丽神秘”“美丽神秘对后世的价值和影响”在这本书中，他用文学的语言一一作答。通读该书，千年古城巴州的文化品位和历史影响力，像一缕千百年茵陈相袭的清风，扑面而来，神清气爽。

《千年一城》的另一个突出特点是，既有科学的考古价值、严谨的历史研究，又有生动的文学描写，文学叙述与学术表达相互融合，刚柔并济，使得巴州大地近两千年的文明记忆，神秘的文化符号，一下子变得鲜活灵动，充满感染力。

这种书写，规避了浅显的写作范式，强化了文学表达和心灵展示的维度，努力把自己的新见解、新发现、真性情、现场感融合灌注到史料之中。不仅是面向历史，更在于拥抱未来。他对巴州文化的现实隐忧中，饱含着对巴文化的深沉热爱，深藏着对本土文化传承与创新的人文关怀。透过字里行间，我们看到了一个人与一座城穿越时空的千年对话，以及对巴州文化的生生不息、未来发展的美好憧憬，文章充满着高度的文化自信，以及浪漫的家国情怀。

《千年一城》深度挖掘巴州历史文化底蕴，挥洒着作家的壮怀激情和学者的严谨考究，因而既具史学气质，也具潇洒文采，更具浪漫诗情。我认为，最独特的看点在三个方面：

一是在情景、思想融合的基础上，努力营造诗情画意的意境。历史是由文字书写的，比如唐代在巴州做过六年刺史的羊士谔，留下了大量的诗词歌赋，他的作品还被收入了《全唐诗》。《巴州志》对他的大量记载，并不是关于巴州 GDP 的记录，而是一些关于他勤政爱民、歌颂巴州山水风物的诗词作品。用继鳌的话说，这大概就是文化可以穿透时空的魅力所在。在《南馆林塘》一文中，继鳌对羊士谔的诗词大量引用，不但增添了文章的厚度，也让人们窥探到一千多年前巴城的历史风貌。

比如，他在文章中写到，夏日晨起，羊士谔径自来到南馆林塘，但见竹树环合，林梢衔月，蛙声灌耳，即兴写下五律《南池晨望》：

起来林上月，潇洒故人情。

铃阁人何事，莲塘晓独行。
衣沾竹露爽，茶对石泉清。
鼓吹前贤薄，群蛙试一鸣。

此诗虽然没有李白杜甫诗作经典，生活气息却十分浓厚，即使站在千年之后的今天，我们也可感受到扑面而来的衣沾竹露，群蛙鸣叫的田园惬意生活场景。同时，作者借古喻今，咏怀古迹，写了很多诗作，使得文章在古今的交相辉映中奕奕放光。

比如，在《南馆林塘》最后，继鳌忍不住这样写道：

从长安驶来的马车，直指巴州、资州
你留下的轨迹，多像一位故人
山南西道，有巴女采莲
樵夫放歌……

古巴州的城墙，被你温热的桃花溪水
泡软，你爱这小小城池。案牍之余
辟馆亭，种荷花，一曲新词
酒一杯

夕阳坠山，也撞击着你心中的城池
在郡楼玩月、城隍听雨之后
你怀抱的狮子醒来，喝退呦呦鹿鸣
然后携一壶酒
驰下南山

那天，在南塘泛舟，焚香抚琴之后
你从十丈红尘中翻身上马
手扬东山采来的马鞭，追风逐日
留下一池荷花，在《全唐诗》里
晶莹流泪

二是重视民俗文化，把地方传说、戏剧、非遗和建筑等研究成果巧妙融进文中。通过对影响巴州千年历史经纬的勾陈，对新时代巴城天翻地覆的历史变迁的解析，把巴文化的风骨顺理成章地延宕开来，应该说是继鳌心中不小的“野心”。这主要源于他对巴州历史文化的热爱。我在十多年前，也写过一本历史文化散文集《神韵巴中》，尽管对巴中的历史文化也有所钩沉，但最终还是偷了个巧，不敢触及更深层次的历史轨迹。就连如雷贯耳的“南龛山”，我也写得语焉不详，王顾左右。

继鳌就不同了，他对巴州历史文化的溯源和剖析，丝丝入扣，鞭辟入里，实实在在下了一番功夫。请看他写《从魁星阁到书院街》，短短四五千字的文章，就把巴州近两千年的历史文脉一一梳理过。这里节录一段文字：

遥想当年，这里书声琅琅，莘莘学子鸡鸣则起，挑灯夜读。可能就在他们昏昏欲睡的一瞬间，魁星阁巍峨的身影扑入眼帘，不觉精神一振，拾起书卷继续攻读。是时，名师荟萃，士民齐心，尊师重教在巴州大地蔚然成风。

> 除州城的宕梁书院、云屏书院外，清代巴州辖境内，还有恩阳老场文治书院，恩阳新场育才书院，清江场步青书院，花丛场龙池书院。这些林立的书院，如众星捧月般拱卫着魁星阁、宕梁书院和云屏书院，共同把清代巴州教育推向鼎盛期。

就这么两段文字，就把历代巴城人崇尚文化、尊师重教的蔚然风气点燃。通过它我们便可沿着文章梳理的历史脉络，走进巴州千百年来不绝如缕的人文氤氲，

三是写人、叙事、抒情与哲思四者的高度融合，虚实相生。书中的不少篇章中，既有大段语言鲜活的历史考证，也有故事性极强的小说情节似的描写，还有哲理性较深的现实痕迹表达，使文本辨识度较高，这是一种十分有意思的探索和实践。

三十多年前，继鳌在清江渡求学，他把这段生活写成了一篇散文。大概是我们都有一段乡村生活的缘故，我多次跟他谈到对这篇文章的喜爱。认为这是一篇可以当作小说来读的散文，大量鲜活的细节，朴实舒缓的记叙，让人如临其境，感同身受。

比如他写自己在母亲的安排下，到街上卖枣筹集学费的一个细节：

> 为了给我筹集学费，母亲让我背着枣到清江渡去卖。因为年少胆小，我背到婆婆家便踌躇不前。婆婆找来一杆秤，教我识秤算账。出门前，她再三叮嘱：“街上人历实（厉害），要多长个心眼！”哪知我刚走到柳树街口，放下背篼，摊开口袋，几个中年妇女就围拢过来。她们

一边啧啧称赞这枣真好，一边拿起品尝讲价，有的趁机抓起往口袋塞。我哪里见过这种阵仗，顿时手忙脚乱……

“干啥子！”一声大喝，婆婆不知何时赶到。她一把夺下口袋，麻利地拧紧袋口护住，一边大声训斥：“一个乡下娃儿卖枣子挣学费，哪个也不准欺负他！”妇人们怔住了，很快回过神来抱怨：“你凶啥子嘛！”然后一个个悻悻地走了。那天，在婆婆的帮助下，一袋枣很快卖完了，够我秋季的学费了，我好高兴！

少年求学的艰辛，为筹集学费的困苦，乡下孩子进城的卑微，婆婆的强势护犊，一一跃然纸上。读罢，潸然泪下。让每个有农村生活经历的人，都会情不自禁地走进文章所勾勒的童话时光。

四

几年前，继鳌在跟我交流这本散文集的创作规划时，就有着明确的创作“野心”，要把巴文化中的家国情怀和时代传承作为写作的重点，在整体结构上采用形散神聚、古今观照的表述方式，表达异曲同工，书写各有侧重：前面十多篇，主要写巴城及其文化古迹，重点写其辉煌与壮美，不论巴人的血性、巴河的宁静，还是金榜山的仙气、柳津桥的温馨，亦或是回风亭的幽怨、南龛山的神韵、望王山的怀想，都承载着沉重与发愤。写街区与人文遗迹，着重对其人文品格与韵味的演绎，从不同的侧面书写出巴人的精神底色和血性风骨。后面十来篇，写古城人物及其流变，重点突出其自成体系、兼收并蓄的千年文化传承和流变。流星般划过天空的清代天才诗人冯蔚藻，世界平民教育运动之父晏阳初的历史贡献，杜甫、严武与阿来时隔千年的历史诘问，一代巴商的艰难困苦和精彩传奇。作为历史的记录，时代的映照，既合乎历史潮流，更加持了现实的精神道场。

当然，《千年一城》也并非无懈可击：有些史料过于详细，影响了文章的空灵度；个别文章的恣意抒情显得生硬突兀，让读者感觉作者“出镜”的尺度偏大；部分文史考证太过纠结烦琐，让读者感到作者取舍有些失度；等等，这些大概就是本书的“硬伤”。但毕竟瑕不掩瑜，《千年一城》丰厚的巴文化底蕴，浓烈的历史文化情结，灼灼其光，洋洋大观，是无法抹杀的。

十年磨一剑！继鳌写《千年一城》虽无十年之功，却也历时数年，写得愁肠百结，写得荡气回肠，也写得久久不能释怀。作为此书从立意，到草成，到打磨，最后定稿的见证者，我不揣冒昧写下这些散乱的文字，我有理由相信，《千年一城》是完全成功的一次大胆尝试。说它是近年来书写大巴山和巴文化神形兼具，别具一格的好作品，似乎也不为过。

“云中谁寄锦书来？雁字回时，月满西楼。”写完此文，锦城之夜，月光如水，邀月对酌，捧读继鳌洋洋十余万字的“云中锦书”，别是一番滋味在心头。

今夜无眠，让我为继鳌的《千年一城》痛痛快快地喊上一嗓子吧！

2023 年 8 月 29 日雍容楼定稿

一城风华千年叹

——读李继鳌散文集《千年一城》

张万林

一城风华，千古绝代。每一座城池都有自己的风采文章，风流故事，风光历史。我们站在城池边上，只能通过讲述者去结识她的风华绝代，通过那些灵动的文字去抚触她的脉动浩叹，在翻阅这部《千年一城》时，我不免有了这样的感慨。

近年来，走入历史的纵深，探寻文化的根脉，成为一些文化写作者的自觉，也成为一种历史文化散文的新风尚。在余秋雨之后，祝勇的《故宫里的中国》、蒋蓝的《成都传》、聂作平的《寻秦记》《光阴记——成都小镇书》、卢一萍的《风景无边》等受到瞩目。他们较之余秋雨那种对历史文化大开大合的写法，更加深入，更加细致，也更加贴近。在我们拂去历史尘沙之时，总有一些细微的可触碰的东西感染着、打动着我们。更为可喜的是，一批作家收回远望的目光，转向立足本土写作，对本土的历史文化进行打望和梳理。像阳云之于巴中，张中信之于板板桥，而李继鳌于他们之后跟了上来。

《千年一城》是巴中本土作家李继鳌的历史文化散文集，是他对巴城历史文化的回望和梳理。全书只有23个篇章，10余万字，是围绕巴城而展开的历史文化的写作。这部书基于作者的文化背景、职业取向和阅读喜好，呈现出以下几个特点：敏锐、专业、情怀。

敏锐：一个新闻从业人的职业眼光

李继鳌是一位地方媒体新闻从业人，长期坚守在新闻战线上，跑新闻、写新闻、做新闻是他的本业。拿他的话说，“在媒体工作，你经常会被人贴上文化人的标签。加之，我所在的电视专题部要拍摄反映巴中历史文化的片子，所以就会找些地方文化书籍来看”。那个时候，他就有意无意地接触巴中的历史文化。在还没有做作家梦的时候，已有了做文化人的准备。后因工作需要，他被委任为《巴中广播电视报》的负责人。这份具有晚报性质的报纸，承载了几代办报人的梦想和情怀，也承接了几代办报人的荣光。这份报纸广受百姓喜爱和好评，在纸媒式微的当下，能有滋有味地活着，是行业的骄傲，也是办报人的荣耀。但在他接手报纸后，整个业界已是寒冬，他们也面临艰难抉择。“危急之秋，我们决定依托报纸，深耕本土文化，研发文创产品，力挽纸媒收入下滑颓势。”他信奉金庸先生的办报宗旨，“新闻为攻，副刊为守”。在这个时候，他选择了做大副刊，大力宣传巴中的历史文化，体现了一个媒体人的敏锐眼光和责任担当。

要知道，巴中城池虽小，历史却很久远，从公元91年置汉昌县算起，已有1900多年的历史了。更不要说新石器时代文化和巴地特质的巴文化等。1900多年的历史文化是一座巨大的富矿，足够他去深挖细采。要做大副刊，就要有大文章，有专门致力于巴中历史文化书写的文章。这时，他才明白，仅靠约稿，无以支撑他这个专栏，他必须下水作业。因而，他不得不一边约稿，一边自己来创作，有点像金庸先生当年办报一样。《山南一座城》《流杯遗韵》《严武、杜甫与阿来》等文章就在这样的背景下陆续出来了。

他的文章，视角新颖，见解独到，深入浅出，语言活泼，可读性强。像《严武、杜甫与阿来》这篇文章，就是因听了著名作家阿来先生在巴城讲了一堂“杜甫与巴中”的讲座，他以一个新闻人的敏感，捕捉到了有价值的文化线索，及时写了这篇文章。文章一出，反响很大。他有新闻人的独特眼光和笔触，文章既是一则深度的历史文化通讯，又是一篇历史文化的通俗解析，还是一篇不错的文化散文。随着这一篇篇文章的出笼，他也一下子引起了行业内外的高度关注，逐渐崭露了头角。

专业：一个历史文化爱好者的执着

作为一个要写历史文化散文的作家来说，你得深耕历史，读透历史，成为这个领域的明白人。初始，是因为对本土历史文化的热爱，加之工作需要，他有意识地去收集巴中本地书典，像《巴州志校注》这样的典籍悉心收集在手。后来，因为要为专栏写作，他不得不沉下心来，对巴中的历史文化做深入的研究。他打通了地方历史文化的任督二脉，对古巴州的历史脉络有了清晰的了解，在巴州的历史文化方面敢于发出自己的声音。像《山南一座城》，作者站在南龛山上，俯瞰巴城，一条跨越千余年的历史脉络在这里徐徐展开，巴城深厚的历史帷幕就这样拉开了。读罢这样的文章，你既分享到巴城的历史，又领略了巴城的风光，还感知了巴城的人文风情，对一座城的热爱油然而生。《东龛在哪儿》这篇文章，具有了考证性质，作者以史为据，结合田野调查，去严密推导他所想要的结论，虽然结论未必如愿，但却让我们看到他专业的一面。对于杜甫是否来过巴中，他也是站在史料的角度，经过反复认证，确认杜甫没有来过巴中，虽然让巴中人颇感失望，却还原了历史的真实。还有《天开金榜》一文对谁是这几个字的题写者的考证，都看出李继鳌专业知识储备是足够的。正是有了这些储备，他才可以去探寻古巴州，去回望那些在巴州历史上留下惊鸿艳影的历史人物，像严武、羊士谔、宗泽、陆成本等。

写历史文化散文的作家大有人在，他们或以故宫这样的宫殿为对象，或以成都这样的历史文化名城为目标，或以某个小镇为坐标，其目的就是通过历史书写，记录或还原某些历史的真实，让历史文化能够赓续发展，让后辈子孙能触摸到历史文脉。文不断代，脉运有继，这既是志史者的责任，也是为文者的担当。我们每一个人都要有这样的责任和使命。李继鳌不以前行者众而止步，他毅然前行，怀抱真诚，在地方历史文化里埋首深耕，值得钦佩。

情怀：一个文学创作者的千年一叹

文学总是能给予人梦想，文学也总是能改变一个人的初衷。李继鳌是一个被时代推着向前的人。他不是一个文史专家，也不是专业作家，他的身份是一个新闻从业人。在职业面前，他没有想过要当作家，但文学在不经意间点燃了他的梦想，也改变了他的初衷。因为办报需要，他开办了地方文化专栏，因为专栏需要，他动手自己写作，因为自己写作，而一发不可收拾。在时势面前，需要他站出来的时候，他没有礼让，没有退缩，他有一个为文者的担当和情怀。一个地方的历史文化的传承与发展，需要一批人来肩起这个使命。可以说，在这之前，他只想做好一个媒体人，偶尔来点文学爱好，点缀一下生活。但是，随着专栏文章的陆续推出，他也意识到必须要认真面对文字，要让这些还原巴城历史的文字生动起来、精彩起来、跳动起来，要让这些文字学会思考、学会发问、学会长叹。为此，他去读汪曾祺、沈从文的散文，读余秋雨的《文化苦旅》《千年一叹》。这个时候，仅做一个媒体人是不够的，做一个历史的明白人也是不够的，他要做一个文化的苦行僧，要像余秋雨那样，对历史文化要有自己的“千年一叹”。这部《千年一城》便是李继鳌的一叹。他把这些平时为专栏写下的文字，重新整理、打磨，重新命名，在遵循历史大势的前提下，努力让这些文字有自己的见解和思考，有自己的风格和文采。他长于古诗词，也能作新诗，在很多文章中间或结尾，他总能应景地留下自己的诗词。你从这些诗词中，感知得到他深深的文化情结和浓浓的乡土意识。

巴城是名副其实的文化古城。历代文人墨客或职守、或贬谪、或客居、或到访巴州，他们不以物喜，不以己悲，遵从内心，热爱自然，喜好郊游，追求风雅。他们或登高揽胜，指点江山；或流觞曲水，吟诗作对；或名士风流，天下文章，好不快哉！他们在这里留下了大量的诗章、题刻、书法，无论是严武、羊士谔、宗泽、陆成本，还是历代有名无名的诗人、词人、书法家，都为巴城留下了浓墨重彩的一笔，我们有理由为这些历史留存浩叹。

当然，《千年一城》不是为巴城立传，而是择其要者而写之，由此生发开去，还涉及了周边的一些物事，但也足以印证这就是千年一城。一城风华，足够分量，足够风光，足够风流。

毕竟，李继鳌不是专业作家，也非文史专家，他更多的是以一个新闻人的立场和敏感，感知到这些历史文脉。因而，他对历史文化的解读，有时难免粗疏，文学性描写和细节处的处理难免打折，但，不影响我们对《千年一城》的惊艳，对一个新闻人在文学热爱、历史守望中默默付出的感佩。

这正是：一城风华绝代，满纸文字生香；留得千年一叹，自有后辈回响。

2024 年 3 月 20 日于云台

千年巴州一卷开

——李继鳌和他的《千年一城》

孙梓文

一

2024 年春天的一个夜晚，我从梦中惊醒，沿着梦中的指向，将目光探向家中的书橱。书橱中有没有一个更深广的角落，能找到关于我们身处的世界，以及广袤世界中一个关于自己的点，并由这个点又探及广袤的世界？

梦境中，感觉与一个人同登一座书山或书城，那书山书城之中，有很多典籍，让我大开眼界。仿佛就是登临传说中的丹梯书院，直上飞霞阁而去。如同神临天一阁，不在于书典经卷的内容是什么，只仰望到如此广博的书籍，已足以淹没，让我一下子找到了心归处、心安处，像钱绣芸“嫁书”一样，竟要与书同在了。

这梦境中的归乡之感，让醒来的我，既怅然若失，又获得了某种神秘力量的指引，期待能从中找到揭示生命走向的意义，让璀璨的光芒沉潜在心底。

我期待着与这样的璀璨相逢。哪怕是一点星光，或烛火。

梦境是不是有着某种暗示？

果然，第二天下午，我徘徊在巴州老城边的滨河路上，接到了继鳌的来电，他说想把《千年一城》书稿交给我。说来奇怪，当时他也正沿着巴河北岸，向巴河南岸行进。

于是，我们约定：相向而行。

那是春天草木开始繁盛的一个下午，当从继鳌手中接过他打印好的书稿之时，我突然想起了昨夜的梦境。

那一瞬间，突有一场闪电和雷雨。

如此厚重的《千年一城》与我，是注定绕不开的一次风云际会。

正是因为它，让我对生于斯长于斯的巴州，渐生了一探它久远幽香的冲动。

也许，因为这一场闪电和雷雨，古老巴州的春天才会走向更深之处。

二

2024 年，甲辰龙年。的确可能在呼唤一场闪电和雷雨。

这一年，古老巴州，我和继鳌生活的小城，因为他的书写，注定会发生一场千年一遇的相逢或席卷。

这相逢，走进了《千年一城》。

这席卷，让千年巴州的繁华、沧桑、衰落、追问与求索，变成了一种生命对生命的呼应，次第走进了书页之中。

起笔很高，宕得很远。从东汉永元二年，即公元 90 年写起，从宫廷决策到汉昌建置，从全国布局到巴州布点。从此，“山南一座城”开始风华绝代：流杯池、南馆林塘、击瓯楼、魁星楼、书院街、凌云塔、回风亭、丹梯书院、严公祠、闲乐堂、白云亭、光福寺、龙日寺、宕梁书院、云屏书院、登高楼、望王楼、南龛坡、金榜山、王望山、东龛山、东洞、西龛山、塔子山、插旗山、佛尔岩、阴灵山、米仓道、巴河、关桥河、后溪……一座有着九井十八街、八山拱卫、四龛耸秀、一水潆回的巴州古城，逶迤而来，不漏掉任何一个卓绝的眼眸，包括今人开拓的“一城两翼”城市空间，中轴线城市景观，款款而行，自信地走上神州舞台……

它们一个个被继鳌请进书里，铸成巴州的文化符号。写作过程中，继鳌不无自得地拨响了巴州畅想曲：“试想有那么一天，当东边的太阳穿过凌云塔，照进充满年代感的‘九井十八街’……秋水明澈，锦鳞竞跃；长天流霞，鸥鹭齐飞……那才是千年巴州最炫目的风景，也是华夏古邑最经典的韵味。”让一同生活在这座城池的我，充满了亲切之感和超迈之境。

不仅如此，寡妇清、严颜、李贤、严武、杜甫、羊士谔、唐元封、张祎、张曙、张思训、宗泽、冯山、冯伯规、张衎、金玉麟、朱正蕃、冯蔚藻、刘昆、张必禄、朱锡谷、陆成本、顾尧峰、余焕文、董修武、李挽澜、吴裕卿、赖素如、罗至忠、晏阳初、阿来……达官贵人、才子佳人、贩夫走卒都向巴州而来，赶赴眼前，纷纷从散落在典籍中的角落，汇聚在《千年一城》之中……

有趣的是，继鳌兴之所至，让严武、杜甫和阿来，来了一场古人与今人的时空碰撞；情之所至，他竟要起身回到古代，和那些诗人们一起吟诗作赋了：“走在南池河畔，听着潺潺的水声……恍惚间，我的思绪上溯时光之河，去邂逅一位千年前打马走过巴州的官员的风花雪月，和他一起消愁抒愤、吟咏高歌。”无论是唱和的古体诗，还是现代诗，继鳌随心而成，自有佳句。让我们感到一个地方的文脉，不仅在城池中的遗迹之间流动，也在一代一代后学身上搏动。

甚至有关于巴州的《史记》《后汉书》《尚书》《晋书》《三国志》《华阳国志》《旧唐书》《新唐书》《资治通鉴》《舆地碑记目》《蜀中名胜记》《四川通志》《读史方舆纪要》《保宁府志》《巴州志》《巴州志校注》《巴中县志》《唐摭言》《玉函山房辑佚书》《楚辞》《全唐诗》《唐才子传》《明代回文集》《镜月轩诗存》《晏阳初画传》等典籍，也被继鳌请进了《千年一城》中……

这让我们体会到继鳌内心涌动着的对这座千年古城万般的爱与感念，竟然是如此奇崛而高远……

一如千年之前，那些深爱过这座城池的先人们。

但我们必须先走回时光深处，与他们相逢。沿着城际线、人生线，从历史与时代的纵轴，去感知巴州和与它相关人物的生命横轴。

两千年过去了，古老巴州的官人、诗客、游子们，如果也想从历史深处向我们走来，他们会认得这是他们曾经爱过的巴州城吗？

鳞次栉比的高楼，车水马龙的新城，时光如斯却已风驰电掣。

但那又有什么不同？

只要时光还在，只要星球不灭，他们就会从这本书中，陆续向我们走来。

就像我与继鳌，在古老的巴河畔，迎面而行。

因为我们心底，都装着这些不变的岁月，都装着这座城池千年的繁华与梦境。

一本书为一座有着近两千年建制的城池书写，或索隐，或追踪，或诘问，或期许，本身就是一个盛大的仪式。

何况，地杰人灵的巴州，就是有着五千年文明史的中国的缩影。因着继鳌的书写，它已不再是一个地理名词，而是一个文化标识。它会与滕王阁、岳阳楼所在的城市一样，在历史的长河中，闪耀着夺目的文化光芒！

三

但继鳌心中，也有隐隐的忧伤。

除了书中仅有的这些代表性人物，或因为他们保留到今天的风物，让我们更深刻地爱上了这座城池，爱上了今天的追梦时代。但那些在历史深处为这座城池奉献过青春、热血和生命的亿万生灵，更多的，没有留下什么痕迹。

像根本没来到这个世界上一样。

“天空没有留下鸟的痕迹，但我已飞过。”

我们，是如何来到的？就像一条河流，最先可能是一片云彩，一滴雨珠，一道沟渠，一径细流，从某座山中奔泻而出，于是相逢、汇聚、流淌，以至于汇流成巴州城外那蜿蜒的巴河了。

于是我又想起那个春天的夜晚，那梦境中的某个场景，那些闪着光芒的书籍。

为此，我向这位将巴州和来巴州的、从巴州走向世界的人们请进《千年一城》的继鳌先生，深深致敬。

你看，“在荒远的天地间徜徉，在山野古道中独行，在历史烟雨里寻觅”，他是那么孤独，又是那么执着；你看，“我欲寻访历史的坐标，掀开覆盖的苍苔，重拾辽远的文化记忆……我欲以一己之力，开启对这片秘境的深度挖掘和钩沉打捞，延续高天厚土下隐秘的文化脉流……”他是那么无畏，又是那么自信。

所以，即使驻守塞外、边关叠雪，即使驿路羁旅、巴山夜雨，哪怕我们一生厮守在某座小城，请你带上书本，和千年烟云，在历史的天空中，擦出一道亮丽而独特的痕迹吧。

四

有了这样的感慨，我与继鳌又在一个春天的夜晚沉醉了。

同样沉醉的，还有在座的一帮巴中文友们。他们有的是巴中宿儒，对巴中研究颇深，且愈研究愈爱之弥深；有的是摄影大家，多年青春寄付在巴中山水间，用一帧帧生动的图片定格巴州最美的瞬间；有的是专门研究乡村的专家，因为他们的发现和呼吁，保留住了巴山深处不少传统村落……

大家兴致很高，我想起公元353年那场发生在会稽山阴之兰亭的雅集，内心澎湃着千年的感动和感怀。

在与继鳌归家的路上，霓虹闪烁，我们穿行在巴州的繁华街巷之中。回忆刚刚那场聚会，纯粹雅致的谈吐，他们关注的岂是个人的喜怒哀乐，而是一座古老城池的文化传承！

想起《千年一城》中呈现的那么多古代文人墨客，我们又期待今天的人们，与他们相会在历史的一次聚合之中。并且坚信，一座城池的文脉始终都没有中断过。

我们突然想到：一座城市，有一帮用生命为它执着讴歌、吟咏、书写的人，是多么幸运。

但即使有着这种自觉和豪迈，有时又会被一种忧伤弥漫。做一个爱书之人，又有几多现实尴尬！

是的，谁不想“活在当下”，铸就功业，并尽最大可能去创造“宝马雕车香满路”的现实生活呢？

毕竟，我们是有着一百多斤需要吃喝拉撒睡的血肉之躯的普通人啊!

但因为和书发生了某种关联，我们又岂止是普通人！我们经历过书册的洗礼，便练就了穿越历史和岁月的本领，心中有了更远的梦和更深的寄托，谁又真正能懂呢?

就像有人说，因为李白，千年以降，我们知道了汪伦；因为苏东坡，我们知道他的三任妻子王弗、王闰之、王朝云。伟人大士自有流响，但偶尔的擦挂，说不定，也会让你在历史的天空中留下某些痕迹呢!

“人生不满百，常怀千岁忧。”我理解继鳌心底的孤独。他怕的不是费墨劳神，怕的只是没有更多的人、更经久不息的遗迹故址，走进他的《千年一城》。

五

人，生之有涯。相逢的人，自有渊源。书，也一样。

余秋雨在《文化苦旅》中写道：“如果没有书籍，那么我们祖先再杰出的智慧、再动听的声音，也早已随风飘散，杳无踪影。大而言之，没有书籍，历史就失去了前后贯通的缆索，人群就失去了远近会聚的理由；小而言之，没有书籍，任何个体都很难超越庸常的五尺之躯，成为有视野、有见识、有智慧的人。”

诚哉斯言。记得很小的时候，偶然间获得了一本《世界童话大全》的厚重之书，竟然在一次家中来了一位干部模样的“客人”之后，便不知所终。记得当时的我，顿感天空倾斜。向父亲索问是谁拿走了此书?父亲不好追讨过问，承诺无论如何都要再给我买一本，方才止息了我的痛苦。还有一次，我与一位小学同学偶起纷争，他竟要撕书以泄愤，我立即走上前去，主动认罚，前提是只要不撕我的书。否则，我不但不承担罚责，而且一定要让他受到我的惩罚，长点记性。

现在想来，那位干部模样的“客人”，可能与我一样爱书吧，我早已谅解了他。那位多年都没联系的小学同学，他当时虽然没有撕书，但他在书上狠狠地踏上了一脚——“侮书”，使我至今仍然没有原谅他。

岁月有痕，书也会变黄变老变脆，甚至辗转流落，有它自身的命运。所以，当我在《清江渡》中望见那个青涩少年背着书箱，沿着一条古老的道路负笈求学时，竟然热泪盈眶。

那个清瘦的背影，仿佛也是我。

谁能想到，当他从清江渡向巴州城迈进时，我会在东龛山那里一直等着他，以至于他向过路的人发出了“东龛在哪儿”的诘问？

我想，那个在梦中与我一同登上书山书城的人影，绝对也是继鳌。他一定知道，我会在梦中等着他，一同攀上一座洪荒亘古的书院。

“书卷多情似故人，晨昏忧乐每相亲。”

书是无言的。但只要心是热的，梦就会成真。我们就会沿着它的光芒，连通血脉，气贯古今，注定相逢。

相逢在清江渡青葱的时光里。

相逢在古巴州千年的岁月中。

相逢在银河系不息的转动间。

2024 年 4 月 23 日于巴州

后　记

终于定稿的这一刻，我如释重负。抬头望着窗外高远的蓝天，那里有两千年变幻的风云悠游在巴州上空。

云无心而出岫，鸟倦飞而知还。正如白云一样，我们生来看似身不由己，实则一点都没有偏离自己的轨道。幸运的是，当很多羁鸟飞倦了才想起巢穴时，我有幸几十年厮守于斯。也正因如此，我对这里的一草一木感受更深，对一砖一瓦感触更富，对一街一巷感悟更烈。这种经年累积起来的感受、感触和感悟，最终化为胸中文气氤氲，流淌出来就是这本《千年一城》。

但是直到四五年前，我从未萌发过出书的想法。带给我这种变化的，是五十年间遇到的人和事。第一要感恩我的父母，他们在那个贫困年代生下并养育了我，以至于我在写这本书时，仍能够时时感受到他们灼热的目光，绵绵不断给予我的力量，尽管他们早已逝去多年！写作中，我感觉他们就在身旁，还是那样温良敦厚、怜爱慈祥。我永远是他们的孩子，是他们给予了我一切，也包括这本《千年一城》。

然后是要感谢我的家人。我们几十年相濡以沫，不离不弃。是他们用关心呵护为我筑起了一道爱的“城墙”，在这方小小的“城池”里，我们远离功利和喧嚣，抛却世俗和浮名，沐浴清澈的阳光朝露。哪怕夕阳西下的那一天，我们踏上归途也无怨无悔。

人这一生，上天安排了你的父母、兄弟姊妹和亲人，也安排了此生必须遇见的邻居、朋友和同事。在短短三万六千多天里，有的人见一面就各奔东西，有的转眼就天涯海角，而有的则要相处多年十多年乃至几十年，他们就分布在你生命的某个路口。当你走完上一程，走入下一段时，他们可能就在某个拐弯处突然冒出来，与你握手寒暄，然后彼此熟悉了，你来我往互相影响着，不知不觉间，开启了一个姹紫嫣红的世界。

就这样，在我生命进入第 44 个年轮以后，有幸遇见了一群文化人。或者说，一群文化人不经意间闯入了我的工作生活。他们中，有的我久闻大名，但少有交集；有的素未谋面，却一见如故；有的则是我的同事，但之前十多年间从未串过门。此前，我们像星球一样各自运行在自己的轨道，但有一天突然靠近了，彼此打量着，有似曾相识之感。慢慢地，互相之间就产生了星球引力。

这引力之源，就是对于文字、文化和文学的爱好。受他们的影响，也因为工作需要，我开始了从传媒到文化的迁徙，从新闻向散文的跨界。终于有那么一天，我萌生了创作一部文化散文集的雄心。他们得知后，纷纷为我叫好。《巴中广播电视报》创始人阳云先生经常给我鼓劲加油；彭从凯大哥退休前，将珍藏多年的地方志电子版赠予我，以方便我考证；张中信大哥热情地为我推敲书目，规划章节；孙梓文、张万林通读书稿后提出宝贵建议，他们和张中信大哥还拨冗为我撰写书评；杨芸滔、熊小慧等文友也对文本提出了很好的修改意见；彭从凯、张学金无偿提供照片；苟蜀明精心排版设计……这些都让我感动不已。

彭从凯／摄

此前，我们像星球一样各自运行在自己的轨道，但有一天突然靠近了，彼此打量着，有似曾相识之感。慢慢地，互相之间就产生了星球引力。

——《后记》

我们，原本像白云一样悠游天际，忽然有那么一天，邂逅在这座古老城池，彼此惊讶着缘分的奇妙，影响和改变着生命的轨迹，美丽了各自的天空。

从想法落地到完成初稿，从文稿修改到编排设计，还有几个推手在后面大力促成。这当中，特别要感谢巴文化研究院将该书纳入全市“巴文化重点研究课题”，感谢巴中市社科联将该书纳入全市重点社科研究项目，感谢巴州区委宣传部和巴州区作协将该书列为挖掘巴州历史人文的重点作品。这些单位的大力支持，是催生《千年一城》迅速与读者见面的决定性因素。还有，该书的孕育成型，也离不开我工作单位的领导和同事，是巴中市广播电视台、巴中广播电视报社这块土壤，哺育了一棵文学幼苗的成长。可以说，《千年一城》的第一块砖、第一片瓦，是在巴州大道 155 号铺下的。

在这里，我还要特别感谢四川省作家协会副主席、著名作家蒋蓝老师为该书作序。他是我非常敬重的国内历史文化散文大家。他的热情鼓励，体现了对一个文学新人的关爱，也让我明白了今后努力的方向。

五十而知天命。我终于捧出了这本书，期待着与这片土地上的父老乡亲见面，期待着与这座城的每一条街巷、每一处建筑、每一棵草树见面，还有那环抱巴城的河流，悠游天空的白云，经行古城的日月。

希望若干年后，他们还记得，一个人曾经来过。

是为记。

2024 年 4 月于巴州

当代四川散文作家书系

丁仕强 主编

飞鸿雪泥

奉友湘 著

中国书籍出版社
China Book Press

图书在版编目（CIP）数据

飞鸿雪泥 / 奉友湘著 . -- 北京 : 中国书籍出版社 , 2024. 11. -- (当代四川散文作家书系). -- ISBN 978-7-5241-0117-8

Ⅰ. I267

中国国家版本馆 CIP 数据核字第 2024HN5632 号

飞鸿雪泥

奉友湘　著

责任编辑	王志刚
责任印制	孙马飞　马　芝
封面设计	杨　桃
出版发行	中国书籍出版社
地　　址	北京市丰台区三路居路 97 号（邮编：100073）
电　　话	（010）52257143（总编室）　（010）52257140（发行部）
电子邮箱	chinabp@vip.sina.com
经　　销	全国新华书店
印　　刷	四川科德彩色数码科技有限公司
开　　本	880 毫米 ×1230 毫米　1/32
字　　数	1760 千字
印　　张	65.75
版　　次	2024 年 11 月第 1 版　2024 年 11 月第 1 次印刷
书　　号	ISBN 978-7-5241-0117-8
定　　价	598.00 元（全 10 册）

总序

以散文之名　发时代之声

四川省散文学会会长　丁仕强

四川，自古便是文人墨客倾心描绘的天府之国。这片充满诗意与传奇的土地，激发着作家和诗人的情感与想象，孕育出一代又一代的文学巨匠。他们以笔为犁，耕耘着这片沃土，用文字记录时代的变迁，抒发个人的情感，展现社会的风貌。

进入现当代以来，随着社会的快速变迁和文化的多元融合，四川散文作家更是以其独到的视角和敏锐的洞察力，捕捉时代脉搏，反映社会现实，表达个体情感，创作出了一大批具有深刻思想内涵和艺术价值的优秀作品。散文，作为一种自由、细腻、深邃的文学形式，它以最直接的方式触碰人的心灵，以最朴素的语言揭示生活的真谛。四川的散文作家，根植于这片文化沃土，汲取着巴蜀文化的精髓，他们的作品既有大山大水的雄浑壮丽，又有田园牧歌的温情脉脉；既记录着时代的变迁，也倾诉着个体的情感。

四川省散文学会迄今为止已走过 34 年的历程。多年来，学会与时俱进，开展写作分享及文学讲座，召开“川渝散文家论坛”“中国西部散文论坛”，开展“四川散文奖”评选等活动，上千名会员出版散文专著，近百名会员荣获“鲁迅文学奖”“冰心散文奖”“四川文学奖”“朱自清散文奖”“五个一工程奖”等文学大奖，散文创作成绩斐然，可圈可点。

为深入践行习近平文化思想，坚定文化自信，坚持守正创新，引领新时代散文创作，推动散文家队伍建设，促进散文高质量发展，学会组织编辑《当代四川散文作家书系》（第一季），旨在全面展示当代四川散文作家的创作水平和艺术风貌。我们精心挑选了部分优秀散文作家，他们中有的已在文坛享有盛誉，有的则是初露锋芒的新星，涵盖了不同年龄层、不同风格流派的散文创作者。无论是对乡愁的抒发，还是对时代变迁的记录，抑或是对个人生活经历的思索，每一位作家都有其独特的视角和笔触，他们用文字描绘山川河流的痕迹，刻画时代的进步与变迁，抒发对生活的感悟与情感，以真挚的情感和独到的视角，展现了多层面的社会现实与精神追求。

本套《当代四川散文作家书系》，共 10 本散文集，分别是《梧桐树下》《千年一城》《火把》《在故乡的原野上奔跑》《洛水边的乡村中国》《飞鸿雪泥》《比草还长的日子》《川流不息》《岁月笔记》《且听风吟》。

《梧桐树下》一书，作者结合亲身经历，深刻探讨了人生哲理、人际关系的温暖以及个人成长过程中的反思；《千年一城》则借着收录的 23 篇文章，精心组构出千年古城巴州的来路与去向以及巴州城的数次华丽转身；《火把》一书通过几个不同时代、不同地域的人物和故事，展现了普通人在生命迁徙与经济变迁中的坚韧与努力；《在故乡的原野上奔跑》是作者的奋斗史、心灵史，“奔跑、扎根、奋斗”是本书的关键词，怀念和梦想是作者的情感表达；《洛水边的乡村中国》一书，作者以小见大，以洛水边的10个传统村落蝶变成特色新村，折射出了一个县、一个省乃至整个中国乡村的发展历程。其他几本散文集也各有千秋，特色鲜明，通过这些作品，我们可以感受到四川散文作家在继承传统的基础上，不断创新的艺术追求。他们以真挚的情感和深邃的思考，探讨人生哲理，挖掘人性光辉，传递社会正能量。他们的文字，既有对美好生活的向往和追求，也有对社会现实的深刻反思和批判。

这套书不仅是一种文学表达，更是历史与现实交汇、个体与民族共鸣的生动写照。这些作品，或清新脱俗，或深情厚重，或哲思深远，它们共同构成了一幅丰富多彩的文学画卷。希望通过这套丛书的公开出版，不仅能把握住散文这一文体在形式上的创新与探索，也能从深层的文化内涵上，理解四川乃至整个中国当代散文创作的发展趋势。

在这里，我要特别感谢各位作家的信任与支持，正是因为有了他们的辛勤耕耘和精彩创作，我们才得以将这些散发着文学芬芳的作品集结成册，奉献给广大读者。同时，也要感谢书点文化传播出版团队的细致工作和无私奉献，他们的专业与热情确保了本套书的顺利出版。

愿《当代四川散文作家书系》能成为你认识四川，感知时代，领略散文魅力的一扇窗口。希望这些真挚的文字能触动你的心弦，激发你对生活、对文学的深刻思考和无限遐想。

让我们携手共进，以散文之名，发时代之声，祝愿四川的山水更加美丽动人，祝愿各位散文作家创作大获丰收，祝愿四川散文创作和发展永远充满生机与活力！

2024 年 6 月 29 日

自 序

以前的序言大都请朋友作，自己的话基本上只好在后记里絮叨。序言比后记地位显赫，写书的人都知道。这回不想再委屈自己，干脆亲自来写这个序言，聊聊为啥出这个集子。

其实说起来出这个散文随笔集乃是无心插柳。以前人民公社时，社员们往往会在荒土上挖一些小窝，撒几粒豌豆，再撒一把过磷酸钙，然后掩上土。从此以后再无须管理，等待成熟时扯一把算一把，得到的果实总会比撒下的豌豆多。农民们把这种放任自流的种植方式称为种“满山青”。我于散文、随笔的写作上也是如此，只问耕耘，不问收获。

我又像《金蔷薇》里那位在金铺天天扫地的人，不嫌琐屑，把带着星星点点金屑的尘土，年复一年地积累下来。到了某一天，居然也可以去粗取精，去土余金，把这些不起眼的金沙，熔铸打造成一支可爱的金花。当然，我的作品集自然比不上金蔷薇，但大体上可以相似于一朵咱成都的木芙蓉。

细细数了一下，这些日积月累起来的作品居然有40余篇，14万多字，这一下连我自己都颇为惊叹了。我终于认识到水滴石穿，集腋成裘的力量。

2017年6月退休以后，我把办公桌搬回了家。其实我最早是想继续操练书法，在自己喜欢了几十年的墨海里弄潮一番，甚至还想学学国画。于是买来一堆国画入门书籍，尝试着涂鸦。可是我闭门操演了一阵，感觉自己实在没那个天赋。我想，像这样即便写10年，画10年，也提高不了多少水平，我的书画恐怕还是见不得客。如果我写作10年，按两年出一本书的速度，就可以出5本书，也可以多多少少给后人留下点文字。我是学经济的，当然要算机会成本。我觉得，于我而言，还是写书划算。当然，我写作虽然不是为了赚钱，但也决不是为了烧钱。不亏小赚，就是我的如意算盘。

于是，我从喜欢的历史题材入手，以填补空白为目标，差不多成天沉溺于古蜀历史文化的故纸堆里。每天在我眼前晃悠的多半是叱咤风云的蜀王啊，成都的清明上河图啊，宋朝历代皇帝啊，运筹帷幄的宰相啊，风姿绰约的皇后嫔妃啊，美丽贤良绝世独立的苏母程夫人啊，等等。我继2017年初奉献出人人喜欢的《交子》之后，又于2019年、2020年、2022年出版了《蜀女皇后》《蜀王全传》《苏母纪》。3本书加起来差不多70万字。也就是说，我这些年主要致力于长篇历史人物文学作品的创作。于是有大学同学跟我开玩笑，说我毕业以来差不多跨越了4个专业：经济学、新闻学、语言学、历史学。这话听起来很舒服，我肉眼凡胎，自然也不能免俗地喜欢听表扬的话。还有一位未曾谋面，主动加我微信的年轻人对我说，我甚至算深挖研究古蜀文化的成都作家之一。这更让我有些惶恐了。

就在创作上面那些长篇之余，我在换脑筋的时候，或者收集资料的间隙里，便时不时心血来潮般写点小文章，主要在封面新闻《宽窄》副刊上发表。华西都市报纸质版也时不时选登一篇。毋庸讳言，这两块阵地上有我的老同事镇守，他们自然让我的作品自由通行。所以，我对他们是深怀感激的。

当然，我写的文章也基本上不会给他们丢脸。照顾稿一两篇可以，多几篇恐怕自己都不好意思找人家了。毕竟我这张老脸还没有厚到城墙一般。至少我在自己的文章里倾注了真感情、深感情。我的《长姐为母》一文发出来当天，就赚了不少亲朋的眼泪。一位老大哥给我发微信说，你这篇文章我是包着眼泪花读完的。这位当过兵，扛过枪，在商海里叱咤风云几十年的兄长，作品要感动他恐怕也不易。

所以，我的文章都是发乎于情，成乎于文。突然间对某件事情，某种想法，某个人物感兴趣，就想把它写出来，不吐不快。这便有了创作的冲动。即便有时候忙，我也会先在笔记本上把标题写下来，把几句提纲挈领的话记下来，待得空时再写。古人的灵感、佳句往往得自“马上、厕上、枕上”，而我的创作冲动往往来源于一念之间。当然，有时冲动也仅仅只是一瞬，也有半途而废的。我从不勉强自己，写不下去的便扔在一边，任它成“烂尾工程”。

有时是想写，但一时写不下去，便等待时机成熟时再一气呵成。我写《哥哥家长》便是如此。哥哥去世以后我便想写，但一动笔心口就发疼，难过得无法续墨。直到8年后的去年父亲节，我才一口气写完。因为，已经到瓜熟蒂落的时候了。

有情有景，自有佳句，自成高格。王国维论词的标准，也可以用以品诗文。除此之外，我品诗文则更注意其背后的故事。因为我觉得，深究诗文背后的种种景况，方能更好地读懂诗文，理解其创作的苦心孤诣。这样的赏析方能言人所未言，见人所未见；才能于才情中、优美中见学术上的开掘。集子中《飞鸿雪泥何由来？》《东坡先生另一首中秋诗》《东坡诗捧蜡梅俏》《〈岳阳楼记〉和〈偃虹堤记〉是炒作稿？》《〈诫子书〉与诸葛瞻》等都属此类。既彰文采，又讲故事，还挖学术，我姑且把这类文章称为学术性随笔。另外，关于交子的一组随笔就更具学术性了。把艺术性与学术性相结合，写普通读者喜欢读的散文、随笔式学术研究文章，也算是我在写作上的一种新菜试做吧！有的专家喜欢把简单的事情复杂化，把本来不难懂的事情讲得云遮雾罩，让人们在莫名其妙中感受他们的“高深莫测”。可我还是更愿意像开苍蝇馆子的老板一样，让好吃的川菜大众化、通俗化、家常化。

2024 年 2 月 2 日（小年）

目录

四川地名歌 001
许川同志鼓励小编辑 006
岳母是母 009
长姐为母 016
哥哥家长 022
老　陈 029
钦定交子的成都人——刘太后 038
“交子之父”薛田与《成都书事百韵》 046
伟大的交子在哪里？ 056
伟大的交子到底诞生于哪里？ 063
成都商人发明的世界最早纸币交子为何能够
领先欧洲 600 多年？ 068
明蜀献王朱椿见过真的张三丰吗？ 071
飞鸿雪泥何由来？ 077
东坡先生另一首中秋词 083
东坡诗捧蜡梅俏 087
《岳阳楼记》和《偃虹堤记》是炒作稿？ 094
望帝杜宇和丛帝鳖灵 103
《诫子书》与诸葛瞻 114
昭君幸 119

"奉"天承运来自何方? 123
感恩竹叶青 130
问　蝉 135
访　桂 140
穿女裤 146
卖豆腐 153
故乡的小河 161
渡　人 167
夜　渔 172
大　刘 179
"猪司令" 186
第一次独唱 193
"黄鳝王" 197
两双鞋垫 202
三张准考证 209
那一双美丽的眼睛 213
在川大的三次演唱 218
完美邂逅 224
神奇合肥大蜀山 229
成都，我奋斗的地方 234
芳　邻 239
等待下一次漂流 243
"夜猫子"自画像 247
种好人生中的机会 254

四川地名歌

水绿天青景色新，蜀山蜀水自多情。
戏写一曲地名歌，请君为我倾耳听。

四川美名冠天府，九天开出一成都。
锦江春色来天地，龙泉桃花映今古。
金牛故道通昭化，岷沱双流绕春树。
青羊名观游仙聚，武侯君臣共荣殊。
郫都金堂成大邑，邛崃成华号新都。
蒲江温江又合江，一江春水向东流。
绵阳资阳复简阳，三阳开泰吉岁首。
安州彭州连崇州，州州隆昌开盛世。
雅安蓬安都广安，高新安居庆华年。
沧桑宝盆聚大江，江江美若青白江。
中江罗江注夹江，开江雁江归雅江。
蜀国雄奇多仙山，山山碧峰翠屏掩。
凉山营山接屏山，芦山彭山叠船山。

蜀山之王尊贡嘎，天下名山峨眉山。
蓬溪南溪再纳溪，千溪汇成龙马潭。
汶川沐川更青川，百川齐聚都江堰。
平昌德昌喜德昌，德阳旌阳向阳旺。
万紫千红若云霞，蜀锦绚丽靠色达。
百菜百格麻辣鲜，川菜味美自盐源。
神秘玄幻三星堆，憨态萌宠大熊猫。
童话仙境九寨沟，通川达州五通桥。
东区仁和人情暖，西区米易百姓欢。
更喜盐边泸沽美，攀枝花红尽开颜。
贡井自流够富顺，沿滩荣县足大安。
达川射洪乐江安，新津通江一帆悬。
丹棱洪雅可登堂，前锋武胜得荣还。
金阳雷波真奇幻，石棉花开自天全。
渠县石渠清如许，汉源万源活水来。
丹巴美姑艳天下，黑水白玉赛和田。
筠连平武得长宁，珙县兴文成高县。
巴州邻水人乐至，江阳苍溪泻清涧。
涪城高坪三台垒，梓潼大庙七曲山。
东兴南江似锦绣，西昌北川如画屏。
恩阳普照民安岳，市中广德境遂宁。
内江蜜饯甘天下，自贡恐龙惊世人。
泸州老窖魅威远，五粮美酒最宜宾。
叙永红岩迎春早，古蔺花郎香透瓶。
壤塘富称财神坝，理县红叶醉游人。

朱德老总张思德，双德文化耀仪陇。
山水画廊美巴中，光雾山上赏叶红。
状元之乡俏资中，冬尖香飘御厨中。
南充果山秋色美，满树黄柑满树金。
西充凤凰振翅飞，充国香桃胜蟠桃。
南部桂花香满城，升钟湖内鱼虾肥。
理塘坝子如铜镜，格聂雪山居女神。
巴塘弦子舞蹁跹，风吹草低见羊群。
绵竹剑南春无限，大竹醪糟醉心甜。
峨边竹笋厚嫩脆，马边天麻肥壮坚。
茂县物茂樱桃甜，宝兴国宝伊甸园。
会东红杏甜又香，美味酸菜坨坨鸡。
会理绿陶珍且稀，川滇锁钥名不虚。
冕宁明珠大彝海，颗颗卫星射苍穹。
宁南美誉小天府，粒粒奇石夺天工。
嘉陵江水润顺庆，陈寿妙写《三国志》。
玉台天梯拥阆中，滕王高阁依山雄。

盐亭嫘祖开鸿蒙，雨城女娲补漏天。
青神蚕丛兴丝帛，彭祖仁寿八百年。
玄德宣汉开蜀汉，孔明广汉渡沙湾。
利州武媚朝天去，江油青莲号诗仙。

剑阁峥嵘而崔嵬，红原五彩又斑斓。
观花赏景马尔康，跑马溜溜康定山。

乡城仙境香巴拉，稻城亚丁神山巅。
金沙水拍云崖暖，泸定桥横铁索寒。
旺苍胜迹红军城，长征精神世代传。
叙州石城山叠翠，水帘洞里别有天。
流金溢彩金口河，储粮藏富米仓山。
大英豪杰闹死海，小金勇士腾金川。
松潘古城风光好，黄龙瑶池多奇幻。
越西文昌树衔碑，普格螺髻美如仙。
洁白美丽数甘孜，踢踏跳进中南海。
道孚良驹飞如箭，纵横驰骋阿勒泰。
木里香城药材香，炉霍望果丰年来。
明珠德格印经院，英雄史诗传千载。
新龙口衔绿宝石，九龙飞腾伍须海。
山鹰坝子昭觉城，竹核温泉洗尘埃。
甘洛圣山吉日波，井研宋塔入云端。
云端天堂若尔盖，黑颈鹤翔碧蓝天。
阿坝扎崇节日欢，和尚包子滋味鲜。
荥河经河汇荥经，精美砂器溯秦汉。
布拖刺猬爱攀松，火把节乡源流远。
什邡药王赴盛会，岳池竞开并蒂莲。
玉蟾神韵蕴泸县，雨坛彩龙跃京苑。
犍为嘉阳小火车，汽笛一声载春还。
华蓥幺妹天下靓，滑竿抬她为君伴。
乐山三江绕城郭，大佛稳坐凌云山。
川北门户号广元，蜀道明月照剑门。

眉山东坡留青史，千载享誉诗书城。

蜀江水碧蜀山青，蜀道通畅嘉宾来。
蓉城花径缘客扫，天府大门为君开。

（2021 年 3 月 1 日发表于“封面新闻”。后来《四川日报》川观新闻、《内江日报》等媒体采访报道并附全文刊载）

许川同志鼓励小编辑

我是 1983 年 7 月从四川大学经济系毕业，分配到四川日报社的。

入职学习时，就常听报社领导和老同志讲到许川同志，讲他在川报当记者时如何深入基层采访，如何抓问题报道，如何批评官僚主义。这时的许川同志，已经是省委常委、宣传部长，兼任《四川日报》总编辑。他的大名于我，如雷贯耳。但我一介新人，与这样的大领导，无疑相隔如云端。

我做梦也没想到，我竟然可以很快单独见到心中的偶像。

入职学习结束后，我分到《四川日报》夜班编校部，做一版实习编辑，学习版面编排、稿件编辑、标题制作等。一天晚上，姚志能副总编值班，他把一篇稿件交给我说："小奉，你把这篇稿子送去许川同志家，请他审阅后再拿回来，这是明天见报的头条新闻。我给他打电话。"

当时许川同志还住在报社的爵版街宿舍。从川报出红星路大门过街三五分钟就到。想到马上要见大领导和闻名已久的传奇人物，我心中既兴奋又忐忑。

可一见到许川同志，心中的紧张和拘束，就被他亲切的笑容和镜片后面宽厚温润的目光所化解。他给我的第一印象是，不像一位大领导，而是一位长者，一位学识渊博的大学教授。

“许老师好！”我按报社的规矩，没有叫部长，而是叫领导老师，“姚老师让我把这篇稿件送您审阅，说是明天的一版头条。”

许川同志微笑着接过稿件，放在一张普通的旧办公桌上，然后热情地伸出右手来，我赶紧双手握住。桌上亮着一盏台灯，还有摊开的一些文件。

许川同志亲切地问：“你是小奉吧，志能同志刚给我打了电话。你是哪年毕业的呀？”

“我刚毕业，七九级的。”我如实回答。

“哦，七九级的，不简单啊，恢复高考以后，这几年里除了七七级，你们七九级录取率是第二低的。”许川同志感叹道。

他接着问：“你是哪个学校毕业的呀？”

“我是川大经济系毕业的。”我恭敬地回答。

“川大呀，好啊，这可是咱西南的最高学府哦！”许川同志显得很兴奋，“你这专业也好啊，学经济，今后的经济报道会越来越重要，有前途啊小奉！”

听领导加偶像这样说，我大受鼓舞，感到暖心极了。

“你是哪里人呀小奉？”许川同志继续关心。

“我是内江人，准确地说是内江县人。”这时我已经完全放松。

“那你是新闻巨子范长江的老乡啰，看来你跟报纸有缘分呢！好，你坐会儿，我这就看稿子！”许川同志坐到了办公桌前，就着台灯认真地审阅起稿件来。

看着许川同志高大的背影，我心里十分感动。没想到这样的大领导，会在第一次见面时就如此鼓励我。我记住了这些让我终生受用的话语。

当再一次见到许川同志时，是1986年底我参加“长江漂流探险”采访归来的庆功大会上，我荣幸地同省里主要领导和许川同志留下了难忘的合影。

（此文完成于2022年夏，为当年四川大学“许川新闻奖”颁奖会上的书面发言）

岳母是母

母亲去世时我才3岁。大姐生前常对我说起当时的凄惨情景：我一只手拉着躺在门板上，身子已经冰凉的母亲的裤脚，一边哭喊着："我要吃奶！我要吃奶！"旁边的亲人们闻声更加泪如雨下。

我还没有来得及好好品尝母爱的滋味，就永远失去了。后来，大姐给了我长姐如母的关爱，二姐给了我相依为命的呵护。而恋爱后让我体会到母爱的，是我慈爱的岳母马淑芳。

我和妻刚刚谈恋爱时，准岳母就当着我的面严肃地对女儿说："小妹，人家小奉的父母去世得早，你可不能欺负他哈！"女朋友听罢哈哈大笑，做了个鬼脸："他是你未来的女婿，我咋个会欺负他呢！"

当我们正式确定恋爱关系后，我就成了女朋友家的一员。女朋友的大哥当时还在北大上学。他宣布他是刘家老大，我是二弟，要他的两个堂弟叫我二哥。女朋友在女孩子中排行第一，便是大姐。可这下乱套了：刘家堂弟叫女朋友大姐，叫我二哥。而大姐和二哥又是一对儿，开始让许多不明真相的亲朋一头雾水。后来渐渐弄明白，也就习惯成自然，似乎从来就没有违和感。我不知是不是岳父、岳母的意思，反正他们是很高兴的，说明他们把我这个准女婿当儿子了。而我也跟着女朋友亲热地叫准岳父母“宝宝”“奶母”。这样的称呼过去在四川很流行。明明是亲生的，却要按干爹干妈来称呼。据说这样孩子好养，容易健康地长大成人。

岳父、岳母都是原内江市航运公司的工人。岳父刘世全是一个手艺精湛的水木匠，拿手的活儿是建造和维修木船。由于长期躬着腰干活儿，他的背有些佝偻。岳母个子不高，做事干练，炒菜颇有水平，做的烧锅茄子是一绝。岳母年轻时也是干重体力活儿的，为了多挣点养家的口粮和工资，小小的个子一样挥汗如雨地拉大锯，改木料。不过当我认识岳母时，她早不干那种活儿了，而是长年累月地在内江城东渡口收过河票。

那时出内江城东门一直往沱江河边走，有一个渡口。冬天枯水时，用一艘艘木船并联起来横在江面，上铺一块块宽大厚重的木板，在一江清流上搭成一座长龙一般蔚为壮观的浮桥。不过此桥只能过人，不能过车。从城里过桥东渡，渡口有一棵遮天蔽日的古榕，登上百级阶梯，便是东兴古镇。到了夏天，沱江浊浪翻滚，浮桥早就了无踪影，过河只能乘轮渡。岳母冬天站在浮桥的西岸收过河票，夏天又在渡船的入口处繁忙。这个活儿看起来轻松，但经年累月冬冷夏热日晒雨淋枯燥乏味。所以，岳母的脸颊过早地刻上了岁月的风霜。在考上大学前的那些年，我经常在这个渡口过河。于是后来跟岳母开玩笑，说也许你早就收过我的过河票呢！

谈恋爱时我每个寒暑假除了在哥哥、姐姐家玩，多数时间都在女朋友家。准岳父岳母亲切随便地让我把这里当成了家。我正好与女朋友买菜做饭，操练厨艺。两位老人也乐得下班便有现成饭吃。也许我在做菜上有点天赋，不久手艺便日臻纯熟。甚至到了年味弥漫之际，同大哥和两位带着妻儿回来的叔叔团聚之时，我都敢系上围裙上灶表现一下。准岳母对我做的菜从来都是正面鼓励，绝不打击积极性。每次假期终了，坐火车从内江到成都上学时，她都会给我煮一包鸡蛋，让我带着在火车上充饥。那时鸡蛋还比较金贵，但准岳母对我十分舍得。

我和妻结婚时，岳父母已经退休。刘家大哥留在了北京的部委机关工作，当时的条件还不方便把父母接到京城。于是，岳父母自然而然地跟我们住到了一起。现在的孩子婚后基本上是二人世界，没几个愿意同父母住的。而我们那时却觉得跟父母住天经地义。我的父母早逝，跟岳父母住也就理所当然。刚好，我任职的《四川日报》派我驻家乡内江记者站，我们一家便从原来内江市区著名的“河坝街”，搬进了位于市委干部大院的记者站。那时妻就职于内江市委妇联，于是我既是《四川日报》驻内江的“专员”记者，又是市委“干部家属”。

那是一段特别幸福的时光。岳父每天负责去菜市采购上好的肉菜，岳母在家洗切烹炒煎煮。我和妻下班便有现成的美味饭菜满足口腹之欲。只有在周日里，我和妻才提着菜篮，越过铁路，登上高高的台阶，去到梅家山菜市场，体验买菜的乐趣。有时采访不能准点回家吃饭，岳母会把饭菜放在锅里温着，坐在饭厅里静静地等我。看着岳母关切疼爱的眼神，我真正体会到了什么是母爱。

后来我们有了儿子，岳父母把他视如珍宝。由于缺乏母乳，岳父每天晨曦朦胧时，便踏着露水去牛奶场打新鲜牛奶。岳母则整天带孩子做家务忙个不停。在儿子幼小、我和妻工作最繁忙的那几年里，孩子基本上都是岳母带着睡。后来儿子上了幼儿园，他们又增添了接送的任务。儿子在岳父母的精心照料下一天天健康成长，他称呼二老爷爷、奶奶，而不叫外公、外婆。

1988 年的金秋，分居一年的妻带着儿子，从内江调进四川日报机关。由于我在“长漂”采访时立功受奖，提前晋升中级职称，这下又是双职工，我们幸运地分到了位于玉林小区川报宿舍的小一套三居室，厨卫齐全。岳父岳母欣然离开故土内江，和我们一道住进了成都的新家。可是过了很久，报社的同事邻居们都只道两位老人是我的父母。终于有一天，邻居给岳父打招呼：“奉伯伯好！”他才说自己不姓奉而姓刘，和我是翁婿关系。人们这才恍然大悟。

这种误会很多。20 世纪 90 年代初，岳母因脑梗住进了华西医院。那时候我正在川报上夜班，天天下班以后到医院接替陪护了一夜的妻。而妻还要回家吃饭赶着去上白班。我给岳母喂水喂饭，接大小便，翻身盖被，毫无难色。最初岳母半身瘫痪，甚至说不出话，同病房的病人和家属都以为我是儿子。一天，已经恢复语言功能的岳母去做超声心动图，可她尚不能行动。我用医院的推车把岳母推到检查室，很自然地把她抱到检查台上。检查的女医生见状问岳母：“这是你儿子哇？”岳母回答：“他是我女婿！”女医生听了，向我投过来温热的眼神。我看出了她眼里的嘉许和感动。可我觉得这是自然而然的事。俗话说，女婿半个儿，岳母本来就是妈嘛。抱自己生病不能行动的妈做检查，是一个儿子的本分。后来，我又和妻轮流帮助岳母在医院里恢复行动功能，扶着她练习走路，直到她完全能够自主行走。

岳母是一个极为勤俭的人。她一辈子持家以俭，克己为家，和岳父将两个小叔子及一双儿女抚养成人。家里吃饭，她基本上每餐都是最后“打扫战场”的人，从来舍不得把剩菜剩饭倒掉。她穿着讲究的是干净整洁舒适，并不在乎款式是否新潮，给她买的新衣服总是习惯性地珍藏起来。还在内江时，我曾在成都给岳母扯了一段碎花衬衣料。她看了十分喜欢，把料子压在了箱底，就是舍不得做成衣服。后来领着她去铺子里量体裁衣，做成一件漂亮的短袖衬衫。可她依然舍不得穿，又把它放在了箱底。有年夏天岳母终于穿了一回，光鲜靓丽得很开心。可她洗了之后，再一次把它放回了老地方。

岳母没什么文化，差不多只认得自己的名字。但她有时候说出的话却很有水平。比如，她坚决反对打孩子。她反对的理由还颇富有哲理：“狗大自咬，儿大自巧，他长大了就懂事了嘛！”

俗话说，一家人锅碰锅，碗碰碗，很少有不吵两句的。可我们家例外。从谈恋爱算起，我同岳父岳母在一起生活了 10 多年，没有跟他们红过一次脸、吵过一次嘴，甚至连重话都没说过一句。他们对我，总是笑脸相对，轻言细语。岳母对妻有时还会唠叨几句，可对我却从不挑剔。我知道，她对我更加宽容。我也明白，同老人相处，相互包容、礼让，尊重各自的生活习惯，是极好的润滑剂。孔子在《论语》里说，色难。意思是，儿女长期在父母面前保持和颜悦色是困难的。可我认为，老人特别敏感，在老人面前，宁肯自己受委屈，也决不拿脸色给老人看。这才是真正的孝顺。还有，我觉得，做儿女的，应该让父母跟着自己同步改善生活条件，而不只是自己享受。这样，方为孝敬。

刘家大哥就是这样。20 世纪 90 年代中期，在北京某中央机关工作的大哥随着职务不断升迁，住房条件得到改善。他便与嫂子和儿子一道回到成都，接岳父岳母到北京享福。虽然彼此都十分不舍，可两位老人不忍拂了儿子儿媳的孝心，只得与我们依依惜别。从地级市到省城，从省会到首都，岳父岳母步步高升。只是从此我和妻儿与他们多数时间只能在电话里见面了。

岳母是幸运的，也是幸福的。她脑梗后恢复得很不错，虽然智力不及以往，做事也不像从前那么利索，但她生活全部可以自理，甚至久远的事情也记得清楚。到北京后，在颇懂中医的大哥的精心调理下，在嫂子的悉心照顾下，在侄子的孝顺下，身体一日好似一日。看到大哥嫂子和侄子陪岳父母游览故宫、颐和园等北京名胜的留影，看到岳父扮演“皇阿玛”，岳母扮演“老佛爷”的亮照，我们都为他们美好的晚年而深感欣慰。

2004年6月，我随团参加法国戛纳国际广告节，到北京转机。我去看望岳父母和大哥一家，带去了老家的特产。那天晚上岳母靠在床上，我坐在床前，同她聊了一个多小时。她知道我在《华西都市报》常值夜班，反复嘱咐我注意身体，不要累着，关切之情溢于言表。她还回忆起在内江市委大院、在成都玉林小区生活的日子。好多事情她都记得很清楚。我看她精神状态很好，觉得她至少可以活到80岁以上。令我万万没有想到的是，北京一别竟成永诀！

几天以后，当我还在欧洲时，突然接到了妻从北京发来的短信，说岳母已经永远地走了！我十分震惊，甚至怀疑是不是弄错了！我坐在车上，想到岳母对我的种种好、无私疼爱，不由得暗暗抽泣，泪流满面。后来才听妻说，她接到岳母病危的消息赶到北京时，岳母已经不能说话。我飞欧洲前同岳母聊了那么久，也算是和她老人家特别有缘了。

岳母享年 77 岁，也算长寿了。她辛苦大半辈子，培育了一双成才的儿女，又喜得孙儿、外孙绕膝，晚年衣食无忧，得享清福，此生可以无憾！只是我，又一次失去了岳母给我的深深母爱！

今年是岳母逝世 20 周年，仅以此文作为一束菊花，作为一瓣心香，在母亲节之际，敬献给岳母的在天之灵。

（作于 2024 年 5 月）

长姐为母

大姐又住院了。2 月 27 日上午，她在内江的医院里要嫂子拨通视频电话，说是要看我。

在视频里我看到了 76 岁的大姐，满头白发，一脸病容。我心里很疼，很疼。关闭电话，我便在心里不住地祈祷：大姐，你一定要快些好起来，快些好起来。

在新冠肆虐的三年里，我常常为大姐担心。她患有多种基础病，要是感染新冠便会雪上加霜。我每次跟她通电话都要嘱咐她如何注意防护。防疫放开后的感染大风暴里，我更是为大姐提心吊胆。幸而她在二儿子一家的精心保护下奇迹般地躲过一劫。我在心里对大姐说，这么艰难的几年都熬过来了，你一定要挺住，挺住！

大姐名字叫水清，大我 11 岁。她是家里的老大，我是家里的老幺。

母亲去世得早，走的时候我才 3 岁，还没记事。后来听大姐说，母亲落气后躺在门板上，我还去拉她的裤脚，哭着喊“我要吃奶”。旁边人听了，更加伤心落泪。屋漏偏遇连夜雨。第二年，父亲也撒手而去。

穷人的孩子早当家。大姐只读了初小，15 岁就出去工作，18 岁就结婚了。那时的大姐长得清秀苗条，一如她的名字般清纯。她不仅长得好看，人也能干，十几岁便学习当炊事员，做饭、炒菜是一把好手。她还会缝衣裳、做布鞋、纳鞋垫，操持家务自然娴熟在行。而且她还有令人羡慕的城镇户口，自带饭票。这种女性在当时的乡镇上，是许多男人的倾慕对象。据说高中毕业、家住农村的大姐夫追了她好久才如愿以偿。

大姐结婚早，生孩子也早。她的大儿子只比我小 8 岁。有好多次，大姐单独带我去农村大姐夫家，路上遇到的熟人都指着我问大姐："这是你儿子哇？"弄得大姐每每红着脸解释："这是我幺兄弟！"

大姐婚后有一段时间住在了婆家。那时比大姐小 5 岁的哥哥还未成年便当学徒工去了。大我 4 岁的二姐照顾我实在有些困难。我们姐弟俩常常饱一顿饥一顿。大姐知道了，不顾别人的闲话，一个人带着襁褓里的大儿子从婆家回到白鹤镇上，把我和二姐"统率"起来。我又有了家的感觉。后来好长一段时间里，大姐在哪里，我觉得家就在哪里。

我八九岁的时候，大姐在白鹤镇上银行营业所当炊事员，吃住都在所里。我和高小刚毕业的二姐单独住。一次，二姐和几位女伴出去打零工了，一去好几天。我的双眼突然疼痛发炎，那时只知道得了"火把眼"，两只眼睛被分泌物糊满。我没得吃没得喝，一个人躺在床上抠眼睛，哭啊叫啊，没人听见，没人管我，就这样过了两三个昼夜。我都以为自己要么会饿死，要么会病死。终于有人听到我哭叫的声音，告诉了大姐。大姐急忙跑过来，把又脏又臭的我背到营业所，烧水给我洗澡，换上干净衣服，又带我去镇上医院看病。医生说是急性结膜炎。打针吃药以后，眼睛很快好了。她又找来偏方，用猪肝炒血皮菜给我吃，据说这个方子养眼睛。大姐心疼我，不忍心不管我，便让我从此跟她一块儿生活。我因病得福，又跟着大姐过了些不愁吃穿的日子。有人对她说，你都嫁人了，还管他干啥？大姐却说："自己的兄弟，我不管哪个管？难道我看着他饿死、病死？"

大姐的举动得到了大姐夫一家的赞赏。大姐夫的父亲余老爷子对大姐说，你这兄弟将来会有出息的，你要好好待他，你们几姐弟一定会先苦后甜。大姐夫的母亲也极善良厚道，待我很好，胜过对自己的儿孙。那时我对大姐的回报便是小学里每学期的双百分，初中里的全优成绩。后来的结果不出老爷子所料，我成了家里第一个大学生。

大姐对我的爱是那么无私，有时甚至胜过爱自己的儿子。在我的记忆中，大姐不但从来没打过我，甚至连重话都舍不得说一句。实际上她年轻时脾气是很躁辣的，骂起人来也相当厉害。当然，我在大姐面前也特别乖，从来不会调皮捣蛋让大姐生气。上学之余我会去拾柴火、捡炭花，竭力减轻一点大姐的负担。有一个场景我印象特别深刻。那是在我读小学四五年级的时候。有时我放学回家晚了，便会看到大姐坐在门口一边做针线活儿，一边等我。她看到我回来，便轻声说一句："弟娃儿回来啦，饭在锅里温着。"我从锅里端出温热的饭菜，坐在桌旁吃，不时看一眼大姐。看着她对我疼爱的眼神，我仿佛看到了母亲，眼睛不由得湿润了。

实际上，大姐对我的爱不是母亲，胜似母亲。有一件事我记得特别清楚。在那个物质匮乏的年代，人们很难吃一回猪肉。一次我到大姐家去玩，临走的那天早上，大姐天不亮独自起床给我做饭。做好后叫我起来吃，然后好早早赶路。我一个人在厨房就着泡菜吃饭，突然发现饭底埋着几块粉蒸肥肉。那时肥肉最解馋。大姐让我一个人独享，是因为一家人不够吃。她舍不得给自己的儿子吃，舍不得给自己的丈夫吃，更舍不得自己吃，却悄悄给了我。我一边静静地吃，一边泪水却不争气地涌出了眼眶。

不知从何时起，大姐每年都要给我做一双布鞋。她的一本旧书里，永远夹着我的鞋样。大姐做的布鞋，鞋底是用麻线纳的千层底，鞋面一般是青哔叽。鞋子里面还做了绱底，穿起来柔软舒服。我知道做鞋面的麻烦，纳鞋底的艰辛，上鞋帮的复杂，那千针万线要花多少时辰啊！她手上又扎过多少针眼啊！可是她从来不嫌辛苦，总是年复一年地为我做鞋。说实话，大姐的手艺足以赶上机制的布鞋。在我的心中甚至远远超过。她这一做便做到我 22 岁高考那年。她给我做的最后一双鞋是青色平绒的鞋面。我很喜欢，也很珍惜。可惜后来洗净放在邻居家蜂窝煤炉上烘烤时，不小心烤焦了，再不能穿。我心疼了好久，因为这是大姐的心血啊！大姐不但给我做鞋，还给我纳鞋垫。她总是对我说："等将来有人给你做了，我就不做了！"她把自己对兄弟的爱，一针一线地缝进这鞋子里、鞋垫里。

我结婚以后，大姐又早早地织好两套小小的毛衣裤，说是给我的孩子穿。我知道，她是总想为我做点什么。到后来，她又每年冬天，不顾天气寒冷，脚冻手僵给我做香肠、腊肉，春节前从内江寄到成都。大姐是想让我从她亲手做的家乡味道里，体味那种无法用语言表达的情愫。她总是把一种特别的爱，物化成具体的感受。直到 10 年前，大姐才在我的强硬婉拒下终止了腊味的制作。

20 世纪 90 年代初，大姐夫作为经营人才，调进了内江县（现东兴区）工业局，在局属的一个门市部当经理。大姐全家也搬进了内江城里。一次，大姐夫批评了一位工作不认真的员工，那人一怒之下便向有关部门写了匿名信告大姐夫贪污。县检察院将大姐夫叫去协助调查。大姐火急火燎地给我打电话，要我回老家帮大姐夫洗清冤屈。我那时已经是省报的部门副主任，大姐自然寄希望于我这个“省里的干部”。我匆匆赶回内江，以家属的身份去县检察院了解情况，又去临时协助调查的地方探望了大姐夫。检察院的同志告诉我，大姐夫没问题，匿名信告的事情他都说得清楚，门市部的账目也明明白白，过两天就可以结束配合调查回家。果然，第三天大姐夫清白归来。一家人欢天喜地，设家宴庆祝。本来是大姐夫自己清廉守正，洁身自好，才得以平安无事。大姐却总觉得是我回家促使事情迅速了结。她那个高兴啊、感激啊，简直无以言表。她听说我喜欢吃牛肉干，便买来几斤牛肉，在家里烟熏火燎地炒啊炒啊，做了一大包牛肉干非让我带回成都。她把对兄弟的情意都炒进了那一丝丝香喷喷的牛肉干里。

应了大姐夫父亲的预言，大姐和我们几姐弟都先苦后甜。大姐几十年的艰辛劳作换来了儿孙满堂。孙儿、孙女都大学毕业，有了不错的工作。她虽然一辈子同锅碗瓢盆打交道，但她养育的后代一代比一代有出息。她不失为一个成功的女性。

作为小兄弟的我，也没有丢她的脸。我知道，她常常是以我为荣的。一次，在回白鹤老家为父母上坟时，大姐在母亲坟头独自喃喃地对母亲说：“你的幺儿出息了，可惜你没享到他的福，倒是我帮你享受了。”我知道大姐这话是说给我听的。但我很惭愧，虽然前些年我为大姐做了一点点力所能及的事，可是我陪伴大姐的时间很少。她代母亲对我尽了许多养育的责任，我却不能像对母亲一样回报她的恩情。当然，我明白，她最需要的不是物质上的回报，她最开心的就是看到我长大成人，成长成才，家庭幸福。她便可以告慰九泉之下的父母了。

大姐，我日日夜夜为你祈祷！

（完成于 2023 年 3 月 2 日。3 月 3 日凌晨，大姐在内江去世。本文刊于当日“封面新闻”）

哥哥家长

又是一年父亲节，但我想的不是父亲，却是我的哥哥。

上学时，学生登记表上都要填写家长名字。一般家庭的孩子都会恭敬地写上自己父亲或母亲的大名。而我从小学到初中，直到上大学，家长都是我的哥哥——奉友君。

听大姐生前说，母亲一共生了7个孩子，存活下来的只有4个。1951年大年初二，母亲生下了哥哥。两年后，有了二姐。后来又夭折了一个，最后才有了我这个“老幺”。

也许是众多孩子的生育和抚养耗尽了母亲的元气，就在我3岁那年的端午节前，母亲突发疾病，几天后便撒手而去，年仅43岁。而父亲也在第二年追随母亲走了。

那些年是我们兄弟姐妹的至暗时刻。初小毕业的大姐15岁便出去打工了。哥哥也只读了高小，13岁就去商店当了学徒。

我上小学时需要填写家长的名字。可父母都不在了，不可能填他们的名字。大姐出嫁了，也不便写她。于是，只大我6岁，刚当学徒的哥哥，就成了我的家长。

重若千钧的家长责任压在哥哥稚嫩的肩上。他每个月要从微薄的收入中抠出几元钱给我买供应粮，还要负责我每个学期的学费、书本费。不仅如此，他每年还要扯上几尺最便宜的白布，送到镇上的染坊染成毛蓝色，给我做一套中山服作为过年时的新衣。

哥哥掌握着我的命脉。如果他每个月不给我生活费，我就活不下去；如果他不给我交学费，我就只能成流浪儿。于是，我拼命刻苦地学习，每学期都争取考双百分。我在哥哥面前总是唯唯诺诺，低眉顺眼，乖巧听话。哥哥虽然在经济上压力山大，但每当他看到我的考试卷子时，总是流淌出满意而自豪的笑容。

但哥哥并不轻易表扬我，见到我也没有多少话，表情似乎一直很严肃。于是，我超乎寻常地敬畏他，就像老鼠见到猫一样，尽管他从来没打过我，甚至也没骂过我。

哥哥在商店当会计。他虽然学历不高，但账记得好，算得好。他写得一手好钢笔字，“会计体”阿拉伯数字更是飘逸得如行云流水。由于他年龄小，个子小，镇上的人都叫他“小会计”。哥哥古道热肠，极肯帮忙，人人都觉得他和蔼可亲，便纳闷我为何惧他。

那时我不但畏惧哥哥，也不大了解他的工作，直到有一天才现场目睹，终生难忘。

有次家里无人做饭，又恰逢赶场天。哥哥让我放了学去饮食店吃饭。我充满期待，心想哥哥一定会好好招待我，至少一盘回锅肉或者青椒肉丝少不了。我中午放学后去到饮食店。那天他正好在煮面的大锅前掌灶。他一个人既要打碗底，又要煮面、挑面，忙得不亦乐乎。我进到厨房，站在离灶头不远的地方看他忙碌。

他知道我来了，但没有工夫招呼我。我以为他会在挑面后先顺手端一碗给我吃，可他却对我视若无睹，一心一意地照顾外面的食客。

他挑完一锅面，便在黄绿色的浓稠面汤里加上几瓢热水，又在炉灶里加上几铲煤炭。然后赶快打碗底：酱油、味精、辣椒油、葱花，再加半勺汤。这种 8 分钱一碗的素面，是当时的美食。赶场的乡亲们卖了蔬菜、水果或鸡蛋等，在镇上的饮食店里吃上这样一碗新鲜水面，算是莫大的奢侈。因此，端面的案板前挤满了一颗颗脑袋，一双双馋兮兮的眼睛紧盯着面锅。

面水重新沸腾起来，哥哥把装着水面的方形大木盘端到锅边，双手抓起一把把面抖散了撒入锅中。待下够了 30 来碗，才用一双极长的粗筷子，把锅中的面挑散，免得成团起糊。

我在旁边看得入神，面锅的蒸汽飘来面香，碗底的作料香味也偷偷向我袭来。我不停地咽着口水，心想哥哥这回总要先端一碗给我吃了吧？

面煮了两三分钟，哥哥挑起来看了两次，在锅边加了两瓢凉水，便开始挑面。他双手上的笊篱和长筷像是对舞伴，欢快地在面锅里舞蹈：一捞，一抖，一倒，一气呵成。每挑 5 碗面，他便停下来，收 5 个面牌子。将牌子扔进旁边的一个木盒里，再把面一碗碗递到案板上。接着又继续周而复始地操作。

他并没有顺手端一碗面给我吃，而是都给了外面的顾客。我有些失望，但仍然盼望着第二个 5 碗，第三个 5 碗……然而，当这锅面全部挑完，哥哥甚至都没有时间回顾我一眼。我依旧吞着口水，在他身后不远处站着，期待下一锅，再下一锅。

哥哥煮了一锅又一锅面，卖出了不知多少个 5 碗。可他似乎忘记了我的存在，只是有时把长长的围裙撩起来，用一角擦擦额头上的汗水。我甚至怀疑是否记错了他让我来吃饭的时间。

一个多小时过去了，已经差不多下午两点。我的胃像两片空石磨在残酷地砥砺，这种钝疼让人心头发慌，心里委屈得想流泪。站在端面案板前的人头终于稀少下来，面也卖得所剩无几。

当最后一位顾客端着面离开，我差不多在那里饿着肚子被罚站了两小时，双腿也有些麻木。我看到，哥哥浅灰色衬衣的后背已经湿透。面带倦容的他又用围裙擦了擦脸上的汗水，似乎有些歉疚地向我瞟了一眼。

最终哥哥掏钱去卖饭那边买了两碗米饭，炒了一盘炝莲白。热切期待的打牙祭彻底落了空。我们就站在和面的案板前默默地吃完了饭。

后来我才明白了这顿饭的意义。我了解了哥哥工作的艰辛，也理解了他先人后己的人生理念。

可我当时并不完全明白哥哥的心思，有时甚至对他还有埋怨。

1973 年上学期，我以全优成绩初中毕业了。我们那一届上高中不再是推荐，而是考试。我常常后悔没有出生在科举时代，因为考试从来都是展示我好成绩的高光时刻。在初中升高中的考试中，我发挥出色，满心欢喜地以为分数可以决定一切。

一万个没想到，我竟然名落孙山！班上老抄我数学作业，平时成绩很差的一位女生都被录取了，我作为班上的全优生却榜上无名！我当时读的是白鹤小学办的“戴帽子”初中班。我毕业时的班主任杨伟民老师也深感震惊。他找到中学校长为我力争，说这样的娃娃不收太可惜了。可校长两手一摊，说他也做不了主。镇上干部的子女要照顾，还有一些乡干部、大队干部的子女也要照顾。考试成绩便等于一张白纸。

我满腔悲愤，急切地盼望哥哥能去找中学的校长或区上的领导理论。可是，我等啊等啊，没听到半点消息。我暗自猜度，是不是哥哥觉得我上了高中会负担更重，他也不想让我上呢？他当时已经22岁，还没有女朋友，是不是因为我的拖累呢？

一天午饭后，我百无聊赖地在镇上的小街上闲逛。突然一个小伙伴跑来对我说："你哥喝醉了酒，在屋里大闹呢！你快去看看吧！"

我跟着小伙伴跑到哥哥的宿舍，门里围着好些看热闹的孩子。哥哥的两位哥们儿也在旁边劝慰他。我进到屋里，不敢靠近，也不敢去劝他，只在人堆里站着，紧张地看着他。哥哥满脸通红，嘴里喷着酒气，站在屋中间，正在破口大骂。我很诧异，他与人素来和善，从来不会骂人，今天怎么会撒起了酒疯呢？仔细一听，他骂的不是别人，而是区里管文教的副区长某某："狗 × 的某某，有眼无珠，我兄弟成绩那么好，高中竟然不录取！他就只晓得走后门，照顾那些干部子女，欺负我们家里没人说得起话，他做这种亏心事不得好报！"

这时，我才明白，哥哥并不是不愿意让我上高中，他并不是不关心我，并不是对我的事不闻不问。他只是不愿意摧眉折腰去求那些可以决定我命运的人，他心中的愤懑只能通过酒来发泄。

我心中不由得升起无数感动。我觉得自己错怪了哥哥。我心里释然了，不再埋怨哥哥。

过了不久，哥哥决然地对我"断奶"。16岁的我茫然无措地开始自谋生路。打零工，推豆腐，饱一顿，饥一顿，艰辛备尝。

我想起了"中国的保尔"吴运铎写的《劳动的开端》，与他一样从少年时便体会到了生活的不易，生存的艰难。此时，我也理解了哥哥让我"断奶"的良苦用心。我在漫漫长夜里盼望天明，在艰难苦痛中坚韧自学。

六年后的1979年，哥哥结婚了。我给哥哥送上一份沉甸甸的礼物：我一举考上了四川大学！十年寒窗无人问，一朝成名天下闻。白鹤小学“戴帽子”初中班毕业的我，比白鹤中学的绝大多数应届高中毕业生还考得好，我自然在全区一举成名。镇上的街坊们对我刮目相看，镇上的姑娘们更是青眼相加。乡亲们一见到哥哥就会说你兄弟如何如何优秀。

但哥哥依然没有对我说多少表扬的话，他只是亲自下厨给我做拿手的菜，忙不迭地给我倒亲手泡的酒，买了平时舍不得抽的好烟。他脸上往昔的严肃一扫而空，他看着我连眼睛里都流溢着笑容，这笑容里全是自豪和骄傲。他不再对我直呼其名，而是亲切地叫我“弟娃儿”。我喜欢这个称呼，我感受到了长兄当父的深深爱意。

我意气风发地跨进了四川大学的大门，哥哥又一次当了家长。每学期学校都会把成绩单寄到他手里。某年暑假时我回到老家白鹤镇，住在哥哥家里。一天，他收到来自川大的成绩通知单，看后脸上竟阴云密布，用狐疑的眼神看着我。我大惑不解，拿过来一看，原来有一门公共课考查成绩是合格。大学生都知道，考查成绩只有合格和不合格两个等级，即便考满分也是合格。哥哥大概误以为合格只是及格了。我跟他解释了一番，他脸上才云开日出，重露笑颜。

后来我工作了，成家了，他再也用不着为我操心。他只是时不时提醒我不要太累，要注意身体。不幸的是他在儿孙满堂时自己却先倒下。抗癌三年后他终于撑不住了。那天，嫂子从老家内江打来电话，说医院病床上的哥哥要同我说话。我赶紧叫：“哥哥你好！”哥哥的声音非常清亮，显得精神饱满：“弟娃儿，你吃饭没有？”他嘱咐我好好保重身体，不要只忙工作，云云。

听到他清亮的声音，我深感欣慰，以为他还可以坚持些年头。哪里想到这是回光返照！第二天下午，哥哥便溘然长逝！享年仅64岁。我这才明白，他在临走前也放心不下我这个“弟娃儿”。他把这个家长，一直当到了自己生命的尽头。

（2023年6月15日星期四改毕，18日父亲节发表于“封面新闻”）

老　陈

老陈是我川大的室友。我们都是下铺，只隔着一张桌子，他的铺与我的咫尺相对。

我们七九级的大学生入学年龄上限是28岁，最小的只有16岁。而我恰好在中间，22岁。年长我3岁的老陈是寝室里的大哥，从云南考进川大，资格的重庆支边青年。他在云南的知青农场苦熬了8年，被边塞风霜和高原烈日考验得脸色黧黑、皮肤粗糙，显得比实际年龄要大。好在这8年算工龄，于是进校时获得了30元一个月的顶级职工助学金，算是同学中的“富农”。

跟老陈经历相似，我在老家内江的一个水库当了5年农业工人性质的知青，刚好幸运地拿到了每月26元的职工助学金。大龄、知青、吃职工助学金，这三大同类项让我和老陈有更多的共同语言。于是，进校不久，老陈就成了我几乎无话不说的兄长。

一、文学青年

我们学的是政治经济学专业，但老陈却是一个典型的文学青年。他那口沉甸甸的大箱子里，除了简单的衣物之外，多数是他的宝贝文学名著。他尤其喜欢散文和诗歌，同我在校园散步时，常常与我聊古今美文，聊当下流行的新诗。在他的影响下，我如饥似渴地恶补了一大批世界名著，读了不少名家散文和古今中外名家的诗歌。并且不揣冒昧地不时写点小散文和稚嫩的诗句，在班上的墙报上刊发。后来连“妈妈”似的辅导员王全珍老师都记住了我喜欢写作的特点，以至于在毕业分配时，她建议我填报四川日报社。此是后话。

老陈的文学水平不只是口头上的炫耀，而是有实实在在的锦绣文章令人叹服。进校前，他就在《云南文艺》上发表过诗作《茶山姑娘》。我们进校时，川大中文系已经由该系七七级同学发起成立了“锦江文学社”，编辑出版文学杂志《锦江》，推出了一批优秀的短篇小说、散文、诗歌。《锦江》自然成了后来一批有影响作家的摇篮。“锦江文学社”虽然只是个川大学生组成的群众性文学社团，但门槛很高，一般同学可望而不可即。老陈却揣着自己的几篇作品，昂首挺胸地走了进去，立马成了其中的一员。这又让我惊叹了好久。

如果这些都还不算什么，后来的一件事足以证明老陈的写作水平。记得是大三的时候，四川大学学生会组织了一次全校的散文大赛。我自叹水平低下，不敢投稿。而老陈一下子投了两篇。他一篇署本名，另一篇署名陈默。结果两篇文章都被评为一等奖。但按规定每人只能投一篇。于是老陈便跟我说，让我顶替陈默的名，帮他领回这个一等奖。为了大哥，我义不容辞，两肋插刀，不惜“污名”，立马答应。当时负责散文大赛评选的是我们经济系七八级的师兄徐伏刚，老陈告诉帅哥徐师兄，陈默就是我的笔名。于是徐师兄找到我，狠狠地赞扬我的散文写得好，把奖发给了我。

不过我只冒名顶替得了名，奖状奖品当然还是老陈的。这也算是几十年来第一次坦白曾经的“作弊”。

二、勇追校花

老陈胸有锦绣，自然追求高远，连女朋友也非得闭月羞花，沉鱼落雁。我们年级有位著名的校花，是外语系英语专业的。那些年陈冲、刘晓庆演电影《小花》出了名，也成为大众偶像。于是，我们便私下里把这位校花叫作“小花”。那个年代的女生基本上是素面朝天，最多也就搽点雪花膏之类的护肤品，“小花”的美纯属天生丽质。她身高 165 厘米以上，在女生中高挑出众，而且明眸皓齿，肤如凝脂，身材窈窕，只需嫣然一笑，便可勾魂无数。关键是她并不高冷，犹如邻家小妹般容易接近。记得大一时，某天我与老陈在望江楼公园背英语，巧遇“小花”与一室友也在那里诵读课文。我们大胆地上前攀谈，最后请她帮我们读一下英语课后读物《公鸡与狐狸》，她丝毫没有推托，大方地朗读示范，着实让人感动。她流利的英语，好听的声音，让人难以忘怀。可以说，“小花”是当时学校里无数男生的梦中情人。

既然如此，当老陈悄悄告诉我，他打算追求“小花”时，我一点儿没有感到诧异和惊奇，反而有些兴奋和敬佩。我也一样不能免俗地在心里喜欢“小花”，可就是没有勇气去表达，更不要说付诸行动去追求。最多也就把“小花”作为“云端美人”来欣赏。

当然，我私下也有些担心。我担心的不是老陈的才华和学业。他操着一口地道的重庆话，可以滔滔不绝地珠玉滚滚。我也不担心老陈的外表。虽然他皮肤黑了点儿、粗糙了点儿，五官说不上精致，个子也不算高，但一双深邃的眼睛里，闪烁着智慧的光芒。重才华的女人欣赏的是男人内在的帅气，必定不会浅薄地只注重外表。我真正担心的是老陈的年龄。那会儿谈恋爱，似乎男的大女的两三岁最为合适。超过5岁，就会被称为“老牛啃嫩草”。老陈比“小花”大了七八岁，自然不亚于一个银河系的距离。

但是我没有说出来。这种话即便是对大哥也不能说。我只能全力支持和鼓励老陈。我不但乐观其成，更乐助其成。谁叫我们是兄弟呢?

于是，老陈为追“小花”使出了浑身解数。老陈是重庆市中区人，家就在著名的解放碑附近。“小花”也是重庆人，只是她的家到了重庆还要往东边走，在一个著名的矿山。于是老陈放寒假前自告奋勇去市中心售票处，排着漫漫长队帮“小花”买火车票，不惜站得腿脚酸疼麻木。然后又在挤成沙丁鱼罐头一样的火车上，一路悉心照顾和陪伴“小花”。

为了追“小花”，老陈还把她约到我们寝室来好好“联欢”了一回。记得那是暑日刚退，秋风渐起的一个星期天。老陈把其他外地同学都“请”了出去，只让我陪着他“相亲”。老陈买来了西瓜、瓜子，还有一些点心，隆重地招待如花似玉的贵客。

果然，美丽的“小花”款款而来，还跟着一个皮肤偏黑，模样一般的女生。我知道，这个女生常常跟“小花”在一起，简直就是法国作家左拉笔下的“陪衬人”，把“小花”衬托得更加炫目、美丽。我猜想“小花”答应赴约时，一定跟老陈说过，她会让一个女生陪她来。所以老陈也让我陪着他。能领受这样的任务，于我无疑是一种莫大的荣幸。

我麻利地帮助摆好瓜子和点心，老陈则手忙脚乱地切开西瓜，放在桌上。可惜那西瓜有点半生不熟，瓜瓤一半红一半白。那时成都的西瓜都是本地的，品种不好，品相也不好，很难有什么好味道。好在学生时代也就这个条件，能有这些东西招待已算奢侈了。“小花”也并不见怪，美丽的脸上始终笑容绽放。

“小花”和她的女伴坐在老陈床铺那边，老陈和我坐在我的床铺一边，老陈面对“小花”，我自然面对“小花”的同伴。老陈同“小花”交谈时，我除了旁听之外，也时不时与“小花”的同学交流几句。老陈早有准备，而且善于聊天，满肚子的故事、文学、哲学等信手拈来，自然口吐莲花，天花乱坠。“小花”听得如痴如醉，时不时发出“咯咯咯咯”的动人笑声，果然是花枝乱颤，令人炫目。只是“小花”听得多，说得少，纯真美丽的面庞上始终笑靥如花，两个小酒窝盛满了“可爱”二字。

那天的约会在“小花”银铃般的笑声中结束，宾主都尽欢而散。后来尽管老陈追“小花”使出了百般招数，全身力气，但这尚未绽放的爱情之花最终还是在友好的告别中迅速凋零。也不知后来“小花”会不会后悔，她一心想找个出身高贵的“白马王子”，让她失去了成为未来“民间股神”夫人的机会。

追求“小花”未果，并没有挫败老陈。他是一个越挫越勇的人。或者说，他胸中燃烧着一团炽热的渴求成功的火焰。他会让一切当年没有认识到这块璞玉的人，尤其是女人，抱恨终身。

于是，老陈决心进一步完善自身，继续深造。志在必得的老陈奋起斗志拼杀考场，终于如愿考上了川大本系的硕士研究生。那段时间里，沿途风景中也有无数鲜花摇曳眼前，但老陈都不为所动。

戴上硕士帽后，老陈带着满腹经纶，荣归故里重庆，在市政府一个最前卫的部门当上了公务员。他在体制改革的前沿阵地上纵横驰骋，时不时在各级报刊上发表自己的新鲜高论，常常语惊四座。没过几年，他就荣升处座。

春风得意马蹄疾，一日看尽长安花。仕途坦荡光明的同时，老陈终于迎来了爱情的芬芳。机缘巧合，他遇到了一位和“小花”一样美丽的姑娘，这位出生于我家乡内江某县的佳丽，水到渠成地成为嫂子。天作之合的婚姻在老陈身上得到了最充分的诠释。一位美丽“小公举”的降临，更让这位“父王”浸入蜜罐。

三、“民间股神”

如愿以偿的爱情婚姻，给了老陈极大的满足和鼓舞。他在仕途上阳光灿烂，一马平川；在“钱途”上更是时来运转，海阔天空。在以后的岁月里，他幸运地，或者说必然地闯进股市，大展宏图。中国由此少了一位专家型的官员，却多了一个“民间股神”。

中国股市诞生以来，在30多年里牛熊交替，造就了不少神话。老陈从一介书生到“股海蛟龙”，身家丰盈，他闯荡股市江湖的经历足以写成一本厚厚的书。他既遭遇过熊市大亏70%的“滑铁卢”，也昂首阔步挺进过牛市大赚数倍的“凯旋门”。

老陈的第一桶金是在股票一级和一级半市场里掘得的。当年，他所在的城市第一批发行三家公司的股票认购证。那时多数人不知道股票为何物，因而错失了买原始股发财的机会。经济学硕士老陈自然先知先觉，强大的经济头脑让他嗅到了天赐的商机。他果敢地花钱雇人排队，广借亲戚朋友的身份证来买认购证，然后再借钱买中签的股票。这些股票上市后，大赚数倍甚至十数倍。

由于那时股票从发行到上市耗时较长，“一级半”市场便自发地应运而生。也就是在股票发行后，先在本地的自由市场上流通交易。成都的红庙子当时就是全国知名的一级半市场。老陈通过不停地认购新股，在一级半市场抛出获利，回收资金再去买新股。如此这般一番番滚动操作，短短几年间，老陈的资本呈几何数字飙升。

当朋友们得知老陈完成了相当可观的原始积累之后，便劝他离开机关。本来是合法的收入，怕以后说不清楚。老陈认真思考了弟兄们的建议，便先以病休的理由，毅然挂冠而去。后来又提前10年领了退休证，坐进了证券公司的“专户室”，注册了投资公司，当上了陈总。再后来，一些股票的前十名股东里，就频频出现老陈和夫人的名字。把握住股市若干次机会的老陈，终于坐在了金字塔的上层。

当然，老陈并非天生的“股神”，他识股的“火眼金睛”也是在股市“炼丹炉”里历经烟熏火燎的痛苦过程炼就的。老陈1993年进入沪深二级市场，是有30年股龄的骨灰级第一代老股民。他也当过散户，蜂拥在交易大厅里看大屏幕行情；他也曾手写报价单挤着去交易窗口递单。后来进了大户室，也曾因为追涨杀跌，1994年在沪指上涨两倍的大行情中不赚反亏，成为大户室里学历最高，亏钱最多的一个。

痛定思痛的老陈，开始沉下心来学习研究，参悟中国股市的奥秘，反省自己的失误，终于一步步走上稳定盈利的道路，甚至成为逃顶抄底的高手。

老陈认为最为经典的一次，是他2015年牛市的成功逃顶。当年3月以后，股市在放开杠杆的刺激下疯狂上涨。到5月底，满仓暴赚的老陈对市场的疯狂感到了危险，也为自己如此快速赚钱深感不安。福兮祸所伏。久经沙场的老陈，嗅到了阳光灿烂背后狂风暴雨的气息。经过冷静分析，他当机立断地做出了减仓的决定。老陈当晚给在外地的弟弟打电话，让他第二天把代为管理的证券账户上的股票全部沽空。第二天，老陈早早来到证券营业部，叫来两个年轻人，各自操作一台电脑。老陈频发指令，两人迅速下单，一路狂奔抛售股票。彻底清仓的逃顶行动，持续了整整两个交易日。两周后股灾发生，大盘连续狂泻，千股跌停。股市一片狼藉！而老陈已经锁定了暴赚的数倍利润。

老陈不仅能精准把握大势，在选股方面更独具一格，用他的话来说就是“剑走偏锋”。不同于一般的研究公司行业背景，财务资料之类，老陈侧重于研究上市公司股权结构，股东构成、股东和实控人背景，股本大小。用这种方法，他捕获了不少市场大牛股，获利可观。

眼下，年近七旬的老陈依然亲自打理着自己资金相当可观的盘子，研究大势、选股、交易一肩挑。虽然他也遭遇过半年内连踩4颗“退市雷”的悲催，但他依然赚多赔少，在股市里江山巍然，红旗不倒。近几年，全球遭遇特殊灾难，中国股市行情惨淡。机构、散户都亏得惨不忍睹，而老陈却能年年盈利。由此可以管窥他为之付出的心血，也可见“民间股神”名不虚传。

实现了财务自由之后，老陈便放眼世界，与夫人开始了环球旅行。老陈不是一般的旅行者，他是带着重新观察世界，发现世界的目光去周游世界的。他把旅行当作自己人生下半场的主题生活之一。他这一走，就走进了中国顶级旅行家的行列。

到如今，老陈的足迹遍及全球。按照我国认定的国家196个已经全部走完，地区 37 个去了 35 个。他从北极走到南极，并且两度踏上最难去的南极点。那些战乱、政权动荡的国家如索马里、利比亚、叙利亚、伊拉克、阿富汗等，别人避之不及，他却千方百计冒险前往。伊斯兰教圣地——位于沙特阿拉伯的麦加，非信徒进不去。老陈心生一计，乔装打扮。他身披洁白的袍服，混在朝圣的信徒中完成了惊险的一游。

有志者事竟成。老陈不但志向高远，关键是他勇于去努力实现自己心中的志向。他从来不是空想家、空谈者。实干兴家，实干兴己，这在老陈身上得到了完全的印证。

眼下的老陈一切都很圆满，就等文学上的成功了。我曾劝他逐渐淡出股市投资圈。我对老陈进言道："于现在的你而言，挣钱已不是要务；文学上的成果，可长留于后世。"老陈坦言，眼下他对在股市里纵横还有兴趣。不过，他今后会把自己精彩的故事写出来的。

老陈虽然暂时还没有实现他的作家梦，但他对我的写作却极为关心。最近十来年，我每出一本书总是首先送给他批评。而他每次都鼓励多多，甚至关心我出书有没有什么财务上的难处。老大哥美意满满，令我感动。热切期待他早日把自己传奇的经历，用他的如椽之笔挥洒出来。

（2023 年 9 月 25 日改毕。"民间股神"一节《金融投资报》曾刊登）

钦定交子的成都人——刘太后

千年之前，北宋天圣元年十一月，也就是 1024 年 1 月的一天，京城开封金碧辉煌的皇宫之中，传出一道永垂青史的敕命：置益州交子务。这道短短的敕命，宣告了世界上最早“央行”——益州交子务的诞生。而下达这道敕命的大宋实际统治者，正是号称“千古一后”的成都人刘太后。

两个多月后，天圣二年二月二十日（1024 年 4 月 1 日），世界上最早的纸币交子，在成都由益州知州薛田主持发行，数额为 125 万多贯。

如果说，世界上最早的纸币交子是由成都商人发明的；如果说，推动官方发行世界最早纸币交子的人是益州知州薛田；那么，批准官方发行世界最早纸币交子的大宋最高领导人就是刘太后。

历史上的许多改革，都离不开最高领导人的顶层设计。如果没有秦孝公锐意改革，发愤图强，征贤献策，商鞅变法便只能是海市蜃楼。如果不是刘太后这位成都老乡慧眼识交子，认识到交子轻便利民，促进流通，刺激生产，同时又节约铸币成本，节省贵重金属的重大意义；如果不是刘太后果断决策，撤换官员，从组织人事上破除官方发行交子的重重阻碍；如果不是刘太后要求益州再三调研，征求商民对交子存废的意见，最后拍板成立益州交子务发行交子，恐怕难有当时的“支付宝”交子的横空出世。因此，研究交子的伟大诞生，绕不过刘太后。换句话说，刘太后才是交子产生的最重要推手。

刘太后是资格的成都老乡。北宋开宝元年（968 年），她出生于成都府华阳县。据宋史记载，刘太后祖籍太原，由于她父亲刘通被任命为嘉州刺史，全家迁往益州。后来，刘通跟随宋太祖征伐太原，病逝于途中。苦命的刘太后成了遗腹女。屋漏偏逢连夜雨。刘太后的母亲庞氏生下她后也悲惨离世。

童年孤苦的刘太后是在外婆家长大的。14 岁时，她同一个叫龚美的银匠一起流落到了京城开封。少女时代的刘太后长得花容月貌，如清水芙蓉一样天生丽质，据说甚至胜过花蕊夫人。她学过杂耍表演，把拨浪鼓玩得出神入化。于是，她常在著名的开封大相国寺外卖艺。一年以后，由于机缘巧合，她与同年出生的年轻韩王赵元侃相识相恋。这赵元侃便是后来的真宗皇帝赵恒。

赵元侃把她接进了韩王府，成了他心爱的第一个姬妾。二人如胶似漆，天天如蜜月一般度过了近两年的美好时光。元侃对刘姬的宠爱却急坏了小韩王的乳母秦国夫人。后来秦国夫人进宫在太宗皇帝面前说了此事。太宗大怒，要元侃立即把刘姬赶出韩王府。元侃无奈，只好明修栈道，暗度陈仓。他白天把刘姬赶走，晚上却把她悄悄接到他的铁哥们儿跟班张耆的家里，从此幽居起来。这一幽居，就是 12 年。

在这漫长的幽居期间，元侃经常偷偷去张家与刘姬幽会。而刘姬则从此在张家潜心读书。她强烈地意识到，自己只有靠读书才能改变命运。多年后，她成为博学多才，通晓历史，奇谋善断，暗中辅佐真宗治国理政的幕后高参。刘娅在宫廷内外奋斗了近30年才成了皇后。真宗去世，12岁的仁宗赵祯继位，刘太后遵真宗遗诏处理军国大事，成为大宋实际上的执政者。

刘太后垂帘听政，大宋朝廷内外一片新气象。在一派新风中，新年又到。刘太后下令改元，是为天圣元年（1023）。

就在刘太后励精图治，大力革故鼎新之时，蜀中动乱又起。益州转运司传回加急密报，称知益州寇瑊粗暴行政，封杀交子，商贸凋敝，百业不振，弄得天府之国天怒人怨。百姓纷纷要求罢免寇瑊，另派官员知益州。

刘太后以前对交子并不了解，她少女时代挥泪告别成都时，交子尚在萌芽之中。从接到的密奏里，她才了解到交子的前世今生。

原来，宋太祖灭蜀之后，命令将蜀中金银铜钱搜刮一空，并下令各州府金银铜钱不得流入蜀中，蜀地只能使用铁钱交易。

真宗大中祥符年间，成都市面上流通的主要是小铁钱，每贯即1000文铁钱重达6.5斤。买匹蜀锦20贯铁钱，重130斤，需要雇一个壮汉，挑一担钱去店铺；要是买头牛，就要吱呀吱呀地拉一车铁钱赶牛市；上街买菜，要提着沉重的一篮铁钱去菜市。百姓把钱存在类似后来钱庄的交子铺里，还要交3%的保管费。普通交易都极为不便，大宗生意就更加艰难。铁钱低贱，铁钱沉重，铁钱压弯了蜀民的腰，铁钱死死压住了商品交易的命脉。

“钱灾”逼着聪明的成都商人绝地反击，终于有人想出了用交子铺里存钱的收据交子直接购物，代替铁钱使用的绝妙方法。一纸轻飘飘的交子，一下子解决了铁钱沉重、交易困难的千古难题。这交子成了世界金融史上最早的替代货币——纸币。

用一张纸币代替沉重的铁钱支付，其创新的意义不亚于今天用手机扫码付账。最早代替铁钱使用的交子，实际上就是客商存放铁钱的存款单，存多少填多少。也就是说，最早的纸币交子，准备金是一比一的，绝对能够足额兑换。

敢于最早尝鲜的成都交子铺老板靠发交子方便了交易，赚了大钱，引起了众多交子铺老板纷纷仿效，印制自己的交子。那时也没有什么发行规矩，更没有律法禁止，于是各种私人发行的交子泛滥。由于一些小交子铺财力有限，有 100 贯钱便敢发 1000 贯交子。这些大量印制发行的交子自然不能按面额兑现，于是生出无数纠纷，往往闹到官府，讼争不断。交子多了自然贬值，成都城里闹起了金融危机，物价飞涨，百姓叫苦不迭。

当时的益州转运使名叫薛田，他看到市场混乱，民怨四起，便决心整顿交子。于是由益州官府指定由王昌懿等 16 家势力雄厚的交子铺户发行交子，而且组成行会，监督发行交易，其余交子铺户不得私自发行。

这一举措使交子发行处于半官方管理状态，起到了稳定交子币值，规范交易的作用。但好景不长，数年之后，这 16 户交子铺中的少数不法商人故态复萌，带头滥发交子，不足额兑付铁钱，又造成交子贬值，物价暴涨。成都再掀金融风波，商人、百姓怨声载道，甚至诉讼不断，斗殴不止。

薛田一面打击“空手套白狼”的不法交子铺老板，一面思考长治久安的办法。通过调查研究，薛田认为，交子作为代替铁钱使用的纸币，已经不是最初单纯的“存款单”，它已经成为真正有购买能力和支付信用的货币了。因此，交子不应该再由民间的交子铺发行，而应该由官方来发行，就像以前铜钱、铁钱由官府铸造、发行、管理一样。于是，薛田于宋真宗大中祥符末年上奏朝廷，建议由官府设立专门机构交子务，来制定办法，发行交子，管理交子。

此时正由著名奸相丁谓把持朝政。此人虽有大才，但正忙着争权夺利，遂将薛田的惊世妙策束之高阁。

没多久，一道圣旨将薛田提拔为开封知府，高就去了，同时派了一个叫寇瑊的人任益州知州。武官出身的寇瑊认为交子给社会带来太多负面影响，导致金融风险，社会不安，最好的办法就是砍了树子免得老鸹叫。他于1020年上任以后，立马宣布废除交子，关闭交子铺，恢复使用铁钱。

寇瑊的倒行逆施，无疑是一种违背社会经济发展规律的行为。结果不言而喻，不到3年时间，寇瑊就把一个河山锦绣、富庶丰饶的天府之国弄得乌烟瘴气，百姓怨声载道。这才有了益州转运使司的密奏。

慧眼如炬的刘太后反复研读了密奏，迅速得出几个判断：第一，交子代替铁钱使用是重大革新创造，是便民利商的举措，应该顺乎民意，坚持推行；第二，交子是把双刃剑，有利有弊，必须趋利避害，加强交子发行的管理；第三，益州的混乱局面不能再继续下去，必须快刀斩乱麻，釜底抽薪。

那么，由谁去主政益州，迅速拨乱反正，恢复正常秩序，让社会、经济生活回到正轨呢？

刘太后飞快地在脑子里搜索合适的人选，眼前突然跳出一句古语：解铃还须系铃人，对了，就是薛田！

以刘太后对薛田的了解，他不仅为人宽厚仁和，更是贵有担当任事的勇气，确有治世之才能。益州交子开天下之先河，若非薛田因势利导，岂能有此利商便民之物蓬勃生长？寇瑊处理交子风波貌似失之武断，其实乃是缺乏担当。

还有，薛田发现了交子便民利商，推动经济的巨大作用，也悟出了民间发行交子的无序混乱，对经济的毁灭性破坏，提出由朝廷来管理交子发行，这简直是天才的设想！

对于交子，刘太后自有远见卓识。她在成都长到十几岁，知道铁钱的沉重，百姓交易的艰难。这交子既易携带又便捷交易，方便印刷远胜于铸币。因此，她认为这交子早晚要取代铁钱，甚至取代铜钱、金银。今后恐怕不只益州及川峡四路使用交子，整个大宋，乃至外国，也许都要使用蜀商发明的交子呢。

于是，刘太后玉手一挥，连续发出两道诏命：第一，免去寇瑊益州知州职务，贬为邓州知州；第二，任命薛田为益州知州，加枢密直学士头衔。这是在天圣元年（1023 年）四月。

在薛田上任之前，刘太后还亲自召见，面授机宜，要薛田认真倾听民意，完善方案，速报朝廷。

薛田快马加鞭，火速入蜀。他到任后迅速行动，与益州转运使张若谷等人多次商议，认为纸币交子有利于商贸流通，方便百姓生活，促进经济发展，宜存不宜废。数月之中，薛田两次奏报，最后提出了由官府发行交子的详细方案，最重要的有五条：

第一条，设益州交子务，总领交子发行事务；交子上面要加盖益州观察使铜印和交子务铜印。

第二条，根据常年市场交易量，拟首届发行交子 125 万贯，准备兑换铁钱即发行准备金 36 万贯，交子面额为 1 贯至 10 贯。

第三条，百姓用现钱请领交子要留合同存根，上书编号，标明面值以备兑现时查验，并由交子务盖章，以杜绝伪造。每请领 1

贯（1000 文）交子，须依例扣除 30 文手续纸墨费，交子允许代替铁钱使用。

第四条，交子发行，每两年一届，到期交子持有者须以旧换新，同时每贯依例扣 30 文手续纸墨费。

第五条，严禁民间伪造交子，凡检举别人伪造交子者，由官府奖赏小铁钱 500 贯；对伪造交子的人犯，将其发配到使用铜钱地区服役。

刘太后阅报大喜，认为方案周密可行。遂于十一月下旬，以仁宗名义下达敕命：置益州交子务，负责纸币交子发行。这是世界上第一个官方纸币发行及管理机构，相当于后世的“央行”。刘太后的一纸敕命，让益州成都成为世界上第一座使用纸币的城市。

接着，薛田在成都亲自主持了首界交子的发行。从此，世界上最早的纸币交子，在益州及川峡四路广泛流通。

由于每届发行的交子数额 125 万多贯长期稳定，仅占实际交易货币的十分之一，用铁钱兑换交子还要交纳 3% 的手续费，因此，交子的实际价值高于面额。在交子发行的最初半个世纪里，常年溢价 10% 左右。

纸币价值大大高于铸币，这也是金融史上的奇迹。纸币的轻便好用，甚至让大宋皇帝也心动神驰。庆历七年（1047 年）二月，宋仁宗大笔一挥，诏取益州交子 30 万贯，于秦州募人入中粮。这秦州就是今天的甘肃天水，当时是抗击西夏的前沿城池。诏书的意思是说，要益州调集 30 万贯交子纸币，到秦州雇人收购军粮。这里边包含着十分丰富的信息：一是交子纸币已经是大宋国家承认的流通货币，不仅在益州流通，而且已经流通至陕甘等地；二是朝廷日益认识到纸币的轻便和交易的快捷；三是说明当时的益州富甲天下。仁宗皇帝轻飘飘一纸诏书，就抽走30万贯巨款，差不多为当时交子发行量的四分之一。但此举并未影响益州的国计民生，恐怕也只有天府之国才有这等财力。

当然，这诏书还带来另外一个结果，那就是交子紧俏，价值上扬，溢价更多。手中握有交子的人，就像后世握有金股一般，财富噌噌地上窜。

宋仁宗的诏书下得轻松惬意，也许他此时才真正意识到嫡母刘太后钦定交子的高瞻远瞩。

（2022年3月24日发表于“封面新闻”，4月2日又刊于《华西都市报》副刊）

“交子之父”薛田与《成都书事百韵》

成都，成都，锦绣之都。它繁华与美丽相映，富足与安逸齐飞。因此，说它是一个安乐之都也毫不为过。李白就告诫过某些留恋成都的人：“锦城虽云乐，不如早还家。”杜甫则从另一个角度道出了成都的迷醉之处：“锦城丝管日纷纷，半入江风半入云。此曲只应天上有，人间能得几回闻。”李商隐则毫不隐晦自己在成都的享受：“美酒成都堪送老，当垆仍是卓文君。”成都人喜欢吃，喜欢喝，喜欢买，喜欢玩，有时一不小心就玩儿出个世界第一。不说别的，那世界上最早的纸币交子，便是北宋时由成都商人发明的。

北宋天圣二年二月二十日（1024 年 4 月 1 日），枢密直学士、益州知州薛田，在成都主持发行了第一届交子共 1256340 贯。这位薛大人遂成为中国，也是世界上主持发行国家法定纸币第一人。也许他自己都没有意识到，他已经代表中国人开创了世界货币发行史上光辉的一页。而在 600 多年后的 1661 年，瑞典斯德哥尔摩银行才发行了欧洲第一张纸币。“交子之父”这顶璀璨的桂冠，当之无愧地应该戴在薛田头上。因为薛田不仅是主持发行交子第一人，还是推进交子由官方发行的第一人。

薛田，字希稷，今山西永济人。他虽然没有什么显赫的家世，但他才华横溢，头顶进士的光环。据宋史记载，他与当时著名的诗人隐士魏野是好朋友，两人你来我往有许多诗词唱和。魏野是宋初名闻朝野的高士，可谓睥睨天下第一人，对一般的高官俗吏是看不上眼的。而薛田与魏野亲善有加，说明薛田是一个极有品位的人。不仅如此，薛田的情商也是极高的。他为人温和敦厚，做事干练，在朝中大臣中好评如潮。高调做事，低调做人，薛田受到宋真宗重用，仕途上一帆风顺便是理所当然的了。

蜀中可以说是薛田的福地，他三次入蜀任职，次次高升，最终成为封疆大吏主政益州。第一次入蜀，薛田官拜中江县知县，想必政绩卓著，不久即火速升迁，回到真宗身边。薛田曾任殿中侍御史，三司度支判官、副使。这三司副使相当于当世的财政部副部长，薛田可谓一路青云，身居要职。

后来，薛田再次奉命入蜀。“空降”而来的薛田升任权势显赫的益州转运使，掌管税收、财赋、商务等，在益州已是一人之下。就在此时，薛田与交子结下了不解之缘。当时成都市场上已经有私交子流通，是益州官府批准 16 户有较强财力的交子铺老板发行的交子纸币，部分代替铁钱使用。后来其中一些交子铺老板发现，不可能所有持交子的人都同时来兑现。于是少数交子铺老板滥印交子，用来购买田产、房屋等，踩着一张张纸便青云直上变身巨富。这种超额发行纸币交子的行为，导致一些持有交子的人得不到足额兑付，有时只能兑现七八成。那交子持有者当然不干，便一张状纸把要横赖账的交子铺老板告到衙门。更有甚者，还因兑付不成出现打架斗殴伤人的恶性事件。这种诉讼纷争不断发生，越来越多，导致交子信誉严重下降。

薛田身为益州转运使，交子正是他的“管区”。眼见得交子发行管理混乱带来社会动荡，他忧心如焚。薛田一面打击“空手套白狼”的不法交子铺老板，一面思考釜底抽薪的办法。通过调查研究，薛田认为，交子作为代替铁钱使用的纸币，已经不是最初单纯的“存款单”，它已经成为真正有购买能力和支付信用的货币。因此，交子不应该再由民间的交子铺发行，而应该由官方来发行，就像以前铜钱、铁钱由官府铸造、发行、管理一样。当然，也有例外。汉文帝就曾赐蜀地的邓通以蜀郡严道县铜山，许他私人铸钱流通。这是因为邓通把汉文帝伺候得安逸舒服巴适，这皇帝脑瓜一热对邓通做出的特别恩宠之举，是不能沿用的特例。于是，薛田于宋真宗大中祥符末年上奏朝廷，建议由官府设立专门机构交子务，来制定办法，发行交子，管理交子。交子务相当于后世的“央行”，薛田的设想简直是天才的，是开创世界纸币发行管理先河的绝佳办法。可惜的是，他的奏折送到朝廷却石沉大海。

惊世妙策虽没了下文，但薛田的政绩、才干与忠心还是得到了高度认可。宋真宗龙目垂青，一道圣旨将薛田提拔为开封知府，高就去了，同时派了一个叫寇瑊的人任益州知州。客观地说，寇瑊此人颇具才干，曾在蜀中多地任职，剿匪打仗、修河治水都是一把好手。但在交子这个问题上，寇瑊却失之武断，缺乏担当。他认为交子给社会带来太多负面影响，导致金融风险，社会不安，最好的办法就是砍了树子免得老鸹叫。他于 1020 年上任以后，立马宣布废除交子，关闭交子铺，恢复使用铁钱。

据专家推断，最早代替铁钱使用的交子大概于宋太宗太平兴国年间（976—983 年）就在成都出现了。也就是说，到寇瑊任益州知州，成都人已经使用交子四十来年了。寇瑊的倒行逆施，无疑是一种违背社会经济发展规律的行为。结果不言而喻，不到3年时间，寇瑊就把一个河山锦绣，富庶丰饶的天府之国弄得乌烟瘴气，百姓怨声载道。

此时朝中由刘太后垂帘听政。刘太后得知自己的家乡益州因交子被废引发社会不安，百姓不满，遂果断决策，于天圣元年（1023年）四月将寇瑊贬为邓州知州；命薛田第三次入蜀，加枢密直学士头衔，知益州。刘太后明白，解铃还须系铃人，要解决交子问题，还须懂交子的人来出招。

薛田到任后迅速行动，与益州转运使张若谷等人多次商议，认为纸币交子有利商贸流通，方便百姓生活，促进经济发展，宜存不宜废。他们提出了由官府发行交子的详细方案，内容包括：设益州交子务，总领交子发行事务；规定交子两年发行一届，确定每届发行数额及发行准备金；严禁伪造，违者流放等。薛田反复修改方案，并慎重地两次上报朝廷。

慧眼如炬的刘太后接报，觉得薛田考虑十分周全，遂朱笔一挥大加赞赏，并于当年11月以宋仁宗名义，敕命置益州交子务，统领交子发行事宜。这才有了世界上第一张官方发行纸币交子的伟大诞生。

薛田不仅是发行交子第一人，还当仁不让地成为记载交子第一人。发行交子不久，薛田诗兴大发，酣畅淋漓地挥洒出长诗《成都书事百韵》。他在诗中赞道：“货出军储推赈济，转行交子颂轻便。”“轻便”二字，形象地概括了交子代替沉重铁钱的极大进步，促进商品流通和经济发展的巨大作用。薛田的这首七言古诗长达1400字，比白居易的《长恨歌》足足多了560字。《成都书事百韵》不光写了交子，差不多写遍了当时的成都，从历史、地理到人物、风俗，从物产、景观到人文、美食，几乎无所不包，可以说是一部关于成都的“小百科”。

作为益州的最高行政长官，薛田非常喜欢甚至可以说是热爱成都。在薛田的笔下，成都首先是一个极具烟火气的城市：“云敷牧野耕桑雨，柳拂旗亭市井烟。”蓝天白云之下，沃野千里；都市街巷纵横，处处亭台楼阁，春风杨柳，人流熙攘。对于成都的美景，薛田不遗余力地赞颂：“院锁玉溪留好景，坊题金马促繁弦。”一条潺潺细流的解玉溪穿城而过，清澈见底，岸柳成行；金马坊内，丝管齐鸣，美乐盈耳——好一幅有声有色的动人图画。而且那时生态极好，在城里都远远看得见晶莹的雪山；滚滚岷江水通过都江堰灌溉着成都平原的广袤沃野：“五门冷映岷峨雪，千里爰疏灌堋泉。”至于市郊，那就更是风景旖旎：“华严像阁凉堪爱，净众松溪僻可怜。学射崔嵬横罨霭，放生宽广媚潫涟。”华严寺和净众寺都是当时成都郊区的著名寺院，从诗中可知，这里环境优美，清静宜人。学射指的是成都北郊的学射山。据记载，三国时蜀汉后主刘禅年轻时曾在此练习骑射，故名。放生则是指城郊的放生池，一个美丽的人工湖。山势峥嵘壮丽，湖水轻波荡漾，这好山好水，自然让薛田流连忘返。

薛田不但喜欢成都的美景，更是欣赏成都的美女。在他的笔下，成都美女无处不在：“靓女各攻翻样绣”，看看，这是靓丽的制作蜀绣的绣女；“雕盘姹女呈酥作”，瞧瞧，这是用精美雕花盘献上美味点心的美丽少女；“美丽姝姬酷类燕”就完全是直接赞美了，夸咱成都的大家闺秀美如赵飞燕；而“合伴鸦鬟齐窈窕，对陪霓袖竞翩翾”，又从另一个侧面反映了成都出美女：连“鸦鬟”

都那么窈窕多姿，能歌善舞，其主人也就可想而知了。

对于成都的美食，薛田也是赞不绝口：“受辛滋味饶薑蒜，剧馔盘餐足鲔鳣”“地丁叶嫩和岚采，天蓼芽新入粉煎”。不但有美味的鲟鳇鱼可供制作高档大菜，就连地丁和天蓼这样的野菜也鲜美可口。

薛田眼里的锦城，可以说是花团锦簇，繁华无比：“似簇绮罗偏焕燿，如流车马倍喧阗。”人们穿绸着锦，光鲜靓丽；街市上车马如流，热闹非凡。到了晚上更是万家灯火，恍若仙境，惹得楼上佳人卷起珠帘，揭开绣幕观赏：“柳堤夜月珠帘卷，花市春风绣幕褰。”这锦绣芙蓉城，真是要多美有多美。对于成都人的锦衣美食，享受安逸，薛田一点儿也不觉得奇怪。他给出了自己的评价：“俗尚奢华邃古先”，就是说，成都人讲求奢华是自古以来的风尚，关键是天府之国的成都人奢华得起。

《成都书事百韵》还提到了众多历史人物，如张仪、司马相如、严君平、李特、李白等；也写到了许多留存至今的地名，如文翁石室、武侯祠、青羊宫、百花潭、犀浦、大面等。诗中甚至还把造纸业、印刷业的发达，玩蹴鞠、荡秋千的风尚也描绘得栩栩如生。《成都书事百韵》，堪称浓墨重彩书写北宋成都的“清明上河图”。

（2021 年 3 月 31 日发表于“封面新闻”）

附：

成都书事百韵

混茫丕变造西阡，物象熙熙被一川。

易觉锦城销白日，难歌蜀道上青天。

云敷牧野耕桑雨，柳拂旗亭市井烟。
院锁玉溪留好景，坊题金马促繁弦。
风流辅席堆红豆，潇洒门庭映碧鲜。
表状屡言同颖穗，敕书频奖竝生莲。
旋科杞树炊香稻，剩种豌巢沃晚田。
仁宅不隳由政立，议闱无取任情迁。
民知礼逊蚕丛后，俗尚奢华邃古先。
绕郭波涛来浩浩，归期岐路去绵绵。
乍回黑水将成道，潜到青羊恐遇仙。
靓女各攻翻样绣，祛商兼制砑绫牋。
垆边泛蚁张裙幄，江上鸣鼍簇彩船。
石笋崚嶒衙对峙，琴台恢阔寺相连。
群葩艳里珍禽语，百草香中瑞兽眠。
喜处必臻尤伫望，胜游争倦更迁延。
旱荷叶底蹲鸱伏，椶树梢头乱蝶穿。
鹾发牢盆浑弃卤，铁资环法免銋铅。
丰饶物态甯殊越，美丽姝姬酷类燕。
西海号雄彰传纪，南康辞健积铭镌。
良工手技高容学，妙隐丹方秘不传。
倚剑灵关凌绝顶，梦刀孤垒削危巅。
金华巷陌遗三品，石镜伽蓝露一拳。
信落荆州随鼓枻，检颁芝阙听摇鞭。
若量内地寒暄异，且在遐陬水陆全。
渝舞旧云传乐府，巴谈谁曰系言诠。
九苞绾就佳人髻，三闹装成子弟鞯。

欲辨坤维寻地理，才临益部认郊廛。
文翁室暗封苔藓，葛亮祠荒享豆笾。
货出军储推赈济，转行交子颂轻便。
气蒸蒟蒻根须润，日罩楩柟树影圆。
药市风光虫蛰外，花潭遨乐鹍鸣前。
聚源待擬求凫氏，贮怨那能雪杜鹃。
藜植森荣还蓊蔚，夹流湍迅迴潺湲。
鲜明机杼知无算，细碎锥刀不啻千。
合伴鸦鬟齐窈窕，对陪霓袖竞翩翻。
五门冷映岷峨雪，千里爰疏灌堋泉。
茂盛八纮宜得最，膏腴十道比俱偏。
衰滋不到生无分，段相重来宿有缘。
款召相如登兔苑，骤迁太白步花砖。
葳蕤草木时为瑞，奇秀江山代产贤。
晓后细风红灼灼，夜中微雨碧芊芊。
锦亭焰烛明歆障，绣阁香毬暖熨氈。
宝塔徘徊停隼旟，观街杂沓拥辎軿。
酴醿引架家家郁，踯躅攀条处处妍。
重爱鲁儒提德柄，威降曹将董戎旃。
欢谣少负賨人勇，长讲多轻楚客禅。
似簇绮罗偏焕耀，如流车马倍喧阗。
搢机显绰名堪录，题柱芬芳事莫捐。
李特锋鋋徒恃险，张仪规画自持颠。
鹰扬事业成悠久，乌合奸雄败转旋。
漫向鼎分澄霸道，却当龟化验都鄽。
强贪楚灭悲倾辙，广洽尧询喜慕羶。

侧弁猖狂抛玉斝，归鞍酩酊坠金钿。
氛埃屏息云常覆，稼穑繁滋泽磨愆。
睿圣宵衣垂迺睠，贵臣驰驲每传宣。
石牛迈路加歆飨，江渎隆区助洁蠲。
避暑亭台珍簟设，纵閒池沼钓丝牵。
遮蛮带砺长能固，捍蜀金汤远益坚。
何武甲科曾继踵，严遵卜兆罕差肩。
雠书竞印诸家集，博识咸修百氏笺。
纸碓暮春临岸浒，水樽春注截河壖。
华严像阁凉堪爱，净众松溪僻可怜。
学射崔嵬横罨霭，放生宽广媚漪涟。
藓庭嫩笋青篸篸，风槛新荷绿扇扇。
守戍貔貅千万骑，采葑簪笏两三员。
清江泻势方流巽，大面盘形正压乾。
电扫谷风藏虎啸，雷瞋宫树洒龙涎。
郤占遨应星舒彩，栾噀端聆火扑燃。
令范式驱民缺缺，咨谋畴倚道平平。
性寒甘蔗猱偷齧，体腻芭蕉蚕莫沿。
志读备兴重掩卷，史看唐幸嫩终篇。
雕盘姹女呈酥作，水巷痴童飏纸鸢。
初下鹿头迷鄠杜，暂来犀浦误伊瀍。
变秦言语生皆会，恋土情怀死不悛。
结厦斧斤宗简易，入神丹臒励精专。
柳堤夜月珠帘捲，花市春风绣幕褰。
十县版图分户籍，一城牌肆係民编。

受辛滋味饶薑蒜，剧馔盘餐足鲔鱣。
月季冒霜秋肯挫，荔枝冲瘴夏宜然。
几番蘘箐鸣虚籁，是个园林噪懒蝉。
蠢动乘时先养育，菁英届候别陶甄。
地丁叶嫩和岚采，天蓼芽新入粉煎。
平代启闱闻继岌，监军凭轼见刘焉。
蕙兰馥裹幽蹊畔，菱芡交铺曲岛边。
绘网晚晴夸蹴鞠，画绳寒食戏秋千。
氤氲紫雾蒙都邑，缥缈彤霞聚偓佺。
螭伏自然销剑戟，蝼翻几度起戈铤。
宦游止叹音尘阙，乡饮何惊岁月遄。
灵寿桃枝奇共结，金砂银铄贵相联。
埋轮昔按均轮命，叱驭今分太守权。
徒为行春飞皂盖，讵能许国报青钱。
政经旋考尤多僻，民瘼深求尚未痊。
虽愧袴襦非叔度，且期毫墨有冯涓。
僶遵廉察思从训，克谨操修敢好畋。
南市醉过攒帜队，西楼欢坐列琼筵。
烦嚣谨畏伤淳厚，慧黠周防近巧谝。
重禄省心宜致寇，薄材庄貌若临渊。
扶危颇异巢居幕，劝善还同矢在弦。

伟大的交子在哪里?

3月28日晚，中国金融博物馆集团理事长、万盟并购集团董事长王巍先生在成都市阅读协会2019年会上透露，他将在成都建设“天府金融博物馆”。而“伟大的交子”，将是这个博物馆最重要的组成部分。

交子，是成都商人发明的世界上最早的纸币。它的横空出世，改写了世界金融史。1023年农历十一月，咱们的成都老乡，大宋朝垂帘听政的刘太后，英明地批准成立益州交子务。这意味着世界上第一个国家“央行”在中国四川成都诞生！1024年4月1日，益州交子务在成都正式发行“官交子”，世界上第一张由官方发行的信用纸币正式面世。我猜想，王巍先生到成都来建设“天府金融博物馆”，本身就包含着对“伟大的交子”的致意，对发明交子的伟大蜀商的致意，对交子的千年诞辰的致意，对世界纸币故乡成都的致意。

既然交子这么伟大，我们怀着景仰的心情都想一睹真容。那么，世界上到底还有没有真正的交子呢？这些年，笔者在写作影视作品《交子》的同时，也一直在寻求这个答案。

英格兰银行后花园里的树栽错了

2017 年 5 月 14 日，“一带一路”国际合作高峰论坛在北京开幕，习近平主席发表了主旨演讲。100 多个国家的领导人及嘉宾出席，他们为什么而来？当然是为了更好地跟中国做生意，赚更多的中国交子嘛！

为了迎接这次国际盛会，中央电视台财经频道制作了大型纪录片《丝绸之路经济带》，第四集就专门讲货币，而其中很大篇幅讲到了我们成都商人发明的世界最早纸币——交子。这一集的开头这样写道：在英国伦敦金融城，有 300 多年历史的英格兰银行的后花园里，种了两棵特别的树，一棵是桑树，还有一棵，也是桑树。他们为什么要在这寸土寸金的地方种这两棵桑树呢？据他们说是为了纪念世界最早纸币交子的诞生。他们认为，中国成都商人的发明，改写了世界金融史。因为他们了解到，印刷交子的纸是用养蚕的桑树的皮和叶子制成。为此，专门种下这两棵桑树，就是为了表达他们对发明世界最早纸币的中国成都商人的敬意。

英格兰银行的这种美意实在是值得赞赏，作为一个研究交子的后学之人，我心里更是甜滋滋的。但是，我又不得不万分遗憾地说，他们的树种错了！因为世界最早的纸币交子，印刷专用纸不是桑树叶和桑树皮制造的，而是以楮树皮为主要原料制造的，因此被称为楮纸。这种楮纸洁白，吸墨，耐折，最适合印制交子。因此，交子又称为楮币。桑树和楮树虽然同属桑科，但却完全不是同一树种。楮树别名构树，古浆树。又名谷，楮，谷桑，楮桑等。楮树为多年生落叶乔木植物。树叶似心形，毛茸茸的，果为肉质球形，有长柄，熟时红色，味道甜甜的，可以入药，有清肝明目的功效。元代成都人费著写了一篇专门研究交子的文章，就叫《楮币谱》。费著还写过《蜀锦谱》等系列文章。顺便说一句，北宋时益州成都地区的纸，主要有楮纸和麻纸两大类。前者主要用于印刷，后者主要用于生活。不过，英格兰银行虽然种错了树，但是他们向发明世界最早纸币交子的中国成都商人表示敬意的举动，还是值得赞赏。

此图据传为现存的“交子”，为日本东京货币博物馆收藏

上面所说央视财经频道大型纪录片《丝绸之路经济带》第四集“货币”中还说，日本东京货币博物馆收藏着现存唯一的世界最早纸币北宋四川交子。上图是流传得最广的被认为是北宋四川交子的图案。2016 年 7 月 G20 财长和央行行长会在成都举行时，四川省政府赠送给这些嘉宾的礼物，就是用这张所谓的交子图案做成的精美金属书签。为什么我要说是所谓的交子呢？因为根据笔者的研究，这个东西第一肯定不是北宋交子，第二肯定不是四川印制发行的。因为这张纸币上有这样一句话：“除四川外许于诸路州县公私从便主管并同见钱七百七十陌流转行使。”既然“除四川外”，当然就不是四川发的纸币了。另外，稍有历史知识的人都知道，“四川”这个称呼，在北宋及北宋以前是没有的，这个称呼是南宋才开始有的，它是“川峡四路”的简称。在宋太祖乾德三年（965 年）平蜀后，将原后蜀之地改为西川路；开宝四年（971 年），从西川路中分出一个峡西路；不久又合并成川峡路。宋真宗咸平四年（1001 年），按照“分而治之”的思路，将川峡路一分为四：益州府路、梓州府路、利州府路、夔州府路，简称为川峡四路。南宋时又把“川峡四路”统一起来，成为一个大的行政区域，因而简称四川，从此沿用至今。这才是正宗的、资格的四川的来历。民间有许多人都以为四川的来历是因为四川有四条大河，其实这完全是望文生义的误解。既然这个纸币是南宋或以后的，就不可能是交子，因为在益州官府 1024 年首次发行交子 83 年后，就改称钱引，到 1256 年又改为川会子。既然南宋早就没有交子了，这张纸币理所当然也就不是交子了。

那么，问题又来了，既然这张纸币不是北宋益州交子，又是哪里发行的纸币呢？很遗憾的是，至今没人说得清楚。笔者认为，这张纸币很有可能是南宋中央政府在南宋晚期发行的纸币“关子”。四个证据可以说明：

第一，一般而言，宋代各府路发行的纸币均在所辖范围内流通，而只有中央政府发行的纸币才可以全国流通。由于四川单独发有川会子，所以才要说明“除四川外”。

第二，南宋朝廷的确大量发行过关子。杜君立在《宋代的纸币革命》（《企业家观察》2014 年第 6 期）一文中考证，南宋朝廷曾在户部设立“会子务”，作为官方发行纸币会子的机构——“央行”。乾道四年（1168 年），专设印钞厂“会子局”。到了光宗和宁宗时期（1189—1224 年），由于会子的发行量过大，导致会子开始贬值。面值一贯（1000 文）的会子只能兑换 750 文铜钱。而到绍定五年（1232 年），两届会子同时流通，已经将近 2.3 亿贯，比会子发行初期的 10 倍还要多。于是物价飞涨，百姓怨声载道。见会子维持不下去了，景定五年（1264 年），南宋朝廷决定以“关子”取代严重贬值的“会子”。

第三，日本收藏纸币上的文字与关子发行政策吻合。南宋朝廷在发行关子时规定，关子“每百作七十七文足”，也就是说，一百文关子兑换 77 文铜钱。国家法定，在纸币票面上就直接标明贬值幅度，这在历史上可能绝无仅有。这样一来，“除四川外许于诸路州县公私从便主管并同见钱七百七十陌流转行使”——日本东京货币博物馆收藏的纸币上这句话的后半句就容易解释通了，说明日本收藏的“交子”，乃是一张一贯（1000 文）的纸币关子，按规定可当现铜钱 770 文使用。因为“关子”发行量也很大，而且是南宋最晚的纸币，流传至今最有可能。这里多说一句，根据史料，关子的发行依然不能挽救风雨飘摇的南宋政权，反而进一步加重了货币秩序的混乱，物价更加汹涌上涨。1279年，南宋灭亡。除了蒙古铁蹄的践踏，经济的崩溃是南宋呜呼的重要原因。

第四，印刷纸张吻合。另据考证，日本东京货币博物馆收藏的那张纸币，用纸就是以桑树皮为主要原料制造的。因为宋代杭州一带也盛产丝绸，农家普遍种桑。据宋应星《天工开物》记载，宋代浙江东部就产桑皮纸。不仅如此，南宋朝廷在杭州还直接设立有专门制造会子、关子用纸的“造纸会局”。宋代吴自牧的《梦粱录》记载：“造会纸局，在赤山湖滨。”而且800多年前的另一部古书《咸淳临安志》中，有一张现存最早的南宋《西湖图》，图中赤山教场与南山第一桥之间，清楚地标有“会子纸局”四个字，从中可以看出会子纸局的大致位置：大概是今天杭州城靠近杭州南山路、西山路和虎跑路三路交叉口的南山路以北一侧。由此可见，关子有很大可能是由桑树皮为主要原料生产的专用纸印制的。这又从纸张的角度进一步证明了日本收藏“交子”为关子。英格兰银行正是从日本收藏的“交子”信息得知，交子是用桑树皮为主要原料制造而成的纸张印刷，因而在其后花园种了那两株桑树，大大地会错了意，闹了一个不大不小的笑话。

伟大的交子到底还有没有存世品

既然日本东京货币博物馆收藏的那张纸币不是益州成都交子，极有可能是南宋朝廷在当时的首都临安（今杭州）发行的关子，那么，就有一个比较终极的问题需要回答：到底北宋益州成都交子还有没有存世的？但笔者不得不说，这又是一个遗憾。根据很多专家的研究，北宋益州交子已经绝迹。四川省古今钱币文化研究会的会长，号称“西南钱王”的熊建秋先生告诉笔者，20世纪末他曾经在全国收藏界悬赏10万元，征集北宋交子。就是说，只要哪位收藏者有这个东西，拿出来看一眼，确认一下，就可以得到10万元。但是，没人拿得出来。由此基本上可以确信，北宋益州成都交子没有传世的了。

当然，我们依然在期待，万一还有呢？

（作于2019年3月31日，4月1日刊于“封面新闻”）

伟大的交子到底诞生于哪里?

伟大的交子到底诞生于哪里？芙蓉城里聪明的读者一定会脱口而出：不就诞生在咱们“来了就不想离开”的成都吗？

是的，没有问题，伟大的交子就诞生在北宋时的益州成都，这是专家学者多年研究后确认的板上钉钉的史实。1024年4月1日，世界上第一个“央行”益州交子务发行了世界上最早的纸币——交子，成都商人的这一伟大发明创造从此载入世界金融史册。成都，成了世界上最早使用纸币进行交易的城市。

但是，如果我们进一步问，交子诞生在成都市现在哪一个区？这个问题恐怕要难倒九成以上的成都人了。实际上，许多年以来，这个问题主要存在两种争议：一是认为交子诞生在锦江区，二是认为交子诞生于金牛区。我们可以简称为“锦江派”和“金牛派”。

“锦江派”认为，锦江区曾有“交子街”，这条街上曾经有许多交子铺做生意，自然就是最早发行交子的地方。还有，锦江区大慈寺周边在北宋时便是成都的商业繁华之地，交子铺林立，当然是交子诞生的地方。

“金牛派”认为，据元代成都人费著《楮币谱》记载，隆兴元年（1163 年）“始特置官一员莅之，移寓城西净众寺”，而 1194 年，“始创抄纸场于寺之旁”，因此，净众寺无疑是印制交子的地方，也可以说是交子诞生的地方。而这个地方，就是今天的铁二院所在地，金牛区地盘上，交子诞生于金牛区便是理所当然的了。

这两种观点可以说各有各的道理。笔者两年前出版影视作品《交子》，对交子的来龙去脉也略有所知，对“交子诞生地”这个问题也颇感兴趣。愚以为要确定交子诞生地须有一个标准。是以发行地点为标准，还是以发行机关所在地为标准，或者以制造交子专用纸的地方为标准，抑或以交子印刷地为标准？如果标准不定，这个交子诞生地“官司”就没法打，永远也扯不清楚。

好，如果各位读者认可这些标准，在下就来说道说道。

交子又分“私交子”和“官交子”。所谓“私交子”就是最早由交子铺老板自己发行的交子；“官交子”就是由官方机构即益州交子务发行的交子。据专家们研究认为，成都的“私交子”最早可能出现在北宋太宗朝太平兴国年间，即 976—983 年。如果以发行地点为标准，最早的交子作为存款单，一定是在交子铺里完成发行的。客户存放铁钱，交子铺伙计填写存款单——交子，一手交钱，一手交票，这个交子就诞生了。因此，最早的“私交子”一定诞生在交子铺里。那么，交子铺一定是在繁华的商业街上。而现在的锦江区大慈寺一带是当时成都的繁华商业区，交子诞生在这里的交子铺是完全可能的。当然，当时成都城里的交子铺众多，散布在现成都市其他城区的交子铺也可能诞生交子。

如果以交子发行机关所在地作为交子的诞生地，那么，益州交子务设在现在成都哪个区范围内，就在哪个区，这当然是指“官交子”。问题又来了，益州交子务最早究竟设在今天的哪个区呢？它是不是同益州州府衙门在一起呢？从《成都通史》里一张宋代成都城区图上得知，当时的成都府和成都县衙门在城区偏西北，华阳县衙门则在城东南，大体在今天大慈寺南边。就是不知益州州府衙门在哪里。如果益州州府衙门是在今天的督院街一带，而且益州交子务跟它在一起，当然就属锦江区。如果是在城西北，则可能属今天的金牛区或青羊区了。

如果以印制交子专用纸生产地为标准的话，最早交子就应该诞生在今天的双流区。因为宋代成都府的广都，即今天的双流区生产的楮纸，就是印制交子最好的纸张。所以交子又被称为“楮币”。宋神宗熙宁年间（1068—1077 年），当时的益州交子务监官戴蒙奏请，由官府自行设立抄纸院，以防止私人伪造交子。从此，交子印制专用纸由政府垄断。但官方的抄纸院设在哪里？文中没说，但在成都南郊的可能性较大，那就有可能在今天的武侯区范围内。再后来，在“官交子”诞生近 170 年后，抄纸院才迁到城西净众寺旁。但必须说明的是，这时的纸币，已经不叫交子，而叫钱引了。因为在“官交子”诞生 83 年后，由于政府滥发纸币而造成严重的通货膨胀，就像后世国民政府在大陆垮台前的“金元券”“银元券”一样，交子差不多成了废纸一张，根本无法兑现，最后只好废除。而于 1107 年改为钱引，重新发行。而全国各府路范围内纸币钱引的发行，早在 1105 年就开始了。

如果以交子印制地作为交子诞生地标准，那么最早的交子印制地在成都南郊的可能性最大，因为从节约交子专用纸运输成本出发，不可能离抄纸坊太远。前面说过，当时生产质量最好的楮纸的抄纸坊都在广都，即今天的双流区境内。官方设置的抄纸院，也一定会挨着原来的交子印制坊。改成钱引后，正是为了避免钱引务监官私印钱引，才另设一名官员，负责管理抄纸院，并把其办公的官署，搬到了城西净众寺内。31 年后又把抄纸院也搬到了净众寺旁。这样，钱引印制和钱引专用纸生产，就从管理上和空间上都彻底分开了。

也许我们聪慧的读者通过上面的条分缕析已经看明白了，用不同的标准去判断，成都市锦江、金牛、武侯、青羊、成华、双流等区都有可能是交子的诞生地。说白了，我们美丽可爱、历史悠久的成都，就是世界最早纸币交子的诞生地。再说远一点，交子，既是我们伟大蜀商的发明创造，也是成都的名片，四川的名片，中国的名片！

实际上，在我们争论交子到底诞生在哪里的时候，一批具有大智慧的人士，正在低调地把交子暗暗揽入怀中。在城南，以交子命名的大道，以交子为名的酒店，以交子为文化内核的公园，以交子为题的博物馆，犹如雨后春笋般一个接一个破土而出。一个古朴与时尚结合、精致与优雅交融的交子艺术中心，正呼之欲出。我们还嗅到，交子文化大院散发出历史与寻根的气息；我们已看到，交子制造地闪耀着蜀商智慧的光芒；今年初，一家金融集团公司把自己的名字改成了交子；去年年中，四川宾吾谷集团将交子基金收入了自己麾下。交子，已日益成为四川、成都形形色色的著名品牌。

交子之春无疑悄悄来临。交子也正在开出越来越繁、越来越艳的艺术之花。继我的内江老乡“巴蜀鬼才”魏明伦老师吟出《交子赋》之后，在下拙作影视作品《交子》于两年前面世。而四川人民艺术剧院的罗鸿亮院长慧眼识珠，当即与笔者签约，要将《交子》改编成舞台剧，把交子的故事讲给世界人民听；川南某文化园区，则打算把《交子》改编成实景剧，今后在园里天天演出；四川某集团公司，正与笔者洽谈合作，打造《交子》影视作品。这些精心的采撷，正汇聚成一束束鲜花，准备献给即将到来的伟大交子 2024 年 4 月 1 日的千年诞辰。

老子说，上善若水，水善利万物而不争。交子是我们的，更是世界的。以这样的胸怀去认识交子，以这样的胸怀去利用交子，以这样的胸怀去光大交子，才是我们对伟大的蜀商，对伟大的交子应有的襟抱。

（作于 2019 年 5 月 29 日，当日刊于“封面新闻”）

成都商人发明的世界最早纸币交子为何能够领先欧洲600多年?

中国学术界已经确定，把成都商人发明世界最早纸币交子的诞生日，认定为1024年1月12日。也就是宋仁宗天圣元年十一月二十八日。那一天，垂帘听政的成都人刘太后宣布：置益州交子务。1024年4月1日，即天圣二年二月二十日，益州交子务发行了世界上最早的纸币交子125万多贯。

直到1661年，瑞典斯德哥尔摩银行，才发行了欧洲第一张信用纸币。它的出现，比中国的交子晚了600多年。

于是人们会提出一个问题，为何中国人发明的纸币交子可以领先欧洲和世界各国600多年?

实际上，在13世纪二三十年代，意大利人马可·波罗就来到中国，为元朝发达的纸币流通而惊叹。他在13世纪中叶写成的《马可·波罗游记》第95章中写道“大汗用树皮所造之纸币通行全国”，这是标题。文中还写道：“在此汗八里城中，有大汗之造币局”，“纸币之上，钤盖君主之印信。用此纸币在所买之地易取所欲之物，商人皆乐受之”。也就是说，纸币在 13 世纪就被马可·波罗介绍到了欧洲。但为什么欧洲人在 17 世纪才发行真正的信用纸币呢?

这个问题看起来很深奥，其实点穿了一点也不复杂。

翻开世界史，我们便明白了：第一，因为当时欧洲还没有发明印刷术，因而马可·波罗的书应该是手抄本，流传并不那么广泛，很可能没有受到金融专业人士的关注。当时欧洲国家的大家闺秀们都以拥有一个羊皮手抄本为荣。实际上，欧洲在 1395 年才发明雕版印刷。1450 年左右，德国人约翰·古登堡才在日尔曼的美因茨开办了西方的首家印刷厂。

第二，印刷纸币需要纸，而中国的造纸术传播到欧洲也很晚。

据史料记载，造纸术是唐朝时从中国首先传播到阿拉伯国家的。而且这次意外的传播竟然源于一场战争。

751 年，唐朝大将高仙芝西征，与阿拉伯（大食）人大战于怛罗斯。后来高仙芝战败，一部分将士和随军工匠成了阿拉伯人的俘虏，其中就有会造纸的技术人员。他们被阿拉伯人带回巴格达，造纸术由此传入阿拉伯帝国。

1150 年，阿拉伯人在西班牙的萨狄瓦，建立了欧洲第一个造纸场。从此以后，造纸术逐渐传播到欧洲其他国家。

1276 年，意大利的第一家造纸厂在蒙地法罗建成，生产麻纸。

法国于 1348 年在巴黎东南的特鲁瓦附近建立造纸厂。

而德国在 14 世纪才有了自己的造纸厂。

英国更晚，15 世纪才建成造纸厂。

而北欧的瑞典 1573 年才建立了最早的造纸厂，丹麦 1635 年开始造纸，挪威 1690 年建成造纸厂。

美洲大陆最早的造纸厂是墨西哥人于 1575 年建成的。而美国则是在独立前的1690年才在费城建立了第一家造纸厂。

到19世纪，中国人发明的造纸术终于传遍五洲各国。所以，当中国人拿着纸币上街轻便地买东西时，欧洲人还不知纸为何物。故而，直到中国清朝初年时欧洲人才在瑞典印出了第一张纸币。

总结起来，世界其他国家纸币诞生晚，根本的原因还是在于技术问题。纸币诞生的基础除了商贸的发达对金融革命的需要，从技术上讲，还必须要有先进的造纸术和印刷术作为支撑。印刷术和造纸术的落后应该是欧洲纸币应用晚的根源。

而正是北宋时成都的造纸业和印刷业都相当发达，在全国数一数二，才为交子的伟大诞生奠定了必需的技术基础。

（2024年1月12日发表于“封面新闻”）

明蜀献王朱椿见过真的张三丰吗?

这几天成都天气热，明蜀献王朱椿的话题更热。7月22日，《川报观察》发布了一条对成都市民很有诱惑的新闻，说是市中心明代蜀王宫遗址又有重大发现。这个朱椿，就是明蜀王宫的第一位主人。

还有一件事也讨论得很热闹，而且也跟朱椿有关，就是到底朱椿有没有在成都见过真正的张三丰？笔者近日在做一项研究时了解到，有一批文件，既有可能证实朱椿见过张三丰，也有可能证实朱椿见到的不是真的张三丰。

朱椿是明太祖朱元璋第十一子，他的母亲是滁阳王郭子兴之女郭惠妃。在他刚满7周岁时，朱元璋将他封为蜀王。他的口碑是极好的。史书称他“博综典籍，容止都雅”，连金口玉言的朱元璋都赞他是“蜀秀才”；他是文学青年，诗文皆善，留下文集十七卷；他尊学重教，自掏腰包，对学校的儒师给予优厚的待遇；他惠民不扰，让蜀地百姓安居乐业无灾祸；他律己甚严，喜欢题写各种警句来提醒自己；他大义灭亲，曾举报自己的亲兄弟谋反。反正上至皇帝，下至黎民，中至家人，无一不喜欢他，无一不点赞他。

张三丰乃是武当派始祖，侠之大者，打遍天下无敌手的张真人！他的事迹不用说了，熟读金庸的人太了解他了！在此只抄录几个皇帝对他的封号：元惠宗敕封“忠孝神仙”；明成祖敕封“犹龙六祖隐仙寓化虚微普度天尊”；明英宗赐号“通微显化真人”；明宪宗特封号为“韬光尚志真仙”；明世宗赠封他为“清虚元妙真君”；明熹宗封号“飞龙显化宏仁济世真君”。看看，皇帝们都认为，他就是活神仙！

关于张三丰，人民网文史频道曾于2012年2月14日，转载了《羊城晚报》署名王国华的文章《历史上的张三丰：神龙见首不见尾》。

文中说，综合各类史料，大致可以确定，张三丰名全一，又名玄玄、通一，出生于1247年或者1248年。出生地一说在今天的辽宁黑山县，一说在陕西宝鸡，还有的说在福建邵武市。

据称，其人长相不凡，大耳朵大眼睛，“龟形鹤骨”，络腮胡子像钢丝一样，头上梳了个抓髻，喜欢在手中拿一方尺。无论寒暑，只穿一件百衲衣，在大街上四处游逛，人送外号“张邋遢”。

文中说，朱元璋得天下之后，曾派人到武当山找张三丰，均不得见。有人说他可能去了山东青州的云门山洞窟中。朱元璋派去的人行色匆匆追到青州，根本没看到张三丰。

朱元璋没找到张三丰，他的儿子永乐皇帝朱棣接着找，并且下了死命令。但找了十几年还是没找到。得到的都是神话：说张三丰腾云驾雾到太上老君那里赴宴去了。

文中还说，据《古今太极拳谱及源流阐秘》的作者李师融考证，张三丰卒年应在明代天顺二年（1458年），其寿为212岁。当然，这是根据零星的文字记载推断的，很多人也认同这个说法。

该文于是做出几点推测：

其一，根本就没有张三丰这样一个人，是住在武当山的道士们虚构了这样一位长者，借用其传奇经历为自己撑腰打气；

其二，确实有张三丰这样一个人，但他在洪武初年刚名声大噪时就去世了，其信徒托词说他到外地云游，以此神化师傅；

其三，有人故意搅浑水，编造与其见面的经历混淆视听；有人冒充张三丰借用他的名字招摇撞骗；

其四，三四百年中，有好几个叫张三丰或名字跟“张三丰”发音相同的人出现过，都有文字记载，人们把这些人混同为一人，炮制出一个叫作张三丰的神仙。

笔者认为，上面的某些推测还是有相当的道理。但我坚信是有张三丰这个人的，否则也不会凭空生出这么多故事。

朱元璋没见到张三丰，朱棣没见到张三丰，但现在有证据认为，朱元璋的儿子、朱棣的兄弟蜀王朱椿见过，而且是在成都见到的！

这个观点颇为惊世骇俗！

据《明史》记载，张三丰出生于南宋淳佑七年（1247 年）四月初九。也就是说，张三丰要比朱椿大 124 岁！朱椿 19 岁时才正式入蜀就藩。也就是说，蜀王朱椿在成都见张三丰时，张三丰也有 140 多岁了！这可能吗？

我真不敢相信。

不管我相信不相信，但证据来了。

由胡开全主编的《明蜀王文集五种》（巴蜀出版社 2018 年出版）中，有明蜀献王朱椿的文集《献园睿制集》。这是蜀献王朱椿的曾孙，明蜀怀王朱申鈘命教授叶著编辑的，于成化二年（1466 年）刊印，共十七卷。《献园睿制集》卷五中有一篇文章，题为《张丰仙像赞》，全文如下：

若有人兮出世，匪常曩自中土，移居朔方。奇骨森立，美髯戟张，距重阳其未远，步虚靖之遗芳，飘飘乎神仙之气，皎皎乎冰雪之肠。爰寻师而问道，岁月亦云其遑遑，既受诀于散圣，复续派于瓜王。全弌真之妙理，契未判之纯阳。南游闽楚，东略扶桑，历诸天之洞府，参化人而翱翔。曰儒、曰释、曰老、曰庄，皆潜通其奥旨，乃怀玉而中藏。长绦短褐，至于吾邦，吾不知其甲子之几何，但见其毛发之苍苍。盖久从游于赤松之徒，而类于圯上之子房也。

像赞，指为人物画像或人的相貌所作的赞词。由此可见，蜀献王朱椿与张三丰张真人在蜀中见过面，并写下了这一篇《张丰仙像赞》。

此文简洁优美，颇有《洛神赋》的味道。可见朱椿的文学功底不浅。那么，此文究竟是对张三丰的画像而作的赞词，还是见过张三丰以后，对张三丰相貌所作的赞词呢？“长绦短褐，至于吾邦，吾不知其甲子之几何，但见其毛发之苍苍。”从这几句看，应该是亲自见到了，只是没有问张三丰高龄几何。对神仙一样的人问其年岁，恐怕是愚蠢的，想来蜀王朱椿自然明白这个道理。但“吾不知其甲子之几何”，请注意，作者是以“甲子”来作为张神仙的年龄单位，而不是普通的岁月，说明作者也知道，张三丰已经活了几个甲子了！

据《献园睿制集》所载，朱椿后来还给张三丰写过5封书信，统编为《与全弌老仙书》。写信时间为洪武二十七年（1394年）七月二十七日，洪武二十八年（1395年）八月二十八日，同年十月二十四日，后两封未具时间，想来时间接近。从信中得知，朱椿不但见过张三丰，还同他相处了半年之久。按时间推算，见面的时间大约在洪武二十六年（1393 年）七月。约半年后，张仙说是要去道教圣地鹤鸣山，并表示要采药制剂献给蜀王，二人约定秋天再相见。但这位张仙一去便杳如黄鹤，到了秋天仍然音信全无。朱椿怅然之下写信问候，遥寄思念之情，并请张仙尽快回来。送信的人到了鹤鸣山，但并没有见到张三丰，只好留下书信。后来朱椿在一年多里又陆续写了 4 封信，仍然没有半点回音。信中还透露，虽然朱椿与这位张仙相处半年，但张仙却深沉得很，不怎么说话，对于长生之术几乎不肯泄露一点风声。

通过上述这些资料我们可以作如下猜测和推断：

一、蜀王朱椿确实在成都、在蜀王府见到过一个像张三丰的道人；

二、蜀王朱椿本人相信他见到的就是张三丰张神仙，并对其恭敬有加，还相处了半载；

三、蜀王朱椿见到的是真的张三丰，《张丰仙像赞》确实是蜀王朱椿见过张三丰以后写的。这就说明，张三丰不仅确有其人，他还活了 140 多岁！这个年龄，也差不多真是神仙了！说得更具体点，朱椿洪武二十七年（1394 年）还在跟张三丰写书信，说明张神仙至少活了 147 岁！

四、蜀王朱椿见到的“张丰仙”不是张三丰，只是像张三丰，因为当时谁也没有见过真正的张三丰，都是依据前人的记载和传说而想象。这个人一定也是一个仙风道骨的高人。那此人又姓甚名谁，到底是干吗的呢？

五、朱椿所见到的根本就是个骗子。试想如果是真的张三丰，朱元璋找过他，朱棣找过他，他都不肯见，为何却要主动来见这个当时年仅22岁的蜀王？既然见了，为何又不肯吐露半点玄妙？走了为何不肯践约再见面？如果他是假的，这一切就可以说得通了。他在蜀王府里当贵宾，混吃混喝达半载，又说不出什么真东西，最终怕暴露真相，只好一走了之，再不回来。

看来，朱椿是否见过真正的张三丰这事儿还是一桩悬案。《献园睿制集》里的证据，既可以证实，也可以证虚。张三丰确实神，如前文所说，神龙见首不见尾。但不管怎样，关于张真人、张神仙、张泰斗，总算是又多了一个说法。

（2019年7月29日刊于“封面新闻”）

飞鸿雪泥何由来?

“人生到处知何似，应似飞鸿踏雪泥。泥上偶然留指爪，鸿飞那复计东西。老僧已死成新塔，坏壁无由见旧题。往日崎岖还记否，路长人困蹇驴嘶。”东坡先生这首诗被公认为是诗人青年时代的佳作之一，直到现在，依然为许多朋友所钟爱而吟咏不已。尤其是前四句，更是人们耳熟能详的名句。不过，这“飞鸿雪泥”诗有怎样的来历，背后有什么样的故事，可能有些朋友便知之不详了。

光读这首诗，容易使人以为东坡先生写诗时已经是成熟的中年或睿智的老年。因为这诗中的哲理似乎不应该是年轻人悟就的。然而，以天才苏轼的博学、敏感、睿思及早熟，刚 24 岁的他，吟出这样惊天动地的人生感悟却是理所当然的。

其实我们能读到东坡先生这首年轻时的名诗，应该万分感谢东坡先生的兄弟苏辙，苏子由。是他先写了一首“雪泥”诗，东坡先生才唱和的，倘若没有子由的诗，也就没有子瞻这首伟大的和诗华诞。子由的“雪泥”诗题为《怀渑池寄子瞻兄》：

相携话别郑原上，共道长途怕雪泥。归骑还寻大梁陌，行人已度古崤西。曾为县吏民知否？旧宿僧房壁共题。遥想独游佳味少，无方骓马但鸣嘶。

收到子由兄弟的诗作之后，东坡先生马上就和了这首飞鸿雪泥诗，题为《和子由渑池怀旧》。

这似乎便是本文开头时提的问题的答案，但事实上，这答案远远不够完善，更不能说完美。子由为何要写这首怀旧诗呢？兄弟俩曾经共同经历了怎样的崎岖和坎坷？这龙门阵还得从头说起。

别看东坡先生一生中当官最高做到礼部尚书，兄弟苏辙曾经做到参知政事，即副宰相，但他们总的来说，并非官运亨通之人，甚至可以说有时还相当背运。

苏轼和兄弟苏辙同榜于 1057 年 4 月高中进士，一个 20 岁，一个 18 岁，可谓少年得志。可是，他们真正获得第一个官职，却是在 4 年半以后了。这却是为何？说来令人叹息。就在苏轼兄弟高中那一天——1057 年 4 月 8 日，他们的母亲程夫人在眉山老家病逝，享年仅 48 岁。精心抚育、教养苏轼两兄弟的母亲，没能听到他们高中的佳讯便与他们永诀了，这不能不说是他们人生中的天大憾事。按照当时朝廷的规定，苏轼兄弟必须回到眉山原籍为母亲守丧 3 年。因此，到服孝期满，从 1059 年 10 月自乐山大佛脚下出发，苏洵携苏轼兄弟及他们的夫人，苏轼的长子苏迈，还有苏轼的乳娘任采莲，苏辙的乳娘杨金婵，从水路出三峡，再改行陆路抵达开封，此时已经是 1060 年 2 月。

苏洵用积蓄在东京开封买了一座住宅，地处内城之中，宜秋门附近，皇宫的西南，故称为南园。这座带花园的住宅远离大街和闹市，安静雅致，四周环绕着高大的槐树和古柳。苏家的新宅有半亩之大，也就是说占地 300 多平方米，放在当今来看，也应当算豪宅了。但苏家除第三代苏迈还是幼儿外，有三个大男人，四个大女人，也不算特别宽敞。当然，能够在寸土寸金的开封城中心地带买这么一座住宅，说明苏家的家底还是很厚实的。这不能不归功于善于经商赚钱的苏轼兄弟之母程夫人。

在等待任职的一年多里，苏轼兄弟又参加了两次跻身“公务员”的考试。一次是京都部务考试，两人自然轻松通过。另一次就厉害了，那便是三年一次的直言极谏制科考试，要求考生毫无顾忌地对国家大事提出自己的高见、建议。这样的考试正中苏轼兄弟下怀，因为他们在父亲的教导下，最善于讨论国家大事。兄弟俩不但一举通过，苏轼还被宋仁宗朱笔一挥，亲自点为第三等。这样的等级在大宋一直空缺，由此苏轼被称为“百年第一人”。欣喜不已的宋仁宗有意把才高八斗的苏轼留在身边的馆阁里，以便随时可以召见晤对。可当时的宰相韩琦却有点酸溜溜地说，苏轼这么年轻，最好还是先到基层锻炼。善于纳谏的仁宗一想也对，便于嘉祐六年（1061 年）的初冬，任命苏轼为八品大理评事，实职为签书凤翔府判官，这是一个从八品官职。分管司法，还要负责起草知府交办的种种文件，而且有权同知府联署奏折公文。

而苏辙则被任命为商州军事推官。这时，他们的父亲苏洵经欧阳修等大臣的屡次推荐，1060 年 8 月 8 日被任命为试秘书省校书郎，到 1061 年 7 月又授霸州文安县主簿一职，并以此身份领取一份工资。具体的工作是与陈州项城县令姚辟一起，编纂宋太祖建隆以来的礼书，叫《太常因革礼》。既然父亲在京都编书，而兄长又必须去陕西凤翔府赴任，苏辙只能谢绝任命，与夫人在开封奉养父亲。

兄弟二人平生第一次分手的日子终于到了。那是在 1061 年 11

月 19 日，仲冬的开封天气阴沉，北风呼啸。苏辙骑着一匹瘦马，送兄嫂及其幼子西行，踏上去往凤翔任上的旅途。天刚下过雪，雪和泥水混合在一起，道路颇为泥泞。苏辙担心兄嫂在这长途之中，会为雪泥所困扰，心情也比较低沉。正是踏着这湿滑的雪泥，苏辙一直把兄嫂一家送到郑州西门之外的原上，方才挥泪告别。苏轼回望着弟弟子由骑着瘦马返程，晃晃悠悠、忽高忽低的身影，不由得也生出离别愁绪，十分伤感，在马上即刻赋诗一首。他到凤翔上任后便立马把这首诗寄给子由，诗中描写了兄弟俩分别之时的情景："登高回首坡陇隔，惟见乌帽出复没。苦寒念尔衣裘薄，独骑瘦马踏残月。"关切之情溢于诗中。

子由收到哥哥的诗后，便写了这首怀旧诗《怀渑池寄子瞻兄》。渑池今天是河南三门峡市下辖县，历史上相当有名气。著名的秦赵会盟就在这里举行。当时，赵国上大夫蔺相如陪着赵惠文王与秦昭襄王在城外的渑池会盟，他以自己的胆识和智慧，屈服了秦王，让强秦没占到任何便宜，最终实现两国间的休战和平。蔺相如也因此名垂青史。同样是这个渑池，也留下了苏轼兄弟二人深深的足迹。那是在 1056 年 5 月，苏轼兄弟二人随父亲赴京都开封应考时，经过渑池县。兄弟二人骑着瘦弱跛脚的毛驴，似乎不堪重负的毛驴不时发出悲哀的嘶鸣。他们一行跋涉在崎岖的山路上，历经艰辛才抵达渑池。当晚，他们在县城一座寺院里借宿，兄弟俩还在老僧奉闲的墙壁上题诗留念。子由知道，兄长此次赴凤翔上任，一定会从渑池经过，也一定会去他们曾经去过的那座寺院。于是，他想念兄长，记挂兄嫂一家在雪泥里跋涉的艰辛，也思念他们曾经去过的渑池和寺院，还有那位曾殷情接待过他们的老和尚奉闲。

苏轼收到子由的《怀渑池寄子瞻兄》一诗，心中大为感动。

他觉得与子由真是心有灵犀。他在去凤翔上任的路上，果然专门去了渑池城里那座寺院。然而，才 4 年多时间，已物非人非。那位接待过他们的老僧奉闲已经圆寂，寺里为他修建了新塔；兄弟俩题诗的墙壁，也已经倾颓，了无踪影。于是，苏轼百感交集之下，挥笔写下了《和子由渑池怀旧》这首天才诗作。

苏辙原诗的基调一是念兄，二是怀旧，三是抒发自己送兄归途的寂寞。同时也发出了对人生中一些偶然事件的感慨。

可能令子由没有想到的是，他的“雪泥”诗引起了兄长上天入地般的遐思。苏轼站在人生的高度，由雪泥联想到飞鸿，由飞鸿联想到心灵，联想到理想抱负，联想到事业功名。于是，年仅 24 岁的他，对人生第一次发表了宏大妙论：人生并非完全由自己掌控，前途充满了许许多多的不可知。就像飞鸿一样偶然会在某处留下痕迹，但无论它飞向哪里，它生活的目的都不会更改，它的理想都会坚定不移。也就是说，作为一个有抱负的人，报国、为民，无问东西。只要在一处，在一个岗位，就要尽心竭力。这一点，东坡先生无疑在后来践行得特别好。他为官一方，造福一方，爱民一方，为民一方。在杭州改造西湖，改善民生；在徐州抗洪抢险，救民危难；在密州还想着上阵杀敌，“西北望，射天狼”。他在朝廷任中书舍人、翰林学士、知制诰时，向皇帝进谏，献上自己的治国之策。他才真正是不论在庙堂还是在江湖，都忧国忧民，为国为民。东坡先生还在诗中进一步抒发道，也许人生有许多无奈，但人的心灵犹如飞鸿，可以自由自在地展翅翱翔；无论世间有多少曲折，人都可以初心不改，无计东西。豁达，乐观，积极，向上，年轻的苏轼，已经开始具备这样的人生观。

在诗的下半部分，子瞻也告诉子由，他去到了渑池县城曾经留宿的寺院，可惜当年接待过他们的老僧奉闲已经去世，寺里为他修造了新塔；当年他们题诗的墙壁已经毁损，不见了踪影。子瞻还忆起，当年他们骑着跛足的瘦驴，行走在崎岖山路上的情景，耳畔似乎还听得到毛驴悲苦的嘶鸣声。

此文写到最后，我们有理由再一次感谢苏辙。他寄给兄长的诗，东坡先生都作了和诗，并且由此产生了无数佳作。从《苏东坡全集》读来，子瞻和子由的诗数以百计，《和子由踏青》《和子由蚕市》都是怀念蜀中故乡风俗之作；而仅仅描写开封新家花园里的花草，东坡先生就和了子由 11 首诗。当然，东坡先生寄子由的诗词也非常多，那首著名的《水调歌头·中秋》，就是先生因想念弟弟子由而作。“但愿人长久，千里共婵娟”的名句，原是为子由而发的祈盼。而如今，它已成为普天下人们中秋佳节对亲朋好友的美好祝愿。

（作于 2020 年 9 月 26 日，27 日刊于“封面新闻”）

东坡先生另一首中秋词

东坡先生的《水调歌头·明月几时有》大家都耳熟能详：

明月几时有，把酒问青天。不知天上宫阙，今夕是何年？我欲乘风归去，又恐琼楼玉宇，高处不胜寒。起舞弄清影，何似在人间！

转朱阁，低绮户，照无眠。不应有恨，何事长向别时圆？人有悲欢离合，月有阴晴圆缺，此事古难全。但愿人长久，千里共婵娟。

每年中秋，这首词中的“但愿人长久，千里共婵娟”，几乎都是当今人们问候、祝愿亲朋必引的名句。这首词是宋神宗熙宁九年（1076年）中秋苏轼在密州时所作。那时，他与弟弟苏辙已经7年没有见面了。这年中秋，他怀念弟弟，感叹人生，在酒后一挥而就，写下这千古绝唱。

差不多10年以后，东坡先生在黄州又写了一首《念奴娇·中秋》，这首词是这样写的：

凭高眺远，见万里长空，云无留迹。桂魄飞来光射处，冷浸一天秋碧。玉宇琼楼，乘鸾来去，人在清凉国。江山如画，望中烟树历历。

我醉拍手狂歌，举杯邀月，对影成三客。起舞徘徊风露下，今夕不知何夕。便欲乘风，翻然归去，何用骑鹏翼。水晶宫里，一声吹断横笛。

从这首词中，可以看出，里面既有“大江东去”中的“江山如画”，也有“明月几时有”里的“琼楼玉宇”；既有李白的“举杯邀月”，也有自己的“乘风归去”；既有崔颢的“历历树”，也有陆龟蒙的“清凉国”。此词用典众多，借句繁复，最终成为抒发自己感情，向往那个冰清玉洁世界的又一佳作。

以在下的陋见，曾经认为这首中秋词远较前一首逊色。觉得借典太多，甚至用自己写过的句子过多，感觉怎么成了“杂拌”，感觉怎么不似“何事长向别时圆”那么主题鲜明。其实，真正了解此词背后的故事，才渐渐明白东坡先生苦吟此词的深意。

苏轼当时被贬谪至黄州，充团练副使。他被命令不得离开当地，没有签署文件的权力——总之，他是被监管的对象，官职只不过是领一份薪水养家的依据。显然，他此时的收入让全家的生活捉襟见肘。于是他在黄州城东不远的东坡之上，自己开垦耕种十来亩田土，种稻种桑种菜，甚至种上果树，过上地道的农夫生活。他在那里盖了五间屋，号为雪堂。他自比陶渊明，甚至认为自己是陶渊明转世，并自号东坡居士。这个大文豪，便又有了一个美名。而且后世之人都特别喜欢叫他苏东坡，也许这样叫更为亲切吧！他还自己下厨，以简陋的食材，创造了东坡肉、东坡汤等佳肴，为后人留下了经典的美食。

可是，你千万不要以为他过得很惬意。他毕竟不是真正的农夫，这并不是他真正想要的生活。他在乌台诗案中死里逃生，被贬谪黄州已经是万幸。他这个案子连累了驸马王诜，被革去一切官爵；好友王巩被流放到西北；弟弟苏辙被贬谪到筠州任酒监，距黄州约160里。另18位朋友司马光、范镇、张方平等被罚了红铜20斤、30斤不等。

可以说，苏轼是背负着沉重的压力来到黄州的。他的心情是苦闷的，他的生活是压抑的，他的精神是疲惫的。尽管当地的知州很厚待他，常常请他宴饮；甚至长江对岸的官员都仰慕他，常请他过江赴宴，但他自己的痛苦还是只有自己消化。他的苦闷一方面通过当农夫的劳作去散发；一方面通过交友、宴饮去释放；更重要、更主要的一方面是通过诗词、文章的创作去挥发。

就是在这种身处江湖，远离庙堂，空有报国为民之心，却无报国为民之门的郁闷之下，伟大的东坡先生在又一个中秋之夜，把一双智慧的明眸，射向了太空。他仰望着那一轮明月，想象着天上宫阙的美丽、清新、清凉、纯洁，那里没有争斗，没有诽谤，没有尔虞我诈，没有钩心斗角，没有“小报告”，没有文字狱。有的只是琼楼玉宇，江山如画，烟树历历。他趁着酒意，举杯邀月，伴着自己的影子，狂歌飞舞；他想象着腾飞的感觉，向着冰清玉洁的月宫乘风而起，无须鹏翼，自己便能生出双翅，直上云霄。

处浊世而向往清凉仙境；陷绝境而不坠青云之志。也就是在黄州，东坡先生留下了“大江东去”的豪放，前后《赤壁赋》的旷达，《记承天寺夜游》的闲适，天下第三行书《黄州寒食帖》的奇崛。江山如画，气象万千，让诗人放下小我的哀怨和屈辱，豪气如虹，诗兴泉涌，文思飞迸，挥动巨笔写下这些流传千古的伟大作品。

而更让我辈感动的，是东坡先生在人生的低潮期依然保持着宽广的胸襟，坚定的信念，报国的宏愿，爱民的情怀。他在黄州的乐观向上和坚韧不拔，以及产生黄钟大吕般鸣响的丰富创作，为他政治上的再一次崛起，并抵达一生中政治地位的巅峰，奠定了坚实的基础。

（作于 2020 年 10 月 3 日，10 月 10 日刊于“封面新闻”）

东坡诗捧蜡梅俏

2021 年除夕将近，屋顶花园里那丛蜡梅的叶子已经在瑟瑟寒风中抖落一大半了。一根根铁色的枝条，如戈似戟，直指天空，枝条上一朵朵淡黄色的蜡梅花凌寒怒放，吐露幽香。仔细观察，一些全开，一些半开，还有刚鼓起的一颗颗蓓蕾。它们像陆续登场的演员，正在或即将展现自己绝美的风姿。

看到这场景，心中若有所动，便想为这蜡梅写点什么。在搜索资料时，竟然发现自己几十年来犯了一个常识性错误。原来这蜡梅和梅花并非一家人，或者说蜡梅根本就不姓“梅”！从植物分类学上讲，蜡梅是蜡梅科蜡梅属；而梅花则是蔷薇科杏属。二者八竿子打不着！

惭愧呀，惭愧，由于我植物知识的浅薄，孤陋寡闻，一直误读了蜡梅，把它归到了“梅家”。

脑子有点儿蒙，慢慢来，我得好好捋捋，这错到底出在哪里。

望文生义，当然是这个“梅”字误导了我。仔细想想，从古到今，这名字不知误导了多少人。蜡梅又名金梅、腊梅，在宋代以前更流行的名字叫黄梅。大概是古人见色起意，看它跟梅的花期相近，便以为它是梅花的一种，遂把它称为黄梅。黄梅原生于中国，几千年来似乎毫不起眼，寂寂无名，宋代以前不入诗人法眼，几乎没有人吟咏它。深入追究一番，又有重大收获，原来黄梅能够出人头地，名声大振，其实还得感谢咱们的老乡苏轼东坡先生，正是这位大文豪命名了蜡梅，第一个写下了赞美蜡梅的佳作。

宋代的诗人们都酷爱梅。林逋便是最为著名的一个，爱得来把梅当作老婆，有“梅妻鹤子”之称。他咏梅的诗句“疏影横斜水清浅，暗香浮动月黄昏”，被认为是写出了梅之灵魂的万古名句。王安石爱梅，追慕梅之品格，以梅高洁，孤傲不群为榜样：“墙角数枝梅，凌寒独自开。遥知不是雪，为有暗香来。”

东坡先生也酷爱梅，咏梅诗写了几十首。仅元祐六年（1091 年）和杨公济梅花诗，就一口气写了 20 首七绝。不过，以前他可能并没有赏过黄梅，因此并无吟咏黄梅的诗。究竟东坡先生是如何发现并把黄梅命名为蜡梅，并且首先题诗让蜡梅名满天下的，笔者也没找到确切的记载。不过，根据东坡先生的生活轨迹相关资料，我们还是可以大致勾勒还原这样一个场景。

元祐六年（1091 年）八月，东坡先生再次贬官出京都，来到颍州任知州。颍州就是今天的安徽阜阳市颍州区。这里山清水秀，景色优美，一片西湖，风光如画，堪与杭州西湖媲美。几经起落，豁达的东坡先生已视升降贵贱如浮云。他在美丽的颍州与民共建设，与民同忧乐。有职有权，还有“粉丝”簇拥，东坡先生政务之暇吟诗填词，过得怡然自得。

这年冬天，黄庭坚来颍州看望东坡先生。东坡先生自然乐尽地主之谊。他与黄山谷结伴而游，来到颍州郊外万松岭，当晚夜宿一家寺院。到了半夜，一阵花香袭来，竟然让东坡先生梦中生景。

他寻觅芳香来影去踪，到了一片梅林。原来这幽幽花香便是这梅花吐蕊，漫溢而至。

清晨醒来，东坡先生才知是南柯一梦。而花香似乎还在禅房氤氲。东坡遂将梦境告诉山谷。山谷大喜，说：“不如让长老带我们前去寻寻芳踪如何？”东坡道：“这个主意甚好！”

正好住持前来问早安。东坡又把自己的夜梦告诉了住持。住持捻须笑道：“善哉善哉！先生果然聪敏，寺院后山正有一片黄梅，刚刚开放，没承想这幽香竟然入了先生清梦！”早膳后，东坡与山谷在住持的带领下来到后山，只见一丛丛两人多高的黄梅铁干戟枝，枝头花朵有的怒放，有的半开，有的蓓蕾初绽，甜蜜而浓烈的花香四溢，在整个山头荡漾。东坡大喜道：“没想到这黄梅竟然如此美妙，花香蜜甜，清幽扑鼻。不过前人见色起意，叫它黄梅实在俗气了些，我看它色如蜜蜡，花若蜡捻，仿佛出自美人之手，不如叫它蜡梅如何？”山谷听了，拊掌叫好：“妙妙妙，就叫蜡梅！”东坡又道：“为了让这个名字流传下去，我得吟诗一首以记之！”住持大喜，回到禅房，立马命小僧磨墨铺纸。于是，东坡先生兴致勃勃地挥毫写下《蜡梅一首赠赵景贶》：

天工点酥作梅花，此有蜡梅禅老家。
蜜蜂采花作黄蜡，取蜡为花亦其物。
天工变化谁得知，我亦儿嬉作小诗。
君不见万松岭上黄千叶，玉蕊檀心两奇绝。
醉中不觉度千山，夜闻梅香失醉眠。
归来却梦寻花去，梦里花仙觅奇句。
此间风物属诗人，我老不饮当付君。
君行适吴我适越，笑指西湖作衣钵。

东坡先生在诗中不仅描述了梦中追寻蜡梅的奇特经历，还鉴赏出了当时蜡梅中的极品玉蕊和檀心。这两品可能就是当今的素心蜡梅和檀香蜡梅。

这诗所赠之人赵景贶乃是宋太祖第八子赵元俨的后代，资格的皇亲国戚，当时在颍州任东坡先生的幕僚。他比东坡先生小十几岁，对东坡尊重仰慕得很，二人常有诗歌互赠并唱和。

东坡先生开了头，山谷先生当然也不能落后。他在《从张仲谋乞蜡梅》诗中吟道：

闻君寺后野梅发，香蜜染成宫样黄。
不拟折来遮老眼，欲知春色到池塘。

山谷先生还写了《戏咏蜡梅二首》，其一曰：

金蓓锁春寒，恼人香未展。
虽无桃李颜，风味极不浅。

这名人效应真是不得了。东坡先生咏蜡梅诗迅速广为流传。不少诗人起而和之。其中一位名气甚大，名叫陈师道。他读了东坡蜡梅诗，激动不已，立马和了一首《次韵苏公蜡梅》：

化人巧作襄样花，何年落子空王家。
羽衣霓袖涴香蜡，从此人间识尤物。
青琐诸郎却未知，天公下取仙翁诗。
乌丸鸡距写玉叶，却怪寒花未清绝。
北风驱雪度关山，把烛看花夜不眠。
明朝诗成公亦去，长使梅仙诵佳句。

湖山信美更须人，已觉西湖属此君。
坐想明年吴与越，行酒赋诗听击钵。

陈师道，字履常，号后山居士，小东坡先生16岁，乃“苏门六君子”之一，江西诗派重要成员。他是东坡先生的学生和“铁粉”。东坡先生对他非常欣赏，于元祐初年向朝廷推荐其诗文才干，其被起用为徐州教授，后历任太学博士、颍州教授、秘书省正字。陈师道在诗中描述了东坡先生创作蜡梅诗的神奇经过，把先生赞为“仙翁”。

到了南宋，著名诗人杨万里读了东坡先生和陈师道的蜡梅诗，赞赏之余既为他们的诗倾倒，也为蜡梅的风姿折腰。他按捺不住内心的激情，写了多首蜡梅诗，尤其是他的《次东坡先生蜡梅韵》，为蜡梅的声名鹊起再添一把火：

梅花已自不是花，永魂谪堕玉皇家。
小不餐火更餐蜡，化作黄姑瞒造物。
后山未觉坡先知，东坡勾引后山诗。
金花劝饮金荷叶，两公醉吟许孤绝。
人间姚魏漫如山，令人眼睛只欲眠。
此花寒香来又去，恼损诗人难觅句。
月兼花影恰三人，欠个文同作墨君。
吾诗无复古清越，万水千山一瓶钵。

与杨万里差不多同时的南宋高宗时状元王十朋，自号梅溪，今浙江乐清人。他既是东坡先生的“铁粉”，也是一个“梅痴”。他在苏、黄的影响下，对蜡梅更是情有独钟，他不仅为蜡梅一咏再咏，而且专门作词一首，把苏黄命名蜡梅，将蜡梅风姿、标格在天下广为传扬的行为大加颂扬，美赞之语跃然纸上：

蜡换梅姿，天然香韵初非俗。蝶驰蜂逐。蜜在花梢熟。岩壑深藏，几载甘幽独。因坡谷。一标题目，高价掀兰菊。

正所谓景以文名，花以人贵。有王勃的《滕王阁序》方有滕王阁的名满天下；有范仲淹的《岳阳楼记》才有岳阳楼的名冠江南；有欧阳修的《醉翁亭记》才有醉翁亭的名垂青史；有陶渊明的爱菊之好，才有菊的高贵身份；有周敦颐的《爱莲说》，才有莲的高洁形象。名人名文名诗，果真是催生名景名花的大手笔。

正是以东坡先生为首的一大批著名文人士大夫对蜡梅的吟咏传播，蜡梅在北宋晚期以后，名满天下，迅速成为当时人们心中的“网红”，被列为名贵花木。甚至像王十朋说的那样，蜡梅声誉甚至盖过兰和菊。

明嘉靖时进士王世懋在《学圃余疏》一书中说：“考蜡梅原为黄梅。故王安国熙宁间尚咏黄梅。至元祐间，苏黄命为蜡梅。”这一说法直接肯定了东坡先生和山谷先生命名蜡梅的事实。

不过，东坡先生和山谷先生等并不是植物专家，他们虽然炒红了蜡梅，可是也没有搞清楚蜡梅是不是姓梅。估计他们也认为蜡梅只是梅中珍贵一品。

最先弄清楚蜡梅身世的人是南宋名臣、著名诗人范成大。他于淳熙元年（1174 年）十月，始任四川置制使兼成都知府。作为四川的军政首脑之一，他十分喜欢成都，写了不少关于成都的诗。其中一首云：“新街如拭过鸣驺，芍药酴醾竞满头。十里珠帘都卷上，少城风物似扬州。”他在诗里直接把成都比作扬州。后来他官居参知政事，即副宰相。范成大晚年隐居石湖，在范村种梅、赏梅、研究梅，写成《范村梅谱》一书，这是我国最早的梅花专著。他在书中记述了江梅、早梅、官城梅、消梅、古梅、重叶梅、绿萼梅、百叶梅、红梅、鸳鸯梅、杏梅、蜡梅12品，描述了它们的形状、花色，品评了它们的观赏价值等。范成大把蜡梅放在最后一个，并且明确地指出：蜡梅，本非梅类，以其与梅同时，香又相近，色酷似蜜蜡，故名蜡梅。他还说，蜡梅有三种，其中檀香梅色深黄如紫檀，花密香浓，此品最佳。也许有人会提出疑问，他既然认为蜡梅非梅，为何要把蜡梅写进梅谱？估计他是想附在最后，让人们增长知识，广博见闻吧！毕竟那时还没有什么植物分类学。真正把动植物按界、门、纲、目、属、种分类，是从18世纪中叶瑞典人林奈创立物种分类法后开始的。

到了明代，著名的“药圣”李时珍肯定了范成大的研究成果。他在《本草纲目》中的记载基本采纳了范的说法：蜡梅，释名黄梅花，此物非梅类，因其与梅同时，香又相近，色似蜜蜡，故得此名。他也说，当时蜡梅有三种，檀香梅为第一，花密而香浓，色深黄。

不仅古人欣赏蜡梅，在当代，人们对蜡梅也是情有独钟，它在腊月里常常是不少人家里的首选插花。蜡梅著名的品种主要有素心蜡梅，大花素心蜡梅，磬口蜡梅，小花蜡梅等。

蜡梅凌寒而绽，高洁空灵，不仅馨香优雅，而且有美好的寓意。它的花语是：澄澈的心，慈爱的心，高尚的心。它象征忠实、独立、坚毅、刚强、坚贞。难怪人们喜欢它，吟咏它。不过，我们在欣赏蜡梅之时，也别忘记东坡先生等先贤命名蜡梅并广为传播的巨大贡献哦！

（作于2022年1月24日，刊于当日“封面新闻”）

《岳阳楼记》和《偃虹堤记》是炒作稿？

——靠名人朋友两篇文章翻身的滕子京

北宋时有个官员叫滕宗谅，字子京。他官不大，知州而已；他政不显，一州而已。他本来是个被皇帝贬谪，流放到穷乡僻壤接受改造，戴罪立功的人，却因两位名人加哥们儿的两篇文章咸鱼翻身，受到重用，一跃成为苏州知州，成了“天堂”的最高长官。

他的两位好朋友是何等样人？不说不知道，说出来惊人一大跳：第一位便是名冠两宋的范仲淹！第二位则是诗文绝代的欧阳修！

这两篇文章为何有如此威力，竟能帮滕子京一举翻身腾达？说出来同样惊人：一篇便是范仲淹流传千古的《岳阳楼记》，“先天下之忧而忧，后天下之乐而乐”的名句就出自此雄文；一篇是欧阳修不太知名的《偃虹堤记》，虽然没有什么让人记得住的名句，但其“核当量”依然不容小觑。

《岳阳楼记》写于庆历六年（1046 年）九月。当时的范仲淹虽然已经被贬任邓州知州，但他作为“庆历新政”改革派的领袖，原参知政事（副宰相），其政治影响依然巨大。他的文章也是天下共仰，独步一时，为众多官员和士子所崇拜和倾慕。连当政的大宋仁宗皇帝也钦佩不已。否则，仁宗皇帝也不会在庆历三年（1043年）以范仲淹的十条上疏为改革蓝本，让范仲淹领衔“庆历新政”了。他的《岳阳楼记》一出来，滕子京派人广为传抄散发是绝对的。而且那时东京开封除了朝廷的官方邸报外，早就有民间小报了。像范仲淹这样的文章必定在邸报和民间小报上热门刊登，洛阳纸贵，传遍大宋。

至于欧阳修，那时也是红得发紫。他曾身为谏院主力，高级言官，腰挎宝剑，手持利刃，可风闻奏事，上至宰相，下到县官，他随时可以弹劾；他又是推行“庆历新政”的骨干成员，范仲淹的忠实支持者；他还是新诗文运动的领袖人物，其《朋党论》等文章震惊朝堂，名扬天下。作《偃虹堤记》时欧阳修虽然已经贬任滁州知州，也就是他写《醉翁亭记》那个时候，但其名声与影响依然是巨大的。因此，他写的文章也必定传抄天下。

范、欧二人的大作想必宋仁宗都读了，而且估计反复读了。两人在文章里对滕子京的评价真是太高了。你看，范仲淹说他有古仁者之风，被贬了官，到地方不但不消沉、不放浪、不怨天、不尤人，反而先天下之忧而忧，后天下之乐而乐，为官一任，造福一方，政绩显著，百废俱兴；而欧阳修说他才高志大，名闻当世，曾经在抗敌保国的危难之际，为大宋立下汗马功劳，而在蒙受冤屈，壮志未酬，贬任一州时，又把全部心思放在建设惠民工程上，终于一展宏图，建树巨大。你说，像滕子京这样不计较个人得失，不讲求名利地位的爱民官不提拔、不重用，岂能说得过去？岂不冷了整个大宋好官良吏的心？所以，在范、欧的文章发表几个月后的庆历七年（1047年），睿智的仁宗皇帝就把滕子京先调任徽州知州，再调到苏州任知州。仅仅两步，便跨进“天堂”大门，并荣任“天堂总管”。可惜好人命不长，滕子京当年便病逝于苏州任上，年仅57岁。

那么，有人可能要问，为啥子大名鼎鼎、官职比滕高得多的范仲淹和欧阳修要接受滕子京的请托，为他专门写文章，宣扬他的政绩呢？

实际上，从私人关系讲，范与滕是铁哥们儿。他们是宋真宗大中祥符八年（1015年）的同科进士，范长滕一岁，滕将范尊为兄长，两人感情好得来可以同锅吃饭，同床睡觉。从官场上讲，范是滕的老长官，范曾经几次举荐滕担任要职，在滕受到弹劾时，又冒险用自己的官帽为滕担保。他们还是生死战友。滕子京在任泾州知州时，西夏李元昊大军侵犯泾州，滕组织全城百姓坚守城池，顽强抗战。是当时的经略安抚招讨使范仲淹派遣15000兵马火速驰援，才两面夹击，打败西夏军，取得泾州保卫战的最后胜利。从政治大局讲，滕子京坚决支持范仲淹领衔的“庆历新政”改革。正是反对改革的保守派要打击改革，阻止改革，才弹劾滕子京，以达到挖改革派墙脚的目的。因此，为滕子京的政绩叫好、鼓掌，既是为滕子京翻案、昭雪，也是为改革派正名、呐喊。而且，范仲淹也是为自己的贬谪申诉：自己同古之仁人一样，同滕子京一样，忠君、忧国、爱民，以天下为己任，以奉献为快乐，虽身处江湖之远，但依然渴望为君为国为民做更多的贡献！

欧阳修虽然个人与滕子京没有太多私交，但作为“庆历新政”时同一战壕的生死战友，荣辱与共，当然必须拔刀相助，竭力鼓呼。而且滕子京作为范仲淹的兄弟，自然也是自己的兄弟。性格耿介不阿，做事一往无前的欧阳修，绝对会不遗余力地为滕子京杀开一条血路，登上胜利的高地。

那么，滕子京在被贬谪到岳州任知州之前，到底蒙受了怎样的冤屈和打击呢？

在被贬岳州任职之前，滕子京已经由范仲淹举荐，担任天章阁待制、环庆路都部署、经略安抚招讨使一职，还兼任庆州知州。这是个从四品的官职，位高权重，可以说是封疆大吏，一路诸侯了。

然而，在庆历三年（1043 年）九月，滕子京的上司，陕西四路都部署郑戬上表弹劾滕在担任泾州知州时侵吞、挪用公款，要求查实后严办。此时大宋在仁宗皇帝亲自主导下，在范仲淹领衔下，“庆历新政”各项改革措施正稳步推进。有人要求查办坚决拥护新政的滕子京，显然是“项庄舞剑，意在沛公”。

弹劾的事由缘起一年前的一场庆功宴。庆历二年（1042 年）九月，滕子京临危不惧，率领泾州城军民，浴血抗击西夏大军的进攻。幸而范仲淹的 15000 强大援军及时赶到，共同夹击城下西夏军，最终取得泾州保卫战的胜利。为了鼓舞士气，抚恤阵亡将士家属，滕子京决定挪用一部分军费，举行一场庆功宴和一场祭祀阵亡者的法会。庆功宴和法会都举办得很成功，作为长官的范仲淹和韩琦当时也参加了。挪用的军费也不多，只有 3000 贯。而且后来滕子京在离任时，也用自己的钱补上了。

收到郑戬举报，对“新政”派甚为不满的御史中丞王拱辰立马派监察御史梁坚任特使，前往调查。很快便确定了滕子京三条罪名：第一条是未建大功却大搞庆功宴，并贱买百姓牛驴；第二条是庆功宴赏赐不公，将士赏赐少，艺人赏赐多；第三条是经手的经费有数万贯下落不明，挪用 16 万贯军费放高利贷，贪污了全部利息。

这几条可以说基本上是子虚乌有。其中有一条贱买百姓牛驴也是颠倒黑白。本来泾州百姓因为打败了西夏军保全了身家性命，卖牛驴不愿意收钱，而滕子京执意要给，最后百姓是少收了一些，但决不是低价强买。

范仲淹听到这个调查结论不由得大惊。他作为滕子京当时的上司，了解滕举办庆功宴的整个过程，也了解滕的作为。于是，范向仁宗皇帝上疏，为滕申诉，对三条所谓罪状一一驳斥，并以自己的官帽担保滕子京。

仁宗反复权衡利弊之后，各打五十大板：免去滕子京环庆路都部署之职，将其调任凤翔代理知府；再派太常博士前往调查，务必查清真相。滕子京这次调动算是平调，也还基本公正。

被派去再次调查的太常博士叫燕度，此人与御史中丞王拱辰关系很铁，自然秉承王的意思，非要把滕的罪状弄成铁案如山。而滕的一个愤怒之举，也把自己逼上了绝路。

第一次调查后被换了“顶戴”，滕子京并无怨言，而且大大松了一口气。可这次听说太常博士又要来调查，简直没完没了，滕子京觉得自己真是天下第一冤！千思万想想不通，便一个人喝起了闷酒。有道是，酒入愁肠愁更愁！滕子京闷中生愁，愁里生怒，趁着醉意把所有账本付之一炬：我让你来查，让你来查个毛线！

可滕子京这冲天一怒却烧出了天大麻烦，仅凭“销毁证据，欺君罔上”这一条就够他掉几个脑袋了。暴跳如雷的钦差燕度把滕子京立马拘押起来，让他老实交代低头认罪。比铁还硬的滕子京当然是徐庶进曹营——整死不开口。燕度又先后抓了包括狄青、种世衡这样的名将在内的众多官员来严加审问，试图从别处扒出铁证。但那些官员都不愿昧着良心对滕子京落井下石，燕度费尽心机竟一无所获。后来御史中丞王拱辰授意燕抓住滕烧毁账簿一事做文章。燕度果然向仁宗汇报：滕做贼心虚，焚烧账簿，毁灭证据，抗拒调查，属于欺君，应该严惩。

范仲淹再次为滕子京严词辩护，最后甚至以辞职来要求仁宗从宽处理。

仁宗又一次陷入两难，一边是整个监察系统，一边是新政领袖，手心手背都是肉啊！他到底该听谁的？

最后还是当时的枢密使杜衍一言定乾坤：从改革大局出发，为了维护新政，应该轻判滕子京。

仁宗最后决定，将滕子京调任虢州知州，保持原待遇不变。

可王拱辰仍然不依不饶，他一定要让“新政”派付出最沉重的代价！他坚决要求面见仁宗，最后硬是把滕子京从四品的天章阁待制官帽闹掉，滕被赶到岳州任知州，成了从六品小官。

这一最终决定，说明反对“新政”一派已占据了上风。又过了几个月，范仲淹和欧阳修相继外放，宣告“庆历新政”彻底失败。滕子京只是“新政”派里率先落马的“烈士”而已。

不过，滕子京也算斗士一个。尽管贬谪岳州，落魄江湖，他依然直面惨淡的人生，还要奋力一搏，争取咸鱼翻身。他一到岳州，便宣布要做三件民生大事：兴建学校、重修岳阳楼、构筑偃虹堤，不到两年时间里，这三项惠民生、兴文化的工程都异常漂亮地干成了。于是，他请范仲淹和欧阳修分别作文以记之。

看来我们得万分感谢滕子京。虽然他恭请范、欧二人写文章为自己扬名，颇有借名人抬高自己，大有炒作自个儿政绩之嫌。但如果不是他拜托范仲淹用那如椽之笔书写胸襟与风流，便不可能留下《岳阳楼记》这样的千古奇文，也不可能留下“先天下之忧而忧，后天下之乐而乐”的万代名句。至于欧阳修那篇《偃虹堤记》，虽然当时有炒作政绩的功效，为滕子京翻身出了把力，但历史地看，倒是鲜为人知，无关乎他的名声与地位。

（作于 2020 年 9 月 9 日，刊于当日“封面新闻”）

附：

岳阳楼记

范仲淹

庆历四年春，滕子京谪守巴陵郡。越明年，政通人和，百废具兴。乃重修岳阳楼，增其旧制，刻唐贤今人诗赋于其上。属予作文以记之。

予观夫巴陵胜状，在洞庭一湖。衔远山，吞长江，浩浩汤汤，横无际涯；朝晖夕阴，气象万千。此则岳阳楼之大观也，前人之述备矣。然则北通巫峡，南极潇湘，迁客骚人，多会于此，览物之情，得无异乎？

若夫淫雨霏霏，连月不开，阴风怒号，浊浪排空；日星隐曜，山岳潜形；商旅不行，樯倾楫摧；薄暮冥冥，虎啸猿啼。登斯楼也，则有去国怀乡，忧谗畏讥，满目萧然，感极而悲者矣。

至若春和景明，波澜不惊，上下天光，一碧万顷；沙鸥翔集，锦鳞游泳；岸芷汀兰，郁郁青青。而或长烟一空，皓月千里，浮光跃金，静影沉璧，渔歌互答，此乐何极！登斯楼也，则有心旷神怡，宠辱偕忘，把酒临风，其喜洋洋者矣。

嗟夫！予尝求古仁人之心，或异二者之为。何哉？不以物喜，不以己悲；居庙堂之高则忧其民；处江湖之远则忧其君。

是进亦忧，退亦忧。然则何时而乐耶？其必曰：“先天下之忧而忧，后天下之乐而乐”乎。噫！微斯人，吾谁与归？

时六年九月十五日

偃虹堤记

欧阳修

有自岳阳至者，以滕侯之书、洞庭之图来告曰：“愿有所记。”予发书按图，自岳阳门西距金鸡之右，其外隐然隆高以长者，曰偃虹堤。问其作而名者，曰：“吾滕侯之所为也。”问其所以作之利害，曰：“洞庭天下之至险，而岳阳，荆、潭、黔、蜀四会之冲也。昔舟之往来湖中者，至无所寓，则皆泊南津，其有事于州者远且劳，而又常有风波之恐，覆溺之虞。今舟之至者皆泊堤下，有事于州者，近而且无患。”问其大小之制，用人之力，曰：“长一千尺，高三十尺，厚加二尺，而杀其上得厚三分之二，用民力万有五千五百工，而不逾时以成。”问其始作之谋，曰：“州以事上转运使，转运使择其吏之能者行视可否，凡三反复，而又上于朝廷，决之三司，然后曰可，而皆不能易吾侯之议也。”曰：“此君子之作也，可以书矣。”

盖虑于民也深，则其谋始也精，故能用力少而为功多。夫以百步之堤，御天下至险不测之虞，惠其民而及于荆、潭、黔、蜀，凡往来湖中，无远迩之人皆蒙其利焉。且岳阳四会之冲，舟之来而止者，日凡有几！使堤土石幸久不朽，则滕侯之惠利于人物，可以数计哉？夫事不患于不成，而患于易坏。盖作者未始不欲其久存，而继者常至于殆废。自古贤智之士，为其民捍患兴利，其遗迹往往而在。使其继者皆如始作之心，则民到于今受其赐，天下岂有遗利乎？此滕侯之所以虑，而欲有纪于后也。

滕侯志大材高，名闻当世。方朝廷用兵急人之时，尝显用之。而功未及就，退守一州，无所用心，略施其余，以利及物。夫虑熟谋审，力不劳而功倍，作事可以为后法，一宜书。不苟一时之誉，思为利于无穷，而告来者不以废，二宜书。岳之民人与湖中之往来者，皆欲为滕侯纪，三宜书。以三宜书不可以不书，乃为之书。

庆历六年某月某日记

望帝杜宇和丛帝鳖灵

成都市郫都区有一座著名的望丛祠，掩映在森森古柏之中。这座古祠是为了纪念古蜀国王望帝杜宇和他的继任者丛帝鳖灵而修建的祀祠，祠外还相邻建立了杜宇和鳖灵的陵墓。他们生前曾经是君臣，可后来却成了仇敌。他们之间的恩恩怨怨，仿佛岷江水一样永远奔流不尽，成为人们永久的话题与叹息。但在他们去世后，后人却把他们会聚在了一起，不仅同祠接受后人的祭祀、缅怀，还相邻地长眠在一块儿。也许这就叫“不是冤家不聚头”吧！据称这是中国西南地区唯一的一祠祭二主、凭吊蜀人先贤的最大的帝王祠和陵冢。

那么，杜宇和鳖灵之间究竟有怎样的欣赏与感恩，和平与战争，爱恨与情仇呢？请听笔者慢慢道来。

还是先说说杜宇吧。

杜宇这个名字有点现代，一点儿都不像先前的古蜀王蚕丛、柏濩、鱼凫的名字那么古朴。倒是杜宇的别名蒲卑还显得资格些。不过这名字虽然文质彬彬，但此人却勇武凶悍。他从天而降，率领大军仿佛飓风一般，把无比壮丽璀璨的鱼凫王朝席卷一空。杜宇不但建立起全新而强大的国家机器，还不断开疆拓土，形成一个规模更大的王国。

杜宇是咋个把鱼凫王国消灭，坐上蜀王宝座的呢？这个问题笔者也问了无数遍。可惜的是史籍上并未明确记载，有一些说法也语焉不详。当代史家认为，很大可能是因殷周战争，天下大乱，政局巨变所致。根据文献和周原甲骨铭文“伐蜀”“克蜀”等物证分析，当代的历史学家和研究者得出这样的判断：周文王时，为了最终推翻殷纣王朝，周曾先行伐蜀，轰轰烈烈地灭掉了蜀国的鱼凫王朝，将蜀地纳入了周的版图。因此，在武王伐纣时，得到蜀地强大军事力量的支持，蜀师甚至成为伐纣的主力兵团之一。可以肯定地说，蜀中不仅有“金戈铁马”，还有巨大财富和丰富粮食、衣物的供给。因此，《华阳国志》记载说，“周武王伐纣时，实得巴蜀之师，著乎《尚书》”。《史记·周本纪》记述周武王牧野之誓时也提到，其麾下有庸、蜀、羌等各部劲旅。

正是由于蜀师参与伐纣，立下大功，西周建立之初，蜀即被周王室册封为诸侯，这个蜀侯，就是“从天而降”的杜宇。在周成王时，蜀侯派使参加成周大会，并献上“文翰”，实际上就是有文彩的凫，即鱼凫王朝的标志，或者说“国徽”。说明杜宇对鱼凫王朝的彻底取代。

那么，杜宇究竟是怎样打败鱼凫王，建立起新的蜀王朝的呢？扬雄《蜀王本纪》说：“鱼凫田于湔山，得仙。今庙祀之于湔。时蜀民稀少。后有一男子，名曰杜宇，从天堕，止朱提。有一女子，名利，从江源井中出，为杜宇妻。乃自立为蜀王，号曰望帝。治汶山下邑，曰郫化，民往往复出。”

扬雄的记载似乎有点儿神，但结合史学家的考证，我们可以得出这样的解读：有一位威武雄壮的武士，名叫杜宇。他是朱提人，也就是今天云南昭通人。他虽然生于僻壤，但长大后却雄心万丈，立誓要干一番事业。他生于当地土著的首领之家，后来继承家族事业成为新一代首领。他不甘只在乡里称雄，于是带领一帮勇武之士要出去闯天下。他们经过蜀地到了周朝，得到了爱才若渴的周文王的赏识。于是，杜宇成了周朝军队中的军官。他带去的勇士都成了手下的骨干。他率领一支军队跟随周朝的大军南征北战，屡立战功，逐渐成为高级将领。

随着周朝的强大，周文王决定集天下兵马共同讨伐商纣。杜宇向文王献上一计，说：要讨伐商纣，必须有强大的军团和充分的后勤保障。目前我国显然军力和财力都还欠缺。我来周时，从蜀地经过，那里沃野千里，农商发达，国家和人民都很富裕。如果我们能先行伐蜀，一来可以收编蜀地军队，强大今后伐商的力量；二来可以聚集蜀地的财富物资，以为军用；三来可以消除后顾之忧，不用担心蜀国趁我们讨伐商纣而偷袭我国。听说那鱼凫王久处安乐之都，成天沉迷于酒色之中，荒于政事。军队久不打仗，战斗力十分低下。如果让我率一支精兵，采取突然袭击的办法，定可一举而下。

杜宇的建议正中周文王下怀。于是，文王命杜宇为灭蜀远征军统帅，率领数万精兵偷袭蜀国。由于杜宇熟悉蜀国地形，从古蜀道乘虚而入，一路上几乎没有遇到什么抵抗。直到兵临鱼凫王国的首都三星堆城下，鱼凫蜀王才如梦初醒。久不打仗的蜀王军队抵敌不住精锐的周朝大军，三星堆城防很快瓦解。仓皇之间，鱼凫蜀王命卫士们将各种神器及珍贵财宝甚至自己的金杖等挖坑埋藏。然后点起一把冲天大火，将一座辉煌精致的蜀王宫付之一炬。鱼凫蜀王同少数亲信化装潜逃。但从天而降一般的杜宇穷追不舍，一直追至湔山，将出逃的鱼凫蜀王等一网打尽，全部诛杀。鱼凫蜀王于是“仙去”。不久，杜宇又攻占了鱼凫王朝的次级政体金沙城，彻底毁灭了鱼凫王朝。实际上，金沙城的守军基本上也是不战而降。这里的宫室也被焚毁，大量财宝被埋藏。

杜宇并不知道三星堆皇城和金沙城的断壁残垣、废墟瓦砾之下掩埋着没有被带走的大量神器和巨额财宝。他也无暇顾及去寻找这些宝贝。因为他的使命不在于此。

杜宇在郫邑（今成都市郫都区）建立了临时国都，他成为蜀国的临时执政者。他首先安定民心，让逃亡的百姓全部回到自己的家里，恢复正常生活，耕种农田，纺织丝帛；鼓励经商，繁荣交易。蜀国秩序很快恢复，人民安居乐业，财富又很快聚集起来。

杜宇收编了蜀国的军队，连同自己带来的周朝军队，共同组成了强大的蜀军兵团，足有十万之众。他亲自指挥部队演武训练，并让周朝军队的官佐任教，经过两年操练、演习、实战，将十万蜀师训练成能征善战之军。后来，杜宇率领蜀军兵团前往周朝，参加了武王伐纣的伟大战役。杜宇荣获了赫赫战功，被武王封为蜀侯。蜀国成为周朝分封的诸侯国之一。杜宇得到分封后回到蜀地，成为蜀地的最高统治者。

杜宇当上蜀侯，当然的蜀国之主，他自然要立王后。于是他派人在蜀中遍访窈窕淑女，以选为后。可是，选了上百名佳丽，杜宇总觉得不如意。一些女孩美则美矣，却总是缺少一种高贵的气质。杜宇为此闷闷不乐。

为了排解郁闷，杜宇在一帮武士的簇拥下出城打猎。威武的杜宇鲜衣怒马，意气风发，弓弦响处，野物应声而倒。由于追逐猎物，杜宇一行远离城市，虽然收获颇丰，却也人困马乏。杜宇遂命武士找个地方歇息。待他们走出林子，不远处竟赫然出现一个庄园，屋轩楼高，门庭华丽。四周田园纵横，景色优美。武士前往问讯，原来此地属江源（今成都崇州市境内），地名文井，庄名文井山庄。主人辛康将杜宇一行迎进庄园，命侍者摆宴献酒，盛情款待。辛康还让大女儿利歌舞助兴。不曾想杜宇一见到利，便为她的美貌惊呆，继而又被她的歌舞征服。利的形象气质，正是杜宇梦寐以求的。她不仅长得花容月貌，更有一种雍容华贵的气质。她虽处乡村僻壤，却如天庭仙女般超凡脱俗。歌声婉转，如莺啼鸟鸣；舞姿婀娜，似彩云追月。杜宇听得如痴如醉，看得眼花缭乱，心中已是非利不立后了。

原来这利的父亲辛康乃是蜀中贵族。利从小得到很好的教养，色艺双全。杜宇喜欢上了利，便派出 100 辆豪华马车，1000 人的仪仗队，10000 人的护卫队，前往江源文井山庄，隆重地把倾城倾国的利迎娶回宫，将其立为王后，珍爱专宠。利也把后宫管理得井井有条。数年之后，蜀地百业兴旺，富足繁荣，天下太平。自认为功高盖世的杜宇不甘心只做蜀侯，他也要与周朝的王一样，便干脆自立为蜀王，利自然成了蜀王之后。杜宇在金沙城的基础上建起杜宇王朝的新国都。崭新的蜀王宫殿宇巍峨，装饰华丽，极尽天府之美。新国都城广人多，城区已扩展到今天成都市区十二桥一带。杜宇是个喜新恋旧的人，他把临时国都郫邑（今成都市郫都区）作为别都。

实际上，杜宇同蚕丛氏、柏濩氏、鱼凫氏一样，应该也不是指一个人，而是指一代君主。也就是说，蜀王杜宇也有若干世，只是共用一个杜宇王的称号罢了。因此，我们也可以称其为杜宇氏。

杜宇氏王朝时的政治制度有了很大变化，已经不再是鱼凫王朝时的神权至上，而是王权至上了。因而，杜宇氏又号杜主，即为人之主。他无须再用神权来号召民众，统治民众，他是周天子分封的蜀侯，又是蜀王，受命于天，当然的人主。因此，他至高无上的权威是不容置疑的。他还与周朝分封制同步，建立起了职官制度，设立了丞相、卿、大夫等职位。国家的政体日益完善。

杜宇氏王朝的疆域已经十分广阔。北面达到今天陕西的汉中，南面管到今天的四川青神，东面饮马嘉陵江畔，西面可至今天的芦山、天全。今天的四川宜宾、凉山、云南、贵州一带都是蜀国的附庸，被称为蜀王出猎的园囿。实际上，蜀国的地盘还包括当时的整个巴国。

杜宇氏中有一位特别务实的蜀王，也许他对战争产生了厌倦，他认为人们应该休养生息。于是，他一面开疆拓土，一面倡导蜀民务农。他虽然不懂什么经济学——当然，那时经济学还没有产生——但他一定认识到农业是一切财富的源泉。于是，他号召蜀中百姓种植谷物、蔬菜和百果。他还鼓励农民种桑养蚕，缫丝织锦。蚕丛氏流传下来的养蚕、缫丝、织绸、织锦技术在杜宇朝发扬光大。人们穿丝着锦，光鲜靓丽。由于粮食产量巨大，自给有余，人们便酿酒成风。蜀王宫里更是佳酿美酒飘香，夜夜宴饮不断。在杜宇的倡导下，蜀王国农业发达，物产丰饶，丝织业繁荣，百姓们富足，国库充盈，军队强大。后人感谢这位造福百姓、造福国家的杜宇氏蜀王，于是将他尊为农业之神。

由此，蜀地有了一个美丽而凄婉的传说：由于这位杜宇氏蜀王热爱农民和农业，对此恋恋不舍。于是，他死后变成了杜鹃鸟，也叫布谷鸟。每到春天，杜宇氏蜀王化身的杜鹃鸟便在田野里鸣叫："快快播谷，快快播谷！"提醒农民们不误农时。由于杜鹃鸟口腔和舌头都是鲜红的，人们往往误认为这鸟竟然为劝农耕种而啼出鲜血来。故后人有感于此，很多诗歌借题吟咏。李商隐在《锦瑟》一诗中吟道："庄生晓梦迷蝴蝶，望帝春心托杜鹃。"南宋词人朱希真也有"杜鹃叫得春归去，吻边啼血苟犹存"的佳句。

后来，一场突如其来的天灾毁损了金沙城，某一世杜宇氏蜀王便把都城从金沙迁移到了别都郫邑（今成都市郫都区）。这位杜宇氏蜀王在郫邑建起了金碧辉煌的宫殿，高大坚固的城墙。城内既有蜀王和王公贵族，也有平民百姓。城里也有繁华的商业街区，各种各样的手工作坊。这位杜宇氏蜀王把瞿上（今四川成都双流区）作为别都，延续着杜宇氏王朝的盛世。

可惜末世的杜宇氏蜀王颇为昏聩。他一面重用从荆楚来的能人鳖灵，任为丞相，授治国之权给他，把蜀国治理得井井有条；又让鳖灵开凿玉山，治理岷江水患。但另一面又趁鳖灵不在朝中，占有了鳖灵的娇妻，导致鳖灵愤而反叛，率领大军将杜宇赶下台。杜宇王仅同少数亲信逃亡，不知所终。

不过，后人还是念及杜宇氏蜀王为蜀中百姓所做的贡献，将其号为望帝，在郫邑之郊为其修墓建祠，以为祭祀。可见，只要是为人民做过好事的人，百姓还是不会忘了他。

说过了杜宇，我们再来摆一摆鳖灵的龙门阵。

鳖灵无疑是一个品德十分高尚的人，他不远千里从荆楚来到蜀中，帮助杜宇氏王朝打理国政，把蜀国治理得上下政治清明，百姓安居乐业，天下太平无事。他又劈山治水，根除洪涝，造福蜀民，可谓毫不利己，专门利人。他开创了开明王朝数百年基业，共历十二世。其功可谓上追大禹，下启李冰。

鳖灵又称鳖令，鳖令。关于这位号称治水英雄的蜀王鳖灵，由于史籍记载甚少，语焉不详，恐怕传说多于史实。

其中一个传说比较萌，比较神。传说鳖灵本来就住在长江边，是一鳖精修成。自然，他非常熟悉水性，甚至可以生活在水里。他还是个多情的男人，每天夜里都要到井边的一棵合欢树下同情人朱莉幽会。不仅如此，鳖灵还是一个胸怀天下的侠义之士。后来他听说蜀国水灾泛滥，便沿江而上，到了蜀国，向末代杜宇氏蜀王表明了自己治水的才能和决心。杜宇大喜，于是任用鳖灵为丞相，命其带领军民治水。鳖灵显示出过人的治水才干。他带领民众治理洪水，历尽千辛万苦，排除千难万险，打通了巫山，使泛滥的滔天洪水从蜀国泄流到长江。这样，使水患得到解除，蜀国人民又可以安居乐业了。鳖灵在治水上立下了汗马功劳，杜宇氏蜀王感激万分。他觉得鳖灵既有才又有德，更受蜀民爱戴，便自愿把蜀王之位禅让给鳖灵。鳖灵也不客气，接受了禅让，号称开明帝，后世又称其为丛帝。这是一个版本。

还有一个传说更玄乎，是扬雄《蜀王本纪》里记载的。说鳖灵是荆人，死了以后，其尸体被扔在长江里。奇怪的是，这尸体不是顺流而下，反而溯长江水而上，还一直通过岷江上浮至郫都。他不但复活了，而且还面见了蜀主杜宇氏。他对杜宇氏说自己有治水的才能，可以帮助蜀王根治洪水。杜宇氏蜀王便将鳖灵立为丞相。后来岷江发大水，杜宇氏蜀王派鳖灵前去治理。鳖灵治理好水患，百姓得以安居乐业。就在鳖灵艰辛治水时，杜宇氏蜀王却在家趁机把鳖灵漂亮的老婆给占有了。待到鳖灵治水凯旋，杜宇氏蜀王感到十分惭愧，认为自己的治国能力和道德行为都不如鳖灵，于是将蜀王之位让与鳖灵，自己归隐于西山。鳖灵即位，号开明。后人称为丛帝。

当然，历史学家笔下的鳖灵自然没有那么神。他们通过文献分析，考古论证，认为这位开明王朝的开创者应该是生长在鳖水之畔。这里古属夜郎之地，就在今天的贵州遵义市西面。这个地方位于黔中，战国时是楚国统治的地方。因此，鳖灵被称为楚人或荆楚之人。从民族而言，应该属于僚人或濮人。鳖灵便是这一族的首领，故又有鳖令之称。鳖灵是一个有雄心的人，不愿意在穷乡僻壤当个小小的部族首领，他想干点大事。鳖灵听说蜀国杜宇氏蜀王求贤若渴，于是带着精干的部族，背井离乡，投奔蜀王杜宇氏。

有人才自远方来，不亦乐乎。见鳖灵精明强干，这位末代杜宇氏蜀王大喜，通过一番考察，确认鳖灵颇有才干，于是封他为丞相，委以国政。鳖灵不负所望，把蜀国治理得井井有条，而且还不断为蜀国开疆拓土。因此，这位异乡来的鳖灵丞相，日益得到蜀民的拥戴。杜宇氏对鳖灵的政绩非常满意，时常奖赏，并且亲自指婚，让鳖灵娶了蜀中一位贵族的女儿为妻。后来鳖灵带着新婚妻子进宫拜谢，杜宇氏蜀王见这位蜀中美女竟然天姿国色，远胜自己宫中的妃嫔，心中不由得无限懊恼。

然而，天有不测风云。次年夏天，一场大雨下了三天三夜，岷江洪水肆虐，滚滚浊浪如脱缰野马奔入成都平原，无数蜀国百姓家园被毁，流离失所，蜀王杜宇氏束手无策。鳖灵自告奋勇率领一支队伍前去治水。通过踏勘考察，鳖灵认为，一方面要疏浚岷江，让洪水不至威胁成都平原；一方面要分流岷江，让它造福百姓，灌溉良田。于是他带人劈开玉山，开凿宝瓶口，将岷江分流，控制流入成都平原的水量。泛滥不羁的岷江乖乖地成了灌溉万顷良田的不竭水源。

鳖灵治水，一去就是两年，虽然离都城并不远，但他却从来没有回过家，一心扑在根治洪水上。而此时的末世杜宇氏蜀王则年老昏庸，沉湎情色，竟然趁鳖灵治水之时，打起了丞相夫人的主意。

一天，蜀王命摆驾去丞相府。他带去了王宫里的奇珍异宝，说是丞相辛苦治水，此行专门慰问丞相夫人。见蜀王驾到，丞相夫人自然殷勤接待，细心伺候，亲自下厨做了可口佳肴，奉献给蜀王，而且陪蜀王饮酒作乐。蜀王乘着酒兴对丞相夫人百般勾引，但丞相夫人均不为所动。

一计不成，蜀王又生一计。他命人将丞相夫人接进宫去，让妃嫔陪着在皇宫游玩。然后亲自宴请，说是感谢丞相夫人上次的款待。蜀王令人在丞相夫人的酒里下了催情之药，趁机将其抱上了龙床。第二天，蜀王杜宇氏宣布丞相夫人为他的宠妃。

这个消息很快传遍了蜀国，当然也传到了鳖灵耳朵里。鳖灵十分愤怒，没想到自己在治水工地没日没夜地为天下百姓操劳，蜀王却在背后挖自己的墙脚。是可忍，孰不可忍！鳖灵觉得蜀王杜宇氏早就该“下课”了，这夺妻之恨正好成为他推翻杜宇氏王朝的借口。他振臂一呼，一大批将士都愿意跟他干。浩浩荡荡的队伍跟着鳖灵拥向都城郫邑，一路上还有更多的将士不断加入。杜宇闻讯大惊，赶忙命人抵抗，可这时身边已经没有几个心腹了。这位曾经不可一世的蜀王只好带着几个死党落荒而逃。

鳖灵驱逐杜宇后，宣布自任蜀王，建立起一个开明王朝。此时大概在春秋中后期。最初依然定都郫邑（今成都市郫都区），后于开明五世时迁徙到成都（今成都市区）。

鳖灵即位后，号称丛帝，又称开明帝。以后他的子孙继承帝位，也都称开明帝。鳖灵建立开明王朝，直到公元前316年，开明十二世时蜀王国被秦灭亡。如果按25年为一代，这个时代大概跨越春秋中后期到战国中后期。

（作于2020年5月18日，为郫都征文）

《诫子书》与诸葛瞻

> 夫君子之行，静以修身，俭以养德。非淡泊无以明志，非宁静无以致远。夫学须静也，才须学也。非学无以广才，非志无以成学。淫慢则不能励精，险躁则不能治性。年与时驰，意与日去，遂成枯落，多不接世，悲守穷庐，将复何及！

上文便是著名的《诫子书》，作者是名垂宇宙的蜀汉丞相武乡侯诸葛亮。全文仅86字，阐述了修身、养德、明志、治学、治性、惜时、励精，最终成才致远的道理。千百年来成为人们励志成才、教育子女的经典。大家都知道，这是诸葛亮写给自己儿子诸葛瞻的；大家也许还想知道，这背后还有怎样的精彩故事。

诸葛瞻227年出生时诸葛亮已46岁了。有趣的是，刘备也是在46岁得刘禅。据说诸葛瞻的母亲是诸葛亮的发妻黄夫人黄月英。黄夫人与诸葛亮结婚至少20年都没生孩子，结果中年得子，也算奇迹。诸葛瞻自然是诸葛亮夫妇的掌上明珠。诸葛瞻从小极其聪明，博闻强记，才思敏捷，身边的人都很喜欢他。一人之下，万人之上，受人爱戴的诸葛亮丞相之子，长得聪明伶俐，又活泼可爱，自然而然地成了蜀汉国民儿子，人们没有理由不关注他，没有理由不宠爱他。千般呵护之情，万般赞誉之声，时时围绕在小诸葛瞻身边。

诸葛亮不愧为大智慧者。他没有被儿子的少年才华所迷惑，也没有因世人的一片美誉而自得。他反而深深地为此感到忧虑。234年二月，诸葛亮带着对儿子的担忧，挥手告别成都，义无反顾地开始了自己人生中最后一次北伐。在武功前线，他在给时任东吴大将军的兄长诸葛瑾写的信中说：“瞻今已八岁，聪慧可爱，嫌其早成，恐不为重器耳。”看来诸葛亮深知，儿童过于机灵不一定是件好事。“小时了了，大未必佳”，有的人正是因为童年太聪明，做事反而不肯用功用心，长大后与普通人并无太大差别。诸葛亮在前线与司马懿相持数月，战事没有一点儿进展，自己反而在鞠躬尽瘁中倒下了。到了当年八月，他已经病得很重。诸葛亮知道自己将不久于人世，于是在向部下托付军国大事之后，也在思考应该给儿子留下什么样的嘱托。也就是说，除了军国大事之外，他最放不下的，就是诸葛瞻这个爱子。夜深千帐灯，乡心梦不成。军营中抱病的诸葛亮惦记着远在成都的幼子，夜不成寐。他千思万想，千言万语，最后把一腔思念与企盼凝结成86个字：“夫君子之行，静以修身，俭以养德……”他就着一盏孤灯，挥笔深情地写下这封传诵千古的《诫子书》。如何修身，如何养德，如何学习，如何广才，如何养性，如何惜时，等等等等，诸葛亮用极简洁的文字，对儿子嘱咐得极为精细。一生叱咤风云的诸葛亮，此刻柔情似水，舐犊之情，溢于纸上。

诸葛瞻在捧读父亲手书的同时，也接到了噩耗。可惜那时诸葛瞻还小，恐怕还读不大懂这封特殊书信中的深刻含义。他的母亲黄夫人也在诸葛亮病逝后不久跟着去了。国民之子突然间成了孤儿，这巨大的落差令人心碎。不过，诸葛亮的担心还是多余的。

根正苗红的诸葛瞻尽管父母都去世得早，但他的成长却一帆风顺。诸葛亮病逝后，诸葛瞻继承了父亲武乡侯的爵位，受到刘禅的宠爱。刘禅视诸葛亮为“相父”，当然也视诸葛瞻为兄弟。既然诸葛瞻父母都不在了，诸葛瞻很有可能在宫中刘禅身边长大成人。有一点可以证明，在诸葛瞻 17 岁长成英俊少年时，刘禅便让他娶了自己的女儿，当上了驸马，授官骑都尉。因此，诸葛瞻也就成了张飞的外孙女婿。这下子辈分整乱了，兄弟成了女婿，“相父”成了亲家。不过从年龄上说没有问题，因为刘禅正好大了诸葛瞻20岁。总之，诸葛瞻在家风的熏陶下，成人后才华出众，精通书法绘画，依然是蜀汉国民心中的宠儿。

第二年，18 岁的诸葛瞻就担任了羽林中郎将，不久又当上了侍中，跃升为刘禅身边的高官。由于诸葛亮在蜀汉人士中享有崇高威望，人们便把这种美好的情感移植、倾注到诸葛瞻身上。当时的蜀汉形成了一种美丽的假象：凡是朝廷中的好事，必定有诸葛瞻倡导；凡是朝廷中的坏事，必定与诸葛瞻无关。诸葛亮被人们神化成圣人，圣人的儿子也一定是圣人。

在诸葛亮圣人的光环下，当然更在老泰山皇帝刘禅的恩泽下，诸葛瞻不断升官。从 18 岁到 33 岁，诸葛瞻一直升，一直升，直到尚书仆射、军师将军。又过了一年，诸葛瞻担任代理都护并任卫将军，与辅国大将军董厥共同执掌尚书台政务，开始统领国事。34 岁便位高权重，诸葛瞻差不多赶上其父亲了。可惜他的权威却远远不如老爸。当时宦官黄皓弄权，从没人出来招呼一声。大将军姜维在外面喊了一嗓子，要刘禅杀黄皓以谢国人。但后来刘禅亲自为黄皓说了话，姜维就吓得连朝都不敢回了。有人认为诸葛瞻应该站出来制止黄皓专权，但老丈人喜欢的人，他这个做女婿的又咋个说呢？他能说吗？他愿说吗？他毕竟不是他老爸！

景耀六年（263 年）夏，魏国敲响了进攻的战鼓，点燃了伐蜀的烽烟。司马昭遣大将钟会、邓艾、诸葛绪等率领大军滚滚而来。仓皇之中，刘禅命张翼、廖化、董厥等前往拒敌。大将军姜维率兵依剑阁之险，将钟会十余万大军挡在关下。哪知魏将军邓艾却大出奇兵，穿越无人区，偷渡阴平直奔成都。

刘禅闻讯大惊，与群臣商议后决定派诸葛瞻领兵前往涪城（今四川绵阳）抵抗邓艾。诸葛瞻不愧是圣人之子，热血沸腾地带领开国将军的后代们出征。随行的有尚书张遵（张飞之孙）、尚书郎黄崇（黄权之子）、羽林右部督李球（李恢之侄）。但诸葛瞻率军抵达涪城后却主意不定，盘桓不前。黄崇多次劝他迅速抢占险要地势，不让魏军进入平原，诸葛瞻就是犹豫不决，以致坐失良机。邓艾大军长驱直入，蜀军前锋折锷，诸葛瞻只好退守绵竹。邓艾遣使送信诱降诸葛瞻：“你如果愿意投降，我一定上表封你为琅邪王。”诸葛瞻大怒，斩杀邓艾使者，率军出战。

诸葛瞻在绵竹摆好阵势等待邓艾。邓艾派遣其子邓忠从右包抄，又派遣师纂从左包抄，结果两人首战不利，都被诸葛瞻打败退回。二人报告说：“敌人难以击破！”邓艾大怒：“生死存亡，在此一举，有什么不可以的！”要将两人斩首。邓忠、师纂二人大惧，率军拼命再战，终于击败蜀汉军。诸葛瞻、张遵等人浴血奋战后阵亡。诸葛瞻之子诸葛尚听说军败后，也匹马单枪冲入敌阵之内，悲壮战死。后来连司马炎都感叹道：诸葛亮在蜀，尽其心力，其子瞻临难而死义，天下之善一也！

一篇《诫子书》，千古英雄气。诸葛瞻作为典型的“官二代”，绝对没有辜负父亲的期望。他少年得志，富有才华，位极人臣，不尚骄奢，在国家有难时慷慨赴死，血洒疆场，可谓忠烈满门，青史永垂！而且更重要的是，《诫子书》成了千百年来人们立志成才的经典，人类共同的文化财富，诸葛武侯泉下有知，也应该十二万分地欣慰了！

（作于 2019 年 4 月，4 月 28 日刊于《华西都市报》）

昭君幸

中国的琵琶古曲中，有一首著名的《昭君怨》。此曲如泣如诉，尽写当年昭君出塞之凄凉、悲切、哀怨、惆怅，大有“风萧萧兮胡马鸣，美人一去兮不复回”的悲怆。在我收藏的民乐保留曲目中，还有一首广东扬琴，亦名《昭君怨》，写的是昭君和亲之后，时时思念故土亲人之愁绪。听来让人愁肠百结，不由得潸然泪下。

然而，7月中下旬，笔者首访内蒙古，游历青城呼和浩特，拜谒仰慕已久的昭君青冢，才发现过去那种深深同情昭君含恨出塞的心理，竟然大错特错。昭君今天在这昔日的匈奴辖地，实在是风光无限，足以羡煞历代美人。我若是作曲家，一定得作一曲《昭君幸》，说不定会与《昭君怨》比翼齐飞，流传千古呢！

说到昭君，不能不让人想到她当年出嫁和亲的故事。王昭君，名嫱，字昭君，西汉南郡秭归即今天的湖北省兴山县人氏。王昭君在17岁时选入汉元帝后宫。按当时汉宫里的规矩，宫女要先经宫廷画师描摹成画像，呈给皇帝御览，皇帝再能根据画像召幸宫女。

当时宫中有一位画师，名叫毛延寿。此人画技高超，画人惟妙惟肖。可他有一个最大的毛病，就是酷爱银子，居然向被描画的宫女公开索贿。那些巴不得被宠幸的宫女纷纷奉上大把银子，于是那毛延寿就笔下生花，把本不甚漂亮的宫女画得美如天仙，倾城倾国，很快就被元帝召幸。而王昭君天生丽质，生性耿直，就是有钱也不愿失节送贿，去填毛延寿那肮脏的欲壑。这毛延寿拿不到贿银，居然大逆不道，笔下欺君。他给王昭君草草画了几笔，弄得千古美女无颜色。因此，绝色昭君在后宫待了数年，犹如明珠暗投，竟无被宠幸的半点机会。

转眼到了竟宁元年（公元前 33 年）春天，因西域都护骑都尉甘延寿与副校尉陈汤，奇兵袭斩匈奴郅支单于，那呼韩邪单于才得以收复失地，北归单于庭。于是呼韩邪且喜且惧，第三次朝汉，一方面谢恩，另一方面请求做汉家女婿，为汉保边塞平安。汉元帝也正想笼络呼韩邪，于是慨然应允。他暗想，以前和亲，都是选择宗室女子，充作公主，出嫁单于。这个呼韩邪乃是败军之将，投降之人，用不着那么高的规格，就在未曾召幸过的宫女中随便选一人嫁他了事。元帝命人取过宫女图，提起御笔，任点一人，竟然就是闭月羞花的王昭君，赐予呼韩邪作为阏氏。待到吉日，王昭君到御前辞行。汉元帝龙目一瞧，不由得大呼可惜：原来竟是一位绝代佳丽！元帝欲悔，又恐失信于单于，令人耻笑。罢罢罢！元帝忍着怒气，眼巴巴看着呼韩邪拥着美人离去。回到后宫，元帝立马追查，后来以欺君之罪将画师毛延寿判了死刑。从此元帝思念昭君，愁绪无聊，恹恹成病，不久而逝，年仅 42 岁。

却说呼韩邪得了美人，欢喜异常，辞谢出塞，封昭君为宁胡阏氏。年余生一子名伊屠智牙师。可好景不长，呼韩邪得到昭君仅两年有余，便因病而逝。呼韩邪长子雕陶莫皋继位当了复株累若鞮单于。按照匈奴习俗，养子可娶后母为妻。于是，昭君又成了复株累若鞮单于的阏氏，并又先后生了两个女儿，最终逝于匈奴之地。据记载，昭君和亲之后的近60年里，汉人与匈奴和平共处，百姓安居乐业。今天呼和浩特市南大黑河畔，平地矗立起高达33米的昭君之墓。昭君墓被覆芳草，秋后亦碧绿如茵，不似他处黄草，故被称为青冢。“琵琶一曲弹至今，昭君千古墓犹新。”“青冢拥黛”，成为呼和浩特八景之一。

王昭君被当今的人们誉为和平使者，民族友好的象征。但许多古人却为昭君不平。“怜其远嫁”差不多是最主流的思想。有人因她红粉飘零，远入匈奴，特为谱入乐府，名为昭君怨。也有人说她跨马出塞，马上自弹琵琶，创成此调，如泣如诉。大诗人李白曾有诗云：“昭君拂玉鞍，上马啼红颜。今日汉宫人，明朝胡地妾。”就连杜甫也叹道：“一去紫台连朔漠，独留青冢向黄昏。”“千载琵琶作胡语，分明怨恨曲中论。”怜惜之情尽写诗中。

然而，我则认为，昭君实在是幸运的。倘若她不被选中和亲，恐怕永远得不到皇帝召幸，终会红颜枯萎，老死宫中，湮没无闻。哪有两位单于之宠，两任阏氏之尊，为人母亲之乐？哪有后人的同情，怜惜，感叹，尊崇，赞誉，热爱？

不仅如此，我还认为，昭君实在是大幸。在今天的呼和浩特，昭君的名字可谓光耀全城，随处可见：有名为昭君的街道、产品、供电所、邮政局，也有叫昭君的企业集团、饭店酒楼。昭君国际文化节今年7月举办到了第七届，已成为内蒙古展示民族文化成果和招商引资的盛大节日。昭君博物院也在今年的节期开门迎宾，

《北方新报》还组织了重走昭君出塞路的采访活动。昭君，不仅是构建和平使者，民族友好象征，更成为内蒙古文化名片，人民致富品牌。想我中华历史悠悠5000年，有哪位美女得享如此尊荣，这般盛誉？恐怕只有昭君独占鳌头了。正是：千古青冢留青史，万载犹唱昭君幸。

（刊于2006年8月14日《华西都市报》副刊）

“奉”天承运来自何方?

“奉天承运皇帝诏曰”，古时皇帝下诏书时经常把我的姓放在最前面；“奉公守法”，我们在青少年时常常接受这样的教育；“奉上级指示”，过去政府部门发通告时总是把我的姓放在文首。我就姓这个“奉”。

在广阔的中华大地上，奉姓人烟特别稀少，“百里挑一”你都挑不出一个。实际上，奉姓人口只占全国人口的万分之一点几，说“万里挑一”绝对不过分。也就是说，你在一生中能遇到一个姓奉的，简直就是幸运之至了。在古代，估计奉姓像现今的大熊猫一样珍稀，连宋代编写《百家姓》的作者都不知道。除非他跟奉姓有不共戴天之仇，否则不会故意把奉姓遗漏。

由于奉姓的罕见，常常引起别人的好奇。不少人会说，从来没见过姓奉的人。甚至有人在念我的名字时，常常读成“秦友湘”。你若纠正他，他会跟你辩解道只听说有姓秦的，哪有姓奉的呢?以为是写错了呢！真是让人哭笑不得。

交往中与别人互通姓名，常有人不知是哪个“奉”。为了解释清楚，说个明白，我翻烂地图，百般检索，终于将各地以“奉”

字开头的地名烂熟于胸。对川渝人，我常说“奉节县的奉”；见到上海人，我会说“奉贤区的奉”；初见浙江人，我便说“奉化县的奉”；遇到辽宁人，我声称是“奉天的奉”；如果是江西人，我就说“奉新县的奉”；对于河南人，我解释是“奉先寺的奉”。唉，为了让问我“贵姓”的人明白我姓这个“奉”，我差不多要绞尽脑汁了。

姓了赵钱孙李、周吴郑王这样的大姓，自然很有人多势众的自豪感。而我姓了奉这样的小姓，也备感荣幸。物以稀为贵，姓以稀为奇。罕见的姓氏往往容易被人记住。我在《四川日报》当记者时，采访过一位省级领导。几个月后又在一次会议上相遇，他一口就叫出了“小奉”！这让我大为惊讶和感动，心想这领导太厉害了，连一个小记者都记得。他却谦虚地说，你这姓好记！

不过，在很长时间里，我只知道“奉天承运”，但就是不知道自己的“奉”来自何方。

后来四川宣汉县档案馆奉政名先生编写了一本“奉氏家族文化”，找我请书法家题写书名，我才初步了解奉姓的来龙去脉。2006年，奉政名先生又同一批奉姓精英共同编辑“中国奉氏文化”，邀我任编审，我更深入地了解到奉姓的源流、发展、迁徙、分布。认识到小小的奉姓，也是博大精深的中化姓氏文化百花园中的一缕独特馨香。

我们常说，咱地大物博、人口众多的中国是个多民族的国家，“56个民族，56枝花。”而小小的奉姓，也是个多民族的姓氏呢！据奉氏族谱记载和奉正名先生研究，奉姓中有汉、瑶、佤、苗、傣、布朗、阿昌、土家八个民族，竟然占了全国所有民族的七分之一！天哪，一想想多开心啊，奉姓里居然有那么多身穿漂亮民族服装的少数民族兄弟姐妹！实际上，有许多汉族的奉姓族人，原来都是少数民族，是在特定的社会历史时期改为汉族的。当然，这也正常，各个姓氏都有这种情况。比如汉族李姓中也有许多是其他民族改姓的。古蜀成汉时期的李特一族便是氐族。唐代以前，鲜卑族也有许多改为李姓的。

那么，奉姓到底源于何时、何地？开姓始祖到底是谁？

根据奉政名先生的考证，奉姓有十来个源流。由他姓改奉姓的比较多，比如由嬴姓改奉、秦姓改奉、凤姓改奉；此外还有以号为奉姓，以封地为奉姓，以官职名称为奉姓，由帝王赐姓奉等。大体上脱不了中国姓氏来源的普遍规律。奉姓出现较晚，现在所知见诸文献的均在秦汉以后。《康熙字典》载奉姓，并注明汉有马军使奉挥。《中华大字典》也记载东汉有光禄大夫奉肸。还有词典记载宋代有名医奉真等。

稀有的奉姓中似乎找不出几个大人物可以炫耀。不过，在奉姓源流中，却不乏身份高贵的开姓鼻祖。

第一个源流最厉害，说奉姓是源自秦国嬴姓，始祖乃是秦孝公的弟弟嬴季昌。据湖南新化奉氏家谱记载，嬴季昌因为反对商鞅变法遭到迫害，于是潜逃出秦。他从秦国一路狂奔到桂林象郡，后来又沿着采药人的足迹悄遁于江西永丰，最后在安徽凤阳隐居下来，并在此更名奉吉，成为奉姓开姓始祖之一。到了宋代，这支奉姓出了一个叱咤风云的镇国上将军奉朝瑞。因湘西发生叛乱，奉朝瑞领命带兵讨伐。其奏凯后获封世袭万户侯，并继续镇守南藩。于是他的子孙便在今湖南新化县奉家镇一带扎下根来，世代相传。

第二个源流也蛮厉害，以封号改姓奉。说的是汉初娄敬，向汉高祖刘邦先后献上迁都、和亲、移民之策，均得到采纳。刘邦封娄敬为郎中令，赐姓刘，号奉春君。后来，这位奉春君的一部分后人，便以号为姓，改姓奉了。这一说法始载于南朝何承天著《姓苑》，算是有书为证。有些奉姓谱牒中也认为自己的先祖就是奉春君。

当然，比奉春君更早的有战国时赵国赵惠文王的太傅和相邦李兑，他被封为奉阳君。他的子孙有没有以号为姓的呢？按奉春君的例子，这种可能性是存在的。

第三个源流是以官名奉常为姓。秦汉之际有九卿之首名奉常，掌管国家宗庙礼仪，权高位重，声名显赫。担任过奉常职位者的后人，为了纪念先人，便以奉常官名为姓，改姓奉。这一说法在一些奉姓谱牒中得到了证实。

第四个源流是以封地为奉姓。全国以“奉”字开头的大地名不少，历史上可能更多。一些被分封的部族便以“奉”字开头的封地为姓。有封地的都是贵族，非王即侯。所以其身份地位不言而喻。

由此可见，奉姓族人的血液里流淌着秦风的剽悍，汉水的智慧，尊显的威仪。正是各个流派的奉姓像涓涓细流般汇聚在一起，才壮大成了一条生机勃勃、奔腾向前的奉姓河流。随着历史的进程，社会的变迁，奉姓人口主要集中于南方的湖南、广西、四川、云南、贵州、广东、江苏、湖北、安徽、江西等省、自治区。据 2006 年粗略统计，全国奉姓有 20 万余人，排在全国 480 多位。

湖南、广西奉姓人口较多，各有 45000 多人，四川有 22000 多人。三省区加起来差不多占了全国奉姓人口的 60%。而广西恭城瑶族自治县，是全国奉姓人口最多的县，达到 23500 多人，约占了全县人口的十分之一；其次是广西全州县，有 15000 多人；第三名是湖南的宁远县，9000多人。

根据谱牒记载，我这一支奉姓源于今湖南新化县奉家镇，是宋代始祖奉朝瑞的后裔。那么，怎么又到了四川内江呢？说来也简单，这就跟清初开始的伟大的移民运动“湖广填四川”有关了。相关资料表明，清康熙年间以来，湖广各地十几支各流各派奉姓族人入川创业。经300多年繁衍生息，川内奉姓人口已达2万多人，现分布于成都、南充、遂宁、达州、广安、内江、资阳、绵阳、德阳、广元等十几个市的20多个县、区。奉姓最多的地区是遂宁市，达6000多人；而广元市旺苍一县，便有奉姓3000多人。

在现内江市东兴区白合镇边塘坊冲村，有个小地名叫王狮湾深水凼，青翠的土丘之上巍然矗立着一座大坟，因坟前有一牌坊式的墓碑，人们俗称此坟为“花坟山”，称此碑为“花碑”。这就是咱这支奉姓入川始祖奉怀珠的墓。据碑文记载，怀珠始祖安葬于清乾隆四年（1739年），清光绪十一年（1885年）立碑。这座牌坊式墓碑高达丈余，三厢四柱，颇为雄伟。碑石嵌在石柱间，上面镌刻着怀珠迁川时间，后裔至“锡”字班的名字及奉姓的班行。四根石柱上镌刻着当地名流的题联：

亿世保宗祊水源木本思衡岳，万年昭享祀马鬣牛眠壮蜀山。

己卯科举人拣选知县易鸿昭拜题。

内水又开新世系，南湘遥望旧家山。

里人张大鼎拜题。

这两联表达的是差不多的意思，虽然怀珠始祖入川以来子孙后代繁荣兴旺，家业发达，但饮水思源，不要忘记自己的根本、自己的老祖宗在湖南。知道来时路，方能行更远。先辈早就明白这样的道理。

从相关资料得知，题第一联者易鸿昭乃时任知县，举人出身。他曾编过光绪年间的《内江县志》。张大鼎其人查不到任何信息，想必是当时内江县的著名乡绅。知县和地方名人亲自题写奉家入川始祖墓碑对联，说明当时奉氏家族在当地还是颇有面子的。

从怀珠始祖墓碑碑序中得知，他与家人于康熙三十年（1691年），千里迢迢从湖南宝庆府新化县石马乡五都来到四川。此时湖广填四川移民已经40来年了，成都周围的良田沃土想必已经被先来的移民占据。怀珠和家人于是辗转川内，8年之后于康熙三十八年（1699年）在当时的内江县（今内江市东兴区白合镇郊）王狮湾落户定居。

据雍正年间所编《四川通志》记载，到康熙二十四年（1685年），四川人口仅9万多人。而此时已经移民30来年了。可见以前人口之稀少。据康熙二十五年（1686年）内江县记载，“民出就食，所存者不过数十家耳”。

奉怀珠始祖一行就在此记载十几年后，来到这块土地荒芜、人烟稀少的地方扎下根来。他们很有可能是最早来到内江县的湖广移民。此地没有高山大河，只有浅丘小溪，曾经遍布良田沃土。据《华阳国志》记载，在东汉时，内江县叫汉安县，这里家家耕田种稻，挖池养鱼，是为景色优美的鱼米之乡。

筚路蓝缕，艰苦创业，奉怀珠老祖宗和家人一定吃尽了苦头。经过百余年奋斗，怀珠始祖一支人丁兴旺，产业发达。到嘉庆十三年（1808年），他的孙辈、重孙辈就在创业地附近的复兴场（今白合镇）建起了奉氏祠堂，置下了产业。他的一个孙子奉圣谟还成了正八品官员。从品级上推测，奉圣谟估计是县丞之类的官员，县丞是知县的得力助手。根据碑文记载，始祖有 6 个儿子，17 个孙子。后来光是用于祭祀的田产就买了 28 亩。由此可见，到为怀珠始祖立碑树传之时的清光绪年间，奉家在当地一定相当发达了。这种繁荣一直维持了较长的时间。到民国时期，奉家至少在镇上有住宅商铺，农村有祖屋田产。

我这一支奉姓属于“幺房”，而且基本上代代老幺。我的先祖奉廷相是入川始祖奉怀珠的第四子。经圣荣—帝瑞—锡高—显章—名世，到我父亲奉孝模，他又是弟兄中最小的，人称“奉幺爷”。他字文山，后来便以此为名。到我，再到子、侄及他们的下一代，330 年才传到第十一代。而长房的恐怕已经繁衍到十二三代了。据 2006 年的不完全统计，怀珠始祖的后代已有 400 多人。

300 多载春秋更替，我们这支奉姓十数代人在四川这片沃土上开拓与耕耘，奋斗与振兴，终于成为重建与复兴蜀地的“老四川”。我们应当感谢先辈们背井离乡的勇毅果决和艰辛开创，没有他们当年开天辟地般的先行，就没有后世子孙在四川的繁荣。我们也应当感谢撰写谱牒的先人们，没有他们一代代的辛勤记载，我们今天就无以看到前人深邃的足迹。

（发表于 2022 年 5 月 25 日“封面新闻”）

感恩竹叶青

蜀国多仙山，峨眉邈难匹。因此，我独爱峨眉山。蜀国多佳茗，竹叶青天下。故而，我独爱竹叶青。我爱竹叶青窈窕的身姿，如剑如锷；我爱竹叶青清新的体香，雅而不艳；我爱竹叶青深刻的内涵，厚而深敛；我爱竹叶青超然的品格，闻道而恬。

初识竹叶青是偶然的机遇，犹如人生中一场美丽的邂逅。那是在 1987 年 9 月。时任省报记者的我来到峨眉竹叶青茶叶公司的茶厂采访。结束后厂长执意要赠送一罐竹叶青茶给我作为纪念。记得那是一个方形的铁罐，深绿色，与茶叶的颜色十分契合。开罐探查，只见形如竹叶，身姿优美，清香扑鼻，摄人心魄。虽不明身价几何，但知道一定是高级东西。因为那时成都普通人家喝茶，基本上是买散装茶，“成都三花”是标配。即便是更好一些的“一花”“二花”，最多也不过是纸袋包装，素颜打扮。像铁罐竹叶青这样的精品，平生未见。我不懂茶，自然舍不得喝，怕糟蹋了好东西，便珍藏起来。不久，在北京某大机关工作的大舅哥回来，我才小心翼翼地拿出这罐竹叶青隆重招待。

大哥是个懂茶的人，也颇为讲究，喝茶一定要用三件套的盖碗。

我用汤匙将竹叶青从铁罐舀出，放在青瓷盖碗里，再用沸水冲泡，只见茶叶在沸水的冲击下，上下翻腾，煞是好看，然后覆上碗盖，移送到大哥面前。大哥满意地点点头，说，这个盖碗好！看大哥品茶，颇有眼下人们爱说的仪式感。少顷，大哥轻轻揭开盖碗，先嗅一嗅碗盖上的香味，再端起茶船，将鼻子靠近茶碗，轻嗅茶水上氤氲着的香气，然后放下，细观汤色，只见茶叶逐渐变得碧绿，茶汤浅绿。最后，轻轻吹一下浮茶，缓缓地啜上一小口，细细品味，慢慢咽下，欢叫一声："好茶！"

看大哥如此品茶，我不由得有些惭愧。虽说自己也算有点文化，但对茶几乎一无所知，于品茶更是外行。于是，我向大哥请教品茶的奥妙。大哥见我虚心求教，便与我聊起品茶。他说，这喝茶的第一个层次是解渴。茶水茶水，茶即是水，渴了，端起杯来，一饮而尽。对于解渴者而言，茶不过是调味品而已，只是为了避免白水之单调、寡淡。茶的第二个层次是助兴。一杯清茶，三两好友，品茗之间，谈诗谈文谈天下，其乐融融，各有所得，其情清新，若君子之交，清淡而馨远。茶的第三个层次是悟道。此道即人生。观茶叶之沉浮，知人生之起伏，察茶汤之清浊，悟人生之处世，嗅茶香之浓淡，解人生之亲疏，品茶水之甘苦，得人生之情怀。

大哥一边悠悠地细品这珍茗竹叶青，一边侃侃而谈。我听罢不由得在心里"哇"了一声：原来品茶还有这么多道理！真是听君一席话，胜读十年书。后来，罐里剩下的那些竹叶青，自然让大哥带回了北京。看得出来，他对于这份不完整的礼物格外喜欢。

从此，我对这竹叶青刮目相看，颇为敬畏。为了今后在大哥面前不显得那么无知，我便对这竹叶青也作了些探询。

自古英雄出少年，自古名茶出名山。细思起来，大抵是没有错的。峨眉、蒙山、黄山、武夷、庐山、君山、洞庭山等，无一不是名山，无一不出珍茗。据记载，峨眉山唐时已有名茶横空出世。唐朝李善所著的《文选注》中记载："峨眉多药草，茶尤好，异于天下。今黑水寺（后改名万年寺）后绝顶产一种茶，味佳，而色二年白，一年绿，间出有常。"而且，唐代的峨眉白芽茶还被列为朝廷贡品。到了宋代，峨眉白芽依然是川峡四路四大名茶之一，基本上是达官贵人、富商大贾的座上宾。在茶马互市、粗茶当道的宋代，峨眉茶尤以精致闻名。到了明代，四川有名气的茶多了起来，峨眉茶仍然居于四川 21 种名茶之前列。

1000 多年的茶文化底蕴，光耀历代的名门翘楚——经过这一番探询，我把深闺中的竹叶青形象理解成端庄与智慧共存的神女，于是乎从简单的敬畏，几乎发展为崇拜。

几年前，我又去了峨眉，同事们直接把我拉到位于峨眉山市区的竹叶青体验馆。茶艺表演，新茗品尝，精品参观。美女与名茶齐舞，茗香共声色并妍。我才恍然大悟，眼下的竹叶青，已经不只是一款名茶，而是一个庞大的产业，一项精粹的文化，一种精致的生活，一缕时尚的风向。尤其是这许多年以后，人生的阅历也让我不再青涩而懵懂，让我对茶有了更深刻的理解，对竹叶青有了更贴心的诠释。在那里，我已然悟到，竹叶青一品得其味，二品可清心，三品足问道。自认为可以概括品茶之境界，窥见阅世之门径。

从自身的体味看来，品茶一是需要经历。大概少年都很难悟出品茶的意境，少年不识茶滋味也属正常。比如我们伟大的老乡苏轼。从东坡先生所写的诗词来看，涉及茶的足有八九十首，但基本上是中年以后所作。他年轻时的诗词，基本上不谈茶。可见，即便是如东坡先生这样的杰出人物，对茶的认识也需要人生经验的积累。据说他后来对于品茶，深得其中三昧，对于茶叶、水质、器具、煎法，都颇有研究。他甚至还写过一首《种茶》诗：

松间旅生茶，已与松俱瘦。
茨棘尚未容，蒙翳争交构。
天公所遗弃，百岁仍稚幼。
紫笋虽不长，孤根乃独寿。
移栽白鹤岭，土软春雨后。
弥旬得连阴，似许晚遂茂。
能忘流转苦，戢戢出鸟咮。
未任供白磨，且可资摘嗅。
千团输大官，百饼衔私斗。
何如此一啜，有味出吾囿。

品茶二是需要心情。茶逢知己，心旷神怡，无论丽日晴天，还是阴雨连绵，皆可品茗言欢，纵论天下。正所谓“松风煮茗，竹雨谈诗”，尽得其趣。东坡先生在杭州任职时，一天他兴致颇高，遍游净慈、南屏、惠昭、小昭庆等佛寺，喝了七盏浓茶，快活得不得了，把自己比作维摩菩萨，又比作谢康乐，并说饮了茶，微恙也好了，药也不用吃了。于是他写下这样一首饮茶诗——《游诸佛舍，一日饮酽茶七盏，戏书勤师壁》，诗云：

示病维摩元不病，在家灵运已忘家。
何须魏帝一丸药，且尽卢仝七碗茶。

可见，心情好时，茶也可以治病呢！

品茶三是需要悟性。品茶其实也如品花、品酒等。将茶格赋予人格，将人情移于茶情。这才有所谓“禅茶一味”的正、清、和、雅。若无悟性，茶永远只是茶，只是水，了无异趣，大不了这个香点，那个淡些。就像一般人欣赏书法，只知其形，不得其神。品茶而悟人生，才是茶道的境界，茶道的真谛，茶道的妙处。当然，成都的坝坝茶得世俗，楼间茶得商机，书吧茶得情趣，又是另一类品茶了。

从那以后，我觉得，自己对竹叶青的感情，又有了新的升华。似乎从崇拜又到了爱恋的地步。这种爱恋建立在油然而生的一种深深的感恩之上。因为正是由于与竹叶青的美丽邂逅，让我认识了茶，理解了茶，感悟了茶。

（2019 年 4 月 17 日刊于《华西都市报》副刊）

问　蝉

秋眠不觉晓，处处闻知了。虽然立秋已经有一旬之久，这都市里的蝉鸣并不见消停。从清晨天还未大亮开始，它就肆无忌惮地宣布它比你醒得早。然后是上午、下午、晚上，它总在庭园的东南西北打游击，一阵又一阵地拼命嘶吼，常常叫得人心烦意乱。

如果是邻居打扰了你的清静，你完全可以报警；但这蝉子的鸣叫，警察似乎也管不着。据说会鸣叫的蝉都是雄蝉，它高声歌唱是为了引起美丽雌蝉的垂青，前来赴约谈情说爱。就像当年司马相如琴挑卓文君；或者像多年前大学里男生抱着吉他在女生楼下弹唱，以取悦心仪的女生一样。可是你搞对象也该分个时间场合啊，你成天在那里耍酷飙美声勾引良家女蝉，大大影响了读书的人、写作的人、好静的人，不说你道德败坏，至少也算骚扰良民百姓吧？到了这个份儿上，其实，警察也应该管得着了。

那么，这雄蝉为啥成天拼命叫春呢？

为了解这蝉，只有去书山寻找答案。真是不看不知道，一看吓一跳，原来这蝉的世界竟然如此广阔无垠，博大精深！据资料说，世界上有 2500 多种蝉，在咱中国就有 150 多种。蝉属昆虫纲，节肢动物门，同翅目，蝉科。我们常见的有黑蚱蝉、蟪蛄、草蝉、斑蝉、薄翅蝉、高砂熊蝉等。台湾有一种蝉，称为黑丽宝岛蝉，身材修长婀娜，头部有黑色和粉绿色相间的花纹，形似人脸，被誉为蝉中美人。蝉的生命周期一般为3年至5年，而在北美洲，有长达13年和17年的两种长寿周期蝉。不过，我们能见到蝉的时间，是在夏秋季节。蝉在阳光下生活的日子，不过仅仅两三个月。原来，蝉是潜伏的“地下工作者”。其一生中的大部分时间，都是在地下以幼虫的形态度过。蝉的幼虫又叫若虫，它们以吸食树根的汁为生，吃饱了就呼呼大睡。在这个过程中，它会进行几次蜕变，直到变成成虫的前夜。到了夏天，一群群即将成熟的蝉在晚上偷偷爬到树上，小心翼翼地最后一次褪去身上的硬壳儿，慢慢地张开美丽而透明的双翼，最终完成羽化的过程。这种蜕变，使它们在一夜之间，就迅猛地出落成可以生儿育女的成蝉。到天明的时候，雄蝉就开始使劲鸣叫，殷勤地招蜂引蝶求偶，以迅速完成繁衍后代的使命。因为它们只有60天到80天的生命了，不得不以只争朝夕的精神，用尽洪荒之力，拼命叫唤，吸引异性。如果有雌蝉闻声前来，雄蝉又会发出一种甜蜜的专门求爱的声音低吟浅唱。若两情相悦，它们便恩恩爱爱地开始交配。雄蝉的交配无疑是一种壮烈的行为。因为当它勇敢地完成传宗接代的任务后，便很快以身殉职。而交配后的雌蝉，则用身上坚硬的产卵管在树枝上刺下一个又一个洞，然后把卵产到这一些洞里，每个洞里会妥帖地安放3枚到4枚。做完这一切，欣慰的蝉妈妈在一周之内不吃不喝，孤独寂寞地香消玉殒。而那些受精卵会在第二年孵化成为幼虫，掉落地上，钻入土里慢慢成长，去度过自己不平凡的生命周期。

当我了解到蝉平凡而壮烈的一生，便对它的鸣叫减少了厌恶之感。并且慢慢表示理解和同情。蝉为了自己家族的繁荣，不惜以命相搏，其情可悯，其勇可嘉，其爱可咏，其壮可颂！人的父母养育儿女固然伟大，固然无私，固然可歌可泣；但倘若要人繁殖下一代后便英勇牺牲，恐怕没几人能有此豪情壮志。如此，自己甚至有些喜欢这小小的蝉了。

对于昆虫，人们往往爱把它们分个好坏。对人有好处的便是益虫，有害的便是害虫。这当然是一种极简单极粗暴的划分。就像孩提时看电影，老问大人谁是好人谁是坏人一样。长大了才知道，人的好坏并不那么容易分辨。其实昆虫的好坏也是这样。蝉似乎往往被认为是害虫。因为它吸食树根的汁，树干的汁，甚至可能让树枯萎或死亡。

但蝉似乎也有不少对人有益之处。它至少娱乐了一代又一代少年儿童，这笔账永远也算不清楚。小时候，我和其他小伙伴一样，喜欢听蝉子在夏天里吟唱。捉鸣蝉，捡拾蝉蜕，尤其是儿时的乐事。蝉蜕便是蝉最后变为成虫时脱下的“衣服”。把完整的蝉蜕送到收购站，可以换来零花钱，买得几颗香甜的水果糖。而水果糖又会激发人体内令人愉悦的多巴胺。蝉蜕在传统中医里具有广泛的药用价值：它可以疏散风热，宣肺利咽，还有平定儿童痉挛的功效。因此，在中医眼里，蝉不但没害处，恐怕是大大的益虫了。

当然，还有一些地方，人们把蝉子作为一种美食。据悉，蝉的蛋白质含量极高，占到72%，相当于普通鱼类所含蛋白质的三倍。油炸蝉子，油炸蝉蛹，都是一些美食者的无上佳肴。不过，对于吃蝉子、蝉蛹，我个人持保留态度。当然，人工养殖的另当别论。

估计古人不会吃蝉子。尤其是古代诗人应该不会吃蝉子。因为在他们眼里，蝉是一种神圣的、纯洁的、品格高尚的动物。古人雅称蝉为蜩，读音同条。连蝉蜕也被雅称为蜩甲。《诗经·豳风·七月》里就有“五月鸣蜩”的诗句。他们爱蝉，咏蝉，颂蝉，甚至常常把自己比喻成蝉。古人认为，蝉啜吸清气，饮露水为生，不食粮食荤腥，其性清纯；身居高树，如居高位，但不贪不占，其行高洁；它高声鸣叫，其音远播，其志高远。晋代大文豪陆机的弟弟陆云曾作《寒蝉赋》，他在序言中为蝉总结了六德：“夫头上有緌，则其文也；含气饮露，则其清也；黍稷不食，则其廉也；处不居巢，则其俭也；应候守常，则其信也；加以冠冕，取其容也。君子则其操，可以事君，可以立身，岂非至德之虫哉！”看看，这蝉是多么伟大的生灵啊！具有文、清、廉、俭、信、容六德，比鸡文、武、勇、仁、信之五德还多了一德。

于是，在中国古代文人雅士眼里，蝉不是蝉，而是一种清流的象征，是一种高雅的文化，是一种德行的化身。因此，就像屈原喜欢咏橘树，不少诗人也喜欢咏蝉。初唐诗人、大书法家虞世南曾咏道：“垂緌饮清露，流响出疏桐。居高声自远，非是藉秋风。”他以蝉的行为，标示自己高洁清远的品格志趣。咏蝉的清华隽朗，实是喻人的高标逸韵。虞世南身为凌烟阁二十四功臣之一，据称他有“五绝”——德行、忠直、博学、文词、书翰，因而深得唐太宗李世民敬重。

无独有偶，“初唐四杰”之一的骆宾王也曾咏蝉：“西陆蝉声唱，南冠客思深。哪堪玄鬓影，来对白头吟。露重飞难进，风多响易沉。无人信高洁，谁为表予心？”他笔下的蝉命运悲苦，历经风刀霜剑，空有高洁之心、高远之志，却无人理解，孤独嘶鸣。这哪里说的是蝉呢？分明是他的自画像：空有报国之志，经世之才，却身陷囹圄，一夜白头。可这片忠心有谁能理解？悲愤之情，跃然笔端。

除此之外，骆宾王还写过另一首《秋蝉》诗，以蝉喻己，充满顾影自怜的伤感情怀。

当然，古人咏蝉的诗远不止这些，网上随便一搜便是一大把。而且大都是赞美和同情蝉的。看来，蝉不但是我国古人崇敬的圣物，更是被他们赋予了深远的文化意义。“容丽蜩螗，声美宫商。飘如飞焱之遗惊风，眇如轻云之丽太阳。”瞧瞧，陆云《寒蝉赋》里的蝉子是何等美妙！可自己对于蝉，只闻其噪声，不见其美德，简直是一声障耳，不闻大名；一叶障目，不见泰山。由此可见，只凭个人好恶判断是非，恐怕会陷入自私狭隘偏颇的泥淖呢！我又想，蝉不仅具有古人所说的六德，它还有长期潜伏谋求生存的隐忍之德，为繁衍后代勇于献身的牺牲之德。那么，蝉就不只有六德，而应该有文、清、廉、俭、信、容、忍、勇八德了！

于是，我对于蝉，终于有了敬佩之感。

（作于 2021 年 8 月 17 日，刊于当日“封面新闻”）

访　桂

刚进入9月，天气就凉爽下来。早晨起来，推开顶楼的木门，一阵清风卷和着一股浓烈的花香，扑鼻而来。我不由得抬头一看：哇，近在眼前的那棵金桂，居然已经悄悄地盛开着满树金红的花！那浓郁的花香，便从这层层叠叠的一簇簇花中漫溢而出。

这金桂的花香特别浓醇，有如陈酿的老窖。浓香中有甜甜的味道，仿佛沁着蜂蜜。对了，香甜，浓浓的香甜，醉人的香甜，就是这种味道。不过，它香而不闷，甜而不腻，醉而不晕，反而提神醒脑，舒心清脾。

这金桂花何以如此香甜？我决心认真考察一番。这桂花不是独立的一朵一朵，而是一开就是一簇，一簇花有五六朵、七八朵到十几朵不等。它们每几簇几十朵花抱成一团，围着树枝的节竞相开放，远看又像是一串串的花球。虽然每朵花还不如一粒豌豆大，但一棵金桂满树的枝丫上都怒放着灿烂的金红，那就是一树的璀璨，一树的馨香，一树的甜蜜！如纯金锻就的小花千朵万朵密密麻麻缀满枝头，像火苗一样燃烧得轰轰烈烈，你数也数不清，看也看不尽。

金桂花朵儿虽小，却也“五脏俱全”。在一簇花中，每一朵小花都由一根细细的花柄顶着，像极了向上反着撑开的亭亭的微型小伞。绽开的花瓣四分，中间还有更微小的花蕊，香甜的味道似乎就是从这弧形的花蕊中款款溢出的。再仔细观察，这些花开在叶子的中心、下面、腋间，但平面望去，它顶尖的花也并不超过叶尖的高度。因此，你怎么看，金桂的花也在翠绿的树叶之下。不像月季总爱独占枝头，生怕别人看不到它的艳丽。

走访一下桂花家族，真是让人眼界大开。桂花为木樨科，木樨属，我国亚热带地区便是它的老家。古人爱桂，赠予其许多美名：岩桂、九里香、金粟、木樨等，它在我国已经有 2500 多年人工栽培历史。根据树叶的形状、花香的浓淡、花的色泽、开花的季节等特征，桂花被分为四大类：金桂、银桂、丹桂、四季桂。金、银、丹三桂花期都在 9 月、10 月。而四季桂除了 9 月、10 月开得最繁，一年四季均可开放。据说我国现已命名 150 多个桂花品种。

金桂无疑是“桂中之王”。在桂花中，金桂色泽金黄、金红，最为鲜艳、绚烂；花的香味最浓，浓郁中又浸着甜蜜；花朵最为硕大、肥厚；树形也最为优美、挺拔。金桂有 40 多个品种，名贵的有金球桂、齿叶金桂、柳叶苏桂、波叶金桂、大花金桂、杭州黄桂、长柄金桂等。

银桂的香味比金桂就要稍逊风骚了，只能称为“次香”。九龙桂是其中的极品，曾经是宫廷中帝王及后妃的最爱。此外还有白洁、雪桂等名品。

丹桂的香味又次一等，其著名者有状元红、朱砂红、雄黄桂等。

至于四季桂，则属于淡香桂，四季辛苦开花，反而最不被人看重。橘叶桂、小叶佛顶珠、月桂等是其中的佳品。

桂花不仅具有绿化、美化、香化的功能，让人赏心悦目，心旷神怡，它还有实在的药用和食用价值。中医认为，桂花可以提神醒脑，缓解紧张情绪；消除口臭，杀灭口中细菌；化痰止咳，平息气喘；美容养颜，减少色斑，美白肌肤；温经通脉，对痛风、风湿性关节炎等颇有疗效。当然，桂花酒、桂花茶、桂花蜜、桂花饼等，更是人们喜爱的饮品和食品了。

桂花的浓香和粲然、甜美为自己赢得了佳誉，它荣耀地跻身于中国十大名花之列：梅花为花中之魁，牡丹为花中之王，菊花为花中隐士，兰花为花中君子，月季为花中皇后，杜鹃为花中西施，荷花为水中芙蓉，茶花为花中娇客，桂花为花中之尊，水仙为凌波仙子。当然，这是民间排序，约定俗成，也说不上什么权威性。不过，我还是为排在第九的桂花鸣不平。其他都不说了，那月季凭啥排在桂花之前？它香不过桂花，贵不过桂花，有用不如桂花，无非就是它脸蛋漂亮点儿，身姿妖艳点儿嘛。看来今后这十大名花得好好重新评！

古人颇重桂花，敬其标格，爱其香而不艳，美而不俗，贵而不显，尊而不骄。

宋代大才女李清照独爱桂花，对它青眼有加，赞赏不已。她在《鹧鸪天·咏桂》中吟道："暗淡轻黄体性柔，情疏迹远只香留。何须浅碧深红色，自是花中第一流。梅定妒，菊应羞，画栏开处冠中秋。骚人可煞无情思，何事当年不见收。"按她的说法，桂花甚至可以排在梅、菊之前哦。

与李清照同时代的另一位才女朱淑贞也非常喜欢桂花，她在《秋夜牵情》中写道："弹压西风擅众芳，十分秋色为谁忙。一枝淡贮书窗下，人与花心各自香。"虽然通篇不着一"桂"字，可那花香已经沁入人的心脾了。

李白则把桂花比喻成人才，希望当权者重视，多多加以栽培："世人种桃李，皆在金张门。攀折争捷径，及此春风暄。一朝天霜下，荣耀难久存。安知南山桂，绿叶垂芳根。清阴亦可托，何惜树君园。"

咱们的老乡东坡先生也爱桂花，他不仅对桂花的清纯耿介赞誉有加，并且奉劝世人热爱珍惜："月缺霜浓细蕊乾，此花无属桂堂仙。鹫峰子落惊前夜，蟾窟枝空记昔年。破裓山僧怜耿介，练裙溪女斗清妍。愿公采撷纫幽佩，莫遣孤芳老涧边。"

而幽默的白居易先生爱桂爱得很特别，他觉得在地球上种桂还不满足，他认为月宫广阔无垠，只有一棵桂树实在太少，便提出如此建议："遥知天上桂花孤，试问嫦娥更要无。月宫幸有闲田地，何不中央种两株。"哎呀，差点儿让人笑出眼泪花儿来！

人们喜爱桂树桂花，还因为桂具有美好的寓意。

桂象征荣誉和尊崇。中国古代科举的乡试、会试皆在秋季，此时也正是桂蕊飘香的季节。人们遂把秋试及第者登科赞誉为折桂，或蟾宫折桂。

桂又通"贵"，象征仕途通达。所以，许多人家喜欢在庭园里植桂。桂还象征吉祥、友好。古人在分别时折桂相赠，以表惜别和祝福之意。甚至国外也有以桂为尊的习俗，把桂寓意为荣耀、荣光。从1815年开始，英国王室把选拔出来的优秀诗人称为"桂冠诗人"。

折桂自然是美事，不过像吴刚那样斫桂，可就是苦差事了。唐朝人段成式在其著作《酉阳杂俎·天咫》中写道，传说月中有桂树，高五百丈。下面有一个人天天用斧头砍它。但每砍每合，砍掉枝丫，马上又长出来，于是永远砍不完。这个人叫吴刚，西河人，由于学仙犯了过错，玉帝将其贬谪到月宫里砍伐桂树。

后人在此基础上，又演化出各种传说。其中一个传说比较有趣。说在玉皇大帝居住的灵霄宝殿，看守南天门的一位天神名叫吴刚。这吴刚爱慕月宫里寂寞的嫦娥，常常擅离职守偷偷与嫦娥约会。此事被玉帝得知，大怒之下罚吴刚去月宫砍伐桂树，不砍完便不得复职，当然也不准再见嫦娥。

那时人间还没有桂树，这月宫里的桂树便是最早的祖桂，长得欣欣向荣，枝叶繁茂，高达五百丈，那树围也有几十丈，真正的参天大树。为了早日砍完这棵桂树，吴刚不吃不喝，夜以继日地砍啊砍，从烈日炎炎的暑夏一直砍到大雪纷飞的冬天，眼看就要将枝叶伐尽。玉帝慧眼一看，不行，绝不能让吴刚成功。他立马派一只神乌飞去，衔走了吴刚挂在树上的衣服。吴刚不知是计，飞身猛追。衣服倒是夺回来了，但回去一看，那桂树又长成原来的五百丈高了，大半年的活儿白干了。吴刚只好继续砍树。那神乌奉了玉帝之命又来捣乱，站在树上聒噪。吴刚停下来瞅一眼神乌，砍掉的桂树马上愈合。于是，吴刚永远也砍不尽这月宫里的桂树。

后来吴刚明白了，肯定是玉帝在背后捣鬼。他咋个斗得过玉帝嘛！于是便也学乖了，砍树之余，酿点桂花酒，炼点桂花蜜，做点桂花糕。他让神乌给嫦娥捎去，以寄托自己的相思。神乌贪吃了吴刚的酒啊蜜啊糕啊，只好偷偷效劳。吴刚虽然不能再见嫦娥，总可以通过神乌快递自己亲手做的美味给她。自然，嫦娥身边的玉兔和金蟾也跟着沾光了。

吴刚还是个极有爱心的神，他见人间无桂，便故意抛下些枝条到地上。人们拾得，便扦插在土里，遂长成绿叶婆娑的桂树，开出美丽浓香的花朵。每年农历八月十六这天，吴刚休假，便向人间撒下桂叶。地上的人家拣到，便可富贵一生。

最早认识吴刚，是在毛泽东“问讯吴刚何所有，吴刚捧出桂花酒”的词句中。那时就觉得吴刚是个敬仰烈士的好汉。读了上面的故事，才得知吴刚还像希腊神话中敢于绑架死神的推石英雄西西弗斯那样执着、坚韧。他的百折不挠也许终有一天会感动玉皇大帝。同时，我也才知道，原来这桂花，也非人间凡物，而是来自天庭，难怪它如此清奇俊逸呢！

（作于2021年9月9日，刊于当日“封面新闻”）

穿女裤

在我上初中的那个年代，男女同学之间仿佛隔着楚河汉界一样。说“鸡犬之声相闻，老死不相往来”也许过分了些，但男生同女生之间“非必要，不说话”大概是一条不成文的铁律。可是有一天，这个壁垒突然被打破。我竟然在班上穿上了同班一位美女同学的裤子，而且穿了整整一天。现在想起来，这奇特的经历简直就像是一段童话。

我上初中是在1970年春季，13岁的我是家里最小的孩子，此时正面临无人照管的危机。父母在我三四岁时相继去世。曾经像母亲一样照顾我的大姐嫁去了夫家，不在同一个镇上。17岁的二姐响应领袖号召，去离我们镇子5公里的一个生产队当了知青。19岁的哥哥在饮食店上班，成天忙得自顾不暇。他不但要帮我拼凑每年的学费、书本费，每月还要负担我几元买米的钱，已经压力山大，哪里还有精力来管我的生活？

二姐对我说，如果我不怕每天来回走10公里路上学，就干脆去到她生产队，至少可以相依为命。想想自己在镇上也差不多无家可归，饥一顿饱一顿，甚至常常空着肚子上床的日子实在也过够了，我一咬牙便同意了二姐的提议。于是，我从此成了“乡坝头”的孩子，像农村同学一样，每天往返于镇上和生产队之间，开始了两年风里雨里的奔波。那时从镇上到生产队没有公路，全是田埂或山丘小路。冬去春来，夏去秋接，一年四季，不管是烈日炎炎，还是风霜雨雪，我每天都要来回走10公里到镇上念书。我甚至比班上多数农村孩子走的路还远。

我当时上的是“戴帽子”的初中班，是白鹤镇小学开办的。镇上正规中学的初中部招生人数有限，我小学班里镇上的男生除我这种没有任何家庭背景的人之外，全部上了中学的初中部。而镇上的多数同年级女生，包括3位小学同班男同学的姐姐，都成了我的同班同学。

其中有一位女生，名叫小苹，长得酷似电影《英雄儿女》中的王芳。她是班上女生中成绩最优秀的，在全班也排前几名。她又是文娱委员，自然成了女生的头儿。小苹中等个子，扎着两条小辫，皮肤白皙，瓜子脸，笑起来很灿烂。她的家境比较优裕，父亲是区粮站的领导。她大姐、大哥工作早，家里负担轻。因此，她总是班上女生中穿得最漂亮的，从来不会穿有补丁的衣服。脚上的鞋子也总是时新的，至少在镇上算一流的水平。其实，小学时小苹本来高我两个年级。她弟弟就是我的小学同班同学。因动乱时期小学经常停课，打乱了年级，一上初中便弄到一个班上来了。

小苹家庭条件优越，人长得好看，学习成绩好，爱好文艺，唱歌、朗诵都是班上最好的，领唱过《英雄儿女》插曲《英雄赞歌》，还演过京剧样板戏《智取威虎山》“深山问苦”一折戏中的小常宝。种种长处、样样优点都集于一身，这样的小姑娘自然有骄傲的本钱，眼光当然也是很高的。一般的人肯定入不了她的法眼。如果要用“骄傲的小公主”来形容那时的小苹，应该是恰如其分的。

于是小苹在班上便有些傲气，说话有时也比较尖刻。即便是平时爱调皮捣蛋的男生，也不大敢招惹她。她在班主任兼语文老师上课时一般比较老实，但上其他课时，便毫无顾忌。上课时常爱开小差，跟同桌叽叽咕咕摆龙门阵。那些老师自然把情况反映到班主任那里。

有一天，班主任张老师让我去她办公室，说有重要事情要给我说。看着一脸严肃的张老师，我不知要发生什么事。张老师说：“小苹太骄傲了，老是在其他老师上课时不守课堂纪律，在下面看课外书，跟同桌讲话，影响了其他同学。你成绩好，表现好，我看只有你才压得住她。因此，我想让你跟她同桌，帮助帮助她。”

张老师的话让我心里一阵激动，心跳不由得加速。老师的想法居然与我心底的梦想不谋而合。上初中以来，小苹就是我每天最想看到的女生。她并不妩媚，那个年头的女生也几乎很难用妩媚来形容。端庄，清纯，大方，有时还有点小调皮，她在班上的女生中无疑是超凡脱俗、首屈一指的了。她的身影，她的衣服，她的小辫，都是我魂牵梦萦的。我一直远远地看她，除了作为班干部工作上的接触，平常也难得跟她说话。要是跟她作了同桌，天天在她身旁，无疑是一件美妙的事。“我愿做一只小羊，跟在她身旁。”《在那遥远的地方》那首歌里的这句歌词我记得很清楚。我当心中仰慕女生的同桌，自然比当小羊美多了。于是，我心花怒放地接受了老师的安排。可我担心的是，以她的个性，肯定不会答应。她倒不一定反感我，但一定反感老师的特别决定。那个时候，已经不像小学时有男女生同桌的，班上完全都是男生跟男生同桌，女生跟女生同桌。老师这样安排，岂不是明明白白告诉别的同学，让我去监督她？

那时，我已经读过《钢铁是怎样炼成的》。书中有个女孩名叫冬妮娅，一个富家千金，是保尔·柯察金少年时喜欢的对象。我觉得，小苹就是我心中的冬妮娅。而我就是贫穷的保尔·柯察金。但贫穷并不能阻止我倾慕心中的公主。我期望自己是那个被七仙女垂青的幸运董永。

我答应了班主任，心里便滋长出一点点希望。但我清楚地感觉到，这种可能性是极为渺茫的。

果不其然，班主任的要求被小苹一口拒绝了。她是个绝不拖泥带水的人。张老师有些失望地把这个消息告诉我。我心里自然也泛起一丝遗憾，不过很快便消失了。因为我早就为自己打了预防针。不过，张老师的目的也达到了，小苹后来在课堂上的表现果然大有改善。

我的各科成绩在班上一直首屈一指，语文、数学考试基本上都是第一名。物理、化学的第一名多数时候也是我。甚至连唱歌也拿到满分。于是，到初二我便从班委变成了班长。

我初中时期的学业可以说是完美的。甚至在全校乃至整个镇上都有点名气，以至于一位在中学上初中部的小学同班同学见到我醋意大发，恭维我“世无英雄，遂使竖子成名”。他以为我不懂文言，其实早在小学未毕业时我就读过不少明清小说了。这句话我还是听得懂。笑骂由他笑骂，优生我自为之。学校有一个班的老师居然让我去给他们班上的学生介绍学习经验。我便临时抱佛脚，总结了读书要“眼到、口到、耳到、心到”等若干条，去胡诌了一番。我唯一的缺陷是因营养不良发育迟缓，个子在男生中基本上排倒数第几名。身高估计跟小苹差不多（实在是没有正式比过）。

小苹在学校里对我的态度是比较矜持的。既不像那些崇拜我成绩的女生那样热情，也不能说冷漠。大体上是那种客客气气、礼貌周到的表现。当然也时不时批评我有些骄傲。

不过小苹私下里对我还是亲切的。大概看我冬天下雨时都打赤脚，曾经偷偷送我一双她穿过的旧雨鞋。我不好意思穿，便给了二姐。她甚至还写了一篇作文《我的班长》，描绘了我的模样，记叙了我的"光辉事迹"，在一次作文比赛中展出。我趁人少时偷偷跑去，红着脸看了几句，紧张得小心脏"怦怦"直跳，像做贼似的没敢读完便落荒而逃。

我这才知道，她也在关注着我，观察着我。而且观察得很仔细。一个女生关注男生，观察男生，难道只是为了写一篇作文？或许，她心里也暗暗地对我有好感。唉，真是少年维特之烦恼！

记得有一次，她约我到她家里去，说是有事情要对我讲。她是上午放学前课间对我说的。下午没课，所以让我下午去。我不知道她要对我说什么，心里翻来覆去地猜测。可无论如何也猜不出任何端倪。

她的家在区公所保坎脚下。采光不好，屋里有些阴暗，还有点潮，但夏天里很阴凉。结果，她告诉我，班主任张老师病了，要休息相当长一段时间。她们几个女生去看了张老师，老师让她带话给我。张老师要我这个班长团结好班委们，协助其他老师，维护好班上的日常秩序，千万不要出乱子。小苹比我大一岁多，这时候，她真像个小姐姐。

一个夏末的早晨，天突然下起了大雨。这雨下得没有一点征兆，家住得离学校远的同学都没有带雨具。结果有一二十名同学成了落汤鸡。属鸡的我自然没能幸免。气温也骤然下降，到学校时我和同遭不幸的同学冷得瑟瑟发抖。

班主任张老师见状灵机一动，立马发动镇上的同学赶紧回家，把家里自己或哥哥、姐姐，甚至父母的衣服拿来，借给被大雨淋湿的同学穿。

家在镇上的6名女生立马热烈响应老师的号召，迅速跑回家拿来一大堆衣裤。不过，女生们拿来的衣裤当然是女式的多。我是班长，自然要让别的同学先选自己合适的。我最后选时，只剩下一条裤子了。我看了看，这是一条女裤。当时的女裤标志十分明显，是在裤腰左右两边开衩，各用两颗扣子扣上，前裆是不开口的。而男裤则是前裆开口。

我那天只穿了一条短裤，光着两条腿在冷风中战栗。看着这条蓝色的女裤我不知如何是好。因为我已经认出来，这条还比较新的女裤明显是小苹的，我看到她穿过。我的心里一阵飓风刮过，这难道是天意？为什么恰好是她的裤子？虽然我一直渴望与她交往，甚至期望得到她的垂青，但要当众穿上她的裤子，的确完全没有思想准备。

看我拿着裤子犹疑，一位与我关系好的男生走过来，关切地对我说：“快穿上吧，别冷感冒了。这种时候，没人会笑话你！哪个敢笑你，我就帮你捶他！”他长得牛高马大，拳头结实，常常以我的保护人自居。

我看了看那些穿上干爽衣服的同学，有的穿着又长又大，有的又小又紧，没几个合身的。好些同学都显得特别喜剧。大家你看我，我看你，嘻嘻哈哈地打闹，相互善意地取笑着。送衣服的几个女生也捂着嘴忍俊不禁。

好哥们儿的话给了我勇气。我横下一条心，在自己的座位上直接把这条裤子穿在有些潮湿的短裤之上。我站起身来，扣上两边的扣子，吃惊地发现，大小长短竟然非常合身！简直就像是比着我的身子做的。最重要的是，双腿一下子暖和了，全身也温暖了。这温暖来自这条女裤，也来自同学们的暖心行为。我下意识地向小苹的座位瞟去，近视的眼睛里模糊地看到温润友好，甚至欣慰的眼神。

镇上女生的行为得到了全班同学的一致赞赏。那天班上的气氛特别友好、融洽，课堂纪律也出奇好。唯一不好意思的是去男厕小便，其他班级的男生会用奇怪的眼神看着我解裤子的方式。我只好尽可能在人少时去，迅速解决后飞速地逃离。

按理说，我本该穿着长裤子回去，洗好了再还给小苹，但我实在不好意思穿回家。下午最后一节课快要结束的时候，我偷偷地在座位上把套在外面的长裤褪下来折好。下课后，我走到小苹的身边，双手把裤子递给她，轻轻说了声“谢谢”。我自己都觉得那声音就像蚊子叫似的。说完，我便飞跑出了教室。

（2022 年 12 月 26 日刊于“封面新闻”）

卖豆腐

我以为，世界上的人大抵可以分为两种：喜欢吃豆腐和不喜欢吃豆腐的人。不喜欢吃豆腐的人理由都一个，就是不喜欢吃；喜欢吃豆腐的人理由却各不相同。

吃豆腐轻松愉快。如麻婆豆腐、白玉豆腐之类，只需朱唇稍稍一抿，那豆腐便感动得稀里哗啦，立刻玉碎雪消。即便熊掌豆腐、油炸豆腐，用牙齿研磨起来也毫不费事。对于老人、小孩更是莫大的福利。若是啃排骨、棒骨之类，不但累坏门牙，连同全部牙齿都要悉数开动，加大马力，方能群聚而歼之，大嚼而烂之。倘若吃鱼，又得战战兢兢，如履薄冰，不敢放走一根小刺，否则，叫你如鲠在喉，吓你个半死。而吃豆腐则可放心大胆，尽欢而啖。

吃豆腐有美妙的口感。比如麻婆豆腐入口即化，如脂玉一般嫩滑，而且麻辣鲜香烫的滋味，催得人唾液泉涌，食欲大增，不但立马要多刨几口饭，甚至恨不得连舌头也一并吞了下去。熊掌豆腐外焦里嫩，口感层次丰富，像人生一样多姿多彩，咀嚼起来有肉香的味道，咸中回甜，甜中蕴鲜，韵味无穷。豆腐无论烧、煎、烹、炸、煮、拌，都可成美味。豆腐与其他荤素菜搭配，更可以做出百般花样、千变万化的佳肴。朱元璋钟爱的珍珠翡翠白玉汤中的“白玉”便是豆腐。豆腐还可以自成宴席，四川乐山市五通桥的西坝豆腐宴就极负盛名。

豆腐营养极为丰富。吃豆腐可以摄入丰富的植物蛋白。每 100 克豆腐蛋白质含量高达 15 克左右，跟花鲢鱼、草鱼的蛋白质含量接近。而且它包含的植物蛋白质是完全蛋白质，营养成分丰富，易被人体吸收。尤其是素食的出家人，更是把豆腐当作蛋白质的主要来源。故明代苏平《咏豆腐诗》吟道：“传得淮南术最佳，皮肤退尽见精华。旋转磨上流琼液，煮月铛中滚雪花。瓦罐浸来蟾有影，金刀剖破玉无瑕。个中滋味谁得知，多在僧家与道家。”

豆腐最经济实惠。豆腐无疑具有谦虚低调的优秀品质。它的营养价值让它有足够的本钱傲视食品之林。可豆腐并不显摆，总是放下身段，以低廉的价格为人们提供优质的营养。眼下在成都，上好的豆腐也就三块钱一斤。而在物质匮乏的年代，难得吃一回肉，吃豆腐就等于“打牙祭”。清代诗人胡济苍写过一首豆腐诗，不但道出了豆腐制作人夜以继日的辛劳，还揭示出当时豆腐是贫苦人家的最爱：“信知磨砺出精神，宵旰勤劳泄我真。最是清廉方正客，一生知己属贫人。”

吃豆腐显得有文化。据传，豆腐是西汉淮南王刘安发明的。这位王爷乃是大汉高祖刘邦的孙子。他是位好道的炼丹家，招纳了上千门客。他成天摆弄那些化学药品，提炼能让自己成仙得道的灵丹妙药。恰好这里盛产优质的大豆和洁净的石膏，某一天，刘安不经意地把豆浆和石膏弄到了一块儿，于是，奇迹发生了，竟然析出了白嫩嫩的豆花儿。他好奇地尝了尝，觉得妙不可言。他后来继续试验并加以改进，豆腐就应运而生了，制作方法也很快传到了民间。大概这个造福人类的贡献太大，上天也被感动，有八位手段高妙的方士闻讯前来投奔刘安，称为八公。他们帮助刘安终于炼成了仙丹。刘安和家人、仆人服食之后都成了仙，连吃了剩下药渣渣的鸡和狗都一块儿飞到天上去了。这也就是成语一人得道，鸡犬升天的典故。刘安成仙飞天也就是个故事，当不得真。不过，民间大都认为他就是豆腐发明者。

吃着豆腐，摆摆关于豆腐的龙门阵，吟几句豆腐诗，风雅且有文化。也就是说，吃豆腐不但能满足口腹之欲，而且可以满足精神之欲。

而我之所以爱吃豆腐，除了豆腐的美味，最重要的原因是，我曾在年少时参与制作过豆腐、卖过豆腐。我深知做豆腐的艰辛和不易，也品尝过做豆腐的欢乐与满足。

那是在 1973 年下半年。我初中毕业后被挡在了高中门槛之外，只好在镇上待业。街道居委会看到像我这样的一大拨人没工作，吃饭都成问题，于是决定搞点街道工业。具体做什么呢？盘算一番之后，决定上马一个豆腐坊。那时黄豆靠粮站供应，街道德高望重的居委会主任蓝四娘亲自出马，请区领导给粮站打了招呼，才解决了原料问题。

于是街道请来能干的刘二娘领衔豆腐坊，兼“首席技术官”；40 多岁的张阿姨做副手；18 岁的刘雨根和 16 岁的我当学徒小兵。我同时兼任开收据的收款人。

刘二娘不到 40 岁，她家大儿子比我还小几岁。刘二娘心宽体胖，膀粗腰圆，个性刚强，脾气急躁，哪个要是惹着她，要吵能吵，要打能打。她要叫骂起来，整条街都能听到。但她又心眼极好，从不趋炎附势。她对我这个从小没了父母的穷孩子，说话总是轻言细语，比对她家那几个娃儿温柔多了。整个镇上的人都知道，她对自己的娃总是吼来吼去的。连她老公，也就是理发店手艺精湛的唐师傅，在家里也只能当“二把手”。可她又极能干，做事风风火火，里里外外一把手：缝补浆洗，挑水煮饭，腌菜泡菜，无所不能。至于做豆腐的水平，那就是全镇的珠穆朗玛峰。所以，刘二娘脾气火暴也是有点本钱的。

古时的诗人常常把做豆腐写得很浪漫。元代张劭的《豆腐诗》中前四句是这样的：“漉珠磨雪湿霏霏，炼作琼浆起素衣。出匣宁愁方璧碎，忧羹常见白云飞。”珠雪、琼浆、素衣、璧玉、白云，写尽豆腐生成中的美感。而宋代朱熹则认为，种豆的不如做豆腐的省力赚钱：“种豆豆苗稀，力竭心已腐。早知淮王术，安坐获泉布。”

实际上，只有制作过豆腐的人才知道，这活儿不但需要精湛的技术，其过程还真是充满了艰辛。

做豆腐是个起早贪黑的活儿。头天晚上把择净的黄豆泡好，第二天一大早就要起床磨豆浆。每天凌晨四点半，刘二娘就会准时来家门外叫我起床。我总是稀里糊涂地从梦中惊醒，极不情愿地穿衣起来，迷迷糊糊地跟着她去到靠近镇尾马路边的豆腐坊。

那时磨豆浆的工具是手推石磨，沉重得须两个人联手才推得动。我当时虽然已经满了16岁，但还没长个儿，人小体弱，推不动那沉重的石磨。刘雨根虽然个子高，但瘦得像根豆芽，手上力气也差，于是推磨的主力自然是刘二娘和张阿姨，雨根做替补。我主要的工作是喂磨。也就是用勺子把泡好的黄豆连水一起舀到磨眼里。这个活儿轻松，只是要把握好喂的时间，因为石磨一直在转动，要喂得准，一下子就得把勺子里的黄豆和水倒进磨眼里，不能洒了。倒完之后还得及时缩回手来，准备舀下一勺。手脚慢了就会来不及。于是，就像一种机械的运动：舀起，喂磨，缩回；再舀，再喂，再缩回——周而复始，反复循环，就像电影里卓别林拧螺丝帽一般。这动作做久了，便了无新意。瞌睡趁机袭来，我渐渐觉得眼皮打架，硬是撑不住，上眼皮要往下面掉，于是头也往下垂。但往往头一下磕，立刻惊醒，头又猛地往上抬。手上又继续喂磨的动作。有时打瞌睡正在伸手喂磨，那旋转着的磨把，便会咣当一声撞到我手里的勺子上，把勺子里的泡黄豆和水打飞，抛洒在转动的石磨上，甚至掉进磨槽里。我也立刻被震醒，在面呈尴尬和惶恐之色的同时，重新舀起黄豆和水，赶紧喂进磨眼。

刘二娘和张阿姨没有责备我，只是用怜悯而心疼的眼光看着我。毕竟只有 16 岁，身子骨又单薄，好多人家的孩子此时还在甜蜜的梦乡，可我却要在这清晨早八的美好时刻辛苦劳作，挣钱吃饭。有时，刘二娘也让我跟她一起推一阵磨，好驱赶瞌睡。可我简直就像是吊在推磨的把手上，不但助不了多少力，反而让她更累。关键是我一边推磨一边也要打瞌睡。罢罢罢，刘二娘只好又让我继续喂磨。

磨坊里只有一盏昏暗的电灯，有气无力地照着一大间屋。推磨是一个繁重的体力活儿，沉重的石磨在刘二娘和张阿姨的一推一拉中慢悠悠地旋转着，一如那沉重的生活。大家都不说话，静静地听着这沉闷的四重奏：刘二娘和张阿姨呼呼的喘气声，磨钩在磨把圈里摩擦发出的咿呀声，石磨转动发出的研磨黄豆湿漉漉的钝响声，还有磨出的豆浆沿着磨槽口流进水桶时的汩汩声。

待到夜色缓缓退去，白天冉冉来临的时候，全部豆浆已经磨好，并倒进了一口硕大的铁锅里。张阿姨掌管着灶火，熊熊的炉火时不时在打开灶门时，映红她白皙而瘦削的脸。有时我也奉命看火，每过一会儿便需用火钩推开挡在灶门前的铁皮板，用煤铲撮起满满的一铲煤，抛向炉膛。轰轰燃烧的炉膛便蹿起更加热烈的火苗，拥抱着被煤烟熏黑的锅底。

大铁锅里含渣的豆浆渐渐升温，开始从锅沿冒泡。气泡一破，便会噗噗地冲出一股股热气。最终，全锅包括中央都开始沸腾，生豆浆的腥味慢慢消散，熟豆浆的香味开始氤氲飘荡。豆浆翻滚的大锅周围浮着厚厚一圈灰白色的泡沫，刘二娘施展“法术”，左手端了一个装着菜油油脚的粗碗，右手用一把长柄铁勺舀了油脚，慢慢地匀流在锅边的泡沫上，一圈下来，泡沫神奇地消失了，大锅翻腾着灰白色的豆浆，那香味也越发浓郁了。

刘二娘舀起一勺豆浆看了看，闻了闻，说声“好了”！灶下便开始撤火。锅台的旁边是一口大陶缸，缸上悬着一个十字形的木架，上面挂着白纱滤布。张阿姨用大木瓢从锅里将混合着豆渣的豆浆一瓢一瓢地舀进滤布，刘二娘摇动架子，灰白色的豆渣乖乖留下，乳白色的豆浆便哗哗地流到缸里，一股股香味也升腾起来，直扯着我们饥饿的肠胃到痉挛。

看到我和雨根流口水的样子，刘二娘往往会“恩准”我们喝一碗豆浆。我拿出偷偷准备好的糖精，调一点在醇浓的豆浆里，然后大口大口地猛喝，香甜的味道从口腔直奔咽喉，冲进胃里，顿时全身温暖，疲乏和饥饿感也烟消云散。这是一个幸福的时刻，有时候幸福就是一碗豆浆那么简单。

点豆腐自然是刘二娘的看家功夫。她仿佛一位大将军，左手端卤水，右手持汤勺，舀着卤水，倾斜着汤勺，让卤水缓慢而均匀地漫行在豆浆上。这种动作轻柔而舒缓，勺子行云流水般在豆浆的表面舞动，卤水和豆浆便亲密地“恋爱”，并将很快产生“爱情”的结晶。

在等待卤水和豆浆“度蜜月”的时候，我们收拾好锅灶，准备好压制豆腐的模具。木制的模具呈正方形，大概 50 厘米见方，可以轻松拆开，四角有缝，便于滤水。模具垫上雪白的纱布，用来滤水和包裹豆腐。几十分钟后，刘二娘打开陶缸木盖，见缸里已经结晶成大块絮状的豆腐花，上面是淡绿色清汪汪的水。我自告奋勇地舀上面的清水，待差不多时，刘二娘便连豆腐花和水一起舀进模具。清水立马透过纱布沿着模具的缝流出来。一个模具装满了，便需等待清水流得差不多了，把纱布合拢，像口袋一样包裹着琼玉般的豆腐花。然后放上一层木板，又在木板上压上两块干净的砖头，以便把多余的水分挤压出来，形成扎实的豆腐。这个过程需要几个小时。

下午两三点钟，我们的豆腐坊隆重开始营业。收获时刻总是让人兴奋的，看到一箱箱豆腐，就看到了一张张钞票。卖豆腐很简单，一切按计划来，镇上各单位食堂轮流供应。区公所、乡政府、粮站等显要单位肯定是排在前面的；然后才是银行营业所、供销社、区医院等。最后是没有任何单位的居民。总之，全镇人民都可以轮番享受豆腐带来的恩惠。

那时我们的豆腐坊每天推 30 斤黄豆，做成豆腐大约有 80 斤，也就是 6 箱。除去成本，一天的毛利接近 10 元。我们的工钱正好 4 元：刘二娘有技术又出力最多，按每天 1.2 元算；张阿姨按每天 1 元算；刘雨根和我按 0.9 元算。一天下来上交给街道的利润就是 6 元。一个月按 26 天算，就有 156 元利润。于是，我们在心身俱疲的同时，也滋长出既能养活自己，又为集体赚钱的自豪。

一天，豆腐恰好卖得只剩下一块。卖给食堂显然是不够的，刘二娘、张阿姨、刘雨根都谦让不要。后来刘二娘发话：小奉，干脆就你买了吧，拿去馆子里加工吃一顿。我一听大喜，拿个粗碗端起豆腐就往镇上的餐馆跑。

此时正是晚饭之前，馆子里寂无人声，最适合“吃独食”。那天掌厨的大师傅正好是一位本家大哥。他便给我做了个“二面黄”豆腐，先煎后烹。只听得一阵炒勺与炒锅的亲热对话，一股股油香、豆腐香、豆瓣香、蒜苗香奔袭而来，引诱得我不争气地不停咽口水。不一会儿，一大盘热气腾腾，喷着浓香的豆腐摆在面前。我买来一大碗米饭，独霸一张大方桌，欢欣而迅捷地舞动双筷，把这一大盘豆腐风卷残云般扫荡得干干净净。那个烫、嫩、鲜、香的味道，烙进了我的美食记忆，至今不忘。我觉得吃的是天下最美味的佳肴，胜过任何豪华筵席，因为这是我自己劳动做出来的豆腐。

（作于 2021 年 9 月 24 日，刊于当日“封面新闻”）

故乡的小河

我出生的地方是一个小镇，它有一个美名叫白鹤，虽然我在镇上从来就没有看到过这种珍稀而吉祥的鸟。镇上的老人说，是这个镇的平面形状酷似一只白鹤：哪儿是头，哪儿是身子，哪儿是双翅，哪儿又是尾巴，总之说得活龙活现，我也就信以为真，直到现在。

镇边有一条小河，这河似乎没有名儿，反正小时候我是不知道它叫什么名字。后来才知道它是要汇入清流河的，而清流河最终要汇入沱江，沱江又要汇入长江——当然，长江又要义无反顾地奔向大海。原来故乡这条无名小河竟然有这样的志向，它的涓涓清流竟然要长途跋涉千里万里，蹈江赴海！

我 17 岁时便离开了故乡，对小河的记忆更多是在此之前。小河上有一座弧形的围堰，旁边便是一座单拱石桥，这拱也是一个弧形。这围堰横着的弧形和拱桥竖着的弧形就这样相邻而居，相映成趣，亲如兄弟。这石桥是从内江县城（现内江市东兴区）到镇里的必经之路，过了石桥再走几十米，上一个坡，就到了镇口，路旁有一块小石碑，上书“白鹤”二字。

小河围堰大概有 3 米高吧，反正孩子时的我觉得它是很高的。记得围堰多数时水是满溢的。水漫过条石砌成的围堰倾泻而下，形成一道弧形的水帘瀑布，哗哗地跌落在堰下，飞溅起一片白花花的水珠。水多的时候这瀑布是完整的，可谓密不透风。而水小的时候，这瀑布就被分割成若干股，像泪水一样有气无力地流淌。倘若天旱时，这瀑布便彻底断了流，围堰以下的小河便干涸了。

这河堰是全镇人洗衣的地方。从公路到河堰，先是一个低于公路的石砌的平台。平台下面是若干级长长的石阶，从围堰那里一直延伸到河边，这自然是护堰的屏障，也是人们在堰口洗衣时下到水里必需的阶梯。人们在河堰里洗的衣服，或者被单、床单甚至蚊帐之类，往往是在家里用肥皂或洗衣粉搓洗过的，只是到河堰里来清洗，或者叫漂洗。洗衣人站在水里的石阶上，在清水里漂洗着衣物等。也有人洗厚重的衣物时，便将衣物放在水面上的石阶上，或者放在围堰的石头上，用木制的棒子捶打，以清除污垢。这木棒就叫捶衣棒，是那时家家必备的。捶衣也就是古人所说的捣衣。欧阳修有诗云，“玉女捣仙衣，夜下青松岭”，捶衣似乎富有浪漫情调。可真要在河边捶一大盆厚重的衣物，还是颇为辛苦的。当然，由于这捶衣棒使起来比较顺手，有时也成了家庭主妇重责孩子时的绝佳武器。因此，调皮的男孩子对捶衣棒往往是比较忌惮而充满敬畏的。

在我的孩童时代，春、秋、冬这三个季节里，围堰里的水都是清澈的。稍浅的地方能见到河底，也看得见悠然游弋的小鱼。人站在围堰的石阶上洗衣，往往有成群的小鱼来啄你浸在水里的小腿、脚趾，让人感觉痒酥酥的。这种小鱼小头圆腹，身体扁平，酷似缩小版的武昌鱼。现在也不知道它的学名叫什么，那时听大人们说叫“薄刀鱼”，大概是因其形状薄如刀吧！这种小鱼极腥臭，从来没见人们捉来吃过。据说这种小鱼永远长不大，身子只有铜钱大。不管你信不信，反正我是没有见到过大的“薄刀鱼”。

说来奇怪，镇里人洗衣往往只在靠近镇子这一方的围堰，不大愿意去到桥对面的围堰去。是不想多走过桥这几步路还是什么原因，至今我也没想明白。因此，桥那边围堰平台往往是荒芜的、肮脏的，水草几乎一直长到了石阶和围堰边。而镇子这边的围堰由于天天有不少人洗衣，平台和石阶往往是干干净净的，靠近围堰的一大片水域，水草都躲得远远的，空出来一大片水面，清波荡漾，正好供人们漂洗衣物。

小河的两岸堤上，种着桑树，间或有榆树。临近水边，还有芦苇的身影，它细长的叶子，常常在风中舞蹈。也有低垂的叶子，浸入水里，在风的吹拂下在水面划着涟漪。而两侧河岸旁边，便是大块的稻田，夏天一片稻浪，冬天一片水波。

小河往上游不到百米便分了叉，左边的支流一直往上走，流水越来越细，成了浅浅的小溪。溪边便是镇上中学的食堂兼礼堂。从这儿再往上，小溪便到了尽头。从水田缺口流出来的水，便成了小溪最初的源头。右边的支流宽阔一些，很长，反正我是没有走到过尽头的。而且右边的支流总是喜欢长些在水里招摇的柳条状的水草，绿油油的。水草说不上好看，也说不上难看，反正它也不顾人们的感受，年复一年地在小河里自由自在地生长着。只是钓鱼的人比较讨厌这些水草，因为密密的水草让钓者难以找到下钩的“窝子”。

在左右两条支流分叉的地方，有一座小平桥。桥的中央只有一个桥墩。桥面是用四块长方形的巨石搭在桥墩上铺成的。多少年来，这四块巨石两两肩并肩地躺在那里，天天迎来送往着无数的路人。桥墩也是由巨石竖立而成，它是横着超出桥面的宽度的，两个顶端是三角形的尖儿。孩子们可以由桥面下到桥墩上。在夏天，这个桥墩就成了孩子们游泳的跳台，一个个赤条条的男孩儿都从这个不高不低的跳台上蹦下去。有的双臂在前，斜插入水中，颇有点正式游泳比赛时入水的味道；有的像冰棍一样，直挺挺地跳下去，往往会呛一鼻子水，有时也可能会一脚蹬到河底；还有的比较惨，因为角度不对，平着身子啪啪地拍到水面上，这时前身的皮肤会摔得一片通红，并伴随着一阵生痛。这种失败的跳水非但得不到同情，还往往会引得其他孩子一阵热烈的哄笑；当然，还有胆子小的孩子便怯怯地顺着桥墩溜下水去，然后手抚着墩石看别的孩子在河里稀里哗啦地扑腾，看水花四溅的热闹。

我便是在平桥左边这条窄窄的支流上学会游泳的。不过，这真不能叫游泳，只是叫凫水而已。初学时七八岁吧，应该是在夏天，记得那时河水是浑黄的，如一场大雨过后，小河涨水的情形。镇上的大孩子托着我的下巴，让我双手、双脚在水里扑腾。记不清学了多久，反正瞒着家里人便学会了“狗刨”。后来又学仰着游，孩子们称为“撑仰仰船”，实际上是一种不正规的仰泳。最后我学会了“划大水”，类似于正规的自由泳，但动作不那么规范。这种凫水是民间土式游泳中速度最快的一种，除了双脚打水外，轮流挥动双臂奋力向前，入水用力向后划动。手指并拢成掌，微拱空心，手掌入水前故意在水面拍出啪啪的声音，十分悦耳动听。凫水的人悠然自得地一左一右地挥动手臂，不断在水面弄出啪啪的声响，以炫耀自己的游技，试图引起岸上人们的注目，尤其是想吸引路过的女孩子的注意。我曾认真地观摩过大人和那些大孩子们“划大水”，这种“土自由泳”其实动作还是蛮潇洒和优美的，急速挥臂时，游速也相当快。我在左边的小溪里学会狗刨后，又在右边的支流里“训练提高”，最后进入主河凫水，也就是围堰前的这一段——镇上的孩子都称为“大河”。这时，凫水学习也就算有了最高“学历”。当然，孩子们都不会游到围堰那里去，除了那里是洗衣人的领地，更重要的是孩子们怕被在那里洗衣的某个邻居发现：被告状偷偷下河凫水，后果往往是严重的——这你懂的，呵呵。

这条小河基本上长年不干，河里自然也有鱼。鲫鱼是最主要的鱼类。另外有少量的鲤鱼，还有乌鱼，镇上的人都喜欢叫它“乌棒”。但这段河里的鱼显然不很多，因为从来没人钓到过多少鱼。大概也因为围堰前长年累月几乎天天有人在那里洗衣物，鱼儿怕那个声响，人们一般都不大会在这里钓鱼。但河里有鱼是无疑的，因为我有实在的证明。“文革”中，镇上住着“文攻武卫”的武装人员，装备有机枪、步枪、手榴弹和小钢炮。一天，一个武装人员拿着一颗手榴弹要去河边炸鱼。我和几个孩子紧追着去争睹稀奇，丝毫没有害怕。那人站在围堰前的桥上，打开手榴弹的后盖，掏出导火线，他把线上的环猛地一拉，将手榴弹往河的右边水里扔去。那手榴弹吱吱吱地冒着烟，在空中优美地翻滚着跌进水里，赓即水里冒出一大团水花，似乎伴有轻微的闷闷的响声。过了几秒钟，一条巴掌大的鱼倏地窜出水面，在那里打着圈儿浮游，再也沉不下去。这被手榴弹爆炸产生的冲击波震晕的是一条鲤鱼，自然很快就被那个炸鱼人捞了起来，估计有大半斤吧。虽然我无缘尝到这美味，但见证了炸鱼的“辉煌”成果，还是为之兴奋了好久，并且一遍又一遍不厌其烦地讲给没到现场的孩子们听。

在记忆中，这条河在“文革”时一个大旱之年里彻底干涸过一次。镇上人们似乎忘记了没水带来的困境，忘记了挑着水桶去到农村水井底用瓢舀水的艰辛，大人小孩都到满河的泥浆里去捉那些垂死挣扎的鱼。也许是我去晚了吧，已经记不清楚人们到底有多少收获。

17岁那年，我去二十几公里外的一个水库当知青，回家的时间少了，去到河边的时间便更少了。再后来考上大学，到了成都，毕业后又分配到了一家省级媒体工作，回故乡看小河的机会更难得了。于是，它便更多地成了我梦中的小河。它不是名川大江，它没有波澜壮阔，它没有风光旖旎，它没有气势磅礴，甚至河上连一条船都没有过，它就是一条普通得不能再普通的小河。可它承载着我童年的欢乐，承载着我少年的青春，承载着我故乡的情愫，承载着我对家乡的深深思恋。故乡的小河，你可还安好？故乡的小河，你可还有清流碧波？故乡的小河，你可还记得在外的游子？故乡的小河，你可还唱着快乐的歌？

（作于2021年1月27日，刊于28日“封面新闻”）

渡 人

“过河啦！过河啦！”距离管理站300米开外的水库边，一个年轻的女声在焦急地呼喊。水库的上游，船来的方向，悄寂无声。除了凉风微微，水波粼粼，别说船，水面上连一只鸟的影子也没有。

这是1976年初秋的一个黄昏，我和几位同事吃了晚饭，坐在院子里的石桌旁闲聊。我是水库管理站的知青，17岁时来到这广阔天地“炼红心”，已经整整两年。那几位同事是农村来的合同工，大多是以前的大队或生产队干部。水库管理站坐落在大坝的左边，半山之上，从大坝上去，要登上“之”字形的几十级石阶。后山有个石厂，近水楼台的管理站自然全是石头筑成：条石砌的墙，石板铺的地和院坝，连院坝四角的桌子凳子都是石头的。好似《西游记》里花果山水帘洞里的陈设一般。院坝是个制高点，坐在这里，280米长的土筑大坝尽收眼底。大坝右边，是一条长长的水库分汊，曲曲折折水波荡漾一眼望不到顶端。两边是林草丰茂，莽莽苍苍的山谷。若是要绕到对岸，可能走十几里山路也不止。

“过河啦！过河啦！”水边上，那位等船的女子还在呼唤。她已经呼叫了好久，声音似乎有些沙哑，腔调里流露出失望甚至绝望。目光从院坝穿过宽阔的水面望去，只能看到一个模糊的小人影儿。

“这时候哪里还有船呢？”一位同事自语道。

我没有说话，心思却飞得很远。我知道，水库里只有一只渡人的船，一个小伙儿便是船夫，一只木桨便是动力。这船可载二三十人，每天从水库上游的顶端到大坝处，沿途在各水湾汊口吞吐乘客，上下午各走一趟，主要是接送到乡上小学上学的孩子。渡船一般在下午四五点就驶回库顶了，在这傍晚时分，哪里还有什么渡船啊！

“过河啦！过河啦！”那女子的声音里明显有了凄凉，还夹杂着一点哭腔。这令人生怜的呼唤在空旷的水面上飘荡，又越过水波扑面而来，撞击着我的耳膜。渐渐地，天色暗了下来，看不见的夜幕仿佛由浅入深的青纱，正慢慢地一层层拉上。

“唉，天都快黑了，这女娃儿真造孽！”60开外的邢老爷子叹息道。

“哪里还有船嘛，她喊破喉咙也没用！”另一位同事同情地说。

“要是她不等那么久，早点走的话，可能都绕到河对面去了！”又一位同事说。

我依然沉默着，心里却开着锅。从我听到那女子的呼唤，那一声声“过河啦”不似声波，而是锤子一般撞击着我的心坎儿。仿佛她不是喊的船家，而是在向苍天呼唤“谁来帮帮我”！她的呼喊似乎在拷问我的灵魂：当你遇到一个需要帮助的人而又有能力帮他，你该怎么办？是啊，我该怎么办呢？天就要黑了，她要是过不了河怎么绕道回家？她要是在荒无人烟的山沟里遇到歹人怎么办？不是说真有那么严重，但我心头就是像猫抓似的焦躁不安。唉，看来只要不是铁石心肠的人，想置身事外也不是一件容易的事啊！

其实，我一开始听到呼唤声就在想要不要去帮她。保坎下的水边就锁着水库管理站的小木船，我只要扛着双桨就可以划着船把她渡过河去。倘若身边没有其他同事，我可能立马就去渡她了。可当着这么多人做这样的事，别人会不会说我想故意表现什么？我去做了，会不会显得别人冷漠？还有，她是个女的，我如果去帮她，水库的同事会不会说我有什么想法，甚至认为我有什么企图？唉，看来一个人做点好事并不难，难的是需要做好事的勇气啊！

“眼镜儿，你划船把她渡过去吧！”一位同事仿佛看出了我的心思，一边笑着说，一边向我挤挤眼。

我看看他，总觉得他说这话不怀好意。

“是啊眼镜儿，就当做个好事嘛！”另一位同事也打趣地附和。

“就是啊眼镜儿，多做好事，今后肯定可以找个好婆娘哕！”又一位同事近乎调侃地凑热闹。

我知道，他们几位都是结了婚，有孩子的人。我也知道，他们平常心眼儿都不坏。可他们为什么不去呢？也许他们也想去渡这个女子，莫非也像我一样，怕别人说闲话。唉，看来做好事也需要无畏，也需要无私，也需要脱俗呢！难怪很多时候，在别人遇到难处时，许多人明明可以施以援手，却往往裹足不前。

我依旧胡思乱想着，犹豫着，怕同事们是故意取笑我，拿我寻开心。我很愿意去渡那个孤零零在晚风中引颈翘首盼船来的女子，可我却不愿意落下话把儿，让别人说什么闲话。还有，万一我划着船去，她一个孤身女子，害怕我心存歹意，不愿意让我渡她，那我岂不是自作多情，自寻烦恼？唉，心里真是纠结得像水库的渔网。

“都莫要说笑了，眼镜儿，你就划船把那女子渡过去，我要是像你这么年轻早就去了，我们水库人从来没有见难不帮过！”邢老爷子把手里的叶子烟锅在石桌边沿用力磕了磕，严肃地说。我知道，其实不是年纪的问题，是老爷子不会划船。

邢老爷子的话仿佛一道大赦令，一下便释放了我心头全部的纠结、担心和疑虑。他是个老党员，当过大队支部书记，说话一向很有权威，他发了话，哪个还敢嚼舌根？

我腾身而起，到堂屋里扛起双桨，咚咚咚地踏着石阶跑到水边，解缆上船，把双桨挂上桨柱。木桨在水里欢快地划出一个又一个旋涡，船头碾碎了清波，劈开一湖碧水，端直地向着那女子的方向前进。

几分钟后，轻盈的“双飞燕”小木船在那女子身边靠了岸。“快上船吧，我送你过河！”我对她说。还好，惊喜交加的女子没有怀疑和拒绝我。她坐在中舱的舱板上，面对着我，眼里闪着晶莹的光亮，嘴里连连地说“多谢大哥，多谢大哥”。其实我看得出，她明显比我大。

暮色越来越浓重，我奋力划动双桨，推波速进。我们没有说话，四周静谧无声。只有双桨劈进水里划动的哗哗声，应和着桨绳与桨柱摩擦发出的咿呀声。这平常听来单调的声音，此时竟如美妙的旋律。大约 20 分钟后，我把她送到要去的水库第二个汊口处。她跳下了船，走了几步又回过头来问：“大哥，你贵姓？”“天快黑了，你快走吧！”我催促她，心里却在说：举手之劳，何足挂齿？“不，你一定要告诉我，不然我不走！”她在岸边望着船上的我倔强地说。在这一刹那，我猛然明白了水库同事们的良苦用心，一种被推上领奖台的感觉油然而生。暮色中，已经看不清她的面容，只是她的剪影婷婷地立定在那里。见她一动不动，我拗不过她，比她还急，突然急中生智，对她喊道："我姓——，叫——"她听到了，重重地向我点点头："我记住了，你姓水，叫水酷仁！"然后飞跑而去，消失在摇曳的山草中。

我如释重负，仿佛被渡的不是那女子，而是我自己。我轻灵地掉转船头，披着暮色的风衣，驾着这一叶扁舟，向着水库管理站轻快地行去。

（作于 2021 年 1 月 31 日，刊于 2 月 1 日"封面新闻"）

夜　渔

晚饭时，小唐、大刘和我约好，晚上偷偷去水库里捕鱼。从友邻水库借来的渔网就躺在渔船里，白天晒太阳，晚上照月亮，白白浪费资源。好久不沾荤腥了，守着水库没鱼吃，实在是窝囊。因此，我们想趁着夜色下水库去捞一把，如果能有收获，至少可以私下饱餐一顿。但我们不能惊动水库管理站领导和更多的同事。因为领导是绝对不会同意的，要是水库捕鱼的消息传出去，各方都会闻腥而来，头儿们必定招架不住；而知道的同事多了，我们就吃不成“独食”了。所以，我们不能出去太早，一定得等大家都梦见周公了才出发。就像当时大家爱学的电影《地道战》里的台词：“悄悄地进村，打枪的不要！”

晚九点，各个寝室都没了光亮。那时的夜是黯淡的，我们点的是蜡烛或煤油马灯。这是 20 世纪 70 年代中期，人们从物质到精神都匮乏到极点。没有恋爱，没有娱乐，没有消遣，甚至没有书读。漫漫长夜最是难熬，除了抽着劣质香烟，摆点半荤不素的龙门阵，大家便只有搂着寂寞早早困觉。

夏末初秋时节，天气不冷不热。小唐、大刘和我在管理站保坎下的水边会合。19 岁的小唐扛着双桨，18 岁的大刘提着马灯，小大刘两个多月的我就只拿着自己的雨衣——当然，他们也带着，雨衣是我们捕鱼的工作服。

解缆开船。小唐是桨手，自然在尾舱操桨。我坐在他身后的船尾上，而大刘则坐在船头——因为中舱堆满了渔网，不便坐人。这渔网大名三层刺网，由浮子、网身和网坠构成。圆球形的浮子按一定的间距固定在纲绳上，差不多正常成年男人拳头大，泡沫塑料的质地，轻盈而又浮力强。网身是尼龙丝织成，一共三层，一、三层网眼大，几十斤重的鱼也可以通过。中间一层网细，网眼只有一二十平方厘米大。鱼在水中奔逃时撞过第一层网，遇到第二层细网的阻挡，便会顶着第二层网钻进第三层网，第二层细网自然形成一个网套；惊慌失措的鱼见逃不掉，就会顶着细网掉头回来，自然又会形成第二个网套；如果鱼不停地乱窜，便可能会被套上一层又一层。这便是三层刺网捕鱼的原理。网体的最下面便是一条条胖泥鳅般的网坠，又称网脚，用铅制成。沉重的网坠在水中把网拉直，像一道道墙一样横亘在水中，成为鱼儿难以逃脱的铜墙铁壁。不过，这种专业渔网是保护“未成年”鱼的，大体上一斤重以下者可以成为幸运的“漏网之鱼”。

小唐娴熟地划着船，往管理站对面那条沟的深处驶去。这是一条很长的水库河汊，足有几千米长。我们的网长度有限，只能围住其中的一段河道。小唐是管理站的划船高手，双桨在他手里就像使筷子般轻巧灵活，下桨、推桨动作优美，有如摇滚一样的节奏。夜色里只听得“唰唰”的落桨声和船头犁开水面的汩汩声。

二三十分钟后，船驶到了距河汊尽头一千米左右的地方，我们准备在这里开始下网。在一个相对平缓的岸边，大刘跳下船，用一根楔子一样的木桩，把网头牢牢地固定在水边。这时就可以下网了。我踏进中舱，在网边挤出立脚的地方，预备扔网脚。作为捕鱼新手，我只能干这种没有技术含量的粗重活儿。而大刘则负责下浮子，这活儿技术性强一些，有时得处理网打结之类的问题。小唐依然划船，不过下网时是倒着划，跟划赛艇差不多，不同的是站着操桨。这时船尾在前，船头在后，渔网就在船边顺利溜下。说话间小唐开始奋力向后倒船，速度比前进还要快。这种快速行驶也是捕鱼作业所需要的，就是要迅速将鱼拦住，以免鱼听到响声逃之夭夭。我躬下身子一把一把地抓起网坠，不断向水里扔去，水面咕咕咚咚绽开一串串水花，网坠带着网衣顺着船舷滑入水中；大刘则灵巧地舞动双手，在船头快速放浮子。很快，洁白的浮子便在水面上排成一线，像一条硕大的珍珠链漂浮在夜色里。不一会儿，船到了另一边，渔网下了三分之一。小唐把船掉过来，让船头靠岸，大刘又在岸边打下一根木桩，将网固定。趁这个机会，我才得以站直，甩一甩发软的右手，伸一伸躬得发酸的腰，深深地喘上两口气。

喘息未定，小唐又开始奋力倒船，斜着往对岸划去。此时船已经轻了许多，船速更快了。我闷着头不停地往水里扔网脚，以跟上船倒行的速度，不多久又开始气喘吁吁。好在人年轻，18 岁的心脏是坚强的，想着鱼的香味，这累也像是放了糖的。经过三个折返，十几分钟后，我们终于下完网。从浮子上看，渔网在河道上像一个拉开的大大的“Z”。

网下完只是捕鱼的第一步，接下来便是赶鱼。就是要把鱼驱赶得在水里四处逃窜，撞进网里束手就擒。比起下网来说，这赶鱼更是个力气活儿。赶鱼的工具是两根粗大的竹棒，直径大概相当于现在喝水的小纸杯，足有三米多长。一头连着竹根的头部，像极了以前四川农村人抽烟丝的烟袋锅，更为形象地说神似耐克的标志。这赶鱼棒是一种叫“硬头黄”的竹子做的，皮厚而中空小，加上一个差不多实心的头，因此贼重贼重的。

赶鱼开始前，我们先穿上雨衣，以免成为落汤鸡。依旧是小唐划船，我和大刘一左一右背对着站在中舱赶鱼。小唐飞快地划着轻舟，行进到河道接近尽头的地方，便在水面上走着“之”字，开始向外赶鱼。我和大刘高高举起竹棒，使劲儿砸向斜前方的水中。棒头在水里发出咚咚的声音，在静谧的夜里分外响亮，传得很远。水花四溅，一部分水珠随着船的前进扑向我们的身体，像密集的子弹般击打在雨衣上，水便顺着雨衣往下淌。竹棒砸进水里后，要迅速地抬起来。因为船在急速前进，竹棒在水面上会因阻力快速往后拖曳，搞不好会把人拉下水。这时也特别考验人的平衡能力，需要叉腿蹬稳，应和着船急速推进的节拍。我和大刘一边“咚咚”地砸水，一边快速地抬起竹棒。在重新高举竹棒的那一瞬间，棒上的水顺着棒杆流进雨衣的宽袖，一直淌进胳膊肘，顿时一片清凉袭来。这一阵赶鱼大战持续了一二十分钟，直到把整个网区都折腾遍，在幽静的夜里仿佛哪吒闹海一般把河道搅动得波涛翻滚。我和大刘都累得呼呼喘气，雨衣外水淋淋，雨衣内汗淋淋。范仲淹曾写过一首《江上渔者》：“江上往来人，但爱鲈鱼美。君看一叶舟，出没风波里！”此时，我才真正体会到捕鱼人的艰辛。

最惬意最舒服的时刻终于到来。小唐把船划到平坦的岸边靠稳。我们跳下船，把雨衣铺在水边不远的草地上，席地而坐。大刘从雨衣衣袋里掏出“春城”香烟和打火机，顺手递了一支给我。

他打着火，我们都燃上，深深地吸了一口，然后悠然地喷出一团团烟雾。小唐不抽烟，而是把马灯灯光调暗了一点，仰身躺了下去。这天夜里没有月亮，连星星也躲进了云层。远远传来鱼跃出水面的声音，我们听来胜过美妙的音乐——看来今晚大有一饱口福的希望。我和大刘抽着香烟，烟头在夜色里忽明忽暗。三人一边轻松地胡吹乱侃，一边等待收获时刻的到来。

半小时过去了，水面上早没了动静。小唐叫了声“起网去”，我们便迅速起身收拾好雨衣上船。小唐把马灯捻到最大的亮度，依然挂在右边的桨柱上。收网时需要三人一齐动手：大刘负责收浮子，小唐负责收网脚。这两项是技术活儿，浮子和网脚都要码得整齐，方便下一次捕鱼时下网。我只能站中间干简单而笨重的活儿——拉网衣。取鱼的活儿最具技术含量，自然用不着我动手，心灵手巧的小唐和大刘都是取鱼的高手。

我们从最后下网的地方开始收网。我躬着身子，双手并用，一把一把地抓住网衣使劲儿往上拖，努力和他们二人保持着相同的速度。此时，我们仿佛在进行三重奏：网衣在船舷上摩擦着，发出窸窸窣窣的声音；不断拉起的网脚相互撞击，叮叮作响；而浮子间也会碰头，发出轻微的声音。我们一齐拉网的同时，小船便以右边的船舷向水面倾斜的姿态自动前进。

我们一边收网，一边期待收获。老天不负我们的辛劳，在第一段网收到过半的时候，前面传来鱼挣扎的“噼啪”声：有鱼了！我们三人兴奋起来，紧拉几把，一条被网衣紧裹的大鱼拉上船舱。哇，是六七斤重的大草鱼！小唐操起身边接力棒般长短粗细的木棒，啪啪啪几下将顽强抗争的鱼砸晕，然后施展手段，只花了一分多钟便将鱼从层层网衣中解脱出来。他双手紧紧扣住鱼鳃，向我们展示丰收成果。我和大刘一阵欢呼：今晚有鱼吃了！

这个战果无疑极大地鼓舞了我们的“战斗热情”，我们越收越欢。近一个小时后，我们终于收完网，又喜获一条约5斤重的花鲢和一条大概2斤重的武昌鱼。水库管理站十几个人，差不多人均有一斤鱼了，这对我们来说算是大丰收。

天有不测风云。尽管我是气象员，也没预报到晚上会下雨。就在开始胜利返航时，老天竟哗哗地下起大雨来。我们又赶紧穿上雨衣。小唐抖擞起精神，全力向管理站划去。风雨大作，漆黑的水面上什么也看不见，小唐只能凭对方向的熟悉拼命往前划。我和大刘则飞快地从船舱往外戽水。我在心里不停地祷告：千万不要翻船啊，要不然这鱼就吃不成了！幸运的是，我们终于平安靠岸，浑身水淋淋地提着鱼飞奔回管理站。

此时已经下半夜了。我们赶忙把炊事员朱师傅敲起来。高大富态的朱师傅听说有鱼吃，精神一下来了，急忙点灯起床。他兴奋地捅开火，把鱼去鳞破肚，大块剁开。然后把泡椒泡菜和辣椒豆瓣儿炒香，加上清水，十几斤鱼全部一锅炖烧。我们便回到寝室换了干衣服，又来到厨房，倒在墙边打瞌睡。正睡得香甜，朱师傅把我们摇醒：快起来吃鱼了！

睁开眼睛，闻得鱼香，瞌睡早跑到九霄云外。我们四人大碗盛鱼，大快朵颐，尽情享受，直吃到额头冒汗，肚内充实。那个鲜，那个美，那个满足，胜过此生中最豪华的宴席。在那个年代可以吃鱼吃个饱，这等奢侈，仅此一次。肚子吃饱，瞌睡来了。我和大刘、小唐各回寝室，倒头便睡，这一觉一直睡到了第二天日悬中天。

本来以为午饭时还能再喝点鱼汤，可朱师傅告诉我们，留下的鱼，早饭时就让大家给风卷残云般洗白了。接下来的两天，我和大刘、小唐担心会挨领导的批，说话、干活儿都格外小心谨慎。不料什么也没发生，甚至没人提起吃鱼的事。只许乱吃，不许乱说——江湖规矩，看来大家都懂。就像前面说过的那句台词：悄悄地进村儿，打枪的不要！

（作于 2021 年 3 月 16 日，当日发表于“封面新闻”）

大 刘

一直想为大刘写点什么，可总是不易落笔。在《夜渔》那篇散文里，我写到了大刘，但只有粗略的形象勾勒，狂放的寥寥几笔，犹如画家的速写。我心里着实放不下，因为他如流星一般的生命里还有许多鲜活生动的故事，他在我的青春岁月里刀劈斧凿般刻下了太深的痕迹，有些事情犹如发生在昨天一样触手可及。他英勇为国献身时是那样年轻而阳光，他在我记忆里永远是青春逼人的形象。

大刘本名刘在明，大概 168 厘米高，脸总是红扑扑的，说话有点“公鸭嗓”。我们二人有“三同”：同年出生，同是初七三级的毕业生，同一天到水库报道，当上了“知青”性质的农业工人。那时我们都是 17 岁的花季少年，身体稚嫩，心智单纯。同时来到水库的还有两位女生，于是水库的几位老员工戏称来了“两对儿”。

其实我和大刘还有“一同”——本县同区的资格老乡，共饮一条清流河，同栖一片绿丘陵。我居区镇白鹤场，他住乡镇杨家场。虽然成为同事前我们没有正式认识过，但彼此闻名，久仰久仰。我以在初中生涯里成绩全优而知名乡里，他以拳头够硬好勇斗狠而大名远扬。古人云，文武之道，一张一弛，我们两个的人生轨道交集到一起，也不能不说是一种缘分。

大刘属于那种喜欢动手而不喜欢动脑的人。这不是说他不够聪明，相反，他是绝顶聪明，只是他的聪明没有用在读书上。他不喜欢读书，更烦舞文弄墨。凡是动手的事，他都可以做得很好，并且超过常人，比如划船。到水库不久，他就学会了划双桨船、单桨船，而且技术直追当时水库最好的“船把式”小唐。而小唐则是教我们划船的“师傅”。大刘看看别人如何划船，听高手讲一讲技术要领，一会儿就会划了，多划几次便飞速地成为顶尖桨手。他划船姿势矫健，轻盈快捷。双桨在他手里翻飞，如同小船长出了一对翅膀。只见他优美地把桨切入碧绿的湖水里，用力把桨往后推，搅起一个个好看的旋涡，在水里旋转着消失。船头压出一朵朵小小的水花，将平静如镜的水面犁开。水波呈斜面向两边荡去，像极了一柄打开的折扇，船尾款款留下一道不太明显的航迹。青山绿水间的这幅画面朴素而动人。

平稳而快速，坐大刘划的船无疑十分享受。不过如果只有我和小唐在他划的船上，他就会故意摇晃颠簸，兴风作浪，尽展青春年少的风华激荡。有一年夏天，大刘、小唐和我划着一条双桨小木船在水库里闲荡。我们突发奇想，要试验怎样才能把船弄翻。我们先拼命摇摆，想让船进水，可空船就是进不了水。我们又一同站在船的一侧，让船极度倾斜，一颠一簸地压低船帮，让水一波一波地漫进船舱。最终我们费了九牛二虎之力，把水灌满整条船，这木船才乖乖地欣然倒扣过去，底朝天稳稳地浮在水面上。我们兴奋地爬上船底坐着，自豪地看着自己的试验杰作，一致得出了一个重要结论：要弄翻一条空木船太难了！哪像现在，友谊的小船说翻就翻!

大刘还有一个动手的长处，就是打架。据说他跟一个会武术的人学过几招，拳脚也有点儿功夫。他来水库前是乡镇上的孩子头，天不怕地不怕，上可捅破天，下可砸穿地，我们当地称为“天棒”。与人一言不和，要骂便骂，要打便打，不打出个输赢绝不罢休。

可到了水库，大刘的铁拳就闲得生了锈。环顾水库里的人，德高望重的陈站长、邢老爷子，如同生产队长般的何支书，他是不可以同他们比拳头的；关系好的如当过志愿军的老刘、退伍军人老罗，他不会也不敢比；会计老贺、老李与他无冤无仇，不能比；对我这个身体单薄、文弱好静的兄弟，不愿比。算来算去，最后实际上只有一个人他可以比，就是小唐。小唐其实比大刘和我大一岁，但大家都叫他小唐，我们也就跟着叫。这小唐也不计较，一概答应，可见他的淳朴与厚道。但小唐也不虚大刘，他个子虽然不算高，跟大刘差不多，但从小在农村长大，也干过不少农活儿，身上有些肌肉也有几把力气。据说他练过“板凳拳”之类。有几次大刘跟小唐先是舌战，后欲动手，小唐就提起院子里的板凳作武器，准备亮上几招。但遗憾的是，几次都被大家拼命劝住了。因而，大刘的拳头在水库始终没有机会崭露头角。

大刘抽烟，烟瘾老辣得超过实际年龄不少。那年月孩子管得不那么严，十二三岁时便在外面被大孩子拖下水，偷偷学会抽烟的不在少数。大刘和我都属于这类型的“不良少年”。但我没瘾，腼腆着偶尔抽着玩儿。大刘则一副成年“烟民”派头，高调得一天一包烟地抽。他为人大方，好面子，不好意思“吃独食”，抽烟时总要敬上一圈。所以，常常一天一盒烟都不够。我们刚到水库时，作为学徒工每个月只有 16 元工资，加一块五毛的粮食补贴。

那点儿收入勉强只够当时粗茶淡饭填饱肚子，哪里还有钱抽烟？不过大刘大方自然有大方的资本。他父亲在场镇上摆个小摊，每个月省吃俭用总要补贴他一点；他姐姐、姐夫在商店工作，常常给他捎来些好烟。因此，水库上大刘的烟是最好的，常常有春城牌之类带锡箔纸的香烟。大家都跟着他享用，都说他大方、豪爽。而大刘最喜欢听这样的话。大刘是个有侠气的人，如果处在水泊梁山时代，他必定会是晁盖一样仗义疏财之人。

不过在那个物质匮乏的年代，大刘偶尔也会有嘴上冒不了烟的难熬尴尬。他有时不得不去蹭邢老爷子的旱烟丝；极端无奈时用纸裹上干苕藤叶熏肺的事也干过。还有便是想方设法去要烟抽。虽然大刘写东西常常文理不通，但他在这方面却智慧超群。他想抽烟而又囊内空空时，便坐到曾经的志愿军战士、镶着金牙的老刘身边，拍拍老刘的肩膀："又抽你的哇？"脸堂黝黑、性格豪爽的老刘自然咧开嘴，露出金色的门牙，乐呵呵地把香烟掏出来，散了一圈儿。采取这样的方法，大刘也蹭了好些烟抽。但这手段多使几回，人家也识破了这一招。老刘想抽大刘的好烟时，也会拍拍大刘的肩膀："又抽你的好烟哇？"于是，大刘便讪讪地红着脸笑了，乖乖地把好烟拿出来，也散上一圈儿。于是，"又抽你的哇？"便成了水库上"烟民"们的口头禅。大家在这种笑谑中你抽我的，我抽你的，真正烟酒不分家了。

说来奇怪，大刘和我性格差异极大，可相处却如兄弟一般。他好动，我好静；他好动手，我好动脑；他性子急，我性子缓；我佩服他的拳头，他佩服我的笔头。作为一同到水库的"知青战友"，虽然他只比我大三个月，但他个头儿比我高，体力比我强，很多时候，他都罩着我。捕鱼的时候，他会让我干最简单的扔网脚、收网衣的活儿；从阶梯陡峭的大坝下面往管理站抬煤炭、抬石头时，他会主动跟我搭档，让我走在前面，他则把抬绳往后面移，自己咬牙承受大部分重负。

大刘是个疾恶如仇的人，从来吃软不吃硬，没有人能欺负他。可他在我面前却格外大度。

一次，包月的剃头师傅来水库给我们理发。年轻的理发师有一个绝活儿，理完后会用剃刀背面的尖棱在理发者的后颈窝处轻轻划三下，刺激那里的神经，让人感觉特别舒服。我们称为“跳三刀”。那回，我理完了站在旁边看大刘理发。师傅给他剪完了，去厨房打水洗头。我突发奇想，说大刘，我来给你“跳三刀”，他说好啊。我拿起剃刀就往大刘后颈窝那里刮去，未料却拿反了，直接用刀刃刮了上去。锋利的剃刀顿时在他后颈划出一道浅浅的口子，冒出一串细细的血珠，我这才发现闯了大祸。我吓得心突突地跳，估计脸色都变了，把刀一扔，连声说对不起对不起，心想这回他一定会大怒。可他却没叫一声疼，伸手在后颈窝一把抹去血珠，居然笑着安慰我说，没事，没事。我后怕了好久，庆幸下手轻，不然真要出“故意杀人”的大案。而大刘没事一样，从未对别人提起过。

大刘其实是一个比较简单的人，根本没有城府。你敬他一尺，他敬你一丈。他是那种“人对了，脑壳都可以砍下来给你垫着坐”的人。

一次，他从家里骑来一辆崭新的二八圈永久牌自行车，宽大的弹簧坐垫上还有一层海绵，罩着枣红色天鹅绒的座套，周围垂着漂亮的流苏。这车在当时可是宝贝疙瘩，在那个乡级公路上一骑，铃铛丁零零一揿，会引来无数好奇而羡慕的目光。这车他很珍惜，总是擦得锃亮，一般不肯借人，别人一般也不敢开口。我看着这车，心里痒痒的，对他说想借来学一学，心想他未必答应。不料他竟然二话不说，把车钥匙直接扔给我。我把车扛到大坝上，就在坝顶学车。我个儿小车高，上不去，又怕把车给他摔了，便像小孩那样坐在坐垫后面的车架上，拼命伸长了脚尖去蹬那个脚踏板，双手努力地去够车把。这样果然行，不一会儿就蹬着走了。大家站在院子里看我这样学车，都忍不住哂笑。有人喊，坐上去嘛！可我哪里坐得上坐垫呢！我就这样兴冲冲地在 280 米长的大坝上来回半蹬半骑地折腾了半天。大刘也站在院子里乐呵呵地瞧着。

我同大刘虽然情同兄弟，却不住一个寝室。后来有一次“同居”机会，结果闹出了一个经典笑话。那次两个女生临时外出一天，要我同大刘一道去帮她们守卧室。那时正值冬天，两位女生睡的是一张大床，垫着棉絮床单，床单上铺着一层凉悠悠的塑料布，上面有两床缎面的被子。那个时候，我们男生的床即便冬天也只是草席一张，从来没有享受过棉絮床单的温暖。因此，面对这“豪华”的女生床，面对这层塑料布，我和大刘都作了难。是取掉塑料布睡床单上，还是直接睡在塑料布上呢？取掉怕把人家的床单弄脏；不取掉吧又有些冷。思来想去，我和大刘商量还是睡塑料布上稳妥些。自惭形秽的我们便在这冰凉的塑料布上瑟瑟发抖地睡了一夜。两个女生回来，得知我们睡在塑料布上，笑啊笑啊，笑出了眼泪，甚至笑得差点岔了气，挖苦我们笨得真可爱，傻得太可以！唉，说起来，那时真是穷傻了！这也算是我和大刘一生中闹的一次重大笑话吧！

1976 年冬季，还不到 20 岁的大刘参军去了云南。他兴高采烈地穿上绿军装，投锄从戎，坐上解放牌大卡车绝尘而去。终于，他的拳头有地方使了，我暗自为他高兴。不久，他给我写了信，还随信寄来一张照片，身着军服，外罩白大褂。我大为诧异，这不是卫生兵吗？他怎么能当卫生兵呢？这也太不符合他的性格了嘛！果然，没过多久，大刘又写信告诉我，他到了思茅军分区，进了手枪班。他是喜欢舞刀弄枪的人，这才是他真正的人生。不过，我没有想到，有一天他真会上战场。

到了 1979 年，南边的局势紧张起来。2 月 17 日，一场战火终于燃起。我知道大刘所在的部队可能拉上去了，但对他们的战况一无所知。直到 3 月中旬全体部队凯旋，也没有关于他的半点消息。又过了一阵，关于他的音讯依然杳如黄鹤。他的家人和水库的人都开始紧张起来，做出了种种不好的猜测。

到了 5 月，令人悲痛欲绝的消息终于传来。他在前线英勇地壮烈了！就在战争打响的第三天，他作为尖兵班的一员，在冲击一个高地时把热血洒在了青山之上。那时他刚满 22 岁。他成了烈士，被追认为正式党员，记三等功。后来大刘长眠在了云南金平县烈士陵园。他是一个不善于表达的人，他用自己年轻的生命，表达了捍卫祖国尊严的决心。

得到噩耗，我撕心裂肺地大哭了一场。后来又与另一位同事代表水库到他家慰问。那时我处正在冲刺高考的前夜，痛失兄弟的打击激起我奋发的斗志。当年我幸运地考入了四川大学。我深信大刘的英灵在激励着我。

40 余年过去了，我依然常常想起他。想起他红扑扑的脸庞，想起他豪爽的笑容，想起他兄弟般的情义，想起他那身绿色的军装，想起他那句经典的“又抽你的哇”。

（作于 2021 年 12 月 24 日，刊于当日“封面新闻”）

“猪司令”

我曾经参观过现代化的养猪场。进入时要着专门的服装，穿上专门的鞋套走过消毒池，防止把病菌带进猪舍。一尘不染、明亮整洁的圈舍里，闻不到传统猪圈里特有的那种味儿。喂食，喂水，全是自动控制，机械输送。圈舍恒温控制，一年四季如沐春风。甚至还有背景音乐供猪仔们欣赏。这些“二师兄”们听着优美的音乐，喝着洁净的清水，吃着美味的饲料，一天天茁壮成长。虽然最终免不了成为人类餐桌上的佳肴，但它们逍遥自在，无忧无虑的短暂一生还是足以羡煞许多禽兽。

这样的场景，让我闪回到在水库当知青的岁月。18岁时，我也养过猪。虽然只有短短10天，但却留给我刀劈斧凿般的记忆。

20世纪70年代中期，我17岁那年投身“广阔天地”，到水库当了知青。水库管理站陈顺祥站长是“土改”时成长起来的老干部，虽然只有50多岁，但脸上已写满了风霜。身子精瘦的陈站长想让大家的生活里多点油水，于是雄心勃勃地要发展水库的副业。他让我起草了给主管部门县水电局的报告，言辞恳切地阐述兴建一座养猪场，其意义如何重大、其前景如何宏伟。水电局张局长在陈站长的软泡硬磨下，一边叹着气，一边在报告上签了“同意”二字，拨了一笔款下来。

陈站长大喜，雷厉风行地组织人马设计、施工、建设，一气呵成。两三个月后，一座漂亮的猪舍在水库管理站后面的山湾里拔地而起。房子、猪圈全部用上好的条石砌成，高大、宽敞、明亮。屋顶盖的是灰色的新瓦，正门上方的“人”字檐上还刷上了鲜红的漆。远远望去，还以为是一座雕梁画栋、香火兴旺的寺庙。

陈站长按捺不住内心的喜悦，特地请来张局长剪彩，期待领导的肯定和表扬。果然，张局长视察过后对陈站长作了高度评价：“你建的不是养猪场，而是猪公馆！”于是，水库的“猪公馆”便从此远近闻名了。

虽然张局长悻悻然拂袖而去，但他并没有下命令将“猪公馆”拆除，承认了既成事实。现在看来，陈站长把猪场建得好一点，让猪在舒适卫生的环境里健康成长，还是颇有眼光的。但在那个年代，猪比人住得好，便让人觉得匪夷所思。似乎像“二师兄”这样的畜生，就只配住透风漏雨、肮脏恶臭的茅草棚。

挨了局长的白眼，陈站长虽然短暂地郁闷了一会儿，但很快就释然了。口头批评风吹过，好处才是实在货。他开心地让人买来十几头猪崽，任命曾经的大队支书邢老爷子为养猪场总管。“猪公馆”便在陈站长掩饰不住的笑容里隆重开张了。

猪场在邢老爷子的精心掌管下蒸蒸日上，猪崽欢快地长成半大猪，到过年时吃肥猪肉指日可待。我和站上的同事会时不时去猪场巡视一番，看到一天天长大的猪，就像看到一块块腊肉、一串串香肠。幸好“二师兄”们并不懂得，我们看着它们温柔而喜悦的目光里，实际上有着残忍而恶毒的期待。不过，令我没有想到的是，某一天，我也会同它们亲密接触。

就在那年的初冬，邢老爷子家里突然有事，需要他回几十里外的村里料理，来去得十来天。谁来代理这猪场“总管”？陈站长抠了抠脑壳，眼睛突然一亮，对我说：“眼镜儿，你去顶一下吧！”笑嘻嘻地把这个“美差”轻飘飘地交给了我。

面对“惊喜”我无言以对，只得苦笑着接下“猪司令”这顶“高帽子”。我刚到水库时就养过鸡鸭鹅，被戏称为“海陆空三军总司令”。陈站长大概认为我养家禽出类拔萃，养猪肯定也有一手。

邢老爷子给我交代了一下，便匆匆回家了。我第一次认真地巡视这块临时领地：整个圈舍分左右两排，中间是过道。进大门的左边是邢老爷子的寝室，小小的空间里只有一张床和一张桌子。桌子上有一个相框，装不是照片，而是一张临摹的领袖像。旁边摆着一副碗筷。床上挂着一笼黑黢黢的蚊帐，草席上是一床半新不旧的被子，马马虎虎地三叠着。隔壁便是煮猪食的灶房，一口大煤炭灶，一年四季不熄火。

再往里走是圈舍。左边三个，里面的两个已经有八头半大的猪入住。有一个圈还空着，堆放了些黑褐色的干红苕藤，这是贮存的干饲料。右边里面的两个圈也已经猪丁兴旺。最外面靠近大门这一块留出来，作为将来的粉房，也就是磨红苕粉和出粉条的地方。

我每天的工作说来简单，就是煮一大锅猪食，喂猪，打扫圈舍。我心想，邢老爷子那干瘦的身子骨都能长年累月地胜任，对我这个小青年来说更是小意思！

为准备猪食，我得先去剥厚皮菜。我挑着一副空箩筐，来到附近的地里。初冬的早上，弥漫着薄雾，冷飕飕的空气包围着我。

我手脚有些发僵，脸蛋儿也在冰凉的晨风抚摸下迅速绷紧。经过霜打的厚皮菜叶子有点发蔫，每一片肥厚的叶上都有刺骨的露水。我放下箩篼，开始躬着腰一片片地剥，一片片地码进箩篼里。接近零度的天气，没剥一会儿，我湿漉漉的手逐渐麻木，一副小身板儿也躬得酸痛。我站起来伸伸小腰，在手上哈几口热气，继续麻木地劳作。一个多小时过去了，我的一根根手指已经像哈尔滨红肠，一副箩筐也装得冒了尖儿。我吭哧吭哧地嘴里喷着热气，把这一担青绿挑回猪场。

用水把厚皮菜冲一冲，我开始了第二道工序。我挥起专门剁猪草用的大刀，将厚皮菜剁成小片。这刀比菜刀长而厚重，多挥几下，手便会酸累。手掌也被粗糙的刀把磨得生疼。为了提高效率，我把几片厚皮菜叠起来剁。可是又得用更大的力。这便是物理学上的省功不省力吧！我在心里自我解嘲道。

待剁完这一挑厚皮菜，又过去大半个小时，我的右臂也软得没了力气。这时锅里的水差不多烧开了。我赶紧把厚皮菜倒进大锅，又在炉膛里添上几铲煤。闪着乌光的煤在炉膛里轰轰烈烈地燃烧，也燃烧着我的青春。二三十分钟后，这一大锅厚皮菜差不多熟了。我用撮箕装上二三十斤细米糠，均匀地撒在咕咕冒着热气的厚皮菜上，再用一把长大的铁锅铲，费力地将其拌匀，于是猪食也有了一股好闻的香味。

这时，圈舍里的猪已经饿得不行，用一声声凄厉的嘶叫表示抗议。一只猪叫起了头，其他猪也跟着吼叫，像是向我这个新上任的“猪司令”示威。脾气暴躁的猪甚至还将两只前蹄趴在圈栏上，把头伸出圈舍，昂着头，拉长了声音叫唤。但我不能直接把滚烫的猪食放进槽里，还得晾一下。于是我把猪食舀到几只大木桶里凉着，过一会儿再提到圈舍边。这大木桶装满猪食足有四五十斤重。当然，我不会那么笨，我每次只提半桶，大不了多跑几趟。提着沉重的猪食桶，我这个小个头身子扭成了弧形。连跑几趟，便有些气喘吁吁，脊背上也冒着热汗。

待到猪食稍凉，我用木瓢舀进食槽。猪食槽是用整块石头抠成，足有一米多长，方便几头猪同时进食。它的一边露在圈舍外面，便于饲养员把猪食倒进槽里。

猪其实没有人们想象的那么笨，甚至是很聪明的。它们一直在食槽边等着。看着人在食槽的哪一端，便一窝蜂挤在哪里。当你把头一瓢猪食倾进槽里，它们会争先恐后地你拱我，我挤你地争抢头一口食物。我得赶快把槽装满，它们才站成一排，规规矩矩地吃自己面前的食物。它们一边大嚼特嚼，一边嘴里哼哼着，小眼睛闪着光亮，不停地甩着短短的尾巴，表现出心满意足的样子。就像人品尝美食时，嘴里也会发出舒爽的咂吧声。

猪场四个圈舍里有猪，每圈四头。我开始喂第一个圈的猪，其他圈里的猪闻到香味儿，全都拥到食槽边，一边哼哼唧唧地表示不满，一边眼巴巴地伸长脖子望着奔跑的我。可我没有三头六臂，只得一个圈先喂上几瓢，安抚着“二师兄”们。看到这些猪朋友眼睛里的渴望，我心里竟然生出些感动。像我这样一个卑微，看不到任何前途的穷知青，还有这些生灵迫切地需要我的喂养。如果没有我的劳作，它们就只有饿肚子。这一瞬间，我突然感觉到这个既臭又脏的工作，居然还有点高尚，或者说崇高。

于是我加快步伐，像卓别林拧螺丝帽一般奔忙在圈舍之间。先各个槽子里舀了几瓢，把它们喂了一遍，安抚安抚它们驿动的心，然后又第二遍添食。这些猪跟人一样，饿急了自然顾不上吃相，待先垫会儿肚子，再吃起来便会变得斯文些。不过，因为它们是把嘴埋进食物里吃，嘴筒子上，甚至眼睫毛上、头顶上，都会沾上汤汁及米糠。就像淘气的小孩吃饭那样，满脸都会糊上食物。这也难怪，加了细米糠的厚皮菜对于“二师兄”们来说，无异于山珍海味。

不到20分钟，“二师兄”们一个个吃得肚子溜圆。它们满意地哼哼着，在圈舍里摇头摆尾地活动一番。一些便走到圈舍右边，开心地享受排泄之乐。有一些则荡浪着大肚子径直走回垫着稻草的窝里，瘫倒便睡，一会儿便鼾声如雷。

这个时候，我才发觉自己有些腰酸背痛，肚子也不争气地咕咕乱叫，额头上开始冒虚汗。好在我不用自己做饭，管理站专门请了一位朱师傅主厨。我回到自己的寝室拿了碗筷，到食堂打了饭，端了一小碗没有油珠的水煮老南瓜，风卷残云般倒进肚子。

下午的任务是打扫猪圈，为第二天做准备，还有喂晚食。

清扫圈舍无疑是一项脏苦累臭的活儿。自然也被无数人视为畏途。我后来在一本书中读到，赫鲁晓夫也曾养过猪，他说，猪粪是世界上最臭的东西。可惜当时我没有读过。也许正是这种无知无畏，才让我勇往直前。

猪圈里弥漫着猪食和猪粪的混合味道。那时既没有口罩，也不能用手捂住口鼻，只能任各种气味往鼻子里疯狂地侵略。年轻的我意识到，忍受是人必不可少的能力，生活中的种种滋味儿，我们都得直面与品尝。

我先用比较干净的扫帚，把食槽周围掉落的猪食扫到一起，撮进槽里。然后用推粪的耙子，把靠近粪坑的一堆堆猪粪推进坑里。应该说，猪圈设计得还是很科学。每个圈舍靠墙的一边，留着一个长长的口子，下面就是粪坑。通过这个口子，可以直接把猪粪推进粪坑里，省得把粪挑出来。那些“二师兄”也比较聪明，它们在饲养员的教导下，知道去靠近口子的地儿方便，而不致把自己睡觉的地方给弄脏。把大堆的猪粪推进坑后，我提来清水，冲干净剩余的粪尿。

经过一番打扫和清洗，猪圈变得清爽多了。浓重的臭味儿消散了许多，人也感觉清醒而轻松。

等打扫完全部圈舍，又到了给猪友们上晚餐的时候。把中午留下的半锅猪食稍热一下，按上午的做法一一为它们喂食。这“二师兄”有一个好处，它们从来不会为日复一日、年复一年吃同样的食物感到厌烦，反而乐此不疲。一阵欣喜的狂啖之后，它们又晃荡着硕大的肚子，哼着小曲儿，心满意足地睡大觉去了。

涮好大铁锅，收拾好一切，我累了一整天的小身板，才感觉浑身不得劲儿。吃了晚饭，直接倒床便睡，一夜无梦到天明。

就这样，我每天以相同的节奏，干着一模一样的活儿，硬撑着当了10天“猪司令”。当我把猪场的钥匙交还给邢老爷子的时候，我一双原本光洁细腻的小手，手背已经全部皲裂，一道道纵横交错的血口子，仿佛黄土高原上千沟万壑的缩影。我身上已然散发着浓烈的猪场里特有的那种味道。我用敬重的眼神儿，看着老爷子，又握了握他那双树皮一样粗糙，似乎永远也洗不干净的手。

（2023年6月25日改毕，28日发表于“封面新闻”）

第一次独唱

“眼镜儿，走，去场上看演出！”刘主任招呼我。

“来了！”我答应一声，便跟他出门，向公社走去。我并没有想到，此一去，将要发生什么。

刘主任是一个长相清秀的男人，穿着整洁的蓝卡其军干服，身材适中。他那时30来岁，是水库管理站的二把手。他还有一个特殊身份——兼任着区革委会的副主任，所以大家都叫他刘主任。

这是1974年的冬天，水库热火朝天地续建未完工的大坝。水库灌区所属几个公社的上千民工云集坝下，组成一道道人流，用肩挑，用车推，向坝顶运送泥土，再由推土机一层层反复碾压，筑成坝体。

作为水库管理站的“知青”之一，17岁的我被临时抽调到水库工程指挥部搞宣传，和另一位同事轮流值班，写稿、编稿还兼播音。让一个初中毕业的未成年孩子采、编、播一条龙干广播站，现在想来，当时的领导也真是太放心了！

这么多民工寒冬腊月战天斗地兴修水利，自然是区里惊天动地的大事。于是区上组织文艺宣传队来水库慰问演出。慰问的对象便是修建大坝的民工，当然也包括领队的各级干部。演出的地点就在公社那个旧戏台。

公社离水库大概也就一公里路。我跟着刘主任不到20分钟就走到了。站在旧戏台前，刘主任突然问我：“眼镜儿，你不是喜欢唱歌吗，想不想上台去唱一首？”

正值雨季的我，不仅因为营养不良发育迟缓，17岁了还不长个儿，看起来就像十四五岁的孩子，而且心志更是远未成熟，单纯得像一棵小草，胆大得可以包天。领导这样一问我，我便不假思索地回答：“要得呀！”

当然，我这样回答也是满有“底气”的。上初中时，我的音乐课可是满分哦！因此，自然是班上的文艺骨干，不管小合唱、表演唱还是诗朗诵，哪次演出少得了我？我甚至还将课文改编成小话剧《符大伯活捉美国飞行员》。不仅如此，我还是学校宣传队的成员，至少在镇子里最大的舞台上，演唱过男女四人二重唱《雄伟的喜马拉雅山》。那些“往日辉煌”让我信心百倍：区里的舞台都敢登，这公社的舞台还不敢上吗？不过，我只是独自面对水库唱过歌，还真没上台独唱过。老家白鹤镇上，只有中学的肖老师才敢在台上独唱，人家那个“胸音”，把《我爱这蓝色的海洋》唱得来人人心中波涛翻滚。镇上有多少女性被他的嗓音俘虏不得而知，反正我们这种小小少年，对他是仰视到天上去了。如果那时知道杨洪基，一定会叫他“肖洪基”。

却说刘主任见我答应上台独唱一首，不由得大喜。毕竟这是为水库挣面子的事啊！他问我唱什么。我回答，那就唱《颂歌献给毛主席》吧！这首歌在当时非常流行，不但旋律优美，而且政治意义强。关键是我自己认为最“拿手”。刘主任说：“好，就这首！”他拉着我登上戏台，让我在后台一角等着，自己去找宣传队的领导。

没想到这一来便“整凶”了。刘主任简直像魔术大师，一句话便让我从观众变成了“演员”。水库领导兼区上领导主动提出要派人参加演出并独唱歌曲，宣传队自然得给面子。宣传队领导飞快地过来，把我带到化妆的地方，交给一个美女姐姐：“这是水库工程指挥部的演员，赶快给他化妆！”这小姐姐20来岁，见我是个陌生的大男孩，一时竟臊得手脚无措。我起初倒没什么，过去在学校演出时女老师给我涂红脸蛋儿，从来也没觉得有什么不妥。宣传队领导见这小姐姐忸怩着不敢对我下手，便对她发火道：“你还稳起干啥？演出都要开始了，快点儿！”说完转身走了出去。比我高半个头的美女姐姐无奈，只好心一横让我靠近她，十根指头跳着舞，含羞在我脸上涂脂抹粉起来。待给我化完妆，她的脸也跟涂满了胭脂似的。坦白地说，这是少年的我生平第一次单独与异性靠得这么近，不但脸上发着烧，那小心脏也“咚咚咚咚”敲着密集的鼓点。幸而这只是短暂的漫长。她终于匆匆忙忙地把我打发了。

我走出化妆间，长长地呼了口气，站在幕后候场。刘主任看到我的模样直叫：“咋整得这么红？”赶紧用手在我脸上狠擦了几把。这时，我听到宣传队领导跟乐队交代，在我独唱时伴奏一定要跟着我的节拍走。没有排练过，也没有与乐队合练过，更没有什么彩排，我这个独唱确实够独特！

演出时间到了。报幕员走到台前：“慰问演出现在开始！由高梁区毛泽东思想宣传队和团结水库工程指挥部联合举行！”

天哪，我一个小屁孩儿竟然代表了团结水库工程指挥部！我有些惶恐，又有些得意。

我的节目放在第三个。只听报幕的女孩在台前对观众说道：“下一个节目，男声独唱《颂歌献给毛主席》。表演单位，团结水库工程指挥部。”

明亮的灯光下，我走向台前，上穿一件蓝卡其的旧夹克衣，下着一条劳动布裤子，脚蹬一双解放鞋。这种不伦不类的混搭也差不多是当时的时尚标配。与其说是初生牛犊不怕虎，还不如说是井底之蛙不知天高地厚，我没有一点紧张，心里只想着歌词。那时演唱是没有话筒的，最考嗓子的“本钱”。台下是黑压压的人群，一个个正仰头眼巴巴地盯着台上。我学着别人的样子，向乐队点头示意准备好了。于是，二胡、笛子等一齐奏响，沙锤、碰铃打起了节拍，待悠扬的过门儿结束，我张口便唱：“东海扬波红日升，南岭起舞飘彩云。珠穆朗玛雪峰献哈达，草原上赞歌唱不尽——”

我在这边不管不顾地唱，乐队在那边紧赶慢赶地追，台下的观众居然听得津津有味。还好，这处女独唱没有卡壳，我顺顺畅畅地唱完了最后一句，然后鞠躬退场，台下竟然响起稀里哗啦的掌声。

后来，水库好多人都夸我人小胆儿大，“不虚场合”。几天后，我去公社供销社买东西，那个售货员美女姐姐还问我：“小眼镜儿，你们好久又演出嘛？”看来，她也是当晚的观众之一。那些年，农村基层百姓的文化生活极度贫乏，除了样板戏和一些革命歌曲，“贫下中农”们很少能看到什么演出。像我这种“小学水平”也敢上台独唱，恐怕也只能是那个年代才能绽放的“奇葩”了。

（2022 年 5 月 17 日刊于“封面新闻”）

“黄鳝王”

老家白鹤镇边就是农村。小河对岸有个生产队，小地名叫花场坝。名字由何而来，不得而知。虽然名叫花场坝，在那里却实在没见过什么奇特的花，也就是高调炫富金灿灿的油菜花、低眉顺眼绛紫色的胡豆花，还有得意地吹着喇叭的牵牛花之类。不过这里倒是出了一个奇人，他不为别的出名，就因为有一手捉黄鳝的绝技，人称“黄鳝王”。

“黄鳝王”其实年龄并不大，我认识他的时候也就是个少年。因为大家都叫他“黄鳝王”，后来连他的本名都忘记了。我们都在白鹤小学读书，他还低我一个年级。但他似乎长个很快，也许他读书晚，在班上颇有点鹤立鸡群的感觉。他的脸有点长，但我们不敢说他像“马脸”。显然这张少年的脸饱受太阳亲吻，黑红黑红的，手臂、腿脚以及全身绝大部分地方的肤色都跟脸上绝对一致——因为我看到过他只穿一条短裤，赤着上半身捉黄鳝的模样。他的衣裤上，总是有似乎永远洗不掉的泥点。他的头发大概是家人剪的，从来不那么规矩，额前的一撮，直直地向前冲。这很符合他的性格：横！打架耍横撒泼他无一不在行。不说在班上，就是在整个学校里他都是有名的，即使高年级学生也不敢轻易惹他。但不管是烦他、恨他，还是喜欢他的人，都不得不佩服“黄鳝王”捉黄鳝的高超本领。

黄鳝也算是出淤泥而不染，虽然其貌不扬，长得像蛇一样有点儿令人生畏，身上黏乎乎滑溜溜让人感觉不爽，但味鲜肉美，营养丰富，大人孩子都喜欢吃。在缺衣少食的年代，黄鳝更是补充蛋白质的极品。家乡有句俗语：鸡鱼蛋面，不如火烧黄鳝，可见黄鳝鲜美无比。在我的青少年时代，黄鳝不是养殖的，全部是野生的。后来我才知道，黄鳝是一种雌雄同体的奇特生物，年轻时都是雌性，到成熟产卵后会变成雄性。既能体验做母亲的骄傲，又能享受做父亲的荣光，黄鳝真是太幸福了！

黄鳝既然美味，便不免给自己招来杀身之祸。在收获水稻之后到插秧之前的闲田时节，人们常在晚上去水田里捉黄鳝。因为黄鳝是典型的“夜行侠”，它会晚上从洞里出来觅食，遇到光亮便一动不动。于是人们用手电，或者用可以提着走的油灯——亮壶照着，有的用特制的黄鳝夹子夹，有的用菜刀砍，有的安竹笼子诱捕等。但“黄鳝王”不屑于这样干，他是以“空手道”抓黄鳝的“泰斗”级选手，也就是擅长白天在水田的黄鳝洞里捉，因此，也叫“抠”黄鳝。白天黄鳝都钻在淤泥里，人们见不到它的尊容。“黄鳝王”不但认识黄鳝洞，甚至哪里是进口、哪里是出口都了然于胸；洞里有没有黄鳝，洞里的黄鳝有多大，他也能估个八九不离十。因此，只要他一动手，便十拿九稳有收获。看得准，抓得稳，不落空，这就是“黄鳝王”的绝技。所以，他总是比别人捉的黄鳝多，捉的黄鳝大。“黄鳝王”选择捉黄鳝的田基本上没有水，或者只有浅浅的一点水，因为这样的田最好查找黄鳝洞，而水深就看不清黄鳝洞了。“黄鳝王”捉黄鳝不是把稀泥翻开来抓，那样太累人，事倍功半。我亲眼见过他捉黄鳝。他蹚着及小腿肚的淤泥，微微弯着腰，双眼如炬地在田里寻找黄鳝洞。当发现黄鳝洞后，先判断洞里有没有黄鳝。确定洞里“有货”，他便用一只手，沿着黄鳝洞“跟踪追击”，直接把睡梦中的黄鳝从洞里揪出来。有时黄鳝洞深，他一只手的大半条胳膊都插进了淤泥，腰弯成了锐角。如果黄鳝洞的进口和出口相距较近，他就双手齐下，来个“前后包抄”，让黄鳝无处可逃。如果田里基本没水，有时他用一只手在一边捅，把黄鳝逼出洞来，待黄鳝从出口冒出头来，滑行了半个身子之后，另一只手便以迅雷不及掩耳之势，用食指和中指形成的“铁钳”，将黄鳝猛地夹住。任黄鳝如何挣扎、如何油滑，总是逃脱不了这“金刚神指”的挟持。“黄鳝王”在浅浅的水里将黄鳝身上的泥洗上一洗，顺手放进挂在腰间的竹笆篓。等到赶场天，这装满黄鳝的竹笆篓便会摆到镇中心的集市上，那一条条用汗水泡出来的黄鳝，最终变成家里买盐巴或煤油的钞票。

“黄鳝王”捉黄鳝几乎跑遍了周围的大队和生产队，最后居然捉到城里去了——说来那是一段令人啼笑皆非的故事。1977 年的春天，不满 20 岁的我被当时的内江县水电局从水库临时抽调到一个专案组工作，住在原县委招待所。一位家住乡下的初中同学来看我，便把“黄鳝王”也带来了——原来他们是一个村的好朋友，难得进城的他非要跟我那同学一块儿来。我与“黄鳝王”虽然不是很熟，但同学的朋友也是朋友，当然得一并招待。此时的“黄鳝王”已长成一个高大健壮的汉子，穿得整整齐齐，身上完全没了少年时的戾气，那似乎永远洗不掉的泥点也没了踪迹，只有那黑红的脸膛上，还依稀有当年的影子。谈话中得知，他在农闲时依旧捉黄鳝卖，由于手艺更加精进，收获愈加丰饶，日子也慢慢滋润起来。我没时间陪他们游玩，让他们自己上街闲逛。招待所离内江公园很近，他们充满期待地计划第二天上午去看稀奇。

这天临近中午时分，他们高调地回来了。只见“黄鳝王”兴高采烈地踏进了招待所的大门：一只手提鞋，一只手提着一串肥滚滚的大黄鳝，裤腿高挽，腿上、脚上还沾有没洗干净的黑泥。我一脸惊愕，哭笑不得；他却满脸得意，神采飞扬。同学告诉我，“黄鳝王”今天逛公园可是出尽了风头。原来他二人去游公园，看了些动物、花草，总觉得不够过瘾。后来走到了公园内的小河边，这“黄鳝王”一下激动起来。他惊喜地发现刚刚放干水的小河里有不少黄鳝洞，而且洞里面一定有大家伙。这个差不多是黄鳝“天敌”的人哪里忍得住，仿佛瞄准了猎物的猎人，技痒得要命，不顾同学的一再劝阻，脱下鞋子，挽起裤腿就蹚下河去，抠起黄鳝来。公园里的游人见有人下河抠黄鳝，不由得大感兴趣。城里人虽然吃过黄鳝，但大都没见过捉黄鳝，这回可逮着好戏看了。于是，人们花草不赏了，动物不瞅了，都围到小河两岸看“黄鳝王”精彩的现场表演。“黄鳝王”见这么多人围观，人群里甚至还有城里穿着时尚的漂亮姑娘，便发起了“人来疯”。只见他双手齐下，边抠边捉，连捅带刨，差不多一洞一条，不一会儿，就抓了十几条肥硕的黄鳝。观众也十分捧场，“黄鳝王”每抓一条，两岸便一阵欢呼。若不是最后闻讯赶来的公园管理人员硬把他“请”起来，“黄鳝王”肯定会毫不留情地把整条小河里的黄鳝洞全部捣毁。

“太过瘾了！”“黄鳝王”还陶醉在激情表演中。他“嘿嘿”地咧开大嘴乐着，丝毫不在乎别人看他的眼光。我想，他一定是认为用自己的绝技给我挣了面子，同时又送我一份儿厚礼。见他那喜不自胜的模样，我只好默默承受招待所一些人的侧目而视，把埋怨的话咽进肚里。当然，晚饭时的一大盘红烧黄鳝还是让我们狠狠地兴奋了一回。饭桌上，“黄鳝王”掩饰不住他的“专业”特长，他的话题永远离不开黄鳝。

后来，听说“黄鳝王”不再捉黄鳝，而是养起了黄鳝，生意走出了县市。不过，他还是喜欢脱去西装革履，常常去黄鳝池里同黄鳝们亲近。在黄鳝的簇拥下，他似乎才真正感觉自己成了“黄鳝王”。

（作于 2021 年 4 月 7 日，刊于 4 月 13 日“封面新闻”）

两双鞋垫

“眼镜儿，快来帮我补下凉鞋！”张莉在厨房门口大声武气地叫我。

这是下班时间，大家正等着吃晚饭。我住在厨房斜对面的寝室兼办公室里，水库就我一人戴近视眼镜，于是平时大家都叫我“眼镜儿”。我听得到，当然院子里的许多同事也听得到。我那时并不明白，张莉就是故意让大家知道她对我有好感。她大张旗鼓地呼唤，我当然不好不理，于是慢吞吞地出门往厨房去。有好事的同事跟我打趣道：“眼镜儿，人家张莉在喊你，快点儿去吵！”

我心里老大不好意思，磨磨蹭蹭地走进厨房。张莉在门口用笑脸迎着我。地上躺着一只透明的粉红色塑料凉鞋，鞋的袢断了，需要把它补上。土办法就是用烧红的火钩，把塑料熔化，立马粘上。

我默默地走到灶前，拿起火钩放进煤炭灶里，把钩尖埋进轰轰燃烧的熊熊炭火中。不一会儿，火钩尖儿便成了暗红色。我知道温度够烫了，便拿出来，先把滚烫的火钩放在鞋面断裂处将其烫化，顿时“哧”的一声冒出一股青烟，一股塑料的焦煳味儿直冲鼻孔。我顾不得这么多，再把鞋袢头子放火钩上熔化。接着“哧”

的一声又是一股青烟。我立马将鞋袢死死压在鞋面断裂处。几十秒钟后，稍稍冷却的鞋袢便粘在了鞋面上。我也不管有没有粘牢实，反正暂时是粘上了，便对张莉说："给你粘好了哈，不过先不要穿，等凉透了，结实了再穿！"

张莉一直站在旁边抚弄着头发，一边看我怎样给她补鞋，火辣辣的大眼睛里始终洋溢着欢喜。见我很快弄好，不由得大喜，连忙说："眼镜儿好能干，多谢你！"那一汪秋水甜得有些腻人。

我那时哪里明白，一个男人愿意为一个女人干补鞋这样的活儿，是一种有意思的反馈。女为悦己者容，男为悦己者劳。当时的我肯定想不透如此深奥的道理。我的思维仅限于，既然一个女人求助，就去帮上一把而已。

那是 1975 年夏天，我刚满 18 岁，是下到水库当农业工人的知青。张莉是水库的临时工，正好 20 岁。她的个子挺高，大概有 165 厘米。在那个年代的川妹子中，算是比较高挑的身材了。关键是她还胸挺臀圆，手长脚大，便有点健硕的味道了。她的容貌放到今天来看，长得也不算差：脸形丰腴，嘴唇丰润，明眸雪齿，下巴圆满，而且皮肤白皙，不大像农村女孩。可惜那时不流行"性感"二字，她差不多肯定可以用这个词来形容。水库有个老汪，喜欢用饭来比喻女性。说某人有几分姿色，便说某人有几颗饭。如果按老汪的观点，这个张莉就年龄、身高、身材及五官而言，至少有满满一碗饭了。不仅如此，她还有跟其身材媲美的性格，大大咧咧，风风火火，打得起嘴仗，开得起玩笑。

那个时候的人很晚熟，至少我是这样。18 岁了对男女之事还一窍不通。其实我启蒙很早。小学三年级就读长篇小说《林海雪原》，对其中"白茹的心"那一节很感兴趣，曾偷偷反复"研读"——

尽管没研究出名堂；小学没毕业时就读《红楼梦》，但对里面描写的“云雨”之事完全莫名其妙。读《天方夜谭》时，还被镇上一位大姐姐骂过，说我小小年纪就读这种书。初中时上了两节生理卫生课，但老师讲得稀里糊涂，我和同学们也听得云里雾里。因此，那时我对女性的生理解剖知识真是一无所知。所以，张莉的“性感”对我来说，并没有什么吸引力。反而，我觉得张莉长得太“张扬”了些。

从那以后，张莉似乎对我更热情了，总是时不时地找点事情要我帮她做。开头我也没有察觉出什么，后来发现有些事情她自己完全能搞定，只不过想找个借口同我说说话而已。她也常到我的办公室串门。我当时是水库管公章、介绍信的办公室人员，同时又兼出纳，常到我这里来似乎也顺理成章。

一次，她又来到我办公室，当时只有我一人坐在办公桌前算账。她背对着门站在办公桌右侧，离我很近。一抬头，我便可以仰视到她近在眼前的山峰。张莉似乎并没有什么具体的事找我，只是东拉西扯说着话。突然，她一把拉起我的左手说：“眼镜儿，我给你看看手相！”

我吃了一惊，从来没有遇到过如此大方的女子，脸上猛的一阵发热，想必红得厉害。我想挣脱又怕伤了她的面子，手直往回缩：“我不相信什么手相，还是不看了吧？”

“看一下又有啥子嘛，一个男人还那么害羞嗦，别人想让我看我还不愿意呢！”张莉不容分说，把我的手拉到她眼前，眼睛里含着别样的笑容。

我怕这样僵持下去让别人看到引起误会，只好投降：“好好好，给你看！”手心已经汗津津的了。从来没有女性这样大胆地拉过我的手，我心头似乎有只兔子在欢蹦乱跳，同时也有些异样而奇妙的感觉。

“瞧你这手，还没我的手大，哪里是拿锄头的手嘛，天生就是拿笔杆子的手！”她的右手握住我的左手，半欣赏半怜惜地说。

“快看吧，一会儿来人了，看到不好！”我直催她，心里也着实紧张。我想，自己跟她本来没有什么，可让别人看见，那就说不清楚了。那个年代，不是说男女绝对授受不亲，但可以当众拉手的男女，关系就绝对不一般了。

“好，我看——嗯，眼镜儿，你要走桃花运了，从手相看有女娃儿喜欢你了！”张莉一本正经地看着我手掌的纹路，然后用那双含情的大眼睛斜视着我，一副神秘的样子。

“我是要钱财没钱财，要人才没人才，哪个女娃儿看得起我？七大队那个刘书记倒是说给我介绍一个村里的漂亮妹子，可也没了下文。”我也半认真半开玩笑地说。

“真的，眼镜儿，我看你这个手相啊，就是有个姑娘喜欢上你了。而且我还看得出，她比你大点儿。”她一边说，一边用眼睛往我身上瞟，瞳仁里似乎在燃烧，“其实女的大点儿没啥子，我姐还比我姐夫大呢！”

我觉得脸上更发烧了，赶紧挣脱她的手：“好了好了，你看得准啥子，说得一点儿不巴谱，我要做事了哈！”

虽然我下了逐客令，但张莉一点儿不恼，眼里荡漾着温情：“眼镜儿，看就晓得你还没耍过朋友。你对人好，温柔体贴，文化也好，肯定会有女娃儿喜欢，走了！”她向我丢下一个欢喜的眼神儿，转身出了门儿。

再愚笨的男人，也应该明白张莉的意思了。我虽然并不喜欢她，也不可能接受她，可是心里仍然有些小感动。我感动于她在自己一无所有的时候，能够勇敢、果决、热烈地主动追求。可我没想明白，她怎么就看上自己这个体格比她文弱，个儿头比她矮小，甚至岁数也比她年轻一两岁的小眼镜儿了呢？

那以后，我开始注意避免与张莉多接触。但张莉好像没有感觉似的一如既往。不久之后，张莉趁办公室没别人的时候又来找我了，笑嘻嘻地从裤兜里拿出一双红色的鞋垫：“眼镜儿，这是我给你做的，你放鞋里看合适不。”

“你还会做鞋垫？也没看到你做过。还有，你咋个知道我穿多大码子的鞋？”我瞪大了眼睛，不大相信她那双大手还会拿针。

“我晚上悄悄做的。”张莉有些得意，“至于你穿多大的鞋，我一看就晓得，跟我的一样。嘻嘻嘻！”

水库晚上点的是蜡烛，而且一晚只发一支。要在晚上做一双鞋垫，不知要花多少个夜晚的工夫。我心里不禁若有所动。可是我觉得自己不能要，至少我明白，那时女孩为一个男人做鞋垫意味着什么。

见我推辞，张莉有些生气：“我好心好意给你做，你还不要，我的时间不白费了？我就是喜欢给你做，你也不用有什么负担，我不会勉强你答应我什么！”她不再同我啰唆，把鞋垫放在办公桌上旋风一样跑了。

无奈，我只得赶紧把鞋垫收起来，要是被同事看见可不得了。从针脚看，也的确像张莉的手笔，粗枝大叶的。

我留下了这双鞋垫，但并不意味着接受了张莉的感情。我不太喜欢她这种火热的情感表达，一直认为女孩还是应该稳重含蓄。张莉这种露骨的表示，总有一种“不太正经”的嫌疑。从个人条件来讲，她并不差。但从人生志向、生活情趣来讲，我清楚地认识到，自己和她不是一路人。我是一个还在做读书梦的人，不可能在这里找一个农村户口的女孩把自己拴住。当然，我也不是看不起农村女孩，我喜欢农村女孩的纯朴、善良、勤劳、持家。但在那个城乡差别巨大的年代，我看到过许多男的在镇上、城里工作，老婆在农村的家庭，夫妻长期分居，相互拖累，感情不和，最后以悲剧收场。所以，我绝对不会步那些人的后尘。我那时在恋爱上虽然稚嫩而保守，但在婚姻这个问题上还是蛮成熟而世俗的。为了感情而留在农村，我也不是做不出来，只可惜我觉得自己还没有遇到那个让人死心塌地扎根“广阔天地”的“小芳”。

正是因为我有自己的想法，所以对张莉的主动进攻总是挂“免战牌”。那时水库至少两人住一间寝室，她也很难找到单独同我在一起的机会。于是，她的“攻城略地”并没有实质上的进展。

1976年年底，我被水库主管部门县水电局抽调到一个专案组工作，直到1979年秋考上大学。这期间我一直住在县委招待所里。在那年高考之前，张莉突然来到招待所看我。

好久不见，她似乎没有以前那么大胆、开放，略略显得有些拘谨，只有那双眼睛还是火辣辣的。她看着消瘦的我，眼神里流露出心疼，想必她明白我备考的艰辛。张莉细声对我说：“眼镜儿，我喜欢有文化的人，真心想跟你好。我们要是成了一家人，你喜欢读书，你尽管读，家务事都我包了。不管你能否考上大学，我都愿意。你如果考上大学了，我就等你。”说完，她用一双满含热望的眼睛盯着我。

既然她明确地宣示了感情，已经22岁的我也不能再含糊。我想了想坦率地告诉张莉，无论自己是否考上大学，我们都不可能成为一家人，而只能做朋友。同时，我也对张莉的这份情表示深深感谢。其实，我也说不出不喜欢张莉的理由，就是感觉自己心中追求的不是她那样的女孩。我知道，自己说的虽然是大实话，但依然很苍白、很无力、很无奈。从某种意义上讲，拒绝一段感情并不比追求一段感情轻松。

也许这样的话在张莉的意料之中，她并没有表现出震惊，也没有痛苦难受的表情，更没有痛哭流涕，甚至像放下了什么似的轻松。也许她在竭力掩饰，努力控制自己的情感。她的眼神显然已经多云转阴，原本的灼热光亮已然暗淡。我和张莉又漫无边际地说了些别的话，张莉便怏怏起身告辞。临别时，张莉从挎包里掏出一件用报纸包着的东西："这是我亲手给你做的，千万不要嫌弃，就算做个纪念吧！"她一把塞到我手里，转身快步走出了房门。

我没有追出去送她。我想，也许这样张莉还好受点儿。我慢慢打开包了一层又一层的报纸，原来里面是一双鞋垫，每只上都绣着一对亲密的鸳鸯。这让我颇为诧异：她什么时候学会针绣了？我再仔细看看，这针脚已经不是自己熟悉的粗枝大叶，而是有细密而精致的韵味儿了。

（作于 2022 年 5 月）

三张准考证

在我的收藏中，我最珍视的是三张准考证。因为它们记录了40年前，我人生中最刻骨铭心的考试经历。

我也是一个曾经额头上刺了字的人：知青。1977年，高考和中考恢复的时候，我已经在广阔天地里锻炼3年“红心”了。终于又有了考试上学的机会，我犹如海滩上一条挣扎了许久的鱼，终于等到了涨潮，一颗濒于死亡的心复活了。想到自己只稀里糊涂读到初中毕业，我只敢报考中专。

1977年，中专招生考语文和数学两科。我复习两个月，在那个寒冷的冬天怀揣热乎乎的理想走进了考场，结果一举上了录取线！当时我下乡在现四川省内江市东兴区高梁镇的团结水库，当过气象员，还培训过水文水利计算、水利测量。我根据自己的爱好填报了四川水利学校、四川气象学校、泸州公安学校等省属中专，满心欢喜地等待好消息降临。谁知打击再一次袭来，眼看与我同考的侄儿拿到了内江农机校的通知，我却又被打进冰窖。

我一个人跑到沱江边放声痛哭，眼泪就像那沱江水哗哗地流。我恨命运总是与我为敌，对我如此不公。1973年，初中毕业考高中时，由于家里没人说得起话，成绩优秀的我被剥夺了上高中的权利。这次考中专两科成绩 142 分，完全可以上部属或省属中专，我却又一次被剥夺、被抽打、被放逐！真是苍天无眼啊！

我以为是自己的成绩还不够好，于是擦干眼泪，第二年再次报考中专。1978 年的中专考试增加到 4 科：语文、数学、政治和理化。我全力以赴，刻苦复习，考试时发挥极好：语文 83 分、数学 85 分、政治 76 分、理化 85 分，总分 329 分！手握高分，我填报了最好的中专，心想这回该稳当了吧！没想到，迎来的依然是落榜、落榜、落榜！

这次我没有痛哭流涕，两次落榜的打击已经让我产生了抗体，同时，21 岁的我也渐渐成熟。有人说，刘备的天下是哭来的，但我的学校却哭不来。后来我去咨询了招办，说是我年龄超过了，中专招生年龄不超过 20 岁。我迷糊了：既然我是超龄考生，可报名时为什么要让我参加考试啊？

怎么办？上学的机会就这样一次次残酷地挣脱我的掌心，它鄙视我，它轻蔑我，它笑话我。行路难，行路难，拔剑四顾心茫然！

终于，我小姐夫的父亲黄世维叔叔一句话点醒梦中人：“眼镜儿，中专不录取你，你就考大学啊！”是啊，我为什么不考大学呢？中专的窗户向我关闭了，但大学的大门却依然为我敞开着啊！我一直以为，自己只是一个初中生，哪里考得上大学呢？压根儿就把这个机会给白白放弃了！现在要上华山一条路，我只能拼命涉险了。于是，我在 1979 年 3 月，下定决心考大学。时间只有 4 个月，我要从一个初中毕业生的水平，变成优秀的高中文科毕业生的水平，用我们老家的谚语来说，难度不亚于把一头水牛赶上皂角树，因为皂角树浑身都是尖锐坚硬的刺，那个场景，你可以想象的。

1979 年高校招生，文科考语文、数学、政治、历史、地理、外语 6 科。不过，外语总分只有 10 分，也就是说，考 100 分也只算 10 分。于是，我果断地决定，首先放弃外语自学；其次放弃数学自学。敢于放弃，丢卒保车，后来的结果证明我当时是多么英明！语文是我的强科，除了字、词、语法、句法之外，我强攻了古翻现。没地理书，我向一位上初中的邻家小妹妹借地理课本。她真心地对我说了句鼓励的话："眼镜儿，你要是凭这本书都把大学考起了，我用手板心儿煎鱼给你吃！"是啊，她的大姐在著名的内江高中上学，当年也参加高考，人家那么多名师指点，那么多优秀的复习资料，我就那么可怜的几册课本和复习大纲以及迟到的复习资料，要考上大学确实难乎其难！

还有一个困难，我是初中毕业生，以相当于高中毕业的学历参加高考，要到当时的内江县农业局去开个证明，说明我具备高中水平方能参考。我提着一颗心，来到农业局办公室，那工作人员看着又黑又瘦又弱小的我，说了句颇让人提气的话："考不考得起哟！"我相当低调地回答："试试看嘛！"不过还好，他并没有刁难我，轻飘飘地就在证明上盖了农业局鲜红的大印。

就这样，1979 年 7 月 7 日，我怀揣着上大学的梦想，意气风发地走进了高校招生考场，在挥汗如雨中坚定地书写着自己崭新的历史。7 月 9 日下午，是最后的外语考试，我觉得自己实在挺不住了，于是连考场都没进，便在当时的高梁镇旅馆里倒头大睡。积累已久的疲倦、辛劳一起袭来，这一觉睡得深沉，睡得踏实，睡得轻松，睡得放心大胆，直到第二天早上 9 点我才醒来，此时，窗外已是一轮红日。

等到成绩出来，我自己也吃惊不小：语文83分、数学41分、历史64分、地理75分、政治61分、外语0分，一共考了324分！读者朋友可能要嗤笑，这个成绩也拿来说！但也许你不知道，当时可是100分制哦，当年四川的录取分数线是文科265分，理科255分。我一举上了重点大学录取线！分数线下来以后，那位借地理书给我的小妹妹，一下子对我佩服得不得了。不过她还是食言了，说啥也舍不得用她那又白又嫩的小手煎鱼给我吃了！她佩服我还有一个原因，她那名牌高中应届毕业的姐姐，最终只考了270多分。我后来理所当然地走进了西南第一高等学府四川大学，就读于经济系政治经济学专业。

（刊于2017年6月6日《华西都市报》“封面新闻”“我的高考征文”。当年6月16日获《华西手机报》“我的高考征文”唯一一等奖）

那一双美丽的眼睛

1979 年那个美丽的秋天，我意气风发地跨进了成都望江楼畔的四川大学。从“知青”的广阔天地，到西南第一学府，我的人生开始了脱胎换骨般的升华。直到 1983 年 7 月毕业，我在这美丽的校园里度过了 1000 多个日日夜夜。在许许多多难忘的经历中，有一双美丽的眼睛刻在我的心扉上，抹不去，擦不掉，至今仍温情地闪亮在眼前。

对这双美丽的眼睛，我想起来当年曾经在日记中留下点什么。于是我翻出了珍藏近 40 年的日记本，纸张已经有些许泛黄，但蓝色钢笔字迹依然十分清晰。几经翻检，我终于找到了那一页。《你的眼睛要告诉我什么》一行标题跳入眼帘——我当时竟然还写了几行不叫诗的文字：

你的眼睛要告诉我什么？
是真诚的谢意
还是对我的信赖？
是谢意我不敢接受，

是信赖我幸福万分。
谢谢你，纯洁的姑娘，
祝福你，美丽的天使。

下面还有一段后记：

余去年底到成都城北体育馆听中央乐团来蓉演出之音乐会，归途中偶助二本校低年级女生，其一之眼睛美丽动人。今晚到食堂就餐，恰好该女生帮厨。她的眼睛闪现出动人的光辉，颔首致意，并双手将饭捧送余，余因感而赋之。人云，为人所做之好事应当忘记。此事可忘，然那双美丽的眼睛不可忘也。

一九八三年元月八日记

看来这双美丽的眼睛当年对我心灵的震撼太过强烈，我竟然为此专门作了记载。看着这段简略的文字，那件尘封的小事又浮现在我的眼前。

实际上，那件小事就发生在写这日记不久之前。可能就是在1982年12月。记得那个晚上，我和几位室友去成都市城北体育馆看演出，按日记里说的是中央乐团举办的赴蓉音乐会。中央乐团的名声在那个年代如雷贯耳，能够在成都听到这样的音乐会实属三生有幸。音乐会上听了些什么曲目已经完全没有了印象，反正一定是饱餐了一顿音乐盛宴，心情十分嗨。然而乐极生悲，由于人多，出场时我竟然与室友们走散了，独自一人出错了城北体育馆的门。从这个门儿出去乘坐公交车要转车才能回到九眼桥，再回川大。幸而我坐过，知道怎么走。在站牌处没等多久，车就来了。

记得我是从前门上的车，努力往车厢中间宽松处挤。虽然晚上十点左右了，人似乎不算少，至少我和一些乘客都只能站着。车正要开动时，听到后门那边有女声在问：“到九眼桥川大在哪里转车，再坐哪一路车？”但似乎被问的和周围的人都回答不出子丑寅卯。在昏黄的车灯下，我看到发问的人是两个女生，说的是四川话，但不是成都口音。既然不知道怎样回九眼桥川大，我猜想一定是刚入校不久的新生。见她们遇到了困窘，我来不及多想，毫不犹豫地在公交车摇动中扶着椅背挤了过去，问两位女生：“你们是要回九眼桥川大吗？”其中一位回答说是。在暗淡微弱的车灯下，她那双大大的、明亮的、纯净而美丽的眼睛，在夜色里闪烁发光。我不假思索地说：“我也是川大的，正好回校。下一站就要转车，直达九眼桥。如果你们信得过我，就跟我一起走。”我又加了一句，“我是听了音乐会出来，同室友走散了。”她们看了看我，大概看我戴一副眼镜，也是学生模样，便低声商量了一下。“大眼睛”对我说，她和同学也是听了音乐会出来，并表示愿意同我一起走。一站路很快到了，“大眼睛”和同伴跟着我下了车，走了一小段路到另一个站牌处等直达九眼桥的车。

这时，等车的人已经很少，路灯昏暗，晚风夹带着寒意吹来，脸上不觉有些凉。我站得离“大眼睛”她们有几米远，毕竟不熟悉，我得让她们有安全的距离。看得出来，她们似乎还是有些忐忑，毕竟此时已经很晚了。作为女生，跟着一个陌生男人在初冬的夜里，站在行人稀少的路边等公交车，要是我，心里也会打鼓。等车那几分钟似乎漫长得像过了一个世纪。

终于，车来了，车上人还不少。我让她们先上，我再挤上去。“大眼睛”她们挤到车中间的人群里去了。我上车后竟然发现了我的几位室友！原来他们从另一个门出城北体育馆，坐的是这路直达车。惊喜之余，我埋怨他们把我丢了，害得我独自一人坐车。室友们却打趣我是不是故意走丢的，想来点奇遇邂逅什么的。室友们不知道，这玩笑居然正是现实。虽然我不是故意把自己走丢，但“奇遇”二字还是比较贴切，我脸上不由得有些发烧。幸而车灯暗淡，室友们并未发现我的窘态。“大眼睛”和同伴显然看到并听到我和室友们在说话。而此时，她们想必也放下心来。车到终点站九眼桥，我们全部下了车。“大眼睛”走到我跟前，向我道了谢，说这下知道回去的路了。带着这份谢意，我乐呵呵地跟室友们一起回到川大新四舍，躺在床上还兴奋了好久。

不久以后，我又见到了“大眼睛”。那是一个晚饭时间，我和室友去文科食堂打饭。走出新四舍 100 多米，迎面过来一些去开水房打水的女生。突然，我发现了“大眼睛”！她两只手各提着一个热水瓶，和一个同伴过来了。显然，她也认出了我。在走近时，她对我含蓄地点头微笑，然后同我擦肩而过。这下我对她有了一个比较清晰的印象：短发圆脸，皮肤白皙，个头儿在 160 厘米以内。而最让人过目难忘的，还是那一双洋溢着温热的明亮而美丽的大眼睛。

第三次也是最后一次见到她，就是日记里记述的这一次。那天我一个人去文科食堂打晚饭，记得排的是最右边的窗口。在轮到我打饭时，我一手递搪瓷碗进去，一手递饭票，说打三两饭。待我和打饭的女孩儿四目相对，才发现是“大眼睛”！原来她在帮厨！这可是我从来没有想到过的见面场景，脑子一时有点儿发蒙。她见到我似乎也有一些吃惊，但马上露出欣喜的笑容，甜得仿佛浸透了蜜。她美丽的大眼睛里闪现出动人的光辉，似乎一刹那可以照亮整个世界。她好像没有说话，只是用饭铲把饭盛进碗里，然后双手捧递给我，用一双秋水荡漾的美丽大眼睛，对我诉说着无法解读的话。这眼神里是感激？是惊喜？是友好？是信任？是——？一月的成都正是隆冬，而这灿烂的笑容和闪亮的目光让我浑身霎时暖洋洋的，心里如同醍醐灌顶般舒服极了。兴奋，喜悦，欢娱，激动，甜蜜——所有美好的词语用来形容那一刻的心情都是苍白的。投之以木桃，报之以琼瑶；《红楼梦》里，绛珠仙子接受了神瑛侍者的甘露，便用一世的泪水去还他。而“大眼睛”则用最美丽、最纯真、最美妙的笑容和眼波来回报我的指路之举。我这举手之劳竟然换来如此动人的女孩儿的明眸青睐，我觉得，这是世界上最美好、最真诚、最纯洁、最无价的回报！

从那时起，这双美丽的大眼睛就烙上我了的心坎儿，但我对她却一无所知。我只知道她是文科的学生，应该是八二级的新生，但肯定不是我们经济系的。是中文、历史、哲学、外文哪个系的呢？我从来没想过要去打听。同是川大求学人，相逢何必要相识。

38 年过去了，这双美丽的大眼睛时不时会闪过我的心坎，划过我的脑际，带给我美好的回忆。有时我也在想，她，一切都好吗？

（作于 2021 年 1 月 27 日，应川大征文）

在川大的三次演唱

卡拉OK带动了全民K歌，无论什么人都可以十分惬意地，十分得意地，十分肆意地，像歌星一样，扭捏作态，一展或清丽，或高亢，或沙哑，或笨拙的黄喉；有的哥们儿、姐们儿甚至趁着醉意，鬼哭狼嚎，声嘶力竭。我有一位曾经的同事，长得人高马大，一表人才，但他只要一开口唱歌，那调跑得来就如同脱缰的野马。他那个左，真不是一般的水平。你一定得远远地跑到右边，才能找得到平衡。如果他唱一句，那一句一定跑到山路十八弯；如果他唱一首歌，就必定是十万八千里；如果他唱10首歌，必定远到绕着地球跑几圈了。要命的是他自己却浑然不觉，依旧沉浸在忘我自恋动情的歌唱中。他完全不知，自己残忍的调门，强暴了同事、朋友、合作伙伴多少善良的耳朵。可怜他许多年后还是这样，因为没人告诉他，也没人敢告诉他。不告诉他是一种残忍，告诉他更是一种残忍。他只能这样永远地快乐地左下去了。

这是一种另类的，让我难忘的歌声。

其实，在川大上学时，我和班上同学在系上的三次表演，演唱的歌曲，才是真正让我终生难忘的。每每想起来，便不由得要暗自发笑，似乎又回到那个洋溢着青涩，洋溢着激情，洋溢着青春，洋溢着活力，洋溢着憧憬的岁月。

我是七九级的，原本的志愿是川大中文、历史系。没想到却被录取到了经济系。后来辅导员王全珍老师颇为得意地告诉我一个秘密，我和我的一大批同学，都是她从中文、历史系“抱”到经济系的。中文、历史系的录取档案堆积如山，而经济系却门可罗雀，少人问津。文科里，当时流行的就是“唯有中文、历史高”。经济学当时还属于“冷专业”，而川大经济系也只有一个政治经济学专业。那时哪里懂什么政治经济学啊，见到“政治”二字都躲得远远的。我欢天喜地收到录取通知书时愣了好久，没想通是咋回事。倒是我小姐夫的父亲黄世维叔叔有见识，他在银行工作，当然搞得懂政治经济学。他说这个专业好哦，将来有前途。于是我便转疑为喜了。后来改革开放以经济建设为中心，学经济的人社会地位也大为提高，果然证实了黄叔叔的远见。我们这个年级当年曾被称为“瘟七九”。这个绰号是从样板戏里借用过来的。温其久是样板戏《杜鹃山》里的一个反面角色，叛徒。想来，咱七九级的这个绰号还是颇为歹毒的。不过咱也给八零级的师弟师妹们取过绰号，叫“耍八零”，意思是他们贪玩儿。其实，七九级一点不瘟，那年是恢复高考以来录取率第二低的一年，七七级5%，七八级7%，七九级6%。也就是说，是第二难考的一年。

闲话休叙，言归正传。进校不久，大概是第一学期快完的时候，系里组织了一台英语晚会。这下可难倒了我们的级长。咱七九级进校时最大的28岁，最小的刚满16岁，英语水平参差不齐，像我这样没学过英语的大有人在。高大英武的级长虽然是军队干部家庭出身，但当时英语也十分烂。但晚会要求每个年级必须出节目。级长无奈，问我咋办。我的英语是进校现学的，水平可想而知。我对级长说，那就唱最简单的英文歌吧。《我爱北京天安门》当然不行，那是当时初中生英语入门歌。我想了想，灵机一动，给级长出了个馊主意，说："咱们学的许国璋《英语》课本第一册上有一首英语歌叫《Twinkle Twinkle Little Star》，你看如何？"级长一听大喜："好啊！不管咋个说总是外国的英语歌吵！"于是，级长便指定我和其他十来位男生，由他亲自领衔，刻苦排练男声小合唱《Twinkle Twinkle Little Star》。

到了表演的时候，我们挺着胸脯雄赳赳、气昂昂地登台，站得笔直，严肃的面孔让台下七七级、七八级的师兄师姐们，还有我们年级的同学们不知我们要表演什么。当报幕的同学清脆的声音响起："男声小合唱《Twinkle Twinkle Little Star》"，台下顿时哗地响起一片笑声。我们在台上不知台下笑什么，只得稳住神，绷住脸，台下的笑声便越发地响亮了。好在手风琴伴奏声响起，我们不管不顾地放开喉咙唱了起来：

Twinkle,twinkle,little star,
How I wonder what you are!
Up above the world so high,
Like a diamond in the sky!
...

我们在台上唱，同学们在下面笑，尤其是七七级一群老大姐们，笑得来前仰后合，完全刹不住车。这下我们明白了，台下的同学是笑我们英语水平太烂，只能唱儿歌，而且直杠杠的，完全没有韵味。我们的脸上不由自主地发起烧来，但又不能笑场，只得硬着头皮把这首歌唱完，红着脸，低着头，灰溜溜地逃下台来。

我们坐在了台下，看七七级、七八级的师兄师姐们表演，他们唱的英语歌，如莺啼般婉转，那个水平硬是要得！印象最深刻的有一个英语小品《父子与驴》，是《伊索寓言》中的一个故事，十分生动有趣。表演的几位师兄也十分卖力，夸张的表情惹得同学们笑声不断。不过这个笑声同开头给我们的笑声就不一样了。我坐在那里，认真地看着师兄师姐们演出的节目，为他们的英语水平所折服，暗暗地下决心要把英语学好。

第二次记忆深刻的表演是欢送七七级的师兄师姐们。我们汲取了上一次的教训，这回一定不能再那么浅薄，一定要深沉，深沉，再深沉！除了女生的节目，我们依然来了个男声小合唱：《送战友》。记得那是在冬季。因为七七级是春季入学，毕业时就是冬季。我又出了一个馊主意，服装全穿军大衣。深情的歌曲，沉重的大衣，的确够深沉的了。我们那个年代，军大衣是流行色，关键是实用，白天穿着暖和，晚上搭在被子上，等于加了一床被子，真是舒服极了。领导又采纳了我的建议。穿着一水儿的毛领军大衣，我们又齐整整地站在了台上。哇，有的同学发出了赞叹；搞啥子哦！那群七七级的老大姐们又一边摇头一边笑了。这回我们老练多了，不管台下，只顾在伴奏下深情地唱起《送战友》。这是电影《戴手铐的旅客》里的插曲：“送战友，踏征程，默默无语两眼泪，耳边响起驼铃声……待到春风传佳讯，我们再相逢。”唱着唱着，我们看到，台下的师兄师姐们越来越安静，没有了笑声，有的师姐眼里慢慢闪烁着泪光。一曲唱罢，台下响起了掌声。我们兴奋地下台，这时我才发现，隆冬里，自己的额头上竟冒出了细细的汗珠。

第三次表演，我们就冒着风险了。系上表演还冒风险？有没有搞错？这是千真万确的。20 世纪 80 年代初，台湾校园歌曲开始在祖国大陆的大学校园里流行。但是，都只在私下里传唱，从来没人把它搬上过舞台。这次应该是迎新表演，好像是欢迎八零级新生进校。我们还是老节目，男生小合唱。但这次我们大胆地选了一首台湾校园歌曲《走在乡间的小路上》。这首歌的词曲是台湾校园民谣的奠基人之一叶佳修创作的。毕竟当时两岸关系还十分敏感，我们担心在台上演唱台湾歌曲会被扣上什么意想不到的帽子。但为了创新，只得冒风险。于是我们在表演之前，彻底保密，偷偷找僻静的地方排练。总而言之，言而总之，就是不能让别人知道。为什么？我们怕被叫停，怕不让我们上台演唱。这一招十分成功，这个秘密一直保持到开演之前。

我们异常兴奋而又无比忐忑地站在了台上。不知一会儿唱完这首歌之后的命运是什么。伴奏响起，我们把心一横，专注而轻快地唱了起来：

走在乡间的小路上，
暮归的老牛是我同伴，
蓝天配朵夕阳在胸膛，
缤纷的云彩是晚霞的衣裳。
……
还有一支短笛隐约在吹响，
还有一支短笛隐约在吹响，
还有一支短笛隐约在吹响……

这首歌如灿烂的阳光，如芬芳的花瓣，如甘洌的清泉，如妩媚的春风，首次公开地氤氲、飘荡、渲染、流淌在川大的礼堂中。一曲终了，余音不绝。台下的老师、同学们竟然鸦雀无声，全场300多人完全陷入一片沉默中、一片寂静中，我们犹如面对空无一人的礼堂。站在台上，我们一动不敢动，闯下大祸一般目瞪口呆地望着台下，心想这下完了，完了，完了！这下惨了，肯定要被批得体无完肤！正当我们后悔、懊恼、沮丧、难过种种滋味涌上心头的时候，台下突然爆发出一阵疾风暴雨般的掌声，哗，哗，哗！像涨潮一样一浪接着一浪，一浪高过一浪！原来，台下的老师和同学们已经听入了神，这首风格迥异、清新自然、优美奇妙的歌曲震撼了他们的心扉，完全征服了他们的耳朵，他们处于一片空灵中、一片痴迷中、一片陶醉中，一时间竟然忘记了鼓掌！我们立马转忧为喜，眼泪纷飞！大家抱成了一团！

从那以后，台湾校园歌曲在川大校园里便更加风靡，一发而不可收拾了。

时光飞逝如电。今年，是我进入川大学习40周年纪念之年。我愿将这些许回忆，化作心香一瓣，献给我亲爱的母校——四川大学。

（2019年7月29日，应川大征文）

完美邂逅

“你若是玫瑰花丛，我愿是夜莺，我就在你的四周扬起歌声。”这是匈牙利诗人裴多菲的诗句。在我的书橱里，珍藏着一套上下卷的《裴多菲诗选》。上卷 1982 年秋菊盛开之时欣购于成都，下卷 1983 年夏日灿烂之际喜纳于重庆。这一套书能“双剑合璧”，背后还有着一段奇特的完美邂逅。

那是 1983 年热烈的 5 月。为了撰写毕业论文，我和同题作文的两位同学一道，怀揣即将踏上社会的激情，前往重庆调查企业改革的情况。当时重庆作为省辖市，正是四川企业改革波涛滚滚的前浪。作为四川大学经济系的准毕业生，我们受到了格外的礼遇。就像重庆 5 月火爆的天气一样，走访的几家大型工商企业都热情非凡，甚至流露出期待我们毕业后加盟的热望。这是一个大学生笑傲江湖、走红吃香的年代，整个社会都吹拂着尊重知识和渴求人才的热风。

我们下榻的重庆市政府第二招待所，就在上清寺附近，遥对着庄严雄伟，外形酷似北京天坛的重庆人民大会堂。“好耍不过重庆城，山高路不平。”这句俗语道出了山城的特点。不管是走路还是坐公交车出去调查，我们每天都要爬坡上坎路过上清寺。

这天晚饭前，我们完成一天的调查后返回招待所。经过上清寺时，只见那个长长的斜坡顶端，十来级阶梯之上，恰到好处地安坐着一个新华书店。几乎是逢书店必进的我，自然不肯放过这个亲近的机会。没准儿能淘到喜欢的好书，这是我爱进书店的信条。跨上台阶，进得“U”字形的小书店，只见右边的书是开架的，而正面和左边的书架被直角形的柜台所包围。临近晚饭时刻，这个十几平方米的小书店里除了我们三位不速之客，只有两个店员。一位站在正面柜台后的大姐 30 多岁。一位坐在左边柜台前收款盖章的女孩很年轻，看起来就 20 出头。

我进书店其实有一个明确的目的，就是想给我那《裴多菲诗选》上卷配对儿。对于裴多菲的诗，我不仅喜欢，甚至钟爱。裴多菲不仅是伟大的诗人，也是匈牙利的民族英雄，为国捐躯时年仅 26 岁。他那首《自由与爱情》曾打动无数中国青年男女的心：“生命诚可贵，爱情价更高。若为自由故，两者皆可抛。”这最初的译本在中国风靡数十载，流传得最广。译者是早期革命者，被誉为“左联五烈士”之一的殷夫。鲁迅曾为之写下名篇《为了忘却的纪念》。这首诗还有一个兴万生的译本：“自由与爱情！我都为之倾心。为了爱情，我宁愿牺牲生命；为了自由，我宁愿牺牲爱情。”这两个译本都很妙，可谓各有千秋。这套《裴多菲诗选》，便是兴万生的译著。上年金风送爽之时，我在成都只买到了上卷，大半年过去了，可怜它还是孤零零的单身。我在右边的开架书柜前浏览、巡视着，寻找那熟悉的绿色封皮。突然，在书橱的中间一格，我发现了一片绿色的书脊！我欣喜地凑近一瞧，果然是《裴多菲诗选》，上下卷都有。这下淘到宝贝了！我心里一阵惊喜。于是飞快地拿起一本下卷走到正面柜台前，把书递给站着的大姐："我买这本《裴多菲诗选》下卷。"

她看了看书，有些冷淡地说："这书不单卖，要买得买一套！"

"可是我已经有了上卷呀，你就卖我一本吧！"我恳求她。

"不行！"她似乎没得商量，一口回绝。

两位同学听见了，也过来帮腔。但大姐售货员一点儿也不肯让步："我把下卷卖给他了，上卷卖给谁？你来买？"这话噎得人心里发慌。

"没准儿也有只买上册的呢？"我再一次央求道。可声音已经不争气地低了几个八度，像自言自语似的。

"那谁说得清楚？反正就是不行！"她斩钉截铁地关上了谈判的大门。

我彻底失望了，眼看着心仪的书却到不了手。但买一套又实在不情愿：上卷书价一元二角，下卷只卖七角七分，为买一本下卷就要多花更多的钱，心里这道坎实在过不去。作为学生，那时的一块两毛钱可是金贵得很哪！何况多一本同样的书也是一种大大的浪费呀！

我有些蒙，一时不知所措。我转过头，求救的目光竟然下意识地落到坐在柜台前那个女孩身上。

恰好她正抬起头，我才看清楚，这是一张多么鲜丽的脸庞！面如桃花，面如芙蓉，面如牡丹——我实在想不起更多赞美的词语，可这些完全不足以比喻或形容，她脸上的那种鲜丽是那么青春洋溢，那么灿烂无瑕，那么明媚阳光！只听得一句好听的重庆话从她嘴里清脆地吐出来："李姐，《裴多菲诗选》前天不是正好卖了一本上卷吗？这下卷就卖给他嘛！"

“是吗，我哪个不记得呢？”被称作李姐的售货员有些疑惑。

“肯定卖了一本，我收的钱，记得很清楚！”鲜丽的脸庞眼睛里闪烁着坦荡的光芒，向李姐点点头，表示坚定的确认。

“那好吧，交钱！”李姐没再说更多，把书拿到女孩面前，对我说。眼神里似乎还悬着一个问号。

我如蒙大赦般赶快掏钱。女孩找钱，在封底“啪”地盖上售书章。她抬头把书递给我时，那脸庞越发地鲜丽了。

我向那鲜丽的脸庞投去感激的一瞥，喜滋滋地拿着书，与两位同学踏着欢快的步子走出门去。我们走得很快，我生怕那个李姐会把我叫住，让我把书还回去。因为我确乎记得，这书没有单着的。

走了好一会儿，我心里还激动着。对两位同学说：“那女孩的脸庞好鲜丽，人也这么好，真是很美！”

“是啊，她的脸确实好看。”W同学表示赞同，叹了口气接着说，“可惜她是个小儿麻痹后遗症！”

“啊？不会吧？”我仿佛被一记重拳击晕了。

“她的腿都萎缩了，你没看见她一直坐着没站起来过？”Y同学也补充道。

我的心猛地一沉。犹如一件心爱而精美的瓷器哗地摔在了花岗石地板上，碎成了千万块。

我沉默了，心头翻滚着万千种滋味。我看着手里的书，封面上竟浮现出那个鲜丽的脸庞：她鲜妍地对我笑着，是那样璀璨夺目，是那样青春逼人，是那样热情如焰，是那样完美无缺。

有的人身体健全，但思想或行为却残缺不全。而有的人虽有残疾，但依然可以展现至美的人格，依然可以放射出动人的光辉，依然可以呈现出无瑕的圣洁，依然可以给人以没有一丝杂质的冰魂雪魄！这样的人，依然是完美的。想到这里，我的心释然了。

若干年以后，我再次到重庆，路过上清寺，可是那个小书店已经在拆迁中消失。望着那片土地上巍然耸立的高楼，我没有怅然与遗憾。因为那张太阳花一般鲜丽的脸，已经永远地刻在了我的心上。

（完成于 2021 年 3 月 9 日，当日刊于“封面新闻”）

神奇合肥大蜀山

天下之大，无奇不有。在安徽省省会合肥市的中心城区，突兀、神奇地冒出一座林涛滚滚、葱茏苍翠的山——大蜀山。它酷似一顶巨大的锥形草帽，被扔在这一马平川之上。它绝世独立，恰似从天上飘然而降；它傲然隆起，又似平地里喷薄而出。

这大蜀山在安徽说起来威名鼎鼎，其实还高不过一座摩天大楼。它的海拔仅 284 米，相对高度也只有 240 余米。从身高来讲，连咱成都的 339 电视塔都可以叫它小兄弟。

大蜀山，听这名儿怎么都像咱四川的山。可它却跑到了安徽，生生地在合肥安了家。

不仅如此，合肥还有一个中心城区名叫蜀山区。它的得名就是由于区内有这么一座大蜀山。

那么，这大蜀山到底跟咱四川有没有关系？

有人说有关系，有人说没关系。有没有关系，一两句话真还说不清楚。

说没关系的人解释，这个蜀，不是四川这个蜀的意思。

“蜀”字有很多种解释。它既指先秦时的古蜀，也可以指三国时的蜀汉，也是今天四川的简称之一；古时它也指蛾蝶一类昆虫的幼虫，甚至它还特指蚕；《尔雅》中关于山的注释，把“蜀”解释为“独”“山之孤独者为蜀”。因此，大蜀山实际上是因为突兀独立，没有山峦相连，“蜀山”即是“独山”的意思。所以，从这个意义上讲，跟咱们四川没啥瓜葛，四川人千万别想多了。

不过且慢，在古时合肥人的记载中，在合肥人口口相传的故事中，这大蜀山跟四川这个蜀还真有关系，而且关系巨大。这些传说甚至比“独山”的解释流传更广。

据说以前大蜀山寂寂无名。某朝某代，有一位蜀中高僧千里迢迢来此山麓结庐修行，弘扬佛法。因为思念家乡的水，蜀僧于是辛勤凿井，得清澈甘泉，汩汩而出。此水清凉甘甜，蜀僧竟然喝出了故乡的味道，遂将其命名为蜀井，又因蜀井，故将此山叫作蜀山。这一说法载于《庐州府志》，算是有书为证。庐州府便是合肥明、清时的大名。

在合肥百姓口中，还有两个动人的传说。说是大蜀山的得名，与两位道德高尚的蜀僧有关。一位蜀僧舍身救这里的百姓于洪水之中；一位蜀僧拯庐州人民于罕见大旱之中。

据说千年之前，有一位道行高深的蜀僧来到当时的庐州，即今天的合肥，就在这山脚下结庐弘法。

一日，老天突然变脸，大白天像夜晚一样昏暗。狂风大作，横扫全城，电闪雷鸣，震耳欲聋。不少居民看到了令人惊骇的异象：一条巨大的黑龙在庐州城的上空张牙舞爪，腾跃翻飞，呼风唤雨，这大雨昼夜不停，整整下了一个月，庐州城里一片汪洋，城内民居大部被淹，人们只好搬到稍高的地方躲避。

灾民的惨状和悲号，蜀僧看在眼里，听在耳里，急在心里。

他是一位得道高僧，拥有高强的法力，并且慈悲为怀。他见百姓流离失所，生计无着，心生怜悯，便警告黑龙赶紧停止恶行，离开庐州。那黑龙气焰嚣张，非但不听，反而变本加厉，在洪水滚滚的庐州城内掀起滔天巨浪，不少人家房屋倒塌，家破人亡。

蜀僧见黑龙不听劝告，便奋起法力，驱赶孽龙。他用拂尘和黑龙搏斗，直打得天昏地暗、日月无光。这一场世纪大战斗了上万个回合，蜀僧和黑龙都精疲力竭。蜀僧再次奉劝黑龙就此罢休，可这恶龙一定要顽抗到底。为了城中百姓，蜀僧口中念念有词，使出洪荒法力，从远处运来一座山，呼啸着从天而降，瞬间将黑龙压在山下。那黑龙拼命挣扎，竟然在山底下口喷冲天大火，一座山的山顶居然很快被火焰喷开。眼看黑龙就要从山口出来，蜀僧情急之下口念佛经，纵身一跃，跳入山顶喷出的火焰之中。顿时，天上绽放出五彩莲花，飘荡起祥云朵朵。很快，火焰消失了，城内的水也退了，庐州城里的百姓得救了。而这位得道蜀僧却与黑龙同归于尽。后来，当地人为了纪念这位舍身救民于水深火热之中的蜀僧，便将这座山命名为大蜀山。

上面的悲壮故事可谓惊天地，泣鬼神。而另外一个美丽传说则温婉得多。

现在的大蜀山南麓有一座开福寺。据记载此寺始建于唐贞观年间，已有近1400年历史，由蜀僧慧满禅师开山卓锡。传说有一年庐州大旱，一片赤地，眼看庄稼就要枯萎而死，百姓心急如焚。慧满禅师天天诵经祈祷，请求上天降雨救民。一天，禅师正诵《法华经》，忽然有一气宇轩昂的年轻人登门造访，自称是东海龙王少子。慧满大喜，遂请他为民降雨，以解百姓大旱。年轻人说：“我不是不想拯救百姓，但擅自降雨要犯天条，这可是杀头之罪。”

慧满说：“如果你真的为民献身，我会为你诵经七七四十九天超度，并且为你兴建专祠，让你千秋万载享受人间香火。”

说话间，那年轻人忽然不见。须臾，天降甘霖，润泽大地，大旱终于解除，百姓欢欣鼓舞。三天后，人们发现有一条龙死于山沟。庐州百姓为感谢蜀僧慧满禅师诚心祈祷，劝龙行雨，遂将此山命名为大蜀山。为了感恩施雨舍身的龙子，人们恭敬地掩埋了它的遗体，筑起一座“龙子冢”，又在大蜀山上兴建了“渊济龙王庙”。

传说毕竟是传说。但第二个传奇故事中恶龙在山底喷火的情节，竟然跟科学考察结果不谋而合。经专家勘察，这座大蜀山竟然是一座死火山！专家们依据保存完整的火山锥、火山瀑、火山颈、火山岩等火山遗迹判断，这大蜀山属于溢出型死火山，是江淮地区不可多见的典型火山地貌。经测定，这座火山的最后一次喷发大约在 3600 万年前。

人们可以想象那个震天撼地的场景：大地在颤抖，仿佛天空在燃烧。随着隆隆巨响，炽热的岩浆夹杂着气体，从山口喷涌而出，如钢铁洪流般漫溢大地，天空烟尘滚滚，地面一片火海。今天的人们已经无法知道，这次猛烈的喷发到底延续了多久。总之，它似乎一次性耗尽了所有的能量，把满肚子炽热尽情挥洒。从此以后，这座火山便慢慢“心灰意冷”，风平浪静，直至停止呼吸，归于死一般的沉寂。

在千万年风霜雨雪的洗礼之下，表面坚硬的熔岩渐渐变成了泥土，原来光秃秃的山体上长出了青草和树木，变得郁郁葱葱。再后来，有了鸟兽，有了人类。人们不知道这是座死火山，便在其周围拓荒定居，从村落发展成城市。在一代又一代人的建设下，城市越来越大、越来越繁荣，这座死火山竟然逐渐成了合肥这座现代化都市的城中之山，全城的制高点。据安徽地质部门专家说，像大蜀山这样处于都市市区的古火山，在全国独一无二，在世界上也极为罕见。

现在的大蜀山，已经成为合肥的国家森林公园。优美的自然风光，丰富的人文景观，奇特的火山遗迹，让大蜀山名闻遐迩，蔚成皖中胜境。而三位蜀僧的传奇故事，又让它同四川结下了不解之缘。

（2022年5月29日改毕，6月8日刊于“封面新闻”。后刊于《华西都市报》副刊）

成都，我奋斗的地方

成都，无疑是“天府之国”四川最温柔、最富庶、最浪漫、最文化、最具烟火气的地方。数千年来，曾经有60多位蜀王为争夺成都这块美似膏腴、温润如玉的地盘，征战杀伐，竞相折腰。少不入川，怕的是灯红酒绿、莺歌燕舞消磨了斗志。但于我而言，成都，是我奋斗的地方。

1979年金秋，22岁的我坐着一辆大卡车，风尘滚滚地开进成都，在锦江之滨，望江楼畔的著名学府四川大学扎下营盘。我住进了当时学校里的新楼六舍201，三楼以上还有全校的女生相伴。我人生中第一次住这么好的楼房，可以天天漫步在如画似锦的美丽校园。我和同学常常通过一道小门，无须买门票便进入成都的著名地标之一——望江楼公园，在飞檐翘角的崇丽阁下，在斜阳徜徉的薛涛井旁散步读书，背诵英语单词。我日复一日地在文科食堂里，贪婪地享用着以前不敢奢望的美食。回锅肉，盐煎肉，咸烧白，粉蒸肉，京酱肉丝，红烧鱼，麻婆豆腐等经典川菜；糍粑块，烩面，炸酱面，包子，大馒头等主食小吃，都是我的最爱。星期天，还会到市中心，慢慢品尝成都著名小吃担担面、钟水饺、赖汤圆、龙抄手、张凉粉等。“吃了川大的饭，长给川大人看”，长期营养不良、进校时又黑又瘦的我，不但很快变得白白胖胖，而且22岁后居然还长个儿，在校期间增高了5厘米！

然而，我并没有在成都的美丽、富庶、繁华、温柔、宽容、博爱的拥抱中沉醉、孟浪、虚度。我把成都这座城市给予我的物质和精神的崇高礼遇，当作奋发学习的原动力。在春风得意马蹄疾，一日看尽锦城花的同时，我泛无涯学海，急流勇进；攀知识高峰，永不言歇。在川大百年学府深厚文化的影响下，在“海纳百川，有容乃大”校训的鞭策下，在名师大家孜孜不倦的教导下，我迅速拔节，蔚然成材，以主科全优的成绩告慰母校。我连续四年被评为四川大学优秀共青团员，毕业前还被评为学校“学雷锋学张华积极分子”，在全校大会上发言，戴上了“品学皆优”的桂冠。

我在成都奋斗的第一站荣耀抵达。四川日报社张开双臂迎接了我。我的志向从当“财长”转向当著名报人。我一边跟报社的老师学习业务，一边自学新闻专业的全部课程，为迅速完成这种转变，开始了在成都的第二次奋斗。

在川报编辑部完成了初步的充电之后，我从成都出发，奔赴我的家乡内江驻记者站，以“专员记者”的身份，扛起笔杆，在“甜城”的广阔天地里纵横驰骋。在3年里，我双脚踏遍了家乡内江各个区县的山山水水。从城市到乡村，从工厂到地头，采访对象从市委书记、市长到普通工人、农民以及各行各业的工作者。家乡的改革开放，经济社会发展，农村新貌，历史文化，各界精英，都在我的笔下灿然生辉。我采写的新闻不仅在《四川日报》上刊发，有的还被《人民日报》《羊城晚报》《中国政协报》采用，在重要版面显著位置刊登。

1986年国庆前夕，我与战友牛泊雄姿英发地从成都出征，奔赴中国人首次漂流长江的采访前线云南丽江。我先后采访过洛阳队、中国队、个体漂流队，在金沙江畔栉风沐雨、历经艰险70余天，不止一次与死神擦肩而过。我拼命采写了数万字文稿，抢回来数十篇独家新闻，29岁便与同事们一道捧得全国好新闻一等奖的奖杯。这是《四川日报》历史上第一个全国好新闻一等奖。

“长漂”采访让我深深体会到了奋斗的艰辛、惊险、乐趣、甜蜜和荣耀。我也更深刻地体会到了生活在成都这座美丽、温柔、富足城市里的无比幸福。我觉得，在这里奋斗不是孤独的、寂寞的、凉薄的；而是热烈的、激情的、温暖的。我每次在外面受伤折翅，或经受风霜，回到成都便可以疗伤治愈，充电满血。我又可以搏击翱翔，我又可以横刀立马，我又可以驰骋疆场！

敢为天下先的“长漂精神”让文弱书生的我脱胎换骨。我日益品尝到了在成都奋斗的幸福滋味。1994年，我果断地抓住机会，勇敢地上了一次“井冈山”，参加了《华西都市报》的创办，成为创始人之一。我签发了《华西都市报》的创刊号，一干就是12年，后来担任了常务副总编。在席文举、刘为民两位总编辑的带领下，我和同事们经过十余年奋斗，把这张报纸打造成为中国第一都市报，中国一流都市报，年利润以亿计，成了四川日报报业集团最为耀眼的市场报品牌，也是集团最重要的经济支柱。

不过，我认为最重要的是，《华西都市报》的横空出世，开创了中国的都市报时代，开创了中国报业最繁荣的年代。自然，成都也因为《华西都市报》一马当先的引领作用，呈现出一城七张都市报的繁荣局面，跻身全国报业最发达城市之列。成都报业市场上《华西都市报》《成都商报》《天府早报》等“战国七雄”

的火爆场面，深深地刻印在成都人的心上。成都人爱读报纸，成为成都文化发达的突出表现之一。

《华西都市报》的创业成功，我又一次感受到，成都这座城市文化底蕴的厚重。成都人对新事物、新潮流、新生活的宽容、欢迎、接受、融入，超乎我的想象。这个观点在我后来的研究中，得到了充分的印证。

我在2007年离开《华西都市报》以后，又先后担任了《金融投资报》《消费质量报》《四川农村日报》总编辑，在这些岗位上开创奋斗，砌上了充满自己心血的砖瓦。最后，我在《四川日报》一级首席编辑岗位上光荣抵达职业的终点站。

不过，退休于我，不是奋斗的终点，而是奋斗的新起点。作为高级编辑、四川省作协会员、成都市作协报告文学专委会成员，我不能就此躺在母亲般成都的怀抱里混吃等死，我还可以为本已仙女般美丽的成都梳妆打扮，尽一份绵薄之力。思考一番，我将办公桌从报社搬到家里，开始发掘古蜀文化。我想把古代成都动人的故事、古代四川动听的故事讲给成都人听，讲给四川人听，讲给外地人听，讲给世界人民听。

于是，我在退休当年，出版了影视文学作品《交子》，第一次以艺术的形式，把成都商人发明世界上最早纸币交子的艰难曲折呈现出来。成都商人在铁钱沉重、商贸发达、交易困难的时候，以创新的精神、独特的智慧发明了纸币，让成都成为世界上最早使用纸币交易的城市。书中同时描绘出一幅宋代成都的“清明上河图”，让读者了解到宋代成都有多么繁华，成都的十二月市有多么热闹，当时人们喝什么酒、吃什么茶、玩什么游戏、品什么川菜，浣花溪大游江有多么壮观，甚至引经据典颠覆性地提出了“益一扬二”的观点。

两年以后，我又把一部近30万字的《蜀女皇后》奉献给读者。书中的成都籍女主便是宋真宗刘皇后。她北宋初年出生在成都华阳，14岁时与一位银匠一起流落到京城开封。她后来神奇地与宋真宗相识相爱，奋斗了30余年才成为大宋皇后。正是她，在垂帘听政时批准成立益州交子务，成为世界最早纸币诞生最重要的幕后推手。

2020年、2022年，我又相继出版《蜀王全传》《苏母纪》两部作品，继续传播成都文化、古蜀文化。于是，有读者把我划入深耕古蜀文化的知名作家群。我深感惶恐，只得更加埋低了头，躬弯了腰，使劲拉着自己的老爷车，不停地往前赶路，试图为我心爱的成都，再添一两抹亮丽。今年，将再奉献一部散文集《飞鸿雪泥》。

退休7个年头了，我越来越深切地感受到，在成都，你不奋斗，只能享受低层次的快乐；在成都，你奋斗了，才能享受高层次的快乐！因为奋斗，就是最大的快乐！和成都一起成长，才是最大的快乐！成都，就是奋斗者的天堂！我在成都享受了40多年，我也在成都奋斗了40多年，我看到了成都日新月异的变化，我见证了雪山下成都的日益繁荣开放，我领略到成都公园城市的芬芳与灿烂！我这个老“蓉漂”，早就把血脉溶入成都，把生命融入成都，把青春献给成都，把子女留给成都。我有成都，生命精彩；成都有我，城市精彩。正是和我一样的千千万万一代又一代“蓉漂”人，一起建设着成都，一起美丽着成都，一起文化着成都，一起未来着成都！

（作于2024年5月）

芳 邻

我的芳邻和我不住在一栋楼。严格说来是相邻的两栋楼。我们都住一个小高层小区的七楼。从平面上看，我们四栋楼极像刚刚摆好的四列麻将牌。芳邻的二栋与我的三栋正好尾首相接。于是，我和芳邻便在距离十来米的屋顶空间上遥遥相望了。

芳邻是一位40来岁的女子。瘦削的脸型，脸色总是苍白的。头发常常梳成一条独辫流落在脑后。额前有不太茂密的刘海，耳边的头发归置得整齐划一，显得干净利落。她的身材也是瘦削的，与脸型毫无二致。于是，看她在楼顶走起路来很轻盈。

与芳邻是在屋顶认识的。说认识其实不完全准确，因为我至今不知道她尊姓大名。反正就是我知道她住哪门哪号，她知道我住哪门哪号，还有就是相互记住了模样。疫情期间出门总要戴口罩，而在自家屋顶则可以自由自在地呼吸。于是，屋顶成了我的活动场所：打扫屋顶花园，给鱼池里的锦鲤投食，为园子里的花草浇水，便逐渐成了我的专门福利。在屋顶走路、小跑、做操，成了我日常生活不可或缺的一部分。除了那十几条天天欢快游弋的锦鲤，春天悄悄吐馨的兰花，夏日素衣凝香的栀子，仲秋柔情蜜意的金桂，寒冬顶霜傲雪的腊梅，都成了我的好朋友。那一架蓬蓬勃勃的紫藤，间杂着摇头晃脑的三角梅，更是在炎夏遮天蔽日，带给我浓荫绿意。

而芳邻的屋顶花园，则与我家的风格迥异，简直可以称作果园。春天黄澄澄的枇杷，夏天红着脸的桃子，秋天裂开嘴的石榴，冬天光彩照人的金橘，总是让我眼馋不已。她家的果园还是立体的。上十来级金属楼梯，更上一层，便是一个银白色金属搭成的葡萄架，藤蔓攀缘，枝繁叶茂。夏日绿荫满目，秋日硕果累累。

不过，芳邻似乎是一个只问耕耘不问收获的人。枇杷由青变黄，任凭快活的鸟雀啄食；桃子红了熟了，任凭风吹雨打；石榴大了染上了茵红，直至风干，萎缩，干瘪；金橘黄了，任其张扬显摆，亮相扮酷，直到自行脱落，黯然销魂。至于那些葡萄的命运，似乎也大多成了鸟儿的口粮。自然开花结果，成熟坠落，尽可能地在枝头摇曳生姿，展现风华，想来这些果木还是生活得极幸福的。

这也足以说明，芳邻没有孩子在家。如果她家有一个或几个孩子，这些果子的命运必将被改写。是的，这几年里，我在屋顶没见过她家有任何一个孩子在花园里活动，甚至没有见到一个男人的影子。几乎只见到她在屋顶踽踽独行的身影。

可是，她伺候这些果木却十分殷勤。浇水，打枝，杀虫，施肥，一点儿都不马虎。一个花园总被她收拾得姹紫嫣红、苍翠欲滴，也许这些就是她的寄托，她的希望，她的成果。

从妻的嘴里我得到了芳邻的一些情况。她的丈夫几年前死于某种疾病。据说当时还在小区门口搭了丧棚。那时候我还在上班，根本没有注意到，更不会想到是这位芳邻的老公。因为那时我很少上楼顶，还没有认识她。

其实，都在屋顶花园活动好久了，才跟她打的招呼。跟一个人隔空不远不近地看着，有时甚至也对看一眼，却不认识，或者装作不认识，我觉得作为一个有修养的人，对人是极不礼貌的。

俗话说，远亲不如近邻。虽然与她不是一个楼栋，但从直接的空间距离上讲，我同她不过仅十来米。经常见面，鸡犬之声相闻，却老死不相往来，这不符合我的性格。

终于，有一天，我看见她在对面楼顶上侍弄桃树，正好面对我。于是，我鼓起勇气向她招呼道：“你好！”她听到了，看着我礼貌地回应：“你好！”声音很轻、很细，但音量还是足够让我听见。我接着问她：“你种的是啥品种的桃树啊？”她回答道：“我也不大清楚，可能就是一般的品种吧。”我又问：“结的桃子味道好吗？”她有点不好意思地笑笑回答说：“不知道呢，我没尝过，基本上都给鸟吃了。估计味道不怎么样，这桃子也长不大。”我其实也不是真想知道她种的桃子味道如何，只不过想多跟她说两句话而已。那桃树结的果实不过鸡蛋大，能有多好吃呢？重要的是跟她说话了，我们就算是认识了。以前看见她，觉得她一脸严肃的样子，没有一丝笑容，以为她不会笑的。今天她同我说话，笑起来还是蛮好看的。

从那以后，我们在屋顶活动，多数时间各做各的事。如果有对视的时候，相对一笑。或者向对方摇一摇手，算是招呼过了。偶尔说上一两句话，也是关于花草果树的内容。但我从来没有在院子里遇到过她，没有在附近的超市里碰到过她，也没有在菜市场见到过她的身影。总觉得她除了伺候那些树木，便不食人间烟火一般。只是隔一段时间，在天气晴好时，会看到到她在楼顶拉绳晾晒被单或床单。

感觉芳邻是个很爱惜自己的人。夏天清晨在屋顶给花木浇水，她会在初升的朝阳下把自己包裹得严严实实。不但要戴上花花的、洋气的遮阳帽，还要罩上面纱，仿佛为了防蜜蜂蜇一样。她的身影在阳光下形成一道剪影，有时在晨风的吹拂下面纱会轻轻扬起。她的装束会让人产生遐想，想象面纱后面是怎样的一张面孔。这样的风景可能只有我能欣赏到。

她的服装显然比较讲究，在自家楼顶也丝毫不马虎，因为会有我这样的邻居看到。夏天她常穿连衣裙；春秋喜欢穿色调明快的整套运动装。极少数时候会见到她穿一套睡衣出现在楼顶。

刚认识芳邻时，我常常猜测她的职业。但很快便不再猜了，因为她似乎没有在外面上班。上班的人早上都是匆匆忙忙地要出门，哪里会像她那样不慌不忙地在屋顶给花木浇水？还有，在正常工作日里，我也常常看到她在屋顶忙碌。因此，她要么根本不上班，要么就是居家上班一族。

某天的一个下午，我正在楼顶活动，看到芳邻楼顶突然上来一拨人。领头的穿着西装制服，脖上挂着工作牌，后面跟着两男两女，最后面才是芳邻。前面那几人在芳邻楼上兴奋地巡视观察，指点江山。而芳邻则面无表情，似乎有些忐忑地站在旁边冷眼看着这群人。我明白了，这些人肯定是在房屋中介的带领下来看房的，也就是说，芳邻要卖房了，当然，也就意味着芳邻要搬家了。

我停止走路，静静站着，想证实一下。她转头看见了我，我赶紧跟她摇手招呼，问她："是看房子的哇？"她点点头。我想问："你要搬家哇？"但没问出口。因为这个问题显然很愚蠢。不搬家干吗卖房？一会儿，看房的下楼去了。芳邻也跟着消失了。

我呆呆地看着对面空无一人的楼顶，心里不由得生出一丝丝惆怅。多年的芳邻要搬家了，多少还是有些遗憾。习惯，熟悉了的人和物，总会让人产生一种难以言说的惦念。

这以后的日子似乎什么也没变。照样在屋顶看到芳邻的身影：打扫园子、给花木浇水、晾晒被套床单——这种日子还会持续多久呢？我问自己，可我没有答案。

（2023 年 1 月 26 日改毕）

等待下一次漂流

20年前的1986年12月10日，一个男人，严格地说，是一个身材瘦小的男人，上穿一件黑色羊皮夹克，下着一条长漂队的队裤，足蹬一双龇牙咧嘴的旅游鞋，蓬乱着一头乌发，大步跨进了四川日报社的大门。这个架着副浅色近视眼镜的男人不是别人，正是在下奉友湘。正当我憧憬着人们会用惊喜的目光欢迎我的时候，一声严厉的喝问惊醒了我："你找哪个？"我定睛一看，原来是熟悉的看门大姐。"我是奉友湘啊，大姐！""你是奉友湘？"看门大姐大惊，盯着我看了好一会儿终于认出我来。我这才意识到，过去那个清秀、白皙、风度翩翩，被报社同仁公认为酷似香港歌星张明敏，据说"长得比他好看"的奉友湘已不复存在：黝黑的脸庞上，已烙上了青藏高原的两块红印；大步的脚风已挟带着大山赋予的野性；粗大的嗓门，豪爽的笑声，已浸透着酥油茶和青稞酒的异香。这就是我，从长漂采访归来的我。

1986年9月，我开始了跟踪采访漂流队的艰难日子。在随洛阳队采访的日夜里，因为被当成间谍，经历了洛阳队员的猜疑、冷遇、提防和编辑部要求对洛阳队收缩报道的双重煎熬；在攀枝花，由于改变采访计划而幸免一场车祸；在会东老君滩金沙江边的悬崖上，饱尝了狭窄渠边“踩钢丝”的惊险。而后来跟随中国长漂队赴甘孜州巴塘、得荣藏区采访“补漂”时，在康定跑马山上，差点窒息休克；在得荣翻雪山踏访莫丁滩，历经险阻磨难；“补漂”完成后，亲历了痛失3位好友的悲伤，在孤灯下痛饮了挥泪写英雄的凄凉与悲壮；长漂凯旋，又畅饮了一杯杯或大或小荣誉的美酒。

短短数月，经历了大悲大喜，经历了人世沧桑，经历了生死考验，经历了都市里的繁华与大山里的苍凉……我从来没有那么深切地感受到，生活在成都这座悠闲、温柔、富足的城市里，是多么幸福！而更为要命的是，长漂的那种精神，已在我心中滋生了一种源源不断的能量，渗透到我的血液中、骨髓里、脑细胞里，顽强地影响着我以后的前行轨迹。

1987年底，在当时川报主要领导的极力主张下，一纸调令将我从内江记者站召回夜班编校部任编辑。在这人人生畏，敬而远之的“夜猫子”窝里，我风霜雨雪中“抗夜”6年，在紧张火热里锻炼才干，在艰辛苦痛中磨炼意志，在清淡付出中升华品格。这些年支撑我斗志的“我不下地狱谁下地狱”的使命感，达摩面壁图破壁的苦修信念，“我也可以当总编辑”的狂妄梦想，也许就是长漂基因在我骨子里发酵的反应。

我是一个误打误撞进入新闻行业的人，可一直以为自己会从一而终。然而，到了1993年初夏时节，四川省经济总公司招贤纳士的一纸广告却让我怦然心动。学经济出身的我，从埋藏在心底沉睡了10年的“归队梦”中突然间觉醒过来。我瞄准该公司招聘的最高职位——总经办主任，不顾一切地报了名。优异的笔试成绩，出色的面试谈吐以及头上的“副处”帽子，让该公司刘总经理大为赞赏，如同伯乐发现了千里马般兴奋，立马拍板要我加盟，甚至许诺让我负责投资数亿元的项目。然而，无论刘总如何给报社做工作，当时的川报总编辑姚志能就一句话：此人我们不放！我那当企业家的春梦就此烟消云散。虽然我最终没能漂入商海，但这一举动无疑与长漂那种敢闯禁区、敢冒风险、敢为先驱的神韵一脉相承。

历史的年轮转入 1994 年，《四川日报》在办报的大潮中不失时机地亮出了《华西都市报》的大旗。这领头扛旗的就是中国都市报的先驱，当年川报“长漂”报道的总指挥席文举。早已是川报副总编的他兼任《华西都市报》的首任总编辑，负责报纸的筹办。1994 年 7 月，席总在点将台上大旗一挥，已在川报体育部主持工作的我和川报一批干才顿时云集席总麾下。一时间，平静的川报大院风起云涌，龙腾虎跃。然而，过了不到半月，热气腾腾的川报大院忽然冷清下来。由于川报给《华西都市报》的政策并不优厚，《华西都市报》这杆旗子能打多久还前途未卜，一批热血刚沸腾没几天的骨干悄悄撤离了战场。席总在这七月之寒里大手一挥：副总编辑戴善奎、奉友湘、赵坚，我们四个人，组成一个“长漂班子”！

中国人第一次全程漂流长江活动中川报追踪报道的总指挥和随队采访的主要记者，组成中国第一都市报《华西都市报》的第一届领导班子，这一结果看似偶然，但其中无疑又有历史的必然！凡是能成为第一的东西，其中必定蕴藏着最激进、最积极、最革命、最勇敢、最活跃、最创新、最智慧的因子！

虽然待遇从正处降到了副处，虽然收入还没有在川报时高，虽然川报大院里有相当多的人还在冷眼观看，但艰苦创业的豪气，对美好前途的追求，创办中国一流都市报的使命，人生能有几回搏的冲动，让时年37岁的我坚定地跟着席文举，开始了此生中最壮丽的一次创业。今天，《华西都市报》已成为世界日报发行100强，中国报业竞争力10强，成为四川日报报业集团最重要的经济支柱。

弹指一挥间，长漂20年。漂流如人生，人生似漂流。当我们踏上了人生之路，就如同开始了一场征途漫漫的漂流。暗礁险滩，惊涛骇浪，和风细雨，丽日蓝天，我们都不得不直面品尝。作为生命之舟的水手，我们只能一桨一桨地划，一段一段地漂，在漂流中追寻人生的美景，在漂流中领略人生的风浪，在漂流中感受人生的真谛，在漂流中孕育人生的希望。

让生命去等候，等候下一次漂流……

（2006年12月刊于《华西都市报》副刊，后收入《长江漂流风云录》一书）

“夜猫子”自画像

谨以此文献给所有上夜班的兄弟姐妹，相信我们有着共同的感受。

——题记

“‘夜猫子’，昼伏夜出。”一提起夜班编辑，人们往往这样下定义。

“夜莺。”爱雅且好一展歌喉的夜班编辑常常这样自封。

《新闻学辞典》揭示了更准确的定义：夜班编辑是负责每天报纸最后发排工作的编辑，因上夜班故名。其任务是负责处理白班编辑送来的稿件，确定当天报纸的内容，对稿件进行组合、审改、制作标题、安排版面。

地球的自转形成了昼夜的交替。浓浓的夜色给夜班编辑披上了神秘的面纱。作为其中一分子，我愿撩开纱巾的一角，让世人瞻仰一番“夜猫子”的尊容。

紧张篇

“急稿，立刻编发！”

“电稿，人民日报‘五四’社论，2000字，编成消息，800字以内。”

“电稿，江泽民给李瑞环、李铁映的信，1200 字，编成 700 字以内消息。”

……

作为川报一版责任编辑，值班总编常常把这种立等下锅的“菜”交给我“切”。我必须把刀磨得锋快，手脚像卓别林拧螺帽般花哨。白天编稿可以慢条斯理，编一条稿子可以磨上一两小时，甚至一天半天。可夜班“等菜下锅”，哪容你“轻歌曼舞”？编一篇稿子连做标题不过一二十分钟。要是急稿、电稿一多，让你忙得晕头转向的。

紧张，就是夜班编辑的最大特点。

每天晚上九点以前，我必须走进办公室。先到总编室取回当日各部发来的稿件，选出必用的急稿。然后像抓中药一般，在处理好的存稿中经济、政教、文化等方面各选一些，平衡一下题材、地域，确定头条、二条，修改、制作标题，计算数字。最后，选出照片。一阵忙乱之后，版面总算初定。

“好，就这样！”九点半，值班总编上班，审阅后拍板。稿件就可以交组版编辑发排、设计版样了。接下来，我又得忙于处理必用的电稿和次日用的存稿。

制作标题是夜班编辑的专业，在当“标题专业户”的那一阵，我曾收集历届全国好标题，悉心揣摩。标题这东西看似简单，但要做得像模像样倒也蛮考验手艺的。去年 11 月 1 日川报头版头条的标题就把我憋得恼火。那稿说的是蓬溪县民政局招收 32 名乡民政员，前去说情走关系的就有 300 多人次。但该局领导顶住各方面的压力，严格按政策办事，录取的民政员中无一关系户。这篇仅 650 字的稿子写得不错，编得更好。但标题不太令人满意。原主题是：蓬溪县民政局勇抵说情风；副题是：招聘 32 名乡民政员无一关系户。虽说简明扼要，可显得一般化。宝马要配金鞍，我不能让这好文章带着遗憾见报。我首先想到王蒙一篇小说的标题：说客盈门。对，说客盈门，原则如山！这主题不失生动，但总觉得味还不够浓。再改：任你说客盈门，我自原则如山。还是不满意。搜索枯肠，一时竟江郎才尽。幸而稿子不是太急，索性晚一天发。回到家里，心里老是放不下。吃饭睡觉都念念不忘。苦吟再三，终于磨出一个主题：说客踏破门槛，原则稳如泰山。再加上一个实实在在的副题：蓬溪县民政局顶住说情 300 多人次，招聘 32 名乡民政员无一关系户。见报之后，编前会上评报，众皆称善。编这篇稿子的老编辑特地对我说："小奉，你这标题改得好！"其实，大家哪里知道这标题背后的苦心经营呢？

制作标题虽苦，其中也颇有乐趣。一日，我去跳伞塔商场买东西，只见卖仿宣纸水写帖柜台旁的墙上贴着一条广告："一纸书千篇，清水写丹青。"读毕不由得哈哈大笑。为何？原来这"广告用语"乃是我制作的新闻标题，没想到被人"偷"来招徕顾客。你说可乐不可乐？

清淡篇

夜班编辑虽然不那么清闲，可清淡却是专利。这些年经济搞活了，记者、编辑也吃香多了。不过，要想见报扬名的人多半是不会跑夜班编辑办公室的——除非他愚蠢之至或聪明绝顶。夜班编辑对某些稿件确有“生杀大权”，但这种权力对作者来说只是间接的——发与不发得靠白班编辑，见报与不见报才轮得到你夜班编辑。你夜班编辑又不能把稿件直接安上版面，人家来找你岂不是“提起猪脑壳找错了庙门”吗？不过，有的时候，白班的“哥们儿”也像月亮一般，把从“太阳”那里获得的光芒反射一点儿给“夜猫子”们。享受月光本来就是夜班编辑的特权嘛，这是天经地义的。

有人说，你上夜班不是给了你补贴吗？是的，夜班编辑连夜餐费带津贴是比白班多拿七八张“大团结”，但每晚的夜餐一吃，剩下的钱恐怕还不及参加一次新闻发布会所得的“润笔”。这夜班补贴的吸引力有多大是显而易见的。

看来，做夜班编辑是要耐得清淡、耐得寂寞的，就像达摩面壁一样。不甘寂寞的人不但成不了佛，就连和尚也做不得。

艰辛篇

“你还在上夜班？”不久前的一天，一位上白班的同事问我。当得到肯定的答复后，他留给我一句不知是同情还是怜悯抑或是其他意思的话：“太痛苦了！”

是的，有些时候，生活对夜班编辑来说，不仅痛苦、艰辛，甚至是残酷的。

周末、星期，逢年过节，是人们团聚的日子。可夜班编辑们往往无福享受。记者可以几天不写稿，编辑可以几天不编稿，但夜班编辑却不敢一天不出报。香港的报纸春节还可以停刊两天，可我们的报纸却无此一说。在那节日的夜晚，当人们面对电视机笑逐颜开的时候，当人们围着桌子“修长城”的时候，我和“夜猫子”哥们儿却在自己的版面上默默地耕耘。新年钟声响了，窗外的烟火映亮了夜空，噼里啪啦的爆竹声响成了一片，可这和我们有什么关系呢？

喝凄风、饮苦雨，也是大自然给“夜猫子”的独享。白天也有风霜雨雪，但共享的人多，心理上倒也能平衡。可对我们这些“夜行者”来说，感受就大不一样了。当我独行于狂风暴雨、雷鸣电闪之中，当置身于冷雨淋沥、浓雾寒霜之中，只觉得这世界上只有自己一人，孤独、凄凉的感觉油然而生。在寒冷的冬天，我曾想夜里戴个面罩，抵御那风刀霜剑。但一转念，那岂不成了“蒙面大盗”吗？岂不要吓死两个路人！罢罢罢！只好委屈脸蛋了。

“久走夜路必撞鬼”，这话真是不假。鄙人一米六几的身材，骑不惯“高头大马”，只爱骑斜杠女车。一天凌晨四点，小雨淅淅，我罩了件绿色雨披，蹬车回家。刚过省经干院处的一环路口，只见斜刺里冲出一辆“二八”男车，一罩件白色雨披的黑面男子向我猛追过来。我想，他大概把我当成一妙龄女郎了。我虽非女子，不怕失身，却怕挨一顿恶拳，脚下不由得加快了频率。谁知，我越蹬得快，他越追得紧。过了省体育馆，我突然向右一个急转弯，拐进了通往玉林村宿舍的小街。那家伙反应不及，车“唰”地一下直冲到前面去了。我回过头送他一阵哈哈大笑，他车转身还我一句离别赠言：“杀死你狗 × 的！”可惜他并没有真的回来动手，否则，我也用不着再上夜班了。

这次只是虚惊，可另一次就是“实惊”了。去年 6 月 28 日清晨，暴雨倾盆。在办公室从凌晨四点等到六点，那雨还没有歇气的意思。我只好冒雨回家。骑到锦江大桥上，前面路灯全灭，一片漆黑。

过了桥是一个下坡，车速较快。恍惚之中，听到前面有蹬车声。我只道是同向而行，毫不在意。到了眼前，才知来车竟迎面向我飞驰而来！我在心里叫了一声“完了！”只觉得一阵猛烈的撞击把我弹飞出去，重重地摔在地上。短暂的“灵魂出窍”之后，我觉得右脸颊、眉毛处、腿上剧痛，恶心欲吐。我趴在水淋淋的地上，双手四处乱摸，寻找我的眼镜，心里一边在想：这回怕是要破相了！肇事者原来是位蹬三轮送牛奶的姑娘，她和她的男伴赶紧把我从地上搀起来。只见我那辆新买的赛车可怜巴巴地躺在她的车轮之下，前圈已被碾成“麻花”。再过两天就是“七一”，本来我是要和总编室的黄克先小姐在庆祝演出中合唱《血染的风采》的，没想到竟在这儿单独提前“表演”了。

说来我还算幸运。仗着人年轻，只受了点皮肉之苦，未曾伤筋动骨。我的顶头上司、夜编部主任袁伯龄先生就惨多了。一个多月以后，他也在骑车回家时摔伤，左股骨粉碎性骨折，半年过去了，至今走路还不利索。

欢乐篇

夜班不仅有紧张、清淡、艰辛，“夜猫子”们也有数不尽的欢乐。

每年中秋月圆的时候，“夜猫子”们便迎来了自己的节日——“夜班狂欢节”。狂欢节上，有吃、有喝、有玩、有乐。“夜莺”们一个个粉墨登场，一展歌喉。报社许多人都说在下长得颇像歌星张明敏，据说五官还比他周正些，狂欢节的“舞台”上当然少不了我。虽说唱得不如张兄好，但夜班的“哥们儿”“姐们儿”给我的掌声，兴许还会压倒他呢！

下班之后或“杀”一顿“麻辣烫”，或打两盘台球，或看一部录像片，或摆几局围棋，“夜猫子”们有的是取乐的方式。

然而，“夜猫子”们的欢乐远不止于此。当“捻断数根须”做出一个好标题的时候；当绞尽脑汁设计出一个好版面的时候；当吃完夜餐，舒舒服服地洗一个热水澡，坐在办公室里捧读刚刚印出来还散发着油墨芳香的报纸的时候，“夜猫子”们会为浸透自己心血的成果而欢欣，而骄傲，而自豪！

……

夜班的紧张，锻炼了才干；夜班的清淡，清新了空气；夜班的艰辛，磨炼了意志；夜班的欢乐，陶冶了情趣。

夜班编辑有那么多的紧张、清淡、艰辛和欢乐，因而并不感到空虚。不空虚即是充实。一个人能工作、生活得充实，这本身不就是一种幸福吗？这，就是许许多多默默无闻的夜班编辑对自己工作的理解。也许有一天，我将离开夜班，去干新的工作。但是，我不会忘记夜班编辑工作对我的锤炼，我不会忘记夜班那清新的空气，那灿烂的灯光，那班曾同欢乐共命运的“夜猫子”们。

（载于 1991 年《新闻界》）

种好人生中的机会

——四面八方东兴人之奉友湘

奉友湘是东兴区走出去的知名媒体人。他是中国第一都市报——《华西都市报》的创始人之一，还担任过几家知名报纸的总编辑。他写过一本书——《机会是种出来的》，把改变自身，强大自我，修炼抓住人生中各种机会的本领比喻成种机会。正是他用自己青春的汗水，用自己青春的智慧，种好属于自己的机会之树，才从一介贫民孤儿，成长为专家型高级人才。

一、苦难童年　一考成名

奉友湘 1957 年 5 月出生于内江市东兴区白鹤镇。他是家里最小的孩子，更是一个苦命的孩子。他 3 岁丧母，4 岁丧父，在哥哥姐姐的拉扯下艰难地长大。他从小营养不良，瘦小的个子，破旧的衣裤，一双近视眼，总是爱眯缝着。家庭贫困，又没有父母的庇护，他自幼有些自卑。但他穷且益坚，不坠青云之志，总是以读书刻苦、成绩优秀让镇上人刮目相看。

小学毕业后，他没能念上正规中学白鹤九中，被留在白鹤小学的“戴帽子”初中班“深造”。经历过停课的动荡，奉友湘更是如饥似渴地苦读，学习成绩大放异彩。无论语文、数学，还是物理、化学，甚至地理、音乐，但凡考试，每科必优。他从不惧怕考试，怕的是不考试。因为宣布考试成绩时，便是他人生的高光时刻。

初二时，有一次语文的期中考试，他卷面本该得满分 100 分。语文老师张白玉怕他骄傲，只给了 99 分。一向含蓄的张老师在全班高调地表扬了奉友湘，说她教过的班级中，从没人能考出这样的成绩。1973 年 7 月，他以全优的成绩在白鹤小学初中班毕业。

在那个特殊的年代，优异的成绩也没能让他摆脱失学的命运。奉友湘念高中的渴望化作南柯一梦，生活也没了着落。16 岁的他便在镇上居委会的安排下打零工，自谋生计。后来街道开起了一个豆腐坊，他又学着推豆腐，卖豆腐，起早贪黑，披星戴月。尚未成年的奉友湘尝到了人生的艰辛，经受了生活的磨难。这期间，他也感受到了镇上街坊的善良和关怀。居委会主任蓝四娘，为了帮他找零工做，到处奔走，说尽好话。豆腐坊的负责人刘二娘，对奉友湘也是百般照顾，尽可能让他干喂磨、算账、收款之类轻松活儿。

饱一顿饥一顿的日子终于结束。1974 年 8 月，17 岁的奉友湘到内江县国营团结水库当了农业工人性质的知青。代价是以后不能再参加招工，只能参军或考中专、大学。

奉友湘很快学会了各种农活儿：挖土、犁土、挑粪、收获，还学会了划船、养猪、养鱼、捕鱼、卖鱼苗。

一年多以后，水库管理站让他任办公室人员，管公章，写请示，打报告，“上管国家大事，下管鸡毛蒜皮”。没过多久，他又兼任了出纳。显然，水库的陈顺祥站长十分重用他。

但奉友湘的眼睛却望着天外之天，身居僻壤的他还有读书报国的鸿鹄之志。1977 年，我国恢复了高考制度，他终于有机会走进考场，挥笔重新书写自己的前途。1979 年，他以考场第一名的成绩上了重点大学录取线，被四川大学经济系录取。

奉友湘以初中毕业生考上四川大学，可谓一考成名，在家乡白鹤区和工作的高梁区引起了轰动。不少家长纷纷把他作为教育子女的榜样。他成为白鹤小学毕业生直接考上重点大学的第一人。他认为，正是自己敢于跳起摸高，奋力一搏，最终抓住了可贵的转折性机会，改变了自己的命运。

二、扛笔纵马　媒体精英

1979 年 9 月金风送爽之时，一辆卡车风烟滚滚地把奉友湘送到了省会成都锦江之滨、望江楼畔的四川大学。他就读于经济系政治经济学专业。四川大学是西南最高学府，校园环境优美，文化底蕴深厚，名师大家云集，学习风气优良。奉友湘如鱼得水，如鹰展翅。他遨游于知识的海洋，飞翔在学术的天空。四年里，他系统地学习了经济学理论和各类专门经济学科，还阅读了大量中外文、史、哲著作。他把自己变成海绵，拼命汲取知识营养。他知道自己底子薄，从新的起跑线出发加速追赶，很快跻身优等生方阵。

奉友湘不但学习成绩优秀，还是个热心为同学服务，乐于奉献的人。他是经济系七九级毛遂自荐的义务“邮差”，寒来暑往，阴晴雨雪，四年如一日地为大家送信，送汇款单、包裹单以及报刊。他为此付出的时间、辛劳，吃的“亏”有多少？他没计算过。但是大家给予他的，他却算得清楚：不但收获了同学们的友谊，而且当了四年团支委，每年都被评为四川大学优秀共青团员。毕业那年，还当选为四川大学“学雷锋学张华积极分子”，在全校学生大会上亮相发言。

奉友湘通过当“鸿雁”深刻地认识到，“吃亏”也是一种机会，因为人们最终不会让老实人吃亏。

1983 年 7 月，学习成绩优异、喜欢写作、各方面表现优秀的奉友湘荣耀地分配到中共四川省委机关报——《四川日报》。他的人生经历，又翻开了新的篇章。

奉友湘在《四川日报》的第一个工作岗位，是夜班编校部组版编辑，每天上夜班，编排第二天的报纸。他当时负责第一版，设计版面，精编稿件，制作标题，处理新华社电稿。他甚至还要到排字房守着工人拼版。

一个版面拼好了，要用纸打出一个版面的毛坯样子，叫作大样，这个大样要打好几张，分送给值班领导签审和值班主任修改。奉友湘总喜欢站在值班领导身旁看他如何修改标题、删改文章，就像看老师批改作业。值班领导用蘸着红墨水的毛笔修改完毕，签上一个大大的姓氏和月日，他就可以拿着这“签字样”再去排字车间修改了。他那时几乎天天晚上同值班总编或编委打交道，接受他们的教导和熏陶。很快，奉友湘觉得，当一张报纸的总编辑还是不错的，这是一个高尚的职位，一个富有意义的职位，一个有发言权的职位。他们大笔一挥，就可以决定第二天报纸的内容和形式，就可以用报纸上的新闻影响社会，影响人们的生活，甚至影响不少人的人生。拿破仑说，不想当将军的士兵不是好士兵；奉友湘认为，不想当总编辑的记者也不是好记者。于是，从那时起，他就把自己的人生目标定位为当总编辑。

1987年年底，报社主要领导要奉友湘从记者部重返夜班。他当时已经因“长江漂流”采访立功，分别受到了四川省政府和省委宣传部的表彰，并提前晋升中级职称。他在二版当了一阵编辑之后，调到一版专门制作新闻标题。他收集了历届全国好新闻获奖标题，买来多本研究标题的书籍悉心研学。他还天天对比《人民日报》《中青报》相同新闻的标题，看自己的差距在哪里。经过日积月累，他制作标题的功夫突飞猛进。经年之间，他就成为四川日报社的“标题高手”，赢得一个“奉标题”的美名。

这次漫长的夜班一上就是6年。奉友湘在风霜雨雪中奔波，在报纸版面上纵横，尽享了夜班的紧张、清淡、艰辛与欢乐。他相信自己的汗水不会白流，把自己的机会之树种得根深叶茂。报社也没有亏待奉友湘。1988年金秋，报社把他妻子从内江市委妇联调入四川日报社机关任职，全家分得一套小三居室住房。他终于与妻儿在成都团聚。1990年3月，他被任命为夜班编校部副主任，成为当时四川日报社最年轻的副处。1993年，他在36岁时实现了当总编辑的目标：荣任《四川日报》体育部副主任兼《棋牌报》副总编（主持工作）。他进川报刚好10年。

奉友湘的迅速成长不仅靠苦干，也得益于他善于抓住重大采访这类战役性机会。1986年中国人“首次全程漂流长江”采访中，他在金沙江畔栉风沐雨70多天，写稿数万字，其中包括大量全国独家新闻，以“长江科考漂流追踪报道”，和5名记者共同荣获了当年全国好新闻一等奖，这也是《四川日报》历史上第一个全国好新闻一等奖。奉友湘当时只有 29 岁，是获奖者中最年轻的。

最重要的是，奉友湘通过这次“争来”的采访，锻炼了才干，磨炼了意志，强健了体魄，砥砺了精神，为他以后的报人之路，奠定了更加坚实的基础。

的确，敢为天下先的“长漂精神”让文弱书生奉友湘脱胎换骨。若干年后，他又一次果断地抓住转折性机会，勇敢地上了一次“井冈山”，参加了《华西都市报》的创办，并成了“几朝元老”，在其鼎盛时悄然离开。这次成功的创业，足以让他骄傲一生。

川报党组在 1994 年初，确定由当时的副总编席文举牵头筹办创办一张新型晚报。这时候，奉友湘已经在川报体育部主持工作，享受主任待遇。他热血沸腾地第一时间投身创业。他在《机会是种出来的》一书中写道：

到了 1994 年 7 月，《华西都市报》正式拉起了大旗，创刊筹备工作热火朝天般展开。我兴奋地报了名，憧憬着创业的美好未来。当时想跟席文举“上井冈山”的人不少，最初只给我一个编委兼综合新闻部主任的头衔。我参加了报纸筹办的一系列工作，包括跟川报主要领导讨论相关支持政策等。

可是没过多久，正值暑热里的川报院坝居然冷了下来。有好些人认为川报给《华西都市报》的政策太差，纷纷撤了漂。说白了就是关键一条，《四川日报》不是投资办《华西都市报》，而是借款 300 万元给《华西都市报》筹办报纸，一旦有款回来，首先就要还给川报。报纸还没办，风险先露出了狰狞的面孔。我听说事情不妙，于是在一天下午去席文举办公室找他打探消息。

他坦言川报给的政策是不理想，是有些人不来了。我说是不是我们都撤。他说："小奉啊，这里头的人哪个都可以撤，就你不能撤！"他思索了一会儿，一只大手往办公桌上一拍："奉友湘，副总编，就这么定了！"我心里一惊，一喜，竟一时说不出话来。他哈哈大笑，似乎解开了心结般开心。后来，席文举、戴善奎、奉友湘、赵坚，组成了《华西都市报》的第一任领导班子。席文举把它称为"长漂班子"。当时我刚满37岁。

为什么席文举说谁都可以撤漂，就我不能撤漂，而且还要让我当副总编？其实这里面颇有深意。席文举是何等聪明的人，他领头创办《华西都市报》时，已经到了知天命之年，可以说阅人无数，看人尤其准确。办一张报纸，尤其是要办一张成功的报纸，除了领头的总编辑之外，还需要一个负责报纸日常把关的"大内总管"，那就是负责报纸最后编辑、排版直到印刷环节的值班副总编。环顾当时的《四川日报》里，最合适、最懂夜班业务、能够担此重任的年轻人，无疑非我莫属。

于是，我自然成了《华西都市报》第一任值班副总编。1994年11月7日，是俄国十月革命纪念日。这一天注定要发生一件足以写进中国新闻史的大事。当天下午，当《华西都市报》的第一个大样——一版出来时，我们大家都在四川日报社新闻大楼的多功能厅里，焦急地等候她的呱呱坠地。席文举总编和我一起斟酌、思考、修改，最后拍板OK！我拿着笔小心翼翼地问席总："大样谁签字？"席总豪爽、大方、肯定地回答："你是值班副总编，当然由你签字！"于是，我满怀激动的心情，在“华西都市报”第一个试刊号大样上签下了一个大大的“奉”字，向世人宣告了中国第一都市报——《华西都市报》的横空出世！然后我又于1995年1月1日，签下了《华西都市报》的创刊号大样。

奉友湘在《华西都市报》一干就是12年，后来担任了常务副总编。他和同事们把这张报纸打造成为中国第一都市报、中国一流都市报，年利润上亿，成了四川日报报业集团最为耀眼的市场报品牌，也是集团最重要的经济支柱。

2006年12月，奉友湘主动向集团主要负责人提出，离开《华西都市报》，到集团系列报去开创一片天地。于是，他担任了《金融投资报》总编辑兼人力资源报总编辑。他在创新中领略了2007年股市巅峰的无限风光。年底前，又调任四川日报报业集团总编办主任。四个月后，他又坚决重返第一线，任《消费质量报》总编辑，经历了再次创业壮志未酬的磨难。两年后，集团将他调回《四川农村日报》，从此耕耘在希望的田野上。他认为，在前人的基础上把事业推进一步，是发展性机会，他要抓住这个发展之机，再上层楼。他曾写道：

经过一番周折，我于2010年年底前竞聘《四川农村日报》总编辑成功。我在任职的三年里，把《四川农村日报》从黑白报变成了彩报，重构了报纸的文化体系，优化了报纸的收入结构，提高了报纸的整体质量，而且还在新闻纸涨价、工资总额增加166万元的情况下，利润总额增加了547万元，员工人均年收入从6万元增加到10万元。按照集团对我离任审计的结果，三年共超额338万元，完成集团下达的利润目标任务。我把握住了在《四川农村日报》的发展之机，为报社进入年利润“千万俱乐部”打下了基础。

2013年12月，我又回到阔别了近20年的《四川日报》，成为一级首席编辑，在总编室任考评组长，负责员工业绩考评、评报和内参编审等工作，次年5月又兼任集团新闻阅评组组长。

从事新闻工作34年，奉友湘取得了丰硕的业务成果。荣获全国好新闻一等奖1件（合作），采编的新闻荣获四川新闻奖一等奖8件，全国农民报好新闻一等奖2件，还有四川新闻奖，标题奖二、三等奖20余件；两次荣获四川省总编辑新闻奖。两次被评为四川省新闻出版行业领军人物。他在新闻界也获得较高声誉，成为知名的资深媒体人。他曾被聘为四川大学创新创业导师，四川大学新闻研究所学术委员，四川大学文学与新闻学院硕士生导师。

奉友湘不仅是资深媒体人，高级编辑，还是四川省作协会员，成都市作协报告文学（非虚构）专委会委员。他著述颇丰，2013年以来相继出版媒体公关专著《远离危机》、成功学专著《机会是种出来的》、影视文学作品《交子》、长篇历史人物传记《蜀女皇后》、专著兼历史读物《蜀王全传》、长篇传记小说《苏母纪》。合著或参与写作的著作有:《最后的伟大征服》《实用新闻谭》《报业通论》《长江漂流风云录》。他近几年还发表了数十篇文笔优美的散文、随笔，共计10多万字。

三、心系故乡　以文为报

尽管故乡带给奉友湘的回忆有不少苦涩，但生于斯，长于斯，他对故乡怀有深厚的感情，他深深地热爱着自己的家乡。他努力以手中的笔，书写家乡，赞美家乡，宣传家乡，为家乡的发展、繁荣贡献自己的力量。

从1984年5月到1987年年底，除去有半年在成都做机动记者，奉友湘在《四川日报》内江记者站任职三年，双脚踏遍了家乡内江各个区县的山水。从城市到乡村，从工厂到地头，采访对象从市委书记、市长到普通工人、农民，以及各行各业的工作者，奉友湘热情报道家乡的改革开放，经济社会发展，农村新貌，历史文化，各界精英。这段时间里，他在《四川日报》刊发新闻、通讯、特写、调查、内参共130余篇。其中一版头条共7个（东兴区1个）。其他版头条十数条。《不发纪念品照样开好会》不但在《四川日报》头版头条刊发，而且还在《人民日报》五版头条刊登。而《喻钟烈教授还乡记》则被《羊城晚报》港澳海外版、《中国政协报》采用，在重要版面显著刊登。

奉友湘后来在担任《四川日报》主编和主任、《华西都市报》副总编、常务副总编等职务时，对家乡的报道也十分重视和关照。2007年他任《四川日报》总编办主任时，带队采访了时任内江市委书记叶壮，发表了专访《亲民爱民惠民要倾注真感情》，报道了内江市的种种惠民举措，后被多家中央级媒体转载。任《四川农村日报》总编辑时，奉友湘为时任东兴区委书记尤再平作了专访，后来刊发在头版头条，宣传了家乡东兴区科学生态发展农业的思路和成绩。

奉友湘还积极为家乡文化建设建言献策。内江市和东兴区的各种联谊活动也热情邀请奉友湘参加。

2017年退休后，他的怀乡之情愈浓。近年来，奉友湘陆续撰写了描绘故乡风景、风情、人物的散文《故乡的小河》《卖豆腐》

《第一次独唱》《黄鳝王》《渡人》《夜渔》《大刘》《“奉”天承运来自何方？》等，发表在“封面新闻”副刊上。他还在《四川地名歌》中写道：“东兴南江似锦绣，西昌北川如画屏”“内江蜜饯甘天下，自贡恐龙惊世人”。

2016年，奉友湘出版了《机会是种出来的》一书。他以在媒体从业33年的亲身经历为主要案例，提炼出从“小兵”到“将军”的漫漫征途中，如何把握住各种机会，迅速成长成才的精彩观点，对于青年朋友具有重要参考价值。他希望用此书鼓励家乡学子从小树立远大志向，用阅读开启生活，用知识点亮人生。

于是，他与东兴区委宣传部联系，决定向家乡白鹤中学捐赠100册图书。当年6月27日，东兴区委宣传部在白鹤中学（内江14中）为奉友湘举行了简短的捐赠仪式。东兴区委常委、宣传部长倪轮、副部长兰自涛，教育局长周京渝等出席。

为了了解家乡的发展变化，奉友湘关注内江的新媒体“最内江”，天天阅读家乡内江的重要新闻。还常常把内江的文化新闻、人物新闻转发到朋友圈。他对于家乡的感情，就像他在《故乡的小河》中写的那样：

> 它不是名川大江，它没有波澜壮阔，它没有风光旖旎，它没有气势磅礴，甚至河上连一条船都没有过，它就是一条普通得不能再普通的小河。可它承载着我童年的欢乐，承载着我少年的青春，承载着我故乡的情愫，承载着我对家乡的深深思恋。

（2022年9月为“四面八方东兴人”约稿而撰）